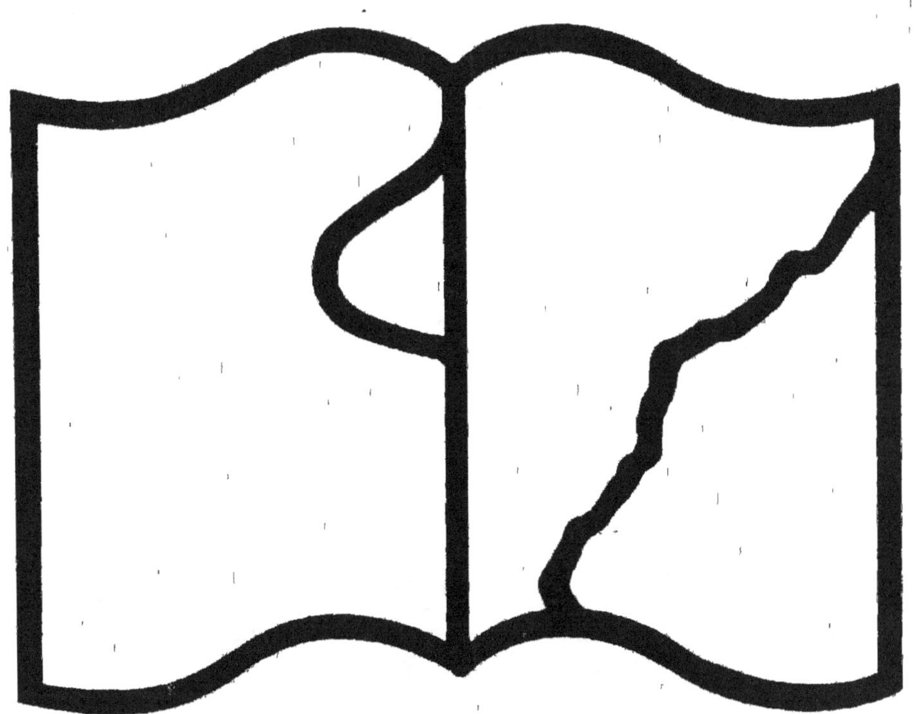

Texte détérioré — reliure défectueuse

NF Z 43-120-11

SÉRIE.   Prix : 50 centimes.

LES NOUVEAUX DRAMES DE PARIS

LES CHEVALIERS DU CRUCIFIX

OU

LES SPOLIATEURS D'HÉRITAGES

GRAND ROMAN CONTEMPORAIN

Par HIPPOLYTE RUY

S. LAMBERT ET Cⁱᴱ, ÉDITEURS
PARIS — 125, RUE MONTMARTRE. — PARIS

LES NOUVEAUX DRAMES DE PARIS

LES CHEVALIERS DU CRUCIFIX

IMPRIMERIE D. BARDIN, A SAINT-GERMAIN

LES NOUVEAUX DRAMES DE PARIS

LES CHEVALIERS DU CRUCIFIX

GRAND ROMAN CONTEMPORAIN

Rapts. — Spoliations d'héritages. — Viols.

Par HIPPOLYTE RUY

S. LAMBERT ET Cⁱᴱ ÉDITEURS
PARIS — 125, RUE MONTMARTRE. — PARIS

LES NOUVEAUX DRAMES DE PARIS

LES CHEVALIERS DU CRUCIFIX

OU

LES SPOLIATEURS D'HÉRITAGES

GRAND ROMAN CONTEMPORAIN

Par HIPPOLYTE RUY

S. LAMBERT ET CIE, ÉDITEURS
PARIS — 125, RUE MONTMARTRE. — PARIS

LES NOUVEAUX DRAMES DE PARIS

LES CHEVALIERS DU CRUCIFIX

PROLOGUE

I

Où l'on connaît enfin, grâce au romancero du joueur de guitare maure, le mal dont souffrait la fille du baron de Mélos.

Tout Paris connaît, aux abords du rond-point des Champs-Élysées, un édifice aux dimensions gigantesques, à l'architecture monumentale. Cet édifice, qui a tout à fait l'air d'une demeure princière, s'appelle l'hôtel de Mélos.

Il était, il y a quelques années, la propriété d'un baron de ce nom.

C'était un homme d'une valeur tout à fait hors ligne; une figure à part, qui eût certainement tenté le burin d'un Plutarque.

Malheureusement ce personnage vécut obscur, resta inconnu : mystère il naquit; mystère il vécut; mystère il mourut. Mais notre devoir d'historien est d'affirmer que sa longue carrière fut très honorablement remplie.

Il était si prodigieusement riche, que le Crésus de l'antiquité, et celui des temps modernes, qui a nom Rosthschild, comparés à lui, ne seraient plus que de pauvres hères.

Ce fut un penseur, un homme de progrès; et la science lui doit bien des découvertes.

Demandera-t-on pourquoi on n'a jamais entendu parler de lui? La raison est bien simple : il ne voulut pas être célèbre; il eut, toute sa vie, horreur de la renommée.

Oui, nous devons le dire, dût-on nous accuser de dépasser les limites mêmes du roman, quand nous restons rigoureusement dans les limites de l'histoire; cet homme étrange s'acharna, sa vie durant, à faire la nuit et le silence autour de son nom et de ses œuvres.

Pourquoi?

Nous l'ignorons; nous avouons même que nous n'avons jamais eu l'honneur de recevoir de lui la moindre confidence, bien qu'il nous ait été donné de pouvoir soulever, après sa mort, un coin du voile dont il aimait tant à se couvrir de son vivant.

A l'époque où nous l'exhumons en quelque sorte du tombeau de sa vie mystérieuse, pour les besoins du drame émouvant que nous allons raconter à nos lecteurs, c'est un grand vieillard, à longue barbe blanche, à l'aspect vénérable, à la physionomie à la fois douce et triste; son corps, bien que d'une ossature puissante, ne se soutient plus que péniblement : il paraît arrivé aux dernières limites de la vieillesse.

Depuis longtemps il était propriétaire de l'hôtel des Champs-Élysées; mais il l'habitait peu; à peine y faisait-il, chaque année, deux ou trois apparitions de quelques semaines. Il avait adopté pour le lieu de sa résidence habituelle un palais qu'il possédait sur la côte du Maroc, non loin de Tanger, et qu'on appelait le palais de Stramos.

Ce palais qui, comme l'Alhambra [d'Espagne, passe pour avoir été bâti par les rois maures, est une de ces immenses constructions aux colossales colonnes de marbre et de porphyre, aux vastes portes de bronze, dont l'aspect grandiose excite à un haut degré la surprise et l'admiration, et dont les murailles de granit semblent faites pour braver éternellement les efforts destructeurs du temps.

De là, l'on voyait l'Océan dérouler au loin la nappe verte et scintillante de ses grandes ondes.

Il avait passé là la plus grande partie de sa vie; il y avait élevé sa fille, une brune adorable, aux grands yeux de Circassienne, au corps modelé comme celui de ces Vénus nées sous le ciseau divin des artistes antiques, dans ces pays de l'Orient; la patrie de l'idéal et du rêve.

Quelque enchanteur qu'il fût, ce séjour parut tout à coup déplaire au riche baron; et, six mois environ avant l'époque où commence ce récit, il vint habiter avec sa fille, pour ne plus le quitter, l'hôtel des Champs-Élysées.

Par une chaude et accablante soirée de juillet 187., une des fenêtres (d'un appartement situé au rez-de-chaussée de l'hôtel, dans cette partie du vaste édifice qui borde le parc dans toute sa largeur) venait de s'ouvrir, et une jeune femme, vêtue d'un peignoir blanc, s'y accoudait dans l'attitude du recueillement et de la méditation.

L'heure était assez avancée; le soleil couché depuis quelque temps ne laissait plus, du passage de ses rayons à l'horizon, qu'un immense velum de vapeurs d'abord teint d'un rouge vif qui était devenu rose pâle, et tendait rapidement à se confondre avec les ombres de la nuit qui arrivait rapidement. Le bruit des piétons, des voitures et des chevaux, sur l'avenue, allait s'affaiblissant; les petits oiseaux piaillaient doucement dans les branches des grands arbres du parc; et une brise folâtre, toute imprégnée des senteurs pénétrantes des résédas et des chèvrefeuilles, soulevait comme des chevelures de nymphes et d'ondines les feuillages légers des arbustes qui bordaient un petit lac, où se tenait dans l'attitude du repos un groupe de cygnes blancs.

La jeune fille venait-elle là pour respirer l'air frais du parc?

Venait-elle y chercher plutôt la solitude et le silence? car il est des âmes, surtout celles qui portent en elles des blessures profondes, qui ont besoin de silence et de solitude.

Quoi qu'il en soit, elle parut se plonger bientôt dans une sombre rêverie.

Cette femme ou plutôt cette jeune fille, disons-le tout de suite, était Gemma de Mélos.

Elle resta assez longtemps dans la même attitude, plongeant ses regards dans les allées solitaires du parc envahies bientôt par les ombres de la nuit; mais ces regards ne se fixaient sur rien; c'étaient de ces regards perdus que la pensée ne suit pas.

Qu'est-ce donc qui causait l'étrange état d'esprit dans lequel se trouvait la fille, l'unique héritière du richissime baron de Mélos, et qui faisait qu'elle regardait, sans les voir, les allées et les grands arbres du parc?

Une fois, cependant, ses traits pâles, qui avaient pris peu à peu la rigidité de ceux d'une statue de marbre, se détendirent et s'animèrent brusquement : son teint se colora tout à coup. Qu'est-ce qui causait ce changement subit? Était-ce quelque vision enchanteresse, apparue d'abord dans les sphères idéales de la pensée, qui prenait corps et devenait soudain visible sous la forme d'un être réel et palpable, émergeant de la pénombre des grands arbres et se découpant en vigueur dans le crépuscule ?

Une hallucination, sorte de mirage moral, assez fréquent chez les personnes tourmentées par une passion violente, pleine de désirs longtemps inassouvis, offrait-elle à ses regards surpris et charmés l'image de quelque être adoré, entrevue autrefois pendant les heures trop rapides, hélas, de rendez-vous mystérieux et enivrants, dont le souvenir seul serait resté ?

Quoi qu'il en soit, elle ressembla un instant à une femme qui, arrivée la première à un rendez-vous, verrait apparaître, après une attente ardente et passionnée, celui au-devant de qui volaient par avance, toutes les aspirations et tous les désirs de son âme. Une agitation étrange s'empara de tout son être ; une joie immense se peignit sur son visage, ses bras s'ouvrirent comme pour recevoir l'être bien-aimé.

Mais cet état psychologique dura peu, la réflexion tua bien vite le rêve, et l'hallucination eut un peu plus que la durée d'un éclair qui brille, illuminant tout à coup un ciel sombre.

Nous sommes-nous trompés dans toutes ces suppositions ? Est-ce bien la vérité que nous venons de décrire? Nous le saurons bientôt.

Ajoutons que Gemma redevint aussitôt froide et rêveuse ; avec cette différence que la pâleur de son visage prit des teintes presque livides, et qu'il s'y peignit une tristesse profonde.

La jeune fille serait peut-être restée longtemps accoudée ainsi à rêver à nous ne savons encore qui, ni à quoi, si le bruit d'une porte, brusquement ouverte derrière elle, ne l'eût tirée tout à coup du pays des rêves et des hallucinations.

Elle tressaillit et se retourna brusquement.

Quelqu'un venait d'entrer dans sa chambre. Ce quelqu'un, on ne pouvait le voir à cause de l'obscurité, mais on entendait le bruit de son pas lourd sur la moquette qui couvrait le parquet.

Cet inconnu, c'était son père. Elle le reconnut au son de sa voix, le baron la cherchait et l'appelait.

Elle ne s'attendait pas à cette visite ; en effet, le vieux baron avait depuis assez longtemps l'habitude de se renfermer chaque soir de très bonne heure dans ses appartements, d'où il ne sortait que le lendemain fort tard : sa présence chez elle, à cette heure de la nuit, devait donc la surprendre beaucoup.

Elle s'avança vers lui, et lui prit la main dans les ténèbres, en lui demandant, d'une voix émue, s'il était souffrant et s'il avait besoin de ses soins.

—Je ne suis pas plus souffrant que lorsque je t'ai quittée tout à l'heure, ma fille, lui dit-il ; hélas, j'aurais besoin d'être plus jeune : voilà bien toute ma maladie ; on n'est pas fort quand on est vieux comme je le suis : pourtant je trouve l'air bien accablant ce soir et je respire avec peine.

—J'ai dû moi-même, fit Gemma, ouvrir la fenêtre de ma chambre, afin de respirer l'air du parc qui est moins accablant que celui qu'on respire dans les autres parties de l'hôtel.

— Ah! les soirées étaient plus fraîches, l'air plus respirable dans notre palais de Stramos !

La jeune fille soupira.

— Il venait chaque soir, de la mer, une brise rafraîchissante.

Gemma frissonna comme si elle eût senti la morsure d'un serpent.

— Ah! j'aimais beaucoup ce vieux palais, poursuivit le baron, d'une voix haletante. Il me semble que cette brise me ferait beaucoup de bien en ce moment ; il me semble que j'aurais bien du plaisir à aller m'asseoir sur les rochers qui bordent l'extrémité de son parc, d'où l'on entend le bruit des flots de l'Océan.

Gemma gardait le silence : les paroles du vieillard semblaient augmenter sa tristesse.

— Toi aussi, ma fille, poursuivit-il, tu paraissais aimer beaucoup à aller, le soir, de ce côté-là du parc ?

— C'est vrai, père.

— Il me semble que je te vois encore, légère et gracieuse comme la Diane antique, courir avec Aïssa ta camériste, dans les sentiers qui mènent au kiosque de Stelnadara ; c'était là ta retraite favorite, n'est-ce pas, ma Gemma ?

— Oui, père, fit celle-ci comme si elle eût ressenti un poison circuler tout à coup dans ses veines et lui brûler le sang.

— Ah ! tu paraissais bien heureuse !

Un soupir sortit comme un râle sourd de la gorge oppressée de la jeune fille.

— Mais tu ne me réponds pas ; regretterais-tu d'avoir quitté ce palais de Stramos, où tu es née, où tu as grandi ?

— Je ne regrette rien, père : tu as voulu venir demeurer à Paris ; Paris me plaît.

Une larme glissa sur sa joue pâle. Il était évident qu'une émotion profonde lui étreignait le cœur, et qu'elle faisait des efforts inouïs pour que son père ne s'en aperçût pas.

— J'ai voulu, poursuivit le baron, venir terminer ma carrière à Paris : la France,

tu le sais, ma fille, est la patrie de nos aïeux ; j'ai voulu que la même terre qui recouvre leurs restes recouvrît les miens.

— Je ne te blâme pas, père.

— Ma carrière a été longue, ma fille, et je crois qu'elle touche à sa fin ; hélas, mon enfant, la nature ne veut pas que l'homme soit éternel ici-bas !

Gemma se mit à sangloter.

— Tu pleures, ma fille, je viens torturer ta jeune âme ! Ah ! malheureux insensé que je suis !

Le baron, violemment ému, ne poursuivit pas.

Un long silence se fit, pendant lequel on n'entendit que le bruit étouffé des sanglots de la jeune fille.

Bien que son émotion fût grande, le baron parvint, après des efforts inouïs, à la surmonter.

— Écoute, Gemma, poursuivit-il d'une voix tremblante, la sagesse consiste à se soumettre à la volonté de celui qui créa cette chose étrange et non encore expliquée qu'on appelle la vie : je courberai la tête à mon tour, sous une sentence que je n'ai pas provoquée ; mais il me reste encore un devoir à remplir envers toi, ma fille ; et je ne dois pas attendre, pour le remplir, la minute qui précédera l'heure fatale. Il faut que j'y songe ; je ne dois pas te laisser seule sur la terre, moi parti : il faut que lorsque je viendrai à te manquer, tu puisses avoir un bras sur lequel tu puisses t'appuyer : en un mot, il faut que je trouve un homme à la destinée duquel tu unisses la tienne.

— Jamais ! s'écria Gemma avec exaltation.

Un cri rauque sortit de la gorge du baron.

Pendant quelque temps il parut comme foudroyé.

Il fit de grands efforts pour parler, mais il ne put y parvenir.

— Pourquoi? demanda-t-il enfin à sa fille, mais d'une voix si faible, qu'on l'eût prise pour le bruit d'une brise d'été, glissant à travers les haies baignées d'ombre.

La jeune fille ne répondit pas.

Il fit quelques pas, haletant, anxieux, se soutenant à peine, cherchant à voir à travers l'obscurité le visage de sa fille.

Il était évident que sa réponse l'avait ahuri, tant elle était inattendue.

Enfin il put dominer de nouveau son trouble.

— Pourquoi ne veux-tu pas te marier? lui demanda-t-il, mais cette fois d'une voix plus intelligible.

— Parce que, répondit-elle, lorsque je serai orpheline, je tiendrai si peu à la vie que je n'aurai besoin de demander à personne de m'aider à la supporter ou de me la faire aimer.

Puis, comme emportée par un élan de tendresse irrésistible, ce qui était aussi le résultat peut-être d'un immense désespoir, elle se jeta dans les bras de son père et lui dit en versant des torrents de larmes :

— Si tu ne veux pas me rendre la plus malheureuse fille qu'il y ait au monde, ne me parle jamais que tu doives mourir, et laisse-moi surtout vivre sans avoir d'autre lien que celui de l'affection profonde que je ressens pour toi !

Le baron tint un instant sa fille embrassée, puis il se dégagea doucement et sortit ensuite à pas lents de sa chambre sans insister de nouveau : il était sans doute à bout de forces.

Restée seule, Gemma alla s'accouder de nouveau à sa fenêtre.

Elle était redevenue froide, calme et comme insensible.

Tous les orages qui se disputaient son âme s'étaient-ils calmés?

Poursuivait-elle de nouveau à travers les mirages de sa pensée l'image de quelque être adoré, dont l'absence la faisait cruellement souffrir?

C'est le propre de certaines âmes blessées de se renfermer dans une sorte de monde idéal, et là, seules avec leurs souvenirs, elles se livrent à la contemplation passionnée de ce qu'elles ont perdu, ardentes à savourer le plaisir amer, de redonner une vie factice à ce qu'elles ont possédé et qui n'est plus, hélas, qu'un souvenir !

Pendant un temps assez long, la fille du baron de Mélas ne bougea non plus que les statues de marbre ou de bronze qui se trouvaient dans le parc; enfin elle sortit de son immobilité, et ayant jeté un dernier regard dans la nuit, elle referma sa fenêtre, alluma un bougeoir et jeta un coup d'œil sur sa pendule.

Elle marquait une heure assez avancée.

— Le temps marche, dit-elle, il marche même rapidement; pourquoi faire? qu'est-ce que cela me fait à moi? suis-je de celles qui attendent quelque chose de l'avenir, et qui comptent sur l'œuvre du temps pour amener une heure impatiemment attendue et désirée? Ah! maintenant le temps peut bien marcher, sa marche ne m'intéresse guère !

Elle soupira.

Son regard se porta sur son lit, véritable nid de dentelles, couche parfumée de jeune fille, d'où semblaient s'être envolées, hélas! toutes les illusions de sa jeunesse !

— Dormir, c'est oublier, dit-elle; dormir, c'est cesser de souffrir.

Un sourire amer éclaira son pâle visage.

— Le sommeil, c'est l'oubli; répéta-t-elle; mais c'est le remède des faibles et des lâches; l'oubli! est-ce que je le désire? N'ai-je donc pas l'âme assez forte pour souffrir? Est-ce que la douleur est un fardeau que je ne puisse supporter? Je souffre et j'ai souffert sans que personne le sache : mon père l'ignore, tous l'ignorent. Est-ce donc être sans force que de souffrir si longtemps ainsi ?

Oublier, c'est ne plus se souvenir : mais le souvenir est précisément tout ce qui me reste à moi de mes illusions perdues, de mes joies fauchées dans leur fleur! Perdre le souvenir, c'est tout perdre! mais c'est tout pour moi : c'est le bonheur, c'est la vie, le souvenir! lui parti, que me resterait-il? Hélas! rien!

Elle se tut : un frisson douloureux agita tout son corps.

Elle était vaillante, elle était forte la fille du baron de Mélos ; mais la force, quelque grande qu'elle soit, a des limites, et la vaillance, quand elle n'a plus la force pour appui, est un vain mot. Quelques minutes après qu'elle eut prononcé ces paroles, elle était étendue tout de son long sur le parquet de sa chambre : la violence de ses souffrances avait triomphé de son courage; elle s'était évanouie!

Quand Gemma reprit l'usage de ses sens, un homme se trouvait près d'elle, et Aïssa, sa cameriste, lui faisait respirer des sels.

Son regard se porta d'abord sur Aïssa, puis sur cet homme.

C'était un géant, aux épaules larges et puissantes, aux membres énormes, à la peau couleur de cuivre, à la longue barbe grisonnante, à la figure grave, au maintien sévère.

Il était coiffé d'un fez; il avait pour vêtement un burnous blanc rayé de pourpre! et pour chaussures des babouches brodées d'or.

Sa main tenait une guitare, dont le bois, incrusté de diamants, étincelait à la pâle clarté de la lampe.

Ployant le genou, il saisit la main de la jeune fille, et la porta à ses lèvres.

— Hassan! fit-elle d'une voix sourde.

Le géant se releva, et fixa sur elle un regard empreint d'une tendresse infinie.

— Que viens-tu faire ici, avec ta guitare, à cette heure? lui dit-elle d'un air de mauvaise humeur, en faisant signe à Aïssa de se retirer, n'ayant plus besoin de ses soins.

Il parut tout confus; on eût dit un enfant pris en faute, et il baissa les yeux sans répondre.

— Y a-t-il longtemps que tu n'as vu mon père?

— J'ai vu le baron, il y a quelques instants.

— Était-il toujours très fatigué?

— Il repose en ce moment.

La voix d'Hassan était très forte : il y avait des sons de clairon dans la gorge de cuivre du colosse; chose étrange! quand il parlait à Gemma sa voix prenait des intonations si douces, qu'elle ressemblait à une sorte de musique voilée, quelque chose comme le son de la flûte.

— Le baron, ajouta-t-il, m'a dit, en se couchant, qu'il était peu fatigué; et...

Il s'arrêta, et jeta un regard timide sur la jeune fille.

— Quoi donc? lui demanda-t-elle.

— Il m'a dit : Va auprès de ma fille, Hassan, et chante-lui quelqu'un de tes romanceros.

Gemma fit un geste d'impatience, et se renversant à demi sur la causeuse où elle était assise, elle appuya tristement sa tête sur sa main, et parut se laisser aller au cours de ses pensées, qui n'étaient pas précisément couleur de rose.

Hassan s'assit sur des tapis, à la mode d'Orient, et se mit à chanter en s'accompagnant de la guitare.

Voici ce que Hassan chanta [1] :

« Un jour Allah inspira à un vieux rêveur

---

1. Cette ballade a été chantée en langue arabe.

Lorsque je serai orpheline, je tiendrai si peu à la vie..... (Page 7.)

l'idée d'aller méditer sur les bords de la mer.

« Il était nuit.

« La nuit est l'heure des mystères.

« Il regardait la mer ; elle était calme, et le flot assoupi, sur lequel la lueur de la lune tombait à travers des déchirures d'ombre, ressemblait vaguement à l'épaule nue d'une Mauresque, sur laquelle flotterait la dentelle d'une mantille.

« Cependant une barque venait de la haute mer.

« Un homme seul montait cette barque.

« Son aviron, fendant l'onde lumineuse, paraissait tout ruisselant de perles.

« Le vieux rêveur qui le regardait avec attention, car il était rare de voir à cette heure-là une barque en cet endroit, se disait :

« Où va-t-il ce batelier ?

« Il allait vers le rivage, et dès qu'il y fut arrivé, il y amarra sa barque et sauta à terre.

« Ce n'était pas un pêcheur ; ce n'était

pas un homme du pays; son costume annonçait un étranger.

« Il avait pris le sentier qui longeait le rivage.

« Etait-ce quelque voleur qui allait tenter de dérober des sacs de sequins dans les riches villas des environs ?

« Etait-ce un amoureux qui, comme le voleur, a besoin aussi d'ombre et de mystère, et ne peut confier qu'à la nuit le secret de ses galantes équipées ?

« A quelque distance de là, se faisait entendre la voix douce et suave d'une jeune fille.

« Le chant de la femme est le cri d'un mystère étrange, car son âme trempe son aile dans l'azur profond de l'infini. Cette voix attire et agite l'homme. »

Tout à coup Gemma interrompit le chanteur :

— Qu'est-ce que c'est que ce romancero ? lui dit-elle; est-ce toi qui l'as composé ?

— Allah l'a inspiré à Hassan, et Hassan le chante pour obéir à Allah, répondit celui-ci avec douceur.

Cette réponse étrange ne provoqua de la part de Gémma aucune observation; aussi se remit-il aussitôt à chanter.

« L'inconnu paraissait donc prendre grand plaisir à entendre cette voix de jeune fille, car il s'arrêtait fréquemment pour l'écouter. »

Un long soupir sortit de la poitrine de Gemma.

« Il marchait toujours, et le vieux rêveur comprit que son but était de s'approcher de l'endroit où se trouvait la jeune fille.

« Il arriva enfin au bout du sentier; en cet endroit se dressait une haute muraille.

« C'était la clôture d'un parc; dans ce parc se trouvait la jeune fille.

« La muraille était élevée, mais une muraille s'élèverait jusqu'aux nues qu'elle n'arrêterait pas un amoureux. »

Gemma pâle, frémissante, le regard plein d'éclairs, s'était tournée brusquement du côté du chanteur, mais aucune parole ne sortit de ses lèvres tremblantes.

« Il mesura du regard la muraille, poursuivit celui-ci.

« Il est des passions qui donnent à l'homme des ailes; il le faut bien puisque cette muraille si élevée ne l'arrêta pas, et qu'en un clin d'œil il la franchit.

« Le vieux rêveur, qui l'avait suivi jusque-là, se demandait comment cela avait pu se faire; il écouta, mais bientôt la jeune fille cessa de chanter. »

Gemma poussa un cri et se mit à verser un torrent de larmes.

Hassan se leva vivement, et jetant avec colère sa guitare loin de lui, il alla s'agenouiller devant elle.

Sa tête se pencha sur sa poitrine; une douleur immense se peignit sur ses traits austères.

Se repentait-il d'avoir chanté ?

— Le vieux rêveur c'était moi, dit-il, et le vieux rêveur est un vieux fou.

— L'as-tu vu, quand il est sorti du parc ? lui demanda Gemma d'une voix étouffée.

— Oui.

— Et après ? fit la jeune fille haletante.

— Il est retourné par le même sentier à l'endroit où se trouvait sa barque; il a enlevé l'amarre qui la retenait au rivage, y est remonté, et s'est remis à ramer vers la haute mer.

— Et après ? fit de nouveau Gemma, mais d'une voix étranglée par l'angoisse.

— Aux premières clartés de l'aube, j'aperçus un navire dans le lointain. Quand il fut grand jour il avait disparu : il était peut-être de ceux qui montaient ce navire.

— Et depuis ? râla la jeune fille.

— Rien !

— Rien ! exclama-t-elle comme si un glaive lui eût traversé le cœur.

Le colosse poussa une sorte de rugissement.

— Ah! c'est donc vrai que la fille du baron de Mélos se meurt d'amour pour lui! s'écria-t-il.

Cet homme, quel qu'il soit, où qu'il se cache, je le trouverai, poursuivit-il, et s'il l'a trompée, je le tuerai!

— Non! dit Gemma avec une douceur infinie, en étendant la main comme si elle eût voulu arracher un coupable à la justice vengeresse.

Hassan saisit cette main et la porta à ses lèvres avec toutes les marques d'une tendresse et d'un respect sans bornes.

Des larmes brillaient dans ses yeux, et il était si ému que son corps tremblait comme la feuille qu'agite le vent, quand il sortit de la chambre de la jeune fille.

Quel était cet Hassan?

A quel titre intervenait-il dans cette triste et mystérieuse histoire d'amour?

Nous allons sur ces deux points édifier le lecteur.

Un jour le baron faisait une promenade en bateau, non loin du cap de Stramos, en un endroit où la côte est hérissée de brisants : il était bon pilote et bon rameur, mais une distraction faillit le perdre : sa barque toucha à un de ces mille rocs à fleur d'eau qui rendent ces parages si dangereux et chavira. Sa vie était sérieusement en danger ; un pêcheur maure qui avait été témoin de l'accident se jeta bravement à l'eau et le sauva. Le baron combla de biens le pêcheur ; quelque temps après, celui-ci étant venu à mourir, en laissant un enfant en bas âge, il prit l'orphelin chez lui et l'éleva comme s'il eût été son propre fils : nos lecteurs ont sans doute compris qu'Hassan est le fils du pêcheur maure.

L'éducation trouva en lui un poète et en fit un savant. Le baron mit à sa disposition tous les livres ; pour lui il exhuma de la nuit des siècles tout ce que le passé nous a légué de littérature, de science et de légendes ; ses richesses immenses lui ouvrirent les sanctuaires de l'Inde ; fermés au commun des hommes ils n'eurent pas de mystères pour lui ; il lui fut donné de compulser les manuscrits les plus antiques et les plus précieux ; il fit parler les hiéroglyphes les plus anciens et les plus indéchiffrables, et les ruines et les mausolées lui révélèrent leurs secrets les plus cachés.

Il devint donc, grâce à ce système d'éducation assurément exceptionnel, un savant comme on en voit peu ; mais chez lui cet excès de science engendra la misanthropie : il avait vu, paraît-il, les hommes de trop haut et de trop loin pour ne pas se sentir envahi par le sentiment de leur petitesse et de leurs turpitudes ; la gloire et les honneurs lui parurent des choses peu enviables ; savant, il se réfugia dans la poésie ; poète, il devint rêveur ; chez lui l'amour de la nature s'accrut jusqu'à l'exagération ; le beau idéal devint son culte ; et comme en définitive tout culte demande une idole, il plaça l'image suave et ravissante de Gemma sur l'autel de ce mysticisme sentimental, comme représentant la plus haute expression du rêve poétique et du beau idéal sur la terre.

Amour chaste s'il en fut : quelque chose d'auguste et de fraternel tout à la fois : sacerdoce dont il était le pontife, culte saint et pur dont sa sœur adoptive était la déesse.

Ce petit développement nous a paru nécessaire pour faire comprendre au lecteur le genre d'affection qu'il portait à Gemma.

Nous venons de voir qu'il se mettait à genoux devant elle ; qu'il lui parlait avec la timidité d'un enfant.

Depuis longtemps il savait que la pauvre enfant souffrait d'un mal caché ; depuis longtemps il attendait avec une impatience facile à comprendre, maintenant que nous connaissons [ses sentiments envers elle, l'occasion de lui faire comprendre sans la blesser qu'il connaissait la cause secrète de ses souffrances, et en même temps de lui exprimer l'ardent désir qu'il éprouvait de partager ses peines : ses ardents désirs venaient d'être satisfaits.

Maintenant, malheur à l'imprudent, s'il n'avait pas eu pour son idole les sentiments de respect et d'adoration chaste et sublime qu'il éprouvait lui-même pour elle !

Un autre motif le poussait à chercher à le découvrir, c'était l'amour profond que la jeune fille lui gardait dans le secret de son âme : or, rendre Gemma heureuse, c'était son bonheur à lui, doux poète.

II

Un saut de marquis mais pas comme on l'entend vulgairement.

Quelques jours après les scènes que nous venons de raconter dans le chapitre précédent, un jeune homme, appartenant à l'ancienne noblesse de France, le marquis Ulrich de Bordes, traversait au grand galop de son cheval la place de l'Étoile, à Paris.

Où allait-il ?

Qu'allait-il chercher le long des larges avenues qui rayonnent vers cette place, et où une foule de cavaliers galopaient déjà et galopent journellement sans avoir d'autre but que de montrer aux badauds leur talents d'écuyer ?

Nous devons dire que le noble marquis avait un but plus sérieux que ces gens-là. Ce but, nous ne tarderons pas de le connaître.

Contentons-nous de savoir pour le moment qu'il allait au bois de Boulogne ; nous devons ajouter que, depuis près de huit jours, il allait régulièrement y faire une promenade de quelques heures.

De Bordes appartenait, cela va sans dire, à ce qu'on est convenu d'appeler le grand monde.

Il n'était pas beau : la beauté, du reste, paraît être le lot du peuple plutôt que de l'aristocratie, ne serait-ce pas là une vengeance de la nature sur la société ?

Grand, maigre, le visage osseux, la bouche fendue jusqu'aux oreilles, les lèvres minces, les incisives proéminentes à scandaliser même un Anglais ; l'œil petit et insignifiant, voilà bien tout ce qu'il avait à son actif comme avantages physiques.

C'était un peu mince ; mais si la nature lui avait réparti la beauté avec tant de parcimonie, le hasard qui avait présidé à sa naissance avait été, en revanche, assez libéral à son endroit : il lui avait donné un père qui, indépendamment de son titre de marquis, avait une fortune de soixante mille livres de rente, qu'il conservait précieusement pour son fils unique ; ce fils c'était lui.

Pour comble de bonheur, il mourut en lui laissant à vingt-cinq ans, c'est-à-dire lorsqu'il se trouva en pleine jeunesse, l'entière jouissance de cette fortune.

Un ouvrier ou même un bourgeois eût trouvé cet héritage superbe, et eût laissé tomber quelques larmes sur le cercueil du défunt. Le marquis avait une moins haute idée de ce que valent soixante mille francs de rentes, et des sources de sa sensibilité on ne vit pas même sortir une larme ; bien plus, il poussa à cette occasion le sans-gêne aristocratique jusqu'à traiter son père de crétin, parce qu'il ne laissait à son noble descendant que cette faible somme, pouvant tout au plus suffire aux besoins d'un manant.

Dame! un homme qui procréé un marquis ne peut décemment lui laisser moins de deux ou trois cent mille livres de rentes!

Nous devons ajouter, pour achever d'éclairer les ténèbres de ces jolis mystères de famille, que ce fils, si *excellemment aristocratique*, avait, au moment où il entrait en possession de la succession paternelle, comme sept à huit cent mille francs de dettes.

Ulrich de Bordes allait-il chercher au bois quelqu'une de ces femmes du demi-monde, qui l'avaient aidé à écorner si fort par avance l'héritage de ses nobles aïeux, pour lui en offrir le reste ?

Non, le jeune marquis ne se dérangeait pas autant que cela, et s'il avait parfois un caprice (c'est tout ce qu'il pouvait avoir en amour), il n'allait pas jusqu'au bois de Boulogne pour le satisfaire.

Que diable allait-il donc y chercher? lui qui, même pour les faveurs d'une comtesse, d'une duchesse ou d'une baronne, n'eût pas consenti à perdre de vue l'asphalte du boulevard des Italiens?

Nous le verrons bientôt.

Ce que nous devons constater, dès à présent, c'est qu'il était fortement préoccupé.

Et sans doute sa préoccupation allait en augmentant au fur et à mesure qu'il approchait davantage du bois, car lorsqu'il n'en fut plus qu'à deux ou trois cents mètres, il cessa tout à fait d'éperonner son cheval, de sorte que celui-ci finit par aller au pas.

Ulrich de Bordes allant ainsi au pas, lui qui allait toujours au galop, c'était déjà un phénomène; mais Ulrich de Bordes réfléchissant, et paraissant même se mettre la cervelle à la torture, lui qui n'avait jamais réfléchi de sa vie, c'était un de ces prodiges qui n'eût pas manqué de jeter dans un

étonnement profond, s'il l'eût rencontré, le petit monde de gommeux et de femmes galantes dont il avait fait sa société habituelle depuis qu'il était à Paris.

Quelle était donc la cause de cette perturbation étrange de ses facultés mentales ?

Nous savons bien qu'il avait déjà mangé au moins huit cent mille francs de sa fortune, et qu'il lui en restait à peine quatre cent mille, dont, au train où il menait la vie, il ne devait pas lui rester grand'chose dans une demi-douzaine de mois; peut-être était-ce cette perspective qui le plongeait dans ces *mirobolantes* réflexions ?

C'est peu probable.

Arrivé en face du lac, il arrêta son cheval; puis ses regards se portèrent à droite et à gauche.

Il cherchait évidemment quelqu'un ou quelque chose.

Tout à coup il fit un mouvement de surprise :

— Sterley ! exclama-t-il.

Sterley, ou plutôt le vicomte de Sterley, était un de ses bons amis ; il l'avait perdu de vue depuis près d'un an , depuis qu'il avait dû quitter Paris, pour aller vivre à l'étranger, en qualité d'attaché d'ambassade.

C'était un grand garçon maigre, fluet, lymphatique et blond.

Il avait obtenu un congé de quelques mois, et était revenu aussitôt à Paris ; le marquis ignorait son retour.

Le jeune diplomate était très amoureux de toutes les jolies femmes qu'il avait vues, et il était venu au bois dans l'espoir, sans doute, d'en revoir quelqu'une : ajoutons que lui aussi était à cheval.

— Tiens, Ulrich ! exclama-t-il en apercevant le marquis ; et il piqua aussitôt de son côté.

Quelques minutes après les deux amis, assis sur un banc, causaient en fumant un cigare.

Notons que s'ils étaient descendus de cheval, pour s'asseoir sur ce banc, l'idée en était due au marquis.

Il paraît que celui-ci tenait à ne pas s'éloigner de cet endroit, nous saurons tout à l'heure pourquoi.

Cependant le vicomte avait remarqué la préoccupation de son ami.

— Ulrich, lui dit-il, je dois te dire que j'ai éprouvé quelque surprise à te trouver au bois, toi qui m'as dit cent fois que tu n'aimais pas ces sortes de promenades.

— Peuh! fit le marquis, en lançant une énorme bouffée de tabac, je ne les aime pas davantage aujourd'hui.

— Et pourtant!

— Je viens ici je l'avoue régulièrement, à cette heure, depuis près de huit jours.

— Tu sais que je suis diplomate et comme tel je dois tout savoir, fit le vicomte avec une naïveté adorable.

Le marquis sourit.

— Tu sauras tout, lui dit-il, parce que je ne suis pas diplomate, moi, et que, par conséquent, je n'ai nulle envie de te cacher quelque chose.

— Eh bien? fit le vicomte rougissant légèrement.

— Je viens ici tous les jours, mon cher, parce que je chasse une femme.

— Ah! ah! tu es amoureux! s'écria le vicomte, tout heureux de montrer enfin sa perspicacité.

De Bordes poussa un formidable éclat de rire.

— Amoureux? moi! après plusieurs années de vie parisienne! s'écria-t-il : mais c'est monstrueux ce que tu dis là, et l'on voit bien que tu as vécu dans une ambassade! au reste, faut-il donc être amoureux pour chasser une femme?

— Certes.

— Voyons, cher, la femme qui m'occupe se décompose...

— Hein? fit le vicomte en ouvrant de grands yeux.

— En deux parties inégales.

— Lesquelles? grands dieux!

— La femme et la dot.

— Eh bien?

— Ces deux parties-là sont malheureusement inséparables.

— Oh! oh!

— Mais elles ne sont pas inséparables dans mon esprit; et si je chasse une femme en apparence, en réalité je ne chasse qu'une dot. Comprends-tu maintenant qu'il n'est pas besoin d'amour pour se livrer à cet aimable exercice?

Le vicomte écoutait bouche béante la théorie cynique du marquis.

— Tu te maries donc? s'écria-t-il tout à coup.

— Il le faut, hélas! mon pauvre vicomte.

— Il y a urgence?

— Urgence; oui; car il faut que je batte monnaie, et le plus tôt possible.

— Et la dot que tu convoites est considérable?

— Colossale!

— D'un million, de deux millions?

— De cent, de deux cents millions, au moins!

— Cela vaut bien la peine que l'on se mette en chasse, fit le vicomte en riant.

— C'est ce qui explique en effet ma présence ici.

— A quand les épousailles, monsieur le marquis? fit le vicomte en ricanant.

— Je l'ignore.

— Qu'en dit la future?

— Rien.

— Et le beau-père.

— Refuse.

— As-tu au moins la fille pour toi? Car si elle ne dit rien, ne dit-on pas : qui ne dit rien consent?

— Elle ne consent pas.

— Ce n'est donc pas elle qui te donne rendez-vous ici ?

— Non.

— Allons, allons, voilà une dot qui se tient bien, et un mariage qui ne se fera jamais.

— Tu es dans l'erreur.

— Allons donc !

— Tout est possible ici-bas, mon cher.

— Excepté l'impossible, riposta le vicomte.

Le marquis haussa les épaules.

— Comment! fit Sterley, tu as contre toi la fille et le père, et tu penses réussir ?

De Bordes sourit.

— Il existe une force, dit-il, qui finit toujours par renverser tous les obstacles; cette force, c'est l'audace !

Le vicomte stupéfait regardait le marquis, et se demandait où il voulait en venir, quand tout à coup celui-ci se leva, saisit la bride de son cheval et se remit en selle.

— Tu vois là-bas, dit-il au vicomte en lui montrant l'avenue de la Table de marbre, une dame et un monsieur à cheval : la dame est précisément celle dont nous venons de parler.

— Et tu comptes? fit Sterley en montant à cheval à son tour.

— Te faire voir le gracieux accueil qu'elle me fait chaque fois que je lui présente mes hommages.

— Le monsieur qui l'accompagne me paraît être de très grande taille.

— C'est un moricaud auquel je compte bien tirer les oreilles s'il continue à se montrer, comme par le passé, un insolent personnage.

En même temps de Bordes éperonna son cheval.

— Diable! diable ! fit Sterley en lançant le sien à son tour.

Sterley était bien l'homme le plus poltron

de France et de Navarre ; aussi faisait-il *in petto* cette petite réflexion : Si le marquis cherche querelle à ce monsieur, tant pis pour lui : moi je ne m'en mêle pas. C'est bien entendu. Cet homme me paraît en effet de taille à en manger dix comme lui et moi.

La dame en question et le cavalier qui l'accompagnait nous les connaissons, c'étaient Gemma et Hassan.

Tous les jours ils venaient faire une petite promenade à cheval, au bois.

Gemma était vêtue d'une amazone de drap gris, et coiffée d'un chapeau de feutre de la même couleur, autour duquel flottait un voile de gaze brune.

Le Maure était vêtu comme un gentleman dont il avait, du reste, toute la tournure.

Depuis plusieurs jours, le marquis de Bordes se trouvait sur leur passage , et saluait Gemma qui ne le connaissant pas, ne se croyait nullement obligée de lui rendre son salut.

Une fois ou deux, il avait tenté de lui parler ; mais le Maure s'était montré si menaçant qu'il avait dû y renoncer.

Il en avait conçu une vive irritation.

Le lecteur tiendrait peut-être à savoir comment il se faisait que le noble marquis avait rencontré Gemma, elle qui ne sortait que pour aller au bois, et lui qui n'y allait jamais ?

La suite de ce récit lui fera certainement connaître ce détail.

Les deux amis, de Bordes et Sterley, après un galop de quelques instants, étaient arrivés à un point de bifurcation de plusieurs avenues; et là, immobiles sur leurs chevaux, ils attendaient.

Le marquis voulait saluer Gemma et tenter encore une fois de lui parler. Il connaissait l'itinéraire que la jeune fille et son compagnon devaient suivre et il savait qu'ils passeraient à deux pas de l'endroit où il se trouvait avec le vicomte,

C'était en cet endroit du reste qu'il l'attendait chaque jour.

Cependant les façons par trop cavalières du marquis n'avaient pas été sans blesser Gemma et irriter Hassan : déjà même ce dernier avait émis la pensée de modifier l'itinéraire de leur promenade quotidienne, mais la proposition n'avait pas plu à Gemma ; il est bien entendu qu'Hassan ne l'avait émise que dans le but d'épargner un désagrément à cette dernière.

— Cette partie du bois me plaît, avait-elle dit, et ce ne sont pas les impertinences de ce monsieur qui m'empêcheront de m'y promener.

Sa fierté s'était révoltée à la seule pensée de reculer devant un insolent.

La rencontre était donc inévitable, fatale.

Le marquis l'avait voulu : devait-il avoir à s'en louer ?

Hassan et Gemma n'étaient plus qu'à une faible distance : leurs chevaux allaient au pas. Sterley, l'œil armé d'un binocle, dévorait du regard la fille du baron de Mélos.

En un instant, ce qui n'était d'abord que de la curiosité chez lui, fit place à l'admiration, au fanatisme.

— Quelle magnifique femme ! disait-il à demi-voix ; quel port de reine ! quelle adorable carnation ! quels traits charmants ! et ce regard ! oh !

Le marquis, pour arrêter le cours de ses exclamations laudatives, venait de lui donner une bourrade.

Au même instant, Gemma et Hassan les contrepassèrent.

De Bordes salua profondément la jeune fille, qui lui jeta un regard froid et distrait.

Le marquis, écrasé par ce regard, la vit s'éloigner sans paraître d'abord songer à la suivre.

Les exclamations du vicomte reprirent de plus belle : Quelle adorable femme ! quelle splendide beauté ! quels yeux charmants ! quelles mains ! quels cheveux ! quelle bouche ! quels contours suaves ! quel ensemble divin !

Le marquis se mit à ricaner.

— Encore une de plus dans ta collection de brillantes chimères ! lui dit-il. Puis il éperonna son cheval et le lança à la poursuite de la belle promeneuse.

Le vicomte haussa vivement les épaules.

— Triple niais ! grommela-t-il. Va, elle ne sera jamais ni ta maîtresse ni ta femme !

Puis il se mit à penser que le personnage qui accompagnait la jeune fille avait une figure par trop rébarbative, que l'entêtement du marquis à obséder Gemma de ses hommages pourrait bien amener une rixe : il jugea prudent de se tenir à distance, et resta où il était.

Cependant le Maure, entendant le bruit du galop d'un cheval, et se doutant que c'était l'homme aux salutations obstinées qui arrivait, avait arrêté sa monture.

Gemma continua tranquillement sa promenade.

C'était bien la sixième fois qu'Hassan se mettait entre elle et le marquis.

La patience de ce dernier était à bout, et même il était possédé cette fois d'une envie folle de lui couper la figure à coups de cravache.

Le Maure, immobile sur son cheval, placé en travers de la route, le regardait venir.

De la part du colosse, il y avait aussi une intention évidente d'en finir.

Avant d'en venir à l'idée de cravacher celui-ci, nous devons dire que l'infortuné marquis avait eu déboires sur déboires ; d'abord il avait mis tout en œuvre pour se faire aimer de Gemma, et il avait toujours échoué ; il lui avait écrit de nombreuses lettres, et ces lettres étaient restées sans

Lors de son départ la séparation fut douloureuse. (Page 29.)

réponse ; il avait fait demander sa main par une des plus nobles duchesses du faubourg Saint-Germain, et la noble duchesse avait essuyé un refus des plus accentués. C'est alors que, désespéré, il s'était dit : — Il faut que je me venge ! je ne puis rester sous le coup des affronts que j'ai endurés ; il faut que je fasse sentir à ces gens-là toute l'irritation qu'ils m'ont causée ; il faut que je cravache largement l'échine de l'un des leurs.

Ainsi raisonnait le noble marquis de Bordes en lançant son cheval sur l'avenue, au milieu de laquelle le cavalier maure, im-

mobile et impassible comme une statue équestre, l'attendait.

Quand il fut à quelques pas de lui, il arrêta tout à coup son cheval lancé au galop.

— Place ! hurla-t-il en levant sa cravache sur le maure : et joignant l'effet à la menace, sa cravache s'abattit ; mais les mouvements désordonnés de son cheval l'empêchèrent de l'atteindre, et ses coups manquèrent leur but.

Le colosse ne lui laissa pas le temps de les diriger mieux.

En effet, profitant du moment où la tête du cheval du marquis se trouva à sa portée, il leva son bras énorme, et son poing s'abattit comme une masse de fer sur le crâne de la pauvre bête, qui tomba à demi assommée et râlant.

Hercule lui-même, avec sa massue, n'eût pas porté un coup plus terrible.

Dans sa chute, de Bordes, qui se trouva avoir une jambe prise dans l'étrier, se dégagea vivement, et se relevant d'un bond, il saisit sa cravache à deux mains et s'élança sur son adversaire pour le frapper à la tête.

Mais celui-ci s'étant jeté à bas de cheval, sa cravache manqua encore une fois son but et siffla dans le vide.

— Ah ! misérable ! hurla-t-il, tu ne m'é chapperas pas toujours !

Et il courut à lui de nouveau.

Mais il n'eut pas cette fois le temps de frapper. En effet, par un geste rapide comme la pensée, le géant le saisit brusquement par le bras et le fit tourner sur lui-même comme un enfant ferait d'une toupie.

Au bout de quelques minutes, le marquis livré à lui-même, étourdi, anéanti par le formidable ébranlement imprimé à tout son être, trébucha, incapable de se tenir sur ses jambes, et tomba sur ses mains.

Le maure ne lui laissa pas le temps de revenir de son étourdissement et de se relever.

Se courbant alors sur lui, il le saisit de nouveau, mais des deux mains, cette fois ; et se redressant, il le souleva à la hauteur de sa tête : alors ses bras musculeux se détendirent avec une force de projection inouïe, et le marquis, lancé dans le vide, alla tomber au milieu du lac, sur les bords duquel cet étrange combat s'était livré.

On comprend que, bien qu'elle eût été courte, cette lutte ne pouvait pas avoir eu lieu, surtout dans cette partie très fréquentée du bois, sans avoir dû causer un rassemblement considérable de curieux.

Le tour de force d'Hassan excita dans cette foule un enthousiasme indescriptible.

Les Anglais surtout, qui s'y trouvaient en majorité, poussèrent des hurrahs bruyants et parlèrent même de faire une ovation au vainqueur.

Mais celui-ci, sans plus s'émouvoir des applaudissements de la foule, qu'il s'était ému des menaces et des attaques du marquis, remonta tranquillement à cheval, et piqua des deux pour rejoindre Gemma, qui avait continué sa promenade le plus tranquillement du monde.

En quelques minutes de galop, il la rejoignit ; puis ils disparurent bientôt l'un et l'autre dans l'éloignement.

Le vicomte, qui n'avait pas bougé pendant tout le temps qu'avait duré le combat, sortit de son immobilité quand il vit le Maure parti, et en quelques secondes il franchit la distance qu'il y avait entre le lieu où il était et celui où se trouvait son malheureux compagnon.

Il arriva sur les bords du lac au moment où quelques personnes charitables le tiraient de l'eau.

Le marquis était couvert de vase, d'herbes aquatiques et parfaitement calme.

Le vicomte l'entraîna dans un chalet voisin, où il fut procédé au nettoyage complet de sa personne ; puis il revêtit de nouveaux habits que le chef de l'établissement s'était empressé de lui offrir.

— Eh bien ! lui dit Sterley quand il sortit de là pour remonter à cheval et retourner à son hôtel de l'avenue Montaigne, je pense que te voilà guéri de la folie de vouloir épouser une fille malgré elle ?

— Cette maladie se guérira, répliqua le marquis, par une revanche ; et cette revanche je l'aurai complète !

Le vicomte l'accompagna jusqu'à son hôtel.

Je suis sûr que lorsqu'il le quitta, le vicomte s'en alla avec cette conviction que le marquis était fou, et qu'il était urgent de le faire renfermer dans une maison de santé.

PREMIÈRE PARTIE

I

Où nombre de Tourangeaux durent remarquer, non sans étonnement, tant d'équipages sur les routes et tant de fringants cavaliers.

Nous sommes en France, dans ce pays de civilisation que beaucoup d'étrangers croient à tort peut-être très avancé, et qui, je l'espère du moins, est appelé à progresser ; nous sommes en France, dis-je, dans la Touraine que l'on appelle communément un jardin, tant il est beau et bien cultivé : il y a là en effet des sites ravissants, de merveilleux coteaux, des plaines fertiles s'il en fut. Dans cette splendide province de la Touraine donc, par une tiède journée du mois d'août 187., à une demi-douzaine de lieues à l'est de Tours, on eût pu remarquer, sur les routes et dans les villages, un nombre assez considérable de riches équipages : cochers en livrée, chevaux splendidement harnachés, carrosses armoriés.

Dans ces voitures, il y avait des hommes jeunes en grand nombre et quelques autres ayant dépassé les limites de la jeunesse ; personnages graves, au maintien sévère ; tous ces hommes étaient vêtus de redingotes noires boutonnées jusqu'à la cravate. Quant à celle-ci, elle était d'une blancheur immaculée, mais à peine visible sous les collets montants desdites redingotes.

On voyait aussi apparaître, de temps à autre, à la portière de ces somptueuses voitures, de ravissantes figures de jeunes fem-mes ; mais ces figures avaient un cachet que l'on ne trouve pas partout, et qui était comme une marque de fabrique morale, si je peux m'exprimer ainsi. Le regard était voilé et circonspect, et cependant l'œil, largement abrité par des paupières qu'on eût pu croire timides tant elles semblaient tomber chastement sur lui, laissait voir des ardeurs immenses et profondes ; par contre, les traits étaient froids et marmoréens.

Au milieu de ces figures de jeunes femmes, qu'on eût pu comparer à des fleurs ravissantes mais étranges, paraissant appartenir à je ne sais quel jardin mystérieux, il y avait çà et là d'autres figures, mais celles-là laides, jaunes, ridées, parcheminées, de vieilles femmes : ces figures-là étaient presque toutes maigres et osseuses ; mais il y avait dans les plis de la lèvre supérieure, flasque et tombante, une expression d'incommensurable orgueil et de dédain : le regard était voilé comme chez les jeunes, mais terne ; et la prunelle, sans flammes, accusait sans doute des âmes dont les passions charnelles étaient éteintes.

Parmi ces équipages qui venaient des quatre coins de l'horizon, on voyait çà et là galoper quelques cavaliers.

Ces cavaliers, comme les hommes qui étaient dans les voitures, semblaient appartenir à la haute aristocratie; ils étaient mis avec recherche, gantés de frais, et tenaient à la main des cravaches à pomme d'or.

De temps à autre, il arrivait à quelqu'un d'entre eux de saluer très bas, en contrepassant un des équipages dont nous venons de parler; sans doute il y avait entrevu ane personne de connaissance.

Chose singulière! tous ces hommes, cavaliers et autres, avaient des favoris très courts et avaient le reste de la figure rasé.

Où allait tout ce monde?

Y avait-il fête dans les environs ?

Chacun de ces nobles et riches personnages gagnait-il sa demeure qui devait être sans doute un château, car ces gens-là n'ont pas d'autres demeures?

Or il n'y avait à plus de six lieues à la ronde qu'un château : c'était celui de Boternay.

Un observateur n'eût pas tardé de reconnaître que toutes ces voitures et tous ces cavaliers allaient à ce château.

Cette demeure seigneuriale était un de ces antiques manoirs, comme la féodalité en construisait jadis ; vastes et puissantes constructions, avec tours, tourelles, pontlevis, murailles hautes et épaisses, fossés profonds ; girouettes grinçant au vent, à soixante mètres de la surface du sol.

Mais il n'était plus, on le pense bien, tel que son fondateur l'avait transmis à ses descendants. On voyait que des siècles nombreux l'avaient touché de leurs lourdes ailes ; et plus d'une brèche se voyait aux tours, aux tourelles et aux murailles; bien plus, il ne restait du pont-levis que les attaches puissantes auxquelles il avait été fixé, et une porte moderne l'avait remplacé ; quant aux fossés, autrefois si profonds, il n'en restait plus qu'une trace légère, qui consistait en une dépression à peine visible du terrain, tout autour des murs.

Cet antique manoir était habité par la duchesse de Boternay.

Les Boternay appartiennent à la plus ancienne noblesse de France ; ils font remonter leur noblesse bien au delà des croisades : un Boternay, disent-ils, combattit les Sarrasins sous Charlemagne.

La duchesse était âgée ; elle avait plus de soixante ans. C'était une femme grande et maigre ; une vraie figure de douairière du temps de Louis XIV ; il n'y manquait que la poudre et la perruque.

Elle était à la porte de son manoir. Elle faisait un très gracieux accueil à ses nobles visiteurs ; au fur et à mesure qu'ils arrivaient deux laquais en grande livrée allaient ouvrir les portières des carrosses, et si c'étaient des cavaliers, un palefrenier, également en grande livrée, s'emparait de leurs chevaux, qu'il conduisait aussitôt dans les écuries du château.

A l'accueil que leur faisait la châtelaine il était facile de s'apercevoir qu'elle les regardait comme des gens de son monde, et qu'elle considérait un grand nombre d'entre eux comme ses égaux par la noblesse et par la fortune.

Il fallut bien une bonne heure à tout ce monde de visiteurs pour arriver au château et y faire son entrée.

Chacun d'eux fut conduit dans l'appartement qui lui était destiné.

Enfin quand la duchesse, consultant une liste qu'elle tenait à la main, eut reconnu que tous ceux qu'elle attendait étaient arrivés, elle fit fermer soigneusement la porte du château, et alla rejoindre ses visiteurs.

Pourquoi faire fermer si soigneusement la porte?

Nous aurions pu nous poser une autre question aussi, lorsque nous avons reconnu que toutes ces voitures et ces cavaliers se rendaient au manoir de Boternay, et nous demander pourquoi tout ce monde se rendait là.

Il était peu probable qu'il y vînt uniquement pour voir une vieille personne, vivant seule dans l'antique demeure de ses pères, et s'y éteignant tout doucement, sans laisser d'héritier, et n'ayant pour domestiques qu'un ancien serviteur de son mari et sa femme.

Ce tableau et les perspectives qu'il laissait entrevoir n'étaient pas de nature à attirer à Boternay un grand nombre de visiteurs.

Ce jour-là, la domesticité était nombreuse et composée d'hommes et de femmes, alertes, vigoureux, connaissant parfaitement le service des grandes maisons ; les hommes portaient la riche livrée des Boternay.

Il est probable que c'était une valetaille d'occasion.

Nous avons dit que le château était très vaste ; les différentes salles étaient également très vastes, notamment le réfectoire, les salons et la chapelle.

Il était splendidement meublé, et l'ameublement était tout ce qu'il y avait de plus moderne ; depuis peu de temps même il avait été renouvelé et il dépassait en magnificence tout ce qu'on peut concevoir.

Tous les visiteurs se trouvèrent bientôt réunis dans les salons. C'est là que la vieille duchesse vint les rejoindre.

Tous s'étaient débarrassés de leurs vêtements de voyage pour revêtir des habits de gala. Nous devons avouer que ces riches et fraîches toilettes des dames, leur beauté, le tout ayant pour cadre le splendide ameublement du salon, présentait un coup d'œil ravissant.

Les hommes avaient tous l'habit noir et la cravate blanche.

La nuit vint ; on alluma les mille bougies des lustres et des candélabres, qui projetè-

rent sur l'assemblée très animée, mais non houleuse, des flots de lumière.

Il y avait bien là deux cents personnes, tant hommes que femmes ; à leurs manières, à leur langage il était facile de voir qu'elles appartenaient aux hautes classes de la société.

La duchesse parcourut les groupes, échangeant des saluts et des sourires.

Cette première pose dans les salons fut courte ; de là on se rendit au réfectoire.

On a parlé des festins de Balthazar, de ces Romains qui engraissaient des murènes avec de la chair humaine pour qu'elles fussent plus tendres et plus succulentes, et qui faisaient venir des confins du monde connu alors, le poisson et le gibier qui figuraient sur leurs tables somptueuses ; qu'eussent dit ces gourmands, ces débauchés célèbres, ces disciples d'Épicure, s'il leur avait été donné de contempler les tables du réfectoire du château de Boternay, en ce jour mémorable, au moment où tous les convives de la duchesse y prenaient place !

Il y avait là tout ce que l'on pouvait imaginer de plus rare et de plus exquis comme victuailles, vins et liqueurs. Ah ! que ces tables laissaient loin derrière elles celles de Lucullus, de Balthazar et de Vitellius ! que les murènes de Rome et les pièces de mouton grillées de Balthazar étaient distancées ! hélas, que le falerne et l'hydromel eussent fait piètre figure devant les pomards, les thorins, les bordeaux, les champagnes, les tokays, etc., dont ces tables étaient couvertes !

Ce festin du reste n'avait rien de la physionomie de ceux de l'antiquité.

Au fond de la salle, on voyait un crucifix colossal en bronze doré.

Les convives de la duchesse, au moment de se mettre à table, firent une prière, le visage tourné vers le crucifix.

Laissons le vulgaire des invités se livrer à l'important exercice de la mastication, et portons toute notre attention sur une loge grillée, pratiquée dans l'épaisseur de la muraille, sur l'un des côtés de la salle ; dans cette loge il y avait trois hommes, qui voyaient tout ce qui se passait dans la salle, mais que ceux qui se trouvaient dans la salle ne pouvaient apercevoir. Ces trois hommes mangeaient et buvaient en causant à voix basse.

II

Un trio de gros bonnets.

Ces personnages, qui sont appelés à jouer un rôle important dans le drame que nous allons raconter à nos lecteurs, méritent en effet d'attirer notre attention, et nous allons en faire une rapide esquisse.

Ils étaient assis autour d'une petite table ronde de palissandre incrustée d'ivoire ; la nappe qui recouvrait cette table et les serviettes dont ils se servaient étaient de fine batiste, frangées d'or fin ; sur la table fumait une soupe à la tortue, servie dans de l'argenterie massive aux armes des Bolternay.

Ces trois hommes n'étaient pas des personnalités vulgaires ; il y avait dans leur attitude, dans leurs gestes, dans leur maintien, dans leurs regards, quelque chose qui décelait l'esprit de domination et la pratique du pouvoir ; il y avait même de l'intelligence dans ces figures où l'on retrouvait fortement empreint je ne sais quel cachet de mysticisme : le regard était vif, scrutateur, plein d'audace ; le front, bien qu'étroit, avait des rayonnements ; les termes dont ils se servaient dans leur conversation étaient choisis, mais rarement élégants, et leur langage était un mélange de mots français et de mots latins, parfois même il leur arrivait de prononcer des phrases latines entières.

L'un d'eux était un grand vieillard à longue barbe blanche : son crâne, en grande partie dépouillé de cheveux, était luisant comme l'ivoire ; son vêtement consistait en une ample robe de soie bleue, sur le devant de laquelle on voyait d'un côté un grand crucifix brodé en argent, et de l'autre un poignard également brodé en argent ; il avait à la main gauche un large anneau d'or, dans lequel était enchâssée une grosse émeraude, où avaient été ciselés un poignard et un crucifix. Au cou, et attachée à un large ruban rouge, il portait une grande croix d'argent, étincelante de diamants.

Les deux autres de ces hommes étaient également vêtus de longues robes en soie, mais ces robes n'étaient pas de la même couleur, l'une était brune et l'autre violette ; du reste on y remarquait les mêmes broderies qu'à celle dont nous venons de parler ; en outre, ils portaient deux espèces de toques en velours noir avec gland d'or, tandis que le vieillard était nu-tête.

Ces deux-là étaient plus jeunes. Le plus jeune paraissait n'avoir guère plus de trente-cinq ans, le plus âgé cinquante. Ils portaient toute leur barbe, qui était noire ; leurs cheveux étaient très courts.

Nous ferons grâce au lecteur des mots latins dont leur conversation était largement émaillée, et nous les traduirons en français au fur et à mesure qu'ils se présenteront.

— Je vois là-bas Mme Zogler, dit tout à coup le vieillard, après avoir jeté un coup d'œil dans la salle; elle est ma foi toujours ravissante : elle doit bien avoir plus de trente ans.

— Elle en a trente-cinq, monseigneur, fit l'un des deux hommes, celui qui était à la droite du vieillard.

— Comment! trente-cinq ans? en êtes-vous bien certain? père Bridoux.

— Parfaitement, monseigneur.

— Mais il me semble que je l'ai vue toute enfant, moi; il n'y a pas un bien grand nombre d'années de cela.

— La Canaque est née le 5 mars 1843, monseigneur, fit celui des trois qui n'avait pas encore pris la parole.

— Vous avez une mémoire d'ange, père Vetoni, pour vous rappeler jusqu'à la date de la naissance de cette belle Mme Zogler. Ah! on l'appelle donc la Canaque!

— C'est la canaille, monseigneur, qui lui a donné ce nom.

— Pour la plus grande gloire de Dieu[1], père Bridoux: qu'est-ce que cela lui fait à cette sainte et vaillante femme!

— Vous avez bien raison, monseigneur.

— Ah! elle nous a rendu de bien grands services dans la Nouvelle-Calédonie!

— C'est une femme précieuse, monseigneur.

— Mais dites donc, père Vétoni, de quel père elle est née?

Le père Vétoni, qui ne s'attendait pas à cette question, qui pouvait bien être une attaque du malin vieillard, tressaillit, et eut toutes les peines du monde pour ne pas laisser voir son émotion; mais il était depuis si longtemps habitué à se maîtriser, qu'il n'en laissa rien voir.

— On l'ignore, monseigneur, dit-il.

— Ah! c'est un mystère? Vous savez, père Vétoni, qu'il ne doit point y en avoir pour nous.

— Il est bien certain, monseigneur, que si les intérêts de la Compagnie exigeaient que la lumière fût faite sur ce point obscur, la lumière se ferait!

— Oh! cela n'a pas d'importance! je disais cela parce que je lui ai toujours supposé une origine dont ne sont pas favorisées toutes les femmes, malheureusement.

— Vous avez dit malheureusement, monseigneur, fit le père Bridoux.

Un sourire imperceptible glissa sur la figure de marbre du père Vétoni.

— Je dis malheureusement, parce que cette femme a été conçue dans la grâce divine; elle en possède l'esprit, l'essence, les trésors : elle l'a dans le sang. Ah! je l'ai vue à l'œuvre, dans la Nouvelle-Calédonie, cette belle Mme Zogler!

— Vous savez, monseigneur, qu'on nous accuse encore de fomenter la rébellion chez ces peuplades sauvages?

— Oui, je le sais, il paraît que certains hommes voudraient soulever les voiles qui recouvrent les causes qui ont produit ces faits de rébellion. Ils ne savent donc pas, ces hommes, que c'est nous qui faisons l'histoire, et que de ces mystères-là comme de bien d'autres, nous ferons ce que nous voudrons!

Le père Vétoni et le père Bridoux s'inclinèrent profondément, tant il leur parut que ces paroles du vieillard étaient inspirées par la sagesse même.

— Pour revenir à cette bonne dame Zogler, elle nous a vraiment rendu des services importants là-bas.

— Elle en rend encore actuellement de très grands à Paris, monseigneur, fit le père Bridoux.

— Oh! je n'en doute pas : car c'est un vase de prédilection. Je l'ai vue à l'œuvre dans la Nouvelle Calédonie, elle était d'un

1. Ces mots ont été dits en latin, c'est la formule *Ad maximam Dei gloriam!*

dévouement sans bornes, d'un zèle à toute épreuve, et infatigable. Je la rencontrai dans les montagnes, dans les coins les plus reculés de l'île, prêchant, catéchisant, inculquant à ces peuples sauvages les bons principes : c'était un ange, un apôtre !

— Son mari était employé de l'administration française dans ce pays, et c'est là-bas qu'elle est devenue veuve, monseigneur? fit le père Bridoux.

— Son mari était un ivrogne, un débauché, un homme qui ne lui laissait jamais un sou. Ma foi, elle a tant prié Dieu de la délivrer de ce misérable, qu'il a eu pitié d'elle ; un jour on a trouvé son cadavre presque en lambeaux au bas d'un précipice, du haut duquel il était tombé sans doute.

— Pour la plus grande gloire de Dieu, monseigneur, fit le père Vétoni.

— Je présume que ce jour-là Dieu a inspiré cette sainte femme, et qu'il s'est servi de son bras pour précipiter dans l'abîme celui qui faisait le malheur de sa femme, et le scandale des honnêtes gens.

— C'est une Judith ! monseigneur, firent le père Vétoni et le père Bridoux.

— C'est cela ! bien que son acte soit moins éclatant que celui de celle qui tua Holopherne.

— De nos jours, monseigneur, dit le père Vétoni, les femmes qui professent nos principes seraient capables de faire d'aussi belles actions d'éclat.

— Assurément.

— Mᵐᵉ Zögler serait certainement de celles-là.

— Je le crois.

Cette conversation fut un instant interrompue : des garçons entrèrent, enlevèrent ce qui restait du potage, et apportèrent les plats qui composaient le premier service.

On y remarquait, entre autres raretés coûteuses, un plat de caviar, et le poisson qui était entré dans sa composition était arrivé de la veille, des bords du Volga.

Tout était servi dans de la vaisselle d'argent massif.

Pendant quelque temps, le soin de déguster des mets exquis nuisit à la conversation.

Quelques paroles banales seules furent échangées entre ces trois personnages.

— Gloire à Dieu ! fit tout à coup le vieillard, nous avons là des mets qui sont bien faits pour réjouir le cœur de ses serviteurs !

— Versez-moi une petite larme de ce vieux syracuse, dit-il ensuite au père Vétoni en tendant sa coupe d'or, qui lui servait de verre.

— Monseigneur est connaisseur, c'est vraiment une liqueur de roi, ce vieux vin, fit le père Vétoni en remplissant sa coupe.

— Si ce n'était qu'une liqueur de roi, en boirions-nous ? Ce serait une liqueur trop vulgaire.

— En effet, monseigneur, fit le père Bridoux, est-il un roi qui serait assez riche pour se la payer ?

Les vignes dont ce vin provient sont à la Compagnie, et pas une goutte du jus divin qu'elles produisent ne va ailleurs que dans nos celliers du Mont-Aventin, à Rome.

— Le pape lui-même n'en boit pas, fit le père Vétoni.

— Si ! dit le vieillard : cela arrive quelquefois. Ainsi je me rappelle que j'en ai fait cadeau d'un panier de six bouteilles au pape Pie IX, le lendemain où il publia son *Syllabus* : c'était pour le récompenser de son acte de courage.

— Nous ignorions ce fait, monseigneur, firent vivement les pères Vétoni et Bridoux.

— Cela fait partie des mystères de l'his-

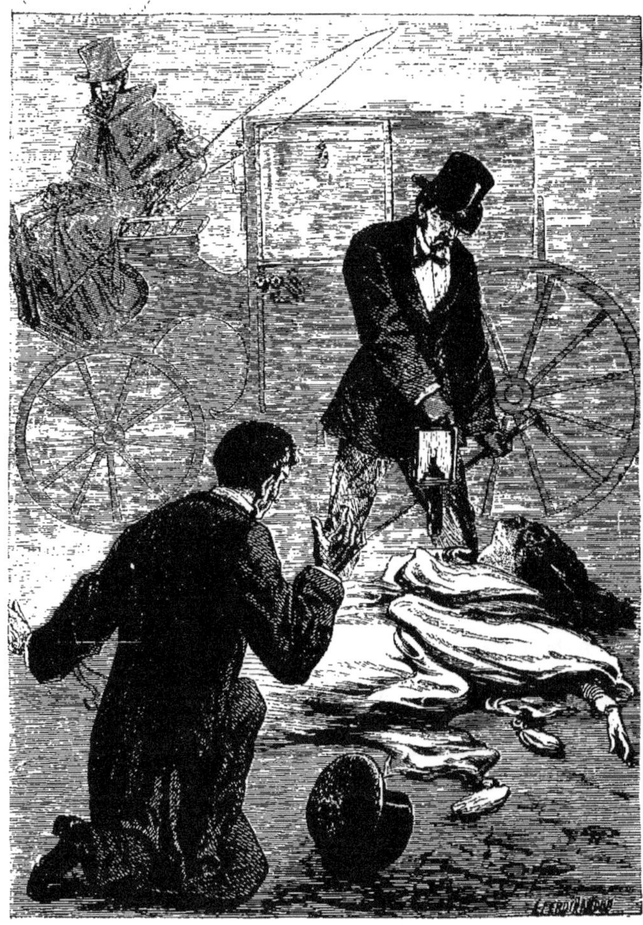

Nous déposâmes le corps dans un champ. (Page 30)

toire contemporaine, dit le vieillard en souriant.

Tout à coup, le père Vétoni se leva et
entr'ouvrant légèrement les rideaux de soie
brodée d'or, qui couvraient les devants de
la loge, jeta un coup d'œil dans le réfectoire.

Chose étrange ! malgré la bonne chère
et les vins exquis, l'assemblée des convives
n'était ni houleuse, ni bruyante. Tous les
visages, il est vrai, étaient joyeux ; mais on
parlait à voix basse; quelques-uns même
chuchotaient : évidemment de graves con-

sidérations enchaînaient les âmes et liaient les langues : on eût dit un repas de néophytes dans l'enceinte du sanctuaire, où ils sentaient la présence de leur Dieu.

— Je ne vois pas parmi les convives le baron de Vorgy, dit le père Vétoni se en rasseyant.

— Il est mort, il y a tout au plus quarante-huit heures, dit le vieillard.

— C'est une perte pour la compagnie, monseigneur.

— Assurément, quoique bien légère...

Il s'arrêta en hochant la tête.

Les pères Vétoni et Bridoux se penchèrent vers lui, prêtant avidement l'oreille.

— Il a rendu des services, poursuivit le vieillard, il a fait où à peu près le *Deux-Décembre*, mais il s'est trop attaché aux Bonaparte : sachant très bien que cette pseudo-royauté qu'on a appelée l'empire n'était pour nous qu'une planche pourrie qui devait tôt ou tard se briser sous nos pieds, pour nous laisser tomber dans le gouffre de la révolution.

— L'empire eût peut-être duré si l'empereur avait voulu, hasarda le père Bridoux.

— C'est une erreur : il n'y a de vie réelle, de durée que là où il y a des principes ; or, il n'avait pas et ne pouvait pas en avoir.

— Monseigneur a raison, dit le père Vétoni, l'empire n'a jamais été pour les hommes sérieux, c'est-à-dire les hommes de foi et d'avenir, qu'un expédient.

Malheureusement, c'est ce que tout le monde n'a pas compris : entre autres le baron de Vorgy, adorateur du succès ; aplati sous le fait qui paraissait splendide, cet homme à courte vue croyait l'empire éternel : cet homme n'avait pas la vraie foi.

— Pourtant, Bonaparte a eu du bon, monseigneur, dit le père Bridoux.

— Oui, je le reconnais : il ne reculait pas devant le massacre, s'entendait merveilleusement à faire mitrailler le peuple, pratiquait la sophistication du suffrage universel avec un incontestable talent : voilà bien tout ! avec cela excessivement et exclusivement jouisseur.

— Cette passion, cette hâte de jouir, dit le père Vétoni, provenait du sentiment dont il était pénétré que son empire, comme celui de son oncle, du reste, n'étaient que des établissements politiques peu durables, transitoires.

— C'est vrai ; cet homme et son oncle ne semblaient nés que pour préparer la venue de la royauté légitime.

— On eût pu en faire des maréchaux de France, dit le père Vétoni.

— Hum ! hum ! fit le vieillard, quant au dernier... eût-on pu penser à en faire autre chose qu'un caporal ?

Le père Vétoni et le père Bridoux se mirent à rire.

— Ce dernier des Bonaparte pourtant, n'était pas absolument bête, hasarda le père Bridoux.

— Bête, non ; somnambule, oui ; il ne savait ni d'où il venait, ni où il allait ; après cela, accordez donc de la confiance à des êtres organisés comme cela !

— Nous l'avons fait cependant, monseigneur, dit le père Bridoux.

— Oui, mais nous n'avions pas le choix en 1851, lorsqu'il fit son coup d'État.

— Cela a duré peu, nous revînmes bientôt de notre erreur, fit le père Vétoni.

— Oui, c'est vrai, mais beaucoup d'honnêtes gens ont cru longtemps qu'il ferait quelque chose : c'était une erreur ; la nôtre venait de ce que nous pensions que dans ses luttes contre la démocratie il briserait tout : enseignement, lois civiles et criminelles, suffrage universel ; qu'il ferait en un mot table rase de tout ce qu'ils appellent, dans leur langage impie, les conquêtes de la révolution. Alors, cette œuvre accomplie il tombait fatalement dans nos bras, nous devenions ses conseillers et ses guides.

— Et ses maîtres ! monseigneur, fit le père Vétoni.

— C'est cela !

— C'est un malheur !

— Ah bah ! Ce qu'il n'a pas fait, la république le fera !

— Comment donc ? monseigneur, firent vivement le père Bridoux et le père Vétoni.

— Comment ! vous me demandez comment ? mais ne vous rappelez-vous pas ce mot d'un révolutionnaire célèbre : la Révolution est comme Saturne, elle dévore ses enfants ?

— Ah ! qu'elle le fasse donc et vite ! dit le père Vétoni.

— Amen ! fit le père Bridoux.

Le vieillard sourit.

— Nous y aiderons, ajouta-t-il d'une voix basse et sifflante.

Ces paroles furent prononcées avec un tel accent, que les deux interlocuteurs se sentirent émus et tressaillirent.

On eût dit les sifflements d'un reptile.

— Cette tâche serait-elle au-dessus de vos forces ? fit le vieillard en les regardant l'un après l'autre d'un air étrange.

— Oh ! non, monseigneur, firent-ils d'une seule voix.

— Auriez-vous peur d'engager une lutte pareille ?

— Jamais !

— Et s'il fallait aller au martyre ?

— Nous irions ! ! !

— Gloire à Dieu ! dit le vieillard.

Il tendit ensuite sa coupe au père Bridoux, en lui disant de lui verser une ample goutte de *lacryma-christi*, et comme le père Bridoux, en s'empressant de le servir, prenait vivement la bouteille :

— Prenez garde, ajouta-t-il, ce vin ne gagne pas à être agité : doucement, douce-ment, il faut qu'il coule goutte à goutte, c'est pour cela qu'on lui a donné le nom de *lacryma*[1], larme du Christ : c'est un breuvage divin, mais il doit couler goutte à goutte : buvons-en avec les yeux de la foi, les larmes du Christ font le salut de l'homme.

Le père Bridoux, d'une main tremblante, remplit la coupe.

— Je bois à la mort prochaine du baron de Mélos ! fit le vieillard ; et il vida sa coupe.

Le père Vétoni et le père Bridoux tendirent l'oreille et écoutèrent avidement.

— Vous ne savez pas ce que c'est que le baron de Mélos ? père Bridoux ; cependant Paris est dans votre circonscription, et le baron de Mélos est de Paris.

— Je confesse humblement mon ignorance sur ce point, monseigneur, dit le père Bridoux très contrarié.

— Heureusement que le comité directeur voit de plus haut que vous, plus loin et mieux !

— Là en effet est la lumière, et c'est vers lui que nous tournons journellement nos regards pour être éclairés, nous autres pauvres serviteurs.

— Oh ! il n'est pas surprenant que vous ignoriez son existence, fit le vieillard en souriant, ce baron est un homme très peu connu, qui a vécu dans le Maroc toute sa vie, et qui n'est à Paris que depuis peu de temps.

— Et cet homme, monseigneur, qu'aurait-il de remarquable ? demanda le père Bridoux.

— C'est l'homme le plus riche du monde.

— Ah ! ah ! firent à la fois le père Bridoux et le père Vétoni en regardant le vieillard.

— D'après nos calculs, il possède une fortune de dix milliards cinq cents millions environ.

1. En latin *lacryma* veut dire larme.

— C'est immense! dirent à la fois le père Vétoni et le père Bridoux.

— C'est la vérité, toute la vérité, rien que la vérité.

— Et cet homme va mourir? monseigneur, demanda le père Bridoux.

— Oui.

— Il a des enfants?

— Oui.

— Plusieurs?

— Non.

— Un garçon?

— Non.

— Ah! c'est une fille qu'il a!

— Hosannah! fit le père Vetoni.

— Quelle riche proie! dit Bridoux avec enthousiasme.

— Riche en effet, et qui sera nôtre.

— Certainement.

— Mais cette affaire tient du prodige! monseigneur.

— En effet.

— Qui est-ce qui se douterait qu'il existe un homme si puissamment riche?

— Très peu de gens, car cet homme, je le répète, vit très retiré, il est inconnu même de ses principaux agents.

— Que fait-il donc? monseigneur.

— Il fait à lui seul ce que notre compagnie fait depuis longtemps, il est le centre et le pivot d'un immense réseau d'opérations commerciales rayonnant sur le monde entier.

— Quelle est sa religion? monseigneur.

— Oh! il n'en a aucune, il est libre penseur.

— Et sa fille?

— Est comme son père.

— C'est une belle conversion à faire, dit vivement le père Vétoni.

— Pour la plus grande gloire de Dieu, fit le vieillard.

On était au second service, les garçons entrèrent et emportèrent ce qui restait des mets qui avaient composé le premier service : en un clin d'œil, les plats du second service furent sur la table et sur le splendide buffet qui se trouvait dans le fond de la loge.

De nouveaux vins furent apportés, parmi lesquels du clos-vougeot de vingt-cinq ans.

— Donnez-moi une larme de ce Vougeot, dit le vieillard au père Vétoni, en tendant sa coupe d'or.

— Ce vin fortifie le cœur et élève l'âme, ajouta-t-il en buvant jusqu'à la dernière goutte la liqueur rutilante dont le père Vétoni avait rempli sa coupe.

— Mais si le baron de Mélos, qui n'est pas encore mort, allait marier sa fille avant de passer de vie à trépas? dit tout à coup le père Bridoux en reprenant la conversation au point où elle était restée.

— Si cet homme marie sa fille, ce sera une affaire flambée, car une fois mariée, elle nous échappe complètement.

— Mais elle ne se mariera pas, fit le vieillard en jetant sur ses deux interlocuteurs un regard profond.

— Ah! ah! firent-ils.

— Gemma de Mélos, la fille du vieux baron ne se mariera pas, pour une raison bien simple.

— Laquelle, monseigneur?

— C'est qu'elle ne veut pas se marier.

— C'est étrange, cela!

— C'est la vérité.

— Étrange! étrange! murmura Vétoni.

— Aurait-elle de la vocation pour la vie monastique? songerait-elle à se faire catholique? fit le père Bridoux.

— Nullement.

— C'est sans doute une idiote?

— Non.

— Elle a un vice de conformation comme la reine Élisabeth d'Angleterre?

— Je ne le crois pas.

— Elle a des infirmités secrètes qui lui font redouter le mariage ?

— Je ne le pense pas.

— Quoi donc, monseigneur ? fit le père Bridoux d'un air étonné et à bout de suppositions.

— C'est bien simple, dit le vieillard en souriant, et je suis même surpris que vous n'y ayez pas songé, père Bridoux ; cette fille ne veut pas se marier, non pas parce qu'elle a peur du mariage, ou qu'elle ne l'aime pas, mais parce qu'elle a un amour sans espoir, amour auquel elle tient autant qu'à la vie, et dont elle mourra.

— Ah ! ah ! c'est heureux ! et cet homme qu'elle aime de cet étonnant amour l'ignore sans doute.

— Il s'est cru aimé du moins.

— Expliquez-nous de grâce ce mystère, monseigneur.

— Il ne l'a vue qu'une fois, mais il paraît que cette entrevue a été décisive.

— Physiquement, monseigneur ?

— Le diable en sait plus long que nous sur ce point délicat ; cependant nous pouvons affirmer, sans crainte de nous tromper, que l'épreuve a été décisive moralement.

— Ils se sont juré un amour éternel ?

— Ah ! ah ! comme toujours.

— Ils ont dit qu'ils mourraient plutôt que de cesser d'être fidèles l'un à l'autre ?

— C'est probable.

— Il paraît que la fille a pris cela tout à fait au sérieux, monseigneur ? fit le père Vétoni.

— Oh ! tout à fait, puisqu'elle veut lui être fidèle jusqu'à la mort.

— Ne nous y fions pas trop, dit le père Bridoux, la femme est trompeuse et changeante.

— Il y a femme et femme.

— Ah ! ah !

— Celle-là paraît être faite d'une autre pâte que les autres.

— Vous, monseigneur, qui avez une si grande expérience, et qui connaissez si bien ce sexe léger, vous affirmez cela ? firent à la fois le père Vétoni et le père Bridoux.

— Je l'affirme, parce que c'est vrai.

— Vous avez rencontré des femmes qui étaient capables d'être fidèles jusqu'à la mort ?

— Oui.

— Beaucoup ?

— Une demi-douzaine, au moins.

— C'est beaucoup, en vérité.

— Je puis vous en citer.

— Citez donc, de grâce ! monseigneur.

— J'ai connu, en Italie, une femme adorablement belle, une femme vers laquelle l'Esprit-Saint lui-même eût été attiré, tant elle possédait à un haut degré les grâces, les perfections, les séductions qui sont l'apanage même de la divinité : elle avait été fiancée à quinze ans au chevalier Rustchi. Cet homme n'était ni spirituel ni beau : il était lieutenant dans la cavalerie royale. Il était parti en mission à Venise, et il devait, à son retour, conduire à l'autel sa ravissante Isabella — elle s'appelait Isabella de son petit nom ; — il est bien entendu que lors de son départ la séparation fut douloureuse, que des serments furent échangés. Le chevalier partit ; je suis certain qu'en quittant sa belle, il n'avait pas de plus ferme désir que d'accomplir vivement sa mission, afin de revenir plus tôt auprès d'elle. Mais Dieu en disposa autrement. A peine arrivé à Venise, il fut rencontré par un homme qu'il n'avait jamais vu mais qui adorait Isabella. Cet homme lui chercha querelle, ils se battirent, et comme il était moins loyal que lui et qu'ils se battaient sans témoins, il le tua traîtreusement, un peu avant qu'il se remît en garde, après une première passe. Cela avait eu lieu la nuit, à la faible lumière d'un réverbère, sur le bord des lagunes. Il s'assura d'abord si le chevalier était bien mort, et, après l'avoir constaté, il jeta son cadavre dans l'eau : les lagunes sont profondes, et ne rendent jamais les cadavres qu'elles reçoivent.

Cependant Isabella attendait toujours son chevalier; voyant qu'il ne revenait pas, elle le réclama au roi; on le fit chercher ; mais on le chercha en vain : la mort de cet homme resta un impénétrable mystère.

Restée veuve de ce demi-mari, poursuivit le vieillard en riant, Isabella ne voulut jamais entendre parler de se fiancer avec un autre. Elle prit le deuil, et ce deuil, je vous l'affirme, était non seulement sur son corps mais dans son âme. Je l'ai connue particulièrement; j'eusse voulu en faire une religieuse; une si belle femme ne devait appartenir qu'à Dieu. Je ne pus y parvenir : non seulement elle ne cessait de penser à son fiancé, mais encore elle ne voulait pas sortir de la maison où elle vivait seule avec son vieux père. J'employai les grands moyens : une nuit, je la fis enlever, par quatre bravi, qui s'acquittèrent si consciencieusement de leur besogne, qu'ils tuèrent le père et saccagèrent la maison.

— Pour la plus grande gloire de Dieu ! fit le père Vétoni.

— Pour la plus grande gloire de Dieu ! murmura le père Bridoux !

— Je trouvai Isabella dans une voiture fermée, elle était bâillonnée; je lui dis qu'elle était trop belle pour appartenir aux hommes, ne fût-ce que par la pensée; qu'elle se devait tout entière à Dieu qui la réclamait; qu'il lui serait très méritoire de se donner à lui, sans retard, pour épouse. Comme elle ne répondait pas, j'approchai ma main de son visage pour écarter son bâillon, afin de pouvoir déposer sur ses lèvres, au nom de Dieu, le baiser mystique qui devait être le sceau de cette union ineffable; elle me repoussa. — Déliez-moi les mains, me dit-elle. Je m'empressai de délier ces liens qui tenaient ses mains charmantes prisonnières; je crus un instant que j'allais réussir à leur substituer des liens divins; je retins un moment, dans ma main, sa main que je venais de délivrer; je me penchais pour y déposer pieusement un baiser, mais elle la retira vivement, et faisant un mouvement brusque en arrière, elle tira de son corsage un long stylet, dont elle plongea la lame tout entière dans sa poitrine; elle expira presque aussitôt. Épouvanté par cet acte sauvage et tout à fait inattendu, je fis arrêter la voiture et j'en descendis. Nous étions en dehors de la ville; je regardai de tous côtés; la route que nous suivions était déserte, elle serpentait au milieu d'un pays boisé, que la lune inondait de ses paisibles rayons; je montrai au cocher, qui était mon valet et mon homme de confiance, le cadavre d'Isabella, dans la poitrine duquel était encore enfoncé le stylet que n'avait pas lâché sa main crispée; nous prîmes ce corps charmant, mais inanimé, et nous le déposâmes dans un champ; je jetai un dernier regard sur ce corps qui eût fait les délices du divin époux et dont le démon venait de faire un cadavre, et je remontai dans ma voiture qui s'éloigna rapidement.

— Quelle femme ! monseigneur, fit le père Vétoni en levant les yeux au ciel.

— Quelle femme ! dit le père Bridoux en fermant les yeux, comme pour voir sans distraction, par les yeux de la pensée, quelque vision enchanteresse.

— Eh bien, poursuivit le vieillard, Gemma de Mélos est peut-être une femme comme Isabella.

— Est-elle belle? monseigneur, demanda le père Vétoni.

— Oh ! on la dit très belle, très belle.

— Et celui qu'elle aime, le connaît-on ?

— Non.

— C'est étrange !

— Il paraît que c'est un marin qui aurait débarqué nuitamment sur la côte de Stramos, un jour que son navire était à l'ancre dans ces parages; depuis on n'a plus entendu parler de lui.

— Il est peut-être mort ?

— C'est probable.

— Tant de navires coulent au fond des abîmes de l'Océan et s'y perdent avec leurs équipages !

— C'est vrai.

— Pour la plus grande gloire de Dieu ! fit le père Vétoni.

— Pour la plus grande gloire de Dieu ! dit le père Bridoux.

— Hosannah ! l'héritage est à nous ! monseigneur, ajoutèrent-ils.

— Oui, la chose me paraît facile.

— Et la fille deviendra l'épouse du Christ !

Les trois hommes se regardèrent.

— Oui, mais pensons au stylet ! observa le vieillard en jetant sur ses deux interlocuteurs un regard profond. Ah ! j'ai bien cru, moi, qu'Isabella, dans son désespoir, me frapperait plutôt que de se frapper !

— Ce serait pour nous le martyre, monseigneur, dit le père Bridoux.

— Ce serait le martyre, fit le père Vétoni en levant les yeux vers le plafond de la loge.

Le vieillard leur jeta de nouveau un long regard.

— Cette histoire m'a creusé, dit-il en s'adressant au père Bridoux, faites-moi donc passer ce salmis de roitelets.

Il montra du geste un petit plat d'argent dans lequel fourmillaient de petites têtes encore pourvues de leurs becs et recouvertes à demi par une épaisse sauce brune.

Le père Bridoux le lui tendit aussitôt.

Le vieillard le saisit avec empressement.

— Ce salmis, dit-il en remplissant son assiette, exhale un parfum qui donne une haute idée des œuvres du Seigneur.

Le père Bridoux et le père Vétoni s'inclinèrent.

On apporta le dessert, les pâtisseries, le champagne, les liqueurs.

Le père Vétoni regarda dans la salle du réfectoire.

Les convives, bien que plongés dans les délices de la table, avaient toujours l'attitude la plus réservée, la tenue la plus correcte.

— Quel admirable spectacle ! dit-il en se rasseyant. Ah ! ce n'est pas chez des convives libres penseurs, ces fils de Voltaire, que l'on trouverait une conduite aussi sainte, aussi édifiante !

Le fait est que dans la salle, les têtes des hommes et des femmes se penchaient les unes vers les autres, annonçant chez les uns et les autres une communauté d'idées et de sentiments, et même une familiarité qu'un disciple d'Epicure eût peut-être trouvée excessive. L'assemblée était muette ou à peu près, mais les regards parlaient, et ces regards étaient des flammes ; des sourires ailés voltigeaient comme des flèches de toutes parts, et un immense bourdonnement de chuchotements mystérieux remplissait la vaste enceinte.

— A propos, dit tout à coup le vieillard, en s'adressant au père Bridoux, avez-vous toujours là-bas, à Paris, l'homme d'affaires Tabernier [1] ?

— Oui, monseigneur.

— C'est un homme qui nous doit tout.

— Je le sais.

— Il n'est pas dépourvu d'habileté.

— Il est même, je crois, fort habile.

1. Il s'agit ici d'un personnage qui doit jouer un rôle important dans le drame qui va suivre.

— Il doit vous donner parfois d'utiles renseignements?

— Oui, monseigneur..

— La première fois que je le vis, il était en prison, accusé de meurtre et d'incendie: je trouvai dans cet homme l'étoffe nécessaire pour en faire un agent de la compagnie, et je lui fournis les moyens de s'évader. Plus tard le tribunal le condamna, par contumace, à la peine de mort, mais il n'avait rien à craindre de la justice des hommes; il était désormais des nôtres, et nous savons bien cacher ceux qui nous appartiennent.

— Ce nom de Tabernier est-il son vrai nom, monseigneur? demanda Vétoni.

— Non. C'est un nom d'emprunt.

— C'est bien l'homme de Paris qui remue le plus d'affaires, dit le père Bridoux.

— Il doit savoir énormément de choses, avec la mémoire qu'il a, l'activité et l'esprit d'investigation que je lui connais?

— Il m'est très utile, monseigneur. Ah! il en sait plus long, à lui tout seul, que toutes les polices réunies de l'Europe!

— Cela ne m'étonne pas.

— Il nous a rendu de grands services dans l'affaire des orphelins de Saubreuil.

— Comment! c'est lui qui vous a indiqué cette magnifique affaire?

— Oui, monseigneur.

— Le père Vétoni ne la connaît peut-être pas?

Celui-ci fit un signe de tête négatif.

— Voici l'affaire, poursuivit le vieillard: le marquis de Saubreuil, qui possédait une des plus belles fortunes de France, se trouvait par suite de la mort de son fils et de sa belle-fille, rester le seul soutien de deux petits orphelins en bas âge. Le marquis était un grand vieillard encore vert, pas dévot du tout, légitimiste mais peu militant; un de ces gentilshommes égoïstes qui pensent plus à eux qu'à Dieu et à leur roi. Il voulait faire de ces petits-neveux, de l'un un prêtre, de l'autre un soldat; de l'un un prêtre, pour qu'il devînt évêque, la dignité d'évêque étant héréditaire dans sa famille; de l'autre un soldat, pour qu'il devînt un général, ce grade étant aussi assuré aux Saubreuil que la dignité d'évêque. Tabernier eut vent de tout cela et en instruisit aussitôt le père Bridoux; la fortune des Saubreuil se montait bien à quatre cents millions.

— Magnifique affaire! monseigneur, dit le père Vétoni.

— Magnifique, en effet, mais elle allait nous échapper si Dieu n'en décidait pas autrement; la moitié allait à un soldat qui en aurait gaspillé une bonne partie au jeu et dans le commerce des femmes; l'autre passait à un prêtre, c'est-à-dire à un évêque qui n'en eût pas eu de trop pour capitonner ses carrosses, salarier ses nombreux domestiques, faire figure dans le monde et se créer d'agréables relations. Dans ce temps-là, vous le savez, le haut clergé montrait peu de dévouement pour notre compagnie. Il importait donc au plus haut degré qu'un événement grave interrompît brusquement et radicalement le cours des choses qui devait amener des faits aussi fâcheux. Le vieux marquis, bien qu'il eût soixante-cinq ans et la goutte était encore très robuste, et il pouvait très bien conduire tout doucement ses deux neveux jusqu'à leur majorité. Nous n'avions presque aucune autorité dans le collège où on les élevait, et il était indubitable pour nous que rien ne pourrait les arracher à l'influence qu'exerçait sur leurs jeunes esprits l'autorité de leur grand-père; il fallait que Dieu lui-même prît notre cause en mains et révélât ses desseins mystérieux par quelque acte éclatant. Or, quand nous avons besoin de l'intervention de Dieu, elle ne nous fait rarement défaut. Je réussis à attirer le vieux marquis chez la

Le valet de chambre et le cuisinier furent armés de carabines.

comtesse de Sterley, une de nos ferventes adeptes, un ange, sa cousine. Elle l'invita à venir passer quelques jours chez elle, il s'y rendit, je m'y trouvais en même temps que lui. Un soir, nous étions à dîner dans le petit boudoir de la comtesse qui avait été transformé, pour la circonstance, en salle à manger : j'offris au marquis une boisson que j'avais préparée moi-même, et sur laquelle j'avais appelé les bénédictions de Dieu : il en but, et tomba comme foudroyé.

— Vos prières, monseigneur, avaient été bien puissantes auprès du Seigneur ! fit le père Vétoni en s'inclinant.

— On ne fit pas l'autopsie, poursuivit le vieillard ; du reste, nous connaissons des mystères que les hommes ignorent, et ces coups de foudre mystérieux défient l'analyse. Le marquis fut enterré avec la plus grande pompe : tout le monde eut la conviction qu'il était mort d'apoplexie. Quelques jours après, sur mon ordre, les deux enfants furent tirés du collège où ils étaient ; je les faisais élever chez leur cousine ; je leur donnais pour précepteur un homme de notre Compagnie. Ces enfants sont devenus des hommes ; ce sont des apôtres ; ils sont journellement à nous conquérir des âmes ; et toute la fortune des Saubreuil est passée dans nos mains.

— Gloire à Dieu ! fit le père Vétoni.

— Hosannah ! dit le père Bridoux.

Dix minutes après, ces trois hommes mystérieux se levaient de table.

Derrière la loge se trouvait un escalier qui conduisait dans une des cours du château, ils le descendirent. Arrivés là, ils s'entretinrent un instant à voix basse ; puis deux d'entre eux, le vieillard et le père Bridoux, traversèrent la cour, pendant que le père Vétoni s'éloignait à son tour, mais dans une direction opposée.

Minuit sonnait à l'horloge du château.

La nuit était calme, le ciel étoilé, et la lune inondait l'immense édifice de sa lumière argentée.

A l'extrémité de la cour se trouvait un petit pavillon, gracieuse construction toute moderne, composée d'un rez-de-chaussée et d'un premier étage, et adossé au mur d'enceinte du château.

Quand le père Bridoux et le vieillard arrivèrent en face de ce pavillon, ils s'arrêtèrent.

— Avez-vous la clef ? dit le vieillard à voix basse à son compagnon.

— La voilà ! monseigneur, fit le père Bridoux en montrant un objet qu'il venait de tirer de sa poche.

— Ouvrez, alors ! commanda le vieillard.

Le père Bridoux mit la clef dans la serrure et ouvrit.

Il pénétra ensuite dans le pavillon ; son compagnon le suivit.

Il connaissait sans doute les êtres, car en un instant il eut fait du feu et allumé un bougeoir.

Le pavillon, comme tous les autres appartements du château, était meublé avec un luxe inouï.

Le parquet était couvert de tapis moelleux ; on voyait de toutes parts des canapés, des fauteuils, des causeuses, des lits de repos extrêmement somptueux.

Dans un coin de la première pièce, il y avait un entassement de sacs de voyage, de bottes, de malles, de manteaux, de pantalons, de larges feutres noirs, assez semblables à ces chapeaux connus sous le nom de sombreros : le tout semblait avoir été jeté pêle-mêle et en hâte.

Ils pénétrèrent dans la pièce voisine. où ils s'assirent autour d'une table couverte d'un riche tapis d'étoffe rouge, lamée d'or.

Nous avons oublié de dire qu'avant de pénétrer dans cette pièce, ils avaient fermé sur eux à double tour la porte d'entrée du pavillon.

Sur la table se trouvait un coffret d'ivoire, à fermeture d'argent. Ce coffret était soigneusement fermé : le vieillard introduisit dans la serrure une petite clef d'or, l'ouvrit, puis il souleva le couvercle.

Il renfermait plusieurs petites fioles de verre très mince, de forme ronde, ressemblant assez, — qu'on me passe la comparaison un peu triviale, — à des oignons de grosseur moyenne.

Ces fioles étaient enfouies dans du coton et chacune d'elles, indépendamment de cela, était enveloppée d'une couche épaisse de même matière.

Évidemment, celui qui les avait emballées avait tout fait pour éviter ce qu'on appelle la *casse*.

Le vieillard les tira une à une de la boîte et les aligna sur la table.

Il souleva ensuite un couvercle qui couvrait un autre compartiment du coffret et en tira plusieurs poignards, sortes de glaives : les lames, larges et cintrées vers le centre dans toute sa longueur, étaient en or et creuses ; les poignées aussi ; mais ces dernières offraient cette particularité qu'elles renfermaient une cavité dans laquelle pénétrait une certaine partie de la lame quand on appuyait sur sa pointe. Cette lame était creuse et vissée au manche seulement dans sa partie supérieure ; la partie inférieure était mobile ; une tige de métal, terminée par une petite rondelle également en métal, y adhérait : c'était cette tige qui pénétrait dans le manche quand on appuyait sur la pointe de la lame ; celle-ci, en effet, pénétrant alors dans sa partie fixe, la repoussait violemment jusque-là.

Maintenant l'idée vient de se demander ce qu'on pouvait bien faire de pareils instruments.

Le vieillard, après les avoir alignés sur la table, les prit un à un, les dévissa, en fit jouer le mécanisme, en examina avec soin l'intérieur.

En ce moment, on frappa discrètement à la porte d'entrée du pavillon.

Le père Bridoux alla ouvrir et introduisit le père Vétoni. C'était lui en effet qui avait frappé : il venait rejoindre ses deux compagnons.

Le père Vétoni portait un flacon rempli d'un liquide pourpre ; ce flacon était bouché hermétiquement.

— Voici le sang ! dit-il en le posant sur la table.

Le vieillard le prit et le portant à la hauteur de la lumière du bougeoir.

— Il est encore chaud, ajouta Vétoni.

Le vieillard remplit de ce sang les petites fioles et les plaça dans la cavité qui se trouvait dans le manche des glaives.

III

Les mystères.

Nous autres modernes, nous devrions en être arrivés à ne plus nous étonner de rien, quand il s'agit de jongleries religieuses.

Il suffirait, du reste, de lire les débats de l'affaire de la Salette, et de voir ce qui se pratique journellement autour des piscines prétendues miraculeuses et pleines d'eaux qui ne sont même pas minérales, pour reconnaître que tous les moyens sont bons, chez certaines gens, pour entretenir ou produire le fanatisme, sans lequel, paraît-il, certaines doctrines n'auraient plus d'adeptes.

Mais revenons à la secte qui nous occupe, secte ambitieuse s'il en fut, qui depuis longtemps cherche à tout entraîner dans son orbite, peuples, clergés, papes, gouvernement : dont les réunions mystérieuses n'ont jamais été dévoilées, et qui opère toujours, seulement pour son propre compte, sans souci des intérêts multiples qu'elle pourrait compromettre.

Quant à la foule immense des pauvres gens encore affolés de merveilleux, notre devoir est de lui montrer que ceux qui lui en donnent, ne sont que de vulgaires banquistes.

A peine le vieillard avait-il préparé ses glaives, qu'un tintement de cloche, vague et mystérieux, se fit entendre à la chapelle du château.

Nous devons dire que depuis que le vieillard et ses deux compagnons avaient quitté la loge grillée où ils avaient dîné, le réfectoire était devenu tout à fait désert. La duchesse, avertie du départ de ces hôtes mystérieux, avait ordonné de frapper sur un timbre d'argent, placé dans un des côtés de l'immense salle. C'était un signal qui annonçait la fin du repas ; ce signal avait été entendu et compris, en clin d'œil la foule des invités avait disparu, en se disséminant dans toutes les parties du château.

Cependant, par les vitraux gothiques de l'antique chapelle, s'échappaient des flots de lumière.

Ses portes massives s'ouvraient à deux battants.

Elle était vaste cette chapelle, et pouvait bien contenir dans son enceinte, cinq ou six cents personnes. On avait fait pour la décorer de véritables merveilles, l'on n'avait épargné ni les tapisseries les plus rares, ni les tissus les plus riches, ni les tableaux et les statues dus aux plus grands artistes, ni l'or, ni l'argent, ni le marbre, ni le bronze.

Plus de cent lustres, d'une richesse inouïe, y projetaient une lumière éblouissante.

Elle avait la forme d'un vaste parallélogramme, l'autel se trouvait dans le fond, opposé à la porte d'entrée, était étincelant de candélabres d'or ; le tabernacle, en bois de cèdre doré tout incrusté de diamants, ruisselait sous les mille rayons de lumière projetés par les candélabres et les lustres ; des flots de véritable malines couvraient le reste de l'autel, à l'exception des marches, bien entendu, qui était recouvertes de tapis blancs, parsemés d'étoiles d'or.

Dans l'espace compris entre l'autel et la table de la communion, s'élevait une estrade large et longue de plusieurs mètres. Cette estrade était recouverte de velours noir lamé d'argent ; et soutenue aux quatre coins, par des lions en bronze, de taille colossale.

Sur cette estrade, on apercevait posés en partie sur un énorme coussin de velours tout éclatant de pierreries et de diamants, un crucifix gigantesque en argent, et un glaive énorme, dont la poignée était en or, et la lame du plus fin acier.

La vaste enceinte était encore déserte, mais, trois hommes se tenaient agenouillés sur les marches de l'autel.

Ils étaient dans une immobilité telle, qu'on les eût pris pour des statues.

Ces hommes nous les connaissons ; c'étaient ceux dont nous avons écouté la conversation dans la loge grillée du réfectoire : le père Bridoux, le père Véloni, et le vieillard.

Ils étaient vêtus de grands manteaux blancs, sur lesquels étaient brodés en soie rouge, un glaive et un crucifix.

Le vieillard avait le front ceint d'un diadème.

Ils priaient, ou semblaient prier.

Au milieu de l'autel, se trouvait un gros livre posé sur un pupitre : c'était la bible.

Est-ce que le vieillard allait dire la messe ? On eût pu croire, en effet, qu'on allait assister à une cérémonie du culte catholique.

En ce moment il se fit un bruissement étrange, comme celui d'un coup de vent sur un champ d'épis mûrs. C'était la partie féminine des convives de la duchesse qui arrivait.

Ces dames avaient changé de vêtement, et portaient une toilette moins mondaine, et d'une coupe plus simple : leurs robes étaient uniformément blanches ou roses ; dans leurs cheveux légèrement dénoués et tombant en masses épaisses sur leurs épaules, elles avaient de larges couronnes de fleurs.

Cet essaim de jeunes et jolies femmes, au visage animé, à la lèvre pourprée, au regard voilé, à l'œil plein d'éclairs intenses; offrait un spectacle ravissant et qui étonnait : on se prenait à se demander à quel monde étrange pouvait bien appartenir cet essaim de jeunes beautés, dont le regard se voilait pudiquement comme celui des vierges de Raphaël, et dont la prunelle, quand elle se montrait, laissait voir des ardeurs de Messalines en débauche.

Elles prirent place sur les sièges qui leur étaient destinés et occupèrent toute la partie à droite de l'enceinte, sans doute selon un programme fait à l'avance.

Les hommes entrèrent à leur tour : ils portaient les mêmes habits qu'au réfectoire, mais tous avaient des fleurs à leur boutonnière; ils prirent place à gauche.

Cependant le vieillard que nous avons vu agenouillé et immobile sur les marches de l'autel, s'était levé, et se tournant vers la brillante assemblée, la salua du geste; tous les fronts s'inclinèrent.

Ensuite il gravit lentement les marches de l'autel.

Alors une musique, douce, voilée, molle, parfois vague, dont les notes descendaient soudain à des profondeurs inconnues, retentit sous les voûtes sonores de l'antique édifice.

Il y avait dans cette musique mystérieuse comme l'expression d'une joie contenue, les élans timides d'une volupté qui se recueille; la note indécise du rêve dans les régions éthérées, puis la chute profonde de l'anéantissement et de l'adoration.

Le vieillard disait la messe : ses deux compagnons, faisant l'office d'enfants de chœur, servaient cette messe.

Allions-nous assister purement et simplement à une cérémonie du culte catholique ?

Tout à coup il posa la main gauche sur l'Évangile et dit à haute voix :

— Frères, priez!

Il y eut un mouvement dans l'assemblée : tous les fronts se baissèrent vers la terre.

La musique qui s'était tue, reprit de nouveau, non plus comme la première fois, voilée, molle, vague, avec des notes profondes. C'étaient cette fois des accords vifs, sonores, d'une allure guerrière; on y sentait le choc des épées, le bruit de la fusillade, les grondements sourds des canons et des cris de victoire.

Elle se tut, le vieillard cria de nouveau :

— Frères, priez!

Tout à coup il se retourna, et d'un pas lent et majestueux, il descendit de l'autel et s'avança vers l'estrade, qui se trouvait, comme nous l'avons dit, à quelques pas de l'autel. Arrivé là, il s'arrêta et fixa l'assemblée : tous les fronts s'inclinèrent, il sourit.

— Frères, voici, dit-il, le crucifix et l'épée. Le crucifix est le signe de la rédemption du genre humain : c'est là que Jésus fut attaché comme un vil criminel, mystère profond! Nous sommes les enfants de Jésus : à nous seuls il a soufflé son esprit, révélé toute sa pensée, et chargé de la redoutable mission de conserver et de perpétuer ici-bas ses doctrines : c'est pour cela qu'il nous a remis le glaive, c'est-à-dire le pouvoir, la puissance, l'autorité, le droit de vie et de mort sur tous les hommes, pour le salut de leurs âmes.

Le vieillard se tut.

— Gloire à Dieu ! fit le père Bridoux.

— Hosannah ! exclama le père Vétoni.

Toute l'assistance répéta : Gloire à Dieu ! Hosannah !

— Frères, reprit le vieillard, comme nous sommes ses enfants chéris, Jésus accorde parfois à notre prière la manifestation visible des plus redoutables, des plus augustes mystères.

Chacun de nous, poursuivit-il, a toujours cru que l'hostie, ce pain azyme dont nous faisons la nourriture de nos âmes, renfermait réellement le sang de Jésus, bien que ce sang ne se montrât pas sous des apparences réelles, palpables. Aujourd'hui j'ai prié Jésus de vouloir bien nous accorder de voir avec les yeux mêmes de notre corps, ce sang que nous n'avons vu jusqu'ici qu'avec les yeux de la foi.

Ah ! ce n'est pas pour satisfaire une vaine curiosité que je lui ai demandé cette faveur précieuse, mais pour qu'il nous montre, à nous qui sommes ses vrais enfants, combien il nous chérit !

Frères, priez !

Il se tut et retourna vers l'autel, dont il gravit de nouveau les marches.

Cependant le père Bridoux et le père Vétoni apportèrent un immense plateau en or massif ; ils se mirent à genoux à côté du vieillard, et tenant ce plateau élevé au-dessus de leurs têtes.

En ce moment, ce dernier bénissait des hosties.

Il se mit ensuite à genoux, puis il s'inclina par trois fois, de manière à ce que son front touchât le tapis qui recouvrait les marches de l'autel.

Il se releva, le front rayonnant et les yeux levés vers le ciel, comme s'il eût été plongé dans l'extase, se retourna vers l'autel et resta quelque temps dans une immobilité complète.

Enfin, il sortit de cette immobilité ; saisit d'une main fiévreuse les hosties, et les répandit sur le plateau. Puis il se retourna de nouveau, et prit sur l'autel un objet ressemblant à un gros coutelas, qui étincela à la lumière des candélabres et des lustres : c'était un des glaives que nous connaissons et que nous avons vu préparer.

Il le tint un instant suspendu sur les hosties.

L'assistance le contemplait haletante ; on entendait la respiration sortir sifflante de toutes ces poitrines étreintes par une poignante émotion.

Enfin le glaive s'abattit sur le plateau, perçant les hosties ; il s'abattit une fois, deux fois, cent fois : le sang coula en abondance, et rejaillit même jusque sur la figure du vieillard, qui poussa un cri rauque et jeta son glaive sur l'autel.

— Miracle ! hurla-t-il.

Puis il tomba de tout son long, comme s'il eût été en proie à une attaque d'épilepsie.

— Miracle ! répétèrent le père Bridoux et le père Vétoni, en montrant à l'assemblée les hosties sanglantes.

Un grand tumulte se fit, l'assemblée se leva affolée, et se rua comme un tourbillon vers l'autel ; la table de la communion qui séparait le chœur du reste de l'enceinte de la chapelle l'arrêta. Cette masse d'êtres humains arriva là, râlant, les cheveux hérissés, les yeux grands ouverts, la gorge serrée, les traits contractés.

Cependant le vieillard s'était relevé : sur son ordre le plateau d'hosties fut apporté près de la table de la communion. A la vue des hosties sanglantes, la foule se mit à pousser des cris qui ne parurent plus appartenir à la voix humaine.

Ainsi exprimait-elle les sentiments qui l'agitaient, dans lesquels dominait une âpre curiosité, mêlée de terreur.

— Hosannah ! cria le vieillard.

— Hosannah ! hurla l'assemblée.

La communion se fit : chacun eut sa part des hosties sanglantes.

Puis on arracha le plateau des mains du vieillard, et de toutes parts des lèvres avides, affolées, en enlevèrent, jusqu'à la plus légère trace, le sang divin qui y avait rejailli.

Chacun des assistants retourna à sa place.

La cérémonie était terminée. Le vieillard, s'avançant vers l'assemblée, s'écria :

— Frères, enfants de Jésus, enfants de prédilection, vous avez goûté les joies du ciel ; goûtez maintenant les joies de ce monde !

Chacun se leva en souriant : chaque homme prit une femme à son bras. Puis, comme des couples qui viennent de recevoir la bénédiction nuptiale, tous sortirent aussitôt de la chapelle.

Ils traversèrent sans bruit l'immense cour du vieux château, en se dirigeant vers le parc où ils pénétrèrent, et ils disparurent bientôt dans la profondeur de ses sentiers ombreux, et dans ses mystérieuses retraites.

IV

Le charmeur de serpents.

Il nous faut revenir un peu en arrière, jusqu'au moment où les carrosses des invités de la duchesse de Boternay, sillonnaient encore les routes, dans les environs du vieux château.

Un bien pauvre équipage suivait la grande route qui mène à la capitale de la Touraine.

Cet équipage se composait d'une voiture de saltimbanque traînée par deux chevaux efflanqués et suivis de deux grands molosses aux crocs formidables, mais aussi efflanqués que les chevaux. Ces molosses étaient attachés à la voiture, par de longues laisses fixées à leurs colliers.

Sur le devant de la voiture se tenaient un homme et un enfant.

L'enfant était un petit garçon d'une dixaine d'années environ, pâle, maigre, à la figure intelligente, à l'air maladif, aux longs cheveux plats.

L'homme pouvait avoir quarante ans : il avait les épaules larges, un cou de taureau ; tout l'extérieur enfin de quelque hercule forain.

L'enfant tenait les rênes des deux haridelles ; l'homme était ivre.

Était-ce le père et le fils ?

L'homme, tantôt dormait la tête appuyée contre les planches de la voiture, tantôt racontait à l'enfant une foule d'aventures extraordinaires dont il avait, disait-il, été le héros.

Le vin rend bavard quand il ne fait pas dormir.

— Vois-tu, Jack, dit-il tout à coup au petit garçon, dans un de ces rares moments où les cahots de la voiture le tiraient du lourd sommeil de l'ivresse, j'ai voyagé dans les cinq parties du monde : j'ai vu les hommes jaunes, les hommes verts, les hommes rouges, les hommes noirs et les hommes blancs. J'ai vu aussi tous les serpents ; il y en avait de rouges, de verts, de blancs, de jaunes, de bleus, de noirs, de gris ; de petits comme ton doigt, de gros comme mon corps; tous, tous je les ai domptés, je les ai charmés !

— Et les hommes, pourquoi que tu ne les charmes pas, eux? demanda l'enfant.

— Imbécile! fit l'ivrogne, et sa tête retomba contre les planches de la voiture; un ronflement sonore annonça bientôt qu'il dormait.

L'enfant tourna vers lui ses grands yeux; et un étonnement douloureux se dessina sur sa figure amaigrie.

Sans doute le pauvre petit se demandait pourquoi il le qualifiait d'imbécile, il s'était fait, lui, ce petit raisonnement · si l'on domptait, si l'on charmait les hôteliers qu'ils rencontraient dans leurs incessantes pérégrinations, ces gens-là seraient assurément moins durs à leur égard; car les hôteliers, en général, ne sont pas tendres pour le pauvre monde; et Dieu sait s'ils en étaient eux du pauvre monde!

Les équipages qui conduisaient au château de Boternay les invités de la duchesse, passaient, les cavaliers succédaient aux équipages, et l'enfant regardait, d'un air ébahi et rêveur, tout « ce beau monde. »

Tout à coup un cahot de la voiture réveilla de nouveau l'ivrogne, qui se redressa brusquement et jeta sur l'enfant un regard glauque.

— Je croyais que nous arrivions au village, Jack, grommela-t-il; décidément cette route est longue comme un jour sans pain. Ah! on ne peut pas dormir dans cette chienne de carriole !

Hue! rosses, cria-t-il aux chevaux.

Ceux-ci relevèrent la tête, dressèrent les oreilles, et n'agitèrent pas plus vivement leurs jambes de squelettes.

L'ivrogne se pencha en avant et jeta un regard sur la campagne.

A cinq ou six cents pas se dressait le vieux château de Boternay.

— En voilà une bâtisse! s'écria-t-il d'une voix rauque; il paraît qu'il y a des gens qui éprouvent le besoin de poser leurs lits sur ce grand tas de pierres : il est vrai que ça ne cahote pas, ça!

Hue! rosses, ajouta-t-il.

Les haridelles agitèrent de nouveau la tête et pointèrent les oreilles, mais ne firent pas un pas de plus.

Les équipages se succédaient, les cavaliers succédaient aux équipages; l'ivrogne les regardait avec une surprise croissante :

— Quelles noces ! quelles noces ! que de voitures ! s'écria-t-il enfin. Jack, passe-moi la bouteille.

L'enfant lui tendit un litre d'eau-de-vie à moitié vidé.

Il en appliqua le goulot sur ses lèvres et tout ce qu'il contenait encore de liquide disparut dans son gosier.

— Où est donc la mariée? demanda l'enfant.

— La mariée? la mariée? fit l'ivrogne en regardant les équipages au fur et à mesure qu'ils passaient.

— Oui, la mariée? à quoi ça se reconnaît-il, la mariée? insista l'enfant.

— A quoi? fit l'ivrogne plongeant de plus en plus ses regards dans l'intérieur des carrosses : à quoi, dis-tu, que ça...

Tout à coup il poussa un cri terrible et fit un soubresaut violent.

— Elle! elle! hurla-t-il.

L'enfant épouvanté tressauta : ce qui fit qu'il tira involontairement sur les rênes, et les chevaux s'arrêtèrent.

L'ivrogne se débattait, vociférait, faisait des efforts inouïs pour descendre de la voiture.

— Qui? elle! fit Jack.

— Benedita! Benedita! là-bas, cria l'ivrogne, là-bas dans ce carrosse traîné par deux chevaux noirs! cours! cours! elle! elle! elle!

Ils causèrent à voix basse.

L'enfant sauta au bas de la voiture, et se retourna.

—Qui? elle! demanda-t-il encore une fois.

— Ta mère! ta mère! hurla l'ivrogne.

L'enfant tourna sur lui-même, comme s'il eût été subitement étourdi par un choc violent, puis il partit comme un trait dans la direction du carrosse.

Mais le carrosse filait rapidement.

Dans l'intérieur du véhicule aristocratique, se trouvait une femme jeune encore et adorablement belle.

Cette femme on l'appelait Mme Zogler, quelques-uns l'appelaient aussi la Canaque, il en a déjà été question dans un des chapitres précédents.

L'enfant courait : il était bien petit, peu robuste, mais ce mot magique : ta mère! donnait à ses frêles et petites jambes une vitesse incroyable.

Atteindrait-il la voiture?

Derrière lui courait l'ivrogne, trébuchant, se relevant, trébuchant et se relevant encore.

Il ne criait plus, ne pouvait plus crier, il râlait!

L'enfant ne gagnait pas de vitesse sur le carrosse; le château était à deux pas : on en voyait la porte ouverte toute grande.

— Ah! se dit l'enfant, c'est là qu'elle va. Je la retrouverai là, puisqu'elle s'y arrêtera ; et il courait un peu moins vite.

Quand le carrosse arriva au château, il en était encore à deux cents pas au moins, le pauvre petit; d'autres carrosses même, qui l'avaient contre-passé, y pénétrèrent encore avant lui.

— Là ! là ! disait-il, haletant, essoufflé, là ! là ! elle est là !

Et il se reprenait à courir de toutes ses forces, tant était grande son impatience de rejoindre celle que l'on appelait sa mère !

Enfin, il arriva à la porte du château, mais il ne put la franchir.

Un grand laquais, galonné sur toutes les coutures, lui barra le chemin.

— Où vas-tu ? petit, lui dit-il d'une voix dure.

Jack était si essoufflé qu'il ne put d'abord répondre.

— Allons, va-t'en ! ajouta-t-il en le repoussant.

Mais il reprit bien vite l'usage de la parole.

— Ma mère est là ! je veux aller chez ma mère ! s'écria-t-il.

— Ta mère !... fit le laquais en le toisant de la tête aux pieds.

— Oui, elle est là, là-dedans, je l'y ai vue entrer, fit Jack en pleurant tout à coup à chaudes larmes.

La duchesse, qui était tout près de là, l'avait entendu crier.

— Que veut ce petit déguenillé ? fit-elle en s'approchant.

— Ma mère ! dit Jack, je veux ma mère !

— Ta mère ! Comment ! ce petit malheureux dit que sa mère est ici ? ajouta-t-elle en riant.

— Vous riez, vous, fit Jack en sanglotant, on voit bien que vous ne savez pas ce que c'est que de n'avoir jamais pu voir sa mère.

— Comment s'appelle-t-elle, ta mère ? fit la duchesse d'un ton sec.

— Benedita ! Benedita ! fit une voix rauque derrière les assistants.

C'était la voix de l'ivrogne. Le malheureux avait enfin franchi, après être tombé cent fois, la distance qui le séparait du château.

Il arrivait le visage convulsé, haletant, écumant, trébuchant.

Il était hideux.

— Oh ! le vilain homme ! s'écria la duchesse. Chassez-le et l'enfant aussi ; du reste il n'y a ici personne qui s'appelle Benedita.

En un clin-d'œil Jack et l'ivrogne furent entourés par les laquais et chassés jusqu'à une grande distance.

L'ivrogne avait voulu résister, et certes, s'il n'eût pas été ivre, il en eût rossé à lui seul une demi-douzaine ; mais il pouvait à peine se tenir sur ses jambes et son simulacre de résistance ne fit qu'accroître la colère des laquais, qui finirent par le laisser après l'avoir roué de coups, étendu la face contre terre et à moitié mort ; quant au petit, il s'assit à côté du malheureux et, la tête dans ses deux mains, il pleura toutes les larmes de son corps.

L'ivrogne resta longtemps dans une immobilité complète.

Il n'était pas mort. Ah ! certes, il eût fallu de bien autres coups pour le tuer ! Mais, comme on dit vulgairement, il cuvait son vin, et largement !

La fraîcheur de la nuit le ranima ; il agita quelque temps bras et jambes et, finalement, arriva à se mettre sur son séant.

L'enfant, las de pleurer, était tombé dans une torpeur voisine de l'hébétement.

— Jack, lui dit-il, où sommes-nous ?

L'enfant tressaillit et leva la tête.

— Benedita ! ma mère ! murmura-t-il.

— Ah ! je me souviens ! fit l'ivrogne ; je me souviens ! Oui, Benedita ; c'était bien elle, mille damnations ! je l'ai bien vue ! Ah ! ils veulent me faire croire que je me suis trompé, les imbéciles ! Est-ce qu'ils se figurent que je ne puisse reconnaître une femme avec laquelle j'ai vécu sept ans, qui a été mon épouse, mille damnations ! et que je n'ai perdu de vue que depuis six ans ! ils sont bêtes comme leurs pieds, ces gens-là ! Mais patience ! patience !...

Il regarda autour de lui, ils se trouvaient sur la lisière du parc ; on voyait, de l'endroit où ils étaient, les cimes de ses grands arbres, blanchir à la clarté de la lune qui montait à l'horizon. .

— Là ! là, fit-il d'une voix basse et sifflante, en regardant l'enfant et en montrant du geste la ligne des grands arbres.

Il s'avança de ce côté, l'enfant le suivit.

Un vieux mur en ruines servait de clôture au parc ; il ne fut pas difficile d'y trouver une brèche, et ils pénétrèrent dans le parc par cette brèche.

Nous l'avons dit, ce parc était immense ; mille et mille sentiers coupaient en tous sens ses taillis et ses futaies innombrables.

Ils marchèrent assez longtemps en se dirigeant vers le château.

Mais précisément parce qu'il y avait mille et mille sentiers qui se croisaient en tous sens, il était facile de s'égarer.

On comprend aisément le but de l'ivrogne, c'était de pénétrer par le parc dans l'intérieur du château.

Mais plus ils marchaient, plus celui-ci paraissait s'éloigner !

Ils s'arrêtèrent :

— Quel chien de bois ! fit l'ivrogne.

Il sentait sa tête s'alourdir de nouveau ; il avait fait un effort violent pour secouer son ivresse, cet effort avait bien duré une heure ; pendant tout ce temps, il avait su à peu près ce qu'il faisait et où il allait ; mais l'ivresse reprenait rapidement le dessus, ses jambes flageolaient, un besoin invincible de sommeil l'envahissait.

Il s'assit sur le bord d'un sentier ; puis sa tête se pencha comme s'il n'eût plus pu la porter. Il sentit le besoin de chercher un appui à côté de lui, mais cet appui n'existant pas, il roula sur l'herbe ; il dormait de nouveau !

L'enfant s'accroupit à côté de lui en pleurant silencieusement.

Le lendemain quand il se réveilla il était grand jour. Il réveilla l'enfant qui dormait. Cette fois son ivresse était tout à fait dissipée. Il se leva. Son chapeau était à côté de lui sur l'herbe, il se pencha en étendant le bras pour le prendre. Quelle ne fut pas sa surprise d'y voir un billet, qu'on y avait fixé avec une épingle !

Ce billet, il le lut avec une sorte de rage, car il en reconnut l'écriture aussitôt ; il était ainsi conçu :

« Anthelme Broussard, si jamais tu fais un pas pour chercher à me découvrir ; malheur, malheur à toi !

« *Signé :* BENEDITA. »

Il poussa un hurlement.

Une demi-heure après il descendait, accompagné de l'enfant, le coteau sur le sommet duquel s'élève le château de Boternay.

Arrivé sur la route, il regarda de tous côtés, croyant y voir sa voiture ; mais elle avait disparu.

Les chevaux, ne voyant pas revenir leurs maîtres, étaient partis tout seuls et s'étaient arrêtés au premier village qu'ils avaient rencontré.

Anthelme Broussard comprit que ses chevaux, qu'il disait être des bêtes très intelligentes, avaient dû se comporter ainsi.

Au village, on lui apprit qu'en effet une voiture était arrivée de la veille, traînée par des chevaux que personne ne conduisait. Cette voiture avait été remisée par ordre du maire et les chevaux mis en fourrière.

Il alla trouver le maire qui lui demanda ses nom, prénoms et qualité.

— Josué-Anthelme Broussard, charmeur de serpents, de retour des grandes Indes, lui dit-il en s'inclinant jusqu'à terre. On lui rendit sa voiture, ses chevaux et jusqu'à ses chiens.

Sur le soir de ce même jour, il reprenait le cours un moment interrompu de ses pérégrinations.

V

Ce qui se passait, un soir d'octobre, à l'hôtel du baron de Mélos.

Le lecteur se rappelle sans doute le toast sinistre porté par le vieillard, au festin du château de Boternay :

— Je bois à la mort prochaine du riche baron de Mélos.

Ce toast avait été le croassement du corbeau ; le cadavre n'était pas loin ; la mort frappait en effet peu de temps après à la porte de l'hôtel des Champs-Élysées.

Nous l'avons dit, depuis quelques mois déjà, le baron sentait ses forces s'en aller : arrivé aux dernières limites de la vieillesse, il ne se faisait aucune illusion sur ce que lui réservait un avenir prochain.

— Les vieillards, disait-il parfois, sont comme des fruits mûrs ; la mort, ce fantôme besogneux et infatigable, ne met jamais beaucoup de temps à les cueillir.

Il considérait du reste le trépas comme une des dernières phases de ce mystère étrange qu'on appelle la vie, et qui n'est regrettable que par les larmes véritables qu'elle fait verser.

Il jetait sur ceux qui l'entouraient des regards inquiets, et parfois une tristesse profonde assombrissait son front.

Il épiait sa fille surtout, et comptait toutes les larmes qui coulaient de ses yeux : larmes que la pauvre fille cachait autant qu'elle pouvait ; mais cela est-il toujours possible ?

Des médecins se pressaient autour du lit où était couché le vieillard : ils se consultaient, et parlaient entre eux à voix basse : Ces médecins étaient les premiers docteurs de Paris, de temps à autre les paupières du baron s'entr'ouvraient, son regard se fixait sur eux, et une lueur ironique brillait dans ses yeux qui semblaient s'éteindre par degrés.

— Il fit un geste pour les congédier, appela auprès de lui sa fille et Hassan, en leur disant de rester seuls auprès de lui.

— J'ai fait partir tout le monde, leur dit-il, parce que ce que j'ai à vous dire ne doit être connu que de vous. Mes enfants, ne vous attristez pas ; je subis la loi commune à tous les hommes : ce n'est pas parce que je suis l'homme le plus riche du monde, que je ne doive pas mourir : la nature se moque bien de la richesse, elle !

Hassan, toi que j'ai élevé, et que je considère comme mon fils, je te confie ma fille Gemma, sois son protecteur, son ami, comme j'étais moi-même son protecteur et son ami. Gemma ne veut pas se marier, je sais pourquoi ; elle me l'a dit. Ce sentiment l'honore, et je ne suis ni fâché, ni surpris de le trouver dans le cœur de ma fille. Si je l'avais su plus tôt, j'aurais fait des recherches, et j'aurais peut-être trouvé cet inconnu… il reviendra, oh ! il reviendra, j'en ai la conviction, ajouta-t-il, en s'animant tout à coup ; d'après ce qui s'est passé entre lui et Gemma, je crois fermement que cet homme n'est pas un fourbe… cherche-le, Hassan, fais comme je ferais, comme j'aurais fait si… Il poussa un soupir… Hassan et Gemma, debout près de son lit, pleuraient en étouffant leurs gémissements. Le vieillard avait fermé les yeux : allait-il mourir ?

Gemma s'approcha de lui et posa sa main sur son front, il tressaillit ; ses yeux se rouvrirent, ils se fixèrent sur sa fille, un sentiment de tendresse infinie se peignit sur sa figure : il la contempla longtemps.

Tout à coup il fit un mouvement pour se redresser ; on sentit qu'en lui la volonté luttait énergiquement contre la faiblesse qui l'envahissait... enfin il put parler.

— Hassan, poursuivit-il, je te laisse une grande fortune, ma fille n'en sera pas moins la plus riche héritière du monde. Tu connais mes affaires, je t'ai mis au courant de tout cela. Bien des gens convoiteront la fortune de Gemma ; il est vrai que j'ai vécu tellement obscur, que j'ai mis tant de soin à me cacher, que cette fortune doit être encore ignorée. Cependant il peut se faire qu'on la connaisse : de là le danger, je sais que la soif de l'or fait commettre tous les crimes ; veille, Hassan, protège ma fille ! Ne la perds jamais de vue, il est des gens surtout qui pourraient être bien à redouter,

s'ils connaissaient cette fortune ; ces gens-là, rien ne les arrête, ni la crainte du bagne, ni celle du bourreau. Ces gens-là, je les connais depuis longtemps, c'est une troupe de bandits, qui s'insinuent partout, qui pénètrent partout, qui, un crucifix d'une main et un poignard de l'autre... dans l'ombre, fantômes terribles, invisibles, insaisissables vampires !...

Il se tut, ses yeux se fermèrent, il poussa un profond soupir.

Le croyant mort, Gemma et Hassan éclatèrent en sanglots.

Hassan se précipita sur lui.

— Ces hommes ? ces hommes ? lui cria-t-il, quels sont ces hommes ?

Il colla son oreille à la bouche du baron, et écouta avec angoisse.

— Ces hommes, ces hommes, dit le moribond, mais d'une voix si faible, que Gemma l'entendit à peine : ces hommes sont les Chevaliers du Crucifix !

Le baron cessa de parler... il était mort !

VI

L'homme de la rue de la Clef.

Le lendemain du jour où se passait la scène touchante que nous venons de raconter dans le chapitre précédent, un homme arpentait d'un pas fiévreux et rapide la rue de la Clef, à Paris.

C'était à la tombée de la nuit.

Il eût été difficile de le reconnaître, couvert qu'il était d'un ample caban dont le capuchon, rabattu sur sa tête, cachait presque entièrement son visage.

Où allait-il cet homme à l'air à la fois si affairé et si mystérieux ?

Il fallait que l'affaire qui l'amenait dans ce quartier fût elle-même bien mystérieuse.

Arrivé en face du numéro 3 de la rue, il s'arrêta brusquement.

Le numéro 3 était une maison d'apparence modeste, une de ces vieilles maisons ayant encore pignon sur rue, et ayant été sans doute la propriété de quelque bon bourgeois de ce temps-là.

Elle avait l'allure des petites citadelles urbaines de ce temps-là, se tenant sur le qui-vive de jour et de nuit ; et on voyait encore, dans un des côtés du pignon, une ouverture bouchée aujourd'hui par une vitre, et par où on devait passer bien des fois le canon d'une arquebuse.

Elle avait cinq mètres de façade au plus

et deux étages : le mur de la façade était bien dégradé, et les persiennes, jadis vertes probablement, étaient jaunes de vétusté ; ces persiennes étaient hermétiquement closes.

La porte qui donnait accès dans cette maison était de chêne et massive ; de grosses têtes de clous carrées et rouillées en recouvraient la surface.

Au centre, on remarquait un énorme marteau de fer, comme il y en avait à peu près partout, dans le temps où l'on ignorait presque entièrement l'usage des sonnettes. Ce marteau avait la forme d'une patte de tigre.

L'inconnu le saisit après un moment d'hésitation. Sans doute il chercha d'abord le cordon d'une sonnette, affaire d'habitude, bien naturelle chez un homme de notre temps.

Au bruit du marteau, frappant sur la porte massive, succéda bientôt un bruit de pas, puis ladite porte s'ouvrit, mais lentement, avec une sorte de prudence ; décidément cette maison avait gardé quelque chose de ses allures, de ce que certaines gens appellent encore le *bon vieux temps.*

Une tête de vieille femme, assez rébarbative, ma foi, se montra ; puis le corps tout entier, sec, osseux, succéda à cette tête.

— Monsieur Tabernier ? demanda l'inconnu.

— C'est ici, dit la femme.

L'inconnu fit un mouvement comme pour entrer : mais la femme ne bougea pas.

— Votre nom, s'il vous plaît ? dit-elle.

— Marquis de Bordes, fit l'inconnu d'une voix basse et rapide et en fronçant le sourcil.

La femme, sans dire mot, se rangea pour le laisser entrer : le couloir en effet était très étroit. Le marquis de Bordes entra, et la porte fut aussi refermée sur lui.

Que diable allait faire dans cette maison notre vieille connaissance Ulrich ?

Venait-il y chercher quelque usurier qui voulût bien consentir à lui prêter de l'argent, sur ce qu'il pouvait lui rester des fermes et châteaux que lui avait légués dernièrement son père ?

C'était bien lui ! et il avait pris comme nous venons de le voir, des allures bien mystérieuses pour venir là ; mais il y avait encore un autre détail, dont nous n'avons pas parlé : le noble marquis, qui était venu en voiture jusqu'à l'angle de la rue Monge et de la rue Lacépède, était venu de là à pied, y laissant sa voiture et son cocher, afin d'être plus sûr de ne pas attirer l'attention sur lui rue de la Clef.

Nous avons dit qu'il avait pénétré dans la maison numéro 3.

Il suivit un long couloir, à peine éclairé par une vieille lampe fumeuse accrochée à la muraille ; arrivé au bout de ce couloir, il se trouva en face de plusieurs portes fermées.

Il allait se retourner vers la femme qui le suivait, et lui demander où était son maître, quand une de ces portes s'ouvrit lentement, et un personnage déjà âgé, petit, maigre, jaune, osseux, se montra : cet homme était le maître du logis ; nous savons qu'il s'appelait Tabernier.

C'était ce Tabernier dont ont parlé les trois hommes de la loge grillée, au château de Boternay.

Le lecteur sait donc que cet homme était un agent des Chevaliers du Crucifix.

Mais ce qu'il ignore encore, c'est qu'il était un homme d'affaires très rusé, très retors, très avide de gains, et opérant souvent pour son propre compte.

L'homme d'affaires est l'homme-poulpe : comme le poulpe il a des tentacules : il s'occupe de toutes sortes d'affaires, quelle que soit sa nature souvent, et pourvu qu'il y ait au bout une proie. Tabernier avait du poulpe l'avidité, la patience, la tenacité, la férocité.

Pour lui, le marquis devait être une proie et s'il avait eu la conviction qu'il eût dû en être autrement, il ne lui eût pas ouvert la porte.

— Je suis aux ordres de monsieur le marquis, dit-il en l'apercevant, et en l'invitant à entrer dans la pièce où il se trouvait : cette pièce était son cabinet.

Elle était assez mesquinement meublée ; quelques vieilles chaises, des rayons bourrés de paperasses, tout le long des murs ; au milieu, une grande table couverte de papiers jetés çà et là, pêle-mêle.

Il fit asseoir son visiteur, et s'assit en face de lui, en le regardant avec beaucoup d'attention.

— Maître Delbronay, mon digne et excellent confrère, m'a annoncé votre visite, me priant de vouloir bien me mettre à votre disposition, monsieur le marquis, dit-il en s'inclinant. Inutile de vous dire, ajouta-t-il, que je serais très heureux de pouvoir vous être de quelque utilité.

Ce qui en bon français voulait dire : Un de mes amis, qui est un banquier et un usurier des plus rapaces de Paris, vous envoie à moi pour une affaire de la plus haute importance ; je ne comprends pas bien, s'il y a de l'argent à gagner dans ladite affaire, qu'il ne l'ait pas gardée pour lui ; quoiqu'il en soit ; je veux bien vous accorder un peu de temps par égard pour un confrère, mais soyez bref, et que je sache vite si l'affaire vaut le temps que je vous accorde.

Ce que c'est pourtant que le double art de feindre et d'arranger les phrases !

Le marquis n'était pas le premier imbécile venu. Il sourit légèrement quand il entendit faire l'éloge de cet usurier nommé Delbronay, dont il savait par expérience ce que valait l'honorabilité.

— Delbronay, dit-il, m'a envoyé auprès de vous, à cause de l'étendue de vos relations, et de la profonde connaissance que vous aviez des affaires.

— Hum ! fit Tabernier.

Il examina plus attentivement encore son visiteur, se demandant s'il voulait se moquer de lui.

— Est-ce que Delbronay sait pour quelle affaire vous venez chez moi ?

— Non.

Tabernier fit un soubresaut : il comprenait de moins en moins ; il se mit de plus en plus dans l'esprit que cette affaire n'était qu'une bonne mystification préparée contre lui, par le marquis et son excellent Delbronay, la colère commença à bouillonner en lui.

— Vous êtes, monsieur, poursuivit le marquis, en présence d'un homme qui a mangé en peu de temps presqu'un million, c'est-à-dire presque tout son avoir.

— Ça me fait une belle jambe à moi, se dit Tabernier.

Il hocha la tête, et ne fit aucune réflexion en réponse aux paroles du marquis.

Certes ce n'était pas une nouveauté pour lui, vieil usurier, un homme qui a mangé tout son avoir, cet avoir fût-il d'un million : il lui était arrivé souvent de se trouver en présence d'un pareil phénomène.

— Oh ! quand je vous dis que j'ai mangé un million, ajouta le marquis, je dois déclarer que maître Delbronay m'y a bien aidé pour un bon quart.

— Ah ! ah !

— Dame ! il est un peu rapace, je reconnais pourtant qu'il m'a rendu quelques services.

Tabernier hocha la tête de nouveau et se croisa les bras : une rage sourde grondait en lui.

Le marquis se méprit sur la signification de ce hochement de tête.

— Oh! je ne viens pas vous demander de l'argent! se récria-t-il vivement, vous devez bien comprendre du reste que s'il s'agissait d'une question d'argent, Delbronay eût fait l'affaire aussi bien que vous, au reste je ne me fais pas illusion sur ce point, personne ne serait assez insensé pour me prêter de l'argent; surtout vous qui devez bien penser que Delbronay a dû prélever comme usure, tout ce qu'il était possible de prélever sur mes immeubles, et même sur mes héritages futurs.

Tabernier se mit à se demander quelle affaire pouvait bien avoir à lui proposer ce jeune marquis auquel il ne restait peut-être plus, de sa fortune, que les bottes qu'il avait aux pieds, et les habits qui lui couvraient le corps. C'était pour lui une bien maigre proie, aussi ferma-t-il les yeux, et sa tête se pencha sur sa poitrine de telle sorte que son menton et tout le bas de sa figure disparurent dans les amples plis de sa cravate, et que son nez long et mince se trouva seul visible sur le collet de sa robe de chambre, comme le bout du mât d'une barque échouée sur un rivage.

Ulrich de Bordes le regarda.

— Drôle d'animal! grommela-t-il.

L'indifférence qui lui paraissait percer dans l'attitude de l'homme d'affaires, le blessait.

Ce n'était pas de l'indifférence, c'était une manière à lui de lui faire comprendre qu'il l'ennuyait.

— Je vous ait dit, monsieur, que l'affaire qui m'amenait chez vous était d'une haute importance, fit-il d'un ton amer.

— Je vous écoute, dit Tabernier d'une voix brève.

— J'ai mangé, je vous le répète, plus d'un million, et il ne me reste de l'héritage paternel que quelques centaines de louis.

Certes, ma position n'est pas brillante; eh bien! il faut que je me crée en peu de temps une fortune cent fois supérieure à celle que j'ai dissipée.

— Que puis-je y faire, moi?

— Si je venais vous dire : j'ai découvert les mines de zinc de Ballanchu; les placers de Porto-Benado; les mines de diamants de Rio-Negro; que je monte ces affaires par actions; et que j'ai besoin d'un millier de louis pour les amorcer, et les faire avaler aux nombreux gogos qui peuplent le monde en général et Paris en particulier; vous pourriez croire qu'il y a pour vous quelque chose à gagner, mais vous me prendriez pour un homme vulgaire!

Une toux sèche sortit de la gorge de Tabernier.

Sa figure émergea des plis onduleux de sa cravate, et il regarda son visiteur avec une certaine inquiétude.

Commençait-il à craindre qu'il n'eût en face de lui un malheureux atteint d'aliénation mentale?

C'est probable.

— L'affaire que j'ai à vous proposer, poursuivit froidement le marquis, peut être bien autrement fructueuse pour vous et pour moi; mais il faudra, si l'on veut réussir, déployer non seulement une grande habileté, mais encore être peu délicat sur le choix des moyens.

— Que voulez-vous dire?

— Je vais tâcher de me faire comprendre.

— Enfin! pensa Tabernier.

— Voici, monsieur, en deux mots ma situation : je suis ruiné, je n'ai nulle envie de chercher à regagner par le travail la fortune que j'ai perdue; je suis jeune, je suis marquis, un homme jeune et de plus marquis peut trouver une femme qui peut le prendre soit pour sa jeunesse, soit pour son titre; ainsi, en ce moment, après la

SAINT-GERMAIN. — IMPRIMERIE D. BARDIN.

Mort du baron de Méios.

perte de ma fortune, il ne me reste d'autre alternative que le revolver, c'est-à-dire le suicide ou le mariage ; eh bien, je préfère le mariage ; je n'ai pas besoin de vous dire que par mariage, j'entends un riche, un très riche mariage.

— Continuez, monsieur le marquis, fit l'homme d'affaires devenu tout à coup rêveur.

— J'ai jeté les yeux sur une fille fabuleusement, oh ! fabuleusement riche.

— Ah ! ah !

— Elle a à offrir à l'heureux mortel qu'elle prendra pour époux, une fortune de plusieurs centaines de millions.

— Oh ! oh ! un tel parti doit être fort recherché.

— Pas que je sache.

— Vous avez déjà fait des tentatives personnelles ?

— Non (il mentait).

— Vous avez fait faire des démarches officieuses ?

— Non (il mentait encore).

— Comment se fait-il que vous vous adressiez à moi, avant d'avoir tenté de réussir par vous-même ?

— J'ai hésité à le tenter ; je sais qu'elle a de la répugnance pour le mariage.

— Vous avez eu quelqu'un qui vous a mis au courant de ces choses-là ?

— Celui qui m'a fait connaître cette fille, c'est celui-là même qui m'envoie ici, c'est Delbronay. Me voyant ruiné, et ma foi ne sachant plus à quel diable me vouer, le cher usurier me suggéra l'idée de me marier : Avec votre titre et votre jeunesse, vous trouverez toujours une femme, sinon jeune, du moins riche ; tenez, j'en connais une à la fois jeune et riche, et de plus adorablement belle ; voulez-vous que je vous l'indique ? J'acceptai.

— Comment diable Delbronay vous a-t-il envoyé à moi pour une affaire de mariage ? Il me semble que s'il y eût entrevu une chance de gain, il se la fût réservée.

— Il ne pouvait pas s'en occuper, d'abord parce qu'il n'a aucune relation avec la famille, et qu'il ne dispose d'aucune influence, d'aucun moyen... tandis que vous...

— Comment ! moi ?

— Oui, vous ! vous connaissez cette famille, vous avez des relations avec elle, vous pouvez même exercer une certaine influence sur l'esprit de la fille.

— Son nom, de grâce, monsieur le marquis.

— Elle s'appelle Gemma de Mélos ; c'est la fille et l'unique héritière du baron de Mélos qui vient de mourir.

Tabernier se gratta le front et devint pensif.

Le marquis le dévorait du regard.

— Il se peut qu'il y ait quelque chose à faire, dit Tabernier après un moment de silence et comme se parlant à lui-même.

— Ainsi vous consentez à vous en occuper ? s'écria vivement le marquis.

— Je n'ai pas dit cela... Il y a des difficultés, de très grandes difficultés, ajouta-t-il en hochant la tête.

— Vous êtes assez habile pour les vaincre, je suppose, Delbronay dit que vous êtes le plus habile homme d'affaires de Paris.

— Il a dit cela ?... eh bien, c'est qu'il avait envie de se débarrasser de vous, monsieur le marquis.

Le marquis rougit : il sentit ce coup de fouet. Il avala néanmoins cette nouvelle humiliation sans sourciller : d'ailleurs au fond de l'abîme où il était tombé, avait-il encore le droit, avait-il même la force de montrer de la fierté ?

L'intérêt de Tabernier n'était pas du reste de le froisser ; s'il lui avait parlé avec une telle rudesse, c'était pour lui faire sentir toute son importance, pour l'assouplir. S'il lui avait parlé des difficultés que présentait l'affaire, c'était pour lui faire payer plus cher ses services ; s'il avait même hésité à accepter, c'était pour l'entraîner plus aisément à se soumettre à toutes les conditions qu'il lui plairait de lui imposer.

— Je connais Gemma de Mélos, poursuivit-il d'un air grave et soucieux ; j'ai connu même beaucoup feu le baron, son père : j'ai joui de sa confiance, je crois jouir aussi de celle de sa fille.

— Alors nous sommes certains de réussir ! s'écria vivement le marquis.

— C'est une erreur, une grande erreur. Je suis même chargé, poursuivit-il, de lui transmettre en ce moment qu'elle est absente de Paris, sa correspondance.

— Est-elle aussi riche que l'on dit ?

— Plus riche, plus riche.

L'œil du marquis s'enflamma.

— Eh bien ! vous voyez ?

— Oui, je vois que vous convoitez cette fortune, mais je ne vois pas encore comment vous pourrez parvenir à vous en emparer, même avec mon concours.

— Il faut le tenter, au moins.

— Je ne refuse pas de le tenter : seulement...

— Seulement, quoi, monsieur Tabernier ?

— Il s'agit, poursuivit l'homme d'affaires, de bien préciser ce qui doit me revenir à moi en cas de réussite.

— Parlez !

— Je veux la moitié du gain : ainsi, si la fortune qui vous sera acquise par suite de votre mariage avec la fille de feu le baron de Mélos, est de cinq cents millions, je veux donc deux cent cinquante millions pour moi.

— Cela m'est égal : j'accepte.

— Vous devez savoir, monsieur le marquis, ajouta Tabernier, que nous autres hommes d'affaires nous avons l'habitude d'envisager les choses surtout au point de vue pratique : et puis nous aimons la régularité en affaires.

— Que voulez-vous dire ?

— Je veux dire que si nous traitons, je veux des garanties.

— Lesquelles ?

— Vous me souscrirez immédiatement pour cent millions de billets, payables le lendemain même de votre mariage.

— Mais si la fortune de Gemma n'est pas le double de cette somme, je ferai avec vous un marché de dupe.

— Je vous prouverai, par des documents irrécusables, que sa fortune dépasse cette somme de plus de cinq cents millions: ainsi, qui est-ce qui fera un marché de dupe de celui qui n'aura que cent millions de billets, ou de celui auquel il reviendra une part léonine de cinq cents millions? Il est bien entendu que je plaisante quand je dis que ce sera votre part : il me reviendra encore deux cents millions sur cette somme. Et pour m'en assurer la future possession, vous voudrez bien, marquis, m'en faire une reconnaissance, dont le payement serait exigible trois mois après le mariage.

— Montrez-moi les documents dont vous m'avez parlé, fit le marquis.

Tabernier se leva, et alla prendre dans un casier, un paquet volumineux qu'il posa ensuite sur la table, sous les yeux de son visiteur.

— J'ai été chargé d'un assez grand nombre d'affaires par feu le baron, et j'ai été mis à même, dans le cours de nos longues relations, de me faire une idée à peu près complète de ce qu'il pouvait avoir comme fortune. Grâce à ces affaires dont je viens de vous parler, et dont les dossiers sont ici, grâce aux notes qui y sont annexées, vous pouvez arriver en quelques minutes, à la constatation sérieuse de ce que je vous ai affirmé sur l'étendue de cette fortune ; un simple coup d'œil vous suffira.

Vous y trouverez, monsieur le marquis, la nomenclature des 12,500 maisons de commerce qu'il a créées sur tous les points du globe, et dont il a transmis la propriété à sa fille ; vous y trouverez le chiffre de leur revenu annuel, dont je vous garantis l'exactitude ; à cela viennent s'ajouter des immeubles considérables situés soit au Maroc, soit en Espagne, soit en Suisse, soit en France ; etc… Voyez, examinez, monsieur le marquis.

Au reste, poursuivit Tabernier, je suis tellement certain d'être resté au-dessous de la vérité dans l'estimation de cette immense et incroyable fortune, que je suis prêt à vous signer un engagement, par lequel vous ne serez tenu envers moi à aucun des paiements précités, si le chiffre de cette estimation est au-dessous de la vérité.

Le marquis compulsa le dossier, en lut quelques pièces, jeta un coup d'œil sur les nomenclatures indiquées ; et repoussa ensuite du doigt, tout le dossier d'un air de dédain.

— Fi donc ! monsieur Tabernier, dit-il, ils sont vraiment poudreux ces vieux papiers !

— Poudreux, mais d'une grande utilité, convenez-en, monsieur le marquis, dit Tabernier en riant.

— Je ne dis pas non, fit de Bordes en essuyant avec son mouchoir ses gants souillés par la poussière ; néanmoins faites-moi cet engagement, j'aime mieux ça.

— Et moi, monsieur le marquis, j'aime mieux m'en tenir simplement à mes billets, auxquels vous ajouteriez un engagement écrit de me payer en espèces, sans spécifier de somme, la moitié de la fortune de Gemma, déduction faite, bien entendu, du montant des dits billets.

— Soit ! fit le marquis.

Tabernier allait vite en besogne : un quart d'heure ne s'était pas écoulé que les billets et l'engagement étaient rédigés et signés.

— Maintenant, monsieur, dit le marquis, occupons-nous un peu de savoir comment nous nous y prendrons pour réussir.

— Je suis à vos ordres, monsieur le marquis, fit Tabernier en se rasseyant.

N'avez-vous pas une tante, la comtesse de Cressères ?

— Oui, fit le marquis surpris.

— Bigote ?

— Un peu, comme toutes les vieilles filles, du reste.

— Le château de Cressères se trouve en Suisse, je crois ?

— Oui.

— Qu'est-ce que c'est que ce coin de la Suisse où il se trouve ?

— C'est un pays montagneux, boisé, peu peuplé ; Cressères est un vieux castel en ruines, ma tante y va passer de temps en temps un mois ; puis elle revient à son hôtel du faubourg Saint-Germain.

— A quelle distance Cressères se trouve-t-il de Genève ?

— A une douzaine de lieues environ.

— Les routes sont carrossables ?

— Oui, du moins jusqu'à une distance de deux ou trois portées de fusil du château, à partir de là ce sont des chemins de campagne, fort négligés, et où il ne serait pas prudent de s'engager avec une voiture, à cause des fondrières. Mais où voulez-vous en venir ?

— Vous verrez tout à l'heure, qu'il peut parfois être utile d'avoir un vieux castel quelque part en Suisse, dans un site sauvage même ; et une vieille tante, célibataire ; il est vrai qu'il serait préférable qu'elle ne fût pas bigote ; mais enfin on ne peut pas tout avoir ; nous aurions trop de chances si nous avions tous les atouts dans notre jeu.

— Où diable voulez-vous donc en venir ? répéta le marquis de plus en plus étonné.

— Vous comprendrez tout cela avant peu ; patience ! patience ! Maintenant, occupons-nous de Gemma de Mélos, si vous voulez bien.

Le marquis devint tout oreilles.

— Vous ne savez pas pourquoi Mlle Gemma de Mélos a, pour me servir de votre expression, de la répugnance pour le mariage ?

— Non.

— Elle aime !

— Elle aime ?

— Oui.

— Pas possible ?

— C'est la vérité ; tenez, en voici la preuve.

Et étendant le bras, Tabernier prit sur la table, au milieu d'un tas de papiers, une lettre dépliée, qu'il tendit au marquis.

Celui-ci s'en empara vivement.

— Ah ! c'est trop fort ! s'écria-t-il après l'avoir lue d'un bout à l'autre.

— Ce que j'eusse trouvé plus fort, moi, c'est qu'il en eût été autrement !

— Mais cela dit qu'on l'aime, et ne dit pas qu'elle aime, elle ?

— Allons donc ! l'un suppose l'autre dans la circonstance présente ; du reste, j'ai su par Hassan que cette fille se mourait d'amour pour un inconnu.

— Et cet inconnu ?

— C'est le signataire de cette lettre.

— Vous en êtes certain ?

— Oui.

— Allons donc !

— C'est la pure et simple vérité. En effet, cet inconnu c'était un marin, qui avait abordé nuitamment sur la côte de Stramos, au dire d'Hassan, qui y avait vu Gemma dans le parc du palais, puis qui n'y était pas revenu. Or, que dit cette lettre ?

— C'est vrai, fit le marquis, écrasé par la logique de l'homme d'affaires.

— Cette lettre est signée Georges Bernard, marin du brick l'Éole, actuellement en rade de Bordeaux : or, ce Georges Bernard, c'est cet inconnu dont Gemma de Mélos est amoureuse, auquel elle a donné, dans une entrevue fortuite de quelques mi-

nutes, son âme, sa vie ; à qui elle donnerait aujourd'hui sa fortune et sa main, s'il leur était donné de se retrouver.

— Oui, mais c'est ce qu'il faut empêcher à tout prix.

— Assurément. Cet homme gêne trop, il faut qu'il soit supprimé ; oui, mais après ?

— Après ? quoi ?

— Réussirons-nous à extirper du cœur de Gemma cet amour insensé, qui résiste à tout, que rien ne paraît pouvoir détruire ?

— Ah ! je m'en moque, de son amour, pourvu que j'aie sa fortune ; je ne suis pas amoureux, moi !

— Je le sais bien ; mais comment lui faire accepter pour époux un autre homme que ce Georges Bernard ?

— Dame !

— Il faut que j'ajoute encore à vos charmes naturels, si cela est possible, monsieur le marquis, fit Tabernier en riant.

— Comment l'entendez-vous ?

— Expliquons-nous. Si je vous présentais en ce moment à Gemma comme prétendant à sa main, il est certain qu'elle refuserait, parce qu'elle aime ce Georges Bernard.

Le marquis hocha la tête.

— Que faut-il faire pour résoudre le problème ? Il faut que Georges Bernard soit supprimé, attirer forcément sur vous l'attention de la jeune fille, vous présenter à elle sous des dehors extrêmement aimables ; lui faire croire qu'elle est entourée d'ennemis terribles, jeter dans son âme la conviction que vous êtes son sauveur, frapper ensuite un coup terrible en lui prouvant que ce Georges Bernard est mort : alors, grâce à la perturbation morale que ce choc produira, on peut lui suggérer la pensée de se jeter dans les bras de son sauveur, par estime d'abord, et aussi un peu par reconnaissance : diable ! diable ! on peut penser longtemps à ceux que l'on croit vivants, mais les morts s'oublient vite, ajouta Tabernier en riant; et quand elle aura la certitude que ce Georges Bernard soit mort, elle ne nous résistera pas longtemps.

— Par quelles machinations arriverons-nous à réaliser chacun des points de ce programme?

— C'est bien simple, nous l'enlèverons et nous la jetterons dans les bras de votre tante, qui ne nous refusera pas son concours.

— Assurément non!

— Maintenant, poursuivit Tabernier, laissez-moi le soin de supprimer le marin.

— Soit.

— Il faut agir avec célérité; chaque heure qui s'écoule est peut-être un atout enlevé de notre jeu.

L'homme d'affaires devint pensif, et posa sa tête dans ses deux mains :

— Monsieur le marquis, poursuivit-il avec une émotion qu'il ne chercha pas à dissimuler, nous n'avons pas que cet amour de Gemma et ce Georges Bernard à craindre dans cette affaire!

— Quoi et qui donc encore, monsieur? fit le marquis étonné.

— Il est des hommes redoutables, société de fanatiques, avides de domination, capables de tout, pouvant tout, dont la police occulte et active s'en va fouillant partout, et qui peut parvenir à connaître nos secrets et à découvrir l'existence de cette fortune que nous convoitons; voilà qui je crains et ce que je redoute! Aussi, je vous recommande la plus grande prudence et la discrétion la plus absolue : du mystère! encore du mystère! et toujours du mystère! Il n'y en aura jamais assez autour de nos projets, autour de cette affaire! Sont-ils des fantômes ou des hommes? Si ce sont des hommes, on peut les voir, les saisir, les tenir au bout d'une épée.

Ces hommes sont comme des fantômes, avec cette différence qu'ils frappent et que les fantômes ne frappent pas; mais avec cette ressemblance, avec les fantômes pourtant, c'est qu'on ne peut pas les saisir quand ils ont frappé : vous sentez leur action partout; vous voyez les effets de leurs haines ou de leurs crimes partout; mais quant à la main qui frappe, quant à l'œil qui a dirigé le coup, vous ne les voyez jamais!

— Mais de quels hommes venez-vous donc parler? fit le marquis au comble de l'étonnement.

— Ces hommes? Voulez-vous que je les appelle par leur nom? Ces hommes, poursuivit Tabernier en baissant la voix comme si un sentiment de terreur l'eût subitement assailli; ces hommes, ce sont les Chevaliers du Crucifix!

Le marquis se mit à rire aux éclats.

— Ces gens-là? dit-il, mais je n'ai jamais entendu dire qu'ils se soient occupés d'autre chose que de prier Dieu.

Tabernier regarda le marquis : son visage exprimait à la fois un étonnement si grand et une pitié si profonde qu'il en fut tout déconcerté.

— Au reste, ajouta-t-il avec un certain embarras, je ne prétends pas dire que je sois aussi versé que vous dans la connaissance de ce qui se passe dans les sous-sols de la société actuelle.

— Vous vous formerez, monsieur le marquis, vous vous formerez! En attendant, n'oubliez pas que je vous ai recommandé la plus grande prudence!

— Soit! A propos, qu'allez-vous faire de la lettre de ce Georges Bernard?

— L'envoyer à Gemma, aux Charmettes; une villa qu'elle habite actuellement dans les environs de Genève.

— L'envoyer à Gemma? C'est de la folie, cela!

— Non.

— Comment donc?

— Si nous voulons enlever Gemma, il nous faut à tout prix éloigner Hassan des Charmettes.

— Je ne comprends pas.

— Vous allez comprendre, monsieur le marquis. Hassan est un rêveur, un poète; il adore Gemma, il ferait pour elle toutes les folies; pour satisfaire un caprice de cette jeune fille, il n'est pas de péril qu'il n'affronte, pas de sacrifice qu'il ne fasse. Ce qu'il rêve, c'est de faire le bonheur de celle qui est devenue son idole; idole de poète, chimère! Eh bien, cet homme, tel que je le connais, dès qu'il saura que l'inconnu que Gemma aime d'un amour si profond, et dont la venue lui causerait tant de joie, s'appelle Georges Bernard, que ce Georges Bernard est à Bordeaux, il n'y tiendra plus du désir d'abréger les heures d'attente auxquelles sera condamnée Gemma; il partira immédiatement pour Bordeaux afin de hâter son arrivée près de la jeune fille : il sera si heureux, il sera si fier de lui amener lui-même celui qui est sa vie et qui doit lui donner le bonheur!

— C'est si bête que ça, un poète? fit le marquis en roulant une cigarette.

Tabernier sourit.

— Et s'il ne part pas pour Bordeaux? ajouta le marquis.

— Nous aviserons.

Tabernier entra ensuite dans le développement du plan qu'il avait imaginé; nous ferons grâce au lecteur de ces détails, qu'il connaîtra d'ailleurs au fur et à mesure que les événements se produiront.

— C'est égal, observa le marquis quand Tabernier eut terminé ses explications, la suppression immédiate de ce Maure ne me serait pas désagréable.

On voit que le noble marquis se souvenait encore de son aventure du bois de Boulogne, et qu'il gardait de la rancune à l'auteur de son immersion burlesque dans les eaux du lac.

— Écartons-le d'abord, nous verrons après, fit Tabernier.

— Vous verrez que nous serons toujours obligés de le faire un jour.

— Eh bien, alors, nous le ferons. J'ai pour principe que dans les affaires il faut en premier lieu employer la ruse, et que le meurtre est une de ces ressources extrêmes auxquelles on n'a recours que lorsqu'on ne peut pas faire autrement. Du reste, dans vingt-quatre heures nous saurons bien à quoi nous en tenir à cet égard : dans vingt-quatre heures nous saurons si Hassan est parti ou non pour Bordeaux.

— Alors vous allez envoyer cette lettre de suite?

— Je vais l'envoyer à la poste dans quelques minutes et elle arrivera aux Charmettes demain dans la matinée; je vais en même temps télégraphier à Genève, à un de mes agents, de me tenir au courant de tout ce qui pourrait se passer aux Charmettes.

— Mais comment ferez-vous pour qu'on ne s'aperçoive pas que cette lettre a été décachetée?

Tabernier se leva et alla prendre dans un tiroir de son secrétaire, deux petits flacons qu'il apporta sur la table : l'un et l'autre renfermaient un liquide incolore.

— L'un de ces liquides, dit-il en les montrant au marquis, sert à décoller les enveloppes des lettres, et l'autre à les faire adhérer de nouveau. Du reste, vous allez voir, je vais recoller la lettre.

Un instant après, il la tendit au marquis, et celui-ci ne trouva rien qui pût faire soupçonner qu'elle eût été décachetée.

— C'est une belle chose que vous possédez là, fit-il en montrant les deux flacons.

— Comment ferions-nous des affaires,

dit Tabernier en riant, si nous n'avions pas des tas de petits moyens?

— Charmant ! charmant ! c'est une belle chose, la science !

— Et surtout le savoir faire, monsieur le marquis.

— Je crois que vous n'en manquez pas, vous.

— Il y en a encore de plus habiles et de plus redoutables que moi, monsieur le marquis.

— Vous voulez parler probablement de vos Chevaliers du Crucifix ?

— Oui.

— Ah ! moi je m'en moque bien !

— Vous avez tort.

— Ah bah !

— Ma conviction est que si notre affaire échoue, ce sont eux qui l'auront fait échouer. Tenez, voulez-vous que je vous dise toute ma pensée ?

— Oui.

— Eh bien, dans cette affaire je joue ma tête et vous la vôtre ; et ce sont eux seuls qui puissent les mettre en péril.

— C'est égal ; quand il y a des millions, des centaines de millions à gagner, on peut risquer cela.

Bien que celle de Tabernier eût déjà failli tomber dans le fatal panier, il n'avait pas encore pu s'habituer à l'idée de la perdre.

Aussi fit-il une affreuse grimace.

Le marquis se mit à rire.

Tabernier haussa vivement les épaules.

— Maintenant, monsieur le marquis, lui dit-il après un moment de silence, voulez-vous savoir quel était ce baron dont vous avez résolu d'épouser la fille ?

— C'est sans doute encore quelque mystère ?

— Le devoir d'un homme d'affaires est de les pénétrer tous. Le baron de Mélos,

cet homme qui sut amasser une si belle fortune, et qui voulut vivre complètement inconnu de ses contemporains, était le fils du général Kléber.

Le marquis regarda Tabernier d'un air étonné.

— Sa mère, Élena de Mélos, était la fille d'un Grec puissamment riche, qui prit part à la fameuse insurrection du Caire qui mit en péril notre domination en Égypte après le départ de Bonaparte. Élena fut l'héroïne de cette insurrection, et elle y aurait péri, comme son père, qui tomba un des premiers sous les balles françaises, si Kléber ne l'avait arrachée au massacre. Le général, qui paya de sa personne en cette circonstance comme un simple soldat, se trouva dans le fort de la mêlée, et arriva au moment où Élena tombait couverte de blessures. Élena était admirablement belle, Élena avait combattu avec un courage extraordinaire. Il n'en fallait pas tant pour enflammer le cœur d'un homme chevaleresque comme l'était Kléber : il se jeta d'un bond de tigre au milieu du groupe de soldats qui allaient l'achever, la prit toute sanglante et l'emporta dans son manteau, loin du lieu du combat. Élena était couverte de tant de blessures, et dans un état d'anéantissement qui paraissait si complet, qu'il crut bien qu'il n'emportait qu'un cadavre. Il fit appeler les plus habiles médecins, lui-même s'assit à son chevet, où il resta de longues heures. En revenant à la vie, Élena éprouva pour son sauveur un de ces amours où une femme jette toute sa vie. Quelques mois après Kléber était assassiné. Folle de douleur, la malheureuse s'enfuit du Caire où celui qu'elle adorait avait été tué; elle alla cacher son désespoir et ses larmes, au fond du vieux palais de Stramos, situé sur la côte du Maroc. Ce palais était sa propriété, depuis que son père était mort. Là, elle mit au monde un fils qui porta le nom

Gemma de Mélos.

de sa mère, et qui s'appela Jean-Théodore de Mélos.

— C'est le baron qui vient de mourir? demanda le marquis.

— Lui-même. Sa mère mourut quelques mois après sa naissance. Il fut élevé par son grand-père maternel, qui lui laissa en mourant une grande fortune.

— Vous en savez plus que l'histoire, fit le marquis en riant.

— Si l'histoire était faite par des gens épris d'un amour sincère de la vérité, elle ne serait pas ce qu'elle est, dit l'homme d'affaires en replaçant dans son casier le dossier qu'il avait montré au marquis.

Il reconduisit ensuite ce dernier jusqu'à la porte de la rue.

— Surtout, songez, fit-il en le quittant, que nous ne réussirons que par la prudence et la discrétion ; n'oubliez pas ce que je vous ai dit déjà : les seuls hommes que nous ayons à craindre, ce sont les *Chevaliers du Crucifix!*

VI

Où l'on voit se dérouler les trames ourdies dans le chapitre précédent.

La mort du baron de Mélos porta un coup terrible à sa fille. Rien ne peut donner une idée de sa douleur et de son désespoir : un instant on crut qu'elle deviendrait folle.

L'on sait qu'avant cet événement funeste elle tenait déjà peu à la vie, et que le faible espoir, qu'elle gardait contre toute apparence, de voir revenir près d'elle celui auquel elle avait voué tout son amour, était un lien qui pouvait facilement se briser : mais avant qu'elle ne perdît son père, l'affection qu'elle lui portait la soutenait contre le désespoir, maintenant il était à craindre que le seul lien qui la retînt désormais attachée à la vie, ne se brisât d'un moment à l'autre.

Hassan fut admirable en ces douloureuses circonstances : il ne perdit pas de vue un seul instant la malheureuse orpheline ; et il lui prodigua les soins les plus touchants.

— Je sauverai ma chère malade, disait-il, en parlant d'elle.

Mais pour commencer cette cure morale si pleine de difficultés, il fallait l'entraîner loin, bien loin de Paris ! Il comprit, ce doux médecin de l'âme, que la douleur causée à Gemma par la mort de son père, ne s'apaiserait pas tant qu'elle serait dans la maison où elle avait vécu avec lui, où elle l'avait vu mourir : tout en effet dans cette demeure fatale, lui rappelait cet être qui lui était si cher, ravivait à chaque instant sa cuisante douleur, et envenimait les plaies de son âme.

— Cet hôtel des Champs-Élysées est trop plein de son souvenir, pensa-t-il, il faut l'en tirer sans retard.

Et moitié de gré, moitié de force, il fit monter Gemma dans une berline de voyage, qui partit au grand trot d'un vigoureux attelage.

Le baron avait acquis, peu de temps avant sa mort, une charmante propriété aux environs de Genève.

Qu'on se figure une villa, posée au fond d'un grand jardin, au milieu d'un épais massif de grands arbres et charmilles, et se mirant dans les eaux bleues du lac !

Hassan l'avait fait aménager en toute hâte. C'est là qu'il arriva un beau matin avec Gemma.

— On meurt partout, dit la jeune fille en y entrant.

Cependant la beauté du site la frappa : il y avait dans ces grands arbres, dans cette colline couverte de bosquets, dans ce lac, fort large en cet endroit, et dont la grande nappe bleue s'étendant jusqu'au fond de l'horizon, ressemblait à la mer, quelque chose qui lui rappelait la colline de Stramos, son parc, le pavillon de Stelnadara, où elle avait vu cet inconnu dont le souvenir devait rester gravé pour toujours au fond de son cœur.

Elle resta longtemps debout sur le seuil de la villa, le visage tourné vers le lac, et sans doute son âme était assiégée de ces souvenirs, et la pensée évoquait encore une fois cette image chérie, car elle versa un torrent de larmes.

— Il reviendra, et bientôt même, dit Hassan qui, ayant compris ce qui se passait au fond de son âme, s'était rapproché d'elle sans éveiller son attention.

Elle ne dit rien, essuya vivement ses larmes et rentra dans la villa.

— Une larme en chasse une autre ; elle pleure encore son amant, donc elle est sauvée ! fit Hassan.

Nous avons vu que Gemma n'avait rien dit ; mais le soir, elle lui reparla de l'inconnu.

— Vous m'aviez promis de faire des recherches, Hassan ? lui dit-elle.

— Je vous ai tenu parole, Gemma, lui répondit-il.

— Et... ces recherches... aboutiront-elles à quelque chose ?

— Oui.

Le poète mentait : doux et saint mensonge !

— Et?... fit Gemma en regardant le Maure avec angoisse.

Hassan paya d'audace, il eût été si malheureux de la priver d'une illusion qui pouvait être un baume si précieux pour toutes les plaies de son âme.

— J'ai de l'espoir, Gemma, beaucoup d'espoir même, dit-il.

Elle pâlit, et porta la main à son cœur.

— Vous ne m'en avez jamais rien dit ! fit-elle d'un ton de reproche.

— Je voulais attendre.

— Pourquoi ?

— Parce que j'avais peur de vous inspirer une joie qui fût suivie d'une déception.

— Et maintenant ?

— Je n'ai encore que de l'espoir.

— Espoir ! espoir ! murmura-t-elle.

Il ne suffit pas de le retrouver, ajouta-t-elle avec tristesse, il s'agit aussi de savoir si ses sentiments sont toujours les mêmes ; s'il en était autrement, si vous acquerriez la certitude que c'est par suite de son indifférence, de sa négligence, que je suis restée si longtemps sans nouvelles de lui, il est parfaitement inutile de me rappeler à son souvenir, car il me serait impossible de supporter sa vue !

— Je vous ai dit, Gemma, si cet homme vous a trompée, je le tuerai !

— Non ! je vous ai déjà fait comprendre que je ne voulais pas qu'il fût victime d'aucune violence, à cause de moi.

— Mais ce serait un lâche ; ce serait un infâme, cet homme ! s'écria le Maure avec une violence inouïe.

— Qu'importe !

Cependant le mensonge d'Hassan lui avait fait du bien ; il était visible qu'elle était plus calme, plus forte ; sa tristesse, bien qu'elle ne fût pas dissipée, était moins sombre.

Hassan était heureux, très heureux même de ce résultat ; pourtant il n'envisageait pas sans épouvante la nécessité où il serait fatalement un jour, de lui donner de plus amples explications ; il ne pensait même pas sans terreur à ce qui pouvait arriver de fâcheux pour Gemma, si elle venait à l'accabler de questions et à le forcer à lui avouer qu'il n'a rien appris sur cet inconnu et qu'il n'a même aucun espoir d'apprendre jamais quelque chose.

Mais il faisait comme ces gens à bout de ressources, et menacés par un avenir effroyable, qui vivent au jour le jour d'expédients ; heureux de sauver le présent, ils ne voient pas ou ne veulent pas voir l'avenir.

Demain sera ce qu'il pourra, se disent-ils : c'était ce que se disait Hassan.

Le lendemain il devait recevoir la fameuse lettre de Georges Bernard, que nous avons vue entre les mains de l'homme d'affaires Tabernier.

Ordinairement, les lettres transmises par ce dernier aux Charmettes, étaient des lettres d'affaires ; ces lettres s'empilaient sur la table de travail d'Hassan, où elles pouvaient rester plusieurs jours sans être décachetées. Hassan, entièrement absorbé par l'état moral de Gemma et les soins particuliers qu'il nécessitait, se souciait en effet fort peu de ce que pouvaient bien contenir ces lettres.

Assurément celle de Georges Bernard eût subi le même sort, si elle n'eût pas été adressée à Mlle Gemma personnellement.

Gemma ne recevait jamais de lettres.

Quelle ne fut donc pas la surprise d'Hassan quand il vit dans le paquet une lettre sur l'enveloppe de laquelle on lisait :

« Mademoiselle Gemma de Mélos, hôtel de Mélos, aux Champs-Élysées, à Paris ? »

— Une lettre pour Gemma ! fit-il en ouvrant démesurément les yeux ; qui diable peut bien écrire à Gemma ? Elle n'a de relations ni à Paris, ni ailleurs, que je sache. Je ne pense pas qu'il existe au monde quelqu'un qui ait intérêt à lui écrire. Je... ah!... il se frappa le front comme si une pensée subite et imprévue eût traversé son cerveau...—Lui! lui! si c'était lui!... oh! non, c'est impossible!...

Il avait, tout en disant ces paroles, tout en poussant ces exclamations, décacheté la lettre, dont il avait ensuite parcouru rapidement les premières lignes.

— Lui!!! ce doit être lui, s'écria-t-il; son regard courut à la signature : Georges Bernard! lut-il... oh! il faut que ce soit lui!...

Il parcourut la lettre rapidement, très rapidement; il lui passait des éclairs dans les yeux, il voyait mal, il lisait mal : il recommença plusieurs fois sa lecture.

Il n'y avait plus de doute; la certitude était entière : c'était bien cet inconnu tant désiré par Gemma qui avait écrit cette lettre; et on avait maintenant son nom : il s'appelait Georges Bernard!

Hassan tremblait, tant son émotion était profonde, lui qui n'eût pas éprouvé la moindre émotion au milieu des plus grands dangers, il tremblait comme un enfant, sous l'impression que lui causait cette lettre! Ah! c'est que cette lettre allait faire tant de plaisir à Gemma! C'est que cette lettre, précisément à cause de cela, il l'avait longtemps, ardemment, mais vainement désirée !

Tout à coup il se leva, et alla avec la lettre trouver la jeune fille.

Gemma était à demi couchée sur un divan; Aïssa, sa camériste, assise à ses côtés, faisait une lecture.

La jeune fille, la tête appuyée sur sa main, avait le regard fixe et distrait des personnes qui sont absorbées par leurs pensées.

L'entrée d'Hassan, bien que celui-ci n'eût pas l'habitude de venir chez elle quand on lui faisait la lecture, ne l'émut pas. Elle ne changea d'attitude et le regarda que quand il dit à la camériste de le laisser seul avec elle.

Hassan avait un air qui la frappa vivement.

Il y avait dans le regard du Maure une joie contenue, mais profonde.

— Eh bien! qu'est-ce qu'il y a? fit-elle.

Puis elle se leva en proie à un trouble inexprimable.

Elle vit la lettre qu'il tenait à la main.

— Une lettre! exclama-t-elle, une lettre pour moi!...

Elle poussa un cri rauque; l'émotion lui étreignait la gorge.

Puis ce ne fut plus une femme, ce fut une louve, une lionne, une tigresse; elle se précipita avec rage sur la lettre, comme un fauve se jette sur une proie.

Hassan, avant qu'elle l'eût saisie, avait mis un genou en terre; il la lui abandonna en criant :

— Lui!!!...

Gemma poussa un cri étouffé, porta vivement la main à son cœur, et les bras étendus, sa main crispée broyant la lettre qu'elle venait de saisir, elle tomba à la renverse.

Elle était évanouie.

Hassan poussa un cri terrible, la camériste accourut.

— Vite, des sels! exclama-t-il.

Quelques instants après, Aïssa faisait respirer des sels à sa maîtresse, et celle-ci, soutenue par Hassan, qui l'avait prise dans ses bras, commença à se ranimer, et bientôt reprit toute sa connaissance.

Elle lut et relut la lettre ; elle rit comme une folle, elle pleura comme un enfant ; quand la lettre sortit de ses mains ce n'était plus qu'un chiffon trempé de larmes.

Hassan renvoya la camériste, et quand ils furent seuls, il la relut à haute voix.

Sans doute le lecteur désire savoir ce qu'elle contenait, nous ne pensons pas qu'il soit utile de la donner in-extenso : une simple analyse suffira.

On y trouvait, à peu près, les mêmes sentiments que ceux que nous connaissons à Gemma ; ils étaient exprimés avec une simplicité qui n'excluait pas une certaine chaleur ; on sentait dans ce langage, exempt de tout artifice, où l'étude n'était pour rien, où le cœur était tout, une de ces affections sérieuses, qui paraissent devoir résister à tout, et grandir plutôt que s'affaiblir devant les épreuves.

Georges Bernard faisait l'histoire de cet amour depuis le jour où il avait pris naissance dans cet entretien mystérieux et imprévu, qu'il avait eu avec Gemma dans le parc du palais de Stramos, jusqu'à l'heure où il avait écrit cette lettre ; il disait les souffrances, les angoisses que cet amour sans lendemain lui avait fait éprouver pendant un voyage de près de deux années, dans les différentes parties du globe ; que ce voyage maudit, il avait été obligé de le faire ; et qu'il avait dû sur ce point se plier aux volontés de son père, qui commandait le brick l'*Éole*. — C'était ce navire qu'Hassan avait vu en mer sur la fin de cette nuit fatale, où Gemma et Georges s'étaient rencontrés, et à bord duquel il pensait que l'inconnu avait dû monter. — L'auteur de la lettre ajoutait qu'il avait obtenu de son père, que le brick qui le portait retournât sur la côte de Stramos, avant de rentrer en rade de Bordeaux, où il était actuellement. Là, il avait trouvé le vieux gardien du palais, qui lui avait donné l'adresse de Gemma, à Paris ; il disait que ce n'était pas sans une émotion profonde qu'il avait revu ces lieux, dont l'image était restée gravée dans sa mémoire, pour ne plus s'effacer jamais. Il avait sollicité et obtenu la permission de parcourir le parc, dont il avait jadis escaladé la muraille, au milieu d'une nuit si pleine d'émotions ravissantes, et à laquelle

devaient succéder des jours si douloureux ; il s'était arrêté pieusement à l'endroit où, emporté par un sentiment d'adoration profonde, il s'était mis à genoux devant Gemma, pour lui jurer un éternel amour ; de là il était allé au fond du parc, et s'était assis tristement sur un de ces rocher élevés qui, en cet endroit, dominent l'Océan ; là, il avait rêvé longtemps à celle qu'il aimait d'un amour si profond, demandant à cette fatalité qui semblait le poursuivre, s'il lui serait donné de la revoir jamais ?

— Je pars pour Bordeaux ! dit Hassan après la lecture de cette lettre.

— A l'instant même ? fit Gemma.

— A l'instant !

Un éclair de joie brilla sur le visage de la jeune fille.

— Attendez, Hassan, il faut que je réponde à sa lettre !

Elle courut à son secrétaire, y prit d'une main fiévreuse un petit carré de papier parfumé, timbré à ses initiales et y écrivit en hâte quelques mots ; elle le mit ensuite dans une enveloppe, qu'elle cacheta.

Hassan sourit en lui voyant cacheter sa lettre.

Le doux poète comprenait toutes les pudeurs de la femme.

L'adresse portait : « A M. Georges Bernard, à bord du brick marchand l'*Éole*, en rade de Bordeaux. »

Dans la lettre il n'y avait qu'un mot et un nom : Ce mot était : merci ! le nom : Gemma ; est-il besoin de dire que ce nom faisait la signature ?

Hassan courut faire ses préparatifs de départ ; comme on le pense bien, ils ne furent pas longs, il jeta à la hâte dans un sac de voyage les objets qui pouvaient *lui* être les plus indispensables. Au bout de quelques minutes il avait fini, et revint, son sac de voyage à la main, prendre congé de la jeune fille.

La gaieté de Gemma s'était envolée, elle était devenue sinon triste, du moins soucieuse.

— Vous avez peut-être tort de vous éloigner de moi, Hassan, lui dit-elle,

— Eh ! pourquoi donc ? fit le Maure étonné.

— Oh ! ce n'est pas que je ne comprenne et que je n'approuve le sentiment qui vous a inspiré l'idée de partir ; je sais que votre cœur est tout de paternelle affection et de dévouement pour moi ; vous voulez hâter l'arrivée, ici, de Georges Bernard ; vous voulez l'y amener vous-même. C'est un grand bonheur pour vous de me rendre heureuse et plus vite heureuse.

Hassan, depuis un instant un changement se fait dans moi ; je ne suis plus aussi gaie, je ne suis plus si heureuse de vous voir partir.

Le Maure la regardait avec un étonnement croissant.

— Rappelez-vous, ami, ajouta-t-elle, les paroles de mon père mourant : des ennemis terribles vous menacent ; ils sont d'autant plus dangereux, qu'ils agissent dans l'ombre et ne se montrent jamais à visage découvert. Ces hommes, à l'affût des riches successions, à la piste des riches héritières, sont capables des plus grands crimes...

— Vous vous effrayez à tort, Gemma, dit Hassan ; et d'abord qui est-ce qui saura que je pars ? Nos domestiques ? Mais ce sont des gens d'une fidélité et d'un dévouement à toute épreuve. Nous n'aurons qu'à leur recommander le silence, et ils seront muets, comme les sphinx posés à l'entrée du palais de Stramos. Nul donc ne s'apercevra de mon absence, et elle sera de si courte durée !

Gemma hocha la tête.

— Vous savez, Hassan, lui dit-elle, l'estime, le respect, l'affection que j'ai toujours eus pour mon père. C'était un philosophe, un sage, un homme très instruit, et qui connaissait à fond les mystères de la société actuelle. Ce n'était pas sans de puissantes raisons, qu'il nous a fait ces solennelles recommandations à son lit de mort.

— Hassan, veillez, a-t-il dit, veillez sur ma fille... des ennemis cachés dans l'ombre, fantômes terribles, insaisissables, vampires !...

— Allons ! allons ! fit Hassan vivement, les Chevaliers du Crucifix sont des hommes, et ils n'ont pas tout à fait entre leurs mains la puissance infernale. Dans le cas où ils nous menaceraient réellement, comment seront-ils informés de mon absence, car nos domestiques ne diront rien, et je vais sortir d'ici à la nuit, à pied, couvert d'un manteau dont le capuchon rabattu me cachera le visage ? Aux hommes de mystère, j'opposerai le mystère ; je n'ai pas encore vu rôder dans les environs un seul individu étranger à la localité ; or, ici, dans ce quartier, où d'ailleurs l'on nous connaît à peine, il n'y a que des gens qui y sont depuis longtemps, de braves travailleurs enrichis, des honnêtes gens. Oh ! je ne dis pas que l'on ne doive tenir compte des recommandations du baron ! Vous savez, ma chère enfant, combien je l'ai aimé ; ai-je besoin de vous dire la douleur immense que j'ai ressentie lorsque nous l'avons perdu ? Je garde au fond du cœur, pour sa mémoire, tout le respect et toute la vénération qu'un homme puisse être capable de ressentir. Mais, je vous le demande, votre vénéré père lui-même me blâmerait-il en cette circonstance ? Trouverait-il mauvais mon zèle à vous trouver des consolations, mon impatience de vous voir heureuse ? Ah ! laissez-moi aller vous chercher celui que vous avez tant désiré ! Ne me privez pas du bonheur de vous l'avoir amené moi-même ! Une absence de quelques heures, ma chère enfant, ne saurait constituer un péril pour vous; et puis, je vous le répète, cette absence sera si mystérieuse!

Gemma se laissa convaincre; la nuit venue, le Maure sortit de la villa par la porte du jardin, — une porte qui donnait sur les champs; — il était à pied, n'avait pour tout bagages qu'un sac de voyage, et le capuchon de son caban était tellement rabattu sur son visage, qu'il eût été impossible de le reconnaître, même en plein jour, ainsi affublé.

Restée seule, Gemma fit soigneusement fermer et verrouiller les portes de la villa; elle ne dormit pas de la nuit, et le valet de chambre d'Hassan et le cuisinier, les seuls domestiques mâles qu'elle eût à la villa, veillèrent armés de carabines et de révolvers.

Rien ne vint, cette nuit-là, justifier ses appréhensions. Le jour venu, elle se rendit à Genève avec sa cameriste, dans le but d'acheter un poignard pour sa défense personnelle.

Gemma n'était pas poltronne; elle était même plutôt très vaillante; mais les paroles de son père mourant, l'avaient frappée, et elle n'eût pas voulu mourir avant d'avoir revu celui qu'elle avait aimé et qu'elle aimait encore si ardemment. Si je dois succomber un jour sous les coups de mes ennemis mystérieux se disait-elle, que ce soit du moins avec lui et sous ses yeux! Ainsi, au fond, ce n'était que la crainte de ne pas voir Georges, qui la rendait sinon poltronne, du moins prudente et prévoyante.

Elle fut de retour de Genève de bonne heure, et le reste de la journée, elle le passa dans la pièce de son appartement que l'on appelait le petit salon bleu : ce salon donnait sur le jardin, de là on apercevait le lac, dans toute sa beauté.

Aïssa, sa cameriste, ne la quitta pas, elle lui fit la lecture presque tout le temps.

A la nuit, elle s'y fit servir son repas, on y alluma un bon feu, et elle résolut d'y passer la nuit, couchée toute habillée, sur un divan.

Nous avons dit qu'elle avait acheté un poignard dans la matinée. C'était une miniature de poignard; la poignée était en ébène sculpté, enrichie de pierreries; la lame, longue de dix centimètres, était fine et acérée; elle était, lui avait-on dit, d'une aussi bonne trempe qu'une lame de Tolède, sa gaine était en cuir de Russie orné d'arabesques d'or, elle le mit dans son corsage et elle ne le quitta plus.

— Si jamais un homme tente de mettre la main sur moi, je le tuerai! se dit-elle; cela parut la tranquilliser beaucoup.

Faisons maintenant une courte description de la villa; elle nous paraît indispensable à l'intelligence des faits qui vont suivre.

Cette magnifique maison de campagne, avec ses cours, son jardin et ses bouquets, ressemblait à un arc tendu, dont les eaux du lac eussent fait la corde. La muraille qui l'entourait de toutes parts n'avait guère plus de six pieds de hauteur; la porte cochère était composée d'une grande grille monumentale en fer forgé d'un très beau travail; elle ne s'ouvrait, comme on le pense bien, que pour livrer passage aux cavaliers et aux voitures; mais dans un des battants de cette porte, on en avait ménagé une pour les piétons; chaque soir on la fermait à clef.

En entrant, se trouvait la grande cour, flanquée à gauche de parterres dessinés à l'anglaise, et à droite de bâtiments où se trouvaient les écuries, les voitures, les fourrages, la buanderie et le cellier. Le corps de logis se trouvait au fond de cette cour; il avait deux étages, et était assez vaste pour qu'on pût y loger plusieurs familles; l'appartement occupé par Gemma, prenait tout le rez-de-chaussée faisant face à la cour ; celui d'Hassan était du côté opposé, dans cette partie qui formait les derrières de la villa, de cet endroit-là, on avait vue sur de magnifiques bosquets, qui allaient en s'étageant par groupes nombreux jusqu'au sommet du petit coteau, aux flancs de laquelle la villa était adossée.

Dans la partie du mur de clôture qui se trouvait au sommet du coteau, on avait ménagé une petite porte de sortie ; cette porte donnait sur la campagne. Elle était reliée au corps de logis de la villa par un sentier sablé, serpentant au milieu des bosquets et des grands arbres ; c'est par ce sentier-là qu'Hassan était sorti de la villa, en partant pour Bordeaux.

Nous avons dit que Gemma avait armé de carabines, le cuisinier et le valet de chambre ; ces deux hommes avaient mission de s'embusquer sitôt la nuit venue, à chacune des portes de la villa ; or, comme nous venons de le voir, elles étaient au nombre de deux ; chacune des portes se trouvait donc gardée.

A la vérité, c'était bien dur pour eux de passer la nuit entière, immobiles, la carabine sur l'épaule. Gemma leur avait recommandé cette immobilité, afin qu'ils pussent mieux percevoir le bruit fait par les malfaiteurs qui eussent tenté de pénétrer dans la villa ; ces hommes n'étaient donc pas comme des soldats de faction, qui ont le droit d'aller de long en large, dans un espace déterminé ; c'étaient plutôt des chasseurs à l'affût, guettant une proie.

Le cuisinier et le majordome étaient deux anciens soldats ; l'un avait été zouave, l'autre avait servi dans les chasseurs de France ; ils savaient donc manier une carabine, et on pouvait les croire et ils étaient en effet des gardiens sérieux.

Mais quelques redoutables qu'ils fussent, deux hommes seuls, placés l'un et l'autre à l'extrémité d'une enceinte très spacieuse, pouvaient-ils résister avec avantage, à des ennemis plus nombreux qu'eux, et déterminés ?

Nous savons donc que les deux portes de la villa étaient bien gardées. Gemma, nous l'avons dit, avait voulu passer la nuit dans le petit salon bleu.

Un peu avant la nuit, un homme était venu lui demander de ses nouvelles : cet homme elle le connaissait, c'était l'agent que Tabernier avait à Genève ; elle le connaissait parce que c'était lui qui apportait aux Charmettes, les lettres que l'homme d'affaires y adressait.

Cet homme venait, disait-il, du voisinage, et n'avait pas voulu passer devant la porte de la villa, sans en saluer ses hôtes.

Gemma le reçut avec bonté, et lui recommanda de remercier Tabernier de tout ce qu'il faisait dans son intérêt, et qu'un jour elle le récompenserait largement de son zèle qu'il montrait à la servir.

Elle lui dit qu'Hassan était sorti pour un instant, qu'il était dans le voisinage, qu'il se portait bien, et qu'elle n'avait que d'excellentes nouvelles à lui donner.

L'homme sortit du petit salon bleu, où Gemma l'avait reçu, en se confondant en salutations et en protestations de dévouement. Aïssa, la camériste, le reconduisit jusqu'à la porte de la villa ; dans la cour il rencontra le cuisinier qui la traversait à ce moment-là, avec sa carabine sur l'épaule ; il le connaissait pour lui avoir parlé quelquefois.

Quand il l'aperçut, l'ancien zouave se mit à rire.

— Vous voyez, lui dit-il, la villa est devenue une citadelle.

— Oh ! oh ! fit l'homme, on est donc en guerre ? c'est la première nouvelle que j'en reçois.

— On est en guerre, pas précisément !

Le vicomte De Bordes.

Cependant on est toujours un peu en guerre, quand on est obligé de monter la garde avec une carabine.

— Allons donc! elle n'est pas chargée, votre carabine?

— A balle, pour vous servir; ni plus ni moins que celle qui me fut si utile jadis au blockaus de Sidi-Ibrahim, où nous avons soutenu, quatorze zouaves et moi, une lutte acharnée de quarante-huit heures, contre deux ou trois cents Arabes, fit l'ancien troupier, dont le regard s'anima à ce souvenir.

— Il faut espérer que vous ne brûlerez pas autant de cartouches ici, que vous en avez brûlé là-bas.

— Le Français aime la poudre, les combats et la gloire ! fit le zouave qui s'éloigna en chantonnant le refrain d'une chansonnette guerrière qu'il avait dû faire entendre sans doute bien des fois, dans les déserts de l'Afrique.

A la porte, l'homme se heurta au valet de chambre d'Hassan, qui se trouvait déjà à son poste, adossé à un des piliers auxquels était fixée la grille qui formait la porte cochère ; lui aussi avait une carabine.

Il échangea avec lui quelques plaisanteries, puis il sortit et la porte fut refermée à clef.

La nuit était venue tout à fait. Un vent froid assez violent soufflait de l'ouest ; de grandes bandes de nuages noirs glissaient dans le ciel comme d'immenses reptiles ; de temps à autre une étoile affolée paraissait pour disparaître aussitôt ; c'était une de ces nuits tristes d'automne où le vent et la pluie font rage ; où l'on n'entendrait pas à vingt pas la détonation d'une carabine, tant les hurlements de la rafale dans les arbres et les grincements sinistres de la pluie et du grésil font de vacarme.

C'est à peine si on entendait à dix pas le tintement de l'heure à l'horloge de la villa.

Cependant Tabernier avait dit au marquis de Bordes : Il faut nous hâter, chaque heure qui s'écoule peut être un atout enlevé à notre jeu. Or, Tabernier n'avait pas voulu perdre sa réputation d'habile joueur. L'agent que nous avons vu à la villa, à la tombée de la nuit, était son émissaire. Cet homme, de retour à Genève deux heures après, se dirigea en toute hâte dans un cabaret borgne de la rue des Flagellans. Là, dans une pièce du fond, se trouvaient quatre hommes, parmi lesquels le marquis Ulrich de Bordes : ils fumaient et buvaient : sur la table à laquelle ils étaient assis, on voyait de grosses pièces de viandes rôties, auxquelles avaient été faites de larges brèches.

Ils causaient à voix basse.

Le marquis était vêtu comme les gens de la plus basse classe : veste de gros drap, pantalon de toile bleue, souliers ferrés, cravate graisseuse nouée au cou, chapeau de feutre noir d'une forme tout à fait vulgaire.

Il fumait la pipe, et quelle pipe ! de celles que les gens de la basse classe appellent dans leur langage expressif des *brûle-gueule*.

L'homme dont nous avons parlé ne manqua pas de raconter tout ce qu'il avait vu et tout ce qu'il avait appris à la villa.

Il était à peu près dix heures quand il arriva au cabaret de la rue des Flagellans.

Le marquis et ses trois acolytes l'écoutèrent, sans l'interrompre ni par un geste, ni par une exclamation, ni par une parole.

Son récit terminé, le marquis bourra sa pipe et demanda un punch.

Il alluma sa pipe et fuma. Le punch vint fumant, on en remplit les verres ; l'émissaire mangea et but comme un abîme.

Vers onze heures, le marquis tira sa montre, regarda l'heure, puis jeta sa pipe sur la table. Il donna ensuite à chacun de ces hommes qui, on le devine sans peine, étaient ses complices, un rouleau de cinquante louis.

— Quand la besogne sera finie, vous en aurez chacun deux autres pareils.

Il est probable que cet or venait de la caisse de l'homme de la rue de la Clef, à Paris.

On le leva. Dans un carrefour formé par les rues du Prêche, de l'Aigle noir et de Réforme, un carrosse et quatre chevaux sellés et bridés les attendaient.

L'un d'eux monta sur le siège du carrosse, les quatre autres enfourchèrent les chevaux ; et bientôt voiture et cavaliers partirent au grand trot, faisant résonner bruyamment le pavé des rues de Genève.

Nous avons laissé Gemma dans le petit salon bleu ; résolue à y passer la nuit tout habillée. Sa cameriste lui fit la lecture et lui tint compagnie jusqu'à une heure assez avancée. La voyant fatiguée, elle lui dit d'aller se coucher. La chambre d'Aïssa était au fond d'un couloir, de quinze ou vingt mètres de long, à l'extrémité de la série des pièces, formant l'appartement de sa maîtresse ; elle s'y rendit, se coucha et ne tarda pas à s'endormir.

Restée seule, Gemma prit la lettre de Georges Bernard, la relut plusieurs fois, puis elle tomba dans une rêverie profonde.

Jamais la pauvre enfant ne s'était trouvée plus près de la réalisation de ses désirs les plus intimes et les plus chers ; jamais elle n'avait ressenti une pareille joie ! Cet inconnu existait donc, bien plus il pensait à elle, il l'aimait autant qu'elle l'aimait elle-même ! il n'y avait pas à en douter, elle en avait, sous les yeux, la preuve écrite. Maintenant elle savait son nom, elle connaissait son domicile ; bien plus, dans quelques heures peut-être, Hassau allait l'amener aux Charmettes ! Elle pensait aux douces et poignantes émotions de la première entrevue. — Nous ferons les fiançailles de suite, se disait-elle. et puis, ma foi, viendra la cérémonie du mariage ; elle ne sera pas longue ; elle se fera sans faste, avec quelques amis intimes. Puis nous partirons comme deux oiseaux farouches que le bruit effraye, avides de solitude et de silence : nous irons loin, bien loin, goûter nos premières joies, savourer nos premières voluptés ; là-bas, peut-être. dans ce palais de Stramos, dans ce kiosque de Stelnadara, où notre cœur tressaillit pour la première fois, où notre amour naissant fit entendre ses premiers vagissements.

Un coup de vent violent, accompagné de pluie mêlée de grêle, ébranlant les fenêtres du salon, et paraissant devoir renverser la villa, la tira de sa rêverie ; elle se leva et alla coller son visage aux vitres de la fenê-

tre, contre lesquelles le vent hurlait avec des grincements de pluie et de grêle. Au dehors, dans la cour, les ténèbres étaient profondes.

— Pierre et Joseph ont un bien mauvais temps à faire leur faction ! pensa-t-elle.

Pierre et Joseph étaient le cuisinier et le valet de chambre.

Gemma avait un caractère chevaleresque ; elle avait un bon cœur ; elle n'était pas, comme la plupart des filles du grand monde, insensible aux misères des pauvres gens.

L'idée lui vint d'aller les relever de leur faction.

— Je me mouillerai bien un peu, se dit-elle, mais qu'est-ce que cela me fait ?

Elle n'était pas fille à reculer devant une ondée.

Aussitôt dit, aussitôt fait. La vaillante et généreuse enfant jeta sur ses vêtements un manteau de fourrures, et sur sa tête un épais fichu de laine, et ouvrant sans bruit, de peur d'inquiéter sa cameriste, la porte du petit salon bleu, elle sortit.

Elle connaissait assez les êtres de la villa pour pouvoir aller partout, sans prendre de lumière pour se guider.

Elle pensa d'abord à aller au plus éloigné. Celui-là c'était l'ancien zouave. Elle ne mit pas deux minutes pour traverser cette partie de la cour qui confinait à la zone des bosquets et des grands arbres ; elle allait s'engager dans le sentier sablé qui conduisait à la porte où il était embusqué.

La pluie et la grêle lui cinglaient la figure et l'aveuglaient.

Elle marchait très vite.

— Le pauvre homme, se disait-elle, doit-il être mal !

La tempête était si forte que les grands arbres se courbaient en gémissant presque jusqu'à terre, et que les massifs de feuillage ondulaient en bruissant comme les ondes d'une mer en courroux.

Elle venait d'entrer dans le sentier.

Étourdie par le vent et le bruit, aveuglée par l'averse, elle hésita tout à coup, et songea à l'appeler.

— Il est encore bien loin, peut-être m'entendra-t-il tout de même, pensait-elle.

Mais au moment où elle ouvrait la bouche, elle éprouva comme un choc violent et se sentit en même temps étouffer : une main s'était posée violemment sur sa bouche, et aucun son n'en sortit. En même temps, elle était saisie par plusieurs autres mains, et en un instant elle fut bâillonnée, eut les mains liées derrière le dos, et se sentit enlever et emporter rapidement.

Son émotion et son trouble furent immenses. Les ravisseurs n'avaient pas fait dix pas avec leur fardeau, que déjà ce corps qu'ils portaient ne s'agitait non plus qu'un cadavre ; la pauvre enfant était évanouie.

— Hâtons-nous, fit le marquis à ses quatre complices qui emportaient la jeune fille.

Ils arrivèrent en peu de temps au mur de clôture.

Plusieurs échelles de cordes y étaient accrochées et se balançaient, agitées par la rafale.

En un clin d'œil, les bandits franchirent le mur avec leur fardeau, et se trouvèrent dans la campagne. Une route s'ouvrait devant eux ; ils s'y engagèrent en courant.

Cependant l'ancien zouave, immobile à son poste, écoutait les bruits que lui apportait la tempête. Quel chien de temps ! se disait-il, et ce n'est pas un mais cinquante qu'il faudrait être pour garder sérieusement la villa, par un temps pareil. Ah ! qu'il serait facile à des malfaiteurs d'y pénétrer en ce moment, et de même en enlever les meubles sans qu'on les entendît ! Heureusement qu'il n'y a pas de malfaiteurs ;

des malfaiteurs dans ce pays, entièrement peuplé d'honnêtes rentiers et de braves paysans ? Allons donc ! mais c'est un caprice de mamselle Gemma ; il faut bien que les jolies femmes aient des caprices ; et Dieu sait si celle-là est jolie ! ah ! mon pauvre zouzou, si tu étais jeune, et si elle était ouvrière au lieu d'être baronne !

Il s'arrêta brusquement dans son monologue, il crut entendre un bruit inconnu ; c'était comme le bruit d'un piétinement rapide ; il fit un bond, s'avança dans l'allée, puis s'arrêta immobile, la carabine au poing, écoutant avec une attention extrême, mais un coup de vent plus violent que les autres s'abattit sur la villa avec un mugissement à rendre sourd, puis la pluie redoubla ; l'ex-zouave fit vivement quelques pas en arrière, et revint s'adosser de nouveau au gros arbre qui lui servait de guérite.

Il y était à peine qu'il entendit, mais distinctement cette fois. le bruit des roues d'une voiture et le galop de plusieurs chevaux, à une faible distance du mur de clôture de la villa.

— Une voiture et des cavaliers, se dit-il, c'est drôle ; il est vrai qu'il peut y avoir eu une réunion de plaisir dans quelque maison voisine. C'est égal ! en ont-ils un temps, pour retourner à Genève !

Puis l'ex-zouzou continua sa faction, en sifflotant quelque gai refrain de jeunesse.

La voiture et les cavaliers qu'il avait entendus, étaient l'une la voiture qui emportait Gemma, et les autres le marquis de Bordes et ses dignes acolytes. Un instant, il est vrai, ils avaient paru prendre la direction de Genève, puis ils avaient brusquement tourné à gauche, et s'étaient engagés sur une grande et magnifique route, qui s'enfonçait dans l'intérieur du pays ; arrivés là, ils changèrent l'allure de leurs chevaux, et ils s'éloignèrent à toute vitesse.

Gemma était étendue sur les coussins du carrosse ; elle était seule, et le carrosse était fermé à clef.

Certes il n'était pas à craindre qu'elle se débarrassât des liens qui lui enchaînaient les bras, et il était peu probable que dans cet état elle pût ouvrir la portière de la voiture et se jeter sur la route, au risque d'être broyée sous les roues ou écrasée par les chevaux qui suivaient le carrosse, mais le marquis était un gaillard de précaution. Pendant plusieurs heures voiture et cavaliers poursuivirent leur course effrénée dans les ténèbres. Cependant Gemma, couchée comme nous l'avons dit, sur les coussins du carrosse, restait dans une immobilité complète. Cet état d'insensibilité si prolongé annonçait-il la mort ? Nous sommes-nous trompés quand nous avons dit qu'elle était évanouie ? Certes l'évanouissement peut succéder rapidement à la mort ; de même que la mort peut ne paraître être d'abord qu'un évanouissement. Hélas ! le coup qui avait frappé la pauvre enfant avait été bien rude et bien inattendu, et il eût pu tuer la femme la plus robuste.

Mais elle ne devait pas être morte. La mort ne tarde pas à ajouter à l'immobilité dans laquelle elle jette le corps, cette rigidité des membres, qui accuse l'absence absolue de la vie. Or le corps de Gemma avait conservé sa souplesse ; un observateur eût pu voir, si les ténèbres n'eussent été si profondes, sa tête s'incliner mollement à droite ou à gauche, et tout le reste de son corps suivre de temps à autre des mouvements d'ondulation produits par les secousses diverses que leur imprimait les brusques cahots de la voiture. Ah ! sa pâleur était toujours très grande, et on eût placé à côté d'elle une femme morte, et en la comparant avec la sienne, on eût vainement cherché laquelle des deux eût été la plus pâle, la plus livide même.

Cependant cette lividité parut bientôt disparaître par degrés, cette pâleur même sembla faire place à je ne sais quelle teinte vague qui n'est plus la pâleur et encore moins la lividité ; son immobilité cessa d'être absolue ; ses doigts se crispèrent, les paupières de ses yeux, jusqu'alors fixes, tressaillirent ; était-ce l'évanouissement qui cessait ? était-ce la vie qui reprenait le cours de ses manifestations diverses ?

— Non, Gemma n'était pas morte, elle n'était qu'évanouie, et cet évanouissement allait disparaître : bientôt la poitrine se souleva, comme une force qui réussit à se débarrasser d'un poids qui l'accable ; la respiration revint tout à coup, vive, sifflante, saccadée : le visage se colora subitement ; les yeux s'ouvrirent tout grands, vagues d'abord, inconscients, sans regard.

Mais bientôt la pensée jaillit dans la prunelle, comme l'éclair qui illumine une nuée sombre ; le regard prit une expression où se peignirent à la fois la surprise et l'effroi : la pensée travaillait ; sous l'action de cette chercheuse, le souvenir sortit bientôt du chaos où il était enfoui : la pauvre enfant poussa un cri terrible ; elle se rappelait !

Elle se souleva affolée sur les coussins de la voiture où elle était étendue : ses bras se tordirent dans un mouvement de rage pour briser les liens qui les enchaînaient ; vains efforts, hélas ! ces liens étaient trop solides pour qu'une faible femme pût les rompre ; un hercule lui-même eût été impuissant à s'en débarrasser !

Ah ! le bandit qui les avait noués autour de ses poignets délicats avait fait consciencieusement sa besogne, le misérable !

Elle se leva, ses jambes n'étant pas captives, elle pouvait marcher. Elle bondit jusqu'à la portière et colla sa figure ardente, convulsée par l'angoisse, à la vitre du vasistas pour voir au dehors : au dehors c'était la nuit noire ; c'étaient la pluie, la grêle, le vent qui hurlait dans les bois, dans les champs, dans les rochers, dans les plaines ; c'étaient les chevaux qui emportaient le carrosse à toute vitesse ; c'étaient les cavaliers lancés au grand galop à sa suite !

La terreur la saisit ; elle se crut perdue, le désespoir la saisit ; sa pensée, l'instinct de la vie, le souvenir des siens, de son amour, le cauchemar étouffa tout. Dans cette confusion, dans ce trouble affreux, elle s'agita comme une folle, elle se roula comme une convulsionnaire ; elle se meurtrit le visage, les bras, les épaules contre les parois et la portière du carrosse ; à un certain moment, le derrière de sa tête porta sur la vitre du vasistas qui vola en éclats, projetant ses débris au dehors.

La malheureuse ne fut pas blessée, son épaisse chevelure la préserva.

Cependant voiture et cavaliers s'étaient arrêtés ; un des cavaliers descendit de cheval, on entendit deux hommes causer à voix basse ; un éclair jaillit dans la nuit : c'était l'un d'eux qui faisait du feu. Bientôt une clef grinça dans la serrure de la portière qui s'ouvrit.

Un homme masqué, tenant à la main une lanterne sourde, parut.

— Tout beau ! la belle, dit-il d'une voix railleuse ; vertudieu ! vous vous débattez comme une lionne en cage ! mais cela ne peut vous servir à rien ; vous êtes bien notre prisonnière, et aucune puissance au monde ne pourrait vous arracher de nos mains.

Vous désirez peut-être savoir qui nous sommes ! La belle, je vais vous le dire ; car nous sommes galants aussi, nous autres, bien que nous y mettions parfois des façons étranges à notre galanterie. Nous sommes de la troupe à Capécho, le plus célèbre et le plus redoutable gentilhomme de grandes routes que l'on connaisse sous la calotte du ciel. Il vous a vu, dame ! il vous a trouvée belle ; et ma foi, autant que vous soyez à lui qu'à un autre.

Il ricana.

— Après tout, vous ne serez pas malheureuse avec lui. C'est un charmant cavalier, qui fera un excellent mari, notre jeune et vaillant chef. Voilà l'aube qui va paraître, dans une heure à peine il fera jour ; alors il viendra vous trouver, le visage souriant, soumis et respectueux comme un enfant ; ah ! vous l'aimerez tout de suite.

D'ici là, si j'ai un conseil à vous donner, c'est de vous tenir tranquille. Notre chef aime les filles douces et soumises. Il est possible que s'il s'apercevait que vous eussiez un mauvais caractère, il nous dît : Mes amis, je n'en veux plus et, ma foi, je vous la laisse !

Il ricana de nouveau.

— Maintenant, ajouta-t-il, cessons cette conversation ; je vous laisse. Avez-vous compris, ma belle ?

Et il repoussa brusquement la portière qui se referma et fit un tour de clef à la serrure.

Un soupir rauque sortit de la gorge de Gemma, ses membres se tordirent de nouveau, tout son corps s'agita convulsivement : on l'eût prise pour une épileptique : tout à coup elle retomba dans une immobilité complète : était-ce la mort, cette fois ?

Voiture et cavaliers continuèrent leur course vertigineuse au milieu de la pluie, de la grêle et des hurlements du vent.

Cependant, cette course folle ne pouvait pas durer toujours : la nuit elle-même allait prendre fin.

Déjà une lueur blafarde pointait à l'horizon, à travers les déchirures béantes des nuées amoncelées.

Carrosse et cavaliers arrivaient à l'angle d'un de ces bois seigneuriaux, attenant sans doute à quelque château, et dont on voyait vaguement à travers l'ombre devenue moins épaisse le mur de clôture : ils firent une nouvelle halte ; devait-elle être la dernière ?

Un des cavaliers, celui-là même qui avait tenu à la pauvre fille les sots propos que nous connaissons, vint ouvrir de nouveau la porte du carrosse et jeta un regard dans l'intérieur.

En voyant Gemma étendue sans mouvement sur la banquette capitonnée, il crut qu'elle dormait et appuya la main sur son épaule pour la réveiller; mais elle ne bougea pas plus qu'une morte.

— Ah! ah! qu'est-ce que c'est que ce nouveau caprice, la belle ? dit-il.

Il monta précipitamment dans la voiture et débarrassa Gemma de son bâillon.

En ce moment un autre cavalier, masqué comme lui, vint lui demander des nouvelles de la prisonnière.

— Elle est évanouie, je crois, répondit l'homme ; il ne peut en être autrement, car une jeune fille enlevée ne meurt jamais quand elle sait qu'on l'a enlevée par amour.

— Tenez, jetez-lui au visage ce qu'il y a là dedans, fit-il en riant, et il lui tendit une gourde à moitié remplie de cognac.

A la suite de cette ablution étrange, la jeune fille fit un léger mouvement.

— Allons, allons, dit l'homme, dans cinq minutes ce sera fini ; et elle fera la roue et se mettra à caqueter comme une perruche.

Le bandit ne s'était pas trompé en disant qu'elle reviendrait promptement à elle : l'alcool répandu à flots sur son visage ne tarda pas en effet à dissiper son évanouissement.

Elle ouvrit de grands yeux, puis apercevant les deux hommes, elle se recula instinctivement jusqu'au fond du carrosse.

— Bien farouche, la belle, fit l'homme qui était dans la voiture, en regardant le cavalier qui se tenait à la portière.

Celui-ci ne répondit pas.

Ce dernier était le marquis Ulrich de Bordes en personne.

Tout à coup on entendit, sous bois, le bruit que ferait une troupe de cavaliers.

Le bandit qui était dans la voiture en sortit précipitamment ; Gemma muette d'effroi entendit ensuite les cavaliers de l'escorte causer entre eux à voix basse.

Cependant ce piétinement, entendu dans le bois, était bien celui d'une troupe de cavaliers ; bientôt même elle en sortit par une large brèche existant au mur de clôture en cet endroit, et se mit à traverser un petit champ de genêts qui la séparait de la grande route ; elle arrivait droit sur le carrosse.

Gemma observait tout cela muette et raide comme un spectre.

Sont-ce des amis? se disait-elle, avec angoisse, sont-ce des bandits comme les autres?

— Alerte ! cria un des cavaliers de l'escorte.

Ce cri d'alarme, poussé par un de ses ravisseurs, lui fit croire que c'étaient des amis, l'absence du bâillon la laissait libre enfin de crier au secours.

Aux premiers cris qu'elle poussa, les cavaliers qui traversaient le champ de genêts piquèrent des deux vers le carrosse; ils furent reçus par une décharge de carabines et de revolvers, auxquels ils répondirent par une et même plusieurs décharges, qui mirent en fuite ou tuèrent les cavaliers de l'escorte.

Gemma avait écouté avec stupeur toute cette fusillade, entremêlée de part et d'autre de vociférations et de blasphèmes.

Cependant ses ravisseurs avaient été vaincus ; un des vainqueurs apparut tout à coup à la portière du carrosse.

— Qui appelle au secours? fit-il d'une voix brève, en fouillant du regard l'intérieur de la voiture. Enfin apercevant la jeune fille, écrasée par l'émotion, et à demi soulevée sur la banquette.

— Ne craignez rien, madame, ajouta-t-il d'une voix douce ; si. vous êtes dans cette voiture contre votre volonté, nous allons vous en tirer.

Gemma ne se le fit pas dire deux fois ; elle se releva vivement, et s'appuyant sur le bras de cet homme, elle descendit de la voiture sur la route.

— Nous sommes les gens de la duchesse de Cressères, lui dit son libérateur ; le château est à deux pas d'ici, et madame la duchesse sera très heureuse de vous voir.

Gemma ne pouvait pas refuser d'aller jusqu'au château ; elle avait, du reste, à remercier la duchesse du service que ses gens lui avaient rendu.

Elle regarda autour d'elle ; çà et là des hommes étaient étendus autour de la voiture ; elle les prit pour des cadavres.

— Vous le voyez, madame, lui dit son libérateur, que l'affaire a été chaude ; ces brigands se sont bien battus, il faut leur rendre cette justice.

Le spectacle de ces corps, qu'elle prenait pour des cadavres, lui fit horreur, et elle détourna vivement la tête.

Le jour était venu, véritable jour d'automne, pâle et terne ; le vent avait cessé, ainsi que la pluie.

Sur une invitation des gens de la duchesse, elle remonta dans le carrosse, qui, conduit par un autre cocher bien entendu, — l'autre ayant dû être tué ou mis en fuite, — repartit au grand trot, mais dans la direction cette fois du château de Cressères.

Quelle infernale combinaison que cet enlèvement, suivi de ce combat simulé, qui mettait Gemma entre les mains de la tante du marquis de Bordes !

Ce plan était dû, on le devine bien, au génie de l'homme de la rue de la Clef.

Il est bien entendu que le marquis de Bordes, qui avait dirigé cette expédition nocturne, s'était éclipsé, de crainte que Gemma ne s'aperçût de sa présence.

Ce détail faisait encore, du reste, partie du plan de Tabernier.

Le moment n'était pas venu pour Gemma d'apprendre que son libérateur s'appelait le marquis de Bordes.

Ce qu'il importait qu'elle sût dès maintenant, c'est que c'étaient les gens de la duchesse de Cressères qui l'avaient arrachée des mains de ses ravisseurs.

Nous devons dire qu'elle avait pris toute cette comédie au sérieux.

Elle croyait fermement que c'était une troupe de brigands qui l'avait enlevée, que le combat qui avait eu lieu était un combat véritable, et que les hommes qu'elle avait vus étendus autour du carrosse étaient bel et bien des cadavres.

Ainsi le jour où Mme de Cressères lui dira que c'est son neveu qui l'a sauvée, elle le croira sans hésiter ; qu'il l'a sauvée même au péril de sa vie, elle le croira encore sans hésiter davantage. De là, à reporter sur lui toute sa reconnaissance, à voir en lui un sauveur et un héros, il n'y avait pas loin ; et avec le caractère généreux et chevaleresque que l'on connaît à l'héritière du baron de Mélos, cela pouvait en effet aller loin.

Certes quand, à cette fille prévenue et affolée de reconnaissance et d'admiration pour son neveu, la duchesse montrerait l'acte même de décès de Georges Bernard, n'y avait-il pas mille à parier contre un qu'elle se jetterait de désespoir ou autrement, peu importe, dans les bras du marquis de Bordes, et qu'elle lui donnerait sans hésiter sa main et son immense fortune?

Restait à savoir si Tabernier réussirait à supprimer Georges Bernard, de manière à pouvoir faire constater légalement son dé-

Tabernier.

cès ; c'est ce que l'avenir nous apprendra, et un avenir prochain sans doute.

Maintenant, ai-je besoin de dire que la vieille duchesse avait été mise au courant de toute cette infernale machination ?

Marie-Arsinoë-Aménaïde de Vertant, duchesse de Cressères, était la veuve du duc de Cressères, personnage assez nul, qui s'était fait quelque célébrité dans les coulisses des théâtres et les tripots de la capitale. Il avait laissé à sa veuve un vieux manoir en ruines, le château de Cressères, et un hôtel également en ruines dans le faubourg Saint-Germain, à Paris.

La race des Cressères s'éteignit en lui ; de son côté, Aménaïde de Vertant restait seule de sa race. Elle était sœur de feue la mère du marquis, dont le père mourut à son tour en laissant ce dernier seul représentant de la noble et puissante famille des de Bordes. Arsinoë de Cressères, frappée si rudement dans son orgueil de famille par la mort de son mari et la stérilité de son mariage, reporta sur son neveu Ulrich toute son affection. Elle n'avait plus de parents, du moins de ceux qui pussent perpétuer le nom de Vertant et de Cressères, et elle se dit :

— Si je suis la dernière de ces nobles et illustres familles, eh bien, que le nom des de Bordes ne tombe pas! Si tous les miens sont disparus, que mon neveu, du moins, survive à cet immense désastre! Et puis le sang des de Bordes n'est-il pas un peu le vieux sang des Vertant, n'est-il pas aussi un peu celui des Cressères, puisqu'il y a eu entre les deux familles, à des époques diverses, de nombreuses unions?

Cela fut dit ou à peu près; car nul ne pourra jamais relater tout ce qu'il y eut de rages impuissantes dans ce cœur de vieille duchesse à chaque coup dont l'accabla le sort ennemi; combien de vœux elle adressa au ciel pour ne pas rester stérile; de combien de prières elle accabla tous les saints du paradis pour obtenir qu'elle ne restât pas seule de sa lignée; puis quelle réaction terrible s'opéra en elle quand elle vit le ciel et ses saints absolument sourds à ses lamentations, à ses prières, et insensibles à ses vœux !

Il y eut, on le présume du moins, une joie immense au fond de son cœur, un cri de provocation haineuse adressée au souverain dispensateur de toutes choses, si avare envers elle de ses faveurs, une sorte de chant de triomphe anticipé, quand elle vit le jeune Ulrich, son neveu, l'unique rejeton des de Bordes, le dernier mâle dans lequel coulât le sang de tant de races illustres

éteintes ou sur le point de s'éteindre, grandir et devenir un homme !

Avec quelle fierté elle lui prodigua son affection ! avec quelle sollicitude elle veilla sur lui, avec quel bonheur elle économisa quelques centaines de louis pour les lui donner, afin qu'il fît encore plus grande figure dans le monde !

Mais il fallait à Ulrich qui n'était pas riche, et auquel elle ne pouvait pas laisser grand chose en dehors de son vieux manoir et de son vieil hôtel, il fallait, dis-je, une femme qui lui apportât une fortune digne de lui, digne de ses nobles ancêtres !

Depuis longtemps, dans la solitude de son veuvage, Arsinoë de Cressères songeait à ce point capital; depuis longtemps elle se disait : Il faut à mon Ulrich une riche héritière.

Aussi quelle ne fut pas sa joie quand celui-ci vint lui parler de Gemma de Mélos, de sa fortune immense et de l'espoir qu'il avait d'en faire sa femme, grâce au concours d'amis puissants. Ces amis se réduisaient, nous le savons, à un seul : Tabernier !

Certes elle ne lui laissa pas le temps de lui demander son concours, elle le lui offrit. Tout ce qu'il voulut, elle l'accepta avec joie : enlèvement, séquestration, mensonges, fourberies, hypocrisies, rien ne lui coûta; que n'eût-elle pas fait pour que la richissime héritière du baron de Mélos devînt la femme de son Ulrich !

On n'enseigne pas la dissimulation et l'hypocrisie à ces vieilles douairières; on n'a pas besoin de leur souffler l'esprit d'intrigue : tout cela, en effet, est inné en elles.

On a parlé des Harpies auxquelles il était difficile, pour ne pas dire impossible, de faire lâcher leur proie une fois qu'elles étaient parvenues à la saisir : Arsinoë de Cressères était la harpie; Gemma, la proie convoitée.

Elle lui fit un accueil charmant ; lui dit qu'elle était heureuse que ses gens fussent arrivés à temps pour la délivrer des mains de ses ennemis : elle appuya beaucoup sur ce mot ennemis. C'étaient, dit-elle, des hommes abominables, capables de tout ; mais d'une audace et d'une habileté dans le crime à faire trembler.

— Bien que ce soient des gens bien redoutables, poursuivit-elle, et qui paraissent avoir joué votre perte, vous n'avez rien à craindre près de moi ; j'ai ici dans le château une troupe de gens résolus et bien armés qui sauront vous défendre : vous les avez vus à l'œuvre déjà.

Son but était d'inspirer à la jeune fille une telle terreur, qu'elle n'osât jamais même penser à la quitter.

Elle affecta de la prendre pour une personne qui lui était tout à fait inconnue, afin d'éloigner de son esprit jusqu'à l'ombre même d'un soupçon de complot, le jour où elle lui parlerait de son neveu, et qu'elle lui demanderait de devenir sa femme ; elle n'ignorait pas, en effet, ce qui s'était déjà passé entre elle et son Ulrich, celui-ci ne lui ayant rien laissé ignorer, pas même sa ridicule mésaventure du bois de Boulogne.

Gemma lui dit non seulement qui elle était, mais encore la pauvre enfant, emportée par la reconnaissance et par les sentiments de confiance et d'amitié qu'elle éprouvait pour celle qu'elle considérait comme sa libératrice et sa providence, ne lui laissa rien ignorer ; elle lui révéla jusqu'à ses plus secrètes pensées, jusqu'à son amour pour Georges Bernard.

Une fille n'eût pas parlé à sa mère avec moins de dissimulation, avec moins d'abandon.

La duchesse était heureuse de jouer vis-à-vis d'elle le rôle de mère ; c'était du reste tout ce qu'elle voulait ; et elle se garda bien, pour que ce rôle devînt une chose de plus en plus sérieuse, de blâmer les sentiments que la jeune fille éprouvait pour cet inconnu qu'on appelait Georges Bernard.

— Le pauvre jeune homme ! dit-elle, combien il a dû souffrir d'être si longtemps séparé de celle qu'il aimait !

— Et vous, ma chère mignonne, votre sort n'a été guère plus heureux ; mais voilà que vous l'avez retrouvé ; votre bonheur vous fera vite oublier ce que vous avez souffert.

On doit penser quel effet devaient produire de telles paroles sur l'esprit de Gemma, et si elle dut être fatalement entraînée à considérer la vieille duchesse comme sa meilleure amie.

— Vous parlez de retourner aux Charmettes, ma chère belle, poursuivit Mme de Cressères ; permettez-moi de tenter de vous en dissuader. Vous laisser retourner aux Charmettes sitôt, ce serait vous livrer de nouveau à vos ennemis ; et je ne me pardonnerais jamais de n'avoir pas fait tous mes efforts pour vous retenir, jusqu'à ce que le danger eût disparu, dans un asile où vous êtes tout à fait en sûreté. Quelques-uns de vos ennemis ont trouvé la mort dans le combat, mais un grand nombre d'entre eux ont pris la fuite ; et je ne doute pas que si vous retourniez aux Charmettes ils n'aient encore la pensée d'aller vous y chercher.

Gemma ne pouvait voir dans ces paroles qu'une preuve de l'amitié que lui portait la duchesse. On comprend d'ailleurs l'effet terrible que l'attentat odieux dont elle avait failli être victime, avait dû produire sur son esprit ; à ces impressions funestes, venait se joindre le souvenir des paroles prononcées par son père à son lit de mort : ces ennemis redoutables, ces noctambules féroces qui ne reculaient devant aucun crime, ces hommes qui semblaient avoir juré sa perte ; elle les voyait partout, elle en avait une peur affreuse !

Ce n'était plus tout tout à fait la vaillante fille qui achetait un poignard et disait : Si jamais un homme tentait de mettre la main sur moi, je le tuerai ! Elle n'était plus la même, non pas qu'elle hésitât jamais à frapper de l'arme qu'elle avait encore en sa possession, celui qui tenterait de lui faire violence ; mais elle sentait vivement son impuissance à lutter contre ces ennemis qui l'avaient arrachée de sa villa, sans qu'elle eût pu faire un mouvement ni même pousser un cri ; ces ennemis dont son imagination frappée grossissait le nombre et s'exagérait encore la puissance !

La duchesse lui promit d'écrire à Hassan de venir la chercher au château, et elle n'insista pas pour retourner aux Charmettes.

VII

Ce qui se passait chez l'homme aux lunettes vertes, le surlendemain du jour où le marquis Ulrich de Bordes alla trouver l'homme d'affaires de la rue de la Clef.

L'homme aux lunettes vertes était un individu d'allures très mystérieuses, qui demeurait rue Monge, numéro 8.

Les gens du quartier lui avaient donné ce sobriquet, parce qu'ils ne l'avaient jamais vu qu'avec des lunettes dont les verres étaient de couleur verte ; ces verres avaient, par parenthèse, un diamètre peu ordinaire.

Il avait aussi une mise qui n'était pas précisément celle de tout le monde. Il portait une redingote noire, toujours boutonnée, dont les pans descendaient jusqu'aux talons de ses souliers. Le collet en était très haut, et soulevait les quelques mèches de cheveux qui émergeaient de dessous son chapeau, et qui, roulées et peu adhérentes les unes aux autres, ressemblaient de loin à des baguettes de tambour.

Autre singularité : il avait de larges et gros souliers avec boucles d'argent.

Il avait le teint jaune, la figure anguleuse, le regard oblique ; quant à ce regard, il avait été donné à peu de gens de le voir, à cause du masque vert derrière lequel il s'abritait.

Il avait pour coiffure un de ces chapeaux que l'on appelle tuyaux de poêle, seulement ce chapeau ne paraissait pas avoir été brossé depuis qu'il était sorti des mains de l'honorable industriel qui le lui avait vendu.

Il y avait dans sa démarche quelque chose de saccadé et de furtif : son pas tenait un peu de celui de la souris ou de la belette, il marchait quelquefois vite, puis il s'arrêtait tout à coup ; alors une petite toux sèche sortait de sa poitrine, et il se remettait à marcher. Quel était cet homme ?

Nous ne tiendrons pas plus longtemps en suspens la curiosité de nos lecteurs : cet homme était le père Bridoux, un des trois personnages mystérieux qui avaient dîné dans la loge grillée du réfectoire au château de Botternay, et qui fut un de ceux qui préparèrent les fameux poignards, qui devaient servir à faire le miracle des hosties sanglantes.

C'était bien lui en effet.

Est-il besoin d'ajouter qu'il était un des chefs principaux des Chevaliers du Crucifix ?

Il occupait, rue Monge, un appartement très vaste, à l'entresol, au fond d'une cour.

Il se composait de sept pièces.

On eût pu prendre la première, c'est-à-dire celle dans laquelle on pénétrait d'abord, pour une étude d'avoué, d'huissier ou de notaire ; il y avait là toujours quinze ou vingt scribes, feuilletant des paperasses, écrivant des lettres, ou prenant des notes, qu'ils transcrivaient ensuite sur de grands registres.

Disons en passant que toutes les couvertures de registres, toutes celles des cahiers et les en-têtes de lettres portaient, dessinés en rouge, un crucifix et un poignard.

Cette pièce était très vaste.

Un crucifix en bois noir était appendu à la muraille.

La pièce suivante était le cabinet de travail des chefs de bureau ; on y voyait une table ronde, recouverte d'un tapis noir.

Il y avait sur la cheminée une pendule en bronze, d'une grande valeur ; le sujet était un bûcher sur lequel se tordait, au milieu des flammes, un patient coiffé d'un de ces longs bonnets en pain de sucre, tels que l'inquisition en mettait jadis sur la tête de ses victimes ; sur le socle de cette pendule on lisait ces mots en latin : *Pour la plus grande gloire de Dieu.*

La pendule était flanquée de deux candélabres en argent.

Une épaisse moquette de couleur sombre couvrait le parquet.

De là, on pénétrait dans une pièce meublée avec un luxe inouï ; tout y était remarquablement beau et riche : meubles, tapis, tableaux, jusqu'aux moindres bibelots.

C'était le cabinet du père Bridoux.

Chose étrange ! il n'y avait rien, dans cette pièce, qui rappelât de près ou de loin aucun culte connu ! On l'eût pris pour le cabinet d'un homme du monde, d'un homme de loisir, qui passe sa vie à courir après la satisfaction de ses caprices.

Venaient ensuite la chambre à coucher du même père Bridoux, puis des salons ; chambre à coucher et salons étaient meublés avec la même richesse et la même recherche. Nous n'en ferons pas la description, nous nous contenterons de celle qui précède et que, dans notre vif désir de ne pas abuser de la patience de nos lecteurs, nous eussions bien voulu pouvoir abréger.

Il était huit heures du matin ; tout le monde était à son poste dans cette étrange et mystérieuse administration ; simples scribes, chefs de bureau, et jusqu'au père Bridoux lui-même !

On venait d'apporter des corbeilles pleines de lettres, provenant de toutes les parties du monde ; et l'on dépouillait, avec une activité fébrile, toute cette correspondance.

Les uns tiraient les lettres de leurs enveloppes, les autres les classaient ; d'autres en faisaient la lecture, et prenaient des notes qu'ils consignaient sur des registres.

Le lecteur nous saura gré, sans doute, de mettre sous ses yeux quelques extraits de cette correspondance.

Rien ne pourrait mieux contribuer à faire connaître ces hommes mystérieux appelés les Chevaliers du Crucifix, et les étranges et lucratives occupations auxquelles ils se livraient.

Nous prenons au hasard dans le tas.

« Londres, etc... 187.

« Quatre mille caisses d'indigo, provenant de nos établissements de l'Inde, sont arrivées ici. Lord Burner en offre soixante-quinze livres sterling les cent kilogrammes, est-ce un prix suffisant, et acceptez-vous ?

« Si oui, faudra-t-il placer les fonds qui proviendront de cette vente chez John Stenope et Morcriff, ou les envoyer à Rome, à Jonathan et Cᵉ ?

« Votre bien dévoué,

« *Signé :* MULLER. »

Autre lettre :

« Bordeaux. . 187.

« Un avis de Gênes dit que les garibaldiens se proposent d'envahir le Tyrol dans le commencement de mars prochain ; ne serait-il pas utile d'en avertir immédiatement le gouvernement autrichien?

« Votre dévoué,

« *Signé* : MORANGÈS. »

Autre lettre :

« Sinigaglia... 187.

« Le nouveau pape paraît devoir s'engager dans une voie funeste : des conseillers perfides, flattant ses goûts de modération, veulent lui faire signer une bulle où il ne blâmerait que timidement les tendances démocratiques des sociétés modernes. On signale surtout le père Fizelli, dont l'empire est grand sur l'esprit du pontife, comme des plus ardents à le pousser dans cette voie déplorable : *Cet homme devient gênant* [1].

« Nous attendons vos ordres.

« Votre dévoué,

« *Signé* : CASTAMAGNI. »

Autre lettre :

« Bruxelles... 187.

« L'inaction tue les partis ; cela est vrai pour le parti catholique. Le clergé de France paraît dormir profondément. Tirez-le de ce sommeil si funeste à nos plus chers intérêts. Ses chefs sont généralement des gens à courte vue et peu instruits. Agissez sur eux par tous les moyens dont vous pouvez disposer. La République gagne tous les jours du terrain chez vous : attendront-ils

1. Cela signifie : Il faut que cet homme meure.

qu'ils soient tout à fait submergés pour crier? De l'agitation! de l'agitation! encore de l'agitation!

« Tout à vous.

« *Signé* : VON BERG. »

Autre lettre :

« Lima... 187.

« La récolte de la cochenille a manqué presque complètement cette année : faites-en tirer deux mille balles de nos magasins que vous mettrez en vente sur les principaux marchés de l'Europe.

« Votre bien dévoué,

« *Signé* : PEDRO ALVAREZ. »

Autre lettre :

« Madrid... 187.

« Le carlisme, grâce à nos menées, relève la tête partout en Espagne. Il prépare une levée de boucliers dans la Navarre : envoyez deux millions de ce côté-là le plus tôt possible.

« Les fusils et les munitions ne manquent pas ; c'est l'argent qui manque.

« Tout à vous,

« *Signé* : DON MIGUEL ALBUCÉDA. »

Autre lettre :

« Port-Saïd... 187.

« Un avis de Surate dit que nos agents sont sûrs de parvenir à faire expulser prochainement de l'Afghanistan les agents de la Grande-Bretagne, dont les menées gênent singulièrement le développement de l'influence russe en ce pays.

« Tout à vous dans le Seigneur,

« *Signé* : VON BRETCH. »

Autre lettre :

« Saint-Pétersbourg... 187.

« On nous écrit de Tobolsk, que la maison Stratoff, Burker et C⁰ nous fait une concurrence très active, et accapare toutes les fourrures et pelleteries en offrant aux vendeurs un prix supérieur à celui que nous avions l'habitude de les payer.

« Cette maison dispose de capitaux très considérables, et met tout en œuvre pour obtenir la concession des mines de fer de Tebloskoff qui sont d'une grande richesse. Ils font agir dans ce but, auprès du gouvernement, un personnage politique français dont l'influence auprès du czar est, dit-on, considérable. Il faut employer, sans retard, tous les moyens pour faire échouer ces coupables tentatives. Ces mines sont très riches, d'après l'avis de nos ingénieurs qui en ont étudié avec le plus grand soin les gisements : ce serait une grande perte pour la Compagnie si elles venaient à tomber en d'autres mains que les siennes.

« Cette maison Stratoff, Burker et C⁰ est nouvelle ; elle a été fondée il y a quelques mois à peine par le baron de Mélos : doit-il être riche ! le baron. Le bruit de sa mort a couru ici.

« Notre influence fait ici des progrès très considérables.

« Votre bien dévoué en notre Seigneur,

« *Signé* : Ivan Berezoff. »

Autre lettre :

« Anvers... 187.

« Nous perdons du terrain dans ce pays tous les jours, bien que notre clergé soit admirablement discipliné, et déploie une activité extraordinaire. Malheureusement l'action morale de la France est immense sur les Belges, et nos efforts se brisent contre cette force toujours croissante.

« Ah ! le scandale ! le scandale ! Dieu a dit : Malheur à celui par qui vient le scandale !

« Que votre France est donc coupable ! On dit ici que votre clergé est mou ; que chez vous, moines, prêtres, évêques, religieuses, engraissés et amollis par l'empire, ont perdu tout à fait l'esprit de prosélytisme, et ne comprennent plus les devoirs de l'apostolat chrétien : on ne peut pas admettre que riches et puissants comme ils sont, ils n'aient pu renverser encore la domination de tous ces hommes de néant qu'on appelle les républicains. Agissez donc, agissez donc ! Vous avez la noblesse qui, elle du moins, paraît disposée à faire tous les sacrifices : qu'attendez-vous pour livrer le grand combat ?

« Voyez ce que nous faisons ici ; prenez exemple sur nous. Nous faisons au nouveau ministère une guerre acharnée, une guerre au couteau : la victoire finit toujours par se mettre du côté de ceux qui combattent avec le plus d'acharnement.

« Votre frère dans le Seigneur,

« *Signé* : Pierre. »

Nous nous bornerons à la lecture de ces lettres qui suffiront assurément à édifier le lecteur. On a dit bien des choses sur les Chevaliers du Crucifix ; on a versé des flots d'encre, depuis qu'ils existent, pour chercher à prouver le danger que court un peuple à garder dans son sein de pareils hommes ; malheureusement ces efforts généreux ont été jusqu'ici impuissants : fallait-il, pour achever de les faire connaître, soulever un côté du voile qui couvrait leur correspondance ?

Reprenons notre récit au point où nous l'avons laissé.

Le dépouillement de la correspondance prend un temps assez long, bien qu'il y ait journellement une douzaine de scribes qui s'en occupent.

Elle n'était pas encore achevée, quand un personnage, couvert d'un long manteau et coiffé d'un feutre noir à larges bords, fit son entrée dans la première pièce.

Tous les scribes à sa vue se levèrent : il y eut un léger chuchotement, et toutes les têtes s'inclinèrent devant lui avec toutes les marques du plus profond respect : celui-ci s'inclina à plusieurs reprises.

Il y avait dans l'échine de cet homme une souplesse extraordinaire. Il eût peut-être distancé sur ce point les plus habiles courtisans du roi Louis XIV qui passaient cependant pour avoir l'épine dorsale d'une remarquable flexibilité.

Il demanda le père Bridoux, et il fut immédiatement introduit dans son cabinet.

— Tiens, Vétoni! dit le père Bridoux en le voyant entrer dans son cabinet.

— Bonjour, Bridoux; fit-il en lui tendant la main; puis il prit un siège et s'assit sans façon à côté d'un feu pétillant qui flambait dans l'âtre de la cheminée.

Nous avons déjà vu ce Vétoni.

C'était, le lecteur se le rappelle sans doute, un des trois personnages mystérieux que nous avons vus au château de Botternay.

— A quel hasard heureux, cher frère, dois-je de vous voir aujourd'hui? fit le père Bridoux.

— Je suis porteur d'instructions secrètes.

— D'où?

— De Rome.

— Ah! ah!

— Et ces instructions?

— Lisez plutôt.

Et il tendit au père Bridoux un papier, que celui-ci déplia et lut ensuite avec une extrême attention.

— Avez-vous vu l'homme? demanda Bridoux en rendant le papier.

— Oui.

— Le fera-t-il?

— Il hésite.

— Pas possible!

— Oui.

— Que dit-il?

— Que c'est peut-être imprudent de tenter cela en ce moment; qu'il faut ruser plutôt qu'employer les moyens violents; que l'on accuse l'Église de jeter partout le désordre par la violence de son opposition; que l'on connaît peu à Rome les véritables intérêts de l'Église de France...

— C'est un traître, cet homme.

— Gallican il est, gallican il mourra.

— C'est une planche pourrie.

— C'est un sépulcre blanchi.

— C'est une brebis galeuse.

— C'est la honte de la catholicité.

— Que conclut-il?

— Qu'il faut temporiser.

— Ah! le fourbe!

— Je ne lui ai pas caché le mécontentement qu'il causerait en haut lieu.

— Eh bien?

— Alors il s'est mis à protester de son dévouement aux intérêts de l'Église; il a pleuré; il a dit qu'il espérait bien que Dieu lui ferait la grâce de terminer sa longue carrière par le martyre.

— Lui, martyr! s'écria Bridoux en riant bruyamment.

— Pour lui, le martyre est peut-être d'être privé du chapeau de cardinal; en ce cas, il est déjà commencé depuis longtemps son martyre, et j'affirme hautement qu'il n'est pas près de finir, dit Vétoni en riant à son tour.

— Cet échec n'est pas consolant pour nous.

— C'est désastreux.

L'homme de la rue de la Clef.

— L'opportunisme gagne jusqu'aux chefs de la cause catholique en France.

— Quelle lèpre !

— C'est la mort.

— A propos, j'ai parlé à notre homme du denier de saint Pierre.

— Eh bien?

— Oh! pour cela, il a promis de se mettre en quatre.

— C'est fort heureux !

— Il va écrire, faire des discours, fouiller, dit-il, dans toutes les poches, chez les pauvres, chez les riches, tous, tous !

— Quel beau zèle !

— Il fera quelque chose, cela est certain, pour le denier de saint Pierre.

— Quelles nouvelles, encore?

— Ah! j'ai vu beaucoup de personnes

déjà dans le faubourg Saint - Germain.

— Ah ! parlons-en de ce quartier béni, où l'on ne rencontre presque partout que des âmes très chrétiennes, des brebis paissant sous la vraie houlette ; quel touchant spectacle !

— J'ai vu toutes nos bonnes amies : La duchesse de C...[1], la baronne de V..., la marquise de B... , l'adorable comtesse de D...

— Quelles douces et adorables femmes !

— Et dévouées, et discrètes, et passionnées pour notre sainte cause !

— Savez-vous qu'on fait grand bruit du miracle qui a eu lieu dans la chapelle du château de Boternay?

— Je sais qu'on en parle beaucoup.

— Beaucoup, oh ! beaucoup !

— Partout on m'a accablé de questions sur ce grand prodige.

— Quelle mortification pour les incrédules !

— Le pape l'a su.

— Je le sais.

— Quelques heures après, aussi lorsque la personne que nous avions dépêchée à Rome pour lui annoncer cette nouvelle est arrivée au Vatican, il en était instruit déjà depuis longtemps.

— Qu'en pense-t-il?

— Il en est émerveillé.

— Que les libres penseurs fassent une enquête, s'ils l'osent.

— Les témoins ne manquent pas.

— Il ne s'est pas produit devant une seule personne et dans la solitude.

— Je n'ai jamais vu un miracle mieux réussir.

— On dit qu'une dame en a été tellement frappée, que l'on craint beaucoup pour sa raison.

— Laquelle?

— La comtesse de T...

— Elle ?

— Oui.

— Pauvre jeune femme ! Elle, si mignonne, si douce, si gentille ! Qu'en pense le vicomte de S...

— Il en est désolé.

— Il y a de quoi.

— Et son mari?

— Il n'en est pas trop affecté : ces financiers, c'est dur !

— L'on a remarqué que le vicomte est resté longtemps dans le parc avec elle.

— Il a probablement cherché à la distraire fortement; qui sait? Une diversion par les sens?...

— Il a échoué, le pauvre jeune homme.

— Comment va monseigneur Corti [1]?

— Très bien. Avez-vous des nouvelles de Mme Zogler?

— La Canaque? je la vois presque tous les jours.

— Je suis allé chez elle, mais elle était sortie.

— Elle a beaucoup à faire en ce moment; comme je connais son zèle et sa rare intelligence, il ne manque pas de jour que je ne lui confie quelque délicate et importante mission.

— Je voudrais bien savoir si elle sait où se trouve en ce moment cet affreux vagabond, qui l'a poursuivie jusqu'à la porte du château de Boternay.

— Le charmeur de serpents ? fit Bridoux en riant.

— Oui.

— Elle ne m'en a pas parlé.

— Oh! il est peu probable qu'il la retrouve jamais.

— Il a dû se passer entre elle et cet homme quelque chose de mystérieux.

— C'est probable. Cependant, elle m'a

---

1. Le lecteur comprendra pourquoi nous ne donnons que les initiales des noms.

1. C'est celui qu'au château de Boternay nous appelions le vieillard.

toujours affirmé qu'elle ne le connaissait pas.

— Il faut que ce soit bien sérieux pour qu'elle ne veuille pas en parler, fit le père Vétoni devenu tout à coup songeur.

— S'il devenait trop gênant...

— Les moyens ne manquent pas, il est vrai, pour réduire au silence et à l'impuissance le sieur Broussard.

— Il y en a bien d'autres qui, devenus gênants, ont cessé de l'être! fit Bridoux en souriant.

— A propos, on m'a dit que le baron de Mélos était mort.

Bridoux bondit sur sa chaise.

— Mort! fit-il.

— Oui, et même enterré.

— Enterré!

Mais je suis un homme perdu, déshonoré, fourbu, incapable, fini, bon à être coupé et mis au feu comme l'arbre de l'Écriture! s'écria Bridoux avec désespoir.

— Il n'y a pas longtemps qu'il est mort, je crois.

— Comment! le baron de Mélos est mort et enterré, et moi que monseigneur a chargé de cette affaire, moi qui sais que pour la faire réussir, il faut agir sans retard, sans perdre même une minute; et j'aurais perdu du temps, beaucoup de temps peut-être!

Il agita vivement une sonnette d'argent.

Un chef de bureau parut.

— Faites venir Bernardin! dit-il vivement.

Bernardin était un homme jeune encore: tournure de sacristain, visage taillé en museau de blaireau: c'était l'agent du père Bridoux.

— Allez vite, lui dit-il, aux Champs-Élysées, et tâchez de savoir si réellement le baron de Mélos est mort.

— Faut-il prendre une voiture, monseigneur? fit Bernardin d'une voix timide.

— Oui, et dites au cocher de brûler le pavé.

— Mais je suis débordé! je suis abominablement débordé! s'écria Bridoux, lorsque Bernardin fut sorti.

— La compagnie ne vous refuse pas des agents, je suppose?

— Non.

— Eh bien! de quoi vous plaignez-vous, cher frère?

— Je ne me plains pas de la compagnie, Dieu me garde même d'une telle pensée; c'est un *meâ culpâ* que je fais en ce moment; c'est moi qui ai péché; n'ai-je pas cru follement être en mesure de pourvoir à tout, sans augmenter mon personnel!

Le père Vétoni se leva, prit son manteau qu'il avait quitté et dont il se couvrit de nouveau, remit sur sa tête chauve son chapeau de feutre à larges bords, tendit la main au père Bridoux, et le quitta.

Resté seul, ce dernier posa ses deux coudes sur la table, prit sa tête dans ses deux mains, et sa figure exprima le plus profond désespoir.

— Que va dire monseigneur, s'il vient à le savoir? se dit-il, et il le saura parce qu'il y aura toujours quelque âme charitable qui le lui dira! C'est une faute grave. Qui sait si la fille n'est pas déjà perdue pour nous? Il ne manque pas de gens qui sont à l'affût de ces sortes d'affaires: un mariage est bien vite bâclé, et une fois mariée, elle nous échappe! Monseigneur tient à ce que la compagnie ait en son pouvoir et le plus tôt possible, cette richissime héritière; et il a raison: que va-t-il penser, bon Dieu! de ma capacité et de mon zèle, quand il apprendra que cette affaire est manquée?

Tiens, au fait, comment se fait-il que Tabernier, qui sait tout ou presque tout ce qui se passe d'important à Paris; qui est à la piste de toutes les affaires, et dont je connais le zèle éprouvé pour les intérêts de la compagnie, ne nous en ait jamais parlé, et qu'il ne nous ait pas avisé de la mort de ce baron ?

Il est vrai que ce baron, poursuivit-il après un moment de silence, était un homme si mystérieux, absolument inconnu en France, et depuis si peu de temps à Paris.

Tout à coup sa figure se rasséréna un peu.

— Ah bah ! fit-il, il n'est pas possible que cette affaire soit manquée, pour peut-être quelques jours de retard. Il faudrait vraiment que le démon, l'esprit des ténèbres, fût une réalité, et eût employé à me nuire en cette circonstance, toute son infernale méchanceté !

Il tomba tout à coup dans une rêverie profonde.

— A qui confierai-je bien la conduite de cette affaire ? poursuivit-il après un assez long silence, je ne vois pas d'homme plus capable de la mener à bonne fin que Tabernier. C'est un homme prudent, qui ne laisse rien au hasard ; son expérience des affaires est très grande, sa connaissance des hommes est immense ; il a des moyens d'action, du reste, qu'il faudrait toujours lui emprunter, dans le cas où nous serions obligés d'aller *jusqu'aux dernières limites de la violence* [1].

Tout à coup un homme entra brusquement dans le cabinet.

Le père Bridoux releva aussitôt la tête. Cet homme était Bernardin.

— Eh bien ? lui demanda-t-il vivement.

— Mort !

— Ah !

— Enterré !

— Et la fille ?

— Partie.

— De Paris ?

— De Paris.

— Où est-elle allée ?

— Je l'ai vainement demandé ; le gardien de l'hôtel, qui n'est pas un homme commode, m'a répondu brutalement qu'il n'en savait rien.

— Ah ! mon Dieu ! s'écria le père Bridoux, en levant les mains au ciel de désespoir ; on me l'a volée ! que faire ? que faire ? et que va dire monseigneur ?

Il resta pendant quelques minutes, dans une sorte d'accablement.

Tout à coup il se leva.

— Allons chez Tabernier, dit-il, il n'est pas possible qu'il ne sache rien, lui !

1. Locution euphémique qui signifie meurtre.

VIII

Où l'homme de la rue de la Clef dut constater, sinon la première fois de sa vie, du moins une fois de plus, que tout n'est pas rose dans le métier d'homme d'affaires.

Nous précéderons de quelques instants le père Bridoux, chez Tabernier.

Nous retrouvons le fameux homme d'affaires, lisant avec une attention extrême plusieurs feuilles de papier, couvertes d'une fine écriture.

De temps en temps il laissait échapper en les lisant, des exclamations.

Qu'y avait-il donc dans ces feuilles de papier, qui fût de nature à l'émouvoir si vivement ?

Il y avait le récit détaillé et circonstancié de l'enlèvement de la fille du baron de Mélos.

— Très bien, très bien, murmura-t-il ; voilà de la besogne proprement et lestement faite ; pas un cri poussé à la villa, pas un des gens qui la gardaient ne s'en est aperçu ; mystère, mystère profond ! pas de bruit, pas de scandale, pas d'homme tué ou blessé : c'est parfait, la rencontre simulée entre les hommes de l'escorte, et ceux venant du bois, a été admirablement conduite. Nos instructions ont été suivies de point en point avec une exactitude toute militaire ; c'est tout à fait réussi. Ces coups de fusil, et de pistolets, tirés à poudre, ont fait sur l'esprit de la jeune fille la même impression que s'ils eussent été tirés à balles : ceux qui se sont laissés tomber et qu'elle a vus étendus par terre, lui ont fait l'effet de véritables cadavres. Parfait ! oh ! parfait ! la petite niaise croit fermement qu'elle a été enlevée par des brigands, et que les gens de la duchesse l'ont arrachée de leurs mains par une sorte de miracle. Elle a une peur horrible des premiers, une reconnaissance sans bornes pour les seconds ; cette reconnaissance elle la reportera un jour sur le marquis de Bordes, c'est forcé ; je suis convaincu que la vieille duchesse saura parfaitement diriger l'écoulement de cette reconnaissance jusqu'à lui, lorsque l'heure sera venue ; et puis, ma foi, cette reconnaissance sera vite de l'amour, quand on lui mettra sous les yeux l'acte de décès de son Georges Bernard... Parfait ! parfait ! parfait ! parfait !

Il fut tout à coup interrompu par un violent coup de sonnette.

— Oh ! oh ! fit-il, mes clients ne sonnent pas ainsi d'habitude !

Il avait à peine fait cette réflexion, que sa domestique introduisait le père Bridoux dans son cabinet.

— Monseigneur ! fit-il en se levant vivement, puis il s'inclina profondément devant son visiteur.

Le père Bridoux, que nous avons vu sortir de chez lui très ému, l'était encore,

comme on le pense bien ; de plus, il était très essoufflé.

Dame ! il avait fait le trajet de la rue Monge à la rue de la Clef à pied, et avec toute la vitesse dont ses jambes étaient capables.

Il se jeta sur le premier siège qu'il trouva, la figure bouleversée, et respirant bruyamment.

— Que diable a-t-il donc ? se dit Tabernier qui se mit à l'observer avec une attention mêlée d'une vague inquiétude.

— Comment ! monsieur, fit le père Bridoux recouvrant enfin l'usage de la parole, un fait d'une importance capitale, oui, capitale, se passe à Paris ; dans ce fait, il y a une affaire qui intéresse au plus haut degré, oui, au plus haut degré, la compagnie dont je suis le représentant et l'humble serviteur ; et vous qui devez le savoir parce que vous savez tout, vous qui devez nous être dévoué parce que nous vous tenons dans nos mains, et que nous pouvons vous briser quand bon nous semblera...

La voix manqua de nouveau au père Bridoux.

— De quel fait veut parler monseigneur ? fit Tabernier d'une voix grave, et qu'il s'efforçait de rendre ferme.

— De quoi je veux parler ! mais c'est de la mort du baron de Mélos que je veux parler !

— Je n'ignore pas ce fait, monseigneur.

— En compreniez-vous l'importance ?

— Parfaitement, monseigneur.

— Et sachant ce fait, et en comprenant la haute, très haute importance, vous ne nous faites aucune communication à ce sujet ?

— J'allais vous en faire une, monseigneur.

— Comment ! si longtemps après ! voilà vraiment une diligence et un zèle qui me surprennent ! Savez-vous, monsieur José

Tavelli, que vous en prenez bien à votre aise avec nous?

— Il y a plusieurs jours, en effet, que le fait a eu lieu, monseigneur, et si j'ai tant tardé de vous en aviser, c'est que j'ai voulu pouvoir vous dire en même temps où était la fille.

— Eh bien! où est-elle? fit le père Bridoux avec une extrême vivacité.

— Hélas! je l'ignore encore, monseigneur.

— Comment! vous n'avez pas encore pu le savoir?

— Non, monseigneur.

— Comment! vous ne savez pas ce qu'elle est devenue? Vous n'avez donc pas fait votre possible pour le savoir?

— Si, monseigneur, j'ai eu pendant plusieurs jours un de mes meilleurs agents en permanence dans les environs de l'hôtel de Mélos : c'est le sixième jour aujourd'hui que le baron est mort, il a été enterré le lendemain, et une heure après l'enterrement, un carrosse sortait de l'hôtel : dans ce carrosse il y avait Gemma, la fille du défunt, et Hassan le Maure. On a suivi cette voiture.

— Eh bien! où allait-elle? interrompit Bridoux haletant.

— Cette voiture est allée en brûlant le pavé jusqu'à la gare de Lyon.

— Et après?

— Elle est revenue à vide. Gemma et Hassan étaient partis de Paris.

— Pour aller où?

— On l'a demandé au cocher, il a juré ses grands dieux qu'il n'en savait rien; on l'a demandé à l'hôtel de Mélos, là aussi on l'ignorait.

— Mais ça n'a pas le sens commun, cette histoire! et qu'avez-vous fait après?

— Je me suis rendu à la gare; je savais qu'ils avaient pris le train express : dans ces trains-là, il y a ordinairement peu de voyageurs. J'ai demandé combien de billets avaient été délivrés et pour quelles destinations.

— Eh bien?

— Il avait été délivré vingt-cinq billets; ce chiffre se décomposait de la manière suivante :

Cinq pour Dijon;

Trois pour Mâcon;

Dix pour Lyon;

Sept pour Genève.

— Qu'avez-vous fait ensuite?

— J'ai envoyé des agents dans chacune de ces localités, pour prendre des informations au sujet des voyageurs qui y sont arrivés par ce train-là.

— Et le résultat de ces informations?

— Le résultat jusqu'à cette heure est le suivant :

Lyon, rien;

Dijon, rien;

Mâcon, rien;

Genève, probable.

Ainsi, nous avons tout lieu de croire qu'ils sont à Genève, et je les y fais chercher activement.

Le père Bridoux leva les bras au ciel de désespoir.

— Le résultat le plus clair, dit-il, le voici : c'est que vous êtes revenu bredouille de votre chasse, monsieur Tabernier. Maintenant, faut-il vous dire mon opinion sur la manière dont vous avez conduit cette affaire? Eh bien, mon opinion est qu'elle est déplorable. Bien plus, je vous crois coupable de faiblesse et même de trahison!

— Oh! monseigneur, s'écria Tabernier, que la terreur secoua à faire se figer sa moelle dans ses os.

— Écoutez, Tavelli, poursuivit le père Bridoux, qui donna un libre cours à sa colère, nous avons en nos mains votre vie : homme condamné à mort, nous pouvons vous livrer demain au bourreau; pensez-vous que nous hésiterions à le faire, si nous venions à acquérir la certitude que vous soyez devenu un agent inutile ou dangereux ?

— Mais monseigneur ! fit l'homme d'affaires, pâle comme un spectre.

— Je ne veux rien entendre ! monsieur Tavelli, je ne veux rien entendre ; et si dans vingt-quatre heures vous n'avez pas retrouvé cette fille, malheur à vous !

— Prenez tout de suite ma tête ! monseigneur, dit Tabernier d'une voix lamentable.

— Si dans vingt-quatre heures vous ne m'apprenez pas où cette fille est allée en quittant Paris, le bourreau viendra la chercher, votre tête !

Après avoir prononcé ces paroles, le chevalier du Crucifix, superbe, majestueux, pourpre de colère, sortit, foudroyant d'un dernier regard l'homme d'affaires, tremblant, hideux à voir, écrasé, couché à plat ventre sur le parquet.

IX

Ce qui se disait dans une taverne de la rue du Traquet à Bordeaux, le jour où Hassan partait des Charmettes pour se rendre dans cette ville.

A Bordeaux, rue du Traquet, petite rue qui se trouve dans le voisinage du port ; deux hommes étaient attablés en face l'un de l'autre, dans la salle basse d'une taverne.

Ils causaient et buvaient, mais à voir leurs verres à peu près pleins, et le pot de bière auquel il ne manquait presque pour achever de le remplir que ce qu'il y avait dans leurs verres, on eût pu supposer que leur conversation les occupait trop pour qu'ils pensassent à boire.

Le sujet de leur conversation ne devait pas être très gai, car ils étaient, l'un et l'autre, sombres et soucieux.

La taverne était pleine de gens qui allaient et venaient, criaient, chantaient, buvaient, jouaient, se querellaient et même se battaient.

Il y avait là des marins de tous les points du globe ; race bruyante, s'il en fût.

Mais tout ce bruit, toutes ces querelles, ne paraissaient pas produire sur eux la moindre impression.

L'un d'eux était un jeune homme blond, à l'œil rêveur, aux traits délicats comme ceux d'une fille, à la moustache fine et soyeuse ; il pouvait avoir environ vingt-cinq ans.

L'autre était un homme approchant de la quarantaine, court et trapu ; il avait les traits durs, le teint hâlé, la voix rauque, le geste brusque.

Ils portaient l'un et l'autre le costume de marins.

Le premier parlait peu, et écoutait d'un air distrait ce que lui disait son compagnon qui, lui, parlait avec une grande véhémence.

Évidemment la résistance qu'il opposait aux raisonnements de ce dernier lui causait une irritation profonde.

— Je ne comprends pas, s'écria-t-il, tout à coup en frappant sur la table avec violence, qu'un vrai marin puisse penser vingt-quatre heures à autre chose qu'à son navire, mille tonnerres !

Le jeune homme le regarda avec douceur.

— Calme-toi, Jacques, je t'en prie, lui dit-il ; penses-tu que je renonce à notre vie de marin, et que je n'aie plus rien dans le cœur pour notre beau brick? allons donc! seulement...

— Il faut que tu ailles à Paris, mille tonnerres! c'est cela que tu voulais dire?

Le jeune homme soupira profondément.

— Oui, il faut que j'aille à Paris, tu l'as dit, Jacques; vois-tu, c'est plus fort que moi, il faut que j'y aille, et le plus tôt sera le mieux.

— Toujours, toujours ton amourette, mille sabords! Ah! on t'arracherait le cœur plutôt que cette amourette!

— Ce n'est pas une amourette, Jacques, c'est de l'amour.

— Amour, amourette, n'est-ce pas la même chose, Georges: c'est comme pieuvre et minart, n'est-ce pas de la même famille? mille tonnerres!

— Non, Jacques, amour et amourette ne sont pas là même chose.

Le jeune homme secoua tristement la tête en prononçant ces paroles.

— Je te soutiens moi, Georges, que toutes ces folies te perdront; foi de Jacques, maître timonier du brick l'*Eole*!

— Ce qui me perd, Jacques, c'est l'ennui qui me ronge le cœur, c'est un souvenir charmant qu'il m'est impossible de chasser de mon esprit.

— Tempête et damnation! tu n'as donc pas assez couru après cette particulière-là! Ces jours derniers tu lui as écrit une lettre plus longue que l'histoire d'un voyage de deux ans autour du monde; est-ce que c'est du bon sens cela? mille tonnerres!

— C'était mon devoir, Jacques.

— Ah! ah! ton devoir! fit celui-ci en riant bruyamment.

— Je devais remplir mes engagements.

— Des engagements! ce sont des mots, cela. Au fait tu lui as écrit, n'est-ce pas? eh bien, attends sa réponse; c'est simple cela, c'est juste; si je te voyais au moins rai-

sonner ainsi, je ne te contrarierai pas, mille tonnerre!

— Attendre sa réponse, dis-tu! mais sais-je, moi, si ma lettre lui parviendra!

— Allons! voilà que tu ne raisonnes plus, Georges; est-ce que les lettres mises à la poste, n'arrivent pas toujours? Ta lettre arrivera, crois-moi, et ne t'en tourmente pas plus que ça.

— En admettant que ma lettre ne s'égare pas à la poste, suis-je sûr qu'elle ne tombera pas, là-bas, à l'hôtel de Mélos, entre les mains de quelqu'un qui serait intéressé à la détruire? Est-ce que je sais, moi, si ma lettre ne déplaira pas à son père?

Jacques haussa vivement les épaules, et avala d'un trait le contenu de son verre.

— Si le père ne veut pas de ta lettre, il ne voudra pas davantage de toi. Voyons, Georges, est-ce juste, cela? mille tonnerres!

— J'aurais un grand chagrin, Jacques, si le père me refusait l'accès de sa maison; mais ce sont les sentiments de sa fille que je voudrais connaître; je voudrais savoir si elle me repousserait, elle!

— Donne au moins à la réponse, le temps d'arriver, avant de penser à aller là-bas.

— Vois-tu, Jacques, quand j'ai écrit cette lettre, j'ai cédé à un sentiment irréfléchi: il me semblait que je retrouvais Gemma dans le parc du palais de Stramos, que je lui parlais, qu'elle entendait mes paroles; j'étais sûr de sa réponse, je me disais: elle qui m'aime tant, elle va me recevoir comme elle m'a reçu autrefois, elle va être heureuse de me retrouver, comme je suis heureux moi-même; une si longue séparation n'a rien changé à ses sentiments; il me semble que je la vois me sourire comme autrefois et me tendre les bras!...

Georges s'interrompit.

— Mais tout cela, poursuivit-il, n'était

Le conciliabule.

qu'un rêve. Ah! on va loin avec le rêve!...
Depuis j'ai réfléchi, j'ai pensé que tout cela
se réduisait, hélas, à une pauvre lettre,
frêle morceau de papier, qui peut s'égarer
à la poste, qu'un père orgueilleux et plein
de mépris pour un pauvre marin comme
moi, peut intercepter au passage et déchirer; j'ai pensé que Gemma, qui depuis près
de deux ans n'a pas eu de mes nouvelles,
m'a oublié peut-être... Eh bien, je me suis
senti frappé au cœur, je sentais que tout
me manquait tout à coup, que plus rien ne
me retenait à ce monde... que la vie m'a-
bandonnait!

Un juron épouvantable sortit de la gorge
de Jacques.

— A-t-on jamais vu un homme de bon
sens parler comme ça? tonnerre et damnation! hurla-t-il.

Et c'est parce que toutes ces belles
choses te sont passées par l'esprit, que tu
veux aller à Paris? dit-il après un moment
de silence.

— Oui, Jacques.

Le maître timonier du brick l'*Eole* était
tenace, et il ne lâchait pas prise facilement.

— Voyons, Georges, tu n'as eu que du
désagrément avec tout ce monde-là, et tu

t'en attirerais encore de nouveaux en allant à Paris. Il y a quelque temps, tu as voulu retourner sur cette côte maudite, tu as voulu revoir ce palais, que tu appelles le palais de Stramos, où tu croyais la retrouver ; le navire a fait un détour de cent bonnes lieues pour satisfaire ton caprice, eh bien, qu'as-tu trouvé sur cette côte maudite ? Tonnerre et damnation ! tu as trouvé un vieux moricaud qui s'est moqué de toi, mais moqué que le sang m'en a bouilli dans les veines. Il t'a fait des contes à dormir debout ; il t'a pris pour un moutard, oui pour un moutard, et tu ne lui as rien dit à ce mécréant ; tu n'as donc pas vu ni compris qu'il se moquait de toi, quand il te disait que mamselle Gemma n'était plus au palais ; tu n'as donc pas compris qu'il te mentait ? tu n'as pas vu qu'il se moquait de toi, je te le répète ? Et dire que je ne lui ai pas brisé les os, pour l'honneur du pavillon du brick l'*Eole !* tonnerre et damnation ! Ah ! oui, nous y sommes retournés sur cette côte maudite ! Oui, Georges Bernard, le fils du respectable patron du brick l'*Eole*, a-t-il été assez roulé, bafoué, méprisé, par ce vieux crabe à turban qui garde le palais de Stramos ! ah ! oui ! nous y sommes retournés à ce pays de malheur. Ah ! parlons-en, oui, parlons-en ! tonnerre !

Un sourire triste plissa la lèvre de Georges.

Tout à coup son front s'illumina ; son visage resplendit à ce souvenir évoqué par son rude compagnon.

— Ah ! oui, parlons-en, mon bon Jacques, s'écria-t-il, parlons-en ! J'ai vu bien des pays, j'ai abordé à bien des rivages ; eh bien, pas un ne m'a fait une pareille impression, pas un n'a laissé dans mon souvenir des traces aussi profondes. Quelle mer splendide ! Jacques, quelles roches majestueuses ! quelles riches villas ! quel magnifique palais ! quels beaux sycomores !

Un rire strident partit de la gorge de Jacques, comme un paquet de mitraille de la bouche d'une caronade de navire, un jour de combat.

Mais Georges n'y fit pas attention, il était tout à son rêve d'amour et aux souvenirs qui s'y rattachaient.

— Vois-tu, Jacques, poursuivit-il, je me rappellerai toujours la nuit, la délicieuse nuit, où j'y ai abordé seul, à ce rivage béni !

— Tu y as abordé pour ton malheur, Georges, pour celui de ton père, et pour le mien. Ah ! si j'avais su que la promenade que tu as demandé à faire cette nuit-là, devait avoir les suites funestes qu'elle a eues, tonnerre et damnation ! j'aurais éventré et coulé tous les canots du bord, plutôt que de t'en fournir un !

— J'y serais peut-être allé à la nage, Jacques.

Le marin haussa les épaules à se désarticuler les omoplates.

— Quelle nuit ravissante ! poursuivit Georges.

— Quelle chienne de nuit ! hurla Jacques.

— Cette nuit-là, vois-tu, un être mystérieux, ange ou démon, a soulevé pour moi un coin du voile qui cache le ciel aux hommes.

Un nouveau rire, aussi bruyant, aussi strident que les premiers, sortit de la gorge du marin.

— C'est de la folie ! cela, tonnerre et damnation ! s'écria-t-il.

— Non, je ne suis pas fou, Jacques, répliqua Georges avec douceur.

— Tu as voulu aller là-bas ; ton père a consenti à détourner le navire de sa route, pour satisfaire ton caprice ; sans cela, le brick serait arrivé en rade de Bordeaux, six semaines plus tôt. Eh bien, à quoi cela t'a-t-il servi, mille tonnerres ! de retourner à cette côte de mécréants ? qu'y as tu trouvé? rien! rien! rien! Tu irais à Paris, qu'y trouverais-tu? rien! rien! rien!

— Tu dis que je n'y rien trouvé? tu te trompes, mon ami; j'y ai trouvé l'endroit où j'avais abordé, le tronc de figuier sauvage où j'avais amarré ma barque; le chemin que j'avais suivi pour arriver jusqu'à la demeure de Gemma; tu dis que je n'ai rien trouvé? mais j'ai trouvé le palais qui l'a vue naître sans doute, le parc où elle avait probablement l'habitude d'aller se promener; ce n'est donc rien cela? Ah! tu dis que je n'ai rien trouvé? mais j'ai trouvé le gardien du palais qui m'a affirmé que celle que je venais chercher, demeurait à l'hôtel de Mélos, avenue des Champs-Élysées, à Paris! je te le répète, ce n'est donc rien, cela?

— Pas grand chose! fit amèrement le marin. Eh bien, moi, vois-tu, j'en suis revenu de ce pays maudit avec une colère rentrée, mille tonnerres! avec quel plaisir j'aurais tordu le cou à ce marsouin couleur de pain d'épices, si tu m'avais laissé faire!

— Pourquoi donc aurais-tu fait du mal à cet homme, Jacques?

— Parce que, je te le répète, il te trompait! J'ai pu le voir, moi que rien n'aveuglait, ni amour, ni amourette, puisque tu veux que ces deux choses ne soient pas les mêmes. Ah! oui, je l'ai vu le marsouin qui riait en dessous pendant que tu regardais à droite et à gauche; ah! je l'ai bien vu, moi, et plusieurs fois encore; damnation!

— Pourquoi aurait-il menti, ce vieillard? et puis ce qui ne mentait pas, Jacques, c'é-taient le parc, ses sentiers pleins d'ombre, ses cascades, ses lacs, ses grands sycomores, et surtout ce kiosque, que l'on appelle le kiosque de Stelnadara, où Gemma m'est apparue, éblouissante de jeunesse et de beauté, où je me suis mis à genoux devant elle, en la suppliant de me permettre de l'aimer, de l'adorer toute ma vie!

Le marin poussa une sorte de hurlement sourd, frappa sur la table avec une extrême violence, puis prenant sa tête entre ses deux grosses mains calleuses, il promena sur la foule qui remplissait la taverne des yeux hagards.

— Tu comprends maintenant, mon bon Jacques, pourquoi il faut que j'aille à Paris?

Le marin ne répondit pas.

Le rude marin comprenait enfin qu'il chercherait en vain à détourner Georges Bernard de l'idée d'aller à Paris; il sentait que toute son opposition devait se briser contre ce sentiment terrible qui le dominait; cet amour ou amourette, quelque nom qu'on lui donnât, était une puissance avec laquelle il fallait compter.

Ce qui irritait Jacques, ce qui l'exaspé-rait, c'était que Georges vînt à se marier avec cette fille. Il se disait: elle est riche, il sera riche, et il ne voudra plus de sa vie de marin. Un millionnaire manier les cordages, virer au cabestan, a-t-on jamais vu ça!

Or il aimait Georges, il l'aimait avec ido-lâtrie, il l'avait vu naître; Georges avait grandi sous ses yeux; il était ensuite devenu un homme; et une fois homme, il était vite devenu son ami, son confident, bien qu'il y eût entre eux une assez grande différence d'âge.

Cette vie à deux, de chaque jour, de chaque instant, il s'y était habitué, il ne pouvait plus s'en passer; se priver de Georges lui semblait une chose impossible; il ne pouvait pas admettre cette monstruo-sité, vivre sans lui. Georges venant tout à coup à lui manquer, son compagnon ces-sant d'être à ses côtés, c'était l'isolement absolu; c'était plus, c'était l'écroulement de son existence tout entière!

Soudain une idée traversa son cerveau.

Il releva brusquement la tête et tendant vivement la main à son jeune ami, qui le regardait avec tristesse :

— Tu vas à Paris, Georges ? eh bien, nous irons ensemble !

— J'y compte bien, mon bon Jacques, fit celui-ci en lui serrant la main avec force.

— Qui sait ? se disait le rude maître timonier du brick l'*Eole*, il arrivera peut-être à Paris quelque chose qui brisera cette amourette que je voudrais voir à tous les diables !

Et si je pouvais donner mon petit coup d'épaule pour que ça arrive, mille tonnerres !

Leurs préparatifs de départ ne furent pas longs, car une demi-heure après, ils partaient pour Paris.

X

Où l'on voit que l'on trouve parfois dans les brouillards de la Seine des amis auxquels il est dangereux de se fier.

En quittant Paris, pour aller se fixer aux Charmettes avec Gemma, nous savons qu'Hassan avait laissé ignorer aux domestiques, qu'il laissait à l'hôtel, le lieu de leur nouvelle résidence, et la raison en était bien simple ; il voulait épargner à Gemma les obsessions et les sollicitations de cette multitude de petits êtres cupides et abominablement importuns, qui sont toujours à la piste des riches dots, et qui ne devait pas tarder de s'abattre, comme un essaim de moustiques, sur l'hôtel de Mélos.

Il avait bien pensé à Georges Bernard ; mais celui-là ne devait pas y aller chercher pour la raison bien simple qu'il devait ignorer absolument qu'elle y demeurât, où qu'elle y eût récemment demeuré.

Mais il était supposable que s'il existait encore, ou s'il avait gardé pour la jeune fille les sentiments qu'elle espérait de lui, il allât chercher de ses nouvelles à Stramos, le seul endroit où il eût pu supposer qu'il pût la trouver ; il avait donc écrit au vieux Mahmoud, le gardien du palais, que dans le cas où un jeune homme qu'il lui dépeignait, irait lui demander Gemma, il l'envoyât directement aux Charmettes.

Mais cette lettre lui était parvenue trop tard ; en effet, il y avait plus d'un mois que Georges était venu demander Gemma à Stramos, quand elle lui parvint ; et l'avis qu'il en adressa à Hassan, de son arrivée, n'arriva aux Charmettes que longtemps après le départ d'Hassan pour Bordeaux.

Georges et son ami Jacques arrivèrent à Paris dans l'après-midi du lendemain de leur départ de Bordeaux. Le temps était froid et humide, un brouillard déjà intense s'étendait comme un voile immense sur la grande cité.

La Tamise a ses brouillards dont on parle beaucoup : la Seine a aussi les siens qui, bien qu'on en parle beaucoup moins, sont cependant parfois assez denses, pour qu'il soit impossible au piéton d'y voir clair à deux pas devant lui.

Comme on le pense bien, Georges avait hâte de se rendre à l'hôtel de Mélos ; y aller à pied, cela eût pris trop de temps ; ils se jetèrent dans le premier fiacre qu'ils rencontrèrent, et Georges cria au cocher de brûler le pavé.

Le pauvre jeune homme était dans une grande agitation, et le sentiment qui dominait dans cette agitation, c'était la joie,

L'amour est un prisme enchanteur, qui revêt tout ce que désire le cœur humain, des couleurs les plus flatteuses.

Il ne pensait plus que Gemma l'eût oublié, il n'appréhendait plus que le baron le mît à la porte : le rêve avait repris le dessus sur la réflexion ; il voyait Gemma, comme il l'avait vue autrefois, l'accueillant en souriant, et il lisait dans son regard par avance la même tendresse. Qui donc eût pu lui faire croire, en ce moment, qu'il dût en être autrement ?

Jacques, sombre, taciturne, l'observait.

L'infortuné marin souffrait cruellement de la joie qu'il lisait sur la figure souriante et dans les regards enflammés de son ami ; avec quel plaisir il eût jeté, en ce moment-là, toutes les filles d'Ève à la mer !

On ne met pas un temps infini pour aller de la gare d'Orléans aux Champs-Élysées ; cette distance fut même assez lestement franchie par le fiacre, dont les chevaux se trouvèrent, par hasard, être ni trop éreintés ni trop fourbus.

Quand la voiture s'arrêta, Georges fit un soubresaut et pâlit : Jacques qui l'observait sourit amèrement.

Le brouillard empêchait de distinguer les maisons de l'avenue, à peine voyait-on apparaître vaguement les feuillages jaunis des marronniers.

— Nous voilà arrivés ! bourgeois, cria le cocher.

Nos deux amis descendirent du fiacre.

— Quel chien de brouillard ! Ça doit être par là votre hôtel de Mélos, ajouta l'automédon ; et il montra en même temps l'endroit avec son fouet.

— C'est bien, fit Georges, en lui tendant le prix de la course, augmenté d'un large pourboire.

Le fiacre repartit.

Nos deux amis se dirigèrent vers l'en-droit indiqué ; l'hôtel de Mélos était à quelques pas plus bas.

Le vaste édifice avait un aspect de tristesse profonde ; portes et fenêtres étaient fermées ; il paraissait inhabité ; on eût dit un tombeau. On sentait comme une grande douleur et un grand deuil qui eussent passé par là.

Le cœur de Georges se serra : sa main tremblait quand elle saisit le bouton de la sonnette.

Le vieux gardien vint ouvrir ; et ils entrèrent.

Ali était le fils d'un boulanger de Tanger, il y avait plus de quarante ans qu'il était entré au service de feu le baron de Mélos. C'était un homme doux, parlant peu, et passant presque toute sa journée à fumer, assis sur des coussins, à la mode orientale.

— Encore un moricaud ! grommela Jacques en l'apercevant.

Il écouta Georges de cet air placide et quelque peu hautain, qui est dans les habitudes des hommes de l'Orient.

Quand le nom de Gemma sortit de la bouche du jeune homme, son œil noir se fixa sur lui ; le vieux chacal flairait-il quelque chose de mystérieux, dans la voix tremblante, dans l'air agité, dans l'œil bleu troublé du jeune homme ?

Un sourire vague glissa comme une pâle lueur dans les profondeurs des vides qui sillonnaient sa figure.

— Mademoiselle n'est plus ici, répondit-il d'une voix lente ; de la même voix qu'il eût récité un verset du Coran.

Georges ressentit une commotion violente.

— Et où est-elle en ce moment ? ajouta-t-il d'une voix étranglée.

— Je l'ignore ; et que vous importe !

Ces mots sonnèrent au fond de son âme, comme l'écho d'un sépulcre qui se referme sur les restes d'un être qu'on a ardemment aimé.

Il n'ajouta pas un mot, et se retourna lentement pour sortir de l'hôtel.

La douleur du malheureux, bien que muette, était si navrante, que le rude marin en fut remué jusqu'au fond des entrailles.

Il alla jusqu'à l'insolent gardien, et jeta sur lui un regard plein de menaces.

— N'allez pas tromper mon ami, lui dit-il d'une voix sourde, ou sinon je vous briserai les reins, tonnerre et damnation !

— Je ne le trompe pas, fit le gardien.

— Jurez-le !

— Je le jure par Allah ! ajouta-t-il d'une voix lente et grave.

Jacques et Georges sortirent de l'hôtel.

Ce dernier n'avait pas fait vingt pas sur l'avenue, qu'il tomba plutôt qu'il ne s'assit sur un banc, en fondant en larmes.

Le malheureux ne pouvait plus contenir la violence de son désespoir.

Jacques s'assit à côté de lui, pâle, la figure bouleversée par la douleur, que cette vue lui causa.

— Voyons, Georges, lui dit-il, après un assez long silence, tu es un homme, mille tonnerres ! ne pleure donc pas comme un enfant !

Mais Georges, absorbé dans son désespoir, ne l'entendait pas.

Tout à coup il se leva, ses larmes se séchèrent ; il donna le bras à Jacques, et ils se dirigèrent du côté de la place de la Concorde.

— C'est bien ! Georges, te voilà fort, je savais bien que cela ne se tiendrait pas longtemps, mille tonnerres ! disait de temps à autre le maître timonier.

Georges marchait machinalement devant lui, n'entendant rien, n'écoutant rien, ne disant rien.

Cette sorte de somnambulisme finit par inquiéter Jacques ; il l'entraîna dans un café ; là il demanda au garçon de l'établissement un punch et des cartes ; Georges but, mais ne voulut pas jouer.

De rage, Jacques jeta le paquet de cartes sous la table ; le garçon le lui fit payer, il le paya ainsi que le punch, et ils sortirent ; ils étaient bien restés vingt minutes dans le café.

Ils marchèrent assez longtemps sans savoir ni même sans se demander où ils allaient.

Enfin Jacques avisant un fiacre qui retournait à vide à une station quelconque, s'écria :

— Tiens, Georges, voilà une voiture : montons dedans, en un clin d'œil nous serons à la gare, et là nous prendrons le premier train qui partira pour Bordeaux ; est-ce entendu ?

Il allait faire signe au cocher d'arrêter sa voiture, quand Georges le retint brusquement :

— Je ne retournerai pas à Bordeaux, dit-il, et même je ne veux plus vivre.

Ces paroles produisirent sur lui un effet terrible.

Il chancela, porta vivement la main à sa tête, comme s'il se fût senti pris tout à coup de vertige.

Puis il se mit à marcher, titubant comme un homme ivre.

Un temps assez long s'écoula pendant lequel ils cheminèrent l'un à côté de l'autre sans se dire une parole.

Enfin le timonier dominant son trouble, prit son jeune compagnon par le bras, et résolut de tenter un suprême effort pour l'arracher à ses funestes pensées.

— C'est entendu, Georges, lui dit-il, tu es bien décidé à ne pas retourner à Bordeaux !

— Oui.

— Même si tu retrouvais cette fille ? mille tonnerres !

— Je ne dis pas cela.

— Et si tu la retrouvais, y retournerais-tu ?

— Oui.

— Eh bien ! nous la retrouverons, et à l'heure même, foi de Jacques, maître timonier du brick l'*Éole !* s'écria-t-il en faisant un geste d'une énergie sauvage.

— Comment feras-tu, Jacques ?

— Tu vas le voir.

Il regarda de tous côtés.

— Pas une chienne de voiture ! s'écria-t-il.

— Où veux-tu donc que nous allions? fit Georges surpris.

— A l'hôtel de Mélos, tonnerre !

— Pourquoi faire?

— Pour demander encore une fois, à ce vieux marsouin de là-bas, l'adresse de la fille que tu cherches.

— Mais il ne la sait pas, cette adresse !

— Il la sait !

— Il a affirmé le contraire.

— Ces moricauds se gênent bien pour mentir ! mille tonnerres !

— Cet homme a juré par Allah !

— Je m'en moque, moi, de son Allah, comme de lui, tonnerre et damnation ! hurla Jacques.

Au même instant une voiture vint à passer.

Le brouillard n'avait pas encore acquis ce degré de densité qui rend la circulation des voitures impossible.

Celle qui passait était vide ; le cocher cherchait des voyageurs.

— Viens ! dit Jacques, en y faisant monter son ami.

Celui-ci y monta sans faire d'objection.

— Ah ! il ne sait pas l'adresse, le vieux fourbe ; eh ! il ne veut pas nous la faire connaître, eh bien ! il nous la dira, ou je lui crèverai le ventre ! grommelait Jacques.

Arrivés à l'hôtel, ce fut lui qui sonna.

Comme la première fois, ce fut Ali qui vint ouvrir.

Quand il vit la figure bouleversée de Jacques, et son air menaçant, il recula interdit.

Mais avant qu'il eût le temps de songer à se défendre, le rude marin l'avait saisi à la gorge et terrassé.

— Je ne jure pas par Allah, moi, hurla-t-il, parce qu'Allah, tu le sais bien, est aussi menteur que toi ; et que si je jurais par lui tu penserais que je mens et tu ne me croirais pas, mille tonnerres ! Eh bien, tu croiras cette poigne-là, vieux marsouin ; tu croiras tout de suite qu'il ne me sera pas difficile de te crever le ventre ; et si tu me refuses l'adresse que mon ami t'a demandée, tu peux être certain que dans une minute tu seras un homme mort, tonnerre et damnation !

— Mais je ne l'ai pas ! fit Ali d'une voix lamentable.

— Tu l'as ! hurla Jacques, dont les doigts noueux lui serrèrent la gorge, et dont le genou se posa sur sa poitrine.

— Grâce ! fit le gardien terrifié.

— Parle ! mais parle donc ! mille millions de tempêtes ! dis-nous donc où est cette fille !

— Je ne le sais pas, moi ; mais il y a quelqu'un qui doit le savoir.

— Qui ?

— Monsieur Tabernier.

— Où demeure-t-il?

— Rue de la Clef.

— Quel numéro?

— Trois.

— Allons y ! Jacques, dit Georges à son compagnon.

Celui-ci lâcha le gardien, puis ils sortirent de l'hôtel.

Ils trouvèrent une voiture à la station qui se trouve au rond-point de l'avenue.

La nuit venait ; l'obscurité menaçait de se transformer en ténèbres.

— Quel gueux de brouillard ! fit en cinglant ses chevaux d'un coup de fouet, le cocher de la voiture dans laquelle ils étaient montés.

Ce véhicule mit un temps infini à aller jusqu'à la rue de la Clef ; le cocher ne faisant aller les chevaux qu'au pas à cause de l'obscurité.

Les lanternes de la voiture étaient bien allumées, mais on ne les voyait pas à deux pas ; quant aux becs de gaz, qui l'étaient également, leur clarté tendait à disparaître de plus en plus.

Enfin la voiture s'arrêta.

Georges et Jacques en descendirent ; un instant après ils frappaient à la porte de la demeure de Tabernier.

L'infortuné homme d'affaires avait reçu le matin même la visite du père Bridoux, visite dont nous avons raconté tous les détails au lecteur.

A la suite de cette visite foudroyante, il était resté dans un état complet de prostration.

Il n'en sortit que pour se traiter d'imbécile, d'être inepte, de sot personnage.

— Je devais bien penser, se disait-il dans le paroxysme du désespoir, que ces *fouinards* enragés finiraient par mettre le nez sur cette affaire : maintenant je suis perdu, ils iront jusqu'au bout : ils sauront que j'ai traité avec le marquis ; ils se vengeront en me dénonçant à la police française et à la police italienne : je serai réintégré dans ma prison, puis je tomberai dans les mains de l'exécuteur des hautes œuvres.

Puis-je reculer ? n'est-ce pas trop tard pour reculer ? dois-je aller avouer ma faute à ces canailles, mille fois plus canailles que moi ! Mais je sais par expérience que ces gens-là ne pardonnent pas, qu'ils sont sans pitié pour ceux qui trahissent leur con-

fiance. Hélas ! en ont-ils jamais eu pour quelqu'un, de la pitié !

Quel malheureux esclave je suis ! je ne peux pas faire même une petite opération pour mon compte, sans leur assentiment ! Quelle misère ! eux seuls doivent être libres, eux seuls veulent être riches ! Ah ! il y avait assez longtemps que je les servais ; ils pouvaient laisser tomber enfin ces quelques millions dans ma pauvre caisse ! Oh ! les bandits ! oh ! les infâmes ! ils les convoitent, ces petits millions, ils les veulent, ils s'y accrocheront demain peut-être, et ce sera fini !

Mais qui donc leur a appris l'existence de cette affaire, la plus cachée, la plus mystérieuse qu'il y ait jamais eu sous le soleil !

Ce baron de Mélos n'était pas catholique, par conséquent il n'avait aucune relation avec le monde clérical : dans le monde politique il était aussi inconnu. Nulle part on ne l'avait vu : sa fortune elle-même était un mystère pour ses propres agents ; que d'efforts d'intelligence, que de patientes et persévérantes investigations il m'a fallu faire, pour découvrir le réseau immense d'opérations commerciales dont il était le *deus ex machinâ*, mais profondément caché, mais jamais en nom : plus mystérieux que le Dieu lui-même qui a créé le monde et qui commande à la nature !

Ah ! oui, j'ai pu croire une partie de ces millions bien à moi, quand le marquis de Bordes est venu me proposer le traité auquel j'ai souscrit ; je ne pouvais pas croire que les Chevaliers du Crucifix, qui ne m'avaient jamais parlé de cette affaire, à moi qui étais leur agent et leur confident, l'eussent découverte. Ce n'était pas supposable ; et j'étais en droit d'espérer que s'ils venaient à la découvrir, ce ne serait pas avant que Gemma de Mélos fût devenue madame la marquise de Bordes.

Mme Zogler, la Canaque.

Non, je ne puis pas reculer, ajouta-t-il après un moment de silence : la fatalité me pousse en avant, eh bien, je marcherai. Nous pouvons réussir encore, mais à condition que l'on joue serré ; que l'on ne laisse de piste, ni d'indice nulle part ; à condition surtout qu'on précipite le dénouement !

Il écrivit donc au marquis une lettre dans laquelle il lui recommandait de mener l'affaire avec la plus grande activité, et de faire bien comprendre à sa tante qu'il était de la dernière importance que tout le monde ignorât que Gemma de Mélos fût au château de Cressères ; ne jamais révéler son nom à n'importe qui, et se méfier surtout de toute personne tenant de près ou de loin au monde clérical.

Quant aux gens qui avaient joué un rôle actif dans l'enlèvement de Gemma, Tabernier se croyait en droit de compter sur leur silence; ces gens-là étant des sacripants qu'il avait à son service depuis longtemps, et qui, venus fortuitement à Genève pour cette affaire seulement, ignoraient jusqu'au nom de la localité où se trouvait la villa, celui de la jeune fille et du château où elle avait été conduite.

Ces sacripants étaient revenus le lendemain à Paris, sans se soucier d'apprendre ces détails qui, du reste, devaient leur être parfaitement indifférents.

Mais revenons à Tabernier.

Il en était donc arrivé à se rassurer à peu près, et à cette résolution finale de persévérer dans la voie où il était engagé, quand Jacques et Georges Bernard se présentèrent chez lui.

— Tiens! voilà ceux qui doivent mourir! se dit-il en les apercevant.

Je les attendais, ces petits agneaux; je suppose que le Bègue avec ses hommes ne doivent pas être loin.

Hortense — c'était le nom de sa gouvernante — dit qu'il fait un brouillard à ne pouvoir mettre deux pas l'un devant l'autre; c'est vraiment un temps du bon Dieu : on ne peut pas avoir mieux quand il s'agit d'enlever un homme et même deux, et de les soustraire du nombre des vivants.

Tabernier était au moral l'homme-pieuvre; comme la pieuvre, il avait des tentacules ; les combinaisons de son esprit, pour faire tomber ses victimes dans ses pièges, étaient puissamment conçues, nombreuses et redoutables : ajoutons à cela que, comme la pieuvre, il aimait le sang; il aimait à se repaître de la vue de ses victimes, il y avait sur leurs personnes comme une odeur de

carnage qui lui plaisait; il aimait à contempler les corps vivants dont il allait faire des cadavres; il avait l'œil fixe et glauque de la pieuvre.

Il avait fait asseoir Georges et Jacques en face de lui, et les pria de lui permettre de terminer la lecture d'un dossier qu'il avait entre les mains.

Ce dossier, il faisait semblant de le lire avec la plus grande attention; mais sa pensée, comme nous venons de le voir, n'était pas à cette lecture, et son regard, glissant par-dessus ses lunettes, se portait sur ses deux visiteurs.

Le misérable les attendait; il avait calculé qu'ils iraient demander à Ali l'adresse de Gemma, qu'ils la demanderaient avec tant d'instance, qu'ils importuneraient tellement le gardien de l'hôtel que celui-ci, pour s'en débarrasser, finirait par les lui envoyer. Tout ce qu'il combinait arrivait avec une précision mathématique : les calculs qu'il faisait sur la connaissance profonde qu'il avait des hommes et des choses, avaient l'exactitude rigoureuse de théorèmes de géométrie.

Il paraissait faire les choses humaines siennes, quand il mettait la main dessus ; la nature elle-même, quand il avait besoin d'elle, semblait se faire son esclave, et lui disait : me voilà!

Mais au-dessus de la nature, au-dessus des choses humaines, au-dessus même de Dieu, il mettait les Chevaliers du Crucifix; eux seuls pouvaient déranger ses calculs, renverser ses plus savantes combinaisons, et lui faire sérieusement échec. La suite nous dira jusqu'à quel point il avait raison de les redouter.

Il vit Jacques qui l'examinait avec une attention profonde.

— En voilà un, se dit-il, qui donnera du fil à retordre à le Bègue. Il paraît très fort, et il a une de ces têtes qui annoncent une énergie et un esprit de résolution peu ordinaires. Quant à l'autre, il ne doit pas avoir plus de force qu'une fille, le Bègue brisera ça comme un roseau.

Et puis, par un pareil brouillard, il est si facile d'assommer des gens qui ne se tiennent pas sur leurs gardes ! Ah! ce sont bien des hommes morts! Tout va bien; demain ou après-demain je fais constater leur décès; Gemma saura que Georges Bernard est mort et enterré, et la fillette se jettera dans les bras du marquis ; car enfin il faut bien qu'une fillette prenne un mari en fin de compte ; et ce mari-là, sortant de ma fabrique, sera vraiment un mari séduisant, irrésistible !

Il sourit.

— Messieurs, dit-il à Georges et à Jacques en jetant son dossier sur la table, je suis tout à fait à vos ordres.

— Quel drôle de marsouin! grommela Jacques.

Georges lui expliqua le but de leur visite.

— A quel titre demandez-vous cette adresse? Êtes-vous un parent de Mlle Gemma de Mélos?

Georges rougit et balbutia des paroles inintelligibles. Il s'attendait si peu à ces questions.

— Nous avons besoin de cette adresse, est-ce que ça ne suffit pas? fit Jacques dont les poings énormes se crispèrent et dont l'œil noir étincela.

L'embarras dans lequel on venait de mettre son compagnon *chiffonnait* terriblement le brave timonier.

Tabernier se doutait que cet homme était une rude nature, qu'il fallait y toucher avec précaution, et il avait voulu s'en rendre compte. Ah! il savait bien qu'en froissant le *moindrement* Georges, il le ferait immanquablement rugir !

Il ne jugea pas à propos de pousser l'expérience plus loin. Et, comme Georges lui

protestait que les sentiments qui lui avaient inspiré sa démarche auprès de lui étaient honnêtes et ne pouvaient blesser Mlle Gemma de Mélos si elle venait à les apprendre, il s'écria :

— Mais, mon cher monsieur, je n'ai pas besoin de savoir tout cela; vous désirez savoir son adresse, eh bien, je vais vous la donner. Mlle Gemma est actuellement aux Charmettes, près Genève : elle doit y résider quelque temps.

— Enfin ! se dit Georges.

Il savait donc l'adresse de celle qu'il aimait! Il remercia chaleureusement l'homme d'affaires; un instant après il se trouvait de nouveau, avec son compagnon Jacques, sur le pavé de Paris.

L'obscurité était si grande qu'ils restèrent un instant immobiles, à la porte de Tabernier, sans y voir assez pour se conduire.

Le passage brusque d'un endroit éclairé dans un endroit très obscur produit l'aveuglement, mais c'est un aveuglement momentané ; bientôt leurs yeux s'habituèrent aux ténèbres, et ils distinguèrent vaguement dans la nuit la ligne des maisons de la rue.

Ils cherchèrent la voiture qui les avait amenés et qui devait les attendre ; mais elle avait disparu. Sans doute le cocher, voyant le brouillard s'épaissir de plus en plus et approcher rapidement le moment où la circulation des voitures deviendrait absolument impossible, avait gagné quelque station voisine.

Retournons un peu en arrière.

Au moment où les deux marins étaient arrivés à Paris, au moment même où ils montaient dans le fiacre qui devait les conduire à l'hôtel de Mélos, quatre individus, paraissant être des ouvriers et dont l'un portait une vareuse de matelot, prenaient une voiture à la même station qu'eux ; et cette voiture, chose étrange, se mit à suivre la leur.

Ils avaient dit au cocher : Vous la suivrez partout où elle ira, et vous vous arrêterez où elle s'arrêtera.

Quelles étaient donc les intentions de ces hommes ?

Étaient-ce des agents de Tabernier qui étaient venus guetter à la gare l'arrivée des deux Bordelais ?

Ces quatre hommes étaient de solides gaillards : l'un d'eux surtout était une espèce de colosse, dont les muscles avaient un tel développement et dont l'extérieur annonçait une si grande force physique, qu'un lutteur de profession eût hésité à se mesurer avec lui.

Quand Georges et Jacques arrivèrent à l'hôtel de Mélos, la voiture qui portait ces quatre inconnus, s'arrêta à une vingtaine de mètres de l'hôtel.

Elle y stationna jusqu'à leur sortie de l'hôtel, et lorsqu'ils s'en éloignèrent, elle les suivit.

Bref, cette voiture aux stores baissés, aux allures mystérieuses, les suivit jusqu'à la rue de la Clef : il est probable qu'elle avait disparu en même temps que celle qui y avait amené nos deux amis, et pour la même raison.

Mais les hommes qui étaient dedans étaient-ils partis aussi ?

— Comme ça, tu veux aller à Genève ? disait Jacques à Georges, en arpentant avec lui le trottoir de la rue de la Clef.

— Oui, répondit Georges, car il faut que j'en finisse.

— Aller à Genève ! aller à Genève ! Comme cela, nous irons jusqu'au bout du monde ! grommela Jacques.

Le rude marin commençait-il à se repentir d'avoir tout fait pour que son ami parvînt à découvrir l'adresse de la jeune fille ?

Toujours est-il qu'il retombait rapidement dans ses humeurs noires.

— Où allons-nous ainsi ? dit tout à coup Georges presque à haute voix, et il s'arrêta.

Au même instant, plusieurs personnes les entourèrent.

Georges leur demanda si la gare de Lyon était bien loin.

— Tout près d'ici, mon bon, fit une voix, et le colosse que nous connaissons, l'un des quatre personnages que nous avons vus monter en fiacre et suivre si longtemps Georges et Jacques, celui que Tabernier appelait le Bègue, et qui était, nous le savons, vêtu d'une vareuse de matelot, parut tout à coup à leurs côtés.

Jacques jeta un regard méfiant et scrutateur sur lui.

— Ah ! tu peux me reluquer, mon bon, je suis de Marseille, un Maucot, quoi ; je m'appelle Pierre Moureux, et je vais rejoindre mon navire, le trois-mâts *la Constance*, capitaine Mayer, en rade de Marseille, tron de l'air !

— Vous partez pour Marseille maintenant ?

— Tout de suite, mon bon, avec les pays, ajouta-t-il en montrant les trois personnages qui l'entouraient. Ah ! oui ! nous partons ; nous en avons assez de ce chien de Paris, où l'on ne voit pas plus clair en plein jour qu'au fond de la cale d'un navire, tron de l'air !

Georges crut avoir devant lui un véritable marin, et lui offrit de faire route avec lui et ses compagnons jusqu'à la gare de Lyon, où il comptait prendre le premier train pour Genève.

Jacques ne s'y opposa pas, et le Bègue et ses compagnons y consentirent.

On se remit en route.

Au bout de la rue Lacépède on prit la rue Linné, on traversa la place Jussieu, puis on longea l'entrepôt jusqu'à la Seine.

Jacques parlait peu, était sombre, et observait beaucoup.

Le vieux loup de mer avait pour principe de ne pas accorder trop vite sa confiance aux gens.

Arrivée à la Seine, la petite troupe s'engagea sur le pont qui la traverse en cet endroit; au bout du pont, elle tourna à droite.

Là, se trouve un vaste espace, couvert de chantiers de bois, de pierres ou de charbons ; fréquenté par très peu de personnes dans la journée, cet endroit, le soir, est absolument désert.

Il n'y avait pas en douter, le Bègue conduisait là Georges et Jacques pour les assommer.

Georges et Jacques étaient perdus !

Dans quelques minutes, leurs cadavres, criblés de coups de couteau, rouleraient sanglants dans les ondes vertes de la Seine.

Quatre contre deux, qu'on y songe, et de solides gaillards !

Ils devaient même être armés; un bandit a toujours sur soi au moins un couteau, et puis ils avaient de leur côté l'imprévu de l'attaque, et la surprise fatale dans laquelle seraient jetés leurs adversaires, et dont les malheureux ne devaient pas avoir le temps de revenir pour pouvoir se mettre en défense.

Ah ! oui, Georges Bernard et Jacques, maître timonnier du brick *l'Éole*, étaient bien des hommes morts.

Les plans de Tabernier, sur ce point-là comme sur tous les autres, devaient bien se réaliser, comme nous l'avons dit, avec une rigoureuse précision !

Si nos deux amis avaient soupçonné le guet-à-pens, s'ils avaient été prévenus, s'ils avaient le temps de se mettre sur leurs gardes, ils n'étaient pas des adversaires dont il eût été très facile d'avoir raison.

Jacques était, nous le savons, un homme trapu, et possédant une grande force physique; il était habitué aux luttes corps à corps, et souvent on l'avait vu, dans les combats que les marins se livrent entre eux, et auxquels il prenait part, avoir facilement raison de plusieurs adversaires.

Il avait même conquis, dans ces luttes à coups de pied, de poings, et quelquefois de couteau, un magnifique poignard, qu'il avait enlevé à un Maltais, dans un de ces cabarets nombreux qui avoisinent le port de Marseille.

Ce poignard, il l'avait toujours sur lui ; mais devait-il avoir le temps de s'en servir ?

Quant à Georges, il n'avait, pour échapper à ses ennemis, ou pour les combattre, qu'une adresse rare et une rare souplesse de corps.

Il va sans dire que, ainsi que tous les marins, il savait faire au besoin de ses pieds et de ses poings, des armes qui avaient bien leur valeur.

Mais, nous le répétons, attaqués à l'improviste, comme ils devaient l'être certainement, il n'était pas probable qu'ils ne fussent pas égorgés avant d'avoir eu le temps de faire un mouvement pour se défendre.

Le Bègue, du reste, en était si convaincu, qu'il voulut être, en quelque sorte, chevaleresque.

Ainsi, au lieu de se jeter sur eux et de les poignarder sans mot dire, et sans crier gare, en s'arrêtant tout à coup, il s'écria :

— Hé ! les enfants, allons-y gaîment !

Et il se précipita sur Jacques le couteau à la main.

Le maître timonnier de *l'Éole* fit un brusque mouvement, rapide comme la pensée, pour se jeter en arrière; mais son pied étant venu à butter contre la bordure du trottoir du quai, il tomba, mais il se releva ausssitôt, en bondissant de côté, pour échapper à son ennemi. Le couteau du colosse l'atteignit néanmoins ; mais, au lieu de le frapper en pleine poitrine, le coup biaisa, et la lame, ouvrant sa vareuse, traça sur sa poitrine un sillon sanglant ; mais la blessure était légère !

— Ah ! ah ! rugit Jacques.

Georges, frappé de plusieurs coups de couteau, était encore debout et se débattait désespérément, repoussant au hasard les coups qu'on lui portait de plusieurs côtés à la fois ; cette situation ne pouvait pas se prolonger longtemps, il était perdu si elle durait quelques secondes encore.

Tout à coup un homme, un ouragan, une trombe s'abattit sur le groupe qui l'entourait. Cet homme, cet ouragan, cette trombe, c'était Jacques ; Jacques qui, le poing rivé à la poignée de son stylet, qu'il avait pu saisir dans la poche de sa vareuse, se précipitait au secours de son ami, après avoir renversé le colosse, d'un effroyable coup de talon dans le ventre.

— Les lâches ! hurla-t-il en frappant dans le tas.

Un homme tomba, d'autres reculèrent.

— Courage ! Georges, cria de nouveau Jacques.

Le malheureux Georges, qui était criblé de blessures, s'affaissa.

Jacques le crut mort.

Un cri horrible, plus effroyable que le rugissement du tigre, sortit de la gorge de Jacques.

La nuit était noire, les ténèbres profondes ; bien que la lutte se fut engagée au pied d'un bec de gaz, à peine sa lueur vague permettait-elle aux combattants de se reconnaître de temps à autre.

Georges s'était redressé comme galvanisé par le cri de Jacques.

Le Bègue n'était pas mort ; renversé sur le trottoir, il râlait sourdement. La douleur qui l'étreignait était si forte qu'il se tordait, mais il n'avait pas encore renoncé à la lutte. Ivre de rage et de vengeance, il faisait des efforts inouïs pour se redresser ; son œil flamboyant était rivé sur le groupe des combattants qui n'était guère qu'à trois ou quatre pas de lui. Il n'avait pas lâché son couteau.

Tout à coup il se mit à ramper de ce côté-là !

Dangereux reptile !

Cependant les bandits faisaient des efforts inouïs pour achever leurs victimes.

Ce combat sauvage avait un caractère particulier d'horreur. Ce groupe d'hommes enlacés et se frappant avec rage, ce groupe autour duquel le sang ruisselait, était devenu un tourbillon de corps humains, un piétinement terrible, un entrelacement monstrueux de membres se tordant comme des serpents en fureur, un orage humain, d'où partaient des cris étouffés, des râles sourds, des jurements, des blasphèmes, et brochant sur le tout, le croisement sinistre des couteaux.

Cependant le colosse avançait, avançait !

De temps en temps un rugissement s'exhalait de sa vaste poitrine ; il portait la main à son ventre comme pour soutenir ses entrailles, et s'arrêtait comme vaincu par la douleur, puis il rampait de nouveau.

Cependant le groupe des combattants, dans les diverses péripéties de la lutte, se déplaçait. Bientôt il toucha au parapet du quai : ce parapet était très bas ; au delà, sous une masse épaisse d'ombre noire, coulait le fleuve.

Haletant, essoufflé, râlant, tombant et se relevant, mordant le bitume du trottoir, le Bègue avançait toujours et se rapprochait insensiblement ; il arriva même un moment où il crut toucher au but, il crut même voir vaguement, dans l'ombre, le corps de

Jacques ployé sous les efforts désespérés de ses assassins; il était là, là, sous son couteau! Enfin!... une joie immense lui fouetta le cœur; il sentit croître ses forces, il leva le bras pour frapper, mais au bon endroit cette fois!...

Mais tout à coup Jacques se redressa avec une violence inouïe; le groupe de ses ennemis acharnés fut soulevé comme l'eût fait une catapulte; et il retomba sur le parapet et du parapet dans la Seine, dont les eaux bouillonnèrent en se refermant sur lui.

Ivre de rage et de désespoir, de voir son ennemi lui échapper, le colosse qui s'était soulevé pour le frapper à mort, retomba sur le parapet auquel il s'accrocha, et les cheveux hérissés, la face livide, soutenant d'une main ses entrailles, il plongea son regard au-dessous de lui, dans le fleuve.

Des sons rauques s'échappèrent de sa gorge.

— Hou! hou! hou! Ah! hou! hou! puis il se tordit, il chancela; ses ongles crispés grincèrent en se brisant sur la pierre du parapet; son corps énorme oscilla et fléchit brusquement et il alla rouler à quelques pas de là, comme une masse inerte.

Le silence se fit, que troubla presque aussitôt un double cri d'agonie parti du fleuve.

Ce fut tout!

FIN DE LA PREMIÈRE PARTIE

DEUXIÈME PARTIE

I

Ce qui se fit et se dit à la vieille Chartreuse de Montdhoye, le jour de la Toussaint de cette-même année.

Ce jour-là, il faisait un temps sec et froid ; le vent soufflait avec violence du nord-est, et faisait tourbillonner, sur la longue avenue qui mène du village de Thisy à l'antique Chartreuse de Montdhoye, les feuilles jaunes dont il dépouillait les marronniers, debout en cet endroit, depuis des siècles, et rangés à droite et à gauche, comme une procession de moines.

De là on voyait ce qui restait encore du vaste monastère, qu'avait fait bâtir, dans la nuit du moyen âge, une troupe de moines, paresseux et papelards, qui avaient pris, je ne sais trop pourquoi, le nom de chartreux de Chypre et de Jérusalem.

On apercevait une haute muraille de briques, percée de fenêtres en ogive, et d'une porte d'entrée monumentale, flanquée de deux petits pignons grillés, par où le portier de ces *saints* hommes avait dû, bien des fois, jeter un regard méfiant et scrutateur sur leurs visiteurs, avant de les introduire sous les voûtes du massif et imposant édifice.

Un clocher couvert en ardoises, émergeant d'un épais amas de murailles brunes dont le temps avait fauché une grande partie, pointait vers le ciel sa flèche élancée, surmontée d'une croix.

Ce reste de monastère qu'on avait déjà réparé en partie, était adossé au château de la Blèverie, dont il semblait être une annexe.

Le château de la Blèverie était beaucoup moins ancien que le monastère : sa construction ne remontait pas au delà du XVIIe siècle ; il était solidement bâti en pierre de taille, et la révolution avait passé sur lui sans même l'effleurer.

A voir, attachés à ses flancs robustes, les restes du vieux cloître, il semblait qu'il avait été construit exprès pour prêter aux murailles croûlantes de l'antique demeure des *bons Pères*, aujourd'hui disparus, l'appui de ses tours et de ses murs.

Au reste, noblesse et moinerie se doivent de l'appui ; c'est dans la logique des choses.

On allait du château dans le vieux monastère, par des portes ménagées dans le mur d'enceinte ; ajoutons que du monastère on pouvait aussi aller dans le château par d'immenses souterrains, qui s'étendaient jusqu'aux extrémités de la colline, sur laquelle cloître et manoir étaient bâtis.

Or, ce dit jour de la Toussaint, le noble marquis de la Blèverie, recevait un nombre considérable de visiteurs.

C'était un vieillard encore vert et de belle prestance, le châtelain de la Blèverie,

Les mystères du château de Boternay.

il avait été, dans sa jeunesse, officier aux gardes, à la cour de Charles X ; c'était un légitimiste convaincu, et à la chute des Bourbons de la branche aînée, il était venu vivre dans son manoir, attendant que des événements favorables à la dynastie dont il était un des fidèles, vinssent lui fournir l'occasion de mettre au service de sa cause, sa fortune et son épée.

Ces événements n'étaient pas encore venus.

Il attendait encore.

Certes, il avait, on le voit, une foi robuste.

Revenons à ces nombreux visiteurs qui affluaient de toutes parts, ce jour-là, à sa demeure seigneuriale.

Ils n'étaient pas les premiers venus, ces visiteurs !

Dûssions-nous jeter nos lecteurs dans un abîme d'étonnement, nous manquerions à notre devoir de chroniqueur, si nous leur laissions ignorer qu'ils étaient tout simplement les principaux représentants du vieux monde monarchique.

On y voyait, au milieu de la foule des marquis, des comtes, des ducs, des barons, des chefs d'ordres religieux de toutes sortes, jusqu'à des princes ecclésiastiques et des fils d'anciens rois.

Tous ces gens-là qui étaient, on le pense bien, la fine fleur de la légitimité et du cléricalisme, traînaient après eux, avec leurs bagages, des généraux, des magistrats et d'anciens ministres.

Je n'affirme pas que tout ce monde appartenait à la nation française ; c'était, nous devons le dire, une réunion d'hommes appartenant à peu près à tous les peuples.

Il fallait que le château fut bien vaste pour pouvoir contenir tout ce monde.

Il est vrai qu'ils n'étaient pas venus pour y séjourner longtemps.

Le *noble* châtelain était radieux : dame ! il y avait longtemps que son château n'avait été honoré par la présence de tant et de si *illustres* hôtes !

Cela chatouillait agréablement l'amour-propre du vieux légitimiste.

Dans tout ce monde il ne se trouvait pas une seule femme.

On y remarquait beaucoup d'hommes au visage froid, au teint jaune, à l'œil mobile et inquiet ; et portant empreint sur la face, un cachet de rêverie vague et de mysticisme.

Ces hommes étaient des Chevaliers du crucifix.

Certes ce n'est pas en une heure qu'ils arrivèrent, ces personnages venus de tous les points de la France, et des quatre coins du globe.

Ils défilèrent longtemps isolément, et par petits groupes par tous les chemins aboutissant au château ; il en arriva dès l'aube ; mais ce n'est guère qu'à la tombée de la nuit, que les derniers pénétraient dans l'enceinte du vieux manoir.

Nous éprouvons une satisfaction profonde à pouvoir faire à nos lecteurs, grâce à des notes que le hasard a fait tomber entre nos mains, le récit de tout ce qui s'est passé dans cette réunion mystérieuse ; et à combler en même temps, une lacune importante de l'histoire contemporaine.

Nous avons dit que les souterrains de la vieille Chartreuse étaient très vastes, et qu'ils allaient jusqu'aux extrémités de la colline.

Or la colline avait plusieurs kilomètres d'étendue.

Quelques milliers d'hommes pouvaient donc y tenir à l'aise.

Ils se composaient en partie d'une série interminable de grandes salles, pavées de larges dalles de marbre, et parfois de riches mosaïques, et surmontées de voûtes élevées, que supportaient de longues et énormes colonnes de granit.

Le marquis avait établi pour ses hôtes, dans quelques-unes des premières salles voisines de la cour du château, des réfectoires, des cuisines, des dépôts de vins, de liqueurs, et de victuailles de toutes sortes.

Disons en passant que toute la valetaille avait été remplacée ce jour-là, par des hommes de bonne volonté pris parmi les visiteurs.

Elle avait été éloignée du château pour quarante-huit heures.

On redoutait tellement les indiscrétions, que les plus anciens et les plus dévoués serviteurs du marquis avaient dû être éloignés comme les autres.

Les salles dont nous avons parlé étaient très anciennes et rien dans ce que la chronique nous a laissé des habitudes des anciens chartreux, ne peut nous apprendre à quel usage elles avaient servi.

A part ces salles, qui étaient absolument vides, et où l'on ne remarquait que quelques débris de portes, tombées depuis longtemps de vétusté, le souterrain n'était qu'une immense nécropole.

Il y avait là un nombre incalculable de tombeaux : parmi ces tombeaux, les uns étaient encore fermés et recouvraient probablement la poussière des morts qu'on leur avait confiés; d'autres, en assez grand nombre, étaient découverts et vides; à côté on voyait leur pierre tumulaire, appuyée contre leurs parois de marbre, ou étendue sur le sol, intacte ou brisée.

Que de milliers de moines dormaient de leur sommeil éternel sous les voûtes souterraines !

D'une des salles les plus vastes, le marquis avait fait, pour les besoins du moment sans doute, une chapelle, avec autel, chaire, banquettes, chaises, tableaux, crucifix, cierges, etc.

Pourquoi cette chapelle ?

On conçoit les anciens chrétiens, dressant des autels dans les catacombes de Rome, pour y célébrer leurs mystères loin du regard de la police des Césars.

Dame ! on n'était pas tendre, en ce temps-là, pour ceux qui pratiquaient la religion du nazaréen crucifié. Quand on parvenait à s'en emparer, on les jetait, comme chacun sait, en pâture aux tigres et aux lions du cirque; ou bien, enduits de poix, on en faisait des candélabres vivants, qu'on allumait la nuit, pour éclairer les fêtes de Néron.

Tout cela était fort peu amusant, et l'on conçoit très bien le soin que mettaient ces hommes à se cacher pour célébrer les mystères de leur religion.

Mais étions-nous encore au temps des Césars? Quelle nécessité terrible forçait donc les hôtes du marquis de la Blèverie à venir dresser un autel et improviser une cérémonie religieuse au fond de ces souterrains? car un autel suppose la célébration des mystères d'une religion.

Évidemment, ce n'était pas simplement pour assister à une messe que tous ces grands personnages s'étaient dérangés : il devait y avoir une raison bien plus importante que celle-là; et s'ils craignaient le regard des profanes, c'était sans doute qu'il y avait sous roche des mystères d'une nature toute autre que ceux de la religion du Christ.

Nous le verrons bientôt.

Nos lecteurs savent déjà qu'il y a depuis longtemps chrétiens et chrétiens, comme il y a fagot et fagot : leur pensée ne peut manquer de se porter sur ces hommes ténébreux, pour qui le grand jour semble n'avoir pas été fait, dont le regard louche paraît ne pouvoir supporter la lumière; cette affiliation puissante et terrible, qui s'est formée depuis des siècles, au-dessus des rois et des peuples, dans un but de lucre et de domination, et dont l'élément est le mystère, dont la nuit est le masque et le manteau : nous avons nommé les Chevaliers du crucifix.

C'étaient eux, en effet, qui venaient d'arriver avec leurs plus fervents adeptes et leurs agents les plus dévoués.

Nous avons déjà vu une réunion de ces hommes et de leurs adeptes, dans le manoir de la duchesse de Boternay; mais cette réunion, bien que solennelle et ayant un certain cachet de gravité, n'avait pas paru ennemie d'une douce gaieté : on avait prié au pied des autels, il est vrai, on avait même fait un miracle, mais on avait largement bu à la coupe des joies mondaines, et la cérémonie s'était terminée dans des bosquets mystérieux, comme jadis les cérémonies du culte de la folâtre déesse de Cythère.

Mais ce qui se préparait cette fois ne devait pas avoir ce cachet de gaieté mystico-mondaine : en effet, dans cette foule nombreuse, il n'y avait pas une femme.

C'était donc bien grave, ce qui allait se passer !

De toutes parts, dans le château, dans le vieux cloître et dans les souterrains, on ne voyait que de longues files d'hommes silencieux, pensifs, presque sombres.

S'ils eussent été habillés à l'antique, on eut pu, à les voir marcher ainsi la tête penchée et l'air rêveur, dans un souterrain où un autel était dressé, les prendre pour ces gens dont Rome faisait autrefois des martyrs, et qu'une puissance mystérieuse, évoquant de la nuit des âges, avait fait sortir de toutes parts des entrailles de la terre.

Dès la tombée de la nuit, toutes les salles du souterrain avaient été brillamment éclairées ; on avait reconnu que tous ceux qu'on attendait étaient arrivés ; les mots d'ordre avaient été échangés ; on était sûr qu'aucun profane ne s'était introduit dans le château et dans le cloître, dont toutes les portes furent soigneusement fermées.

D'immenses tables avaient été dressées dans les salles qui servaient de réfectoires, et tous ces hommes silencieux et recueillis vinrent s'y asseoir sans tumulte, presque sans bruit, comme une troupe de spectres.

Le marquis de la Blèverie avait bien fait les choses, et on ne pouvait pas l'accuser d'avoir eu la pensée de laisser ses hôtes mourir de faim.

Il y avait des montagnes de volailles, des collines de gibier, des océans de crèmes aux parfums les plus rares et les plus variés, semés d'îles nombreuses de pâtisseries de toutes sortes et de friandises innombrables.

On buvait dans de grandes coupes d'argent et le vin le plus commun était du pomard de dix ans.

Certes, on a vu dans la suite des âges, si l'on en croit les poètes, des repas aux proportions gigantesques, dits homériques, et e génie de l'auteur du Pantagruel en a

décrit qui étaient de nature à frapper l'imagination des hommes, et dont le souvenir s'est perpétué parmi eux ; cependant aucune de ces prodigieuses créations culinaires ne saurait égaler pour l'abondance, la variété et la succulence des mets, celles que le vieux légitimiste, marquis de la Blèverie, exhiba en ce jour mémorable.

Cependant l'on mangea et but modérément, et quand on se leva de table, on se trouvait, comme lorsqu'on s'y était assis, sombre, calme, silencieux.

Quels graves intérêts, quelles préoccupations pouvaient donc étouffer ainsi chez ces hommes, qui étaient pour la plupart de remarquables *fourchettes*, les appels pressants de la gourmandise ?

En se levant, ils s'alignèrent comme une troupe de pénitents à une procession.

Chacun prit de la main droite, un cierge allumé ; puis quelqu'un ayant entonné un cantique de circonstance, tous se mirent à chanter à pleine voix ; et l'on se mit en marche à travers la longue série des salles immenses et sonores, dans la direction de la chapelle.

Cet ouragan de voix éclatant sous ces voûtes aux proportions gigantesques, et que les échos multiples et profonds de l'immense nécropole répercutaient de toutes parts et changeaient en mugissements, produisait un effet grandiose et imposant.

Ah ! les anciens chartreux de Montdhoye devaient tressaillir d'aise dans leurs tombeaux !

La chapelle était très grande ; elle avait la forme d'un parallélogramme de cent cinquante mètres de long sur soixante mètres de large, environ.

Six hommes étaient agenouillés sur les marches de l'autel, ils portaient de grands manteaux de velours écarlate, sur lesquels on voyait, brodés en argent, un poignard et un crucifix.

Nous connaissons trois de ces hommes ; les autres nous sont inconnus.

Les trois que nous connaissons, sont le père Bridoux, le père Vétoni, et le grand vieillard à longue barbe blanche, que l'on appelait le père Corti.

La procession arriva et remplit la vaste enceinte de la chapelle de ses chants religieux.

Ces chants se prolongèrent quelque temps, puis cessèrent ; et chacun prit place sur les longues et innombrables banquettes de velours, qui garnissaient les deux tiers au moins de la vaste enceinte.

Alors les six hommes se levèrent ; et il se fit un profond silence.

Ils gravirent lentement les marches d'une estrade qui avait été élevée à gauche de l'autel, et où six fauteuils étaient placés ; ils s'y assirent.

Alors on entendit une voix.

Elle était impérieuse et éclatante.

Elle paraissait sortir des entrailles de la terre.

Cette voix dit :

— Vous qui, partis de tous les points de l'univers, vous êtes réunis ici, loin des regards des profanes, pourquoi êtes-vous venus ? Est-ce pour défendre la religion ?

— Oui ! oui ! fit l'assemblée debout et frémissante.

— Est-ce pour faire triompher le principe monarchique ?

— Oui ! oui !

— Feriez-vous, pour assurer le triomphe du roi et de l'Église, le sacrifice de vos biens et de votre vie ?

— Oui ! oui !

— Prions ! frères.

L'assemblée se prosterna.

Une voix entonna un nouveau cantique, que tous les assistants chantèrent en chœur.

Quand on eût chanté le dernier couplet du cantique, un silence se fit.

Alors un des six hommes rouges, assis sur l'estrade, se leva.

— Anathème, s'écria-t-il, à celui qui croit que l'homme soit un être perfectible par d'autres moyens que par l'application des doctrines de l'ordre sacré des enfants de Jésus !

— Anathème ! rugit l'assemblée.

Un second homme rouge se leva.

— Anathème, s'écria-t-il, à celui qui croit que la liberté doive jamais régner parmi les hommes !

— Anathème ! répéta l'assemblée.

Un troisième homme rouge se leva et dit :

— Anathème aux peuples qui s'affranchissent du joug des rois !

— Anathème ! répéta l'assemblée.

Un quatrième homme rouge se leva.

— Anathème, s'écria-t-il, à ceux qui ne reconnaissent pas l'infaillibilité du pontife romain, quand il marche fidèlement dans le sentier qui lui est tracé par les enfants de Jésus !

— Anathème ! répéta l'assemblée.

Un cinquième homme rouge se leva et dit :

— Anathème aux rois qui ne se soumettent pas à l'autorité des enfants de Jésus !

— Anathème ! répéta l'assemblée.

Un sixième homme rouge se leva.

— Anathème, s'écria-t-il, au pontife romain, quand il tente de s'affranchir de la tutelle divine des enfants de Jésus !

— Anathème ! répéta l'assemblée.

Cependant, un moine qui se trouvait placé en face de l'estrade où les hommes rouges étaient assis, avait paru éprouver à leur vue une agitation subite et étrange, et il faisait des efforts inouïs pour la dominer.

Ce moine, ou plutôt cet homme qui portait une robe de moine, avait une grande barbe noire qui lui cachait presque toute la figure et descendait jusque sur le milieu de sa poitrine.

Le reste de sa tête était caché sous le capuchon de sa robe.

De temps à autre, pendant que l'assemblée criait : Anathème ! de rauques soupirs grondaient dans sa poitrine, et des flammes s'échappaient [de ses yeux, à demi enfouis sous son capuchon.

— Carlo Luigi ! murmurait-il.

Carlo Luigi, assassin ! assassin !

Puis ses regards se fixèrent contre terre, et un tremblement convulsif agita tout son corps.

— Carlo Luigi ! malheur à toi ! murmura-t-il encore.

La cérémonie continuait.

Deux personnes vêtus de robes blanches, vinrent jeter de l'encens dans de grandes urnes d'airain pleines de charbons incandescents, placées sur l'autel.

Un homme monta dans la chaire.

Il était grand, maigre, jeune encore.

Il était vêtu d'une redingote boutonnée jusqu'au menton, et avait le visage rasé ; cet homme paraissait tenir à la fois du prêtre et du soldat.

— Frères, dit-il, jamais l'homme n'a montré tant d'audace contre Dieu ; de toutes parts il crie au créateur du monde : Ton règne est fini !

Quel blasphème !

Qu'est-ce que c'est que l'homme ? un grain de sable, un atome ; conçoit-on la révolte du grain de sable, de l'atome ?

Tant d'orgueil appelle un châtiment terrible.

Nous, les instruments des colères vengeresses du ciel, nous ne faillirons pas à notre tâche.

Il faut que l'ordre renaisse, et il renaîtra, frères, fût-ce dans des flots de sang ; fût-ce sous des monceaux de ruines.

Un long murmure d'approbation parcourut l'assemblée.

Un autre orateur parut dans la chaire.

C'était un vieillard encore vert, et il portait l'uniforme de général.

— Frères, dit-il, qu'est-ce que le soldat ? c'est le prêtre armé du glaive. Qu'est-ce qu'un général d'armée ? c'est un évêque ; seulement au lieu d'une houlette, il tient une épée. Quel est le but du prêtre, du soldat, du pontife et du général ? l'écrasement de la pensée humaine et sa soumission absolue à une consigne ; cette consigne, c'est Dieu et le roi ! Vive le roi !

— Vive le roi ! hurla l'assemblée.

Le général tira son épée, qu'il brandit.

— Je voudrais pouvoir, s'écria-il, la planter dans le ventre de tous ceux qui ne pensent pas ainsi ! (Textuel.)

(Tonnerre d'applaudissements.)

Un nouvel orateur gravit les marches de la chaire.

— Frères, le prêtre ne se contentera pas du rôle subalterne qu'on veut lui faire jouer dans les sociétés. Non, frères, le prêtre, représentant de Dieu, ne peut pas être un fonctionnaire salarié dépendant d'un ministre laïque quelconque Non ! nous ne serons pas les mouchards de la conscience, nous en serons les maîtres ; nous saurons bien le montrer à tous ces insensés qui s'imaginent qu'on peut grandir l'homme en écrasant le prêtre !

Ah ! on voudrait faire du prêtre l'égal d'un agent de police ! On voudrait faire de l'Église une annexe d'une préfecture ! Non ! le prêtre n'est pas un agent de police ; s'il scrute les consciences, s'il exerce une influence sur les volontés, s'il jette sur les âmes les chaînes sacrées de la foi, il le fait dans son intérêt à lui, dans l'intérêt de l'Église, dans celui des enfants de Jésus ; et le gouvernement n'a rien à y voir.

Dans nos temples, nous sommes chez

nous, et aussi chez les autres ; que ceux qui s'arrogent le droit exclusif de gouverner les hommes se le tiennent pour dit !

(Tonnerre d'applaudissements.)

L'orateur qui succéda à ce dernier était un homme d'un certain âge, à visage placide, au regard paterne.

— Frères, dit-il, ai-je besoin de déclarer ici que je suis l'ennemi acharné de la République, ce gouvernement de païens, un des plus abominables qu'on puisse imaginer ? Je lui fais la guerre sans relâche, et le nombre des républicains que j'ai condamnés est considérable. Ce qu'il y a de plaisant dans tout cela, c'est que c'est au nom de la République que j'écrase cette dangereuse vermine.

Certes le but que nous poursuivons, nous autres magistrats, dans cette œuvre de salut social, c'est la destruction dans l'esprit des masses de l'opinion républicaine : il nous faut à tout prix arracher des âmes cette ivraie ; et pour y arriver, nous voulons faire prévaloir cette idée que l'homme qui pense et se dit indépendant est moins protégé, est plus persécuté sous la République que sous la monarchie : nous voulons faire du gouvernement républicain un Saturne qui dévore ses propres enfants.

(Hilarité générale.)

— Grâce à vous, frères, ce travail se fait lentement mais sûrement dans les âmes ; et un beau jour on sera tout surpris de voir que l'opinion républicaine n'existera plus que dans la cervelle de quelques fous. Ces fous-là, nous les ferons enfermer à Charenton par quatre hommes et un caporal, et la société sera sauvée ! Vive le roi !

— Vive le roi ! hurla l'assemblée.

Un des six hommes rouges qui était assis sur l'estrade se leva :

— Frères, dit-il, nous avons en ces temps d'épreuve, de graves motifs de tristesse. Ce n'est pas seulement dans la société, c'est

jusque dans le sanctuaire que l'ennemi s'est introduit et s'efforce de triompher de nous.

On dirait qu'ils sont venus les temps prédits par le prophète ; ces temps maudits où l'abomination et la désolation doivent régner dans le saint lieu.

Frères, le chef de la catholicité, le successeur de Pierre, refuse de marcher dans les voies que nous avions tracées à Pie IX, le saint pontife que nous avons perdu. Pris d'une inconcevable pusillanimité devant les impies, il trouve le Syllabus excessif, et nous le soupçonnons fort d'être, au fond, un tiède partisan de l'infaillibilité papale et de l'Immaculée Conception [1].

Frères, le scandale est grand. Il est de notre devoir de le faire cesser.

Quand on a l'honneur d'être le chef de la catholicité ; quand on a dans ses mains les intérêts spirituels de quatre cents millions d'hommes, il faut les défendre ; mais pour remplir ce glorieux devoir, il faut s'armer de courage et ceindre ses reins pour la lutte.

Frères, la vie d'un pontife, chef suprême de la catholicité, doit être un combat de chaque jour, de chaque instant ; il a non seulement la parole, il a le glaive ; il exhorte et il anathématise. Chez lui, l'indulgence envers l'impiété est un crime, la faiblesse une trahison, la négligence une apostasie.

Le pontife est le soldat de Dieu, et il doit être toujours au plus fort de la mêlée.

Ah ! nous ne pensions pas que Léon XIII montrerait si peu de courage ! Nous ne pouvions pas supposer que cet homme, investi d'une si redoutable mission, voudrait vivre comme un petit moine paisible sous les lambris sacrés du Vatican où l'on en-

1. L'hésitation que Léon XIII mit d'abord à obéir aux jésuites n'est un secret pour personne.

tend les voix du ciel, où se répercutent les bruits de guerre du monde entier !

Ah ! qu'il se rappelle que c'est sous ses voûtes augustes qu'ont été élaborées ces sentences d'excommunication qui ont fait trembler les peuples ; et que c'est sur ses dalles que les rois venaient s'agenouiller !

Frères, vous figurez-vous un pape vivant de la vie paisible et niaise d'un petit bourgeois !

A cette pensée, notre sang bouillonne ; une incommensurable indignation s'empare de nos âmes.

Malheur à celui qui, tenant le glaive de la justice éternelle, s'en fait un oreiller et s'endort dessus ! son réveil sera terrible. Que Léon XIII se rappelle la fin tragique de Clément XIV [1] !

En ce moment, nous avertissons le successeur de Pierre ; en ce moment, nous crions à cet homme qui s'est couché pour dormir : Lève-toi, et combats !

Pour rendre nos exhortations plus efficaces ; pour qu'il se garde bien de considérer le Vatican comme un lieu de délices, nous lui avons dit : Tu ne mangeras plus, si tu ne combats !

(Tonnerre d'applaudissements.)

— Frères, vous le savez, le denier de saint Pierre fait vivre le pontife ; mais vous savez aussi que ce denier de saint Pierre est absolument en notre pouvoir. C'est un fleuve d'or dont nous pouvons tarir les sources à volonté ; en ce moment, elles ne coulent que goutte à goutte [2] ; demain, elles se dessécheront si le pontife s'obstine à rester sourd à nos exhortations.

Son entêtement, nous l'espérons, ne résistera pas au cri de son ventre ; et nous ne serons pas dans la nécessité d'employer des moyens plus énergiques pour faire cesser

le scandale. Léon XIII deviendra, ce qu'a été Pie IX, l'instrument de nos volontés : le bien de l'Église le veut ; le salut de la catholicité est à ce prix ; il se soumettra à la règle de notre ordre qui veut l'obéissance absolue ; il deviendra entre nos mains comme un cadavre.

Ah !. on ne joue pas avec les choses saintes ! Les dalles du sanctuaire brûleraient les pieds du pontife rebelle ; l'hostie elle-même irait consumer dans ses veines jusqu'à la dernière goutte de son sang impur ; ce que les choses saintes rencontrent de réfractaire à leur nature, elles le détruisent ; c'est la loi.

Je le répète, on n'est pas pontife suprême pour jouir des douceurs de la vie !

Croiriez-vous que l'esprit des ténèbres avait inspiré à celui dont le front est ceint de la tiare, des goûts tellement profanes, qu'on ne peut y penser sans rougir ; c'est à jeter l'âme d'un vrai chrétien dans un incommensurable abîme d'étonnement et de douleur.

Qu'avait donc inspiré au malheureux pontife l'esprit des ténèbres ? Il avait inspiré à cette âme faible, l'idée de passer son temps à chasser les alouettes ! ! !

Un pape devenu chasseur d'alouettes, quelle honte !

C'est dans les bosquets du jardin du Vatican, que le faible pontife avait avec le démon des entrevues où se tripotait ce manège infâme de perdition pour la catholicité tout entière ; heureusement que nous avons trouvé le chemin de ces retraites mystérieuses...

(Applaudissements prolongés.)

— Frères, soyons vigilants, et combattons sans relâche pour le salut des âmes !

Des bravos frénétiques suivirent ces dernières paroles de l'orateur.

Le moine dont nous avons parlé se trouvait toujours à la même place, en face de

---

1. Pape mort empoisonné par les jésuites.

2. On se rappelle le cri d'alarme poussé, à ce moment-là par les journaux cléricaux.

Mᵐᵉ de Cressères.

l'estrade où étaient assis les six hommes rouges.

Pendant quelque temps il était resté immobile, les yeux fixés vers le sol, les mains jointes, le corps incliné dans l'attitude d'un homme qui adresse au ciel de ferventes prières.

Mais les prières qu'il marmottait, sortaient en sifflant de sa gorge; on voyait qu'il faisait des efforts violents pour comprimer la rage sourde qui l'agitait.

De temps en temps, quand la foule applaudissait l'orateur et que le bruit de ces applaudissements remplissait la chapelle et en faisait bruyamment résonner les échos, il sortait de sa bouche de nouvelles paroles de haine et de colère, de nouvelles menaces.

A un certain moment, il prononça le nom de Vétoni.

Était-ce à celui des hommes rouges que nous connaissons et qui s'appelait Vétoni, qu'il en voulait? était-ce lui qu'il appelait assassin? était-ce à lui que s'adressait cette exclamation pleine de menaces terribles : malheur à toi !

Carlo Luigi et lui se trouveraient-ils être le même homme?

Était-ce un drame qui se préparait? un homme allait-il mourir victime de quelque vengeance mystérieuse, comme savent en couver ces âmes ardentes et concentrées de cénobites, dont les passions, quelles qu'elles soient, atteignent toujours des proportions inconnues à celles des autres hommes?

Vétoni avait eu une jeunesse très orageuse; il passait pour avoir trempé dans bien des infamies; c'était lui qui avait poussé Tabernier au crime; puis il avait vécu maritalement avec la femme de ce dernier, qu'il convoitait depuis longtemps, et dont il eut une fille appelée Benedita.

C'était cette fille qui avait été la maîtresse de ce saltimbanque, charmeur de serpents, que nous avons vu dans les environs du château de Boternay.

La vengeance préméditée par ce moine inconnu dans la chapelle souterraine de Mondhôye, si toutefois Vétoni et Carlo Luigi se trouvaient être le même homme, se rattachait-elle par quelque point à ces faits que je viens d'énoncer au sujet du passé de cet homme rouge?

C'est ce que nous saurons, sans doute, bientôt.

Maintenant, poursuivons l'accomplissement de la tâche que nous nous sommes imposée, et reprenons notre récit où nous l'avons laissé.

Un second homme rouge se leva.

— Frères, dit-il, la France, cette patrie de Clovis et de saint Louis, a été envahie par des barbares; cette terre qui semblait devoir être la terre des saints, est souillée par la présence d'hommes exécrables qui ont juré de détruire les traditions de nos pères, démolir l'œuvre de la civilisation chrétienne, et de placer sur le trône auguste de nos rois légitimes, je ne sais quelle fille de joie tirée de la fange des révolutions, qu'on appelle la Liberté !

Frères, le mal est grand, et l'épreuve à laquelle le Seigneur nous soumet, paraît devoir être rude; cette pensée doit-elle abattre notre courage? Non ! notre courage sera à la hauteur de l'épreuve.

Nous avons déjà vu ces mêmes hommes tout aussi audacieux, tout aussi triomphants, alors qu'ils dansaient autour de l'échafaud de l'infortuné roi Louis XVI; à cette époque nous les avons combattus et nous les avons vaincus.

Nous les avons vaincus le 9 thermidor; nous les avons écrasés en brumaire.

— Si je vous parle de la France, plutôt que de toute autre nation, c'est que la France paraît être le cerveau où fermente la pensée de tous les peuples. En parlant de son histoire, on parle de l'histoire de tous les peuples.

Ah ! si nous tenions la France, ainsi que nous avons tenu l'Espagne sous Philippe II, comme le monde changerait de face !

Cela viendra.

Je poursuis.

J'ai dit que nous avons vaincu les républicains au 9 thermidor, et que nous les avons écrasés en brumaire.

Rien de plus généralement ignoré que ce que je vais vous raconter, et les historiens n'en savent pas plus que le peuple, dont ils prétendent avoir écrit l'histoire.

Oui, frères, le 9 thermidor est notre œuvre, le 18 brumaire aussi.

C'est nous qui avons fomenté les jalousies que faisait naître l'influence toujours grandissante de Robespierre, le seul homme vraiment dangereux, le seul homme vraiment capable de devenir le Washington de la Révolution française; de ces jalousies habilement fomentées nous avons fait un orage, qui a emporté cet homme et la République avec lui.

Ce fut un de nos grands triomphes.

Cette chute nous fit faire un pas immense vers la monarchie; mais tout n'était pas fini; l'édifice du démon, c'est-à-dire de la République, renversé, il restait un immense amoncellement de ruines, sur l'emplacement où nous voulions rétablir la monarchie légitime; il nous fallait un homme. que j'appellerai un entrepreneur de démolitions politiques. Cet homme nous le trouvâmes, c'était un homme d'épée; cerveau étroit, ambitieux, féroce, talent militaire suffisant, génie médiocre, capable d'éprouver un orgueil sans bornes, ce qui nous permettait de le pousser, à un moment donné, à toutes les folies; moyen sûr de nous en débarrasser, quand il aurait accompli l'œuvre que nous attendions de lui.

J'ai nommé le premier Bonaparte.

Il fut un mannequin entre nos mains, et il se prit au sérieux; c'est le fait du reste de tous ces rois de carton que nous avons dû créer en France depuis la Révolution.

Quand cet homme eut accompli son œuvre, quand il eut fait périr sous sa botte de soldat tout ce qui avait survécu au 9 thermidor et au 18 brumaire, nous jugeâmes le terrain suffisamment déblayé pour la monarchie légitime, et nous l'envoyâmes en Russie, avec l'élite de son armée; Moscou prépara Waterloo.

Nous devons le reconnaître avec douleur, frères, nos rois légitimes ne montrèrent pas à leur retour toute l'énergie que nous attendions d'eux; Louis XVIII repoussa une Saint-Barthélemy des révolutionnaires, et Charles X recula devant l'inquisition.

Cependant Saint-Barthélemy et inquisition étaient nécessaires : nous avons tout fait pour faire prévaloir dans leur esprit l'accomplissement de ces mesures qui, seules, selon nous, pouvaient assurer le triomphe définitif de la monarchie légitime et de l'Église. Nous ne pûmes l'emporter sur un esprit d'indulgence fatale; on nous fit bien quelques concessions, le sang coula bien un peu, mais ce sang versé satisfit tout au plus quelques rancunes personnelles, et ce fut tout.

Ah! si nous avions été compris à ce moment-là, nous n'aurions pas encore à travailler au rétablissement de la monarchie légitime!

Que vous dirai-je, frères, de ces rois de circonstance que nous dûmes soutenir et même créer, par suite du malheur des temps : Louis Philippe, Napoléon III? Il fallait sauver le principe monarchique, et empêcher la République de se fonder,

Royautés misérables!

Pourtant si Charles X ou Louis XVIII, avec leurs principes religieux, leur éducation éminemment aristocratique et chrétienne, avaient eu un peu de cet amour du carnage, qui distingua le dernier Napoléon!

Avouons-le, frères, cet homme avait du bon; nous l'avions condamné à ne vivre qu'un temps; son empire ressemblait à la tente d'un bandit plantée pour un jour; mais il savait concevoir et commander le meurtre, non pas le meurtre sur un champ de bataille, non, le pauvre homme n'y entendait rien; mais le bon meurtre, le meurtre social, celui des rues, le meurtre des femmes, des vieillards, des enfants!

Ah! il y avait dans cet homme médiocre, du reste, sous tous les autres rapports, quelque chose de l'énergie sublime de Charles IX et de la grande Catherine, sa sainte mère !

Maintenant, frères, notre rôle est bien clair ; nous devons organiser la guerre civile ; nous y arriverons en excitant les radicaux contre les modérés ; nos plus grands ennemis sont ces derniers, ce sont les Robespierres de notre temps ; ils seraient bien capables de faire durer longtemps la République : avec les radicaux, nous les démolirons.

Ces derniers sont généralement des pauvres diables ; nous leur donnerons de l'argent, et vous me direz des nouvelles de la présente République dans deux ou trois ans.

Ah ! oui, nous aurons un nouveau Thermidor, suivi d'un nouveau Brumaire ! mais ce Brumaire portera avec lui, cette fois, des garanties plus sérieuses pour la cause que nous voulons faire triompher définitivement et d'une manière absolue.

(Applaudissements répétés.)

Une bonne Jacquerie, organisée par les radicaux, et la religion et le roi légitime seront sauvés !

(Nouveaux applaudissements.)

La période des atermoiements, des temporisations, des monarchies de carton, va, espérons-le, prendre fin. Nous ferons tout pour arriver à une solution radicale de la question politique, posée par un ramassis de révoltés à la fin du siècle dernier ; il faut écraser l'hydre !

(Tonnerre d'applaudissements.)

Vive le roi !

Vive Jésus !

Sauvons Rome et la France !

Un troisième homme rouge se leva.

— Frères, dit-il, si Dieu nous éprouve, s'il vous impose une lourde tâche, s'il vous réserve un avenir de sacrifices, s'il nous destine au martyre peut-être, il nous donne en retour de grandes consolations.

Frères, Dieu est avec nous ! crions-le sur les toits : Dieu est avec nous !

Cela est visible, cela est palpable, Dieu est avec nous !

(Applaudissements.)

A chaque instant, il interrompt pour nous le cours régulier de la nature ; jamais les miracles n'ont été si nombreux, ni si fréquents.

Partout on découvre des eaux miraculeuses, des piscines où les malades guérissent, où les boiteux marchent !

Ces prodiges se font à la face de tous, en plein jour, à la stupéfaction des savants, à l'éternelle confusion des impies.

On dirait que nous marchons sur un sol sacré ; on y trouve partout des indices visibles de la présence de Dieu : on dirait que le sol oscille sous les pas de celui qui jugera un jour les vivants et les morts !

Et puis, c'est la Vierge qui apparaît, vêtue de blanc, couronnée d'étoiles d'or, sous cette forme suave, sous laquelle nous aimons tant à nous la représenter ; comme toujours, elle aime les gens simples, les enfants, les sites agrestes, la solitude des champs et des bois. Marie est encore ce qu'elle était pendant sa vie terrestre, humble, modeste, fuyant le bruit, aimant la société des petits et des humbles.

Frères, rappelons-nous, avec des transports de joie, l'éclatant miracle de la Salette [1] ; qu'elle était belle, qu'elle était splendide la mère du Christ quand elle apparut à Bernardette !

— Hosannah ! s'écria l'assemblée.

— Frères, il n'est pas jusqu'à Jésus lui-même qui ne nous ait montré, par des signes sensibles, la réalité de sa présence

1. Le lecteur se rappelle le procès qui a dévoilé ces impostures.

dans le sacrement de l'Eucharistie, et cela tout récemment, au château de Boternay, en présence de plusieurs centaines de personnes.

Voix nombreuses : Gloire à Dieu ! Gloire à Jésus !

D'autres voix : *Testes sumus*[1] *! testes sumus !*

L'assemblée tout entière, debout et frémissante :

— Hosannah ! Hosannah ! vive Jésus ! vive Jésus !

L'orateur continuant :

— En effet, frères, à la prière de notre vénérable chef, Jésus a daigné faire jaillir son sang divin de l'hostie, comme il a voulu qu'il jaillît autrefois sur la croix.

Il faut renoncer à peindre l'exaltation, l'espèce de frénésie qui s'empara de l'assemblée, quand l'orateur eut achevé de prononcer ces paroles.

Certes, les hommes qui assistaient à cette étrange cérémonie étaient tous des hommes graves, d'un certain âge ; des gens occupant généralement une haute position dans la société, et que l'on appelle communément des personnages sérieux ; eh bien ! ces personnages *sérieux* ressemblèrent tout à coup à des convulsionnaires, au récit de cette jonglerie infâme d'un chevalier du crucifix, et on les eût pris pour des pensionnaires de Charenton, à l'heure où la folie, cette maladie terrible, se montre chez eux, dans toute la violence de ses crises les plus épouvantables.

Tout à coup le père Corti, celui-là même qui avait fait le miracle, descendit de l'estrade, et gravit d'un pas majestueux les marches de l'autel.

Là il se trouvait une sorte d'urne en argent de très grande dimension.

Cette urne était soigneusement couverte.

1. Mots latins qui signifient nous en rendons témoignage.

Le vieillard la découvrit, la prit dans ses deux mains, et l'éleva à la hauteur de sa tête.

L'assemblée, devenue subitement muette, le regardait immobile, haletante, en proie à des frémissements inconnus.

—Frères, dit-il d'une voix grave et solennelle, les preuves matérielles du miracle dont on vient de vous parler sont renfermées dans cette urne. Ces preuves ce sont les hosties elles-mêmes ; ces hosties, que Dieu, dans son infinie miséricorde, a rendues sanglantes, je vais vous les distribuer.

Une exclamation rauque, terrible, formidable, sortit de toutes ces poitrines haletantes, et ébranla les voûtes de la nécropole.

— Frères, au nom de Jésus, notre divin maître, soyez calmes et recueillis, poursuivit le vieillard.

Chacun se tut.

L'assemblée parut tout à coup comme pétrifiée.

— Que chacun vienne à son tour recevoir la manne miraculeuse que Jésus nous a envoyée : l'hostie sanglante !

Le défilé commença ; chacun des assistants vint recevoir sur ses lèvres, des mains du vieillard, l'hostie miraculeuse.

A la fin du défilé, il y eut un incident : une hostie tomba des mains tremblantes du vieillard.

Une douzaine de personnes se précipitèrent pour la ramasser.

L'hostie fut mise en miettes par ces forcenés, qui se déchirèrent les mains avec les ongles, et même se mordirent pour en avoir des morceaux.

Quelques-uns, après cette lutte de cannibales, cette mêlée de bêtes féroces, se jetèrent à plat ventre, et passèrent longtemps la langue sur la dalle, à l'endroit où elle était tombée.

Le vieillard entonna le *Te Deum*, que l'as-

semblée chanta avec un enthousiasme indescriptible.

Soudain des sons de trombones, de
clairons, de cornets à pistons, de fifres et
de saxophones, mêlés aux roulements des
tambours, ébranlèrent les échos de l'immense souterrain.

L'assemblée tressaillit, et écouta, muette,
agitée, houleuse.

Quel spectacle nouveau lui réservait-on?

Que signifiait cette musique guerrière?

On apercevait, dans les profondeurs de
la nécropole, une immense lueur.

Enfin l'on en vit tout à coup sortir,
éclairée par des feux de Bengale et des cen-
trines de torches, une troupe nombreuse,
marchant musique en tête, et portant un
immense drapeau blanc fleurdelysé, sur lequel étaient brodés un poignard et un crucifix.

Puis venait un groupe de chevaliers en
tout pareils à ceux du moyen âge, couverts
d'armures d'acier, et ayant pour coiffures
des casques ornés de longs panaches.

Ces chevaliers étaient armés d'une hache
d'armes, qu'ils portaient appuyée sur
l'épaule.

Une douzaine de pages, comme on en
vit à la cour de Hugues Capet, fermaient la
marche.

Ces pages portaient des corbeilles, remplies de poignards.

A leur vue, les hommes rouges enton-
nèrent un hymne guerrier, que chacun des
assistants se mit à chanter avec enthousiasme.

Ces hommes, bardés de fer, ces pages et
ceux qui leur faisaient cortège, portant
comme eux des costumes du moyen âge,
ressemblaient à des personnages de ces
temps barbares, et on eût pu les prendre
pour des fantômes évoqués de la nuit du
passé, par une puissance occulte et mystérieuse.

Les morts sortaient-ils de leurs tombeaux à la voix des chevaliers du crucifix?

Pour rendre l'illusion plus complète, une
longue file de moines, portant le costume
des anciens chartreux de Mondhoye, suivait les hommes bardés de fer et les pages.

Nous avons dit que la chapelle était très
vaste; pourtant, quand tout ce monde y fut
réuni, elle se trouva trop étroite, et une
partie des assistants fut obligée de s'instal-
ler dans les salles voisines.

Les hommes aux luisantes armures et
aux casques empanachés entourèrent l'autel
et s'y tinrent debout, immobiles comme des
statues de fer; les Chartreux se rangèrent
sur plusieurs rangs dans le chœur, capuchons baissés, longs chapelets à la main.

Dans l'espace laissé libre au milieu du
chœur, on avait apporté des tables couvertes de velours écarlate, frangé d'or; les
pages y placèrent leurs corbeilles.

Tout à coup il se fit un profond silence.
L'homme rouge, qui portait le nom de
Vetoni, se leva.

— Frères, dit-il, il y a aujourd'hui cent
ans une assemblée comme celle-ci se trouvait réunie dans cette enceinte; comme
aujourd'hui elle était composée en grande
partie des délégués de notre puissante et
immortelle société.

Le but de ces réunions, qui ont lieu, du
reste, depuis son origine, est la bénédiction et la distribution des poignards.

Vous le savez, frères, il est de principe,
dans notre société, que le meurtre est quelquefois nécessaire. Nous ne faisons, d'ailleurs, qu'interpréter les intentions de Dieu,
quand nous supprimons un être humain
dont l'existence nous devient gênante à
nous qui sommes les serviteurs de Dieu.

Au reste, nous voyons dans maints endroits de la Bible que le Seigneur a ordonné la destruction de villes, de nations,

dont l'existence était un danger sérieux pour son peuple.

Le meurtre est donc une chose sainte, une idée divine, une chose nécessaire.

Les impies affectent de nous confondre avec les pauvres diables qui tuent pour voler.

Ce sont des insensés.

Il faut que le règne de Dieu s'établisse sur la terre, nous ne reculerons devant aucun moyen pour l'établir; or le meurtre est un de ces moyens.

Ces poignards que nous allons bénir vont être distribués aux délégués de tous les peuples du globe, ici présents.

Près de dix-huit cents de ces armes sacrées furent distribuées à la réunion, qui eut lieu ici il y a cent ans : toutes ont accompli leur œuvre mystérieuse; souvent, il est vrai, cette œuvre a été attribuée à d'autres qu'à nos agents ; et des innocents ont péri victimes d'erreurs judiciaires ; mais cela nous importe peu.

Ces poignards, que je pourrais appeler divins, car ils sont sous une forme matérielle la volonté divine, vont donc aller dans toutes les parties du monde représenter notre justice, qui est souvent en désaccord, je l'avoue, avec celle des hommes.

Ces armes invisibles, et toujours mortelles, pèsent souvent d'un poids considérable sur la marche des affaires de ce monde. Quelquefois elles arrêtent brusquement une révolution dans son cours ; ainsi, pour ne vous citer qu'un exemple, le poignard qui, par la main de Charlotte Corday, cette sainte martyre, tua l'infâme révolutionnaire qui s'appelait Marat, a atteint la République française au cœur, et prépara le 9 thermidor et le 18 brumaire ; car il faut qu'on le sache, si Robespierre était la tête, Marat était le cœur de cet infâme gouvernement de révoltés. En frappant Marat, on isolait Robespierre, on le rendait vulné-

rable; on rendait possible une coalition contre lui : vous verrez toujours ces poignards mystérieux frapper au bon endroit.

Frères, on ne peut se servir de ces armes que pour les intérêts de la société et sur un ordre émanant du grand conseil.

Nous avons pleine confiance dans l'avenir, et nous espérons que ces poignards que nous allons distribuer aujourd'hui rendront autant de services que leurs devanciers à notre cause, qui est, je le répète, celle de Dieu !

Puisse la bénédiction que nous allons leur donner nous valoir, dans tous les coups qu'ils vont porter, le mystère qui doit toujours accompagner les actes de notre société !

Guerre implacable et sans merci à ceux qui ne sont pas avec nous !

— Guerre implacable et sans merci ! hurla l'assemblée.

Vétoni, l'homme rouge, se tut et se rassit.

Sur un signe du vieillard, les pages prirent les corbeilles et se dirigèrent vers l'estrade, sur laquelle étaient assis les hommes rouges.

Arrivés là, ils les élevèrent au-dessus de leurs têtes; alors le vieillard étendit les mains et bénit les poignards.

En même temps la musique se mit à jouer une marche guerrière, et les sons des cuivres, des fifres et des tambours firent mugir les échos de la nécropole.

La bénédiction terminée, les pages, sur un ordre du vieillard, portèrent les corbeilles sur l'autel.

Ensuite ce dernier, suivi des cinq autres hommes rouges, descendit de l'estrade et se dirigea vers l'autel, dont il gravit lentement et majestueusement les marches.

Le défilé des délégués commença.

Au fur et à mesure qu'un d'entre eux se présentait devant l'autel, il se mettait à genoux et recevait un certain nombre de poignards que lui tendait un des hommes rouges.

Quand la distribution fut achevée, il se fit un grand silence.

— Frères, dit le vieillard, vous qui venez de recevoir l'arme céleste, l'arme de la justice, jurez sur le Christ que vous vous en servirez en véritables et dociles serviteurs de Dieu, c'est-à-dire sur les ordres et rien que sur les ordres de la société des enfants de Jésus.

— Nous le jurons! firent les délégués d'une seule voix.

— Jurez qu'aucune considération ne vous fera hésiter à remplir ce devoir sacré.

— Nous le jurons!

— Jurez que vous frapperez hardiment, quelles que soient les personnes désignées à vos coups, fût-ce votre père, votre frère, votre sœur, votre mère!

— Nous le jurons!

— *Gloria Deo in excelsis!*[1] fit le vieillard en se retournant vers l'autel.

Les tambours battirent aux champs.

La musique se mit à jouer une marche triomphale.

On avait enlevé les tables qui se trouvaient au milieu du chœur.

Les hommes d'armes y défilèrent, suivis des pages, des délégués, des hommes rouges, et enfin de tous les assistants.

Tout à coup une immense lueur rouge, pareille à un incendie, remplit la vaste nécropole; le marquis venait d'y allumer des feux de Bengale.

La musique jouait toujours sa marche triomphale.

Au milieu des tombes des anciens moines, qui s'étendaient en longues files à droite et à gauche, il y avait un espace libre de vingt-cinq à trente mètres de largeur.

1. Gloire à Dieu au plus haut des cieux!

Toute l'assemblée, hommes d'armes en tête, sortant de la chapelle, s'y engagea.

Ces chevaliers bardés de fer, et sur le casque desquels ondulaient de longs panaches, ces pages, ces hommes vêtus de robes rouges, ces centaines de délégués marchant la main armée de poignards étincelants, ces chants mêlés aux sons éclatants d'une musique guerrière, cet immense drapeau blanc fleurdelisé, ces longues files de moines égrenant d'énormes chapelets; tout cela faisait un effet étrange au milieu de ces tombeaux, sous les reflets pourpres des feux de Bengale, qui donnaient aux objets et aux hommes des formes étranges et des proportions colossales.

Le spectacle était grandiose, imposant, féerique.

L'imagination se frappait.

On eût cru que des êtres fantastiques, sortis on ne sait d'où, venaient tirer le passé de sa poussière, arracher aux tombeaux leur proie séculaire, et en faire sortir les morts.

On eût cru que les pierres tumulaires s'agitaient comme des linceuls rougis par un incendie, et qu'on allait voir apparaître, émergeant de leurs flancs déchirés, des millions de spectres, jetant un regard glauque sur ceux qui venaient ainsi troubler leur sommeil.

Le chemin que suivaient les Chevaliers du Crucifix s'étendait au loin sous les voûtes immenses.

Le défilé dura longtemps.

Tous les assistants chantaient à pleine voix un cantique qui, comme toutes les productions poétiques cléricales, était parfaitement idiot.

Le refrain était :

> En vain le démon lance
> Contre nous des pervers,
> Nous sauverons la France,
> L'Eglise et l'univers ! (*Bis.*)

Jacques et Georges.

II

Suite du précédent. — Le moine.

Qu'était devenu le moine ?

Celui que nous avons vu placé, pendant la cérémonie, en face de l'estrade où étaient assis les hommes rouges ?

Celui qui avait paru si agité, qui avait murmuré des paroles de menaces, et prononcé le nom de Vétoni ?

La cérémonie est finie ; l'assemblée a passé dans la vaste demeure des morts, comme une vision.

Le bruit des cantiques mêlé aux sons des fanfares et des tambours, a cessé depuis longtemps.

Les feux de Bengale se sont évanouis.

Un homme erre au milieu des tombeaux, une torche de résine à la main.

Cet homme, c'est lui !

Où va-t-il ? que fait-il en ces lieux sinistres, devenus depuis longtemps déserts ?

De temps à autre il s'agenouille : on dirait qu'il prie.

Prie-t-il réellement ? Non.

En s'approchant de lui, on s'aperçoit que les paroles qu'il prononce sont loin d'être une prière.

Il est toujours en proie à une violente agitation.

Ecoutons les paroles qui sortent saccadées et sifflantes de sa gorge.

C'est bien contre Vétoni qu'il profère de sourdes menaces; c'est bien ce chef des Chevaliers du crucifix qu'il appelle Carlo Luigi.

—Carlo Luigi, Vétoni, lui, lui! l'entend-on de temps à autre grommeler entre ses dents serrées : lui, le misérable, devenu un des chefs des enfants de Jésus? C'est lui, c'est bien lui ! je n'en puis douter : il a bien à la main gauche la marque du coup de couteau que je lui ai porté, lorsque les sbires sont venus m'arrêter, en même temps que je me suis aperçu de sa trahison.

Ah ! tu étais mon ami, Carlo Luigi, Vétoni, fils de Satan ! je t'avais accueilli chez moi, tu mangeais à ma table; j'étais riche alors, j'avais une femme charmante et que j'adorais !

Mais tu ambitionnais de prendre ma place au sein de cette opulence, tu voulus m'enlever ma fortune et ma femme !

Je désirais la succession de mon père; j'étais fils unique.

Mon père était âgé; j'aurais pu attendre sa mort pour jouir de cette fortune; mais un démon était là qui me criait : tue le vieillard, et tu auras de suite ces biens immenses que tu convoites.

C'est toi, Carlo Luigi, Vétoni, fils de Satan, qui as attisé en moi ce désir funeste : sans cesse tu me disais que ma fortune était trop modeste, qu'elle n'était pas en rapport avec le rang que je tenais dans la société ; tu trouvais étrange que Benedita, ma femme, n'eut pas plus de parures, plus de diamants, plus de laquais !

Ah ! misérable, tu avais deviné ce qui se passait en moi ! tu savais le feu intérieur qui me dévorait, et tu y jetais des matières pour l'alimenter, pour en faire un incendie !

Non, Carlo Luigi, infâme hypocrite, sans toi, je n'eusse pas tué mon père !

Le moine s'arrêta.

Il était agenouillé ; il avait la tête entre ses mains, le front appuyé contre la pierre d'un tombeau.

Près de lui, sa torche posée par terre, jetait une pâle et vacillante clarté.

— Nul ne connaissait que toi, Carlo Luigi, mon forfait, poursuivit-il.

Quand les sbires vinrent m'arrêter, tu étais à mes côtés; tu me tournais le dos, mais je vis dans une glace comme un sourire sur ta figure.

J'avais un vague soupçon que c'était toi qui avais averti la justice; ce sourire fut pour moi une révélation, je voulus me venger, je levai sur toi un poignard pour te frapper; mais tu détournas le coup : les sbires m'empêchèrent de t'en porter un second.

Je fus condamné à mort; mais j'échappai à l'application de la sentence.

Je ne pouvais rester en Italie ; je dus m'expatrier, changer de nom.

J'appris à l'étranger que tu t'étais emparé de ma fortune et de ma femme.

Puis cette fortune, tu l'avais dissipée; et tu avais jeté dans un cloître ma Benedita, souillée, ruinée, désespérée !

J'appris aussi que d'elle tu avais eu une fille, qui porte le même nom que sa mère.

Cet enfant du crime, tu l'as livré à des vagabonds; on ne sait ce qu'il est devenu.

Quant à sa mère, elle est morte !

Ah ! je ne croyais pas que je dusse te retrouver un jour, Carlo Luigi !

Depuis longtemps, j'avais perdu l'espoir de te revoir, mon doux ami !

Voilà trente ans, Carlo Luigi, que je couve ma vengeance.

Tu vas savoir enfin comment Tavelli se venge !

Maintenant le lecteur sait quel est ce moine.

Il n'ignore pas que le vrai nom de Tabernier est Tavelli ; et le chef des enfants de Jésus nous a appris que c'était lui qui avait arraché à la mort, l'homme de la rue de la Clef, condamné pour crime de parricide.

Comment se trouvait-il faire partie de la grande réunion de la Chartreuse de Mondhoye ?

Quel rôle y jouait-il ?

Il y jouait le rôle d'espion.

Pour le compte de qui ?

Pour le compte de la société des enfants de Jésus.

Tout le monde, en effet, sait qu'il existe dans cette société un nombre considérable d'affiliés qui sont uniquement chargés d'espionner leurs confrères.

Cette explication donnée, poursuivons.

Revenons au faux moine.

Certes on n'eût pas reconnu Tabernier sous ce déguisement.

Une fausse barbe, d'un noir d'ébène, lui couvrait toute la figure, faisant l'effet d'un masque ; et comme le capuchon de sa robe de moine était rabattu sur sa tête, et tombait sur le front jusqu'aux sourcils, on ne voyait en définitive que son nez et ses yeux.

Il était donc absolument méconnaissable.

Tout à coup il se leva, puis se baissa pour reprendre sa torche.

Il se pencha ensuite sur le tombeau contre lequel il avait tenu longtemps sa tête appuyée.

Ce tombeau était vide, et la pierre qui le recouvrait jadis, gisait sur le sol.

Il projeta la lumière de sa torche dans ses profondeurs ténébreuses.

Un éclair sinistre brilla dans ses yeux.

— Voilà bien le tombeau, murmura-t-il ; maintenant il faut le cadavre !

Il voulait tuer Vétoni, et il avait erré parmi les tombes en cherchant un moyen de faire disparaître son cadavre ; enfin il venait de trouver l'endroit où il pourrait le cacher.

Il se redressa et se tint un instant debout et immobile.

Il écoutait.

Il avait cru entendre marcher ; il avait entendu comme des frôlements, de différents côtés.

Une toux sèche sortit de sa gorge.

Il souleva sa torche au-dessus de sa tête, pour voir le plus loin possible devant lui.

Une ombre, deux ombres, trois ombres, il les compta, se dessinèrent dans la zone des ténèbres, qu'il venait brusquement d'éclairer en élevant sa torche.

— Un, deux, trois espions ! fit-il.

Il y en aura bientôt autant que de chauves-souris, c'est-à-dire par douzaines, dans quelques minutes, si je ne décampe pas de suite. Voyons, ce tombeau est le vingtième de cette rangée, à partir de l'avenue ; sur le premier de la rangée, j'ai fait une croix ; je n'ai plus rien à faire ici pour le moment.

Maintenant débarrassons-nous de ceux qui m'observent.

Il laissa tomber sa torche, qui s'éteignit.

Il poussa en même temps une sourde exclamation.

Voulait-il faire croire qu'il avait laissé tomber sa torche par mégarde ; et poussait-il cette exclamation dans ce but ?

C'est probable.

En effet, il grommela quelques minutes après :

— Ces imbéciles croiront sans doute que ce n'est pas à cause d'eux, et pour leur échapper, que je reste dans les ténèbres.

III

Suite des précédents. — Où l'on voit quel rapport il peut y avoir parfois entre un homme qui a bien dîné et un tombeau vide.

La nuit touchait à sa fin ; la plupart des Chevaliers du Crucifix, avaient quitté le château de la Blèverie, se dispersant sur toutes les routes, et se hâtant, pareils à une troupe d'oiseaux de nuit, que la venue du jour eût effrayés.

Les six hommes rouges avaient depuis longtemps quitté leurs habits de cérémonie, pour prendre leurs vêtements habituels, c'est-à-dire noirs.

Dans un coin de la chapelle, derrière de riches draperies, ils dînaient.

Les trois d'entre eux que nous connaissons étaient de fières *fourchettes* ; les trois autres qui avaient paru avec eux ce jour-là, à la cérémonie, ne l'étaient pas moins.

Nous le savons, le marquis de la Blèverie faisait bien les choses : nous l'avons vu, par la quantité des mets qu'il avait fait servir à ses hôtes lors de leur arrivée ; nous n'avons donc pas à dire si la table de ces messieurs était bien servie.

Nous ne ferons pas la description des mets, des vins et des liqueurs, qui parurent sur leur table : description qui n'intéresserait peut-être que médiocrement le lecteur.

Ce que nous dirons c'est qu'ils étaient fort gais.

Il y avait vraiment de quoi !

En effet, ils avaient distribué des poignards pour faire égorger peut-être des milliers d'hommes ; ils avaient attisé dans l'âme de plusieurs centaines de malheureux fous, la dangereuse passion du fanatisme.

Ils avaient jeté dans le monde entier des erments de haine, des brandons de guerre civile : il y avait vraiment de quoi être de belle humeur !

Le père Vétoni surtout n'avait jamais été plus gai.

Carlo-Luigi, devenu le père Vétoni, un des chefs principaux de la société des enfants de Jésus, devait vraiment trouver la vie très belle.

— *Gaudeamus in domino*[1] ! fit tout à coup le père Corti, en faisant sauter le bouchon d'un flacon d'Aï crémant.

— Amen ! répondirent ses cinq confrères en Jésus, en tendant leurs verres.

La société des Chevaliers du Crucifix avait, on le voit, un chef suprême qui était le père Corti ; et un grand nombre de sous-chefs, qui étaient autant d'individus chargés du gouvernement d'une contrée, ou d'une province : la circonscription de chacun de ces sous-gouverneurs était nettement déterminée, et bien qu'ils se prêtassent un mutuel appui, nul autre que le chef suprême n'avait le droit d'ingérence dans les affaires générales de la société.

On sait que l'affaire relative à la succession du baron de Mélos, intéressait vivement le père Corti. La société convoitait ardemment cette immense fortune, et le soin de mener à bien cette affaire se trouvait dévolu au père Bridoux, puisque celui-ci était le chef de la circonscription de Paris.

Le père Corti, qui en qualité de chef suprême de la société, avait particulièrement à cœur la réussite de cette affaire, avait recommandé au père Bridoux, d'en charger

1. Réjouissons-nous dans le Seigneur.

Tabernier, dont il prisait beaucoup l'habileté et le dévouement. On sait comment l'homme de la rue de la Clef avait répondu à cette confiance.

Le père Bridoux, quand il avait vu Gemma de Mélos enlevée au moment même où il allait mettre la main dessus, en avait éprouvé une irritation profonde.

Il accusa tout le monde de négligence, de manquement à ses devoirs ; un peu plus il l'eût accusé de trahison.

Bien entendu, Tabernier avait eu une large part de ces reproches.

Il n'avait pas encore fait de rapport sur cette affaire, que le père Corti, comptant sur l'habileté consommée de Tabernier, la croyait naturellement en très bonne voie.

Ce n'est pas sans une profonde terreur qu'il voyait apparaître l'éventualité qui le mettrait dans la nécessité de révéler à ses supérieurs, l'échec humiliant qu'il avait subi.

Cette éventualité pouvait se produire d'un moment à l'autre.

Aussi ne fut-ce qu'en tremblant qu'il répondit : Amen, qu'il tendit son verre et qu'il but le liquide mousseux que le vieillard y versa.

Tout à coup il tressaillit, celui-ci se tournait de son côté et lui adressait la parole.

— A propos, Bridoux, lui dit-il, vous ne me parlez pas de Gemma de Mélos?

— Je suis au désespoir, monseigneur, fit-il d'une voix sourde.

— Au désespoir ? Et pourquoi ?

— Parce que Gemma de Mélos nous a échappé.

— Nous a échappé!! Que signifie cela ?

— Oui, monseigneur, cette fille qui devait tomber dans nos filets ; cette riche héritière dont nous convoitons la fortune...

— Eh bien ?

— A disparu !

— Disparu ?

— Oui, monseigneur, elle a été enlevée probablement par un individu qui convoitait aussi son immense fortune.

— Et cet individu?

— Est resté inconnu, jusqu'à ce jour.

— Voyons, Bridoux, ce n'est pas possible, tout cela! s'écria le père Corti en frappant violemment sur la table.

La figure de l'homme aux lunettes vertes s'allongea démesurément, et sa tête s'inclina sur sa poitrine en signe de désespoir.

— Comment! Gemma de Mélos est tombée entre les mains d'un homme plus adroit que nous!

— Hélas! monseigneur, fit Bridoux d'une voix piteuse.

— Comment ! cette fortune que l'on évalue à plus d'un milliard nous échapperait!

— Hélas! monseigneur,

— Comment! une affaire confiée à Tabernier, le plus habile homme d'affaires qu'il y ait au monde, aurait raté !

— Ce n'est que trop vrai! monseigneur.

— Mais c'est pitoyable! c'est incroyable! c'est diabolique! c'est satanique !

— Je suis de votre avis, monseigneur.

— Nous, subir un échec!!...

La tête du père Bridoux s'inclina de plus en plus.

— Nous, échouer!!...

La tête de Bridoux oscilla comme un arbre qu'on déracine.

— Vous m'enverrez le rapport détaillé de ce qui s'est passé ; je veux l'examiner.

— Ce sera fait, monseigneur.

— Ce Tabernier baisserait donc beaucoup! C'est étrange!

Les draperies éprouvèrent un léger ébranlement comme si une main invisible les eût touchées.

Vétoni intervint.

— Pour nous, un échec aboutit toujours à une victoire! fit-il avec emphase.

— Nous aurons une revanche éclatante, dit un autre homme rouge qu'on appelait von Berg.

— Nos innombrables agents découvriront le ravisseur, fit un autre homme rouge qui répondait au nom de Stelekoff.

— Avant un mois, la jeune fille sera dans la cellule d'un cloître, dit le dernier des hommes rouges qui s'appelait Forwart.

Le père Corti ne répondit pas.

Il était sombre et pensif.

En ce moment le marquis de la Blèverie entra.

L'ancien garde du corps de Charles X était radieux.

— Messeigneurs, fit-il, c'est aujourd'hui un des plus beaux jours de la vie de votre serviteur Jean-Marie Gontran de Trevières, marquis de la Blèverie.

Les six hommes rouges s'inclinèrent en souriant.

— C'était vraiment un spectacle magnifique, grandiose, imposant ! Ah ! si le roi eût été là, il eût été touché jusqu'au fond de l'âme !

— Le roi saura tout, monsieur le marquis, fit le père Corti ; je lui fais adresser un rapport détaillé de la cérémonie.

— Quelle consolation pour lui dans son exil ! Pensez-vous, messeigneurs, que son retour soit proche ? Ah ! je mourrais content si je pouvais le voir monter sur le trône de ses pères !

— Cela viendra et plus promptement qu'on ne pense, fit le père Corti d'un air grave ; mais il faut que cette fois ce soit un retour sérieux ; on matera ses sujets de telle façon qu'on soit assuré de leur obéissance au moins pour une période de quatorze siècles !

— Bravo ! monseigneur, fit Vétoni enthousiasmé.

Il pensait sans doute au fleuve de sang qu'on ferait couler ; aux montagnes de ruines et de cadavres qu'il faudrait faire pour arriver à ce résultat.

Les autres hommes rouges firent entendre un long murmure d'approbation.

— Oh ! il sait, le doux agneau, s'écria le marquis, toutes les concessions qu'il doit faire aux bons principes, et il suivra en tout, j'en suis convaincu, vos sages inspirations, messeigneurs.

— Il vaudra mieux que ses aïeux, fit le père Corti, nous en sommes convaincus.

— Le terrain politique est bien déblayé : le bonapartisme est mort, l'orléanisme aussi.

— Nous n'en voulons plus ; l'un et l'autre n'étaient que des expédients ; nous faisons maintenant de la politique radicale, monsieur le marquis.

En prononçant ces paroles, le père Corti sourit.

Le marquis fit un clignement d'yeux.

— Je comprends, monseigneur, dit-il, vous ne voulez plus faire de détours, vous voulez aller droit au but.

Le père Corti s'inclina en signe d'assentiment.

— Que pensez-vous de la situation générale du monde politique, monseigneur ? fit le marquis changeant de sujet de conversation.

— Je ne la trouve pas mauvaise, monsieur le marquis.

— Que pensez-vous de l'Allemagne ?

— C'est un empire perdu, à moins que son chef ne se jette dans nos bras en nous suppliant de le sauver.

— C'est admirable !

— C'était inévitable ; il a voulu lutter contre nous, il nous a persécuté ; nous avons riposté en organisant contre lui les sociétés secrètes et en armant le bras des assassins.

— C'est adorable !

— Le socialisme allemand est notre

œuvre; cette hydre le dévorera à moins que...

— A moins que, monseigneur?

— Il ait recours à nous pour le sauver.

— Mais ils sont protestants!

— Qu'ils redeviennent catholiques; car hors de la catholicité pas de salut!

— Et l'Espagne, monseigneur?

— Nous y rétablirons le règne de Dieu avant peu; déjà nous avons coupé court aux velléités dynastiques du petit Alphonse en supprimant sa femme. Demain ce sera son tour; et don Carlos pourra s'asseoir sur le trône. Don Carlos sera un Philippe II.

— C'est ravissant cela, monseigneur. Et l'Italie?

— L'Italie verra tous ses rois tomber sous le couteau de nos agents, jusqu'à ce qu'elle ait compris que nous seuls pouvons lui donner le repos [1].

— Et les autres peuples?

— Notre but est de les détruire en les mettant perpétuellement en guerre les uns avec les autres, ou de les affaiblir tellement, que la race latine, régénérée par nous, puisse les dompter et les soumettre d'une manière absolue à sa domination.

— C'est beau! c'est bien beau! c'est admirable! s'écria le marquis.

. . . .

Qu'était devenu Tabernier?

Nous avons vu qu'il avait laissé tomber sa torche pour qu'elle s'éteignît.

Rien ne déroute un espion comme les ténèbres.

Cela fait, il se coucha de tout son long entre deux tombes, et écouta.

Une bonne heure s'écoula ainsi.

— Que fait Carlo Luigi en ce moment? se dit-il; il boit, il mange, il savoure les mets exquis que le marquis leur a fait servir à lui et à ses compagnons. Il doit en prendre largement, car il est gourmand et glouton; je le sais, moi qui l'ai eu longtemps pour commensal!

Bois, mon chéri, les vins les plus fameux; mange les mets les plus délicats, gros porc, que tant d'hommes saluent et qui est mille fois plus infâme et plus méprisable que moi! En ce moment on ne doit pas dire que tes jours sont comptés, mais tes minutes; le repas que tu fais est le dernier, ou il faudra que je sois bien peu favorisé par le sort.

Il tâta le poignard qu'il avait glissé dans la poche de sa robe de moine.

— Il y a là, poursuivit-il, un petit outil que je t'enfoncerai dans le cœur jusqu'au manche, mon cher ami; ou l'on me tuera, moi, car il faut qu'il n'y en ait qu'un de nous deux qui sorte vivant d'ici; et...

Tout à coup il sentit tout près de sa tête le bruit d'une respiration humaine, et le souffle de l'haleine d'un homme lui glissa dans les poils de sa barbe.

Il tressaillit, sa main crispée saisit le manche de son poignard.

— Qui que tu sois, se dit-il, si tu me touches, je te tue!

C'est probablement un de ces espions de tout à l'heure, pensa-t-il.

L'inconnu, pendant quelque temps, resta dans une immobilité complète.

De son côté, Tabernier ne bougea, non plus que s'il eût été de pierre.

Enfin, l'homme mystérieux fit un mouvement en avant, il s'en aperçut au bruit que produisit le frottement de ses vêtements contre les angles des tombeaux.

Cet inconnu devait ramper, pour que lui, qui était couché à plat ventre sur le sol, eût senti son haleine sur sa figure et entendu le bruit de sa respiration.

— Je suis filé, grommela-t-il; rien n'ar-

1. Ceci était écrit en août 1878 : depuis le fait est venu confirmer le dire de l'homme rouge. Le roi d'Italie recevait un coup de couteau trois mois après.

rête ces gens-là, pas même les ténèbres. Que le diable emporte ces hiboux !

Au bout d'une demi-heure, n'entendant plus rien, il se mit à ramper dans un sens opposé à la direction qu'avait prise l'inconnu.

Combien de gens rampaient en ce moment au milieu de ces vieilles sépultures monacales ? et pourquoi ? les Chevaliers du Crucifix savaient bien dresser leurs affiliés à l'espionnage, et c'est là qu'on voit apparaître le caractère étrange de ces hommes : espionner même sans motif !

Tabernier, on le voit, était bien résolu de se débarrasser de ces surveillants gênants.

Il se prit même à regretter de n'avoir pas tué celui qui était venu lui souffler dans la barbe.

Ah ! c'est qu'il avait peur d'être mis, par suite de leur acharnement à le suivre, dans l'impossibilité de se venger de Vétoni !

Il serait bien difficile de dire au juste la distance énorme qu'il parcourut, toujours en rampant, afin de leur échapper.

Avons-nous besoin de dire à quel endroit il parvint, à la fin de son incroyable odyssée à travers les sentiers étroits et presque sans fin de la nécropole ? Le lecteur doit s'en douter : en effet, nous avons dit que les draperies derrière lesquelles dînaient les hommes rouges, avaient subi, à de certains moments, de légers mouvements d'oscillation, que nous avons attribués à une main invisible ; cette main, c'était la sienne.

Maintenant le dénouement de ce drame nocturne paraît proche ; nous ne saurions attendre beaucoup de savoir si la dernière heure de Vétoni est arrivée.

Le moment vint où les six hommes rouges se levèrent de table.

Les draperies qui les cachaient à tous les regards furent écartées, et ils parurent bientôt, accompagnés de leur amphitryon, et précédés de quelques-uns de leurs affiliés, portant des torches.

Au dehors paraissait un jour terne, blafard ; la nuit continuait de régner dans le souterrain.

Quand ils furent arrivés dans le chemin central qui, nous l'avons dit, traversait la nécropole dans toute sa longueur, le chef suprême des Chevaliers du Crucifix jeta un regard sur le nombre presque infini de tombeaux qui se déroulaient devant eux.

— Ici reposent, dit-il, des milliers de saints hommes qui, comme nous, ne pensèrent qu'à se conduire toute leur vie, en véritables serviteurs de Dieu.

— Nous continuons leur œuvre, monseigneur, fit le père Bridoux.

— Et votre vie est bien, comme le fut celle de ces bons pères, pleine de dévouement et d'abnégation, dit le marquis.

Au moment où le père Vétoni ouvrait la bouche pour prendre part à la conversation, un homme sortant comme de dessous terre, parut tout à coup à ses côtés.

Cet homme tenait à la main une petite lanterne sourde.

— Monseigneur voudrait-il me permettre, dit-il en s'adressant à lui, de le consulter au sujet d'une affaire grave pour laquelle je suis convaincu que ses hautes lumières me seraient d'un grand secours ?

— Soit ! fit Vétoni en s'arrêtant, et en jetant un long regard sur celui qui venait de lui adresser cette prière.

Cet homme portait un costume d'Arménien ; il avait une barbe noire qui lui descendait jusqu'à la ceinture.

Il paraissait en proie à une grande peine morale ; sa voix était entrecoupée de sanglots.

Vétoni attendit un instant qu'il s'expliquât.

Mais l'Arménien ne prononça que des paroles inintelligibles.

Quatre hommes suivaient en voiture.

— Qu'avez-vous, frère ? lui dit-il.

Il ne répondit pas, et continua de gémir et d'affecter l'allure d'un homme profondément affligé.

Ce silence l'impatienta.

— Est-ce en confession que vous désirez que je vous entende ? lui dit-il.

L'inconnu fit un signe d'assentiment.

Vétoni, nous devons le dire, était prêtre.

Il eût bien voulu envoyer au diable le pénitent, mais il pensa que ce ne serait pas long.

L'inconnu fit quelques pas dans un de ces milles petits sentiers qui, nous l'avons dit, aboutissaient au chemin central, et se mit à genoux.

— Drôle d'homme ! grommela Vétoni, qui le suivit pourtant, et s'assit à côté de lui.

L'inconnu marmotta des paroles inintelligibles. C'était peut-être la prière qui précède la confession.

Il était agenouillé près d'un tombeau, sur la pierre duquel il avait posé sa lanterne.

Le père Vétoni s'était assis sur un des angles du funèbre monument.

On voyait les cinq autres hommes rouges, avec le marquis et les porteurs de torches, s'enfoncer de plus en plus dans les profondeurs du souterrain.

Bientôt, on ne vit plus dans l'éloignement

que leurs vagues silhouettes, au milieu d'une lueur qui s'affaiblissait de plus en plus.

— Parlez ! frère, fit Vétoni à son pénitent.

Celui-ci releva brusquement la tête, qu'il avait tenue penchée jusqu'à ce moment.

Dans le mouvement qu'il fit, son coude atteignit, était-ce par mégarde ? sa lanterne, qui tomba dans l'intérieur du tombeau où elle se brisa et s'éteignit.

Nous avons oublié de dire que ce tombeau était découvert et vide.

—Allons ! nous voilà sans lumière maintenant ! fit l'homme rouge d'un ton de mauvaise humeur.

Tabernier, car c'était lui, se leva brusquement,

— As-tu besoin de lumière pour aller chez le diable, Carlo Luigi ? grinça-t-il.

En même temps il enfonça son poignard jusqu'au manche dans la poitrine de l'homme rouge.

Celui-ci fit un brusque mouvement, poussa un profond soupir et tomba en avant sur son meurtrier.

— Parfait ! fit Tabernier : il n'a pas eu même le temps de jeter un cri.

Besogne bien faite !

Il poussa d'un coup d'épaule le cadavre dans le tombeau béant.

Mais en même temps une main se posa sur son épaule ! quelle était cette main ?

Ses cheveux se dressèrent sur sa tête ; puis il fit un effort violent pour vaincre la terreur qui l'envahissait.

Il se retourna brusquement, et sans chercher à échapper à l'étreinte de l'inconnu qui l'avait saisi, il étendit la main gauche pour chercher où était sa poitrine, en même temps que sa main droite y plantait avec rage le poignard dont elle était encore armée :

On entendit la chute d'un corps et ce fut tout.

— Deux ! fit-il en fuyant avec précipitation, craignant l'arrivée d'autres espions.

— Tués raides ! ajouta-t-il, tout en courant.

Il se débarrassa de ses vêtements d'Arménien qu'il jeta au milieu des tombes, après s'en être servi pour s'essuyer les mains, sur lesquelles il avait senti jaillir le sang chaud de ses victimes.

Sous ces vêtements, il avait sa robe de moine qu'il garda.

Il se débarrassa en outre d'un supplément de barbe, qu'il avait ajouté à celle qu'il portait avant que les espions dont il s'était vu entouré ne l'eussent mis dans la nécessité de modifier ainsi son extérieur.

Une demi-heure après, il sortit de la nécropole de Montdhoye, un chapelet à la main, et récitant dévotement un rosaire.

IV

La piste.

Revenons aux Charmettes.

Reprenons notre récit au point où nous l'avons laissé, c'est-à-dire au lendemain du jour où Gemma de Mélos a été enlevée par le marquis de Bordes.

Nous avons laissé l'ancien zouave faisant tranquillement sa faction à la porte qui se trouvait à l'extrémité du jardin de la villa, pendant que son confrère, faisait la sienne à la porte principale, celle qui donnait sur la route.

L'ancien zouave avait un sobriquet, que

lui avaient donné ses compagnons d'armes sur la terre d'Afrique : ils l'appelaient Ben Kébir.

Nous l'appellerons ainsi désormais.

Pour lui, cette nuit fatale se passa sans incident.

Quand le jour parut, il sortit de son embuscade, et sa carabine sur l'épaule, il jeta un regard mélancolique sur le ciel que coloraient légèrement les rayons de l'aube, et dans lequel couraient, comme une troupe de fauves affolés, une foule de petits nuages roux, restes de la tempête de la nuit.

Il s'engagea ensuite en sifflotant dans le sentier qui, nous l'avons dit, serpentait à travers les bosquets et les groupes de grands arbres, qui recouvraient cette partie du jardin.

— Il paraît que ce ne sera pas encore pour cette fois, se dit-il, de l'air d'un homme qui trouve par trop ridicule le rôle qu'on lui fait jouer.

Il faisait un pas, puis il s'arrêtait.

L'amour-propre du vieux soldat était blessé.

— Monter la garde, se disait-il, passer la nuit en embuscade, la carabine sur l'épaule, pourquoi faire ? Ah ! si c'était en Afrique, dans ce pays plein de maraudeurs qui, tout en coupant les cordons de votre bourse, éprouvent encore le besoin de vous couper le cou : histoire de s'amuser un peu avec leur yatagan : ça se comprend : mais ici ! ici ! allons donc !

Il haussa les épaules.

— Enfin, il n'y a rien à dire, il faut en prendre son parti : tout cela est sorti d'une maladie de femme !

Mademoiselle s'est figuré qu'il y avait des tas d'ennemis qui allaient fondre sur la villa, — il fallait qu'elle eût une forte migraine ce jour-là — et voilà que je dois être condamné à perpétuité, à des insomnies panachées de port d'armes, et autres agréments *subséquents !*

Ah ! les femmes, les femmes et surtout les demoiselles ! Et pourtant s'il n'y en avait plus, il y aurait pas mal de gens qui diraient encore qu'il en faut !

Ah ! si elles n'avaient pas des idées aussi bis...

Il fit un soubresaut.

Une chose venait de le frapper ; et avait fait sur lui une impression tellement forte et si subite, qu'elle l'avait empêché d'achever son mot : le brave ex-zouzou voulait dire : biscornues.

Ses regards se tournèrent vers la terre, et y restèrent rivés en même temps que sa figure exprimait la surprise la plus énorme qui puisse se peindre sur une face humaine.

L'objet qui causait cette surprise, était une branche couchée sur le sentier, cette branche était brisée et à demi détachée de l'arbuste à laquelle elle appartenait : elle était souillée de boue, et tout autour, dans un rayon de plusieurs mètres, le terrain avait été piétiné, et portait de nombreuses empreintes de pas d'hommes, encore parfaitement visibles, presque récentes !

Ben Kébir ne chantonna plus, et ne mangréa plus contre le beau sexe.

— Quel est donc le malappris qui est venu piétiner, cette nuit, ces touffes d'arbustes ? se dit-il.

Mais c'est qu'il n'y en a pas eu qu'un, ajouta-t-il ; voilà une empreinte qui n'est pas celle-ci ; en voilà encore une autre qui est moins longue et plus large ; en voilà encore une qui est plus étroite.

Mais ce n'est pas qu'un homme, mais une troupe d'hommes qui est venue ici, cette nuit ! !

Il fit plusieurs pas en avant, puis à droite et à gauche ; derrière les touffes d'arbustes qui se trouvaient dans cet endroit, il y avait un sentier qui était littéralement couvert d'empreintes de pas.

Hors de lui, ahuri, affolé, il suivit cette piste.

Elle aboutissait au mur de clôture du jardin. Ses regards se portèrent sur ce mur à l'endroit où la piste finissait : il portait des traces visibles d'escalade !

Quels étaient les gens qui s'étaient introduits dans la villa, en escaladant le mur de clôture? pourquoi s'y étaient-ils introduits?

Il songea à ces ennemis, dont mademoiselle Gemma redoutait tant la venue, et qu'il avait été chargé, lui ancien zouave, de recevoir à coups de carabine.

Ce ne pouvait être qu'eux !

Eh bien, lui, ancien zouave, avait été odieusement joué par ces hommes !

Il courut vers les bâtiments de la villa.

En arrivant dans la cour, il aperçut Aïssa, la camériste de Gemma.

Elle avait le visage pâle, presque livide, l'air égaré, les yeux pleins de larmes.

— Mademoiselle est-elle dans ses appartements? lui cria-t-il.

Pour toute réponse, Aïssa se mit à sangloter.

— Ta maîtresse ? Où est ta maîtresse ? lui demanda-t-il de nouveau.

— Mais je la cherche, moi ! Est-ce que je sais où elle est ? J'ai demandé au cuisinier qui a été de faction à la grille toute la nuit; il m'a dit qu'il ne l'avait pas vue.

— Lui aussi! fit-il.

Il n'y avait plus à en douter, Gemma n'était plus à la villa, Gemma, dont il avait la garde, avait été enlevée par des misérables qui s'étaient introduits dans la villa!

On avait enlevé celle qu'il avait mission de défendre! on l'avait enlevée à sa barbe, à deux pas de l'endroit où il était embusqué, une carabine entre les mains !

On avait fait cet affront à lui, vieux sol-; on avait même pas daigné aller lui en-

enlever des mains cette carabine que l'on jugeait si peu à craindre, qu'on avait opéré l'enlèvement, — les traces de pas le prouvaient, — à demi-portée de ses balles !

Il poussa un long cri de rage.

— Je les trouverai, ces misérables! hurla-t-il.

Il courut aux écuries, enfonça la porte, plutôt qu'il ne l'ouvrit; et sans rien demander au palefrenier, sans même réveiller cet homme dont on entendait les ronflements à plus de cinquante pas, il sella et brida El Arim, le cheval favori d'Hassan.

Ce El Arim était un de ces chevaux arabes, agiles comme des gazelles, rapides comme le simoun, et que les Africains appellent, dans leur langage imagé et poétique, des buveurs de soleil.

Une fois sellé et bridé, ce qui par parenthèse fut fait en un tour de main, il l'enfourcha.

Le noble animal hennit comme s'il eût senti l'odeur de la poudre, ou entendu le son de la trompettre guerrière.

Ben Kébir était un très bon écuyer.

El Arim, on le devine aisément, n'avait pas besoin d'être éperonné.

Dès qu'il eut franchi la grille de la villa, il se mit à aspirer fortement l'air matinal et poussa un hennissement sauvage, puis il partit à fond de train en bondissant avec la souplesse et l'agilité d'un grand fauve.

De l'autre côté de l'endroit où le mur de clôture portait des traces d'escalade, les traces de pas se continuaient; elles aboutissaient à une petite route, sorte de chemin vicinal, où l'on voyait qu'une voiture et des cavaliers avaient stationné.

Ben Kébir comprit.

Le chemin vicinal aboutissait à une grande route; cette route avait été prise par les ravisseurs; les traces des roues de la voiture et des pas des chevaux y étaient empreintes.

Ben Kébir se lança sur cette piste de toute la vitesse de son cheval.

L'ancien zouave ne se demandait pas combien ils étaient, ni s'ils étaient armés !

Il ne demandait qu'une chose : les rejoindre !

Avec quel bonheur il eût déchargé sur eux sa carabine ; avec quelle rage aveugle il eût fait ensuite de sa crosse ou de son canon d'acier une massue pour leur écraser le crâne !

Comme s'il eût compris les sentiments qui animaient son cavalier, El Arim donna à son galop des proportions qui atteignaient le fantastique.

On le vit, emportant son cavalier, passer comme un coursier de ballade allemande à travers les plaines immenses, suivant les sinuosités de la route ; à travers les montagnes hérissées de débris de rocs et trouées de précipices, sans jamais se lasser, pendant que ledit cavalier avait l'œil rivé sur les traces qu'y avaient laissées les ravisseurs de la fille du baron de Mélos.

Cette course échevelée, insensée, fantastique, avait, nous l'avons dit, commencé à l'aube. Depuis, l'aurore avait succédé à l'aube, puis le soleil s'était levé et avait même dépassé le zénith qu'elle durait encore et sans qu'elle eût subi une interruption d'une minute.

De temps à autre, Ben Kébir jetait un regard ardent sur la route et fouillait les plis les plus lointains de l'horizon ; mais il n'apercevait pas l'ombre d'un carrosse, pas même l'apparence d'un cavalier.

Tantôt il faisait subir à son arabe des arrêts brusques, pour demander à quelque passant des renseignements au sujet de ceux qu'il était si désireux de rejoindre.

Mais le passant secouait la tête en signe de négation ; il ne savait rien, il n'avait rien vu.

Il reprenait aussitôt sa course.

Tout à coup un : Hue ! prononcé d'une voix de stentor, arriva jusqu'à lui.

Ce hue ! partait du bas d'un petit ravin qu'un monticule cachait à ses regards.

Au fond du ravin coulait une petite rivière, sur laquelle il y avait un pont de bois d'une forme et d'une construction tout à fait primitives.

Sur la route, très étroite en cet endroit, et entre le pont et lui, se trouvait une voiture d'un aspect étrange.

A cette voiture étaient attelés deux grands chevaux roux, d'une maigreur extraordinaire.

Ces deux rossinantes paraissaient regarder avec une grande épouvante la pente escarpée qu'elles avaient à gravir.

Le véhicule qu'elles devaient traîner jusqu'au haut de la côte, et qui avait, nous l'avons dit, un aspect étrange, était une sorte de long fourgon en planches de sapin mal jointes.

Un homme le conduisait ; c'était lui dont la voix de stentor avait retenti jusqu'aux oreilles de Ben Kébir ; près de lui était assis un petit garçon.

Deux énormes chiens, portant au cou un collier hérissé de pointes, suivaient la voiture à laquelle ils étaient attachés par une corde longue de plusieurs pieds.

Arrivé sur le bord du ravin, Ben Kébir jeta un regard rapide sur ce peu splendide équipage.

Chevaux, voiture, chiens étaient immobiles. L'homme qui conduisait était un gros homme, à figure rougeaude, hérissée de poils incultes.

Voyant que l'attelage, malgré ses exhortations retentissantes, restait comme cloué au sol, la colère lui fit monter le sang à la face, dont la couleur prit des nuances écarlates.

Il fit claquer son fouet et en porta un coup à un des chevaux.

— Hue! Gastramor, exclama-t-il.

Puis à l'autre, en criant :

— Hue! Follette.

Les deux haridelles, ainsi énergiquement invitées à marcher, paraissaient éprouver à un tel point le besoin de rester immobiles, qu'elles furent complètement insensibles aux coups de fouet et à la voix de leur maître.

La face de celui-ci, d'écarlate, devint violette.

En ce moment, Ben Kébir descendait avec rapidité dans le ravin,

Arrivé en face du propriétaire de ce lamentable équipage, il arrêta brusquement son cheval.

— Avez-vous vu, lui dit-il, une voiture avec une escorte de cavaliers?

— La voiture, je l'ai vue; les cavaliers, je les ai vus; ils étaient cinq; de ces cinq j'en connais un, Ceci est aussi vrai que je m'appelle Josué-Anthelme Broussard, répondit l'homme.

— Ce carrosse, ces cavaliers, fit l'exzouave d'une voix haletante, y a-t-il longtemps que vous les avez rencontrés ?

— Monsieur, fit l'homme avec hauteur, je réponds toujours à une question que l'on me fait; mais je me réserve aussi toujours d'en poser une autre à mon tour. C'est la règle invariable de ma conduite vis-à-vis de mes semblables,

Cette question, ajouta-t-il, je ne vous la ferai que lorsque je serai parvenu là-haut, —il montra du geste le sommet du ravin,— car vous comprenez qu'il faut avant tout que je tire d'ici mon carrosse à moi et mes bêtes.

Ben Kébir bondit de rage sur sa selle.

Cet homme pouvait lui apprendre bien des choses qu'il lui importait de savoir;

Il renouvela sa demande.

Elle resta sans réponse.

Il descendit à la supplication.

Josué-Anthelme Broussard ne laissa pas voir plus de sensibilité qu'un roc.

Le lecteur se souvient sans doute d'avoir déjà rencontré ce singulier personnage ; cet homme, aussi nomade que singulier, était alors sur les grandes routes du Berry, lors de la fameuse réunion des Chevaliers du Crucifix au château de Boternay.

Il fit de nouveau claquer son fouet.

— Hue! Follette ; hue ! Gastramor, hurla-t-il.

Il cingla ensuite d'un vigoureux coup de fouet les flancs délabrés de ses haridelles, qui y furent d'ailleurs parfaitement insensibles.

— Ah ! ah ! fit-il avec rage, vous ne voulez pas marcher ; nous allons voir un peu, les petits agneaux !

Il se tourna vers les chiens, et leur cria :

— Jappe! César.

Hurle! Napoléon.

L'un des molosses se mit à japper à pleins poumons.

L'autre poussa un hurlement.

Les deux rossinantes pointèrent les oreilles, humèrent le vent, frémirent sur leurs jarrets osseux, mais ne firent pas un pas.

Le saltimbanque se précipita comme une avalanche hors de la voiture.

— Ah ! on ne veut pas marcher ! ah ! c'est bien entendu qu'on ne veut pas marcher ! exclama-t-il.

Nous allons voir ! nous allons voir !

Il court vers ses chiens et dénoua la corde qui les retenait à la voiture.

— Allez donc! les agneaux, fit-il.

Les énormes bêtes comprirent ce que cela voulait dire.

Elles se ruèrent sur l'attelage.

Les pauvres chevaux, déchirés par les crocs des chiens, hennirent de douleur et se mirent à gravir la pente escarpée.

— Est-il stupide, cet homme ! se dit Ben

Kébir ; s'il donnait de bons picotins d'avoine à ses chevaux, ils pourraient lestement traîner sa voiture ; tandis qu'il les laisse crever de faim et les fait mordre par ses chiens pour les forcer à marcher ! Il faudra bien qu'il le comprenne, quand ils tomberont d'épuisement et le planteront là pour tout de bon ; ce ne sont pas ses chiens qui prendront la place de leurs cadavres et traîneront sa cahute roulante !

Tout en faisant ces réflexions au sujet de la brutalité de cet homme, et en maugréant contre cette idée saugrenue de ne vouloir lui répondre que lorsqu'il serait parvenu au haut de la côte, il s'était mis à le suivre.

Chevaux, chiens, voiture, conducteur y montaient comme l'ouragan, avec un bruit qui était un mélange de hennissements, d'aboiements, de jurements, de claquements de fouets et de grincements de roues.

Enfin on y arriva.

— Repos ! César ; repos ! Napoléon, exclama le saltimbanque.

Les molosses s'arrêtèrent, cessèrent de mordre les deux haridelles, et tournèrent vers leur maître leurs gueules ensanglantées.

Il les prit par le collier, et les ramena derrière la voiture, où il les rattacha.

Cette opération terminée, il revint vers ses chevaux, qu'il apostropha.

— Ah ! ah ! Follette, ah ! ah ! Gastramor, serez-vous plus sages, désormais ?

Il fit claquer son fouet une dernière fois, et se tourna vers l'ancien zouave.

— Monsieur, lui dit-il, j'ai toujours observé à l'égard du genre humain, toutes les règles de l'honneur, de la pudeur, de la vertu ; cette conduite particulière de ma part, m'a valu une grande célébrité sur tous les points du globe ; voici mes noms et qualité : Vous avez devant vous, monsieur, Josué-Anthelme Broussard, le premier

charmeur de serpents qu'il y ait sous cette moitié de callebasse que l'on appelle le ciel ! avez-vous bien entendu, monsieur ? Maintenant, vous, qui êtes-vous ? C'est la question que je vous pose, selon mon droit.

— Qui je suis ? fit ben Kébir stupéfait.

— Oui.

— Ah ! ça, êtes-vous donc un gendarme ?

— Moi, j'en ai horreur !

— Alors vous êtes garde-champêtre ?

— Je les ai en exécration !

— Cependant vous faites comme eux, dit Ben Kébir exaspéré.

— Comment !

— Il n'y a que ces gens-là qui posent de pareilles questions.

Le saltimbanque sourit.

— On m'a posé cette question à moi, dit-il, plus souvent que je n'ai de poils de barbe.

— Qu'est-ce cela peut me faire, à moi ?

— Allons, jeune homme, je vous poserai maintenant une autre question.

Ben Kébir fit un mouvement si violent sur sa selle, que son arabe se mit à caracoler et à bondir à lui donner le vertige.

— Ah ! ah ! fit Broussard, vous avez un cheval un peu vif : Follette et Gastramor sont comme ça quand ils ne sont pas attelés.

Ben Kébir, en tout autre moment, fût parti d'un immense éclat de rire.

— Il est fou, cet homme, dit-il ; il n'y a pas moyen de tirer de lui rien qui vaille.

Il allait tourner bride et repartir ventre à terre, quand une idée lui vint.

— Cette folie ne tiendra peut-être pas devant la perspective de gagner beaucoup d'argent, pensa-t-il.

— Voulez-vous gagner des monceaux d'or ?

— Vous tenez un langage honnête, jeune homme.

— Si vous voulez gagner des monceaux

d'or, aidez-nous à retrouver ceux que vous avez rencontrés, et la jeune fille qu'ils emmenaient avec eux.

Broussard se gratta l'oreille.

— Ce n'est pas facile, dit-il.

— Pourquoi?

— Parce qu'ils sont bien loin d'ici, et que j'ignore où ils sont allés.

— Quand les avez-vous rencontrés?

— Un peu après l'aube.

— Vers quelle heure?

— Vers cinq heures du matin.

Ben Kébir fut pris d'un découragement profond.

— Cependant vous connaissez l'un d'eux, m'avez-vous dit?

— Oui.

— Auriez-vous quelque espoir de le retrouver?

— Peu.

— Qu'est-ce que c'est que cet homme?

— Un joueur d'orgue, avec lequel j'ai voyagé bien des fois.

— Où perche-t-il, cet oiseau-là?

— Tiens! où est-ce que je perche, moi? un peu partout et nulle part; eh bien, Varcolli est comme moi.

— Il s'appelle Varcolli?

— Oui

Ben Kébir songea à reprendre sa course si longtemps interrompue!

— Merci! dit-il au saltimbanque, si vous savez jamais quelque chose, faites-le moi savoir à l'hôtel de Mélos, aux Champs-Elysées, à Paris; où à la villa du même nom, aux Charmettes, près Genève.

— J'aurai le sac? fit le saltimbanque.

— Oui.

Sur ce, Ben Kébir piqua des deux.

Disons-le tout de suite, cette course devait, hélas! rester sans résultat; après deux journées de recherches infructueuses, l'ancien zouave revint, éreinté, désolé, désespéré; avec un cheval presque fourbu.

Voyons maintenant ce qu'était devenu le Maure.

V

A la recherche d'un amoureux.

Il était donc parti, le cœur plein de joie, l'âme ravie, le doux poète! il voyait enfin venu le moment où la fille de son second père feu le baron de Mélos, celle qu'il aimait comme sa sœur, celle qu'il adorait comme la plus ravissante incarnation du beau sur la terre, allait être heureuse!

Heureuse un peu par lui, encore; car c'était lui qui devait amener près d'elle celui dont elle désirait si ardemment la venue; il allait contribuer à réaliser le plus doux de ses rêves de jeune fille!

Plus de souffrances pour sa Gemma: plus de ces peines mystérieuses qui la dévoraient, pareilles à ces poisons qui tuent lentement mais sûrement.

Ah! oui, il était heureux, bien heureux, le divin joueur de guitare maure, quand il partit pour la capitale de ce charmant pays de France, qu'on appelle le Bordelais! quelle joie pour lui, le chaste fils des Muses, ce moine sublime de l'amour idéalisé, de jouer le rôle d'artisan de cet hymen!

On pense bien qu'il dut faire toute diligence pour arriver aussi vite que possible.

Arrivé à Bordeaux par le rapide, il ne perdit pas de temps, et se jeta dans la pre-

Tabernier et le vicomte de Bordes.

mière voiture qu'il trouva à la porte de la gare.

Il ne connaissait pas l'adresse de Georges Bernard, mais ne savait-il pas qu'il était le fils du capitaine du brick l'*Éole*, actuellement dans la rade ?

Il se fit donc conduire sur le port.

Le brick était à cent pas du quai.

On voyait son nom écrit sur sa poupe en grosses lettres d'or.

C'était un robuste et beau navire.

Hassan allait se jeter dans une barque, pour se faire conduire à son bord, quand le marin auquel appartenait la barque, lui dit :

— Vous cherchez Georges Bernard, du brick l'*Éole* ; tenez, voilà son père.

Il désigna du geste un homme court, trapu, au visage hâlé, à la barbe grisonnante ; qui, les deux mains derrière le dos, *flânait* sur le quai.

C'était un de ces vieux loups de mer, à la voix rauque comme celle de l'Océan, à la parole brève, au regard vif ; nature franche et loyale, cœur d'or, âme vaillante et intrépide, comme on en trouve assez communément chez les marins français.

Quand Hassan lui exposa l'objet de sa mission, il poussa un formidable éclat de rire.

— Mais il est parti, notre gars ! s'écriat-il, il est parti avec Jacques, le maître timonier de l'*Éole* !

— Parti ! fit le maure, de l'air d'un

homme qui se demande si on ne vient pas de lui dire une chose impossible ou monstrueuse.

— Ah ! c'est qu'on est vif à son âge, mille bordées de tribord ! poursuivit le capitaine ; on aime mieux causer de près que de loin, que diable !

— Georges serait donc allé a Paris ? balbutia Hassan.

— Ce n'est ni aux îles Canaries, ni à Nouka-Hiva, mille tempêtes ; n'est-ce pas à Paris que se trouve sa belle ?

— Non.

— Ah ! ça, est-ce qu'elle se fiche de lui cette particulière-là, tonnerre ? Comment ! Georges va la chercher sur la côte du Maroc, elle n'y est pas ; il va à Paris où on lui dit qu'elle est, et il ne l'y trouve pas ! mais où donc est-elle ?

— Aux Charmettes , près Genève , fit Hassan dont le visage s'était assombri.

— Cent mille bordées de bâbord ! si l'on ne naviguait pas plus sûrement sur mer, que l'on ne navigue auprès des femmes, l'on passerait sa vie à aller d'ici au cap de Bonne-Espérance !

— Ce n'est pas la faute de Gemma, si Georges ne la trouve pas à l'hôtel de Mélos.

Hassan raconta au père de Georges la mort du baron et la nécessité où il avait été d'emmener la jeune fille loin de l'hôtel où elle avait vu mourir son père.

— Elle serait morte, si je l'y avais laissée, ajouta-t-il.

— Alors Georges va être obligé de mettre le cap sur Genève ? fit le capitaine ; est-il sûr de l'y trouver, au moins ?

Mais Hassan n'écoutait plus les paroles du marin : il se demandait avec effroi où Georges pourrait trouver à Paris l'adresse de Gemma ; la consigne du concierge de l'hôtel étant de ne la donner à personne.

— Quand sont-ils partis ? demanda-t-il vivement au capitaine.

— Ils ont dû y arriver hier, à moins qu'ils n'aient sombré en route, tonnerre !

— Arriver hier ? murmura-t-il.

— Oui.

— Y a-t-il un bureau de télégraphe, près d'ici ?

— Il y en a un là, dans la rue de la Corderie.

— Veuillez m'y conduire ; il faut que je télégraphie à Georges, de m'attendre à l'hôtel de Mélos, afin que je puisse retourner avec lui aux Charmettes.

Cinq minutes après, il adressait au concierge de l'hôtel des Champs-Élysées, le télégramme suivant :

« Quand Georges Bernard, de Bordeaux, se présentera à l'hôtel, faites-lui le meilleur accueil, et mettez mon appartement à sa disposition ; dites-lui que j'irai l'y prendre demain, pour le conduire auprès de mademoiselle Gemma.

« Signé : Hassan. »

— Il faut que je parte à l'instant pour Paris, dit-il au capitaine, en sortant du bureau du télégraphe.

Cette résolution subite contraria fort le père de Georges.

Il fit tous ses efforts pour le retenir au moins jusqu'au lendemain.

Mais quand Hassan lui dit que sa présence à Paris devait être utile et même indispensable à son fils, il n'insista plus.

Le marin ne comprit pas grand'chose à ce nouveau mystère ; mais il en prit philosophiquement son parti.

Cet Hassan avait une si bonne figure, et il paraissait si dévoué à son fils !

Il l'accompagna donc à la gare, sans lui poser aucune question à cet égard.

Ils parlèrent même peu pendant le trajet.

Hassan était pensif.

Georges, en effet, ne pouvait-il pas revenir à Bordeaux, pendant qu'il irait le chercher à Paris ?

D'un autre côté, il pouvait très bien se faire que Georges et son compagnon, qui n'avaient jamais vu la grande cité dont on parle tant partout, eussent eu l'idée d'y séjourner plusieurs jours, afin de voir quelques-unes de ses merveilles tant vantées.

Cette dernière réflexion l'affermit dans sa résolution de partir immédiatement.

Le marin lui serra vigoureusement la main quand il monta en wagon.

— Je vous laisse aller, lui dit-il, parce que je compte bien jouir de votre compagnie plus longtemps le jour des noces, mille milions de sabords! et qui se feront bientôt, n'est-ce pas?

— Dans quelques jours, fit le Maure en souriant.

—Ah! quelle bordée ce jour-là! cria-t-il.

Le train partit.

Est-il besoin de dire avec quelle hâte Hassan se rendit, en arrivant à Paris, à l'hôtel des Champs-Élysées?

Il avait un vague espoir d'y trouver Georges.

Quand il le demanda au vieux concierge, celui-ci lui montra tristement son télégramme, en lui disant :

— Trop tard!

Ah! il y tenait joliment à avoir l'adresse de mademoiselle, le pauvre jeune homme! ajouta-t-il.

Il lui raconta ensuite tout ce qui s'était passé entre lui et Jacques, le compagnon de Georges.

— Je les ai envoyés chez M. Tabernier, fit-il en terminant; je ne sais s'il leur a donné l'adresse de mademoiselle. Dans tous les cas, je ne les ai pas revus.

Hassan fit atteler et se rendit, sans désemparer, chez l'homme de la rue de la Clef.

— J'ai donné à deux marins, l'autre jour, lui dit Tabernier, l'adresse de Mlle Gemma; j'ai cru bien faire. Ils venaient de la part du concierge de l'hôtel des Champs-Élysées, qui, paraît-il, ne l'avait pas.

Hassan le remercia et lui serra les mains avec tant d'effusion qu'il en fut frappé.

— Oh! oh, se dit-il, il tient donc bien à les marier!

— Je n'ai pas cru vous rendre un bien grand service en leur donnant cette adresse, dit-il en regardant fixement le Maure.

— C'est un grand et même un très grand service que vous avez rendu à Mlle Gemma et à moi; je vous en remercie pour elle et pour moi.

— Très heureux! très heureux, cher monsieur!

— Je ne dois pas vous laisser ignorer, puisque vous êtes l'ami de la maison, que Mlle Gemma va certainement et très prochainement se marier avec le plus jeune des deux marins que vous avez vus.

— Se marier! fit Tabernier en affectant le plus profond étonnement.

— La chose est comme faite.

—Comment! Mlle Gemma qui a refusé tant et de si riches partis!

— Oui.

— C'est renversant.

— Elle a voulu se marier selon ses goûts.

— Un simple marin, c'est étrange!

— Elle l'aimait depuis longtemps.

— Vous n'avez pas cherché à l'en détourner?

— Moi!!! Je tuerai plutôt celui qui se jetterait à la traverse de ce projet d'union que j'approuve de tout point, et pour la réalisation duquel je donnerais jusqu'à la dernière goutte de mon sang!

En prononçant ces paroles, le Maure laissa voir une incroyable exaltation.

— Oh! oh! ce Maure, pensa Tabernier,

moi qui le croyais si froid, si tranquille, si dormeur, si indifférent; voyez-vous ce joueur de guitare, ce poète, ce rêveur comme il prend feu! Ah! il ne serait pas commode cet homme, à l'égard de celui qui passerait pour être allé à l'encontre de ce petit plan matrimonial!

On voit que le marquis de Bordes avait soigneusement caché à l'homme d'affaires sa mésaventure du bois de Boulogne.

Le fourbe laissa paraître sur sa figure une joie immense.

— Je fais des vœux bien sincères, dit-il, pour Mlle Gemma et pour ce jeune homme, auquel, dans mon ignorance, je n'ai pas fait, hélas! l'accueil que devait lui valoir l'amitié toute particulière dont l'honore la riche et illustre héritière de feu le baron de Mélos.

Les périodes entortillées et saupoudrées de courtisanerie de l'homme d'affaires firent rire Hassan.

— Vous aurez l'occasion de leur exprimer tout cela à eux-mêmes, bientôt, lui dit-il.

Puis, il lui serra de nouveau la main et prit congé de lui.

— Ah! poète, poète, poète, s'écria Tabernier en entrant dans son cabinet, comme tu arrangerais bien notre jeu, au marquis de Bordes et à moi, s'il t'arrivait de pouvoir mettre le pied dedans!

Ah! tu tuerais celui qui empêcherait le mariage de Gemma avec le petit marin? Je n'aime pas, moi, les gens qui parlent de tuer ceux qui ne sont pas de leur avis sur toute chose!

Nous aviserons, nous aviserons, mon bel Apollon cuivré, doublé d'Hercule!

Hassan n'avait qu'à se bien tenir!

Tabernier passait pour n'avoir jamais fait de menaces vaines.

<h1 style="text-align:center">VI</h1>

Comment furent interrompues les méditations de Ben-Kébir.

Depuis cette nuit funeste où des bandits, restés inconnus, avaient enlevé Mlle de Mélos dont il avait la garde, Ben-Kébir passait son temps à se promener les deux mains derrière le dos d'un bout à l'autre de la villa des Charmettes.

Il se demandait, pour la millième fois peut-être, comment un pareil attentat avait pu être commis à dix pas de l'endroit où il était embusqué, sans qu'il s'en fût aperçu.

Il avait bien vu les traces des pas des ravisseurs, puis celles de la voiture qui avait emporté leur victime, et pourtant il penchait à croire qu'il y avait là-dessous quelque chose de diabolique et de surnaturel, contre lequel toute la puissance et toute la sagesse de l'homme devait fatalement échouer.

Il ne pouvait pas admettre qu'une femme pût être enlevée sans qu'elle eût le temps de pousser un cri, et que le bruit de la tempête eût pu couvrir celui des pas des ravisseurs.

Le saltimbanque lui avait bien dit qu'il avait reconnu un de ces derniers; mais ce charmeur de serpents n'était-il pas un fou? Quel homme sensé, en effet, eût osé soutenir que ce vagabond n'avait pas le cerveau fêlé?

Il avait suivi pendant toute une journée les traces des cavaliers et des roues de la voiture sur la route, et ces traces avaient tout à coup disparu au bord même d'une rivière qui paraissait avoir englouti chevaux et voiture, bien que ce fût à l'endroit d'un gué.

Il avait traversé ce gué, mais pas de traces de l'autre côté ! Il avait battu le pays tout autour, à quelques centaines de pas, à droite et à gauche, et il n'avait pas retrouvé la moindre petite trace !

S'il avait poussé à un kilomètre environ, à gauche, de l'autre côté de la rivière, il les eût certainement retrouvées. Mais qui diable eût pu supposer d'abord que le gué eût plus d'un kilomètre d'étendue ; ensuite que le marquis de Bordes eût ordonné à ses gens, dans le but de dépister ceux qui pourraient être tentés de le poursuivre, de s'engager voiture et chevaux dans la rivière, tant que le gué permettrait d'y voyager comme sur une route !

Cet excès de prudence et de prévoyance ne venait pas de lui, mais de Tabernier : « A tout seigneur, tout honneur. »

Certes, Ben Kébir n'eût jamais pu supposer que ceux qu'il poursuivait eussent eu recours à cette ruse de sauvage, qu'il ignorait du reste ; l'honnête zouzou n'ayant jamais vécu que parmi les peuples civilisés, où ces pratiques sont généralement inconnues.

Tout cela formait dans l'esprit du malheureux Ben Kébir un ensemble d'événements étranges, presque fantastiques, à coup sûr peu ordinaires, qui y avait produit une confusion et un trouble qui menaçaient de prendre des proportions invraisemblables.

Il ne mangeait presque plus, buvait encore moins, ne dormait plus, ne fumait plus ; il allait et venait comme une âme en peine.

La nuit et le jour on le voyait sur pied, marchant les deux mains derrière le dos, la tête penchée, l'air sombre et pensif.

A quoi pensait-il ? Que cherchait-il ? Il cherchait l'introuvable, le moyen de découvrir ces misérables qui avaient enlevé Gemma ; il pensait à l'horrible farce qu'ils lui avaient jouée ; et puis il sentait la blessure faite à son amour-propre, cet énorme coup de talon de botte moral qu'il avait reçu.

Tout cela n'était pas précisément couleur de rose, et était même de nature à contrister l'âme la plus vulgaire. Ben Kébir cuvait cela, comme un ivrogne cuve l'ivresse d'une boisson malsaine ; il était triste, lourd, inquiet, farouche.

Il savait bien que Hassan allait revenir et le rendre responsable de tout ce qui s'était passé.

Il ne s'en souciait pas.

Il savait bien que le colosse, dans un accès de rage, pouvait l'écraser d'un revers de main.

Il n'y pensait même pas.

Que lui importait de mourir !

La mort ! mais il l'avait mille fois affrontée sur les champs de bataille, avec cette gaieté si commune chez les soldats de la France ; lui aussi connaissait ce rire au milieu de la mêlée, qui a fait Kléber si beau dans les batailles !

Ah ! s'il n'avait eu à redouter que la mort, est-ce qu'il n'aurait pas bu, mangé, dormi, fumé et chantonné comme d'habitude !

Il cherchait la solution du problème que nous savons, il cherchait et ne trouvait pas ; et il eût cherché toute sa vie, sans trouver.

Cela durait depuis plus de vingt-quatre heures, quand Hassan arriva comme la foudre à la villa.

Ben Kébir, qui se promenait au milieu de la cour, entendant sonner, leva la tête, reconnut celui qui venait et alla ouvrir la porte, mais sans précipitation.

— Eh bien! fit le Maure en franchissant le seuil.

— Que veut dire monsieur? dit-il avec le plus grand sang-froid.

— Georges Bernard est arrivé?

— Qui ça? Georges Bernard.

Le Maure pâlit.

Il était si sûr de trouver Georges à la villa qu'il crut que Ben Kébir, en lui faisant une pareille réponse, avait perdu la raison.

— Est-ce que tu es fou, Ben Kébir? lui dit-il avec un rire nerveux.

— Moi, fou!!

— Oui, toi, fou; car Georges Bernard, accompagné de Jacques, le maître timonier du brick l'*Éole*, doit être ici depuis plus de vingt-quatre heures.

— Georges Bernard! fit Ben Kébir, de l'air d'un homme qui se demande si ce n'est pas plutôt lui qui se trouverait en face d'un échappé de Charenton.

Le sang du Maure bouillonnait.

Enfin il n'y tint plus.

— Mais, malheureux, s'écria-t-il en le saisissant par le milieu du corps et en le soulevant à bras tendus jusqu'à la hauteur de sa tête, tu as donc juré de te moquer de moi!

— Tuez-moi, si vous le voulez, fit Ben Kébir avec calme, mais vous ne me forcerez pas à vous dire ce que je ne sais pas.

L'ancien zouave prononça ces paroles avec un tel accent de sincérité, que le Maure fut convaincu qu'il ne le trompait pas.

Il chancela comme s'il avait reçu un violent coup de massue.

— Alors, s'il n'est pas pas ici, où est-il donc?

Sa voix était devenue sourde et sifflante, ses dents claquaient.

Il tremblait que Gemma entendît ces paroles!

Comment! lui qui devait lui amener son Georges, il venait de dire tout haut qu'il ne savait pas où il était!!! Imprudent et bête qu'il était! il tremblait tellement que ses dents claquaient, avons-nous dit.

L'aimait-il, sa Gemma!

Il chercha à se rassurer au sujet de Georges.

— S'il n'est pas arrivé, murmura-t-il, c'est qu'il s'est sans doute attardé à Genève.

Il fit quelques pas en arrière pour repartir; il voulait aller battre la ville, à sa recherche, sans perdre une minute.

Comme il allait franchir de nouveau le seuil de la porte, il se retourna; il ne voulut pas repartir avec cette idée que Gemma avait pu le voir et peut-être l'entendre.

Que va-t-elle penser? se dit-il; ne sera-t-elle pas inquiète, si elle m'a vu ou entendu?

— Où est Gemma, en ce moment? demanda-t-il à Ben Kébir, avec un air d'écolier qui a peur d'être pris en faute.

— Mademoiselle, mademoiselle, fit Ben Kébir, mais je ne sais pas!

— Est-elle dans son salon?

— Non.

— Est-elle dans sa chambre à coucher?

— Non.

— Est-elle chez sa camériste?

— Non plus.

— Est-elle dans le jardin?

— Non plus.

— Ah! ça, où est elle donc?

— Je ne sais pas.

— Elle est bien à la villa?

— Je ne le sais pas.

— Mais tu ne sais donc rien? Eh bien! je t'attends ici; va demander où elle est.

Ben Kébir hésita, fit un pas, puis s'arrêta et ne bougea plus.

— Eh bien! m'as-tu entendu?

— J'ai entendu.

Une surprise inexprimable se peignit sur la figure du Maure.

Une vague inquiétude passa dans son âme comme un souffle d'orage.

— Ben Kébir, dit-il d'une voix rapide, tu me fais perdre un temps précieux; je ne t'ai jamais vu si lent à m'obéir ; je ne veux plus attendre : va !

— Mais où voulez-vous que j'aille? fit le malheureux Ben Kébir, dont un sanglot coupa la parole.

L'âme d'Hassan fut bouleversée de fond en comble.

Ce ne fut plus un homme, ce fut un spectre.

Ben Kébir, lui qui se riait de la mort, recula d'épouvante.

Avant qu'il eût fait un mouvement, le colosse l'avait saisi, puis soulevé, comme il eût fait d'un enfant, et l'avait jeté à trente pas de là.

Puis il traversa la cour avec la vitesse de l'ouragan, et pénétra dans le rez-de-chaussée de la villa comme la foudre.

On entendit de grands cris, suivis d'un fracas de portes brisées, de fenêtres mises en miettes, puis des gémissements, des hurlements.

Ben Kébir, qui, heureusement pour lui, était tombé au milieu d'une touffe d'arbustes, qui avait amorti sa chute, écoutait tout ce bruit avec le sang-froid qu'on prête aux philosophes de l'école stoïque.

Il vit tout à coup Aïssa, la cameriste, traverser la cour, pâle, affolée, en criant : au secours !

Il entendit le cuisinier passer en criant : un médecin !

Il vit le palefrenier, le dormeur sempiternel, courir de gauche à droite et de droite à gauche, sans prendre de direction précise dans sa course folle; ce qui montrait, avec une éloquence frappante, le trouble inusité de ses esprits.

Il se leva.

— Qu'il m'écrase tant qu'il voudra, se dit-il, mais mon devoir est d'être auprès de lui, afin qu'il n'ait pas à me chercher s'il a besoin de moi.

Ça a dû lui porter un rude coup, d'apprendre l'enlèvement de mademoiselle ; je pense que c'est Aïssa qui lui a tout dit, ajouta-t-il tout en courant.

On n'entendait plus aucun bruit.

Un silence profond avait succédé tout à coup au vacarme affreux qui avait eu lieu.

Il trouva Hassan à demi renversé sur une table, la figure congestionnée, les yeux hagards ; il râlait !

Ben Kébir pensa qu'une aspersion d'eau froide pouvait lui faire du bien, et lui versa sur la tête le contenu d'une carafe à peu près pleine.

Bientôt Aïssa revint amenant un médecin.

Hassan fut couché sur un lit et saigné.

— Son état est grave ! il peut mourir ou devenir fou dans l'espace d'un quart d'heure, fit le médecin, en s'asseyant soucieux, au chevet de son lit.

VII

Une tendre amie.

Nous avons laissé Gemma de Mélos au château de Cressères.

Par suite des machinations infâmes de l'homme de la rue de la Clef, elle était convaincue que des ennemis terribles, restés jusqu'à ce jour inconnus, avaient juré sa perte, et qu'elle leur avait échappé miraculeusement, par suite de l'intervention des gens de la duchesse de Cressères.

Toute sa reconnaissance était donc

acquise à cette dernière ; il restait à reporter cette reconnaissance sur le marquis de Bordes, son neveu, et à transformer ensuite cette reconnaissance en amour le moment venu ; et le tour était joué !

Mais avant de faire sortir de la coulisse le *Deus ex machinâ*, c'est-à-dire le marquis, il fallait entretenir soigneusement dans l'âme de la jeune fille cette idée qu'elle était menacée par des ennemis formidables, afin de lui enlever toute velléité de retourner soit aux Charmettes, soit à Paris, et cultiver son amitié naissante pour les Cressères, ses prétendus sauveurs, jusqu'au jour où on tenterait les grands coups sur cette âme naïve et généreuse, et où l'on arriverait avec la constatation officielle de la mort de Georges Bernard et peut-être de celle de Hassan ; alors il ne devait plus lui rester qu'un parti : se jeter entre les bras du marquis de Bordes, qu'on démasquerait brusquement pour achever la déroute de ses anciens sentiments et de ses préjugés, en le présentant comme son véritable sauveur et le seul homme qui pût désormais la protéger contre ses ennemis.

Le moment psychologique n'était donc pas encore venu, pour nous servir d'une expression cruelle, employée par les envahisseurs de la France en 1870.

Certes Gemma, bien qu'elle fût sous le coup d'une grande terreur, et qu'elle eût encore l'esprit bouleversé par l'odieux attentat dont elle avait été victime, ne devait pas cesser brusquement de penser à Georges Bernard et à Hassan.

On pouvait bien lui faire croire, à la rigueur, que les mêmes ennemis qui la menaçaient, devaient avoir juré leur perte ; mais de là à détourner sa pensée de ces êtres qui lui étaient si chers, il y avait un abîme.

La duchesse Arsinoë était trop habile pour ne pas le comprendre.

Elle possédait à un haut degré l'art de feindre et d'exprimer des sentiments qu'elle n'éprouvait pas : elle en eût remontré, sur ce chapitre, à la cabotine la plus en renom.

Elle poussa l'art jusqu'à lui parler d'Hassan et de Georges Bernard, à chaque instant de la journée ; elle l'engageait à leur écrire ; ces lettres que Gemma écrivait avec une ardeur que l'on devine, étaient remises à un domestique du château, auquel la duchesse ordonnait ostensiblement de les porter à la poste, et qui, obéissant à un ordre qu'elle lui avait donné secrètement, les portait tout simplement dans le feu.

Ces lettres, restées naturellement sans réponse, jetaient la jeune fille dans un trouble et des inquiétudes sans nom.

Elle pleurait, la malheureuse, des heures entières ; la duchesse pleurait avec elle.

Avec elle, elle se livrait à des conjectures sans fin, sur ce qui pouvait bien être arrivé de fâcheux à Georges Bernard et à Hassan. Elle poussait le raffinement dans la duplicité et la fourberie, jusqu'à faire des efforts pour calmer ses alarmes ; elle lui disait d'espérer.

Elle voulait bien l'arracher à son passé, mais elle avait le dessein de le faire graduellement, sans secousse trop violente.

Son but était d'éviter de provoquer une crise, qui eût eu peut-être pour effet de compromettre la santé de celle dont elle voulait faire la femme de son neveu.

Ces chaînes morales, quelque douces, quelque dorées qu'elles fussent, n'enchaînaient pas en Gemma un être absolument inerte et toujours docile.

De temps à autre, l'âme de la jeune fille éprouvait des soubresauts violents.

Pâle, mais résolue, calme comme ces vierges antiques qui marchaient jadis au supplice pour affirmer leur foi, elle se présentait parfois devant sa geôlière, en lui di-

Enlèvement de Gemma.

sant qu'elle allait la quitter, qu'elle voulait retourner aux Charmettes, dût-elle courir le risque de retomber entre les mains de ses ennemis; que là elle saurait ce qu'était devenu Hassan; qu'elle irait jusqu'à Paris s'il le fallait, pour s'en informer, qu'elle irait même jusqu'à Bordeaux.

— Il faut que je voie Hassan, mon frère, mon doux ami, et il faut que je trouve Georges; si j'acquiers la certitude qu'ils sont morts, que voulez-vous que je fasse de la vie? elle deviendrait pour moi une chose si odieuse!

Alors la duchesse Arsinoé éclatait en sanglots, poussait des gémissements à fen-

dre le cœur le plus inaccessible à la pitié, se jetait à ses genoux, et se tordait les mains de désespoir.

— Vous courez à votre perte, ma chère enfant, on voit tous les jours rôder autour du château des gens à mines suspectes: vos ennemis ne demandent qu'une chose, c'est que vous sortiez de cet asile où ils ne peuvent venir vous saisir.

Ce que je vous dis là, je vous le dis au nom d'Hassan, votre frère chéri, au nom de Georges Bernard, qui doit être votre époux.

En effet, si vous tombiez, ce qui serait inévitable du reste, entre les mains de ces misérables bandits, qui vous guettent comme une proie, vous seriez bien définitivement perdue pour eux.

Cette perte serait certainement leur mort, et ce serait vous qui l'auriez causée par votre funeste précipitation à quitter cet asile.

Attendez, au nom du ciel, que l'obstination de vos ennemis à vous traquer se lasse, et qu'Hassan et Georges Bernard vous donnent de leurs nouvelles, ou viennent vous cherchez ici, ce qui ne saurait manquer d'arriver un jour ou l'autre.

Elle était à genoux, les mains jointes, devant la jeune fille.

Elle acheva ainsi :

— Si je vous supplie si instamment, si je pleure, si je gémis, si je suis émue jusqu'au fond de l'âme, ma chère enfant, c'est que m'avez été sympathique dès le premier moment où je vous ai vue ; c'est que cette sympathie est devenue un tendre attachement ; c'est que si je vous laissais partir, vous me laisseriez, en partant, un remords qui me serait mortel.

Tous ces cris, ces protestations, ces larmes, produisaient leur effet ; Gemma retournait en pleurant dans sa chambre, et restait deux ou trois jours résignée en apparence.

La vieille Arsinoë comprit qu'il fallait joindre à ses moyens personnels de persuasion d'autres moyens qui ne pouvaient qu'ajouter à leur efficacité.

Elle s'entendit avec son neveu pour cela.

Celui-ci écrivit à l'homme de la rue de la Clef.

Deux jours après, Tabernier adressait à la duchesse l'avis suivant :

« Georges Bernard est venu à Paris, il y a quelque temps : depuis il a disparu ; on mande de Bordeaux, que son père le fait chercher activement ; mais que jusqu'à ce jour, ces recherches sont restées sans résultat.

« D'un autre côté, j'ai appris que M. Hassan qui, paraît-il, était allé le chercher à Bordeaux, aurait également disparu.

« On se perd en conjectures sur ces deux disparitions mystérieuses.

« On croit que le jeune homme ne trouvant pas à Paris mademoiselle de Mélos, serait allé la chercher au palais de Stramos, son ancienne résidence.

« On pense aussi que M. Hassan se serait dirigé de ce côté-là.

« Mais ce ne sont, je le répète, que des conjectures.

« Signé : Tabernier. »

Tous les termes de cette lettre avaient été pesés, discutés par Arsinoë et son neveu.

Ou voulait faire croire à une disparition, mais on laissait encore une porte ouverte à l'espoir.

Le jeune homme pouvait être allé au palais de Stramos.

Hassan pouvait y être allé aussi.

On voulait frappait un coup, un petit coup ; on réservait le coup de massue pour plus tard : on ne jugeait pas encore le moment venu.

Gemma ne devait pas trouver étrange qu'on eût écrit à Tabernier : c'était elle qui avait parlé de cet homme comme pouvant donner des renseignements.

Cette lettre produisit sur elle l'effet qu'on en attendait.

Elle éprouva une épouvante mitigée par cette idée qu'ils pouvaient être allés l'un et l'autre à Stramos.

Elle savait que pour aller là-bas, et en revenir, il fallait un temps assez long.

Elle attendit ; elle ne songea plus à quitter Cressères.

Seulement elle attendit avec une anxiété qui pouvait se supporter, et qui était de nature à la familiariser insensiblement avec cette idée qu'elle ne devait plus les revoir.

Tel était du moins le calcul de ceux qui la tenaient dans leurs mains.

VIII

Le reptile.

Revenons à Hassan.

Le coup qu'il avait reçu avait été rude, mais grâce aux soins prompts et intelligents qui lui furent donnés, il ne mourut pas et ne devint pas fou.

Il se rétablit même très-vite.

Dame, que deviendrait Gemma sans lui !

Est-ce qu'on meurt de désespoir ou de douleur quand on a dans le cœur un amour qui n'est pas atteint ?

Ah! s'il avait vu Gemma morte; c'est différent ! Mais rien ne disait qu'elle fût morte ; bien plus tout faisait croire qu'elle avait été la victime d'un affreux attentat, et qu'elle était prisonnière.

Il fallait donc la délivrer et la venger.

C'est pour cela qu'Hassan vivait!

Restait à savoir ce qu'il fallait faire pour la délivrer et la venger.

Cela demandait du temps et de la réflexion.

Hassan avait été jusqu'à ce jour un rêveur, et un penseur à ses heures. Sa nature de poète le portait à la contemplation, et l'éloignait de ce réalisme brutal et grossier qu'on appelle les affaires de ce monde. Dispensé par sa fortune, d'y tremper même dans la plus faible mesure, il ignorait tout, excepté que les hommes se chamaillaient pour une chose appelée les honneurs, et pour cette autre chose non moins idiote, selon lui, qu'on appelle l'or.

Le mépris de l'homme et des choses humaines, bien qu'inconscient, existait chez lui.

Il se laisait vivre, planant sur les sommets de l'idéal, absorbé par la vision extatique du beau ; vouant plus tard à Gemma, la fille de son père adoptif, le culte que nous savons.

Mais Hassan, pour être peu versé dans la connaissance de ces mille détails, qu'on appelle les affaires humaines, n'en était pas moins un esprit supérieur, une haute intelligence : il y avait même en lui, une énergie et une force de volonté réelles ; qualités qui il est vrai avaient été peu employées jusqu'à ce jour.

L'affreux événement qui était venu le frapper dans ce qu'il avait de plus cher, le transforma brusquement, c'est-à-dire tira de leur torpeur, son intelligence, son énergie et sa force de volonté.

Le colosse qui n'avait jamais lutté, frappé brutalement et lâchement par le sort, se redressait prêt à la lutte.

Pendant que renfermé dans son cabinet, il songeait au moyen d'arriver au but, vers lequel devaient converger désormais tous ses efforts, Ben Kébir continuait à se promener comme par le passé, les deux mains derrière le dos, dans la cour de la villa.

Bien que le Maure lui eût fait faire le saut périlleux que nous connaissons, il ne lui en voulait pas; bien plus, il était même très heureux de le savoir tout à fait rétabli.

Il me tuera, murmura-t-il, dans une de ses interminables promenades ; c'est un brutal ; ses mains sont comme des étaux ; quand il saisit on croirait être saisi par des pinces de fer; sa force n'est pas la force d'un homme, mais de dix hercules réunis ; ses colères ne ressemblent pas à celles de l'homme, mais à celles de la nature; c'est-à-dire qu'elles sont des ouragans : cependant je dois reconnaître que ce n'est pas, au fond, un méchant homme, et que ses colères sont justes, après tout.

Je dois même me féliciter d'en être quitte pour une courbature et des *bleus* aux bras et aux jambes.

Disons la vérité en conscience, il m'aurait tué qu'il eût été dans son droit.

Dame, a-t-on jamais vu un homme de sens se laisser enlever, à sa barbe, quand il a une bonne carabine dans les mains, une jeune fille dont la garde lui a été confiée !

Et un ancien zouave encore !

On pourrait bien dire, il est vrai, que le bruit produit par la rafale dans les arbres est une circonstance atténuante.

Mais a-t-on jamais vu un vieux chacal chercher une circonstance atténuante !

Non, c'est bête, voilà tout !

Ah ! il m'aurait cassé les reins, qu'il eût été dans son droit !

Il lui prendrait l'envie de me piétiner, de m'aplatir, de m'amincir, à me réduire à un état approchant de celui de ces feuilles mortes qui voltigent autour de moi, qu'il ne me viendrait pas à l'idée de dire un mot, un seul mot, pour faire appel à sa pitié, à sa miséricorde !

Ce monologue, comme tous les monologues de Ben Kébir, aurait pu durer très longtemps, si un violent coup de sonnette, partant de la porte de la villa, n'eût annoncé un visiteur.

Il releva brusquement la tête, et jeta un regard de ce côté, en maugréant.

— Qui diable vient? dit-il ; monsieur n'attend personne.

Quant à moi, ajouta-t-il, tout en allant ouvrir la porte, je voudrais voir au fond de l'eau, les hommes, les femmes, la lune, les étoiles, et *cætera*.

La personne qui avait sonné parut derrière la grille.

C'était un monsieur bien mis.

Il tenait à la main quelque chose, qu'il tendit à Ben Kébir à travers les barreaux.

Ce quelque chose était un journal.

Ben Kébir le prit.

C'était l'*Écho universel* ; une de ces feuilles publiées à Genève par une bande de chevaliers de la politique internationale.

Le porteur, après le lui avoir remis, s'éloigna rapidement.

— Que me veut cet homme avec son journal? grommela-t-il.

La feuille de choux internationale était pliée et entourée d'une bande bleue.

Sur cette bande on lisait :

Monsieur Hassan, baron de Mélos.

— Quelle idée de mettre monsieur Hassan, baron de Mélos? grommela-t-il encore.

Il aurait bien pu mettre monsieur Hassan tout court, comme font les autres.

Au fait, on n'est pas abonné à ce journal-là, et que le diable l'emporte, avec celui qui est venu l'apporter !

Il fit un mouvement comme pour le jeter.

Tout à coup il se ravisa.

Les promenades *péripatéticiennes* de Ben Kébir n'avaient pas été sans avoir quelque influence sur son jugement.

— Au fait, dit-il, si ce particulier-là a apporté ici ce journal, auquel on n'est pas abonné, c'est que probablement il avait une idée; si je me mettais à la chercher cette idée.

Il se promena de long en large et se creusa la cervelle ; mais comme il n'y trouvait rien, après des fouilles sérieuses et profondes, il se remit à regarder le journal qu'il avait encore à la main.

— Mon maître ne m'en voudra pas si j'en brise l'enveloppe, murmura-t-il.

D'un coup de pouce il la fit sauter.

— L'idée sera peut-être là, ajouta-t-il.

Il déplia le journal.

Les premières pages étaient remplies de longues tartines politiques qui exhalaient un parfum tudesque des moins dissimulés.

Ben Kébir passa rapidement.

Sur la troisième page on remarquait une croix rouge faite au crayon.

— Que signifie cette croix? dit-il; c'est peut-être pour qu'on lise ce qui est imprimé à côté.

Il lut.

C'était un article ainsi conçu :

« Mademoiselle Gemma de Mélos, fille et unique héritière d'un richissime baron, mort dernièrement à Paris, vient de se faire enlever de sa villa des Charmettes, près Genève, pour échapper à un Maure, sorte d'Othello féroce, qui faisait, paraît-il, peser sur elle la plus odieuse tyrannie.

« La pauvrette aurait profité d'une absence de ce monstre de jalousie pour prendre sa volée ; projet caressé par elle depuis longtemps, dit-on.

« A quand le drame?

« Il paraît que le Maure, qui est très riche, donnerait des millions pour retrouver l'infidèle. »

— Quelle *blague!* fit-il après avoir achevé cette lecture.

Ma foi, je suis fâché que celui qui a apporté ça ne soit plus là! quelle volée je lui donnerais! .

— Qu'est-ce? fit une voix derrière lui.

Il se retourna vivement.

Cette voix était celle d'Hassan.

— C'est, c'est... balbutia-t-il; puis ne trouvant rien, il lui tendit le journal.

— Eh bien? fit Hassan.

— Là où il y a une croix.

— Infamie !!! s'écria le Maure après avoir lu.

— Le fait est que c'est malpropre, dit Ben Kébir.

— Qui a apporté cela?

— Un monsieur.

— Où est-il?

— Ma foi, il est parti.

— Cours, ramène-le, il me faut cet homme !

La voix du Maure tremblait ; son visage, qui était devenu très pâle, était maintenant livide.

Ben Kébir courut à la porte de la villa, l'ouvrit, et se mit à courir de toute la vitesse de ses jambes du côté qu'il présumait que l'inconnu était allé.

Resté seul, Hassan poussa un rugissement.

— N'étais-je pas assez malheureux ! s'écria-t-il ; n'était-ce donc pas une torture assez atroce que la disparition de Gemma? il paraît qu'il manquait quelque chose à cette torture : après l'enlèvement, il a fallu l'outrage; après le coup de massue, le crachat !

Il bondit et ramassa le journal qu'il avait jeté à quelques pas.

— Malheur à celui qui a écrit et publié ces lignes ignobles! s'écria-t-il.

Il chercha dans cette feuille, que l'on eût dû toucher tout au plus avec des pincettes, l'endroit de Genève où elle se fabriquait.

— Rue de l'Aqueduc, 5! s'écria-t-il tout en courant vers les écuries de la villa.

Ce rue de l'Aqueduc, 5, était l'adresse du journal.

Quand le palefrenier, qui se trouvait à la porte des écuries, le vit arriver, il se douta qu'il venait demander son cheval, et à tout hasard il courut le chercher.

Comme il le faisait sortir de l'écurie, le Maure arrivait.

— Vite ! dit-il d'une voix sifflante.

En un *tour de main*, El Arim fut sellé et bridé.

Il l'enfourcha, et en quelques bonds du fougueux animal il fut hors de la villa.

Ben Kébir, qui, comme nous l'avons dit, était dehors, les vit passer à quelques pas de lui comme une vision et s'éloigner dans la direction de Genève.

Il rentra précipitamment à la villa.

Le palefrenier lisait le journal que le Maure avait jeté par terre en montant à cheval.

— Où est allé monsieur? lui demanda Ben Kébir tout essoufflé de sa course.

— Il a crié : rue de l'Aqueduc, 5, à Genève.

Je suppose que c'est là qu'il est allé.

— Est-ce là l'adresse de ce journal ?

— Je n'en sais rien. Voyez plutôt; Ben Kébir s'empara du journal.

Le palefrenier lisait très mal.

— Rue de l'Aqueduc, 5, c'est bien ça! s'écria tout à coup l'ancien zouave.

— Un cheval ! Gérôme, ajouta-t-il.

— Un cheval ?

— Oui.

— Vous allez aussi à Genève ?

— Oui.

— Sans ordres ?

— Oui. Donnez-moi un cheval, et de suite, entendez-vous ?

Le vieux Gérôme redoutait Ben Kébir comme le feu.

— C'est bien! c'est bien ! dit-il.

Il lui amena un superbe cheval, arabe pur sang comme El Arim, et presque aussi bon coureur. Impatient, il aida Gérôme à le seller et le brider, puis il sauta en selle.

Il n'eut pas besoin de lui faire sentir l'éperon pour qu'il partît aussitôt au grand galop.

— J'ai assez de remords comme ça ! se disait-il, pendant que son cheval, lancé à toute vitesse, l'emportait rapidement vers Genève; mademoiselle a été enlevée sans que j'aie rien fait pour l'empêcher ; aujourd'hui, monsieur a tout l'air d'aller se jeter dans la gueule du loup; car on ne m'ôtera pas de la tête que toute cette histoire de journal ne soit un coup monté. En effet, on n'a pas mis pour rien cette bêtise dans le journal, ce n'est pas pour rien que cet homme est venu apporter cette gazette à la villa; ce n'est pas pour rien non plus qu'il s'est sauvé comme si le diable l'emportait.

Tout cela, je le répète, me fait l'effet d'un coup monté ; c'est ce qu'on appelle en bon français une querelle d'Allemand.

Il y a là-dessous quelqu'un qui veut le tuer ou le faire tuer. Après avoir fait disparaître mademoiselle, il se peut très bien qu'on veuille se débarrasser de monsieur.

Eh bien, je dis, moi, qu'on n'aura pas si facilement raison de monsieur que de mademoiselle. Si on veut le tuer, on me tuera avant.

Du reste, on ne me tuera pas si facilement que cela ; j'ai été maître d'armes au régiment et je leur ferai voir que je suis aussi fort que n'importe qui dans l'art de trouer une poitrine avec un fleuret ou une balle de pistolet.

Revenons à Hassan.

On pense bien qu'avec le cheval qu'il montait il ne dut pas mettre beaucoup de temps à franchir les douze ou quinze kilomètres qu'il y avait des Charmettes à Genève.

C'était bien rue de l'Aqueduc, 5, que se rédigeait ce journal immonde qu'on appelait l'*Écho universel*.

Le Maure descendit à la porte.

Après avoir confié son cheval à un commissionnaire qu'il eut la chance de trouver à deux pas de là, il entra, la houssine à la main, dans les bureaux.

Nous avons dit qu'une métamorphose s'était opérée en lui. Il se contenait, se maîtrisait ; sa fougue terrible n'excluait plus la réflexion.

Dans la lutte qui était engagée entre lui et des ennemis qui se dérobaient, qui se rendaient insaisissables, il sentait que la force physique ne suffisait pas, qu'il fallait employer la ruse, mettre en jeu, en un mot, toutes les ressources de l'esprit.

Certes, ce n'était pas sans des efforts violents qu'il domptait les élans sauvages de sa nature.

Aussi sa voix tremblait et ses traits étaient contractés quand il demanda au directeur, chez lequel on l'avait conduit, quel était l'auteur de l'article de son journal qu'on avait si obligeamment signalé à son attention, en l'apportant à son domicile.

Le directeur était un gros homme ventru, aux traits épais, à la figure enluminée, au regard cynique.

Avec cela, l'audace du coquin qui abrite ses méfaits derrière l'insuffisance de la législation et qui se sent près de lui un certain nombre de bravis qu'il tient en laisse dans son arrière-boutique.

— L'auteur de l'article est un jeune homme plein de talent et d'avenir, répondit-il au Maure.

— Pourrait-on le voir ? fit celui-ci en s'asseyant, bien qu'il n'en fût nullement prié.

Le directeur sonna.

Un garçon de bureau parut.

— Priez donc M. Paul Moller de vouloir bien venir, lui dit-il.

Le garçon sortit.

— A qui ai-je l'honneur de parler ? fit-il ensuite en s'adressant au Maure.

Celui-ci ricana.

Il y eut un silence.

Le directeur porta machinalement la main sur un revolver qui se trouvait dans un tiroir en ce moment entr'ouvert de son bureau.

— Alors vous ne jugez pas à propos, monsieur, poursuivit-il, de me dire à qui j'ai l'honneur de parler ?

— Vous devez le savoir puisqu'il n'y a qu'un instant, on a apporté chez moi, sans doute par vos soins, votre journal avec l'infamie qu'il renferme ; or ce journal je vous le rapporte ; cela ne vous apprend-il pas suffisamment à qui vous devez avoir affaire en ce moment ?

— Soit ! monsieur ; mais s'il me plaisait à moi de vous envoyer au diable, avec votre réclamation ?

Hassan haussa les épaules.

— C'est vous alors qui êtes le Maure dont parle ce cher Paul dans son article ?

Hassan resta muet.

— C'est vous qui êtes l'auteur de ce scandale qui prête à rire à tout le monde en ce moment ?

Le colosse ne bougea pas ; on l'eût pris pour une statue.

— Vous êtes, monsieur, un bien plaisant personnage.

On entendit un rugissement, suivi d'un bruit affreux.

Le bureau derrière lequel se tenait le directeur, bien que scellé au parquet, fut soulevé et mis en pièces par un coup d'épaules du colosse, qui s'était brusquement levé en criant :

— Misérable !

Le directeur, surpris par cette avalanche de débris, et renversé sur le parquet, avait à tout hasard tiré un coup de revolver dans la direction de l'endroit où il avait entrevu son ennemi, et une balle avait effleuré la tête de ce dernier, mais sans lui faire autre chose qu'une écorchure légère.

Le coup à peine parti, le Maure avait bondi sur le directeur renversé sur le parquet, lui avait enlevé son revolver, puis l'avait laissé se débattre au milieu de débris de bois, d'écritoire et d'un tas de paperasses, tombés pêle-mêle avec lui.

Tout cela s'était passé avec la rapidité de l'éclair.

Au même instant deux portes s'ouvrirent.

A l'une d'elles apparut Paul Moller; à l'autre Ben-Kebir.

Le premier, courut relever son directeur qui se débattait en soufflant comme un phoque.

Le second jeta un regard rapide sur son maître.

Enfin le directeur, grâce à l'aide de son rédacteur, se releva.

Il vit son revolver à la main d'Hassan, et pâlit.

— Paul; dit-il en manœuvrant de manière à placer son rédacteur entre lui et son adversaire, ce monsieur, — il désigna Hassan du geste, — désire vous demander des explications au sujet de votre article d'hier, relatif à la disparition de Mlle de Mélos.

— Des explications? fit Paul Moller, en grasseyant affreusement, je n'en donne pas.

— J'avais envie, en venant ici, dit Hassan. d'écraser avec le talon de ma botte tous les êtres venimeux, qui, s'affublant du titre de journalistes, composent cette feuille ignoble, qu'on appelle l'*Écho universel;* je me suis ravisé et voici pourquoi : j'ai pensé que ces hommes ne devaient pas, sans y avoir été poussés par quelqu'un, attenter à l'honneur de gens qu'ils ne connaissent pas et qu'ils n'ont aucun motif personnel de haïr.

Votre vie m'importe peu; je ne tiens pas à vous l'ôter; c'est à la société qu'appartient le rôle de justicier, plutôt qu'à un particulier; si elle vous supporte, c'est son affaire.

Ainsi je vous le déclare, si vous me dites quels sont les lâches dont vous avez été les instruments dans cette affaire de calomnie, je vous laisse la vie sauve.

— Monsieur, vous nous insultez ! s'écria Paul Moller.

— L'insulte passe par dessus quiconque vit dans la fange comme vous, messieurs; aussi, vous le voyez, je ne vous soufflette pas !

— Nous nous battrons, monsieur, s'écria Paul Moller, et comme insulté j'ai le choix des armes.

— Spadassin! murmura Hassan.

— A mort ! nous nous battrons à mort ! hurla Paul Moller, qui se débattait ivre de rage entre les bras de son directeur.

— Il a mon revolver, imprudent, lui dit-il à voix basse, et tu pourrais nous attirer des balles.

Paul Moller se calma subitement.

Cependant Ben Kébir, qui avait assisté à cette scène, sans faire un geste ni prononcer une parole, crut tout à coup avoir une idée lumineuse.

— Que M. Hassan; dit-il, se batte avec celui-ci; — il désignait Paul Moller — et je me battrai moi, avec celui-là — et il désignait le directeur.

Celui-ci battit en retraite vers la porte, sans répondre, et la trouvant entrebâillée, il s'esquiva prestement.

— *Capon!* s'écria Ben Kébir.

Le Maure ne le laissa pas continuer.

Il le prit par sa veste, et le soulevant, il le fit passer par la fenêtre, qui par hasard se trouvait ouverte.

Cette fenêtre donnait sur un jardin.

Ben Kébir, étonné de se trouver au milieu d'une plate-bande, regarda son maître.

— Va, lui dit celui-ci, chercher deux témoins chez le banquier Zaccharie; tu les amèneras ici, et ils s'entendront avec ceux de ce monsieur.

Il prononça ces dernières paroles en se retournant du côté de Paul Moller.

Georges et Jacques le gabier.

— Mes témoins sont ici, fit celui-ci d'une voix sifflante ; que les vôtres fassent diligence, afin que nous soyons plus tôt sur le terrain, et que j'aie dans un délai très court le plaisir de vous tuer.

Hassan ne prit pas garde à cette rodomontade de ce matamore du journalisme.

Il sortit des bureaux du journal, et alla se promener en attendant sur une petite place voisine, où il fit conduire son cheval et celui de Ben Kébir.

Celui-ci avait pris ses jambes à son cou, et au bout d'une vingtaine de minutes, il revint avec le banquier Zaccharie en personne, qui s'était fait accompagner par un de ses amis.

Hassan leur dit que, bien qu'il fût l'offensé, il laissait à son adversaire le choix des armes.

Les conditions de la rencontre furent bien vite réglées ; il fut décidé que ce serait un combat à mort, et qu'il aurait lieu à l'épée.

Deux mots maintenant sur l'adversaire d'Hassan.

Paul Moller était un de ces nombreux Prussiens dont la presse et la société européenne sont infestées ; queue de cette bande innombrable d'espions et de shires de la plume, dont la tête est à Berlin, et que leur créateur a baptisés du nom de reptiles.

Reptiles signifie serpents.

Cette qualification est d'une éloquence brutale ; elle indique les services immondes qu'on attend d'eux et l'œuvre ténébreuse à l'accomplissement de laquelle ils sont destinés.

IX

Suite du reptile. — Le duel.

La rue de l'Aqueduc est une petite rue située à l'extrémité d'un des faubourgs de Genève.

Elle serpente au milieu d'un paysage, où se déroulent pêle-mêle des jardins, des villas, des petits châteaux, des parcs en miniature ; c'est un quartier retiré, d'un aspect riant.

Là de bons Genevois mangent paisiblement, et quelquefois aristocratiquement, les quelques milliers d'écus de rentes qu'ils ont généralement gagnés dans le commerce de l'horlogerie.

Au bout de la rue, ce sont des champs, des petits coteaux couverts de nombreux bouquets d'arbres et d'épais buissons.

C'est à l'angle d'un de ces bouquets d'arbres, dans un endroit entouré en partie de buissons, qu'il fut décidé que le combat aurait lieu.

Hassan, avec ses témoins et Ben Kébir, y précéda son adversaire de quelques minutes.

Ben Kébir était inquiet.

Il savait que l'adversaire d'Hassan était le meilleur tireur que l'on connût ; le banquier venait de le lui apprendre.

Maintenant plus que jamais, il croyait que cette histoire de journal et d'article de journal, était un coup monté contre son maître.

Deux ou trois fois il s'approcha de lui pour lui faire part de ses impressions et lui dire que son adversaire était un spadassin de première force.

Mais Hassan lui tourna le dos, sans lui répondre.

Ben Kébir était à son service depuis plusieurs années ; jamais il ne lui avait vu manier une épée.

Il croyait qu'il ne savait pas tirer, et il en était désolé.

—Comprend-on, se disait-il, qu'un homme se batte quand il ne sait pas même tenir une épée ?

Celui qui l'a provoqué est un lâche, un assassin ; car il ne se battra pas, il ne pourra pas se battre.

C'est qu'il n'y a pas moyen de lui faire entendre raison : il est si fier, que rien ne pourrait le faire reculer !

Ah ! quel malheur !

C'est que je l'aime, moi, ce gros mouton !

Et ils vont me le tuer !

L'arrivée de Paul Moller et de ses témoins interrompit ce monologue.

On mesura les épées.

Hassan s'avança.

— Monsieur, dit-il en s'adressant à son adversaire, je vous ai déjà déclaré que je n'exigeais de vous qu'une chose, c'était de me faire connaître le misérable qui vous a payé pour déverser l'outrage sur mademoiselle de Mélos et sur moi.

Je sais bien qu'un journaliste peut tenir boutique de calomnies et d'infamies de toutes sortes, comme un épicier tient boutique de moutarde ou de gingembre.

Je consens, je vous le répète, à ne pas vous regarder comme responsable de cette infamie si vous me dites le nom et l'adresse de celui qui vous a commandé de la faire.

Donnez-moi cette satisfaction, et je vous laisserai aller sain et sauf.

— Je ne suis pas venu ici pour dialoguer,

dit Paul Moller : au fait, monsieur, vous me faites perdre un temps que je pourrais certes mieux employer, car vous connaissez mon intention ; je vous l'ai dit, je veux vous tuer et je vous tuerai !

Hassan prit une épée ; son adversaire en avait déjà pris une.

L'un et l'autre se mirent en garde.

— Vous voulez donc que je vous tue ? fit le Maure en croisant le fer.

— Bavard ! s'écria Moller, qui se baissa ; puis faisant une feinte rapide, il lui porta un coup droit qui l'eût percé de part en part, s'il ne fût arrivé à temps à la parade.

— Pas mal ! grommela Ben Kébir.

L'épée du Prussien glissa sur l'épaule gauche de son adversaire, sans même effleurer la peau.

— Hou ! fit-il désappointé.

Il rompit.

Le Maure hocha la tête.

— Il faut vous méfier de ces coups-là, lui dit-il, parce que vous jouez trop gros jeu ; en effet, si vous les manquez, vous vous découvrez assez pour qu'on puisse vous tuer avant que vous ayez eu le temps de revenir à la parade ; je n'avais en effet qu'à vous attaquer à mon tour pour vous embrocher si je l'avais voulu.

Paul Moller se mit à ricaner.

— Essayez !

— Non, je ne veux pas vous tuer encore ; car j'espère toujours que vous me donnerez la satisfaction que je vous ai demandée ; mais je dois vous faire comprendre que votre vie est entre mes mains, et que je la prendrai quand je voudrai.

Tenez bien votre arme !

En même temps il attaqua.

Il y eut un froissement de fer, sec, rapide, furieux, inouï, qui dura plusieurs minutes.

Tout à coup une épée sauta en l'air.

Paul Moller était désarmé.

Il poussa un rugissement et fit un bond pour aller reprendre son arme.

Hassan ne fit pas un pas pour l'en empêcher.

— Etes-vous convaincu ? lui demanda-t-il ; et me donnerez-vous la satisfaction que je vous demande ?

Pour toute réponse, le Prussien reprit en toute hâte son poste de combat, et croisant de nouveau le fer, l'attaqua avec plus de furie que jamais.

Hassan se contenta de parer : il voulait lasser son adversaire, et l'amener, par la fatigue, à lui donner le renseignement qu'il lui demandait.

Ce calcul devait-il aboutir à un heureux résultat pour lui ?

Devait-il se repentir d'avoir épargné si longtemps le dangereux adversaire qu'il avait en face de lui ?

Tout à coup le terrain sur lequel son pied reposait, miné par les taupes, s'effondra, et il faillit perdre l'équilibre.

Ce léger accident suffit à l'ébranler assez pour qu'il ne pût arriver à temps à la parade ; et l'épée de Paul Moller, glissa comme une couleuvre sous son bras gauche, et disparut dans les plis de sa chemise.

La lame reparut sanglante.

Ben Kébir devint pâle comme un mort.

La blessure était-elle grave ?

Le Maure allait-il tomber ?

Il n'en parut rien.

— Ah ! tu veux mordre ? vipère, exclama-t-il.

Il lui porta coup sur coup deux bottes furieuses et chaque fois son épée lui transperça une oreille.

Le Prussien, dont le sang jaillit des deux côtés de sa tête, rugit de douleur.

Mais, par prudence, il se contenta de parer.

Il était convaincu que son adversaire

était atteint mortellement et qu'il allait le voir tomber d'un moment à l'autre.

Il était convaincu aussi depuis long-temps que sa vie était entre les mains de son adversaire ; il craignait qu'il ne cessât tout d'un coup de l'épargner et de se contenter de lui faire sauter son arme, ou de lui faire de simples égratignures.

Le Maure était blessé : mais quelle était la gravité de sa blessure ?

Tous les assistants se posaient cette question : leur émotion était à son comble.

Ben Kébir grinçait les dents de rage.

— Attends, attends, gueux de Prussien, se disait-il, je ne mettrai pas tant de façons pour t'expédier, moi !

Le combat continuait.

Tout à coup Hassan s'écria :

— Une dernière fois, voulez-vous me dire quel est le misérable qui vous a payé, pour outrager la fille du baron de Mélos ?

Voulez-vous répondre ?

Une, deux, trois ?

Vous ne répondez pas ? eh bien, finissons-en !

Le Maure croisa de nouveau le fer, et fit sauter pour la seconde fois l'épée de son adversaire.

Cette fois il ne le laissa pas la ramasser.

D'un bond de tigre, il parvint à l'endroit où elle était tombée et il mit le pied dessus.

Ivre de rage, et se croyant perdu, le Prussien tira de la poche de son pantalon un pistolet, et courant à son adversaire, l'ajusta à bout portant.

Le coup partit.

Le colosse chancela ; puis il se précipita sur son ennemi et le saisit ; en même temps son poignet s'abattit sur sa tête et l'écrasa.

Le misérable tomba mort.

Hassan était à bout de forces ; il fit encore deux ou trois pas, porta vivement la main à sa poitrine, chancela de nouveau, et tomba.

X

Le bureau de police clandestin.

Dans la rue d'Ulm, à Paris, à quelques pas du Panthéon, se trouve une maison de six étages, déjà ancienne.

Cette maison a plusieurs mansardes ; dans l'une d'elles on a établi un pigeonnier.

Elle avait cela de singulier au moment où nous y avons été amené par les nécessités de notre drame, de ne refermer ni un chien ni un enfant.

Les locataires étaient tous des gens paisibles, et qui semblaient avoir horreur du bruit.

C'étaient généralement de vieilles filles, possédant quelques rentes, toutes bigotes, et qui ne sortaient guère que pour aller passer de longues heures dans l'église Saint-Étienne-du-Mont ou dans celle du Panthéon.

Il y avait en outre quelques hommes, vieux célibataires aussi, petits rentiers également, dont les plus grands voyages consistaient à aller jusqu'à la bibliothèque Sainte-Geneviève, qui est en face ; ou à descendre la rue Soufflot pour se rendre au Luxembourg, afin de voir les cygnes du bassin et les bonnes d'enfants.

Tout cela allait, venait, raide, guindé, froid, jaune de figure, mesquinement vêtu, sans se parler, sans se regarder, sans se connaître.

Monde, en somme, peu intéressant.

Il est bien certain que nous n'en aurions pas parlé, non plus que de cette vieille maison coiffée de mansardes et d'un pigeonnier, si un personnage, jouant un certain rôle dans notre histoire, n'avait trouvé ladite maison assez agréable pour y fixer son séjour, et les locataires qui l'habitaient, suffisamment abrutis ou idiots pour ne pas le gêner dans l'accomplissement de la *charmante* besogne qu'il venait y faire.

Il s'appelait monsieur Civette.

C'était un petit homme d'un extérieur aimable, frisé, pommadé, toujours rasé de frais, souriant, ayant une figure rose comme celle d'un poupard ; et des breloques sur son ventre rebondi.

Il paraissait avoir quarante ans, il en avait bien soixante.

Il avait les cheveux noirs, mais ils étaient teints.

Ses dents étaient superbes, mais c'étaient des osanores.

Ce personnage, qui avait un si grand soin de sa personne et qui faisait tout pour se donner un extérieur agréable, occupait le rez-de-chaussée de la maison.

Lui aussi était célibataire.

L'appartement qu'il occupait était bien vaste pour un homme seul.

Il se composait d'une douzaine de pièces, dont deux surtout étaient très grandes.

Quatre de ces pièces lui servaient de salle à manger, chambre à coucher, salon, et cabinet de travail : les huit autres étaient garnies de casiers bourrés de dossiers, soigneusement numérotés et étiquetés.

Dans chacune de ces huit pièces, il y avait de grandes tables avec pupitres, encriers, plumes, en un mot fournitures de bureau de toutes sortes.

Ces pièces étaient en enfilade, et formaient le fer à cheval à partir de la porte d'entrée de la maison à gauche, jusqu'à l'extrémité d'une cour intérieure.

Maintenant nous devons dire quel était cet homme.

C'était le chef de la police des Chevaliers du Crucifix.

La vie de cet homme tenait plus du fantastique que du réel.

En lui s'était incarné Asmodée.

Il allait partout, on le voyait partout, dans le monde aristocratique, politique, financier, artistique, commercial, savant ; même dans le demi-monde, dans le quart de monde, et jusque dans les brasseries, les petits théâtres, les cafés-concerts ou se réunit le monde ouvrier.

Chose étrange ! qu'il allât n'importe où, que ce fût dans le salon d'un très haut personnage, où dans un club d'ouvriers, il entrait toujours par la petite porte, celle où passent les amis, les intimes, les familiers.

On le voyait dans un salon du faubourg Saint-Germain, caqueter et faire le joli cœur avec une duchesse ; dans un boudoir du quartier Bréda, tutoyer la maîtresse d'un haut personnage ; dans les coulisses des théâtres, donner des pichenettes sur les épaules nues des actrices en renom.

Tous les soirs à six heures, il sortait ; un petit coupé l'attendait en face du numéro 5 de la rue Soufflot ; il y montait, et le coupé partait : à quatre heures du matin, la même voiture, conduite par le même cocher, et traînée par le même cheval, revenait en face du même numéro de la rue Soufflot, ramenant le même voyageur.

Depuis trente ans, cet homme menait cette vie étrange.

Il est impossible de dire le nombre de mystères qu'il a pénétrés, d'intrigues galantes, politiques ou financières dans lesquelles il a trempé.

Nul mieux que lui ne connaît les secrets de la vie privée de tel ou tel personnage, ne sait heure par heure ce qu'il fait, ne lit sa correspondance, ne tutoie son cuisinier, sa maîtresse, son valet de chambre ; n'est le conseiller intime de sa femme légitime s'il en a une ; et *proh pudor !* ne jette un regard plus hardi sous les voiles qui couvrent son gynécée.

Il fut un des plus intimes familiers des Tuileries, sous l'empire ; nul mieux que lui ne connut tous les détails intimes de la vie licencieuse et niaise de ce jouisseur effréné que l'on a appelé Napoléon III.

Il était des invités de Compiègne ; il faisait partie du petit nombre d'intimes qui formaient ces cénacles de libertinage appelés Cours d'amour.

Un dernier mot pour terminer.

Cet homme étrange était prêtre.

A dix heures du matin, chaque jour, une vingtaine d'individus, tous vêtus de redingotes et coiffés de chapeaux à haute forme, arrivaient chez lui, un à un, toujours à une grande distance les uns des autres, de manière à ce que jamais leur venue ne fût remarquée.

Ils avaient chacun une serviette sous le bras ; cette serviette était bourrée de notes de toutes sortes.

Ces personnages mystérieux étaient des Chevaliers du Crucifix.

C'étaient les employés de celui que nous appellerons désormais le père Civette.

Ai-je besoin de dire que dans le monde, le père Civette ne s'appelait pas le père Civette ?

Ces employés s'asseyaient gravement et silencieusement autour des tables, dans les salles garnies de casiers, dont nous avons parlé.

Puis le père Civette arrivait, leur distribuait une grande quantité de notes, en leur disant :

— Travaillons, frères, pour la plus grande gloire de Dieu et le salut de la religion !

Ceux-ci répondaient :

— Amen !

Puis il rentrait dans son cabinet de travail.

Quelques jours après la grande réunion de l'ancienne Chartreuse de Mond'hoye, un homme couvert d'un long manteau, garni de fourrures, entrait sans frapper, chez l'homme de la rue d'Ulm.

C'était à l'heure où les mystérieux employés, dont nous venons de parler, étaient à travailler.

A sa vue, tous se levèrent et s'inclinèrent en signe de respect.

— Civette est-il là ? dit-il en montrant du geste la porte de son cabinet.

— Oui, monseigneur, fit l'un d'eux.

En même temps cette porte s'ouvrit, et la figure épanouie du père Civette apparut dans l'entrebâillement.

— Entrez donc ! monseigneur, fit-il en apercevant le visiteur.

Celui-ci entra.

Le père Civette lui poussa un fauteuil avec empressement, après l'avoir débarrassé de son manteau.

Ce visiteur s'assit en face d'un grand feu de bois qui flambait dans la cheminée.

Ce personnage ne nous est pas inconnu ; c'est l'homme de la rue Monge, l'homme aux lunettes vertes.

Certes, il faisait froid, il y avait eu une forte gelée dans la nuit, et le père Bridoux, bien que chaudement vêtu, grelottait.

Aussi tendit-il avec un plaisir infini ses mains jaunes et osseuses à la flamme pétillante.

— Eh bien ? fit-il tout à coup, en jetant un regard sur le père Civette.

— Rien, monseigneur, répondit celui-ci.

— C'est incroyable.

— Pourquoi ?

— Parce que de toutes parts, il ne m'arrive que cette réponse désolante : Rien !

pourtant il faut bien qu'elle soit quelque part, cette Gemma de Mélos!

— Vous avez raison, monseigneur, il faut bien qu'elle soit quelque part ; mais elle n'est pas à Paris ; à moins que... ce que je ne peux pas croire.

— A moins que?

— Elle ne soit dans quelque demeure d'ouvriers ; dans ces taudis où nous n'allons pas, où nos recherches, si elles se dirigeaient de ce côté, ne pourraient être que fort longues, et occuperaient un personnel plus nombreux que celui que j'ai sous la main.

— Oh! il est impossible qu'elle ait été enlevée par quelque pauvre diable! nous savons que son ravisseur avait voiture et escorte de cavaliers ; tout cela suppose de l'argent : tout cela sent son gentilhomme d'une lieue.

— C'est aussi mon avis, monseigneur.

— Eh bien, ce gentilhomme, quel est-il? où est-il?

— Je l'ignore encore, fit le père Civette en riant ; mais je puis affirmer qu'il n'est pas à Paris ; ou, s'il est à Paris, il n'y est pas avec sa belle.

— Vous avez cherché dans votre grand monde?

— Je l'ai retourné comme on retourne une poche.

— Et rien? rien?

— Rien.

Le père Bridoux posa son coude sur son genou et sa tête sur sa main, et parut s'abîmer dans ses réflexions.

Tout à coup il releva la tête.

— Quelle est votre opinion, dit-il, sur cet enlèvement ? Est-ce une histoire d'amour?

— Non, ce n'est pas possible.

— Pourquoi?

— Parce qu'un amour, quelque foudroyant qu'il soit, n'arrive aux moyens extrêmes qu'après que tous les autres ont

échoué : ne m'avez-vous pas dit que l'on n'avait jamais vu d'amoureux, ni à l'hôtel de Mélos, ni aux Charmettes ?

— C'est vrai.

— D'un autre côté, on ne peut pas supposer que ce soit des brigands qui aient tenté le coup, car il n'y a pas eu, m'avez-vous dit, de vol commis dans la villa.

— De sorte que vous supposez?

— Je ne suppose pas seulement, monseigneur, je crois que Gemma de Mélos a été enlevée dans un but de spéculation.

— Qu'entendez-vous par là?

— Je veux dire que son ravisseur, désespérant sans doute d'obtenir sa main s'il l'eût demandée, a voulu l'obtenir par l'intimidation, la force, le viol.

— Diable, diable!

— C'est un moyen *canaille*, mais c'en est un.

— C'est absurde !

— Non, monseigneur, je connais plus d'une grande dame, à Paris, qui a consenti à se marier avec celui qui avait eu l'audace de lui faire violence.

— Ah bah !

— Ce sont ordinairement les gentilshommes perdus de dettes qui ont recours à ces moyens.

— Je le conçois : la crainte d'un déshonneur éternel est une chaîne.

— Et avec cette chaîne-là, monseigneur, on garrotte certaines femmes pour toute leur vie.

— Vous pourriez être dans le vrai.

— Je crois être dans le vrai.

— Vous connaissez tous les gentilshommes, ruinés, criblés de dettes, qui sont actuellement à Paris?

— Oui, monseigneur.

— Vous avez les noms portés sur des registres ?

— Oui.

— Faites donc apporter ces registres.

Le père Civette sonna.

Un de ses employés parut.

— Apportez la série 7 *bis* du casier C. B., lui dit-il.

L'employé s'éloigna et revint avec des registres qu'il posa sur la table.

Il dut faire plusieurs voyages.

Au bout de quelques minutes, ils étaient tous à la disposition de l'homme aux lunettes vertes.

Il jeta un regard dessus.

— Jésus! fit-il ; tout ça! vous entendez, Civette, je ne vous demande que les vivants?

— Les morts sont biffés.

— Voyons, voyons!

Il prit un registre et se mit à le feuilleter.

— Combien y en a-t-il?

— Cinq mille deux cent quatre-vingt-deux.

— Ah! ah! en regard de chaque nom, il y a l'âge, le caractère, le tempérament, la passion dominante de chacun!

— Il y a aussi, monseigneur, leur parenté, leurs relations, leurs espérances : c'est dans cette pépinière de vauriens que Louis Bonaparte a pris une grande partie de ses hauts fonctionnaires.

— Il est donc venu ici, l'homme de décembre et de Sedan?

— Oui.

— Je vous le demande, Civette, dans quel but tenez-vous registre de ces hommes et de tout ce qui les concerne?

— Dans quel but?

— Oui.

— Beaucoup de ces personnages arrivent dans la suite aux plus hauts emplois : vous ne sauriez croire, monseigneur, quelle puissance d'action nous avons alors sur eux avec la connaissance de tous ces détails de leur jeunesse : il y a de ces détails qui sont effroyables de cynisme, de lâcheté, de bas-sesse, de platitude, d'infamie. Arrivés plus tard à occuper des places importantes, mariés, pères de famille, divulguer ces détails ce serait les tuer, les rendres impossibles : ils deviendraient des êtres tellement ignobles et odieux que personne, dans leur monde, ne voudrait les recevoir ; que le gouvernement lui-même, qui n'est cependant pas bien bégueule, n'en voudrait pas pour serviteurs. Savez-vous à quoi nous sert la connaissance de tous ces mystères? A obtenir de ces gens-là tout ce que nous voulons ; à nous introduire chez eux ; à y régner ; à être maîtres de leurs femmes et de leurs enfants !

— Parfait!

Le père Bridoux lisant à haute voix :

« Jean-Chrysostome de Beauvilliers, né le 6 mai 1854, fils de Pierre Gonzague, marquis de Beauvilliers, mort le 9 décembre 1876.

« Tempérament voluptueux, intelligence ordinaire, instincts religieux peu accentués ; joueur effréné ; peu scrupuleux sur les moyens, paresseux, ambitieux.

« Ne s'est jamais rendu coupable d'une bonne action ; a mangé trois cent mille francs provenant de l'héritage paternel ; vit aux crochets de la vieille duchesse de Sturbino.

« Nous avons de cette vieille Sturbino des lettres que nous avons enlevées de la cassette du marquis, et dans lesquelles cette femme, qui est sa maîtresse, donne sur leur situation vis-à-vis l'un de l'autre, les détails les plus explicites.

« Avec l'argent de la duchesse, il entretient une fille Anna Verdier, du quartier Bréda, actrice dans un petit théâtre.

« A trempé dans deux affaires d'avortement avec le docteur Louis-Stanislas Biraud ; il s'agissait de pratiques abortives tentées et consommées sur Anna Verdier : nous avons des lettres de lui au docteur,

Gemma chez Mme de Cressoles.

qui donnent beaucoup de détails sur ces deux affaires.

« Chrysostome de Beauvilliers est très bien apparenté : on parle de lui pour une recette générale ou une préfecture dans le midi de la France.

« A suivre. »

— Parfait ! s'écria de nouveau l'homme aux lunettes vertes après avoir achevé sa lecture : voilà un homme bridé par nous, pour le reste de ses jours, s'il devient fonctionnaire !

— Il le deviendra, fit le père Civette.

— Mais c'est une pépinière d'hommes à nous, tout ça !

— Vous l'avez dit, monseigneur, et une riche pépinière !

Le père Bridoux, continuant à lire :

« Philippe de Bertagny, né en mars 1856, fils du baron Jean de Bertagny, mort en juin 1873.

« Sportman enragé, aimant passionnément la bonne chère, libidineux à ses heures, d'une immoralité peu tapageuse, a mangé un demi-million en quelques années.

« Il est superstitieux, un peu taciturne ; on le croit enclin à la pédérastie.

« En ce moment il se trouve engagé dans une affaire très grave, qui pourrait bien le conduire sur les bancs de la cour d'assises

« Nous faisons tout ce que nous pouvons pour qu'il n'échoue pas là. Nous cherchons à égarer la police dans ses investigations ; et si elle trouve quelque chose, nous emploierons de hautes influences dans le but d'étouffer l'affaire.

« Ce garçon-là a de l'avenir. Son oncle, le comte de Sterley, est très riche et très puissant, et on lui prête l'intention de tirer son neveu de cette bohème dorée, où il ne peut que se perdre, selon lui.

« A suivre. »

— Vous êtes donc quelquefois gêné par la police du gouvernement ?

— Oui ; mais quand elle nous coudoie de trop près, nous l'évitons ou nous lui faisons prendre des vessies pour des lanternes, fit le père Civette en riant.

— Parfait, parfait ; tout cela est très bien tenu, conçu dans un excellent esprit, et très bon surtout à consulter.

Le père Civette s'inclina :

— Vous me comblez, monseigneur, dit-il.

— Depuis que j'ai pris la direction de l'arrondissement de Paris, je n'avais pas encore eu occasion de voir de près votre police, d'en étudier l'esprit et de contempler les immenses richesses que renferment vos registres comme renseignements. Je vous déclare que j'en suis enchanté.

— Voulez-vous me permettre de vous donner mon avis, monseigneur ?

— Au sujet de quoi ?

— Au sujet de la recherche à laquelle nous nous livrons en ce moment, et qui a motivé votre présence ici.

— Parlez.

— Nous supposons que c'est à cette noblesse ruinée, de cette bohème dorée, qu'appartient celui qui a enlevé Gemma de Mélos. J'ai eu l'idée de faire une liste de ceux dont la situation est la plus critique, de ceux qui sont à bout d'expédients et qui se trouvent placés entre le suicide ou le crime. Il est admissible en effet qu'en cherchant parmi ceux-là, on a plus de chance de tomber juste.

— Soit ! Voyons votre liste.

A l'époque où cet enlèvement a eu lieu, il y en avait quinze qui se trouvaient dans une situation singulièrement précaire, et qui laissaient voir ouvertement leur intention d'en finir soit par le suicide, soit par tout autre moyen.

— Quels étaient ces braves gentilshommes ?

— Voici, monseigneur.

Le père Civette lui tendit un papier.

L'homme de la rue Monge se mit à le lire.

Cette liste renfermait les quinze noms suivants :

Vicomte de Florenzac,
Marquis de Brétigny,
Comte de Stalberg,
Baron de Valbruney,
Marquis Ulrich de Bordes,
Comte de Sterny,
Marquis de Hautbourg,
Vicomte de Malard,
Baron de Vaubois,
Duc de Valberny,
Marquis de Monbray,
Vicomte de Voissy,
Duc de Witelberg,
Comte de Richetel,
Baron de Servangy.

— Vous pensez, dit le père Bridoux quand il eût lu cette liste, que le ravisseur de Gemma de Mélos peut se trouver parmi ces quinze gentilshommes ?

— Ce n'est qu'un calcul de probabilité, monseigneur.

— Et que comptez-vous faire à l'égard de ces messieurs ?

— Mettre aux trousses de chacun d'eux un de nos plus fins limiers.

— Quelles seront ses instructions ?

— De chercher à savoir jour par jour, heure par heure, minute, par minute ce qu'ils feront.

— C'est une expérience à tenter.

— Je suis heureux d'avoir votre approbation, monseigneur.

— Oui, faites, faites, et si cela ne produit pas de résultat, nous chercherons autre chose.

— J'ai d'autant plus d'espoir. monseigneur, que vous m'avez dit qu'à Genève on avait acquis la certitude que le ravisseur venait de Paris.

— Le père Solani , mon collègue de Genève, a en effet acquis cette certitude.

— Il est fâcheux, monseigneur, que les gens de l'auberge, où sont descendus les ravisseurs de Gemma de Mélos, n'aient pas pu nous donner des indications plus précises au sujet de leur signalement.

— L'homme qui a dirigé cette entreprise paraît être un homme extrêmement prudent. Ainsi il avait des cheveux et une barbe postiches; un domestique les lui a vu rajuster ; en outre, il portait des vêtements que ne portent que les gens de la lie du peuple; et pourtant son langage, ses manières étaient d'un homme du grand monde.

— Monseigneur, je puis vous promettré une chose, c'est que si cet homme est de Paris, vit à Paris, je me fais fort de le découvrir.

— Il faudrait que ce soit bientôt, car on s'impatiente en haut lieu.

— Il y a en effet, là, une fortune immense!

— Colossale ! colossale ! fit le père Bridoux en se levant.

Le père Civette courut lui chercher son manteau qu'il lui remit sur les épaules ; puis il lui tendit son chapeau.

Bridoux le prit et le mit sur sa tête.

En sortant du cabinet, il parcourut les diverses salles où, comme nous l'avons dit, Civette tenait soigneusement placés dans des casiers les innombrables registres renfermant tant de secrets importants; et où étaient notés pour ainsi dire, jour par jour, heure par heure, tous les mystères du monde parisien.

— Notre force est là, se disait-il en contemplant avec orgueil ces richesses policières des Chevaliers du Crucifix.

XI

Le rapport d'un espion.

En sortant de chez le père Civette , l'homme aux lunettes vertes se dirigea du côté de la rue de la Clef.

— Voyons. Tabernier, maintenant ! se disait-il en arpentant le trottoir aussi vite qu'il le pouvait.

Il n'en était pas bien loin de la rue de la Clef.

L'assassin de Vétoni, quand le père Bridoux arriva chez lui, était tellement absorbé par l'étude des dossiers qui encombraient la table de son cabinet, qu'il ne s'aperçut de la présence de son visiteur que lorsque celui-ci lui frappa sur l'épaule.

Bridoux entrait chez lui sans se faire annoncer.

— Tavelli, lui dit-il, comment vont les affaires?

Il l'appelait quelquefois par son premier nom de Tavelli.

En s'entendant appeler ainsi, Tabernier eut un frisson; et bien qu'il fût très fort dans l'art de maîtriser ses émotions, il devint fort pâle ; il avait les dents serrées par l'angoisse, quand il se retourna pour regarder son visiteur.

Le fantôme de Vétoni lui était apparu brusquement.

— Les affaires ? vous me demandez, monseigneur, si les affaires vont bien ? mais elles vont très bien, très bien! A propos, vous venez chercher mes notes?

— Vous êtes bien négligent, Tabernier, voilà plusieurs jours que nous sommes revenus de Mond'hoye, et vous ne me les avez pas encore remises.

— L'explication de ma négligence est bien simple, c'est que je n'en ai pas de notes.

— Pas de notes ?

— Non, monseigneur.

— Vous n'avez pas surpris quelque secret; vous n'avez pas pénétré quelque mystère, intéressant notre sainte société ?

— Non, monseigneur.

— Cela est bien extraordinaire.

— La société des enfants de Jésus, est une société de saints.

— C'est vrai... c'est vrai... cependant... voyons, quel costume aviez-vous ?

— J'étais vêtu en dominicain.

— J'ai remarqué en face de l'estrade, dans la chapelle, pendant la cérémonie, un moine arménien que j'ai pris pour vous.

— C'est une erreur, monseigneur.

— Ce moine avait une singulière attitude, et ses regards attestaient chez lui un grand trouble moral; ils avaient une expression étrange.

— C'était, dites-vous, un moine arménien ?

— Oui, ce moine, je l'ai fait suivre.

— Eh bien?

— L'avez-vous vu?

— Non, monseigneur.

— Ce moine, après la cérémonie, est allé dans l'endroit du souterrain où se trouvent les tombeaux, là, il s'est agenouillé, il a paru en proie à une grande agitation.

— Quelle pouvait être la cause de ce grand trouble, monseigneur?

— C'est ce que j'ai voulu savoir.

— On l'a entendu répéter plusieurs fois un nom que l'on n'a pas pu saisir.

— Un nom! fit Tabernier qui se sentait de plus en plus envahir par l'angoisse.

— Oui, un nom! puis il prononçait des paroles inintelligibles.

— Des paroles inintelligibles?

— Oui.

— C'est étrange !

— Il avait une torche, je crois ; cette torche est tombée, et s'est éteinte.

— Elle est sans doute tombée par accident?

— Je l'ignore... peut-être bien que se sentant suivi, il l'aura laissé tomber.

Tabernier était de plus en plus épouvanté : une sueur froide commençait à perler sur son front.

Il fit un effort violent sur lui-même, afin de ne rien laisser voir de son émotion.

— A-t-on pénétré ses desseins, monseigneur?

— Cet homme, continua le père Bridoux, a été suivi dans les ténèbres.

Un accès de toux violent, se déclara chez l'homme d'affaires.

— On l'a suivi, dites-vous, dans les ténèbres ?

— Mais c'était difficile ; il paraît qu'il s'est mis à ramper comme un resptile dans ces mille sentiers qui se croisent au milieu des tombeaux.

— J'ai vu cela, monseigneur.

— Quoi?

— Les sentiers.

— Vous y êtes allé ?

— Oui.

— A quelle heure?

— Il était environ six heures.

Le père Bridoux fit un geste de mauvaise humeur.

— Ce n'est pas à ce moment-là que cet homme était filé par des espions.

— A quelle heure cela se passait-il donc?

— Après la cérémonie ; où étiez-vous à ce moment-là?

— J'étais dans la cour du château, avec un groupe de moines.

— C'est bien, c'est bien ; le moine dont je vous parle, moi, est comme rentré sous terre.

— D'où il était sorti sans doute, monseigneur.

— Vous plaisantez, je crois?

— C'est-à-dire que je ne peux pas croire qu'un être vivant, suivi par plusieurs espions, et à une faible distance sans doute, ait pu leur échapper ; c'était peut-être quelque fantôme : ne parle-t-on pas d'apparitions dans les ruines des vieux châteaux et des anciens monastères ?

— Apprenez, monsieur Tabernier, fit le père Bridoux sévèrement, que les morts ne doivent pas sortir de leurs tombeaux sans notre permission !

Tabernier s'inclina, sans rien répliquer. Il commençait à se rassurer.

— J'en serai quitte pour la peur, se dit-il ; cet homme paraît ne rien savoir.

En effet le père Bridoux ignorait encore le meurtre de Vétoni et de l'espion.

Si l'on songe qu'il y a à peine quelques jours, que la grande assemblée de Mond'hoye a eu lieu, on ne sera pas surpris que la disparition de ces deux hommes n'ait pas encore été remarquée.

Quant à la nécropole souterraine renfermant les restes des anciens chartreux, on en avait refermé les portes, peut-être pour un siècle. Le marquis de la Blèverie était peu désireux d'en faire connaître l'exis-

tence ; il se figurait, le *noble* marquis, si plein de vénération pour tout ce qui était le passé religieux et royaliste, que ce serait manquer gravement au respect dû à ces bons chartreux, si on laissait fouler le sol sacré de leur demeure dernière, par un public religieux peut-être, mais froid et indifférent, et dans lequel pouvait se glisser, proh pudor [1], peut-être des profanes !

Tels étaient et avaient toujours été sur ce point, les sentiment du marquis ; et il n'est pas douteux qu'il devait laisser à ses héritiers des instructions conformes à ses sentiments.

Depuis un instant le père Bridoux se grattait le front, et ne disait rien.

Il était évident qu'il était très contrarié de n'avoir rien appris de Tabernier, qui pût l'aider à résoudre le problème qui le préoccupait.

— Je n'ai pas de chance avec vous, lui dit-il tout à coup d'un air de très mauvaise humeur.

— Comment donc, monseigneur ! fit celui-ci affectant la plus vive surprise.

— Comment ! mais c'est bien facile à comprendre, j'ai fait appel à vos lumières, à votre activité, à votre dévouement, pour faire tomber au pouvoir de notre sainte société, la fille du riche baron de Mélos, et l'affaire à raté ; j'ai besoin aujourd'hui d'un renseignement sur ce qui s'est passé dans la nécropole de Mond'hoye dans la nuit du premier novembre dernier, et voilà que vous ne savez rien !

Comment ! vous que monseigneur Corti considère comme l'esprit le plus retors, l'intelligence la plus sagace, la plus précieuse de nos agents ; vous avez fait preuve en ces deux circonstances d'une ineptie à rendre jaloux un fonctionnaire de feu Bonaparte.

— Oh ! monseigneur.

1. O honte !

— Je me demande comment l'on peut devenir à ce point idiot, sans dérangement apparent dans l'organisme et dans le raisonnement !

— Mais, monseigneur !

— Je suis mécontent, très mécontent.

— Est-ce ma faute, à moi, si Gemma de Mélos a pris subitement une résolution qui a dérangé tous mes calculs ; et si je me trouvais dans la cour du château de la Blèverie, quand votre inconnu se dérobait, dans les ténèbres, aux poursuites de vos espions !

Quand il prononça ces paroles, sa figure exprimait le plus profond désespoir.

Le père Bridoux n'y prit pas garde.

— Un homme comme vous, poursuivit-il, doit tout voir, tout prévoir, tout savoir !

— Il n'y a que Dieu, monseigneur, qui soit ainsi !

— Vous me rendez la risée de mes supérieurs, monsieur !

Tabernier fit entendre un sanglot.

— Vous me ferez priver de l'emploi que j'occupe !

— Pitié, monseigneur !

Bridoux haussa les épaules.

— C'est une fatalité qui pèse sur moi !

— Il n'y a pas de fatalité pour nous, monsieur !

— C'est-à-dire que Dieu m'éprouve, monseigneur.

— Vous êtes dans l'erreur. Dieu n'éprouve pas les hommes aux dépens de notre sainte société !

— Cependant un orateur a dit, dans l'assemblée de Mond'hoye, que Dieu éprouvait parfois ses serviteurs !

— Ce sont des formules oratoires !

— Grâce ! monseigneur, fit Tabernier en se jetant à ses genoux.

— Grâce ? Et pourquoi ?

— Je dois être un bien grand coupable, puisque vous me condamnez !

— Je ne dis pas que vous êtes un grand coupable, je dis que vous devenez idiot ; comprenez-vous ?

— Oui, monseigneur, et je tâcherai d'avoir plus d'esprit désormais. Pour vous prouver que je puis me guérir de cette maladie d'idiotisme que vous trouvez en moi, je vous dirai que j'ai fait tuer, ces jours derniers, par un homme à moi un spadassin d'un rare mérite, le protecteur de Gemma de Mélos, un homme qui pouvait devenir très gênant dans la suite.

— Ah ! çà, vous n'êtes plus simplement idiot, vous êtes fou !

— Pourquoi ? monseigneur.

— Parce qu'il m'est parfaitement égal que le Maure vive, que Georges Bernard vive, si Gemma de Mélos ne tombe pas en notre pouvoir.

— Mais, monseigneur, tout n'est pas désespéré. Cette fille tombera certainement en votre pouvoir un jour ou l'autre.

— Oui, c'est probable. Et grâce à nous, à nous seuls, on saura bientôt où elle est. Mais si un enlèvement est nécessaire, à qui en confier l'exécution?

En prononçant ces paroles, le père Bridoux regarda fixement l'homme d'affaires, comme s'il eût voulu lire jusque dans le fond de son âme.

— Cherchez en un plus digne que moi, fit Tabernier avec amertume.

Bridoux haussa les épaules, prit son chapeau et sortit sans ajouter un mot.

Tabernier l'accompagna jusqu'à la porte de la rue, l'échine courbée jusqu'à terre.

— C'est égal, dit-il en rentrant dans son cabinet, tout cela se corse diablement ! Il faut jouer plus serré que jamais avec ce monde-là.

Ah ! que je voudrais tenir ici cet espion qui a fait le rapport ! Avec quel plaisir je le mettrais dans l'impossibilité de renouveler dans la suite ses indiscrètes révélations !

Il posa ses coudes sur sa table et resta un instant pensif.

— Au fait, poursuivait-il, que leur a appris ce rapport? Qu'il y a eu là-bas un moine dont les allures avaient quelque chose de suspect; voilà tout! Ce moine, ils l'ont perdu de vue; c'est fini, il est rentré dans le néant! bernique!

Il paraît qu'ils ne se sont pas encore aperçus du meurtre de Vétoni et de l'espion qui m'a mis la main sur l'épaule; s'ils les découvrent, il est certain qu'ils vont chercher à rattacher cette histoire à la première...

J'ai eu l'imprudence de prononcer, assez haut pour que l'on m'entendît, ce nom maudit de Carlo Luigi; c'est une faute grave que je n'eusse pas faite, sans la rage qui s'est emparée de moi à la vue du misérable. C'est par là que je suis vulnérable; je le sais, je le sens! Ah! s'ils pouvaient me saisir seulement par ce cheveu! Mais qu'est-ce que je dis?... Chut!... Est-ce que les murs n'auraient pas des oreilles?... Silence et prudence!!!...

Il s'enfonça plus que jamais dans l'étude de ses dossiers...

XII

Mille damnations!

Bernard. le capitaine du brick l'*Éole*, avait dit à Hassan, lorsque celui-ci était monté en wagon pour aller à Paris : Ah! quelle bordée ce jour-là !

Il parlait du jour où se feraient les noces de Georges et de Gemma.

Le brave capitaine était revenu sur le port, avec cette idée que le mariage de son fils était très prochain, et cette idée le rendait fort joyeux.

Quand il retourna à bord de l'*Éole*, les marins qui se trouvaient là remarquèrent en lui une gaieté qui menaçait d'atteindre des proportions phénoménales.

Certes, ce n'était pas tous les jours que le père Bernard était gai; on ne se rappelait même pas l'avoir jamais vu rire.

Le rude marin paraissait avoir été pétri par la nature un jour qu'elle était de mauvaise humeur, et cette mauvaise humeur avait déteint sur sa créature.

Mais ce n'était qu'une mauvaise humeur de surface; au fond, c'était un cœur d'or et le meilleur des hommes.

— Tiens, voilà le vieux cachalot, dit le contremaître qui se trouvait dans la hune de misaine avec un autre matelot; Dieu me pardonne, je crois qu'il chante.

— Qué, mon bon, s'écria l'autre qui était un Marseillais, non seulement il chante, mais il siffle comme un merle de Provence, tron de l'air !

En effet le capitaine, qui chantonnait en montant sur le pont du brick, s'était mis à siffler en arrivant au pied du mât.

Le père Bernard, bien qu'il atteignît la cinquantaine, était encore vigoureux et vif comme un matelot de vingt ans.

En un tour de main il grimpa jusqu'à la hune, où se trouvaient le contremaître et le matelot.

Quand il parut sur la plate-forme, les deux marins le regardèrent, ébahis.

— Ah! mille sabords! s'écria-t-il, les voilà qu'ils me regardent comme si je leur disais que nous allons partir, à présent qu'il n'y a pas encore un biscuit dans la soute aux vivres, ni une tonne de la cargaison dans la cale! Allons, les enfants, il y a de la joie sur la planche!

— Qu'est-ce qu'il y a donc, capitaine? dit le contremaître.

— Il y a, il y a que Georges...

— Eh bien? capitaine.

— Va se marier, mille sabords!

— Georges se marie! s'écrièrent les deux marins.

— Oui, mille tonnerres! il se marie le petiot, et avec la plus riche héritière de notre belle France, cré mille millions de sabords! êtes-vous contents, les enfants?

— Et on ira à la noce, capitaine?

— Ah! que oui, qu'on ira! Et quelle bordée ce jour-là! quelle bordée! mille millions de tonnerres!

— Ce jour-là, l'*Eole* sera pavoisé, capitaine, comme jamais on n'a vu pavoiser un navire! s'écria le contremaître.

— Et c'est nous qui nous en chargeons, tron de l'air! exclama le Marseillais.

— Qu'il n'y ait pas un coin de la mâture du navire, pas un bout de vergue qui n'ait son drapeau, mille tonnerres!

— A quand la noce, capitaine?

— Bientôt, bientôt, mes gars.

Le capitaine quitta la hune et descendit sur le pont où il se promena quelque temps; puis il sauta dans un des canots du brick et regagna le quai.

Les jours s'écoulèrent.

Ces jours lui parurent des siècles.

Il attendait des nouvelles de Georges ou d'Hassan.

Il n'en venait ni de l'un ni de l'autre.

Au bout de quinze jours, le vieux marin n'y tint plus.

— Mille damnations! s'écria-t-il un jour, les nouvelles ne viennent pas? Eh bien, j'irai en chercher!

Oui, mais où aller?

A Paris?

Mais Paris n'est pas une petite ville, où nul ne peut séjourner vingt-quatre heures sans qu'il ne soit possible de trouver quel-qu'un qui l'ait vu et qui en donne des nouvelles.

Le vieux loup de mer n'ignorait pas cela. Il était perplexe, et jamais on ne l'avait vu si sombre.

— Où aller? se disait-il; cré mille sabords!

Enfin, en furetant dans la cabine de Georges, il trouva un carnet dans lequel se trouvait l'adresse de Gemma de Mélos, à Paris; c'était celle que lui avait donnée le gardien du palais de Stramos.

Il prit le calepin.

Une heure après, il partait pour Paris par le train rapide.

En arrivant à Paris, il courut à l'hôtel de Mélos.

— Georges? où est Georges? mille tonnerres! s'écria-t-il à la vue du respectable gardien qui était venu lui ouvrir la porte de l'hôtel.

— Quel Georges? fit celui-ci comme sortant d'un rêve.

— Eh! marsouin, quel Georges, dis-tu? Georges Bernard, entends-tu, cachalot? le Georges Bernard, le fils du capitaine du brick l'*Eole*.

Il prononça ces paroles d'un air si menaçant, que le vieux gardien recula d'un pas.

— Allah! exclama-t-il, frappé de terreur.

— Il est là, dis-tu?...

— On me l'a demandé; j'ai dit que je ne l'avais pas revu.

— Qui te l'a demandé? cachalot de malheur.

— M. Hassan.

— Ah! et où est-il allé, Georges?

— Je ne sais pas.

— Et où est monsieur Hassan? mille tonnerres!

— En Suisse.

— Dans quel endroit de la Suisse?

— Aux Charmettes, près Genève.

Les Chevaliers du Crucifix.

— Penses-tu que Georges soit aussi là-bas ?

— Je n'en sais rien.

— Tu n'en sais rien ! tu ne l'as pas revu ! sais-tu que tu as l'air de vivre sous quinze mille brasses d'eau ! vieux marsouin de malheur !

Le même soir, le capitaine de l'*Éole* partait pour Genève.

Mais revenons un peu en arrière.

Nous avons laissé le Maure au moment où il avait écrasé la tête de son adversaire, qui, vaincu, et privé de son épée, lui avait tiré lâchement un coup de pistolet.

La balle l'avait frappé en pleine poitrine, et il était tombé à côté de son ennemi.

On devine l'émotion des témoins de cette lutte affreuse.

Hassan avait la poitrine labourée par le projectile, mais il respirait encore.

Quant au Prussien il n'était plus qu'un cadavre.

On courut chercher des brancards, puis des voitures.

Le cadavre de Paul Moller fut porté au bureau du journal.

Le banquier Zaccharie avait envoyé chercher sa berline ; Hassan y fut installé sur un amas de coussins, et la berline prit au petit pas le chemin des Charmettes.

Ben Kébir, à cheval et tenant en laisse El Arim, suivait la voiture.

Le vieux chacal pleurait.

Nous l'avons dit ; il adorait le Maure, qui du reste était plutôt son ami que son maître, bien qu'il eût quelquefois à souffrir de ses vivacités.

Arrivé à la villa, Hassan fut transporté dans son lit, avec toutes les précautions que réclamait son état.

Le médecin, qui du reste ne l'avait pas quitté, leva l'appareil qu'il avait appliqué tout d'abord sur sa blessure, et procéda à un examen sérieux de cette dernière.

La balle l'avait frappé en pleine poitrine ; mais elle avait rencontré un obstacle qui l'avait empêchée d'y pénétrer. Hassan portait suspendu à son cou, par une petite chaînette d'or, un portrait de Gemma, un bijou peint sur émail, entouré d'une bordure de diamants enchâssés dans une plaque d'or, sur laquelle il était posé.

Ce portrait avec la plaque avait bien près de deux fois le diamètre d'une pièce de cinq francs en argent, et presque l'épaisseur.

Cela avait suffi à faire dévier la balle, qui avait labouré la poitrine en contournant le côté droit, et était allée se fixer dans les reins.

Certes le sillon qu'elle avait tracé sur la poitrine était profond, et le médecin constata des lésions graves sur ce point ; dans les reins elle avait pénétré moins profondément, elle s'était arrêtée sur la colonne vertébrale, sans l'atteindre gravement.

Ben Kébir, anxieux, l'œil ardent, étudiait la figure et les gestes du docteur.

Mais le savant praticien ne laissa rien voir de ses impressions.

Dans la soirée, il procéda à l'extraction de la balle ; cette opération réussit très bien.

L'état du blessé était grave, mais non désespéré.

La perte de sang avait été très grande et l'avait considérablement affaibli.

Dans la nuit une fièvre ardente se déclara, il eut le délire.

Dans ce délire, il prononça plusieurs fois les noms de Gemma et de Chevaliers du Crucifix, accompagnés de paroles incohérentes.

Ce qui augmentait la gravité de l'état du malheureux blessé, c'était l'agitation incroyable à laquelle il était en proie.

Un jour le médecin lui dit : Votre blessure est grave, je redoute de très sérieuses complications ; voulez-vous vivre ?

— Si je veux vivre ! ! ! fit-il d'une voix sourde.

— Eh bien, si vous voulez vivre, il faut être calme !

Il hocha la tête, comme si on lui eût demandé l'impossible.

Pourtant cette recommandation de son médecin fit sur lui une impression profonde.

Cette pensée qu'il pouvait cesser de vivre dans un pareil moment l'épouvanta.

Lui, mourir ! mourir quand Gemma se trouvait prisonnière ; quand ceux qui paraissaient avoir conspiré sa perte étaient encore à trouver !

Allons donc ! cette éventualité était monstrueuse, impossible !

A partir de ce moment-là, néanmoins, il fit des efforts sérieux dans le but de maîtriser les passions terribles qui le tourmentaient.

— Il faut être stoïque ! dit-il avec un sourire amer.

C'était le cri du géant terrassé, mais non vaincu.

Sur ces entrefaites, le capitaine de l'*Éole* arriva à la villa, comme la foudre.

Ben Kébir courut au-devant de lui.

Aux éclats de voix bruyants du marin, il répondit par une mimique tellement expressive, tellement éloquente dans son mutisme, que celui-ci tout décontenancé, abasourdi, ahuri, se mit à parler à voix basse.

Le dialogue suivant s'établit entre eux.

— M. Hassan?

— Très malade.

— Ici?

— Oui.

— Georges, mon fils?

— Pas vu.

— Où est-il?

— Je ne le sais pas.

— Mlle Gemma?

— N'est pas ici.

— Où est-elle?

— Je n'en sais rien.

— Ils sont ensemble?

— Qui?

— Georges et elle?

— Non.

— Perdu!!! fit le pauvre père, qui tomba sur une chaise comme foudroyé.

Mon fils, mon Georges, mon pauvre enfant! s'écria-t-il tout à coup en sanglotant.

Le désespoir du rude marin était navrant.

Ben Kébir se détourna vivement, et fit quelques pas dans la chambre.

Le vieux chacal sentait les larmes envahir sa paupière.

Ce tribut payé à la nature, le capitaine se redressa.

Le marin, l'homme de bronze, le lutteur qui avait toute sa vie bravé l'Océan et la tempête, était debout!

— Je le trouverai! fit-il.

Puis il ajouta :

— Je les trouverai!

Cette fois, il pensait non seulement à son fils, mais à Gemma de Mélos, celle que son fils aimait.

Ben Kébir fit un hochement de tête.

Depuis quinze jours parti de Bordeaux; pas revu à Paris, pas vu ici; pas donné de ses nouvelles? mort! se dit-il.

Il s'approcha du marin.

— Il y a des choses bien difficiles, lui dit-il.

— Lesquelles? mille sabords!

— Il y a des ennemis qu'on ne trouve pas.

— C'est faux, mille tonnerres!

— Il y a des ennemis insaisissables, vous dis-je.

— Avec une bonne poigne, mille sabords! on les saisit comme les autres.

— Il y en a qui vivent dans l'ombre, qui frappent dans l'ombre, qui tuent dans l'ombre.

— Eh bien, mille millions de tonnerres! on y va dans l'ombre.

— Ils sont comme les spectres, comme les fantômes, quand on met la main dessus, plus rien!

— Ce n'est pas vrai! mille tonnerres!

— Connaissez-vous les Chevaliers du Crucifix, vous?

— Qu'est-ce que c'est?

— Je n'en sais rien, moi.

— Est-ce que ça existe?

— Oui.

— Qui vous l'a dit?

— Le baron de Mélos l'a dit à Mlle Gemma, sa fille, et à M. Hassan.

— Chevaliers du Crucifix? connais pas.

— Ça existe, c'est sûr..

— Je connais bien, mille tonnerres! les cachalots, les requins, les minarts [1], les scorpions, les serpents, et tant d'autres bêtes voraces ou venimeuses; mais les Chevaliers du Crucifix? non.

— Comme il est question de crucifix, ça pourrait bien tenir de près ou de loin aux gens d'église.

— Dam! il y a bien dans ce monde-là les Jésuites!

— Vous les connaissez, les Jésuites?

— Ah! si je les connais, ces bêtes puantes, mille tonnerres!

— Est-ce qu'ils aiment à se cacher, eux; à vivre dans l'ombre; à mettre le couteau

1. Espèce de pieuvre.

dans la main des autres pour faire assassiner ceux qui les gênent ; à tendre des pièges aux autres ; à abuser de la simplicité des femmes et des enfants ; à dépouiller les familles, et enlever les jeunes filles et les jeunes garçons riches pour s'emparer de leur fortune ?

— On dit bien un peu tout ça d'eux.

— C'est drôle, ils ressemblent joliment, aux Chevaliers du Crucifix !

— Ce sont peut-être eux ? mille tonnerres ! Il faudra que je le demande à M. Hassan.

A propos, où voulez-vous en venir avec toutes ces histoires ?

— Je veux en venir à ceci, que ce sont les Chevaliers du Crucifix qui nous menacent ; ce sont eux qui nous frappent ; ce sont eux qui ont fait tirer un coup de pistolet sur M. Hassan ; qui ont enlevé Mlle Gemma, et fait disparaître votre fils Georges.

— Qui vous l'a dit ?

— M. Hassan.

— Et il vous a dit aussi qu'ils étaient introuvables, et aussi insaisissables que des fantômes ? mille tonnerres !

— Oui.

— Mille millions de damnations !

Quelques minutes après, le capitaine était assis à côté du lit d'Hassan.

Celui-ci, en le voyant, avait ressenti une violente émotion.

Il lui avait aussitôt tendu la main, et jeté sur lui un regard empreint d'une pitié profonde.

— Moi aussi, dit-il d'une voix étranglée par l'émotion, j'ai cru trouver Georges Bernard à Paris, puis aux Charmettes !

J'ai cru aussi trouver ici Gemma, ajouta-t-il.

Sa voix faiblit : il se tut.

Il devint d'une pâleur livide.

Ben Kébir se précipita vers lui, croyant qu'il allait se trouver mal.

Il le repoussa doucement.

Quelques instants après il parut plus calme, et maître de lui-même.

Il poussa un profond soupir.

— Il faut être stoïque ! fit-il à demi-voix, en levant les yeux vers le ciel.

Dans son regard, brilla un éclair sombre.

C'était la seconde fois qu'il prononçait ces paroles singulières.

Il raconta au père de Georges tout ce qu'il lui était arrivé depuis le jour où i l'avait quitté à Bordeaux.

— A Paris, j'appris que Georges était parti pour les Charmettes, et j'ai aussitôt pris le train de Genève.

Il raconta ensuite, d'une voix sourde, l'enlèvement de Gemma, son désespoir, ses courses folles dans le pays pour la retrouver.

Il parla de son duel, et de l'infâme déloyauté de ce Prussien, qui avait cherché à l'assassiner.

— Ce journaliste, ajouta-t-il, n'était qu'un homme de carton, il n'était que l'instrument de personnages que je n'ai pu découvrir. Ces ennemis invisibles et introuvables, m'ont fait penser aux paroles prononcées par mon digne bienfaiteur, le baron de Mélos, à son lit de mort :

— Veillez, Hassan, m'a-t-il dit, veillez ; car il y a des ennemis invisibles qui vous menacent, vous et ma fille : ces ennemis redoutables sont les Chevaliers du Crucifix !...

Hélas ! la mort ne lui a pas laissé le temps de nous dire ce que c'était que ces ennemis invisibles, qu'il appelait Chevaliers du Crucifix ! et voilà qu'ils nous frappent avec une rage et une férocité inouïes !

Il se tut un instant, puis il poursuivit :

— Georges les gênait sans doute ; il paraît que ces misérables ne veulent pas que Gemma se marie avec lui ; ni avec d'autre, probablement ; car si ce sont des gens d'église, ce qui est à peu près certain, tout porte à croire qu'ils veulent en faire une religieuse, pour pouvoir s'emparer de son immense fortune.

— Mais ces marsouins de gratte-papiers doivent connaître celui qui a armé le bras de votre assassin; tonnerre et damnation !

— Ben Kébir y est allé; ils lui ont montré une lettre dans laquelle on leur expliquait le genre de service qu'on attendait d'eux; elle renfermait un billet de mille francs, cette lettre était anonyme!...

Le capitaine, exaspéré, épouvanté, au comble de la douleur et de la rage, porta machinalement la main à son front, où perlait une sueur froide.

Il se mit à arpenter la chambre d'un pas fiévreux.

— Ah ! si je n'étais pas retenu ici par cette maudite blessure ! soupira Hassan.

— Je ne suis pas malade, moi ; j'ai bon pied, bon bras et bon œil; mille tonnerres! je trouverai ces misérables; je les tuerai, ou il me tueront ! s'écria le capitaine.

Georges, mon pauvre Georges, mon enfant! ajouta-t-il d'une voix déchirante.

Le cœur du rude capitaine se brisait de nouveau ; le malheureux père se mit à sangloter une seconde fois.

Ben Kébir l'emmena ; ce spectacle navrant pouvait tuer le blessé.

Jetons le voile sur ce tableau,

XIII

Le songe.

Nous voici arrivés dans le faubourg Saint-Germain, dans ce quartier de Paris qu'on appelle le *noble* faubourg.

C'est le pays des vieux parchemins, des vieux blasons, des vieilles idées, des préjugés vermoulus.

Rien ne le rattache à la civilisation parisienne, dont il est l'antipode et la négation.

Il y a là une société murée, qui vit, qui pense et qui agit pour son propre compte, c'est-à-dire pour ce qui fut, ne sera plus, et n'est plus viable. C'est quelque chose comme la fantasmagorie d'un monde disparu, collé aux flancs de la grande cité de la science et du progrès, par quelque esprit malin.

Ce n'est plus un monde; ce n'est pas une ville; ce ne sera bientôt plus qu'un conte de fée.

Ceci posé, entrons, sans plus de façon, dans l'hôtel de la duchesse Arrinoë, qui est déjà une vieille connaissance.

C'est dans cet hôtel, sombre et retiré, vaste comme une vieille chartreuse du moyen âge, que nous retrouvons la fille de feu le baron de Mélos.

C'était là en effet que la duchesse avait amené sa prisonnière.

La situation de Gemma était à la fois fort triste et fort étrange.

Certes c'était une fille vaillante, le danger ne pouvait l'effrayer en tant qu'il ne menaçât qu'elle : elle eût ri de la captivité, des tortures et de la mort.

Depuis le jour où elle avait acquis la certitude que Georges existait, qu'il l'aimait, qu'il ne désirait qu'une chose, la retrouver: elle était devenue accessible à la peur; son esprit se frappait; elle craignait qu'un accident quelconque l'empêchât d'être à celui qu'elle aimait ; elle pensait aux ennemis invisibles dont son père lui avait parlé à son lit de mort.

Elle pensait en frémissant à ce que deviendrait Georges, si elle disparaissait, si elle mourait ; elle savait par expérience ce qu'on souffre d'une absence, même quand elle laisse encore place à l'espoir ; que ne souffrirait-il donc pas dans le cas où elle serait venue à lui manquer, sans qu'il lui restât même un atome d'espérance !

Elle craignait donc pour Georges et non pas pour elle : son amour n'était pas de l'égoïsme, mais du dévouement.

Puis il était arrivé, que par suite d'un concours inouï de circonstances malheureuses, ses craintes se trouvèrent en partie réalisées : alors ce ne fut plus de la crainte qu'elle éprouva, ce fut de la terreur. Elle vit des ennemis partout ; elle vit les Chevaliers du Crucifix l'envelopper de toutes parts, comme une armée de malfaiteurs invisibles, qui en voulaient à la fois à sa fortune, à sa liberté, à son honneur peut-être !

Ah ! la vieille duchesse Arsinoë Beautrésor de Cressères, n'avait pas eu de peine à lui faire croire qu'elle était entourée d'ennemis terribles !

Ce n'est pas pour tout au monde qu'elle fût retournée aux Charmettes, à moins d'y être accompagnée de Georges ou d'Hassan : et maintenant qu'elle se trouvait dans le quartier Saint-Germain, elle n'eût pas davantage osé aller jusqu'à l'hôtel des Champs-Élysées !

— S'il m'arrivait malheur, se disait-elle en sortant de l'asile que j'ai miraculeusement trouvé, je ne pourrais pas me pardonner jamais l'imprudence qui l'aurait causé ; et si Georges en mourait, je me croirais cause de sa mort, et je devrais m'accuser de l'avoir tué.

Pauvre malheureuse fille !

Elle était prisonnière, et son amour lui faisait bénir sa prison ; son âme était enchaînée, et c'étaient les paroles mêmes prononcées par son père mourant qui venaient river ses chaînes !

Étrange fatalité !

Certes, cette situation supposait l'amour de Georges, l'existence de Georges : elle devenait toute autre, on le conçoit facilement, le jour où elle eût appris qu'il eût cessé de vivre.

Néanmoins, elle avait eu plusieurs crises ; dans ces crises, elle n'écoutait que son ardente envie de le voir, de le rejoindre ; et folle, enivrée par cette ardeur aveugle, elle voulait s'enfuir de Cressères, courir aux Charmettes, courir à Paris, à Bordeaux, au palais de Stramos, partout, partout où elle eût eu l'espoir de le trouver !

Puis on lui avait dit que Georges et Hassan avaient disparu ; mais qu'ils étaient peut-être allés l'un cherchant l'autre, à Stramos ; elle parut résolue à attendre de leurs nouvelles ou leur retour, mais au milieu d'angoisses qu'on comprend.

Ainsi le raisonnement avait succédé aux crises.

Au milieu de ces luttes terribles dont son âme était le théâtre, la pauvre fille souffrait cruellement.

Elle habitait un pavillon situé au fond du jardin de l'hôtel.

Ce pavillon avait été splendidement meublé ; il était très confortable ; mais rien ne ressemblait plus à une prison.

On avait mis aux portes des verrous et des serrures formidables ; les volets avaient été revêtus d'une armature de fer.

Nuit et jour, un domestique, armé d'une carabine, veillait dans le vestibule.

Gemma ne voyait pas dans ce luxe de verrous, de serrures et de geôlier, des précautions prises contre elle, mais des précautions prises en vue de la protéger contre les attaques de ses ennemis.

Elle passait ses journées assise sur un canapé ou parcourant tristement les six chambres qui composaient son appartement.

L'endroit où elle se tenait de préférence était un petit boudoir très retiré et un peu sombre ; on y voyait un piano ; mais bien qu'elle fût très habile pianiste, elle n'avait pas même eu la pensée d'en toucher.

Elle lisait dans les moments où la vieille Arsinoë de Cressères n'était pas là.

Mais la duchesse passait presque tout son temps avec elle.

On pense bien qu'elle devait être ravie de voir la confiance que sa prisonnière avait en elle et l'affection qu'elle lui portait.

Ce Méphistophélès en jupons pouvait compter jour par jour, heure par heure, minute par minute, toutes les pensées de cette âme naïve, tous les sentiments de ce cœur où elle avait su s'insinuer et où elle comptait bien sous peu régner en maîtresse absolue.

Si Gemma pleurait, elle pleurait avec elle ; ces larmes de crocodile, Gemma les prenait pour des larmes réelles, et la malheureuse fille allait jusqu'à s'accuser comme d'un crime de les avoir fait couler !

— Madame, lui disait-elle, je suis pour vous une cause de douleurs et de soucis continuels ; avant le jour où le sort a voulu que votre demeure devînt un asile pour moi, vous étiez sans doute tranquille et heureuse, et je suis venue porter le trouble dans votre existence et détruire votre bonheur.

La vieille Arsinoë protestait en disant qu'elle était heureuse, très heureuse au contraire, de l'avoir arrachée à ses ennemis ; elle la prenait dans ses bras, l'appelait sa fille, sa chère fille.

— Je serais heureuse d'être votre mère, lui disait-elle en l'enveloppant d'un long regard.

Gemma s'efforçait de lui sourire au milieu de ses larmes et de ses angoisses.

— Vous seriez ma mère, madame, lui dit-elle, que je bénirais le ciel.

— Vraiment !!! fit la duchesse dont l'œil s'alluma comme une fournaise.

Cette exclamation trahissait tant d'ardeurs contenues, et des désirs si violents, que Gemma en fut tout étourdie et tout interdite.

Elle comprenait bien qu'on pût désirer d'être sa mère ; mais elle ne comprenait pas qu'on pût le désirer avec une si incommensurable passion.

Arsinoë eut peur d'être allée trop loin ; elle éteignit son regard, rendit aux accents de sa voix leur intonation habituelle et sourit.

— Je suis folle, ma chère enfant, lui dit-elle, n'en parlons plus.

— Pourquoi ? fit Gemma en ouvrant de grands yeux.

Elle ne comprenait pas davantage.

Mais Arsinoë battait en retraite.

Pour le moment, son but était de tenir en éveil à son sujet l'extrême sensibilité de la jeune fille ; de la forcer à penser à elle, en lui donnant des problèmes moraux à résoudre, en se montrant à ses yeux pleine d'apparentes contradictions, qui stimulent chez les femmes leur appétit de curiosité, comme les mets délicats stimulent l'appétit des gourmets.

— Tout cela se retrouvera plus tard, se disait-elle en jetant sur sa prisonnière un regard à la dérobée ; et pour un grain que j'aurai semé j'en récolterai mille.

Devait-elle se tromper dans ses calculs ?

Gemma lui parlait sans cesse d'Hassan et de Georges Bernard.

Arsinoë n'ignorait rien.

Elle savait très bien que le Maure était aux Charmettes et qu'on espérait le sauver.

Elle savait aussi que l'on avait maintenant des doutes sur la mort de Georges.

On comprend que le marquis de Bordes ne devait pas lui tenir caché un seul des détails de cette affaire : le cher neveu, en rendant sa tante complice d'une infâme action, savait ce que son cœur renfermait de délicatesse.

Il se disait :

— Ma tante est une dévote et une coquine... était-ce quoique? ou parce que dévote?...

Je laisse au lecteur le soin de juger.

Le neveu était bien digne de la tante et la tante du neveu.

A propos de Georges et d'Hassan, nous avons vu que Tabernier avait écrit une lettre qui, bien qu'elle eût jeté Gemma dans de grandes perplexités, lui laissait espérer qu'ils pouvaient être l'un et l'autre à Stramos.

Cette lettre était terrible.

Elle posait dans l'esprit de la pauvre prisonnière comme deux éventualités d'égale valeur, ou le voyage de Georges et de Bernard en Afrique, ou leur disparition sans raison plausible, c'est-à-dire la mort.

— Ils sont là-bas, ou ils sont morts! se disait-elle à chaque instant.

— Mais je ne sais rien, moi; mais je ne peux rien vous apprendre à leur sujet! moi, s'écriait la vieille Arsinoë chaque fois que Gemma lui demandait ce qu'elle en pensait.

Elle lui demandait cela cent fois par our.

Pour la tranquilliser, la duchesse écrivait des lettres un peu partout; ces lettres qu'elle cachetait sous les yeux de Gemma, ne dépassaient jamais, bien entendu, le foyer de sa chambre à coucher, où elle les brûlait régulièrement.

Deux ou trois jours après, les réponses arrivaient, est-il besoin de dire qu'elles étaient apocryphes?

— Il y a si peu de temps, lui dit-elle un jour, que M. Tabernier nous a appris qu'ils étaient à Stramos, que vous avez tort de vous impatienter comme vous le faites. Il y a loin d'ici au palais de Stramos ; il faut plus de quinze jours pour y aller et en revenir; et si la mer est mauvaise, ce qui arrive presque toujours en cette saison, il faut compter tout de suite huit grands jours de plus.

Un matin, elle trouva Gemma plus pâle, plus agitée, plus triste que jamais.

— Ma chère enfant, lui dit-elle, vous n'êtes pas raisonnable, vous n'êtes pas vaillante ; si vous vous laissez abattre, vous perdrez votre belle santé et vous serez morte avant d'avoir revu ceux qui vous sont si chers.

— Elle se tourmente tellement cette sotte, se dit-elle, qu'elle est bien dans le cas de devenir folle ou de mourir avant que j'aie eu le temps d'en faire la femme de mon neveu

— Soyez forte, soyez vaillante, ma chère mignonne, poursuivit-elle; rien n'est désespéré. C'est tout simplement quelques jours d'épreuves à supporter. Vous êtes jeune, vous êtes belle comme doivent l'être les anges, vous serez aimée, ardemment aimée. Pour vous l'avenir est si plein de promesses; pour vous il se montre si beau !

— Je ne crois plus au bonheur, dit-elle; j'y ai cru deux fois : la première, le jour où j'ai vu Georges à mes pieds dans le parc du palais de Stramos; la seconde, le jour où j'ai reçu sa lettre à la villa des Charmettes.

Maintenant je me sens devenue le jouet d'une fatalité impitoyable; j'ai été frappée; Georges et Hassan l'ont probablement été aussi. Des ennemis terribles et d'autant plus à craindre qu'ils se cachent davantage ont juré notre perte à tous : ils y arriveront, car qui pourrait les arrêter dans l'accomplissement de leur œuvre infernale?

— Mais vous êtes folle, folle, folle, ma mignonne bien-aimée !

Infamie! s'écria le Maure.

— Non, je ne suis pas folle, madame.

Elle resta un instant pensive.

Des larmes glissèrent sur ses joues.

— Mais que vous est-il donc arrivé? s'écria la duchesse en affectant le plus profond désespoir, vous paraissez cent fois plus abattue et plus malheureuse qu'hier.

— J'ai fait un songe affreux, balbutia la jeune fille avec un frisson d'épouvante.

— Un songe? est-ce que vous y croyez?

— Je devrais vous dire que mon père considérait la croyance aux songes comme une des plus grandes faiblesses de l'esprit humain, moi-même j'ai toujours partagé ces idées et pourtant...

— Vous vous laissez aller à une faiblesse que vous blâmeriez peut-être chez les autres?

— Mais est-ce un songe, cela? n'est-ce pas plutôt une épouvantable révélation?

— De quoi donc, grand Dieu, voulez-vous parler? ma mignonne.

— Vous savez, madame, que mes nuits sont très-tristes : je les passe en partie à penser aux malheurs qui nous sont arrivés à moi et à mes pauvres amis, et qui nous menacent peut-être encore ; le reste du temps je pleure : le sommeil n'est pas fait pour les âmes aussi profondément bouleversées que la mienne.

Hier, en me couchant, je me sentis tout à coup accablée par ces mille pensées tumultueuses et amères qui agitent constamment mon esprit : j'éprouvai une fatigue extrême.

Le sommeil s'empara de moi : je fis un songe.

Je me vis transportée dans un immense château, dans une de ces antiques demeures seigneuriales, comme il s'en trouvait, dit-on, dans le moyen âge. Elle avait de hautes tours, un donjon autour duquel voltigeaient des oiseaux de proie ; une vaste porte cintrée, massive, faite de blocs énormes de granit, reliés entre eux par un ciment aussi dur que le granit lui-même : cette porte avait son pont-levis que l'on abattait sur un fossé large comme un fleuve.

Ce fossé était profond et fangeux ; dans ses eaux fétides coassaient des grenouilles innombrables. Je m'approchai de ses bords et je vis que ses eaux étaient rouges : j'y trempai ma main : horreur ! cette eau fétide était du sang.

Je regardai les grenouilles qui coassaient dans ce fleuve sinistre, et je vis que les têtes de ces grenouilles étaient des têtes humaines ; ces têtes tournaient vers moi leurs yeux grands ouverts et leurs faces livides.

Je m'enfuyais en proie à une inexprimable épouvante.

Tout en fuyant, je traversai le pont-levis de cette demeure seigneuriale.

On y entendait comme un grand bruit d'armures et d'épées.

J'étais dans une immense cour, que je traversai en fuyant.

Soudain, je me vis entourée d'hommes qui me parurent vêtus de noir de la tête aux pieds ; ils se mirent à danser en rond autour de moi.

Je m'arrêtai : je sentais mon sang se glacer dans mes veines.

Mes jambes flageolaient et menaçaient de ne pouvoir plus me porter.

Je regardai ces hommes qui semblaient sortir comme d'un abîme énorme creusé à quelques pas de moi.

J'ai dit que leurs vêtements étaient noirs : ces vêtements je les voyais flotter autour de leurs corps longs et maigres ; bientôt je m'aperçus que ce que je prenais pour des vêtements était des ailes d'une dimension gigantesque.

Ailes hideuses, de la couleur de la peau des momies !

J'étendis la main et tous se mirent à voltiger.

Ils étaient si nombreux qu'ils interceptaient les rayons de la lune et faisaient les ténèbres autour de moi.

Soudain, je me sentis soulevée de terre.

Je montais, je montais... bientôt je fus à la hauteur des tours les plus élevées du manoir.

Horreur ! j'étais portée par ces hommes noirs, qui voltigeaient, oiseaux sinistres.

Je me débattis ; je voulus m'arracher à leur étreinte, mais mes efforts furent vains, ils s'approchèrent de moi de plus en plus ; je sentis le contact de leur peau glacée, et leur haleine fétide ; je vis leurs figures me sourire, leurs regards se fixer sur moi avec une affreuse tendresse.

Ils voltigeaient en compagnie de milliers d'autres.

Tous murmuraient :

> De la lumière, ô nuit,
> Là-haut dans le ciel luit,
> Malgré tes sombres voiles...
> Allons souffler, sans bruit,
> La lune et les étoiles...

Il se fit un bruit d'ailes énorme.

Surprise, épouvantée, je regardai.

Je vis leurs légions innombrables monter en tourbillonnant dans le ciel ; et leurs corps maigres, leurs ailes longues et grêles dessiner dans l'azur leurs effroyables silhouettes.

Tout à coup, je me vis plongée dans des ténèbres profondes.

Chose étrange, je jouissais de la faculté dont sont douées les bêtes de nuit, de voir dans l'obscurité.

Ceux qui me portaient, m'avaient lâchée, mais ils ne m'avaient pas quittée : seulement ils voltigeaient autour de moi, en me faisant mille agaceries, et m'envoyant des baisers, en chuchotant entre eux.

Je descendais un escalier en spirale, dont les marches, faites de marbre noir, avaient des dimensions extraordinaires ; cet escalier paraissait conduire dans les entrailles de la terre.

Les marches étaient couvertes de dessins représentant des chapelets, des têtes de mort, des squelettes et des crucifix.

La descente fut longue : l'air était lourd, et pesait comme du plomb sur ma poitrine.

J'étais glacée d'épouvante, mes dents claquaient ; je faisais des efforts inouïs pour crier, pour appeler du secours, et je ne pouvais crier ; je voulais m'arrêter, et je marchais malgré moi, comme si j'avais été poussée par une force invisible.

Des monstres émergeaient de l'abîme ; les uns, ailés, voltigeaient lentement autour de moi ; les autres rampaient à mes pieds : tous fixaient sur moi leurs yeux glauques, pieuvres, serpents, dragons, et tant d'autres dont les noms me sont inconnus.

Les hommes noirs les caressaient, leur souriaient ; leurs figures blêmes se penchaient sur les têtes plates des serpents et des dragons, et on entendait un bruit de baisers ; on voyait les tentacules des poulpes les enlacer et leurs faces à becs de perroquet frôler amoureusement leurs visages anguleux, éclairés par des sourires.

Et je descendais, je descendais toujours...

Tout à coup, j'aperçus comme une immense lueur, vague, incertaine, confuse.

Cette lueur teignait d'un reflet livide, les ombres opaques.

Je dois dire que je n'avais pas cessé d'entendre autour de moi, et au-dessus de moi, ce bruissement énorme d'ailes dont j'ai déjà parlé, et les innombrables hommes noirs ailés ne m'avaient pas quittée.

Étrange et effroyable escorte, qui m'effrayait autant que les légions de monstres de toutes formes, qui sortaient des profondeurs de l'abîme.

La lueur allait grandissant, comme le lever d'un jour mystérieux ; bientôt je vis une voûte s'étendant à perte de vue, soutenue de distance en distance par des colonnes ; cette voûte formait une immense enceinte, éclairée par des milliers de lustres et de candélabres.

Au centre de cette enceinte, un autel était dressé, couvert de riches draperies et de dentelles du plus grand prix.

J'étais arrivée, toujours poussée par cette force invisible dont je vous ai parlé, auprès de cet autel, couvert de cierges allumés.

Frappée d'étonnement, je me retournai.

Un spectacle étrange frappa ma vue.

Aussi loin que pouvaient porter mes regards, j'aperçus des hommes noirs, agenouillés, silencieux.

Une voix cria :

— Gloire et puissance à ceux qui se font les défenseurs de la vraie doctrine et qui adorent le vrai Dieu !

En même temps, une chauve-souris, dont les ailes avaient plus de cent pieds d'envergure, vint planer sur l'assemblée, et s'arrêta, les ailes étendues, au-dessus de l'autel.

Ses yeux brillaient comme des escarboucles, et son museau énorme avait quelque chose d'humain.

J'ai oublié de dire qu'une sorte de muraille noire fermait l'enceinte à ma droite ; tout à coup cette muraille se fendit et il en sortit une vive lumière, puis l'on vit paraître un homme vêtu d'un long manteau ; à sa main droite brillait un glaive nu.

Une douzaine d'hommes, également vêtus de longs manteaux, le suivaient.

Il s'avança avec eux jusqu'au pied de l'autel, et s'y tint debout.

Les douze hommes qui l'accompagnaient se placèrent à ses côtés.

— Qu'on amène les prisonniers, s'écria-t-il.

Un murmure partit du sein de l'assemblée, pareil au bruit que font les flots de la mer, quand ils viennent se briser contre les rochers qui servent de ceinture à ses rivages.

Une dalle se souleva, à quelques mètres de l'autel et de l'endroit où j'étais.

Un, deux, trois hommes noirs en sortirent, puis les prisonniers.

Je sentis au cœur un coup violent.

Ces prisonniers étaient mon père, Hassan et Georges Bernard.

Je voulu m'élancer vers eux, crier, implorer la pitié de leurs juges.

Mais aucun son ne sortit de ma bouche, et je restai immobile à ma place, comme si mes pieds avaient été cloués au sol.

Je souffrais horriblement, je sentais une sueur glacée couler le long de mes tempes et de mon visage.

On les fit asseoir sur une sellette, en face de l'autel.

— Baron de Mélos, dt une voix, tu nous as appelés Chevaliers du Crucifix.

Mon père ne répondit pas.

La voix poursuivit :

— Baron de Mélos, nous sommes les représentants du vrai Dieu sur la terre, en nous insultant, tu as insulté Dieu ; tu t'es rendu coupable d'un horrible sacrilège : baron de Mélos, qu'as-tu à répondre ?

Mon père resta muet.

Surprise de son silence, je le regardai attentivement ; il était tout près de moi, je vis avec horreur qu'il était bâillonné.

Je remarquai qu'il était en proie à une agitation violente ; ses traits se contractaient, et ses bras se raidirent comme pour briser le lien qui les tenait attachés.

Il eut un haussement d'épaules ; et ses regards lancèrent des éclairs.

— Baron de Mélos, poursuivit la voix, nous te condamnons à mort.

Quatre hommes noirs le saisirent, pendant que d'autres tiraient de derrière l'autel un grand crucifix de bois qu'ils posèrent sur les dalles à côté du condamné.

Les quatre hommes noirs qui s'étaient emparés de lui, le couchèrent sur le crucifix, l'y lièrent, tête contre tête, pieds contre pieds.

La même voix interrogea les deux autres prisonniers. Hassan et Georges, bâillonnés comme mon père, ne purent rien répondre. Condamnés à mort comme lui, comme lui ils furent liés à un grand crucifix.

Ah ! que j'aurais donc voulu mourir !

Hélas ! je ne pouvais ni mourir, ni crier, ni pleurer, ni gémir, ni parler, ni même faire un mouvement !

Une force invisible et barbare me condamnait à assister à leur supplice !

J'essayais de fermer les yeux ; mes yeux restèrent ouverts.

J'entendis les voix d'une multitude innombrable d'hommes.

C'était l'assistance qui psalmodiait.

L'homme qui tenait le glaive s'approcha de mon père, de Georges et d'Hassan.

L'immense chauve-souris qui se tenait les ailes étendues au-dessus de l'hôtel. vint voltiger en rond autour de lui.

Qu'attendait la monstrueuse bête ? qu'allait faire l'homme auquel était dévolu l'office de bourreau ?

Gemma, arrivée à cet endroit de son récit, s'arrêta haletante, livide, les yeux hagards.

— Ce que j'ai encore à vous dire, madame, fit-elle, est trop horrible ; la force me manque pour continuer.

— Continuez, ma mignonne, dit la duchesse.

Gemma essuya son front humide de sueur, et ses yeux pleins de larmes.

Elle reprit d'une voix rapide :

— Le bourreau frappa de son glaive la poitrine des pauvres condamnés, et chaque fois que le glaive avait frappé, l'horrible chauve-souris se précipitait à l'endroit où il avait frappé, et y fouillait avec ardeur comme pour y chercher quelque chose.

Horreur ! c'était le cœur qu'elle cherchait ! elle le saisissait tout sanglant et le portait sur l'autel.

L'affreuse bête fit trois fois ces fouilles atroces, et trois fois le trajet.

La dernière fois, elle resta sur l'autel, et se penchant sur les trois dépouilles sanglantes, elle se mit à les dévorer.

Tout à coup je tombai dans une sorte de léthargie, dans un état voisin de la mort ; je ne voyais plus, mais j'entendais ; je ne souffrais plus, mais je sentais le contact des objets.

Une voix s'écria :

— Enlevez la captive !

J'entendis un immense bruit d'ailes.

On m'emportait.

Longtemps je sentis sur mon visage le vent produit par les battements d'ailes de mes ravisseurs.

Tout à coup une voix s'écria :

— Regarde !

Mes yeux s'ouvrirent.

Je me vis dans la cour d'un vaste édifice.

Tout autour de cette cour il y avait des corridors d'une longueur infinie.

Dans ces corridors passaient et repassaient des femmes vêtues de noir et voilées ; elles portaient attachés à leur ceinture de longs chapelets.

Près de moi une douzaine d'hommes noirs, de ceux que j'avais vus dans le souterrain, les mêmes sans doute qui venaient de m'apporter dans la cour de cet étrange édifice, se tenaient raides, immobiles, muets.

On voyait sur leur visage blême, un sourire.

Leurs ailes noires repliées tombaient jusqu'à leurs talons, comme les pans d'un long manteau.

Tout à coup je me rappelai tout ce qui s'était passé dans cette nuit funeste ; j'éprouvai un sentiment d'horreur à la vue de ces monstres, et je poussai un cri déchirant.

Je voulus fuir, ils m'entourèrent.

Je sentis le contact de leurs bras hideux ; je ne sais dans quel cachot ils allaient m'entraîner, quand je me réveillai.

Tel a été mon songe, madame.

La vieille Arsinoë, qui n'avait pas cessé de sourire pendant tout le temps qu'avait duré ce long récit, partit d'un grand éclat de rire.

— Comment de pareilles extravagances, créées par votre esprit, pendant le sommeil, peuvent-elles vous affecter, mon enfant ? lui dit-elle.

— Dans ce songe, madame, dit Gemma,

il y a la présence de ces êtres mystérieux et terribles, dont mon père m'a parlé à son lit de mort... Ces hommes qui me menacent, qu'il m'a nommés, pourtant...

— Quels hommes ? quels sont ces ennemis qui vous menacent ?

— Mon père les appelait les Chevaliers du Crucifix.

— Les Chevaliers du Crucifix ! qu'est-ce que c'est que cela ? grand Dieu !

— Je l'ignore, madame.

— Votre père ne vous l'a pas dit ?

— La mort ne lui en laissa pas le temps.

— Je ne vois pas ce que ça peut être, ces Chevaliers du Crucifix.

— Je les ai vus en songe, madame.

— Encore votre songe !

— Ce sont des hommes qui ressemblent à des prêtres, ils sont comme eux vêtus de noir, comme eux ils ont des autels, et un grand crucifix ; c'est sur ce crucifix qu'ils attacheront Hassan et Georges Bernard.

La malheureuse fille se mit à sangloter.

— Encore votre songe ! voyons, parlons sérieusement, ma mignonne, fit la duchesse en lui prenant les mains, qu'elle baisa, comme une mère baise les mains de son enfant.

— Je vous écoute, madame, fit tristement Gemma.

— Ces Chevaliers du Crucifix, dont je suis loin de nier l'existence, doivent être une bande de brigands, comme on en a vus en France après cette époque funeste de la Révolution, qui volaient, assassinaient et incendiaient ; ces hommes s'introduisaient dans les maisons pendant la nuit, et martyrisaient les gens pour leur arracher leur argent. Eh bien, ma mignonne, ces brigands dont vous a parlé votre père, doivent être comme ces brigands-là ; en ce temps de République, on peut tout supposer.

— Il n'y a donc pas de malfaiteurs parmi les gens à grandes robes noires, madame ; parmi ceux qui font profession d'adorer le crucifix ?

— Non, mon enfant : le supposer serait un crime.

— Pourquoi donc ce nom de Chevaliers du Crucifix ?

— Je n'en sais rien.

Au fait, poursuivit la duchesse avec vivacité, ce sont peut-être des ministres protestants : eux aussi ont un crucifix ; et croyez-moi, ma mignonne, ce sont bien des gens capables de tout.

— Je n'ai jamais vu de prêtres protestants, fit Gemma.

— C'est peut-être dans ce monde-là qu'il faut aller chercher vos Chevaliers du Crucifix, ma belle enfant.

— Il existe des hommes, madame, que l'on appelle des jésuites ; ne serait-ce pas ces gens-là que mon père appelait les Chevaliers du Crucifix ?

— Quelle horreur ! mais ce sont tous des saints, les jésuites !

— Vous les connaissez bien, madame ?

— Si je les connais ! mais où avez-vous donc vécu, pour ne pas les connaître ?

— Je crois en avoir entendu dire peu de bien : il est vrai que je n'ai jamais mis les pieds dans une église.

— Ce sont des anges, des séraphins, ma chère enfant.

— Qu'entendez-vous par des séraphins ?

— Ce sont des chefs d'anges.

— Ah !

— Mais vous êtes bien ignorante des choses et des hommes de notre sainte religion.

— Je n'appartiens à aucune religion, madame, et mon père n'en parlait jamais : je crois avoir entendu dire à Hassan que les jésuites étaient des malhonnêtes gens.

La duchesse leva les bras vers le ciel.

— Il se trompait sans doute, madame.

— Oh ! oui !...

Rien ne pourrait rendre l'expression de la figure de la duchesse quand elle poussa cette exclamation. Elle reprit :

— Mais, mon enfant, dans notre monde aristocratique, nous avons toutes pour confesseur un révérend père jésuite.

— Qu'est-ce que c'est qu'un confesseur, madame?

— Un confesseur? un confesseur? Comment! vous ne savez pas ce que c'est?

— Je vous ai dit, madame, que je n'appartenais à aucune religion.

— Oh! ma mignonne, comment pouvez-vous bien vivre sans confesseur?

— Je me demande, moi, madame, comment il se fait que vous ne puissiez pas vous en passer.

La duchesse leva de nouveau les bras vers le ciel.

Puis elle courut s'agenouiller dans un coin de la chambre.

— Que faites-vous, madame? s'écria Gemma en s'élançant vers elle.

— Je prie Dieu pour vous !

Gemma la regarda pensive.

Tout à coup la vieille Arsinoë se leva.

— Ma chère enfant, s'écria-t-elle en la pressant dans ses bras, je veux que vous soyez une chrétienne !

— Pourquoi faire, madame?

Elle regarda la jeune fille, en laissant voir sur sa figure une stupéfaction profonde.

Elle ouvrait la bouche pour répondre, quand on frappa à la porte.

Elle y courut.

C'était sa femme de chambre qui venait lui dire que son neveu, le marquis Ulrich de Bordes, désirait lui parler sur-le-champ.

Bien entendu, ces paroles avaient été dites à voix très basse. On comprend du reste que la duchesse, qui tenait essentiellement à cacher à Gemma le nom de son neveu, avait dû recommander à ses domestiques de ne jamais prononcer ce nom de manière que la jeune fille l'entendît.

Arsinoë suivit sa camériste.

XIV

Tante et neveu.

La duchesse trouva le marquis dans son oratoire.

C'était une sorte de boudoir, dans lequel on remarquait quelques tableaux représentant des sujets religieux; une statue de la Vierge en marbre de grandeur naturelle, un autel très richement orné, et au-dessus, fixé à la muraille, un crucifix.

Le parquet était couvert d'une moquette épaisse; une douzaine de fauteuils et un prie-Dieu complétaient l'ameublement.

Le marquis foulait la moquette d'un pied fiévreux en attendant sa tante.

— Ulrich ! fit celle-ci en l'apercevant.

— Mais c'est affreux, cela ! ma tante, s'écria-t-il en jetant sur un fauteuil son chapeau qu'il tenait à la main.

— Quoi donc? mon enfant.

— Quoi donc? vous me dites quoi donc?

— Eh bien, mon doux agneau, tu t'impatienteras donc toujours?

— Vous en parlez bien à votre aise ! vous, ma tante.

— Voyons, mon Ulrich, il y a si peu de temps qu'elle est entre nos mains !

— C'est que j'en suis à mon dernier louis, moi.

— Tu dépenses un argent fou, en vérité.

— Parbleu ! est-ce que vous croyez que je vais vivre comme un anachorète.

— Non, Ulrich, tu ne dois pas vivre comme un anachorète; un marquis de Bordes n'est pas né pour vivre comme un chartreux, pourtant tu dépenses, mon ami, un argent énorme.

— Je vous jure que je n'ai mangé que cent louis cette semaine.

— De sorte que tout l'argent que je t'ai donné est dépensé ?

— Dam ! il ne me reste qu'un louis !

— Quel gouffre ! fit la duchesse en soupirant.

— Oui, mais avec quelle élégance je fais sauter mes louis !

— Monstre ! monstre !

— Je suis un vrai marquis de Bordes, quoi !

— Et tu conclus ?

— Je conclus qu'il me faut cent louis, ou la main de Gemma de Mélos.

— Mais malheureux enfant, tu sais bien que tu ne peux pas encore avoir la main de cette demoiselle.

— Pourquoi ? fit le marquis en regardant fièrement sa tante, et en mettant le poing sur la hanche.

Celle-ci se mit à le contempler avec admiration.

— Est-il beau ! ce doux enfant, murmura-t-elle.

— Vous ne me répondez pas ?

— Je te dis que le moment n'est pas venu de te faire épouser Mlle de Mélos.

— Je vous demande encore pourquoi ?

— Parce qu'elle ne voudrait pas de toi.

— C'est impossible, moi qui suis son sauveur, son unique protecteur ! dit le marquis en tirant les poils de sa moustache.

— C'est la vérité, mon Ulrich, mais il faut attendre encore un peu.

— Ah bah ! on en fait ce qu'on veut des femmes, voire même des demoiselles, fit-il avec un air de fatuité tout à fait aristocratique.

— Tu te crois donc bien irrésistible ?

— De plus en plus !

— Je comprends bien, mon doux enfant, qu'une femme t'aime, tu es si beau, tu as un maintien et des manières si nobles ; et puis ne portes-tu pas le plus illustre nom de France après le roi ?

— Oui, et je n'ai pas le sou !

— Oh ! quel vilain mot ! Ulrich, tu n'y penses pas ; voyons, un homme comme toi doit-il dire qu'il n'a pas le sou ? C'est le petit monde qui s'exprime ainsi.

— Mais enfin l'expression a du bon, elle est énergique.

— Voyons, mon ami, dis que tu n'as plus qu'un louis, mais ne dis pas ce vilain mot.

— Ce mot a du bon, je le répète, il donne une idée plus nette de ma misère.

— Un marquis de Bordes dans la misère ! fit la duchesse avec horreur. Cours, Ulrich, va voir si les portes sont bien fermées : quelle abominable conversation nous avons ensemble !

— Il ne tient qu'à vous de la faire cesser.

— Comment ? petit malheureux, s'écria Arsinoë qui eut un frisson.

— Faites encore une saignée à votre réserve.

— Tu me promets de te tenir tranquille pendant huit jours, au moins ?

— Oui.

Arsinoë prit une clef, fit quelques pas vers la porte, puis s'arrêta.

— Mais je n'ai pas d'argent ! s'écria-t-elle avec l'accent du désespoir.

— Je vais chez la baronne de Berny ce soir, et je vous jure bien que je lui emprunterai cent louis en lui disant que je n'ai pas le sou, s'écria le marquis.

La duchesse courut vers la porte et sortit précipitamment.

Le duel.

Le marquis se mit à sourire.

— Je la connais comme mon porte-cigare, murmura-t-il; il y a longtemps que cette vieille âme n'a plus de secrets pour moi.

Il se promena de long en large.

La porte se rouvrit: la duchesse reparut.

Elle tenait une bourse à la main.

— Jure-moi, sur l'honneur, Ulrich, lui dit-elle en lui tendant cette bourse, de ne pas emprunter un centime à la baronne de Berny.

— Je vous le jure, fit le marquis en riant.

Il prit la bourse et la mit dans sa poche.

— Jure-moi aussi de ne pas me parler de ton mariage avec Mlle de Mélos, avant huit jours.

— Je le jure, fit le marquis avec une gravité comique.

— Tu ris, infâme ! s'écria Arsinoë.

— Oh ! moi, rire ? Allons donc !

Je dois vous dire, poursuivit-il, que Tabernier me fait bien l'effet de pas vouloir attendre huit jours.

— Il est donc bien pressé, ton homme d'affaires ?

— Dam !

— Qu'est-ce qu'il craint ?

— Tout.

— Quoi ? tout.

— Tout de ceux qu'il appelle les Chevaliers du Crucifix.

— A propos, quels sont ces hommes que tout le monde craint et qu'on appelle les Chevaliers du Crucifix ?

— Vous l'ignorez ?

— Qui me l'aurait dit ?

— Eh bien, je crois que ce sont les jésuites.

— Eux ?

— Oui.

— Ces saints hommes ?

— Oui.

— En es-tu bien sûr, Ulrich ?

— Je crois que oui.

— Te l'a-t-il positivement affirmé, ton homme d'affaires ?

— Pas précisément, mais j'ai compris cela, moi.

— Les jésuites ? Allons donc ! s'écria-t-elle avec colère.

— Possible ! pourtant vous devez vous rappeler qu'au moment où je vous ai parlé pour la première fois de cette affaire, je vous ai dit que Tabernier m'avait recommandé d'une manière particulière, de me défier de tous les prêtres et autres gens généralement quelconques qui tiennent à l'Église : or, les jésuites tiennent considérablement à l'Église.

— Mais je n'ai pas compris cela comme toi.

— Qu'avez-vous donc compris ?

— J'ai compris qu'il fallait garder le secret absolu sur cette affaire, et que l'on ne devait même pas en parler à un confesseur. Mais je n'ai pas compris du tout que les révérends pères fussent particulièrement à craindre.

— Dam ! la fortune des Mélos est une proie vraiment digne d'exciter la convoitise d'un roi, ou...

— Ou de qui ? Ulrich.

— Vous l'avez deviné.

— Tu n'es qu'un monstre, Ulrich, de croire ces bons pères capables de telles choses.

— Et nous donc, ma tante ?

Le marquis était cynique.

La duchesse rougit.

— Eh bien, après tout, fit-elle, quel mal aurai-je fait à être ta complice, mon enfant, si cette jeune fille consent à se marier avec toi ?

— Oh ! aucun, fit Ulrich, qui sourit de voir la duchesse pratiquer les doctrines d'Escobar.

— Ah ! poursuivit-elle avec une sorte d'emportement, ai-je commis un crime de vouloir assurer aux de Bordes la fortune à laquelle ils ont droit, et dont un sort injuste allait les priver ; et si, afin d'arriver à ce but honorable, j'ai eu recours à une petite supercherie pour amener cette riche héritière des Mélos à te prendre pour mari, suis-je donc blâmable ?

Elle appelait l'enlèvement de Gemma une petite supercherie.

Ulrich souriait.

— Non, oh ! non, fit-il, tout cela est louable et grandement louable ! Il n'y a pas une personne dans le monde aristocratique qui vous blâmerait, ou plutôt il n'y en a pas une qui ne vous donnerait des éloges ; seulement...

— Quoi donc, mon ami ? dit-elle d'un ton tout à fait radouci.

— Seulement, je persiste à croire que d'autres que nous peuvent avoir la pensée de s'emparer de cette richissime héritière.

— C'est possible, mon ami, mais pas les révérends pères jésuites.

— Au contraire, ma tante, ceux-là plutôt que d'autres.

— Pourquoi ?

— Parce que leurs moyens d'action sont immenses, leur organisation formidable ; parce que jamais un magistrat ne se permettrait de mettre le nez dans leurs petites affaires.

— Un magistrat ne se le permettrait pas, parce que tous leurs actes sont purs de toute considération terrestre, parce que ces saints hommes ne pensent qu'au ciel, ne s'occupent que du ciel.

— C'est une erreur, ma tante ; si les magistrats ne se permettent pas de s'occuper de leurs affaires, c'est que les rusés compères ont su se mettre au-dessus des lois.

— Mais, mon ami, que leur importe la fortune à ces bons pères ?

— Que leur importe la fortune ? C'est par l'or, par la puissance de l'or, qu'ils sont devenus la plus étonnante et la plus formidable société qu'on puisse imaginer.

— Tu es prévenu contre eux, Ulrich.

— Nullement.

— Ils sont riches, je le sais, mais leurs richesses proviennent des dons qu'on leur fait.

— Volontaires ?

— Assurément.

— C'est une erreur, et une erreur très

grave. Ces dons prétendus volontaires sont extorqués.

— Mais tu blasphèmes ! Ulrich.

— Voyons, ma tante, raisonnons un peu.

— Parle.

— Vous avez connu Mlle de Chivry ?

— Oui.

— C'était une très riche héritière : la fortune des Chivry se montait à une cinquantaine de millions, au moins ; elle restait seule de la famille, par suite du décès de sa mère et de son frère, et toute cette fortune était à elle seule. Un beau jour, Mlle de Chivry, qui n'était pas dévote du tout, éprouva, dit-on, une passion étrange pour la vie religieuse.

— C'est une calomnie, Ulrich, ce que tu vas dire.

— C'est la vérité, ma tante, je l'ai entendu dire à plusieurs personnes dignes de foi. Mlle de Chivry a été positivement enlevée par les jésuites.

— C'est une erreur grave, Ulrich, elle était très dévote, cette demoiselle.

— Je suis sûr du contraire. Je tiens le fait du marquis de Curey, qui était son amant et qui m'a montré des lettres d'elle ; eh bien, Mlle de Chivry, enlevée par les jésuites et jetée par eux dans un couvent, y mourut six mois après, en laissant toute sa fortune à la société de Jésus.

— Comment cela a-t-il pu se faire ? Ulrich, c'est une absurdité cela.

— Comment cela a pu se faire ? mais c'est bien simple ; je vais vous l'expliquer :

Tous les biens des Chivry furent vendus dans l'espace de quelques mois et convertis en espèces. Ces espèces furent touchées par des tierces personnes, fondées de pouvoirs de Mlle de Chivry : ces fondés de pouvoirs étaient des jésuites.

— Je maintiens que ce que tu dis est

une fausseté, Ulrich. Comment en effet peut-on supposer que cette demoiselle eût fait de ses ravisseurs et de ses geôliers ses fondés de pouvoirs?

— C'est ici qu'éclate l'habileté de ces hommes. Je vous ai dit que Mlle de Chivry aimait, non, adorait le marquis de Curcy. Toute une correspondance qui est encore entre les mains du marquis et qu'il m'a montrée, le prouve. Vous comprenez que Mlle de Chivry, dans le couvent, c'est-à-dire dans sa prison, aspirait à la liberté : pour elle, en effet, la liberté, c'était l'amour du marquis, c'était son union avec lui, c'était le bonheur, en un mot.

Elle était sûre que le marquis l'adorait; elle avait de lui des lettres où celui-ci lui exprimait la passion la plus insensée — je tiens encore ce détail du marquis. — Les jésuites n'ignoraient pas cet amour réciproque : vous allez voir le parti qu'ils ont tiré de ce secret qu'ils avaient surpris.

— Mais comment pouvaient-ils surprendre un pareil secret? ces pauvres saints hommes s'occupent bien de choses si mondaines !

— Si je vous disais que le directeur spirituel de Mme de Chivry était un jésuite et que ce jésuite était non seulement son directeur spirituel mais son amant ?

— Tu es fou, Ulrich! tu blasphèmes !

— En cette double qualité, il faisait ce qu'il voulait chez les Chivry; il fouillait partout, avait fait de tous les domestiques des espions qui lui rendaient un compte exact de tout ce que faisaient leurs maîtres.

— Qu'en sais-tu? petit misérable.

— Ce que j'en sais? mais ce sont les domestiques qui l'ont dit au marquis de Curcy, c'est Mlle de Chivry qui l'a affirmé à ce dernier !

— Que d'horreurs contre ces bons pères! C'est bien le cas de dire qu'on ne peut pas être saint impunément! s'écria la duchesse en levant les yeux au ciel.

— Donc, ces bons pères connaissaient l'amour de Mlle de Chivry pour le marquis et l'amour du marquis pour Mlle de Chivry, et ils ont exploité ce secret avec une habileté infernale.

— Infernale ! s'écria la duchesse, eux, des anges ! des anges ! des anges ! des archanges !

Ulrich se mit à ricaner.

— Dans le cloître, dans sa prison, continua-t-il, la pauvrette se trouvait tout à fait à leur merci. Un de ces bons pères venait et lui disait : « Le marquis vous adore; il pleure votre absence, il vous cherche, il donnerait sa vie pour vous; nous vous rendrons à lui, mais à une condition, c'est que vous nous donnerez tel ou tel immeuble, tel ou tel capital placé chez tel banquier et vous appartenant, chargez-vous de vendre cet immeuble et de toucher cet argent, et nous consentirons à vous rendre au marquis et à la liberté.

La pauvrette, pour avoir ces biens précieux, ces biens qui étaient sa vie, que n'eût-elle pas donné ! Que lui importait la fortune de ses pères, si elle était condamnée à passer sa vie dans le cloître ! elle trouvait même bien léger le prix de sa rançon !

— Ce sont des divagations, des propos d'insensé, toutes ces histoires, Ulrich ! s'écria la duchesse : en effet, comment supposer que Mlle de Chivry, mise dans un couvent contre son gré, n'eût pas protesté contre cette séquestration de sa personne ?

— Qui donc se fût chargé de porter sa plainte à un parquet, si elle eut osé en formuler une? Sont-ce les religieuses qui la gardaient avec des raffinements de surveillance, à rendre jaloux les plus farouches geôliers?

— Oh ! ces bonnes sœurs ! ces épouses du Christ, ces âmes si tendres et si charitables ! Ah ! quelles horribles choses tu me racontes là, Ulrich !

— Vous allez voir, ma tante, ce que ces sœurs si douces, si charitables, étaient capables de faire !

— Je te crois capable de toutes les noirceurs à l'égard de tous ceux qui font profession de se vouer exclusivement à la pratique de toutes les vertus chrétiennes. Vois donc un peu, mon enfant, comme ton histoire est invraisemblable : tu dis que la demoiselle de Chivry était prisonnière, qu'elle ne pouvait pas faire parvenir ses plaintes à la justice ; mais n'avait-elle pas le marquis de Curcy qui, à défaut de parents, pouvait la voir, lui parler, se charger d'être auprès des tribunaux, l'organe de ses réclamations ?

— Le marquis a ignoré longtemps dans quel couvent elle se trouvait, et quand il sut où elle était, il ne put jamais obtenir l'autorisation de la voir. Mais l'amour du marquis était de ceux qui ne connaissent pas d'obstacles. Un soir, il escalada les murs du couvent, il pénétra jusqu'à la cellule de la pauvrette, et savez-vous ce qu'il vit ? elle râlait !

— Tout le monde meurt, mon ami ; les jeunes aussi bien que les vieux.

— Elle pouvait encore parler, elle le pouvait d'autant plus que la religieuse qui assistait à son agonie solitaire avait été bâillonnée et garottée par le marquis.

Elle lui raconta qu'elle avait donné aux jésuites toute sa fortune, afin d'avoir sa liberté et de pouvoir être à lui, mais qu'au moment de tenir leur promesse, ils l'avaient tuée.

Elle lui dit que les religieuses l'avaient promenée pieds nus et en chemise dans la cour du cloître ; « elles me savaient pourtant malade, » ajouta-t elle.

Elle poursuivit :

« Il faisait un froid très vif ; je fus ramenée glacée dans ma cellule. Depuis je n'ai pas pu me réchauffer, et je vais mourir. »

La pauvrette expira dans ses bras quelques minutes après.

— Comment as-tu pu apprendre ce qui s'est passé entre Mlle de Chivry et le marquis, ce soir-là ?

— C'est ce dernier qui me l'a raconté.

— Tu vois bien, Ulrich, que tu mens, puisque le marquis est devenu fou, le lendemain même du jour où on dit qu'il a pénétré dans le cloître.

— Je le vis le matin même ; il était dans une situation d'esprit effroyable, mais il n'était pas encore fou ; il me raconta tout ce qu'il avait vu, tout ce que cette demoiselle lui avait dit. Ce n'est que le soir qu'il a commencé à divaguer et, qu'au dire des médecins que j'ai interrogés à cet égard, il est devenu fou.

— J'ai bien peur que tu en fasses autant, Ulrich.

— Ne craignez rien, je n'aime pas Mlle Gemma, comme le marquis aimait Mlle de Chivry ; et je veillerai à ce qu'elle ne tombe pas entre les mains des enfants de Jésus, que j'admets très bien qu'on appelle les Chevaliers du Crucifix.

— Ulrich, tu me fais horreur ; va-t-en, tu as ton argent ; et que je ne te revoie plus, s'écria la vieille Arsinoé exaspérée. Comment ! un de Bordes parler ainsi de la religion ? Mais qu'allons-nous devenir ? grand Dieu !

— Nous deviendrons pauvres, ma tante, si on nous vole Gemma de Mélos, fit le marquis en prenant sa canne et son chapeau : Veillez ! et pensez à Mlle de Chivry.

XV

Le directeur spirituel.

Au moment où Ulrich de Bordes quittait l'oratoire de l'hôtel de Cressères, un personnage, vêtu d'une longue redingote noire boutonnée jusqu'au menton, et coiffé d'un chapeau de feutre plat, à larges bords, y entrait.

La vieille Arsinoë, qui après sa sortie contre son neveu, était allée se jeter aux pieds de son crucifix, lui tournant le dos, ne le vit pas entrer.

Le personnage se mit à se promener de long en large comme s'il eût été chez lui.

La moquette qui couvrait le parquet était si épaisse qu'on ne pouvait pas entendre même de près, le bruit de ses pas.

Il jeta un regard inquisiteur dans tous les coins de l'oratoire, et passa en revue tous les objets qui s'y trouvaient.

Tout à coup ses yeux s'ouvrirent démesurément, il venait d'apercevoir une moitié de londrès que le marquis avait laissée sur un fauteuil.

Il alla l'examiner de près ; puis haussa les épaules et leva les yeux vers le ciel.

Sa figure exprima l'indignation et le dégoût, et il se remit à marcher de long en large.

Au bout de quelques minutes la duchesse se releva, et l'aperçut.

Elle tressaillit.

Disons tout de suite quel était le personnage en question : c'était le directeur spirituel de la duchesse.

— J'étais bien sûr, dit-il en s'inclinant, de trouver madame la duchesse en prières.

— Oui, mon père, je prie, et je devrai même prier sans cesse ; vous savez pour qui ?

— Pour votre neveu Ulrich, ma sœur ?

Il leva de nouveau les yeux vers le ciel, et se tut.

— Dieu se laissera fléchir, n'est-ce pas, mon père ?

— Dieu est bon, mais il est juste, ma sœur, fit-il durement.

— Oh! que je suis malheureuse ! Un de Bordes !

— Il ne va pas plus à la messe que par le passé ?

— Je ne pense pas.

— Ni aux vêpres ?

— Non plus.

— Va-t-il entendre au moins le prédicateur célèbre, qui prêche en ce moment à Notre-Dame?

— Non plus.

— C'est un bien grand pécheur... Il est venu ici ?

— Oui, mon père.

— Je le vois !!!

Il montra le cigare qui se trouvait sur le fauteuil.

— Comment ! il a laissé cette ordure ici !

Le jésuite haussa les épaules et se dirigea vers le fauteuil.

Arrivé là, il s'enveloppa la main avec le pan de sa redingote, et de cette main ainsi enveloppée, et que le contact de cet objet mondain ne pouvait plus souiller, il le saisit et alla le jeter dans la pièce voisine.

— Laisser de pareilles ordures dans un oratoire, c'est-à-dire dans un lieu consacré à Dieu, quelle horreur! s'écria-t-il en revenant prendre sa place auprès de la duchesse.

Celle-ci courut s'agenouiller de nouveau aux pieds de son crucifix.

— Récitez, ma sœur, deux *Pater* et deux *Ave* pour obtenir de Dieu et de la Vierge que votre oratoire soit purifié de cette infâme souillure.

Je joins mes prières aux vôtres.

Il s'agenouilla à son tour.

Quand la duchesse se releva, elle le pria de s'asseoir à côté d'elle.

Nous l'avons dit, la vieille Arsinoë adorait son neveu. Tout ce qu'elle venait de faire et dire, et de laisser faire et dire à propos de ce bout de cigare qu'il avait oublié sur un fauteuil, n'était qu'une simple et banale concession faite à la religion.

Dam! elle pouvait être dévote; mais elle ne cessait pas d'être la duchesse Arsinoë de Cressères, la tante du marquis Ulrich de Bordes.

Elle aimait Dieu, certes! Mais elle aimait aussi son neveu, bien qu'il fût libertin et débauché; et elle l'aimait jusqu'à se faire la complice de ses actions les plus criminelles.

Nous avons dit qu'elle avait tressailli à la vue de son directeur spirituel.

En effet, elle éprouvait une vague terreur.

Voici pourquoi.

Jamais Ulrich n'était venu aussi souvent à l'hôtel que depuis que Gemma de Mélos s'y trouvait; et, chose étrange, chaque fois qu'il y venait, il y était suivi par le père directeur.

Jusqu'à ce jour, elle ne s'était pas demandé la raison de ces singulières coïncidences; mais depuis que son neveu lui avait parlé des Chevaliers du Crucifix, et qu'il lui avait affirmé que ces chevaliers n'étaient autres que les jésuites; sa pensée se reportait malgré elle à ces visites plus fréquentes de son directeur spirituel, et coïncidant chaque fois avec une visite de son Ulrich.

Un vague sentiment de méfiance à l'endroit de l'homme à la grande redingote noire, s'empara d'elle.

Puis elle pensa à sa prisonnière et eut peur.

Nous avons dit qu'elle avait prié son visiteur de s'asseoir à côté d'elle.

Elle hésita à entamer la conversation; de son côté, il parut plutôt disposé à l'écouter.

Il y eut un silence.

Il le rompit enfin.

— Ma sœur, dit-il, j'aimais à croire que M. le marquis de Bordes, votre neveu, changeait de conduite, en le voyant venir beaucoup plus souvent que par le passé à l'hôtel de Cressères; je me plaisais à croire qu'il y venait plus souvent parce qu'il goûtait davantage vos bons conseils, et vos sages exhortations.

La duchesse vit venir le coup.

— Mon père, dit-elle avec un air de mauvaise humeur très bien joué, il vient, le petit misérable, pour me demander de l'argent.

— Ah! ah! de l'argent pour les femmes, pour le jeu, pour les chevaux, c'est-à-dire pour le démon; et jamais pour l'église, c'est-à-dire pour Dieu.

— Mon père, fit la duchesse en se levant, pendant que j'y pense, il faut que je vous remette les cinq louis que je dois vous donner pour vos pauvres.

— Oh! ma sœur, cela n'est pas pressant!

Arsinoë sortit de l'oratoire et revint avec la somme qu'elle lui remit, en lui disant:

— Priez, mon père, pour mon neveu.

— Des prières sont dites régulièrement tous les jours dans toutes les églises de Paris, ma sœur, pour obtenir la conversion de M. le marquis.

— Merci! mon père, merci pour le petit malheureux qui n'en connaît pas tout le prix!

— Vos bontés sont inépuisables pour lui et pour mes pauvres, ma sœur.

— Les grâces de Dieu sont encore plus inépuisables, bien certainement.

— Je redoute qu'il vous pousse trop loin dans la voie du sacrifice.

— Il n'a plus sa mère, le petit malheureux!

— Alors sa tante devient sa mère; or le cœur d'une mère pousse la tendresse et l'esprit de sacrifice jusqu'au dévouement le plus absolu.

— Qui m'en ferait un crime? dit la duchesse en relevant fièrement la tête.

— Ni moi, ni Dieu! ma sœur, fit le Chevalier du Crucifix en s'inclinant.

— Il est bien à plaindre, ce pauvre Ulrich.

— J'ai entendu dire qu'il était dans une situation d'esprit beaucoup meilleure, depuis quelque temps.

La duchesse tressaillit: elle se sentait entraînée sur un terrain peu sûr.

— Qu'entendez-vous par là, mon père? fit-elle avec un air d'innocence à désarmer un procureur de cour d'assises.

— J'entends que ses idées sont plus riantes; il n'a plus cet air sombre qu'on lui voyait parfois; il ne laisse plus échapper des paroles, comme celles qui lui sont échappées dans mainte et mainte réunion.

— Quelles paroles?

— Qu'il ne voyait de bonheur que dans l'opulence; qu'il ne concevait pas qu'on se résignât à vivre dans la pauvreté; qu'un homme comme lui devait préférer le suicide à la misère, que quant à lui son parti était pris, et il n'attendrait pas d'être arrivé à son dernier louis pour se brûler la cervelle.

— Le malheureux! et maintenant, que dit-il?

— Rien : on croirait que ces idées sinistres ont cessé tout à coup de hanter son esprit.

— A quoi l'attribuer, mon père? fit hardiment Arsinoë, pareille à un vieux cheval de bataille, qui se sent pris d'une humeur belliqueuse, en entendant le son du clairon.

Le Chevalier du Crucifix jeta les yeux sur elle : leurs regards se croisèrent.

Arsinoë sourit.

— C'est avec bonheur, mon père, que je vous entends dire qu'Ulrich serait devenu plus raisonnable.

Il hocha la tête.

— Plus raisonnable? possible ; plus gai? oui.

— De cette gaieté inaccoutumée, je ne m'aperçois guère, moi, sa tante.

— Tout le monde la remarque, elle seule ne la remarque pas!... étrange! étrange! se dit-il.

Tout haut :

— Mais partout pourtant on la voit, cette gaieté; elle éclate comme un soleil, on la voit sur le boulevard; on la voit au cercle ; on la voit au quartier Bréda; on la voit dans les coulisses du théâtre des Bouffes; on la voit chez la marquise de Questroy, chez la comtesse de Sterley, chez la baronne de Bercy, à l'Opéra, dans la loge de la charmante duchesse de Flavart, en un mot, partout! partout! partout !

— Vous me comblez de joie, mon père, et j'espère bien qu'il m'apportera bientôt un peu de cette gaieté dont il est si prodigue loin de moi.

— C'est d'autant plus surprenant qu'il vient vous voir bien plus souvent qu'il y a un mois ou deux.

— Il vient en effet plus souvent; cela s'explique : il a des besoins plus fréquents d'argent.

— Il est allé vous trouver, dit-on, au château de Cressères ?

J'ai vu Georges à mes pieds, dans le parc.

— Oui, mon père.

— Il a, paraît-il, séjourné un jour ou deux à Genève.

— Je l'ignore.

Elle mentait.

Ulrich en effet avait séjourné à Genève, avant d'enlever Gemma ; et il s'y était arrêté de nouveau quelques heures à son retour de Cressères : ce que la duchesse n'ignorait pas.

Il y avait longtemps qu'il n'avait pas mis les pieds dans le vieux manoir de Cresières ?

— Longtemps, en effet, fit la duchesse haletante et sérieusement inquiète de la tournure que prenait la conversation.

Mais elle sut cacher son trouble.

— Savez-vous ce qu'on dit ? poursuivit le Chevalier du Crucifix.

— Quoi donc ? s'écria Arsinoë qui se sentait pâlir.

— On dit que beaucoup de personnes attribuent à son voyage une cause mystérieuse.

La duchesse était brave ; il y avait en elle du sang des anciens gentilshommes ;

elle fit appel à tout son courage pour refouler au fond de son cœur ses cruelles inquiétudes.

— Et quelle est cette cause mystérieuse dont on parle, mon père ? dit-elle d'une voix qu'elle parvint à maintenir calme.

— Je ne dois pas vous la dire.

— Pourquoi ?

— Je craindrais de vous affliger.

— M'affliger ?

— Oui.

— Est-ce quelque chose qui serait de nature à souiller le blason des de Bordes ?

— Peut-être !

Arsinoë bondit ; sa figure pâle se colora brusquement ; son regard étincela.

— Mon père, s'écria-t-elle, dans le confessionnal je suis votre pénitente et je vous dois la soumission la plus absolue, mais en ce moment, je puis et je dois me rappeler que je suis la duchesse de Cressères, celle à laquelle trente générations de nobles chevaliers ont transmis un blason pur de toute tache ; cette longue tradition d'honneur je dois la maintenir en ma personne et en celle de mon neveu ; parlez.

Le Chevalier du Crucifix, recula. Cette indignation était si bien jouée, la pose de la duchesse était si fière, son regard si assuré, et les sentiments qu'elle exprimait paraissaient si réels, qu'il se demanda sérieusement s'il n'avait pas eu tort de songer à l'accuser, ainsi que le marquis son neveu, d'avoir enlevé Gemma de Mélos.

Car c'était là, on le devine aisément, qu'il voulait en venir.

Du reste, il n'avait aucune preuve.

Il avait engagé la conversation sur ce terrain, dans l'unique but de sonder l'âme de sa pénitente ; il avait quelque raison de croire que ce secret s'y trouvait, et il s'était flatté d'être assez habile pour l'y découvrir.

La sortie de la duchesse était bien faite pour le désabuser ; et il ne lui restait plus qu'une chose à faire, c'était de se tirer de là, de manière à conserver ses entrées chez la duchesse et à regagner ce qu'il pouvait avoir perdu dans son estime et dans sa confiance.

Il se garda bien de faire même la plus lointaine allusion à la disparition de Gemma de Mélos.

Il joua l'indignation, à son tour.

— Mais je n'en ai jamais cru un mot, et j'ai toujours pensé que c'était une infâme calomnie ! s'écria-t-il.

— De quoi s'agit-il donc ? grand Dieu ! fit la duchesse qui n'avait pas cessé d'être sur les épines.

— On a parlé d'un duel avec un certain Maure appelé Hassan ; duel dans lequel M. le marquis aurait montré une déloyauté, peu digne d'un gentilhomme.

— A Genève ?

— A Genève.

— Et cette rencontre aurait eu lieu à propos de quoi ?

— A propos d'un article de l'*Echo universel*.

— Et cet article ?

— Dont on attribuait la paternité à M. le marquis était outrageant pour une demoiselle, parente de ce Maure.

— Que reproche-t-on encore au marquis ?

— On lui reproche d'avoir blessé grièvement et traîtreusement son adversaire.

— Comment ?

— Le duel devait avoir lieu et eut lieu en effet, à l'épée. L'adversaire du marquis le désarma plusieurs fois, en lui faisant sauter l'épée de la main. C'est alors que le marquis aurait déchargé sur lui, presque à bout portant, un pistolet, qu'il aurait tenu caché traîtreusement dans ses vêtements, et l'aurait grièvement blessé.

La duchesse partit d'un grand éclat de rire.

— Et l'on dit, mon père, s'écria-t-elle,

que le héros de cette ridicule histoire serait le marquis de Bordes ?

— Oui, ma sœur.

— Sérieusement ?

— Sérieusement.

— Les personnes qui ont affirmé cela n'ont donc pas lu les journaux ? Voilà ce que j'ai appris à Cressères : c'est un fait qui est connu là-bas de tout le monde.

Un duel a eu lieu entre un M. Hassan et un rédacteur de *l'Echo universel*, appelé Moller ; la cause du duel était un article attentatoire à l'honneur d'une parente de ce monsieur Hassan. Il eut lieu à l'épée ; ce Moller, furieux d'avoir été désarmé plusieurs fois par son adversaire, fit feu sur lui d'un pistolet qu'il avait caché jusqu'à ce moment-là à son adversaire et aux témoins. Voilà ce qui a eu lieu à Genève, il y a quelques jours ; et c'est sans doute cette histoire qui aura été le thème sur lequel on aura brodé celle que vous venez de me raconter.

— C'est cela, c'est cela ; ça ne pouvait être en effet qu'un misérable travestissement de la vérité, s'écria le Chevalier du Crucifix.

Cette histoire, c'était lui qui l'avait inventée.

Il l'avait préparée à l'avance, pour le cas où son plan d'attaque ne réussirait pas ; et elle devait lui servir à couvrir sa retraite, qui a été en effet exécutée en bon ordre, comme on vient de le voir.

— Il m'a fait peur ! se disait la vieille Arsinoë, en allant s'agenouiller une troisième fois aux pieds de son crucifix.

Son directeur spirituel s'agenouilla, lui, au beau milieu de l'oratoire : puis il se mit à réciter tout haut la prière suivante :

— Mon Dieu, comblez de vos bénédictions les plus précieuses Mᵐᵉ la duchesse Arsinoë de Cressères, et son très noble neveu, M. le marquis Ulrich de Bordes.

Amen.

La duchesse se releva, vint à lui, et lui tendant la main :

— Je regrette, mon père, lui dit-elle, les paroles un peu vives que je vous ai adressées tout à l'heure.

— L'honneur avant tout ! ma sœur, fit le Chevalier du Crucifix, en se relevant à son tour.

— Pourtant je croyais qu'elle tremblait quand je lui affirmais qu'on attribuait au voyage du marquis en Suisse une cause mystérieuse ! se disait-il, aurais-je donc la vue moins sûre que par le passé ?

Il resta un instant songeur.

— J'ai voulu lui porter un coup droit, ajouta-t-il, j'ai voulu la mettre hors de combat promptement, et j'en suis presque arrivé à croire qu'elle ne me cache rien ! Heureusement que j'avais préparé cette histoire de duel pour couvrir ma retraite, et qu'elle ne soupçonnât en aucune façon mes véritables intentions ! c'est égal, mauvais résultat, mauvais résultat !

La duchesse, renversée dans un fauteuil, les yeux demi-clos, l'observait.

— Je suis sûre qu'il est sur la piste de Gemma de Mélos ; qu'il vient la chercher ici, qu'il croyait m'arracher le secret de sa retraite, et qu'il est tout ahuri à la pensée d'être obligé de s'en aller bredouille.

— C'est peut-être mal ce que je pense, ajouta-t-elle ; il n'y entend peut-être par malice, ce bon père ; c'est probablement ma sortie qui le rend comme cela soucieux.

— Pourtant, ajouta-t-elle encore, je ne puis oublier ce que m'a dit Ulrich des Chevaliers du Crucifix ; et ce que m'en a dit Gemma. Oh ! je ne dis pas, mon Dieu, que le père Béraud soit un Chevalier du Crucifix !...

Ainsi le directeur spirituel de la vieille Arsinoë s'appelait Béraud.

— Ma sœur, s'écria tout à coup celui-ci dont le visage s'éclaira brusquement, j'apporte aujourd'hui dans les plis de ma robe sacerdotale des trésors d'indulgence.

— Hésiteriez-vous, mon père, à en faire part à votre humble servante ? Elle a tant besoin des bontés divines dont vous venez de vous dire porteur ?

— Cinq mille cinq cents jours d'indulgence !

— Et que faut-il faire, mon père, pour être digne de puiser dans votre précieux trésor ?

— Se confesser à moi et recevoir de ma main l'absolution de toutes ses fautes.

— Oh ! je me confesse, et tout de suite ! fit la vieille Arsinoë, avec une joie d'enfant.

Le père Béraud alla dans un coin de l'oratoire, et y décrocha un surplis, qu'il passa par-dessus sa longue redingote.

Tout près il y avait prie-Dieu, et un fauteuil : la duchesse s'agenouilla sur le prie-Dieu, et le père Béraud s'assit dans le fauteuil.

La confession commença.

Elle dura bien vingt minutes.

Quand elle quitta son prie-Dieu, la vieille Arsinoë était rayonnante ; le père Béraud était sombre.

— Rien ! grommela-t-il.

La confession de sa pénitente ne lui avait rien appris de ce qu'il désirait tant apprendre.

— Ma sœur, dit-il, je considère comme un devoir de faire participer tous vos domestiques aux trésors d'indulgences dont je me trouve possesseur.

Arsinoë tressaillit.

Elle voulait bien des indulgences pour elle, mais pour les autres, c'était différent.

Dame ! cette générosité inaccoutumée de son directeur spirituel lui parut suspecte.

Ses domestiques étaient de vieux serviteurs, tous, mâles et femelles, étaient rompus à l'obéissance, et elle leur avait fait jurer de ne dire à qui que ce fût qu'elle avait à l'hôtel une jeune parente — elle désignait ainsi Gemma de Mélos. Cependant, par prudence, elle jugeait à propos de leur faire de nouvelles recommandations, à ce sujet, avant de les soumettre à la redoutable épreuve d'un tête-à-tête avec son confesseur.

— Je les préviendrai, mon père, dit-elle, et demain ils viendront ici recevoir avec joie les trésors célestes que vous voulez bien leur offrir.

Le père Béraud s'inclina.

Il sentit qu'il était vaincu.

Insister, c'eût été se trahir.

— Demain, se dit-il, elle aura fait la leçon à ses domestiques et je ne saurai rien !

— Je viendrai demain, madame la duchesse, fit-il, en s'inclinant profondément.

— Oh ! il y a du louche, du louche, dans cette maison ! se disait-il en traversant les longs couloirs de l'hôtel.

Il humait l'air, comme s'il eût senti je ne sais quelle odeur de fourberie.

En traversant la cour, il jeta de tous côtés des regards obliques.

Quand il fut parti, Arsinoë se jeta aux pieds de son crucifix, pour demander pardon à Dieu de la façon un peu cavalière dont elle en usait avec son directeur spirituel.

Elle n'était pas, toutefois, bien convaincue d'avoir commis une faute en se méfiant de lui ; elle récita cependant, à tout hasard, deux chapelets.

XVI

Un bal dans le *noble* faubourg.

Le lecteur se rappelle sans doute qu'Ulrich de Bordes avait dit à sa tante :

— Ce soir, je dois aller chez la baronne de Berny.

La baronne donnait un bal ce soir-là ; et elle lui avait adressé une invitation.

Mᵐᵉ de Berny, nous l'avons déjà entrevue ; c'est cette jeune femme, que le chef des hommes rouges, au château de Botternay, désignait sous le nom de Mᵐᵉ Zogler.

C'est elle que le charmeur de serpents était allé demander au château, et qui avait piqué avec une épingle, sur le chapeau du saltimbanque endormi dans le parc, le billet étrange que nous connaissons.

Le faubourg Saint-Germain, bien qu'il soit à cheval sur les parchemins, a ses faux nobles aussi bien que le monde de la finance ; seulement s'il en a il le sait, bien plus c'est lui qui les fait, pour céder, dit-il, à de *hautes influences*, c'est le terme consacré.

Ces *hautes influences* qui avaient produit ce phénomène, par lequel la belle Mᵐᵉ Zogler était devenue la ravissante baronne de Berny, nous les appellerons par leur nom ; c'étaient les Chevaliers du Crucifix.

Ces puissants intrigants avaient parfois besoin de créer à certains de leurs agents des situations élevées.

A ces situations on donnait une étiquette aristocratique, ce n'était pas difficile à faire, et tout était dit ; la délicate susceptibilité du noble faubourg ne pouvait être blessée.

Ainsi on eût refusé d'aller aux fêtes de Mᵐᵉ Zogler ; mais on acceptait avec plaisir les invitations de la baronne de Berny.

L'empire, suivant l'exemple des Chevaliers du Crucifix, a eu aussi ses barons et ses baronnes, et l'on se rappelle encore les fêtes brillantes données par le baron K..., au temps où trônait aux Tuileries cette magnifique sottise morale et politique que l'on a appelée l'empire.

K... était un mouchard de la plus belle eau.

Ces barons et ces baronnes n'opéraient guère que dans le monde de la finance, du haut négoce, du journalisme et des lettres en général.

Le noble faubourg n'eût pas souffert chez lui ces intrus.

Je ne prétends pas dire que l'empire n'ait pas eu d'autres moyens de moucharder la noblesse ombrageuse et formaliste dudit faubourg, et n'en ait pas usé.

Mais revenons à la belle Mᵐᵉ Zogler, devenue Mᵐᵉ la baronne de Berny.

Nous avons dit que ce soir-là, elle donnait un bal.

On allait beaucoup à ses fêtes.

Bien des gens diront qu'on aimait à aller chez elle, d'abord parce qu'elle était très belle, ensuite parce qu'elle était veuve ; choses qui d'ordinaire rendent toujours une jeune femme attrayante. C'est l'extrême bêtise...

A part certains jeunes gens et quelques vieux dont la luxure paraissait avoir ankylosé les facultés mentales ; gens qui y allaient pour ces deux choses dont nous venons de parler, on ne fréquentait guère les salons de la baronne que pour des motifs purement religieux et politiques.

Il y avait donc là un monde étrange, une

société à part, qu'on eût vainement cherchés ailleurs.

Je ne dis pas que la baronne, pour être le centre d'un monde où *la vertu était en honneur*, fût un modèle de vertu.

Son histoire le dit assez.

Fille adultérine du père Vétoni et de la femme de Tabernier; devenue à douze ans la maîtresse de Broussard le Saltimbanque, qu'elle quitta pour se marier avec un sieur Zogler qui l'emmena dans la Nouvelle-Calédonie, et dont elle se débarrassa en le poussant dans un précipice; — genre de mort qui fut mis sur le compte d'un accident; — depuis veuve et baronne, dévote jusqu'à la racine des cheveux, dissolue jusqu'aux moelles, et brochant sur le tout, agent aveugle et passionné des Chevaliers du Crucifix; telle était la belle baronne de Berny.

Elle possédait, rue Bellechasse, un petit hôtel, une vraie bonbonnière, un nid ravissant.

Cet hôtel avait appartenu à un prince de Soubise. A sa mort, il était devenu la propriété d'une riche Hongroise, la comtesse Kartory, qui y donna des fêtes brillantes et qui s'y ruina. Plus tard, les Chevaliers du Crucifix l'acquirent sans bourse délier; on leur en fit don.

Il y avait là des richesses inouïes comme tapisseries, meubles, candélabres, lustres, tentures, tableaux.

Nous n'entreprendrons pas d'en faire la description.

Nous n'en dirons que ce qui sera indispensable à l'intelligence de notre récit.

Toutes les pièces du rez-de-chaussée étaient une longue suite de salons splendides qui aboutissaient à des serres spacieuses, pleines de plantes et d'arbustes exotiques, et de fleurs rares.

Il y avait au fond de ces serres un petit boudoir tendu de soie bleu et or, et ayant vue sur une volière où gazouillaient des milliers de tout petits oiseaux aux couleurs éclatantes.

Les meubles du boudoir se composaient d'une glace de Venise de deux mètres de hauteur sur un de largeur, de deux fauteuils et d'un lit de repos.

Cette couche était voluptueuse et splendide, et Vénus elle-même n'en eût pas rêvé d'autre.

C'était un amas gracieux de batiste, de dentelles et de velours brodé d'or, disposé avec art dans une sorte de bateau d'ivoire reposant sur des griffes colossales de panthère en argent.

Une moquette aussi douce que l'hermine couvrait le parquet.

C'était dans ce retiro charmant que Benedita, autrement dit Mme Zogler, autrement dit la baronne de Berny, accordait des tête-à-tête à certains privilégiés.

Il y avait encore des salons au premier; c'était aussi là que se trouvait la salle à manger qui était très spacieuse.

Nous prenons Benedita au moment où elle est entre les mains de sa camériste; elle fait sa toilette, elle pense aux hôtes qu'elle va recevoir, aux plaisirs qu'elle se promet et aux intrigues religieuses et politiques dont elle est l'âme.

Dans nos sociétés, c'est presque toujours une femme qui tient les cartes quand il s'agit de jouer les plus importantes parties, soit politiques, soit religieuses.

Benedita avait été souvent chargée des missions les plus délicates auprès des principaux agents du conservatisme.

C'est à elle qu'avait été confié, par les Chevaliers du Crucifix, le soin de faire comprendre à ces messieurs, les fortes têtes du royalisme, qu'il fallait soumettre le pape aux volontés des enfants de Jésus, et les avait avertis que pour arriver à cette fin, il avait été décidé qu'il y aurait diminution des recettes du denier de saint Pierre.

Benedita avait dépassé la trentaine, mais elle était aussi fraîche, aussi séduisante qu'à vingt ans.

C'était une grande brune, blanche comme une statue d'albâtre, avec des cheveux noirs et ondulés, à reflets bleuâtres, et dès yeux fendus en amande, d'un bleu sombre.

Elle était belle; mais sa beauté était étrange, pleine de surprises, dangereuse.

Benedita, c'était l'âme et le corps de Phryné, avec le regard pudique et l'air chaste d'une vierge de Raphaël.

Qu'il y avait de surprises séduisantes sous ces regards de femme qui semble s'ignorer!

Que le vice était dangereux dans ces chairs qui paraissaient de marbre, tant elles étaient calmes à la surface, et qui frémissaient tout à coup sous une tempête d'ardeurs imprévues!

Elle causait avec sa cameriste, pendant que celle-ci l'aidait à s'habiller.

— Voyons, Ernestine, lui disait-elle, toutes les invitations ont-elles été portées?

— Oui, madame.

— Vous ne me donnez pas de détails à ce sujet.

— Que désire madame?

— Je désire que vous me disiez si vous pensez que tous mes invités viendront.

— Tous, madame, ont reçu eux-mêmes votre pli qu'ils ont décacheté devant moi, et aucun n'a paru peu désireux de se rendre à votre soirée, bien au contraire!

— Où avez-vous trouvé le marquis de Bordes?

— Chez la duchesse de Cressères.

— Toujours chez sa tante! murmura-t-elle.

— L'invitation lui a été donnée en présence de la duchesse?

— Non, il était seul, quand je la lui ai remise.

— Qu'a-t-il dit?

— Il m'a dit de vous remercier de votre gracieuse invitation.

— Elle a paru lui faire plaisir?

— Oui, madame.

— Qu'est-ce que c'est que ce marquis, Ernestine?

— C'est un grand brun, maigre, pas beau.

— Il est laid?

— Pas précisément, mais il ne me plairait pas à moi, voilà!

— Est-ce un homme d'un extérieur distingué?

— Très distingué.

— Dame! un monsieur très distingué, si avec cela il s'exprime bien et a de l'esprit, peut être un cavalier supportable, murmura la baronne.

Elle jeta un regard sur la pendule.

— Huit heures et demie, dit-elle, et j'attends mes invités à neuf. Dépêchez-vous.

— Voilà que votre toilette va être terminée, madame la baronne.

— Comment trouvez-vous ma coiffure?

— Admirable.

— Et ma robe?

— Ravissante.

En ce moment la cameriste achevait d'agrafer le corsage.

La baronne fit deux ou trois pas, puis se retourna brusquement et se regarda dans la glace.

Sa robe se composait d'une jupe en faille rose, garnie de point d'Angleterre, parsemée de roses sans feuillage; et d'une autre jupe en gaze de même couleur que la première, relevée sur le côté gauche, sous deux touffes de roses; le corsage, très décolleté, était orné de dentelles et de touffes de roses. Elle avait des diamants dans les cheveux.

Elle sourit.

— Me trouvez-vous bien, Ernestine ?

— Adorable ! madame la baronne.

Ses grands yeux noirs lancèrent un jet de flamme, et elle descendit dans ses salons.

Elle inspecta tout, les buffets, les dressoirs, les tables de jeu, les fumoirs, les fleurs, les lustres, et passa en revue ses nombreux domestiques, regarda si chacun était à sa place, et si tout était en ordre.

Enfin on entendit des roulements de carrosses dans la rue ; les invités arrivaient.

Quelle fête splendide !

L'hôtel présentait vraiment un aspect féerique.

Les invités étaient nombreux.

Le marquis arriva des premiers.

En entendant prononcer son nom, la baronne rougit légèrement, et ses yeux brillèrent d'un éclat fauve.

Quand le marquis la salua, en l'enveloppant d'un regard rapide, ses paupières se baissèrent pudiquement et elle redevint de marbre.

— Drôle de femme ! pensa le marquis, et il se mit à arpenter les salons, qui se peuplèrent rapidement.

Les toilettes des femmes étaient éblouissantes ; ces femmes étaient jeunes pour la plupart ; c'était tout simplement l'élite féminine du noble faubourg.

Les hommes étaient presque tous jeunes ; c'est tout au plus si on y eût compté une douzaine d'entre eux ayant dépassé la quarantaine.

Tous étaient vêtus avec goût et même avec recherche.

La physionomie générale des invités était souriante, mais empreinte d'une certaine réserve.

On se sentait dans une atmosphère d'étiquette et d'orgueil aristocratique, tempéré par une sorte de confraternité mystique.

Dans les groupes on s'entretenait de choses de religion ; on parlait miracle, apparitions de la Vierge, lettres d'évêques, brefs du pape, stigmates, etc.

Des jeunes femmes, des filles de dix-huit ans écoutaient ces récits, les yeux baissés, et portant sur leurs visages l'expression naïve des émotions de leurs âmes.

On voyait dans un salon un grand crucifix d'argent et des statues de saints et de saintes.

Presque toutes les têtes s'inclinaient devant ces statues et ce crucifix.

Cependant les femmes avaient des fleurs et des diamants dans les cheveux ; les bras et les seins nus, et des toilettes d'une élégance et d'une richesse inouïes.

Monde étrange ; introuvable partout ailleurs !

J'ai dit que la baronne de Berny avait été acceptée par le noble faubourg, grâce à de hautes influences ; on sait quelles influences.

Beaucoup d'invités devaient donc la considérer comme l'agent des Chevaliers du Crucifix ; mais il y en avait quelques-uns, qui ne connaissant pas le dessous des cartes, la considéraient tout bonnement comme une baronne quelconque.

De ce nombre était le marquis de Bordes.

Ulrich ne savait, au moment où il avait reçu son invitation, que deux choses, c'est qu'elle était très belle, et qu'on jouait chez elle un jeu d'enfer.

Depuis quelque temps le noble marquis vivait presque d'expédients.

Il n'avait pas mal de dettes de jeu, dans les cercles qu'il fréquentait.

Il n'en était plus à chercher à faire des

Cette torche est tombée, s'est éteinte....

dupes, il en avait déjà fait ; sur cette pente on ne s'arrête guère.

Il s'était dit :

— La maison de la baronne est un terrain neuf, allons-y ; c'est bien le diable si je ne trouve pas à y gagner ou à y emprunter une centaine de louis ou deux.

La duchesse de Cressères, sa tante, qui vivait très retirée dans son hôtel, était dans une ignorance presque absolue des mystères du monde clérical.

A peine connaissait-elle de nom la baronne de Berny.

Elle ne pouvait donc signaler à son neveu les conséquences graves qui pouvaient résulter, pour ses chers projets, de la moindre indiscrétion commise par lui dans ce monde-là.

L'attitude extrêmement réservée de Bene-

dita, lorsqu'il l'avait saluée, n'était pas de nature à lui inspirer de la défiance.

Il vit bien que la société avait une physionomie qu'il n'avait remarquée nulle part ; la vue même des objets de piété ne l'éclaira pas davantage.

— Cette baronne est bégueule, se dit-il ; elle a invité des gens de son monde, c'est-à-dire des gens qui doivent communier tous les jours. C'est naturel cela, qui se ressemble s'assemble ; il y a néanmoins de fort jolies filles, qui portent très bien des corsages très décolletés ; allons ! on doit s'amuser ici aussi bien qu'ailleurs ; un coup d'archet, et tout ce monde-là dansera comme à Piloda ! il y a en outre des messieurs très comme il faut, dont les ventres rebondis, les chaînes de montres et les breloques fastueuses annoncent des portefeuilles bourrés de billets de banque.

La beauté de la baronne avait fait sur lui une impression, où il y avait pour le moins autant de curiosité que d'admiration.

— C'est bien une des plus belles brunes qu'on puisse voir, c'est drôle qu'elle soit bégueule, se disait-il.

Cette idée qu'une si belle femme pût être bégueule le lutinait.

Il se mit à parcourir les salons de l'air d'un homme qui attend que le hasard veuille bien mettre sur son chemin quelqu'un, homme ou femme, qui le tire de son isolement.

Chose étrange, de tous les noms de marquis, de comtes, de vicomtes, de barons et de ducs, qu'il avait entendu appeler par l'huissier, il ne s'en trouvait pas un qui ne lui eût révélé la présence d'un ami, d'un parent, ni même une simple connaissance !

Cependant tous ces noms-là appartenaient bien à la vieille noblesse française !

Le marquis ignorait que la noblesse s'était, depuis quelques années, scindée en deux grandes divisions : la noblesse cléricale, qui prenait son mot d'ordre directement au *Gesu*, et la noblesse, qui moins soucieuse des principes et des traditions, et peu désireuse de vivre exclusivement de la manne sacerdotale, se plaisait à goûter des oignons et des ragoûts du libéralisme.

Comme il appartenait à cette dernière catégorie, il se trouvait sans amis et sans connaissances, parmi les invités de Benedita, qui appartenait à la première.

Hâtons-nous de dire que le libéralisme du marquis s'était borné à courir les coulisses des théâtres, à jouer un jeu d'enfer, à faire des soupers fins avec les plus célèbres courtisanes de la capitale et à entretenir une demi-douzaine de cocottes dans le quartier Breda et ailleurs.

Jusqu'ici nous l'avons représenté comme préférant l'argent aux femmes, et ne connaissant de l'amour que la débauche ; nous n'avons pas prétendu dire qu'il fût incapable de passion, bien qu'il n'en eût jamais ressenti.

De Bordes avait le tempérament ardent, porté aux extrêmes, et un esprit capable de revirements brusques.

Nous savons les sommes énormes qu'il avait jetées en peu de temps dans le gouffre du jeu et de la débauche.

Nous savons qu'il n'avait ni conscience ni honneur, et qu'il ne reculait pas devant le crime pour arriver à son but.

Jusqu'à ce jour, son but nous a paru être de s'enrichir promptement, par n'importe quel moyen.

Il paraissait blasé sur les femmes, et Gemma de Mélos, bien qu'elle fût adorablement belle, n'avait fait aucune impression sur lui.

Benedita devait-elle faire naître une passion dans ce cœur blasé ?

Dans tous les cas, ce ne pouvait être qu'un caprice ; car l'amour, chez lui, ne pouvait pas aller au delà.

Or on l'avait vu faire des folies pour satisfaire un caprice.

De quoi naît un caprice ?

La cause est aussi futile que la chose.

Que la baronne de Berny parût au marquis une femme étrange, avec son air chaste et ses yeux pudiquement baissés, et son imagination se mettrait à trotter par monts et par vaux, et il croirait avoir rencontré une de ces femmes comme on n'en a jamais vu ; une perle de femme, un *rara avis* ; et il se sentirait naître au cœur un caprice amoureux, qui grandirait de trente coudées à la minute.

Mais n'allons pas plus loin et laissons la parole aux événements.

Le marquis s'était mis à parcourir les

salons ; les quadrilles commençaient à se former ; l'orchestre préludait.

Bientôt des centaines de couples allaient s'élancer à son appel.

Une idée traversa le cerveau du marquis.

— Si j'allais faire une valse avec cette bégueule ? se dit-il.

Par cette épithète, il désignait la baronne.

— Allons voir si elle veut bien danser avec moi.

— Ma foi, ajouta-t-il, quand je retournerai demain au cercle, je pourrai dire que j'ai fait valser un ange ; la chose ne manquera pas de piquant.

Il chercha la baronne ; il la trouva au milieu d'un groupe nombreux de jolies femmes.

Benedita le vit venir de loin ; on eût dit qu'elle l'attendait.

Il est probable qu'elle désirait sa venue.

Quoi qu'il en soit, elle accueillit la prière du marquis avec un gracieux sourire, et rougit.

Benedita rougissait quand elle le voulait.

L'histoire ne dit pas que Phryné et les autres courtisanes célèbres aient joui de cette faculté, si je puis m'exprimer ainsi.

Quel attrait piquant cela donne à la beauté !

De Bordes, tout blasé qu'il était, n'y fut pas insensible.

Il est bien entendu qu'il obtint ce qu'il demandait.

— J'ai ma valse, se dit-il, et ce sera la première, elle me comble !

Il sourit.

— Au fait, poursuivit-il, en se mettant de nouveau à arpenter les salons, elle est vraiment charmante cette baronne !

Quel chemin Benedita avait fait en peu de temps dans son estime !

Nous disons estime, parce que nous ne pensons pas que ce soit déjà de l'amour.

Le marquis passait pour être si peu accessible à ce sentiment !

Cependant nous devons dire qu'après avoir obtenu cette légère faveur d'elle, il était presque joyeux, et s'il eût écouté son cœur battre, il se fût aperçu que les battements en étaient peut-être plus précipités.

Pauvre marquis ! en était-il là, en effet ?

Il était bien si absorbé par ce qu'il considérait sans doute dans son orgueil comme un léger incident de sa vie galante, qu'il ne s'aperçut pas qu'un petit homme au visage fleuri, au ventre rebondi venait de s'attacher à ses pas depuis quelque temps et le suivait comme son ombre.

Cet inconnu était mis avec recherche, et portait des besicles d'or.

A un certain moment, par mégarde, ou autrement, son coude heurta assez fortement le sien ; il se retourna.

— Mille pardons, monsieur le marquis ! fit le petit homme grassouillet, en s'inclinant de l'air le plus aimable ; quelle foule ! quelle foule !

— En effet, monsieur, fit-il en le regardant attentivement ; sans doute il se demandait s'il ne l'avait pas déjà rencontré quelque part.

Mais sa mémoire lui faisant absolument défaut sur ce point, il ajouta :

— Vous me connaissez ? monsieur.

L'inconnu sourit.

— C'est-à-dire que j'ai eu un ami, un de mes bons amis, le comte de Sablay, qui a connu beaucoup monsieur votre père, et qui lui a eu quelque obligation. Ce comte, qui l'estimait fort, m'en a souvent parlé.

Le marquis s'inclina.

Il n'était pas fâché de trouver quelqu'un qui le tirât de l'isolement où il se trouvait au milieu des nombreux invités de la baronne.

— Moi, monsieur le marquis, poursuivit le petit bonhomme grassouillet, je suis le baron Anténor Versac de Montblanc.

Il lui prit le bras.

Ajoutons que ce baron Anténor lui était absolument inconnu.

Les voilà se prenant bras dessus, bras dessous comme de vieux amis.

Le petit bonhomme n'était plus seulement souriant, il était radieux !

— Quelle drôle de pelote humaine ! se disait le marquis, en jetant sur lui, de temps à autre, un regard empreint d'une douce ironie.

Une chose que nous ne devons pas laisser plus longtemps ignorer au lecteur, c'est que le baron n'était autre que le père Civette, le directeur de la police des Chevaliers du Crucifix.

Cependant le marquis était de plus en plus charmé de l'amabilité et du verbiage abondant et mielleux de sa nouvelle connaissance.

Ce verbiage ressemblait à une sorte de gazouillement.

Ce gazouillement l'amusait.

La conversation ne tarda pas à tomber sur Mme de Berny et ses nombreux invités.

— La baronne, je devrai dire la charmante, la belle, l'adorable baronne, est une vieille connaissance à moi, lui dit-il, en prenant une prise de tabac dans une tabatière d'or ornée de brillants.

— C'est bien, avec toute sa beauté, et toutes ses richesses, la personne la plus modeste que l'on puisse voir, ajouta-t-il.

— Puis il lui dit que la jeune femme appartenait à une des plus riches familles nobles du Berry, qu'elle avait une de ces beautés qui exercent sur les hommes une influence fatale.

En prononçant ces paroles, le petit homme grassouillet jeta sur lui un long regard.

Il sourit.

— Oui, oui, poursuivit-il, en s'animant, c'est une de ces beautés qui sont bien dangereuses !

Il s'arrêta, sa tête se pencha, ses paupières se baissèrent, et il parut vivement ému.

— Ah ! ah ! pensa le marquis ; en serait-il amoureux ?

Le petit homme releva bientôt la tête, et parut tout confus, comme un homme qui, dans un moment d'émotion, aurait laissé échapper un des plus intimes secrets de son âme.

Cette comédie fut si habilement jouée, que le marquis en fut dupe.

— Décidément, se dit-il, cet homme est amoureux de la baronne.

Sans doute le père Civette lisait ce qui se passait dans l'âme du marquis, car un vague sourire se dessina sur sa figure.

— Ah ! elle est bien belle ! la baronne, poursuivit-il ; tenez, monsieur le marquis, ajouta-t-il en baissant la voix, je vais vous raconter son histoire.

Tout à coup ce dernier s'écria :

— Ma valse !

Puis il quitta le petit bonhomme, et courut dans le salon où se trouvait Benedita.

Celle-ci l'attendait ; et dès qu'elle l'aperçut, elle rougit, et baissa les yeux.

Ce trouble qui n'était que feint, de Bordes, auquel il n'échappa point, le crut réel.

Il ressentit au fond de son âme une émotion indéfinissable.

— Qu'elle est belle ! se dit-il.

Il lui offrit la main.

Cette main tremblait ! pauvre marquis !

Benedita, en y appuyant l'extrémité de ses petits doigts gantés, s'en aperçut.

Elle fit un mouvement comme pour les retirer ; on eût dit que sa pudeur s'effarouchait de cette expression non équivoque bien que muette d'une passion dont elle ne pouvait douter qu'elle ne fût l'objet.

Ce petit manège n'échappa point à de Bordes, et sa fatuité s'en accrut.

— L'on me redoute et l'on m'aime, puisque l'on a peur et que l'on rougit, pensa-t-il.

L'imbécile !

Dame ! les hommes qui, se disant blasés, sont souvent de cette force-là !

Benedita s'abandonna à son cavalier avec ce laisser aller de bon ton, qui n'exclut point toutes sortes de réserves prudentes.

Quelle habile comédie ! qu'une Laïs est terrible sous le masque de la vertu !

Il est, ma foi, bien heureux que toutes les courtisanes ne comprennent pas cette vérité.

Benedita était souple comme une panthère ; son corps avait des ondulations qui contrastaient avec sa figure rougissante et son air réservé, pourtant de ses paupières chastement baissées, son regard filtrait parfois pareil à une flamme, et de ses lèvres entr'ouvertes s'échappait une haleine brûlante comme celle du simoun.

De Bordes, qui voyait ce regard, qui respirait cette haleine, sentait l'ivresse monter à son cerveau, et un frémissement courir par tout son corps.

— Quelle femme étrange ! se disait-il.

Il n'avait jamais rencontré de femme comme celle qu'il tenait enlacée en ce moment, et qui était emportée, unie à lui, dans les évolutions voluptueuses et presque lascives de la danse la plus intime qui existe : la valse !

Il contemplait ce trésor de beauté qu'il avait sous ses yeux, qu'il tenait dans ses bras. Son regard affolé parcourait ces épaules arrondies, cette poitrine opulente et adorablement modelée, juste assez gazée par un flot de dentelles, pour inspirer d'âpres désirs ; ces yeux demi-clos si plein d'ardeurs étranges, ces lèvres carminées aux

formes si suaves, cette figure de vierge, ces cheveux noirs et ondulés étincelants de diamants, ces bras potelés, cette peau plus fine que le satin, et d'une blancheur qu'on ne pouvait comparer qu'à celle du lis ou de la neige.

Il voyait tout cela dans l'ivresse naissante d'un rêve fatal.

Car notre marquis était devenu, et en très peu de temps encore, bel et bien amoureux de la baronne.

— Dame ! quand le cœur parle, la bouche s'ouvre ne fût-ce que pour dire une bêtise !

Mais il avait beau parler, Benedita restait muette.

Ce silence l'étonna ; puis, comme il persistait, il eut peur.

Voilà bien l'homme ! cette femme qu'il voyait pour la première fois, et depuis si si peu de temps, lui l'homme blasé, il redoutait qu'elle ne lui répondît pas !

Benedita semblait plongée dans une sorte d'extase ; on l'eût crue transportée dans un monde invisible ; elle semblait prêter oreille à je ne sais quelles mystérieuses paroles.

Pourtant ses yeux pleins de flammes paraissaient rivés à ceux du marquis, dans lesquels ils lançaient, à torrents, leurs jets magnétiques.

Une idée subite traversa le cerveau du marquis.

Il crut qu'elle se moquait de lui.

Un rugissement de colère gronda dans le fond de son âme.

— Cette femme sera à moi, se dit-il, ou je la tuerai !

Comme si elle eût entendu cette menace mystérieuse, Benedita sourit.

Mais ce sourire avait l'air de s'adresser à des choses et à des êtres complètement en dehors des choses et des êtres qui l'entouraient.

— L'infâme ! gronda le marquis, de plus

en plus persuadé qu'elle se moquait de lui.

La valse se poursuivait.

Benedita continuait de valser avec la légèreté et la souplesse d'une bête fauve.

Des paroles d'amour, ardentes, directes, tombaient pressées et pressantes des lèvres du marquis.

Il était fou ; fou à la fois de colère et d'amour.

Pas un son ne sortit de la bouche de la sirène.

Son visage resta le même ; toujours mêmes ardeurs dans ses yeux et dans l'haleine qui s'échappait en sifflant de ses lèvres entr'ouvertes.

Enfin la valse prit fin ; le marquis la reconduisit à sa place.

En la quittant, il se pencha vers elle :

— Vous m'avez bien fait souffrir, madame, lui dit-il en s'inclinant.

Benedita tressaillit visiblement ; sa main que le marquis tenait encore trembla ; puis elle se retourna vivement d'un autre côté, et se mit à causer avec quelques jeunes femmes qui l'entouraient.

Le marquis s'éloigna, en proie à une incroyable exaltation.

— Je tuerai, murmura-t-il, celui qui me dira que cette femme n'est pas la plus étrange et la plus adorable créature qu'il soit possible de rencontrer.

Est-il besoin de dire qu'il était amoureux fou de Benedita ?

Il se remit à parcourir les groupes des invités.

Au bout de cinquante pas, il rencontra le baron Anténor de Montblanc.

L'aimable petit homme paraissait le guetter.

— Je pensais à vous, lui dit-il en l'abordant avec le plus gracieux sourire.

— Monsieur le baron, fit le marquis, vous êtes vraiment aimable de penser à moi qui suis pour vous à peu près un inconnu.

— Il faut que je m'explique. Je pensais à votre valse avec la baronne, à votre jeunesse, au temps, hélas ! écoulé pour moi, où j'aurais pu tenir dans mes bras, comme vous venez de le faire, quelque adorable créature.

— Vous êtes jaloux ? fit de Bordes en riant.

— Oui ; et très jaloux même. Ah ! que vous êtes heureux, vous autres jeunes gens ! Mais les regrets ne changent rien à la chose. Malheur aux vieux ! C'est entendu. Aussi je vais prendre un des plaisirs qui ne sont pas défendus à la vieillesse ; il faut bien que je me console.

— Quel plaisir ?

— Jouer, morbleu ! jouer à outrance ; jouer à mort !

— Ah ! ah ! fit le marquis devenu rêveur.

Puis il se laissa entraîner par le baron.

On jouait chez Benedita ; on jouait même un jeu effréné.

Du reste, on joue dans toutes les réunions aristocratiques, soit de la rive gauche, soit de la rive droite, soit même de province ; et disons que les classes supérieures de la société ne professent de respect que pour les lois et les règlements de police qui ne viennent pas à l'encontre de la satisfaction de leurs passions, voire même de leurs simples caprices.

Donc on jouait chez Benedita et, comme le disait le baron de Montblanc, on jouait un jeu d'enfer.

Il y avait surtout un petit salon qui portait le nom de salon de Louis XV, parce qu'il était meublé entièrement dans le style de cette époque, où l'on jouait des sommes folles ; certain marquis et certaine duchesse — car les hommes et les femmes y jouaient, — passaient pour y avoir perdu jusqu'à cent mille francs dans une soirée.

Ce salon était ordinairement occupé par ce qu'on pouvait appeler les gros bonnets du jeu ; le menu fretin des joueurs était distribué dans d'autres salons.

C'est dans le salon Louis XV que le baron entraîna le marquis.

— Benedita est charmante, se disait ce dernier ; mais il faut que je décuple d'abord les quelques louis que j'ai sur moi.

Le lecteur comprend que s'il eût été vraiment amoureux de la baronne, il n'eût pas songé à la perdre de vue, fût-ce un quart d'heure, quand il eût été certain de gagner plusieurs centaines de louis.

Ce n'était donc qu'un caprice, un sentiment très vif pourtant qu'il éprouvait pour elle.

Or un caprice chez lui, vu sa nature nerveuse et fantasque, bien qu'il n'eût qu'une très courte durée, atteignait parfois les proportions qui semblaient dépasser les limites d'un caprice.

Dans le salon bleu, il y avait une vingtaine de personnes, hommes et femmes : les femmes et les hommes d'un âge mûr dominaient ; quelques jeunes gens s'y montraient çà et là.

A côté de chaque joueur, on voyait des piles de pièces d'or et des liasses de billets de banque.

Le marquis soupira.

Il songea au temps heureux où il pouvait, lui aussi, mettre sur le tapis vert et montrer avec orgueil une cinquantaine de mille francs.

— Je vais avoir l'air d'un pleutre avec mes quelques louis, se dit-il.

Le baron, le voyant tout rêveur, lui demanda ce qu'il avait.

— J'ai, lui dit-il à voix basse et en balbutiant, que je n'ai que quelques louis sur moi ; je me rappelle, avec un vif regret, que j'ai laissé mon portefeuille chez ma tante, la duchesse de Cressères.

— Oh ! qu'à cela ne tienne, monsieur le marquis, fit le baron en tirant le sien de sa poche. Combien vous faut-il ?

— Dix ou quinze mille francs. C'est le moins que je risque, lorsque je joue.

Le baron tira de son portefeuille quinze billets de mille francs qu'il lui tendit.

— Il est splendide, ce baron, se dit le marquis en prenant les précieux billets.

Chose étrange, et qu'il ne remarqua pas, deux individus, qui ne jouaient pas et semblaient attendre quelqu'un, se mirent à regarder les nouveaux venus en se jetant un coup d'œil d'intelligence.

Le baron alla à eux.

— Je vous présente monsieur le marquis Ulrich de Bordes, un de mes bons amis, leur dit-il.

Puis se tournant vers le marquis :

— Ces messieurs, ajouta-t-il, sont le comte de Vaufray et le duc de Vorcester.

Le marquis salua ; ces deux personnages lui rendirent son salut.

On se mit à jouer.

Le marquis posa à côté de lui les quinze billets de banque.

Au bout d'une heure, il avait doublé son petit capital.

Deux heures après, il avait cinquante mille francs.

— Il était radieux. J'irai à cent mille, se disait-il.

Le baron le regardait à la dérobée, et échangeait furtivement des signes d'intelligence avec le comte et le duc.

La déveine vint pour le marquis.

Il mit moins de temps à perdre qu'il n'en avait mis à gagner cette somme.

Enfin le moment arriva où il ne lui resta pas même un seul des louis qu'il avait apportés de l'hôtel de Cressères !

Il se leva pâle, tremblant, ivre de rage.

Le baron se leva à son tour.

Lui aussi avait perdu ; lui aussi était à sec.

Mais le petit bonhomme grassouillet n'avait rien perdu de sa bonne humeur.

— Pas de chances ! marquis, lui dit-il en passant son bras sous le sien ; mais vous êtes moins malheureux que moi, vous ; car pour vous, on peut dire : malheureux au jeu, heureux en femmes ! tandis que moi...

Il soupira, prit sa tabatière, et en tira une forte prise qu'il aspira avec délices.

— Que diable, fit-il, je n'ai pas d'autre compensation que le plaisir que je trouve à aspirer une prise de tabac !

— Je vous dois quinze mille francs, murmura de Bordes.

— C'est une misère, mon cher, une misère ; que cela ne trouble aucunement vos rêves amoureux !

Le marquis était à une de ces heures de la vie où l'on est porté à faire toutes les folies, à se jeter dans tous les excès, dans toutes les extravagances.

Il venait de perdre au jeu jusqu'à son dernier louis ; il savait que sa tante n'était plus en fonds ; c'était une de ces heures psychologiques où l'on donnerait, comme on dit, son âme au diable.

Ce n'était pas précisément le désespoir qui s'emparait de lui, mais c'était certainement un ennui profond, un dégoût presque absolu des choses de la vie.

Mais avant de se laisser absorber complètement par ce sentiment pessimiste, il avait, nous l'avons dit, un caprice à satisfaire ; il se souvint de la baronne.

— Une nuit d'elle, se dit-il tout à coup, et puis après, la mort, si l'on veut ; cela me serait bien égal !

Le petit bonhomme, qui semblait lire dans l'âme du marquis, souriait.

Cet homme à figure de bébé, en le faisant jouer, c'est-à-dire dépouiller par des compères au moyen des cartes bisautées —

ce que nous avons oublié de dire, — n'avait eu d'autre but que de le désarçonner moralement, de le jeter dans un grand oubli de lui-même et dans une sorte de dégoût de la vie ; de le dépouiller de cette cuirasse qu'on appelle l'égoïsme, et finalement de le livrer sans défense à la baronne.

De Bordes ayant gagné vingt mille francs au jeu, était fort ; mais ayant perdu jusqu'à son dernier louis, c'était un être mou, sans force, sans courage, et pour le moment presque désintéressé de la vie.

Cet abaissement du niveau moral, ces chutes profondes sont communes aux natures nerveuses, aux caractères mobiles ; nous savons que le marquis était ainsi fait, aussi il passait rapidement de l'enthousiasme au découragement le plus profond.

Le père Civette avait commencé l'œuvre que Benedita devait achever.

Cette œuvre, le lecteur la devine ; comme on le soupçonnait de savoir le lieu de la retraite de Gemma, il s'agissait de lui arracher ce secret.

Dame ! un moment d'abandon et d'oubli entre deux baisers !

— Il va aller maintenant se confesser à la baronne, dit le père Civette à ses deux acolytes du salon de jeu, qui vinrent le rejoindre après que le marquis l'eut quitté pour retourner près de Benedita.

Ces deux acolytes se mirent à rire.

— Pensez-vous donc, fit le duc de Vorcester, qu'il soit réellement le ravisseur de Gemma de Mélos ?

— Je le supposais hier, j'en suis à peu près convaincu maintenant.

— Ah ! ah !

Il raconta ce qui s'était passé entre la duchesse de Cressères et son confesseur.

— C'est étrange que la duchesse ait si énergiquement résisté au père Béraud ! s'écria le duc.

Civette sourit.

Le capitaine Bernard.

— Les Cressères sont pauvres, dit-il, les de Bordes n'ont plus le sou ; il faut relever à tout prix ces deux nobles familles qui se résumeront bientôt en une seule personne, le marquis de Bordes ; voilà, selon moi, tout le secret de sa résistance.

— Ah ! cette noblesse, cette noblesse ! fit le comte de Vaufray.

— Dame ! elle paraît convaincue, monsieur le comte, dit le père Civette, que les titres ne sont rien sans la fortune, et qu'avant de croire, il faut vivre !

— Fi donc ! s'écria le duc ; je crois encore à sa foi, moi.

Le père Civette hocha la tête.

— Sans doute, sans doute, dit-il, le précieux flambeau n'est pas éteint ; mais il y a des considérations humaines qui pèsent parfois lourdement dans la balance.

— Lesquelles ? fit le duc naïvement.

— Celles qui consistent d'abord à s'assurer des moyens d'existence, comme je viens d'avoir l'honneur de vous le dire.

— Est-ce que Dieu n'a pas soin des petits oiseaux ? dit le duc avec emportement.

— Oui, il donne la nourriture aux oiseaux des champs ; mais nous sommes arrivés à une époque où il semble la refuser aux hommes, dit-on.

— Ah bah ! tout le monde ne peut pas mettre la poule au pot, j'en conviens, mais tout le monde a du pain, je l'affirme.

Le père Civette sourit et ne répliqua pas.

Sans doute il trouvait tout au moins oiseux de pousser plus loin cette discussion.

— Alors, s'écria le bouillant duc, vous pensez que la duchesse, en cachant à son confesseur un secret que celui-ci était intéressé à connaître, aurait cédé à d'aussi mesquines considérations ?

— Il n'y a pas de doute.

— C'est cependant de la vieille noblesse, ces Cressères ; ah ! il n'y aurait donc plus de noblesse !

— Le temps des croisades n'est plus, mon cher duc.

— Nous avons encore Lourdes, Paray-le-Monial et la Salette, fit le duc en soupirant.

— Contentons-nous-en ; faute de grives, mangeons des merles, s'écria le père Civette en quittant brusquement ses deux interlocuteurs.

. . . .

Il est trois heures du matin ; on ne voit plus dans les salons que quelques couples que la fatigue n'a pu gagner, et qui valsent encore ou organisent péniblement quelque quadrille.

Un grand nombre d'invités est parti ; plusieurs mangent et boivent autour des buffets où se trouve à profusion, en victuailles, vins et liqueurs, tout ce qui peut flatter le goût des épicuriens les plus raffinés et contenter les estomacs les plus exigeants.

Deux ombres, un homme et une femme, suivaient lentement un couloir, à peine éclairé par quelques rares bougies dont l'éclat mourant, tombant des lustres, rayait çà et là sur la moquette épaisse du parquet le voile qu'y jetait la nuit.

Cet homme et cette femme causaient à voix basse.

Au bout de ce couloir qui était très long, une porte était entrebâillée, par laquelle s'échappait un jet de lumière.

Cette porte était celle du boudoir de Benedita.

Cette lumière blanche qui s'en échappait, et qui ressemblait aux rayons mystérieux de l'astre nocturne, était celle de la lampe d'or suspendue à l'un des angles du boudoir.

L'homme et la femme ou plutôt les deux ombres se mouvaient lentement, dans la direction de cette porte.

De temps à autre, une de ces deux ombres se rapprochait de l'autre ; on eût dit qu'elle l'enlaçait et qu'elles n'allaient plus en faire qu'une.

Mais aussitôt celle qui paraissait avoir été enlacée, se dégageait, et l'une et l'autre redevenaient distinctes.

Ces deux ombres, ces deux personnages mystérieux étaient le marquis de Bordes et la baronne de Berny.

Bénédita n'était plus la femme timide que nous avons vue au commencement de la soirée.

Cependant elle n'était pas encore une Laïs ou une Phryné.

Elle était sur la pente où l'on s'oublie, sans être pour cela une courtisane.

Le marquis paraissait être comme Antoine quand il vit pour la première fois Cléopatre.

De même que le général romain oublia tout à coup les affaires du monde qui étaient pourtant les siennes, tellement il était épris des charmes de la célèbre sirène égyptienne ; de même Ulrich de Bordes se laissa dominer par ce sentiment d'amour que lui inspirait la sirène que les Chevaliers du Crucifix avaient lancée sur ses pas.

A deux mille ans de distance, le fond de la nature humaine est donc le même ; n'est-ce pas démontrer qu'il ne change pas ?

Le marquis et la baronne arrivèrent enfin à la porte que nous avons dite être entrebâillée, puis ils la franchirent.

Ils étaient dans le boudoir, cet endroit charmant, parfumé, baigné d'une douce et blanche lumière, véritable nid de satin et de velours.

Le marquis jeta un regard sur ce *retiro* délicieux si bien fait pour servir de cadre à un rêve d'amour ; sa figure exprima une surprise voluptueuse ; il avait vu bien des boudoirs dans sa vie d'homme galant et millionnaire, et aucun ne lui avait fait une si profonde impression.

La baronne s'assit dans un fauteuil à côté du lit de repos que nous connaissons ; le marquis, sur un signe qu'elle lui fit, prit un siège et vint s'asseoir auprès d'elle.

Cependant quelqu'un s'était glissé à leur suite dans le couloir qu'ils venaient de traverser ; ce quelqu'un était le père Civette.

Le chef de la police des Chevaliers du Crucifix se blottit derrière la porte restée entrebâillée.

Un sourire se dessinait sur ses lèvres.

Il écouta.

— Votre déclaration d'amour, monsieur le marquis, disait la baronne, me produit une impression étrange ; il me semble que c'est la première fois que de semblables paroles me sont adressées.

— Mille fois heureux, madame, s'écria le marquis en tombant à ses genoux, celui auquel le sort a réservé cette précieuse faveur !

— Celui-là c'est mon mari, monsieur ; relevez-vous, je vous prie, et causons.

Sa voix tremblait. Comme elle avait étendu le bras en prononçant ces paroles, le marquis saisit, en se relevant, ce bras blanc et potelé et le baisa.

— Soyez sage, et causons, je vous le répète, poursuivit-elle ; oui, le premier et le seul, du reste, — car je ne l'eusse pas permis — qui m'ait adressé une déclaration d'amour, c'est celui qui fut ensuite mon mari.

— Je suis jaloux de lui, moi ! madame.

— Je me laissais toucher par ses supplications, par ses larmes ; tenez, il était comme vous, aussi ardent, aussi profondément épris, eh bien...

Elle soupira.

Ses grands yeux se voilèrent ; un frémissement visible l'agita.

— Eh bien ? fit le marquis haletant.

— Nous nous mariâmes, poursuivit-elle d'une voix sourde, et le jour même de notre mariage...

Elle s'arrêta comme si l'émotion l'eût empêchée de continuer.

— Il est mort, peut-être ? s'écria le marquis emporté par un sentiment irrésistible.

Les paupières de la baronne se relevèrent lentement, et elle jeta sur lui un regard profond.

— Oui, mort ! fit-elle, et...

— Dites ! dites ! s'écria de nouveau le marquis en lui prenant la main, qu'il couvrit de baisers pareils à des morsures.

— Et sans que notre union fût consommée ! acheva la baronne, à voix basse, comme si il en eût coûté beaucoup à sa pudeur de faire cet étrange aveu.

— Tant mieux ! ! ! fit le marquis d'une voix rauque.

— Taisez-vous ! monsieur, c'est affreux ce que vous dites ! Vous voulez donc que je vous haïsse ?

— Ah ! madame, si ce vilain sentiment vous entrait jamais dans le cœur, j'en mourrais !

Benedita se tut ; sa tête s'inclina sur sa poitrine, une affliction profonde parut dans ses traits.

Le marquis s'approcha d'elle.

— Ame de ma vie ! murmura-t-il.

— Laissez-moi ! laissez-moi ! s'écria-t-elle tout à coup en se levant brusquement, laissez-moi ! Vous ne savez donc pas que je porte malheur à ceux qui m'aiment?

— Qu'est-ce que ça me fait?

— Que mon amour est un poison qui tue?

— Soit!

— Non, je veux vivre seule; je suis jeune, je suis veuve, très entourée, aimée peut-être, on me dit belle.

— Adorable! murmura le marquis.

— Cependant mon cœur est de glace; c'est un tombeau où toutes mes illusions sont mortes!

Pendant qu'elle prononçait ces paroles, ses grands yeux noirs lançaient des flammes et démentaient un désespoir qui n'était en réalité que sur ses lèvres.

— Ces charmantes illusions, qui sont toute la vie, je le sens, peuvent renaître au souffle printanier de nos amours, fit de Bordes d'une voix haletante.

— Pour cela il faudrait croire, et je ne le puis.

— Que faut-il faire? s'écria-t-il, expliquez-vous; qu'exigez-vous? parlez!

La sirène hocha la tête; elle jeta sur lui un regard étrange, ses lèvres ardentes s'entr'ouvrirent comme pour mendier un baiser.

— C'est inutile, dit-elle tristement.

Le marquis poussa un rugissement.

On eût pu croire que ce n'était plus un simple caprice qu'il éprouvait pour cette femme adorablement belle et si dangereusement cruelle, et que c'était bien un accès de passion féroce, aveugle, insensé!

— Benedita, tu seras à moi, s'écria-t-il hors de lui, ou je te poignarderai et je me poignarderai ensuite de désespoir sur ton cadavre!

Elle poussa un cri d'effroi et voulut fuir.

Le marquis la saisit par le bras.

— Mais je ne vous connais pas; mais je vous vois pour la première fois aujourd'hui! qui me prouve que vous ne me trompez pas? Que je suis malheureuse! s'écria-t-elle.

On entendit comme un sanglot lui monter à la gorge.

Le père Civette qui, caché dans l'ombre, suivait toutes les péripéties de cette lutte étrange, souriait.

— Quelle adorable comédienne! murmura-t-il.

Benedita qui, dans son semblant de fuite, était arrivée près de son lit de repos, s'y était assise comme accablée et à bout de forces.

Le marquis s'y plaça à côté d'elle.

— Voyons, soyons sérieux, fit-elle d'une voix saccadée et sifflante, n'aimez-vous que moi?

— Oui.

— Serez-vous à moi toujours?

— Oui.

— Et cette femme que vous allez épouser?

Cette question inattendue, lancée à brûle-pourpoint en un pareil moment, fit au marquis l'effet d'un coup de stylet en pleine poitrine.

Il pâlit et eut un frémissement qui n'échappa point à la baronne.

— Vous vous troublez! s'écria-t-elle; vous vouliez donc me tromper?

Pouvait-il nier?

C'était difficile, après le trouble qu'il venait de laisser voir.

Disons tout de suite que c'était impossible, s'il tenait à l'amour de la baronne, car il avait à expliquer ce trouble; et toutes les explications du monde, bien loin de la convaincre, ne pouvaient que la confirmer dans cette idée qu'il la trompait. Cette conviction une fois faite chez elle, elle le renvoyait comme un mal appris.

Or, il tenait en ce moment à l'amour de Benedita autant et plus peut-être qu'à la vie.

La passion qu'elle lui inspirait était si violente, qu'il eût jeté volontiers à ses pieds un empire s'il l'eût possédé; au reste, il ne voyait pas qu'elle eût intérêt à abuser de son secret.

Il prit donc le parti d'être franc.

— Je me trouble, Benedita, lui dit-il d'une voix sourde, je me trouble parce que je crains que vous supposiez que j'aime la femme que ma tante veut me faire épouser.

— Dame! fit la baronne, on dit qu'elle est très belle, très belle!

— Je vous jure que je ne l'aime pas!

— On la dit fort riche.

— J'aime sa fortune, mais elle, non!

— Alors c'est pour cela que vous l'avez enlevée?

— Oui.

— Dites-moi son nom.

Le marquis hésita.

— Je vous préviens que je ne l'ignore pas, mais je veux savoir si vous êtes franc.

— Son nom est Gemma de Mélos. Comment saviez-vous ce nom?

— Je ne le savais pas, fit la baronne en riant.

— Ah! perfide!

— Maintenant je veux la voir, ce soir!

— C'est impossible.

— Ne m'aimez-vous donc pas assez pour satisfaire mon caprice?

— Je dis impossible parce qu'elle n'est pas chez moi, ni dans une maison à moi; en un mot elle n'est pas dans un endroit où je puisse pénétrer à toute heure.

— Où est donc ce trésor?

— Chez la duchesse de Cressères.

— Je comprends, fit la baronne en l'enveloppant d'un regard de flamme, que vous hésitiez à déranger votre tante à cette heure de la nuit, mais demain, mon bien-aimé, vous viendrez me prendre ici et vous me mènerez voir cette jeune et riche héritière, belle, plus belle que moi?

Le marquis, haletant, ivre, fou, n'avait entendu que ceci, c'est que la baronne l'avait appelé son bien-aimé.

Il comprit que l'heure des résistances de la délicieuse sirène avait pris fin, il poussa un rugissement de joie, et...

— Bien! bien! murmura le père Civette en s'éloignant rapidement par le long couloir que nous connaissons, la bataille est terminée, la comédie est jouée; cette Gemma est donc à l'hôtel de Cressères!

Ah! quelle étonnante femme, cette Benedita! c'est une Judith! elle est tout dévouement à notre cause, c'est-à-dire à la cause de Dieu; elle fait la sainte femme jusqu'au sacrifice de sa pudeur et de sa vertu, c'est sublime!!! c'est sublime!!!

Cela dit, il referma soigneusement la porte du couloir et y plaça un domestique avec l'ordre d'en défendre l'accès à tout le monde.

TROISIÈME PARTIE

I

Où l'on retrouve le capitaine du brick l'Éole.

En quittant la villa des Charmettes, où il laissait le Maure cloué sur son lit par une dangereuse blessure, le père Bernard avait dit :

— Je remuerai le ciel et la terre, s'il le faut, mais je retrouverai mon fils !

Dame ! ce n'était pas chose facile.

Il était maintenant certain que Georges et Jacques n'étaient pas allés aux Charmettes.

Après deux jours de recherches à Genève, où il fouilla en vain toutes les auberges, toutes les tavernes, tous les endroits en un mot où il supposait avec quelque apparence de raison qu'ils eussent pu se montrer, il courut à la gare et partit pour Paris.

— Il n'a pas quitté Paris, se disait-il, c'est là-bas qu'il est, c'est là-bas que je le retrouverai mort ou vif.

En pensant qu'il pouvait être mort, mille glaives lui traversaient le cœur.

Pauvre malheureux père !

Au bout de tous les raisonnements qu'il faisait pour trouver une explication à son étrange disparition, il arrivait invariablement à cette chose, à ce mot : la mort !

Chose terrible !

Mot lugubre !

La mort est plus ou moins terrible et laide, selon le masque qu'elle porte et les circonstances dans lesquelles elle se montre. Le capitaine était brave, de cette bravoure gaie et câline qui a fait les Jean Bart et la foule innombrable de ces rudes marins qui ont illustré notre histoire ; il eût souri à la mort se présentant sous la forme d'un boulet, d'une balle, ou de tout autre projectile ou engin venant de l'ennemi, un jour de bataille ; il eût même vu tomber son fils à ses côtés sur le pont de son navire, victime d'un de ces hasards sinistres dont tous ceux qui combattent sont tributaires, qu'il n'eût pas éprouvé ce serrement de cœur indicible, cette horreur indéfinissable qui se disputaient son âme en ce moment.

La mort lion n'effraye pas, ne fait pas horreur ; la mort reptile émeut même les plus braves.

C'était la mort reptile qui se présentait à son esprit ; cette mort qui rampe, qui se glisse, qui frappe dans l'ombre, il la voyait étouffant son fils à l'improviste dans quelque guet-apens, et cette pensée faisait dresser ses cheveux sur sa tête, et une sueur froide perlait sur son front !

— Oh ! je trouverai son cadavre, se disait-il en comprimant les sentiments de rage qui bouillonnaient dans son sein.

Il ajoutait :

— Et je trouverai ses assassins !

En descendant de wagon, il courut à l'hôtel de Mélos.

Il voulait questionner encore une fois le vieux concierge.

Certes, il n'avait pas grand espoir qu'il lui apprît rien qui pût le guider dans ses recherches; mais il éprouvait le besoin de revoir celui qui était peut-être la dernière personne à laquelle son fils eût parlé avant de mourir.

L'âme humaine a de ces besoins-là.

Il allait recueillir pieusement chez ce vieillard les dernières paroles connues de son fils.

Là, Georges semblerait lui apparaître comme sur le bord de sa tombe.

Ce que cet homme lui dirait de lui serait comme les derniers mots qu'il lui aurait été donné de lire dans un livre adoré, que la fatalité avait brusquement, et sans pitié arraché de ses mains !

Il n'était plus le rude marin, le commandant de navire, l'homme au cœur de bronze, à la voix rauque, que les hurlements de l'Océan et les sifflements de la tempête trouvaient impassible.

Il était courbé, haletant, suppliant, et dans sa voix il y avait comme des sanglots.

— Ah ! disait-il au vieillard, cherchez bien dans votre mémoire, n'oubliez rien de ce qu'il vous a dit.

Le concierge, profondément ému de sa douleur, n'oublia pas un mot, pas un geste du jeune marin, dans tout ce qu'il lui raconta de son entrevue avec lui.

— Il est devenu bien triste, n'est-ce pas, lorsque vous lui avez appris que Mlle Gemma n'était pas à Paris ?

— Oui.

Il y eut un silence.

Ce fut le vieillard qui le rompit.

— Votre fils, dit-il, a dû voir une autre personne que moi.

— Laquelle ? fit-il d'une voix sifflante.

Il lui parla de Tabernier et lui donna en même temps son adresse.

Le capitaine se leva brusquement, et sortit de l'hôtel en courant.

Le concierge eut beau lui crier qu'il allait lui faire atteler une voiture, il n'entendit pas, ou plutôt ne voulut pas entendre.

Est-il besoin de dire qu'à cinquante pas de l'hôtel il rencontra un fiacre qui s'en allait à vide, qu'il l'arrêta, qu'il y entra comme une trombe, et que le cocher, auquel il promit un pourboire colossal en lui lançant l'adresse de l'homme d'affaires, le conduisit rue de la Clef avec une rapidité merveilleuse, si l'on tient compte de l'état de maigreur et d'épuisement des rossinantes attelées à son véhicule ?

Tabernier reçut le père de sa victime avec froideur.

— Il y a quelques jours, lui dit-il, tout en compulsant ses éternelles paperasses, j'ai eu la visite de deux marins ; ils venaient de la part du gardien de l'hôtel de Mélos me demander l'adresse d'une personne, à laquelle le plus jeune, je crois, portait beaucoup d'intérêt ; je leur ai donné cette adresse.

Cela fut dit sans qu'il daignât même regarder son visiteur.

— C'est là tout ce que vous savez ? lui demanda celui-ci d'un ton sec.

— Oui.

— Pensez-vous que mon fils soit parti pour Genève ?

— Je l'ignore.

— Croyez-vous qu'il soit resté à Paris ?

Un sourire vague passa, comme le reflet d'une flamme, sur le visage ridé et jauni de Tabernier.

— Je n'en sais absolument rien, fit-il.

— Tonnerre ! Ça vous est bien égal, n'est-ce pas ?

— J'aimerais mieux qu'il soit resté à

Paris, cher monsieur, parce que vous auriez peut-être plutôt la chance de le retrouver. Du reste, tout ce que je désire, moi, c'est que vous le retrouviez.

Le capitaine ne pouvait comprendre ce qu'il y avait d'atroce ironie dans ces paroles de l'homme d'affaires ; il les prit au contraire en bonne part, et sa colère qui commençait à gronder sourdement se calma.

Il se laissa tomber sur une chaise ; il était accablé, désespéré.

— Voyons, monsieur, dit-il après un moment de silence, ne pourriez-vous me donner aucun conseil ?

— Lequel ?

— Quelque indication ?

— Laquelle ?

— Vous êtes, m'a-t-on dit, un homme d'affaires ; vous devez connaître bien des choses qu'un vieux loup de mer comme moi peut ignorer.

Le même sourire vague, que nous avons déjà vu, glissa dans les rides du visage de Tabernier.

— Que diable voulez-vous que je sache, moi qui ne sors jamais de mon trou ? fit-il d'un air bourru.

— Voyons, vous êtes peut-être un père de famille ?

— Moi !!! jamais !!!

— Tonnerre ! comme vous dites ça ?

— Chacun parle comme il sait.

Le capitaine eut peur de l'avoir blessé.

— Dame ! j'ai cru que vous pouviez être père de famille ; c'est une chose qui peut arriver à tant de monde d'être père de famille. Enfin, je me suis trompé ; ce n'est pas un déshonneur de l'être ; ce n'est pas un déshonneur non plus de ne l'être pas.

— Je vous le répète, je n'ai pas de famille, moi.

— Il n'est pas nécessaire d'avoir de la famille pour avoir du sentiment, ce que nous appelons du cœur. Nous autres loups de mer, nous supposons que tout homme peut compatir aux souffrances d'autrui.

— Que voulez-vous de moi ? parlez !

— Ce que je veux ? mais c'est bien simple. Vous voyez le malheur qui vient de m'arriver, mon fils est parti de Bordeaux il y a quelques jours ; il venait ici chercher une fille qu'il aimait ; cette fille n'était plus à Paris ; il est venu vous demander son adresse, vous la lui avez donnée. Il devait partir pour Genève, car il n'avait qu'un désir, celui de retrouver cette fille. Eh bien ! il n'est pas allé à Genève ! qu'en pensez-vous ?

— S'il n'est pas allé à Genève. c'est qu'il est resté à Paris ; c'est bien simple cela, ce me semble.

— S'il n'est pas allé à Genève, c'est qu'il n'a pas pu, le pauvre enfant ; car rien ne devait le retenir à Paris.

— Eh bien ?

— S'il n'a pas pu, c'est qu'il est mort ! n'est-ce pas ?

Il prononça ces dernières paroles avec un sanglot dans la voix.

Il y eut un silence.

Ce fut Tabernier qui le rompit.

— Vous voulez savoir ce que j'en pense ?

— Oui.

— Je pense moi, comme vous, qu'il est mort !

Il y eut un nouveau silence.

Le malheureux capitaine paraissait écrasé.

De grosses larmes coulaient lentement sur ses joues.

Tout à coup il redressa la tête.

— Mais qui donc, s'écria-t-il, pouvait en vouloir à mon pauvre Georges, et chercher querelle à ce mouton, qui n'a jamais eu la plus petite discussion avec qui que ce soit ! et puis Jacques qui l'accompagnait était un luron, mille tonnerres !

Je vais chez la baronne.

Il se tut, la violence des sentiments qui l'agitaient, l'étouffait ; mais son abattement cessait visiblement, et cédait la place au fond de son âme, à une rage et une soif de vengeance inouïes.

Le rude marin, l'homme de bronze se retrouvait !

Il se redressa du même mouvement que s'il eût eu à escalader les flancs d'un navire, un jour de combat.

Des éclairs jaillirent de ses prunelles, ses traits durs se crispèrent, ses lèvres blêmirent.

— Tonnerre et damnation ! hurla-t-il ; il me faut mon fils, je veux mon fils ; je l'aurai, je le trouverai, je le jure ! Je sais bien que ne le trouverai que mort ; cela ne fait pas le moindre doute pour moi ; mais ce que je veux aussi trouver, ce que je trouverai, ce sera son assassin ; et malheur, malheur à lui !!!

Tabernier le regarda ; puis une toux sèche sortit de sa gorge.

— Il est douteux, lui dit-il, que vous trouviez jamais le cadavre de votre fils non plus que celui qui l'a tué.

— Pourquoi ? mille tonnerres !

— Parce que, à Paris, les hommes qui disparaissent assassinés, ne laissent généralement derrière eux ni leur cadavre, ni même le moindre indice qui puisse faire retrouver leur meurtrier.

— Je le trouverai ! oh ! je le trouverai l'assassin !

Tabernier hocha la tête d'un air de doute.

— Tonnerre et damnation ! hurla le capitaine, je le trouverai l'assassin, je le trouverai !

Le rude marin tourna brusquement le dos à son interlocuteur et sortit ensuite de chez lui d'un pas rapide.

— Si jamais cet homme se présente ici, vous lui direz que je n'y suis pas, cria Tabernier à sa gouvernante, quand celle-ci revint, après avoir refermé la porte de la rue.

— Ah ! ah ! pensa-t-il, s'il trouve son fils, je veux dire le cadavre de son fils, il aura de la *veine !*

— A moins, ajouta-t-il, que la Seine ne rende sa proie, ce qu'elle ne paraît pas disposée à faire ; car il n'y a pas mal de temps déjà qu'elle la tient !

Un sourire s'épanouit, cette fois en toute liberté, sur son visage.

II

(Où la Seine nous apparaît comme un livre dans lequel on peut lire parfois d'étranges choses.

Quelques jours après la visite du capitaine de l'*Éole* à l'homme de la rue de la Clef, un bateau conduit par quatre vigoureux rameurs, descendait la Seine.

Ces rameurs avaient les traits durs et hâlés ; leur voix était rauque, leur parole brève.

Rien en eux ne dénotait des canotiers parisiens.

Ils étaient vêtus d'une vareuse d'un bleu sombre ; et coiffés de bérets de laine de même couleur, une large ceinture de flanelle grise leur serrait la taille.

Au milieu du bateau se trouvait une cabine, dans laquelle plusieurs personnes eussent pu trouver place ; il est bien entendu qu'il était impossible de s'y tenir autrement qu'assis ou couché.

Cette cabine n'était pas visible, car elle était entièrement entourée d'une ample couverture de toile grise, dont les plis tombants cachaient un des côtés et une partie de l'arrière de l'embarcation, et dont les extrémités baignaient dans le fleuve.

Dans la cabine, trois hommes étaient assis. Deux d'entre eux étaient revêtus de ces appareils faits de gutta-percha, de verre, et de cuivre, qu'on appelle des scaphandres.

L'autre portait sur ses habits, un caban de gros drap bleu, à boutons de métal, et était coiffé d'un chapeau de feutre noir à larges bords.

Tous ceux de la cabine, comme ceux qui ramaient, étaient tristes et sombres.

Il était évident que les hommes aux scaphandres avaient déjà rempli leur office de plongeurs, car ils étaient ruisselants d'eau.

— Capitaine, disait l'un d'eux à l'homme au caban, vous pouvez être bien sûr que dans toute la partie de la rivière que nous venons de parcourir, nous avons trouvé tout ce qu'il y avait.

— Deux cadavres seulement, dans l'espace de plus d'un kilomètre que vous avez exploré ! fit l'homme au caban, et encore ce ne sont que les cadavres d'une femme et d'un petit enfant ! Est-ce ça que nous cherchons ? mille tonnerres !

— Patience, patience, capitaine.

Celui-ci ne répondit pas, sa figure qui s'était animée un instant redevint froide, et ses traits prirent la rigidité de la pierre ou du bronze.

Tout à coup il se leva, et sortit de la cabine.

Sur un signe qu'il fit, les rameurs cessèrent de ramer, et l'un d'eux laissa glisser à bâbord, une petite ancre dans le fleuve.

L'embarcation s'arrêta.

On était en face des nombreux bateaux qui stationnent en amont de pont d'Austerlitz.

Les deux plongeurs quittèrent la cabine et passant par-dessus bord, se remirent à l'eau.

De temps en temps on déroulait quelques brasses de la corde qui retenait l'ancre à la barque, et celle-ci se remettait à descendre le courant, puis la corde venant à se tendre de nouveau, elle redevenait stationnaire.

Au bout d'une dizaine de minutes, les deux plongeurs revinrent à la surface, et remontèrent à bord.

— Rien ! firent-ils en rentrant dans la cabine.

L'ancre fut retirée de l'eau, la corde fut roulée autour du petit cabestan en miniature qui était fixé au fond de la barque, et celle-ci se mit à filer sous l'impulsion de ses quatre rameurs.

— Vous avez bien vu le dessous des bateaux et le fond de la rivière ? demanda l'homme au caban aux deux plongeurs.

— Oui, capitaine.

Nous ne devons pas laisser ignorer plus longtemps aux lecteurs que l'homme au caban était le capitaine de l'*Éole*, et qu'il cherchait le cadavre de son fils et celui de Jacques ; ils ont dû le deviner sans doute.

En sortant de chez Tabernier, il était allé tout en courant à la Préfecture de police, puis à la Morgue.

A la Préfecture, où il donna les signalements de Georges et de Jacques, on lui dit qu'on ne savait rien, mais qu'on ordonnerait de faire des recherches.

A la Morgue, il chercha vainement parmi les cadavres qui s'y trouvaient exposés,

ceux de son fils et du maître timonier.

Il était revenu désespéré.

Pendant longtemps il erra dans Paris, foulant d'un pas fiévreux les trottoirs de l'immense cité, qui cache dans son sein tant de malfaiteurs, tant d'embûches, et recèle tant de mystères la plupart impénétrables.

Où aller ? où chercher ?

La police pouvait peut-être trouver ; mais son œuvre de recherches dans des ténèbres aussi épaisses, si elle arrivait à n'être pas stérile, serait à coup sûr laborieuse et prendrait beaucoup de temps.

Quelqu'un lui avait dit que tous les jours, des hommes, des femmes, des enfants, disparaissaient et devenaient plus introuvables que s'ils avaient été engloutis par des abîmes plus profonds que ceux de l'Océan.

Il marchait en proie à une rêverie sombre.

Ces cadavres que j'ai vus à la Morgue, se disait-il, ont été trouvés les uns sur la voie publique ou dans les maisons ; les autres ont été tirés de la Seine ; on en trouve donc quelques-uns !

Il marcha longtemps ; ses idées étaient confuses ; sa pensée s'agitait dans le vide.

Mais au-dessus de ce somnambulisme dans lequel il semblait plongé, flottait dans une sorte de brouillard sinistre, comme un spectre placé sur un immense tapis de petits flots verts : la Seine !

Ce spectre lui apparaissait debout sur des cadavres.

Sous son pied colossal il croyait voir les corps déchirés et tuméfiés de Georges et de Jacques.

Ou bien il regardait couler au-dessous de lui, ce fleuve, complice muet de tant de crimes, et il lui semblait que ses flots étaient les plis innombrables d'un suaire, agité par une main monstrueuse.

Il s'était enfui !...

Quand il rentra à l'hôtel de Mélos, il était pâle, défait ; et au vieux concierge qui lui demanda s'il avait l'espoir de retrouver ceux qu'il était venu chercher à Paris, il resta longtemps sans répondre et il fixa sur lui des yeux hagards.

Le même jour il repartit pour Bordeaux avec l'idée fixe de fouiller le lit du fleuve.

Il y allait chercher des matelots, un bateau et des scaphandres.

Nous savons le reste.

Nous devons ajouter que la police ne lui avait accordé l'autorisation de fouiller le lit de la Seine, qu'à la condition que cela se ferait sans donner l'éveil à la curiosité publique.

On connaît la colossale curiosité du Parisien.

Le capitaine avait donc dû, pour que son travail d'investigation échappât aux regards des curieux et aux yeux de lynx de la presse, couvrir la cabine et une partie de sa barque, d'une ample enveloppe de toile grise dont les plis, avons-nous dit, tombaient jusque dans l'eau.

Les plongeurs pouvaient ainsi entrer dans le fleuve et en sortir sans être aperçus, couverts qu'ils étaient par ce rideau.

Une barque suivait la sienne ; celle-là était montée par un inspecteur de police et quatre agents de la sûreté ; ils avaient pour mission de recueillir tous les cadavres que l'on trouverait, et de les transporter à la Préfecture de police.

Pour compléter ces renseignements, ajoutons que ces cadavres, déposés d'abord dans la barque du capitaine, étaient ensuite portés dans celle de la police, après avoir été placés dans de grands sacs de toile brune.

Lorsque nous avons aperçu sur la Seine la barque du capitaine du brick l'*Éole*, le bateau policier venait de le quitter, empor-

tant, rue de Jérusalem, les cadavres dont nous avons parlé, et dont un se trouvait dans un état de décomposition très avancé.

Reprenons notre récit.

Cependant l'embarcation, sous l'effort des quatre rameurs, descendait rapidement le courant.

Bientôt le pont d'Austerlitz fut dépassé, et l'on jeta l'ancre à quelques brasses du bateau-lavoir qui se trouve à une vingtaine de mètres du pont.

Les hommes aux scaphandres se mirent à l'eau ; ils y restèrent une douzaine de minutes, puis revinrent.

— Rien ! dirent-ils au capitaine qui les interrogea du regard.

La barque fila de nouveau, puis s'arrêta au bout de deux ou trois minutes de marche.

Les plongeurs redescendirent dans le fleuve, et revinrent au bateau sans avoir rien trouvé.

On fit ainsi cinq ou six stations.

Depuis quelque temps un des rameurs examinait avec une attention profonde, cette partie du quai qui longe la Seine, en face de l'île Saint-Louis, et dont on se trouvait peu éloigné.

On sait que cette partie du quai est encaissée, et s'étend sur une longueur de plusieurs centaines de mètres, en longeant des terrains vagues, et des chantiers de bois, de pierre ou de charbons.

— Par Notre-Dame d'Auray ! capitaine, fit-il tout à coup, si on voulait tuer quelqu'un pour le jeter ensuite à l'eau, il y a là un endroit où on pourrait le faire sans être dérangé.

Le père de Georges, absorbé par les tristes pensées qui agitaient son esprit, regardait d'un air sombre couler les eaux du fleuve ; il tressaillit et jeta les yeux sur le quai.

— Quand on tue, on tue pour quelque

chose, grommela-t-il, par vengeance ou pour voler, mille tonnerres !

Les rameurs le regardèrent.

—Jacques et Georges, ces agneaux ! poursuivit il, a qui fera-t-on croire qu'ils 'aient cherché querelle à quelqu'un ? mille sabords !

— M'est avis à moi, capitaine, dit l'un d'eux qui s'appelait Yvon, qu'ils ont dû les prendre en traîtres, autrement ils n'auraient jamais eu le dessus sur des marins du brick l'*Éole*, mille tonnerres !

— Oh ! non ! s'écrièrent les trois autres matelots.

—Avec leur vareuse et leur béret de laine, avaient-ils l'air de millionnaires ? avaient-ils un extérieur à tenter des voleurs ? mille damnations !

— Et dire qu'on ne sait pas où les trouver ces faillis-chiens, qui les ont assassinés ! s'écria Yvon. Ah ! si jamais nous pouvions les voir en face ! mille millions de tonnerres !

Les yeux d'Yvon et des trois autres marins lancèrent des éclairs.

Le capitaine murmura le nom des Chevaliers du Crucifix, et retomba dans sa sombre rêverie.

Sans doute il pensait à ce que lui avait dit le Maure, de ces ennemis invisibles, et insaisissables, dont les desseins étaient aussi mystérieux que leurs personnes.

Tout à coup les marins poussèrent une exclamation.

Les plongeurs, revenaient à la surface du fleuve, en poussant devant eux un cadavre.

En un tour de main, il fut hissé jusque dans le bateau.

Le capitaine, tiré de sa torpeur par l'exclamation de ses matelots, avait brusquement relevé la tête pour voir la sinistre pêche que venaient de faire ses hommes.

C'était le cadavre d'une homme de quarante ans environ, court, robuste, trapu, brun.

La face était tuméfiée, livide, et paraissait avoir été déchiquetée à coups de couteau.

Les vêtements qui le recouvraient, se composaient d'une veste de velours marron, d'un gilet de drap noir et d'un pantalon de même étoffe et de même couleur.

— En voilà un qui en *dirait de belles*, s'il pouvait parler ! fit Yvon.

— C'est une figure qui ne *me revient pas*, dit un autre.

— C'est un gaillard qui devait être solide, et il a fallu qu'il eût affaire à forte partie pour avoir eu le dessous, observa de nouveau Yvon.

— Ah ! celui qui l'a lardé n'y allait pas de main morte, il a plus de vingt coups de couteau, s'écria un autre des assistants.

— Mille tonnerres ! exclama tout à coup le capitaine, qui s'était penché sur le cadavre, il a encore dans la poitrine le couteau de son assassin !

En effet on entrevoyait à travers les déchirures des vêtements, une poignée de stylet, collée à la peau ; il fallait que l'arme eût frappé de biais, pour qu'elle fût dans cette position.

Un des marins, sur un signe du capitaine, tira l'arme de la plaie.

Tout à coup celui-ci poussa comme un rugissement, et la saisit avec rage.

— Jacques ! Jacques ! Georges ! eux ! là ! là ! exclama-t-il.

Et d'un geste d'une énergie inénarrable, il montra les chalands chargés de bois, de pierres et de sable, sous lesquels les plongeurs avaient trouvé le cadavre.

Puis il resta comme foudroyé, tenant dans sa main crispée ce poignard sur lequel on voyait des traces de sang coagulé et noirâtre.

— C'est le couteau de Jacques! s'écria celui qui s'appelait Yvon.

Les trois autres marins poussèrent une exclamation sourde, s'approchèrent pour le regarder de près, et le reconnurent à leur tour, comme ayant appartenu à Jacques.

Cependant les hommes aux scaphandres avaient plongé de nouveau.

Ils restèrent assez longtemps sous l'eau ; sans doute ils explorèrent avec un soin minutieux le dessous des bateaux [qui, au nombre d'une douzaine au moins, étaient amarrés en cet endroit.

Enfin l'eau bouillonna, et l'on vit apparaître la tête de l'un d'eux, celle de l'autre émergea à son tour, puis un objet, un sac, une poutre, un cadavre peut-être.

On sut bientôt quelle était la nature de l'objet qu'ils tiraient du fleuve.

C'était encore un cadavre !

Celui-là avait la face tuméfiée, les yeux grands ouverts et presque hors de leurs orbites, la bouche était ouverte, et la langue pendante.

Le capitaine, en homme habitué à maîtriser les plus terribles émotions, bien qu'il lui arrivât de payer parfois un léger tribut à la faiblesse de la nature humaine, avait repris tout son sang-froid.

Il examina longuement ce nouveau cadavre.

— Il n'est pas mort d'un coup de couteau, celui-là, dit-il, après un moment de silence ; il a été étranglé et la poigne qui l'a saisi à la gorge était solide : bravo ! Georges ; bravo ! Jacques.

Son regard se porta ensuite vers cette partie du fleuve qui venait d'être explorée.

— Mais eux, eux, que sont-ils donc devenus ? ajouta-t-il.

— Ils ne sont pas par ici, capitaine, fit un des plongeurs, ils auront été emportés par le courant, à moins que...

— A moins que ?

— Ils ne soient pas restés dans l'eau, et qu'ils soient vivants.

— Impossible ! mille tonnerres ! impossible !

— Moi je les crois vivants, capitaine, fit Yvon.

Il haussa vivement les épaules, et tourna le dos à ses hommes.

— Oui, je les crois vivants, parce que je ne peux pas me faire à l'idée, qu'ayant été capables de se débarrasser de ces deux rudes gaillards que voilà, ils n'aient pas eu la force de remonter ensuite sur la berge.

Le capitaine hocha la tête, et ne répondit pas.

Les deux cadavres furent transportés dans l'autre embarcation, qui venait de revenir, et qui, aussitôt cette double proie reçue, reprit le chemin de la Préfecture de police.

Abrégeons.

Le lendemain, à pareille heure, toute la partie de la rive droite de la Seine jusqu'au pont de la Concorde, avait été explorée et fouillée ; deux jours après, il ne restait pas dans toute la partie du fleuve, comprise dans l'enceinte de la grande cité, un seul petit coin qui n'eût été l'objet des investigations des hommes aux scaphandres, et six cadavres avaient été trouvés ; quant à Georges et à Jacques, ils n'avaient découvert d'eux que le couteau qu'ils avaient laissé dans la poitrine de l'un de ces cadavres.

Nous apprendrons probablement bientôt si Yvon avait raison de dire qu'ils étaient vivants.

III

Où Tabernier croit que le moment est venu pour lui de commencer à réaliser.

L'homme de la rue de la Clef ne se dissimulait pas, depuis quelque temps, qu'en jouant le rôle d'agent matrimonial dans l'union projetée du marquis de Bordes avec la fille de feu le baron de Mélos, il s'était engagé dans une affaire qui présentait non seulement de grands dangers à courir, mais qui pouvait encore très bien ne pas réussir.

Il avait dit au marquis : faites vite! et l'affaire n'allait pas.

Il comptait, avec une impatience fébrile, les jours qui s'écoulaient.

Il connaissait l'habileté et la puissance diaboliques des Chevaliers du Crucifix, de ces hommes mystérieux qui convoitaient la même proie que lui, et il éprouvait de mortelles inquiétudes.

Certes, dans cette affaire, il ne s'agissait pas seulement pour lui d'un gain de plusieurs centaines de millions, mais encore de sa sécurité personnelle, de sa vie.

Nous savons que les Chevaliers du Crucifix pouvaient, en le dénonçant à la justice, rendre au bourreau la victime qu'ils lui avaient enlevée jadis.

Il n'était pas sans savoir, lui qui les servait depuis si longtemps, qu'un homme coupable d'avoir trahi leurs intérêts ou abusé de leur confiance ne devait rien attendre de leur pitié.

Et puis, est-ce que ces hommes avaient jamais éprouvé ce sentiment : la pitié ?

Certes lui aussi était habile, lui aussi était audacieux!

Nous avons vu qu'il n'avait pas hésité à frapper à mort l'un de leurs chefs, et un de leurs agents, dans une assemblée composée de leurs plus fanatiques partisans et sous les yeux de leurs espions ; que, bien plus, il l'avait fait avec tant d'adresse qu'ils ne l'avaient même pas soupçonné.

Néanmoins il sentait qu'il fallait, pour mener à bien l'affaire qui lui était commune avec le marquis de Bordes, une plus grande habileté que celle de l'assassin qui frappe dans l'ombre sa victime.

Ils sont sur la piste, ils sont sur la piste, se disait-il avec une inquiétude qui menaçait de se changer en une véritable terreur.

Et lui, l'homme d'affaires consommé, lui qui avait tant d'expérience et l'esprit si fertile en ressources, lui qui n'avait jamais considéré une difficulté comme insurmontable, lui qui eût rayé du dictionnaire le mot impossible comme n'exprimant pas une idée sérieuse ; il tremblait!

C'est que les Chevaliers du Crucifix n'étaient pas un homme ni plusieurs hommes, mais une innombrable légion ; ils n'offraient pas un danger précis, une menace circonscrite dans des limites déterminées ; non ! Ces hommes qui allaient devenir ses ennemis, c'était l'infini du danger, l'immensité de la menace ; c'était plus qu'un monde d'embûches, c'était l'inconnu, l'imprévu ; c'étaient tous les éléments de la nature conjurés ; c'était le pavé qui croule sous le pied, la tuile qui tombe sur la tête ; l'aliment qui devient subitement poison, le chien qui mord comme si une main invisible et ennemie eût versé tout à coup dans ses veines le virus terrible de l'hydrophobie.

Il tremblait, mais il ne reculait pas!

Il jouait tout dans ce jeu terrible ; il le

sentait, il le savait; mais il ne renonçait pas à son entreprise. A côté de la peur, chez lui, il y avait l'audace. Ces alliances se voient chez le bandit italien; c'est la peur qui a fait la madone au pied de laquelle il s'agenouille, c'est l'audace qui charge et arme ensuite son escopette.

Tabernier, autrement dit Tavelli, était de cette race-là; c'était un brigand, moins la madone à laquelle il ne pouvait plus croire et moins l'escopette, arme trop bruyante et de trop faible portée pour lui.

Il se disait donc, allons de l'avant! bien qu'il se sentît au cœur un sentiment permanent d'inquiétude et de terreur.

Et puis il n'était pas homme à laisser une affaire longtemps infructueuse.

C'est dire assez qu'il voulait, pour me servir d'une expression vulgaire, *palper*.

— Ce de Bordes, se disait il, n'est pas *fort;* sa tante, la duchesse, s'empêtre dans un tas de roueries, qui veulent être de l'habileté et qui ne sont que du vieux jeu ; tout cela ne fait pas marcher l'affaire d'un pas.

Les Chevaliers du Crucifix, eux, marchent; je ne les vois pas, je ne sais pas ce qu'ils font, mais je ne me trompe pas en disant qu'ils marchent. Ces hommes-là ne s'arrêtent jamais quand ils poursuivent un but.

Il demanda à sa gouvernante son chapeau et, endossant une longue redingote garnie de fourrures, il sortit.

Il allait à l'hôtel de Cressères.

C'était la première fois qu'il se rendait à la demeure de la vieille Arsinoë.

Jusqu'à ce moment, sa participation à l'affaire qui lui était commune avec le marquis s'était bornée à des entrevues avec ce dernier et à des lettres qu'il lui avait écrites.

Il ne connaissait pas sa tante, de vue.

Quand il arriva à l'hôtel, le marquis en était sorti depuis deux heures, et le con-fesseur de la duchesse depuis quelques instants.

Hâtons-nous de dire que c'était le jour où la comtesse de Berny donnait cette fête, à laquelle devait se rendre le marquis.

Il n'eut qu'à se nommer, pour être reçu immédiatement.

Arsinoë était dans un petit salon tendu de damas bleu.

Elle le fit asseoir à côté d'elle ; elle le traitait en ami, presque en intime.

Dame! son neveu lui avait tant de fois parlé de cet homme et toujours avec tant d'éloges; il passait pour si habile et si capable de mener à bonne fin cette délicate affaire de mariage, qui devait rendre à la noble race des de Bordes son antique éclat, en lui assurant des richesses dignes d'elle!

Elle lui dit que son neveu était venu la voir.

— Ah! il est bien impatient, s'écriait-elle, de voir cette affaire se terminer, et croyez que je partage bien son impatience. Cette Gemma de Mélos est si bonne, si douce, si aimante! Ah! que je l'aimerais donc pour ma nièce !

— Moi aussi, madame la duchesse, je suis impatient et même très impatient de voir ce mariage se conclure, fit Tabernier.

Et je viens chercher avec vous le moyen d'en hâter la conclusion, si c'est possible, ajouta-t-il.

— Je comprends votre impatience, car mon neveu a dû vous assurer de très beaux honoraires ?

— Vous les connaissez, madame ?

— Oh! non, mais je le suppose.

— Il m'en a promis de très beaux en effet, mais il faut réussir d'abord ; or, cette réussite est bien douteuse.

— Que voulez-vous dire ?

— Nous avons des ennemis puissants, je veux dire des concurrents redoutables.

— Des ennemis! des concurrents!

Mlle de Chivry a été positivement enlevée.

— Oui.

— Les connaissez-vous ?

— Oui.

— Vous les appelez ?

— Les Chevaliers du Crucifix.

— Mon neveu m'en a parlé aujourd'hui de ces hommes : mais c'est donc vrai qu'ils existent ?

— Il n'y a rien de plus vrai, madame ; et que vous en a dit M. le marquis ?

— Il croit, lui, que ces Chevaliers du Crucifix sont des gens d'église ; il est dans l'erreur assurément. Eh quoi ! des scélérats appartenir à notre sainte religion ! Voyons, monsieur, dites-moi que cela n'est pas possible ?

La chaleur avec laquelle la vieille Arsinoë avait prononcé ces dernières paroles fit sourire Tabernier.

— Les Chevaliers du Crucifix forment une vaste association enveloppant la société d'un immense réseau d'intrigues, dans lequel elle se débattra vainement et qui finira par anéantir en elle toute velléité de résistance, dit-il.

— Ils veulent être maîtres ? pourquoi ?

— Pourquoi ? mais pour jouir de tous les biens, pour assouvir largement toutes leurs passions !

— Mais ces gens-là, ces misérables, pourquoi les appelle-t-on les Chevaliers du Crucifix ? ils ne doivent rien avoir, il me semble, de commun avec notre sainte religion?

— Au contraire, la religion est leur principal moyen d'action; ils en ont d'autres encore qui leur suffiront quand celui-là sera usé.

— Où sont-ils, ces hommes?

— Partout, et nulle part.

— Vous voyez bien que j'ai eu raison de dire à Ulrich que tout cela était une plaisanterie! Partout et nulle part? cela n'est pas sérieux.

Tabernier hocha la tête d'un air de gravité qui laissait voir assez qu'il ne disait pas des choses plaisantes.

— Je vous ai dit, madame la duchesse, poursuivit-il, qu'ils étaient partout et nulle part: en effet, ils sont partout parce qu'ils ont partout des agents, des espions; ces agents et ces espions sont ou peuvent être vos plus chers amis, vos plus chers serviteurs.

La duchesse pâlit.

— Tenez, s'écria tout à coup l'homme d'affaires, je suis si pénétré de la vérité de ce que j'avance, qu'en parlant d'eux je tremble qu'un de vos domestiques ne m'entende, et que les murs n'aient des oreilles!

— Vraiment! vous m'effrayez.

— Je vous ai dit qu'ils n'étaient nulle part: en effet, ces gens-là sont comme le guet-apens, ils frappent, on sent le coup, mais on ne voit ni la main qui a frappé ni le visage du meurtrier; où voulez-vous qu'on vous dise que demeure l'inconnu? où loge le guet-apens?

— Vous avez tort de dire tout cela, monsieur, à moi pauvre femme; désormais mon esprit va être peuplé de fantômes terribles; désormais je me méfierai de mes domestiques et de mes meilleurs amis.

— La défiance, madame, est le commencement de la sagesse. Oh! méfiez-vous, méfiez-vous comme je me méfie moi-même, depuis le jour où, prenant en mains les intérêts de monsieur votre neveu, je me suis exposé à avoir pour ennemis ces êtres aussi nombreux et plus insaisissables que les moucherons qui remplissent l'air, et plus dangereux que le tigre ou la vipère.

— Grand Dieu! fit la duchesse en joignant les mains.

— A propos, madame, cette lettre que j'ai eu l'honneur de vous envoyer pour qu'elle fût montrée à M*** Gemma, a-t-elle bien été brûlée?

— Oui, monsieur.

— Aucun de vos domestiques ne connaît le nom de votre prisonnière?

— Aucun.

— Vous n'avez rien révélé à votre confesseur.

— Rien.

— C'est bien. Ce serait encore mieux si nous pouvions terminer cette affaire en peu de temps.

— En peu de temps! y songez-vous?

— Dame! je ne vous le cache pas, cette affaire me brûle les doigts, et je voudrais en finir le plus tôt possible.

— Il me vient une pensée, monsieur, comment savez-vous que nous puissions être menacés par ces ennemis, que vous appelez les Chevaliers du Crucifix?

Tabernier ne voulait pas dire qu'il le tenait d'eux-mêmes; c'eût été avouer qu'il faisait partie de la terrible association.

— Je le suppose, madame, dit-il, parce qu'ils doivent connaître Gemma et savoir qu'elle est non seulement immensément riche, mais orpheline; de ces richesses appartenant à des orphelines, ils finissent toujours par chercher à s'emparer. Croyez-en mon expérience, je ne suis pas homme d'affaires dans Paris depuis plus de vingt ans, sans avoir appris bien des choses.

— Comment échapper à ces hommes? grand Dieu!

— Par la prudence, par le mystère. C'est par le mystère qu'on peut combattre le mystère; au reste, le plus sûr, ce serait de leur échapper en terminant cette affaire.

— Comment?

— En tentant une pression sérieuse sur Gemma.

— Gemma n'est que depuis peu de temps en notre pouvoir, il faut me donner le temps de prendre assez d'empire sur son esprit, pour que je puisse lui faire, avec chance de succès, la proposition d'épouser mon neveu; je désire aussi vivement que vous la prompte conclusion de cette affaire; je ne reste pas inactive, croyez-le, et j'ai déjà beaucoup fait; au reste, comment s'y prendraient-ils pour nous l'enlever?

— Ah! c'est bien simple, ils vous menaceraient de la police si vous refusiez de la leur livrer.

La duchesse frémit, elle sentait que si la justice mettait le nez dans cette ténébreuse et délicate affaire de rapt, dont elle était devenue complice, elle pouvait être traînée elle et son neveu devant les tribunaux.

— Mais qui leur dira qu'elle est ma prisonnière? s'écria-t-elle avec l'accent du désespoir.

— Leurs moyens d'information sont innombrables, et ils peuvent tout apprendre d'un moment à l'autre.

La vieille duchesse eut un frisson de terreur et tomba dans une rêverie profonde.

Il était évident qu'elle cherchait en elle-même le moyen de sortir promptement de la situation délicate dans laquelle elle se trouvait placée; elle pensait aussi avec effroi aux dangers qui menaçaient son neveu.

— Mais que feraient-ils de Gemma, ces hommes, s'écria-t-elle, s'ils venaient à nous l'enlever?

— D'abord, ils la mettraient dans un couvent.

— Dans un couvent?

— Oui.

— Mais il me semble qu'on ne peut pas enfermer dans un couvent quelqu'un contre son gré.

— C'est une erreur, madame.

— La supérieure s'y opposerait.

— N'en croyez rien.

— A moins qu'elle ne se fît leur complice, est-ce croyable?

— C'est ce qu'elle ferait.

— La puissance de ces hommes est-elle donc si grande, qu'ils triomphent si facilement des résistances de leurs victimes, et que les consciences même les plus pures leur soient soumises?

Tabernier sourit.

— Si je vous disais, madame, que ces gens-là se vantent, avec raison peut-être, d'avoir sous leur domination tout le clergé.

— N'en croyez rien, monsieur; quant à moi, j'ai une trop haute idée de notre religion pour le croire.

Tabernier hocha la tête, comme un homme qui ne partageait nullement la bonne opinion que la duchesse avait de sa religion.

— Je poursuis, monsieur. Une fois Gemma en leur pouvoir, qu'en feraient-ils?

— Une épouse du Christ.

— Par force?

— C'est-à-dire par insinuation, intimidation, quelque nom que vous donniez du reste à la pression morale qu'ils exerceraient sur elle.

— Et si elle s'y refusait, quand même?

— Ils la mettraient dans quelque cachot, et là, ils lui proposeraient la liberté en échange de sa fortune.

— C'est infâme, cela!

— C'est possible, mais cela se fait tous les jours.

— Qu'en savez-vous ?

— Je vous ai dit, madame, que j'avais appris bien des choses en exerçant le métier d'homme d'affaires à Paris depuis plus de vingt ans.

— Mais la justice, monsieur ?

— La justice n'a rien à voir dans ce qui se passe dans les couvents ; et elle en est tellement convaincue, qu'elle n'a jamais osé en franchir le seuil.

— Mais si Gemma, ayant donné sa fortune en échange de sa liberté, courait, au sortir du couvent, dénoncer ses bourreaux et ses spoliateurs, il me semble que la justice ne pourrait pas moins faire que d'accueillir sa plainte.

— On entre au couvent, madame, mais on n'en sort pas. Ces gens-là, lorsqu'ils tiennent une proie, ne la lâchent jamais !

— Que voulez-vous dire ?

— Je veux dire que Gemma, dès qu'elle aurait consenti à leur abandonner sa fortune, dès qu'elle aurait apposé sa signature au bas d'un acte de donation en règle, elle ne sortirait de son cachot que pour descendre dans la tombe.

— Horreur !

— Ces hommes possèdent des poisons subtils, et ces poisons leur servent à réduire leurs victimes à un silence éternel.

— Mais ils ne craignent donc pas Dieu, ces monstres s'ils ne craignent pas les hommes ? s'écria la duchesse avec violence.

— Ils le craignent si peu, madame, qu'ils l'exploitent ; c'est pour cela qu'on les appelle les Chevaliers du Crucifix !

— Si ces hommes ne reculent pas devant les crimes même les plus affreux, qui me prouve que nous serons hors de leur atteinte, lorsque le mariage de Gemma et de mon neveu sera conclu ?

— Ce qui nous mettrait tous hors de danger, c'est que Gemma n'aurait plus la propriété des immenses richesses qu'elle possède aujourd'hui ; c'est que cette fortune, en vertu d'une clause du contrat de mariage, appartiendrait en totalité à son mari, qui lui assurerait, en retour, une simple rente viagère ; c'est que, en cas de décès du marquis, cette fortune serait gérée par un conseil de famille composé de six membres au moins, qui ne lui servirait qu'une rente sa vie durant, c'est qu'en cas de décès de Gemma, cette fortune reviendrait aux héritiers naturels du marquis.

— Pensez-vous que Gemma consentirait à apposer sa signature au bas d'un pareil acte de mariage ?

— Oui, dès qu'on lui aurait fait comprendre que sa vie, et celle de son mari, devraient dépendre de cet arrangement.

— Vous êtes venu, monsieur, paraît-il pour presser la conclusion de ce mariage ? que me conseillez-vous de faire ?

— Je vous conseille de lui dire le plus tôt possible que Georges Bernard est mort, que son ami et protecteur Hassan est disparu, c'est-à-dire mort ; qu'elle est désormais seule au monde, qu'il faut qu'elle se décide à chercher quelqu'un qui la protège et qui l'aime.

— Mais vous ne vous rappelez donc pas que vous lui avez dit dans votre lettre que vous pensiez que Georges Bernard et Hassan devaient être allés à Stramos ?

— Eh bien, dites-lui, madame, que c'est un conte que je lui ai fait pour ménager sa sensibilité, pour préparer son esprit à la pensée qu'elle pouvait être privée de ces deux êtres qu'elle aimait tant ; que c'était pour ne pas lui annoncer brusquement une nouvelle qui pouvait la tuer ; en un mot, vous pourriez l'arracher à cette dernière illusion.

— Soit, monsieur, et cet ami, ce protecteur que je lui offrirai sera mon neveu, qu'elle n'aime pas, qu'elle déteste peut-être!

— Oh! je vous accorde quelque temps, madame la duchesse, le temps d'inspecter les abords de la place; et puis vous tenterez l'assaut!

— Ah! que les hommes connaissent peu le cœur des femmes! monsieur; enfin je tâcherai de faire tout ce qui sera possible.

— Je ne vous dis pas tout de suite, madame la duchesse, je vous le répète.

— Combien de temps me donnez-vous?

— Huit ou dix jours, pendant lesquels vous acheverez de préparer son esprit à cette pensée que Georges Bernard et Hassan sont morts, et qu'elle doit songer à chercher quelqu'un sur lequel elle reporte toute l'affection qu'elle leur portait.

— Soit!

— Maintenant il reste un petit détail à régler.

— Que voulez-vous dire?

— J'ai dû faire beaucoup de démarches, j'ai dépensé beaucoup d'argent, je ne suis pas riche, moi, madame la duchesse.

Elle frémit, elle crut que Tabernier venait lui demander de l'argent.

L'homme d'affaires tira un papier de son portefeuille et le lui tendit.

Elle le prit et le déplia en tremblant.

C'était une feuille de papier timbré.

On y lisait:

« Monsieur Isaac Sterb, banquier à Munich, donnera au porteur toutes les sommes qu'il lui demandera. »

— Qu'attendez-vous de moi, monsieur? fit-elle après avoir lu ce papier.

— La signature de Mlle Gemma, baronne de Mélos, en bas de ce papier.

— Soit, vous l'aurez; seulement, que lui dirai-je?.

— Vous lui direz, madame la duchesse, qu'il faut de l'argent pour payer tous les gens qu'on est obligé de mettre en campagne afin de découvrir Hassan et Georges Bernard; que non seulement on les fait chercher à Stramos, mais encore en Suisse et en France; partout.

— C'est bien.

— Pourrai-je avoir cette signature ce soir?

— Impossible : je ne dérange jamais cette chère enfant, à cette heure. Du reste, elle doit être couchée.

— Je viendrai la chercher demain.

— Elle sera prête. Venez à partir de neuf heures.

Tabernier s'inclina.

— A propos, madame, fit-il en changeant de conversation, vous m'avez dit, je crois, que vous aviez eu la visite de M. le marquis?

— En effet.

— A-t-il une crainte salutaire des Chevaliers du Crucifix, dont il vous a parlé?

— Crainte, non; mais il est visible que ces hommes l'agacent. Ah! si c'étaient des gens qu'on puisse voir et tenir au bout d'une épée, ce serait bien différent!

— Ceux de sa race sont braves, madame.

La duchesse rougit de plaisir en entendant faire l'éloge des de Bordes.

— Il s'ennuie, ce cher enfant, et je n'ai pas vu avec déplaisir que la baronne de Berny ait songé à l'inviter à son bal.

— Ah! ah! et il a accepté?

— Oui.

— Connaissait-il cette dame?

— Non.

— Il ne l'avait jamais vue?

— Non.

— Qu'est-ce que cela signifie?

La duchesse le regarda d'un air surpris.

— Que voulez-vous que cela signifie?

Il y avait cela d'étrange dans la situation de Tabernier vis-à-vis des Chevaliers du Crucifix, c'est qu'ils lui avaient laissé ignorer une quantité infinie de choses. En dehors des affaires dont ils l'avaient chargé à différentes époques, ils ne lui avaient jamais rien appris. Ainsi ces hommes, prudents par excellence, s'enveloppaient de mystère même dans leurs relations avec leurs agents les plus anciens, les plus intimes. C'est ce qui explique l'ignorance de Tabernier sur bien des choses. Ainsi il ne savait pas ce que c'était que cette baronne de Berny; ah! quel coup il eût reçu si on lui avait appris que c'était la fille de sa femme et du traître qu'il avait couché sanglant dans une tombe, au milieu des souterrains de la chartreuse de Mond'hoye!

Il reprit :

— Connaissez-vous cette baronne, madame?

— Pas personnellement. On la dit très pieuse.

Il bondit.

— Très pieuse? dites-vous, madame. Vous laissez aller le marquis chez une dame très pieuse? Malédiction!

La duchesse le regarda avec de grands yeux étonnés.

— Ah! je comprends maintenant, poursuivit Tabernier, pourquoi il a été invité à ce bal; pourquoi cette dame qui ne le connaît pas l'a invité.

— Au nom du ciel! que voulez-vous dire?

— Je veux dire que cette baronne est trop pieuse, et M. le marquis et vous trop inconnus d'elle pour qu'il n'y ait pas sous son invitation quelque machination.

— De qui?

— Des hommes dont je viens de vous parler, madame : des Chevaliers du Crucifix!

— Iraient-ils donc soupçonner Ulrich?

— Pourquoi pas?

La duchesse se rappela ce qui s'était passé entre elle et son confesseur; les paroles étranges que celui-ci avait laissées échapper au sujet du marquis, de son voyage à Genève et du duel d'Hassan. Elle baissa la tête, écrasée par les pénibles réflexions qui surgirent dans son esprit.

Tabernier, le sourcil froncé, se promenait de long en large, en proie à une inquiétude qu'il ne cherchait pas à dissimuler.

Tout à coup la duchesse se leva comme mue par un ressort.

— Vous dites qu'il y a danger pour lui, à ce bal? fit-elle d'une voix rapide.

— Oui, madame, je le crois.

— Voyons, on peut tout prévenir encore peut-être.

Elle regarda la pendule.

— Neuf heures! dit-elle. Je vais, si vous voulez, lui envoyer un mot par un de mes domestiques.

— Gardez-vous-en bien.

— Pourquoi?

— Parce que s'ils n'ont encore que des soupçons, la venue de votre domestique, avec ou sans lettre de vous, ferait tourner leurs soupçons en certitude.

— Vous croyez?

— J'en suis sûr.

— Que faire? que faire?

— Je cherche, madame.

— Mais quel danger court-il? dites-le-moi; vous devez le savoir, vous qui connaissez ces hommes. Ce n'est ni dans sa vie ni dans sa liberté qu'il est menacé, mais dans des intérêts qui lui sont non moins chers.

— Lesquels?

— Est-elle belle, cette baronne de Berny?

— Elle passe pour être très belle.

— C'est cela; ils se serviront de cette femme pour lui arracher son secret! Ah! les misérables!

— Ulrich gardera son secret.

— Madame, le marquis est homme, et qui plus est un jeune homme; et cette femme, dites-vous, est très belle.

— Vous croyez qu'il se laissera séduire par elle ?

— Je le crains ; ah ! madame, quelle peste une femme jeune et jolie ! car je suppose que celle-là est jeune, puisqu'elle est jolie.

La duchesse était retombée dans ses réflexions.

— Lancer une jeune et jolie femme aux trousses d'un jeune homme pour lui enlever sa bourse ou un secret, c'est le vieux jeu, et ça réussit toujours, fit Tabernier en haussant les épaules.

— Il faut cependant faire quelque chose, monsieur, pour prévenir cet affreux malheur, s'écria tout à coup la duchesse.

— J'y songe, madame, j'y songe.

— J'irai, moi, s'il le faut !

— Impossible, madame, votre présence gâterait tout.

— Trouvez donc un moyen, et vite, vite !

— Je vais y aller moi-même, madame.

IV

L'homme au sombrero.

Quand Tabernier fut sorti de l'hôtel de Cressères, il se trouva, malgré toute son habileté et son expérience, le plus embarrassé des hommes.

Il se promena quelque temps de long en large sur une petite place qui touchait à la demeure de la duchesse.

Il lui semblait certain que le marquis avait mis le pied dans un traquenard.

Or, il était urgent de l'en tirer ; ou si la sirène cléricale arrivait à obtenir en échange de ses faveurs le secret qu'elle convoitait, il fallait prendre promptement des mesures pour déjouer les projets de ceux dont elle servait les intérêts.

Pour cela il sentait le besoin de se concerter avec le marquis.

Mais comment pénétrer jusqu'à lui ?

Ce doit être, se disait-il, une jolie réunion de Chevaliers et de Chevalières du Crucifix, ce bal de la baronne de Berny ; et si j'y vais, il est très probable que nombre de personnes m'y reconnaîtront.

Aller demander le marquis là-bas, c'est faire naître un tas de commentaires qui perdraient tout.

— Si je me déguisais ! pensa-t-il.

L'idée était bien simple, trop simple même pour qu'elle ne lui fût pas venue tout de suite.

Il y avait cependant une difficulté.

Bien des fois, en effet, il avait pris des déguisements, comme agent des Chevaliers du Crucifix ; comment en trouver un sous lequel ils ne le reconnussent pas ?

Et puis il n'y avait pas seulement un déguisement à chercher, il fallait encore qu'il fût assez habile comédien pour changer son attitude, son geste, sa démarche, et jusqu'au son de sa voix.

— J'essaierai, se dit-il, après un moment de réflexion.

— Oui, mais il faut que je retourne chez moi, ajouta-t-il.

Il regarda autour de lui.

Il se trouvait précisément à deux pas d'une station de fiacres.

Il se dirigea rapidement de ce côté.

— Rue de la Clef, dit-il au cocher, en se jetant comme un aérolithe dans une de ces boîtes de sapin, à quatre frêles roues, qui font les délices du petit bourgeois parisien.

Le cocher monta sur son siège et cingla

d'un large coup de fouet l'attelage, qui partit au petit trot.

— Cinq francs de pourboire, dit Tabernier, si vous brûlez le pavé !

Le cocher cingla de nouveau ses chevaux, qui firent à peu près cinquante pas au trot, et reprirent ensuite leur allure première.

Quand Tabernier arriva chez lui, il était près de onze heures.

Il courut à sa garderobe et se mit à passer en revue tous les vêtements, tous les costumes, tous les déguisements qui s'y trouvaient.

Avisant un superbe manteau espagnol, à faire envie à un hidalgo, il le prit et le jetant entre les bras de sa gouvernante :

— Époussetez-moi ça, et vivement ! lui dit-il.

Une paire de bottes et un immense sombrero complétaient le costume.

— Cela m'a servi il y a bien dix ans, quand je suis allé à Madrid pour affaires de ces gens-là ; il s'agissait de surprendre le secret des amours d'une senora ; la découverte de ce secret m'a valu vingt-cinq mille francs, et à eux un château et ses dépendances dans la vallée du Guadalquivir ; il y a aussi un stylet qui m'a servi en cette occasion à réduire l'amoureux de la senora à l'impuissance, et m'a mis à même de pouvoir prendre dans ses poches la pièce de conviction que j'étais venu chercher, et qui était tout simplement une lettre de la belle senora.

Ce costume, ajouta-t-il, je ne l'ai porté que cette fois-là ; aucun des Chevaliers du Crucifix ne m'en a vu affublé et ne sait que je l'ai porté ; c'est ça qu'il me faut, joignons-y le stylet, cet outil-là peut toujours servir.

En ce moment sa gouvernante lui apporta le manteau.

Comme tout en conversant avec lui-même, il avait mis sur ses rares cheveux grisonnants une magnifique perruque noire, et sur sa figure amaigrie une plantureuse barbe non moins noire que la perruque ; qu'il avait en outre chaussé les bottes, il ne lui resta plus, pour compléter son déguisement, qu'à le jeter sur ses épaules, et à se coiffer du sombrero : c'est ce qu'il fit.

A sa porte stationnait le fiacre qui l'avait amené ; il y remonta en criant au cocher bien haut : Aux Folies-Bergère !

Pourquoi avait-il crié au cocher : Aux Folies-Bergère ?

Tout simplement pour se créer un alibi, dans le cas où il serait soupçonné par les Chevaliers du Crucifix, et il criait fort afin d'être entendu par leurs espions s'il s'en trouvait en ce moment d'embusqués près de sa demeure.

Il n'avait pas manqué du reste de recommander à sa gouvernante, si quelqu'un d'entre eux ou de leurs agents venait le demander, de dire qu'il était allé au théâtre, et si on lui demandait quel théâtre, de dire qu'elle l'ignorait.

Il se reprochait cependant une imprudence, maintenant surtout que les Chevaliers du Crucifix semblaient soupçonner le marquis d'avoir enlevé Gemma, c'était d'être allé chez la duchesse de Cressères sans prendre un déguisement.

Quant à celui qu'il venait de prendre, la nuit était si noire qu'il n'avait pas à craindre qu'il eût été remarqué, au moment où il était sorti de chez lui et où il était monté dans le fiacre.

L'allée de sa demeure par laquelle il était sorti était noire comme un four, et les ténèbres de la rue étaient intenses.

Arrivé au bas de la rue du Cardinal-Lemoine, il cria au cocher d'arrêter ses chevaux, et lui commanda de rester stationnaire quelques minutes.

Se croyait-il suivi ? non, mais il voulait savoir s'il l'était.

Le marquis de Curcy est devenu fou.

C'était tout simplement de la prudence, il sentait que plus que jamais il fallait jouer serré.

Au bout de quelques instants, n'entendant derrière lui aucune voiture, il dit au cocher de tourner bride, de le mener rue de Bellechasse, et de brûler le pavé.

Le cocher allongea à ses rossinantes un vigoureux coup de fouet, et le *sapin* roula pendant quelque temps, avec une rapidité rien moins que vertigineuse.

Quand Tabernier arriva à l'angle du quai et de la rue Bellechasse, il était près de minuit ; il descendit de voiture, paya sa course, y ajouta un bon pourboire, et rejetant le pan de son manteau sur son épaule gauche, il s'achemina du côté de l'hôtel de Berny.

Là on lui dit que le marquis de Bordes ne figurait pas parmi les invités de la baronne.

Il sortit, après avoir jeté un regard furieux au grand laquais qui lui avait dit cela de l'air d'un écolier qui récite une leçon.

— C'est une consigne, pensa-t-il.

Ce mensonge jetait une lumière singulière sur le sens de l'invitation que la baronne avait adressée au marquis.

— Ah! je ne m'étais pas trompé quand j'ai affirmé à la duchesse que cette invitation était un piège! reste à savoir si le marquis se laissera enjôler par cette sirène de sacristie.

Dame! il est jeune, et a peu d'expérience; il prétend bien qu'il est blasé sur les femmes; mais à son âge, le sang parle, le sang parle! Corpo di Bacco!

Il marcha quelque temps, en remontant la rue, plongé dans ses réflexions.

— Ah! ils tiennent leur proie et la tiennent bien! se dit-il encore; et je ne puis rien tenter pour l'arracher à cette misérable séduction; je ne peux pas même le voir une minute, une seconde, le temps de lui dire: Méfiez-vous! Damnation! comme je suis profondément stupide! Comment! moi l'homme d'affaires, rompu à la guerre des intérêts, et qui connais, par état, à peu près tout ce que peut inventer la scélératesse humaine, je n'ai pas prévu le cas où le marquis pourrait recevoir quelque invitation suspecte; où il pourrait se produire une situation comme celle-ci, où nos plus chers intérêts seraient mis en péril! Mais devais-je me borner à lui dire, comme je l'ai fait, de se méfier de tout ce qui tient au monde des dévots? Ne devais-je pas lui recommander expressément de ne jamais accepter d'invitation à quelque fête que ce fût!...

Si au moins il était venu me consulter! mais bah! peut-il entrer dans la tête d'un jeune homme que la société d'une jolie femme soit dangereuse pour lui! Ah! moucherons, moucherons, qui voltigez devant cette chandelle de mauvais suif, qu'on appelle une jolie femme! moucherons! moucherons! moucherons! Corpo di Bacco!

Laissons Tabernier maugréer contre les jeunes gens en général, contre le marquis en particulier, et contre les jolies femmes, et écoutons ce que disent deux personnages, arrêtés à l'angle d'une porte cochère, non loin de là.

Ils étaient vêtus de redingotes boutonnées jusqu'au menton, et leur main droite s'appuyait sur une canne plombée.

Ils avaient les regards fixés sur l'homme de la rue de la Clef, qui paraissait exciter vivement leur attention.

— Qu'est-ce donc que cet escogriffe? disait l'un d'eux; que vient-il chercher par ici? il dévore des yeux l'hôtel de la baronne de Berny.

— Il y entre, dit l'autre.

— Ah! voilà qu'il en sort.

— Il n'y est pas resté longtemps.

— C'est un amoureux.

— Possible.

— Un jaloux.

— Qui sait?

— Il n'a pas l'air de vouloir s'éloigner.

— Il revient sur ses pas.

— Il paraît contrarié.

— Et beaucoup même.

— Ça doit être quelque jaloux, certainement.

— Qui pense que celle qu'il aime est au bal de la comtesse.

— Ça ne peut être que ça.

— Tiens, voilà qu'il s'arrête de nouveau.

— Il regarde les fenêtres de l'hôtel.

— Regarde bien, vieux, si ta maîtresse

est là, et te fait des infidélités, tu n'y verras que du feu.

— Imbécile !

— As-tu eu une maîtresse, toi, Jean ?

— Oui, autrefois.

— Mais à présent ?

— Monseigneur, tu le sais bien, Jérôme, nous le défend.

— Ah bah ! entre nous.

— Moi je craindrais de désobéir à monseigneur ; et toi ?

— Oh ! moi, en fait de femmes, j'aime la bouteille.

— Monseigneur dit que c'est un péché.

— Tu me fais rire ; j'ai souvent entendu dire à monseigneur Bridoux : *bonum vinum lætificat cor hominis*, ce qui veut dire, je crois, le bon vin réjouit le cœur de l'homme.

— Tu n'iras pas au paradis.

— Pourquoi ?

— Parce que tu sais trop bien le latin.

— Ah bah ! j'ai trop rendu de services aux enfants de Jésus, c'est-à-dire à la religion, pour que saint Pierre ne m'en ouvre pas la porte.

— Voyons, qu'as-tu fait ?

— Moi ! j'ai tué trois hommes, une femme, et deux petits enfants qui les gênaient ; je croyais que tu savais quelque chose de mes états de service.

— Oh ! je sais bien que monseigneur t'estime, il a dit plusieurs fois que tu étais un bon serviteur.

— Ah ! voilà notre escogriffe qui entre chez le *mastroquet !* [1].

— Ça l'*embête* de faire sentinelle dans la rue ; dame ! il n'y fait pas bien chaud ; brrr...

— Allons demander maintenant à l'hôtel quelle est la personne qu'il y est allé chercher.

— C'est notre devoir ; en effet, monsei-

1. Marchand de vin.

gneur Civette nous a recommandé de prendre note de tous ceux qui viendraient rôder autour de l'hôtel de Berny, ce soir ; de chercher à savoir le motif de leur présence en cet endroit, et s'ils entraient dans l'hôtel de chercher à savoir pourquoi.

— Tu sais aussi qu'il nous a non moins recommandé de filer ces gens-là, et de chercher à savoir leur nom, qualités, et domicile.

— Oui, mais tu sais bien que cela n'est pas toujours possible.

— Dame ! il le faut bien, si tu veux qu'il nous donne la récompense promise.

— Certes oui, j'y tiens à la récompense ; trois cents francs et cinq cents ans d'indulgences, c'est bon à prendre ; ça fait du bien dans ce monde et dans l'autre.

— Et si l'on veut nous échapper ?

— C'est entendu, nous jouerons du bâton.

— Ah çà, il faut que l'un de nous aille voir ce que cet escogriffe est allé demander chez la baronne de Berny.

— Vas-y !

Il ne se le fit pas dire deux fois ; quittant aussitôt l'endroit où il était blotti avec son camarade, il se dirigea d'un pas rapide vers l'hôtel où il pénétra.

Il en sortit quelques minutes après, et vint retrouver son compagnon.

— Il a demandé M. le marquis de Bordes, lui dit-il.

— Que lui a-t-on répondu ?

— Qu'il n'y était pas ; tu sais bien que c'est la consigne là-bas.

— Maintenant, comme nous devons surveiller d'une manière toute particulière ceux qui viendront demander le marquis, et surtout ne pas manquer de découvrir qui ils sont, si l'on allait voir chez le mastroquet ?

— Va ! tâche de faire jaser un peu cet escogriffe pour savoir qui il est.

L'espion quitta de nouveau son compagnon et traversa la rue pour aller chez le marchand de vins.

Il était plus de minuit ; l'honnête industriel, assis à son comptoir, sommeillait.

Dans un coin, Tabernier, attablé, buvait, à petites gorgées, un mélange de café noir et de cognac.

Placé près de la fenêtre, il ne perdait pas de vue la porte de l'hôtel de Berny, située presque en face, et encombrée de cochers et de laquais en grande livrée.

L'espion entra, demanda un bock et s'assit à une petite table voisine de la sienne.

L'homme d'affaires jeta un regard rapide sur le nouveau venu, puis il prit un journal posé à côté de lui et parut se mettre à le lire avec la plus grande attention.

Il connaissait assez les Chevaliers du Crucifix pour savoir qu'ils traînaient toujours à leur suite des espions.

Il était assez surpris de n'en avoir pas déjà rencontré.

— En serait-ce un, celui-là? pensa-t-il en voyant le nouveau venu.

Il s'était mis à lire le journal, afin de l'observer sans éveiller ses soupçons.

Au bout de quelques minutes, il fut convaincu que c'en était un.

En effet, le nouveau venu le dévorait du regard, et avait déjà fait plusieurs maladresses dans le but évident d'attirer son attention et de le faire parler. Ainsi il avait laissé tomber un cigare qu'il venait d'allumer et renversé un tabouret presque sur ses pieds.

— Faisons-le parler, se dit-il tout à coup, je lui arracherai peut-être quelque chose de ce qu'il sait, et probablement ce qu'il sait est ce que je désire savoir.

— Quelle atroce politique ! fit-il, en jetant le journal sur sa table ; chez nous le roi ferait subir le supplice de la garotte à tous ces gens-là !

L'espion sourit et prit le journal.

— De qui voulez-vous parler ? monsieur.

— Je veux parler de tous ceux qui déblatèrent contre la religion et la royauté.

— Ainsi monsieur est Espagnol ?

— Du Guipuscoa.

— Dame, à votre costume, on voit en effet...

— Que je ne suis pas Parisien ? fit Tabernier en riant.

— Et même que vous n'êtes ni du Poitou, ni de l'Auvergne, ni de la Champagne, ni de la Gascogne.

— Je connais peu la France ; et vous, connaissez-vous cela?

Il se rapprocha de l'espion, et tirant une sorte de scapulaire, qu'il portait sur la poitrine, il le lui montra.

On sait qu'un scapulaire est un double carré d'étoffe sur chaque côté duquel est représenté l'image de la Vierge.

Sur ce scapulaire l'image de la Vierge était absente ; à sa place on voyait brodé en rouge un crucifix, et sur ce crucifix un homme enchaîné.

— Oui, dit l'espion, après avoir examiné attentivement le scapulaire.

— Et vous ? fit Tabernier.

— Voici.

Et l'espion tira de son sein et montra à son tour un scapulaire en tout point semblable au sien.

— Frères !

— Frères !

Ils se donnèrent une poignée de mains.

— Maintenant, lui dit Tabernier, je vais vous dire pourquoi je suis ici.

L'espion se pencha pour écouter, car l'homme de la rue de la Clef parlait à voix très basse.

— Je suis à la recherche du marquis de Bordes.

— Je le sais.

— Vous savez que je suis allé le demander à l'hôtel d'en face, chez la baronne de Berny ?

— Oui.

— On m'a répondu qu'il n'y était pas.

— C'est faux ; il y est ; seulement pour une raison, que l'on dit être très grave; on ne veut pas que l'on vienne le déranger ce soir.

— Ah !

— Cependant si l'on avait su à l'hôtel que celui qui le demandait était un frère en Jésus, on n'aurait pas hésité à prévenir le marquis.

— La baronne est donc une affiliée ?

— Très zélée ; il y a à ce bal le père Civette, le chef de notre police de Paris, et un nombre très grand de personnages marquants de notre sainte société.

— Ah !

— Entre nous, ce bal a été donné pour le marquis.

— Ah ! bah ! savez-vous pourquoi?

— Je l'ai entendu dire à monseigneur Civette.

— Qu'est-ce que cela signifie?

— Je ne le sais pas, mais je crois qu'il a fait quelque chose de contraire aux intérêts de notre sainte société.

— Est-ce un frère ?

— Non, vous ne le connaissez donc pas ?

— Oh ! très peu, de nom seulement.

— Si vous tenez à le voir, je vais faire prévenir madame la baronne.

— Non.

— Pourquoi?

— Parce que je me jetterais en travers de l'accomplissement d'une œuvre sainte, car elle a pour but le triomphe des enfants de Jésus sur un suppôt de Satan ; c'est pour la plus grande gloire de Dieu, et nul plus que moi ne désire la plus grande gloire de Dieu.

— Amen !

Tabernier se leva.

L'espion se leva à son tour.

— Votre nom? frère, lui demanda-t-il.

— Mon nom est Guzman de Sarvédra.

— Votre adresse?

— Rue de la Barranca, numéro 10, à Madrid.

— Très bien, vous proposez-vous de voir monseigneur Civette demain?

— Oui, et vous pouvez lui annoncer ma visite.

— Vous savez son adresse ?

— Oui, rue d'Ulm, numéro 3.

— Vous m'y trouverez, si vous y allez de dix heures à midi.

— Dans ce cas, que faudra-t-il demander ?

— Jean-Pierre Bédu.

— C'est bien.

— A demain, frère!

— A demain !

Ils sortirent de chez le marchand de vin, se donnèrent une poignée de mains et se séparèrent.

Tabernier remonta la rue, l'espion alla rejoindre son compagnon.

Tout en marchant, Tabernier se creusait la tête pour trouver un moyen de déjouer les manœuvres des Chevaliers du Crucifix.

— Ces misérables, se disait-il, ont bien réellement attiré ce pauvre marquis dans un guet-apens, où ils comptent, grâce aux charmes d'une femme, lui arracher son secret, c'est-à-dire sa fortune et une très jolie fille dont il veut faire sa femme ; tout cela est ignoble et infâme, et bien digne d'eux ! oh ! je ne dis pas que cela soit maladroit, je dis même que tout *canaille* que ce soit, c'est de bonne guerre. Ah ! ah ! Tabernier, toi qui passes pour un habile homme, comment vas-tu parer cette botte ?

Oh ! il n'y a pas à se faire illusion, le marquis, ne se doutant de rien, ne soupçonnant pas le piège, ignorant par conséquent la gravité de la révélation de cet important secret, faite à une femme qu'il est à cent lieues de croire la complice de ses ennemis, et qui mettra ses charmes à ce prix, peut très bien, dans un moment de folle passion, dire ce que nul au monde, à l'exception de sa tante et de moi, ne devrait savoir.

Je ne puis pas supposer qu'il résistera : m'endormir sur une pareille supposition, ce serait m'endormir sur un tas de poudre entouré de flammèches.

Il marchait, dans la direction de l'hôtel de Cressères, d'un pas rapide.

Ce qu'il voyait de mieux à faire dans cette circonstance, c'était d'éloigner Gemma le plus tôt possible, et de chercher un autre asile à la jeune fille.

— Il est tard, la duchesse peut être couchée ; eh bien, si elle est couchée, il faudra qu'elle se lève ; si nous n'agissons pas promptement, nous risquons fort de ne pouvoir pas agir du tout.

Dans quelques minutes peut-être, ces diables de gens vont s'abattre sur l'hôtel comme une nuée d'oiseaux de proie ; hommes, femmes, religieux, moines, confesseurs, espions, vont arriver là ; et pendant que les uns en surveilleront les abords, les autres y pénétreront, et ils feront tant, que la duchesse, quel que soit son désir de résister, à leurs obsessions, sera forcée de laisser fouiller sa demeure, depuis les caves jusqu'aux combles, depuis ses appartements jusqu'aux chambres des domestiques.

La duchesse n'était pas encore couchée, bien qu'il fût près de minuit. La vieille Arsinoë était en prières dans son oratoire.

Ce jour-là avait été un terrible jour pour elle ; elle avait reçu successivement la visite de son neveu, de son confesseur et de Tabernier : autant de secousses morales formidables, autant de combats qu'il lui avait fallu livrer ; où ses intérêts spirituels s'étaient trouvés en lutte avec ses intérêts temporels ; son cœur avait dû saigner cruellement, en laissant souvent ces derniers dominer les premiers.

— Ah ! je suis une grande pécheresse, s'était-elle dit après le départ de l'homme d'affaires ; quelque grande que soit la miséricorde de Dieu, je ne puis croire qu'il me pardonne de préférer ainsi la terre au ciel, et la gloire de ma famille à la gloire de la religion ! je suis une apostate, une impie, une hérétique, bonne à être jetée dans les flammes éternelles de l'enfer !

Elle s'était agenouillée au pied du crucifix ; elle y resta longtemps, le front courbé, les mains jointes ; elle exhala vers le ciel tous les cris de son âme troublée.

Nous ne voulons pas énumérer tous les chapelets qu'elle récita, les génuflexions qu'elle fit, et toutes les prières qu'elle adressa (après celles adressées à Dieu et à la Vierge) à tous les saints influents du paradis.

Je crois que si Tabernier ne l'avait pas arrachée à ces exercices de piété, elle y eût consacré la nuit tout entière.

Son arrivée, à une pareille heure, fit sur elle l'effet d'un coup de foudre ; elle resta un moment comme anéantie. Que venait lui dire cet homme ? Son neveu courait-il quelque danger ? Elle pensa à ces ennemis invisibles dont on lui avait tant parlé, mais c'était cela la voix du monde, la voix de l'enfer ; sa conscience de dévote se révolta. Il vient peut-être encore me dire qu'il se méfie des personnes pieuses ; il veut me faire croire qu'il n'y a que des misérables parmi les ministres de notre sainte Église ? pensa-t-elle.

Enfin elle s'aperçut que le domestique qui était venu annoncer Tabernier, était resté debout devant elle, attendant qu'elle lui donnât l'ordre de l'introduire dans l'oratoire.

— Que faites-vous-là, Jean? lui dit-elle.

— Mais, madame, j'attends...

— Ah! oui, cet homme? Eh bien, dites-lui que je ne puis le recevoir.

Le domestique se retourna pour sortir, mais il n'était pas arrivé à la porte que la figure de Tabernier y parut.

— Madame la duchesse me faisant trop attendre, je viens, dit-il.

Et comme Arsinoë pâle, l'œil ardent, la lèvre crispée par la colère, ne le reconnaissant pas sous son déguisement, s'avançait pour dire au domestique de le mettre à la porte:

— C'est moi, madame, dit-il, en enlevant ses favoris, et ce que j'ai à vous dire est de la plus haute importance.

Arsinoë leva les bras de désespoir, en faisant signe au domestique de sortir.

— Maintenant que nous sommes seuls, madame, ajouta Tabernier, causons; seulement je vous avertis que chaque minute qui s'écoule peut emporter avec elle l'avenir de votre neveu et le salut de votre race.

— Que voulez-vous dire? au nom du ciel!

— Je veux dire que le marquis est tombé dans un piège infâme; qu'une sirène, la baronne de Berny...

— Une femme qu'on dit si pieuse! soupira Arsinoë.

— Eh bien, cette femme-là vend en ce moment ses charmes au marquis.

— Elle!

— Oui, elle! et le marquis lui en donnera le prix qu'elle voudra.

— Et ce prix? s'écria Arsinoë en se voilant la face.

— Ce prix sera la révélation du nom de celui qui a enlevé Gemma et du lieu qui sert d'asile à cette dernière.

— Mais, mon Dieu, monsieur l'homme d'affaires, qu'importe ce secret à cette femme?

— Cette baronne de Berny est l'agent des Chevaliers du Crucifix.

— C'est impossible! elle si pieuse!

— Cela est, madame, je viens de le savoir par un de leurs espions.

Tabernier raconta brièvement tout ce qui lui était arrivé et ce qu'il avait appris rue Bellechasse.

— Mais Ulrich résistera aux séductions de cette femme! s'écria la duchesse.

— Je n'en crois rien, madame, ou du moins il y a cent à parier contre un qu'il cédera: or, est-il prudent que nous consentions à laisser reposer tout l'édifice de nos projets sur cent mauvaises chances, contre une seule bonne? et encore...

— Que faire? mon Dieu! que faire?

— Emmener Gemma loin d'ici, et à l'instant même!

La duchesse tomba à genoux.

— Mon Dieu, s'écria-t-elle en joignant les mains, tu vois bien que tout cela est au-dessus des forces de ta pauvre servante.

— Hum! hum! fit l'homme d'affaires.

— Mon Dieu, prenez en pitié mes afflictions!

— Madame la duchesse! gronda Tabernier en s'approchant vivement d'elle.

— Mon Dieu, inspirez-moi!

— Madame la duchesse! notre affaire va couler!

— Mon Dieu, éclairez-moi dans ma nuit!

— Madame la duchesse, hâtons-nous, ou je ne réponds plus de rien!

— Seigneur, vous voyez mes larmes!

— Madame la duchesse, encore quelques minutes et votre neveu est perdu!

— Perdu! s'écria-t-elle, en se levant comme si elle eût été mordue par un serpent; que dites-vous, monsieur? qu'en savez-vous?

— Dans quelques minutes, d'un moment à l'autre, ces gens-là vont envahir et cerner votre hôtel; Gemma sera découverte et enlevée !

— De qui parlez-vous?

— Des ennemis qui nous menacent.

— Les Chevaliers du Crucifix? Allons donc! je n'y crois pas ! je n'y crois pas! je n'y crois pas !

— Madame, je vous l'ai dit plusieurs fois! ce me semble.

— Tenez, j'ai toujours considéré cela comme une abominable plaisanterie, faite pour déconsidérer notre sainte religion; je n'y crois pas!

— Adieu! madame, hurla Tabernier pâle de rage.

— Ah! elle ne veut pas! comme cela va m'arrêter! Ah! elle ne veut pas! Eh bien, je veux, moi; et le premier qui s'avisera de m'arrêter, malheur à lui !

Il tira son stylet de sa poche et le brandit au-dessus de sa tête.

— Arrêtez! cria la duchesse épouvantée.

Tabernier poussa un ricanement sinistre et s'élança hors de l'oratoire.

On l'entendit s'éloigner en poussant des exclamations furibondes.

Arsinoë comprit qu'avec un homme de cette trempe et de ce caractère il n'y avait pas à tergiverser.

— Mais il va égorger mes gens! s'écriat-elle tout à coup en proie à une terreur folle.

Malgré son grand âge, elle se mit à courir après lui, avec la légèreté d'une gazelle qui détale devant le chasseur.

Elle rejoignit l'homme d'affaires, dans l'escalier qui conduisait au rez-de-chaussée.

— Monsieur, de grâce! lui dit-elle d'une voix étouffée, en lui posant la main sur l'épaule.

— Que me voulez-vous ? fit Tabernier d'une voix rauque.

— Je suis de votre avis, monsieur, je vous accorde tout. Je vous crois; je vous livre ma conscience de chrétienne !

— C'est bien heureux! dit Tabernier en s'arrêtant brusquement : voyons, faisons vite; où est Gemma de Mélos?

— Dans le pavillon au fond du jardin.

— Bien!

— Est-elle couchée?

— Probablement.

— Il faut voir ça, de suite, et si elle est couchée qu'elle se lève sans retard !

— Où la conduira-t-on?

— Connaissez-vous quelqu'un à Paris ou en dehors de Paris, qui mérite votre confiance et chez qui nous puissions la mettre ?

— Je connais une pauvre femme, qui vit d'une pension que je lui fais ; c'est une de mes anciennes domestiques.

— Où demeure-t-elle?

— A Neuilly.

— Vous êtes sûre d'elle ?

— Oui.

— Conduisons Gemma chez elle, et de suite !

— Comment ?

— En voiture, parbleu !

— Qui l'accompagnera?

— Vous et moi.

— De suite ?

— De suite.

— Ah! seigneur, à une telle heure de la nuit!

— Allez, madame, prévenir Gemma: dites-lui que ses ennemis ont découvert le lieu de sa retraite, et qu'il faut qu'elle quitte votre hôtel sans retard ; moi, je vais sortir et voir s'il n'y a pas déjà quelqu'un de leurs espions dans la rue.

Ils se séparèrent, la duchesse traversa rapidement le jardin, pour aller trouver Gemma, et Tabernier sortit, pour inspecter,

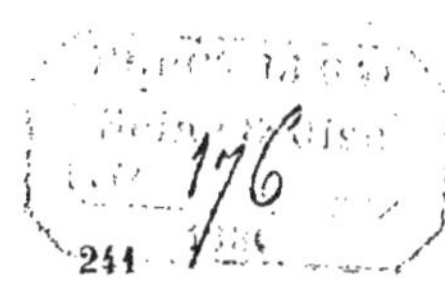

Benedita devait faire naître une passion dans ce cœur blasé.

comme il l'avait dit, les abords de l'hôtel.

Nous avons laissé Gemma, au moment où la duchesse l'avait quittée.

Elle lui avait raconté ce songe affreux qu'elle avait eu, et qui l'avait si fort épouvantée.

Ce songe l'avait tellement frappée, qu'il pesait sur son esprit comme un cauchemar.

Elle voyait tous ces spectres terribles et monstrueux, offerts à sa pensée par son imagination affolée, passer et repasser autour d'elle, non plus seulement comme des êtres imaginaires mais presque comme des êtres réels.

Elle se coucha, pensant que la vision irait se perdre dans les profondeurs mystérieuses du sommeil qui l'avait produite.

Avant qu'elle s'endormît, il y eut un moment où le péril que couraient ses amis, leur disparition, l'incertitude où elle était sur leur sort, la jetèrent dans un tel trouble et dans une si grande douleur, que toutes les visions de la nuit s'évanouirent pour laisser la place à ces terribles réalités.

Oui, à ce trouble, à cette agitation douloureuse avait succédé une sorte de prostration, à la suite de laquelle le sommeil était venu.

Ce sommeil fut plein de spectres ; ils revenaient en foule reprendre leur place à son chevet et tourmenter cruellement cette âme qui avait déjà bien assez de sujets d'affliction, et au fond de laquelle assez de sources de larmes, hélas ! étaient ouvertes !

Tout à coup elle se réveilla en sursaut, haletante, le corps couvert d'une sueur glacée. On frappait à la porte de sa chambre.

— Ouvrez ! criait une voix qu'elle reconnut aussitôt.

— C'est la duchesse ! se dit-elle, et elle courut ouvrir.

La vieille Arsinoë tenait à la main un bougeoir.

Elle entra.

— Habillez-vous vite, mon enfant, lui dit-elle, vous n'êtes plus en sûreté chez moi.

— Plus en sûreté ? Que dites-vous-là ! madame la duchesse.

— Un de mes amis, une personne en qui je dois avoir toute confiance, vient de me dire que vous courez des dangers très sérieux ici.

— Et ces dangers qui me menacent, madame, fit Gemma d'une voix rapide et sifflante, viennent encore des mêmes hommes.

— Oui, mon enfant.

Tout à coup elle éclata en sanglots.

— Oh ! mon père, mon pauvre père, mon bon père !... Ah ! que je suis malheureuse !...

Elle était tombée à genoux, et le visage inondé de larmes, les cheveux épars, elle se tordit les mains de désespoir et de douleur !

Arsinoë s'agenouilla à côté d'elle et l'enveloppa de ses grands bras maigres, pendant que de sa gorge s'échappait comme une cascade de sanglots.

— Courage ! mon enfant, je vous aime, je vous chéris comme si vous étiez ma fille. Dans l'asile que je vous ai choisi, je continuerai à veiller sur vous avec la sollicitude d'une mère. Plus tard, bientôt, je vous trouverai un protecteur, un vengeur !

— Que voulez-vous dire ? madame, s'écria Gemma qui se releva et la regarda fixement.

Elle était pâle, fière, frémissante.

La duchesse eut peur d'être allée trop loin.

— Ce que je viens de vous dire, mon enfant, fit-elle, m'est arraché, croyez-le bien, par la violence des sentiments qui m'agitent en ce moment, et dans le trouble où je suis, je puis bien laisser échapper des paroles qui, si elles sont irréfléchies, n'en sont pas moins la pure expression de l'amour que je vous porte.

— Un protecteur ? un vengeur ? fit Gemma comme se parlant à elle-même ; puis elle se tut, et son regard brilla d'un feu sombre...

La nuit était noire, une voiture de remise attendait à l'angle d'un petit carrefour, à une centaine de pas de l'hôtel de Cressères. Cette voiture que Tabernier était allé louer quelques minutes auparavant venait d'arriver. Le cocher, auquel il avait promis un pourboire exceptionnel, regardait dans les ténèbres s'il ne verrait pas apparaître les silhouettes de ses voyageurs.

Tout à coup il entendit un bruit de pas, puis il vit un groupe de plusieurs personnes se diriger rapidement de son côté.

— C'est ici, fit une d'elles ; ah ! voilà la voiture !

Ce groupe se composait de Tabernier, de la duchesse Arsinoë de Cressères et de Gemma de Mélos.

L'homme d'affaires ouvrit vivement la portière, fit monter les deux dames, puis il monta à son tour et ferma. Le cocher fouetta ensuite ses chevaux et la remise se mit à rouler rapidement dans la direction de la Seine.

Gemma, assise à côté de la vieille duchesse, était pâle, muette, et paraissait étrangère à ce qui se passait autour d'elle. Arsinoë lui baisait de temps en temps les mains.

La personne chez laquelle on conduisait la fille de feu le baron de Mélos était, nous l'avons dit, une ancienne domestique de la duchesse ; elle demeurait rue du Bois, 6, à Neuilly.

Quand on arriva chez elle, il était environ deux heures du matin.

Elle se leva au bruit que l'on fit ; et ouvrit sa porte à la voix de la duchesse.

Le cocher, auquel on avait dit d'attendre, resta sur son siège, et Tabernier, Arsinoë et Gemma entrèrent.

— Je vous amène une pensionnaire, Marguerite, fit la duchesse en présentant la jeune fille à son ancienne domestique.

Marguerite était une personne de soixante ans environ ; la maison qu'elle habitait appartenait à la duchesse. C'était une charmante petite villa : ce devait être un fouillis délicieux de verdure et de fleurs dans la belle saison ; elle vivait là, seule, avec une petite fille d'une douzaine d'années, sa nièce.

— Votre pensionnaire, continua la duchesse, se nomme Amélie de Beautrésor ; c'est une parente à moi, et je l'aime comme ma fille.

Elle emmena ensuite son ancienne domestique à l'écart, et s'entretint assez longtemps avec elle à voix basse.

Resté seul avec Gemma, Tabernier qui avait, on le pense bien, rajusté sa fausse barbe, et qui eût été sous son déguisement méconnaissable pour sa propre gouvernante, en profita pour recommander à la jeune fille la plus extrême prudence, et protesta d'un dévouement absolu à ses intérêts.

— Vous avez des ennemis terribles, mademoiselle, mais vous avez aussi des amis qui veillent sur vous avez une sollicitude toute paternelle.

— Je ne vous connais pas, monsieur, dit tristement Gemma, j'ignore les raisons qui font que vous me portez tant d'intérêt ; je vous en remercie ; pourtant ne dois-je pas, hélas ! désirer à cette heure plutôt la mort que la vie ? Oh ! oui, je sens que je ne dois pas vous encourager à me servir.

— Vous n'avez pas le droit de désespérer, mademoiselle.

— Pourquoi espérer ?

— Pour retrouver ceux qui vous sont chers.

— Ils sont morts ! fit-elle d'une voix sourde.

— C'est une erreur ; un concours inouï de circonstances fâcheuses les tient en ce moment éloignés de vous, mais il n'est pas possible que cette situation étrange se prolonge bien longtemps : nous sommes sûrs, du reste, qu'ils ne sont pas morts.

Un éclair de joie folle brilla dans les yeux de Gemma, dont le visage se colora subitement.

Mais il pâlit de nouveau, et l'expression de tristesse et de découragement qui y était peinte, reparut.

— C'est sans doute l'intérêt que vous me portez qui vous aveugle, poursuivit-elle.

— Ah ! si nous avions tout l'argent nécessaire, nous les aurions déjà retrouvés !

— De l'argent ? dites-vous.

— Oui, de l'argent ; c'est avec cela qu'on se fait servir, et est bien servi qui paie bien.

— L'argent vous manquerait-il ?

— Certes, tout le monde n'a pas des millions à sa disposition, et quand il s'agit de mettre en campagne beaucoup de monde, il faut pouvoir le payer largement si on veut en être bien servi.

— Mais j'ai de l'argent, même beaucoup d'argent, moi !

— Je le sais, mademoiselle.

— Mon père m'a dit que j'étais la plus riche héritière de France.

— On le suppose.

— Mais c'est très vrai : un jour ce pauvre Hassan m'a affirmé que j'avais plusieurs centaines de millions de fortune. Eh bien, monsieur, si vous avez besoin d'argent, vous en prendrez chez quelqu'un de mes banquiers.

— Il me faudrait votre signature, mademoiselle.

— Je vous la donnerai ; ah ! avec quelle joie je donnerais toute ma fortune pour retrouver Georges et Hassan !

Tabernier l'enveloppa d'un regard étrange.

Gemma, les yeux baissés et pleins de larmes, s'abîma dans une profonde tristesse.

La duchesse revint auprès d'elle avec Marguerite.

— Ma chère mignonne, lui dit-elle, vous êtes ici dans un asile sûr, et Marguerite sera pour vous comme une mère.

La vielle Arsinoë se mit à genoux, lui prit les mains et les baisa.

Puis elle se mit à sangloter.

Quelle habile cabotine elle eut faite, cette vieille dévote !

Tabernier, impatienté, se pencha vers elle et lui dit quelques mots à l'oreille.

— Hélas ! il faut partir, retourner à Paris, c'est vrai, fit-elle d'une voix lamentable ; chère mignonne, je viendrai vous voir souvent, et vous recevrez des lettres de moi tous les jours.

Elle se releva, et tirant ensuite de la poche de son manteau le papier que Tabernier lui avait remis dans la soirée, elle le lui fit signer, puis elle ajouta :

— Il faut que nous trouvions ceux que vous pleurez, ma chère enfant, pour arriver à ce résultat, nous mettrons des milliers de personnes en campagne s'il le faut.

L'hypocrite l'embrassa ensuite à plusieurs reprises, puis comme si la douleur eût brisé ses forces, il fallut que Tabernier la soutînt pour la conduire jusqu'à la voiture, dans laquelle elle remonta avec lui, et qui partit aussitôt.

Debout sur le seuil de la villa, Gemma, l'air triste et abattu, la regarda s'éloigner et se perdre dans les ténèbres.

V

Le chef de la police de la République helvétique.

Il n'y a pas bien longtemps que nous avons quitté les Charmettes, et cependant il semblerait qu'il y ait un siècle, tant les incidents de ce drame étrange se succèdent nombreux et rapides.

Nous y retrouvons le Maure, allant beaucoup mieux ; sa blessure, bien que non encore entièrement cicatrisée, le fait beaucoup moins souffrir ; elle est à peu près fermée, et tout danger a disparu.

Il n'est plus alité, et se promène même de temps à autre dans la cour et le jardin de la villa en s'appuyant sur une canne.

Sa robuste constitution a résisté à une épreuve sous laquelle un homme ordinaire eût certainement succombé.

Mais s'il reprenait ses forces, si sa blessure se fermait, sa tristesse, son désespoir, ne diminuaient pas.

Il avait au cœur une blessure que les plus habiles médecins étaient impuissants à guérir.

Ben Kébir ne le quittait pas ; il le suivait comme un chien suit son maître.

L'ex-zouave était radieux.

Notons qu'il avait constamment sur l'épaule sa carabine chargée.

Cette manie de sortir toujours armé, déplaisait à Hassan.

— Ah ça ! pourquoi cette carabine ? lui dit-il un jour.

— Mais pour vous défendre !

— Tu es fou.

— Je vous ai entendu dire que nous étions entourés d'ennemis.

— C'est vrai ! Mais ces ennemis-là ne sont pas des voleurs, ni des assassins ordinaires.

— Ordinaires ou non, je sais bien que la balle de ma carabine ne ferait pas de distinction, si je pouvais les voir à portée.

— Tu crois donc, triple idiot, qu'ils viendront ici s'offrir à tes coups ?

— Pourquoi pas ?

— Parce que ces gens-là ne risquent jamais leur peau.

Ben Kébir hocha la tête d'un air peu convaincu.

— Ah ! tu penses à cette maudite nuit où ils sont venus ici ?

— Oui ; et si le vent et la pluie n'eussent fait rage et produit un vacarme à me rendre sourd, j'eusse trouvé le moyen, avec cette bonne carabine que j'ai là, de trouer la peau à plus d'un d'entre eux.

— Ah ! la pluie et le vent ! mais il y aura toujours quelque chose qui t'empêchera de les voir, de les entendre, de les saisir ou de les ajuster.

— Qu'est-ce que c'est donc que ces gens-là que l'on ne peut ni voir, ni entendre, ni saisir, ni ajuster ?

— Ah ! je n'en sais rien ! fit le Maure d'une voix sourde.

Il eut un mouvement de rage ; ses traits se contractèrent.

Il marcha quelque temps, sombre, pensif, n'accordant pas la moindre attention aux paroles de Ben Kébir.

Tout à coup il se redressa :

— N'es-tu pas allé voir à la police ?

— Oui, je vous l'ai dit , j'y suis allé ce matin, comme d'ordinaire ; vous m'avez chargé d'y aller tous les jours.

— Eh bien ! je crois que tu m'as dit qu'il n'y avait rien de nouveau ?

— Rien ! en effet.

— Penses-tu qu'ils aient l'espoir de trouver quelque chose ?

— Non.

— Pas d'indice, pas de piste ?

— Quand je les interroge à ce sujet, ils ne répondent rien.

— Et l'on dit que ça sert à quelque chose, la police !!!

— En ce pays, elle ne paraît pas servir à grand'chose.

— Oh ! si j'étais guéri, au moins !

— Le docteur dit que votre guérison n'est plus que l'affaire de quelques jours.

— Oui ; mais ne sais-tu pas, malheureux, que quelques instants suffisent pour que Gemma soit souillée, déshonorée, assassinée !

La rage qui s'empara d'Hassan fut si terrible, que Ben Kébir fit un bond en arrière.

Depuis que le Maure l'avait jeté à une vingtaine de pas de lui, il craignait ses vivacités.

Tout à coup il entendit raisonner la sonnette de la porte d'entrée.

Il courut ouvrir.

Quelques minutes après, un homme

grand, maigre, sec, le nez en bec de corbin, et sur ce nez des lunettes, parut dans la cour, suivi par Ben Kébir.

Le visiteur portait une grande houppelande de couleur foncée, et était coiffé d'un chapeau de feutre noir à larges bords.

Il salua Hassan et demanda à l'entretenir en particulier.

Le Maure le conduisit dans son cabinet de travail.

Il le fit asseoir dans un fauteuil et s'assit en face de lui.

— Maintenant, monsieur, nous sommes seuls et vous pouvez parler.

— Monsieur, fit le singulier visiteur, je m'appelle Mingrey, et je suis le chef de la sûreté de la République helvétique.

Hassan s'inclina.

— Vous avez déposé une plainte relative à un attentat qui aurait été commis ici sur la personne d'une jeune fille appelée Gemma de Mélos ?

— Oui.

— Soupçonnez-vous quelqu'un d'être l'auteur de ce crime ?

— Personne.

— Cette demoiselle avait-elle des ennemis secrets ?

— Non.

— Avait-elle un amant ?

— Le supposer, ce serait commettre une nouvelle infamie.

— A-t-elle été recherchée en mariage ?

Un souvenir traversa comme un éclair le cerveau d'Hassan ; il se rappela le marquis Ulrich de Bordes, ce niais prétentieux et grotesque, qu'il avait jeté dans le lac du bois de Boulogne. Chose étrange ! l'idée ne lui était pas venue de le soupçonner d'être l'auteur de l'acte de violence commis sur Gemma !

— Plusieurs jeunes gens l'ont demandée en mariage, dit-il ; tous ont essuyé un refus catégorique ; un seul a persisté dans sa demande et y a mis un entêtement aussi odieux que ridicule.

— Quel est cet homme ?

— Le marquis Ulrich de Bordes.

— Ah ! ah !

— Le croyez-vous l'auteur de cette infamie ?

— Moi ? Je ne puis soupçonner un homme que je ne connais pas.

Il mentait. En effet, lorsqu'il avait entendu prononcer ce nom, on eut pu lire sur sa figure une expression de plaisir qui montrait que le marquis ne lui était ni inconnu ni indifférent.

Hassan, plongé dans ses réflexions, ne s'en était pas aperçu.

— Ce marquis, se disait-il, comment se fait-il que je n'y aie pas encore pensé ?

— Le soupçonnez-vous ? fit son interlocuteur en jetant sur lui un regard perçant.

— Peut-être !

— Connaissez-vous son adresse ?

— Non. Mais ça peut se trouver.

— Quelle ville habite-t-il ?

— Paris, sans doute.

— Mais c'est un gentilhomme, et le crime dont vous le soupçonnez est tellement infâme qu'on hésite à l'en croire coupable.

Hassan eut un sourire amer.

— Vous, monsieur, un homme de police, vous ne connaissez pas mieux les hommes ? s'écria-t-il.

— J'ai toujours cru qu'il y avait des classes de citoyens qu'il était de mon devoir d'entourer du plus profond respect.

— Comment ! vous, le policier en chef d'une république ?

— Oui, moi, chef de la sûreté de la République helvétique.

— Vous m'étonnez.

— Mais vous, monsieur, n'êtes-vous pas un gentilhomme ?

— Je suis un homme, moi, purement et simplement, et ce titre me suffit.

— N'êtes-vous pas le fils du baron de Mélos ?

— Son fils adoptif, oui.

— Le baron de Mélos, que vous vénérez sans aucun doute, n'était-il pas noble ?

— Par le cœur, oui ; c'était le fils de Kléber, le général français, d'illustre mémoire.

— Il a laissé, dit-on, une fortune immense ?

— En effet.

— Mademoiselle sa fille était son unique héritière ?

— C'est-à-dire qu'elle a hérité de la plupart de ses biens.

— C'était un magnifique parti : elle devait avoir plusieurs centaines de millions de fortune ?

— Oui.

— C'est probablement quelqu'un qui convoitait sa fortune qui l'a enlevée.

Hassan, sombre et pensif, ne répondit pas.

— Que comptez-vous faire ?

— Moi ? mais je compte remuer ciel et terre pour la trouver !

Ah ! si je n'étais pas cloué ici par cette maudite blessure ! ajouta-t-il.

— J'ai entendu dire que vous vous étiez battu en duel.

— Avec un plumitif de Genève, un misérable ! Connaissez-vous les Chevaliers du Crucifix ?

— Non. Qu'est-ce que c'est que cela ?

— Je pensais que vous, un chef de police, vous deviez connaître cette bande de scélérats.

— Non. Où se tiennent-ils ?

— Partout.

— Les connaissez-vous ?

— On m'en a parlé : voilà tout.

— Qui ?

— Feu le baron de Mélos.

— En a-t-il vu ?

— Je l'ignore.

— Qu'en a-t-il dit ?

— C'était à son lit de mort : « Veillez, Hassan, m'a-t-il dit ; des ennemis vous menacent, mes enfants ; ces hommes se tiennent dans l'ombre, ils sont terribles, invisibles et insaisissables. » Et comme je lui demandais quels étaient ces ennemis : « Les Chevaliers du Crucifix ! » a-t-il répondu.

— Il n'a rien ajouté ?

— Rien : après avoir prononcé leur nom, il a rendu le dernier soupir.

— C'était le délire qui le faisait parler ainsi.

— Non.

— Qu'en savez-vous ?

— Je suis médecin.

Mingrey lui jeta un regard étrange.

— De sorte que, dans votre pensée, ce seraient ces ennemis qui se tiennent dans l'ombre, ces Chevaliers du Crucifix, qui auraient enlevé la fille du baron ?

— Je l'ai cru jusqu'à ce moment.

— Et maintenant ?

— Mes soupçons se portent sur le marquis et sur eux.

— Moi, monsieur, fit Mingrey en se levant, je ne soupçonne ni le marquis ni les Chevaliers à l'existence desquels, du reste, je ne crois pas. Je crois tout simplement que c'est quelque Genevois ruiné qui a voulu refaire sa fortune en enlevant une riche héritière, dont il compte bien se faire aimer de gré ou de force.

Ainsi, ajouta-t-il, pendant que vous bataillerez contre vos ennemis invisibles, ou que vous irez couper la gorge au marquis de Bordes, je vais tranquillement faire de sérieuses, très sérieuses recherches à Genève, et je trouverai le ravisseur et sa prisonnière.

— Cherchez, faites, trouvez surtout, et promptement, fit Hassan en lui tendant la main ; nous différons de vues, mais notre but est le même.

Ils étaient arrivés dans la cour.

— A propos, dit Mingrey, comptez-vous bientôt retourner à Paris ?

— Je n'en sais rien : cela dépendra des événements.

Quelques instants après, ils se séparèrent et le soi-disant chef de la police de la République helvétique quitta la villa.

— Vous avez donné une poignée de main à cet homme ? demanda Ben Kébir au Maure.

— Eh bien, qu'as-tu à dire ? fit celui-ci étonné.

— J'ai à dire que je ne donnerai jamais la main à un homme comme celui-là.

— Pourquoi ?

— Parce qu'il me déplaît, voilà tout.

— Sais-tu quel est cet homme ?

— Non ; mais j'aurais du plaisir à lui flanquer un coup de carabine.

— Tais-toi, malheureux ; c'est le chef de la police de la République helvétique.

— Lui ? Eh bien, voyez donc, moi je l'ai pris pour un cafard.

— Qu'entends-tu par là ?

— Eh bien, un homme d'église, un sacristain, un marguillier, un capucin.

— Tu plaisantes ?

— Ah ! comme on voit bien que vous avez peu fréquenté la société !

— Drôle, me prendrais-tu pour un imbécile ?

— Je veux dire que nous autres pauvres diables, qui avons passé partout, qui avons vu à peu près toutes les bêtes puantes qui se cachent sous des figures d'hommes, nous ne donnerions pas des poignées de main à tout le monde comme vous le faites, vous qui êtes bon comme le bon Dieu, et...

Hassan haussa les épaules et se retourna pour reprendre sa promenade un instant interrompue.

— Ça, le chef de la police de la République suisse ? allons donc ! fit Ben Kébir en se dirigeant vers la porte de la villa qu'il ouvrit.

Il regarda sur le chemin.

Ce chemin longeait la villa et les habitations voisines, l'espace de deux cents mètres environ ; il ne s'y trouvait personne.

— Où est-il donc passé ce cancrelat ? dit-il, est-il rentré sous terre ?

A deux cents mètres de là environ, le chemin faisait un coude.

Il y courut.

De là la vue s'étendait sur une plaine parsemée de quelques bouquets d'arbres, et où serpentait la route de Genève.

Cette route était déserte ; la plaine aussi.

— Disparu ! s'écria-t-il après avoir jeté un regard rapide sur la route et sur la plaine.

— Je ne sais ce qu'il est devenu l'homme, dit-il à Hassan en rentrant à la villa.

Le Maure haussa les épaules.

— Voudrais-tu me faire croire que c'est le diable en personne ?

— Je voulais le voir s'en aller ; savoir s'il voyageait à cheval, en voiture, ou à pied.

— Tu es fou.

— Oh ! j'ai mon idée, et si vous voulez bien, j'irai demain demander à la police de Genève, si elle connaît ce Mingrey.

— Tu peux y aller tout de suite, si tu veux.

Ben Kébir ne se le fit pas dire deux fois. Il courut faire sceller et brider El-Arim, et quelques minutes après il partait au grand galop de son pur sang, dans la direction de la grande cité helvétique.

Qu'était devenu Mingrey ?

Sur le lac il y avait un bateau ; au fond de ce bateau un homme était couché ; un

Le comte de Vauvray et le duc de Vorcester.

autre homme était debout qui pêchait, ostensiblement du moins, à la ligne.

Celui qui était couché au fond du bateau,
c'était Mingrey.

L'autre, c'était tout simplement le batelier, auquel il avait donné de l'argent afin
qu'il fît semblant de pêcher à la ligne.

A cent pas de la villa, il se trouvait un
chemin creux et tortueux qui conduisait au
lac.

C'est ce chemin qu'il avait pris, et si Ben
Kébir, moins soucieux de le chercher sur
la grande route et dans la plaine, eût songé
de suite à ce sentier, nul doute qu'il ne
l'eût trouvé.

Le bateau était à deux cents mètres tout
au plus de la villa ; en soulevant la tête au
niveau du bord de la barque, Mingrey pouvait la voir ainsi que la route, qui la lon-

geait dans la partie qui regardait le lac.

Il avait vu du chemin creux où il était
engagé alors Ben Kébir sortir avec précipitation, puis revenir avec non moins de hâte
quelques minutes après.

En se dirigeant vers le lac, son but était
tout simplement de le traverser pour atteindre un petit village, où il comptait passer
la nuit.

Cette sortie impétueuse de Ben Kébir,
dont il ignorait les motifs, et dont il pouvait bien être l'objet, lui inspira l'idée de
se coucher dans son bateau, par prudence,
et de dire à son batelier de faire semblant
de pêcher.

— Oh ! oh ! fit-il quand il vit le même
Ben Kébir sortir encore de la villa, mais à
cheval cette fois.

Va, imbécile, murmura-t-il, en le voyant

lancer sa bête à fond de train ; si c'est après moi que tu cours tu courras longtemps !

Il resta un instant pensif.

— Quelle mouche les pique ? se dit-il, la première fois, c'est très probablement à moi qu'ils en voulaient, car il n'y avait personne sur la route, et moi seul aurais pu m'y trouver, si je ne m'étais pas engagé dans le chemin creux.

Il est bien évident que cette seconde fois ce n'est pas après moi qu'ils courent ; car ayant inspecté la route à une grande distance, ils n'ignorent pas que je n'ai pas eu le temps de franchir en quelques minutes une grande distance ; il n'y a en effet que quelques minutes que je les ai quittés.

S'ils voulaient sérieusement me trouver, ils me chercheraient dans les villas voisines ou sur les bords du lac ; s'ils ont renoncé à faire cette recherche, c'est qu'une autre idée leur est venue.

Laquelle ?

Les motifs de leur nouvelle détermination sont, paraît-il, bien autrement pressants et importants, pour qu'ils aient rerenoncé à ceux qui leur avaient inspiré la première.

Quelle diable d'idée nouvelle leur est donc venue ?

Tout à coup il tressaillit.

— Oh ! oh ! fit-il, s'ils allaient s'enquérir à la police de Genève, d'un monsieur Mingrey, se disant chef de la police de la République suisse ?

Il se souleva, et se tourna vers le batelier pour lui dire de reprendre ses rames et de nager vigoureusement vers la rive opposée ; mais il se ravisa, et se recoucha au fond de la barque.

— Monseigneur Civette m'a dit de lui donner beaucoup de détails, le plus de détails possibles, murmura-t-il, voyons ce qui va arriver : du train dont va ce cavalier, il ne lui faudra pas plus d'une heure pour aller à Genève, mettons-en autant pour en revenir, et une demi-heure pour y remplir sa mission, cela fera deux heures et demie ; une attente de deux heures et demie n'est pas un bien grand supplice.

Pour *tuer* le temps, comme on dit vulgairement, il se mit à lier conversation avec le batelier.

— Comment vous appelez-vous ? lui demanda-t-il.

— Jacques Staub, monsieur.

— Jacques, vous vous livrez à un exercice qui, je le reconnais, est peu amusant. Comme il peut se prolonger encore deux heures au moins, c'est-à-dire deux bonnes heures de plus que je ne le pensais, vous aurez deux pièces de cent sous de plus de pourboire ; en outre, pour que le temps vous paraisse moins long, nous causerons un peu.

— Soit ! monsieur, fit Jacques Staub, en laissant voir sur ses traits rudes et hâlés, tout le plaisir que lui causait la promesse qui venait de lui être faite d'ajouter deux pièces de cent sous à la somme que lui devait déjà son passager.

— N'est-ce pas dans les environs qu'une jeune fille a été enlevée, il y a quelque temps ?

— Oui, et une bien jolie fille encore, qui allait à cheval comme si elle n'avait fait que ça toute sa vie ; et elle avait des chevaux fringants, qui caracolaient et sautaient comme les eaux du lac par un temps d'orage.

— Ah ! ah !

— Ah ! c'était une fière fille.

— Sait-on qui l'a enlevée ?

— Non.

— On ne s'en doute pas un peu ?

— C'est-à-dire voilà ce que c'est : la veille de l'enlèvement, on a vu un homme à cheval faire le tour de la villa à la tombée de la nuit.

— Pense-t-on que ce soit un homme du pays?

— Non.

— L'avait-on déjà vu?

— Jamais.

— Avait-il l'air d'un homme du grand monde?

— Oui, ça avait l'air d'un monsieur *huppé*.

— Il ne paraissait pas monter à cheval pour la première fois?

— Oh! non! aussi quand il a eu fait le tour de la villa, il a lancé son cheval au triple galop du côté de Genève; et il se tenait dessus avec autant d'aisance que si sa bête était allée au pas.

— Cet homme était-il jeune?

— Il avait une grande barbe, ce qui lui donnait bien l'air d'avoir quarante ans; mais cependant il avait la tournure d'un jeune homme.

— Quelle était la couleur de sa barbe?

— Les uns la disent blonde, les autres rouge.

— Pourquoi n'est-on pas d'accord sur ce point?

— Parce qu'il se faisait tard, et qu'il n'était pas possible de bien distinguer la couleur de la barbe.

— A-t-on remarqué la couleur du cheval?

— Oui, il était blanc.

— Ce cavalier est un gaillard adroit.

— Oui, d'autant plus que la nuit qu'il a fait son coup, deux hommes, à la villa, montaient la garde, armés de carabines.

— Oh! oui, mais ils ne savaient peut-être pas s'en servir?

— N'en croyez rien, ce sont d'anciens soldats français, c'est tout dire.

— S'est-on aperçu de quelque chose, dans la nuit même de l'enlèvement?

— Il y en a qui disent qu'ils ont vu passer une voiture escortée de plusieurs cavaliers, et que voiture et cavaliers filaient comme le vent.

— De quel côté allaient-ils?

— Là-bas! fit le batelier en montrant le Sud.

— Ce sont de hardis coquins.

— Oui, vous savez, ils ont choisi pour faire leur coup, le moment où le monsieur était absent de la villa.

— Ah!

Sait-on où il était allé, ce monsieur?

— En France.

— Vous ne savez pas dans quel endroit?

— Non.

Mingrey cessa de questionner le batelier.

La nuit venait.

Il regarda sa montre.

Il n'y avait pas encore deux heures que Ben Kébir était parti.

Le soleil se couchait.

Son disque couleur de feu plongeait dans les eaux lointaines du lac, comme une coulée de lave incandescente.

Déjà des masses d'ombres grisâtres s'estompaient par place, glissant lentement sur les flots.

Tout à coup trois cavaliers parurent sur la route.

En tête de ces cavaliers, Mingrey reconnut celui qu'il avait vu sortir de la villa.

— Déjà de retour! murmura-t-il.

— Tiens! tiens! dit le batelier, des gendarmes!

— Où? Jacques.

— Là, sur la route, ils sont deux.

— Sont-ce les deux qui sont en tête?

— Non, celui qui est en tête, c'est le domestique de la villa de Mélos, le valet de chambre du monsieur; c'est celui qui est un ancien soldat français, et c'est aussi un fier cavalier, et quel cheval il a ! Ce n'est pas un cheval, c'est un orage.

— C'est vrai, Jacques.

Puis il ajouta :

— Voilà la nuit ; il faut que je sois sur l'autre rive du lac avant qu'il fasse tout à fait sombre ; reprenez vos rames, Jacques.

Le batelier se mit à ramer, et la barque s'éloigna rapidement dans la direction indiquée.

L'agent de Civette, bien qu'il affectât le plus grand calme, ne perdait pas de vue les trois cavaliers.

Il les vit s'arrêter à la porte de la villa.

— Je ne m'étais pas trompé, murmura-t-il, cette espèce de niais a fini par supposer que je n'étais pas le chef de la police de la République suisse, il a mis du temps pour s'en douter ; enfin, ça lui est venu. Là-bas, à Genève, on a dit à son laquais que Mingrey était un mythe, et qui plus est, un mauvais plaisant : de là, l'envoi de deux gendarmes pour appréhender au corps le susdit Mingrey.

Ah ! ah ! ah ! se figurent-ils par hasard, ces dignes représentants de la force publique, que l'agent de monseigneur Civette va se laisser prendre ? Je suis l'ombre, moi ; je suis la nuit : qu'ils prennent l'ombre, qu'ils saisissent la nuit, et qu'ils les mettent en prison !

Il se mit à rire de sa plaisanterie.

Il tira ensuite sa montre et regarda l'heure à la clarté mourante du jour.

— Savent-ils que je suis dans ce bateau ? je ne le pense pas ; et quand même ils le sauraient ; je m'en moque ! s'il leur prenait envie de me poursuivre j'ai vingt bonnes minutes d'avance sur eux.

Mingrey avait une lunette ; comme, soit à cause de l'ombre qui s'épaississait, soit à cause de l'éloignement, il ne voyait plus que vaguement la villa de l'endroit où il se trouvait, il la prit et la braqua de ce côté-là.

Cependant les gendarmes, accompagnés de Ben Kébir étaient entrés dans la villa.

L'ancien zouave était tout fier de pouvoir montrer à son maître qu'il ne s'était pas trompé, quand il avait flairé un fourbe, dans celui qui s'était dit le chef de la police du pays.

Il montra, d'un geste superbe, les deux gendarmes à Hassan.

— Quels sont ces hommes ? fit celui-ci d'un air surpris.

— Des gendarmes ; des représentants de la force publique !

Ceux-ci portèrent la main à la hauteur de leur chapeau, avec une précision toute militaire : ils saluaient.

Hassan, le poète, le contemplateur, le philosophe, le moine de la pensée spéculative, ne connaissait pas les gendarmes ; avait-il, en effet, jamais eu à s'occuper beaucoup des détails vulgaires de la vie sociale ?

Il sourit d'un air grave, et salua à son tour.

Ben Kébir se mit alors à lui raconter dans tous ses détails son odyssée à la préfecture de police de Genève.

Quand il dit qu'on n'y connaissait personne du nom de Mingrey, et que l'on avait tout lieu de croire que cet homme avait dû venir à la villa dans un but peu avouable, probablement dans un but d'espionnage, le Maure fit un geste violent.

— Eux ! encore eux ! murmura-t-il.

— Les Chevaliers du Crucifix ? dit Ben Kébir dont les traits se contractèrent.

Hassan ne répondit pas ; mais il hocha la tête, et un rugissement sourd sortit de sa poitrine.

— Et moi, s'écria l'ancien zouave avec l'accent du désespoir, moi qui avais ma carabine, et dans ma carabine une bonne balle de calibre qui ne demandait qu'à partir !

Les gendarmes se regardaient.

Le plus naïf étonnement se peignit sur leurs figures.

— Qu'est-ce donc que ces hommes ? fit l'un d'eux qui était Allemand.

— Les Chevaliers du Crucifix ! dit Ben Kébir.

— Oui, les Ghefaliers du Grucifix.

— Des bandits.

— Des pandits ?

— Des canailles.

— Des ganailles ?

— Des voleurs.

— Des foleurs ?

— Des assassins.

— Des azazins ?

— Des voleurs de femmes.

— Des foleurs de femmes ?

Hassan était livide.

L'idée qu'il avait peut-être eu sous sa main un des ravisseurs de Gemma, ou un de ceux qui avaient conçu le crime, et qu'il l'avait laissé sortir de la villa, produisait en lui un accès de rage inouï.

Tout à coup il porta la main à sa poitrine, et chancela.

Ben Kébir se précipita et l'empêcha de tomber.

Puis avec l'aide des gendarmes, il le porta dans sa chambre et le déposa sur son lit.

Il s'était évanoui ; on lui fit respirer des sels, et il revint à lui.

Il fit signe qu'il voulait être seul ; tout le monde descendit, à l'exception d'Aïsa qui resta à son chevet.

De retour dans la cour, Ben Kébir dit aux gendarmes que le misérable qu'ils étaient venu chercher ne devait pas être loin.

— Gerjons ! fit le gendarme allemand.

On sortit de la villa.

— Tiens, au fait, je n'ai pas parlé aux bateliers qui sont sur les bords du lac ; peut-être l'ont-ils aperçu ! fit Ben Kébir.

Ils descendirent jusqu'au bord du lac.

La nuit venait à grands pas ; presque tous les bateliers avaient disparu ; un seul était encore là, amarrant son bateau à la rive.

— Ben Kébir alla à lui, et le questionna.

— Il était seul ? demanda le batelier.

— Oui.

— Grand ?

— Oui.

— Maigre ?

— Oui.

— Avec un nez fait comme un bec d'oiseau de proie ?

— Oui.

— Des lunettes ?

— Oui.

— Un large chapeau noir ?

— Oui.

— Un habit qui lui descendait jusqu'aux pieds ?

— Oui.

— Eh bien, cet homme est venu ici, et il est monté dans la barque de Jacques Staub.

— Et puis ? dit Ben Kébir haletant.

— Il s'est fait conduire à une portée de carabine de la rive, où la barque s'est arrêtée longtemps, et il n'y a pas plus de dix minutes qu'elle s'est remise en mouvement.

— Pour aller où ?

— Dame ! pour traverser probablement le lac.

Ben Kébir plongea ses regards sur l'immense nappe bleue qui se déroulait devant lui.

— Tenez, ajouta le batelier, voyez-vous ce point noir là-bas ?

Et il désigna du geste un objet à peine

visible dans l'éloignement ; cet objet flottait sur la surface des eaux, et ressemblait assez à un canard sauvage rasant le lac de ses ailes repliées.

— C'est elle ? demanda l'ancien zouave.

— Oui, c'est elle.

— Cent francs ! s'écria-t-il, si vous nous aidez à l'atteindre.

Le batelier hocha la tête.

— Elle est bien loin, dit-il.

— Cent francs si vous faites tout votre possible pour l'atteindre, et mille francs si vous y parvenez.

— Ce que vous me dites, not' bourgeois, est bien trop honnête pour que je me refuse à le faire : hâtons-nous ! alors.

Il détacha la barque de son amarre, Ben Kébir sauta dedans, et saisit vivement ses rames.

— Allons ! messieurs, cria Ben Kébir aux gendarmes ; il y a place pour quatre.

Les deux représentants de la loi vinrent aussitôt prendre place à côté de lui.

Alors le batelier, qui était un vigoureux gaillard, se mit à ramer, et la frêle embarcation glissa rapidement sur la surface unie du lac, où elle disparut bientôt dans les ombres sans cesse croissantes de la nuit.

VI

Les combinaisons de M. Tabernier.

En rentrant dans Paris, à son retour de Neuilly, où il avait, en compagnie d'Arsinoë, conduit Gemma de Mélos, la première pensée de Tabernier fut de courir à l'hôtel du marquis de Bordes.

On lui apprit qu'il n'était pas encore de retour.

— Je l'attendrai, fit-il en s'étendant de tout son long sur une causeuse dans le salon.

Faire une affaire avec un jeune homme, surtout si l'on engage dans cette affaire de très graves intérêts personnels, c'est presque une folie, se dit-il en fermant les yeux, non pas pour dormir, mais pour penser à ce qu'il convenait de faire dans la conjoncture présente.

Je me suis bien gardé de dire au marquis comment je comprenais cette affaire. Il a sans doute été assez simple pour croire que je n'avais, en me lançant dans cette aventure, qu'une corde à mon arc, et il ne voit dans tout cela que le consentement volontaire ou forcé de Gemma à devenir Mme la marquise de Bordes ! le niais ! Nous sommes cependant d'accord sur un point, c'est que cette fille représente une fortune immense, sur laquelle il faut mettre la main. Quant au moyen à employer pour arriver à ce but si désirable, il n'en a qu'un, lui, le mariage ; et moi j'en ai plusieurs : c'est donc sur ce dernier point que nous différons ; il y en a d'autres encore...

Qui vivra verra.

O marquis, mes amours, tu es en train de faire probablement une des plus lourdes bêtises que tu puisses faire ! une jeune et jolie femme, une Chevalière du Crucifix, te tire en ce moment les vers du nez, et t'arrache le seul secret important qu'il y ait dans ta pauvre cervelle.

Dame ! elle est jeune et jolie, et comme ses charmes doivent être à ce prix, tu ne peux pas faire autrement que de céder. Ce sont des tentations auxquelles des hommes plus austères que toi ne pourraient résister.

Je sais bien que tu es doublement excusable : primo, parce que tu es jeune et libertin ; secundo, parce que tu ne peux pas te figurer qu'une baronne jeune, riche et jolie, ait intérêt à être l'âme damnée de ces hommes ténébreux qu'on appelle les Chevaliers du Crucifix.

C'est bien.

Pendant que tu t'amuses, ô marquis, au détriment de tes intérêts et des miens, moi, je pense.

Penser, est bon ; trouver, c'est mieux.

Il resta quelque temps plongé dans ses réflexions.

Trois heures sonnèrent à la pendule.

—Trois heures ! poursuivit-il, le marquis ne sera pas de retour avant deux heures, peut-être plus.

Ce marquis m'ennuie ; il n'arrive à rien avec sa Gemma, et il s'impatiente ; il faudra que je lui donne de l'argent pour qu'il se calme, et que j'aie le temps de la dépouiller. Au fait, s'il devient gênant, j'ai mille moyens de m'en débarrasser.

Les seuls hommes réellement gênants dans cette affaire, ce sont les Chevaliers du Crucifix : il y a là toute une légion d'individus, dont je ne connais pas la millième partie, qui me cachent et m'ont toujours caché ce qu'ils font, et qui peuvent, d'un jour à l'autre, apprendre que je les trahis : triste, triste, triste !...

Pour bien faire, il faudrait duper ces gens-là, supprimer le marquis, et réussir à soulager Gemma d'une bonne partie de sa fortune ; car je crois de moins en moins à leur mariage.

O Tabernier, toi que l'on dit habile, tu joues en ce moment la plus magnifique partie que l'on puisse jouer sur l'échiquier des affaires humaines ! Ton enjeu est gros, mais tu as immensément de chances de la gagner.

Voyons un peu l'heure présente ; que va-t-il arriver ?

Les Chevaliers du Crucifix vont dès la pointe du jour réclamer Gemma de Mélos. Le marquis leur aura-t-il dit où elle était ? Je l'ignore. Ils viendront donc ici ou chez la duchesse de Cressères. S'ils viennent ici, je saurai dicter au marquis la réponse qu'il devra leur faire ; s'ils vont à l'hôtel de Cressères, la vieille duchesse a celle que je lui ai dit de leur faire. Or, il est bien entendu que dans les deux cas ils ne parviendront pas à mettre la main sur la richissime héritière du baron de Mélos.

Se tiendront-ils pour battus ? Ah ! qu'il faudrait peu connaître ces bêtes puantes et rapaces pour le supposer ! Ils croiront que le marquis les trompe, les joue, se moque d'eux. Dès lors, ils vont l'épier lui, ses parents, ses amis, la nuit, le jour, sans relâche ; ils corrompront ses domestiques et même ses amis ; et s'ils ne trouvent rien, ils emploieront les moyens violents ; ces hommes, je le sais, ne reculent pas devant le crime, quelque nom que lui donne la justice humaine.

Au reste, cet espionnage, ces machinations souterraines n'auraient d'autre résultat que de me gêner dans mes rapports avec lui et avec sa tante, que je devrais à tout prix les empêcher de se produire.

Il se mit à réfléchir profondément.

Au bout d'une bonne demi-heure, il se leva et se promena de long en large.

Il était sombre et soucieux.

Évidemment, il n'avait pas trouvé la solution du problème qui s'imposait fatalement à son esprit.

Il se promena quelque temps ; l'air de la chambre était tiède, trois bûches énormes flambaient, à demi consumées, dans l'âtre de la cheminée.

Les tapis sur lesquels il marchait étaient épais et moelleux.

C'était assez dans ses habitudes d'aider, chez lui, par un exercice pédestre à l'éclosion de l'idée.

Mais l'idée ne venait pas.

Il vint s'asseoir dans un fauteuil, près du feu, et il se mit à tisonner.

Il jeta ensuite un long regard autour de lui.

Le salon était admirablement et très richement meublé.

Ses yeux se portèrent sur les Greuze, les Corot et autres tableaux de grands maîtres qui ornaient les murs; puis sur un guéridon placé dans le centre du salon.

Ce guéridon était couvert d'un tapis rouge à larges fleurs d'or; il n'y avait dessus qu'un seul objet, une lettre.

— Tiens! une lettre, dit-il.

Tabernier, est-il besoin de le dire, était très peu délicat, et puis il appartenait à cette race de gens qui prétendent que les quatre-vingt-dix-neuf centièmes de fois sur cent des fautes que les hommes commettent proviennent, chez eux, d'une insuffisance de savoir.

Il saisit la lettre.

— C'est peut-être un petit mystère de la vie intime du marquis, se dit-il.

Elle était décachetée.

Cette épître était d'une femme.

Il la lut.

Le lecteur nous saura-t-il gré de lui en donner le texte? Le voici tel quel, après en avoir toutefois supprimé quelques mots par trop réalistes :

« Ulrich,

« Je me creuse la tête pour me demander si réellement tu existes encore.

« Tu m'as promis, mon chat, de penser toujours à moi, et tu me laisses huit jours avec un pauvre billet de cinq cents francs !!!

« Tu conviendras qu'une pareille bagatelle n'est pas faite pour être une raison.

« Aussi, mon Ulrich, tu commences à perdre beaucoup, oui beaucoup, dans la *jolie* opinion que j'avais de toi; et si je ne me raisonnais pas un peu, je te croirais aussi bien *calé* qu'un simple et modeste calicot.

« Pouah!

« Quand je viens à penser à toi, tout est d'un gris, mais d'un gris!... d'un gris!

« Et cela m'arrive souvent, mon chéri, car tu sais combien je t'aime.

« Non, je ne puis me faire à l'idée que tu sois toujours ce beau et riche seigneur dont j'ai distingué un jour les hommages !

« Oh! dis-moi, Ulrich, que tu es toujours le même, c'est-à-dire bien gentil. Viens ce soir avec les mêmes agréments qu'autrefois, cher mignon.

« Je te dis, tendre horreur d'ami, car je ne te cache rien, que j'ai été obligée d'emprunter cent francs à mon groom, hier soir. Je n'avais pas un sou pour aller me désennuyer un peu aux Folies-Bergère.

« Fi donc! ta Gustine emprunter cent francs à du petit monde comme ça! A qui la faute? Mets-toi ta main sur ta conscience !

« Ingrat!!!

« Comprends-tu, Ulrich, toutes mes peines de cœur? Ah! mon ami, ma passion pour toi est si grande que j'en ai des insomnies, des migraines, et même des névralgies qui me rendent plus pâle que mes manchettes, et qui font que je me demande où tout cela va enfin me conduire !...

« Quel supplice!!!

« Ton Augustine. »

P. S. Viens vite avec tous tes trésors, mon chéri.

Quand il eut terminé la lecture de cette singulière épître, Tabernier la jeta sur le guéridon et haussa les épaules.

Il s'abîma de nouveau dans ses réflexions.

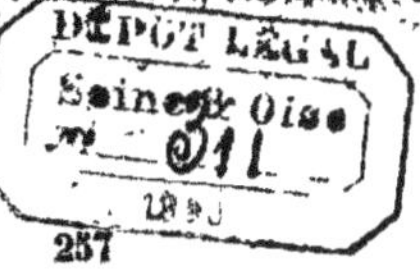

Elle ne sortirait du cachot que pour entrer dans la tombe.

Cette lettre de femme lui rappela sa jeunesse. Les souvenirs de cet âge lui revinrent en foule à la pensée. Il vit passer dans son esprit une foule de figures joyeuses et folles, avec des chants et des éclats de rire. Ce fut comme une descente de la Courtille, de son passé.

Il vit à la suite de ce défilé carnavalesque deux fantômes : l'un, sombre, Carlo Luigi ; l'autre, pâle et triste, Benedita !

Ses poings se crispèrent dans un accès de rage ; il eut comme un rire nerveux à l'aspect du premier ; il se rappelait qu'il s'était vengé ! Puis il suivit d'un regard ardent le fantôme pâle et triste de sa femme bien-aimée, et un aride sanglot grinça dans sa gorge.

Le misérable ne pouvait plus pleurer !

Il tressaillit, et s'arracha à cette rêverie fatale par un effort violent de sa volonté.

Puis il songea à la cause qui l'avait produite.

— Est-elle bête cette fille avec sa lettre ! se dit il.

Voyons, après tout, qu'est-ce qu'elle veut ? De l'argent ? toujours de l'argent

L'éternelle histoire ! l'amour et l'argent ! Pas d'argent, pas d'amour ! Ah ! ah ! ah !

Il porta tout à coup la main à son front. Une idée venait de luire dans son cerveau.

— Cette femme, pensa-t-il, aime l'argent, n'aime que l'argent ; — comme toutes ses pareilles du reste. — Eh bien, il me semble que nous pouvons en faire quelque chose.

En effet, de quoi s'agit-il en ce moment ? d'une femme à livrer aux Chevaliers du Crucifix. Si nous décidions celle-ci à se laisser enlever, moyennant une somme d'argent, et à jouer pendant un mois ou deux le rôle de prisonnière de ces gens-là, n'aurions-nous pas un mois ou deux de tranquillité, ce qui nous serait suffisant pour mener à bien cette affaire qui nous lie le marquis et moi ?

La substitution est-elle possible ?

Je pense que cette Augustine est jeune, qu'elle est belle ; cela est nécessaire parce que les Chevaliers savent que Gemma est jeune et belle : maintenant quant à la couleur de son teint et à sa taille, il peut se faire qu'ils les ignorent. Je ne sache pas qu'un seul de leurs agents se soit occupé de Gemma lorsqu'elle était à l'hôtel des Champs-Élysées ; à ce moment-là c'était moi qui m'en occupais.

Du reste, s'ils s'aperçoivent de la supercherie, quel tort cela nous fera-t-il ? Aucun. Ils se diront que le marquis s'est moqué d'eux, et voilà tout : or, c'est ce qui aurait lieu demain, lorsque celui-ci dirait à la baronne de Berny que la fille du baron de Mélos n'est pas en son pouvoir, qu'il ne peut pas livrer ce qu'il n'a pas, et qu'il ne lui a fait cette fable que dans le but de satisfaire la passion insensée qu'il lui a inspirée.

Nous gagnerions à la substitution, de nous débarrasser de l'espionnage de ces gens-là, pendant quelque temps : ce qui est un grand avantage.

Mais il faut que cette substitution puisse se faire : c'est ce que j'ignore ; dans tous les cas nous pouvons le tenter.

Cette Augustine demandera bien vingt mille francs pour jouer ce rôle ; comme le marquis n'a pas d'argent, je les fournirai.

Il soupira.

Il tira de son portefeuille le pouvoir que Gemma lui avait signé, et le contempla un instant.

— Le banquier chez lequel je pourrai prendre de l'argent avec cette signature de Gemma, a bien en caisse plus de vingt millions à la disposition de cette dernière, c'est-à-dire à la mienne.

Son regard s'illumina.

Je prendrai ça en plusieurs fois. Je donnerai au marquis une vingtaine de mille francs, et à cette Augustine autant pour lui faire jouer le rôle en question, et, ma foi, vogue la galère !...

Bonne affaire ! quelques ennuis, quelques dangers à courir, mais aussi des centaines de millions à palper ; et, ma foi, quand j'en aurai un certain nombre, je les planterai tous là, si je vois que ça se gâte de trop ; et j'irai me nicher dans quelque contrée lointaine, où je changerai de nom ; et où je pourrai, avec mes richesses immenses, vivre comme un nabab !

Tout à coup la porte du salon s'ouvrit. C'était Ulrich de Bordes qui rentrait.

— Mon valet de chambre m'a dit qu'un monsieur m'attendait ici et que ce monsieur avait des choses très importantes à me communiquer, fit-il en regardant Tabernier qui, de son côté, fixait sur lui son œil fauve.

— Votre valet de chambre, monsieur le marquis, ne voulait pas me recevoir, mais sur l'assurance que je lui ai donnée que j'étais votre intendant, il n'a pas hésité à me permettre de vous attendre ici, fit

Tabernier en se levant et en enlevant sa fausse barbe.

— Tiens ! c'est vous, monsieur l'homme d'affaires, je ne vous reconnaissais pas de prime abord, tellement vous vous étiez rendu méconnaissable. Mais pourquoi votre visite ; et quel est ce mystère ?

Tabernier se rassit gravement.

— Que monsieur le marquis, dit-il, veuille bien se remettre en mémoire nos conventions et il trouvera aisément l'explication de l'une, et la raison de l'autre.

— Vous parlez comme un sphinx, mon cher complice, fit le marquis tout en se débarrassant d'un riche manteau de fourrures qui l'enveloppait.

Puis il vint s'asseoir à côté de Tabernier, et se mit à tisonner, en sifflottant, les bûches au trois quarts consumées qui flambaient dans le foyer.

L'homme de la rue de la Clef haussa les épaules.

— Voulez-vous me permettre de vous interroger ? monsieur le marquis, dit-il.

— Parbleu ! pourquoi pas ?

— Vous venez du bal ?

— Oui.

— De chez la baronne de Berny ?

— Oui, mais comment savez-vous ?...

— Permettez ! voulez-vous que je vous questionne encore ?

— Certainement ! mais c'est drôle !

— Savez-vous ce que c'est que cette baronne de Berny ?

— Une femme adorable, dans toute l'acception du mot.

— Je vous ai dit : Rappelez-vous ce dont nous sommes convenus, et vous aurez la raison de ma présence en ce moment, et l'explication du mystère dont j'entoure ma venue ici.

— Peuh ! quel air grave vous avez, mon cher homme d'affaires !

— Nous sommes convenus, poursuivit imperturbablement Tabernier, que vous n'accepteriez jamais une invitation qui vous ferait sortir de votre monde, de vos habitudes, et qui viendrait d'une personne que vous ne connaîtriez pas bien.

— Oh ! oh ! c'est tout un sermon, cela !

— L'affaire qui nous lie l'un à l'autre est très grave, et je vous trouve un peu léger.

— Hein ? fit le marquis dont les sourcils se froncèrent.

— Voyons, connaissiez-vous la baronne de Berny ?

— Avant son invitation peu, mais à présent beaucoup.

— Savez-vous ce que c'est que cette femme ?

— Je vous l'ai dit, la plus charmante, la plus adorable créature qu'il soit donné à un mortel de contempler, et...

— Cette femme, interrompit Tabernier en haussant de nouveau les épaules, est notre ennemie.

— Ah bah !

— Notre ennemie acharnée.

— Allons donc !

— Elle voudrait nous voir l'un et l'autre au bout d'une corde.

— Vous plaisantez, cher monsieur.

— Elle ruinera de fond en comble la seule affaire sur laquelle nous ayons jamais fondé des espérances sérieuses de fortune.

Le marquis ne répondit rien ; il commençait à devenir soucieux.

— Voyons, poursuivit Tabernier, avez-vous parlé à cette femme ?

— La belle question !

— Que lui avez-vous dit ?

Le marquis se leva très agité.

— Au fait, cet interrogatoire m'ennuie, monsieur, dit-il d'un ton sec.

— Vous ne voulez pas me l'apprendre ? Eh bien ! je vais vous le dire, moi.

Le marquis le regarda d'un air hébété.

— Vous lui avez dit à cette femme, qui vous a affreusement trompé, qui a odieusement abusé de votre jeunesse, vous lui avez dit que vous aviez Gemma de Mélos entre vos mains.

Le marquis se mit à arpenter le salon à grands pas et ne souffla mot.

Il se demandait comment il se faisait que Tabernier sût ce qu'il avait dit à une femme qu'il venait à peine de quitter; un peu plus, il se fût demandé s'il n'était pas le diable en personne.

— Vous lui avez dit, poursuivit Tabernier avec un ricanement ironique, que vous vouliez vous marier avec Gemma, que c'était vous qui l'aviez enlevée!

— Que vous importe, grinça le marquis, si je ne vous ai pas compromis?

— Que m'importe! dit Tabernier avec véhémence, que m'importe! dites-vous? Et les millions que devait me rapporter l'affaire, vous me croyez donc assez bête pour en faire le sacrifice sans qu'il m'en coûte le moindre regret!

— Voyons, fit le marquis en revenant s'asseoir auprès du feu, j'ai eu tort, j'ai été léger, je le reconnais; j'ai dit à cette charmante baronne que ma tante voulait me marier avec Gemma de Mélos; elle a ensuite exprimé le désir de la voir, je lui ai promis de la lui montrer. Dame! elle mettait ses charmes à ce prix, et...

— Qui diable avait donc parlé de Gemma à cette baronne maudite?

— Cette question, je la lui ai posée. Elle y a répondu à peu près dans les termes suivants :

On parlait, m'a-t-elle dit, d'une très riche héritière, nommée Gemma de Mélos, qui a disparu depuis quelques jours. Dans les salons de la rive gauche, on affirmait qu'elle avait été enlevée par quelque amoureux désireux de la posséder; car elle est très belle, et surtout d'avoir sa dot qui est considérable. Je me suis figuré que l'auteur de cet enlèvement devait être quelqu'un de ces jeunes nobles, dont la fortune pouvait avoir été écornée par une jeunesse un peu trop mouvementée. Ce secret, j'ai voulu le pénétrer : vous le savez, la femme est curieuse. Je l'ai demandé à plusieurs qui ne m'ont rien appris; je vous l'ai demandé à vous, et le hasard a voulu que vous fussiez l'heureux ravisseur; vous me l'avez appris, je vous en remercie. Mais il me reste un désir, c'est de la voir. Pouvez-vous me refuser cette dernière satisfaction ?

Pouvais-je refuser? fit le marquis en jetant un regard sur son interlocuteur.

— Si vous n'aviez pas été aveuglé, dit Tabernier, par la passion, vous auriez bien dû comprendre qu'une femme ne devait pas se donner comme cela au premier venu pour le plaisir de satisfaire une banale curiosité.

— Mais elle m'adore, cette comtesse!

Un éclat de rire strident, convulsif, inouï, sortit de la gorge de Tabernier.

Le marquis se leva en proie à un accès de rage.

— Voyons, marquis, s'écria l'homme d'affaires, c'est moi qui ai tort, je l'avoue. J'aurais dû penser qu'un homme n'est jamais blasé à votre âge.

— Mais enfin, monsieur, exclama de Bordes, quelle preuve avez-vous que la baronne soit notre ennemie ?

— Vous me demandez de vous prouver qu'elle est notre ennemie?

— Oui.

— Elle est notre ennemie, parce qu'elle appartient aux Chevaliers du Crucifix.

— Comment! aux Chevaliers du Crucifix? à ces misérables rats d'église et buveurs d'eau bénite, cette femme riche, jeune et belle ?

— Oui, j'affirme que cette femme riche,

jeune et belle, est l'âme damnée de ces hommes.

— La preuve ! je vous l'ai déjà demandée, je crois.

— La preuve, c'est qu'il y avait à ce bal d'où vous venez le père Civette, le chef de la police des Chevaliers du Crucifix.

— Ah bah ! fit le marquis au comble de la surprise.

— La preuve, c'est que lorsque je suis allé vous y chercher, — car je suis allé vous demander à l'hôtel de Berny, je voulais en effet vous soustraire à tout prix à l'influence de cette femme, — on m'a dit que vous n'y étiez pas.

— Un valet qui se trompait !

— Pas du tout, c'était une consigne. La preuve, c'est que dans la rue, aux abords de l'hôtel, il y avait des espions.

— Quels espions ?

— Leurs espions, à eux, aux Chevaliers du Crucifix, leurs mouchards, si vous aimez mieux, car ces misérables machinateurs ont non seulement un chef de police, une préfecture de police, mais encore des mouchards pour la servir.

— Vous rêvez, mon pauvre homme, fit le marquis en haussant les épaules.

— Je rêve ! je rêve ! je rêve si peu que je les ai vus, ces mouchards !

— Vous avez vu, vieux farceur, des épiciers ou des garçons bouchers amoureux, des crocheteurs de serrures, des noctambules quelconques; parbleu ! on ne voit que ça dans Paris, la nuit !

— Je les ai non seulement vus, mais je leur ai parlé.

— Parlé !

— Oui, parlé !

— On peut donc parler à ces gens-là?

— Oui, l'un d'eux même m'a fait voir sa carte.

— Quelle carte ?

— Vous savez peut-être, — car dans ces derniers temps on a assez parlé de la police, de celle qui est rue de Jérusalem, entendons-nous, — vous savez peut-être, dis-je, que les agents de cette préfecture-là ont une carte qui leur sert à se faire reconnaître ?

— Eh bien !

— La carte de ces agents est un simple carré de carton : celle des agents du père Civette est, devinez quoi ?

Le marquis haussa les épaules de l'air d'un homme qui s'en moque pas mal.

— Eh bien, leur carte, à eux, c'est un scapulaire.

De Bordes se mit à rire.

— Et vous avez vu ce scapulaire ? ils vous l'ont montré ?

— Oui, je l'ai vu, ils me l'ont montré !

— Comment avez-vous fait ?

— Ah ! ceci c'est mon secret.

— Votre secret?

— Oui, nous autres hommes d'affaires, nous ne serions pas hommes d'affaires, si nous ne possédions pas une foule de petits secrets.

Le marquis jeta sur son interlocuteur un singulier regard.

Tabernier, qui s'était mis à tisonner le feu et qui, par conséquent, lui tournait le dos, ne s'en aperçut pas.

— Du reste, fit ce dernier, je les mets à votre service tous ces secrets, que je dois à ma profession, à ma longue pratique des hommes, à mes immenses relations ; je mets à votre service, non seulement mes secrets, mais encore, tout ce que j'ai d'intelligence et d'activité.

— Je le crois, monsieur; je le crois d'autant plus que vous courez avec moi la même aventure.

— Aventure ! aventure ! fit Tabernier en faisant une grimace — comme si son amour-propre eût été froissé de cette qualification donnée à une affaire dont il s'occupait. —

Cette aventure, monsieur le marquis, peut être une affaire comme une autre entre les mains de gens prudents et habiles.

— Je le crois, monsieur, bien que je doive reconnaître que pour mon compte j'ai manqué cette fois de prudence.

— Tout est réparable ! tout est réparable !

— Que comptez-vous faire ?

— J'ai déjà fait.

— Quoi donc ?

— J'ai déjà mis Gemma en lieu sûr.

— Vous êtes allé chez la duchesse ?

— Oui.

— Cette nuit ?

— J'en viens ; c'est-à-dire que je l'ai quittée il y a trois ou quatre heures tout au plus.

— Et où avez-vous conduit Mlle de Mélos ?

— A Neuilly, 6, rue du Bois.

— Chez qui ?

— Chez une ancienne domestique de la duchesse.

— Mais que dirai-je à la baronne de Berny ?

— Vous l'enverrez au diable.

Le marquis se gratta l'oreille.

— C'est impossible ! fit-il, car j'aime cette femme.

— La belle affaire !

— C'est possible que ce ne soit pas une belle affaire pour vous, mais j'y tiens, moi, présentement du moins. Je trouve cette jeune femme adorable, j'en suis amoureux, je ferais pour elle toutes les folies !

Le marquis, en prononçant ces paroles, était pâle et agité.

— Dans huit jours, vous n'y penserez plus ! fit l'homme d'affaires en riant.

— C'est possible, c'est possible ; mais en ce moment je l'aime jusqu'au fanatisme.

— Triste nature humaine !

— Je le veux bien ; mais la nature est la nature, et l'on n'y peut rien changer.

— Aussi, j'y ai songé ; vous accorderez à la baronne ce qu'elle attend de vous.

— Lui montrer Gemma ? je ne vous demande pas cela !

— Puisqu'elle le désire !

— Oh non ! il faut trouver autre chose.

— Cherchez, marquis, cherchez !

De Bordes devint sombre et pensif.

Un sourire railleur pointait sur les traits avachis de Tabernier.

Évidemment il jouissait de son embarras.

— Je conçois votre ennui, monsieur le marquis, dit-il avec une légère pointe d'ironie, sacrifier votre conquête le premier jour, envoyer au diable une femme dans le premier feu de l'amour : c'est dur !

Le marquis resta muet.

— Lui refuser même la satisfaction d'un tout petit caprice, c'est peu convenable. Ah ! s'il s'agissait de lui donner une somme d'argent considérable, un bijou de grande valeur, un hôtel, un château, des chevaux, des voitures, des laquais ! je le concevrais.

Un grondement sourd s'échappa de la poitrine du marquis.

— Elle si belle, si ardente, si aimante, souhaiter seulement la faveur de voir une rivale, et ne pas pouvoir trouver le moyen de la lui refuser sans la blesser !

— Elle l'aura ! s'écria tout à coup le marquis en poussant un cri de rage.

— Elle verra Gemma ?

— Oui.

— Non !

— Ah ! prenez garde !

— Non ! mille fois non ! elle ne la verra pas !

Le marquis se croisa les bras ivre de rage, livide, et regarda son contradicteur.

— Voyons, marquis, fit Tabernier en

souriant, la baronne désire voir une jeune femme, une femme qu'elle croit sa rivale? Eh bien, elle verra cette jeune femme, cette rivale.

De Bordes s'approcha de Tabernier et lui tendit la main.

— Seulement, ajouta celui-ci, cette jeune femme ne sera pas Gemma.

— Comment l'entendez-vous?

— Il y a sur ce guéridon une lettre, fit Tabernier en montrant du geste la missive d'Augustine.

— Que voulez-vous dire?

— Cette lettre, je l'ai lue.

— Après!

— Elle est d'une de vos maîtresses.

— C'est vrai.

— Est-elle jeune et jolie?

— Oui : mais pourquoi ces questions?

— Est-elle à peu près de l'âge de Gemma?

— Oui.

— Eh bien! voyez-vous ce que nous pouvons faire?

— Quoi donc?

— Une substitution.

— Substituer Augustine à Gemma de Mélos?

— Parfaitement!

— Le voudra-t-elle?

— Pourquoi pas?

— D'abord parce que je ne suis plus très bien avec elle, comme vous le voyez du reste, par cette lettre qu'elle vient de m'écrire.

— N'est-ce que cela?

— C'est qu'Augustine veut de l'argent, beaucoup d'argent, et que je ne puis lui en donner.

— Mon Dieu! n'est-ce que cela?

— Mais il me semble, fit le marquis étonné, que tout cela est quelque chose; c'est d'autant plus quelque chose que je con-

sidère cette Augustine comme ayant cessé d'être ma maîtresse.

— C'est une erreur, Augustine est et sera à vous plus que jamais.

Le marquis se mit à sifflotter.

Ce qui signifiait clairement qu'il n'en croyait pas un mot.

— Voyons, que veut Augustine? de l'argent?

— Oui, et beaucoup!

— Eh bien, vous lui en donnerez!

Ulrich regarda Tabernier d'un air surpris.

— Tiens! vous êtes donc en fonds, vous qui m'avez dit cent fois que vous étiez un pauvre homme d'affaires sans fortune?

— Il m'est arrivé quelque argent ces jours derniers. Diable, diable, quand on travaille, quand on se tue à travailler comme je le fais, qu'y a-t-il de surprenant que l'on touche parfois des honoraires?

— C'est vrai, et qu'il vous vienne de Dieu ou du diable, cet argent est le bienvenu.

— En faudra-t-il beaucoup pour la contenter?

— Peuh! je crois bien. Voyons, Augustine m'a mangé à peu près cent mille francs dans l'espace de six mois : on ne peut pas lui offrir moins de vingt à trente mille francs!

— C'est un gouffre.

— C'est une fille charmante, mais il lui faut de l'or, beaucoup d'or : elle m'a été procurée par une proxénète qui, j'ai tout lieu de le croire, doit être sa mère : je les soupçonne fort l'une et l'autre de thésauriser.

— Je conçois ce vice chez une proxénète, mais chez une femme galante c'est singulier.

— Voilà tout ce que je sais d'Augustine, à laquelle je ne tiens nullement d'ailleurs.

— Elle aime l'argent, ça suffit.

— Hein ? vous êtes donc bien riche ?

— On lui donnera vingt mille francs.

— Soit !

— Nous les lui porterons ensemble.

— Je le veux bien.

— Cet argent lui sera donné à une condition.

— Oui, à condition qu'elle prenne la place de Gemma.

— Il faut qu'elle soit Gemma de Mélos à partir d'aujourd'hui et pendant un mois.

Qu'elle se laisse enlever, si on l'enlève.

Le marquis hocha la tête d'un air de doute.

— Qu'elle n'oppose aucune résistance à ses ravisseurs, dussent-ils la conduire dans un couvent de nonnes.

Le marquis se mit à sifflotter.

— Je vous préviens qu'elle est altière et peu endurante, dit-il en riant.

— Qu'importe, si elle aime l'argent !

— Ah ! l'argent, l'argent ! mais c'est que je n'en ai plus moi-même ! s'écria de Bordes d'un ton lamentable.

— Vous êtes en train d'épouser la plus riche héritière du monde.

— Moi !!! je ne sais même pas si elle supportera ma vue le jour où j'oserai me présenter devant elle.

— Vous, son sauveur ?

— Allons donc !

— Vous le neveu de sa bienfaitrice ?

Le marquis haussa les épaules.

— Il faut cependant en finir. Oh je l'aurai de gré ou de force ! murmura-t-il.

— Vous l'aurez, mais il faut attendre encore un peu ; de la patience ! de la patience ! La duchesse sait bien ce qu'elle fait. Ah ! c'est une fine mouche !

— Avec toute son habileté, avec toute sa diplomatie, je vais mourir de faim, moi !

— Voyons, monsieur le marquis, le désespoir est un mauvais conseiller.

— Je voudrais bien vous y voir, vous ! Tenez, savez-vous à quoi je songeais en revenant chez moi tout à l'heure ?

— A quoi donc ?

— Je songeais à emprunter deux ou trois mille louis à la baronne de Berny.

— Vous les prêterait-elle ?

— Parbleu ! est-ce qu'elle peut me refuser quelque chose ?

— Essayez ; elle doit être très riche : c'est une précieuse connaissance que vous avez faite là, fit Tabernier en ricanant.

— Mais tout cela n'est qu'un expédient, et ne ferait pas faire un pas à notre affaire.

— Patience ! monsieur le marquis, nous arriverons.

— Vous me paraissiez plus impatient ces jours derniers ? monsieur l'homme d'affaires.

— C'est que j'ai réfléchi.

— Et cette réflexion vous est venue à propos de quoi ?

— A propos d'un entretien que j'ai eu avec la duchesse.

— Parbleu ! ma tante voit tout en beau !

— C'est la sagesse même ; elle marche lentement, mais sûrement.

— Enfin, toutes les fois que l'argent viendra à me manquer, m'en trouverez-vous ?

— Peut-être bien ; monsieur le marquis sait que je suis prêt à faire dans notre intérêt commun les plus grands sacrifices.

— Des phrases ! des phrases ! voyons, puis-je compter sur vous pour cinq cents ou mille louis ?

— J'essayerai, je ferai les plus grands efforts pour vous aider.

— Nous verrons bien !

— Tout ce que je recommande à monsieur le marquis, c'est de ne jamais se lais-

Quand Tabernier arriva chez lui il était.....

ser aller au désespoir, de s'en rapporter à Mme la duchesse et à moi pour la conduite de notre affaire, et nous atteindrons le but tant désiré.

— Cela ne me paraît pas clair, à moi.

Tabernier tressaillit.

— Que veut dire monsieur le marquis ?

— Je veux dire que je n'ai pas confiance : tenez, voulez-vous que je vous le dise? Cette Gemma de Mélos épousera son Georges Bernard, si je vous laisse faire, ma tante et vous !

— Georges Bernard! grommela Tabernier, dont le front s'assombrit.

— Tenez, voyez comme tout nous réussit : n'avez-vous pas tout fait pour nous débarrasser de ce ridicule personnage ? Eh bien, il n'est pas mort ; bien plus, il ne mourra pas !

— Oh! il a de rudes blessures, et bien qu'il ait été transporté à l'hôtel de Mélos, où les plus grands médecins ont été appelés à lui donner des soins, il n'est pas encore hors de danger, j'en suis certain.

— Il guérira, vous dis-je, et il nous faudra recommencer.

— Eh bien, nous recommencerons, et nous veillerons à ce que la besogne soit mieux faite la seconde fois que la première.

Le marquis hocha la tête.

— C'est comme cet Hassan, il a échappé à l'épée et au pistolet de Moller; et cet Allemand, le plus terrible duelliste connu, a été tué par lui !

— Ce Maure, monsieur le marquis, est gravement blessé.

— Ah bah ! il ne mourra pas plus de ses blessures que ce Georges Bernard !

— Voyons, pourquoi se lamenter? pourquoi désespérer ? Gemma est en notre pouvoir et en sûreté; c'est l'essentiel : songeons à l'heure présente ; il importe de pourvoir d'abord aux nécessités du moment.

— Les nécessités du moment pour moi, c'est de l'argent ! beaucoup d'argent !

— Vous pouvez compter sur moi pour cinq cents louis.

— Soit! avec ces cinq cents louis et ce que la baronne me prêtera, je pourrai bien vivre quinze jours : ce délai là passé, si Gemma n'a pas consenti à devenir ma femme, je l'obtiendrai par la violence, que ma tante le veuille ou non, et quel que soit votre avis sur ce point.

— Quinze jours nous suffiront, monsieur le marquis.

Tabernier jeta un regard sur la pendule : elle marquait quatre heures du matin.

— Il faut en finir ; le jour va venir ; le temps presse. Pourrions-nous voir Augustine à cette heure ?

— Je le crois.

— Partons !

— Soit !

Le marquis sonna.

— C'est vraiment une singulière idée que vous avez eue là, fit-il en riant.

La porte du salon s'ouvrit, un domestique parut.

— Faites atteler, lui dit-il.

Cinq minutes après le même domestique vint annoncer qu'un coupé attendait M. le marquis au bas du perron de l'hôtel.

VII

Augustine.

Tabernier et le marquis, le premier après avoir soigneusement rajusté sa fausse barbe, montèrent dans le coupé, qui partit avec rapidité.

L'homme d'affaires avait à prendre chez lui l'argent qu'ils comptaient offrir à la lorette, pour prix de sa singulière complaisance.

L'arrêt que cela nécessita rue de la Clef ne fut pas long, et l'on repartit avec la même vitesse, mais, cette fois, pour se rendre directement au domicile d'Augustine.

Elle demeurait rue de la Tour-d'Auvergne, 17.

Augustine avait vingt ans environ ; nous avons dit qu'elle était très belle : c'était une des étoiles de ce monde, aux mœurs excentriques, qui tarife une femme comme une denrée.

Nous avons vu les sommes considérables que le marquis lui avait données, c'est-à-dire le prix qu'il l'avait payée.

Ajoutons qu'il était assez provincial pour avoir voulu accaparer une lorette d'une si haute valeur commerciale.

Elle s'était prêtée à son caprice, sans trop de façons; dame! elle le croyait si riche !

Il faut tout dire, il y a beaucoup de gens grincheux dans le monde qui tarife une jolie femme; on liarde avec ses fournisseurs, on liarde aussi avec ses maîtresses.

De Bordes, lui, ne lésinait point ; et il donnait cinquante mille francs à une femme, comme d'autres donneraient cent francs.

Augustine, qui, bien que jeune encore, connaissait son monde, l'avait apprécié, et ces manières de grand seigneur lui avaient donné une haute idée de lui.

Il est vrai qu'il fallait que de nouvelles largesses revinssent constamment justifier dans son esprit cette estime qu'il lui avait inspirée.

On l'a bien vu par sa lettre.

Ce jour-là, elle l'avait attendu toute la soirée, dans un petit salon bleu, sorte de boudoir richement et coquettement meublé, dans lequel elle avait l'habitude de le recevoir.

Elle avait dit à sa camériste :

— Julia, veillez à ce qu'on introduise M. le marquis de Bordes, à quelque heure qu'il se présente.

Puis elle avait attendu.

Le marquis venait souvent, à sa sortie du cercle, c'est-à-dire après minuit.

Augustine vit venir sans impatience une heure et même deux heures du matin : quand deux heures sonnèrent, elle n'espéra plus.

— Il ne viendra pas, se dit-elle, décidément il ne faut plus songer à lui.

Elle sonna sa camériste.

— Julia, lui dit-elle, apportez-moi tout ce qu'il faut pour faire un punch, je m'ennuie.

Augustine cherchait dans l'ivresse un soulagement à ses peines morales ; c'était son habitude.

A demi couchée sur les coussins moelleux d'un divan, pâle, un cercle bleuâtre autour de ses grands yeux noirs, ses cheveux dénoués tombant en une masse de boucles soyeuses sur ses épaules demi nues, la lèvre dédaigneuse, le regard voilé, elle songeait.

Près d'elle, sur une petite table, dans un vase d'argent ciselé, un punch, préparé par Julia, flambait.

Dans l'âtre de la cheminée, quelques bûches de bois sec se consumaient en projetant une flamme pétillante.

Du bout de ses lèvres roses, elle pressait l'extrémité d'une cigarette allumée, dont elle paraissait aspirer avec délices la fumée.

Le vase dans lequel le punch flambait avait absorbé presque entièrement le contenu d'un litre de cognac.

— A quoi songeait-elle ?

Elle songeait à sa soirée perdue, à son marquis perdu, à ce dernier rêve doré qui s'envolait.

— Il est fini, mon marquis, se dit-elle tout à coup en se soulevant sur un coude.

Le punch s'était éteint ; elle en remplit une coupe d'argent, et elle se mit à boire par petites gorgées, la liqueur blonde fumante.

— Comme ça dure peu un homme, même le meilleur ! se disait-elle en buvant ; mais un homme s'en va, un autre vient.

Elle éclata de rire.

Peu à peu elle se laissa aller à penser à ceux dont elle avait dédaigné les hommages, riches peut-être, eux aussi !

De Bordes, bien qu'il fût le favori d'Augustine, n'était cependant pas son seul amant ; certains jours et à certaines heures de la journée, on voyait des personnages d'un âge mûr franchir discrètement la porte du n° 17 de la rue de la Tour-d'Auvergne et pénétrer, eux aussi, dans le petit salon bleu.

C'étaient de ces gens qui, riches et retirés des affaires, prélèvent chaque année, sur leur revenu, une somme de quelques milliers de francs, pour payer à une lorette le droit d'aller passer une heure ou deux par semaine, en tête-à-tête avec elle dans son boudoir.

Ces gens-là, on les met rarement à la porte; ils sont si peu exigeants, si peu encombrants!

Insensiblement, en se laissant aller à ses rêves d'ambition, et à ses espérances de fortune, Augustine s'était assoupie.

Tout à coup le roulement d'une voiture sur le pavé de la rue la tira de sa somnolence; elle se redressa brusquement, et écouta.

Elle regarda l'heure; la pendule marquait quatre heures et demie.

— Ce n'est pas lui, fit-elle, quelle folie! est-ce qu'il viendrait à cette heure!

Cependant la voiture se rapprochait rapidement; bientôt elle arriva en face de l'hôtel, où elle s'arrêta.

Augustine tressaillit, et se leva sur son séant.

Au même instant elle entendit la porte d'entrée s'ouvrir et se refermer avec un grondement sourd; et quelques instants après, Julia parut dans le salon, précédant deux personnages; l'un d'eux était le marquis.

— Ulrich! s'écria-t-elle en courant à lui, et en lui sautant au coup pour l'embrasser.

— Ma chère, fit celui-ci, je vous amène mon intendant.

— A cette heure? dit-elle entre deux baisers; au reste quelle que soit l'heure, mon ami, qu'il soit aussi le bienvenu!

— Il s'agit d'une affaire que j'ai à vous proposer; et d'abord asseyons-nous et causons.

On poussa des fauteuils près du feu, et l'on s'assit.

— Une affaire! répétait Augustine, une affaire! tiens! c'est drôle.

Une flamme parut dans son regard; elle pensait à ce que ça pourrait lui rapporter.

— Augustine, poursuivit le marquis, je regrette de vous avoir fait attendre si long-temps ma visite; j'ai été retenu par monsieur, qui m'a forcé à aligner des chiffres jusqu'à ce moment.

— Oh! tu es tout excusé, Ulrich; et puis, je dois te le dire, j'aime les intendants, moi; c'est comme il faut un intendant!

Un sourire se dessina sur la figure de Tabernier.

— Voici ce dont il s'agit. D'abord je dois te prévenir que c'est une affaire qui doit te rapporter beaucoup d'argent.

— Cent mille francs!

— Plus que cela.

— Plus que cela! fit Augustine dont le visage se colora subitement.

— Pas tout de suite, pas tout de suite.

— Ah! combien tout de suite?

— Vingt mille.

— Ils sont là?

— Oui, dans le portefeuille de monsieur.

Elle jeta un long regard sur Tabernier.

— Ma chère amie, j'ai trente millions de fortune, je viens de le constater avec mon intendant; c'est à cela que vous devez attribuer ma présence un peu tardive à votre hôtel. Eh bien, savez-vous pourquoi je me suis livré à tous ces fastidieux calculs?

— Pourquoi?

— Pour pouvoir vous dire : Ma chère amie, ma fortune s'élève à un chiffre respectable de tant de millions, cette fortune est à vous!

— A moi! s'écria Augustine en fondant en larmes.

— Oui à vous, mais pourquoi pleurer, puisque je vous rends heureuse?

— Oh! tu es si bon, Ulrich, tu es si grand seigneur!

Tabernier sourit de nouveau.

— Cette fortune est à vous, c'est-à-dire que vous m'aiderez à la manger, que je vous ferai un lit de millions, mais à une condition.

— Une condition?

— Oui.

— Laquelle? fit Augustine dont les larmes se séchèrent à demi.

—Voici la chose; c'est un secret de famille que je vous confie. C'est un service que vous me rendrez, en même temps que vous obligerez une de mes parentes.

Il lui raconta qu'il avait une parente dont le tuteur contrariait les inclinations au point de s'opposer à son mariage avec un jeune homme qu'elle aimait avec passion : que ce tuteur féroce avait obtenu du conseil de famille qu'elle fût renfermée afin que ce mariage n'eût pas lieu.

— Conformément à l'article 468 du code civil, dit gravement Tabernier.

— Il s'agit de prendre sa place, de vous laisser enlever; ce qui sera d'autant plus facile que les ravisseurs ne connaissent pas personnellement celle qu'ils doivent enlever.

— Pour être enfermée où?

— Dans quelque riche couvent de Paris.

— Pour longtemps?

— Oh! pour un moins à peine : le temps de conclure le mariage projeté. Le prétendu, le vicomte de Sterley, n'a pas besoin de plus de temps pour se munir des papiers indispensables, qu'il a fait demander dans son pays natal.

— Et ce mariage étant fait, on me relâchera?

— Oui, car la fille sera émancipée; c'est-à-dire que le tuteur n'aura plus aucun droit sur elle et le mariage se fera.

— Conformément à l'article 476 du Code civil, fit sentencieusement Tabernier.

Augustine hocha la tête.

— Mais si on m'y laissait, par erreur? s'écria-t-elle.

— C'est impossible, le mariage sera no-tifié au tuteur : par cette notification, il verra qu'il aura été l'objet d'une mystification et il s'empressera de vous faire relâcher afin de n'avoir pas à supporter les frais de votre séquestration.

— Et puis, ma chère enfant, ajouta le marquis, ne serai-je pas le premier à réclamer votre liberté? N'aurai-je pas assez souffert de vous savoir captive et d'avoir été privé de vous voir pendant un long mois?

Tout en prononçant ces paroles, il l'embrassa tendrement.

— Captive! captive! murmura Augustine, captive pendant un mois! c'est bien long un mois!

— Faites cela pour moi, Augustine, je vous donne bien en retour, moi, ma fortune!

— J'accepte! que faut-il faire?

— A partir d'aujourd'hui vous prendrez le nom de ma parente, vous vous appellerez Gemma de Melos.

— Gemma de Mélos?

— Oui.

— Drôle de nom! il faut que je l'écrive sur mon calepin, afin de me le rappeler.

Pendant qu'elle écrivait le nom de Gemma de Mélos sur son calepin, Tabernier tirait de son portefeuille vingt billets de mille francs et les laissait tomber un à un sur la table.

— Vingt! fit-il d'une voix caverneuse, quand le dernier tomba de ses doigts.

— Vingt! pour un mois de prison! fit Augustine qui se mit aussitôt à les compter d'un air soucieux.

— Et une éternité de fêtes! s'écria le marquis.

La lorette lui sauta au cou, et le tint longtemps embrassé.

— Le temps presse, ma chère, dit de Bordes en s'arrachant à son ardente étreinte.

Elle le regarda. — Allons ! fit-elle, tiens, c'est drôle !

— Couvrez - vous de vêtements bien chauds, ajouta-t-il, nous allons vous emmener.

Elle ne fit pas une objection et sonna sa camériste.

— Julia, lui dit-elle, habillez-moi ; il faut que je sorte.

La camériste ouvrit de grands yeux, mais obéit.

Elle apporta une robe de velours, — car sa maîtresse était en peignoir — un manteau de fourrures, des bottines, un chapeau orné de plume noire, et une voilette de même couleur.

Pendant qu'Augustine s'habillait, de Bordes versa du punch à Tabernier, puis il en but lui-même une coupe pleine.

— Julia, dit Augustine à sa camériste, demain si je ne suis pas rentrée, vous irez chercher Mme Leroux, et vous la prierez de venir prendre ma place ici, et d'y attendre mon retour.

— Madame sera-t-elle absente longtemps ? hasarda la camériste, visiblement inquiète.

— Quelques jours peut-être, fit Augustine d'une voix brève.

L'on sortit du salon.

Pendant qu'on descendait l'escalier qui conduisait au rez-de-chaussée, Tabernier se pencha vers la lorette et lui dit à voix basse :

— Cette dame Leroux dont vous venez de parler, est-elle votre mère ?

Augustine haussa vivement les épaules.

— C'est une amie, dit-elle.

L'on monta dans le coupé qui, on le pense bien, stationnait à la porte, et le cocher saisissant les rênes, l'attelage partit au grand trot.

VIII

Les angoisses d'une âme dévote.

— Mon Dieu, ayez pitié de moi ! Seigneur, pardonnez-moi !

Mon Dieu, jetez un regard miséricordieux sur la faiblesse de votre servante !...

Qui faisait cette prière ? Qui se lamentait ainsi ?

Le lecteur le devine sans doute : c'était la vieille Arsinoë, duchesse de Cressères.

A genoux, au fond de son oratoire, les mains jointes, les yeux levés vers son grand crucifix, elle poussait de sourds gémissements, et versait des larmes.

— Elle est là, là, cette femme, disait-elle, ils viennent de l'amener, et c'est moi, moi qui l'ai introduite dans l'hôtel à l'insu de tous mes domestiques !

C'est moi qui l'ai conduite dans l'appartement qu'occupait Gemma de Mélos ; et, cette femme, il faut que je la livre à ceux qui viendront la demander, et que je leur dise, que je leur affirme qu'elle est Gemma de Mélos !

Seigneur, ayez pitié de moi ! mes iniquités deviennent aussi nombreuses que les grains de sable des rivages de l'Océan !

Mon neveu, n'est-il pas un impie ? celui qui le conseille, n'est-il pas un impie ? et moi, moi ta servante, je suis devenue leur instrument !

N'est-ce pas pour me tromper qu'ils m'ont dit : Ces hommes qui viendront chercher Gemma de Mélos sont des Chevaliers du Crucifix, c'est-à-dire des malfaiteurs ?

Mais en même temps ils affirment que

ces Chevaliers sont des prêtres, des jésuites, tes plus dévoués, tes plus respectables serviteurs, tes plus augustes représentants sur la terre, ô mon Dieu!

Infamie! sacrilège!!!... Oh!...

Elle poussa un cri rauque.

— Oui, je suis une infâme, une sacrilège, moi, Arsinoë, duchesse de Cressères! grinça-t-elle; je suis une fange, une honte. J'ai souillé mon blason, je me damne! je suis perdue! perdue! perdue! Ah!... perdue!...

Elle poussa un cri lamentable et tomba le front contre le parquet; et, la face bouleversée, les yeux hagards, elle se tordit en proie à d'épouvantables convulsions.

De temps à autre, un cri sourd s'échappait de sa gorge; on eût dit qu'elle râlait!

Ses mains crispées lacéraient la moquette qui recouvrait le parquet, et de temps à autre elle la mordait à belles dents.

Cette scène hideuse était éclairée par une petite lampe, placée à l'autre extrémité de l'oratoire, et dont la clarté sépulcrale jetait sur les objets un rayonnement vague et terne, dessinant çà et là comme des groupes de spectres, des masses confuses d'ombres.

La vieille Arsinoë était à demi enfouie sous une de ces masses noires.

Tout à coup elle cessa de s'agiter et de se tordre; aucun cri ne sortit plus de sa bouche, le bruit même de sa respiration cessa de se faire entendre; elle resta étendue dans une complète immobilité, on l'eût prise pour un cadavre : était-elle morte?

Le jour vint, lent, gris, terne; jour d'hiver.

Les ombres disparurent par degré; une lumière remplit l'oratoire, presque aussi pâle que celle de la lampe.

La duchesse, toujours étendue sur le tapis, faisait une tache sombre dans un coin.

Un bruit de pas se fit entendre.

On marchait dans la pièce voisine, mais discrètement, presque furtivement.

Il y eut un bourdonnement de voix, puis le silence.

Ces pas se rapprochaient; on venait dans l'oratoire.

Un domestique eût-il marché ainsi? Était-ce un visiteur?

La porte s'ouvrit sans bruit; et la figure sèche, longue, osseuse, blême du confesseur de la duchesse parut, puis le reste de sa personne émergea à son tour.

Ses regards plongèrent dans les profondeurs de l'oratoire qu'éclairaient vaguement les rayons ternes et blafards du jour naissant.

Il n'aperçut pas de prime abord sa pénitente, et sa figure exprima une grande surprise.

On lui avait dit que la duchesse avait passé la nuit dans son oratoire et qu'elle s'y trouvait encore.

Tout à coup il fit un soubresaut; ses yeux s'habituant à la demi-obscurité qui régnait dans l'oratoire, il venait d'apercevoir la duchesse gisant sur le parquet.

Une exclamation sourde s'échappa de sa gorge; il courut à elle.

La vieille Arsinoë était toujours sans mouvement; ses yeux étaient fermés, et son visage avait la pâleur de celui d'une morte.

— Est-il possible qu'elle ait cessé de vivre! s'écria-t-il. C'est que ça ne ferait pas mon affaire! ajouta-t-il.

Il se pencha vivement, sa main se porta sur la poitrine de la duchesse, mais elle ne fit d'abord que l'effleurer, la crainte d'être vu le saisit; il releva la tête, jeta ses regards de tous côtés, puis bien convaincu qu'il était seul et que personne ne pouvait le voir, sa main se posa résolument sur le cœur de la duchesse.

Il battait, mais si faiblement qu'on eût pu

le croire arrivé à ses dernières pulsations, à celles qui précèdent la mort.

Il la souleva et la prenant dans ses bras, il la porta dans un grand fauteuil.

— Elle n'est peut-être qu'évanouie, se dit-il.

Tout près de là était un bénitier; il y courut, il était plein jusqu'aux bords. Faisant de ses deux mains juxtaposées une coupe, il les remplit et revint auprès de la duchesse, au visage de laquelle il en jeta le contenu.

La vieille Arsinoë reçut cette première ablution sans que les muscles de son visage eussent trahi le moindre sentiment de sensibilité; une seconde, puis une troisième ne produisirent pas plus d'effet; à la quatrième pourtant elle fit un léger mouvement; puis sa tête oscilla de droite à gauche; son bras se souleva, mais pour retomber aussitôt presque inerte sur le bras du fauteuil. Tout à coup sa poitrine se souleva, la respiration lui revenait; c'était la vie qui reprenait son cours; ses yeux s'ouvrirent.

Elle regarda le prêtre d'un air effaré.

Puis se sentant mouillée, elle poussa un cri [et se leva précipitamment.

— Dans quel état je suis! grand Dieu! s'écria-t-elle, à la vue de ses vêtements ruisselants d'eau.

— C'est de l'eau bénite, ma sœur, fit gravement le père Béraud.

— Ah!

— L'eau bénite n'incommode pas.

La vieille Arsinoë frissonna, elle était glacée; mais elle ne souffla mot.

Tout à coup elle porta la main à son front, comme si elle eût fait des efforts pour rappeler ses souvenirs.

— Que m'est-il donc arrivé? exclama-t-elle.

— Je l'ignore, ma sœur; probablement vous aurez eu une défaillance à la suite d'une nuit de prières.

— Ah! je me rappelle! Oui, je me suis fatiguée.

Elle mentait.

Son visage se colora légèrement; c'était un péché nouveau qu'elle ajoutait aux autres... Sa conscience de dévote criait encore.

Le père Béraud la regardait fixement.

— Ma sœur, vous pouvez être une sainte, lui dit-il.

Elle le regarda comme si elle eût pris ses paroles pour une ironie cruelle.

— Que faut-il que je fasse, mon père, pour y arriver?

— Avoir une confiance absolue en Dieu.

— Manqué-je donc de confiance en Dieu?

— Quand je dis confiance en Dieu, cela veut dire en moi, qui suis son représentant, son ministre.

— Ai-je donc manqué de confiance en vous, mon père?

Le père Béraud lui jeta un regard acéré, comme la pointe d'un stylet.

— Votre confiance en moi n'a pas été absolue, ma sœur, et je vais vous dire en quoi.

La duchesse soupira et ne répliqua pas.

— Il y avait dans votre famille quelque chose de caché...

— Quelque chose de caché? murmura Arsinoë.

— Un secret.

— Un secret?

— Secret de famille, si vous voulez, mais dont la révélation eût fait le plus grand bien à la religion.

La duchesse baissa la tête comme une coupable; mais elle leva les yeux vers le plafond, comme pour prier Dieu une dernière fois de vouloir bien lui permettre de se dévouer encore aux intérêts de son neveu, et de regarder d'un œil indulgent les nouveaux péchés qu'elle allait être forcée de commettre.

Gemma à Neuilly.

— Vous savez de quoi je veux parler, ma sœur ?

— Oui, fit-elle d'une voix si faible, que le père Béraud l'entendit à peine.

— Cette Gemma de Mélos était destinée à devenir l'épouse du Christ.

— Je l'ignorais, mon père.

— Je viens la réclamer, au nom du Christ.

— Je ne vous la refuse pas.

— Où est-elle ?

— Ici.

— Je veux la voir à l'instant.

— Soit !

Arsinoë se leva.

— Suivez-moi, mon père, dit-elle; puis elle frissonna, elle avait froid; ses dents claquaient.

— Mais auparavant, ajouta-t-elle, il faut que j'appelle ma camériste pour qu'elle me donne une autre robe, celle que j'ai est trop mouillée et me glace; je vais m'enrhumer, mon père.

— L'eau bénite n'enrhume pas. Cette eau sainte est salutaire au corps; hâtons-nous, ma sœur; le Christ réclame celle qui doit être son épouse, et l'on doit obéir au Christ.

La duchesse leva de nouveau les yeux vers le plafond de l'oratoire, comme pour offrir à Dieu en expiation des péchés qu'elle allait commettre le rhume ou la fluxion de poitrine auxquels elle s'exposait.

Le père Béraud avait l'air grave et impérieux.

Elle sortit avec lui.

— Cette jeune personne, lui dit-elle à voix basse, se trouve dans le pavillon du jardin ; je vais vous conduire auprès d'elle.

En arrivant dans les appartements que Gemma venait de quitter, Augustine avait pris un bougeoir et s'était mise à les visiter.

Quand elle eut tout vu, tout examiné, elle se renferma dans la chambre à coucher. Il s'y trouvait un bon feu, près du feu une chaise longue, elle s'y étendit et se mit à rêver au rôle qu'elle était appelée à jouer.

Il est bien entendu que pendant son trajet de son hôtel de la rue de la Tour-d'Auvergne à celui de la duchesse de Cressères, Tabernier et le marquis n'avaient pas manqué de lui expliquer ce rôle dans tous ses détails.

— En voilà des farceurs ! se disait-elle en pensant à Ulrich de Bordes et à Tabernier ; c'est égal, je tiens vingt mille francs, et après, j'avalerai les millions de mon marquis, comme j'avalerais le contenu d'une huître ! Trente jours de captivité et avec tous les soins et tous les honneurs dus à mon rang, — dame ! je joue le rôle d'une baronne ! — Il n'y a vraiment pas de quoi se désoler beaucoup, et puis, ma foi, le gros B... et le vieux G... — elle pensait à ces deux rentiers qui venaient la voir quelquefois — en prendront leur parti, et ils ne me trouveront que plus charmante à mon retour.

Elle partit ensuite d'un grand éclat de rire.

Un bruit de pas se fit entendre dans la pièce voisine, puis l'on frappa à sa porte.

— Déjà la danse ! fit-elle gaiement, en se levant d'un bond pour aller ouvrir.

Elle se trouva, en ouvrant la porte, face à face avec la duchesse et son directeur pirituel.

Le père Béraud jeta sur elle un regard, puis baissa les yeux d'un air modeste et recueilli.

— Ma chère amie, fit la vieille Arsinoë, je vous amène un saint homme, qui vous donnera de très bons conseils et vous rendra de grands services dans la triste situation où vous êtes.

Augustine reprit sa place sur la chaise longue, et fixa ses yeux sur le parquet, froide et immobile comme si elle eût été de marbre.

— C'est bien mademoiselle que l'on appelle Gemma de Mélos ? demanda le père Béraud à la duchesse,

— C'est elle, mon père, répondit celle-ci.

S'adressant ensuite à Augustine, il ajouta :

— Dieu est bon et miséricordieux, mon enfant, mettez en lui toute votre confiance ; nous vous conduirons dans une de ces maisons où le Seigneur règne en maître, et où les bruits mondains ne pénètrent pas ; c'est là que les âmes connaissent enfin la paix véritable et goûtent le repos sans avoir à craindre de nouveaux orages.

Augustine ne fit pas un mouvement ; pas un muscle de son visage ne tressaillit.

L'œil du père Béraud jeta un éclair, et un nuage rapide passa sur son front.

Il tourna le dos à la jeune fille, en faisant un signe à la duchesse.

Celle-ci se pencha à l'oreille d'Augustine.

— Ce saint homme vous veut du bien, lui dit-elle à voix basse ; dans l'asile où il vous conduira vous serez très bien accueillie, vous ne manquerez de rien, et vous serez traitée comme une reine.

Augustine haussa les épaules.

Quand il furent sortis, le père Béraud et

la duchesse s'entretinrent quelque temps à voix basse.

Il est bien entendu que tout ce que le Chevalier du Crucifix demanda à la vieille Arsinoë, lui fut accordé.

Il fut convenu entre eux que la jeune fille serait conduite, dans la matinée, au couvent des Théatines de Passy.

En prenant congé de la duchesse, le père Béraud lui dit en la saluant jusqu'à terre :

— Ma sœur, vous avez gagné aujourd'hui cent mille années d'indulgence, pour le service que vous venez de rendre à Dieu et à la sainte Église catholique, apostolique et romaine.

Un sourire triste plissa le visage parcheminé de la vieille Arsinoë.

Elle regarda son directeur spirituel s'éloigner, traverser le jardin, puis sortir de l'hôtel et disparaître ; elle regagna ensuite ses appartements.

— Des indulgences ! des indulgences, que Dieu ne ratifie pas ! murmurait-elle, d'une voix sépulcrale.

Une heure après un coupé s'arrêtait à la porte de l'hôtel.

Il en descendit une dame et un monsieur.

La dame était la baronne de Berny ; le monsieur, le marquis Ulrich de Bordes.

Comme on le pense bien, la jeune femme ne venait pas pour satisfaire un sentiment de curiosité ou de jalousie ; elle savait très bien que le père Béraud avait dû venir vérifier l'exactitude des affirmations du marquis, et puis elle se souciait si peu de connaître ou de voir les maîtresses d'un homme qu'elle n'aimait pas le moins du monde !

Mais si elle n'était pas jalouse, elle tenait à faire croire au marquis qu'elle l'était, afin de l'entretenir dans cette idée qu'elle l'aimait et qu'il ne se doutât pas que toutes les protestations d'amour qu'elle lui avait pro-

diguées, toutes ses caresses, n'étaient que de la comédie, faite uniquement dans le but de lui arracher un secret qu'il lui importait de connaître, ce qui eût pu le conduire à en chercher le motif ; or la règle des Chevaliers du Crucifix est de ne jamais s'exposer à livrer à des investigations indiscrètes les manœuvres mystérieuses qui sont le fond de leur conduite vis-à-vis des autres hommes.

Elle était donc venue, la prudente baronne, malgré le froid, malgré l'heure matinale.

Le marquis lui prit le bras en souriant dès qu'ils eurent franchi la porte de l'hôtel et la conduisit d'un pas rapide auprès de sa tante.

Arsinoë, après avoir changé de vêtements, s'était renfermée dans sa chambre ; là, assise près d'un bon feu, elle récitait force chapelets.

Quand on lui annonça la baronne elle ne put nullement surprise ; le marquis, en effet, l'avait prévenue de sa visite, en lui amenant Augustine.

Elle fut pour elle d'une grande amabilité.

Mais quand elle lui apprit le but de sa visite, elle simula une extrême fureur.

Le marquis fit des efforts inouïs pour la calmer, mais il n'y parvint qu'à grand peine.

La Zogler souriait finement, elle n'ignorait pas que celle qu'elle croyait être Gemma de Mélos allait être livrée au père Béraud.

— C'est un mariage que je mitonnais à mon neveu, madame, fit Arsinoë, et je ne suis on ne peut plus affligée qu'il le dise partout, quand une simple indiscrétion pourrait faire manquer l'affaire. Ulrich est un grand enfant ; je sais bien qu'une indiscrétion n'est pas à redouter de vous, du moment que vous savez qu'elle pourrait lui nuire.

— Oh! je suis trop son amie, madame la duchesse ; du reste il suffit que je sache que ce serait un ennui pour vous pour que je sois discrète comme une morte.

— Je vous crois, et je vous en remercie.

Venez, madame, ajouta Arsinoë.

Elle la conduisit auprès d'Augustine.

Quant au marquis, il resta dans la chambre de sa tante.

Elles revinrent un petit quart d'heure après.

— Elle est charmante! fit la Zogler, en regardant le marquis en souriant.

— Vous trouvez, baronne? dit celui-ci en continuant tranquillement de fumer une cigarette qu'il venait d'allumer.

— Elle est jolie, certes, très jolie même, et je félicite madame la duchesse d'avoir trouvé pour monsieur son neveu une si charmante personne.

Arsinoë s'inclina.

— Elle est jolie, dites-vous; eh bien, monsieur le marquis n'a pas l'air d'y tenir beaucoup !

— Comment donc, ma tante! fit celui-ci affectant le plus naïf étonnement.

— Oui, oui, Ulrich, vous êtes un ingrat, un détestable neveu, et je ne crains pas de le dire hautement devant madame la baronne.

— Heureusement, ma tante, que vous savez combien je vous aime, fit le marquis en se levant vivement et en l'embrassant.

La Zogler riait.

— Pardonnez-moi, car j'ai été bien indiscrète, madame la duchesse, fit-elle en prenant congé d'Arsinoë,

Celle-ci était redevenue souriante.

Elle les accompagna jusqu'à la porte de l'hôtel.

Il n'y avait pas cinq minutes qu'ils étaient partis que le père Béraud revint.

Il était simplement en fiacre ; un monsieur l'accompagnait,

Ce monsieur était le père Civette,

Le chef de la police des Chevaliers du Crucifix avait tenu à conduire lui-même au couvent des Théatines de Passy celle qu'il croyait être la fille de feu le richissime baron de Mélos.)

La vieille Arsinoë s'empressa de les conduire dans le pavillon du fond du jardin.

Le père Civette regarda longtemps Augustine.

Celle-ci, les yeux baissés, impassible, affectait la plus entière résignation.

— C'est bien à la fille de feu le baron de Mélos que j'ai l'honneur de parler? fit le père Civette.

Augustine ne répondit pas.

— Ne craignez rien, mademoiselle, je suis votre ami, l'ami de votre illustre famille.

Même silence d'Augustine.

Le Chevalier du Crucifix haussa vivement les épaules et d'un air de colère.

La vieille Arsinoë s'approcha de lui et lui parla quelque temps à voix basse.

Elle lui dit que depuis plusieurs jours la jeune fille se renfermait dans un mutisme absolu, et paraissait voir avec l'indifférence la plus complète tout ce qui se passait autour d'elle.

Le père Civette sourit.

— Mademoiselle, dit-il en se tournant vers la prétendue Gemma, vous avez des ennemis puissants, mais, à partir de ce jour, vous êtes sous notre protection qui est bien autrement puissante, et vous n'aurez désormais plus rien à craindre d'eux.

Augustine ne sortit pas de son mutisme.

— Nous vous rendrons Georges Bernard.

Aucune fibre de son visage ne tressaillit, aucun son ne sortit de sa bouche.

— Vous l'aimez bien, n'est-ce pas, ce Georges Bernard ?

Pas de réponse.

— Il n'est pas mort comme on l'avait cru, nous savons même où il est.

Augustine ne broncha pas.

— Demain ou après-demain au plus tard il vous sera rendu.

On eût pu croire qu'il parlait à une statue de pierre.

— C'est étrange ! murmura le chef de la police des Chevaliers du Crucifix.

— Ce sont ses souffrances qui l'ont rendue ainsi, la pauvre fille, fit la vieille Arsinoë.

— Le Seigneur est si miséricordieux, qu'il délie la langue même aux muets, dit le père Civette.

Il prit ensuite le père Béraud à part.

Ils eurent ensemble, à voix basse, une discussion assez animée.

De temps en temps le directeur spirituel de la vieille Arsinoë jetait sur elle un regard furtif.

Au moment de quitter le coin du salon où il discutait avec Civette, il dit à ce dernier :

— Je vous jure, monseigneur, que cette jeune personne est bien la fille du baron de Mélos.

— Elle me fait un drôle d'effet ; enfin, nous verrons bien, fit-il, d'une voix basse et rapide.

— Mademoiselle, dit-il à la jeune fille, en revenant vivement à elle, voulez-vous nous suivre dans l'asile, que Dieu, dans sa bonté, vous a choisi pour vous soustraire à vos ennemis, et assurer votre bonheur en vous conservant pure et libre, pour votre bien-aimé Georges Bernard ?

— Oui, fit Augustine, d'une voix faible et sifflante.

La vieille Arsinoë la regarda avec une sorte d'admiration.

— Comme elle joue bien ! pensa-t-elle.

Le père Civette se dérida tout à fait.

L'on quitta le pavillon.

Augustine, couverte de fourrures et donnant le bras à la duchesse, suivit le père Civette et le père Béraud jusqu'à la voiture, où elle monta avec eux, puis l'on partit, au petit trot d'un cheval de fiacre, pour le couvent des Théatines.

En entrant dans la cour de son hôtel après avoir embrassé la lorette, la vieille Arsinoë leva les yeux vers le ciel :

— Mon Dieu, mon Dieu, pardonnez-moi ! murmura-t-elle ; mes péchés deviennent plus nombreux que les grains de sable des rivages de la mer.

IX

Le couvent des Théatines.

Le couvent des Théatines était situé à Passy, la petite ville aristocratique et rêveuse, englobée dans la grande cité parisienne.

Ce couvent n'avait pas l'aspect sévère de ceux du moyen âge ; c'était un bâtiment coquet, construit en briques rouges, enfoui au fond d'un immense jardin rempli d'arbres, d'arbustes, de bosquets, de petits lacs, avec des jets d'eau et des cygnes ; c'était ravissant.

Le bâtiment était adossé au bois, dont les vieux chênes projetaient jusque sur son toit leurs rameaux.

Nous n'en ferons pas une description complète, de crainte de fatiguer nos lecteurs. Disons seulement que ce cloître et ses dépendances étaient entourés d'un mur de trois mètres de hauteur environ ; ce mur était tapissé de lierre et d'espaliers.

La porte d'entrée se composait d'une grille de fer forgé, d'un très beau travail : on y voyait sur un petit écusson un T majuscule et une croix entrelacés.

Un pavillon était attenant à la porte ; c'était là que se tenait la sœur tourière.

Cette tourière était une femme petite, grasse, au visage placide, à l'œil d'un bleu pâle, au regard plus farouche que pudique, résumant assez dans sa personne le type de la religieuse vulgaire.

Quand la voiture qui amenait le père Civette, Augustine et le directeur spirituel de la duchesse s'arrêta devant la porte, elle ouvrit un judas, et son regard enveloppa le véhicule populaire, en même temps qu'une nuance de dédain se peignait sur ses traits.

— Sainte vierge Marie ! Qu'est-ce que cela ? murmura-t-elle.

Cette expression s'effaça vite pour faire place à un sourire.

Elle venait d'apercevoir le père Civette qu'elle connaissait sans doute, car elle lui fit un petit signe de tête amical et ouvrit la porte.

Le chef de la police des Chevaliers du Crucifix, après avoir payé le cocher, qui repartit aussitôt, introduisit dans le monastère Augustine et le père Béraud.

— Je vous amène une pensionnaire, sœur Thérèse, dit-il à la tourière.

— Bénis soient Jésus et Marie ! fit celle-ci ; puis elle se signa, et sourit.

On traversa le jardin, et on pénétra dans le couvent.

La supérieure, sœur Euphémie, conduisit Augustine à sa cellule, pendant que Civette et le père Béraud s'attablaient au réfectoire, où elle leur avait fait servir deux bouteilles de Zucco, et différentes pâtisseries en attendant le déjeuner, qui avait lieu à midi ; or il était onze heures.

Les cellules étaient de très jolies chambrettes, assez grandes, contenant un lit, un prie-Dieu, un fauteuil, deux chaises et une petite table en acajou.

Sur la cheminée il y avait une pendule, et au-dessus de la pendule un grand crucifix de bois noir accroché à la muraille.

Un tapis épais couvrait le parquet.

On ne voyait nulle part ce fameux fouet devenu légendaire, avec lequel on se donne, dit-on, la discipline.

De la fenêtre de la cellule, on avait vue sur une grande cour circulaire, plantée de tilleuls.

Le couvent des Théatines était très riche ; il renfermait une soixantaine de religieuses, qui toutes appartenaient aux hautes classes de la société ; du reste on n'y admettait pas de femmes du peuple.

Augustine s'assit sur le fauteuil, regarda autour d'elle, et parut assez satisfaite de ce qu'elle voyait.

— Je peux bien vivre trente jours dans cette prison, pour avoir le droit de manger ensuite les millions du marquis, pensa-t-elle.

— Nous laissons derrière nous en entrant ici, ma sœur, lui dit la supérieure, toutes les douceurs de l'opulence ; aussi nous pouvons appeler ce que nous trouvons ici, la pauvreté, presque le dénûment ; mais il faut souffrir pour le seigneur ; on ne gagne pas le ciel sans faire des sacrifices...

Laissons la supérieure continuer son speach à sa nouvelle pensionnaire, chose qui ne peut guère intéresser nos lecteurs et retournons au réfectoire.

Nous y retrouvons Civette et le père Béraud sirotant le vin de Sicile et mangeant des friandises en attendant le déjeuner.

Le directeur spirituel de la duchesse de Cressères était radieux, le chef de la police des Chevaliers du Crucifix était légèrement songeur, presque soucieux.

Ce n'était pas qu'il ne trouvât le vin bon et les pâtisseries de sœur Euphémie excellentes ; au contraire, il buvait le vin par petites gorgées et avec délices ; et en homme qui rendait justice au goût exquis des friandises monacales, il en absorbait une quantité fort raisonnable.

Son compagnon fut frappé de son air préoccupé.

— Monseigneur, lui dit-il en remplissant son verre, voilà un petit zucco qui ferait rire une âme aux portes mêmes du purgatoire.

— Vous croyez ?

— Si je le crois ! mais j'en suis sûr : Satan lui-même n'envierait rien aux bienheureux, et préférerait son enfer au paradis, s'il lui était donné d'en boire. Pourtant il ne vous déride guère.

— Suis-je donc triste ?

— Vous paraissez soucieux, monseigneur.

— Je le suis en effet peut-être un peu, je vais vous en dire la raison ; j'ai tort sans doute, mais on n'est pas maître de ses impressions ; je m'explique : Cette jeune fille que nous venons d'amener ici, comme étant la fille du baron de Mélos, ne répond pas à l'idée que je m'étais faite d'elle. Que voulez-vous ! je m'attendais à l'entendre crier, gémir, même à lui voir faire de la résistance ; je croyais qu'en lui parlant de son Georges Bernard, quelque chose vibrerait en elle ; je pensai qu'en lui promettant de le lui rendre, elle nous gratifierait au moins d'un regard de reconnaissance, sinon d'une parole de remerciement, pas du tout ! elle est restée insensible et muette ! Voilà ce qui m'a frappé.

— C'est cependant bien Gemma de Mélos, monseigneur.

— Je vous crois ; comment en effet supposer qu'elle ne la soit pas !

— Je connais l'âme de la duchesse, ma pénitente, monseigneur, et j'affirme qu'elle ne m'a pas trompé.

Le père Civette sourit.

— J'étudie, moi, les hommes et les femmes en général ; cela vaut peut-être mieux pour s'éclairer sur la duplicité humaine, que d'étudier, serait-ce à fond, l'âme d'une duchesse, cette duchesse fût-elle votre pénitente.

— Monseigneur connaît sans doute beaucoup le cœur humain ; mais il n'ignore pas qu'il y a longtemps que je confesse.

— Aussi vous ai-je dit tout de suite que j'avais tort ; pourtant...

— Ah ! c'est bien elle, monseigneur, c'est bien cette héritière qui possède des millions par centaines ; c'est bien cette riche proie dont nous avions un si ardent désir de nous emparer !

— J'ai tort, oui, je dois avoir tort.

— Et puis, songez donc à la bêtise énorme de ce marquis !

— Oui, il est d'une bêtise colossale ; et cela doit suffire à me faire triompher de mes impressions.

— Et puis aurait-il eu le temps de penser à faire une substitution de personnes ? il est sorti de chez Mme Zogler fort tard dans la nuit.

— Il a quitté la baronne à quatre heures du matin.

— Eh bien, j'étais chez la duchesse à six heures !

— Que faisait-elle ? Etait-elle couchée ?

— Elle était étendue évanouie sur le parquet de son oratoire.

— Ah ! fit Civette devenu tout à coup très attentif, elle était évanouie ?

— Oui.

— Comment vous expliquez-vous cela ?

— Dame ! les domestiques disent qu'elle a passé la nuit à prier, c'est sans doute la fatigue résultant de l'insomnie et des mouvements éjaculatoires chez une personne âgée, très pieuse et très impressionnable, qui aura produit cet évanouissement.

— Dans le milieu de la nuit, un personnage coiffé d'un chapeau à larges bords est venu chercher le marquis à l'hôtel de Berny, fit Civette comme se parlant à lui-même.

— Il avait donc quelque chose de bien pressant à lui communiquer ?

— Je l'ignore.

— Quel est cet homme ? monseigneur.

— Je n'en sais rien.

— A-t-il pu voir le marquis ?

— Non : la consigne avait été donnée de dire qu'il n'était pas à l'hôtel.

— Et cette consigne ?

— A été rigoureusement observée.

— Et l'homme a dû s'en aller comme il était venu, sans avoir pu approcher du marquis ?

— Certainement, et il est parti ; c'est-à-dire qu'il s'est trouvé dans la rue avec un de mes espions.

— L'espion l'a-t-il suivi ?

— Vous comprenez bien que c'était son devoir de le suivre ; puisqu'il avait l'ordre de me dire le nom, la qualité et l'adresse de toutes les personnes qui viendraient demander M. de Bordes.

— Et ce nom, et cette adresse ?

— Il les a eus.

— Eh bien, monseigneur, que demandez-vous de plus ? il me semble que vous devez le connaître ?

— Ce nom et cette adresse sont faux, j'en suis convaincu.

— Vous vous en êtes assuré ?

— Certainement, d'abord il s'est dit Espagnol.

— Il a donc parlé à notre agent ?

— Oui, il a dit qu'il était Espagnol, qu'il s'appelait Gusman de Sarvédra ; qu'il de-

meurait rue de la Barranca, 10, à Madrid.

— Eh bien ? monseigneur.

— Chose étrange ! il avait le scapulaire.

— Pas possible !

— Il l'a montré à mon agent ; eh bien, malgré le scapulaire, l'adresse et le nom, je suis convaincu que c'est un fourbe.

— Comment cela ?

— J'oubliais de vous dire qu'il avait chargé mon agent de m'annoncer sa visite pour ce matin.

— A vous ? monseigneur.

— Oui, à moi.

— Rue d'Ulm. 3 ?

— Oui, rue d'Ulm.

— Et il n'y est pas allé ?

— Il n'y est pas venu ; bien plus, il n'y viendra pas.

— Il a pu y aller en votre absence ?

— Il n'y est pas allé, j'en suis sûr, et il n'ira pas, vous dis-je. Mon espion est un niais de s'être laissé jouer par lui ; ah ! si jamais homme devait être filé, c'est bien celui-là.

En prononçant ces paroles, Civette parut en proie à la plus vive colère.

— Qu'est-ce qui vous fait donc supposer que cet homme soit un fourbe ?

— Tout ! tout ! s'écria Civette pâle de rage, tout ! D'abord j'ai consulté la liste des Espagnols affiliés à notre sainte société, et son nom n'est pas dessus.

— Vous auriez eu le temps de feuilleter cette liste ? monseigneur.

— Oui.

— Une liste de plusieurs millions de noms.

— Il y en a plusieurs millions en effet : la catholique Espagne compte quinze millions deux cent mille trois cent vingt-deux affiliés : tous ces noms étant classés par ordre alphabétique, il ne faut pas plus d'une heure pour en trouver un.

Le chef de la police helvétique.

— Ah !

— Eh bien, non seulement Gusman de Sarvédra n'est pas sur la liste, mais il n'y a même pas un seul affilié de ce nom-là.

— C'est peut-être un affilié nouveau ?

— Je crois plutôt que c'est un faux Espagnol qui s'est fabriqué un nom ; car si ce nom existait en Espagne, il se trouverait bien un individu sur les quinze millions deux cent mille trois cent vingt-deux de ma liste qui le porterait.

— Alors, c'est un traître, puisqu'il avait le scapulaire.

— Assurément, c'est un traître !

En ce moment sœur Euphémie parut.

— Messeigneurs, dit-elle, le déjeuner est prêt.

Civette et Béraud se levèrent.

— Permettez-moi de vous féliciter, ma sœur, fit le premier en prenant le bras de la supérieure, votre zucco est vraiment une liqueur séraphique.

— Et vos pâtisseries, dit le second, sont certainement une nourriture céleste.

— Vous me comblez, messeigneurs, fit' sœur Euphémie en s'inclinant.

Puis elle posa le doigt sur un bouton à peine visible dans la tapisserie qui couvrait la muraille, et une porte s'ouvrit.

Une sorte de petit boudoir, réduit charmant, splendidement meublé, et dans lequel on voyait une table, sur laquelle trois couverts étaient mis, se montra à leurs regards.

— Veuillez entrer, messeigneurs, fit la sœur en abandonnant le bras de son hôte.

— Quand Civette et le père Béraud furent entrés dans cette singulière et coquette salle à manger, elle y pénétra à son tour et en referma la porte.

— Messeigneurs, leur dit-elle, comme vous ne m'avez pas prévenue de votre visite, je n'aurai que bien peu de choses à vous offrir ; mais croyez bien que ce peu de choses, je vous l'offre avec empressement et cordialité.

Le chef de la police des Chevaliers du Crucifix lui prit vivement la main et la baisa ; le directeur spirituel de la duchesse de Cressères, n'osant pas baiser la main, baisa la robe.

— Ma sœur, s'écria Civette en joignant les mains, et en levant les yeux au plafond, soyez bénie et mille fois bénie dans le Seigneur !

— Amen ! fit le père Bérard.

— Qu'avez-vous fait de la jeune fille ? ma sœur, dit Civette en prenant place à table.

— Je l'ai confiée à la sœur Trophime, monseigneur.

— Qu'est-ce donc que la sœur Trophime ?

— C'est celle qui est chargée des novices.

— Ah ! j'oubliais de vous dire une chose, essentielle pourtant, c'est que cette Gemma de Mélos n'est pas chrétienne.

— Pas chrétienne ! s'écria la supérieure en sautant sur sa chaise de surprise.

— Fille d'un libre penseur, elle n'a pas été baptisée.

— Eh bien, nous la ferons baptiser !

— C'est une fille altière.

— Je le crois, monseigneur, mais elle se pliera comme les autres à la règle, je vous en réponds.

— L'avez-vous fait sortir de son mutisme ?

— Non, monseigneur.

— A-t-elle manifesté quelque sentiment, par un signe, par un geste, par l'expression de sa figure ?

— Non, monseigneur ; elle est restée très indifférente à tout ce qu'on lui a dit, et à tout ce qu'elle a vu.

— Je suis convaincu que vous en viendrez à bout.

— Avec de la patience et la grâce du Seigneur, on parvient toujours à obtenir la soumission des âmes les plus farouches.

— Les intérêts de la religion veulent qu'elle soit l'épouse du Christ, qu'elle y consente ou non.

— Elle la sera, monseigneur.

— Quel mérite vous acquerrez auprès de Dieu, ma sœur, par la conversion de cette infidèle ! fit le père Béraud, qui avalait en ce moment la dernière cuillerée d'un succulent potage.

— Béraud, s'écria le père Civette, versez-moi de ce vin de Montrevel, cette liqueur rose aux reflets d'or, qu'on croirait apportée ici-bas par les anges, pour la consolation des pauvres mortels ; et vous, ma sœur, veuillez me servir une de ces fines cailles d'Italie, qui me paraissent vraiment faites pour réjouir le cœur des vrais serviteurs de Dieu.

— Messeigneurs, je vais vous faire une surprise, s'écria sœur Euphémie.

— Laquelle? ma sœur, fit le père Civette.

— Je vais avoir l'honneur de vous offrir des nids d'hirondelles ; nous en avons reçu ce matin une caisse que le père Hurdon, missionnaire, nous envoie de Chine. C'est un mets que Sa Sainteté le pape préfère à tout autre.

— Et il doit être préférable à tout autre, ma sœur, dit Civette, si le pape le préfère; car le saint-père est infaillible. Béraud, faites-moi donc passer ces laitances de dorades à la sauce câpre, et versez-moi une goutte de vin de Chypre pour les arroser.

Le père Béraud passa les laitances de dorades, et versa le vin de Chypre.

— A quelle sauce, ma sœur, poursuivit-il, nous servirez-vous ces fameux nids d'hirondelles?

— C'est une sauce qui nous vient de Rome !

— Certes, c'est vraiment une surprise. ce mets merveilleux! Aussi j'insiste très fortement pour en connaître la sauce et le nom qu'elle porte.

— Cette sauce, dont on dit infiniment de bien, s'appelle sauce vaticane.

— C'est donc au Vatican qu'elle aurait été trouvée?

— Précisément, et c'est feu le cardinal Antonelli qui passe pour en être l'inventeur ; mais comme Sa Sainteté Pie IX et le cardinal vivaient dans la plus grande intimité, que celui-ci ne faisait rien sans consulter cet auguste représentant de Dieu sur terre, on croit qu'il est de toute justice de leur attribuer à chacun par moitié l'honneur de cette précieuse découverte.

— Vous êtes dans le sentier de la vérité, ma sœur.

La sœur Euphémie leva les yeux sur le père Civette, dont le regard plein de flammes allumées sans doute par le vin de Chypre, de Montrevel et de Zucco, croisa le sien, comme la lame brillante d'un glaive.

Elle pâlit et baissa pudiquement les yeux.

— Et moi, s'écria le père Béraud, j'aspire avec ardeur au moment béni où il me sera donné de savourer ce mets, à la confection duquel le Saint-Esprit a dû certainement collaborer, puisque le Saint-Esprit réside dans la personne de notre saint-père le pape; et j'en mangerai avec d'autant plus d'appétit qu'il nous est offert par notre chère sœur qui est une sainte.

Le père Civette jeta un regard sur le directeur spirituel de la duchesse de Cressères, mais celui-ci, sans paraître y prendre garde, puisait avec un recueillement profond, dans une petite soupière en argent massif, une sorte de hachis fait de foies de perdrix, de chairs d'ortolans, et de blancs de poulardes de Bresse, enrichi d'une sauce aux olives mélangées d'ananas.

Le chef de la police des Chevaliers du Crucifix sourit, et jeta un nouveau regard sur la supérieure qui, absorbée sans doute par ses pensées, ne releva pas les yeux.

— A propos, monseigneur, fit tout à coup le père Béraud, il court depuis quelques jours un bruit étrange : on dit que Sa Grandeur monseigneur Vétoni a disparu.

— Oui, hélas ! ce n'est malheureusement que trop vrai! le père Vétoni, un des chefs éminents de notre société, a en effet disparu.

— On dit que cette disparition date du jour de la grande assemblée de Mondhoye.

— En effet, on ne l'a pas revu depuis.

— C'est étrange !

— Nos alarmes sont grandes.

— Est-ce un malheur que nous aurions à déplorer?

— Je le crains.

— On disait aussi qu'il avait pu être chargé par le conseil suprême de la société, de quelque mission secrète à Madrid.

— C'est faux.

— Alors? monseigneur, fit le père Béraud en tenant levée à la hauteur de sa bouche une fourchetée de hachis.

— Je suppose qu'il a été victime de quelque misérable.

— Lui! s'écria-t-il en avalant précipitamment sa fourchetée de hachis.

— Un chef de la société des enfants de Jésus! monseigneur, s'écria la sœur Euphémie en joignant les mains et en levant les yeux au plafond, d'un air terrifié.

— Oui, oui, ma sœur.

— Mais c'est affreux! monseigneur.

Le père Civette hocha tristement la tête.

— Mais c'est abominable! exclama le père Béraud; a-t-on au moins l'espoir de trouver le meurtrier?

— Il faut trouver le cadavre, d'abord.

— Où présume-t-on que le crime ait été commis?

— Le père Vétoni devait aller à Rome en quittant le château de la Blèverie; — vous savez que la réunion de Mondhoye a eu lieu il y a une quinzaine de jours, — il était attendu à Rome, mais il pouvait mettre un certain temps à l'accomplissement de sa mission, sans cependant toutefois dépasser une huitaine de jours. La semaine dernière, monseigneur Bridoux reçut une lettre du général de notre sainte société à Rome; par cette lettre, celui-ci lui donnait avis que le père Vétoni n'était pas encore arrivé dans la cité papale, et lui demandait en même temps s'il connaissait les causes qui avaient pu l'empêcher de s'y rendre. Le père Bridoux répondit immédiatement qu'il le croyait à Rome, qu'il ne l'avait pas revu

depuis le jour de l'assemblée du château de la Blèverie, et qu'il allait se livrer à d'actives recherches pour savoir ce qu'il était devenu.

— Et depuis?

— Aucune lumière n'est venu éclairer les profondeurs de ce mystère.

— Jésus! Marie! Joseph! exclama sœur Euphémie.

Mais laissons là le père Civette et le père Béraud achever leur déjeuner dans le boudoir de sœur Euphémie, et retournons auprès d'Augustine.

Après que la supérieure l'eut quittée, elle resta seule un instant.

— Ouf! fit-elle en allant fermer la porte de sa cellule.

Puis elle prit un petit couteau poignard, long comme une épingle à cheveux, qu'elle portait toujours dans son corsage et elle fit une entaille au bois de la glace qui ornait la cheminée.

— Et d'une! dit-elle.

J'en ferai une tous les matins, et quand il y en aura trente, je m'en irai; c'est-à-dire que l'on viendra me délivrer.

C'est que ce n'est pas gai ici, ajouta-t-elle, on n'y trouve ni le Skating, ni Mabille, ni Brébant, ni les Folies-Bergère, ni...

Elle alla jusqu'à la fenêtre et son regard plongea dans la grande cour intérieure dont nous avons parlé. Cette cour était déserte, quelques oiseaux piaillaient dans les arbres dépouillés de leur verdure; à l'un des angles les plus éloignés, deux religieuses causaient à voix basse, ne faisant non plus de bruit que deux spectres.

— Quel cimetière! s'écria-t-elle en refermant la fenêtre.

Elle approcha le fauteuil du feu, — car il y avait un petit feu dans la cheminée, — et s'assit.

— C'est égal, le marquis me fait payer

vraiment cher le droit de mordre à ses millions ! se dit-elle.

Trente jours ! trente jours, pendant lesquels on ne saura pas à Paris ce que je serai devenue ! Le marquis m'a fait écrire une lettre chez moi pour dire que je partais pour Londres, avec un jeune gentleman anglais, et que je ne serai pas de retour avant un mois.

Je ne m'explique pas trop pourquoi il m'a fait écrire cette lettre.

Elle se mit à réfléchir profondément.

Tout à coup elle entendit un bruit léger et se retourna.

Une religieuse était debout au milieu de sa cellule.

— Mais je croyais que ma porte était fermée, s'écria-t-elle en se levant.

— Moi, fit la religieuse gravement, j'entre quoique les portes soient fermées : je suis comme la conscience.

— La conscience est bien mal élevée, madame, si elle se conduit ainsi, et si vous êtes comme elle vous pouvez prendre pour vous la moitié du compliment que je lui adresse.

— Je m'appelle sœur Trophime, fit la religieuse en faisant entendre un petit rire sec.

— Qu'est-ce que cela me fait, à moi !

— J'ai pour mission d'instruire les novices, et comme vous êtes novice, je viens vous mettre au courant de la vie monastique.

Augustine se rassit, elle songea au rôle qu'elle devait jouer.

— Mais comment diable cette vieille guenon s'est-elle introduite ici ? se dit-elle en regardant dans tous les coins de la cellule.

Elle ne vit rien.

— Parlez, dit-elle à sœur Trophime ; je vous écoute.

Celle-ci prit une chaise et s'assit en face d'elle.

— Vous êtes chrétienne ? lui demanda-t-elle.

— Qu'est-ce ça veut dire ?

— Vous avez été baptisée ?

— Ma foi, je n'en sais rien.

— Avez-vous vos pièces ?

— Quelles pièces ?

— Le certificat de baptême ?

— Non.

— Le certificat de communion ?

— Non.

— Le certificat de confirmation ?

— Non.

— Rien ?

— Rien.

— Qui est-ce qui les a.

— Demandez à ceux qui m'ont amenée ici.

— Qui sont ceux qui vous ont amenée ici ?

— Est-ce que je le sais !

— Hein !

— C'est comme cela ! madame Conscience.

Sœur Trophime blêmit de rage.

— Impie ! grinça-t-elle ; païenne !...

Augustine haussa les épaules.

— Oh ! il faut que sœur Euphémie me donne des explications ! il faut que je sache pourquoi elle ne m'a pas dit qui vous a amenée ici, pourquoi vous avez été accueillie sans certificats ; pourquoi l'on a violé la règle en votre faveur !

Augustine hocha la tête d'un air qui voulait dire :

— Ah ! si vous saviez comme cela m'est bien égal !

Tout à coup elle se sentit des tiraillements dans l'estomac ; elle se rappela qu'elle n'avait pas encore mangé de la journée.

La sœur Trophime arpentait la cellule, faisant des gestes furibonds.

— Dites donc, madame Conscience, est-ce qu'on mange ici? lui demanda-t-elle.

— C'est la nourriture de l'âme qu'il vous faudrait à vous plutôt que toute autre ; je vous dirai pourtant que l'heure du déjeuner est proche ; mais comme vous n'avez pas répondu à mes questions d'une manière satisfaisante, mademoiselle ; comme vous avez été très malséante dans votre ton, dans votre tenue et dans vos paroles, vous ne mangerez pas au réfectoire avec les autres, vous mangerez ici.

— Oh! cela m'est bien égal!

— Aujourd'hui il y a six plats à déjeuner : un plat de morelles aux olives ; un plat d'esturgeon à la sauce marquise ; un plat de pigeon en salmis ; un plat d'asperges à la crème ; un plat de goujons du Rhin, frits ; un plat de blanc de poulets, et pour dessert des raisins, des gâteaux et une crème.

— Hum! fit Augustine qui avait écouté fort attentivement l'énumération de ce menu, on ne mange pas trop mal ici.

— Mais, poursuivit la sœur Trophime, comme vous avez péché par paroles et par actions, vous n'aurez, vous, que du pain et de l'eau.

— Du pain et de l'eau à moi!!! s'écria Augustine en se levant brusquement.

— Oui, mademoiselle, du pain et de l'eau pour vous : car tout péché suppose une pénitence ; et ce pain et cette eau seront votre pénitence.

— Du pain et de l'eau? vieille misérable! est-ce que je suis habituée à cela? moi! .

— Vous vous y habituerez ; on se fait à tout, mademoiselle, dit la sœur Trophime en lui jetant un regard oblique, assaisonné d'un petit sourire railleur.

— Ah! l'infâme! ah! la canaille!

La religieuse s'approcha vivement de la muraille, et poussant un bouton caché dans la boiserie, une porte s'ouvrit par où elle disparut.

— Vieille guenon! tête de pipe! chienne! exclama Augustine en se précipitant à sa poursuite.

Mais la porte se referma aussi vite qu'elle s'était ouverte.

D'une main crispée et tremblante de colère, elle chercha le bouton caché dans la boiserie, le trouva et appuya fortement dessus ; la porte ne s'ouvrit pas.

Tout à coup elle se ravisa.

— Que je suis bête, dit-elle, n'ai-je pas l'autre porte?

Elle y courut.

Cette porte, elle aussi, ne s'ouvrit pas!

— Prisonnière! et de plus au pain et à l'eau! exclama-t-elle pâle de rage. Ah! marquis, tu me paieras ça!

Tout à coup, une trappe s'ouvrit, et une petite table, mue par une force mystérieuse, fut hissée jusque sur le parquet.

Sur cette table il y avait une assiette, sur cette assiette un morceau de pain ; et à côté une carafe pleine d'eau, et un verre.

Augustine renversa le tout d'un furieux coup de pied et se mit à pousser des cris de bête fauve.

X

Ce qui se disait et ce qui se faisait à l'hôtel de Mélos.

Nous savons déjà, par quelques paroles échappées au marquis de Bordes, dans sa dernière conversation avec son complice, que Georges Bernard avait été retrouvé et transporté aux Champs-Elysées, à l'hôtel de Mélos.

Nous ajouterons que Jacques, le vaillant et dévoué compagnon de Georges, était également retrouvé, et qu'il avait été conduit, ainsi que le fils du capitaine de l'*Éole*, à l'hôtel des Champs-Elysées.

Nous avons laissé nos deux héros au moment où, enlacés à leurs lâches agresseurs, ils étaient tombés avec eux dans la Seine.

La berge dans cet endroit était profonde ; dans sa chute, Georges se trouva débarrassé de son ennemi, qui, en tombant, avait lâché prise ; il revint promptement à la surface et se mit à nager au hasard dans les ténèbres, tout à coup il heurta de l'épaule l'amarre d'un bateau de charbons qui stationnait dans ces parages, il la saisit, s'y accrocha, et bien que très faible et perdant son sang par vingt blessures, il fut assez heureux pour parvenir, en la suivant, jusqu'au bateau, sur le bord duquel il se hissa. Hélas ! il était à bout de forces et il tomba plutôt qu'il n'arriva dans le précieux chaland, mais ce n'était presque plus qu'un cadavre, et il y resta étendu sans mouvement.

Jacques, lui, avait eu affaire à un ennemi plus robuste, plus tenace, ou peut-être moins affaibli par ses blessures, aussi se trouva-t-il enlacé à lui au fond de la Seine, comme il l'était en y tombant.

Mais dans sa chute, il n'avait pas abandonné son poignard, il chercha à l'en frap-per au bon endroit ; mais il faisait des mouvements si désordonnés et se débattait avec une telle violence, qu'il le frappa plusieurs fois sans l'atteindre sérieusement.

Cette situation ne pouvait se prolonger ; déjà le brave marin sentait l'asphyxie le gagner, encore une seconde peut-être et il n'était plus qu'un cadavre, roulant enlacé à un autre cadavre dans les plis sombres des flots, quand il sentit tout à coup son ennemi lâcher prise et couler au fond de l'eau ; son arme, si souvent dirigée au hasard, lui avait atteint la gorge où elle avait pénétré jusqu'à la poignée !

Jacques, à moitié asphyxié, avait lâché le poignard, mais il était revenu à la surface, où il aspira l'air bruyamment et à pleins poumons : il était sauvé !

Bien que couvert de blessures, ses forces ne l'avaient pas encore abandonné ; il se soutint sur l'eau, écoutant, anxieux, plein d'angoisse, pensant à Georges.

Mais il n'entendit rien, rien que le bruit monotone produit par le clapotement des flots.

La Seine emportait discrètement et sans bruit sa moisson de cadavres !

Tout à coup, au-dessus de la surface du fleuve, jaillit un rayon de lumière, qui éclaira sa figure bouleversée, livide, couverte de larges taches sanglantes.

Il tressaillit.

Son regard morne et sombre se tourna du côté d'où venait cette lumière, et il vit au-dessus de lui, à trois ou quatre mètres de distance, un homme debout sur l'arrière d'un bateau, un falot à la main, et le corps penché vers le fleuve.

— A moi! cria Jacques, qui se mit aussitôt à nager de ce côté.

En deux brassées il parvint au bateau; l'homme lui jeta une corde, il la saisit, et en un clin d'œil il se hissa jusqu'à lui.

L'homme au falot était le propriétaire du bateau, il avait entendu du bruit, ce bruit l'avait réveillé; il avait allumé un fallot et était venu inspecter les alentours de son chaland.

— Sauvez-le! sauvez-le! aidez-moi à le sauver! exclama Jacques.

— Sauver qui? fit l'homme.

— Georges! Georges! Georges!...

Puis il roula comme une masse.

Ses forces l'avaient brusquement abandonné, et le malheureux gisait maintenant immobile et presque sans vie.

Tout auprès, à deux pas, était étendu, sans mouvement, le fils du capitaine du brick l'*Eole*.

Le hasard avait voulu qu'ils vinssent tomber épuisés et presque sans vie, à côté l'un de l'autre.

Les cris de Jacques exprimaient une angoisse si poignante, ils semblaient si bien partir du fond de l'âme, que l'homme au falot en fut vivement ému.

— Encore des pauvres gens qu'on a voulu assassiner, murmura-t-il.

Il les prit dans ses bras robustes, les porta dans sa cabine où il les déposa sur son propre lit, puis il appela un de ses domestiques, qui dormait dans une autre cabine située sur l'avant du bateau, et lui ordonna de prendre une barque et d'aller chercher un médecin.

L'homme se leva, descendit dans un petit canot amarré au chaland, le détacha de l'amarre qui le retenait, et saisissant les avirons, se mit à ramer dans la direction du quai.

Comme celui-ci était à deux pas, que le médecin qui demeurait boulevard Morland, 5, n'était qu'à deux cents mètres environ, et que, par bonheur, il se trouvait chez lui, il ne fut pas longtemps à remplir sa mission.

L'homme de l'art examina longuement Georges et Jacques et pansa leurs blessures.

Quand il eut terminé son opération, il se tourna vers le maître du bateau et lui dit:

— Ces deux hommes sont perdus probablement; je reviendrai cependant demain matin; s'ils ne sont pas morts à mon retour, nous verrons à les faire transporter à l'hôpital.

Le lendemain il les trouva encore vivants, et renouvela l'appareil qui couvrait leurs blessures.

Les blessés avaient la fièvre et leur faiblesse était extrême.

— Jamais ils ne pourront supporter leur transport à l'hôpital, dit-il.

— Eh bien, je les garderai, fit le maître du bateau.

Pendant plusieurs jours, la situation changea peu, leur état n'était pas plus grave, mais l'était cependant assez pour qu'il ne fût pas possible de les transporter à l'hôpital.

La fièvre persistait; ces fièvres entraînent toujours avec elles le délire.

Le patron du bateau eût bien voulu savoir qui ils étaient, mais le moyen d'apprendre quelque chose de gens que le délire faisait divaguer et ne quittait pas?

Sur eux, il ne trouva rien qui pût servir à les faire reconnaître.

Enfin le médecin crut qu'il était de son devoir de les faire soigner par l'Assistance publique, et on les porta à l'hôpital Saint-Antoine, où ils furent installés salle Sainte-Marie 9 et 11.

C'est là que le capitaine de l'*Eole* les trouva.

C'est de là que sur une prière très pres-

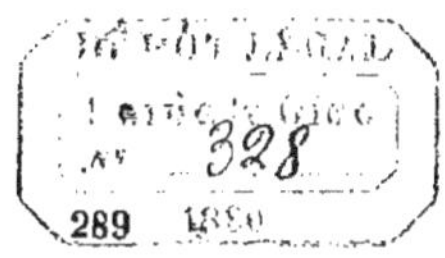

sante d'Hassan, ils furent conduits à l'hôtel des Champs-Elysées; où ce dernier, à peu près rétabli, vint les rejoindre quelques jours après.

Ils se trouvaient donc tous réunis à l'hôtel de Mélos, à l'exception de Gemma !

Certes, la réunion n'était pas gaie : les figures étaient sombres; les souvenirs poignants; les douleurs muettes mais profondes.

— J'aime le combat, mille sabords ! s'écriait le brave capitaine de l'*Éole* ; je comprends le combat, mais à visage découvert, mais face à face, épée contre épée, comme il convient à des hommes; oh ! alors, je me jette dans la mêlée ! mais avoir pour adver-

saires des hommes, sortes de fantômes qui frappent et qu'on ne peut frapper; mais se battre contre l'ombre, lutter contre l'insaisissable ; ce n'est plus une lutte loyale, ce n'est plus un combat, c'est le guet-apens, c'est l'assassinat !

Le Maure était plus sombre, plus triste que jamais.

Nous avons dit qu'il avait beaucoup étudié les auteurs anciens ; que rien de ce qui reste de la science antique, conservé précieusement dans les sanctuaires vénérés de Lahore et de Jaggernaut, n'avait échappé à ses investigations, il en résultait qu'il avait acquis cette merveilleuse connaissance des simples, dont le secret n'est plus que le privilège de quelques hommes ; de la connaissance approfondie des plantes, il avait tiré l'art de guérir les blessures. Il s'en servit pour lui-même, et c'est ce qui explique son prompt rétablissement ; il l'appliqua, on le pense bien, au traitement de celles de Georges et de Jacques.

Grâce à ses soins, l'état des blessés s'améliora rapidement.

Certes, il avait appris avec une satisfaction profonde, que Georges Bernard était rendu à son père : mais la vue du fiancé de Gemma ravivait dans son cœur la plaie que l'enlèvement de cette dernière y avait faite.

Ce qui l'accablait, ce géant, ce qui l'écrasait, c'était l'impossibilité où il était de trouver ses ennemis ; c'était l'absence de tout indice, de toute indication qui pussent l'aider à les découvrir.

Ah ! si on était venu lui dire :

— Les misérables qui ont enlevé ta sœur adoptive, les auteurs du guet-apens infâme où Georges et son compagnon ont failli laisser la vie sont dans tel ou tel endroit reculé du globe ; ils sont cachés, mais il est un signe infaillible auquel tu les reconnaîtras, ce signe on te l'indiquera ; avec quelle joie, il se fût empressé de se rendre dans ce lieu, ce lieu eût-il été le plus éloigné de la terre, et eût-il fallu affronter, pour s'y rendre, les plus redoutables périls, franchir les plus grands obstacles ! Avec quelle ardeur, avec quel courage il eut accompli cette tâche héroïque, et qu'il eût laissé loin derrière lui l'Hercule de l'antiquité.

Mais non ; rien ! rien ! rien ! la nuit, le mystère, le néant, le vide.

— Ah ! si nous tenions vivant ce Moller, ce Prussien, avec lequel vous vous êtes battu à Genève ! lui dit un jour le capitaine de l'*Éole*.

— Que voulez-vous, j'ai été tellement révolté de sa déloyauté, que je n'ai pas pu maîtriser ma colère, et mon bras s'est abattu sur lui, pour ainsi dire malgré moi ! Certes, il est bien évident que j'avais tout intérêt à le garder vivant, et je pouvais sans le tuer, le mettre dans l'impossibilité de nuire ; pourtant savait-il quelque chose cet homme ? n'était-il pas un de ces salariés du crime, qui ne connaissent ni la main qui les paie, ni le nom de ceux qui lui disent de frapper ?

— C'est égal, mille sabords ! je voudrais tenir ce coquin ici, et me donner la satisfaction de m'en assurer par moi-même.

— Les misérables qui nous frappent, et que nous cherchons, ont en cette circonstance communiqué avec le journal, par lettre anonyme : ils ne se découvrent pas, ils ne se découvrent jamais !

— Mais cette lettre dont vous m'avez parlé, est-elle bien authentique ? mille tonnerres !

— Elle avait tous les caractères d'authenticité que peut avoir une lettre qui ne porte pas le nom de celui qui l'a écrite.

— On n'a rien fait de plus ?

— Si, Ben Kébir, mon domestique, est allé jusqu'à menacer de mort le directeur de cet infâme journal ; il lui a appliqué sur la tempe le canon d'un revolver, en lui déclarant qu'il le tuerait comme un chien s'il ne lui révélait pas le nom de son correspondant anonyme. Eh bien, cet homme qui est d'une lâcheté inouïe, cet homme qui tient à la vie par-dessus tout, se serait laissé tuer, ne pouvant, disait-il, lui révéler ce qu'il ignorait.

Hassan se garda bien de parler au capitaine de ce personnage que nous avons vu se présenter aux Charmettes, et qui se donnait pour le chef de la police helvétique.

Cet homme qui, on se le rappelle, était un espion des Chevaliers du Crucifix, avait réussi à se soustraire aux poursuites tardives dont il avait été l'objet.

Certes, Hassan avait bien été forcé de reconnaître qu'il ne pouvait être qu'un espion; et c'est avec un sentiment de rage qu'il se rappelait avoir tenu entre ses mains un homme qui ne devait être qu'un agent de ses mortels ennemis, et qu'il l'avait laissé s'échapper.

On devine, en outre, ce que son amour-propre avait eu à en souffrir.

— Mais, poursuivit le capitaine, il y a des lois qui protègent les citoyens, il y a la police qui doit rechercher les malfaiteurs.

Hassan hocha la tête avec tristesse.

— Je vais vous dire une chose étrange, inouïe, incroyable, c'est que ces gens-là ont réussi à faire en sorte que les lois soient lettre morte pour eux; bien plus, la police, non seulement ne les connaît pas, mais ne veut pas croire à leur existence. Ah ! allez donc dire à cette police, qu'il y a en France, à Paris, une association de gens qui enlèvent les femmes, assassinent les hommes, s'emparent, par des combinaisons infernales, des riches héritages; que ces gens sont si habiles et si puissants, que jamais leurs crimes ne sont découverts et qu'ils réussissent toujours à étouffer les cris de leurs victimes; allez lui dire cela, et vous verrez avec quel formidable haussement d'épaules elle accueillera votre révélation !

— Mais, mille sabords ! que pense donc la police, quand on vient lui dire qu'une personne a disparu, — chose que l'on voit tous les jours dans les journaux — ou qu'elle trouve un ou plusieurs cadavres de gens assassinés ?

— Elle pense comme l'aurait pensé le fameux de la Palisse, l'*immortel dialecticien*, qu'une disparition suppose un crime, qu'un homme égorgé suppose un meurtrier; mais savez-vous où elle ira chercher le criminel, où elle croira trouver le meurtrier? dans les bas-fonds de la société.

— Pourquoi là seulement.

— Parce que la police ne voit qu'en bas, jamais ou presque jamais en haut.

— Ah çà ! mille sabords, est-elle de connivence avec les scélérats appartenant à la haute société ?

— Non, c'est un préjugé.

— Quelle bêtise ! mille tonnerres !

— C'est un préjugé très répandu; on croit que l'ouvrier qui gagne son pain à la sueur de son front; celui qui n'a que son travail pour vivre, est coupable de presque tous les crimes. qui se commettent; cela flatte l'amour-propre des gens des hautes classes qui se vantent d'être meilleurs, bien qu'ils soient infiniment plus vicieux, et bien autrement adroits dans la perpétration de leurs crimes.

— Ah ! les riches sont des petits saints ! ah ! les prêtres sont des modèles de vertu ! ah ! il ne faut pas aller chercher chez ces gens-là les auteurs des crimes mystérieux, dont on trouve tous les jours des traces, des preuves irrécusables? mille millions de tonnerres ! Mais qu'on aille chercher dans les couvents, qu'on fouille les châteaux, que l'on surveille les cercles et les hôtels aristocratiques aux portes et aux fenêtres soigneusement capitonnées et dont les échos ne se produisent pas au dehors !

— C'est vrai, ces gens-là, nobles ou hommes d'église, ont toutes les facilités pour commettre des crimes; et leur somme de moralité est souvent trop légère pour faire contrepoids à leurs passions, bien autrement développées chez eux que chez le pauvre; cependant ce ne serait pas parmi eux que l'on irait chercher soit un assassin mystérieux que l'on ne trouverait pas ailleurs, soit le mot d'une de ces sombres et épouvantables machinations comme celle dont nous sommes en ce moment les victimes !

—Oh! je les tuerai, ou ils me tueront, ces Chevaliers du Crucifix! s'écria le capitaine, blême de rage.

La prunelle d'Hassan lança un éclair.

Il y eut un moment de silence.

Ces deux hommes parurent absorbés par les pensées tumultueuses et les sentiments de colère et de vengeance qui agitaient leur âme.

— Alors, qu'est-ce que la police compte faire? s'écria tout à coup le capitaine.

— Chercher, comme c'est son habitude, dans les tripots, dans les lieux infâmes, dans les garnis, dans les carrières d'Amérique, dans les mansardes.

— Et c'est là qu'elle [compte trouver les ravisseurs de Gemma de Mélos? Je ne parle pas de ceux qui ont tenté d'assassiner Georges et Jacques, car ceux-là sont morts et leurs cadavres ont été tous retrouvés, elle ne l'ignore pas.

— Oui, c'est là en effet qu'elle espère découvrir les ravisseurs de Gemma.

— Mais la police est donc dépourvue de raisonnement? mille tonnerres!

— Non; elle est routinière; voilà tout.

— Mais elle ne comprend donc pas que cette idée d'enlever une riche héritière ne peut pas avoir germé dans le cerveau d'un rôdeur de barrière, d'un voleur à l'étalage, ou d'un escarpe de bas étage?

— C'est, en effet, absurde.

— Qui donc leur eût appris l'existence de Gemma de Mélos, et leur eût dit qu'elle était la plus riche héritière de France?

Hassan haussa les épaules.

— Et même si, par impossible, ces mystères d'un monde qui est si au-dessus d'eux et qui leur est fermé, avaient été dévoilés à quelqu'un d'entre eux, quel parti aurait-il espéré en tirer?

— Aucun, que je sache.

— En enlevant une jeune fille riche, mille sabords! on n'enlève pas un sac d'écus.

— Reste le cas où ils eussent voulu en tirer une rançon; mais il y a longtemps qu'ils l'eussent demandée, cette rançon; ils l'eussent demandée dès les premiers jours, et voilà plus d'un mois que la fille du baron de Mélos est disparue!

— Au reste, comme vous me l'avez dit bien des fois, des voleurs vulgaires auraient en même temps dévalisé la villa; et pas un objet n'a été dérobé.

— Eh bien, la police sait tout cela, je lui ai fait tous ces raisonnements, et je n'ai pas pu la déterminer à chercher les coupables ailleurs que dans les lieux et parmi ces petites gens où elle va les chercher d'ordinaire!

— Eh bien, ce n'est pas là qu'ils sont, mille tonnerres! et elle perdra son temps!

— Où voulez-vous qu'on la cherche? m'a-t-elle dit.

— L'enlèvement de Gemma, leur ai-je répondu, est un crime aristocratique; le coupable est probablement quelque gentilhomme taré, perdu de dettes, qui l'aura enlevée pour la déshonorer d'abord, et la forcer ensuite à l'accepter pour mari, afin de s'approprier sa fortune: les coupables sont peut-être des prêtres infâmes, qui auront pensé à en faire une religieuse, pour pouvoir s'emparer de sa fortune.

Ah! si vous aviez entendu les beaux cris qu'ils ont poussés, les hommes de la police!

— Il n'y a donc rien à faire avec ces gens-là?

— Rien!

— Ils ne fouilleraient pas un couvent?

— Non.

— Pas un château?

— Non.

— Pas un presbytère?

— Non.

— Eh bien, nous nous passerons de ces gens-là, et nous serons à nous-mêmes notre police, mille tonnerres !

— Il le faut bien.

— Nous chercherons les coupables partout où nous croirons devoir les trouver ; et rien, rien ne nous arrêtera dans l'accomplissement de l'acte de justice et de vengeance que nous méditons : comme je l'ai dit tout à l'heure, je les tuerai, ou ils me tueront.

— Et dire, s'écria Hassan avec accablement, que nous n'avons pas un indice, pas une indication, pas une trace, qui puissent nous guider dans ces difficiles recherches !

Il y eut un nouveau silence.

De ces deux hommes, l'un semblait être plutôt né pour l'action ; c'était le capitaine ; l'autre était un poète, un savant, mais dont la pensée, dédaignant les régions terrestres, avait toujours plané dans les sphères solitaires de l'idéal : l'un était probablement incapable de se livrer à un travail d'investigation, c'est-à-dire de raisonnements, de groupement de faits et d'indices, travail de patience, hérissé de difficultés, dont chacune est un problème souvent ardu à résoudre ; l'autre, le poète, ne connaissant que très peu la société, encore moins l'homme, confiant et honnête, c'est-à-dire sans armes contre ses ennemis ; savant mais ne connaissant que les livres ; n'était-il pas tout aussi incapable que son compagnon, de mener à bonne fin, l'entreprise périlleuse et difficile dans laquelle ils se trouvaient engagés ?

L'annonce d'un visiteur les tira tout à coup de la rêverie douloureuse dans laquelle ils étaient plongés.

Ce visiteur était l'homme d'affaires de la rue de la Clef.

Il entra en saluant profondément Hassan, puis il s'inclina non moins respectueusement devant le capitaine de l'*Éole*.

Hassan lui tendit la main, et lui montra du geste un fauteuil ; le marin lui rendit froidement son salut.

— Monsieur, dit Tabernier au Maure, feu le baron de Mélos, dont je vénère la mémoire, m'a honoré de sa confiance, en me remettant divers dossiers, relatifs à des affaires litigieuses. La conduite de ces affaires, et les solutions que j'en ai obtenues, m'ont valu toujours son approbation ; il me reste une somme de trente mille francs environ, résultant de divers recouvrements : je viens les apporter à Mlle Gemma, qui doit être, je suppose, son héritière ?

— Mlle Gemma est en effet l'héritière du baron, fit Hassan d'une voix sourde.

— Me serait-il possible de lui remettre cette somme ?

— Elle est absente.

— Elle est bien à Paris ? je suppose.

— Non.

— Voulez-vous alors que je vous en fasse la remise, à vous, qui êtes, peut-être, son fondé de pouvoirs ?

— Soit !

Tabernier tira de sa poche un portefeuille, et l'ouvrit ; il y prit un à un trente billets de banque de mille francs, qu'il remit au Maure en lui disant :

— Veuillez, je vous prie, me faire un reçu de cette somme.

Hassan se leva, alla à son secrétaire, y prit une plume et du papier et fit un reçu, qu'il lui remit.

— Je présume que Mlle Gemma voudra bien me continuer la confiance dont feu le baron son père m'a honoré ?

— Je le crois, monsieur.

— Sa santé est bonne ?

Un soupir rauque sortit de la poitrine du Maure.

— Je le suppose, monsieur, fit-il d'une voix à peine intelligible.

Tabernier affecta de paraître surpris

de l'émotion à laquelle son interlocuteur paraissait en proie.

— Je regrette, monsieur, fit-il, d'avoir réveillé en vous des souvenirs pénibles.

— Que voulez-vous dire?

— La mort du baron est encore toute récente, trop récente, et je reconnais que j'aurai dû attendre de vous remettre cette somme.

Hassan parvint à maîtriser et à refouler au fond de son cœur les sentiments tumultueux qui le bouleversaient.

— Monsieur, lui demanda-t-il, les recouvrements sont-ils les seules affaires dont vous vous occupiez?

— Je suis un homme d'affaires.

— Cela veut dire?

— Que je m'occupe, par état, de toute espèce d'affaires.

— Est-ce que vous vous chargeriez d'une affaire de police?

— Comment l'entendez-vous?

— Ainsi, par exemple, si je vous disais: j'ai des ennemis très dangereux, d'autant plus redoutables qu'il m'est impossible de les voir, de savoir où ils demeurent, de les saisir; m'aideriez-vous à les découvrir?

— Peut-être.

— Si je vous disais leur nom, cela vous suffirait-il?

— Peut-être.

— Si je vous disais: ils s'appellent les Chevaliers du Crucifix, pourriez-vous m'affirmer que vous les connaissez au moins de nom?

— Je vous dirais: je ne les connais pas même de nom, mais je peux parvenir à les connaître.

— Êtes-vous depuis longtemps dans les affaires?

— Je suis un des plus anciens hommes d'affaires de la capitale.

— Vous connaissez la société à fond?

— A peu près.

— Vous avez de puissants moyens d'investigation?

— Oui.

— Qu'est-ce qui me le prouve?

— Mettez-moi à l'épreuve.

— Vous voulez que je vous charge de découvrir mes ennemis?

— Oui.

— Vous me direz quels sont ces misérables qui s'appellent les Chevaliers du Crucifix?

— Oui.

— Combien de temps vous faut-il pour cela?

— Peut-être huit jours, peut-être quinze, peut-être un mois.

— C'est beaucoup de temps!

— Dame! on ne remue pas la société parisienne de fond en comble, à la minute, et je suppose qu'il me faudra le faire pour trouver cette société de misérables, comme vous les appelez.

— Monsieur, fit Hassan d'une voix grave, et avec un accent profondément ému, un malheur, un immense malheur m'est arrivé, malheur qui en frappe aussi d'autres et bien cruellement: Gemma de Mélos, cette douce, cette noble enfant, que son père adorait, que j'aime, moi, comme une sœur, Gemma..........

Il s'arrêta.

— Eh bien? fit Tabernier.

Hassan resta muet, sa tête se pencha sur sa poitrine: ses traits exprimèrent à la fois la douleur et le désespoir.

Le capitaine de l'*Éole* comprit qu'il était incapable de continuer.

— Monsieur, dit-il en s'adressant à Tabernier, je vais achever cette confidence, que mon noble ami, écrasé par une douleur encore trop récente, est en ce moment dans l'impossibilité de terminer.

Tabernier, qui s'attendait parfaitement à la nouvelle qu'on allait lui apprendre, leva les yeux vers le plafond, en laissant paraître sur sa figure une véritable consternation.

— Gemma de Mélos, poursuivit le capitaine d'une voix sourde, a été enlevée.

— Enlevée !!! s'écria Tabernier.

— Oui.

— Est-il possible ? grand Dieu ! grand Dieu ! .

— Oui, enlevée ! et les ravisseurs sont encore inconnus.

— Inconnus ? est-il possible ! et la police ! les gendarmes ! les magistrats !

— Oui inconnus : et c'est dans le but de les découvrir, que mon noble et malheureux ami voulait sans doute vous demander votre concours.

—Enlevée ! enlevée ! fit Tabernier qui s'était levé brusquement et arpentait d'un pas fiévreux le salon dans tous les sens, comme s'il était pris tout à coup d'un accès de folie; enlevée ! enlevée ! est-ce possible ! est-ce possible ! grand Dieu !...

Le capitaine de l'*Éole* le considéra quelque temps en silence.

Trouvait-il de l'exagération dans l'expression des sentiments dont l'hypocrite homme d'affaires faisait montre en ce moment?

Le lecteur se demande sans doute quel était le mobile qui avait poussé l'agent des Chevaliers du Crucifix, et le complice du marquis de Bordes à venir à l'hôtel des Champs-Élysées.

En homme d'affaires consommé qu'il était, Tabernier faisait tout simplement son métier.

Il exploitait la situation avec toutes les ressources que son esprit pouvait trouver dans l'immoralité sans bornes que nous lui connaissons.

Il faisait de l'argent, comme on dit dans l'argot de la spéculation.

Et pour faire de l'argent, il trompait à la fois les Chevaliers du Crucifix, Gemma et le marquis de Bordes. Restait Hassan; il était donc venu le trouver.

Le rusé et avide compère s'était dit :

Hassan donnerait tout ce qu'il a pour retrouver sa Gemma. C'est un homme qui est fort riche; le baron, avant de mourir, lui a assuré une fortune considérable, mais il ne tient pas à cette richesse comme Harpagon tenait à la sienne; il a une passion : Gemma; passion de poète, passion creuse, passion folle, mais passion capable de le pousser à tous les sacrifices. Je le connais bien, cet homme, je l'ai étudié à fond; il donnerait tous ses millions pour retrouver sa Gemma, que dis-je? il les donnerait peut-être pour avoir seulement l'espoir de la retrouver.

L'infâme avait fait ce calcul; il est en ce monde des êtres qui ne respectent rien, qui ne reculent devant rien ; ils vont à leur but avec l'impassibilité inconsciente et féroce de la brute ; ils font ce qu'ils appellent des affaires, comme le tigre égorge; ils arrachent à leurs victimes leur or, comme celui-ci boit le sang du cadavre qu'il déchire.

Mais comment aller à l'hôtel de Mélos sans y avoir été appelé ? Aller spontanément offrir au Maure ses services, n'était-ce pas s'exposer à des soupçons ? Il avait de l'argent qu'il avait encaissé pour le baron; le prétexte était trouvé; bien plus, il se couvrait, en le rendant, du masque de l'honnêteté et de la probité : quelle magnifique entrée!

Nous avons vu le reste.

Cependant Hassan songeait à cet auxiliaire inattendu qui venait s'offrir à lui; il se rappelait que le baron avait parlé parfois de l'habileté de cet homme; d'un autre côté, celui-ci affirmait qu'il avait des moyens puissants d'investigation.

— Il m'aidera à retrouver ma pauvre Gemma ! pensa-t-il.

Une lueur d'espoir brilla dans les profondeurs sombres de sa pensée. Cela le ranima ; il se sentit tout à coup plus fort contre la douleur.

Il se leva brusquement et courut à Tabernier qui, ainsi que nous l'avons dit, poussait des exclamations et arpentait le salon en faisant des gestes d'insensé.

Sa main d'hercule s'abattit sur son épaule.

Tabernier plia comme un roseau sous cette étreinte inattendue, et, malgré toute sa présence d'esprit et toute la puissance qu'il avait sur lui-même, il pâlit et un tremblement involontaire s'empara de lui.

— Qu'avez-vous dit tout à l'heure ? fit le Maure qui était à mille lieues de soupçonner ce qui se passait dans son âme, et qui ne s'aperçut pas de son trouble.

— J'ai dit, hasarda Tabernier, que je vous trouverai vos ennemis.

— Trouver mes ennemis, c'est trouver Gemma de Mélos ; car ils ne sont mes ennemis que parce qu'ils savent que je suis un obstacle pour eux, et que je me mettrai toujours entre cette malheureuse enfant et ceux qui veulent la tromper, l'exploiter ; voulez-vous m'être franchement et loyalement dévoué ?

— Je suis l'ami et le serviteur de la famille de Mélos, ne le savez-vous pas ? fit Tabernier en recouvrant tout à coup son sang-froid et en prenant un air de dignité blessée.

— C'est vrai, vous lui avez rendu des services ; maintenant, il s'agit d'arracher Gemma à ses ravisseurs.

— J'arracherai Gemma à ses ravisseurs ; mais ce sera une entreprise difficile, je vous en préviens, et qui pour être bien conduite et menée à bonne fin, demandera beaucoup d'argent.

Le Maure eut un haussement d'épaules.

— Il vous faut de l'or, dites-vous, beaucoup d'or pour réussir ?

— Oui.

— Combien vous en faut-il ?

Tabernier eut comme un éblouissement ; il vit apparaître, dans sa pensée, tous les millions d'Hassan.

— J'ignore la somme qu'il faudra, dit-il avec le plus parfait sang-froid, mais elle sera énorme.

Le Maure courut à son secrétaire.

— Le baron de Mélos m'a fait riche ; il m'a donné des châteaux, des propriétés de toutes sortes ; j'ai des capitaux importants placés un peu partout ; j'ai même ici des valeurs et de l'or pour une somme considérable, eh bien, prenez ces châteaux, prenez ces valeurs, prenez cet or, et sauvez Gemma de Mélos !

Tabernier eut un frémissement de joie intense.

Une lueur fauve illumina son regard.

Mais le capitaine de l'*Éole* intervint.

Le brave marin ne comprenait pas qu'un homme se dépouillât entièrement sans être même sûr de réussir.

— C'est trop, dit-il au Maure à voix basse ; qu'il fixe une somme et vous la lui donnerez.

— Comment ! c'est trop ? Mais je voudrais pouvoir encore donner davantage ! objecta le Maure également à voix basse.

— Mais êtes-vous sûr de réussir ?

— Eh ! que m'importe ! Si je ne réussis pas, cette fortune me sera bien inutile !

— C'est égal, mille sabords ! c'est trop ! Du reste, si vous gorgez cet homme d'or tout d'un coup, il ne fera rien ! que l'appât d'un splendide salaire le stimule, je le veux bien, mais n'allez pas au delà ! C'est de la sagesse, mille tonnerres !

Hassan regarda le capitaine.

Il était frappé de la justesse de son raisonnement.

Augustine veut de l'argent.

Tabernier les dévorait des yeux ; il avait un ardent désir de savoir ce qu'ils se disaient, mais ils se parlaient à voix si basse, qu'il ne pût saisir aucune de leurs paroles.

Tout à coup Hassan prit une liasse de billets de banque et la lui tendit.

— Voilà, monsieur l'homme d'affaires, lui dit-il, une centaine de mille francs ; cette somme vous sera, je crois, suffisante pour couvrir vos premiers frais ; pour les autres, nous verrons ; je déclare que je les prends à ma charge. Au reste, rappelez-vous que ma fortune vous sera acquise le jour où vous me rendrez Gemma de Mélos.

Tabernier prit la liasse.

— Nous réussirons, je vous le jure, s'é-cria-t-il en la faisant disparaître dans les vastes poches de son paletot.

Le capitaine de l'*Éole*, qui se promenait de long en large, pensif et soucieux, vint à lui.

— Monsieur l'homme d'affaires, j'ai eu déjà le plaisir de vous voir.

— Possible, monsieur, possible, fit Tabernier.

— Je cherchais mon fils à ce moment-là.

— Ah !

— Un pauvre garçon qui n'était pas à Paris depuis vingt-quatre heures que d'affreuses canailles cherchaient déjà à l'assassiner, mille tonnerres !

— Je ne me rappelle pas vous avoir vu.

— Je vais vous remettre cela en mémoire ; il s'agissait de Georges Bernard.

— Georges Bernard ?

— Oui, celui qui est allé vous demander l'adresse de Mlle Gemma de Mélos.

— Ah !

— Le fils du capitaine du brick l'*Éole*, en rade de Bordeaux.

— Je m'en souviens, en effet, et ces hommes qui ont tenté de le tuer l'ont peut-être fait à la suite de quelque querelle !

— Une querelle ! des hommes qu'il n'avait jamais vus, et qui ne le connaissaient pas plus qu'il ne les connaissait lui-même.

— C'est surprenant.

— Ça vous surprend, vous un homme d'affaires ? mille sabords ! vous qui devez savoir qu'il y a à Paris des milliers de coquins qui tueraient un homme pour quatre sous ? mille tonnerres !

— Tous mes clients sont des gens respectables, ils vont à leurs fins par des moyens honnêtes, et l'assassinat n'étant pas un moyen honnête, il ne leur est donc jamais venu à la pensée de me conseiller de recourir, pour faire prévaloir leurs intérêts, à ces nombreux coquins dont vous me parlez ; je puis donc ne pas les connaître, fit Tabernier avec un point d'ironie.

— C'est étrange ! monsieur l'homme d'affaires, moi qui ai passé la plus grande partie de ma vie sur la mer, je parais en savoir plus long que vous sur les hommes !

— Oh ! je ne dis pas qu'il n'y ait pas des assassins ; oh ! non ! mille fois non ! il y en a, il y en a ; mais quant à savoir si on les paie pour tuer, c'est autre chose, dit Tabernier en riant.

— Alors croiriez-vous qu'ils aient cherché à assassiner Georges, simplement pour le voler ?

— Pourquoi pas ?

— Un pauvre marin, est-ce que ça a de l'argent ?

— Un marin ne voyage jamais sans avoir quelque argent sur lui ; les assassins savent cela sans doute, monsieur le capitaine.

— Vous ne comprenez pas, mille sabords ! que c'était un coup monté contre ce pauvre Georges, pour se débarrasser de lui ?

— Non.

— Vous allez le comprendre : si Georges Bernard vous a demandé l'adresse de Mlle Gemma, c'était parce qu'il était attendu par elle.

— Attendu ?

— Oui, il devait se marier avec elle.

— Se marier avec elle ?

— Vous trouvez cela étrange ? mille sabords !

— Dame, Mlle Gemma a refusé tant de partis…

— Si elle a refusé tant de partis, c'était pour se marier avec Georges.

— Eh bien ?

— Cela ne devait pas plaire à tout le monde.

— Pourquoi ?

— Parce que cela pouvait contrarier les plans de ceux qui voulaient s'emparer d'elle.

— Dame ! ils pouvaient bien l'enlever sans tuer votre fils, ce me semble.

— C'est possible; pourtant rien ne m'ôtera de l'esprit que les infâmes forbans qui ont enlevé Mlle Gemma de Mélos, ne soient pas les mêmes hommes qui ont soudoyé les assassins de Georges, mille tonnerres !

— Oh ! je ne veux rien soutenir, monsieur le capitaine, mais permettez-moi de trouver cela étrange.

— Tout vous étonne, vous, un homme d'affaires, et des premiers de Paris ! Enfin... tenez, je vais vous faire voir mon malheureux Georges.

Il est évident que le capitaine voulait dire que Tabernier, pour un homme d'affaires des plus anciens de la capitale, ne lui paraissait pas très fort, mais il s'était retenu.

Tabernier, de son côté, comprit très bien qu'en affectant une trop grande ignorance des hommes et des nombreux mobiles de leurs actes, il jouait un jeu par trop prudent, et qui pouvait devenir maladroit.

Il se laissa entraîner par le capitaine, mais en se promettant bien d'être toujours désormais de son avis, dût-il soutenir que la cinquième partie du monde touchait à la lune.

On suivit plusieurs longs couloirs, et l'on descendit au rez-de-chaussée de l'hôtel.

Georges et son ami Jacques avaient été installés dans l'appartement occupé autrefois par Gemma.

Le lecteur se souvient que cet appartement donnait sur le parc ; c'est là en effet que lui est apparue pour la première fois la douce et pâle figure de la sympathique héroïne de ce drame.

— On se rappelle ce lit, véritable nid de dentelles, cette couche virginale, où la malheureuse enfant se jetait avec ses souvenirs qui, bien qu'amers et cruellement douloureux, lui paraissaient encore préférables au sommeil brutal qui ne donne le repos que pour tuer les souvenirs.

C'était sur ce lit que l'on avait placé Georges ; Hassan l'avait voulu ainsi, une idée de poète !

Un autre lit avait été placé à côté de celui-là ; dans ce lit se trouvait Jacques.

Ce dernier avait le corps labouré de coups de couteau, mais aucune de ses blessures n'était grave ; aussi son état s'était amélioré rapidement, et il pouvait même se tenir levé une bonne partie de la journée.

Il n'en était pas malheureusement de même de Georges, dont les blessures au contraire étaient graves et profondes.

Pour le traitement de ces plaies, les médecins qui avaient été appelés auprès des blessés, avaient adopté le mode conseillé par Hassan et dont il avait fait usage pour lui-même ; ce mode consistait dans l'emploi de certaines plantes et dont l'efficacité était incontestable, puisque c'était grâce à elles qu'il avait été guéri.

La science moderne avait été forcée de s'incliner devant la science antique, l'art des vieux thaumaturges de l'Inde et de l'Égypte avait triomphé de celui de nos modernes Esculapes.

Hâtons-nous d'ajouter que la vie de Georges n'était plus en danger.

Il allait aussi bien que possible, la fièvre l'avait quitté, son esprit n'était plus troublé par le délire ; mais, hélas ! avec la liberté entière de son esprit, le souvenir de Gemma, c'est-à-dire les souffrances morales, étaient revenues !

Ben Kébir ne les quittait presque pas de la journée.

L'ancien *zouzou* charmait les ennuis de leur solitude par des récits de guerre et de chasse ; ce jour-là la conversation était tombée sur l'enlèvement de Gemma, les Chevaliers du Crucifix, et le saltimbanque, charmeur de serpents, dont il a déjà été question deux fois dans le courant de ce récit.

A demi couché sur un divan, Ben Kébir faisait le récit de ses aventures aux Charmettes, tout en fumant des cigarettes, avec un air de gravité et de volupté qu'on n'eût trouvé que chez un musulman.

Assis dans un fauteuil, en face de lui, Jacques, les sourcils froncés, la lèvre frémissante, le regard plein de lueurs fauves, buvait ses paroles.

De son lit, où il était soigneusement recouvert et condamné à une immobilité à peu près complète, Georges dardait un regard ardent sur le narrateur.

Quand il eut terminé son récit, Ben Kébir se souleva sur le coude et se mit à allumer une nouvelle cigarette, en s'écriant :

— Est-ce qu'il n'y a pas un véritable sortilège dans tout ça ! mille noms d'une baïonnette !

— Du sortilège ? exclama Jacques, du sortilège ! Et d'abord, ce Prussien, ce Moller, ce mécréant, ce failli chien, il fallait le prendre, le porter dans quelque coin de la villa, et le menacer de l'y laisser mourir de faim, s'il ne parlait pas. Ah ! ah ! si je l'avais tenu, moi, mille tonnerres ! ce marsouin-là, tous les diables de l'enfer ne m'auraient pas empêché de le faire parler.

— Il ne savait peut-être rien ; les autres ne savaient bien rien, eux !

— C'est-à-dire que vous n'avez pas trouvé le moyen de les faire parler, tonnerres !

— Dame ! un revolver, c'est un moyen, je crois. Eh bien ! il n'a pas pu leur délier la langue !

— Comment ?

— J'avais oublié de vous dire que je leur avais appliqué le canon d'un pistolet sur la figure, avec menace de les tuer s'ils ne parlaient pas, et ils n'ont rien dit ; cependant ils avaient une fière peur, je vous en réponds : je dois donc penser que s'ils n'ont rien dit, c'est qu'ils ne savaient rien.

— Ah ! si j'avais été là ! moi, gronda le maître timonnier ; ah ! si j'avais été là, tonnerres ! Et puis cet autre marsouin, ce mouchard qui se disait chef de la police, l'avez-vous fait parler celui-là ? Vous ne l'avez pas même arrêté !

— Ce n'est pas de ma faute ! ce n'est pas de ma faute ! M. Hassan est trop confiant et trop bon, voilà tout ! mille noms d'une baïonnette !

— Ah ! qu'il en vienne un ici de ces cachalots, et je lui jetterai le grappin dessus de la bonne façon, mille sabords ! Dites-moi, si vous aviez arrêté cette vermine, ne saurions-nous pas tout ce que nous avons tant intérêt à connaître ? Nous aurions appris ce que c'est que ces Chevaliers du Crucifix, où ils se trouvent, ces forbans-là ; quels sont ceux d'entre eux qui ont fait enlever Mlle Gemma, et quels sont ceux qui nous ont attaqués ; nous saurions aussi où est celle qu'ils ont enlevée. Ah ! quel beau coup de manqué ! tonnerres !

Ben Kébir courba la tête et aspira avec rage la fumée de sa cigarette.

— Ah ! si j'en tenais une de ces canailles, mille sabords ! poursuivit Jacques.

— Cherchons ! fit Ben Kébir après un assez long silence.

— Où ?

Un nouveau silence se fit.

Ce fut Ben Kébir qui le rompit.

— Il faut que je trouve mon homme des Charmettes, dit-il, il le faut !

— Êtes-vous sûr de le reconnaître, si vous le rencontrez ?

— Oh ! oui.

— Quel air avait-il ? est-ce qu'il ressemblait à un homme du monde ou à un ouvrier ?

— Il ressemblait plutôt à un homme d'église ; à ce que l'on appelle un cafard.

— Il appartient bien alors aux Chevaliers du Crucifix, qui doivent être certainement des hommes d'église; c'est l'opinion du capitaine, et c'est la mienne, mille sabords !

— C'est aussi celle de M. Hassan.

— Il y a un autre homme qu'il faudrait bien trouver.

— Qui donc ?

— Le saltimbanque.

— Oui, cet homme connaît en effet un de ceux qui ont enlevé Mlle Gemma.

— Ne dites-vous pas que vous lui avez promis beaucoup d'argent s'il vous aidait à le trouver ?

— Oh ! oui.

— Dès que je pourrai marcher, et ce sera bientôt, j'espère, je me mettrai à la recherche de ce saltimbanque; on dit qu'il y en a toujours des saltimbanques sur les boulevards de Paris.

En ce moment la porte s'ouvrit et le capitaine de l'*Eole* entra, suivi de l'homme de la rue de la Clef.

— Les voilà ! lui dit-il, en lui montrant Jacques et Georges.

Tabernier salua humblement ses victimes.

Jacques fronça le sourcil; nous savons que l'homme d'affaires ne lui plaisait que médiocrement.

— Voyez ! poursuivit le capitaine, Georges est encore au lit, et mon maître timonnier commence à peine à pouvoir se lever. Oh ! ils ont eu à soutenir un rude assaut : cinq contre eux deux, et il y a eu en outre guet-apens ! ils ont néanmoins victorieusement combattu; ils ont été, il est vrai, labourés de coups de couteau, mais leurs lâches agresseurs sont tous morts ! Ah ! on ne vient pas facilement à bout des marins du brick l'*Eole*, mille sabords !

— Tous morts ! dites-vous ?

— Oui, l'un a eu le ventre crevé d'un coup de pied, et a été retrouvé le lendemain mort sur la berge ; un autre a été repêché au bas de la berge du haut de laquelle il était tombé, il avait le crâne ouvert ; les trois autres ont été trouvés par mes plongeurs ; l'un d'eux avait encore le poignard de Jacques dans la gorge.

— Vos plongeurs ?

— Ah ! vous ne savez pas que j'ai fait fouiller le lit de la Seine sur un parcours de plusieurs kilomètres, par des plongeurs revêtus de scaphandres ?

— Non.

— J'ai fait cela, moi, le capitaine de l'*Eole*, et j'en ai trouvé des cadavres dans ce fleuve maudit. Ah ! oui, il y en avait des cadavres !

— Des cadavres ? fit Tabernier, affectant de trembler comme un timide et paisible rentier du Marais.

— Oh ! s'ils sont morts, ceux-là, s'écria Jacques, nous trouverons les autres ; ils sont vivants, ceux-là ! tonnerre ! et tôt ou tard, je le jure, je mettrai le grappin dessus !

— Les autres ! quels autres ? demanda Tabernier.

— Ceux qui ont dit à ces gens-là de nous assassiner ; ces faillis chiens, nous les trouverons ; et malheur à eux ! malheur à eux !

Un sourire vague glissa dans les rides profondes qui sillonnaient le front de l'homme d'affaires.

— S'ils sont morts, les autres, qui est-ce qui fera connaître ceux-là ?

— Dieu ! hurla Jacques en proie à une sombre exaltation.

Tabernier branla la tête d'un air de doute.

— Ah ! vous n'y croyez pas, vous ! poursuivit Jacques en lui jetant un regard féroce.

— Je n'y crois pas, c'est-à-dire j'y crois, fit Tabernier, dont la figure grimaça d'une manière étrange.

Cinq minutes après, l'homme de la rue de la Clef quittait l'hôtel des Champs-Élysées ; il s'en éloigna rapidement, la main sur la liasse de billets de banque d'Hassan, et murmurant :

— L'affaire marche, marche, marche... Quelle mine d'or ! quelle mine d'or !

XI

A travers les tombes.

La nuit était noire ; le vent soufflait avec violence ; les girouettes du vieux château de la Blèverie grinçaient ; et dans les ruines de l'immense monastère attaché à ses flancs, il s'engouffrait en hurlant.

De la petite poterne basse que nous connaissons, par laquelle on allait du château dans le monastère, six hommes émergèrent l'un après l'autre.

Ces hommes étaient graves et sombres : ils marchaient lentement ; à leur main droite crépitait une torche, dont la clarté rougeâtre les enveloppait comme un voile sanglant.

De la poterne à la porte ogivale qui fermait l'entrée du vieux cloître, il y avait une distance d'une cinquantaine de pas ; cette distance fut franchie sans qu'ils eussent échangé une seule parole.

— C'est ici, messeigneurs, fit une voix rompant tout à coup ce silence.

Cette voix était celle du marquis de la Blèverie.

On entendit le grincement d'une clef dans une serrure : c'était le vieux châtelain qui ouvrait la porte.

Les cinq compagnons pénétrèrent dans le cloître, puis la porte se referma.

— Nous voici dans l'endroit que vous désirez visiter, poursuivit le châtelain qui était entré avec eux.

Ces cinq hommes, que le marquis appelait messeigneurs, le lecteur le devine sans doute, étaient ces personnages que nous avons désignés sous le nom d'hommes rouges, et qui ont présidé en ce lieu-là même, la fameuse assemblée, dite réunion de Mond'hoye.

C'étaient, le lecteur ne l'ignore pas sans doute, les principaux chefs des Chevaliers du Crucifix.

Les cinq hommes rouges élevèrent leurs torches au-dessus de leurs têtes, mais la lumière qu'elles projetaient n'éclairait qu'un rayon de quelques mètres autour d'eux ; au delà les ténèbres opaques se dressaient comme une muraille noire.

Une nuée de chauves-souris passa sur leurs têtes en poussant des cris aigus.

— Le chemin que vous avez devant vous, messeigneurs, dit le marquis, conduit à la salle où a été faite la distribution des poignards ; partout ailleurs c'est l'immensité de la nécropole.

— Allons ! fit le chef des hommes rouges, et Dieu veuille que nous découvrions enfin les restes de celui que le démon nous a enlevé.

— Ce sont de bien longues, bien difficiles et bien pénibles recherches, que celles que vous allez faire, observa respectueusement le vieux marquis ; je vous ai offert d'en confier le soin à mes nombreux domestiques, mais il ne vous a pas plu d'accepter.

— Ces recherches doivent rester mystérieuses, fit le chef des hommes rouges d'une voix grave.

Par ces temps de république, monsieur le marquis, ajouta-t-il, il est bon, croyez-moi, de ne pas trop se fier même aux plus anciens et que l'on croit les plus dévoués de ses serviteurs.

Le marquis s'inclina sans répondre.

En quelques minutes, la petite troupe parvint à l'endroit où s'était tenue la dernière assemblée des Chevaliers du Crucifix.

Ce n'était plus la salle splendidement décorée que nous connaissons : tentures, candélabres, draperies, tableaux, tout, jusqu'aux banquettes, avait été enlevé ; il ne restait que l'enceinte faite de planches mal jointes, et au milieu l'estrade, veuve des riches tapis qui la recouvraient.

Elle fut explorée dans tous les sens par le marquis et ses cinq compagnons ; cette exploration n'amena aucun résultat.

— Notre frère Vétoni aura sans doute été assassiné au milieu des tombes, fit le chef des hommes rouges ; cherchons au milieu des tombes.

— Monseigneur, dit le marquis, elle est bien vaste, cette nécropole, et ce n'est pas en une nuit que nous pourrions l'explorer ; une idée me vient : si l'homme éminent, dont nous ressentons si vivement la perte, a été assassiné en ce lieu, il n'est pas probable que son meurtrier ait réussi à l'entraîner bien loin pour accomplir son œuvre scélérate. Mon avis est donc que nous dirigions d'abord nos recherches en décrivant un cercle assez étendu, toutefois, à partir de cet endroit jusqu'à la porte par laquelle nous sommes entrés ; nous serions toujours libres ensuite d'aller plus avant, dans l'intérieur.

— C'est plus sage, en effet, dit le chef des hommes rouges, que de nous enfoncer tout de suite au hasard dans les immenses profondeurs qui s'ouvrent devant nous ; nous suivrons donc l'avis de M. le marquis : j'y ajouterai une chose que je crois très importante, ce serait de nous ménager des points de repère, ils nous guideraient dans ce dédale de sentiers qui se croisent en tous sens, et nous permettraient en même temps de nous assurer que nous ne laissons pas le plus petit endroit inexploré.

Tous firent un signe d'assentissement.

Les recherches recommencèrent.

Il y avait quelque chose d'étrange et de lugubre dans ces six hommes, presque tous des vieillards, marchant lentement, une torche à la main, dans les ténèbres, au milieu des sépultures des anciens chartreux de Mond'hoye, à la recherche d'un cadavre !

Le chef des hommes rouges se mit à réciter des prières, d'abord à voix basse, puis à haute voix ; il fit ensuite des invocations à Dieu, aux saints, aux saintes, aux anges et aux archanges.

Ces hommes, dont nous avons entrepris d'analyser toutes les pensées, et que nous voulons montrer dans toute la nudité de leur âme, n'étaient pas dépourvus de certains sentiments religieux ; certes, leur foi n'était pas celle du vulgaire, et ils étaient loin de pratiquer ce qu'ils prêchaient aux foules. Maîtres de l'idée de Dieu, se regardant comme les propriétaires-nés de la divinité, ils entendaient user librement de leur bien, et ils en usaient en effet librement : aussi avaient-ils une morale à eux, une foi à eux, une religion à eux : foi, morale, religion, ignorées des simples mortels, et connues seulement des affiliés. Mais l'oblitération du sens commun en matière de croyances, produite chez le vulgaire par l'inoculation de leurs doctrines, se produisait chez eux par une sorte de choc en retour : à force de prêcher la superstition, ils devenaient eux-mêmes superstitieux dans une certaine mesure, et ils finissaient par croire aux êtres baroques et fantastiques dont ils peuplaient le ciel, en se réservant toutefois le droit de s'en faire des familiers et des complaisants.

— Dieu, projette ta lumière dans ces ténèbres, dévoile le crime, et confonds le coupable ! dit le chef des hommes rouges.

— Amen ! firent ses compagnons.

— Christ, montre ta puissance, en descendant parmi nous comme tu es descendu autrefois parmi les hommes pour le salut de ton peuple, rends-toi visible à nous, comme tu fus visible à tes apôtres, à tes disciples, et au peuple d'Israël, et conduis-nous auprès de celui qui est mort comme toi, victime de la scélératesse des hommes !

— Amen !

— Archange saint Michel, descends bruyamment au milieu de ces tombes, tes ailes éclatantes déployées, et montre-nous de la pointe de ton glaive qui vainquit l'ange rebelle, la dépouille de celui que nous avons perdu !

— Amen !

Tout à coup un hibou, troublé sans doute dans sa retraite par le bruit de leurs pas et de leurs voix, sortit de l'intérieur d'un mausolée, et, ébloui par la lumière, vint se jeter effaré sur le chef des hommes rouges, en agitant violemment ses longues ailes brunes, et en fixant sur lui ses grands yeux ronds; puis il poussa un houhoulement sonore.

— *Vade avis infernorum* [1] ! cria le chef des hommes rouges en agitant sa torche.

— *Vade !* s'écrièrent à leur tour ses cinq compagnons en agitant également leurs flambeaux.

Épouvanté par ces cris et l'éclat fulgurant des torches, le hibou s'enfuit à tire d'ailes dans les ténèbres, où il s'enfonça éperdument ; bientôt on entendit le bruit de

1. Va-t-en, oiseau infernal !

ses houhoulements décroître et finirent par s'éteindre dans les profondeurs lointaines de la nécropole.

Tout à coup on entendit un bruissement immense, vague, étrange, indéfinissable ; à ce bruissement se mêlaient de petits cris aigres pareils à des sifflements aigus, et une nuée énorme de chauves-souris passa sur leurs têtes, avec la rapidité de l'ouragan.

Le chef des hommes rouges reprit la série un moment interrompue, de ses invocations.

— Vierge, mère du Christ, montre-toi à nous dans cette nuit profonde! s'écria-t-il.

Viens, sous cette forme suave et éthérée que Dieu donne à la femme, qui fut sa mère parmi les hommes !

Conduits-nous à l'endroit de cette funèbre enceinte, où gît la dépouille mortelle de celui qui fut un des chefs de la puissante société dont le but est l'exaltation du nom sacré de ton fils !

Écoute notre voix ; cette voix n'est pas celle de simples fidèles, de prêtres vulgaires, c'est celle de pontifes-noirs, de chefs véritables, bien qu'occultes, de la chrétienté ; nous sommes les égaux, les frères terrestres de ton fils, par l'eucharistie et la délégation divine !

Le vieillard se tut, et continua sombre et pensif sa marche à travers les tombeaux, ses compagnons graves et recueillis, le suivaient.

De temps à autre, ses regards plongeaient dans ces ténèbres épaisses; bientôt son visage prit une expression de colère, en voyant qu'aucun des êtres célestes dont il invoquait la présence et demandait plus ou moins impérieusement l'intervention n'apparaissait, et que la silhouette lumineuse d'aucun d'eux ne se dessinait dans le sein de la nuit.

Cependant, une lueur vague, blanche,

Oh! il a reçu de rudes blessures.

indécise, pareille au premier reflet d'une aube naissante, parut se découpant sur le fond noir des ténèbres, elle faisait à distance, l'effet d'un linceul éclairé par une lumière très pâle et presque sans clarté : insensiblement elle grandit, se développa, gagna en intensité et en éclat, sans cependant arriver à l'intensité et à l'éclat des rayons lunaires.

— Enfin! s'écria le vieillard à la vue de cette lumière étrange et mystérieuse.

Il jeta un regard à la dérobée, sur le marquis.

Puis il releva fièrement la tête, ses yeux

lancèrent des éclairs, allumés par un incommensurable orgueil et le sentiment du triomphe.

— Frères, s'écria-t-il, ils ne sont pas loin, ceux dont j'ai invoqué la présence, car nous apercevons le reflet de leur splendeur céleste !

Gloria in excelsis, Deo[1] *!* murmurèrent les quatre hommes rouges et le marquis.

Cependant cette lumière mystérieuse restait immobile, jetant sa clarté pâle et indécise sur les tombeaux.

Le vieillard marcha droit à elle.

On eût dit que, pris subitement d'une audace sacrée, son but était d'atteindre ce qu'il semblait considérer comme un voile, cachant les puissances célestes dont il se disait à la fois le serviteur et l'égal, sinon le maître, et de le déchirer, pour les contempler face à face !

Chose étrange ! le voile mystérieux parut se déplacer et s'éloigner de lui, au fur et à mesure qu'il s'en approchait davantage.

Il s'arrêta.

Le voile lumineux s'arrêta.

Il se remit en marche.

Le voile mystérieux s'éloigna de nouveau.

Cédant à un sentiment irrésistible de terreur sacrée, le vieux marquis de la Blèverie s'agenouilla.

Les quatre hommes rouges qui se trouvaient à ses côtés, simulant le recueillement et la terreur, continuèrent leur marche en avant, emboîtant résolument le pas à leur chef.

— Seigneur, s'écria tout à coup celui-ci, tes serviteurs comprennent très bien que tu veuilles éprouver leur foi ; mais leur foi est inébranlable ; ne persistes donc pas à le faire, car tes efforts, pour l'ébranler, seront vains !

Il se précipita de nouveau pour atteindre

1. Gloire à Dieu dans les cieux !

le voile derrière lequel il paraissait croire que se cachaient Dieu et tous ceux dont il avait invoqué la présence, il voulut briser cet obstacle qui l'empêchait de les contempler, mais le nuage mystérieux, comme s'il eût été emporté par une main invisible, échappa constamment à son étreinte.

Affolé, anxieux en apparence, il agita sa torche violemment.

Le voile lumineux s'effaça et disparut.

Tout à coup, le marquis poussa un cri terrible.

Le vieux gentilhomme, en se relevant, au moment où la vision *sacrée* s'était évanouie, avait aperçu, gisant à quelques pas de lui, un cadavre.

Ce cadavre était celui de l'espion, que Tabernier avait frappé à mort, après avoir couché dans le tombeau, celui de Vétoni.

Quant à ce dernier, il n'était pas tellement caché dans le tombeau, qu'il fût impossible de l'y découvrir ; en effet, il en sortait un des pans de son manteau, que dans la précipitation qu'il avait mise à fuir, le meurtrier avait négligé de rejeter sur sa victime.

Ce fut le père Bridoux qui l'aperçut ; et avec l'aide de ses compagnons, il souleva la pierre qui recouvrait le corps.

Quelques minutes après, les deux cadavres étaient étendus l'un à côté de l'autre, sur une large pierre tumulaire, qui se trouvait près de là.

Ils étaient tuméfiés et verdâtres, mais leur décomposition était peu avancée, à cause du froid qui régnait sous ces voûtes souterraines.

— Nous avons été conduits jusqu'à l'endroit où ils se trouvaient, par une colonne lumineuse, comme les Hébreux dans le désert, dit le chef des hommes rouges, qui tenait absolument à ce que cette lueur blanchâtre qu'ils venaient d'apercevoir, constituât un fait surnaturel.

Dame ! le marquis était ignorant et crédule, c'était une bonne occasion de faire un miracle.

— C'est le délégué de Buenos-Ayres ! s'écria le chef des hommes rouges, en se penchant sur le cadavre de celui que Tabernier avait frappé, en le prenant pour un homme qui l'espionnait.

Ce délégué était l'ami de Vétoni.

Sans doute qu'inquiet des allures mystérieuses de Tabernier, il les avait suivis dans les ténèbres, mû par une sorte de pressentiment.

On trouva sur lui le poignard, qu'il avait reçu lors de la fameuse distribution dont nous avons parlé.

Les chef des hommes rouges le prit.

— Il faut que l'assassin meure, le cœur transpercé par ce glaive ! s'écria-t-il.

Les funérailles de Vétoni et de son ami eurent lieu cette nuit-là même.

Elles se firent aussi mystérieusement que s'était faite la recherche dont nous venons de parler.

Maintenant, il nous reste à parler du prétendu miracle, dont le chef des hommes rouges se faisait gloire auprès de l'ignorant et crédule marquis de la Blèverie.

Si l'ancien garde du corps du roi Charles X avait eu quelques connaissances élémentaires de physique, il eût connu le gaz hydrogène perphosphoré, et n'eût pas pris pour une lumière céleste, un dégagement bien que considérable, de ce corps qui s'échappe parfois des tombeaux, et qui s'enflamme à l'air libre.

Il est très probable que le chef des Chevaliers du Crucifix n'eût pas songé à en faire l'objet d'une manifestation divine, s'il n'eût pas connu l'ignorance crasse de ce vieux et dévoué défenseur du trône et de l'autel.

XII

En petit comité.

C'était le lendemain.

Ils étaient six à table, dans une des salles les plus retirées du presbytère de Thisy.

Cette réunion se composait des cinq hommes rouges dont nous avons parlé dans le chapitre précédent, et du sieur Mansot, le curé de l'endroit.

Le curé Mansot était riche, très riche même.

Cet abbé eût pu vivre grassement, sans rien faire, comme un gros bourgeois; il préféra à cette vie monotone et niaise, la vie sacerdotale.

Était-ce parce qu'il aimait le sacerdoce ? Oui et non.

Il n'aimait pas le sacerdoce pour lui-même, le sacerdoce avec ses devoirs austères, sa vie solitaire et contemplative.

Ce qu'il aimait en lui, cet homme charnel et bestial, c'étaient les facilités qu'il y trouvait pour la satisfaction de sa luxure.

Cet abbé était faiseur de nonnes.

Il avait fait bâtir, à quelques kilomètres de son presbytère, deux grandes maisons, entre cour et jardin, bien closes, bien mystérieuses, où il enfermait tous les ans, une douzaine des plus jolies filles de son canton.

Elles étaient censées faire dans ces cloîtres demi-mondains, une sorte de noviciat.

Le recrutement du personnel charmant, bien que moins luxueux et moins tapageur, que celui du Parc-aux-Cerfs, de Louis XV, de très chrétienne mémoire, se faisait par des moyens que le lecteur, déjà un peu au courant des pratiques cléricales, devine à demi.

On sait l'influence énorme que donne au prêtre sur les âmes des femmes surtout, ces tête-à-tête intimes et mystérieux, qu'on nomme la confession : c'est dans les confessionnaux, qui pourraient être aussi bien les laboratoires de la vertu que ceux du vice, que le curé Mansot s'embusquait, à l'affût des mères naïves et crédules, possédant des enfants du sexe faible, dotées par la nature d'une certaine beauté.

Reptile immonde, il enlaçait dans les plis et les replis de son jargon mystique, ces malheureuses âmes, qu'une société imprévoyante et niaise lui abandonnait bêtement, et en faisait sans vergogne et sans pitié, les victimes de son astucieuse éloquence.

Un jour, l'entretien suivant avait lieu entre la femme et le mari, à la métairie, dans la mansarde de l'ouvrier, la boutique du marchand, l'appartement du rentier, le château du noble :

— Mon ami, disait la femme, voilà que Virginie aura bientôt quinze ans, il faut songer à son avenir.

— Marions-la, répondait le mari.

— Oui, mais j'ai consulté ses goûts et...

— Et quoi?

— Eh bien, elle ne se sent pas d'inclination bien prononcée pour le mariage, et puis...

— Et puis?

— Elle serait si heureuse d'être religieuse!

— Allons donc! Virginie?

— Oui,

— Elle ne m'en a jamais rien dit.

— Tu sais, elle est timide, et bien qu'elle

t'adore, elle n'a pas encore osé t'en parler, mais elle m'a tout dit, à moi, sa mère.

Le mari résistait ou ne résistait pas. S'il résistait, c'était une lutte qui s'engageait, lutte intime, incessante, de chaque instant, où la femme montrait, à vaincre, une âpreté de désir, un fanatisme dont ceux-là seuls qui ont eu à soutenir ces combats domestiques, peuvent se faire une idée.

De guerre lasse, le mari cédait.

Un jour, une jeune fille quittait le domicile paternel : c'était Virginie.

Son malheureux père l'embrassait en dévorant une larme; la mère lui disait : Prie pour nous, mon enfant, tu seras l'épouse du bon Dieu, tu es sûre d'aller en Paradis, toi!

Virginie secouait mélancoliquement la tête, et partait.

Elle emportait avec elle un trousseau, des vêtements, du linge, quelques objets de piété.

Puis les portes de la maison de retraite de l'abbé Mansot s'ouvraient pour elle, et se refermaient : c'était fini!

Alors commençait pour la pauvre enfant son initiation au libertinage mystico-mondain, dont l'abbé avait le secret.

Nous avons dit qu'il cueillait bien ainsi tous les ans, une douzaine de jeunes filles dans son canton; cela, au bout d'un certain temps, eût pu lui en faire un grand nombre, mais les caprices du *bon abbé*, comme ceux de tous les débauchés d'ailleurs, n'étaient pas éternels; ils prenaient fin même assez tôt pour qu'il n'y eût pas encombrement dans ses maisons, et il en déversait le trop plein dans les principaux couvents de France. Il abandonnait volontiers ses restes à Dieu.

Ce soir-là, il avait reçu ses confrères les Chevaliers du Crucifix.

Le père Corti, pas plus que le père Bridoux, et les autres qui se trouvaient là, n'ignorait ces particularités édifiantes de sa vie.

Nous avons dit qu'il avait reçu ses hôtes dans une des salles les plus reculées du presbytère.

Celui-ci était attenant à l'église, avec laquelle il communiquait, par des portes intérieures.

Pourquoi avait-il choisi pour les recevoir, l'endroit le plus reculé de sa demeure? parce qu'il voulait être bien sûr que ce qui s'y dirait, n'irait pas jusqu'à l'oreille indiscrète de quelqu'un de ses paroissiens.

Du reste, il ne faisait qu'appliquer en cela, les règles de la société des Chevaliers du Crucifix, à laquelle il se faisait gloire d'appartenir.

La nuit était venue depuis une bonne heure, et les habitants de Thisy, retirés dans leurs demeures, étaient loin de se douter, que leur *recommandable* pasteur avait ce soir là, le plaisir et l'honneur rare de donner à dîner à cinq des sommités de la célèbre société des Chevaliers du Crucifix.

L'abbé avait bien fait les choses ; et il offrait à ses hôtes une hospitalité vraiment princière.

Nous le savons, la gourmandise était un des péchés mignons de ces messieurs.

Le repas était servi par la servante de l'abbé, une grosse campagnarde qui, jetée brute et naïve dans le monde clérical, y avait été pétrie par le digne abbé, et en était sortie métis monstrueux de l'ignorance la plus primitive, et du fanatisme le plus absolu.

Un splendide feu de bois flambait dans l'âtre, et jetait ses reflets pourpres et gais sur les tapisseries et les tableaux de prix qui ornaient les murailles.

Une grosse lampe posée au milieu de la table, et couverte d'un large abat-jour, jetait des reflets doux et affaiblis, sur la figure des convives, pendant que les rayonnements du foyer, dessinaient en vigueur leurs silhouettes, sur les murs et le plafond.

Le père Corti souriait, le père Bridoux était rêveur ; les autres chefs des Chevaliers du Crucifix étaient impassibles et graves.

— Eh bien, l'abbé. fit tout à coup le vieillard, que devient le petit clergé?

— De plus en plus facile à conduire, monseigneur; c'est un chien à la laisse, et cette laisse est entre nos mains.

— Oui, et il ne peut guère en être autrement.

— Oh ! il y a bien par ci par là, quelques velléités de résistance : le despotisme épiscopal est lourd.

— Allons donc ! se trouverait-il encore un peu de vieux levain gallican?

— Peu, monseigneur, et la croyance qui règne en ce moment dans le bas clergé, est que nous seuls pouvons sauver la religion.

— Et nous y arriverons, l'abbé.

— Du reste, cette croyance est encore plus généralement admise dans le haut clergé.

— Oh ! celui-là est à nous tout à fait.

— Certes, nous avons fait du chemin depuis Bossuet.

— L'évêque de Meaux, que l'on a appelé bêtement l'aigle de Meaux, n'était qu'un oison bruyant qui eût perdu l'Église, si nous n'y avions mis bon ordre; c'était un esprit superficiel.

— Il n'était pas en effet capable d'aller au fond des choses, cet homme, monseigneur.

— Ah! il y a longtemps que la religion serait perdue, si nous n'avions pas toujours tenu haut et ferme, envers et contre tous, le drapeau des vrais principes !

— J'admire Escobar, monseigneur, et

j'ai acheté dernièrement la dernière édition de ses œuvres splendidement reliée.

— Escobar comme les autres, tous ceux qui ont écrit pour notre admirable et toute-puissante société, sont excellents ; c'est dans leurs œuvres sublimes que l'on apprend ce que c'est que l'évangile, ce que c'est que Jésus, ce que c'est que la morale.

— Léon XIII est-il à nous ? monseigneur.

— Maintenant, oui.

— Il a, paraît-il, fait difficulté de se soumettre au même joug que Pie IX ?

— Oui, mais il a reconnu que nous étions plus forts que lui et il s'est soumis.

— Il a pensé à Clément XIV ! fit l'abbé en riant.

— L'esprit ne nuit pas à un pape, pas plus qu'à un autre homme.

Les quatre chefs des Chevaliers du Crucifix, qui mangeaient et buvaient sans rien dire, sourirent.

— J'admire nos adversaires, monseigneur, poursuivit l'abbé, que de niaiseries ils débitent sur nous ! monseigneur.

— Ce sont les fameux fils de Voltaire et de Jean-Jacques, qui croient tout savoir, parce qu'ils ont appris que l'air se compose d'oxigène et d'azote, et que deux et deux font quatre : les insensés !

— Ils nous appellent les hommes noirs, l'internationale noire, et ils croient avoir tout dit !

— Nous ne sommes pas toujours noirs, fit le vieillard en riant, mais ils nous connaissent si peu, qu'ils ignorent que nous portons des manteaux de pourpre dans nos cérémonies.

— Ces cérémonies, ils n'en soupçonnent même pas l'existence, ils sentent cependant notre pouvoir mystérieux, et c'est le front pâle d'une sorte de terreur sacrée, qu'ils

sont venus s'asseoir à la place où fût le trône de nos rois.

— Ils trembleront bien davantage plus tard.

— Certes, tout l'édifice social, qui est notre œuvre, est devant eux, et ils n'osent pas y porter la main.

— La magistrature est debout, les fonctionnaires sont debout, le clergé est debout : chose singulière et qui montre bien leur irrémédiable impuissance, ils n'ont même pas osé frapper les hommes du seize mai !

— Ils nous persécutent bien un peu, en ce moment, monseigneur.

— Ah ! ah ! avec leur nouvelle loi sur l'enseignement supérieur.

— Dame !

— J'en suis enchanté, c'est une admirable idée qu'ils ont eue de toucher à nos privilèges ! Ah ! ah ! Le clergé s'endormait dans une quiétude funeste : ce coup est venu le réveiller, il faut que le clergé ne s'endorme jamais !

— Alors, tout est à souhait, monseigneur ?

— Parfaitement, nous sommes un peu persécutés, nous crions très fort, nous nous attirerons des amendes, et même la prison, on nous plaindra, nous serons des martyrs : quelle bonne fortune !

— Mais c'est tout ce que nous demandions, nous ! s'écria le père Bridoux.

Rire général.

. . . .

Ce soir là, une troupe de gens voyageant à cheval, était descendue à une auberge, à deux kilomètres de Thisy.

Cette auberge, si on peut donner ce nom à un pauvre cabaret perdu dans les bois, loin de toute habitation, donnait à boire et à manger, et logeait même au besoin, bêtes et voyageurs.

Nos inconnus y entrèrent, après avoir

confié leurs chevaux au maître de l'établissement.

La principale salle de ce caravansérail primitif, avait pour uniques meubles, une table longue grossièrement faite, flanquée de deux bancs, aussi grossièrement construits et un poêle sur lequel fumait une marmite bourrée de raves et de pommes de terre.

Ils s'assirent sur ces bancs et demandèrent tout ce que l'établissement pouvait offrir de mieux en vins et victuailles.

Dame ! l'appétit ne devait pas leur manquer, car ils avaient parcouru trente kilomètres depuis leur dernier repas.

L'hôtelière, une grosse paysanne à la figure rougeaude, et aux bras énormes, qui paraissait avoir été mal dégrossie par un créateur inconscient, leur apporta du pain bis, du lard, et une sorte de piquette, en guise de vin.

— Eh ! la petite mère, fit l'un d'eux en jetant un regard mélancolique sur cette assez maigre pitance, n'avez-vous pas autre chose ?

L'hôtelière ouvrit de grands yeux et s'essuya, pensive, le visage avec le coin de son tablier.

— Oui, autre chose, insista l'inconnu, un poulet par exemple; ça se trouve partout un poulet, que diable !

Disons tout de suite quel était cet inconnu, qui ne paraissait pas considérer le lard comme l'équivalent d'une volaille.

C'était le marquis Ulrich de Bordes.

Il jeta deux louis sur la table.

— Vite ! et que ce soit cuit à point ! s'écria-t-il.

— Alle couesse [1] ! fit la femme, en s'essuyant de nouveau avec le coin de son tablier.

1. Elle couve, — elle donnait à entendre qu'elle avait bien une volaille, mais que cette volaille était une poule et qu'elle couvait ses œufs.

— Hein ! fit de Bordes, qui ne connaissait pas un mot du patois du pays.

En ce moment, l'hôtelier entra.

Deux mots de sa femme le mirent au courant de ce qui se passait.

Quand il vit les pièces d'or, il ôta le bonnet de laine qui lui servait de coiffure.

Sur un signe qu'il lui fit, sa femme les prit, et se mit à essuyer la table, encore avec le coin de son tablier.

Quant à lui, il sortit précipitamment.

Bientôt l'on entendit du dehors, les cris de la pauvre poule, qu'il égorgeait, dans le but de la servir à ses hôtes, sous la forme d'un rôti appétissant.

La malheureuse bête, unique volaille qu'il y eût dans l'établissement, n'avait que la peau et les os.

Pendant que l'hôtelier fait tout ce qu'il peut pour arriver le plus promptement possible à la réalisation des rêves gastronomiques de ses hôtes, parlons un peu de ces derniers, et écoutons leur conversation.

Ces hommes, y compris le marquis de Bordes, le fashionnable, le gandin, l'élégant gentleman, ressemblaient à des marchands de chevaux.

Ils étaient vêtus de drap grossier, et portaient sur leurs vestes, une blouse bleue.

Un chapeau de feutre noir, à bords étroits, complétait leur tenue.

Évidemment le marquis était leur chef, car il leur parlait avec autorité.

Cependant, ils ne le connaissaient pas sous son vrai nom.

Pour eux, le marquis était tout simplement M. Morel, marchand de chevaux à Corbeil.

Chose singulière, mais qu'il devait au génie de Tabernier, son complice, il avait un passeport sous le nom de Morel et avec son signalement et sa profession d'emprunt.

— Varcolli, disait de Bordes à un de ses

hommes, vous êtes bien sûr qu'ils sont entrés dans le presbytère de Thisy.

— Très sûr.

— Et ils y passeront la nuit?

— Oui, c'est du moins ce que la domestique du curé a dit dans une ferme voisine,
où je suis allé prendre des renseignements.

— Quel beau coup de filet!

— Et celui qui nous envoie sera content.

— Connaissez-vous celui qui nous envoie?

— Non, mais il paie bien, et cela me
suffit. Vous, le connaissez-vous?

— Non.

— Alors, comment avez-vous fait?

— C'est bien simple : un petit homme,
gros comme une futaille, est venu me trouver à Corbeil, et m'a dit :

— Monsieur Morel, il y a cinq cafards
au château de la Blèverie, tâchez de me les
tuer, voilà pour vous.

Et il me remit un sac plein d'or, en me
disant que j'en aurais encore autant si je
réussissais et qu'il m'enverrait des hommes
pour m'aider.

En même temps, il me disait de me trouver à Paris, quatre jours après, rue du
Pont-Neuf, 5, chez un marchand de vin.

— J'y suis allé.

— Moi, fit Varcolli, je me trouvais dans
un garni, rue du Petit-Musc ; un de mes
camarades que voilà (il montra un de ses
compagnons) vint me voir et me dit de venir avec lui dans un cabaret, rue du Pont-
Neuf, en m'assurant qu'il y avait mille
balles[1] à gagner : j'ai accepté, et j'y suis
allé avec lui, voilà tout.

— C'est à peu près comme pour l'affaire
de Genève.

— A peu près.

1. Mille francs.

— A propos, qu'est-elle devenue, la
fille.

— Quelle fille?

— Celle que nous avons enlevée ce jour-
là, parbleu!

— Je n'en sais rien.

— Tudieu! quelle jolie femme!

— En êtes-vous amoureux?

— Corpo di Bacco! amoureux fou!

L'œil de l'Italien lança des flammes.

Le marquis se mit à rire.

— Il n'y faut plus penser.

— Pourquoi?

— Parce que celui qui la tient, la tient
bien.

— Ah! s'écria Varcolli en frappant du
poing sur la table, il y en a qui ont de la
chance ; ils se font enlever des femmes,
tout ce qu'il y a de plus joli en femmes et
on les leur livre, sans leur avoir enlevé
même une mèche de cheveux.

— Ça vous ferait une belle jambe de lui
avoir enlevé une mèche de cheveux! fit le
marquis en riant.

— C'est toujours ça! dit l'Italien d'un
air mélancolique.

Le marquis haussa les épaules.

— Je me rappelle que lorsque je suis
tombé, et qu'on m'a dit de faire le mort, je
ne fermais les yeux qu'à demi, et je vis la
jeune fille descendre de voiture, un pan de
sa robe se trouva pris au marchepied, ah!
quelle jambe! Corpo di Bacco! quelle
jambe!

— Allons! allons! c'est folie que tout ça!
s'écria le marquis en lui versant à boire!

A propos, ajouta-t-il, quel est donc cet
homme qui vous a fait des signes d'intelligence sur la route?

— C'est un de mes vieux amis.

— Il avait l'air d'un saltimbanque.

— Ç'en est un, c'est le plus grand charmeur de serpents qu'il y ait au monde.

— Drôle de profession.

Ne serai-je pas le premier à réclamer votre liberté?

— Et drôle d'homme. Corpo di Bacco, en voilà un qui a gagné de l'argent !

— Il ne paraît pas riche.

— Tantôt riche, tantôt pauvre.

— Comment cela ?

— Il gagne beaucoup, mais il boit et il joue.

— Ah !

La conversation fut interrompue par l'arrivée de l'hôtelier, portant triomphalement la malheureuse poule, qu'il avait eu l'audace de faire rôtir, malgré son état de maigreur extraordinaire.

— C'est une volaille de carton que vous nous apportez-là ! s'écria le marquis.

— Mon bon monsieur, fit l'hôte, vous l'avez tout entière et avec tous ses petits !

— Tous ses petits ?

— Oui, comme on dit *cheux* nous, perdu la poule, perdue la couvée !

Le marquis haussa les épaules, et se mit à désarticuler ce squelette de volaille.

Mais il avait ainsi que ses compagnons, un appétit à ne pas reculer devant les mets les plus fantastiques.

— Monsieur Morel, fit Varcolli, après un

moment de silence, voulez-vous que je vous raconte une histoire?

— Je le veux bien, cela me distraira peut-être et m'allègera l'ennui que j'éprouve à mâcher cette volaille, dont la chair ressemble assez, ma foi, à un paquet de ficelles.

— C'est de Broussard que je veux parler, le saltimbanque en question.

— Soit, il doit y avoir pas mal d'aventures, dans la vie d'un saltimbanque.

— En effet, et Dieu sait s'il en a eu, lui, qui parcourt depuis vingt ans, les cinq parties du monde! Il n'a pas toujours été saltimbanque, à l'époque où j'ai fait sa connaissance, il était peintre dans une des principales villes d'Italie. C'est le fils d'un petit marchand de Gênes, qui lui laissa en mourant une vingtaine de mille francs. C'était peu de chose pour un homme comme Broussard, qui avait un appétit à dévorer des millions : aussi, les vingt mille francs ne durèrent pas longtemps, et au moment où je le rencontrai, c'était quelques jours après qu'il fût entré en possession de son héritage, je lui aidai à perdre au jeu ce qu'il lui en restait.

Le marquis jeta un regard sur le narrateur; lui aussi, avait fait filer rapidement l'héritage paternel.

— Broussard, continua Varcolli, était un bon compagnon, brave, audacieux, aimant le plaisir à la fureur, et jouant du couteau comme pas un Italien pur sang. Ah! que de beaux coups nous avons faits ensemble!

— Vous n'avez ni tué ni volé, je suppose? fit le marquis en souriant.

— Et le moyen de vivre et de bien vivre sans travailler, lorsqu'on n'a pas de rentes; dites-le moi donc, monsieur Morel, s'il en existe un autre que celui-là?

— Je n'en connais pas, moi.

— Ni moi non plus : aussi nous en avons fait, je vous le répète de bons coups avec Broussard! J'arrive à l'histoire que je voulais vous raconter; dame! elle a mis fin à nos exploits en Italie, en nous jetant toute la police du pays sur les bras. Ah! que l'on ne devrait donc jamais s'amouracher d'une femme, fût-elle aussi belle que cette Vénus dont les peuples anciens et même les nouveaux qui ne l'ont pas vue, parlent tant; mais que j'aurais bien voulu voir de mes propres yeux, monsieur Morel, pour savoir si elle était aussi belle que Benedita.

— Benedita? fit le marquis.

— Oui, Benedita Tavelli.

Le marquis savait que la baronne de Berny s'appelait Benedita, et qu'elle était italienne; c'était elle qui le lui avait dit : mais il pensa qu'il pouvait y avoir en Italie des milliers de femmes qui portaient le prénom de Benedita, et il haussa les épaules à l'idée qui lui était venue que ce pouvait être la baronne.

Cependant il écouta avec une attention croissante les propos de ce Varcolli.

— Un jour, poursuivit ce dernier, un monsieur très bien mis vint dans l'atelier de Broussard, examina longuement ses toiles et finalement lui donna sa carte en lui disant de passer chez lui pour faire le portrait de sa femme et de sa fille.

Il demeurait dans une maison de campagne à une faible distance de la ville : Broussard y alla. Il en revint amoureux fou de la fille : c'était cette Benedita dont je viens de vous parler.

— Comment était-elle cette fille?

— Tout ce que je pourrais vous en dire, ne vous donnerait jamais même une lointaine idée de sa beauté et de ses charmes; il faut voir cette perle, ce diamant, ce rayon de soleil faits chair, et taillés en femme par un incomparable artiste.

— Oh! oh!

— Ce n'était pas du marbre, ce n'était pas

de l'albâtre son corps, ni du lait pour la blancheur, c'était mieux que cela !

— Oh ! oh !

— Son rire faisait bondir le cœur, et ensoleillait l'âme !

— Oh ! oh !

— Sa voix avait des intonations étranges et inattendues qui bouleversaient.

— Ah ! fit de Bordes, qui pensa que celle de la baronne avait de ces intonations-là.

— Hein ?

— Rien !

— En avez-vous connu une comme ça ?

— Non ; je crois même qu'il n'a jamais existé de femme comme celle-là : ce n'est pas une femme, c'est un rêve.

— Un rêve, oui ; mais un rêve fait chair, un rêve que l'on palpe, que l'on sent ; qui frissonne, qui frémit, qui crie et qui pleure de tendresse et de plaisir ! Corpo di Baccho ! je donnerais jusqu'à la dernière goutte de mon sang pour la revoir, cette sirène, ne fût-ce qu'une heure !

Le marquis devint songeur.

La baronne lui paraissait de plus en plus ressembler à cette inconnue.

En même temps se révélait en lui une ardeur étrange, sauvage, féroce, qu'il ne pouvait définir et qu'il n'avait jamais ressentie : c'étaient les premiers rugissements de la passion qu'elle lui avait inspirée.

— C'est drôle, se dit-il, comme le souvenir de cette femme me grise, et me monte à la tête !

Il posa son coude sur la table et sa tête sur sa main, et ferma à demi les yeux comme un homme qui sent l'ivresse envahir son cerveau.

— Vous l'avez enlevée, cette jeune fille ? demanda-t-il machinalement à l'Italien.

— C'est-à-dire que c'est Broussard ; moi j'ai garrotté et bâillonné la mère, éventré le chien d'un coup de poignard et dévalisé la villa.

— Et le père ?

— Vous voulez parler du maître de la villa ? Cet homme n'était pas son père, il était l'amant de sa mère, et il était devenu, — elle nous l'a avoué plus tard — le sien depuis quelques jours ; il a été garrotté et bâillonné comme la mère.

Un sourire cynique passa comme un éclair sur la figure du marquis.

— Ah ! le beau coup ! poursuivit Varcolli ; nous avions trouvé dans la villa plus de trente mille florins et un ange !

Quand le soleil se leva, nous étions sur mer ; tous trois dans un bateau que nous avions loué et que quatre vigoureux rameurs avaient réussi à éloigner considérablement de la ville ; nous voguions à la recherche de quelqu'un de ces navires, qui traversent presque à des heures fixes ces parages de l'Adriatique, et qui devait nous aider à gagner un pays où nous pussions jouir en toute liberté de notre double trésor ; c'est ce qui arriva, un grand steamer nous prit à la hauteur d'une petite île, à huit ou dix kilomètres des côtes ; le lendemain nous étions à Malte.

— Et Benedita n'éprouva aucun regret de quitter sa mère, sa patrie et son amant ?

— Aucun. Dans les premiers jours, poursuivit Varcolli, j'éprouvai une rage inouïe à voir Benedita sur les genoux de Broussard ; je méditai de le tuer, et bien des fois ma main saisit sous mon manteau, le manche de mon stylet. Ivre, fou, il ne s'apercevait pas de mon trouble et de mon air sombre, l'insensé !

Benedita se douta de ce qui se passait en moi ; un pacte eut lieu entre nous, et Broussard fut sauvé.

— Ce partage vous allait ?

— Pas trop, mais elle le voulait, elle ; et sa volonté avait sur moi un empire absolu.

— Et Broussard ?

— Il ignorait tout. Mais cela me pesait,

corpo di Baccho! Un jour que je dessinais sur son genou, un tatouage, représentant une toute petite étoile rose, — Broussard était absent — je lui proposai de partir avec moi, de n'être qu'à moi, et je parlai de tuer Broussard pour qu'elle fût libre de me suivre, elle ne le voulut pas.

Le marquis le regardait d'un œil hagard, et était devenu très pâle.

Il se rappelait avoir aperçu sur le genou de la baronne, une toute petite tache rose.

— Un tatouage, dites-vous? balbutia-t-il.

— Oui.

— Étrange! étrange!

— Qu'est-ce qu'il y a d'étrange à cela? Nous autres Italiens nous marquons ainsi nos maîtresses, et nous avons nos stylets pour les garder!

Le marquis était tombé dans une sombre rêverie.

— La perfide, poursuivit Varcolli, en avait assez de moi et de lui. Quelques mois après elle disparut, en nous laissant un petit être dont elle était la mère.

— Et vous ne l'avez jamais revue? fit le marquis en relevant brusquement la tête.

— Jamais!

— Ni Broussard?

— Ni Broussard; et pourtant nous l'avons cherchée dans toutes les parties du monde.

Revenons aux hôtes du curé Mansot.

Certes, nous l'avons vu, ils faisaient bonne chère, eux, et les vins les plus exquis remplissaient leurs verres.

Sachant le rôle immense que jouaient dans la société, ces hommes considérables qu'il avait pour convives, l'abbé en profitait pour les questionner sur une foule de choses, et leur demander le mot de bien des secrets, qui étaient restés jusqu'à ce jour des énigmes que lui, obscur curé de

campagne, n'avait jamais pu déchiffrer.

Il exprimait naïvement ses craintes sur ce que, dans sa pensée de prêtre, et d'ami de la royauté légitime, il appelait l'avenir de la France.

Le vieux père Corti souriait.

Ce sourire, l'abbé le trouvait étrange, et il s'écria tout à coup, avec une légère pointe d'impatience :

— Mais enfin, monseigneur, les campagnes se républicanisent!

— Tant mieux!

— Nos plus fidèles ouailles vont déserter la maison du Seigneur?

— Tant mieux!

— Que ferons-nous? nous serons donc obligés de fermer nos églises?

— Nullement, l'abbé, il restera, croyez-moi, assez de fidèles au bercail, pour attendre le retour des brebis égarées.

— Vous voyez tout d'un regard d'aigle, vous, monseigneur, et vous apercevez sans doute la lumière où ma pauvre vue à moi ne trouve que ténèbres.

— Voyons, l'abbé, qu'avons-nous fait sous la première République? A cette époque nous avions affaire à des hommes, rien qu'à des hommes, c'est-à-dire à des individualités : Mirabeau, Danton, Robespierre, Marat, etc. Qu'avions-nous à faire? Qu'avons-nous fait? Derrière eux il n'y avait rien qu'une masse confuse, dans laquelle aucune idée nouvelle, aucun principe politique nouveau n'avait pris racine et que l'on pouvait encore pétrir à sa volonté; la révolution s'incarnait donc tout entière dans ces individualités. Elles supprimées, la révolution était supprimée; nous les avons détruites les unes par les autres pour la plupart.

— Travail fécond! momseigneur, conception sublime.

— Aujourd'hui la question n'est plus la même; la révolution ne se présente pas incarnée dans quelques hommes seulement : c'est la masse du peuple qui est révolutionnaire ; c'est la presque totalité de la nation qui est républicaine.

Les quatre hommes rouges et l'abbé firent un grand signe de croix.

— C'est donc la France, poursuivit le père Corti, c'est la nation que nous devons prendre corps à corps ; c'est contre elle que nous devons lutter. Nous, nous allons au fond des choses, au rebours des républicains, qui eux n'en voient que la surface : petites gens !

— Il n'y a pas un penseur parmi eux ! s'écria le père Bridoux.

— Est-ce nous qui aurions confié le commandement de l'armée de la Loire à des généraux qui n'auraient pas eu l'esprit imbu de nos doctrines et le cœur plein des sentiments qui nous animent? exclama le père Von Berg.

— Est-ce nous qui aurions confié la défense de Paris à un homme qui devait se considérer comme damné, s'il avait réussi dans sa tâche? s'écria le père Forwart.

— Est-ce nous qui aurions laissé dans l'administration une masse de fonctionnaires intéressés à faire avorter nos efforts et à laisser manquer de vivres et de munitions nos soldats sur le champ de bataille? s'écria le père Stelekoff.

Tous se mirent à rire bruyamment.

— Non seulement ces républicains, poursuivit le père Corti, ne sont pas des penseurs, mais ils ne connaissent même pas les premiers éléments de la psychologie : bien plus, les malheureux ignorent les enseignements de l'histoire !

— Ah ! leurs pères étaient des hommes d'une bien autre valeur ! ils avaient su, eux, rejeter au delà de la frontière ou dans les prisons leurs ennemis ; ah ! certes, ils n'eussent pas mis l'épée de la République dans les mains des émigrés de Coblentz ! Eh

bien, qu'avons-nous vu en 1870? Les émigrés de Coblentz, à l'intérieur, et des royalistes chargés de conduire au combat les armées de la République !

— Et ces gens là croyaient triompher ! s'écria le père Bridoux.

— Il eût peut-être mieux valu pour eux confier l'épée de la France à des officiers prussiens ; peut-être que, parmi eux, ils auraient trouvé des gens qui eussent reculé devant la trahison ! exclama le père Von Berg en riant.

— Ah ! c'est que nos chers enfants les royalistes ne comprennent pas l'honneur comme ces Teutons, comme des républicains ! poursuivit le père Corti ; mais nous allons leur montrer une chose qu'ils ignorent encore, — comme tant d'autres choses !

— nous allons leur montrer que nous connaissons, nous, ce qu'ils ignorent et ne connaîtront jamais, eux : l'âme humaine !

— L'âme humaine est un grimoire pour ces républicains, fit le père Bridoux.

— Ce sont des enfants qui se laissent conduire par des instincts d'infiniment moins de valeur que ceux qui conduisent la brute, fit le père Stelekoff.

Un grand problème était à résoudre, continua le vieillard ; il s'agissait de détruire la République en détruisant son idéal et sa légende.

On disait que le républicain était :

Honnête,

Laborieux,

Tempérant,

Patriote,

Vaillant,

Humain,

Passionné pour le beau et le juste.

Il fallait prouver qu'il n'était :

Ni honnête,

Ni laborieux,

Ni tempérant,

Ni patriote,

Ni vaillant,

Ni humain,

Ni passionné pour le beau et le juste.

— Pour faire cette démonstration, nous avons employé, devinez quoi?

Un insecte.

— Les secrets de la Providence sont admirables! s'écrièrent les quatre hommes rouges.

L'abbé écoutait tout ébahi.

— Cet insecte merveilleux est le stercoraire.

— Le stercoraire! s'écria l'abbé.

— Cet insecte est un écrivain.

— Vraiment! s'écria l'abbé.

— Cet insecte est une très belle trouvaille de ce bon Sébaste, rédacteur de notre journal mondain [1], il est éclos dans les plis de son gilet de flanelle!

— Que la Providence est admirable! monseigneur.

— L'œuvre de cet écrivain est déjà considérable : il a réussi à prouver que les ouvriers, c'est-à-dire les masses républicaines, sont un ramassis de fainéants, de pouilleux, d'êtres grossiers, qu'on ne voudrait pas toucher même avec des pincettes.

— Et cela se dit, monseigneur? fit l'abbé tout à fait ignorant de ce qui se passait à Paris.

— Non seulement cela se dit, mais cela se joue dans les théâtres, à la grande joie des royalistes, et, ce qui est admirable, aux applaudissements des républicains qui, dans leur candeur, n'en comprennent ni la signification, ni la portée!

— Ah! qu'un pauvre prêtre, perdu au fond d'une campagne, ignore de choses! s'écria l'abbé.

— Non seulement ça s'écrit et ça se joue, poursuivit le vieillard, mais encore l'auteur de ces belles choses se pose en chef d'école et il y arrivera.

1. Ce Sébaste est mort il y a quelque temps.

— Quel nom portera cette école? monseigneur.

— Dites donc quel nom elle porte ? Oh! nous allons vite en ce siècle de la vapeur! — elle s'appelle l'école naturaliste, réaliste : peuh! est-ce assez réussi?

Hilarité générale.

— Cette école a pour but de démontrer que l'homme est né de la fiente, qu'il est de la fiente, et qu'il finira dans la fiente : que la fiente est la plus sublime réalisation de l'idéal ; que son odeur est merveilleuse; qu'en dehors de la fiente il n'y a pas de salut pour la République, et que tout le progrès consiste à s'y enfoncer de plus en plus.

— Et on se récrie quand nous disons dons nos chaires, que les républicains sont de la pourriture et de la canaille! s'écria le père Bridoux.

— Et l'on dit que nous sommes des insensés quand nous soutenons qu'en dehors de l'Église, il n'y a pas de salut pour la société!

— Les effets de ces doctrines sont visibles, palpables. Est-il possible que l'homme arrivé à aimer la fiente et à y fixer sa demeure, puisse avoir d'autre idéal que l'appétit bestial, et d'autre horizon que le ruisseau ?

— C'est évident! monseigneur.

— Alors que devient l'idéal de la République?

— L'idéal du porc, dit l'abbé.

— Que restera-t-il à la fin de cette transformation qui est en train de s'opérer?

— Un tas d'ivrognes, de brutes, de paresseux, de débauchés et de prostituées.

— Que nous tirerons de la fange à coups de fouet et de sabre, quand notre heure aura sonné.

— Ce jour-là nous aurons avec nous tous les hommes de cœur que ces turpitudes auront éloignés de ce ramassis infect, et tous ceux qui nous seront restés fidèles, et nous serons le nombre, la majorité, la loi, la force !

— Bien dit ! l'abbé.

— Comment se fait-il que les républicains, les fils de Voltaire et de Jean-Jacques, se soient jetés dans de pareilles ignominies de la pensée ?

— C'est le secret de Dieu, fit le vieillard.

— *Quos vult perdere, Jupiter dementat* [1], s'écria le père Bridoux.

— *Amen !* fit le père Von Berg.

— *Amen !* fit le père Stelekoff.

— *Amen !* fit le père Forwart.

— Au reste, poursuivit le père Corti, la République n'a pas que le stercoraire pour la détruire, elle a le radical. Je vais vous dire une chose, l'abbé, qui vous surprendra peut-être autant que le stercoraire.

— Quoi donc ? monseigneur.

— Vous rappelez-vous ce bouquet de fleurs envoyé au vieux Blanqui dans sa prison ?

— Oui.

— Eh bien, c'est moi qui le lui ai envoyé !

— J'y ai songé, monseigneur.

— Ah !

— Oui, j'ai pensé que nous avions intérêt à faire revivre tous les éléments de discorde que la République renferme dans son sein.

— C'est cela, et cette main mystérieuse qui envoyait ce bouquet était la mienne ; la chose la plus drôle, c'est que le pauvre vieux a cru sans doute que cette main était celle de quelque jolie femme : avez-vous vu sa lettre ?

— Oui, monseigneur.

— Quelle candeur ! fit le père Von Berg.

— Ce bouquet, poursuivit le père Corti,

fera son chemin, il sera le point de départ de la question Blanqui, et plus tard, l'objet d'un conflit entre le gouvernement et le suffrage universel [1], vous verrez cela.

Tout à coup un grand bruit se fit, une fenêtre s'ouvrait avec fracas, et un homme masqué sautait dans la salle.

Cet homme avait un revolver dans une main, et un poignard dans l'autre.

L'abbé et ses convives se levèrent précipitamment.

L'inconnu leva son revolver et ajusta les hommes rouges et l'abbé.

Cependant la domestique, grosse paysanne, sorte de boule-dogue, voyant le danger que courait son maître, se jeta sur l'arme meurtrière.

Le coup partit, mais le projectile n'atteignit personne.

— Canaille ! s'écria-t-il, elle m'a fait manquer mon coup.

En même temps, il fit un effort violent pour se débarrasser d'elle.

Mais la robuste paysanne était forte comme un homme.

En même temps, l'abbé renversa les candélabres, et l'obscurité se fit complète.

— Sacré n. d. D ! s'écria un nouveau venu qui venait de pénétrer à son tour dans la salle, ces misérables vont nous échapper ! Venez ici, vous autres ! de la lumière ! Malédiction ! Il fait noir comme dans un four !

Celui qui s'exclamait ainsi, était le marquis de Bordes.

Celui qui luttait contre la servante, c'était Varcolli.

Deux autres des compagnons du marquis, entendant son appel, arrivèrent à leur tour.

Saisie à la gorge par Varcolli, la servante râlait, mais ne lâchait pas prise.

1. Jupiter prive de la raison ceux qu'il veut perdre.

1. Tout cela est arrivé depuis.

— Chienne ! hurla-t-il... elle le mordait !...

Tout cela s'était passé avec la rapidité de l'éclair.

Errant dans la salle, le pistolet au poing, le marquis aveuglé par les ténèbres, et craignant que ses ennemis ne vinssent à lui échapper, rugissait de colère.

Enfin, on fit du feu, on ramassa sur le parquet une bougie qu'on ralluma.

Le marquis poussa un cri de rage.

L'abbé et ses hôtes avaient disparu !

Au fond de la salle, se trouvait une porte, il y courut avec quelques-uns de ses hommes. Elle était fermée, et ils ne purent l'ouvrir : elle fut enfoncée.

Un long couloir s'offrit à eux, ils s'y engagèrent, au fond de ce couloir se trouvait encore une porte, qui était également fermée à clef ou verrouillée à l'intérieur, celle-là était solide, et ils se prirent à plusieurs fois pour l'enfoncer, enfin elle tomba.

Ils étaient dans l'église.

Elle fut fouillée dans tous les sens, sans que ces recherches minutieuses amenassent la découverte d'un seul de ceux qu'ils cherchaient.

L'unique porte de l'église était fermée et vérrouillée en dedans.

Et pourtant ils ne sont pas sortis ! fit le marquis, en le constatant.

— Ces gens-là sont comme le diable, ils n'ont qu'à dire un mot pour que la terre s'entr'ouvre et leur offre un asile, s'écria Varcolli, qui venait de rejoindre le marquis, après s'être débarrassé de la servante, qu'il avait réussi à bâillonner et à garrotter.

Le sol de l'église était couvert de larges dalles.

Cependant, une voix qu'ils ne pouvaient entendre, disait à quelques mètres sous leurs pieds :

— Soyez sans crainte, messeigneurs, ici vous êtes en sûreté.

Cette voix était celle de l'abbé Mansot.

— En êtes-vous bien sûr, l'abbé ? demanda avec inquiétude le père Corti.

— Parfaitement sûr, monseigneur : au reste, tout le monde ignore l'existence de ces caveaux.

— Même votre domestique ?

— Même ma domestique.

— Ah ! fit le vieillard avec un sentiment de soulagement.

— Bien plus, monseigneur, poursuivit l'abbé, la dalle qui recouvre l'entrée du passage par lequel on peut s'introduire ici, est maintenue en dedans par un énorme verrou.

— Ils vont vous voler, ces misérables !

— Oh ! je n'ai pas cinq cents francs chez moi.

— N'en voudraient-ils pas plutôt à nos vies, qu'à la bourse de l'abbé ? dit le père Bridoux.

Le père Corti hocha la tête.

— Je le crois, fit-il.

Il songeait au meurtre de Vétoni, et il lui semblait qu'il devait exister une corrélation entre ce meurtre et l'attaque dont ils venaient d'être l'objet.

— Un homme averti en vaut deux, fit sentencieusement le père Stelekoff.

Les cinq chefs des Chevaliers du Crucifix se mirent à sourire.

L'abbé déposa sur la pierre d'un tombeau (en ce lieu il se trouvait d'anciennes sépultures) la lampe qu'il tenait à la main.

Cette lampe était celle qui, selon l'antique usage, était allumée nuit et jour dans l'église de Thisy.

C'était à elle qu'ils devaient d'avoir pu pénétrer jusque dans cet asile.

Maintenant, le lecteur devine aisément comment ils avaient échappé à leurs ennemis.

Le couvent des Théatines.

Le marquis était furieux.

Après avoir fouillé l'église et le presbytère plusieurs fois, et désespérant de retrouver ceux qu'il s'était chargé d'exterminer, il revint dans la salle du festin.

Là se trouvait la servante; bâillonnée, garrottée, étendue sur le parquet, elle était immobile comme un cadavre.

Il donna l'ordre de lui enlever ses liens.

Elle crut que sa dernière heure allait sonner.

Un éclair fauve jaillit de sa prunelle; son visage pâlit et ses traits devinrent rigides comme s'ils avaient été de marbre. L'idéal de la malheureuse était d'être martyre.

— Que sont devenus vos maîtres? lui demanda rudement le marquis.

— Je ne sais pas, répondit-elle.

— Existe-t-il un souterrain quelque part par ici?

— Je ne sais pas; mais je le saurais que je ne le dirais pas.

Varcolli, exaspéré, la saisit par les cheveux et la renversa sur le parquet.

— Tuez-moi ! tuez-moi ! cria-t-elle, et je serai comme sainte Agathe.

— Qu'est-ce que c'est que cette sainte Agathe ? lui demanda le marquis.

— C'est ma patronne ; elle est au paradis, et, si vous me tuez, j'irai comme elle au Paradis ! Elle se remit à crier : Tuez-moi ! tuez-moi ! tuez-moi !

— C'est une fanatique ; elle est folle ; nous n'en tirerons rien : remettez-lui son bâillon et liez-lui solidement bras et jambes, dit le marquis à ses gens.

En un instant cela fut fait.

Un homme vint, que le marquis avait envoyé inspecter les alentours de l'église et du presbytère.

— Nos hommes sont à leur poste, dit-il, ils gardent toutes les issues, et personne n'est sorti ni de la cure ni de l'église.

— Ils sont ici ! s'écria le marquis, mais où ?

Chienne ! exclama-t-il, en lançant un violent coup de pied à la servante qui était étendue sur le parquet.

Sous l'impression de la douleur, la malheureuse frissonna, ses traits se contractèrent ; puis elle sourit.

— Quelle brute, fit-il, en haussant les épaules.

— Sondons les murs ! monsieur Morel, fit Varcolli ; sondons les parquets ; soulevons, s'il le faut, les dalles de l'église ; démolissons le *bazar* !

Tout à coup, on entendit au dehors le galop d'un cheval.

— Qu'est-ce que c'est que cela ? fit le marquis ému, presque inquiet.

Au même instant, une tête se montra à la fenêtre, puis un corps tout entier émergea du dehors, et un homme sauta dans la salle.

Le marquis se leva précipitamment et courut à lui.

— Qu'y a-t-il ? lui demanda-t-il vivement.

— On se réveille à la Blèverie, fit l'homme. Il paraît que quelqu'un est allé dire là-bas que des gens que l'on croyait des voleurs, avaient pénétré dans le presbytère de Thisy.

— Comment sais-tu cela ?

— Par ce que j'ai entendu dire aux valets et aux piqueurs qui s'appelaient et se rassemblaient dans la cour du château.

— Et ils vont venir ici ?

— Certainement.

— Sont-ils nombreux ?

— Plus de vingt, et le vieux marquis leur distribue des fusils.

— Malédiction ! s'écria le marquis, notre entreprise est manquée ! Alerte ! mes amis.

Quelques instants après, toute la bande d'Ulrich de Bordes se trouvait groupée autour de lui, à l'angle d'un bois, non loin de la grande route de Thisy à la Blèverie.

— Le diable emporte, disait-il, ce vieux châtelain, cette espèce de vieille bête qui se croit encore au moyen âge et qui a chez lui un régiment de valets armés, et sans lequel il ne sort jamais de son château ! Hier nous aurions pu, sans cela, enlever les cinq cafards ; cette nuit il vient nous déranger au milieu de notre besogne : que le diable le confonde !

Il avait à peine achevé de prononcer ces paroles, qu'on entendit une troupe nombreuse de cavaliers défiler au grand trot sur la route.

— Ils sont bien cinquante, murmura-t-il quand ils eurent passé, et nous, nous ne sommes que dix ; pas moyen de rien faire : En route !

La petite troupe s'ébranla et s'éloigna à toutes brides.

XIII

Le banquier de Munich.

Rue Friedrich Wilhelm, 17, à Munich, on voit un magnifique hôtel de cinq étages, avec balcons dorés dans toute l'étendue de chacun d'eux : cette demeure splendide est celle du riche banquier Isaac Sterb.

Quelques jours après les événements relatés dans le chapitre qui précède, un superbe carrosse armorié s'arrêtait à la porte de cet hôtel, et un homme enveloppé d'un long manteau gris, garni de zibeline en descendit.

Il était environ dix heures du matin.

Menheer Sterb était en ce moment-là dans son cabinet.

Tous les jours il venait y passer une heure de la matinée, pour recevoir les communications les plus urgentes et les plus importantes de ses chefs de bureaux.

Cependant, l'inconnu qui était descendu de voiture était entré dans le vaste et splendide palais de la finance, dans cette colossale officine de l'escompte et de l'agio.

— Annoncez M. Robert, le chargé d'affaires de Mlle Gemma, baronne de Mélos, dit-il au premier employé qu'il rencontra.

Quand il pénétra dans le cabinet du banquier, celui-ci était debout et semblait l'attendre.

Il lui fit un accueil presque amical.

— Ce n'est pas sans un grand plaisir que je reçois votre visite, monsieur, lui dit-il en lui offrant un siège.

Celui qui se faisait appeler Robert, et que nous appellerons de son vrai nom, c'est-à-dire Tabernier — car c'était lui — s'assit après s'être incliné profondément.

— Je ne saurais trop vous dire, en effet, monsieur, poursuivit le banquier, le sentiment de douloureuse surprise que m'a causé ces jours-ci la lecture de certain article d'un journal de Genève.

L'homme de la rue de la Clef eut toutes les peines du monde à rester impassible.

— Que la peste l'étouffe celui-là, avec ses sentiments de surprise et ses articles de journaux ! se dit-il.

Certes, il était venu pour toucher de l'argent et non pour s'occuper d'histoires qui pouvaient le mettre dans la nécessité de lui fournir des détails, qu'il ne jugeait pas prudent de fournir à personne.

Mais il fallait s'exécuter.

En habile comédien qu'il était, au lieu d'une grimace, il ne laissa paraître qu'un sourire sur sa figure recouverte, en grande partie, d'une barbe postiche.

— Que dit le journal de Genève ? fit-il.

— Oh ! une chose affreuse, incroyable ! vous allez voir vous-même.

Il frappa sur un timbre.

Un employé parut.

— Fritz, lui dit-il, apportez-moi le journal de Genève qui était sur mon bureau hier.

— L'*Écho universel* ? menheer.

— Oui, c'est cela... Dès que vous venez de la part de Mlle Gemma de Mélos, poursuivit le banquier, je ne doute plus que ce fait fâcheux, très fâcheux, qui m'a, je vous le déclare, beaucoup affligé, ne soit erroné et...

En ce moment, le commis rentra, apportant l'*Écho universel*.

Il le prit et le tendit à Tabernier, en lui montrant l'endroit de la feuille à scandales, où se trouvait l'article que nous connaissons : article qui, on se le rappelle, avait été la cause du duel qui avait eu lieu entre Hassan et le Prussien Moller.

Tabernier le but imperturbablement d'un bout à l'autre.

Cette lecture terminée, il haussa les épaules.

— C'est une misérable invention de journaliste, dit-il, en jetant le journal sur le bureau, auprès duquel il était assis.

— Ah ! tant mieux ! fit le banquier ; de sorte que le duel serait aussi une fable ?

— Quel duel ?

— On a dit aussi qu'un duel avait eu lieu entre M. Hassan et l'auteur de l'article.

— C'est une fable également ; est-ce dans ce journal qu'il en est question ?

— Dans le numéro suivant du même journal : je dois l'avoir, et si vous tenez à en faire la lecture ?...

En même temps, le banquier fit un geste comme pour frapper sur le timbre et appeler de nouveau le commis.

— C'est inutile, fit Tabernier, cette niaiserie ne m'intéresse pas.

— Soit ! dit le banquier en s'inclinant. Pourtant, ces niaiseries, comme vous les appelez si justement, m'ont ému, et j'ai fait demander des renseignements, à ce sujet, à Genève et même à Paris : ces renseignements je les attendais d'un moment à l'autre ; maintenant je n'y tiens plus, car ils ne peuvent être que la confirmation de ce que vous venez de me dire.

Tabernier éprouva une commotion intérieure, pareille à celle que doit ressentir un joueur qui, jouant une partie où des enjeux considérables seraient engagés, se verrait, une fois toutes ses cartes levées, sans le plus mince atout.

— Ces maudits renseignements peuvent venir d'un moment à l'autre, se dit-il, et je suis perdu ! Ce banquier me prendra pour un imposteur, un filou, et bien loin de me donner un sou, songera plutôt à me signaler à l'attention de l'autorité !

Il reconnut qu'il fallait aviser et promptement.

Certes, il n'était pas venu à Munich sans avoir pensé aux difficultés de son entreprise. Il savait bien que le banquier pouvait avoir appris l'enlèvement de la fille du baron de Mélos, il avait parfaitement prévu ce cas, et pour lui c'était tout simple ; si à cette connaissance du fait il ne se joignait aucun détail, il devait nier purement et simplement, afin d'éviter le danger de lui débiter un petit roman, plus ou moins vraisemblable, champ de conversation dangereux où le moindre détail pouvait paraître, au banquier, plus ou moins acceptable et éveiller dans son esprit ne fût-ce que l'ombre d'un soupçon, et c'eût été déjà trop.

Il avait donc été très heureux de couper court à toute explication, en niant purement et simplement le fait ; mais il restait une difficulté grave, terrible, formidable : la question des renseignements qu'il avait demandés et qui, nous le répétons, pouvaient arriver d'un moment à l'autre, et le frapper comme la foudre.

C'était le moment d'avoir de l'audace et de la décision, ou jamais.

Il n'hésita pas un instant.

Comme en ce moment Isaac Sterb lui demandait ce qui lui valait le plaisir bien sincère que lui causait sa visite, il tira de son portefeuille le papier qu'il avait fait signer à Gemma et le lui tendit.

Isaac Sterb le parcourut rapidement et je jeta ensuite sur son bureau, en disant :

— Je suis aux ordres de Mlle de Mélos ; combien faut-il ?

— Six cent mille francs ! dit Tabernier, n'osant pas demander un million, de crainte qu'il ne trouvât la demande exagérée et qu'il ne conçût des soupçons.

Le banquier se leva, alla prendre dans son coffre-fort une liasse de billets de la banque de France et les compta.

— Voilà six cent mille francs, dit-il ensuite, en tendant la liasse à Tabernier.

Celui-ci la prit, et compta les billets à son tour.

Il y avait bien en effet, six cent mille francs.

Il tira de la poche de son pardessus un portefeuille et y plaça le précieux papier, puis il remit soigneusement le portefeuille où il l'avait pris.

Pendant ce temps-là le banquier avait préparé un reçu de la somme, il le pria de le signer : il le signa du nom de Robert.

Maître Sterb prit le reçu qu'il joignit au pouvoir de Tabernier, en les épinglant, jeta un nouveau regard sur la signature de Gemma de Mélos, qu'il compara une dernière fois avec d'autres signatures qu'il avait d'elle ; puis il tendit amicalement la main à l'homme de la rue de la Clef.

— Me ferez-vous l'amitié, lui dit-il, de vouloir bien déjeuner avec moi ?

Tabernier, on le comprend, avait hâte de partir.

Cette invitation venait bien mal à propos, et dérangeait ses calculs.

L'habile homme, lui qui s'était appliqué à prévoir toutes les éventualités, avait oublié celle-là.

On ne peut pas tout prévoir, quelque habile que l'on soit.

C'est même ce qui fait que les plus habiles coquins laissent assez souvent, après l'accomplissement de leurs crimes, quelque indice révélateur qui permet au magistrat sagace de se mettre sur leur piste, et de les trouver.

Cependant l'invitation était faite de telle façon qu'il n'était pas possible de refuser.

Il accepta.

Maître Isaac Sterb possédait un château à quelques kilomètres de la ville : c'était son domicile particulier ; il y retournait le soir, il en partait le matin pour aller à sa maison de banque ; c'était un homme réglé dans ses habitudes comme un simple employé.

Comme un simple employé il allait déjeuner au restaurant ; avec cette différence cependant, c'est qu'il prenait ce déjeûner à l'hôtel Carolus, le premier restaurant de Munich, et qu'il lui coûtait régulièrement quinze florins.

Ce repas il ne le prenait pas dans la grande salle du restaurant, mais dans un cabinet particulier ; généralement il y menait avec lui un ami, ou quelque client.

A sa maison de banque on n'ignorait pas ces détails ; et s'il lui arrivait, pendant son déjeuner, quelque dépêche importante, c'était là qu'on la lui portait.

En entrant dans le restaurant Carolus, Tabernier était inquiet et pensif.

— Cet homme, se disait-il, m'a dit qu'il attendait des renseignements au sujet du fait relaté dans le journal de Genève ; ces renseignements peuvent lui arriver d'un moment à l'autre, et comme ils seront en opposition avec mes affirmations, ils me créeront une situation délicate.

Qui sait ? cette amitié qu'il me fait, de m'offrir à déjeuner, cache peut-être un piège.

Il porta machinalement la main à la poignée d'un stylet, qu'il portait constamment sur lui, en prévision du cas probable où il serait filé par les limiers du père Civette, et il s'assura s'il était bien à sa place dans la doublure de son gilet.

Cependant ce n'est pas sans une certaine répugnance qu'il songeait à se tirer d'affaire par un meurtre ; ce moyen était chanceux, il pouvait ne pas réussir.

— Qu'avez-vous donc, maître Robert ? lui dit le banquier en se mettant à table en face de lui, vous avez l'air préoccupé.

— Préoccupé ! fit-il en ouvrant de grands yeux étonnés, vous voulez dire confus de l'honneur que vous me faites, monsieur Sterb.

— Oh ! ne me remerciez pas trop vite ; je suis intéressé, très intéressé même dans cette amitié que je vous montre, car j'ai beaucoup de choses à vous demander.

Tabernier s'inclina en souriant.

— D'abord je dois vous remercier d'une chose, poursuivit-il en lui tendant la main, c'est de m'avoir fourni, par le fait même de votre visite, la preuve palpable, indiscutable que ce maudit journal avait menti en affirmant que Mlle Gemma de Mélos avait été enlevée ; c'est un grand souci que vous m'avez ôté de l'esprit, car je m'intéresse beaucoup à la fille du baron de Mélos, dont je vénère la mémoire.

Tabernier le regarda, n'en croyant pas ses oreilles.

— Les renseignements, fit-il, que vous avez fait prendre viendront, je l'espère, corroborer mes affirmations.

— Allons donc ! je n'en ai pas fait prendre ; c'est hier soir que j'ai vu ce journal, et je me proposais d'écrire aujourd'hui à Paris et à Genève pour demander des renseignements à ce sujet, lorsque vous êtes venu et...

— Mais vous m'avez affirmé avoir écrit ?

— C'était pour vous éprouver, mon cher monsieur Robert, dame ! un homme que l'on voit pour la première fois et qui vient vous demander plus d'un demi-million ! il est vrai que j'avais la signature de ma très honorée cliente ; signature parfaitement authentique d'ailleurs ; je ne crois pas cependant avoir dépassé les limites de la plus vulgaire prudence ; et je crois que vous auriez fait comme moi, si vous vous étiez trouvé à ma place ; est-ce vrai ?

Tabernier se mit à rire.

Pour bien comprendre la comédie qui se jouait entre ces deux hommes, le lecteur doit savoir que le banquier Isaac Sterb savait très bien que Tabernier mentait lorsqu'il affirmait que Gemma de Mélos n'avait pas été enlevée ; disons tout, Isaac Sterb faisait partie de la société des Chevaliers du Crucifix, et il n'ignorait pas que la fille du baron de Mélos venait de passer des mains du marquis de Bordes dans celles du père Civette ; tous ces détails lui avaient été fidèlement transmis de Paris ; le lecteur sait ce qu'il y avait de vrai dans ces détails.

Il savait que depuis quelque temps il y avait des gens qui semblaient avoir juré la perte des Chevaliers du Crucifix ; affiliés infidèles ou autres personnes, problème d'une importance capitale, que toutes les fortes têtes de la société s'appliquaient à résoudre en ce moment.

Or, le hasard venait de lui amener un homme, qui était lui-même une énigme.

Il était venu avec une signature de Gemma de Mélos ; où l'avait-il prise cette signature ?

Il était venu demander en son nom une somme d'argent, et il ne se disait pas l'homme de confiance des enfants de Jésus ! cependant pouvait-il en être autrement, puisque Gemma de Mélos était entre leurs mains, et que tout ce qui la concernait devait être fait par eux et pour eux ?

On comprend qu'Isaac Sterb devait être très intrigué, et l'intérêt énorme qu'il avait à savoir à quel individu il avait affaire.

Il se demandait s'il n'avait pas en face de lui un agent de ce comité mystérieux, dont l'existence préoccupait si vivement les chefs des enfants de Jésus ; il ne pouvait pas croire, en effet, qu'il agît pour son propre compte, comme un simple et vulgaire filou.

Il avait résolu de le faire parler.

Rien ne délie d'ordinaire la langue comme le bon vin, et l'intimité d'un tête-à-tête enguirlandé de mets délicats et savoureux.

Il commanda un menu à déconcerter les conceptions gastronomiques d'un Vatel, et une demi-douzaine de flacons de Johannisberg des plus anciens que l'on trouverait, accompagnés, bien entendu, d'un nombre très respectable de bouteilles des meilleurs vins de France.

Tabernier écoutait et regardait sans mot dire; il était froid et réservé, flairait-il un piège.

Mais pourquoi?

Ah! s'il avait vu le banquier échanger quelques mots à voix basse avec son principal commis, au moment où il avait pris son pardessus, sa canne et son chapeau au vestiaire, pour venir au restaurant!

Mais il n'avait rien vu.

Néanmoins Tabernier, outre qu'il était méfiant et très prudent de son naturel, jouait un trop gros jeu, pour qu'il ne se tînt pas sur ses gardes, à tout hasard.

Ancien viveur, un déjeuner flanqué de mets exquis et de flacons de vins des crus les plus renommés, ne devait pas l'effrayer beaucoup.

Il but et mangea donc vigoureusement, presque comme dans les jours de sa jeunesse, où il avait pour compagnon de plaisir et de débauche son fameux Carlo Luigi.

Tout à coup cependant il cessa de manger et de boire.

Isaac Sterb était un homme jeune encore, robuste, d'une forte corpulence, mangeur et buveur comme un Allemand pur sang.

Il comptait bien être le plus fort dans ce duel étrange.

— Mon adversaire est plus âgé que moi, se disait-il, et me paraît peu solide; il sera ivre avant que je sois moi-même à peine échauffé, et alors il parlera, car un homme ivre parle toujours.

Quand il vit que Tabernier ne buvait plus et laissait intact sur son assiette un très appétissant morceau de pâté truffé de Vienne qu'il venait de lui servir, il en fut fort désappointé, mais il n'en laissa rien paraître.

Il remplit son verre jusqu'au bord, et le vida gravement jusqu'à la dernière goutte.

— Décidément, c'est un filou, peut-être doublé d'un traître, pensa-t-il; un Français, quand il est en société, mange et boit plus que cela, que diable!

Il songea à toucher à la fibre si délicate d'ordinaire, de l'amour-propre national.

— Allons! allons! dit-il en riant, vous autres Français, vous ne mangez plus, vous ne buvez plus : hélas! tout dégénère ici-bas, les nations comme le reste.

Tabernier sourit.

Que lui importait à lui, Italien, que l'on dît que le Français dégénérait?

Mais ce sourire était imprudent : il était en effet manifestement contraire à ses intérêts de laisser paraître une si grande absence d'amour-propre français, cela pouvait amener Isaac Sterb à croire qu'il appartenait à une autre nation.

Ce dernier alla plus loin encore dans son expérience.

— Alors il est bien entendu, poursuivit-il, que vous vous laissez battre honteusement, et que vous aurez ici personnellement votre Sedan.

Le front de Tabernier se plissa; un nuage y passa lentement, un éclair subit de sa pensée, lui révélait-il le secret de la tactique de l'Allemand? Il songea à tout hasard, à la dépister.

— Nos revers nous ont rendus modestes, monsieur Sterb, lui dit-il gravement.

— Allons donc! s'écria le banquier, vous vous moquez de moi! maître Robert.

Au reste, ajouta-t-il, en lui tendant la main, je m'aperçois que je me permets des plaisanteries de mauvais goût, cela est dû sans doute à ces vins capiteux, dont je ne bois que rarement.

Tabernier lui serra la main.

— Vous buvez plutôt de la bière? fit-il avec un nouveau sourire.

— C'est notre boisson à nous autres Allemands : elle a cet avantage, c'est de nous laisser l'esprit calme et net, même après les plus copieuses libations.

Un silence se fit.

Il y avait plus d'une heure qu'ils étaient à table : Tabernier parla de partir.

— Vous retournez directement à Paris? fit Isaac Sterb.

— Oui, et par le premier train.

— Je ne veux pas vous retenir : votre temps est précieux assurément, et Mⁱˡᵉ Gemma de Mélos verra sans doute avec plaisir la célérité que vous aurez mise dans l'accomplissement de votre mission auprès de moi.

Tabernier qui, en somme, était un homme du monde, et dont les manières étaient, quand il le voulait, celles d'un homme bien élevé, lui exprima chaleureusement le regret qu'il éprouvait de ne pas pouvoir jouir plus longtemps de sa très gracieuse hospitalité.

On arriva à la gare.

Isaac Sterb avait voulu le conduire jusqu'à la gare; il ne le quitta même que sur le seuil de la porte de la salle d'attente.

Là, Tabernier renouvela ses remerciements.

— Je n'oublierai jamais, lui dit-il, en lui serrant la main, l'accueil amical dont vous avez bien voulu m'honorer.

C'était parfait.

On se quitta.

L'homme de la rue de la Clef entra dans la salle d'attente, mais il ne remarqua pas le regard significatif que le banquier échangea avec deux personnes, qui y entrèrent presque en même temps que lui.

Ces deux personnes étaient : l'un, un homme d'un certain âge, gros, obèse, à visage rubicond; à l'œil paterne; l'autre, une jeune femme blonde, très jolie.

Ils montèrent dans le même compartiment que lui.

— Ouf! fit-il, en se laissant tomber sur les coussins moelleux d'une banquette de première ; puis il se félicita intérieurement d'avoir réussi à enlever six cent mille francs au banquier, à se soustraire aux dangers d'un tête-à-tête trop prolongé avec lui, et d'un séjour de plus de deux heures dans la bonne ville de Munich.

Il regarda les deux personnes qui étaient montées avec lui, dans le compartiment.

Le gros homme avait la tête inclinée sur la poitrine, le menton enfoui dans les plis d'une ample cravate, et les paupières à demi fermées ; il paraissait devoir se laisser aller aux charmes d'une douce somnolence, la jeune femme avait un livre et lisait.

Maintenant, expliquons en quelques mots la conduite d'Isaac Sterb, envers le porteur de la signature de Gemma de Mélos.

Des lecteurs penseront peut-être, qu'étant très intéressé à savoir à quel personnage il avait affaire, le plus simple était de le faire arrêter : il eût été obligé de décliner à la police ses nom, prénom, qualité et domicile. Sur ce point, Tabernier, porteur de papiers en règle, eût pu répondre victorieusement, — ces papiers du reste, il les avait montrés — faire part à la police des soupçons qu'il lui inspirait, c'était mettre la police, c'est-à-dire le pouvoir allemand

Georges Bernard était à l'hôtel de Mélos.

qui était protestant ; c'est-à-dire hostile aux Chevaliers du Crucifix, dans la confidence d'une affaire très délicate, qui touchait aux intérêts les plus graves de la société, et qu'il ne se croyait nullement autorisé à ébruiter. Dame ! il avait assez de perspicacité pour comprendre que si Gemma de Mélos était entre les mains des Chevaliers du Crucifix, ce n'était pas de son plein gré qu'elle s'y trouvait, et il y avait là une affaire de rapt, qu'il eût été tout au moins imprudent de révéler aux amis de Gemma, à la justice française, et surtout à la presse voltairienne et protestante, qui se fût jetée sur cette nouvelle avec de grands cris, et

en eût fait un immense sujet de scandale et de polémique.

Il avait cherché à le faire boire, à l'enivrer. et à lui arracher, grâce à l'ivresse, le secret de sa mission ou tout au moins de son identité.

N'ayant pas réussi, il avait tout simplement songé à le faire filer.

Le monsieur et la dame qui étaient montés dans le même compartiment que lui. étaient donc des espions de la puissante société ; le lecteur a dû le comprendre sans peine.

Mais si Tabernier ne buvait que juste ce qu'il pouvait absorber de boissons sans détruire l'équilibre de ses facultés mentales, il était encore un homme extrêmement prudent, et devenu, depuis qu'il avait mis ses intérêts en opposition avec ceux des Chevaliers du Crucifix, d'une méfiance qui était de taille à mettre sur les dents, bien des limiers de leur police.

Bien qu'il n'eût aucune raison de croire qu'il fût filé par eux en ce moment, il n'en étudia pas moins avec soin, les personnes que le hasard paraissait lui avoir données pour compagnons de voyage.

Comme tous les hommes très forts dans l'art de l'observation et de la dissimulation, Tabernier ne paraissait jamais moins observer que lorsqu'il observait le plus.

Il remarqua que la jeune femme, bien que paraissant très occupée à lire son livre, en retournait très rarement les feuillets.

Ce fait le frappa.

— C'est étrange! se dit-il.

Il remarqua aussi que le gros monsieur, qui semblait avoir cherché avec une grande hâte les douceurs du sommeil, et avait l'air d'y être plongé tout à fait, ne dormait, comme on dit vulgairement, que d'un œil, et que sa paupière souvent en mouvement, flottait sur sa prunelle, comme un drapeau sur une citadelle bien gardée.

— Voilà un dormeur très prudent, se dit-il encore.

Au bout d'un certain temps, la jolie blonde ferma son livre, quitta la place où elle était, et vint s'asseoir en face de lui.

Le gros homme ronflait, mais regardait entre les cils de ses paupières closes et immobiles.

La jeune femme jeta les yeux sur celui-ci et sourit en haussant les épaules.

Cela signifiait : sont-ils bêtes ceux qui dorment!

Puis ses yeux se portèrent sur lui.

Il comprit aisément.

— Si j'étais jeune! pensa-t-il.

C'est toujours le même jeu; le vieux jeu, ajouta-t-il; la femme, la jolie femme, les charmes de la femme, et il en sera probablement ainsi tant qu'il y aura une humanité?

Il avait souri, et il n'en fallait pas davantage, pour que la conversation s'engageât : deux sourires échangés, n'est-ce pas quelquefois un pacte d'amour, une sorte de baiser moral? C'est souvent le prélude ou le sceau d'une harmonie entre deux âmes.

Ce n'était rien de tout cela, on le pense bien, en cette circonstance.

La jolie blonde avait envie d'engager la conversation, et Tabernier ne s'y refusait pas, voilà tout.

Elle fut d'abord vague, banale, générale, ne portant sur aucun point précis, effleurant tout : sorte de fusillade d'avant-postes, où l'on tire un peu au hasard, au juger.

Tabernier s'en amusait : pareil à un vieux lion qui se plaît, dans un repos superbe, à agacer une jeune lionne, à provoquer ses rugissements amoureux et à faire étinceler ses prunelles.

On parla de bien des choses, du froid, de l'ennui de voyager en hiver, de Munich que l'on quittait; de la bière, des Allemands, des grands sapins, des cascades, des vieux castels en ruines, des Américains, de l'Italie, de Venise et de ses gondoles; de Rome, de ses monsignori; de la Calabre et de ses bandits; de Naples, de son volcan et de ses lazzarones; mais de la France, pas un mot.

C'était pourtant le seul sujet de conversation que la jeune femme brûlât du désir d'entamer, puisqu'elle savait que son compagnon de voyage était français, et que ce qu'elle avait pour mission de découvrir, c'était en quel lieu de cette belle France il habitait, et finalement, son adresse précise.

Enfin, comme tout arrive, en conversation comme en toute autre chose, on se mit à en parler enfin, de cette France.

— Vous allez en France sans doute? monsieur, dit-elle.

Il fit un hochement de tête affirmatif.

— A Paris, peut-être.

— Oui.

— Je vais, moi, jusqu'à une de ses villes frontières, fit-elle négligemment, sans dire laquelle.

Cet excès de prudence le frappa.

— Quelle fine bête ! se dit-il.

Sa figure resta impassible.

— Vous connaissez Paris ? lui demanda-t-il.

— Très peu.

Il y eut un silence.

Ce fut lui qui le rompit.

Il se piquait au jeu.

Il ajouta :

— Vous êtes jeune, jolie, vous avez toutes les séductions du corps et de l'esprit, la grande capitale du monde vous tend les bras, vous promet tous les triomphes.

— Je n'en veux pas !

— Ah ! vous n'aimez pas le monde ?

— Je le déteste.

Il la regarda, il sentit un sourire poindre sur son visage.

— Avec quel aplomb elle se moque de moi ! se dit-il.

La jeune femme se mit à pleurer.

Sentait-elle qu'elle était allée trop loin, et que son détachement des choses de la terre, et son renoncement aux joies et aux biens de ce monde, de la part d'une personne jeune et jolie comme elle, pouvait paraître tout au moins étrange?

C'était cela en effet.

Aussi, en général habile, qui, après avoir fait une attaque aventureuse, craint d'être coupé et enveloppé par l'ennemi, elle changeait soudain toute sa tactique. Elle avait recours aux larmes. Les larmes c'est la retraite perfide de la femme ; les larmes, c'est l'embûche, c'est le guet-apens !

— Diable ! se dit-il, ça devient sérieux.

Il tira un foulard de sa poche, et le porta à ses yeux, comme pour y essuyer une larme qui allait s'en échapper.

Le gros homme ronflait toujours, seulement, était-ce l'effet produit sur lui par le foulard et cette larme probable ? — Sa paupière se souleva à demi, puis retomba presque aussitôt dans sa position première ; aucun muscle de son visage ne tressaillit.

Tabernier s'essuyait les yeux avec un air de conviction qui paraissait dénoter chez lui une émotion réelle.

La jeune blonde, elle, pleurait à chaudes larmes.

Certaines femmes possèdent une faculté, dont elles font, au besoin, une arme terrible, c'est de pleurer quand elles veulent et sans qu'elles éprouvent d'émotion ; dangereuses fées, elles réalisent la légende antique, elles font jaillir l'eau de la pierre.

Aux pleurs se mêlent les prières ; ces prières pétries de larmes. C'est la tunique de centaure jetée sur la volonté de l'homme. Sous l'action de ce poison subtil, cette volonté s'immole presque aussitôt à un besoin irrésistible de tendresse.

Mais pour que cet effet moral se produise, il faut que l'homme qui fait couler ces larmes et à qui s'adressent ces prières, prenne ces pleurs pour des pleurs réelles, et ces prières pour des prières inspirées par la douleur et par l'amour.

On comprend que toute cette artillerie féminine devait rester sans effet sur le moral de Tabernier.

— Vieux jeu ! se disait-il.

Tout en pleurant, la jeune blonde se mit à lui faire des confidences.

En pareille circonstance, les confidences sont de rigueur.

Elle avait commencé par déclarer qu'elle haïssait le monde ; maintenant elle allait dire pourquoi.

Les confidences ce sont les tentacules de la pieuvre : elles enlacent.

Toutes les intrigantes ont leur histoire intime : roman pseudo-sentimental qu'elles racontent à tous, presque sans jamais en changer un mot.

L'espionne des Chevaliers du Crucifix se mit à narrer la sienne.

L'homme d'affaires la regardait, en passant de temps à autre son grand foulard sur ses yeux ; puis il songeait.

Tout en songeant, il prêtait une oreille assez distraite aux fantaisies biographiques de sa compagne de voyage.

Tout à coup il tressaillit, et malgré le grand empire qu'il avait sur lui-même, il laissa voir une émotion, qui devait avoir pour cause un violent choc intérieur.

Ce choc intérieur, qui l'avait produit ?

Le nom de Benedita Tavelli venait de sortir de la bouche de l'espionne.

Le hasard, cet être masqué et mystérieux qui s'embusque au coin des événements humains, venait de faire des siennes.

On se rappelle la haine sauvage que Tabernier portait à Vétoni, à ce Carlo Luigi, qui après l'avoir poussé au parricide, avait vécu maritalement avec sa femme : de ce commerce adultérin, il savait qu'un enfant était né ; à cet enfant qui était la preuve vivante de l'infamie de cet homme dont nous avons vu comment il était parvenu à se venger, il portait la même haine qu'à son père.

Cependant, chose bizarre ! il avait, nous l'avons vu, gardé de la pitié, presque de l'amour pour sa femme ; il se passe souvent d'étranges choses dans le cœur de l'homme !

On comprend donc l'émotion de Tabernier en entendant retentir à l'improviste, le nom de Benedita Tavelli.

La secousse morale qu'il avait ressentie avait été si violente et si imprévue, qu'elle s'était laissée voir dans son regard qui avait lancé un éclair, dans son visage qui avait subitement changé d'expression, dans son corps qui avait fait un mouvement brusque, dans ses mains, qui s'étaient tout-à coup crispées.

Il reprit bien vite possession de lui-même, il retrouva tout son calme, et se recouvrit presque aussitôt du masque de la plus complète indifférence, mais son émotion n'avait pas échappé à cette comédienne qui l'observait à travers ses larmes, ni même au gros homme qui paraissait plongé de plus en plus dans le sommeil.

La belle blonde n'en laissa rien paraître, et continua son récit.

Cette Bénédita Tavelli était une jeune femme qui, disait-elle, lui était venue en aide, dans un moment où elle se trouvait dans la misère.

Cela était faux, la baronne de Berny ne l'avait pas tirée de la misère, elle l'avait trouvée au couvent des Théatines de Passy, un jour qu'elle passait par là, et qu'il lui avait pris fantaisie d'aller voir la supérieure, qu'elle connaissait beaucoup : cette belle blonde venait de prononcer ses vœux précisément ce jour-là. Dame ! cette cérémonie de la prise de voile, est une fête pour la communauté ; la nouvelle religieuse en est la reine ; on fait un petit festin, et elle a au banquet, la place d'honneur.

Elle fut, selon l'usage, présentée à la baronne, qui la complimenta, c'était encore l'usage.

Mais cette nouvelle épouse du Christ lui parut bien belle pour s'étioler dans un cloître, sans autre avantage pour la cause des Chevaliers du Crucifix, que la satisfaction égoïste des membres de la communauté, et des habitués de l'établissement : bien plus, elle lui trouva une souplesse d'esprit, qui la rendait très propre à l'intrigue, et des ressources d'imagination, qui pouvaient avec sa beauté, faire d'elle un agent précieux pour la société.

Elle l'avait donc demandée à la supérieure, qui n'avait rien à lui refuser, que dis-je? qui n'avait qu'à obéir, car elle était elle-même une affiliée.

A partir de ce jour-là, la nouvelle religieuse, qui s'appelait sœur Blandine, se vit lancée dans une vie étrange, un abîme sans nom de galanteries et d'intrigues.

La baronne finit par l'admettre dans son intimité ; c'est ainsi que se souleva pour elle, le voile qui couvrait l'origine de sa protectrice, et qu'elle connut son vrai nom.

Ce nom de Benedita Tavelli, elle venait tout simplement de s'en servir pour les besoins de la circonstance ; car, il fallait bien en donner un au personnage du roman sentimental, qu'elle était en train de raconter à son compagnon de voyage, dont elle voulait gagner la confiance et, dont elle avait intérêt à se faire aimer un jour, une heure, le temps de lui surprendre le secret qui couvrait sa personnalité, devenue suspecte aux Chevaliers du Crucifix.

Tout en poursuivant le récit de son histoire imaginaire, elle se demandait pourquoi il avait éprouvé une si vive émotion, lorsqu'elle avait prononcé le nom de la baronne.

Elle était trop habile pour ne pas comprendre que c'était là le défaut de la cuirasse de cet homme, s'il avait une cuirasse.

Je dis : s'il avait une cuirasse, car l'homme de la rue de la Clef jouait si bien la sensibilité, et paraissait s'intéresser si fort à ses infortunes fictives, il semblait si profondément ému, qu'elle le croyait tout à fait subjugué et qu'au lieu d'une nature rebelle cuirassée de doute ou d'indifférence, il n'y avait en lui qu'une pâte molle qu'elle pétrirait selon son bon plaisir.

Cependant sa curiosité était excitée, et elle se demandait de temps en temps, pourquoi le nom de Benedita Tavelli, l'avait si vivement ému.

Certes, Tabernier brûlait du désir de savoir ce que c'était que cette Benedita, et où elle demeurait, mais il hésitait à lui demander ces détails.

Il n'ignorait pas que l'espionne rendrait aux Chevaliers du Crucifix un compte exact de sa mission ; et comme ceux-ci savaient très bien qu'il était lui, un Tavelli, il craignait qu'en paraissant s'intéresser à une femme portant ce nom, détail qui leur serait certainement relaté, — il ne fournît à ces logiciens terribles, à ces âmes essentiellement défiantes, matière à quelque soupçon, chose toujours dangereuse, quelque vague que ce soupçon pût être.

Il attendit donc, se faisant fort de ramener la conversation sur cette circonstance de la vie vraie ou fausse de l'espionne, où il pourrait en parler tout naturellement, sans paraître y tenir personnellement le moins du monde.

Mais il attendit vainement.

L'espionne, comme si elle eût lu dans le fond de sa pensée, non seulement ne lui reparlait plus de celle qu'elle appelait sa bienfaitrice, mais encore elle semblait éviter de ramener la conversation sur ce sujet.

Les heures s'écoulèrent.

La nuit vint.

Le train qui les emportait était un train express ; il filait comme une vision, dans les ténèbres profondes.

Tabernier prit la main de l'espionne.

— Que voulez-vous? lui dit-il, aucun sacrifice ne coûtera à mon amour.

— Déjà? dit-elle d'une voix douce et sifflante.

— Pourquoi déjà?

— Parce que je vous croyais un cœur de pierre.

— A mon âge, on ne se livre pas tout d'un coup, mais en revanche, les affections sont plus sérieuses.

— Êtes-vous donc si vieux?

— Diable! diable! je touche à la quarantaine.

Avec sa fausse barbe, ses faux cheveux et son visage maquillé, il paraissait encore un peu vieux pour un homme de quarante ans.

L'espionne sourit.

— Vous êtes riche, n'est-ce pas?

— Oui.

— Bien riche?

— Oui.

— Vous pourriez me donner des bijoux de grand prix, des toilettes comme en portent les grandes dames à Paris?

— Oui.

— J'aurai des chevaux, des carosses?

— Oui.

— Vous vivez seul?

— Seul.

— Vous n'avez jamais été marié?

— Non.

— Vous avez une maison à vous, à Paris?

— Non, je ne suis jamais à Paris que de passage; j'habite une ville voisine.

— Vous y avez une maison?

— Oui.

— Un château?

— Oui.

— C'est là que vous me mènerez?

— Oui.

— Vous êtes rentier?

— Oui.

— Comptez-vous vous arrêter à Paris?

— Oui.

— Longtemps?

— Deux jours.

— Après, nous irons dans la ville que vous habitez, dans votre château?

— Oui.

Il y eut un silence.

Ils se rapprochèrent l'un de l'autre. Au dehors, le vent soufflait avec violence, une pluie mêlée de grêle battait les vitres du wagon. Le gros homme renflait bruyamment. Un éclair brilla dans l'œil cave de Tabernier, et un sourire lascif glissa sur ses traits maquillés. L'homme d'affaires se souvenait-il de l'ancien compagnon de débauches de l'homme rouge, et se mettait-il à prendre au sérieux son rôle d'amoureux, à la grande satisfaction de l'espionne qui, certaine d'en être enfin maîtresse, s'abandonna à lui, avec tout l'art que peut déployer le génie de la femme, quand elle veut faire croire à une pauvre dupe qu'elle ressent les impatiences folles et les tressaillements d'une passion réelle.

XIV

Le spectre.

Retournons à l'hôtel des Champs-Élysées.

Nous y retrouvons Hassan, cherchant plus que jamais à faire la lumière au milieu des ténèbres profondes qui couvraient la disparition de Gemma.

Le Maure était à peu près guéri de sa blessure, et il pouvait enfin employer à la rechercher, toute l'énergie dont la nature l'avait doué.

Le colosse, fou d'impatience et de rage, parcourait d'un pas fiévreux, les vastes appartements de l'hôtel, pareil à un lion blessé et prisonnier, auquel sa blessure et sa captivité n'ont rien enlevé cependant de sa force, et n'ont fait qu'accroître la colère.

Quand nous le comparons à un lion captif, le lecteur comprend bien que nous prenons la chose dans le sens moral. En effet, l'impuissance absolue, l'inaction profonde auxquelles le sort l'avait condamné dans cette affaire, n'équivalaient-ils pas pour lui à un réseau de murailles et de portes verrouillées, qui constituent ce qu'on appelle une prison. Son bras n'était-il pas enchaîné par l'impuissance ? L'élan de son activité n'était-il pas arrêté par cette bastille fatale de ténèbres épaisses, dans lesquelles se débattait sa pensée et qui paralysaient sa volonté.

— Rien ! rien ! rien ! on ne sait rien ! se disait-il parfois avec rage, et son poing formidable s'abattait sur ce qui était à sa portée, meuble ou porte, et les brisait.

L'idée lui était venue, avons-nous dit, que le marquis pouvait être pour quelque chose dans l'enlèvement de Gemma.

On se rappelle comment cette idée lui était venue.

Le lecteur n'a pas oublié sans doute, cet émissaire envoyé aux Charmettes par les Chevaliers du Crucifix dans le but d'étudier de près celui qui pouvait devenir un obstacle, et de savoir si ce protecteur de la jeune fille qu'ils convoitaient, était de taille à valoir qu'ils l'écrasassent. Cet émissaire avait prononcé par avance à tout hasard, cette parole, lorsque la conversation était tombée sur le marquis de Bordes :

— C'est peut-être lui qui a enlevé la fille du baron de Mélos !

Puis il était parti après avoir lancé cette insinuation perfide.

Elle avait été la flèche empoisonnée de ce Parthe d'église.

Si cette parole, se disait sans doute l'émissaire de Civette, peut faire que le marquis et le Maure s'entr'égorgent, ce sera peut-être de la besogne toute faite pour nous.

En tous cas, l'insinuation avait porté, et Hassan était venu à Paris, pour se rapprocher du marquis.

Il ignorait jusqu'à l'adresse du digne gentilhomme ; il parvint à se la procurer.

Un beau matin, il reçut la lettre suivante, que nous reproduisons textuellement :

« Si vous tenez à voir celui qui a enlevé « la fille du baron de Mélos, allez avenue « Montaigne, 13; et demandez le maître du « logis. »

Le 13 de l'avenue Montaigne était la demeure du marquis.

Cette lettre ne portait pas de signature.

Il bondit : cet avis était comme l'écho de ses propres pensées.

— C'est lui en effet ! se dit-il.

Certes, le marquis n'avait-il pas déjà tout fait, pour qu'on le crût capable de ce rapt?

N'avait-il pas montré, par les obsessions acharnées et peu délicates dont il avait fatigué Gemma à une certaine époque, et qui avait forcé le Maure à le jeter dans le lac, des sentiments qui pouvaient très bien le faire supposer capable de devenir un jour ou l'autre le ravisseur de la jeune fille, s'il pouvait en trouver l'occasion?

Cette lettre arrivait presque comme les conclusions d'un syllogisme, dont les prémisses et le premier terme eussent été déjà acquis au raisonnement.

Certes il n'y avait pas là un degré de certitude qui fût de nature à emporter d'emblée les hésitations qu'inspire toujours à un homme délicat et scrupuleux sur les moyens, l'origine infâme de la lettre anonyme ; mais, il y en eût assez pour pousser à une démarche délicate, un homme comme Hassan, dont le moral était profondément affecté, et qui regardait comme un devoir sacré de ne rien négliger pour faire la lumière, et trouver l'auteur de l'ignoble attentat dont celle qu'il adorait avait été victime.

Il résolut d'aller à l'adresse indiquée ; il voulait le voir, lui parler, sans toutefois l'accuser.

Il était six heures.

La nuit était venue : nuit sombre, froide, brumeuse, humide, nuit d'hiver.

Au grand trot de son arabe favori, le Maure franchit la distance qui le séparait de l'avenue Montaigne.

Ce quartier est généralement désert, à cette heure de la soirée, surtout en hiver.

Là, pas de mouvement commercial, pas de piétons : c'est l'aristocratie qui s'amuse sous les lambris dorés de ses hôtels, et à la clarté brillante de ses lustres, derrière ses portes et ses volets capitonnés et hermétiquement fermés.

Arrivé en face de l'hôtel de Bordes, le Maure arrêta brusquement l'élan rapide de son cheval, et mit pied à terre, pour ainsi dire, d'un bond.

Il gravit d'une enjambée les marches du perron, et sonna.

Un domestique parut et le regarda à travers la porte entrebâillée.

— Monsieur le marquis est absent, il ne sera de retour que dans une heure, dit-il.

— Je l'attendrai, fit le Maure.

Et comme le domestique ébahi, restait immobile, bouche béante, ne sachant trop s'il devait le laisser entrer ou lui fermer la porte au nez, il entra sans façon, en l'écartant de la main.

— Je suis un ami du marquis, lui dit-il, et j'ai à lui parler d'une affaire très importante, mais pendant que je l'attendrai dans son salon, mon cheval ne peut pas rester sur la chaussée, comprenez-vous ?

L'air imposant, la parole brève et impérative du Maure, et le cheval magnifique et richement caparaçonné sur lequel il était venu, produisirent sur le laquais un effet foudroyant et déterminèrent chez lui un accès de zèle et de politesse vraiment comiques.

— Je suis aux ordres de Votre Excellence, dit-il en s'inclinant jusqu'à terre.

En même temps, un autre laquais parut.

— Conduisez Son Excellence au salon, lui dit-il.

Il sortit, alla prendre Al Erim par la bride, et le fit entrer dans la cour de l'hôtel, dont il referma ensuite la porte.

Pendant ce temps-là, l'autre laquais introduisait Hassan dans le salon.

Ulrich de Bordes se trouvait au cercle, où il était en train de jouer et de perdre ce qu'il lui restait des louis que lui avait donnés Tabernier.

Ce soir-là, il avait reçu la visite de son ami le vicomte de Sterley.

Le lecteur se rappelle sans doute ce personnage, mince, frêle, maigre, blond, lymphatique, dont il a été question au commencement de ce récit.

Il était alors, — en juillet de cette même année — simple attaché d'ambassade ; il était devenu, grâce à des influences puissantes, mais occultes, principal secrétaire dans un des premiers postes diplomatiques de France à l'étranger.

— Tu vas devenir ambassadeur, lui dit ironiquement le marquis, auquel il annonçait son avancement, sans avoir quitté les cotillons de ta grand'mère.

Le fait est que le vicomte n'avait jamais

Les Chevaliers du Crucifix à la recherche du corps de Vetoni.

eu, pour remplir ses diverses missions diplomatiques, à sortir de la zone géographique où se trouvait la demeure de sa grand'-mère, vieille dame fort riche et très dévote; et celle de ses mystérieux protecteurs.

Cette zone comprenait le faubourg Saint-Germain où était situé l'hôtel de cette personne pieuse, et la rue des Postes qui doit sa célébrité à des personnages non moins pieux.

Ce soir-là, le vicomte était venu voir le marquis à son hôtel, et ne l'y ayant pas trouvé, il était allé le chercher à son cercle.

Que diable pouvait-il avoir à demander à son ancien ami, lui qui ne le voyait jamais, et qui employait d'ordinaire si fructueusement tout son temps à aller de l'hôtel de sa grand'mère à la rue des Postes, et vice versâ?

N'y avait-il pas là quelque raison secrète, qui avait fait sortir du cercle de ses mouvements ambulatoires habituels, cet écureuil diplomatique?

Il avait regardé flegmatiquement le marquis jouer et perdre ses derniers louis, puis il l'avait entraîné hors de la salle de jeu.

Ils sortirent ensuite du cercle, et comme le vicomte avait amené son coupé, et que ce coupé stationnait à la porte, ils y montèrent.

— Je te préviens, vicomte, lui dit le marquis, pendant que la voiture les emportait rapidement dans la direction de l'avenue Montaigne, que je suis ruiné, à tel point que je n'ai plus une seule pièce de cent sous.

— Tu auras eu cela de commun avec un grand nombre de personnages célèbres.

Le marquis haussa les épaules.

— Prête-moi cent louis, vicomte, lui dit-il.

— Cent louis ! tu plaisantes.

— C'est donc énorme ?

— Certes.

Le vicomte, bien que fort riche, n'était pas prêteur.

Le marquis le savait.

Il se mit à rire.

Ils arrivèrent avenue Montaigne.

— Viens-tu chez moi ? lui demanda-t-il.

— Oui, un instant.

Ils descendirent de voiture.

Le laquais, qui avait entendu le coupé s'arrêter à la porte, était sorti pour voir si c'était son maître qui arrivait.

Il s'avança vivement au-devant de lui.

— Quelqu'un vous attend au salon, monsieur le marquis, lui dit-il à voix basse.

— Quelqu'un ? quel est ce quelqu'un ? car je n'attends personne.

— C'est un grand personnage, un prince, monsieur le marquis.

— Oh ! oh ! il s'appelle ?

— Monseigneur Hassan.

— Hassan ? dit-tu.

— Oui, monsieur le marquis.

Sterley sourit.

— C'est un Turc, à moins que ce ne soit un Maure, fit-il finement.

Le marquis lui jeta un regard.

— S'il n'était pas si bête ! pensa-t-il.

Que diable me veut cet homme ? se dit-il ensuite, en songeant à son visiteur.

Il se tourna vers le laquais.

— Allez prévenir ce monsieur, lui dit-il, que je ne suis pas visible.

— Et s'il me demande quand monsieur le marquis sera visible, que faudra-t-il lui répondre ?

— Que je ne suis jamais visible.

— Alors, ce monsieur va rester au salon.

— Pourquoi ?

— Il m'a dit qu'il ne sortirait pas avant d'avoir parlé à monsieur le marquis.

— C'est bien !

Après avoir échangé ces paroles avec son domestique, de Bordes entraîna Sterley dans son cabinet.

Là, il s'assit devant un grand feu qui flambait dans la cheminée, et invita le vicomte à l'imiter.

Il était légèrement pâle.

Le vicomte l'observait avec attention.

Il était évident qu'il remarquait son trouble, peut-être même le vague sourire qui parut subitement sur sa figure à un moment où de Bordes lui tournait le dos, indiquait qu'il connaissait peut-être la cause de ce trouble.

Tout à coup, le marquis releva brusquement la tête, et le regarda en face.

— Que penses-tu de cela ? lui demanda-t-il.

— De cet homme qui s'obstine à rester dans ton salon ?

— Oui.

— Il faut le jeter à la porte.

— Et s'il résiste ?

— Serait-il donc capable de résister ?

— Oui certes. Sais-tu quel est cet homme?

— Non.

Il mentait : il savait très bien qui il était.

— Te rappelles-tu, poursuivit le marquis, ce grand mauricaud avec lequel j'ai eu maille à partir au bois de Boulogne?

— Ah! oui, à propos d'une brune, très jolie ma foi, à laquelle tu voulais faire la cour malgré lui?

— Oui.

— Aventure qui t'a valu, je crois, certain bain dans le lac?

Le marquis fit un hochement de tête affirmatif.

— C'est un manant.

— Certes.

— Un misérable.

— Oui.

— Un mal appris.

— Oui.

— Un hideux personnage,

— Oui.

— Un sinistre gredin.

— Oui.

— Un bandit.

— Oui.

— Un ignoble drôle.

— Oui.

— Fait pour être bâtonné.

— Oui.

— Pour être guillotiné.

— Oui.

— Pour être pendu.

— Oui.

— Mis au bagne.

— Oui.

Tout en répondant au vicomte par ces monosyllabes, le marquis songeait.

Il ne se dissimulait pas combien la situation était délicate.

Comment allait-il s'en tirer?

Certes il ne comptait pas pour cela sur les ressources d'esprit de Sterley, qu'il croyait très pauvre en fait de ressources de cette nature, et auquel il n'avait demandé son avis que pour la forme.

Celui-ci n'était pas un prodige d'intelligence, mais le peu qu'il en possédait avait été cultivé par les Jésuites; il était profondément dissimulé, sans entrailles, sans scrupule, ne reculant jamais devant le moyen à employer pour arriver à son but; ce moyen fût-il inavouable, et contraire à tout ce que les hommes honorent, à tout ce que les lois font respecter.

On voit qu'il s'était nourri de la moelle des doctrines de Loyola, et qu'il avait profité des leçons de ses professeurs.

Chose, étrange! lui d'ordinaire si froid, si réservé, il venait de parler avec animation, et même avec colère!

Cette animation, cette colère étaient si bien en situation, et cadraient tellement avec les propres sentiments du marquis, que celui-ci n'y trouva rien d'étrange.

Pourtant, est-ce que le vicomte s'intéressait véritablement à son ami? Est-ce que, vu la nature de ses relations, et le genre d'éducation qu'il avait reçu, il était capable d'éprouver même un sentiment d'amitié?

Assurément non.

C'était donc une comédie qu'il jouait.

Pourquoi?

Nous le saurons bientôt sans doute.

— Je ne comprends pas que tu aies encore l'ennui de voir cet homme venir chez toi, poursuivit-il.

— Comment l'empêcher d'y venir?

— Il y a longtemps que tu aurais dû songer à te venger de lui; et il me semble que sachant manier l'épée et le pistolet avec toute l'habileté que je te connais, il te coûtait peu de le coucher quelque part avec une balle ou un grand coup d'épée dans la poitrine; ce qui, indépendamment de la satisfaction légitime que tu aurais ainsi donnée à ton juste ressentiment, t'aurait évité l'ennui de le voir se présenter à ton hôtel.

Le marquis hocha de nouveau la tête, de l'air d'un homme qui reconnaît toute la justesse de ces observations.

Il y eut un silence.

Le vicomte jeta sur lui un long regard.

— Veux-tu que je sois ton témoin? lui dit-il tout à coup.

De Bordes haussa vivement les épaules.

— Oh! je ne lui ferai pas l'honneur de me battre avec lui.

— Pourquoi?

— Parce que ce drôle n'appartient pas à la noblesse.

— Qu'est-il donc?

— Un enfant (le fils d'un pauvre diable, sans doute), trouvé par feu le baron de Mélos et élevé par lui.

— Est-il riche?

— On le dit.

— Mon cher, je crois que tu pousses le rigorisme des principes un peu loin : on a vu des nobles s'aligner avec des bourgeois; cela se voit même encore tous les jours. Voyons, ne vient-on pas de voir M. de Fourtou échanger une balle avec le fils d'un épicier de Cahors [1]?

Disons-le tout de suite, ce n'était pas parce que le Maure n'était pas noble, que de Bordes ne voulait pas aller sur le terrain avec lui; c'était tout simplement parce qu'il savait que dans son duel avec Moller, il s'était montré plus adroit que ce dernier; or Moller passait dans le monde des duellistes pour le plus fort tireur connu; il ne l'ignorait pas : le fier marquis avait donc peur d'avoir le dessous, s'il se battait avec lui.

— Dame! ce n'est pas au moment où il tenait en sa possession la plus riche héritière du monde; où sa tante venait de lui

1. M. Gambetta.

écrire qu'elle était assurée de mener à bien et à bref délai son œuvre d'infernale séduction, qu'il était disposé à exposer sa vie.

— Mais tu peux tout au moins le faire chasser de chez toi par tes laquais! s'écria le vicomte.

— Il me les mangerait, mes laquais! fit le marquis en ricanant.

Jamais le vicomte n'avait été si rageur.

Évidemment il désirait un conflit.

Cependant le domestique ne revenait pas.

Le marquis impatienté sonna.

Un autre domestique parut.

— Voyez donc ce que Jean fait au salon, lui dit-il.

Le domestique s'inclina, et referma la porte, s'empressant d'obéir à l'ordre de son maître.

Pourquoi Jean n'était-il pas revenu? Que s'était-il passé au salon?

On sait qu'il était allé dire au Maure que le marquis n'était pas visible.

Quand Hassan entendit résonner à ses oreilles les mots qui composent cette formule banale, il se leva brusquement du fauteuil où il était assis, et tressaillit comme s'il avait reçu un coup de fouet.

Il s'approcha lentement du domestique.

— Tout à l'heure, vous m'avez dit que votre maître était sorti et qu'il allait revenir bientôt; maintenant vous venez m'annoncer qu'il n'est pas visible; pourquoi?

— Parce que, balbutia Jean, parce qu'il n'est pas visible, dame!

— Tout à l'heure, vous étiez poli et même respectueux quand vous m'avez introduit ici; maintenant, votre ton, vos paroles sont celles d'un valet insolent! pourquoi?

En prononçant ces paroles, le colosse était arrivé en face de lui.

Jean, muet, immobile, regardait, comme

pétrifié, cet homme, ce géant, dont le visage pâlissait, dont les poings se crispaient, dont la voix grondait, rauque et sifflante.

— Tu ne réponds pas? poursuivit le Maure, ton maître t'a dit sans doute, ou fait dire qu'il fallait me renvoyer d'ici, me chasser peut-être, et tu as obéi, et tu es venu?...

Certes, il faut bien qu'un valet obéisse à son maître, même quand son maître lui commande une infamie! ajouta-t-il d'un ton amer.

— Mais, monsieur!... balbutia Jean terrifié.

— Tu as menti, misérable.

En un clin d'œil, le malheureux Jean fut saisi, lié, garrotté, bâillonné et jeté râlant, à demi suffoqué, dans un coin du salon.

— Et d'un! fit Hassan.

Puis il se mit à se promener, pensif, de long en large.

Un quart d'heure environ s'écoula ; la porte s'ouvrit de nouveau, un autre domestique entra. C'était celui qui avait reçu l'ordre de venir voir ce que Jean faisait au salon.

— Eh bien, fit le Maure, votre maître est-il disposé à me recevoir?

— Je... je... balbutia le domestique, qui n'avait pas prévu cette question, et qui resta tout interloqué.

Par une manœuvre habile, Hassan se jeta entre lui et la porte, qu'il referma.

Le domestique le regarda, effaré, ahuri.

— Parle, lui dit-il, que viens-tu faire ici?

Le malheureux le regarda de l'air d'un homme qui fait un mauvais rêve, et qui porte sur sa figure l'expression des sentiments terribles qu'il éprouve, pendant que ses lèvres s'agitent vainement et que sa bouche ne s'ouvre que pour exhaler de vagues soupirs.

Il eut le même sort que le premier.

En un tour de main, il fut bouclé, et il alla rejoindre sous la table celui dont il était venu chercher des nouvelles.

— Et de deux! fit le Maure.

Au bout de quelques minutes, le marquis, ne voyant pas revenir ses domestiques, s'impatienta.

Il pensa, non sans raison, que s'ils ne revenaient pas, c'est qu'ils ne le pouvaient pas; et que s'ils ne le pouvaient pas, c'est qu'on les avait mis dans l'impossibilité de pouvoir.

Il prit machinalement un revolver à six coups, qui se trouvait sur sa cheminée.

— Parbleu! fit le vicomte, c'est cela, casse-lui la tête; c'est le seul moyen d'en finir avec ce drôle.

— Oui, mais la justice?

— Voyons, n'as-tu pas le droit de tuer un coquin qui t'a déjà gravement outragé, un manant qui viole ton domicile, un misérable qui a peut-être étranglé tes deux domestiques ?

De Bordes regarda si son revolver était chargé.

Un sourire étrange, pareil au reflet rapide d'une flamme intérieure, passa sur la figure pâle du vicomte.

Le marquis, le revolver à la main, marcha vers la porte.

Il paraissait résolu ; ses yeux brillaient d'un feu sombre.

Arrivé sur le seuil, il s'arrêta ; puis il se remit en marche.

Pour se rendre au salon, de l'endroit où il était avec Sterley, il y avait d'abord un couloir de quinze mètres environ à franchir, puis une chambre à coucher, une salle à manger, enfin une galerie de tableaux longue et spacieuse.

Le vicomte le suivait; avec son corps fluet, sa figure maigre, sa pâleur livide, il ressemblait assez à un spectre.

Le marquis marchait lentement, puis son pas se ralentit insensiblement; tout à coup il s'arrêta.

Le vicomte se pencha vers lui.

— Hésiterais-tu? lui dit-il à voix basse.

— N'y aurait-il pas moyen de trancher cette difficulté d'une autre manière?

— Non, et ton honneur et ton intérêt te font un devoir de ne pas reculer.

— Cet homme tué, je serai poursuivi pour meurtre, et je passerai en cour d'assises, diable!

— Non, je dirai moi qu'il est venu t'attaquer.

— Comment pourras-tu le prouver?

— Je mettrai un poignard près de son cadavre, après qu'avec cette arme tu te seras fait une égratignure, et que tu auras fait couler sur sa lame quelques gouttes de ton sang.

— Tiens, c'est une idée! par les cendres de ma mère, cet homme va mourir!

— Ai-je la main ferme, au moins? ajouta-t-il.

Il leva son revolver en étendant le bras comme pour tirer.

Le misérable avait un sang-froid extraordinaire, et son bras ne tremblait non plus que s'il eût été de bronze.

— Allons! fit-il, résolument cette fois.

Nous avons dit que pour parvenir au salon, où se trouvait le Maure, il fallait traverser d'abord un couloir, puis une chambre à coucher, une salle à manger, et enfin une galerie de tableaux.

Sur tout ce parcours on était éclairé d'une manière assez imparfaite, par des lampes recouvertes d'abat-jour et assez éloignées les unes des autres.

Arrivés à l'entrée de la galerie de tableaux, une ombre se dressa tout à coup devant eux.

Ils firent un mouvement et sentirent un frisson de terreur superstitieuse courir par tout leur corps.

Cette ombre était immobile au milieu de la galerie.

Bien qu'elle ne fût qu'à une vingtaine de pas, ils ne pouvaient, à cause de l'obscurité relative qui régnait en cet endroit, la distinguer qu'imparfaitement.

On l'eût prise pour un être humain, recouvert de vêtements très longs et qui ne pouvaient être qu'une robe ou un manteau.

De Bordes leva le bras et allait faire feu.

Sterley l'arrêta.

— Pas de coups de pistolet inutiles, dit-il; il faut savoir ce que c'est; avançons plutôt.

Ils s'avancèrent.

Cependant le spectre, soit qu'il eût entendu leurs chuchotements, soit qu'il les eût aperçus, sortit tout à coup de son immobilité et se dirigea de leur côté, comme pour venir au-devant d'eux.

Tout à coup de Bordes fit un mouvement brusque, au moment où l'apparition arrivait dans le voisinage d'une lampe, et traversait la zone dans laquelle se projetaient d'une manière moins vague les pâles reflets de sa lumière.

— Une femme! exclama-t-il sourdement.

— Une vieille femme! ajouta-t-il presque aussitôt.

Le spectre n'était plus qu'à quelques pas; on pouvait voir quels vêtements il portait: c'étaient en effet ceux d'une femme et même d'une femme âgée.

Il fit de la main un geste rapide, comme pour appeler à lui Ulrich de Bordes.

Celui-ci s'avança.

Bientôt ils eussent pu se toucher.

Le spectre avait en effet toute l'apparence d'une personne âgée; il portait le costume d'une femme de la campagne, qui se composait d'une robe de gros drap et d'un fichu de laine; des coiffes amples et tombantes lui couvraient la tête et lui cachaient une partie du visage qui paraissait vieux et amaigri.

Son corps était voûté, et comme courbé par l'âge.

Il prit de Bordes par le bras et fit un geste comme pour signifier à Sterley de se tenir à l'écart.

— Le diable emporte la vieille! grommela celui-ci en se retirant à deux pas.

— Qui êtes-vous? que me voulez-vous? fit de Bordes avec colère.

Tout à coup il tressaillit comme s'il avait senti la morsure d'un serpent.

Le spectre s'était brusquement penché vers lui et lui avait glissé à l'oreille un nom.

— Est-il possible! murmura de Bordes au comble de la surprise.

— Du sang-froid! fit vivement le spectre; il y a quelqu'un ici! et du regard il désigna Serley.

— Oh! c'est un ami.

— Il n'y a pas d'amis!

Ces paroles avaient été dites à voix très basse.

Sterley, qui était à quelques pas, n'avait rien entendu.

L'entretien continuait, mais à voix de plus en plus basse; le bruit de leurs paroles était devenu presque imperceptible.

Sterley, ne pouvant comprendre ce qu'ils se disaient, étudiait leurs gestes avec soin, et parmi ces gestes il en avait remarqué d'étranges.

— Oh! oh! se dit-il, quel est ce mystère?

Tout à coup de Bordes ouvrit une porte latérale dissimulée dans la tapisserie; le mystérieux personnage en franchit le seuil et disparut.

Il referma soigneusement cette porte et vint rejoindre Sterley.

— Eh bien? fit celui-ci.

Il lui montra ses mains vides.

— Je me suis laissé désarmer, lui dit-il.

— Quelle est cette femme?

— Une pauvre vieille, presque folle.

— Elle a assez d'influence sur toi pour te détourner d'une entreprise où ton honneur et ton intérêt sont en jeu?

— Hélas! oui.

— Cette influence me paraît bien étrange; je concevrais cela si elle était ta mère, et encore je te connais assez pour penser que ce ne serait qu'une partie remise.

— La partie n'est pas abandonnée; elle n'est que remise en effet.

— Cette vieille est ta parente?

— Non.

— Qu'est-elle donc alors? Cela devient pour moi inexplicable.

— C'est l'ancienne gouvernante de mon père.

— Ah!

— Tu sais que j'ai perdu ma mère, dès mes premières années; mon père avait une domestique dévouée, bonne, douce, intelligente; elle devint sa gouvernante. C'est elle qui eut soin de moi; elle remplaça ma mère; comprends-tu?

Sterley eut un sourire cynique.

— Je comprends, dit-il.

— Oh! tu peux penser ce que tu voudras de mon père et de sa gouvernante, cela m'est égal; je t'ai donné l'explication de la petite scène dont tu viens d'être témoin, c'est là le principal.

— Mais tu n'as pas paru la reconnaître tout d'abord?

— Parbleu! tu le vois, l'obscurité est grande, et puis elle vient rarement ici, et je ne l'avais jamais vue ainsi affublée; que veux-tu, ce n'est, je te l'ai dit, qu'un cerveau malade.

— Ah!

Le bruit d'un coup de revolver et le spectacle d'une scène sanglante pouvaient achever d'éteindre sa raison.

De Bordes, en prononçant ces dernières paroles, reprit lentement le chemin de son cabinet.

Stérley le suivit pensif.

Tout ce que le marquis venait de lui dire était de pure invention, une fable : mais il y a des fables qui se présentent parfois avec des caractères de vraisemblance tels, qu'elles font une impression même sur les esprits les plus sceptiques.

— De sorte que ce n'est que partie remise ? dit-il après un moment de silence.

— Oui.

— A quel jour ?

— Je te le ferai savoir.

— Je serai ton témoin ?

— Oui.

— Quelle arme choisiras-tu ?

— Celle qu'on voudra ; cela m'est égal.

— Choisis l'épée.

— Pourquoi ?

— Parce que c'est plus sûr.

— La raison ?

— La raison est qu'à la première égratignure que tu feras à ton adversaire, ce sera un homme mort.

— Oh ! oh ! ce duel serait-il une scène de féerie, et mon épée deviendrait-elle une baguette magique ?

— Tu me laisseras faire.

— Je le veux bien, mais explique-moi la chose.

— Voici : je connais une substance vénéneuse.

— Un poison ? dis-moi la chose crûment.

— Oui, un poison, et tellement subtil qu'il foudroie si on lui donne accès dans le corps, ne fût-ce que par une simple piqûre d'épingle.

— C'est merveilleux, cela, et ça peut servir, mais laisse t-il des traces ?

— Aucune.

— C'est étrange.

— Il fait refluer tout le sang au cœur.

— Et ?

— Et l'on meurt.

— Le sang n'est pas décomposé ?

— Non.

— De sorte qu'en faisant l'autopsie du cadavre, on ne peut pas reconnaître dans l'organisme la présence de ce poison ?

— Non.

— Mais il reste à la pointe de l'épée, et si on l'examinait ?

— On n'y songera pas.

— Mais ça pourrait cependant arriver, il faut tout prévoir.

— Eh bien, si ça arrivait ce ne serait pas tout de suite et j'aurais le temps de le faire disparaître.

— Comment ?

— En piquant l'arme dans la terre.

— C'est vraiment très fort : mais d'où tiens-tu cela ?

— C'est mon secret.

De Bordes devint rêveur.

— Tu as reçu une éducation plus sérieuse, et une instruction plus approfondie que moi, dit-il gravement.

Sterley se mit à rire.

— Tu as vécu dans l'intimité de ces hommes mystérieux et redoutables, qui savent ce que le vulgaire ignore, ce que nos savants ne savent pas, qui ont joué et jouent encore un rôle si important dans notre société.

— Est-ce des Jésuites que tu veux parler ?

— Oui, on les appelle aussi les Chevaliers du Crucifix, mais ils ne sont pas les seuls.

— Chevaliers du Crucifix ? dis-tu.

— Oui.

Le curé Mansot.

— Pourquoi ?

— Parce qu'ils passent pour exploiter la religion du crucifié.

— C'est une calomnie ! s'écria Sterley avec colère.

— Oh ! je te l'accorde ; et cette querelle n'est point la mienne. Il me suffit que je sache que tu peux m'être utile, à l'occasion.

— Tu ne le crois pas ?

— Quoi donc ?

— Que les Jésuites soient des Chevaliers du Crucifix ?

— Pas le moins du monde.

— A la bonne heure !

— Je les crois même de très honnêtes gens, et les piliers du catholicisme.

— Et tu as raison, mon cher ; s'ils sont instruits, est-ce leur faute ? s'ils sont puissants, est-ce leur faute ?

— Oh ! je ne conteste rien.

— Ce sont des saints.

— Soit, et ton poison fait bien mon affaire.

— Substance miraculeuse, mon cher.

— Substance miraculeuse, soit ! C'est

miraculeux, en effet, que par le moyen d'une simple égratignure, on vienne à bout d'un adversaire.

— C'est très utile.

— Il faudra désormais se cuirasser et porter des masques et des gantelets.

Sterley sourit.

— Tu te rappelles la mort du vieillard sinistre [1] ?

— Oui.

— Sa mort a été comme un coup de foudre.

— Oui.

— Rien ne l'annonçait, rien ne la faisait prévoir.

— Non.

— Eh bien ?

— Tu ne comprends pas ?

— Non.

— Ceux qui ont fait l'autopsie de son cadavre n'ont pas remarqué une toute petite piqûre d'épingle qu'il avait à l'annulaire de la main gauche, eh bien ! c'est cette piqûre d'épingle qui lui a donné la mort

— Et cette épingle ?

— Était imprégnée de cette substance miraculeuse.

— Ah !

— C'est un mystère que les historiens n'auraient jamais pu déchiffrer, s'ils en avaient soupçonné l'existence.

— Comme tant d'autres, mon cher, fit de Bordes avec un clignement d'yeux significatif.

Depuis quelque temps le marquis songeait.

Il pensait à cette parole du spectre : « il n'y a pas d'amis. »

Plus il réfléchissait, plus il se sentait poussé à cette conclusion fatale :

Sterley est un Chevalier du Crucifix.

Alors il se demanda pourquoi il était venu le trouver au cercle, lui qui ne venait ja-

1. Thiers.

mais le voir, pourquoi il le poussait à un duel avec le Maure. Il eut honte de n'avoir pas pensé plus tôt qu'un ex-élève des Jésuites pouvait être un honnête homme, ne pas appartenir à cette société infernale et mystérieuse dont il avait tout à redouter.

Il pensa à se tenir sur ses gardes, plus que jamais.

— La découverte de cette substance miraculeuse, lui dit-il, est-elle bien ancienne ?

— Elle est toute récente.

— A qui en doit-on la découverte ?

— A Dieu !

— C'est un grand inventeur, fit-il en souriant.

— Au fait, mon cher, tu as tes secrets, je les respecte ; quant à tes services, j'y compte : viens me voir demain à cette heure, et nous en causerons.

Sterley comprit qu'il le congédiait. Mais dès que toute lutte entre le Maure et son ami n'était plus possible ce jour-là, et que l'affaire était remise à un autre jour, rien ne le retenait plus à l'hôtel de Bordes.

— A demain ! dit-il à celui-ci, en lui tendant la main.

— A demain !

Ils se séparèrent.

Chose singulière ! de Bordes ne lui serra pas la main, à peine posa-t-il le bout de ses doigts ; craignait-il d'y trouver quelque épingle dont la pointe fût imprégnée de la substance miraculeuse ?

Quand Sterley fut parti, il se jeta dans un fauteuil, et prit sa tête dans ses mains ; il se mit à examiner sous toutes ses faces la situation que venaient de lui faire les événements.

Un dernier mot : le poison subtil dont Sterley venait de lui parler était une pure fable, jamais il n'y a eu de substance vénéneuse produisant ces effets foudroyants et mystérieux; on comprend aisément dans quel but il lui avait fait ce conte; comme il craignait que, connaissant l'adresse et la force merveilleuse du Maure, il n'osât se battre avec lui, il avait imaginé ce moyen de lui donner du courage et de le détermi- ner à se mesurer hardiment avec lui, il lui assurait la certitude presque absolue d'en avoir facilement raison.

Au bout d'un quart d'heure environ de méditation, de Bordes releva brusquement la tête.

Il venait d'entendre un léger bruit.

En même temps sa porte s'ouvrit et un homme parut.

C'était la personne que de Bordes et Sterley avaient pris d'abord pour un spec- tre, que le marquis avait dit ensuite être une vieille femme, l'ancienne gouvernante de son père,

Cet homme était Tabernier.

Il referma soigneusement la porte, et vint s'asseoir à côté de lui.

— Je l'ai fait déguerpir, le Maure, dit-il.

— Ah !

— Ça n'a pas été sans peine.

— Je le crofs.

— C'est un rude homme.

De Bordes hocha la tête d'un air significa- tif.

— Il ne voulait pas partir; il se déme- nait comme un tigre, comme un fou fu- rieux; il voulait vous arracher le cœur, ou vous faire dire en quel endroit se trouve cachée sa sœur adoptive.

— Qu'avait-il fait de mes domestiques ?

— Il les avait garrottés, bâillonnés et jetés dans un coin.

— Pourquoi ? savez-vous ?

— Il pensait qu'après avoir fait tous vos domestiques prisonniers, l'envie vous pren- drait peut-être, si vous étiez à l'hôtel, de

venir voir ce qu'il en avait fait, et alors...

— Alors ?

— Il vous aurait servi et infligé la plus effroyable torture qu'on pût infliger à un homme.

— Et si j'avais eu un pistolet ?

— Ah! il s'en moque bien des pistolets ?

— Une épée ?

— Il vous l'eût enlevée des mains !

— Mais enfin de quoi m'accuse cet homme.

— Il vous croit le ravisseur de Gemma. Il veut que vous la lui rendiez, ajouta Tabernier.

— Je la tuerai plutôt !

— Je n'ai qu'une chose à vous dire, ne tombez jamais entre ses griffes.

Le marquis sourit; il pensait au poison de Sterley.

— Je m'en moque bien, dit-il.

Tabernier prit cela pour une pure fan- faronnade, il était pleinement rassuré sur ce point, connaissant le peu de vaillance que les puissants seigneurs de la noble li- gnée des de Bordes avaient transmis à l'unique représentant qui restât de leur race.

Il pouvait bien avoir le courage de tuer traîtreusement un homme désarmé, et qui, se croyant protégé par les lois de l'honneur et le droit des gens, viendrait imprudem- ment sous son toit; mais affronter un ad- versaire épée contre épée, pistolet contre pistolet, dans une lutte loyale? allons donc !

Et puis, ne savait-il pas que le colosse l'avait jeté dans le lac du bois de Boulogne, sans qu'il eût eu le courage de lui deman- der raison de ce grave outrage ! De Bordes avait fini par le lui avouer.

Il était donc parfaitement tranquille sur les velléités belliqueuses de son complice, s'il lui arrivait d'en avoir jamais.

De son côté de Bordes ne parla pas du poison de Sterley.

Cela se conçoit ; se réservait-il le plaisir de causer une surprise à l'homme d'affaires, en tuant le Maure, et de lui prouver, en même temps, qu'il était un de Bordes, un brave ?

Il y a de nos jours nombre de gens, dont la renommée de courage est due à des calculs aussi contraires aux lois de l'honneur que ceux de ce petit-fils des de Bordes, soit dit en passant.

La vaillance est devenue un *truc* chez la plupart de nos duellistes.

— Vous ne savez pas pourquoi je suis venu ? fit tout à coup Tabernier.

— J'attends même, fit le marquis, que vous m'expliquiez ce mystère.

L'homme de la rue de la Clef prit un calepin dans la poche de son pardessus.

Nous devons dire qu'il s'était dépouillé de ses vêtements de femme, et qu'il avait endossé des vêtements pris dans la garde-robe du marquis.

Le calepin était bourré de bank-notes.

L'œil de de Bordes lança un éclair.

— Je vous apporte trente mille francs, dit-il.

— Ça tombe à pic, je viens de perdre mon dernier louis.

Il tira du calepin trente billets de mille francs et les lui tendit.

Il les prit et les jeta sur un petit meuble de Boule qui se trouvait à la portée de sa main.

— Vous êtes ma providence, mon cher.

— Vous allez un peu vite.

— Que voulez-vous ! je suis né pour écraser des louis.

— Heureusement que la fortune qui doit être la vôtre un jour est immense.

— Soyez tranquille, quelque immense qu'elle soit, je n'en laisserai pas grand'chose à mes héritiers, si j'en ai.

Tabernier sourit.

— A propos que fait Mme de Cressères ?

— Elle doit tenter bientôt un dernier effort : elle a toute confiance, elle compte triompher pleinement de la résistance de cette fille.

— Elle résiste donc ?

— Elle a un caractère de fer et elle n'ose pas lui parler de son neveu et lui proposer de le prendre pour mari.

— Ah ! diable ! il le faut bien pourtant.

— Elle pleure sans cesse son Georges Bernard.

— Ce n'est rien, les femmes pleurent toujours, c'est dans leur nature ; plus elles pleurent, plus elles oublient vite ce qui cause leurs larmes.

Le marquis se mit à rire.

— Lui a-t-elle parlé de vous ? poursuivit Tabernier.

— Non.

— Ah diable ! il faudrait y arriver.

— Quand le moment sera venu, ça ira tout seul.

— Méfiez-vous ! elle ne vous aime guère.

— Il s'est passé bien des événements depuis mon aventure du bois de Boulogne ; ses sentiments ont pu se modifier depuis.

— C'est vrai !

— C'est égal, je ne me montrerai à elle et je ne lui dirai mon nom qu'à la dernière heure.

— Je ne dis pas que cette idée de ne se montrer à elle qu'à la dernière heure ne soit pas habile, mais je ne puis m'empêcher de craindre que cette heure ne nous soit fatale.

— Que m'importe !

— Si elle refuse, que ferons-nous ?

— Nous aviserons.

— Où la persuasion finit...

— La violence commence.

— C'est entendu.

De Bordes se mit à siffloter.

Il jeta un regard sur les billets de banque

qu'il avait, avons-nous dit, jetés sur un meuble.

— Ces quinze cents louis, dit-il, viennent ma foi, bien à propos : vous êtes vraiment gentil de me les avoir apportés.

— Je ne veux pas vous laisser manquer d'argent ; pourtant, je ne suis pas riche.

De Bordes se mit à rire.

— A propos, poursuivit Tabernier, quel est donc cet ami qui était avec vous tout à l'heure.

— Un ancien camarade de collège : il se nomme le vicomte de Sterley.

— Qu'est-ce qu'il fait ?

— Il est diplomate.

— Peuh ! qu'est-ce que c'est que ça ?

— Il est lancé dans la carrière diplomatique.

— Est-il ambassadeur, consul, ministre plénipotentiaire ?

— Je n'en sais rien.

— Où est le lieu de sa résidence ?

— Il est censé en avoir un à Madrid.

— Ah !

— Et sa résidence réelle ?

— Est au faubourg Saint-Germain.

— C'est louche.

— Possible.

— Quel monde fréquente-t-il.

— Le monde aristocratique du faubourg : il va aussi beaucoup rue des Postes.

— C'est encore un Chevalier du Crucifix ! exclama Tabernier.

De Bordes sourit.

— Il en pleut ! poursuivit l'homme d'affaires, on en trouve partout, partout ! partout ! bientôt on ne rencontrera plus que cette engeance quelque part qu'on aille !

— Oh ! celui-là n'est pas bien dangereux, il est bête comme *ses pieds*.

— Bêtes ou non, ils sont toujours dangereux ; cet homme m'a-t-il remarqué ?

— Oui,

— Qu'a-t-il dit ?

— Oh ! il vous a pris pour une femme, et je lui ai fait croire que vous étiez une ancienne gouvernante de mon père.

— Où est le château qui servait de résidence à monsieur votre père.

— A Angerville.

— Dans quelques jours, le curé d'Angerville recevra une lettre ainsi conçue :

« Monsieur le Curé,

« Ayez l'obligeance de nous dire si feu le marquis de Bordes avait une gouvernante ; si oui, dites-nous le lieu de sa résidence, son signalement, et les vêtements qu'elle porte habituellement. »

Signé : une croix,

suivie des quatre lettres suivantes :

A. M. D. G.

— Et le curé répondra ?

— Certainement.

— Vous plaisantez ?

— Je ne plaisante jamais.

— Comment pouvez-vous supposer de pareilles choses.

— Je suppose, parce que je sais, voilà tout : suis-je donc homme d'affaires pour ne rien savoir ?

Le marquis devint songeur.

— Ah ! je les connais, ces Chevaliers du Crucifix, je les connais !... mais que diable celui-là venait-il faire ici ? poursuivit Tabernier.

— Je n'en sais trop rien ; il est venu me trouver au cercle, ma foi, il ne m'a pas dit pourquoi.

— Le voyez-vous souvent ?

— Il y avait bien six mois que je ne l'avais vu.

— C'est lui qui vous poussait à tuer le Maure ?

— Dame ! il ne cherchait pas à m'en empêcher.

— Méfiez-vous de lui !

— C'est entendu.

— Ne lui parlez jamais de moi, ni de Gemma de Mélos. Ah! çà, voyez-vous beaucoup la baronne de Berny?

— Un peu.

— Méfiez-vous aussi de celle-là! Vous l'aimez peut-être?

De Bordes eut un haussement d'épaules.

— Est-ce que j'aime! moi, fit-il d'un air de dédain.

Il mentait.

Il adorait Benedita.

Il y eut un silence.

Ce fut Tabernier qui le rompit.

— Depuis quelques jours, poursuivit-il, les espions des Chevaliers du Crucifix s'attachent à mes pas, j'ai beau prendre tous les déguisements, je ne puis m'en défaire!

— Ah bah! vous vous frappez, ce sont des espions éclos dans votre imagination! fit de Bordes en riant.

L'homme d'affaires haussa vivement les épaules, il tira un objet de dessous ses vêtements, et le posa sur la petite table.

C'était un poignard; un de ces stylets qui sont si communs en Italie.

Ce poignard était ensanglanté.

— Corbleu! comme vous y allez! s'écria de Bordes.

— Il le faut.

— Ce sang est celui d'un de leurs espions?

— Oui.

— C'est un meurtre! monsieur l'homme d'affaires.

— Soit! Je ne peux pas admettre que l'on me suive partout où je vais.

— Malgré votre déguisement?

— Malgré mes déguisements.

— Vous avez été suivi jusqu'ici?

— Oui.

— Et celui qui vous a suivi vous a vu entrer?

— Non!

— Vous vous êtes donc soustrait à ses regards?

— Je l'ai tué; c'était le meilleur moyen de m'y soustraire.

— Près d'ici?

— A quelques pas; son cadavre est étendu à l'angle de la maison qui porte le numéro 8 de l'avenue.

— Et si un sergent de ville vous avait vu?

— Je l'aurais tué.

— Je trouve que vous vous exposez beaucoup.

— Non. Quand je veux jouer du couteau, je choisis le moment où je peux le faire avec impunité.

— On peut vous voir, quand vous frappez.

— Non, il y a assez d'ombre pour me cacher, moi et ma victime.

— Mais si celle-ci poussait un cri?

— Je sais tuer raide, et frapper à l'improviste.

— Vous allez détruire tous leurs espions, fit le marquis en ricanant.

Tabernier hocha la tête.

— Ils sont innombrables, dit-il.

— Mais au fait, pourquoi s'attachent-ils à vos pas? Se douteraient-ils de quelque chose?

— Il le faut.

— Alors, s'ils se doutent de quelque chose, gare à moi!

Tabernier ne répondit pas.

Il se garda bien de lui dire comment il s'était attiré sur les bras toute la police de Civette.

Le marquis ne devait rien savoir de son odyssée, qui avait commencé à Munich, et qui n'était pas encore terminée.

— A quoi reconnaît-on ces espions? demanda de Bordes.

— Ah! ça, c'est difficile.

— Est-ce à leurs vêtements?

— Non.

— A quel signe donc?

— A aucun : c'est une affaire de flair.

— Au fait, je m'en moque! fit le marquis d'un air d'indifférence superbe.

— Écoutez moi bien, dit tout à coup Tabernier.

— Vous ne soufflerez mot de ce qui vient de se passer ici, ni de ce que je vous ai raconté ; vous défendrez à vos domestiques d'en parler à qui que ce soit : surtout méfiez-vous de ce Sterley, bête ou non, je vous le répète, un Chevalier du Crucifix est toujours dangereux.

On le voit, le marquis se laissait conduire aveuglément par l'homme d'affaires ; cela se conçoit, en effet, il était évident pour lui que cet homme avait montré, depuis le commencement de leurs relations, un grand dévouement pour lui, et une intelligence parfaite de leurs intérêts communs.

Cependant il lui cachait une chose, c'était le désir violent qu'il éprouvait de faire usage du poison de Sterley, pour tuer le Maure.

Sur ce point, mais sur ce point seulement, il était parfaitement capable de lui désobéir, un jour.

Enfin il se décida à lui révéler ce secret.

— Que faudra-t-il faire si ce mauricaud se représente ici? lui demanda-t-il tout à coup.

— Je verrai, je vous enverrai des instructions à cet égard.

— Je ne puis me défendre du désir de tuer cet homme.

— Comment?

— En duel, parbleu.

— Vous n'êtes pas de force, vous le savez bien.

— On peut rendre les chances égales.

— De quelle manière?

— Je connais un poison.

— Ah! ah!

— Ce poison tue instantanément.

— Ce ne serait donc pas d'un duel qu'il s'agirait?

— Mon épée serait empoisonnée, voilà tout.

Tabernier se mit à rire.

— Une simple égratignure suffirait, poursuivit de Bordes.

— Comment la lui feriez-vous?

— Je tire supérieurement, et je suis sûr de la lui faire.

— Dussiez-vous la lui faire par trahison ? fit Tabernier en souriant.

— Eh! que m'importe à moi ce que vous appelez les lois de l'honneur, pourvu que je le tue !

— L'idée en est belle, fit Tabernier ironiquement, mais c'est difficile quant à la pratique.

— Je puis compter sur l'habileté de mes témoins, et sur leur zèle à me servir.

— Ah! de sorte que?...

— Je suis certain que celle des deux épées qui sera empoisonnée, me sera donnée.

— Une erreur pourrait se commettre : c'est une terrible chance à courir.

— C'est impossible.

— Et ce poison, dites-vous, tue instantanément?

— Oui.

— Sans laisser de traces?

— Oui.

— En êtes-vous sûr?

— Très sûr.

— Il n'y en a pas de ces poisons-là, que je sache.

— Vous savez bien des choses, maître Tabernier, s'écria le marquis, mais vous avouerez bien que vous ne pouvez pas tout savoir.

— L'invention de ce poison merveilleux doit être très récente, car il n'a pas encore fait parler de lui.

— C'est un sournois qui tue si habilement, qu'il ne fait pas parler de lui.

— Je suis homme d'affaires et je connais par état, tous les moyens de se nuire que les hommes ont inventés, fit Tabernier en secouant la tête d'un air d'incrédulité.

— Ancien ou non, ce poison existe.

— Qui vous l'a dit?

Le marquis ne répondit pas.

— Tenez, je vais vous tirer d'embarras : cette idée d'empoisonner une épée, pour tuer un homme sans coup férir, est trop *canaille* pour avoir germé chez le commun des hommes, elle a pris naissance ailleurs.

— Que voulez-vous dire?

— C'est une de ces végétations morales éminemment meurtrières qui ne doivent pousser que dans les serres chaudes de Loyola.

— Allons donc!

— Tenez, celui vous a parlé de cela, c'est un Chevalier du Crucifix.

Le marquis ne répondit pas.

— C'est ce diplomate, ce blond qui était ici tout à l'heure, et que vous appelez Sterley.

— Et quand cela serait? fit le marquis, en relevant la tête en regardant fixement l'homme de la rue de la Clef.

— Oh! que ce ne soit pas un sujet de discorde entre nous! s'écria celui-ci, il existe une affaire qui nous est commune; mon plus ardent désir est de la mener à bonne fin; ce désir doit aussi être le vôtre; je ne crois pas que le moment soit venu de vous débarrasser du Maure; je suis persuadé que cette vengeance ne serait pas opportune, et qu'elle pourrait créer des complications qui seraient de nature à nuire au succès de notre entreprise, je dois vous le dire et je vous le dis : voilà tout!

— Allons! allons! je ne vous désobéirai pas, maître Tabernier, fit le marquis devenu doux et timide comme un mouton.

— Plus tard, plus tard, quand nous serons arrivés au but que nous nous proposons d'atteindre. Eh bien, vous tuerez cet homme et comme bon vous semblera!

Le marquis avait, on le voit, une peur affreuse de déplaire à Tabernier qu'il regardait comme sa providence, sa vache à lait, pour me servir d'une expression vulgaire; mais au fond il ne renonçait pas au désir de se venger quand bon lui semblerait, maintenant qu'il croyait en avoir trouvé le moyen, de ce misérable Maure, auquel il devait sa fameuse baignade du bois de Boulogne, si blessante pour son orgueil, et qui, en outre, devenait de jour en jour plus gênant.

XV

Suite du spectre.

Tabernier, en quittant l'hôtel de Bordes, monta à cheval.

L'homme de la rue de la Clef était très habile écuyer.

Il connaissait, paraît-il, beaucoup de choses, celui qui s'appelait autrefois le signor Tavelli; et l'avenir nous en apprendra bien d'autres; nous pouvons dire que le lecteur est loin d'être complètement édifié sur les connaissances et les talents très variés de cet homme.

Le cheval qu'il montait était un des meilleurs des écuries du marquis.

— Ce de Bordes, se disait-il en remon-

Ils étaient vêtus de drap grossier et portaient sur leurs vestes une blouse bleue.

tant l'avenue au grand trot de sa monture, est tellement ébloui par les trente billets de mille que je lui ai donnés, qu'il n'a pas songé à me demander quels moyens de persuasion j'avais dû employer pour décider le Maure à évacuer la place.

— Sans doute il va aller délivrer ses domestiques, et il leur demandera comment cela s'est passé.

— Mais je suis bien tranquille sur ce qu'ils lui diront ; j'ai fait les choses de manière à ce qu'il ne vienne à la pensée de qui que ce soit que j'ai des relations avec le Maure.

Tout en se livrant à ces réflexions, il regardait à droite et à gauche et remarqua avec plaisir qu'il n'y avait à sa suite ni voiture ni cavalier.

Il éprouva un grand soulagement et releva la tête avec orgueil.

— J'échapperai donc aux Chevaliers du Crucifix ! se dit-il.

Il songeait aux innombrables espions qui avaient tourbillonné autour de lui, et qui s'étaient attachés à ses pas depuis son départ de Munich.

Comme on le pense bien, il n'avait plus son costume de vieille femme ; il portait un élégant vêtement qu'il avait, avons-nous dit, trouvé dans la garde-robe du marquis.

Ce vêtement lui donnait tout à fait l'air d'un gentleman.

Il ne retourna pas directement rue de la Clef.

Il alla d'abord à l'hôtel de Mélos.

Sa seule préoccupation, maintenant qu'il se sentait débarrassé des espions, était d'empêcher le marquis et le Maure de se battre.

— Ces deux hommes me sont utiles, se disait-il, et il faut que je me les conserve ; plus tard je laisserai aller les choses, et ils se battront tant qu'ils voudront.

Tabernier, comme tous les hommes bien avisés et peu scrupuleux, voulait avoir toujours plusieurs cordes à son arc, il savait que dans la conduite d'une affaire et la poursuite d'un but, il y a souvent une large place pour le hasard. La sagesse humaine a à compter avec l'imprévu ; et souvent les combinaisons les plus habiles sont déjouées par des événements inattendus.

— Il peut se faire, se disait-il encore, que ce marquis ne puisse pas arriver à s'emparer de la fortune et de la main de la fille du baron de Mélos, et que toutes ses tentatives et celles de sa tante échouent piteusement ; il ne faut pas que j'aie à pâtir de leur maladresse ou de leur impuissance. Il faut me réserver le moyen de me retourner d'un autre côté, quand ça se gâtera, de côté-là ; je jetterai par-dessus bord de Bordes et sa tante et je voguerai à pleines voiles vers l'hôtel de Mélos.

Là j'aurai un rôle splendide à jouer ; je viendrai comme le libérateur de Gemma, l'on me comblera de présents et je pourrai encore battre monnaie avec cette affaire, d'une manière sérieuse.

Ah ! je sais bien qu'il me faudra beaucoup d'efforts, de prudence, de ressources d'esprit, pour jouer ce double rôle. Il me faudra ce que les hommes appellent de l'astuce, de la fourberie, de l'hypocrisie : il faudra même que je trahisse ceux qui se croiront mes amis.

Il se mit à rire. Sa figure blême s'illumina ; des éclairs brillèrent dans ses yeux caves, la perspective de gagner des millions, quoiqu'il arrivât, le grisait.

Le misérable éprouvait une joie féroce à se vautrer sur ce que tout les hommes d'honneur respectent : la loyauté, la droiture, la justice, la conscience. L'ancien condamné à mort, délivré par les Chevaliers du Crucifix pour les besoins de leur cause, se dressait en quelque sorte, en face de la société, impuissante à le déjouer et à le punir, et lui crachait à la face, comme une vengeance hideuse, son cynisme et ses succès.

Nous saurons bientôt les divers incidents de son retour de Munich à Paris.

Il trouva le Maure agité, soucieux.

S'il venait dans le but de le dissuader de retourner à l'hôtel de Bordes, il risquait fort de se heurter contre un refus formel et de se briser contre une résolution inébranlable.

On sait qu'il s'était chargé de faire des recherches, dans le but de retrouver Gemma, et ses misérables ravisseurs.

— Eh bien ? fit vivement le Maure en l'apercevant.

— J'ai des soupçons, dit-il, de l'air d'un homme qui se creuse la tête pour trouver la solution d'un problème difficile.

— Des soupçons ? dites-vous.

— Oui, on m'a raconté une histoire...

— Des soupçons ? Sur qui ? Quelle histoire ? s'écria le Maure haletant.

— Un de mes agents m'a parlé d'une jeune fille enlevée pendant la nuit.

— Eh bien ?

— Il a même accusé de cet enlèvement, certain marquis.

— Un marquis?

— Oui.

— Son nom?

— Le marquis de Bordes.

— C'est cela, oui, le marquis de Bordes est bien le ravisseur d'une jeune fille, et cette jeune fille est Gemma de Mélos!

— Ah bah! fit Tabernier.

— Lisez! lisez!

En même temps, Hassan lui tendit la lettre anonyme qu'il avait reçue.

Tabernier, en prenant la lettre, laissa voir sur sa figure, une surprise naïve mêlée d'une joie hypocrite, parfaitement jouée.

Quand il eut achevé la lecture, il parut subitement désappointé.

— Pas de signature! dit-il.

— Qu'est-ce que cela fait? s'écria le Maure avec emportement.

— Diable! diable! une lettre anonyme n'a pas la valeur d'une lettre signée.

— Qu'importe! n'avons-nous pas des présomptions suffisantes? des preuves morales?

— Lesquelles?

Hassan lui parla de la conduite du marquis à l'égard de Gemma, du vivant du baron, il lui raconta dans tous ses détails l'aventure du bois de Boulogne.

— Il y a des présomptions, c'est évident, et le misérable qui s'est permis toutes ces insolences, serait le ravisseur cherché, que cela ne me surprendrait pas; pourtant...

Ici Tabernier jeta un regard sur son terrible interlocuteur. Il était évident qu'il hésitait à se mettre carrément en contradiction avec lui, il avait à craindre en effet de soulever dans cette âme exaltée et altérée de vengeance, une tempête dont il lui était impossible de calculer les conséquences.

Il tira de sa poche son foulard; qu'il porta à ses yeux, comme pour essuyer des larmes subites, sa voix eut des tremblements,

— J'éprouve, dit-il, un attachement, un dévouement sans bornes pour Mlle Gemma de Mélos, je ne puis exprimer toute la vénération et la respectueuse estime que m'avait inspirées son illustre père. Le malheur qui l'a frappée m'a remué jusqu'au fond de l'âme, et a excité en moi une haine profonde pour son ravisseur, et un incommensurable désir de le voir enfin découvert et châtié...

Il s'arrêta, comme suffoqué par l'émotion.

Hassan, visiblement ému, le regardait.

Les sentiments exprimés par son visiteur étaient si bien joués, qu'il les crut sincères.

On aime à trouver chez les autres les douleurs dont on souffre soi-même.

Les hommes à sentiment sont faibles dans la bataille des intérêts.

Tabernier savait que le Maure était un de ces hommes-là.

C'est ce qui faisait sa force auprès de lui.

Hassan était au moral un homme de bronze, une citadelle de diamant : mais cet homme avait un côté faible, le cœur; mais cette citadelle avait une ouverture par laquelle l'ennemi pouvait pénétrer, c'était la porte des larmes, de la sympathie réelle ou habilement jouée.

La résolution qu'il avait prise d'aller demander une explication à Ulrich de Bordes contrariait Tabernier, qui voulait à tout prix empêcher qu'un conflit n'éclatât en ce moment du moins, entr'eux; eh bien, s'il avait tenté de combattre par le raisonnement seul sa résolution, il eût échoué, et il est très probable que le géant exaspéré l'eût saisi par les basques de son habit et l'eût jeté à la porte de l'hôtel. Il était trop habile homme pour faire un pareil pas de clerc ; aussi s'était-il mis à gémir, et à verser des larmes.

Hassan, nous l'avons dit, les prenait pour des larmes réelles.

Certes, ce n'était pas le moment de verser des larmes, c'était plutôt celui d'agir.

Tout autre que le Maure les eût considérées comme suspectes ou tout au moins inopportunes.

Au lieu de se méfier, le grand enfant s'émut. Cette douleur qu'il croyait sœur de la sienne, le toucha ; il fut faible jusqu'à s'attendrir.

Certes il ne renonçait pas à la résolution qu'il avait prise d'aller trouver le marquis de Bordes, loin de là ; mais entre cette résolution et son exécution se posait une douleur d'ami, une sympathie, un sentiment perfide ; cette sympathie pouvait ouvrir la voie au raisonnement, dans son âme bouleversée.

Maintenant une opposition à ses projets venant de Tabernier, pouvait être sinon accueillie, du moins discutée : le raisonnement, cette pieuvre, passait.

Tabernier regardait ce résultat presque comme une victoire.

—Nous la trouverons, cette pauvre enfant, fit-il d'une voix douce, et nous la sauverons ; que dis-je ? nous y touchons, à cette heure bénie, consolez-vous, encore quelques heures et nous pleurerons de joie de l'avoir retrouvée, mais pas de démarches imprudentes, pas d'éclat !

Un colossal étonnement se peignit sur la figure du Maure.

Il se leva brusquement du fauteuil, où il était assis.

— Est-ce que vous ne partagez pas ma conviction ? fit-il d'une voix sourde.

— Hélas ! qu'avons-nous pour l'établir, cette conviction ?

— Et cette lettre ? et ces précédents ?

— Cette lettre est anonyme.

— Qu'importe !

— Pourquoi l'auteur ne l'a-t-il pas signée ?

— Qu'importe !

— N'est-ce pas un piège que nous tendent les Chevaliers du Crucifix ?

— Pourquoi ?

— Parbleu ! pour se débarrasser de vous.

— Comment ?

— Vous faire tuer par le marquis, ou vous faire tomber entre les mains de la justice, comme coupable de violences commises sur sa personne. L'existence de cette alternative ne suppose-t-elle pas un piège ?

Pour la première fois depuis qu'il avait reçu sa lettre, le Maure s'apercevait qu'entre lui et le marquis il y avait la société.

La société avec ses lois, ses magistrats, ses gendarmes.

Un nuage passa sur son front.

Puis il se mit à rire, en serrant ses poings formidables.

— Votre société ! s'écria-t-il, votre société ! Dites-moi donc, est-ce qu'elle a pu, votre société, protéger cette pauvre fille que j'avais laissée sous sa garde, aux Charmettes ? Votre société ? Est-ce qu'elle a pu trouver son ravisseur ? Est-ce qu'elle pourra jamais la sauver, avec ses lois, ses gendarmes et ses juges ? Votre société ! c'est un roseau qui s'est brisé sous ma main, quand j'ai voulu m'appuyer dessus ! Comment, n'ayant pu être la protection, le secours, l'assistance, aurait-elle le droit d'être la menace ? Eh bien ! qu'elle l'ose.

Une rage inouïe agita tout son être.

Tabernier vit passer cet orage de l'air d'un médecin qui assiste à une crise inévitable et prévue de son malade.

Le Maure était effrayant.

Il marchait de long en large d'un

pas fiévreux, poussant des cris rauques, pareil à un lion en furie, cherchant, pour le mettre en pièces, un ennemi invisible qui le menace.

Ses yeux étaient pleins de flammes sombres, son corps était secoué par des mouvements convulsifs.

Tout à coup, il se campa devant lui, livide.

— Vous dites, hurla-t-il, que cette société, si niaise, si impuissante à protéger les faibles, si aveugle et si indifférente dans la recherche et la punition des criminels, mais si ardente, si prompte à frapper celui qui, blessé dans tout ce qu'il a de plus cher, fait ce qu'elle ne peut pas ou ne veut pas faire, c'est-à-dire cherche, trouve et punit un bandit, vous dites qu'elle m'écraserait avec toute cette force dont elle dispose, avec ses lois, ses magistrats et ses gendarmes? Eh bien! que m'importe, pourvu que je sauve cette pauvre enfant, que j'aime, moi, que j'adore, moi, plus qu'une mère aime et adore son enfant, plus qu'un frère adore une sœur, plus qu'un amant aime et adore une maîtresse; mais vous ne savez donc pas que je serais heureux de mourir, elle sauvée et vengée!...

Tabernier poussa un soupir.

— Répondez donc! mais répondez donc!

Et comme l'homme d'affaires restait muet, il le saisit, le souleva dans ses bras de bronze et le secoua avec violence.

— Répondez donc! répétait-il avec rage, répondez donc, vous qui parlez de raisonner, de discuter, quand il faut agir; répondez donc. Ah! il est plus facile d'avancer des niaiseries que de donner des raisons!

Puis il le jeta sur le parquet, où il tomba de toute sa hauteur.

Heureusement qu'une épaisse moquette le recouvrait!

Tabernier en fut quitte pour une secousse énorme.

Il se releva en gémissant.

— Adressons-nous à la société, dit-il d'une voix lamentable, signalons-lui le coupable, et laissons-lui le soin de sauver Mlle Gemma de Mélos, et de le châtier.

— Ah! oui, pour que dans sa maladresse elle le laisse fuir, pour que cette occasion unique peut-être de mettre la main dessus soit manquée, pour qu'elle vienne nous dire qu'il a été plus habile qu'elle et qu'elle a même perdu ses traces? Non, non, non, non, mille fois non!...

Quand l'astucieux homme d'affaires disait de s'adresser à la justice, il savait très bien qu'elle ne poursuivrait pas le marquis de Bordes sur de vagues soupçons et une dénonciation anonyme: il savait bien que ce conseil qu'il donnait au protecteur de Gemma, eût-il été écouté et suivi, n'eût compromis en rien son complice.

Et puis le zèle qu'il montrait pour la délivrance de Gemma de Mélos, peu compromettant, on le voit, pour lui et pour son digne associé, lui faisait gagner du terrain dans l'estime et l'affection de son interlocuteur.

Depuis quelques instants, il observait ce dernier avec soin.

Un changement peu sensible, mais réel, s'opérait en lui. Ses éclats de voix paraissaient tomber; son agitation, bien que très grande encore, était mêlée à moins d'emportement; son geste avait je ne sais quoi de lourd; ses yeux noirs, quoique très ardents, avaient moins de lueurs fauves: on eût dit que l'âme du colosse irrité sentait l'influence vague d'une puissance occulte et mystérieuse.

— Il raisonne, pensa-t-il; tout à l'heure il sera souple comme un gant, et il ne restera rien de toute cette belle colère.

— Voulez-vous être libre? lui dit-il tout

à coup après quelques minutes de silence.

Au moment où Tabernier lui faisait cette étrange question, il lui tournait le dos; il se retourna vivement; sans doute il crut que son interlocuteur se moquait de lui.

— Que voulez-vous dire? fit-il avec un éclat de voix terrible.

— Je vous demande, dit froidement Tabernier, si vous tenez à votre liberté?

— Mais cette question est une niaiserie ou une insolence! hurla-t-il.

— C'est mon dévouement à Mlle Gemma de Mélos et à vous qui me l'a inspirée.

— Que voulez-vous dire? parlez!

— Je veux dire qu'en agissant avec trop de précipitation, en commettant des actes de violence, vous compromettriez votre liberté.

Le Maure eut un haussement d'épaules formidable.

— Vous iriez en prison, pour vous dire brutalement ce qui vous arriverait.

— Mais je broierais, s'écria-t-il avec rage, celui ou ceux qui viendraient mettre la main sur moi.

— Lutte inégale! résistance vaine!

Hassan eut un sourire amer; il releva lentement la tête; un rayon d'orgueil et de majesté illumina son front : ce fut un éblouissement.

C'était bien là l'homme des anciens jours; il était de la race des Titans, celui-là; lui aussi eût saisi une montagne dans ses bras robustes et eût escaladé le ciel!

Tabernier parut s'aplatir.

Il jeta sur le Maure un regard étrange; ce regard parcourut, timide et effaré, le vaste corps du colosse; puis il monta au-dessus, en dépassant de beaucoup les limites de ses proportions réelles : voyait-il ce corps grandir démesurément et sa tête gigantesque atteindre les nuées?

Ce qui est petit subit la vision du grand et du beau : dans l'âme la plus vile, il y a

un coin, fermé si l'on veut, mais qui peut s'ouvrir et s'éclairer tout à coup : là se trouve ce roc mystérieux, cet instinct sublime qui forment les assises mêmes de la nature humaine : la nostalgie de la grandeur!

Le rayonnement de l'âme d'un héros avait brusquement éclairé les profondeurs mystérieuses de son être, bien que vil et dégradé, et réveillé un sentiment qui y dormait et qu'on aurait pu croire mort.

Mais il eut bientôt honte de ce qu'un homme tel que lui ne pouvait considérer que comme une faiblesse, et cet effet moral n'eut chez lui que la durée de l'éclair.

— Il ne s'agit pas, dit-il après un moment de silence, de vous exposer à perdre votre liberté, mais de la conserver; votre liberté, c'est le salut de Gemma de Mélos!

Le Maure ne répondit rien : sa tête se baissa, son front s'assombrit.

— Oui, oui, vous captif ou tué, qui est-ce qui travaillera à sa délivrance?

Une tristesse inouïe se peignit sur les traits du colosse.

Hélas! il tombait des hauteurs lumineuses où l'avait porté l'exaltation de son génie et descendait dans les bas-fonds hideux d'un réalisme sombre!

La logique, implacable, l'écrasait, l'attirait!

Mais qu'on ne l'oublie pas, c'était volontairement qu'il descendait de ces hauteurs; c'était volontairement qu'il consentait à descendre dans ces profondeurs où régnait la nuit, et où il allait combattre cette pieuvre, la réalité; c'était pour Gemma qu'il le faisait; c'était pour elle que le géant se rapetissait! l'amour produisait cette chose monstrueuse qu'un Titan devenait un nain; qu'un héros devenait un homme vulgaire.

Il jeta un regard sur Tabernier; ce regard était doux et humble comme celui d'un lion attendri.

— Parlez! lui dit-il d'une voix calme mais creuse.

Au moment où l'homme d'affaires ouvrait la bouche pour parler, un bruit se fit, la porte du salon s'ouvrit brusquement, et Georges Bernard parut.

Il avait la figure pâle et amaigrie; il marchait péniblement en s'appuyant sur le bras de son père.

Le Maure à sa vue baissa la tête.

Georges s'avança vers lui.

— Avez-vous vu cet homme, ce misérable? lui demanda-t-il d'une voix que l'émotion étranglait.

— Il était absent, fit le Maure.

— Y retournez-vous ce soir?

Hassan ne répondit pas.

— N'est-il pas à Paris?

— Je ne sais où il est.

— Vous n'avez pas pu l'apprendre?

— Non.

— Que vous a-t-on dit?

— D'abord qu'il était au cercle.

— Vous vous y êtes rendu au cercle?

— Non.

— Eh bien?

— Je l'ai attendu à son hôtel.

— Et il n'est pas venu?

— Non.

Au fur et à mesure que le Maure lui faisait ces réponses, Georges Bernard semblait plus affecté. C'est à peine s'il eut la force de formuler la dernière question; et il se laissa tomber plutôt qu'il ne s'assit dans un fauteuil.

— Ah! si je n'étais pas mourant! murmura-t-il.

Un véritable rugissement sortit de la gorge du capitaine.

— Mille millions de sabords! exclama-t-il, je te promets de le harponner ce marsouin-là! tonnerre et damnation! C'est donc si difficile de mettre la main dessus! le capitaine de l'*Éole* n'est-il bon qu'à soigner

les blessés! démons et tempêtes! Est-il une femme, un enfant, lui, ah! ah! ah! damnation.

La fureur du malheureux capitaine était effrayante, il poussait des cris effroyables, ses yeux roulaient des flammes; il écumait, livide.

Il se précipita vers la porte.

Tabernier bondit à sa poursuite.

Puis on entendit dans le salon voisin, où il l'avait probablement rejoint, des éclats de voix sauvages et le bruit d'une lutte.

Pendant ce temps-là, le géant à genoux devant le blessé, cherchait à le calmer, à lui faire prendre patience; il lui baisait les mains comme à un enfant malade, que l'on aime, que l'on adore.

— Mon enfant, lui disait-il, de cette voix douce que la tendresse lui donnait quelquefois, si ma démarche n'a pas abouti, si je n'ai pas pu m'emparer de ce coquin ce soir, je m'en emparerai demain, je vous le promets; je vous le promets: comptez-y, mon enfant; Hassan a toujours tenu tout ce qu'il a promis. Cet homme sera à nous; il parlera, il nous dira où est notre bonne, notre douce Gemma, votre fiancée, et nous irons la délivrer, et vous la reverrez celle qui vous aime, et vous guérirez vite, pour l'amour d'elle, et pour faire plaisir à ce pauvre Hassan, votre ami.

Georges, profondément touché, lui tendit la main.

— J'ai été injuste, lui dit-il.

— Non, vous n'avez pas été injuste; non, j'ai des torts et de grands torts: je me suis fait à moi-même plus de reproches que vous ne m'en avez faits. J'ai manqué de fermeté, de persévérance, de ténacité dans l'accomplissement de mon devoir.

Puis, comprenant tout à coup que, dans l'expansion de sa tendresse, dans son désir ardent de le consoler, il se laissait emporter trop loin, et compromettait sa dignité personnelle, il ajouta : .

— Je dois dire pourtant que j'ai fait tout ce que l'intérêt de la cause à laquelle nous nous sommes dévoués, me permettait de faire. Hélas, nous n'avons pas de preuves, nous n'avons qu'une lettre anonyme !

— Cela ne suffit-il pas ?

— A nous si, à la loi, non.

— La loi ! la loi ! murmura tristement Georges, la loi quand la douleur nous tenaille le cœur, quand une voix secrète nous crie : le coupable, c'est lui !...

— Patientons pour être plus sûrs de réussir : demain, sans doute, nous aurons des preuves !

— Demain ! demain ! murmura de nouveau le pauvre blessé, comme si ce retard eût été pour lui une montagne qui dût l'écraser.

— L'homme d'affaires a de son côté des indices sérieux qui vont nous venir en aide.

— Je n'ai pas confiance en cet homme.

— Pourquoi ?

— Je ne sais ; mais depuis le jour où pour la première fois je me suis trouvé avec lui, il m'a inspiré un sentiment de répulsion invincible.

En ce moment, la porte se rouvrit brusquement, et le capitaine de l'*Éole*, poussant des cris de rage, parut, tenant à la gorge Tabernier, se débattant, râlant.

Il fit un mouvement violent, et l'homme d'affaires alla rouler au milieu du salon.

Le colosse s'était vivement redressé, et pareil à un roc, il s'était placé entre le capitaine et sa victime.

— Ah ! mille sabords ! hurlait le capitaine, louvoyer, stopper, quand il faut courir sus à l'ennemi ; quelle lâcheté ! mille millions de caronades de tribord et de bâbord ! ah ! stopper ! ah ! louvoyer ! ah ! attendre que l'ennemi disparaisse, et qu'on

ne puisse plus l'aborder ! A-t-on jamais vu un homme de sens parler ainsi ? mille tonnerres ! damnation !

— Cet homme dit ce qu'il croit devoir dire dans notre intérêt, capitaine, fit le Maure avec calme, mais sous ce calme on sentait percer une profonde tristesse.

Le vieux loup de mer le regarda avec un inexprimable étonnement.

— Notre intérêt ? fit-il de l'air d'un homme qui se demanderait s'il a bien entendu.

— La passion m'emportait tout à l'heure, fit Hassan en secouant tristement la tête.

— La passion ! mille sabords ! La passion ! tonnerre ! Quel charabia ! mille tempêtes !

— Nous n'avons pas de preuves suffisantes, mais nous en aurons demain.

— Damnation ! demain ça sera trop tard ! demain le forban aura disparu ! avec ça qu'il va vous attendre, mille tonnerres ! qu'il attendra notre bordée avant de filer ! mille sabords !

— Nous avons contre nous le droit et la loi, fit Tabernier, qui, remis de la secousse produite par sa chute, s'était assis dans un fauteuil, et avait repris tout son sang-froid.

Le marin lui jeta un regard féroce.

— Ce sont de grands mots, dont vous vous servez vous autres hommes d'affaires, pour empêcher qu'on vous tire les oreilles quand vous avez commis quelque vilenie ; oui qu'on vous tire les oreilles et aux autres coquins de votre espèce ! mille tonnerres !

Tabernier resta impassible, mais ce qui n'eût pas échappé à un observateur, c'est qu'il faisait des efforts violents pour dominer son ressentiment ; son regard était sombre et ses traits contractés.

Avec quel bonheur il eût planté, dans la gorge du capitaine, ce couteau qu'il cachait

C'est un saltimbanque.

sous ses vêtements, et qui était encore tout couvert du sang de celui qu'il venait d'égorger ! mais il était trop habile coquin pour se laisser entraîner par la passion, et pour sacrifier, au plaisir de se venger, le gain si ardemment convoité qu'il comptait recueillir de ses savantes manœuvres.

Georges jeta sur son père un regard suppliant.

Hassan prit le bras de son vieux marin et l'entraîna hors du salon.

— Vous excuserez mon père, dit Georges à Tabernier ; il est si malheureux de me voir dans cet état, et il a un si ardent désir de mettre la main sur le ravisseur de Mlle de Mélos, qu'il suppose être en même temps l'auteur ou l'un des auteurs de cet infâme guet-appens où nous avons failli périr, mon ami Jacques et moi !

— Je ne vois pas le rapport qui peut exister entre ces deux affaires, dit hypocritement Tabernier.

— Il est possible qu'il n'y en ait pas ; mais mon père s'est mis dans la tête qu'il y en avait un, et vous savez que quand une idée entre dans la tête d'un marin, il n'est pas facile de l'en faire sortir.

Leur conversation fut interrompue par le retour d'Hassan.

Le Maure était grave et soucieux.

— Combien vous faut-il de temps, dit-il à Tabernier, pour vous renseigner au sujet de cet enlèvement de jeune fille, mis à la charge du marquis de Bordes, dont vous m'avez parlé.

— Un jour ou deux, répondit Tabernier, qui ne demandait qu'à gagner du temps.

— C'est trop !

— Un jour, quelques heures, que sais-je, je ferai toutes diligences.

— Je vous donne jusqu'à demain matin, mettez en œuvre tous vos moyens, réussissez, sinon...

— Sinon ?

— Ce sera trop tard : j'ai obtenu en effet, à grand'peine, du père de Georges, qu'il se tiendrait tranquille jusqu'à demain.

— Cet homme compromettra tout.

Le Maure ne répondit pas.

— Pour réussir dans cette affaire délicate, il ne faut ni démarche précipitée, ni éclat, jusqu'à ce qu'on ait rassemblé des preuves suffisantes pour livrer le marquis à la justice.

— La démarche est faite, l'éclat est fait, dit le Maure en secouant la tête.

— On est allé chez lui ?

— Oui.

— Qui ?

— Moi.

— Vous avez vu le marquis ?

— Je n'ai trouvé que ses domestiques que j'ai bâillonnés et garrottés ; puis il est venu une femme.

— Une femme ?

— Oui.

— Quelle femme ?

— Elle m'a paru être une pauvre vieille femme de la campagne : ses vêtements, son air, sa démarche, tout l'annonçait.

Notez qu'il faisait presque nuit, et que je la voyais assez imparfaitement dans l'entrebâillement de la porte du salon où je me trouvais.

— Je suis la nourrice de M. le marquis Ulrich de Bordes, m'a-t-elle dit ; je suis bien contrariée ; je viens de loin pour voir mon petit Ulrich, et voilà qu'il n'y est pas ! quelqu'un que j'ai rencontré à la porte venait dire qu'il ne rentrerait pas à l'hôtel ce soir ; qu'il ne reviendrait que demain matin ; et voilà que je cours par toute sa demeure sans même pouvoir mettre la main sur un seul domestique ! c'est donc une maison abandonnée, cette maison !

Puis elle s'éloigna, grognant, maugréant, et j'entendis le bruit de son pas lourd, dans les chambres voisines.

Tabernier, en entendant ce récit, resta impassible.

— Avez-vous dit votre nom aux domestiques ?

— Oui.

Il secoua la tête d'un air de fort mauvaise humeur, se leva et prit son chapeau.

— Je vais me mettre en campagne immédiatement, dit-il, et demain matin à huit heures au plus tard, je vous ferai savoir ce qu'elles auront produit.

Il prit ensuite congé d'Hassan et de Georges.

Au moment où il sortait, il se trouva face à face avec Jacques.

Le brave marin arrivait en hâte et paraissait tout joyeux.

— J'ai des nouvelles du saltimbanque ! s'écria-t-il en se précipitant dans le salon.

Tabernier s'arrêta brusquement.

— Qu'est-ce que c'est que ce saltimbanque ? se demanda-t-il.

Mais Jacques, qui l'avait reconnu, cessa tout à coup de parler.

On sait quels sentiments de répulsion et de défiance il lui inspirait.

Ces sentiments il ne les ignorait pas.

— C'est à cause de moi qu'il devient

muet comme une carpe, se dit-il, c'est inutile d'attendre et d'écouter, et il ferma la porte, puis sortit de l'hôtel.

— Qu'est-ce que c'est donc que ce saltimbanque ? se dit-il de nouveau en remontant à cheval, puis il piqua des deux droit à l'hôtel de Bordes.

Le marquis se trouvait encore chez lui.

— Il faut que vous alliez passer une quinzaine de jours à Venise, lui dit-il.

— Moi !!! fit-il au comble de la surprise.

— Oui, et dès votre arrivée là-bas, je vous enverrai quarante mille francs.

— Mais que ferai-je à Venise ? bon Dieu !

— Vous vous promènerez en gondole ; on dit que cet exercice ne manque pas d'agréments ; et vous ferez la cour aux jeunes patriciennes de l'ancienne cité des doges, ce qui est un autre exercice qui n'est pas non plus dépourvu de charmes ; on dit qu'il y en a de fort jolies.

— Ah ! çà, quel est ce nouveau mystère ?

— Je vous le dirai plus tard.

— Mais enfin !

— Avez-vous confiance en moi ?

— Oui, certes.

— Eh bien ! partez !

— De suite ?

— Immédiatement, et sans en rien dire à personne.

— Oh ! oh ! que de mystère !

— Pas même à la baronne de Berny.

— Ah ! diable ! fit le marquis devenant rêveur.

— Pas même à votre tante, et là-bas vous changerez de nom et vous vous appellerez le comte de Valbrun.

— Quinze jours ! murmura le marquis, c'est long !

— Oui, mais la fortune de Gemma de Mélos est bien belle, et nous ne pouvons l'avoir qu'à ce prix.

Une heure après, le marquis partait pour Venise.

XVI

Ce qui fit que pour la première fois de sa vie Civette ne songea ni à se pommader, ni à se friser, ni à se teindre le poil.

Nous savons que Civette, le chef de la police des Chevaliers du Crucifix, était ordinairement *maquillé* avec le plus grand soin, pommadé et parfumé, et que sur son visage, où l'art savait si bien simuler un air d'éternelle jeunesse, régnait un perpétuel sourire.

Nous le retrouvons dans son cabinet de la rue d'Ulm, le lendemain du jour de l'apparition d'Hassan à l'hôtel de l'avenue Montaigne.

Ce jour-là, ce n'était plus le petit homme au visage fleuri, à l'air content de lui, aux cheveux noirs parfumés, pommadés et lustrés.

Il était devenu absolument méconnaissable.

Sa figure, dont le *maquillage* n'avait pas été renouvelé, était marbrée de taches multicolores et sillonnée de rides profondes ; ses cheveux, veufs de leur pommade quotidienne, et où l'*Eau des fées* brillait par son absence, dressaient lamentablement, et dans un désordre qui n'était pas *un effet de l'art*, leurs mèches décolorées et blanchies, ce qui donnait à sa tête l'air d'un vieux plumeau à peu près hors d'usage ; ajoutons à cela ses mâchoires, privées de leurs râteliers, oubliés sans doute sur sa table de nuit, et tombant lamentablement la supérieure sur l'inférieure, en entraînant le nez jusque sur le menton, et il nous viendra difficilement à l'idée que ce jour-là le coquet policier eût été tenté de chercher à plaire aux dames, avec cet assemblage d'avantages physiques si peu dissimulés.

L'heure était matinale.

Une pendule, placée sur sa cheminée, tintait lentement huit coups.

Il lisait et relisait, agité, fiévreux, livide, des papiers nombreux épars sur son bureau.

Ces rapports, on le devine aisément, concernaient tous ce personnage énigmatique qui s'était servi du nom et de la signature de Gemma de Mélos pour se faire donner, à Munich, la somme de six cent mille francs.

Ces rapports des agents mystérieux des Chevaliers du Crucifix sont des curiosités historiques de notre temps.

Nous ne pouvons donc nous dispenser d'en faire connaître quelques-uns au lecteur.

Nous déclarons que chacun d'eux est la copie textuelle de l'original.

Rapport n° 1.

Aussitôt que j'en ai été requis par le chef du cercle catholique de mon quartier, j'ai changé de vêtements à la hâte et, ayant reçu de lui l'argent qui m'était nécessaire, pour subvenir aux dépenses probables que je devais faire, je me suis rendu à la gare.

Une jeune dame m'y attendait, qui était chargée de la même mission que moi.

Nous échangeâmes un signe d'intelligence avec le banquier ; il causait avec l'homme, et il s'en sépara bientôt.

La jeune dame et moi nous montâmes dans le même compartiment de wagon que l'homme.

Je faisais semblant de dormir, afin que rien ne gênât chez lui l'éclosion et l'expansion des sentiments les plus intimes.

Ma très chère sœur en Jésus-Christ s'est montrée tout à fait digne de votre confiance et a parfaitement réussi à créer entre elle et lui une intimité des plus accentuées.

Ma chère sœur a montré aussi un grand dévouement, une parfaite abnégation.

L'homme n'était pas beau : ses traits étaient ceux d'un vieillard, et si ses cheveux et sa barbe n'eussent été ceux d'un individu de quarante ans tout au plus, on lui en eût bien donné soixante.

J'ai remarqué chez lui une grande faiblesse d'organe, que l'on ne rencontre pas d'ordinaire chez un homme d'âge moyen.

Je suis persuadé que ma chère sœur a dû tirer de cette circonstance imprévue et tout à fait inespérée un allègement considérable dans ses fonctions délicates et pénibles de sirène.

L'homme paraissait complètement subjugué : il lui a fait de nombreuses confidences.

A notre arrivée à Paris, j'ai été relevé par plusieurs confrères qui avaient mission de me remplacer.

Je suis reparti presque aussitôt pour la capitale de la Bavière.

Dieu soit loué ! ✝

G..., *notaire,*
Place Sedan, à Munich.

Rapport n° 2.

Au reçu de votre télégramme, je suis parti pour la gare de l'Est.

Le train ne tarda pas à arriver, et je trouvai dans le compartiment du wagon indiqué les deux messieurs et la jeune dame en question.

Un de ces messieurs était un frère; je l'ai laissé à la gare.

Ses deux compagnons de voyage en sont partis en voiture; j'ai fait comme eux. Mon fiacre a suivi le leur jusqu'à un hôtel garni de la rue Saint-Martin, qui porte le nom d'Hôtel du Midi.

Là, j'ai loué une chambre à côté de la leur, et j'en ai laissé la porte ouverte pour pouvoir les surveiller plus efficacement.

Le garçon de l'hôtel m'a dit qu'ils se faisaient appeler M. et Mme Cavillot.

Ils se sont fait servir à dîner dans leur chambre; on leur a porté jusqu'à des liqueurs et du champagne.

Le repas a été fort gai; et j'ai entendu la femme chanter et l'homme rire bruyamment.

Cependant, un moment vint où ils ne furent plus d'accord: l'homme voulait sortir seul, la femme s'y opposait.

A la fin, ils sortirent ensemble.

Je descendis à leur suite. A la porte de l'hôtel, j'aperçus au milieu de la rue deux hommes qui les regardaient s'éloigner: l'un d'eux vint à moi.

— Rentrez et retournez à votre poste, me dit-il, nous sommes assez de monde pour les filer.

En même temps, il me montra son scapulaire: c'était un frère en Jésus-Christ.

J'obéis, et quelques minutes après je me retrouvais dans ma chambre, attendant le retour de mes voisins.

A la tombée de la nuit, je les vis revenir.

Leur gaieté s'était envolée; l'homme me parut soucieux.

Il demanda au garçon si les chambres qui avoisinaient la sienne étaient occupées; sur la réponse affirmative de celui-ci, il hocha la tête; il parut de plus mauvaise humeur.

Il se plaignit que la sienne était trop mesquinement meublée; puis le garçon partit.

Ils sont rentrés; j'écoute.

La cloison est mince; j'y colle l'oreille.

La femme demande un verre de champagne.

Ils boivent.

— Paris m'ennuie, mon chéri, dit-elle tout à coup; partons !

— Demain: répond l'homme.

— Oh! il me tarde d'être dans ton château, insiste-t-elle.

— Nous irons, je te le promets.

— Partons, oh! partons de suite! crois-moi.

— Si nous prenions le train ce soir, comme on ne m'attend pas, je ne trouverais pas ma voiture à notre arrivée, et nous serions obligés de faire la route à pied, de la gare au château; tu comprends, la nuit est glacée, les chemins affreux, et la distance à parcourir est de près de quatre kilomètres.

— Qu'importe! pourvu que je sois chez toi, mon gros chéri.

— Tu es bien courageuse; tu m'aimes donc bien ?

— Oh! si je t'aime!...

— C'est précisément parce que je t'aime aussi, moi, que je ne dois pas t'exposer à te faire faire un voyage dans d'aussi fâcheuses conditions: si tu veux me croire, couchons-nous.

— Je te préviens que je ne dormirai pas.

— Tant mieux!

La femme pousse un éclat de rire sonore.

. . . .

Ils se couchent

J'entends le lit craquer sous le poids de leurs corps.

Le mince filet de lumière qui filtrait à travers une fissure de la cloison, disparaît : ils ont soufflé leur bougie.

. . . .

Je regarde la pendule qui se trouve sur ma cheminée.

Elle marque six heures.

J'écoute de nouveau et avec la plus grande attention.

J'entends le bruit d'une conversation.

Ils causent, mais à voix très basse.

Tout à coup j'entends la conversation suivante :

— Tu m'as parlé d'une femme qui a été la bienfaitrice ?

— Oui.

— Tu l'appelles, je crois, Benedita Tavelli ?

— Oui.

— Une Italienne ?

— Oui.

— Sais-tu de quel endroit de l'Italie elle est ?

— Elle me l'a bien dit, mais je ne m'en souviens pas.

— Comment est-elle ?

— Brune.

— Est-elle grande ?

— De taille moyenne.

— Ses yeux sont-ils bleus ou noirs ?

— Noirs.

— Sa bouche ?

— Petite.

— Ses dents ?

— Très petites.

— Son teint ?

— Très blanc.

— Sa main ?

— Très petite.

— Ses doigts sont-ils minces ?

— Oui.

— Sa main est-elle maigre ?

— Non, elle est potelée.

— A-t-elle un grain de beauté, tout près de l'oreille gauche ?

— Oui.

— Ses cheveux sont-ils noirs ou châtains ?

— Très noirs.

— Frisent-ils légèrement sur les tempes ?

— Oui.

— A-t-elle la voix agréable ?

— Oui.

— Elle chante bien ?

— C'est un rossignol.

— Est-elle gaie ?

— Oui.

— Toujours ?

— Toujours.

— Jamais une minute de tristesse ?

— Jamais.

— Tu m'as dit qu'elle avait la bouche petites ; ses lèvres sont-elles pâles quelquefois ?

— Non.

— Parle-t-elle quelquefois de son pays ?

— Rarement.

— Parle-t-elle de sa mère ?

— Quelquefois.

— Qu'en dit-elle ?

— Qu'elle était très malheureuse.

— Vit-elle encore ?

— Non.

— Parle-t-elle de son père ?

— Jamais.

— En a-t-elle eu un, au moins ?

— Cette bêtise !

La femme rit.

Tout à coup elle s'écrie :

— Pourquoi me demandes-tu cela ? Tu la connais donc ?

— Oui.

— Tu sais, je suis jalouse.

— Ah bah !

— Oh oui ! et même très jalouse !

— Je n'en crois rien.

— Monstre d'homme ! C'est ta maîtresse ?

— Non.

— Elle l'a été ?

— Oui.

— Quel séducteur tu fais !

— Dame !

— On ne peut pas te résister, dis donc, mon gros chéri, si nous partions ?

— Encore ?

— Oui, partons.

— Tu plaisantes ?

— Non, levons-nous, habillons-nous et allons prendre le train.

— Impossible.

— Oh ! tu n'es pas gentil !

— Pourquoi cette insistance ?

— Parce que je voudrais être là-bas, dans ton château ; il doit être bien beau ton château ? Hein ? Et puis je pourrai m'en dire la châtelaine ! oh ! que c'est drôle, que c'est charmant d'être châtelaine !

— Demain.

— Oh ! que je voudrais dormir, pour être plus vite à demain !

— Tu vas dormir ?

— Pas sûr !

. . . .

Une demi-heure s'est écoulée.

J'écoute toujours avec beaucoup d'attention, mais je n'entends plus rien.

La pendule marque sept heures moins dix minutes.

Je sors de ma chambre.

Je jette un regard dans le couloir.

Ce couloir est long, étroit et circulaire.

Une lampe accrochée à la muraille, à l'une des extrémités, n'en éclaire qu'une faible partie, une ombre plus ou moins épaisse en occupe le reste.

Ce couloir est désert, on n'y entend pas le moindre bruit.

Ce n'est pas l'heure où les garçons de service y passent, et les locataires, s'il y

en a dans cette partie de l'hôtel, ne donnent pas signe de vie.

L'obscurité la plus complète règne autour de moi, à cause de l'éloignement où je me trouve de la lampe.

Je m'approche de la porte de mes voisins : ils dorment sans doute.

Ont ils laissé leur clef en dehors ?

Je tâtonne ; je trouve le trou de la serrure ; la clef est en dedans.

Je ne pourrai donc pas pénétrer dans leur chambre.

Je ne pourrai donc pas fouiller dans les poches des vêtements de l'homme, et y chercher, ce que je désire si ardemment savoir, quelque lettre, quelque chose qui m'éclaire sur son nom, sa profession et son domicile.

J'éprouve un chagrin violent.

Un frémissement de colère et de désappointement parcourt tout mon corps.

Enfin j'élève mon âme vers Dieu.

Il est le maître.

Je sais qu'il éprouve parfois ses meilleurs serviteurs.

Je lui dit mentalement :

— *Fiat voluntas tua !* Seigneur que ta volonté soit faite !

Je rentre dans ma chambre agité, soucieux.

Je regarde autour de moi.

Il n'y a pas de crucifix dans cette maison de Sodome et de Gomorrhe.

A défaut de crucifix, je fais une croix avec un couteau de table et un vieux compas de charpentier que je trouve en cherchant bien, dans cette chambre où tant de sortes de gens ont passé !

Ce couteau et ce compas, je les pose en travers l'un de l'autre, sur la table, et je m'agenouille devant ce symbole improvisé de notre rédemption.

La foi a des industries merveilleuses : de deux objets profanes, et peut-être souillés par des mains impures, elle fait un objet sacré.

Je me mis à prier.

Mon Dieu, disais-je, dans le fond de mon cœur, tu connais la pureté des intentions qui m'animent, tu sais que je n'ai en vue que le triomphe de ton saint nom, et les intérêts de ton Église catholique, apostolique et romaine ; envoie à l'instant, à ces gens qui dorment dans la pièce voisine, un sommeil si profond, qu'aucun bruit ne puisse les en tirer.

L'homme a bien donné à l'hôtelier, un nom, une profession et une adresse, mais il n'est pas possible que ce nom, cette profession et cette adresse, soient les siens : du reste, il me faut un contrôle.

La femme qui l'accompagne est, il est vrai, une de nos sœurs en Jésus-Christ, mais tu le sais, Seigneur, l'esprit est prompt, la chair est faible ! elle peut se laisser séduire par l'appât des richesses ou des plaisirs charnels. C'est bien une sainte, pensons-nous, mais parfois, Seigneur, une sainte peut, hélas, prévariquer.

L'homme est un grand criminel, il met en péril les intérêts de l'Église, il est l'ennemi de notre sainte société, il...

J'interromps ma prière, j'entends un bruit, j'écoute...

J'entends encore. Est-ce un gémissement ? Non ! C'est un soupir... le lit craque... oui, c'est un soupir...

J'écoute...

Ah ! il en prend bien à son aise, cet homme, ce philistin, cet ennemi de Dieu, ce destructeur de l'arche, et la femme ne s'en plaint pas, car soupirer n'est pas se plaindre !...

Que dis-je ? je me trompe... dans la bouche d'une Messaline, un soupir est infâme, dans la bouche d'une sainte, c'est la plainte sacrée d'une martyre !

J'écoute...

. . . .

Voilà cinq minutes que je n'entends plus aucun bruit, pas de soupir, pas le moindre craquement du lit...

Tu leur as envoyé sans doute, Seigneur, ce sommeil...

Oui, Seigneur, ce sommeil béni, ce sommeil image de la mort, pendant lequel je pourrai crocheter en toute liberté la porte de leur chambre... sommeil qui me permettra de visiter les portefeuilles s'il y en a, et les porte-monnaie ; fouiller les poches et les sacs de voyage.

Donne, Seigneur, la sécurité et la chance à celui qui va travailler pour ta plus grande gloire et l'accomplissement de tes desseins impénétrables...

Qu'entends-je ?

Encore un bruit ! dans le couloir... là... tout près, on marche !... oui... des pas étouffés !

Je me lève, je veux savoir ce que c'est que ce pas furtif...

Est-ce l'homme qui sort ?

J'arrive à ma porte sans bruit, — j'ai à mes pieds des chaussons — je l'entr'ouvre avec précaution.

Je jette dans le couloir un regard rapide.

Voir sans jamais être vu, c'est dans les règles de notre sainte société.

Je vois quelqu'un.

Ce quelqu'un est une ombre.

Cette ombre se meut lentement.

Elle s'éloigne.

Elle va du côté de la lampe.

Grâce à la clarté de cette lampe, je vais savoir ce que c'est que cette ombre...

Elle y arrive...

C'est une femme !... une vieille femme !... une étrangère... une provinciale sans doute... ses vêtements sont d'une coupe rustique et ancienne. . de grandes coiffes lui couvrent la tête.

Broussard devint amoureux fou de cette jeune fille.

Elle s'en va, le corps voûté, et d'un pas lent.

Allons ! ce n'est rien...

Je jette un regard sur la porte de mes voisins, elle est bien toujours close.

. . . .

Huit heures sonnent.

J'ai dit cinquante *pater* et cinquante *ave Maria* ; j'ai fini ma prière ; je me lève, et je m'asseois sur une mauvaise chaise (on n'en trouve pas d'autres dans ces garnis généralement fréquentés par la canaille), le souvenir de cette vieille femme me vient à l'esprit.

D'où venait-elle ? Sortait-elle de quelque chambre voisine ? Mais dans ce cas, je lui aurais entendu ouvrir et refermer sa porte.

Elle n'est pas venue d'un étage supérieur, car il n'y a pas d'escalier donnant sur le couloir, et le couloir lui-même est une impasse.

Elle se sera trompée d'étage, et elle sera venue par erreur dans le voisinage de ma chambre.

Ma pensée se reporte sur mes voisins.

Il y a longtemps que je n'ai pas entendu chez eux le moindre bruit.

Sans doute Dieu a exaucé la prière de

son serviteur, et leur a envoyé un des ces sommeils profonds, tels que la trompette de Jéricho elle-même pourrait à peine les en tirer.

J'ai dans ma poche un petit outil qui doit me servir pour crocheter les serrures.

Je m'en empare, en élevant de nouveau mon âme vers Dieu, pour lui demander son assistance.

Le couloir me paraît et est en effet plus sombre, la lampe donne moins de clarté, c'est sans doute l'huile qui baisse, tant mieux.

C'est fait ! la serrure est crochetée ; la porte cède, je puis entrer dans leur chambre, mais j'ai fait du bruit, j'écoute...

Hésiterai-je ? Dieu n'est-il pas avec moi ? j'ai honte de ma pusillanimité, et j'entre.

J'entends le bruit d'une respiration ; mais pourquoi d'une seule, puisqu'ils sont deux ?

Il faut donc que l'un des deux ne dorme pas.

Je sens une terreur subite glisser comme un coup de vent, jusque dans la racine de mes cheveux.

J'ai refermé la porte sur moi, par prudence, afin de ne pas attirer l'attention, si par hasard on venait dans le couloir.

J'ai même refermé celle de ma chambre.

Je retiens mon souffle, j'écoute, prêt à tout.

Je fais des efforts énergiques sur moi-même pour vaincre ma terreur.

Ma main, tremblante encore, mais se raffermissant par degrés, se pose sur le manche d'un couteau que je porte sous mes vêtements.

Si cet homme ne dort pas, s'il m'a entendu, s'il m'écoute...

Mais c'est impossible, il ne peut pas m'avoir entendu, j'ai pu ouvrir la porte presque sans faire de bruit.

La serrure était vieille et très usée, ces serrures-là, on les ouvre sans effort, et à peu près sans bruit.

Des ténèbres profondes m'environnent.

Ces ténèbres m'aveuglent.

J'entends toujours le bruit d'une respiration humaine.

Une seule !

Après un bon quart d'heure d'immobilité complète, je fais un pas pas dans la direction de l'endroit d'où vient ce bruit.

Je m'arrête.

Haletant, anxieux, j'écoute.

Au bout d'un certain temps, je m'avance de nouveau.

Chose étrange ! plus je m'approche, plus il me semble que cette respiration est pénible et heurtée.

C'est l'effet d'un cauchemar, me dis-je.

Le sommeil de l'impie est agité, pensai-je tout à coup : pour lui le sommeil ne doit pas être un repos. Dieu veut que sa conscience bourrelée de remords le tourmente.

Or, la jeune femme est une sainte, puisqu'elle est la servante fidèle et dévouée du Seigneur : c'est donc l'homme qui dort.

Je me rassurai.

Je m'expliquai maintenant pourquoi je n'entends le bruit que d'une seule respiration, c'est qu'elle ne dormait pas, elle ; elle était comme Judith dans le lit d'Holopherne, le sentiment du devoir dominait toutes ses pensées ; la voix de Dieu la tenait éveillée.

C'est pour cela qu'elle m'a entendu, bien que je n'aie fait qu'un bruit à peine perceptible.

Je croyais avoir résolu le problème.

Je m'avançais encore davantage de la couche où dormait ce philistin ; bientôt, j'en fus si près que j'aurais pu le toucher de la main.

Mais cet homme pouvait se réveiller subitement, il fallait songer à tout ; je saisis de nouveau mon couteau.

S'il se réveillait, il ferait du bruit, du scandale, et je le tuerais, car Dieu a dit : « Malheur à celui par qui arrive le scandale ! »

Cela nous indique suffisamment que nous devons empêcher le scandale de se produire ; donc, cet homme doit mourir, avant même qu'il ait poussé un seul cri.

Cependant il fallait avertir ma chère sœur de ma présence ; afin de lui épargner une vaine terreur, et lui demander au besoin son concours.

Jésus ! Marie ! fis-je à vois basse.

Pas de réponse !

Ave Maria gracia plena [1] *!*

Pas de réponse !

Il n'y avait pas de doute possible, ou ma chère sœur n'était plus là, ou elle n'était plus qu'un cadavre, puisque je ne l'entendais pas respirer.

Il n'était pas admissible qu'elle eût pu sortir, sans attirer mon attention.

Elle était donc morte ?

Mais si elle était morte, c'était donc l'homme qui l'avait tuée ?

Il l'avait tuée, le misérable, et ensuite ivre de luxure et de vin, il s'était endormi auprès de son cadavre !

Je levai mon couteau.

Je trouvais sage maintenant de tuer cet homme.

Que risquai-je ? rien.

Cela m'empêcherait-il de fouiller dans ses poches et son portefeuille, s'il en avait un ? Au contraire, je pourrais faire cette petite opération en toute liberté.

Demain, pensai-je, on trouvera les deux cadavres, la police s'en emparera, la presse en parlera ; mais on ne saura jamais la vérité, et nous y gagnerons une chose, c'est que les recherches de la police et les bavardages de la presse, pourront peut-être jeter la lumière sur la vie, sur les relations sociales de cet homme, ce dont notre très sainte société pourra profiter : car, qu'est-ce qu'il lui faut, à elle, c'est d'être renseignée le plus amplement possible, sur cet homme dangereux, dont les agissements mystérieux ont attiré toute son attention.

J'invoquais Dieu mentalement.

Dieu de Judith, Dieu de Charlotte Corday, Dieu de Ravaillac, dis-je en moi-même dirige mon couteau, fais que je frappe au bon endroit !

Je cherchais à tâtons la place du cœur, et ma main effleura légèrement la poitrine.

Horreur ! ma main effleurait une poitrine de femme.

Une poitrine nue !

Était-ce une erreur de mes sens ? Dieu voulait il éprouver son serviteur ? permettait-il que je fusse un instant le jouet de l'esprit des ténèbres ?

. . . .

Plus de doute, c'était bien le corps d'une femme que j'avais sous ma main.

Corps délicat, potelé, doux au toucher, comme le satin, tel que le Créateur le fit dans sa sagesse impénétrable.

Ce corps était presque entièrement nu.

Mais, chose étrange et inexplicable, les jambes étaient liées, les bras aussi, et un bâillon couvrait la bouche !

Mon bras s'étendit au delà de ce corps, dans l'endroit du lit où devait se trouver l'homme, ma main n'y rencontra que le vide !

Où est-il ? me dis-je.

Est-il embusqué quelque part, attendant le moment propice pour me frapper ?

Une frayeur soudaine vint de nouveau m'assaillir.

Je restai quelque temps anxieux, frissonnant, cramponné au bois de cette couche mystérieuse.

J'écoutai ; mes regards cherchaient à

1. Je vous salue Marie, pleine de grâce.

percer le voile épais et noir des ténèbres. ma main crispée serrait convulsivement le manche de mon couteau.

Mais le Seigneur m'assista dans ce moment terrible : l'idée du devoir à accomplir domina tout à coup ma faiblesse, et ma frayeur s'évanouit.

Je sortis de mon immobilité.

Ma main se porta de nouveau sur ce corps de femme que j'avais devant moi.

Je voulais m'assurer une dernière fois que je n'étais pas le jouet d'un songe, ou de quelque machination du diable.

Non, je ne me trompais pas : ce corps était bien réel, ce corps était chaud, vivant, et je sentis qu'il frissonnait au contact de ma main.

Si ce corps est réel, c'est celui de ma sœur dans le Seigneur, me dis-je.

Douce martyre !

Je coupai tout tremblant d'une sainte émotion, les liens qui l'enchaînaient, j'enlevai de dessus sa bouche l'infâme bâillon qu'une main scélérate y avait placé.

Elle fit un mouvement brusque, et elle se tordit dans mes bras.

— Jésus ! Marie ! fis-je à voix basse.

— Un frère ! dit-elle.

Elle poussa un profond soupir.

Sa lèvre effleura d'abord la mienne ; puis je sentis la douceur infinie de ses baisers.

Dans le délire de joie que lui causait sa délivrance, elle me prenait pour un ange.

Pauvre martyre !

— Où est l'homme ? lui demandai-je d'une voix rapide.

— Parti ! me dit-elle.

— Parti ! répétai-je machinalement.

J'étais anéanti : celui que j'étais chargé de surveiller m'échappait.

Elle se leva et courut allumer une bougie.

La bougie allumée, elle se tourna vers moi.

— Regarde, me dit-elle, si cet homme est encore ici.

Hélas ! la disparition de ce misérable n'était que trop réelle !

Dieu éprouve parfois cruellement ses plus fidèles serviteurs !

✝ V. G. rue Abbatucci, 10.

Nous nous bornerons à ces deux citations. Elles suffiront largement à elles seules à donner au lecteur une idée exacte du style étrange de ces sortes de pièces, et de l'état moral et mental de ceux qui les écrivaient.

Plus de trente autres de ces rapports étaient étalés sur le bureau de Civette.

Le mystérieux policier les lut tous avec une attention extrême.

Quand il eut terminé la lecture, il leva les yeux vers le plafond d'un air désespéré.

Triste histoire ! dit-il, après un moment de sombre rêverie ; un individu, se disant l'homme d'affaires de Mlle Gemma de Mélos, est allé enlever audacieusement à un banquier de Munich de nos amis, six cent mille francs. Le banquier, qui flaire en lui un filou, nous avertit du fait immédiatement ; nous mettons successivement aux trousses de ce filou un grand nombre de nos agents les plus dévoués, et cet homme nous échappe !

Il haussa vivement les épaules, et sonna.

La porte du cabinet s'ouvrit aussitôt et une tête se montra.

— Jérôme, dit-il, apportez les journaux.

Celui qu'il avait appelé Jérôme, alla chercher une brassée de journaux dans une pièce voisine, et les apporta sur son bureau.

Il y avait là des gazettes venues de tous les points du globe.

— Triez-moi ceux de Paris ; lui dit-il d'une voix brève.

L'homme fit le triage ; puis il sortit en refermant la porte.

Civette saisit d'une main fiévreuse, les journaux, que son employé venait de trier, et il se mit à les parcourir rapidement.

— Rien, dit-il, au bout d'un certain temps, en achevant de lire le dernier.

Hier, ajouta-t-il, j'ai fait filer une trentaine de personnes qui sont entrées dans le garni de la rue Saint-Martin, ou qui en sont sorties ; un de mes agents a été tué et j'ai retrouvé son cadavre avenue Montaigne, et ces fameux organes de la publicité parisienne ne savent rien : c'est bien !

Je n'aime pas que ces journalistes, suppôts infâmes de Satan, mettent le nez dans mes affaires.

Il croisa ensuite les bras, et un sourire amer se dessina sur sa figure.

— Ainsi, ajouta-t-il, cet individu avait une fausse barbe, qu'il a quittée ensuite pour s'affubler de ces vêtements de femme, qu'il a trouvés dans la chambre du garni qu'il occupait. Comme j'avais donné à mes agents l'ordre de filer tous ceux qui entraient dans l'hôtel ou qui en sortiraient, il a été filé comme les autres. Il s'en est aperçu, et s'est débarrassé de mon agent par un grand coup de poignard à la gorge : coup appliqué de main de maître.

De l'étude de cette affaire, il résulte pour moi que cet homme est un coquin habile à manier le couteau ; qu'en outre il connaît l'organisation de notre société, puisqu'il s'est aperçu qu'on le filait. Tant de méfiance et tant d'habileté à déjouer mes plans m'autorisent à le supposer.

Tout me porte à croire que ce misérable est un agent de notre sainte société, qui nous trahit.

Ne serait-ce pas ce faux Espagnol qui est allé demander, il y a quelques jours, le marquis de Bordes, chez la baronne de Berny, et qui était porteur du scapulaire ?

Mais pourquoi cette ruse lui ayant réussi une fois, ne l'a-t-il pas employée une deuxième fois ?

Il aura pensé sans doute que ce moyen était usé.

Dans ce cas, ce serait un homme bien habile !

Oh ! oh ! il connaît la guerre celui-là. Ce n'est point un coquin vulgaire !

Qu'il y prenne garde, le bonhomme ; il joue gros jeu ; je le pincerai ; oui je le pincerai, et ce ne sera pas long !

Chose digne de remarque ! le faux Espagnol allait chercher le marquis de Bordes chez la baronne de Berny, et j'ai perdu les traces de l'autre avenue Montaigne, à quelques pas de l'hôtel du marquis !

Ah ! ah ! marquis, il faut donc encore que je fouille dans tes papiers !

C'est évidemment chez toi que je dois trouver le mot de cette énigme.

Comme tout cela s'enchaîne ! le facétieux marquis avait enlevé Gemma de Mélos, pour arriver d'une manière ou d'une autre à obtenir sa main, c'est-à-dire sa dot ; aujourd'hui que nous lui avons enlevé la fille, il veut mordre à la dot quand même ! C'est clair !

Alors ce serait donc lui ? Non. Le marquis est grand, et le personnage qui a touché l'argent à Munich est de taille moyenne ; mais cela n'exclut pas l'idée que ce dernier ne soit son agent.

Il y a deux hommes dans cette affaire : l'un ordonne, l'autre exécute.

Il faut aussi que j'interroge Gemma de Mélos pour qu'elle m'apprenne à qui elle a remis une autorisation signée de sa main, de toucher de l'argent chez ses banquiers.

Jésus ! Marie ! ils vont bien : six cent mille francs d'un coup ; rien que cela !

En ce moment la porte du cabinet s'ouvrit et un homme vêtu d'une longue houppelande parut.

Nous n'avons pas à le présenter à nos

lecteurs, en effet ils le connaissent. Ce personnage n'était autre que celui de la rue Monge, l'homme aux lunettes vertes, ou plutôt, pour l'appeler par son nom, le père Bridoux.

Il entra la tête penchée, l'air profondément soucieux.

Civette, à sa vue se leva précipitamment, et courut à lui.

— Comment va monseigneur? lui demanda-t-il, avec ce ton de voix affectueux et courtisanesque qu'il savait si bien prendre à l'occasion.

— Mal ! mal ! mal ! fit le père Bridoux en se jetant dans un fauteuil.

— Monseigneur paraît en effet indisposé.

— Oui, indisposé.

Il toussa à plusieurs reprises.

— C'est un rhume ? sans doute.

— Oui.

Il passa plusieurs fois la main sur son front brûlant et fiévreux.

— Ces rhumes affectent le cerveau.

— Oui, le cerveau.

Il toussa de nouveau.

— Et chose grave : — je prie ardemment Jésus et Marie d'éloigner ce malheur de vous, monseigneur; — la poitrine est quelquefois atteinte.

— La poitrine est atteinte.

— Ah ! fit Civette.

Sa figure exprima la plus entière et la plus profonde consternation.

— Et cela donne le cauchemar, ajouta-t-il.

— Oui, le cauchemar.

— Sainte Vierge ! et bien douloureux !

— Bien douloureux !

— Sommeils très agités, très pénibles.

— Très agités, très pénibles; et veilles aussi.

— Au fait, Civette, soyons sérieux ! s'écria tout-à-coup l'homme de la rue Monge.

— Quoi donc ? monseigneur.

— Le mal dont je souffre n'est pas un mal physique, ne le comprenez-vous pas ?

— Certes, vous paraissez souffrant physiquement.

— Ce sont les ennuis qui m'accablent qui me font souffrir ; ce sont les tribulations qui pleuvent sur notre sainte société, depuis quelque temps : seriez-vous le seul à ne pas vous apercevoir que le Seigneur nous éprouve en ce moment ?

— J'en ai aussi ma part, en effet, monseigneur.

— Parlez, je vous écoute.

— Vous voulez que je vous raconte ce qui me met en ce moment l'esprit à la torture, ce qui justifie ce mot que je viens de prononcer ?

— Oui.

Civette se mit à lui narrer, sans omettre le moindre détail, tout ce qu'il savait des agissements mystérieux de l'homme qui, après avoir enlevé six cent mille francs au banquier de Munich, avait réussi à briser le réseau d'espionnage dont il l'avait enveloppé et à lui échapper.

— Qu'en pensez-vous ? monseigneur, fit-il, après avoir achevé son récit.

— J'en pense qu'il y a un traître parmi nous ; ce n'est certes pas difficile à voir.

— C'est aussi mon avis.

— J'en pense que l'homme au sombrero et la vieille femme ne sont qu'un seul et même individu.

— Je le crois aussi.

— Il faut suivre cela avec le plus grand soin ; vous le trouverez, ce traître.

— Je l'espère; que dis-je ? j'en suis certain.

— Que ferez-vous ?

— Je m'emparerai du marquis de Bordes, et quand je devrais l'étendre sur le crucifix, et le soumettre à la torture, il faudra qu'il parle, qu'il dénonce son complice.

— Mesure grave ! fit l'homme aux lunettes vertes, en devenant tout à coup
songeur.

— Mesure nécessaire, monseigneur.

— Employez d'abord les autres moyens.

— Lesquels ? monseigneur.

— Vous avez des espions, servez-vous-
en pour surprendre les secrets du marquis.

— Et si je n'y arrive pas ?

— Alors on emploiera les grands moyens;
vous le ferez enlever par des hommes
masqués et conduire dans les souterrains
du couvent des Théatines de Passy.

— Soit ! monseigneur.

— Vous comprenez, nous devons être
très prudents en ce moment, la presse est
très bavarde, et nos confrères du gouvernement et des administrations sont très
surveillés : nous aurions beaucoup de peine
à étouffer une affaire de nature à nous être
désagréable, si elle venait à s'ébruiter.
A propos, comment avez-vous fait enlever
votre cadavre sans que le public s'en soit
aperçu ?

— Voici ce qui est arrivé : l'agent qui a
été tué était lui-même filé par un autre
agent. — Vous savez, monseigneur, qu'il
est de principe chez nous que nous ne devons jamais avoir une confiance absolue
dans nos agents. Il le suivait naturellement à une certaine distance, afin de ne pas
attirer son attention (filer un agent est une
mission très délicate et qui demande beaucoup de prudence) ; à l'angle de l'avenue
Montaigne il se trouva, par suite d'un embarras de voitures, assez distancé de celui
qu'il filait, pour le perdre de vue un instant : c'est cet instant-là que l'individu
déguisé en femme a mis à profit pour jouer
du couteau et disparaître. Le cadavre gisait dans un endroit très obscur, et l'agent
a mis un certain temps à le découvrir.
Une fois la chose faite, il m'a fait immédiatement prévenir, et j'ai envoyé aussitôt

quatre agents et un carrosse. L'endroit
était désert, le cadavre y a été placé sans
attirer l'attention de personne.

— Où l'avez-vous fait conduire ?

— Dans le cimetière souterrain que nous
possédons à Montmartre.

— Très bien. Quel était cet agent ?
était-ce un homme de distinction ?

— Non, c'était un pauvre diable, le domestique du marquis de P...

— Que dira le marquis ?

— C'est un affilié.

— C'est un homme de moins, voilà tout.

— Les faits de ce genre sont assez fréquents pour ne surprendre personne, dans
le cas où ils viennent à être découverts.

— L'important est qu'un voile impénétrable les couvre toujours.

— Jamais il n'est encore venu à l'idée de
personne de nous en rendre responsables.

— Faites-vous toujours filer ces mauvais garnements, dont vous m'avez parlé la
dernière fois que je vous ai vu ?

— C'était à propos, je crois, de la fille
du baron de Mélos ? monseigneur.

— Oui.

— J'ai cru, monseigneur, que cela n'é-
tait plus nécessaire.

— Vous avez cessé dès que vous avez eu
en votre possession cette fille?

— Oui.

— Eh bien, il faudra recommencer.

— Ils seront filés de nouveau.

— Des faits graves, poursuivit le père
Bridoux, dont l'œil étincela, se sont produits, et nécessitent un redoublement d'espionnage.

— C'est déjà fait, monseigneur.

— Je vous le répète, il y a un traître, il
y a des traîtres parmi nous.

— Un traître, oui ; mais des traîtres !...

— Oui, des hommes qui ont juré, non
pas, comme par le passé, de couvrir de
boue notre très sainte société, mais de la

frapper, ô sacrilège inouï ! dans la personne de ses chefs suprêmes.

— Grand Dieu !

— Ces chefs redoutables et sacrés, dont quelques fidèles éprouvés connaissaient seuls la demeure, dont les actes avec les motifs qui les déterminent sont aussi mystérieux que ceux du Très-Haut, ces hommes que le mystère avait toujours couverts d'un voile impénérable et impénétré, sont poursuivis, menacés par des assassins.

— Jésus ! Marie ! fit Civette en joignant les mains.

— Un d'eux même a déjà succombé !

— Lequel ? monseigneur.

— Le très auguste et très vénéré serviteur de Dieu, Son Excellence monseigneur Vétoni.

— Frappé par un assassin ?

— Oui.

— Il y a longtemps, monseigneur ?

— Une vingtaine de jours.

— Et l'assassin est inconnu ?

— Oui.

— On n'a pas d'indices ?

— Non.

— Pas le moindre soupçon ?

— Non.

— Mes pressentiments étaient donc vrais ?

Il y eut un silence.

Ce fut le père Bridoux qui le rompit.

— Depuis des siècles que la société existe, jamais pareil attentat ne s'était produit.

— Nous trouverons l'assassin, monseigneur.

— Il le faudra bien, certes.

— Je vous le promets.

— Ce n'est pas tout. Ces jours derniers j'ai été assailli, moi, avec quatre de mes vénérables collègues, par des hommes masqués, dans le presbytère de Thisy.

— Mais c'est incroyable cela ! monseigneur ; mais ne venaient-ils pas plutôt dans cette cure pour voler ?

— Ils venaient, non pour voler, mais pour tuer.

— Le curé de Thisy avait peut-être des ennemis ?

— Non, c'était bien à nous et à nous seuls qu'ils en voulaient.

Pour prouver ce qu'il venait d'avancer, le père Bridoux se mit à raconter, sans omettre le plus léger détail, l'attaque nocturne que le lecteur connaît.

— Jésus ! Marie ! s'écria Civette, quand il eut terminé son récit, quel forfait inouï ! mais qui donc avait révélé à ces misérables le secret de votre présence en cet endroit ?

— Je l'ignore.

— Infamie ! infamie ! sacrilège !

— Ces hommes, Civette, il nous faut les découvrir, fit tout à coup l'homme aux lunettes vertes, avec une grande animation.

— Nous les découvrirons certainement, monseigneur.

— Dieu veuille que ce soit bientôt.

— Ce sera bientôt.

— Que pensez-vous de tout cela, Civette ?

— Je pense que c'est un complot ourdi contre notre très sainte société.

— Complot grave, et qui, s'il eût réussi, eût été l'anéantissement de nombre de secrets très importants.

— Alors, l'auteur ou les auteurs de ce complot auraient donc intérêt à détruire ces secrets ?

— C'est évident.

— Ce n'est pas un simple affilié qui aurait pu connaître aussi bien l'organisation de notre très sainte société, il faut que l'auteur de ce complot soit un de nos principaux agents.

— Vous avez raison, Civette.

— Il faut surveiller spécialement nos principaux agents ; il faut fouiller à fond dans leur vie, dans leurs relations, dans

Isaac Sterb.

leur passé, dans leurs liaisons, dans leurs affaires.

— Ils sont peu nombreux à Paris, je crois.

— A Paris, nous en avons sept.

— Qui sont-ils?

— Le marchand de vins Tholomier ;
Le banquier Vernasson ;
L'homme d'affaires Tabernier ;
Le chanoine Guttry ;
L'ancien ministre duc de Vougly ;
Le financier Verdès ;
Le père jésuite Salandrat.

— Ce sont là les sept principaux agents de la section de Paris ?

— Oui, monseigneur.

— Il faudra voir cela de près, de très près, Civette.

— Ce sera fait, monseigneur.

— Combien y a-t-il de ces messieurs qui se trouvaient à l'assemblée de Mond'hoye?

— Trois.

— Lesquels?

— De Vougly, Tabernier et Salandrat.

— Je vous les recommande d'une manière toute particulière.

— J'en prends bonne note, monseigneur.

— Le misérable qui a juré notre perte, se trouvait à cette assemblée, certainement.

— C'est évident.

— Un profane ne peut pas s'y être introduit.

— Trop de précautions ont été prises, pour que cela ait pu se faire.

— Trois bureaux vont être établis : rue du Faubourg-Saint-Antoine, rue des Martyrs et rue Abbattucci, pour centraliser les divers renseignements; il est bien entendu qu'ils seront autant d'annexes de votre préfecture ; et que vous vérifierez le dépouillement de ces rapports.

Civette s'inclina.

— Il faut que le fils surveille son père, que la femme surveille son mari; que le frère surveille le frère, plus que jamais!

— Il le faut, en effet.

— Il est nécessaire que l'âme de nos affiliés devienne de verre, et qu'aucun des secrets que renferme celle de nos ennemis, ne soit ignoré de nous.

— Il le faut, et ce sera!

— Jetez dans l'âme des hésitants, la crainte des flammes de l'enfer, et de ces armes mystérieuses que nous avons bénites à Mondhoye!

— Faut-il demander au clergé son concours absolu?

— Il faut même le réclamer impérieusement; mais son concours doit nous être acquis en toute circonstance.

— Gemma de Mélos a-t-elle été questionnée au sujet de cet homme et du pouvoir dont il était porteur?

— Oui.

— Eh bien?

— On n'a pas pu lui arracher une parole.

— Oh! il faudra bien qu'elle parle.

— Le Seigneur, vous le savez, monseigneur, nous a donné le pouvoir de délier la langue des muets.

— Nous en userons et le plus tôt possible, mais auparavant, il faut qu'elle devienne chrétienne, il faut qu'elle appartienne à Dieu, avant de nous appartenir à nous et que nous puissions faire de son corps et de son âme ce que nous croirons devoir en faire.

— N'est-elle donc pas chrétienne?

— Est-ce que la petite fille de l'infâme révolutionnaire Kléber et la fille du libre-penseur que l'on appelait le baron de Mélos, devait avoir été portée sur les fonts sacrés du baptême?

— C'est juste.

— Ainsi, c'est entendu, le baptême d'abord, la sainte communion ensuite, puis la confession et le reste...

Les lèvres du père Bridoux, pendant qu'il prononçait ces paroles, devinrent blanches comme du vélin et son œil lança un éclair.

— Voilà quelques jours déjà que cette fille de païens est enfermée aux Théatines, et il ne paraît pas que la grâce de Dieu ait touché cette âme de bronze.

— Ah! ce ne sont pas les prières de nos chères sœurs les Théatines, qui lui ont manqué! Savez-vous à quoi elle passe son temps?

— Depuis le jour où je l'ai conduite au couvent, je ne m'en suis plus occupé, monseigneur.

— Eh bien, elle passe son temps m'a-ton dit, à entailler le cadre de la glace de la cheminée de sa cellule.

— C'est une bête fauve, il faudra la mettre dans l'impossibilité de détériorer les meubles.

— Il paraît qu'elle a un but, en entaillant ainsi le bois de sa glace.

— Un but ! et lequel ? grand Dieu !

— Je l'ignore, mais hier, la sœur Trophime, qui la surveille très activement, l'a surprise au moment où elle comptait ces entailles.

— C'est étrange !

— Est-ce qu'elle compterait les jours de sa captivité ?

— C'est probable.

— Dans quel but ?

— C'est ce qu'il faudrait savoir.

— Oui, car il est de principe qu'on nous dise tout, ou sinon !...

Le père Bridoux souligna ces paroles par un affreux geste de menace.

— A quand le baptême ? monseigneur, fit Civette avec un sourire cruel.

— Dans cinq jours, c'est-à-dire jeudi prochain, ce jour-là prend fin la neuvaine faîtes par les Théatines pour attirer sur elle les grâces du Seigneur.

— Alors, nous ne saurons rien d'ici-là ? C'est beaucoup attendre, ce me semble, monseigneur.

— Les droits de Dieu sont là, Civette, laissons s'achever la neuvaine.

— Interrogez-la, du moins encore une fois, vous pourrez peut-être lui arracher quelque aveu.

— Je vais y retourner demain.

— Ah ! que la grâce de Dieu touche cet infidèle.

Il le faut bien.

Tout à coup la porte du cabinet s'ouvrit, et le commis ou domestique Jérôme entra et remit une carte à Civette.

— Ah ! fit celui-ci, après avoir jeté un regard rapide sur le nom qui y était écrit.

— Faites entrer ! dit-il au domestique, resté debout en attendant ses ordres.

— C'est le vicomte de Sterley, ajouta-t-il à voix basse, en s'adressant au père Bridoux ; je l'avais chargé d'une mission dont il vient sans doute me rendre compte ; c'est un habitué de la rue des Postes, un ambassadeur en herbe.

— Ah ! très bien ! fit le père Bridoux.

Le vicomte entra courbé jusqu'à terre, le chapeau à la main, les yeux humblement baissés, comme s'il ne se fût pas cru digne d'élever ses regards jusqu'à la hauteur des personnes qui daignaient l'admettre en leur présence.

Civette lui montra un siège en lui souriant avec bienveillance.

— Asseyez-vous donc, monsieur le vicomte, lui dit-il.

— Je suis tout confus de vos bontés, monseigneur, balbutia Sterley en s'asseyant.

— Eh bien ! cette lettre a-t-elle produit son effet ?

— Pas complet, monseigneur.

— Comment donc ?

— Le marquis s'est d'abord dérobé, puis au moment où, vaincu par mes instances, il se décidait à tuer le Maure, qui l'attendait dans le salon, une vieille femme est arrivée.

— Une vieille femme ! firent à la fois Civette et le père Bridoux.

— La nourrice du marquis.

Bridoux et Civette échangèrent un regard.

— Racontez-nous cela dans tous ses détails, vicomte, poursuivit ce dernier avec animation.

Sterley fit le récit de tout ce qui s'était passé à l'hôtel de l'avenue Montaigne, dans un langage élégant et soigné, qui sentait d'une lieue le futur aspirant de l'Académie.

Civette et Bridoux l'écoutèrent avec la plus grande attention.

— Déplorable ! déplorable ! s'écria le policier quand il eût terminé son récit.

Sterley baissa la tête d'un air consterné.

— Cependant, je dois reconnaître que vous avez déployé, dans l'accomplissement de votre mission, tout le zèle que nous attendions de vous ; nous en prendrons bonne note.

Le vicomte releva la tête, un éclair de joie brilla dans ses yeux.

— Croyez bien, monseigneur, dit-il vivement, que j'eusse certainement réussi, sans l'arrivée inopinée de cette vieille femme ; mais j'aurai ma revanche.

— Que voulez-vous faire ?

— Chercher Ulrich.

— Que voulez-vous dire ? n'est-il pas à son hôtel ? n'est-il pas à Paris ? aurait-il disparu ?

— Je viens de l'avenue Montaigne ; je croyais le trouver chez lui ; il n'y était pas. J'ai interrogé ses domestiques ; j'ai appris qu'il avait quitté Paris hier soir.

— Et sait-on où il est allé ? s'écria Civette.

— Non, monseigneur.

Une exclamation sourde s'échappa de la poitrine du policier ; ses traits se contractèrent ; il parut en proie à une effroyable colère.

Bridoux leva les yeux au ciel, de l'air d'un martyr, résigné d'avance à accepter toutes les épreuves.

Tout à coup Civette bondit.

— Il faut que je le retrouve ce marquis.

— Je le retrouverai, moi, fit Sterley.

— En êtes-vous bien sûr ?

— Je l'espère, du moins, et s'il le faut, je le tuerai de ma propre main !

— Gardez-vous en bien, il faut qu'il vive au contraire !

— Vous ne voulez donc plus qu'il se batte ?

— Non ! nous verrons plus tard : pour le moment, il suffit que vous nous appreniez où il est.

Sterley se leva vivement.

— Je vais faire des démarches immédiates ; je pense que j'apprendrai de quelqu'un de ses amis où il est allé.

— Si vous apprenez cela, monsieur le vicomte, si vous nous aidez à retrouver promptement cet homme, vous aurez votre ambassade.

— Oh ! monseigneur, vous me comblez ! fit Sterley qui rougit de plaisir.

— Je sais que c'est le but que se propose votre ambition, ambition légitime, d'ailleurs.

— Merci ! oh ! merci ! monseigneur, maintenant je vais demander par toute la ville ce qu'est devenu mon ami Ulrich de Bordes.

— Je compte vous revoir bientôt, il faut que je sache, le plus tôt possible, le résultat de vos recherches.

Le vicomte s'inclina profondément et sortit précipitamment du cabinet.

Bridoux et Civette se regardèrent.

— C'est un petit crétin, ce vicomte, fit le premier.

— Je le crois, monseigneur.

— En ferons-nous un ambassadeur ?

— Pourquoi pas ? que nous importe qu'il soit idiot, un ambassadeur, pourvu qu'il soit docile !

— Oui, comme un cadavre, selon l'expression de nos chers amis les jésuites.

— C'est entendu : il sort de la rue des Postes ; c'est ce qu'il nous faut.

— C'est juste.

— Trouvera-t-il ce marquis ?

— J'en doute.

— Je le crains.

— Ainsi maintenant, plus de doute possible : la vieille femme qui a empêché le marquis de tuer le Maure, n'est autre que ce misérable qui a poignardé notre agent et qui a fait le coup à Munich.

— Non seulement il a empêché le marquis de tuer le Maure, mais encore il lui a conseillé de quitter Paris ; ce départ précipité ne peut guère s'expliquer autrement.

— En effet.

— Mais quel intérêt avait-il à se jeter à la traverse du plan de votre diplomate, et à empêcher de Bordes de brûler la cervelle à ce Maure.

— Problème à résoudre, monseigneur ; et bien difficile, si l'on songe que le marquis et lui n'ayant et ne pouvant avoir d'autre but que de dépouiller Gemma de Mélos, ce Maure doit être pour eux un obstacle.

— Comme pour nous, monseigneur.

— Ah çà ! qu'est-ce que c'est que ce Maure ?

— Un poète, un rêveur, une sorte d'hercule, une tête sans cervelle ; le Don Quichotte qui a juré de sauver Gemma de Mélos ou de la venger !

— C'est, paraît-il, un enfant trouvé élevé par le baron de Mélos ?

— Le fils d'un pêcheur maure, qui avait sauvé la vie au baron.

— Il considère Gemma de Mélos comme sa sœur ?

— Oui, monseigneur.

— Il paraît qu'il l'adore ?

— C'est une folie.

— Il a juré de tuer, dites-vous, ses ravisseurs et de l'arracher de leurs mains ?

— Oui.

— Et il tiendrait parole ?

— Je le crois : c'est un fanatique ; un exalté ; ces gens-là sont capables de tout.

— Votre plan était très bon.

— Le dilemme était : ou le marquis tuerait le Maure, ou le Maure tuerait le mar-

quis ; dans les deux cas le survivant passait en cour d'assises, et allait tout droit soit à l'échafaud, soit au bagne. Ces deux hommes se trouvaient donc supprimés et nous avions le champ libre.

— Oui, mais ils pouvaient aussi se battre en duel.

— Dans ce cas, bien que c'eût été un combat à mort, l'un des deux pouvait survivre ; c'est vrai.

— Cette dernière combinaison était moins avantageuse, parce qu'il en restait un que nous pouvions être obligés de supprimer nous-mêmes.

— Oh, c'est une besogne que nous pouvons toujours faire s'il le faut !

— C'est vrai. Mais, vous savez, nous devons poignarder rarement.

— Le plus gênant des deux, c'est le marquis.

— Oui, parce qu'il connaît un secret important : il sait que Gemma de Mélos est entre nos mains.

— C'est sans doute lui, monseigneur, qui a extorqué à cette fille ce pouvoir avec lequel il a battu monnaie à Munich.

— C'est évident.

— Et qui sait s'il n'en a pas d'autres ?

— Il peut très bien en avoir encore.

— La fortune de Gemma de Mélos est entre les mains de plusieurs centaines de personnes ? m'avez-vous dit.

— Oui ; j'ai leurs noms et leurs adresses ; et une bonne moitié de ces personnes sont des affiliés à notre sainte société.

— Nous n'avons qu'une chose à faire, c'est d'établir une surveillance rigoureuse auprès de tous ces détenteurs de la fortune de Gemma de Mélos, afin d'empêcher le retour du fait qui s'est produit à Munich.

— C'est fait, j'ai télégraphié partout, dans ce sens.

— Il me semble qu'à Munich, nous avons

commis une faute grave : nous aurions dû l'enlever ; c'était plus sûr.

— L'insuccès est toujours une faute grave ; et si c'est cela que vous voulez dire, monseigneur, toutes les précautions seront prises cette fois pour que le larron ne nous échappe pas.

— C'est bien.

— Maintenant, il reste Gemma de Mélos à interroger ; il peut se faire qu'elle connaisse le complice du marquis ; gaillard que je voudrais bien connaître, et qui me paraît un adversaire autrement redoutable que lui : ah ! si je trouvais cet homme !

— J'enverrai, ce soir, aux Théatines, le révérend père Tob, pour questionner cette fille.

— J'attends avec impatience, monseigneur, le nom de ce complice du marquis.

— Le père Tob vous le fera connaître aussitôt qu'il en aura obtenu la révélation de la prisonnière.

— A propos, ajouta-t-il, montrez-moi donc le dossier de Tabermer, l'homme d'affaires de la rue de la Clef.

Civette prit un énorme registre qu'il feuilleta rapidement.

Puis il sonna.

Jérôme parut aussitôt.

— Apportez-moi, lui dit-il, le dossier 73,585.

Jérôme sortit.

Cinq minutes après, il apporta le dossier demandé.

Civette le prit et le tendit à Bridoux.

Celui-ci se mit à le compulser avec lenteur, et à le lire avec une attention profonde.

XVII

Arsinoë et Marguerite.

Il est cinq heures du soir.

La vieille duchesse de Cressères est agenouillée aux pieds de son crucifix.

Son confesseur vient de la quitter depuis un quart d'heure. Dame ! il vient chaque jour le bon père ; mais elle n'épanche dans son sein qu'une minime partie de son âme troublée : cela se comprend.

Une lampe, accrochée à la muraille, projette une lueur vague dans l'oratoire.

Elle prie.

— Mon Dieu, dit-elle, mes iniquités sont innombrables ; mais je ne puis pas croire que tu maudisses ta servante.

J'ai donné cent francs à mon confesseur ; ces cent francs seront employés à la glorification de ta sainte cause : j'ai donné en outre cinquante francs pour l'achat de deux cierges, qui doivent être placés sur l'autel de la Vierge, ta sainte mère, dans l'église de Saint-Sulpice.

Je me suis privée de bisque à mon dîner.

J'ai ajouté deux rosaires entiers à mes prières journalières.

Je portais des jupons brodés et des chemises garnies de valenciennes ; je ne porte plus que des jupons unis, et j'ai fait enlever les dentelles de mes chemises.

Je passe une partie de la nuit à prier.

Non, je ne puis pas croire, Seigneur, que tu maudisses ta servante !

Tu sais bien, Seigneur, que la race des Bordes ne peut périr, et qu'en la soutenant, je fais une œuvre qui doit t'être agréable.

Elle se leva, en se signant trois fois, et sortit de l'oratoire.

Elle marchait d'un pas allègre, elle avait pour quelque temps étouffé ses remords.

Elle s'arrêta à la porte de son cabinet de toilette, et sonna sa camériste.

Celle-ci accourut.

— Adèle, lui dit-elle, habillez-moi.

— Madame sort?

— Oui.

— Par un pareil froid?

— Oui.

— Fait-elle atteler?

— Non.

La camériste n'insista pas : elle savait que depuis quelque temps sa maîtresse faisait des sorties mystérieuses; et comme plus d'une fois, lorsqu'elle en avait voulu connaître le motif, elle l'avait carrément rembarrée, elle ne jugeait pas à propos de s'attirer de nouvelles rebuffades en renouvelant ses questions indiscrètes.

Elle la revêtit donc, sans mot dire, de ses vêtements les plus chauds, lui jeta sur la tête un voile épais, qu'elle avait l'habitude de prendre dans ces sorties clandestines, et lui tendit ensuite son manchon.

— Qu'il ne vous arrive rien, au moins, madame la duchesse! se contenta-t-elle de lui dire, en montrant une émotion qui était loin d'être réelle.

Arsinoë, avare et égoïste, était peu aimée de ses domestiques.

La nuit était venue depuis longtemps. Une bise âpre soufflait.

Elle sortit de l'hôtel, pressa le pas, remonta la rue, et alla jusqu'au petit carrefour, où se trouvait une station de fiacres.

Elle monta dans le premier qui s'offrit à elle, en disant au cocher à voix basse :

6, rue du Bois, à Neuilly.

Le cocher fouetta ses chevaux et la voiture partit.

Précédons-la de quelques instants, chez la vieille Marguerite.

Connaissant Arsinoë pour avare et peu généreuse de son naturel, le lecteur a pu être surpris de savoir qu'elle avait assuré une rente à son ancienne camériste.

C'est que Marguerite n'avait pas été une domestique ordinaire; elle avait été sa camériste au temps de sa jeunesse, bien plus sa confidente. Or la duchesse avait eu comme tant d'autres, à cette époque de sa vie, bien des heures d'égarement, et nombre d'aventures mystérieuses.

Marguerite avait été mise dans la confidence de ces épanchements mondains, et bien des fois même elle avait aidé à la réalisation des rêves érotiques de sa jeune maîtresse.

L'âge des passions passa : la maturité vint; le mysticisme domina chez elle les appétits charnels.

Marguerite, qui savait tant de choses, reçut comme récompense de sa discrétion passée, et surtout comme gage de sa discrétion future, la petite rente dont nous avons parlé.

Comme on le pense bien, Arsinoë en lui confiant Gemma, n'avait pas manqué de lui dire ce qu'elle attendait d'elle; non seulement elle s'adressait, comme autrefois, à sa discrétion, mais encore elle comptait sur son habileté de soubrette, rompue à toutes les intrigues et à toutes les comédies, pour arriver à ce que la terreur dont l'âme de la jeune fille était si profondément pénétrée, s'accrût s'il était possible, et que jamais il ne lui vînt dans la pensée de quitter l'asile où elle se trouvait.

Quelle singulière situation que celle de la fille du baron de Mélos !

Nature vaillante s'il en fut; portée à l'héroïsme et à l'abnégation la plus complète, elle restait clouée dans une maisonnette à quelques pas de Paris, parce qu'en tombant entre les mains de ses ennemis, elle redoutait de rendre Georges, ce Georges qu'elle adorait, malheureux pour toujours.

— C'est une épreuve, se disait-elle souvent ; je suis sûre qu'il la supportera aussi courageusement que moi ; et puis nous finirons par nous rejoindre, et alors notre bonheur sera si grand, que toute cette souffrance sera bien vite oubliée.

Elle croyait (tant était grande sa confiance en la duchesse) que, grâce aux nombreuses et actives recherches qu'elle supposait faites par cette dernière, Georges serait retrouvé en peu de temps, Hassan aussi.

Mais la pauvre fille avait, hélas! aussi ses moments de pessimisme et de désespoir! elle arrivait parfois à croire qu'elle attendrait en vain sa délivrance, et que Georges et Hassan avaient dû succomber sous les coups de ces ennemis mystérieux et terribles, auxquels, par un hasard qui tenait du miracle, la duchesse de Cressères l'avait, croyait elle, arrachée.

Depuis quelque temps cette dernière ne l'encourageait pas trop, dans la croyance qu'elle dût revoir ceux dont elle pleurait si amèrement d'être séparée ; le but d'Arsinoë, nous le savons, était, au contraire, d'éloigner de plus en plus cette idée de son esprit, et de la préparer à accepter cette séparation comme définitive.

Certes il eût toujours été loisible à l'astucieuse duchesse de lui rendre Hassan lorsque son union avec son neveu eût été un fait accompli.

Elle ne voyait même aucun inconvénient à ce qu'elle apprît, à ce moment-là, que Georges Bernard existait encore.

L'essentiel pour elle était qu'elle devînt marquise de Bordes, et le plus tôt possible, et que son neveu eût le temps de s'emparer de sa dot.

Le jour où, ainsi que nous l'avons vu, elle avait pris un fiacre à une station voisine de son hôtel, pour se rendre rue du Bois, Gemma était d'une tristesse profonde et elle était restée de longues heures plongée dans une sorte d'atonie de l'âme, assoupissement douloureux des facultés mentales assez commune aux personnes fatiguées de souffrir.

Il va sans dire que la vieille Marguerite ne faisait rien pour l'en tirer ; qu'au contraire elle était bien aise de voir tomber tout à fait son énergie farouche, et qu'elle ne serait bientôt plus, entre les mains de son ancienne maîtresse, qu'un instrument, une volonté brisée, un corps sans âme.

— Je suis persuadée, se disait-elle, en la voyant ainsi, muette, l'œil sans regard, pâle comme une statue de marbre, qu'elle fera tout ce que madame voudra : je sais bien qu'elle est convaincue, la pauvrette, qu'elle ne peut pas être plus malheureuse qu'elle n'est.

Du reste, pour s'éclairer sur la justesse de sa supposition, elle se mit à lui parler.

Pour cela elle se mettait à genoux devant elle, lui prenait la main, qu'elle baisait ; elle faisait en un mot toutes les simagrées qu'elle avait vu faire à la duchesse.

— Madame de Cressères doit venir aujourd'hui, lui dit elle de sa voix la plus douce, vous serez sans doute bien contente de la revoir ?

Gemma tressaillit ; ses grands yeux se fixèrent sur la vieille fille agenouillée devant elle, un flot de sang jaillit à son visage, qui se colora subitement.

— Qui sait, murmura-t-elle, si elle ne m'apportera pas enfin des nouvelles de ceux que j'ai perdus !

— Sans doute, sans doute elle vous en apportera des nouvelles, et de bonnes nouvelles encore.

— Vous le désirez sans doute, et vous prenez vos désirs pour la réalité : comme elle, vous êtes bonne, vous, et vous vou-

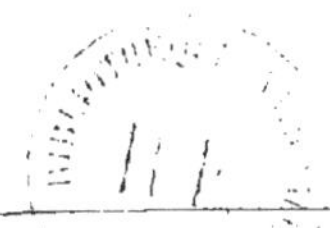

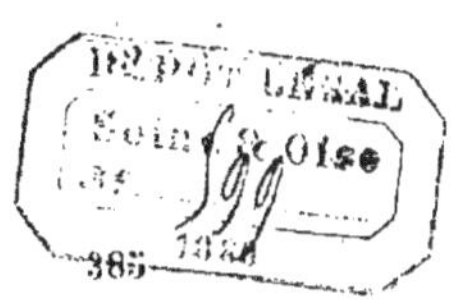

L'école naturaliste.

driez bien voir finir mes souffrances, merci! madame.

— Oh ! que oui, que je voudrais les voir finir !

— Mais mes souffrances, poursuivit la jeune fille, sont peut-être de celles qui ne doivent pas finir !

— Tout finit en ce monde, tout, mademoiselle.

— Même la vie; est-ce cela que vous voulez dire?

— C'est-à-dire que la vie est semée d'épreuves, mais à ces épreuves succèdent des joies, parfois inespérées.

— Mes ennemis sont puissants : mon père l'a dit ; ils sont d'autant plus puissants qu'ils sont insaisissables et invisibles; ils ont juré ma perte et celle de mes amis ; quelle joie voulez-vous que j'espère dans l'avenir?

— Madame la duchesse est puissante aussi; ses amis sont nombreux et sont de hauts personnages qui peuvent à peu près tout ce qu'ils veulent: ces amis la seconderont : du reste, l'essentiel est qu'elle vous sauve, vous !

— Moi? fit Gemma, comme si elle n'eût pas compris le sens de cette parole.

— Oui, vous, mademoiselle; ah! je désire bien vivement que M. Hassan et M. Georges Bernard soient sauvés; mais pourtant si Dieu voulait qu'ils eussent été victimes de leurs ennemis, ne devrions-nous pas nous soumettre à ses volontés, et courber la tête sous l'autorité de ses desseins impénétrables et sacrés?

— Eux sans moi? non! s'écria Gemma qui se leva d'un bond, frémissante, le regard plein d'un feu sombre.

— Vous vivriez pour nous qui sommes aussi vos amis; et puis à vous si jeune, si belle, si riche, que de jours de bonheur réserverait la vie!

Gemma se rassit et ne répondit pas.

Puis elle tendit la main à la vieille soubrette.

Elle était touchée de l'amitié qu'elle lui montrait : dame! la pauvre fille, la croyait sincère!

— Vivre, la pensée ensevelie dans une tombe, le cœur éteint, est-ce vivre? murmura-t-elle.

La vieille Marguerite lui baisa les mains.

— Les hommes sont trompeurs, j'en sais quelque chose, moi; lui dit-elle.

— Vous avez donc aimé?

— Ah! je crois bien, que j'ai aimé!

— Et vous n'avez pas été heureuse?

— Heureuse !!... Ah! l'horreur d'homme que c'était celui que j'aimais! figurez-vous, mademoiselle, que je lui donnais tout, tout, jusqu'à mes pauvres économies : trois mille francs que j'avais à la Caisse d'épargne; eh bien, il est parti avec l'argent, et je ne l'ai jamais revu!

C'était un conte qu'elle faisait là; la cynique soubrette avait eu un nombre infini d'amourettes, mais elle n'avait jamais connu ce sentiment noble et sacré : l'amour!

Gemma, qui prenait son histoire pour une histoire vraie, jeta sur elle un long regard de compassion.

— Vous avez dû bien souffrir? madame.

— Oh! oui, j'ai souffert! oh! les horreurs d'hommes! les horreurs d'hommes! oh!

Les yeux de la jeune fille se baissèrent, son âme croyante se fermait devant ces affirmations pessimistes; pareille à la sensitive qui replie chastement ses feuilles, et s'en couvre, pour n'être pas souillée par les baisers de la nuit, elle se fermait devant le souffle impur du doute.

— Ah! ils nous disent qu'ils nous aiment; ah! ils se jettent à nos genoux, à nous autres faibles femmes, en nous suppliant de les aimer, et puis quand nous avons été assez bêtes pour les écouter, bernique!! ils partent, on ne les revoit plus; ils se soucient de nous comme moi d'une paire de bas que je ne peux plus mettre.

— Et vous avez pu supporter la vie, après un si cruel abandon? fit Gemma.

— Oh! que oui, que je l'ai supportée la vie, et que je l'ai trouvée bien bonne encore, quand j'ai vu que ces hommes étaient tous des tas de vauriens, des trompeurs, des grippe-sous!

— C'est à la suite de longues souffrances, que vous êtes devenue ainsi?

— Longues? non! ah! mais non! mais non! et quand je vous ai dit tout à l'heure que j'avais beaucoup souffert, c'était pour plaisanter : est-ce que ça mérite cette engeance, que l'on souffre pour elle!

— Madame, je cesse de vous comprendre, fit tristement Gemma.

— Vous verrez! vous verrez! s'écria la vieille ex-soubrette d'une voix aiguë.

La jeune fille fit un signe de dénégation; puis un sentiment de douleur et de dégoût se peignit sur ses traits.

— C'est bon ! murmura l'ancienne camériste ; tu aimes ? ah'! tu aimes ? ah ! on ne peut pas t'arracher du cœur cette mauvaise herbe ? attends un peu ! il faudra bien que tu y viennes !

Gemma s'était levée, et avait gagné la chambrette qu'elle occupait dans la maison, et où elle passait la plus grande partie de son temps.

C'était un petit réduit très propre, très coquet, et fort simplement meublé : un lit bien blanc, une table, quelques chaises ; à la muraille un grand crucifix, une vieille pendule sur la cheminée : c'était tout.

Ajoutons que dans la cheminée flambait un feu de bois, pétillant, joyeux.

Restée seule, Marguerite eut un accès de colère comique.

— Ça aime ! s'écria-t-elle, ça aime ! ça le dit, ça le croit ! quelle pitié ! l'amour qu'est-ce que c'est que ça ? quel malheur ! ah ! C'est bon dans les vieilles histoires, où les rois épousent des bergères ! Passé encore pour ça ! mais faire d'un conte à dormir debout une chose qui soit vraie, qui tienne au cœur, qui vous fasse oublier votre beauté, votre jeunesse et faire fi de tous les bons partis qui peuvent s'offrir ? ah ! la maladie !!!

Je suis sûre qu'en ce moment, cette pauvre idiote pleure comme une Madeleine ; ça ne fait-il pas pitié !... la pauvre folle ! elle aime un jeune homme, un marin, Georges Bernard ; elle l'a vu une fois, à ce qu'elle a dit à la duchesse, et comment l'à-t-elle vu encore ? la nuit, au fond d'un parc ; — je ne trouve rien à redire à cela, l'endroit n'était pas trop mal choisi ; — mais que s'est-il passé ? — Bonsoir ! monsieur ; bonsoir ! mademoiselle ; et puis c'est tout : l'un est parti de son côté, l'autre, de l'autre : et voilà ! il paraît que c'est ainsi que ça se passe, dans le pays des antipodes, à Stramos, — drôle de nom ! — drôle de pays, drôles de gens ; bêtes de gens ! ah ! ah ! ah ! ah !...

Ah ! ça ne se passerait pas ainsi à Paris ! mais que voulez-vous ? ce pays-là est un pays de sauvages !

Il ne s'est donc passé pas grand'chose ; eh bien ! ce pas grand'chose-là suffit pour qu'elle y pense, y repense, et s'en occupe la nuit, le jour, tout le temps, et toujours ! elle ne voit plus que ce Georges Bernard, ce marin, ce soi-disant marin, ce faux marin, une poule mouillée qui n'est même pas capable de monter à l'abordage : ah ! que je n'en aurais point voulu de ce marin-là, moi, Marguerite Bélanger ! qui fut dans son temps la belle Marguerite !

Ah oui, j'ai été belle, et bien que simple fille d'artisans, j'ai eu des adorateurs jusque dans le grand monde !

Voyons un peu ; toute cette histoire me rappelle la mienne.

Comme le jour baissait, elle alluma un bougeoir, et alla s'asseoir près d'une grande commode, dont elle ouvrit un tiroir.

Arthur était marquis, poursuivit-elle, il s'appelait le marquis de Fierbois ; Gaston était duc, il s'appelait le duc de Thermagny ; Jules était comte, il s'appelait le comte de Fourchencerf ; Emile était vicomte, il s'appelait le vicomte de Sterly.

Tous ces gens-là m'aimaient, et à vrai dire, je ne les aimais guère ; mais cela me flattait d'avoir les hommages de ces beaux messieurs de la *haute*, qui me juraient qu'ils me préféraient à toutes les duchesses, à toutes les comtesses, à toutes les marquises, à toutes les baronnes, à toutes les princesses du monde.

J'ai là dans ce tiroir des lettres d'eux, des bijoux, que sais-je ? un tas de choses.

Ah ! ce temps est déjà bien loin de moi !

Et dire qu'avec tout ça, je suis restée camériste ! j'étais vraiment une honnête femme au fond ; dame ! j'ai été honnête à ma manière.

Mais tout ça, *c'est des bêtises !*... Autrefois j'aimais le plaisir ; maintenant j'aime l'argent.

La duchesse Arsinoë est venue, et m'a dit :

— J'ai besoin de toi, Marguerite (elle a eu souvent besoin de moi, celle-là ; et pour des choses dont on ne se doute guère ! à présent elle est dévote, ça devait être) ; la vieille Arsinoë m'a donc dit : J'ai besoin de toi ; je t'amène une jeune fille ; garde-la quelques jours ; veille sur elle avec soin, car il ne faudrait pas pour tout au monde qu'elle sortît de chez toi, tant que je te la laisserai en garde.

C'est une jeunesse que je destine à mon neveu (un joli vaurien son neveu) ; mais ne lui dis pas que je veux qu'elle l'épouse.

Elle aime un certain Georges Bernard ; cet amour me gêne.

Tâche de lui faire comprendre que ce Georges Bernard n'est pas un mari qui lui convienne, car il est pauvre, lui, et elle est la plus riche héritière de France, et même de l'étranger ; et puis il doit être perdu pour elle, mort sans doute ; en un mot elle n'y doit plus penser.

Si tu réussis à la bien garder, et à la préparer tout doucement à prendre le mari que je lui destine, je porterai ta pension de douze cents francs à deux mille, et je te donnerai cinq mille francs par-dessus le marché.

Oui, c'est très bien tout cela, mais la particulière en tient pour son Georges Bernard, tellement, tellement qu'il n'y a pas moyen de l'en faire démordre.

De mon temps on faisait semblant d'aimer, mais on n'aimait pas ; aujourd'hui aime-t-on, et ne fait-on plus semblant d'aimer ? ce serait le monde renversé !

C'est entendu, je n'arriverai à rien avec cette fille par la persuasion.

J'ai bien un moyen, mais... mais...

Elle se gratta l'oreille, et parut réfléchir profondément.

— Ah ! si je n'avais pas affaire à mon ancienne maîtresse, l'affaire irait toute seule, poursuivit-elle après un moment de silence.

Au fait, qu'est-ce que ça fait ? il y a si longtemps !

Le comte Jules Fourchencerf, qui a été mon amant, avait un drôle de moyen de triompher des résistances des femmes ; nous devons dire qu'il arrivait souvent qu'elles lui résistaient, car il était d'une laideur épouvantable.

Disons aussi que Jules était très distingué et très savant.

Il avait voyagé dans toutes les parties du monde.

Il savait un tas d'histoires, et était très intéressant, quand la bougie était éteinte ; particularité que ne connurent, on le pense bien, que celles-là seules qui furent ses maîtresses.

Il était très-savant, ai-je dit, mais il s'était surtout appliqué à devenir savant sur un point : à savoir quels pouvaient être les effets des différents narcotiques sur l'esprit de la femme.

Je me rappelle encore les expressions dont il se servait pour m'expliquer cela.

Je pense qu'il a voyagé surtout pour trouver et étudier toutes les substances soporifiques, dont l'homme ne connaît pas, me disait-il, la cent-millième partie.

J'ai gardé de lui et j'ai encore là un flacon, renfermant un de ces poisons.

Ce flacon, le voilà ! C'était du contenu de ce flacon qu'il se servait pour vaincre les résistances des femmes.

Elle contempla un instant cet objet,

qu'elle venait de prendre dans le tiroir; puis elle se mit à rire.

— Bien peu de gens se doutent, poursuivit-elle, que l'on se serve de pareils moyens de persuasion vis-à-vis du beau sexe.

Quand je dis que j'hésite à faire connaître ce secret à la duchesse parce que précisément il en a fait l'essai sur elle dans le temps, il y a longtemps, lorsqu'elle était jeune et jolie, et qu'il devint amoureux d'elle.

C'est moi, sa camériste, qui lui ai servi, dans une jatte de lait, cette drogue mystérieuse, qui a la propriété d'endormir si puissamment la volonté, c'est-à-dire la vertu des femmes.

Ce fait, auquel les médecins n'ont rien compris, et dont elle a cherché vainement l'explication, pourrait très bien lui revenir à l'esprit, avec l'explication tant cherchée, si je lui montrais ce flacon, si je lui disais les propriétés du liquide qu'il contient.

Et dame! comme j'étais sa camériste lors de son aventure, c'est-à-dire de sa mésaventure avec le comte, elle comprendrait tout.

Ah! bah! il y a si longtemps que le fait a eu lieu!

Elle resta un instant pensive.

— Au fait, ajouta-t-elle, il me faut gagner mon argent; et puis, après tout, je rends un service immense à la vieille Arsinoë; car, grâce à moi, son neveu fera ce qu'il voudra de cette fille, et elle en fera elle, sa nièce, si bon lui semble.

Elle achevait à peine ces réflexions, qu'elle entendit un bruit venant de l'extérieur.

Quelqu'un sonnait à la porte de la villa.

— C'est elle! dit-elle, en courant ouvrir.

C'était, en effet, son ancienne maîtresse; la duchesse Arsinoë de Cressères, en personne.

Elle ne la reconnut qu'au son de sa voix, tant était épais le voile qui lui couvrait le visage.

Arsinoë quitta ce voile, lentement, et en jetant de tous côtés des regards inquiets.

— Êtes-vous seule? Marguerite, lui dit-elle à voix basse.

— Oui, madame, je suis seule.

— Et Gemma?

— Elle est dans sa chambre.

— C'est que, voyez-vous, Marguerite, il faut de la prudence, beaucoup de prudence; le monde est si méchant, on interprète souvent si mal les démarches les plus naturelles, les plus honnêtes; on médit des gens qui ont les intentions les plus pures...

— Ma foi, c'est bien heureux que vous soyez venue, car j'avais à vous dire que j'avais trouvé ce que vous cherchez, c'est-à-dire le moyen de rendre votre prisonnière docile à vos volontés.

— Vous ai-je dit que Gemma était ma prisonnière?

— J'ai cru le comprendre.

— C'est une erreur, une grande erreur! elle est libre, bien libre au contraire; seulement je la protège contre ses invisibles et redoutables ennemis, la pauvre fille: c'est une œuvre charitable que j'accomplis, Marguerite.

— Je n'y contredis pas, mais enfin vous voulez en faire la femme de M. le marquis de Bordes, votre neveu?

— C'est-à-dire que je le désire, que je fais des vœux pour que cela arrive.

— Et vous savez bien que cela ne viendra pas tout seul.

— Dieu nous aidera, Marguerite; il favorise toujours ceux qui le servent fidèlement.

— C'est ce que je crois.

— Il nous envoie quelquefois des inspirations pour nous tirer des difficultés, contre lesquelles, dans notre faiblesse, nous nous débattons souvent en vain.

— C'est sans doute cela qui m'est venu.

— Une inspiration ? Marguerite.

— Oui.

— Venant du ciel ?

— D'où voulez-vous qu'elle vienne, puisqu'elle nous tirera d'affaire, vous, moi, M. le marquis et Mlle Gemma ?

— Tu as raison, c'est bien une inspiration venant d'en haut : ah! le Seigneur aurait donc enfin exaucé mes ferventes prières !

— Ce n'est pas douteux : le Seigneur ne peut guère faire autrement, voyant tout le zèle que madame met à le servir.

— Quelle est cette inspiration ? Marguerite.

— Il faut que je vous dise d'abord que j'ai fait une neuvaine.

— Dans quelle intention ?

— Afin d'obtenir du ciel que je puisse triompher des résistances de cette fille.

— Eh bien ?

— Cette neuvaine finissait hier, et aucune inspiration ne m'arrivait : je commençais à me décourager, quand tout à coup une idée m'est venue; je me suis rappelé...

Elle hésita...

— Que vous êtes-vous rappelé ? Marguerite.

— Je me suis rappelé que le Seigneur met quelquefois dans nos mains, tout près de nous, sous une forme matérielle, le secours que nous attendons de lui et qu'il n'est pas toujours nécessaire qu'il manifeste sa bonté pour nous par l'envoi d'un ange.

— C'est certain : mais que voulez-vous dire par ce secours se manifestant, comme vous dites, sous une forme matérielle et que nous avons tout près de nous, dans notre main ?

— Dieu a donné aux plantes certaines vertus.

— C'est vrai.

— Des savants ont extrait cette vertu, et nous l'ont transmise sous la forme d'un liquide : ainsi par exemple...

Elle hésita.

— Mais parlez donc !... vous paraissez vraiment prendre à tâche d'exciter mon impatience plutôt que de la satisfaire.

— Je m'explique.

— Bien...

— Voyez ce flacon, madame la duchesse; il renferme un liquide rose, dont deux gouttes suffisent pour jeter l'âme d'une jeune fille dans un sommeil si profond, que cette âme ne pense plus, ne se souvient plus, n'a plus de volonté.

— Souvenir ! pensée ! volonté ! murmura la duchesse, dont l'âme s'illumina.

— Oui.

— Et cela pour longtemps ?

— Pour huit jours, pour quinze jours, pour vingt-quatre heures seulement, selon la dose.

Arsinoë prit le flacon et l'examina.

Il était du plus pur cristal et portait une étiquette, sur laquelle elle lut :

Sistella africana.

C'était sans doute le nom de la plante de laquelle avait été extrait le liquide qui y était contenu.

— Cela endort, dites-vous, Marguerite, l'âme d'une personne à tel point que cette âme n'a plus ni pensée, ni souvenir, ni volonté ?

— Oui.

— Vous connaissez la dose qu'il faut employer pour que l'effet ait plus ou moins de durée ?

— Oui.

— De qui tenez-vous cela ?

— D'un savant.

— Etes-vous bien sûre que ce n'était pas

un sorcier, qu'il n'avait pas des relations avec le diable?

— Oh ! oui.

— Si ce n'est pas lui qui l'a fabriqué, c'est peut-être Satan lui-même?

— A quoi madame va-t-elle penser?

— C'est que ce ne serait plus un moyen naturel que nous emploierions pour arriver à nos fins, mais un moyen venant de l'esprit des ténèbres?

Marguerite haussa les épaules.

— Ah ! ça ne vous fait rien à vous, impie que vous êtes, mais ça me fait beaucoup à moi qui ne voudrais pas, pour tout au monde, mettre le diable dans mes affaires ! Dieu ne me pardonnerait jamais cette infamie !

— Le bon Dieu pardonne tous les péchés.

— Mais si ce dernier péché faisait déborder la mesure?

— Que voulez-vous dire?

— Vous le savez, Marguerite, ma vie n'a pas été sans orage.

— Je le sais.

— J'ai commis bien des erreurs dans ma jeunesse.

— Et même depuis.

— Il faut éloigner ces souvenirs, Marguerite.

— Je les éloigne.

— Je passe mes jours à effacer, par mes prières et par mes privations, les souillures de ma pauvre âme.

— Eh bien?

— Que dirait Dieu si j'allais faire cette infamie que tu me proposes? rien n'arrêterait plus sa colère, et il me briserait avant que j'eusse pu me confesser.

— Je n'en crois rien, moi.

— Vous, Marguerite, vous n'avez jamais songé à votre salut; mais j'y songe, moi, et vous devriez bien en faire autant.

— Je vous soutiens, moi, que celui qui

a fait cette eau n'était pas le diable, et n'avait pas recours au diable pour la faire.

— Vous êtes donc allée chez lui?

— Certainement, puisque c'était mon amant.

— Vous avez vu l'alambic?

— Oui, je l'ai vu et même touché.

— Comment faisait-il?

— Que voulez-vous que je vous dise? Ce que je puis vous affirmer, et ce que je vous affirme, c'est que lorsqu'il a fait ce liquide nous étions seuls, bien seuls, et que je n'ai pas vu, pendant tout le temps qu'a duré l'opération, pas le plus petit bout de la queue du diable, ni même après.

— Vous me l'affirmez, sur l'honneur? Marguerite.

— Oh ! sur l'honneur, je l'affirme ! fit la vieille soubrette en riant.

— Je ne comprends pas que vous puissiez rire quand il s'agit de choses si graves.

— Que voulez-vous? Je suis plutôt portée à en rire, moi; chacun a son tempérament.

Arsinoë examina de nouveau le contenu du flacon; puis elle fit sur lui le signe de la croix.

— Là ! voilà que vous mettez le bon Dieu dans le diable !

— Taisez-vous ! Marguerite; vous êtes incorrigible.

— Voyons ! madame veut-elle essayer?

— Oui, mais n'en mettez qu'une goutte.

— Pourquoi?

— Je ne sais pas, moi; vous me faites peur avec vos distillations; si ça allait l'empoisonner, la faire mourir? Vous entendez? Je veux bien qu'elle devienne ma nièce, mais je ne désire pas sa mort.

— Oh! soyez tranquille! elle n'en mourra pas; non seulement on vit, mais on paraît heureux pendant ce sommeil étrange.

— Comment, allons-nous faire?

— Nous allons lui faire prendre ça dans une tasse de lait.

— Vous avez du lait?

— Oui; et elle ne trouvera pas étrange que je lui en fasse boire, puisqu'elle en prend tous les soirs à cause de sa toux.

— Elle est enrhumée? cette chère mignonne.

— Un peu.

— Faites-la descendre.

Marguerite ouvrit la porte et appela Gemma.

La fille du baron de Mélos se rendit à l'appel de la vieille Marguerite.

A ses vêtements blancs, à sa démarche lente et indécise, on pouvait la prendre pour un fantôme.

Elle avait le regard atone, et le visage d'une pâleur livide.

Dès qu'elle apparut au bas de l'escalier, Arsinoë courut à elle.

Puis elle lui prodigua les mille démonstrations de tendresse, dont elle avait coutume de l'accabler, toutes les fois qu'elles se trouvaient ensemble.

— Vous reverrez Georges Bernard et Hassan, ma chère belle, lui dit-elle, en la faisant asseoir sur une chaise à côté d'elle.

La malheureuse enfant lui jeta un regard rapide, puis, comme si le doute fût venu étouffer en son esprit, en même temps qu'elle naissait, une lueur d'espérance, un sourire amer se dessina sur ses lèvres, et elle ne prononça pas une parole.

— Je vous dis que vos bons amis ne sont pas perdus, et que l'on a plus que jamais l'espoir de les retrouver.

— Vous me dites d'espérer, j'espère, madame, fit tristement Gemma.

Arsinoë qui lui avait pris les mains les baisa, comme une mère baise les mains d'une enfant qu'elle adore.

En ce moment, la vieille Marguerite entra, portant la tasse de lait.

Elle échangea avec la duchesse un regard rapide.

Puis elle tendit la tasse à Gemma.

La jeune fille la prit et but jusqu'à la dernière goutte, le liquide qu'elle contenait.

La pauvre enfant tomba presque aussitôt dans un sommeil profond.

La vieille Arsinoë s'assit à côté d'elle, et la contempla longtemps en silence.

Enfin elle se leva, et prit le bras de la dormeuse.

Ce bras était moite et inerte, le pouls était à peine sensible.

— Quel sommeil! on dirait la mort, murmura-t-elle.

Et comme elle vit que son ancienne camériste allait parler, elle lui fit signe de garder le silence.

Elle s'éloigna ensuite à pas lents, Marguerite la suivit.

— Eh bien? lui dit-elle, quand elles furent dans une autre chambre, qu'elle avait eu soin de refermer à clef.

— Je n'y comprends rien, madame la duchesse, répondit Marguerite.

— C'est là votre liqueur merveilleuse?

— J'en attendais de tout autres effets, madame.

— J'ai cru comprendre que votre drogue jetait non le corps, mais la pensée, le souvenir et la volonté dans un sommeil profond.

— C'est bien cet effet-là qu'elle doit produire.

— Vous plaisantiez, Marguerite, quand vous disiez qu'elle n'avait d'action que sur les facultés mentales.

— Je vous jure, madame, que je parlais sérieusement.

— C'est un narcotique comme l'opium et voilà tout. Ah! la belle merveille!

Tabernier en wagon.

— Permettez, ce n'est pas un narcotique comme l'opium, et il doit endormir l'âme et non le corps.

— Vous voyez! vous voyez! je ne comprends pas votre obstination.

— Ah! c'est que j'en ai vu faire l'expérience.

— Par qui?

— Par le comte Jules de Fourchencerf, en juin 1835.

La duchesse, pensive, garda le silence.

C'était en juin 1835, le comte s'était promené toute la soirée avec une noble et jeune dame, dans les solitudes discrètes d'un parc. La grande dame lui avait accordé ce tête-à-tête, je ne sais trop pourquoi, car il était fort laid, et elle ne lui avait jamais rien accordé, son intention était bien certainement de ne jamais rien lui accorder, quand le rusé et déloyal gentilhomme.....

— Taisez-vous! Marguerite, taisez-vous! fit tout à coup Arsinoë, dont le visage se colora subitement.

— Vous vouliez une preuve, madame.

— Et c'est de cette liqueur qu'il s'est servi?

— Oui.

— Vous en êtes bien sûre.

— Oui.

— Vous l'avez donc vu ?

— C'est lui qui me l'a dit.

— Le misérable ! Et il s'en est vanté !

— Le comte ne me cachait rien, c'était mon amant.

Arsinoë poussa un cri étouffé et se couvrit le visage de ses deux mains.

Puis elle courut s'agenouiller au pied d'un petit crucifix qui était cloué à la muraille.

— Mon Dieu, dit-elle, vous avez sans doute supprimé cette iniquité du nombre de mes iniquités, car ma volonté, vous le savez, n'y était pour rien ; et puis, cet homme était l'amant de ma soubrette !

Elle se releva en faisant un grand signe de croix.

— Marguerite, dit-elle à son ancienne camériste, cette liqueur est sans valeur entre vos mains.

— Pourquoi ?

— Parce que vous n'en connaissez pas les doses.

— Je chercherai, madame la duchesse.

XVIII

Hassan et Arsinoë.

Ce que nous venons de raconter dans le précédent chapitre, se passait précisément la veille du jour où se sont déroulés à l'hôtel de Bordes les événements que nous connaissons.

Rentrée dans son oratoire, après avoir fait son petit voyage de nuit à Neuilly, la vieille duchesse de Cressères se jeta aux pieds de son crucifix.

Elle voulait bien travailler avec ardeur, pour son neveu, mais elle voulait en même temps rester en bons termes avec son Créateur.

Elle passa donc une partie de la nuit en prières.

Dès que l'aube parut, elle envoya à son directeur spirituel un billet ainsi conçu :

« Dites, je vous prie, à l'intention de mon neveu, le marquis Ulrich de Bordes, une messe, à l'hôtel de la Vierge, à Saint-Sulpice. »

Sous le même pli, elle glissa un billet de cinquante francs.

Que faisait Hassan pendant ce temps-là ?

Comme on le pense bien, le Maure ne dormit pas de la nuit.

Dès que le jour parut, il fit atteler, et partit au grand trot de deux chevaux vigoureux, dans la direction de la rue de la Clef.

Nous savons qu'il avait à demander à Tabernier les renseignements qu'il lui avait promis.

On se rappelle en effet, que l'homme d'affaires, afin de gagner du temps, au moment où le Maure voulait se remettre à la recherche du marquis, lui avait dit que celui-ci passait pour avoir enlevé une jeune fille, et il lui demanda en même temps jusqu'au lendemain matin pour lui donner, au sujet de cet enlèvement, les éclaircissements dont il jugeait qu'il avait besoin, avant de retourner à l'hôtel de l'avenue Montaigne.

— S'il ne s'agit pas de l'enlèvement de Gemma, lui avait-il donné à entendre ; si, en un mot, le marquis a enlevé une autre fille, que l'on confondrait par erreur avec Gemma, vous feriez une démarche ridicule, si vous alliez pour cela chercher querelle au marquis.

C'était donc un point qu'il fallait éclaircir

et c'était cet éclaircissement que le Maure allait chercher à une heure, si matinale, chez l'homme de la rue de la Clef.

Celui-ci le reçut d'un air maussade.

Il se dit accablé, écrasé; le public avait des exigences incroyables, il ne prenait aucun repas, il sacrifiait sa santé, sa vie; on ne comprenait pas combien son métier d'hommes d'affaires devenait pénible, il avait mis depuis la veille au soir tout un monde d'agents en campagne, pour résoudre la question délicate, par laquelle il s'agissait de savoir si le marquis de Bordes avait enlevé Gemma de Mélos ou une autre personne, il avait lui-même couru toute la soirée et une bonne partie de la nuit : total une nuit blanche et une migraine carabinée pour lui, pauvre malheureux intermédiaire, serviteur obligé des passions et des intérêts des autres.

Finalement, il lui dit que le marquis avait bien enlevé une fille, mais que cette fille n'était pas Gemma de Mélos.

C'est une jeune dame appelée Augustine, qu'il a emmenée on ne sait où, ajouta-t-il.

Il termina en lui donnant l'adresse de cette Augustine, pour le cas où il voudrait s'assurer par lui-même de l'exactitude de ses informations.

Hassan jeta froidement un billet de mille francs sur le bureau de l'homme d'affaires et sortit aussitôt.

Il n'était pas fâché d'avoir ce renseignement, bien qu'il vînt battre en brèche les allégations de l'auteur de la lettre anonyme qu'il avait reçue.

Mais il sentait depuis quelque temps, qu'il devait étudier avec la plus extrême attention tout ce qui pouvait se rapporter, de près ou de loin, à la sombre histoire de la disparition de sa sœur adoptive; aussi voulut-il voir par lui-même ce que valait au juste le renseignement qu'il venait de re-

cevoir, et savoir si, en étudiant à fond cette affaire dont on venait de lui livrer le secret, il ne parviendrait pas à acquérir des lumières sur la vie intime du marquis.

— C'est lui que je soupçonne, se disait-il, d'avoir enlevé Gemma; il est possible que mes soupçons ne soient pas fondés, le meilleur moyen à employer pour m'en assurer est de connaître à fond la vie qu'il mène, c'est de chercher à découvrir, c'est de questionner les gens, pour qui cette vie intime ne saurait être un mystère.

En remontant dans son coupé, il avait donc jeté au cocher l'adresse d'Augustine.

Hassan, bien que très versé dans la connaissance de cet ensemble de découvertes, encore bien mesquines, hélas! dues au génie humain, et que l'on est convenu d'appeler les sciences, était néanmoins un grand ignorant : il ne connaissait rien ou presque rien de la société dans laquelle il vivait; et il savait moins que le premier gavroche venu, ce que c'était qu'une cocote, une fille de joie, une courtisane.

Certes il savait bien qu'il existait des femmes qu'on appelle des prostituées; mais s'il connaissait le nom, il ignorait la chose. Cette âme spiritualiste par excellence avait toujours ignoré les infamies de la chair, et des hauteurs où son esprit avait toujours plané, il n'avait jamais plongé ses regards dans les profondeurs sombres, où existe cette chose infecte : la boue !

— Madame Augustine? demanda-t-il à la concierge du numéro 17 de la rue de la Tour d'Auvergne.

— Mamselle Augustine? fit celle-ci, en lui lançant un regard étrange, elle n'y est pas.

— Voudriez-vous m'indiquer une personne qui pourrait m'en donner des nouvelles?

— Je ne sais pas si je...

Le Maure tira son porte-monnaie de sa

poche et jeta une poignée de pièces d'or dans la loge.

La concierge bondit.

— Mon milord! mon nahab! ah quel malheur qu'elle ne soit pas là, cette pauvre chatte! s'écria-t-elle.

— Je vous demande quelqu'un qui puisse m'en donner de nouvelles, fit le Maure d'une voix brève.

— Mamselle Julie est là, dit-elle, en sortant précipitamment; c'est au deuxième, porte en face; je veux vous y conduire moi-même, milord; mamselle Julie est la soubrette comme qui dirait la gouvernante de mamselle Augustine: et si elle ne sait rien, elle, ou pas assez, il y a aussi Mme Leroux; je vous en donnerai l'adresse de Mme Leroux, milord; oh! c'est une bien brave femme, Mme Leroux; elle est si intelligente, elle sait tant de choses; et des choses qui peuvent intéresser et qui intéresseront sans doute votre seigneurie, votre excellence, mon prince! milord!

C'est en lâchant ce déluge de paroles et de qualificatifs arrachés à son admiration pour un homme qui lançait des poignées de louis, comme un autre jette vingt sous, qu'elle parvint avec lui, jusqu'à la porte de l'appartement d'Augustine.

— C'est là! fit-elle en s'inclinant profondément, puis elle sonna.

Un pas se fit entendre de l'intérieur; la porte s'ouvrit et une jeune fille parut.

— Mamselle Julie, lui dit-elle, monseigneur désire vous parler.

Hassan entra.

La soubrette avait pour sa maîtresse un attachement qui se conçoit aisément, si l'on songe qu'elle occupait chez elle un emploi qui lui rapportait, bon an mal an, une dizaine de mille francs.

Aussi son départ mystérieux l'avait-elle beaucoup tourmentée.

— Mais je ne sais pas ce qu'elle est devenue, répondit-elle à Hassan qui lui en demandait des nouvelles.

A la question qu'il lui posa si elle connaissait le marquis de Bordes, elle répondit:

— Je le connaissais comme tant d'autres qui venaient ici, voir madame, seulement elle le préférait aux autres parce qu'elle le croyait riche, très riche.

— Il paraît qu'il l'a enlevée? poursuivit le Maure.

— Enlevée!!! fit-elle, en laissant voir sur sa figure le plus colossal étonnement qui puisse se peindre sur une face humaine.

— On le dit, continua Hassan le plus gravement du monde.

— Ce n'est pas possible.

— Pourquoi?

— Pourquoi? mais puisque c'était sa maîtresse! s'écria la soubrette sur le point d'éclater de rire.

— Il était peut-être jaloux?

— Oh! pour ça, oui.

La soubrette devint tout à coup rêveuse: elle se rappelait que sa maîtresse, depuis le jour où elle avait fait la connaissance du marquis, ne recevait plus chez elle nombre de jeunes gens qu'elle y recevait habituellement; à peine avait-elle conservé quelques relations clandestines et profondément discrètes.

— Mais qu'est-ce que monsieur va donc faire de madame! exclama-t-elle tout à coup.

— Vous ne connaissez pas autrement cet homme? poursuivit-il.

— Non. Il est venu un beau soir voir madame, qu'il avait vue dans la journée aux courses; il a passé une partie de la nuit ici, puis il est revenu trois ou quatre fois par semaine.

— Vous connaissez Mme Leroux?

— Oui: oh! c'est une fine mouche celle-là! elle sait tout.

— Je voudrais la voir, fit Hassan en mettant une couple de louis sur la table.

— Je ne sais pas son adresse, fit la soubrette rougissant de plaisir, à la vue des pièces d'or : mais je puis vous l'envoyer ; Mme Leroux va à domicile.

Le Maure ne comprit pas le sens de ces dernières paroles.

Il ignorait que la société recélât dans son sein cette chose ignoble qu'on appelle une vendeuse de femmes.

— Soit, dit-il, envoyez-la-moi et le plus tôt possible.

Et il sortit, en jetant sa carte sur la table.

Julie se mit à genoux et lui baissa les mains.

Le colosse la prit et la jeta à dix pas de là sur un canapé et sortit.

— Rien ! encore rien ! fit-il en remontant dans son coupé.

Ses poings se crispèrent ; un mouvement de rage agita tout son être.

— Avenue Montaigne ! cria-t-il au cocher.

— Oh ! il faut que je trouve cet homme ! se dit-il, et si je le trouve, je lui arracherai tous ses secrets, ou je le mettrai en pièces !

Les domestiques du marquis avaient profité du départ de leur maître, pour s'octroyer quelques jours de congé ; un seul était resté, afin de garder l'hôtel.

— Votre maître ? lui demanda Hassan.

Le malheureux reconnut le terrible visiteur de la veille.

Il fit un mouvement pour fuir, mais le Maure ne lui en laissa pas le temps, et d'un geste rapide comme l'éclair, le saisit par le collet.

— Votre maître ! Vous n'avez donc pas compris ? s'écria-t-il.

— M. le marquis n'y est pas ! dit le domestique, en faisant, mais en vain, des efforts pour se dégager.

— Où est-il ?

— Je n'en sais rien !

— Allons donc ! il se cache quelque part ici, le misérable lâche !

— Je vous dis que M. le marquis est parti hier soir, et n'est pas rentré.

— Mensonge ! mensonge ! il est ici, et je le trouverai ; je vais fouiller sa maison ; et vous aller me suivre.

— Oh ! pour ça, je veux bien, fit le domestique voyant que le colosse, au lieu de le bâillonner ou de l'étrangler, ne voulait que visiter l'hôtel.

Au bout d'un quart d'heure, il l'avait fouillé dans tous les sens, du haut en bas, et du salon aux écuries.

Comme il se résignait à regagner son point de départ, marchant lentement, sombre et pensif, une femme parut inopinément à ses regards.

— Madame la duchesse ! fit le domestique.

— Hein ! fit le Maure, qui tressaillit.

C'était, on le devine aisément, la vieille Arsinoë en personne.

Elle était allée la veille à Neuilly ainsi que nous l'avons raconté, et elle était impatiente de voir son neveu. Aussi avait-elle envoyé quelqu'un pour lui dire de venir la trouver en toute hâte, et comme ce quelqu'un lui avait appris que le marquis n'était pas à son hôtel, qu'il en était parti de la veille, et qu'on ne savait ce qu'il était devenu, elle était venue aussitôt elle-même pour tâcher d'éclaircir cet étrange mystère.

On voit que son aventure avec Fourchencerf lui trottait par la tête.

— Comment ! se disait-elle pour la vingtième fois, en entrant dans l'hôtel, mon neveu viendrait à me manquer au moment même où je puis le marier avec Gemma, qu'elle le veuille ou non ; ah ! c'est vraiment trop fort !

Décidément elle croyait à la vertu de la drogue de Marguerite.

— Monsieur le marquis? Où est monsieur le marquis? cria-t-elle au domestique dès qu'elle l'aperçut.

— Je l'ignore, madame la duchesse, fit celui-ci en s'inclinant.

— C'est impossible! Jean; il faut le chercher, il faut le trouver; il me le faut! entendez-vous? Mais il ne bouge pas plus qu'une bûche!... Jean, Jean, avez-vous entendu? Faut-il que je vous le redise? Faut-il... Ah! mon Dieu, il n'y a plus de domestiques!

— Mais, madame, je ne sais où je pourrais bien le trouver! personne ne veut me croire. Ainsi voilà monsieur, ajouta-t-il en montrant Hassan, qui vient de le chercher dans tous les coins de l'hôtel et...

— Cherché dans tous les coins de l'hôtel? fit Arsinoë qui boudit, quel est ce malappris qui se permet de fouiller l'hôtel de M. le marquis Ulrich de Bordes? Cela ne peut être que le fait d'un voleur ou d'un sauvage!

Puis elle lança au Maure un regard acéré comme la pointe d'un stylet.

Sa tête se renversa en arrière.

Une expression d'incommensurable orgueil et de mépris se peignit sur son visage.

Hassan se croisa les bras, calme et grave.

— Il est des hommes, dit-il, qui ont le droit d'aller partout : ils sont comme le remords, comme la conscience.

— Que voulez-vous dire?

— Eh bien! madame, poursuivit-il achevant d'exprimer sa pensée, je suis de ces hommes-là!

— Ah! çà! qui êtes-vous? monsieur.

— Je suis celui qui poursuis un coupable; je suis celui qui veux arracher à un infâme sa victime!

— Votre nom? votre nom?

— Vous le savez peut-être bien.

— Moi!!!

— Oui, vous.

— Pourquoi?

— Ne seriez-vous pas la parente de ce misérable que je cherche?

— Que vous importe!

— Dites-le-moi, ou sinon, je vais le faire dire par cet homme.

Et saisissant le domestique par un mouvement rapide comme la foudre, il le souleva au-dessus de sa tête, comme s'il eût voulu le broyer contre la muraille.

Le domestique poussa un cri d'effroi, et jeta sur la duchesse un regard d'angoisse.

— Laissez cet homme, s'écria tout à coup celle-ci, je suis la duchesse Arsinoë de Vertant de Cressères, et M. le marquis Ulrich de Bordes est mon neveu.

Le Maure remit le domestique sur ses pieds, et le lâcha.

Puis, s'adressant de nouveau à la duchesse :

— Je m'en doutais, madame, que vous deviez être la parente de cet homme; maintenant je vais vous dire le nom de la victime. Sans doute, en vous disant ce nom, devinerez-vous celui de l'homme qui s'est chargé de châtier son ravisseur et de la lui arracher. Cette victime! elle s'appelle Gemma de Mélos. Connaissez-vous mon nom maintenant?

— Qu'est-ce que c'est que cette fille? Ce nom m'est inconnu : quel nom bizarre!

— Mlle Gemma de Mélos est la fille de feu le baron de Mélos, et la petite-fille du général français Kléber.

— Ce n'est pas de notre monde, ce monde-là; fi donc! monsieur, qu'est-ce que le marquis de Bordes peut avoir de commun avec ce petit monde-là?

— S'il s'agit de noblesse, madame, la noblesse de Gemma vaut bien la vôtre :

c'est une noblesse qui repose sur l'honneur et la vertu ; la comparer à la vôtre, ce serait la rapetisser ; quant à votre marquis, je le crois et je le dis hautement, capable de tous les crimes, de toutes les infamies.

— Les de Bordes sont braves, et vous ne lui diriez pas cela en face !

— Je le cherche ! madame, et si vous teniez beaucoup à ce que son *honneur* fût vengé, vous m'aideriez à le trouver.

— Il vous tuera ! il vous tuera !

— Maintenant poursuivit le Maure en lui lançant un regard, où parut s'allumer tout à coup une rage inouïe, vous devez être la confidente de cet homme ; et, si vous ignorez où il est en ce moment, vous savez sans doute ce qu'il a fait de Gemma de Mélos, et vous allez me le dire !

— Je ne suis pas la confidente de mon neveu ; mais s'il a enlevé une fille (une fille du petit monde que vous dites), cela ne tire pas à conséquence ; et, m'en eût-il fait la confidence, je ne m'en souviendrais pas, car on ne garde pas le souvenir de choses de si peu d'importance !

— Il faut que j'égorge cette femme ! il me faut un poignard ! Ah ! j'ai vu une panoplie tout près d'ici ! il faut que j'égorge cette femme ou qu'elle parle ! fit le Maure exaspéré.

— Venez, dit-il au domestique.

Celui-ci le regarda bouche béante.

— Venez ! cette femme restera seule ici.

Croyant avoir affaire à un fou, et surtout à un fou furieux, le malheureux se mit à trembler de tous ses membres, et jeta sur la duchesse un regard désespéré.

Arsinoë pâlissait, ses lèvres devenaient blanches comme du vélin.

Elle se mit à genoux, joignit les mains, leva les yeux vers le plafond, et marmotta une prière.

Est-ce que, douce brebis du Seigneur, elle se résignait à tendre le cou à son bourreau ?

Est-ce que la vieille pécheresse voulait cueillir la palme du martyre pour monter tout droit au ciel ?

Elle était bien de force à croire que la cause pour laquelle elle supposait qu'elle allait mourir, était en même temps que la cause de son neveu, celle de la religion, celle de Dieu.

Hassan jeta sur elle un long regard, mais resta impassible.

Puis se retournant brusquement vers le domestique, il le saisit par le bras.

— Marchons ! lui dit-il.

— Madame, fit-il en s'adressant à la duchesse, je vais vous laisser seule un instant. Au revoir ! belle dame, à bientôt, ajouta-t-il.

Les yeux de la vieille Arsinoë qui s'étaient levés vers le plafond, s'abaissèrent tout à coup, et son regard parut chercher vers un certain endroit de la muraille, un objet invisible.

— Si vous me tuez, j'irai au ciel, exclama-t-elle.

Le Maure eut un haussement formidable d'épaules.

— Ça parle du ciel !!! murmura-t-il.

— Allons ! dit-il brusquement au domestique.

La chambre où ils étaient et où la vieille duchesse allait rester seule, était située au troisième étage de l'hôtel ; on y entrait et on en sortait par une porte unique, et comme cette porte ne fermait pas à clef, il poussa contre elle, après l'avoir fermée, tous les meubles qu'il trouva dans la pièce voisine.

Quant aux fenêtres, il ne s'en soucia pas, elles étaient grillées, et à une hauteur suffisante du sol, pour qu'on ne fût pas tenté de s'enfuir par là.

Il se tourna ensuite vers le domestique :

— Conduis-moi à cette panoplie, lui dit-il, ou je te brise le crâne.

Le geste accompagna la menace.

Terrifié, plus mort que vif, le malheureux le conduisit dans le cabinet du marquis.

C'était là en effet que ce dernier avait placé sa collection d'armes.

Le Maure parcourut d'un regard rapide cet amas d'engins meurtriers.

Puis il en décrocha une courte dague, d'une main fiévreuse.

— Grâce ! cria le domestique, croyant que sa dernière heure allait sonner.

— Tu as donc bien peur de mourir ? fit le colosse, en brandissant son arme.

— Grâce ! répéta-t-il, en se tordant les mains ; ne me tuez pas ! et je vous dirai tout ce que je sais !

— Que sais-tu ? parle !

— Vous me laisserez la vie ?

— Oui, si tu me dis où est en ce moment ton maître.

— Je ne le sais pas ! grâce ! grâce ! je ne peux pas vous dire ce que je ne sais pas !

— Qu'as-tu à m'apprendre qui vaille que je te laisse la vie ?

— Je vous dirai ce que monsieur le marquis voulait faire, hier soir.

— Que voulait-il faire ?

— Vous tuer.

— Ici ?

— Oui.

— Il était donc à l'hôtel au moment où je suis venu ?

— Oui, il y était avec le vicomte de Sterley.

— Et tu dis qu'il voulait me tuer ?

— Oui.

— Et pourquoi ne l'a-t-il pas fait ?

— Parce qu'il est venu une vieille femme.

— C'est elle qui l'en a empêché ?

— Oui.

— La connais-tu, cette femme ?

— Non, mais je crois que cette femme n'était pas une femme.

— Ah !

— C'était un homme.

— Quel homme ?

— Je ne sais pas ; mais je crois que c'était un homme parce qu'elle avait la même voix que quelqu'un qui est venu un soir demander monsieur le marquis, seulement celui-là avait de la barbe ; j'ai pensé qu'il pouvait l'avoir coupée.

— Que de mystères ! murmura le Maure.

Allons ! fit-il tout à coup en reprenant le chemin par où il était venu.

Le domestique crut qu'il allait égorger la duchesse.

— Oh ! ne la tuez pas, de manière à la faire crier ! s'écria-t-il.

— Pourquoi ?

— Parce que je suis très sensible aux cris, et que ses cris me donneraient sur les nerfs.

— Tu es bien délicat pour un valet ; nous verrons ! suis-moi.

Le malheureux obéit, convaincu plus que jamais qu'il avait affaire à un fou ; certes il eût bien voulu fuir, mais comment ?

Il le suivit en tremblant jusqu'à la porte de la chambre, où était enfermée la duchesse.

Le Maure enleva les meubles qu'il avait entassés contre la porte, ouvrit cette porte, puis jeta un regard rapide dans l'intérieur de la chambre.

Tout-à-coup il poussa un rugissement : la prisonnière avait disparu !

Rien ne saurait peindre sa rage et son désespoir.

— Rien ! rien ! exclama-t-il ensuite, quand il eut mis sens dessus dessous tout le mobilier de la chambre

Il regarda les fenêtres, les fenêtres étaient

J'aurai des bijoux, des chevaux, des voitures.

fermées ; il regarda les grilles, les grilles étaient intactes !

Il se retourna brusquement.

Sans doute il croyait que le domestique se trouvait derrière lui, et il voulait le questionner au sujet de cette mystérieuse disparition.

Grande fut sa stupeur en s'apercevant qu'il n'était plus là !

Lui aussi avait disparu !

Le rusé compère avait profité du moment où toute son attention était portée ailleurs, pour déguerpir prestement et à pas de loup.

Dame ! il était bien aise de mettre une distance raisonnable entre lui et un homme qu'il considerait comme un fou et même comme un fou dangereux !

Le Maure voyant que la duchesse et le domestique lui échappaient à la fois, et qu'il n'avait aucun espoir de les retrouver, resta un instant comme anéanti.

Ses traits se creusèrent, ils exprimèrent une immense déception et un violent désespoir.

— Rien ! encore rien ! toujours rien ! murmura-t-il d'une voix sourde.

Il se sentit petit et misérable.

Hélas ! à quoi lui servait-il d'avoir des muscles de taureau, et des poignets de fer !

Certes, il avait tout lieu de croire que si le domestique avait fui, ce n'était pas pour qu'on le rattrapât.

Il parcourut néanmoins l'hôtel dans tou- tes ses parties ; et ayant, après de minu- tieuses recherches , acquis la conviction qu'il n'était plus qu'une vaste solitude, il en sortit, et remonta tristement dans sa voi- ture.

Il retournait à l'hôtel de Mélos.

XIX

Une idée du capitaine du brick *l'Éole*.

Hassan, nous l'avons dit, était un sa- vant, mais il ne connaissait que les livres : quelque anciens qu'ils soient, qu'ils viennent de l'Inde ou de Paris, de la Grèce de Pé- riclès ou de la Rome des Césars ; quelles que soient leur forme, leur antiquité, et la langue dans laquelle ils sont écrits, il est des cho- ses qu'ils ne peuvent pas vous apprendre. Or, parmi ces choses qu'Hassan, tout savant qu'il était, ignorait plus qu'un marchand de sucre et de mélasse, c'était ce que ren ferme ce livre étrange, écrit dans une lan- gue mystérieuse, pleine d'énigmes bien autrement indéchiffrables que l'étaient ceux des Sphinx, et qu'on appelle l'homme !

Au milieu donc de la société, qui n'est que l'agglomération de ces êtres énigma- tiques, il était en quelque sorte, comme dans un pays dont il n'aurait connu ni la langue, ni les usages, ni les mœurs, ni les lois. Il y marchait à l'aventure, se brisant contre des obstacles qu'il ne savait ni prévoir ni surmonter; en un mot, échouant toujours.

C'est qu'à côté de la science que l'on trouve dans les livres, il y en a une autre bien autrement précieuse pour la conduite des choses de la vie sociale, c'est celle qu'ac- quiert le premier venu, dans son contact journalier avec ses semblables.

Il fit, en rentrant à l'hôtel, au capitaine de l'*Éole*, le récit de tout ce qu'il lui était, arrivé dans son odyssée de quelques heures.

Quand il parla de ce qui s'était passé à l'hôtel de Bordes, le vieux marin l'inter- rompit brusquement.

— Ah ça ! mille tonnnerres ! s'écria-t-il, était-ce pour égorger cette femme, que vous preniez une dague ?

Le colosse haussa les épaules.

Lui le doux poète, lui l'amant de la na- ture, lui l'ami de l'humanité, égorger une femme !!!

— C'était pour l'effrayer, pour la faire, parler, dit-il.

Il termina son récit par cette réflexion :

— Il faut que je trouve cette duchesse de Fressères. Il faut que je trouve son neveu.

— Encore roulés ! s'écria le marin, encore rien ! toujours rien ! et le temps se passe, et la malheureuse fille n'est pas délivrée ! et ceux qui l'ont enlevée, se moquent de nous, mille tonnerres !

Il ajouta :

— Je les trouverai, moi, les marsouins ; je les découvrirai, et je les harponnerai dur et ferme, mille tempêtes !

Dans la pensée du brave marin, les Che- valiers du Crucifix, auteurs présumés de l'enlèvement de Gemma, ne pouvaient être que des gens appartenant à l'Église.

Qui dit église, dit couvent : pensait-il.

L'un est l'endroit où le public va, l'autre est l'endroit où le public ne va pas.

L'un est le lieu où l'on prie et où l'on complote ; l'autre est peut-être celui où l'on passe du complot à l'action ; c'est-à-dire où l'on emprisonne et l'on tue.

L'un est sous le regard des hommes, l'autre n'est que sous le regard de Dieu.

Qui dit regard de Dieu, dit ténèbres profondes.

Qui dit ténèbres profondes, dit impunité.

Or, que doit chercher le criminel pour accomplir son œuvre sinistre, sinon les ténèbres profondes ?

Ce raisonnement parut juste au capitaine.

Or il passait vite du raisonnement à l'action, une fois qu'il en était arrivé là.

Il n'était pas de ces esprits timides ou prudents, qui bien qu'un raisonnement leur ait paru juste, y reviennent parfois avant d'arriver à l'action, soit parce qu'ils craignent de s'être trompés, soit parce que les conséquences de la mise en pratique des conclusions de leur raisonnement, les effraie : non, il ne raisonnait plus, il agissait, lui.

Résumons-nous : selon lui, Gemma avait été enlevée par des hommes appartenant au clergé, c'est-à-dire à l'Église : elle avait dû être emmenée dans un couvent : cette succursale mystérieuse de l'Église. C'était dans les couvents qu'on devait aller la chercher ; et pour la trouver, il fallait fouiller tous les couvents de France, à commencer par ceux de Paris.

Le brave marin parla de sa résolution à Hassan : celui-ci ne fit aucune objection.

— S'il vous faut de l'argent, lui dit-il ; il y a des millions à votre disposition : il y a ma fortune, il y a celle de Gemma.

Le Maure paraissait en proie à une surexcitation inouïe.

— Il me faut cette femme ! il me faut cet homme ! s'écriait-il de temps à autre en parlant de la duchesse et du marquis.

— Cet homme, nous allons le faire chercher tout de suite, ainsi que sa vieille sorcière de tante, dit le capitaine.

— Et cette fois, ajouta-t-il, elle ne nous glissera pas entre les doigts, comme une anguille : elle ne pourra pas se sauver par quelque porte secrète, mille sabords !

— Porte secrète ! que voulez-vous dire ?

— Oui, porte secrète. Ah ! vous ne savez pas ces petites malices, qui font que vous pouvez sortir d'une chambre, quand il ne vous est pas agréable de passer par la fenêtre, ou par la porte par où tout le monde passe ? Ah ! que vous êtes peu au courant des choses de l'aristocratie ! on dirait vraiment que vous n'êtes pas de ce monde-là, mille tonnerres !

Le géant éprouva un mouvement de rage : ses poings formidables se crispèrent.

Le capitaine se méprit sur le sens de cette colère.

— Nous autres marins, nous sommes quelquefois durs dans nos paroles, lui dit-il, mais si les paroles sont dures, le cœur est bon, mille sabords !

Le géant lui tendit vivement la main.

Le capitaine la prit et la serra avec émotion.

— Patience ! patience ! lui dit-il ; nous tirerons Mlle Gemma des griffes de ces forbans, et nous leur donnerons une danse qui comptera, mille tempêtes !

Une expression de tristesse amère et de doute profond se peignit sur les traits contractés du Maure.

— Vous n'y croyez pas ? vous n'y croyez pas ? fit impétueusement le capitaine ; eh bien ! vous avez tort. Ah ! je me rappelle que lorsque j'appartenais à la marine de l'État, j'ai poursuivi et châtié des forbans tout aussi rusés et non moins redoutables que ceux-là, mille millions de tonnerres !

— Les ennemis qui se montrent au grand

jour peuvent se trouver ; mais il en est tout autrement de ceux qui se cachent dans les ténèbres et qui font corps avec eux, fit tristement le Maure.

— Eh bien, s'ils naviguent dans les ténèbres nous aussi nous naviguerons dans les ténèbres ! mille tempêtes !

— Et moi, père, j'irai avec toi, fit une voix.

C'était Georges Bernard qui venait d'entrer. Le malheureux jeune homme n'était pas encore complètement guéri ; il marchait en s'appuyant sur une béquille.

— Nous verrons ! fit le capitaine d'un ton brusque.

Puis il sortit.

— Mon père me condamne à l'inaction, ajouta Georges tristement, et pourtant je suis guéri.

Pour le prouver, il jeta sa béquille loin de lui. Le Maure se leva vivement et alla la chercher.

— Vous en avez encore besoin, mon ami, lui dit-il.

En effet, le pauvre garçon, se trouvant privé de cet appui, s'était mis à chanceler, il serait tombé, s'il n'avait trouvé sous sa main une chaise, sur laquelle il s'était assis.

Il reprit sa béquille.

Des larmes coulèrent sur ses joues pâlies et creusées par la souffrance.

Gemma ! murmura-t-il, d'une voix brisée.

Il resta un instant comme anéanti.

Quand il releva la tête, le Maure avait disparu.

Le colosse avait hâte de retrouver la duchesse et son neveu.

XX

Trente !

Nous avons laissé la fille Augustine, au couvent des Théatines de Passy.

Nous savons que, chaque jour, elle faisait une légère entaille au bois de la glace qui ornait la cheminée de sa cellule.

Chaque entaille signifiait un jour écoulé depuis son arrivée au couvent.

Elle la faisait le matin en se levant.

Chaque fois elle comptait ces entailles avec soin ; dame ! le marquis lui avait dit que sa captivité ne devait durer que trente jours !

Le jour où nous la retrouvons, elle s'était levée de très bonne heure.

La veille elle avait compté vingt-neuf !

Le jour tant désiré était donc arrivé !

Sa cellule était encore pleine d'ombre : au dehors le jour apparaissait, jour d'hiver, sombre, blafard.

Elle s'approcha vivement de sa glace ; y fit une nouvelle entaille et compta.

— Trente ! dit-elle avec joie.

Puis elle ajouta :

— Enfin ! ! !

En se retournant pour se coucher elle fit un mouvement de surprise.

Un homme était debout devant elle.

Cet homme était vêtu d'une grande houppelande noire, qui lui descendait jusqu'aux pieds ; il portait des lunettes, et avait pour coiffure une calotte de soie noire.

Derrière lui apparaissait sœur Trophime, immobile comme une statue, et pâle comme un fantôme.

— Qui êtes-vous ? que me voulez-vous ? fit-elle en s'adressant à l'homme.

— Habillez-vous d'abord, et nous causerons ensuite, dit celui-ci en se voilant pudiquement la face, puis il se dirigea vers la porte.

Augustine était en chemise.

— N'ayez pas peur, dit-elle avec un petit rire sec, en se dirigeant vers son lit pour y prendre son jupon.

Elle passa son jupon, puis elle mit son corset.

Tout à coup elle se retourna vers la religieuse, qui était restée plantée au milieu de la cellule.

— Ah çà ! madame Conscience, lui dit-elle, pourquoi m'avez-vous amené cet homme ?

Comme elle ne répondait pas, elle s'avança vers elle.

Elle avait une partie de la gorge nue ; ses seins opulents, débordaient de son corset, pareils à des globes de marbre blanc.

La religieuse se signa.

— Impudique ! dit-elle.

Augustine sourit.

— Ah! ah! vous voudriez bien en avoir aussi de la gorge, vous, Conscience? mais bernique ! vous êtes née plate, et vous mourrez plate.

— Sale ! s'écria la sœur, dont la joue se colora subitement, et dont l'œil brilla d'une haine féroce.

— Ne vous fâchez pas, madame Conscience ; n'ayez pas peur ! mon intention n'est pas de charmer cette vieille tête d'escargot que vous venez d'amener ici.

— Impie ! c'est un prêtre !

— Ah! depuis quand un prêtre n'est-il plus un homme? peut-être ne le savez-vous pas, madame Conscience? ah ! vous êtes si plate et si laide !

Sœur Trophime leva les bras et les regards vers le plafond de la cellule, comme pour prier le ciel de faire descendre sur l'infâme pécheresse sa foudre vengeresse.

Cependant l'inconnu que la vue d'une jeune et jolie femme nue, avait paru effarou-

cher, était sorti de la cellule et s'était arrêté à deux pas du seuil, dans cette partie du couloir que le jour naissant n'éclairait pas encore, et où il avait une masse opaque d'ombre.

Là, sûr de n'être pas vu, il regardait dans la cellule, dont la porte était restée ouverte.

— Mais vous faites la bête, Conscience, poursuivait Augustine. Vous savez bien, quoique vous ne soyez pas belle, que les prêtres sont des hommes comme les autres ; seriez-vous jalouse?

— Fille de Sodome, taisez-vous ! grinça la religieuse.

— Imbécile ! les femmes n'étaient pas jalouses des femmes à Sodome!

— Fille de l'enfer ! gibier de Satan !

— Oh! quand à votre enfer, et à votre Satan, c'est vraiment trop bête !

— Foudre du Seigneur, pulvérisez-la ! Tu mourras damnée, damnée, damnée, fille sacrilège, impie, athée, hurla la religieuse.

— Vous n'avez pas une belle voix, madame Conscience, dit tranquillement la courtisane en achevant de se vêtir.

Aussitôt une forme noire émergea de derrière la porte ; c'était l'inconnu qui rentrait dans la cellule.

Il passa devant la courtisane, en se voilant la face, avec le pan de sa houppelande.

— Luxurieux point ne seras ! murmura-t-il.

— Amen ! fit sœur Trophime.

Augustine se mit à rire bruyamment. Il alla droit à la cheminée.

— Pourquoi cela? lui demanda-t-il, en montrant du doigt les entailles faites au bois de la glace.

— Qu'est-ce que cela vous fait? fit Augustine.

L'inconnu resta impassible.

— Oser parler ainsi à monseigneu !

quelle impiété ! C'est un blasphème ! s'écria la religieuse.

— Ça, un monseigneur ! dit Augustine, ça un monseigneur ? allons donc !

— C'est monseigneur Bridoux ! à genoux ! malheureuse, et demandez-lui qu'il vous pardonne et vous bénisse !

— Vous me commandez de me mettre à genoux devant cet homme ? mère Conscience ; est-ce que vous le feriez, vous ?

— Oui, je le fais et avec joie !

— Vous le faites, vous, parce que vous n'êtes pas jolie, voilà tout, parce que vous n'avez pas à choisir !

— Insolente ! insolente ! Oh, mon Dieu !. mon Dieu !

— Moi, j'ai l'habitude de voir les hommes à genoux devant moi, et j'aime ça, chacun son goût.

— Satan ! Satan ! démon ! sale ! impie ! infâme !

— Ce sont des hommes en chair et en os, j'en suis sûre, moi, mère Conscience.

— Le vénérable prêtre qui est devant vous, représente Dieu.

— Oui, et c'est pour cela que tout à l'heure il n'osait voir ma gorge ; laissez, mère Conscience, ce représentant de Dieu seul avec moi, seulement vingt minutes, et je vous jure qu'il me baisera le bout de mes pantoufles.

— O abomination de la désolation ! la foudre céleste va éclater sur la maison ! exclama la religieuse, en tombant à genoux.

— Il fait trop froid pour qu'il y ait de l'orage, mère Conscience.

La religieuse poussa un cri de bête fauve.

Cependant le père Bridoux, — car c'était lui en effet, l'homme aux lunettes vertes que nous connaissons — ne sortit pas de son impassibilité, cependant il voulut mettre fin à cette scène.

— Laissez-nous, ma sœur, fit-il tout à coup en s'adressant à la religieuse.

Celle-ci lança un regard de haine à la courtisane, et sortit ensuite de la cellule, à pas lents.

Avant de disparaître, elle lui fit un geste d'affreuse menace.

Resté seul avec Augustine, le père Bridoux montra de nouveau la glace.

— Vous n'avez pas répondu à ma question ? pourquoi ? dit-il.

— Parce que ça ne me plaît pas, voilà tout !

— Voulez-vous que je vous dise pourquoi ?

— Parlez ! vieux singe habillé de noir.

Bridoux fronça le sourcil.

— Ce système d'insolences et de grossièretés dans lequel vous paraissez vous complaire aujourd'hui, lui dit-il, est tout à fait contraire à vos intérêts ; j'eusse préféré trouver en vous une Madeleine repentante.

— Que voulez-vous dire ?

— Allons ! coupons court à tout cela, fit le chef des Chevaliers du Crucifix d'un ton sec, vous n'êtes pas la fille du baron de Mélos.

— Et quand cela serait ? dit Augustine qui songea aussitôt que le marquis lui avait assuré que sa captivité ne durerait pas plus de trente jours, et que de ces trente jours-là, le dernier venait de se lever.

— Je vous demandais pourquoi vous aviez fait des entailles à la glace, poursuivit Bridoux, mais j'en savais parfaitement la raison ; je voulais seulement savoir si je trouverais en vous, une âme disposée à faire l'aveu de ses fautes.

— Quelles fautes ?

— Ah ! vous ne savez pas, mon enfant, poursuivit Bridoux changeant tout à coup de ton, dans quelle mauvaise affaire vous vous êtes engagée !

— Quelle affaire ?

— Une affaire dans laquelle vous pouvez laisser votre vie, mon enfant.

— Ma vie ? est-il bête, cet homme !

— Oui, car le couvent peut devenir votre tombeau.

— Vous voulez m'effrayer ? mais vos menaces ne m'épouventent guère. Aujourd'hui, en effet, le mariage qui devait se conclure, doit être conclu, et l'on n'aura plus de raison pour me garder ici : est-ce vous qui seriez le tuteur ?

— Un mariage ! fit le père Bridoux.

— Ah ! ah ! vous voulez faire le malin, mais vous ne savez rien ! Voyons ! que venez-vous faire ici ?

— On vous a fait croire qu'un mariage allait se conclure ?

— Que vous importe ? vieille tête de pipe.

— On a abusé de nous, mon enfant. Or, abuser de la crédulité d'une pauvre fille, c'est infâme !... Tenez, croyez-moi, mon enfant, revenez à de meilleurs sentiments ; rachetez votre faute par un prompt repentir ; ouvrez-moi votre cœur, confessez-vous à moi ; vous avez tout pour faire une splendide Madeleine, et vous pouvez être assurée que j'aurai pour vous autant de tendresse, autant d'amour que Jésus en eut pour celle qu'il arracha à ses attaches mondaines, et dont il fit sa servante fidèle et dévouée !

— Votre servante ? moi ! Allons donc ! pour qui me prenez-vous, vieux débauché ?

— Je vous prends pour une grande pécheresse.

Augustine se mit à rire.

— Pécheresse, pécheresse, qu'est-ce que cela veut dire ?

— Cela veut dire que vous avez offensé gravement Dieu, et lésé les intérêts sacrés de sa sainte Église catholique, apostolique et romaine.

— Ah ! si vous saviez comme je m'en moque de tout cela ! ah ! ah ! ah ! ah ! ah !

L'homme aux lunettes vertes bondit ; ses traits se contractèrent, il s'avança vers la courtisane, le poing levé.

Puis tout à coup ses traits se détendirent, il tomba à genoux, et joignant les mains, il se mit à prier.

Augustine, qui s'était mise vivement sur ses gardes, croyant qu'il voulait la frapper, partit d'un bruyant éclat de rire, quand elle le vit à genoux.

— Là ! là ! quand je le disais, fit-elle ; ah ! que je voudrais que la mère Conscience soit là ! elle verrait si je me suis trompée quand je lui ai certifié que cet homme ne resterait pas dix minutes seul avec moi, sans chercher à baiser ma pantoufle ! il y arrive ! il y arrive !... le voilà ! ah ! ah ! ah !...

Bridoux se releva comme s'il eût été mu par un ressort ; une tempête de rage agita tout son être.

Il resta un instant immobile, puis il sortit de la cellule, sans même jeter un regard sur elle.

Restée seule, elle respira.

— Il faut que je me méfie de ce larbin, se dit-elle après un moment de silence. Tous ces vieux sont les mêmes ; celui-là avec son bon Dieu, est comme les autres. Ah ! je sais bien ce qu'il veut ; je le vois bien venir ! Au fait, je ne dis pas non, mais il faut qu'il ait beaucoup, beaucoup d'argent, sinon je ne lui donnerai pas même à baiser le bout de mon pied.

Certes Augustine avait fait une grande faute, elle avait parlé ! la joie de voir enfin venu le jour qu'elle croyait être celui de sa délivrance, l'avait fait sortir de ce système de mutisme et d'indifférence dont elle ne s'était pas départie un seul instant pendant les vingt-neuf jours qui venaient de s'écouler. En cela elle n'avait fait que suivre les instructions qui lui avaient été données par Tabernier et le marquis. Toujours pour se conformer à ces instructions, elle avait été l'instrument passif des volontés de la supérieure du couvent. Elle avait reçu, sans faire la moindre résistance, le baptême, la communion et la confirmation. Elle s'était confessée autant de fois qu'on l'avait voulu, et cela sans mot dire.

Les seules choses qu'elle se fût permises, c'étaient quelques railleries et quelques sarcasmes à l'adresse de la religieuse, sous les ordres de laquelle elle se trouvait directement placée et à laquelle elle avait donné le sobriquet de mère Conscience.

Notons aussi la colère qu'elle avait montrée lorsque celle-ci voulut la punir de ses *irrévérences* envers elle, en la mettant au pain et à l'eau; punition qui, du reste avait été levée immédiatement par la supérieure; au grand scandale de la mère Conscience, qui ne comprenait pas cet excès d'indulgence envers une si grande coupable.

A part cela et la scène que nous venons de raconter, elle avait été muette comme une tombe et docile comme un enfant.

XXI

Une messe.

Celui à qui on eût révélé l'existence d'une porte secrète, dissimulée dans la boiserie de la salle à manger où sœur Trophime donnait à dîner à ses hôtes mystérieux, et qui eût fait jouer le ressort grâce au mécanisme duquel cette porte pouvait s'ouvrir; qui ensuite eût descendu un escalier d'une cinquantaine de marches, s'enfonçant en spirale, dans les entrailles de la terre, se fût trouvé tout-à-coup dans une sorte de vestibule, éclairé par une immense lanterne de verre bleu suspendue à la voûte; de là il eût pu entendre des voix psalmodiant des prières.

Si, poussé par la curiosité, il eût pénétré plus avant, il fût arrivé dans une vaste salle, sorte de chapelle souterraine dont les hautes voûtes pleines d'ombre, étaient soutenues par deux rangs de colonnes de pierre grise.

Là se trouvait un autel.

Le sol était couvert d'épais tapis.

On voyait, accrochés aux murailles, de grands tableaux, où étaient peints les supplices les plus étranges et les plus monstrueux.

Dans la nuit qui suivit cette trentième journée, dont la courtisane, avons-nous dit, avait avec tant de joie constaté la venue, cette chapelle souterraine offrait un spectacle d'une étrangeté inouïe.

Tous les cierges de l'autel étaient allumés.

Un homme, vêtu d'habits sacerdotaux, d'une grande richesse, y disait la messe.

Cet homme était le père Bridoux.

Deux jeunes religieuses, costumées en enfants de chœur, étaient agenouillées sur la première marche de l'autel.

Elles servaient l'officiant.

A quelques pas en avant de l'autel, était placée une estrade d'un mètre de haut, sur trois mètres de long, et deux mètres de large environ.

Sur cette estrade il y avait un crucifix colossal en bois.

Ce crucifix occupait toute la largeur et toute la longueur de l'estrade.

Le vicomte de Steruley.

Il était, chose étrange, peint en rouge.

Sur ce crucifix une femme était étendue.

Ses pieds étaient liés aux pieds du Christ, ses poignets à ses poignets.

Un large bandeau noir lui couvrait les yeux ; elle avait à la bouche un bâillon.

Cette femme était dans un état de nudité complète.

Autour de l'estrade douze religieuses, vêtues de blanc, se tenaient debout, immobiles comme des cariatides.

Chacune d'elles avait à la main un cierge allumé. Cette femme, cette malheureuse, qui était étendue sur le crucifix, et dont le corps bleuissait sous les âpres morsures du froid, c'était Augustine.

De temps à autre elle se tordait.

Ses mouvements saccadés et convulsifs ébranlaient la charpente de l'estrade, et la faisaient grincer.

A l'autel, le père Bridoux récitait la prière de l'offertoire.

Tout à coup il se retourna, jeta un long regard sur le corps frissonnant de la courtisane, et sur le cordon de candélabres humains qui l'entourait, puis il descendit lentement les marches de l'autel.

Il s'approcha de l'estrade, et posant sa main droite sur la poitrine nue de la courtisane :

— Seigneur, dit-il, je suis prêtre, et comme prêtre mes pouvoirs sont sans bornes. Je puis te faire descendre, tout Dieu que tu sois, dans un atome de pâte : à ma voix tu oublies ta foudre, et tu m'obéis ; descends, je te l'ordonne, dans ce corps de femme ; fais d'elle une Madeleine repentante ; anime-la de ton esprit ! jusqu'ici Satan y a régné ; chasse-le de son domaine, je te l'ordonne au nom du Père, du Fils et du Saint-Esprit !

— *Amen !* murmurèrent les douze spectres porte-flambeaux.

Il retira sa main, s'agenouilla et marmotta une prière.

Au bout de quelques minutes, il se releva.

— Ecoutez, femme pécheresse, dit-il, en s'adressant à la courtisane, l'usage de la parole va vous être rendu, afin que vous puissiez confesser votre faute ; cette confession vous devez la faire complète, votre liberté est à ce prix.

Sur un signe qu'il fit, une des religieuses s'avança et lui enleva son bâillon.

La courtisane poussa un cri rauque et prolongé, ressemblant à un hurlement.

— Parlez ! Dieu vous l'ordonne ! cria Bridoux.

— Oh ! j'ai froid, je gèle, je me meurs ! délivrez-moi, je dirai tout ! exclama la malheureuse d'une voix déchirante.

— Parlez !

— Je serai libre ?

— Oui.

— Je pourrai m'en aller d'ici ?

— Oui.

— Vous me ferez conduire chez moi, rue de la Tour-d'Auvergne ?

— Oui.

Elle poussa un nouveau hurlement.

Ses dents claquèrent ; elle se tordit et s'agita convulsivement.

— Je gèle ! je gèle ! je me meurs ! cria-t-elle d'une voix lamentable.

— Parlez ! fit le prêtre.

— Que voulez-vous ? assassin ! assassin !

— Etes-vous la fille du baron de Mélos ?

— Non.

— Comment vous appelez-vous ?

— Augustine.

— Augustine, quoi ?

— Augustine Fradet.

— Où demeurez-vous ?

— Rue de La Tour-d'Auvergne.

— Quel numéro ?

— 17.

La malheureuse poussa un nouveau hurlement.

— Pourquoi avez-vous pris la place de Gemma de Mélos ?

— Pour gagner des millions.

— Qui vous a poussé à ce crime ?

— Le marquis Ulrich de Bordes.

Bridoux sourit.

— L'esprit saint lui a délié la langue ; le démon a été vaincu : gloire à Dieu ! s'écria-t-il.

— Hou ! hou ! hou ! hurlait la courtisane qui se tordait, râlant de froid, sur son crucifix.

Bridoux entonna un cantique, que les quatorze religieuses chantèrent à pleine voix !

De temps à autre les gémissements et les cris aigus de la suppliciée, dominaient ces chants.

. . . .

La cérémonie est terminée ; les religieuses

sont parties. Bridoux est seul dans la chapelle.

La courtisane ne crie plus, étendue sur le crucifix, elle est complètement immobile ; ses yeux sont fermés ; sa bouche béante n'articule plus aucun son.

Est-elle vivante? Est-elle morte?

Bridoux éteint un à un les cierges de l'autel.

Il ne reste plus qu'une grosse lampe, qui répand une lumière vague.

Le chef des Chevaliers du Crucifix s'approche de la courtisane.

Il pose encore une fois sa main sur sa poitrine.

Le pouls de la malheureuse battait encore, mais faiblement.

— Il était temps ! murmura-t-il.

Son regard parcourut ce corps superbe, aux formes opulentes.

Une lueur fauve brilla dans ses yeux caves.

— La splendide Madeleine ! dit-il, je te l'offre, Seigneur.

Il enleva les liens et la souleva.

— Quel poids ! fit-il.

Il fit de nouveaux efforts ; et parvint à la descendre de l'estrade.

Elle était sur les dalles.

Nous savons qu'un tapis épais les recouvrait.

Il la prit par les bras et la traîna jusqu'à la muraille.

Là une petite porte était ouverte.

Arrivé là il s'arrêta essoufflé.

Il jeta de nouveau un regard sur la courtisane.

Il éprouva un immense frémissement de convoitise charnelle qui le fit haleter.

— Quelle belle pécheresse convertie ! je te l'offre, Seigneur ! dit-il.

Il se remit à la traîner.

Il franchit, toujours en la traînant, la porte dont nous venons de parler.

Il se trouvait dans une petite pièce richement meublée ; un énorme feu de bois flambait dans la cheminée ; une moquette épaisse recouvrait le plancher. Dans un coin se trouvait un lit : on remarquait à ce lit de splendides couvertures d'hermine.

Il la traîna de ce côté.

Quand il fut arrivé au pied de ce lit, il s'arrêta de nouveau.

— C'est là qu'il faut la mettre, murmura-t-il.

Il fit des efforts inouïs ; enfin il parvint à la soulever.

Elle était dans le lit !

Ce lit était une couche chaude, moelleuse, parfumée.

— Enfin ! murmura-t-il.

— Maintenant il faut que je la ranime ! ajouta-t-il.

Il y avait près du feu, du punch, dans une théière d'argent ; il versa dans une coupe la liqueur fumante, puis y ajouta quelques gouttes de narcotique.

— Je veux bien qu'elle vive, dit-il avec un sourire diabolique, mais je veux qu'elle soit docile.

Il revint vers le lit.

Aux premières gouttes qu'elle absorba, de la liqueur réconfortante, Augustine poussa un profond soupir.

— Ah ! ah ! ma Madeleine, tu reviens à la vie, dit-il, pour toi va commencer une existence nouvelle : tu seras une sainte ; tu seras toujours pure devant le Seigneur ; et je serai, moi, belle pécheresse convertie, ton Jésus !

Cependant Augustine, qui n'était qu'évanouie, revenait rapidement à la vie.

— Je ne veux pas qu'elle me voie ! fit-il.

Il éteignit la lampe qui éclairait cette singulière chambre à coucher, et courut vers la porte.

Là, caché dans les ténèbres qui remplissaient cette partie de la chapelle, il écouta.

En même temps son regard ardent et lascif plongeait, par la porte restée entrebâillée, dans la demi-obscurité qui régnait dans la pièce où se trouvait Augustine.

Celle-ci était revenue tout à fait à elle. Sans doute la surprise qu'elle éprouvait de se trouver en cette chambre et dans ce lit était grande, car elle jetait de tous côtés des regards effarés.

Elle voulut crier, mais elle se rappela les affreuses tortures qui lui avaient été infligées.

Elle passa la main sur la blanche hermine qui la recouvrait.

Se prenait-elle à douter de la réalité des objets qui apparaissaient à ses regards? Tout cela pour la malheureuse ressemblait si fort à un rêve !

Mais le narcotique qu'elle avait absorbé ne devait pas rester longtemps sans exercer son action sur elle.

Tout à coup elle sentit sa pensée devenir vague et confuse ; sa paupière s'alourdit ; sa tête se pencha sur sa poitrine ; elle voulut crier, mais il ne sortit de sa gorge qu'un cri sourd; elle retomba sur sa couche comme une masse inerte ; elle était endormie !

— C'est bien ! c'est bien ! c'est très bien ! fit le prêtre sortant brusquement de l'ombre.

. . . .

Trois heures se sont écoulées.

L'horloge du couvent a sonné depuis quelques instants, deux heures après minuit.

Tout le monde en ces lieux dort ou paraît dormir.

On n'entend aucun bruit ni sous ces voûtes souterraines, ni au-dessus, dans le monastère.

Silence profond !...

Tout à coup un bruit vague, indéfinissable se fit entendre, du côté de l'escalier conduisant à la chapelle.

Etait-ce le bruit d'un pas humain ?

Si c'était le bruit d'un pas humain, qui donc pouvait venir en cet endroit, à cette heure de la nuit ?

Était-ce quelque religieuse qui venait épier le chef des Chevaliers du Crucifix, et curieuse comme une véritable fille d'Eve, voulait savoir ce qui se passait entre lui et la belle suppliciée?

Le bruit cessait tout à coup, puis se faisait entendre de nouveau.

Un voleur s'était-il introduit dans le couvent, et poussé par l'espoir de trouver un riche butin, était-il descendu dans la chapelle? La chose en effet était facile, car la porte de l'escalier avait été laissée ouverte par ordre de la supérieure, à cause de la présence de Bridoux en cet endroit-là.

Que ce fût un voleur, que ce fût une nonne, le bruit qu'on entendait était bien celui d'un pas humain.

Bientôt un jet de lumière pointa comme un javelot dans l'épaisseur des ténèbres.

Ce quelqu'un qui venait portait une lanterne sourde, et le jet de lumière qui avait rasé l'ombre, était parti de cette lanterne.

Ce quelqu'un porteur de ce luminaire si cher à ceux qui accomplissent des missions mystérieuses, marchait avec prudence, s'avançait lentement.

Écoutons ce qu'il dit, bien que les paroles qu'il murmure sortent à peine perceptibles de sa bouche, et ne fassent guère plus de bruit que son haleine.

— Toutes les nonnes sont dans leurs cellules, dit-il, la supérieure est chez elle, la tourière aussi, je les ai toutes vues, elles dorment profondément. Une seule cellule est vide, c'est celle qui porte le numéro 27, c'est celle-là qui était occupée par cette fille, qui a été amenée ici il y a un mois. Qu'est-elle devenue? Qu'en a-t-on fait ?

S'est-elle enfuie ? par où ? Ce n'est pas le marquis qui est venu la chercher, selon la promesse qu'il lui en a faite : Ulrich de Bordes a bien d'autres soucis en ce moment ! Ce noble écervelé est à Venise où il danse comme si la cité des lagunes n'était qu'une vaste Courtille, et comme si lui marquis n'avait rien autre chose à faire en ce monde !

Il faut que je trouve cette fille. Elle s'attendait à être délivrée aujourd'hui. Que sait-on ? dans la colère qu'elle ressentira en voyant qu'on l'a trompée, elle pourrait bien parler !

Or il importe qu'elle ne dise rien !

Mais où est-elle donc ?

Sa cellule qui est bien celle portant le numéro 27 est vide, je viens de le constater.

Si j'étais venu trop tard !

Ah ! ces infâmes espions qui depuis quelque temps s'attachent à moi comme la vermine au corps d'un misérable !

Impossible de venir plus tôt ; malédiction !

Oh ! je joue un jeu de plus en plus dangereux et difficile !

Je ne veux pas aller le demander à la sœur Euphémie ; elle ne doit pas savoir que je suis ici. Cette nuit, Hildegonde de Pontarisse, je ne viens pas aujourd'hui partager ta couche : dors ! dors ! *sainte* femme, et que les crimes de ton père ne t'empêchent pas de dormir ! je connais des secrets terribles, et c'est pour cela que tu es devenue nonne, et c'est pour acheter mon silence, que tu t'es donnée à moi ! Hildegonde de Pontarisse, devenue sœur Euphémie, dors ! dors ! que rien ne trouble ton sommeil !

Tu es ma maîtresse, épouse du Christ, mais je ne me fie pas plus à toi qu'aux autres ; je ne me fie plus à personne !

Ah ! je le répète, je me méfie de tout le monde, j'ai peur de tout ; tout m'émeut,

tout m'agite, tout, jusqu'à mon ombre !

Nos lecteurs ont compris que cet inconnu est le complice d'Ulrich de Bordes, le fameux homme d'affaires de la rue de la Clef.

Ils savent qu'il prenait volontiers des déguisements.

Tabernier portait une longue robe de moine au moment où nous le retrouvons, cherchant la courtisane dans la chapelle souterraine du couvent des Théatines.

Il n'est pas possible de voir un homme marcher avec plus de prudence ; à chaque pas il s'arrêtait, à chaque pas il écoutait. Son regard ardent et inquiet plongeait comme celui d'un vautour dans la partie éclairée par les rayons rapides et fugitifs de sa lanterne.

Enfin il parvint jusqu'à l'autel.

Il regarda l'estrade et sur l'estrade le crucifix.

Il vit les cordes qui avaient servi à garrotter la victime ; elles étaient restées au pied de l'estrade à l'endroit où le prêtre les avait laissé tomber après les avoir coupées.

Il gravit les marches de l'autel. Le calice dans lequel avait bu l'officiant y était encore ; il le saisit d'une main fiévreuse, et le flaira.

— Plus de doute ! se dit-il, les Chevaliers du Crucifix ont passé par ici ! ils ont dit une messe ; le calice est encore imprégné de l'odeur du vin. C'est une messe à eux ! une messe avec instrument de torture et victime ; c'est évident, voici le crucifix, voilà les cordes !

Ah ! les canailles ! je suis arrivé trop tard !

Oui, voilà bien l'instrument de torture, voilà bien les liens qui ont servi à attacher la victime, mais cette victime je ne la trouve pas ; cette victime où est-elle ?...

C'est elle ! c'est Augustine ! ça ne peut être qu'elle, ils l'ont torturée, ils l'ont fait parler, puis ils l'ont tuée peut-être !

Il resta un instant immobile et comme anéanti.

— Trop tard ! murmura-t-il, trop tard !

Il projeta la lumière de sa lanterne de tous côtés ; enfin il aperçut la porte que nous connaissons ; cette porte par laquelle on pouvait pénétrer dans le petit réduit mystérieux et coquet où le chef des Chevaliers du Crucifix avait traîné la courtisane.

Il se dirigea de ce côté.

Nous l'avons dit, il marchait avec une prudence extrême.

Tout à coup il s'arrêta.

Un bruit singulier venait de frapper son oreille.

Ce bruit était celui que produit la respiration humaine.

Un sourire sinistre se dessina sur sa figure.

Il allait donc trouver quelqu'un sous ces voûtes souterraines !

Ce quelqu'un pouvait avoir été témoin ou principal acteur du drame qu'il supposait avoir eu lieu en cet endroit, quelques heures auparavant.

Il saurait donc enfin quelque chose.

Mais pour savoir il fallait faire parler, pour faire parler, il fallait mettre en usage une réthorique irrésistible.

Il porta la main à sa ceinture, sous sa robe de moine.

Il en tira un long stylet.

Puis, courbé, haletant, l'œil rivé sur la petite porte, serrant dans sa main crispée le manche de son arme meurtrière, il s'avança de ce côté.

Il y avait quarante pas à peine à faire.

Il mit plus de dix minutes à franchir cet étroit espace.

Il y avait quelque chose de félin dans ses mouvements.

À le voir ainsi glissant lentement, s'arrêtant à chaque instant, le corps ployé, couvert de sa longue robe brune, on l'eût pris pour un fauve guettant une proie ou sur le point de s'élancer sur elle.

Enfin il arriva à la petite porte.

Il se redressa et écouta de nouveau.

— Un ! deux ! fit-il tout à coup.

Cela signifiait qu'il entendait la respiration de deux personnes.

— Elles dorment profondément, ajouta-t-il.

Du reste, dans le petit réduit mystérieux, on n'entendait pas d'autre bruit.

Il était faiblement éclairé par la lueur mourante d'un petit amas de braise à demi enseveli sous la cendre, reste des bûches qui flambaient au moment où Bridoux y avait pénétré quelques heures auparavant, avec sa proie.

Son regard se porta, rapide comme l'éclair, sur la couche mystérieuse.

Deux formes s'y dessinaient sous les plis souples et moelleux de l'hermine.

Il les contempla un instant.

— Les voilà, ils sont là, se dit-il, et ils dorment profondément !

Sont-ce des nonnes ? sont-ce des moines ?

A qui donc peut être venue l'idée de faire de ce petit réduit, perdu dans des souterrains à plus de cinquante mètres au dessous du sol, sa chambre à coucher quand il y a là haut dans le couvent, tant de délicieux boudoirs, tant de cellules si propres à abriter le mystère ?

Ah ! ah ! ah ! ah ! vous vous croyez donc bien en sûreté ici ? car votre sommeil paraît profond et tranquille.

Un nouveau sourire sinistre parut sur sa figure.

Nous l'avons dit, Tabernier avait des instincts féroces. Il aimait à se repaître de la vue de ceux qui devaient être ses victimes. Là, il est vrai, il ne savait pas encore au juste si ceux qui dormaient sous son regard de tigre, devaient mourir de sa main, mais il y avait cent à parier contre un qu'il serait obligé de les tuer; et c'est pour cela qu'il les contemplait avec une joie anticipée, et qu'il flairait en quelque sorte par avance l'odeur du sang qu'il allait peut-être être appelé à répandre.

Sa main, on le pense bien, n'avait pas lâché le long stylet que nous lui avons vu tirer de dessous sa robe de moine.

Enfin il voulut voir les deux têtes que l'on apercevait vaguement sur l'oreiller, au milieu de masses épaisses d'ombre.

Il tira sa lanterne de dessous sa robe, et en projeta la lumière de ce côté-là.

— Monseigneur! fit-il.

Il avait reconnu le chef des Chevaliers du Crucifix.

Bridoux dormait, le visage tourné du côté de la porte : on voyait sur ses traits cet air de satisfaction bestiale, résultant de désirs sensuels largement assouvis.

La courtisane lui tournait le dos, de sorte que Tabernier ne pouvait pas voir son visage.

Il alla droit au lit.

— Toi, tu ne parleras pas, pensait-il, tu ne diras rien de ce qui s'est passé ici; je sais bien que je ne pourrai rien tirer de ta bouche et que, du reste, si tu parlais, ce ne serait que pour déguiser la vérité. Serpent maudit, tu es trop dangereux pour que je m'amuse à jouer avec toi; et puis, qui sait? tu as peut-être une armée d'espions dans quelque endroit caché, ici, à la portée de ta voix !

Chefs des chevaliers du Crucifix, hommes mystérieux et redoutables, vous étiez six à Mondhoye, mais vous n'en êtes sortis que cinq ; dans le presbytère de Thisy, j'ai cru un instant que vous seriez exterminés jusqu'au dernier ; vous avez su échapper au couteau de ceux que j'avais envoyés pour vous tuer; vous êtes donc encore cinq;

dans un instant vous ne serez plus que quatre !

Chefs des chevaliers du Crucifix, il y a entre nous des millions dont nous nous efforçons de nous emparer avec un égal acharnement. Ces millions, il faut qu'ils soient à moi, bien à moi. C'est pour cela que je vous tuerai jusqu'au dernier !

Il sourit et prit un air railleur.

— Allons ! monseigneur, ajouta-t-il en soulevant la blanche couverture d'hermine. pour découvrir la poitrine de l'homme aux lunettes vertes ; quel malheur! vous allez mourir sans confession! Pas de chance vraiment pour un dévot !

La poitrine était là, découverte, nue ; il chercha la place où battait le cœur, et il y plongea son long stylet jusqu'au manche.

La mort fut instantanée : à peine Bridoux fit-il un mouvement et exhala-t-il un faible soupir.

— Et de deux ! murmura-t-il en retirant son stylet ruisselant de sang.

Augustine dormait profondément ; un sourire s'épanouissait sur son visage : sans doute quelque rêve charmant occupait son esprit. Elle voyait probablement tomber entre ses mains les millions du marquis ; elle jouissait de la liberté si ardemment désirée; elle buvait de nouveau, et à longs traits cette fois, à la coupe des joies de la vie de courtisane !...

Tabernier se pencha sur elle et la reconnut...

— Elle ! fit-il en se redressant...

— La réveillerai-je? ajouta-t-il ; dois-je lui demander ce qui s'est passé cette nuit dans la chapelle ? Si c'est elle qui a été garrottée et étendue sur le crucifix? Si elle a parlé?...

Oui, mais si je la réveille, elle sera surprise de me voir près de son lit; elle verra le sang, le cadavre, elle criera, et il y a, il peut y avoir ici, tout près, des espions par douzaines qui ne manqueraient pas d'accourir à ses cris, et je ne sortirais pas vivant de ce souterrain !

Allons, finissons-en, le temps est précieux ; tu as dû parler, tu as dû tout dire à l'homme rouge, tout le fait supposer ; je les connais, moi, ces hommes ; si tu n'avais pas répondu à leurs questions de manière à les satisfaire, tu ne dormirais pas dans cette couche moelleuse ; tu ne serais plus qu'un cadavre, gisant au fond de quelqu'une des oubliettes du couvent. Et si tu as répondu à ses misérables de manière à mériter de recevoir leurs baisers, c'est que tu leur as expliqué le mystère de ta présence au couvent ; c'est que tu leur as dit que tu n'étais pas Gemma de Mélos, et que le marquis de Bordes t'avait trompée.

Voilà ce que tu as dû dire. Et je me conduirai désormais comme si je le tenais de ta bouche !

Allons ! tu n'es plus bonne à rien ; tu ne serais plus qu'un témoin gênant ; finissons-en !

Il leva le bras. Le même sourire qui avait paru sur ses traits au moment où il allait frapper sa première victime s'y dessina de nouveau.

— Allons, la belle, murmura-t-il, tu n'iras plus aux Folies-Bergère.

Il avait écarté la couverture par un geste rapide de la main gauche.

Mais son bras levé ne s'abattit pas.

La beauté extraordinaire d'Augustine le frappa.

L'histoire a parlé de la beauté de Phryné ; les Phrynés sont de tous les temps : la beauté de celle dont a parlé l'histoire a désarmé ses juges, et lui a sauvé la vie. Celle d'Augustine, la Phryné du quartier Bréda, devait-elle aussi lui sauver la sienne ?

Tabernier était non seulement frappé, mais ému profondément.

Il dévorait des yeux cette merveilleuse beauté.

Un trouble indéfinissable envahissait tout son être.

Il chancela.

— Ah ! qu'elle est belle ! quelle femme splendide ! murmura-t-il.

Un combat terrible se livrait en lui entre le sentiment de son intérêt et la luxure.

Certes, les passions de cet homme étaient terribles.

Des incendies pouvaient s'allumer dans cette nature volcanique.

Un tremblement convulsif s'empara de lui tout à coup.

Il crut que ses jambes allaient fléchir sous lui ; il se cramponna au lit ; et là, l'œil hagard, la bouche béante, haletant, la gorge déchirée par un râle sourd, la face livide, les traits convulsés, il parut complètement subjugué par la convoitise, et ressentir les plus effroyables ardeurs de la passion bestiale,

Il était effrayant, hideux, horrible !...

Le misérable était comme anéanti !...

Ses forces lui manquèrent tout à fait et il roula sur le parquet.

Sa chute ne fit aucun bruit, car une moquette d'un demi pied d'épaisseur le recouvrait.

Il la mordit à belles dents.

Sa morsure y laissa des traces d'écume.

Ah ! si la courtisane s'était réveillée à ce moment-là, elle eût pu certainement lui échapper, tant les secousses violentes qu'il éprouvait avaient brisé ses forces !

Mais elle dormait toujours, toujours souriant, sans doute, à ses rêves dorés, brillantes chimères du sommeil !

Allait-elle mourir ?

Est-ce que sa beauté allait la sauver ?

Est-ce que les effroyables passions de cette brute immonde qui écumait et se tordait au pied de sa couche voluptueuse, re-

Civette à sa vue se leva précipitamment.

couverte de blanche hermine, allaient lui valoir, au lieu d'un coup de poignard, de frénétiques et hideuses caresses?

Tout à coup Tabernier se releva; il passa la main gauche sur ses yeux, comme pour en arracher un voile; il chancelait comme un homme ivre.

On sentait qu'il faisait des efforts violents pour rentrer en possession de lui-même.

Son stylet était tombé sur le lit, il le reprit d'une main fiévreuse, puis il se précipita sur la malheureuse Augustine qu'il frappa avec une sorte de rage.

La lame de son arme meurtrière disparut toute entière dans son sein.

— Les affaires avant tout! grinça-t-il.

La courtisane poussa un cri terrible, se tordit affreusement, puis elle râla.

Il s'enfuit précipitamment.

Arrivé au milieu de la chapelle, il s'arrêta.

Un nouveau cri, mais faible celui-là, suivi d'un gémissement, se fit entendre.

— Elle a la vie dure, la gueuse, murmura-t-il.

Il se reprit à fuir avec rapidité.

Quand il fut au haut de l'escalier, il s'arrêta de nouveau et écouta.

Il n'entendit plus rien.

— Oh! je suis bien sûr qu'elle est frappée à mort, dit-il, c'est bien sous le sein gauche que mon stylet a pénétré!

Ces paroles, bien entendu, furent prononcées à voix très basse, et ce furent les dernières que lui arrachèrent l'émotion et les incidents de ce drame lugubre.

Il disparut ensuite dans les profondeurs ténébreuses de la nuit...

Une demi-heure s'était à peine écoulée que ces lieux qui avaient été le théâtre de ce drame affreux, voyaient apparaître, comme sortis de dessous terre, plusieurs personnages mystérieux.

Ils défilèrent un à un devant la lampe qui éclairait d'une pâle lumière un des côtés de l'autel.

Ils étaient six, on eût dit six fantômes.

Ils avaient la tête encapuchonnée, et le corps couvert de longues robes.

Étaient-ce des moines?

Venaient-ils prier et méditer dans ces lieux solitaires?

Chose étrange! en passant devant l'autel, leurs têtes ne s'inclinèrent pas! aucun d'eux ne fléchit le genou! Étaient-ce des espions des Chevaliers du Crucifix?

On aurait dit une ronde de nuit, faite par des surveillants mystérieux.

Ils étaient porteurs, comme Tabernier, de lanternes sourdes.

De temps à autre, ils les tiraient de dessous leurs longues robes, et les élevaient au-dessus de leurs têtes, pour éclairer les ténèbres le plus loin possible devant leurs pas.

Ils parcoururent la chapelle dans tous les sens, rien de ce qu'elle renfermait n'échappa à leurs investigations.

Enfin ils pénétrèrent l'un après l'autre dans le réduit mystérieux où Tabernier avait poignardé Bridoux et Augustine.

Ils y étaient à peine entrés, qu'un d'entre eux s'écria :

— Deux cadavres! mille sabords!

FIN DE LA TROISIEME PARTIE

QUATRIÈME PARTIE

I

La pieuvre.

Tabernier, après avoir poignardé l'homme aux lunettes vertes et la courtisane du quartier Bréda, était rentré chez lui, après avoir fait mille détours, et employé mille ruses afin d'échapper aux nombreux espions qu'il croyait, non sans raison, attachés à ses pas, chaque fois qu'il se trouvait hors de chez lui.

Il était allé de Passy aux Ternes en fiacre, puis des Ternes aux Batignolles, des Batignolles à la place du Château-d'Eau, et partout il avait vu un fiacre ou deux ou trois, suivre le sien.

Il était convaincu que les fiacres renfermaient des gens chargés de le suivre, car ils s'étaient arrêtés chaque fois que le sien s'était arrêté.

Il ne savait comment faire pour échapper à cet espionnage, quand il se rappela qu'il connaissait dans le quartier une maison à deux issues.

Il s'y fit conduire.

Arrivé là, il descendit de voiture, paya le cocher, et lui glissant dans la main un bon pourboire, il obtint de lui qu'il restât quelques minutes là stationnaire, après son départ; il entra ensuite dans la maison.

Un instant après, il était dans une autre rue, et s'éloignait à grands pas.

Grâce à ce stratagème, il avait pu regagner la rue de la Clef, et rentrer chez lui, avec la certitude, pensait-il, qu'aucune personne suspecte ne l'avait vu rentrer.

Une fois chez lui, il ferma toutes les portes à triple tour, et se jeta sur son lit.

Bien qu'il fût très fatigué, il ne dormi pas.

Ce n'est pas parce qu'il avait la conscience tourmentée, et qu'il voyait debout près de son chevet les cadavres de ceux qu'il venait d'assassiner; le misérable n'était pas accessible au remords.

Ce qui faisait qu'il ne dormait pas, c'était la surveillance de plus en plus active dont il se trouvait être l'objet de la part des Chevaliers du Crucifix; c'était la situation gênée et insupportable que cette surveillance lui créait; c'était la certitude pour lui qu'il était devenu suspect à cette société mystérieuse et redoutable; c'étaient en un mot les graves périls qu'il sentait planer sur sa tête.

Ah! il les connaissait ces hommes, il savait que chez eux être suspect, c'était être coupable.

Il savait que la vie d'un homme ne pesait pas lourd dans leurs mains!

Son imagination frappée créait des milliers de fantômes.

Il les voyait passer grimaçants, menaçants, tendant leurs bras dans l'ombre, pour le saisir.

Il sentait comme des contacts sinistres, comme des étreintes invisibles.

Il ferma les yeux ; les fantômes disparurent ; il se crut délivré de cette fantasmagorie que son esprit agité, que sa terreur, faisaient surgir de toutes parts du sein des ténèbres profondes, enlacés, fourmillant, dansant autour de sa couche solitaire, une danse macabre.

Mais il y avait des regards qu'il ne pouvait détruire, il y avait des yeux qu'il ne pouvait fermer ; ces regards étaient ceux de la pensée, ces yeux étaient ceux de l'esprit ; guet-apens funeste que tout homme porte en soi. Quand l'œil du corps ne vous trahit pas, l'œil de l'âme vous trahit ; double trahison que le misérable ne pouvait éviter, contre laquelle il ne pouvait trouver de refuge !

Alors il vit à travers une de ces rêveries sombres que le désespoir enfante, la société mystérieuse contre laquelle il était en lutte, lui apparaître sous la forme d'un monstre gigantesque, dont le corps étrange se confondait avec l'infinité des ténèbres, mais dont les yeux étaient visibles.

Ces yeux, glauques, énormes, informes, étaient fixes et grands ouverts.

Les regards du monstre produisirent sur lui un effet effroyable, ils glaçaient son sang dans ses veines, ils faisaient figer sa moelle dans ses os.

Le monstre avait des tentacules, il les voyait s'agiter de toutes parts comme d'innombrables et immenses reptiles ; ces tentacules il sentait qu'elles l'enveloppaient, qu'elles s'enroulaient autour de son corps, qu'elles l'enchaînaient, qu'elles le garrottaient.

Ce monstre était une pieuvre.

Il éprouva un choc moral violent, qui le tira brusquement de la torpeur dans laquelle il était plongé, et chassa le cauchemar auquel il était en proie.

Il se jeta au bas du lit.

Nous avons oublié de dire qu'il s'était couché tout habillé.

Il était frissonnant, ses dents claquaient, ses jambes flageolaient, une sueur froide couvrait son corps.

Quelques restes de bûches achevaient de se consumer dans la cheminée.

Il s'en approcha.

D'une main tremblante, il prit les pincettes et remua les cendres, d'où il fit sortir une masse de charbons encore incandescents.

Puis à demi renversé dans un fauteuil, les deux pieds sur les chenets, aspirant la chaleur avec une avidité immense, il songea à ce qu'il devait faire, au parti qu'il avait à prendre.

— Décidément voilà une affaire qui se gâte, pensa-t-il, encore quelques jours, quelques heures peut-être je tomberai entre les mains des Chevaliers du Crucifix. Je suis assiégé chez moi, je ne puis plus sortir, c'est fini ; il faut aviser, il est grand temps d'aviser.

J'ai cru, imbécile que j'étais, qu'en tuant leurs chefs, je jetterais le désordre chez eux et qu'à l'aide de ce désordre, je pourrais faire mes petites affaires ; il paraît que c'est une erreur, une erreur profonde ; plus j'en tue, plus je suis surveillé de près, plus grand est l'acharnement des espions qui s'attachent à mes pas.

J'en avais cinq à mes trousses cette nuit lorsque je suis entré dans le bois de Boulogne ; je leur ai échappé en me cachant dans un arbre creux que je connaissais, et dont ils ne soupçonnaient pas l'existence, c'est une chance. J'ai pu, grâce à cette ruse, pénétrer dans le couvent des Théatines et y apprendre ce que j'avais tant intérêt à connaître.

J'ai pénétré dans le couvent par une petite porte dissimulée dans le mur de clôture, et dont Mlle de Pontarisse m'a donné la clef, il y a deux ou trois ans. C'était par là que je passais quand j'allais lui faire de mystérieuses visites. Je connaissais ce couvent comme ma poche, avec elle je l'ai visité entièrement bien des fois.

Cette entrée mystérieuse servait pour d'autres ; elle m'a dit, en effet, que d'autres que moi possédaient des clefs pareilles à la mienne.

Ces histoires de nonnes ont du bon. En effet quand sœur Euphémie trouvera demain les deux cadavres, qui devra-t-elle soupçonner ?

Connaît-elle les visiteurs qui franchissent, la nuit, cette petite porte secrète ; sait-elle même leur nombre ?

Et quand même elle saurait leur nombre, quand même elle les connaîtrait tous, ne craindrait-elle pas de se trahir elle-même en trahissant ses compagnes ?

Elle ne cherchera pas ; elle ne dira rien.

C'est une enquête qui ne se fera pas, qui ne peut pas se faire.

— Mystères d'alcôve monacale, mystères sacrés !

J'ai bien fait de ne pas réveiller Hildegonde de Pontarisse, pour lui demander ce qu'on avait fait de la petite ; est-il bien certain, en effet, qu'elle m'eût révélé la vérité ?

— Dame ! il devait y avoir là-dessous un secret d'État ; c'était une belle occasion pour elle de chercher à faire de moi un jobard.

Et puis je n'aime pas à mettre les femmes dans le secret de mes affaires ; ces femmes fussent-elles mes maîtresses !

On le voit, Tabernier se croyait un homme habile, et il aimait à discuter avec lui-même tous ses actes, comme pour se prouver, une fois de plus, que ce qu'il avait fait, était ce que l'on pouvait faire de mieux.

— N'est-ce pas le faible de la plupart des hommes ?

— Le vin est tiré, il faut le boire ! ajouta-t-il, après un moment de silence.

Il est très possible que j'aie fait une bêtise en me lançant dans cette affaire de mariage de ce jeune fou de marquis avec la fille de feu le baron de Mélos. Je devais bien savoir que j'entreprenais une campagne dangereuse bien qu'occulte contre des gens dont les moyens d'action sont infiniment supérieurs aux miens.

Auri sacra fames ![1] a dit je ne sais plus quel poète latin. Ah ! oui, cette fortune me tentait ! posséder cent millions, c'était mon rêve! j'ai toujours eu envie de jouir d'une grande fortune ; n'est-ce pas pour cela que j'ai tué mon père ?

Le misérable, en prononçant ces dernières paroles, ne sentit aucune fibre vibrer en lui.

— Les ruses, les mensonges, poursuivit-il, ne peuvent plus suffire. Je le vois, je le sens, l'heure de la guerre déclarée, de la guerre ouverte a sonné.

Ah ! je ne serai pas assez simple pour attendre que ces hommes viennent me saisir ici !

Ils me suspectent aujourd'hui, ils me jugeraient demain.

Être jugé par eux, c'est la torture, c'es la condamnation, c'est la mort.

Ces hommes sont *infaillibles* ; ils ne jugent jamais sans condamner, et ne condamnent jamais qu'à mort.

Certes je ne les connais pas entièrement ; qui peut se vanter de les connaître entièrement ? mais je sais très bien qu'ils pratiquent les principes de Loyola, et qu'ils considèrent comme un grand docteur, comme un saint cet homme qui a nom Torquemada.

Que cela me suffise pour ma gouverne !

1. Irrésistible passion de l'or.

J'ai écrit à la duchesse, pour lui donner un rendez-vous, 6, rue de Blois, à Neuilly ; ce rendez-vous est pour ce matin ; ira-t-elle ?

Dans le cas où cette Augustine aurait tout dit à ces questionneurs infâmes, il fallait bien songer à prendre des mesures.

Elle pourra peut-être aller à ce rendez-vous, sans y être suivie par quelque espion.

Je ne pense pas que la police des Chevaliers du Crucifix soit avisée du meutre d'Augustine et de l'homme rouge, ainsi que des aveux de la première, avant une heure assez avancée de la matinée, les nonnes ne se levant pas avant neuf heures dans cette saison, et sœur Euphémie ne quittant guère le lit avant dix heures. Il est donc probable que la vieille Arsinoë pourra sortir de chez elle sans qu'aucun limier de leur infernale police se mette à ses trousses.

Tout cela est très joli, mais ce n'est pas tout, il faut que je puisse y aller aussi, moi.

Il est nécessaire que je me concerte avec cette vieille Arsinoë, et sans retard.

Et puis je ne dois plus rester ici.

Ah ! les gaillards, jusqu'à ce jour ils se sont contentés de m'espionner, mais dans quelques heures ils chercheront à s'emparer de moi.

Quelle loi pourrait me protéger contre eux ?

Aucune.

Ne suis-je pas un parricide ? un contumax ?

Quand même je ne serais ni parricide ni contumax, ma conviction est que je ne serais pas plus en sûreté en restant ici.

Aucune puissance au monde ne pourrait protéger quelqu'un d'une manière efficace, contre les entreprises de ces gens-là.

Ils sont au-dessus des lois, au-dessus de la police, au-dessus des magistrats, au-dessus des gendarmes, au-dessus de Dieu !

Il faut donc que je déguerpisse !

Il regarda autour de lui.

Ce n'est pas sans regret que je quitte cette maison où j'ai vécu tant d'années ! poursuivit-il après un moment de silence.

Voyons, combien ai-je encore de temps devant moi ?

Il jeta un regard sur sa pendule.

Elle marquait quatre heures.

J'ai encore trois heures avant que le jour paraisse ; c'est largement ce qu'il me faut pour mettre en ordre mes petites affaires.

D'abord il bien entendu que je ne suis plus homme d'affaires, et que j'envoie au diable tous mes clients.

Voyons ma caisse.

Combien ai-je gagné à cette vie de labeur incessant, et de soumission aveugle à l'Eglise catholique, apostolique et romaine ?

Car l'Eglise, c'est vous, mes beaux messieurs les Chevaliers du Crucifix.

Il ouvrit sa caisse.

Il en tira de nombreuses liasses de billets de banque et de valeurs de toutes sortes.

J'ai là quinze cent mille francs, dit-il en les posant sur la table.

Quinze cent mille francs, une misère, si je les compare aux cinq ou six cents millions qui doivent me revenir de ce fameux mariage !

Oui, mais il faut qu'il se fasse ce mariage !

Il se fera, il se fera, parce que je mettrai moi-même la main à la pâte ; il n'y a rien de tel que de mettre soi-même la main à la pâte ! cette vieille Cressères n'y entend rien ; à quoi nous ont conduits ses finasseries jusqu'à ce moment ? Ah ! ah ! ah ! vieille duchesse, vieille bête ! je ne mettrai pas huit jours, moi, à décider Gemma de Mélos à prendre pour époux le bel Ulrich marquis de Bordes !

Le bel Ulrich! quelle *blague* ! il est laid comme un pou.

Mais quand tje l'aurai pétrie dans mes mains, cette laideur physique et morale, elle deviendra une beauté splendide comme un astre !...

Un sourire sinistre éclaira un instant les rides profondes de son visage.

Au fait, ajouta-t-il, le fin mot de tout ceci est que cette histoire de mariage est pour moi une affaire, oui, une affaire dans toute l'acception du mot.

C'est ce que tu ne sais pas, mon pauvre marquis, cervelle creuse.

C'est ce que tu ignores, vieille bête blasonnée, qui a nom duchesse Arsinoë de Cressères.

Vous ne savez donc pas que moi Tabernier je suis un homme d'affaires?...

Insensés !...

Les Chevaliers du Crucifix sont plus forts, eux, ça m'est égal ; à chacal, chacal et demi ; rira bien qui rira le dernier !

En prononçant ces paroles, il tenait la tête haute, et son œil lançait des éclairs.

L'appât d'un gain colossal le grisait.

Le bandit prenait son escopette.

Il fit un paquet de ses billets de banque et de ses valeurs ; le ficela et le mit sur la table.

Il promena ensuite des regards autour de lui.

— Quant à mon mobilier, je le leur abandonne, ajouta-t-il.

Ils peuvent prendre aussi ma vieille gouvernante, si cela leur fait plaisir.

Il regarda la pendule.

Il était six heures.

Sa gouvernante dormait, il ne la réveilla pas.

Il alla jusqu'à la porte de la rue, et l'ouvrit sans bruit.

En cette saison il ne fait pas jour à six heures.

L'aube même ne paraît pas encore.

C'était donc la nuit, nuit d'hiver, froide, brumeuse, sombre.

Il n'avait qu'entrebâillé la porte, par prudence.

Au bout de quelques minutes il se hasarda à regarder dans la rue.

Il remarqua deux fiacres, l'un à droite, l'autre à gauche, tous deux stationnaient ; ils étaient à environ une distance de vingt mètres.

Il pouvait voir le cocher immobile sur son siège et paraissant dormir.

— Oh ! oh ! fit-il en retirant vivement sa tête, qu'est-ce ceci ?

Je vois, mes maîtres, ajouta-t-il, je vois que vous faites bonne garde !

Combien sont-ils dans ces fiacres ? deux ou trois sans doute.

A trois, ça fait six hommes, c'est beaucoup !

Un contre six! diable! diable!

Il referma sa porte, et rentra dans la pièce où il se trouvait précédemment.

Il se rassit dans son fauteuil, remit les deux pieds sur ses chenets, et songea.

Il est évident que je ne puis pas sortir par ma porte, il faut donc que je sorte par la porte d'un autre.

Ce n'est pas tout, il faut aussi que je me déguise.

J'ai dans mon vestiaire un assez grand choix de déguisements.

Je puis me déguiser en femme, en hidalgo, en ouvrier, en moine, en ramoneur, en prêtre.

- Voyons d'abord par quelle porte je puis tenter de sortir.

Examinons quels sont mes voisins.

Celui de droite est un sieur Brachu, ancien marchand de vin, à l'Entrepôt. Il s'appelle Louis de son petit nom ; c'est un homme qui a passé une grande partie de sa vie à faire tous les mélanges possibles ou crus possibles de liquides, qu'ont absorbés philosophiquement ses contemporains, tant ils sont habitués à absorber tout ce qui porte une étiquette ; les Brachu étaient très connus et patentés. Ils ont gagné à ce genre d'affaires cinquante mille livres de rente, m'a-t-on dit, et une propriété ci-jointe, composée d'un immeuble de quatre étages sur la rue, d'une grande cour intérieure et d'un jardin ; ce jardin a pour clôture, du côté de l'est, un mur de six pieds de haut environ, tout couvert de culs de bouteilles, enchâssés dans un mélange de mauvaises briques et de plâtres qui ne résisteraient pas à une chiquenaude.

Ce mur fait un des côtés de l'impasse des Fillettes.

Cette impasse est une ruelle qui a quatre ou cinq cents mètres de longueur.

Cette ruelle va aboutir à l'extrémité de la rue de la Clef.

Mon voisin de gauche est un vieux marquis, qui est venu là soigner sa goutte et ses écrouelles héréditaires ; il s'y éteint tout doucement avec cinq mille petites livres de rentes, débris microscopique d'une fortune colossale, qu'il a mis trente ans à gaspiller le plus niaisement du monde.

Le mur de clôture de son jardin fait l'autre côté de l'impasse.

Ces deux voisins sont des gens paisibles ; ils aiment tellement le repos qu'ils n'ont pas même de chien pour garder leur propriété, dont les murs de clôture s'édentent chaque jour.

Le derrière de ma maison donne sur ces propriétés.

Si l'idée me vient de m'en aller par là, je puis passer chez l'un ou chez l'autre, indifféremment.

Reste à savoir si les Chevaliers du Crucifix connaissent tous ces détails, et s'ils ont songé à fourrer des espions dans l'impasse des Fillettes.

Ils en sont bien capables.

Quels hommes que ces Chevaliers du Crucifix ! ils n'ont ni gendarmes, ni lois, ni magistrats, ni armée, ni prisons, ni bourreau, dans le sens qu'on attache ordinairement à toutes ces choses ; et ils sont plus puissants et infiniment mieux obéis que le gouvernement le plus fort et le mieux organisé !

Ils ont une armée de sbires qu'ils ne paient pas ou presque pas, des nuées d'espions qui ne leur coûtent rien ou presque rien, des prisons dont l'entretien ne leur coûte pas un centime, des bourreaux de bonne volonté, des gens qui tuent pour eux, des spadassins qui se battent pour eux, des milliers d'orateurs qui bavardent pour eux dans les chaires de toutes les églises, des milliers de gens qui s'embusquent dans les confessionnaux pour enchaîner les consciences et les mettre sous leur joug ; et ces assassins, ces spadassins, ces orateurs, ces confesseurs, ne leur coûtent la plupart du temps pas un sou.

O merveille ! ô prodige !

En voilà des hommes qui savent faire leurs affaires !

Ah ! c'est que ces hommes, ces Chevaliers du Crucifix, comme on les appelle justement, ont entre leurs mains les deux plus puissants léviers connus : la religion, c'est-à-dire le fanatisme ; l'influence, c'est-à-dire les places, les emplois, les honneurs, les faveurs sociales de toutes sortes.

Qu'ils savent de choses, qu'ils sont puissants, qu'ils sont riches, qu'ils sont forts !

Ta gloire, ô Tabernier, ô Pietro Tavelli, sera d'avoir trompé ces gens-là, et de leur échapper !

— Leur échapper, leur échapper, répéta-t-il, ce n'est pas chose facile !

Car, si je leur échappe aujourd'hui, leur échapperai-je demain ?

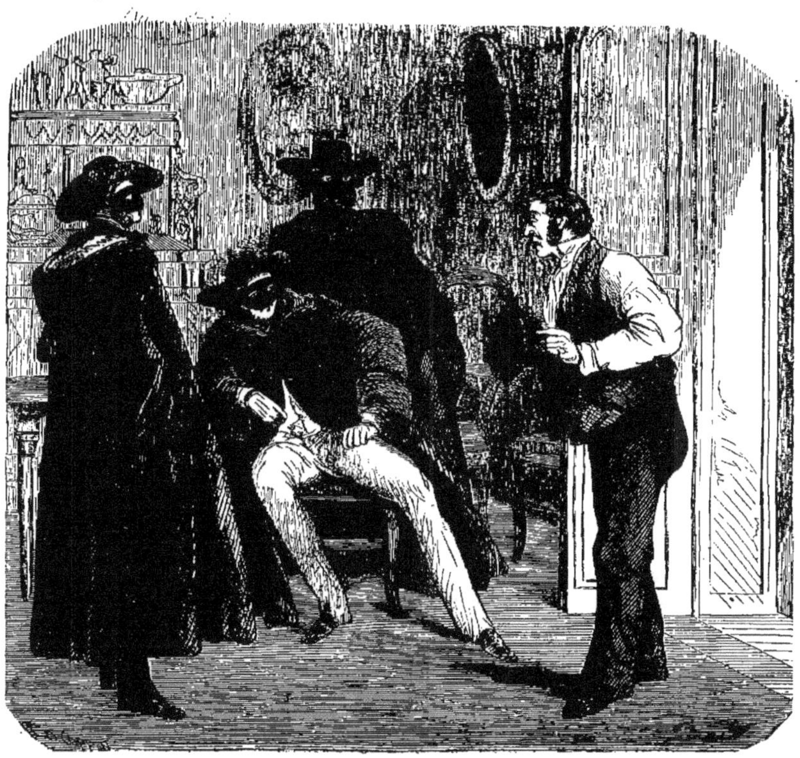

Vous le ferez enlever par des hommes masqués.

Ah ! bah ! pensons d'abord au présent, nous verrons après.

Il fait encore nuit ; essayons !

Dans le jour ce serait moins facile : il y a tant de gens sur les chemins dans le jour, et leurs espions ressemblent tellement à tout le monde, qu'il est très difficile parfois de savoir au juste si on est suivi ou non.

Il courut à son vestiaire.

Quel déguisement allait-il prendre ?

Il avait là un costume de prêtre complet : soutane, rabat, ceinture, bas de soie, souliers à boucles d'argent.

Il s'en revêtit.

Puis il se coiffa d'un chapeau haute forme.

On sait qu'à Paris, le prêtre ne prend généralement pas d'autre coiffure quand il sort.

Restait la figure.

Il se mit sur le nez des lunettes à larges verres bleus , et roula autour de son cou un cache-nez noir aux dimensions fabuleuses dans les amples et innombrables plis duquel les deux tiers de sa figure s'immergèrent.

Dans une des poches de sa soutane il plaça son stylet : cette arme terrible, dont il venait de frapper, quelques heures auparavant, l'homme rouge et la courtisane.

Il prit ensuite le paquet que nous lui avons vu faire, et qui renfermait ses billets de banque et ses valeurs, et il s'engagea dans un long couloir qui conduisait à la porte de sortie, donnant sur le derrière de sa maison.

Là se trouvait une grande cour, au fond de laquelle il y avait un mur de clôture de deux mètres environ ; ce mur séparait la cour des jardins du marquis et du père Brachu.

Il sortit, et referma la porte sans bruit.

Il resta un instant immobile et écouta. Il n'entendit que le roulement lointain de quelques voitures.

Nous l'avons dit, le misérable était très ingambe, il avait même encore une assez grande force musculaire.

Aussi ce fut un jeu pour lui de franchir ce mur.

Il se trouvait dans le jardin du père Brachu.

Nous avons dit que le mur de ce jardin qui donnait sur la ruelle des Fillettes, était couvert de culs de bouteilles, mais que sa vétusté rendait peu adhérents.

Il les détacha et fit tomber à l'aide d'une perche qu'il trouva par hasard sous sa main. Il renversa même tout ce qu'il put de pierres et de plâtras, de sorte qu'il parvint à y faire une brèche.

Ce mur, nous le savons, était peu élevé, et il était tapissé de vieux et robustes espaliers, qui formaient comme une sorte d'échelle naturelle.

Il y mit le pied, et parvint sans peine jusqu'à la brèche qu'il avait faite où il se laissa aussitôt glisser de l'autre côté.

Il était dans la ruelle des Fillettes.

— Vais-je trouver quelqu'un de ces espions dans ce sentier perdu, connu seulement des gens du quartier ? se dit-il, en se mettant à l'arpenter d'un pas rapide.

La ruelle des Fillettes était un chemin en zigzag.

A chacun des nombreux coudes qu'il faisait, il s'arrêtait et écoutait.

Le jour ne paraissait pas encore.

Le ciel était parsemé d'étoiles, l'air vif le froid très piquant.

On pouvait distinguer un homme à quelques pas de distance.

Il marchait, en se donnant autant que possible l'allure d'un prêtre.

Tout à coup il se trouva en présence d'un grand gaillard qui parut sortir comme de dessous terre, et qui lui dit à voix basse :

— Jésus !

Tabernier fit un pas en arrière, en portant la main à la poignée de son stylet.

— Jésus ! répéta l'homme.

Tabernier se mit en marche.

— Passez ! fit l'inconnu, vous n'êtes pas un prêtre.

— Tiens, pensa-t-il, un mot d'ordre qu'un prêtre doit connaître ! On apprend tous les jours des choses qu'on ignore !

C'est un espion.

Si c'est un espion, il va me suivre, s'attacher à mes pas, et...

Il serra d'une main fiévreuse la poignée de son stylet.

L'espion (c'en était un en effet) se disait :

— Cet homme n'est pas un prêtre, puisqu'il ne répond pas à mon mot d'ordre : si ce n'est pas un prêtre, qu'est-ce donc ?

C'est évidemment un homme qui se cache.

Un homme qui se cache, et cela à deux pas de la maison de ce Tabernier, que je suis chargé de surveiller, qui est lui-même très intéressé à se cacher, et fort soupçonné de se déguiser, cela donne à réfléchir.

Si c'était lui !

Où serait le miracle? Il peut très bien savoir qu'on le surveille; il est non moins possible qu'il aura vu dans sa rue, à quelques mètres de sa porte, deux fiacres stationnaires, circonstance qui est de nature à lui paraître suspecte. Alors il se sera dit : On me surveille dans la rue, je sortirai par l'impasse.

Est-ce lui? n'est-ce pas lui?

Si c'est lui, il faut que je le suive; car j'ai ordre de m'attacher à ses pas, et je veux remplir la mission dont je suis chargé.

Si ce n'est pas lui, je perdrai mon temps à suivre un individu qui nous est indifférent, et je ne remplirai pas ma mission.

Comment faire pour éclaircir ce mystère?

Si je le fais parler, je ne serai pas bien avancé, car je ne connais pas le son de sa voix ; si je parviens à voir son visage, c'est différent, car j'ai vu sa photographie.

Allons! il faut que je fasse sortir sa figure de son cache-nez !

De son côté, Tabernier se livrait à un monologue silencieux, et après avoir contrepassé l'homme, il s'était arrêté brusquement à une vingtaine de pas.

— Le diable emporte les mots d'ordre, se disait-il, et surtout les mots d'ordre à l'usage de messieurs les prêtres! Ai-je du guignon! Pouvais-je prévoir cela? Que va penser cet espion? Il va se dire que le faux prêtre est un homme déguisé. Il y a cent à parier contre un qu'il croira qu'un homme déguisé à deux pas de la demeure d'un individu qu'il est chargé d'espionner, et qui peut être soupçonné de se déguiser parfois, n'est autre que cet individu lui-même.

Alors il va me suivre.

Au sortir de l'impasse, il va trouver dans quelque coin de rue du voisinage, et sur mon passage, un autre espion blotti, qui se joindra à lui, cela fera deux; un peu plus loin, il en trouvera peut-être un autre, cela fera trois : je ne serai pas à deux kilomètres d'ici que j'en aurai une légion à mes trousses, qui me suivra, qui ne me quittera pas, que je sois à pied ou en voiture.

Ce que je dis est si vrai, que le voilà qu'il vient de mon côté, à petits pas, sans se presser, voyant que je ne me hâte pas et que je m'arrête.

Sont-ils plusieurs?

Il jeta des regards rapides dans les ténèbres.

Nous l'avons dit, et il le savait du reste, la ruelle des Fillettes allait en zigzag.

Les ombres de la nuit eussent-elles été moins noires, il n'eût pas pu voir s'il s'y trouvait d'autres personnes que lui et son inconnu.

Chose étrange! ces deux hommes ne pouvaient pas s'éloigner l'un de l'autre sans se parler !

Ce fut l'espion qui parla le premier.

Bien qu'il eût marché lentement de son côté, comme il était resté stationnaire, il avait fini par arriver à deux pas de lui.

— Je suis sûr, je vous le répète, lui dit-il, que vous n'êtes pas un prêtre.

Tabernier haussa les épaules, pour lui faire comprendre combien cela lui était égal.

— Si vous n'êtes pas un prêtre, vous êtes donc un voleur.

Tabernier resta muet.

— Vous n'êtes pas un amoureux, parce qu'il n'y a pas de femmes dans les maisons dont vous devez être sorti.

Tabernier haussa de nouveau les épaules.

— Quand je dis femmes, je dis jeunes femmes !

— Que je sois voleur, amoureux ou prêtre, que vous importe? fit Tabernier d'une voix sourde.

— Curieux! riposta l'inconnu.

— Lequel des deux? poursuivit Tabernier en tirant lentement son stylet de sa poche.

Il ajouta :

— Ainsi tu veux savoir qui je suis?

— Tu as mis tout ce temps pour le comprendre?

— Tiens! comprends-tu cela?

En même temps, Tabernier levait le bras sur lui et lui portait un coup terrible de son arme meurtrière.

Le coup manqua son but.

L'inconnu qui, paraît-il, se tenait sur ses gardes, s'était rejeté vivement en arrière, et la lame du stylet n'atteignit que le vide.

Mais non seulement cet homme se tenait sur ses gardes, mais encore il était armé.

— Ah! ah! mon bonhomme, fit-il en brandissant un poignard, il paraît que nous allons changer de conversation.

Tabernier tira vivement son cache-nez de son cou, le roula rapidement autour de son bras gauche, et se mit en garde.

Nous avons dit que d'innombrables étoiles brillaient dans le ciel, ce qui rendait la nuit moins sombre.

A deux pas, on pouvait distinguer les traits de son visage.

Quand Tabernier enleva le cache-nez qui lui couvrait la figure, l'espion fit un mouvement et son bras, prêt à frapper, resta immobile.

— C'est lui! se dit-il. Or il m'est défendu de frapper cet homme; je dois l'espionner, mais non le tuer.

Un sourire sinistre glissa sur la face blême de Tabernier.

A voir son adversaire hésiter à le frapper, il comprit.

— Je puis le tuer comme un chien, sans même risquer la moindre égratignure.

Il se jeta sur lui avec d'autant plus de rage, qu'il était convaincu qu'il ne courait aucun danger.

L'espion était un robuste gaillard. Il eût été un dangereux adversaire, s'il n'eût pas été enchaîné par ce qu'il considérait comme son devoir.

On le voit, le sentiment du devoir était puissant chez les agents de cette société mystérieuse.

Cependant Tabernier frappait avec rage; de son côté, l'espion parait les coups qu'il lui portait.

Mais celui-ci ne devait pas réussir toujours à parer les coups, et bientôt la lame du stylet apparut sanglante.

Une lutte affreuse s'engagea.

L'espion, blessé, voulait sauver sa vie en désarmant son adversaire.

Tabernier voulait, en le tuant, se débarrasser d'un homme qu'il croyait capable de faire échouer ses plus chers projets, et qui, en outre, pouvait devenir un terrible accusateur.

Il frappait à coups redoublés, son arme aiguë déchirait les vêtements de son adversaire, mais ne lui faisait pas de blessures graves.

Tout à coup celui-ci se jeta sur lui, et le saisit à bras-le-corps.

Après quelques secondes d'une lutte ardente, opiniâtre, désespérée, ils tombèrent.

Enlacés l'une à l'autre, on eût dit deux énormes reptiles, cherchant à s'étouffer.

— Chose étrange! ces hommes devaient se battre sans pousser un cri!

Ils devaient mourir sans pousser une plainte!

L'un et l'autre avaient plutôt à craindre qu'à désirer l'intervention d'un sergent de ville, ou même d'un simple particulier.

Le fait de leur présence en cet endroit, comme de leur combat, était mystérieux de sa nature, et devait rester mystérieux.

Nous avons dit qu'ils étaient tombés et luttaient couchés par terre, entrelacés l'un à l'autre.

L'espion était vigoureux, et sentant que sa vie était en jeu, il faisait des efforts inouïs pour désarmer son adversaire.

De son côté, Tabernier, dont le bras se trouva pris sous le corps de son ennemi, faisait de non moins violents efforts pour le dégager, afin de pouvoir en finir, car c'était ce bras-là qui était armé.

Mais il était moins fort que l'espion, et tout à coup il plia sous l'étreinte puissante de celui-ci et se trouva dessous, tout à fait.

Il était vaincu ; il allait être désarmé, quand tout à coup son bras se trouva dégagé et la main qui tenait le stylet fut libre.

Il avait une seconde pour frapper, il en eut assez ; la lame de son arme meurtrière pénétra tout entière dans la poitrine de son ennemi, entre la cinquième et la sixième côte.

La mort fut presque instantanée.

Le malheureux s'agita un instant, poussa un profond soupir ; puis ses bras se détendirent, et il ne bougea plus : il était mort !

Tabernier se releva aussitôt.

— Ah ! ah ! tu as ton compte, dit-il d'une voix sifflante, et voilà ce que l'on gagne à s'occuper des choses qui ne vous regardent pas !

Il se pencha sur le cadavre, et essuya la lame de son stylet à ses vêtements, puis il se redressa vivement, et se mit en marche.

— Je pense bien que je ne trouverai pas une autre de ces vermines dans l'impasse, se dit-il ; au fait, si j'en rencontre, je suis parfaitement décidé à employer pour la dissuader de me suivre le moyen de persuasion qui vient de me réussir si bien.

Il ne trouva personne.

Il avait, on le pense bien, remis son cache-nez à son cou.

Au sortir de l'impasse, il se trouva dans la rue. Il n'y vit aucune figure suspecte.

Les passants étaient rares, et le jour ne paraissait pas encore.

Nul ne remarqua, à cause de l'obscurité, le désordre de sa toilette.

Si les passants étaient rares, les fiacres ne l'étaient pas moins.

Enfin il en trouva un.

Il y monta.

— A Neuilly ! dit-il au cocher, en se penchant vers lui de manière que son visage touchât presque le sien.

<h1 style="text-align:center">II</h1>

Suite du précédent. — Arsinoë.

Revenons de quelques heures en arrière.

Nous avons dit que Tabernier avait écrit à la duchesse de se rendre 6, rue du Bois, à Neuilly. Elle lut et relut la lettre, et resta un moment pensive.

Depuis sa rencontre avec le Maure, et surtout la disparition de son neveu, elle était affreusement troublée et inquiète.

D'une côté ce Maure lui faisait une peur horrible ; et ce n'était pas sans raison, si l'on songe qu'il l'avait non seulement menacée de mort à l'hôtel de Bordes, mais qu'il était venu à différentes reprises la relancer jusque chez elle.

En effet Hassan avait pénétré, malgré la résistance des domestiques, dans l'hôtel de Cressères, et l'avait fouillé avec le plus grand soin.

Arsinoë, pour lui échapper, avait été obligée de se cacher dans une vieille armoire, dissimulée dans la tapisserie de son oratoire.

— Cet affreux démon me tuera ! se disait-elle avec épouvante ; aussi elle n'avait pas un moment de repos.

— Si c'est là la couronne du martyre que tu me réserves, disait-elle à Dieu dans ses prières, je l'accepte mais à une condition, c'est que je verrai mon neveu uni par le mariage à la fille du baron de Mélos, c'est que je serai la marraine de leur premier enfant, c'est que le marquis de Bordes pourra employer contre ce Maure tous les moyens qu'il croira devoir employer pour le punir d'avoir gravement manqué au respect qu'il doit à la noble race des de Bordes, et au respect non moins profond qu'il doit à la non moins noble race des Cressères ; de manière qu'il soit mis dans l'impossibilité absolue de pouvoir renouveler dans la suite ces abominables attentats !

On le voit, elle ne laissait pas à Dieu grande chance de pouvoir lui décerner la couronne du martyre.

D'un autre côté, la disparition subite et mystérieuse de son neveu l'inquiétait beaucoup.

— Où est-il allé ce pauvre enfant ? se disait-elle ; sans doute je vais recevoir une lettre de lui, d'un moment à l'autre !

Depuis plusieurs jours que cette disparition avait eu lieu, elle n'avait pas reçu de lettre.

Elle avait écrit à Tabernier pour lui demander s'il savait où était allé le marquis, mais le prudent homme d'affaires lui avait répondu qu'il n'en savait rien.

Aussi priait-elle et se lamentait-elle jour et nuit.

Elle avait reçu la lettre de l'homme de la rue de la Clef, au moment où elle égrenait pour la vingtième fois de la journée, son rosaire.

Elle suspendit en toute hâte son pieux exercice. Cette lettre, très laconique, était ainsi conçue :

« Demain, à sept heures du matin, je serai 6, rue du Bois, à Neuilly ; je vous prie très instamment de vouloir bien vous y trouver en même temps que moi ; il s'agit d'une affaire de la plus haute importance. »

« Signé : TABERNIER. »

Post-scriptum :

Que tout le monde (surtout votre confesseur) ignore votre présence à Neuilly, et que votre départ de Paris se fasse le plus secrètement possible !

Il était onze heures du soir.

Comme elle tenait à se trouver à Neuilly à sept heures, et qu'en partant le matin elle craignît de ne pas pouvoir trouver un fiacre, elle résolut de partir de suite.

— Je passerai la nuit là-bas, se disait-elle en s'habillant à la hâte, et j'emploierai mon temps à pousser cette chère enfant à prendre une bonne et courageuse résolution.

Cela promettait de nouvelles et douloureuses luttes pour la pauvre Gemma.

Sa toilette fut bientôt terminée.

Elle sortit à pied : un voile épais lui couvrait la figure.

Elle gagna la station de fiacres la plus voisine, et monta lestement dans le premier qu'elle y trouva.

La vieille Arsinoë avait acquis subitement la légèreté d'une silphide.

Le père Béraud, s'il l'avait vue, eût été à cent lieues de croire que c'était sa pénitente.

III

Gemma devenait de jour en jour plus triste et plus sombre.

A l'hôtel et au château de Cressères, la présence presque de chaque instant de la vieille Arsinoë, à laquelle elle portait une vive affection, adoucissait l'amertume de ses longues heures d'attente et d'angoisses; dans sa solitude de Neuilly, elle sentit tout à coup manquer d'appui moral.

Certes ce n'était pas la vieille Marguerite qui pouvait remplacer sa bonne et tendre amie la duchesse.

Ce n'est pas que la vieille duègne n'eût pas un talent suffisant de cabotine, pour jouer auprès d'elle une comédie de sensibilité à son adresse, parfaitement de nature à l'émouvoir. Mais elle était antipathique à la jeune fille.

Elle avait, dès les premiers jours, fait fausse route; dans le but, nous l'avons dit, de procurer à son ancienne maîtresse un résultat impatiemment attendu, elle avait été presque brutale. Croyant pouvoir arracher du cœur de Gemma cet amour immense qu'elle gardait pour Georges, elle avait parlé des hommes et de l'amour, en des termes où perçait un réalisme cynique et impitoyable.

Elle avait obtenu un résultat contraire à celui qu'elle espérait; ainsi, au lieu de désillusionner Gemma sur le sexe fort, elle n'avait réussi qu'à s'aliéner son cœur, à tel point que toutes ses caresses, toutes ses protestations d'amitié ne lui inspirèrent plus que l'horreur et le dégoût.

Arsinoë avait bien promis à la pauvre jeune fille de venir la voir souvent, mais Tabernier lui avait fait des remontrances à ce sujet; l'homme de la rue de la Clef voyait un danger pour leurs intérêts communs dans ces visites fréquentes, de sorte qu'elles étaient devenues de moins en moins fréquentes.

Mais elle lui écrivait.

La pauvre prisonnière lisait et relisait ces lettres. Son esprit ardent et malade dévorait cette maigre pâture morale; mais ce n'était qu'une minute de répit donné à ses mortelles inquiétudes, à son désespoir.

L'idée de mourir lui venait; elle songeait à rejoindre son père, Hassan et Georges, dans un monde meilleur; on voit qu'elle était presque convaincue que ces derniers étaient morts.

Dans certains moments même de lassitude morale, elle éprouvait une sorte de plaisir à penser qu'elle pouvait ainsi échapper à ses ennemis terribles et mystérieux, qui, après avoir brisé toutes ses joies, paraissaient si désireux de s'emparer d'elle.

Il lui semblait qu'elle avait déjà un pied dans la tombe, qu'elle n'avait plus qu'à se laisser tomber pour qu'elle se refermât sur elle!

Elle se sentait tomber frissonnante dans ces ombres glacées de la mort; et son dernier soupir était un cri à la vie et à ceux qu'elle avait tant aimés!

— Pauvre Hassan, se disait-elle, âme grande et généreuse, ami si doux, si dévoué!

Pauvre Georges, toi qui m'as fait entrevoir un bonheur que je n'aurais pas cru possible sur la terre!...

. . . .

La vieille Arsinoë la trouva tout en larmes.

Elle ne manquait pas, quand elle voyait pleurer la jeune fille, de se mettre aussitôt à pleurer; les larmes du crocodile ne sont pas de celles qui soient les plus rebelles à couler.

Après une demi-heure au moins de gémissements et de larmes, comme elle voyait que Gemma ne cessait pas de se lamenter et de pleurer, la vieille hypocrite eut peur que cette scène se prolongeât indéfiniment, et qu'elle fût obligée de se livrer à une dépense de sensiblerie par trop excessive et qui l'eût privée de repos peut-être jusqu'au matin.

Elle appela donc Marguerite qui était restée en bas, et allant au-devant d'elle jusqu'au milieu de l'escalier, elle lui dit rapidement et à voix très basse : -

— Une goutte de lait chaud pour la faire dormir; elle m'ennuie !

Un sourire d'intelligence illumina la face jaune de l'ex-duègne.

Arsinoë revint auprès de Gemma, et se plaignit de violents maux de cœur.

La jeune fille parut très alarmée.

— Oh ! ce n'est rien, ma mignonne, fit la duchesse ; Marguerite va me monter un verre d'eau et tout sera fini.

Celle-ci monta ce qu'elle lui avait demandé.

— Est-elle sans mémoire ! s'écria-t-elle à la vue du bol de lait.

Au fait, ajouta-t-elle, le lait sera pour cette charmante mignonne, et apportez-moi le verre d'eau que je vous ai demandé.

Marguerite donna le lait, puis alla chercher le verre d'eau.

Il va sans dire que Gemma but le lait, et l'on comprend sans peine que l'ex-duègne y avait versé une goutte ou deux de ce narcotique que nous connaissons et qui portait le nom de Sistella africana.

L'effet de cette drogue était puissant et prompt : cinq minutes après qu'elle l'eut absorbée, la tête de la jeune fille se pencha et glissa sur l'oreiller; elle était profondément endormie !

— Ouf ! fit Arsinoë en se levant vivement, puis elle sortit de la chambre, et alla rejoindre la vieille Marguerite.

— Eh bien ! lui demanda-t-elle.

— Toujours la même, madame la duchesse.

— C'est étrange ! je n'aurais pas cru que l'on pût aimer ainsi.

— Ni moi.

Leurs regards se croisèrent.

— Voyons, Marguerite, j'admets que l'on aime, mais avec mesure, avec sagesse.

— Moi je crois qu'il est encore mieux de ne pas aimer du tout.

— Bon pour vous, Marguerite, d'avoir des instincts et non de l'amour.

La vieille Marguerite ne comprit pas ce qu'il y avait d'orgueil aristocratique, et de dédain pour les basses classes dans ces paroles.

— Entre nous, madame la duchesse, dit-elle en riant, vous avez eu autant d'amants que moi.

La vieille duchesse était assise dans un grand fauteuil devant le feu.

En entendant cette réplique par trop réaliste de son ancienne cameriste, elle se leva vivement comme si elle s'était sentie tout à coup assise sur des pointes d'épées.

La vieille Marguerite s'écria aussitôt :

— Oh ! je sais bien, madame la duchesse, que nous autres petites gens n'aimons pas comme les gens de condition; vous me l'avez dit cent fois ! que voulez-vous, je n'y pense pas toujours !

— Vous êtes incorrigible, Marguerite, fit Arsinoë dont la colère se calma subitement et qui se rassit.

— Vous, vous avez eu des amis, avec

Et dire qu'avec tout cela je suis restée camériste.

lesquels vous avez fait de la littérature, de la politique, du dessin, toutes sortes de belles choses enfin ; moi j'ai eu des amants, voilà tout !

— On ne doit point avoir d'amants, Marguerite ; mais revenons à Gemma.

— Je vous l'ai dit, elle est toujours la même, elle adore son Georges.

— Elle en parle souvent ?

— Toute la journée.

— Elle lui envoie par la pensée des baisers, des caresses ?

— Des masses ! j'en suis sûre.

— Lui avez-vous dit qu'il était probablement mort ?

— Oui.

— Eh bien ?

— Elle n'a rien dit, mais j'ai bien vu, à son air, que si on venait à lui prouver qu'il est mort, elle n'en aurait pas pour vingt-quatre heures.

— Elle se suiciderait.

— Oh ! oui.

Une idée subite éclaira la vieille Arsinoë.

— Au fait, se dit-elle, si elle tient tant à la mort, qu'est ce que cela me fait ? qu'est-ce que je veux ? sa fortune ? Eh bien ! je manœuvrerai de manière qu'elle me fasse son héritière !

— Oui, mais il y a cet Hassan, ajouta-elle, après un moment de silence, et puis il y a les tribunaux. Nous verrons pourtant, il est bon de voir les choses sous des aspects différents.

Marguerite lui jetait des regards à la dérobée.

— A quoi pense-t-elle cette vieille coquine ? se disait-elle. Ah ! elle aura beau se creuser la tête, je ne crois pas qu'elle arrive jamais à faire que cette fille consente à épouser son neveu.

Arsinoë sortit enfin de sa rêverie.

— Quelqu'un viendra demain matin, Marguerite, lui dit-elle.

— De bonne heure ?

— Oui, à sept heures.

— C'est une personne de qualité ?

— Non.

— A propos, madame la duchesse, il vient ici depuis quelque temps un prêtre.

— Un prêtre !... fit Arsinoë.

— Un certain abbé Taraud.

— Le connaissez-vous ?

— Non, je sais qu'il est vicaire de la paroisse.

— Dans quel but vient-il vous voir ?

— Il a appris, a-t-il dit, que j'avais chez moi une jeune personne.

— Il a appris cela !

— Oui, et il a remarqué que cette personne n'allait jamais aux offices.

— Ah ! il a remarqué cela !

— Dame, ce n'est pas étonnant, cette demoiselle ne va jamais à l'église.

— Ce n'est pas étonnant, fit Arsinoë visiblement émue, c'est une protestante !

— Si je l'avais su, je le lui aurais dit.

— Il faudra le lui dire, Marguerite.

— Ce n'est pas tout, il a demandé à la voir.

— A la voir !

— Oui.

— Qu'avez-vous fait ?

— J'ai dit qu'elle était malade et alitée.

— Qu'a-t-il dit ?

— Il a demandé si sa maladie était grave.

— Qu'avez-vous répondu ?

— J'ai répondu que sa vie n'était pas en danger.

— Très bien ! très bien !

— Il va revenir.

— Ah !

— Il l'a dit, du moins.

— Il n'a donc pas assez de pénitentes ? cet abbé.

— Probablement, il m'a demandé encore autre chose.

— Quoi donc ?

— L'âge qu'elle avait.

— Ah ! par exemple ! C'est vraiment singulier !

— J'ai dit, à tout hasard, qu'elle avait seize ans.

— Vous avez bien fait.

Quand elle se mit au lit, la vieille Arsinoë était rêveuse.

— Que veut cet abbé ? que vient-il faire ici ? pourquoi toutes ces questions ? se disait-elle.

Elle pensa aux Chevaliers du Crucifix ; elle frémit.

Ce que Gemma, le marquis et Tabernier lui avaient dit de ces hommes dangereux lui revint avec force à l'esprit et l'obséda.

Elle se mit à prier.

Cependant la vieille Marguerite, restée seule, se disait :

— Elle a paru très contrariée des visites de cet abbé : que diable est-ce que cela veut bien dire ?

L'ex duègne se torturait bien inutilement l'esprit, pour savoir une chose qu'elle devait toujours ignorer probablement.

Nous avons dit que Tabernier, après avoir réussi à échapper aux espions qui l'entouraient, avait eu la chance de trouver un fiacre, pour le conduire à Neuilly.

Il était radieux.

Mais nous devons dire que la joie qu'il éprouvait ne venait pas uniquement d'avoir échappé aux agents des Chevaliers du Crucifix; ce n'était pas la première fois du reste que ce bonheur lui arrivait, et il ne l'avait jamais plongé dans une joie folle : ce qui le rendait donc si radieux, c'étaient les réflexions auxquelles il se livrait.

Nous savons que l'habile homme d'affaires ne se considérait pas uniquement comme la cheville ouvrière d'une machination dont le but était de jeter Gemma de Mélos dans les bras du marquis de Bordes : le rusé compère voyait dans la petite-fille du général Kléber une proie, qu'elle devînt la femme ou non du neveu de la duchesse de Cressères.

Se proposait-il de tuer ce dernier une fois le mariage accompli ? ou, si le mariage ne se faisait pas, de vendre Gemma à Hassan, moyennant la presque totalité de ce que le baron de Mélos avait laissé de fortune ?

Dans le premier cas, il restait seul auprès de la veuve, dont il devenait l'homme de confiance, le confident, l'intendant : la caisse tombait entre ses mains, de là à filer avec ladite caisse il n'y avait qu'un pas : l'on devine le reste.

Dans le second cas, il n'avait qu'une chose à faire, se travestir, de manière que Gemma ne sût jamais que l'homme qui allait la conduire et vivre auprès d'elle à Stramos, fût l'ancien homme d'affaires de son père. Nous savons qu'il entendait à merveille l'art du travestissement. Du reste, Gemma ne l'avait peut-être jamais vu, et ne le connaissait probablement que de nom.

Il y avait bien une lettre de lui à la duchesse de Cressères, lettre qui avait été montrée à Gemma; mais cette épître, ayant été brûlée, il pouvait très bien ne pas en accepter la paternité, et la faire passer pour une invention de la duchesse et de son infâme neveu.

Restait à faire disparaître la duchesse.

C'était chose facile. N'allait-on pas à Stra-mos? dans ce palais situé sur les bords de l'Océan, loin des villes, dans un pays où la police est presque un mythe ; qui donc se soucierait de savoir si la vieille Arsinoë avait péri dans quelqu'une des oubliettes du palais, ou si son cadavre roulait, un boulet aux pieds, dans les abîmes de l'Océan ?

Il est bien entendu que le meurtre de la tante supposait celui du neveu. Mais celui-ci était à Venise, or ne sait-on pas que Venise a ses embuscades nocturnes où le stylet *fait merveille?*

Or Tabernier savait parfaitement comment il fallait s'y prendre pour réaliser ces deux choses, et faire promptement d'un homme un cadavre, dans la charmante cité des lagunes.

L'homme de la rue de la Clef se livrait à ces réflexions, pendant que le fiacre l'emportait au petit trot d'un vieux cheval roux, dans la direction de Neuilly.

A laquelle de ces diverses combinaisons s'arrêterait-il? il ne le savait pas lui-même à ce moment-là ; ce qui ne l'empêchait pas d'être gai plus que d'habitude ; sans doute il voyait, l'affreux et habile coquin, l'avenir tout à fait couleur de rose.

Il arriva rue du Bois, 6, avant sept heures.

La vieille Marguerite était déjà levée.

Dans la voiture il s'était débarrassé de sa soutane, toute souillée et déchirée en vingt endroits, et avait mis une fausse barbe.

Quand il entra chez l'ex-duègne, il était vêtu d'un paletot marron, boutonné jusqu'au menton, dont le collet était à peu près caché par l'ample cache-nez que nous connaissons.

Il avait sous le bras le paquet dans lequel se trouvait, comme nous l'avons dit, ce qu'il appelait ses pauvres petites économies.

Il demanda si la duchesse de Cressères était arrivée.

— Madame la duchesse, dit Marguerite, est là-haut; elle est couchée, elle dort : la sainte dame s'est endormie fort tard, elle a passé presque toute la nuit en prières.

Un vague sourire glissa sur la figure de Tabernier.

Il s'assit devant un bon feu qui pétillait dans la cheminée, et posa son paquet et son chapeau sur une table à côté de lui.

— Madame la duchesse, ajouta-t-il, ne vous a pas chargée de la réveiller aussitôt mon arrivée?

— Elle ne m'a rien dit.

— J'avais bien l'intention de vous le dire, Marguerite, fit une voix, seulement je l'ai oublié.

C'était la voix d'Arsinoë.

En même temps elle parut au bas de l'escalier.

À la vue de Tabernier, elle s'arrêta tout interdite.

Celui-ci posa vivement le doigt sur sa bouche.

— Tiens! tiens! pensa-t-elle, quel est ce mystère?

La vieille Marguerite, qui en ce moment-là arrangeait les bûches qui brûlaient dans le foyer, ne s'aperçut de rien.

Arsinoë s'assit à côté de Tabernier.

— Marguerite, fit-elle, laissez-nous.

L'ex-duègne sortit.

— Nous sommes seuls maintenant, dit-elle à l'homme d'affaires, parlez!

— Il nous faut partir! madame, dit Tabernier d'une voix brève.

— Partir!... et pourquoi?

— Parce que nos ennemis nous poursuivent.

— Quels ennemis?

— Les Chevaliers du Crucifix.

— Je croyais, monsieur, que vous étiez un homme sérieux, fit Arsinoë d'un ton sec.

— Vous aviez raison de le croire, madame, et il me serait désagréable de penser que vous n'ayez plus la même opinion de moi : ce n'est pas une question d'amour-propre.

— Toujours ces Chevaliers du Crucifix! fit Arsinoë d'un ton railleur, et en haussant les épaules.

— Oui, madame.

— Toujours ces ennemis invisibles, insaisissables, mystérieux, terribles, présents partout, et ne se trouvant nulle part!...

— Ennemis mystérieux, oui madame.

— On ne me parle que cela! Ulrich m'en parle, Gemma m'en parle, vous vous m'en parlez et m'en reparlez!

— Je vous en ai parlé et je vous en reparle, madame, parce qu'il est devenu nécessaire que vous les connaissiez, et que vous songiez à vous soustraire aux coups qu'ils veulent vous porter.

— Oh! moi je ne les crains pas!

— Je vous crois vaillante, madame, mais...

— Oh! on n'a pas de peine à être vaillante devant des périls imaginaires!

— Ces périls ne sont que trop réels, je vous le répète.

— Cessons cette plaisanterie.

— Je ne plaisante pas.

— Je suppose, monsieur, fit-elle d'un ton altier, que ce n'est pas pour me conter de pareilles billevesées que vous m'avez donné rendez-vous ici.

— C'est à dire que je ne vous ai pas tout dit, madame.

— Quoi donc encore?

— Il faut que vous ne retourniez pas à l'hôtel de Cressères, il faut que je ne retourne pas rue de la Clef, il faut que nous allions à Stramos.

— Moi je reste! fit Arsinoë en se levant brusquement.

— Il faut que nous conduisions le plus

tôt possible Gemma de Mélos dans le palais de ses pères.

— Elle est bien ici, et elle y restera !

— Vous voulez donc ruiner les espérances de fortune de monsieur votre neveu ?

— Parlons de son mariage avec Gemma je le veux bien, même je le désire vivement.

— Pour faire ce mariage, il ne faut pas que cette fille tombe en d'autres mains que les nôtres.

— Assez ! à propos, monsieur, avez-vous des nouvelles de M. le marquis Ulrich de Bordes ?

— J'ai donné au marquis rendez-vous à Stramos.

— Vous saviez donc où il était ?

— Je viens de l'apprendre, madame.

— C'est une violence morale que vous me faites !

— Tenez, madame, est ce une violence morale que j'ai faite à celui dont le sang a teint cette arme ? fit tout à coup Tabernier, en tirant de sa poche son stylet encore tout rouge de sang.

— Fi ! quelle horreur ! du sang !...

— Oui. madame, du sang que je viens de verser pour vous, pour le marquis, pour Mlle Gemma et aussi un peu pour moi : c'est le sang d'un Chevalier du Crucifix.

— C'est un meurtre, grand Dieu !

— Oui.

— Vous êtes un assassin !

— Oui.

— O mon Dieu ! mon Dieu ! mon Dieu ! et cet homme me fait sa complice !...

Elle s'agenouilla, et se mit à prier.

Tabernier haussa vivement les épaules.

— Mon Dieu ! s'écria-t-elle, éloignez de moi cet homme, c'est Satan lui-même, c'est l'esprit des ténèbres ; il me pousse à commettre des iniquités et il rejette sur moi une partie des siennes : sur moi pauvre innocente !

— Ecoutez, madame, fit tout à coup Tabernier.

On parlait et même assez haut, dans la chambre voisine.

— Je vous dis, monsieur Taraud, criait la vieille Marguerite, que cette demoiselle est couchée, et est malade !

— Ce que vous dites n'est pas exact ; je le sais, disait l'abbé, des personnes bien informées m'ont affirmé que cette demoiselle est prisonnière ici, qu'elle est malheureuse, que vous ne lui laissez même pas remplir ses devoirs de religion.

— On vous a trompé, monsieur l'abbé elle est réellement malade, et n'est nullement prisonnière.

— Vous jouez en ce moment le rôle du démon, vous vous opposez à Dieu lui-même qui veut que tout chrétienne remplisse ses devoirs de religion !

—Ah! vous voulez passer! Ah! vous voulez monter là-haut, malgré moi ! me feriez-vous violence ? monsieur l'abbé.

— Moi, vous faire violence! Allons donc ! moi, un homme de paix !

— Vous voulez passer cependant !

— Oui, mon devoir l'exige !

Arsinoë qui était agenouillée, se releva vivement.

— C'est un Chevalier du Crucifix ! lui dit Tabernier avec un sourire sardonique.

L'abbé Taraud voulait passer, mais au moment où il saisissait Marguerite par le bras pour l'écarter et pouvoir enjamber l'escalier qui conduisait à la chambre où se trouvait Gemma, la duchesse Arsinoë de Cressères, pâle, le visage contracté, l'œil étincelant, parut.

L'abbé en l'apercevant, lâcha Marguerite.

— Êtes-vous vraiment prêtre ? fit la duchesse en le toisant avec une insolence tout à fait aristocratique.

— Qui êtes-vous, madame, fit l'abbé, nullement intimidé.

— Vous ne me répondez pas, monsieur, eh bien! je vais vous répondre, moi. Je suis la tante de la jeune fille, que dans un but que je ne veux pas qualifier, vous venez chercher jusque dans son lit !

— Mon but est sacré : Dieu veut que je voie cette personne !

— Non, monsieur, Dieu ne veut pas que les jeunes filles soient outragées !

— C'est une impiété de croire qu'un ministre de Dieu, qui remplit son devoir, commet un outrage.

— Je vous défends de passer outre ! s'écria Arsinoë.

— Et moi je vous défends de vous opposer à l'accomplissement d'une mission sacrée !

— Impudent ! mauvais prêtre ! exclama Arsinoë.

— Sacrilège ! hurla l'abbé.

— Ça se gâte ! murmura Tabernier qui écoutait derrière la porte.

Arsinoë s'agenouilla.

— Mon Dieu, s'écria-t-elle, sois notre juge : est-il convenable qu'un homme, fût-il ton ministre, aille dans la chambre d'une jeune fille endormie ?

— Priez, madame, c'est la grâce de Dieu qui vous touche ! fit l'abbé.

En même temps il posa sa main sur l'épaule de la duchesse, et tenta de passer.

Celle-ci bondit comme une lionne, et se cramponna à sa soutane.

— C'est pour votre bien spirituel, c'est pour que vous ne soyez pas damnée que je vous repousse, madame, fit-il en s'arrachant violemment à son étreinte.

Déjà il montait lestement l'escalier, quand une main vigoureuse, une main d'homme, cette fois, l'arrêta brusquement dans son élan.

Il se retourna vivement, et regarda avec une surprise inquiète celui qui venait le saisir au moment où après avoir triomphé de la résistance des deux femmes, il se croyait sûr de pouvoir pénétrer dans la chambre de la jeune fille.

Celui qui intervenait si à point pour faire échouer la tentative de l'abbé, le lecteur le devine sans doute, c'était Tabernier.

— Halte-là, monsieur l'abbé, lui dit-il.

— De quel droit m'arrêtez-vous ? cria celui-ci en faisant un mouvement brusque pour se dégager.

— Vous oubliez que vous n'êtes pas chez vous.

— Un ministre de Dieu est partout chez lui, car Dieu est partout.

— Vous faites faire à votre Dieu d'étranges choses !

— Dieu ne doit d'explications à personne.

— Eh bien ! j'en exige, moi !

— Vous vous mêlez de ce qui ne vous regarde pas !

— Allez donc, abbé maudit, faire votre trafic de choses divines ailleurs !

— Monsieur !

— Et si vous ne sortez pas à l'instant, je vous tue comme un chien !

En même temps Tabernier tirait son stylet de la poche de son paletot.

A la vue de l'arme meurtrière, l'abbé Taraud se calma aussitôt; sa parole devint doucereuse, son échine se courba.

— Je vois, monsieur, que nous ne nous comprenons pas, dit-il, et croyez que je le regrette bien !

— Que voulez-vous dire ?

— Je n'ai jamais eu l'intention de vous être désagréable.

— Ça se voit.

— Je n'ai jamais voulu faire violence à personne.

— Ça se comprend.

— Je suis un ministre du Dieu de paix et de charité.

— C'est évident.

— Jésus a dit : Celui qui se sert de l'épée périra par l'épée; or, Jésus est mon maître et je l'imite en tout.

— Très bien !

— Il y a entre nous un malentendu que je regrette beaucoup.

— Parfait !

— C'est moi qui suis coupable; un excès de zèle sans doute m'avait aveuglé.

— Vous avez raison.

— Je vous en demande pardon !

— Très bien !

— Que ces dames me pardonnent !

— À merveille !

— Je vais prier pour vous !

La vieille Arsinoë lui tendit la main.

L'abbé Taraud s'agenouilla, la prit et la baisa.

Tabernier haussa vivement les épaules.

— Maintenant, monsieur, lui dit-il, votre mission ici est terminée.

On était arrivé à la porte de sortie, Tabernier l'ouvrit, et s'inclinant d'un air narquois devant l'abbé :

— Au revoir, monsieur Taraud, lui dit-il.

Celui-ci sortit en faisant force salutations.

— Je demande l'autorisation de revenir demain vous présenter mes hommages, fit-il avant de s'éloigner.

— Accordé ! s'écria Tabernier.

Viens demain tant que tu voudras, murmura-t-il; l'oiseau sera envolé !

Il ferma la porte et poussa le verrou.

Arsinoë et Marguerite étaient montées auprès de Gemma; il alla les rejoindre.

Le bruit avait tiré la pauvre fille du sommeil profond dans lequel le narcotique l'avait plongée.

Elle avait écouté et, entendant tout ce vacarme, elle avait cru que ses ennemis venaient s'emparer d'elle.

La malheureuse enfant se trouvait dans un tel état de prostration qu'elle ne songea pas un instant à se soustraire au danger dont elle se croyait menacée.

Mais elle tira du corsage de sa robe le petit poignard que nous connaissons.

C'était ce poignard qu'elle avait acheté à Genève, la veille du jour où elle avait été enlevée et dont elle n'avait pas pu se servir contre ses ravisseurs, tant leur attaque avait été prompte et imprévue.

Elle regarda tristement la lame fine et acérée.

— Je tuerai celui qui mettra la main sur moi, dit-elle; puis elle attendit.

Quand Tabernier arriva, la duchesse la tenait enlacée, et pleurait à chaudes larmes.

— Cette chère mignonne est toute pâle; qu'elle a donc dû souffrir ! disait-elle ; oh ! cet affreux abbé !

— C'est un chevalier du Crucifix ! murmura Gemma.

— Oh ! non, mon enfant.

— N'est-ce pas un homme qui porte une grande robe noire, un abbé ?

— Oui, il porte une grande robe noire : c'est une soutane.

— C'est donc un chevalier du Crucifix. Ah ! je me rappelle mon rêve !

— Un rêve, mon enfant, vous l'avez dit vous-même, n'est pas une chose à laquelle on doit s'arrêter; dans le sommeil l'esprit divague.

La tête de Gemma se pencha; son regard devint vague et atone; elle parut ne plus entendre les paroles de la duchesse.

— Venez ! fit tout à coup Tabernier à cette dernière.

Avant de s'éloigner avec l'homme d'affaires, Arsinoë recommanda à Marguerite de rester auprès de la jeune fille.

— Veillez sur cette chère enfant, Marguerite, lui dit-elle.

Elle suivit ensuite Tabernier qui l'entraîna dans la chambre du rez-de-chaussée, où ils se trouvaient avant l'arrivée de l'abbé Taraud; l'homme d'affaires en referma la porte avec soin.

Arsinoë le toisa avec une suprême insolence.

— Vous allez vous prévaloir de l'excès de zèle auquel vient de se laisser entraîner M. l'abbé Taraud, lui dit-elle, pour chercher à jeter dans mon âme de nouvelles terreurs ?

— Non, madame; celui-là est bien encore un chevalier du Crucifix, mais il n'est pas redoutable. Ah! s'il l'était, il ne serait pas vivant en ce moment! Mais ce n'est pas de lui qu'il s'agit.

— De quoi donc encore, grand Dieu!

— J'ai à vous révéler un fait de la plus haute gravité.

— Lequel?

— Augustine est morte.

— Eh bien! où est le mal? Cette courtisane me gênait, elle pouvait trahir d'un moment à l'autre.

— Elle a parlé.

— Elle a parlé?

— Oui, elle a tout dit.

— Grand Dieu! et à qui ?

— A nos ennemis, à ceux qui sont inressés à nous enlever Gemma de Mélos, à ceux qui veulent notre perte.

— Comment le savez-vous?

Tabernier lui raconta d'un bout à l'autre son expédition nocturne dans le couvent des Théatines de Passy; seulement il en modifia quelques détails. Ainsi il lui dit qu'il avait assisté, témoin invisible, au crucifiement d'Augustine; qu'il avait entendu son

interrogatoire, qu'elle avait dit, dans ses réponses, qu'elle avait été substituée à Gemma de Mélos, et que les auteurs de cette substitution étaient le marquis Ulrich de Bordes et sa tante, la duchesse de Cressères.

— L'infâme! l'infâme! Et vous ne l'avez pas tuée, elle et ceux qui l'interrogeaient ? s'écria Arsinoë.

— Le pouvais-je? J'étais seul et ils étaient plus de cinquante!

— O mon Dieu! mon Dieu! Et quels étaient ces hommes?

— Des prêtres; et il y avait autour du crucifix, sur lequel était étendue la courtisane, des femmes; ces femmes étaient des religieuses du couvent.

— Vous en avez menti! Des prêtres, des religieuses? Non, non, non, c'est impossible! c'est impossible! Ces saints hommes, ces saintes femmes, oh! non, non, non, c'est impossible! c'est impossible !

— C'étaient des chevaliers et des chevalières du Crucifix, poursuivit imperturbablement l'homme de la rue de la Clef. Voulez-vous attendre qu'ils aillent vous saisir à votre hôtel, ou qu'ils vous livrent aux tribunaux, comme complice de l'enlèvement de la fille du baron de Mélos? Voulez-vous voir votre neveu, M. le marquis Ulrich de Bordes...

— Assez! assez! perdue! perdue! perdus! s'écria la duchesse en se tordant les bras de désespoir, en jetant vers le ciel des regards désespérés.

— Vous comprenez, madame, poursuivit Tabernier, toujours froid et railleur, que je ne veux pas m'exposer à partager votre sort; que je n'ai nulle envie de renoncer aux espérances de fortune que j'avais fondées sur le mariage de votre neveu avec Gemma de Mélos; aussi ce mariage se fera, mais il se fera sans vous, voilà tout. J'emmène avec moi Gemma de Mélos!

Le comte Jules avait un moyen pour triompher des résistances des femmes.

— Vous me laisseriez? Qu'avez-vous dit? Vous me laisseriez?

— Pourquoi pas?

— Vous iriez seuls à Stratos?

— Oui, ou ailleurs!

— Ailleurs? et vous croyez qu'Ulrich approuverait votre conduite?

— Parfaitement. M. le marquis n'a plus d'argent, et un homme de sa qualité ne se résoudrait jamais à gagner sa vie comme homme du peuple.

— Laissez-moi, monsieur, fit tout à coup Arsinoë, laissez-moi seule; je vais prier Dieu; je vais le prier de m'éclairer dans la nuit profonde où je suis tombée ; il m'inspirera. Dans un quart d'heure je vous donnerai une réponse ; j'espère !...

— Je le veux bien, madame, en attendant je vais aller inspecter les environs, pour savoir s'il n'y a pas quelqu'un des espions de ces Chevaliers maudits.

Arsinoë, restée seule, se mit à genoux devant un petit crucifix accroché à la muraille, à côté de la cheminée.

Nous ferons grâce au lecteur de tout ce que débita à Dieu la vieille duchesse de Cressères ; nous avons déjà donné de nombreux échantillons de ces prières, qui, du reste, se ressemblaient à peu près toutes.

Mais son âme n'allait pas si haut sur les *cimes éthérées* où réside le dieu clérical, pour qu'elle s'y oubliât au point de négliger les ressources du raisonnement humain pour la conduite de ses affaires terrestres, et qu'elle s'en rapportât entièrement à la grâce d'en haut afin d'en résoudre les problèmes ardus, elle était plus pratique que cela la vieille bigote, et elle ne faisait pas fi des *pauvres lumières* du bon sens, quand il s'agissait de ses intérêts immédiats, c'est-à-dire terrestres.

Aussi quand elle eut épanché, dans le sein de Dieu, toutes les éjaculations de son âme troublée, elle se livra au monologue suivant.

— Évidemment cet homme se trompe, se dit-elle, quand il prétend que les Chevaliers du Crucifix sont des prêtres et les Chevalières du Crucifix des religieuses ; je mettrais ma main au feu que cela est faux, archifaux ; les prêtres sont des saints, les religieuses sont des saintes, cela ne fait pas l'ombre d'un doute, pour toute personne qui n'est pas prévenue contre notre religion, ou qui n'est pas d'une ignorance crasse sur tout ce qui s'y rattache.

Mais si cet homme se trompe, si Ulrich se trompe, si Gemma de Mélos se trompe, cela ne prouve pas qu'il n'y ait pas des gens intéressés à nous nuire, quel que soit le nom qu'ils portent, et le monde auquel ils appartiennent. Oui, il peut y avoir des gens qui convoitent comme nous l'immense fortune de Gemma, et qui soient disposés à tout faire, même le mal, pour arriver à se l'approprier.

Mais de ce que ces ennemis existent, s'ensuit-il pour moi que je doive quitter Paris en ce moment, suivre cet homme d'affaires, et lui accorder une confiance aveugle ?

Voyons ! si cet homme me trompait !...

Dans quel but me tromperait-il ?

Ce but m'échappe !...

Mais si ce but m'échappe, il peut exister néanmoins ; les hommes sont si pervers !..

O mon Dieu, éclaire-moi !

Elle se rejeta aux pieds de son crucifix, et se mit à marmotter, avec ferveur, une nouvelle prière.

Après cette nouvelle éjaculation spirituelle, elle se releva et continua son monologue :

— Insensée que je suis ! Je me demande si cet homme me trompe, s'il est intéressé à me tromper ! Quand cela serait, quand j'en aurais la certitude, que pourrais-je faire ? Cet homme n'est-il pas mon maître ? Ne suis-je pas son esclave ? N'a-t-il pas qu'un mot à dire pour me perdre ! N'a-t-il pas un argument contre lequel je ne puis rien, rien ? Cet argument, c'est le poignard qu'il m'a montré, cette arme homicide, encore toute souillée de sang !

Hésiterait-il plus à m'en frapper, qu'il n'a hésité à frapper celui dont le sang en a rougi la lame ?

Ah ! malheureuse, dans quel abîme de misère me voilà descendue !

. . . .

. . . .

Quand Tabernier revint, il la trouva à genoux et priant.

Elle se releva lentement ; elle était prodigieusement pâle et agitée ; mais tel était l'empire qu'elle avait sur elle-même, qu'elle réussit à lui dire d'une voix calme :

— Je suis à vos ordres, monsieur, et je vous suivrai à Stramos.

L'homme de la rue de la Clef s'inclina :

— Vous n'êtes pas à mes ordres, madame la duchesse ; mais vous êtes comme moi, aux ordres des événements.

Il ajouta :

— Il faut prévenir Mlle Gemma, et partir avant qu'il soit grand jour, si c'est possible.

Arsinoë ne souffla mot, et se rendit auprès de Gemma ; Tabernier la suivit.

— J'ai une bonne nouvelle à vous apprendre, ma mignonne, lui dit-elle, en baisant à plusieurs reprises ses petites mains potelées.

La fille du baron de Mélos la regarda tout interdite.

— Une bonne nouvelle ? que dites-vous ? madame ; une chose pareille pourrait-elle m'arriver ?

— Pourquoi pas ?

— Parce que mon malheur, madame, exclut toute espérance.

— Ah ! mon enfant, Dieu qui est bon, Dieu qui n'abandonne jamais ceux qui ont besoin de son appui, et qui le méritent, vous ménageait cette surprise et j'en suis bien heureuse !

— Que dites-vous ? madame ; de quoi s'agit-il donc ? fit Gemma dont le visage se colora subitement.

— On vient, ma mignonne, de nous aviser que MM. Hassan et Georges Bernard sont à Stramos.

La jeune fille poussa un cri, pâlit affreusement et s'évanouit.

La vieille Arsinoë sourit.

— Que l'on est sensible à cet âge ! dit-elle en regardant son ancienne camériste.

— Dame ! vous avez eu aussi vos heures, madame la duchesse, dit celle-ci.

— Taisez-vous ! Marguerite ; vous êtes, je vous le répète, incorrigible ; on croirait vraiment, à vous entendre, que j'étais une sensitive ! Vous ne savez donc pas à quelles odieuses suppositions cela pourrait donner lieu ? Heureusement que monsieur l'homme d'affaires, ici présent, ne saurait le prendre en mauvaise part.

— Une duchesse de Cressères, fit celui-ci en s'inclinant, ne saurait jamais mal placer ses sentiments.

— Et n'en avoir d'autres, monsieur, que ceux que la morale approuve et l'honneur de son blason.

Un sourire vague se dessina sur les traits avachis de Tabernier.

— C'est ainsi que je le comprends, madame la duchesse, dit-il en s'inclinant de nouveau.

Marguerite, qui leur tournait le dos, souriait, en jetant à la figure de Gemma le contenu d'un bénitier qu'elle trouva sous sa main.

— J'ai mon flacon de sels ! exclama tout à coup la duchesse.

Disons pour abréger, que Gemma reprit promptement l'usage de ses sens.

Comme on le pense bien, ce fut avec une joie inexprimable qu'elle consentit à partir aussitôt pour Stramos.

Arsinoë emmena Marguerite à l'écart.

— Nous allons faire un voyage, lui dit-elle à voix basse, et vous nous accompagnerez.

— Un voyage ! fit-elle, et dans cette saison !

Il était visible que cela la contrariait.

— J'ai besoin de vous, insista Arsinoë, d'abord parce que je ne veux pas être seule, et que, pour des raisons particulières, je ne puis pas me servir de Mlle Julie, en cette circonstance; elle restera à l'hôtel de Cressères. Ensuite j'ai encore besoin de vous, parce que je ne désespère pas de vous voir trouver un jour la manière de se servir de votre petit flacon rose, afin d'obtenir les effets précieux que nous sommes en droit d'en attendre.

— Dame! vous les avez ressentis ces effets, et le comte de Fourchencerf...

— Taisez-vous! lui dit vivement la duchesse, je suis sûre que vous allez encore dire des choses que je ne dois pas entendre; je vous le répète encore, vous êtes incorrigible. Je reviens à ce que je vous ai dit: il faut que vous veniez avec moi à Stramos!

— Est-ce bien loin, ce pays-là?

— On y va dans huit ou dix jours, je crois.

— Est-ce que je pourrai emmener ma petite-nièce avec moi?

— Si vous le voulez.

On sait que la vieille Marguerite avait avec elle une petite parente, enfant de huit à dix ans.

Elle resta un instant hésitante, pensive.

Arsinoë la regardait étonnée.

— Madame la duchesse, dit-elle tout à coup, ne voudrait pas sans doute laisser sans rémunération cette nouvelle preuve de mon dévouement pour elle.

— J'ajouterai cinq mille francs à ce que je vous ai déjà promis.

— Oh! alors je pars!

— Faites vite!

La vieille Marguerite était heureuse de gagner cinq mille francs de plus: ajoutons qu'elle avait toute confiance en son ancienne maîtresse.

Celle-ci, en effet, avait toujours rempli, vis-à-vis d'elle, tous ses engagements.

Cependant Tabernier s'impatientait.

Il n'avait, il est vrai, rien remarqué de suspect dans les environs de la petite mai-son de la rue du Bois, mais dans l'état de surexcitation où il était, il lui semblait qu'une minute de perdue était une chance de plus que ses ennemis avaient de l'arrêter dans sa fuite.

Mais les préparatifs de départ furent bientôt terminés.

Quand ils partirent l'aube commençait à peine à jeter une teinte grisâtre sur les masses d'ombres encore rebelles de la nuit.

Rentré chez lui, l'abbé Taraud écrivit au chef de la police des Chevaliers du Crucifix la lettre suivante :

Monseigneur,

A la suite de recherches des plus actives et des plus minutieuses, je suis arrivé à découvrir, je crois, la jeune personne que vous cherchez.

Sur le territoire de ma paroisse, rue du Bois, n° 6, vit très retirée une vieille fille, portant le nom de Marguerite Brénod.

Cette vieille fille a été pendant de longues années la camériste d'une certaine duchesse de Cressères, qui demeure à Paris, dans le faubourg Saint-Germain.

Depuis quelque temps elle était devenue l'objet de visites très mystérieuses. Je voulus savoir au juste ce qu'il en était, et j'appris qu'une dame voilée venait la voir en fiacre la nuit, restait quelques heures chez elle, et repartait ensuite dans le même fiacre, avant le lever du jour.

Je connus bientôt la cause de ces visites.

La vieille Marguerite avait une jeune pensionnaire, qui lui avait été amenée, parait-il, d'une manière très mystérieuse c'était elle que la dame voilée venait voir, sans doute.

Cette pensionnaire, Marguerite la cachait à tous les regards, et une séquestration absolue paraissait peser sur elle.

Une des voisines de l'ancienne camériste,

qui est mon agent, est entrée un jour, ino-pinément et d'après mon ordre, chez cette dernière, et y a aperçu sa pensionnaire, qu'elle dit être d'une rare beauté.

J'ai voulu y aller à mon tour. J'y ai trouvé une vieille dame et une espèce de brigand armé d'un poignard, qui ne m'ont pas per-mis de la voir et encore moins de lui parler. Ce dernier a proféré même contre moi les menaces les plus épouvantables.

J'ai donc dû me retirer sans avoir rempli ma sainte et divine mission.

Je le répète, je crois avoir découvert, Monseigneur, cette Gemma de Mélos que vous cherchez.

Du reste, la présence de ce bandit chez la vieille Marguerite ne sera pas éternelle, et dès qu'il sera parti, je verrai, de gré ou de force, celle que l'on cache ou qui se cache avec tant de soin; et je saurai qui elle est.

Quel bonheur pour moi, monseigneur, de pouvoir ainsi contribuer au triomphe de notre sainte Église catholique, apostolique et romaine!

Veuillez agréer, etc.

Signé : TARAUD, abbé.

IV

La Canaque.

— Ainsi cet homme t'a questionnée?

— Oui.

— Il t'a demandé si j'étais jeune?

— Oui.

— Si j'étais belle?

— Oui.

— Si j'étais brune?

— Oui.

— Si j'étais grande?

— Oui.

— Si j'étais mince?

— Oui.

— Si mes yeux étaient bleus ou noirs?

— Oui.

— Si j'avais la bouche petite?

— Oui.

— Si j'avais les dents petites?

— Oui.

— Si ma main était petite?

— Oui.

— Si mes doigts étaient minces?

— Oui.

— Si ma main était maigre?

— Oui.

— Si j'avais un grain de beauté tout près de l'oreille gauche?

— Oui.

— Si mes cheveux étaient noirs ou châ-tains?

— Oui.

— S'ils frisaient légèrement sur les tem-pes?

— Oui.

— Si j'avais la voix agréable?

— Oui.

— Si je chantais bien?

— Oui.

— Si j'étais gaie?

— Oui.

— Si j'avais jamais une minute de tris-tesse?

— Oui.

— Si mes lèvres étaient pâles quelque-fois?

— Oui.

— Si j'étais Italienne?

— Oui.

— Si je parlais quelquefois de mon pays?

— Oui.

— Si je parlais de ma mère?

— Oui.

— Ce que je disais d'elle?

— Oui.

— Si elle vivait encore?

— Oui.

— Si je parlais de mon père?

— Oui.

— Si j'avais connu mon père?

— Oui.

La Canaque, car c'était elle (nous l'appelons aussi la baronne de Berny), après avoir fait toutes ces questions, garda le silence, et parut s'abîmer dans de profondes réflexions.

Elle était dans ce petit boudoir charmant que nous connaissons, celui où elle avait conduit le marquis de Bordes, la nuit du fameux bal.

A demi couchée sur les coussins d'une ottomane, elle avait près d'elle cette jeune femme, que l'on appelait sœur Blandine : c'était à elle qu'elle venait d'adresser toutes ces questions.

C'est cette espionne des Chevaliers du Crucifix, qui, le lecteur se le rappelle sans doute, avait fait avec Tabernier le voyage de Munich à Paris, et que celui-ci avait laissée garrottée et bâillonnée dans un hôtel de la rue Saint-Martin.

Tout à coup la Canaque releva la tête.

— Cet homme, dites-vous, a ajouté que j'avais été sa maîtresse?

— Il a osé dire cela de madame qu'il ne connaît pas certainement, car s'il la connaissait il n'aurait pas osé parler ainsi d'une sainte.

La Canaque leva les yeux vers le plafond du boudoir et murmura :

— Voyez, Seigneur, comme on outrage votre servante!

Puis ses traits se contractèrent, ses yeux lancèrent de fauves éclairs.

— Quel âge avait-il cet homme? poursuivit-elle.

— Cinquante ans environ, madame.

— Avait-il la barbe blanche ou grisonnante?

— Ni blanche ni grisonnante.

— Et ses cheveux?

— Non plus.

— Il ne devait pas avoir cinquante ans.

— Il avait cependant des rides profondes sur le front, autour des yeux et sur la partie de sa figure, que ne recouvrait pas sa barbe.

— C'est qu'il avait peut-être une barbe et des cheveux teints ou postiches?

— Je l'ignore.

— Il est fâcheux que vous ne vous en soyez pas assurée.

La sœur baissa la tête et ne répliqua pas.

— Voyez-vous, Blandine, poursuivit la Canaque, tous les détails ont leur valeur, et quelquefois c'est le plus insignifiant en apparence, qui a le plus d'importance. Ainsi, rappelez-vous bien de cela, quand on vous charge d'une mission de la nature de celle dont vous avez été chargée en cette circonstance, vous devez non seulement faire parler l'homme, et chercher à voir tout ce qu'il a ou dit avoir dans l'esprit et dans le cœur ; mais vous devez encore voir sous ses vêtements, le mettre à nu s'il est possible, noter toutes les taches ou cicatrices qu'il peut avoir sur le corps ; lui tirer les cheveux pour savoir s'il a une perruque, et les poils de sa barbe pour bien vous assurer qu'elle n'est point postiche.

— Madame est une sainte, madame a la sagesse de l'Esprit-Saint.

La Canaque leva de nouveau les yeux vers le plafond et resta un instant comme en extase.

— Ma conviction est que cet homme devait être plus vieux qu'il n'en avait l'apparence, poursuivit-elle après un moment de silence ; voyons, Blandine, avait-il de grandes ardeurs physiques?

— Plutôt morales que physiques, madame.

— Ah! ah! vous voyez bien! ceci est l'effet de la vieillesse : c'est là qu'on reconnaît la vieillesse! hein? je ne me trompe donc pas, cet homme devait être vieux!

La religieuse baissa la tête et garda le silence.

— Cet homme vous a demandé des choses étranges : je suis portée à croire qu'il a connu ma mère : oh! quand je dis qu'il l'a connue, je veux dire qu'il l'a vue, voilà tout. Ma mère était une sainte femme, une pauvre martyre qui est morte victime des crimes de mon père. Je suis portée à croire, je le répète, que ce misérable qui nous occupe, a vécu près d'elle, ou qu'il l'a vue souvent : ainsi ma mère avait la bouche petite, les dents petites, les doigts minces, la main maigre, les yeux noirs, les cheveux noirs, un grain de beauté près de l'oreille gauche; ses cheveux frisaient sur les tempes, elle avait la voix agréable, chantait bien, était gaie, n'avait jamais une minute de tristesse ; ses lèvres palissaient parfois, et elle était Italienne.

— C'est tout ce que cet homme m'a demandé sur vous madame : c'est étrange, en effet, fit la religieuse.

— Oui, ce misérable a dû connaître ma famille, fit la Canaque, de plus en plus songeuse.

Après quelques minutes de silence, et de méditation, elle se leva, congédia la sœur et resta seule.

Elle était agitée, tourmentée, farouche : il y avait des instincts de bête fauve dans cette femme : elle avait des colères et des amours sauvages : nature volcanique, indomptable, cruelle jusqu'à la férocité, dissimulée jusqu'à l'anéantissement.

Elle flairait un ennemi et un ennemi personnel dans cet homme étrange, dont on venait de lui parler. Elle éprouvait un besoin impérieux de le trouver, de le connaître, de le voir.

Du reste, n'eût-il eu d'autre tort à ses yeux que d'avoir indignement joué les Chevaliers du Crucifix, ses bons amis à elle, ses protecteurs, que cela eût suffi pour lui mériter sa haine.

Or sa haine était terrible.

— On m'a toujours dit, pensa-t-elle, que mon père, mon vrai père, celui qui a été condamné à mort et a fui à l'étranger, avait cessé de vivre depuis longtemps. Je l'ai demandé plusieurs fois à mon bien-aimé Vétoni; il m'a toujours dit qu'il était mort en Allemagne, il y avait longtemps. Lui, Vétoni, un des chefs des enfants de Jésus, devait être bien informé; est-ce que les chefs des enfants de Jésus ne doivent pas tout savoir?...

Pourtant!...

Oh! je suis folle, je suis folle, cet homme ne peut pas être Pietro Tavelli !... Si c'était lui pourtant !

V

Suite de la Canaque. — Civette

Benedita se renversa à demi sur les coussins de son ottomane, et se plongea dans ses réflexions.

Elle pensa à cet homme étrange qui semblait s'intéresser si fort à elle. Elle chercha avec ardeur, dans son passé, si elle avait eu un amant dont les allures, les manières et le physique, se rapportassent aux allures, aux manières et au physique de ce personnage mystérieux : certes elle en avait eu un grand nombre depuis le jour où elle était tombée entre les mains de Broussard et de Varcolli, mais elle chercha vainement, elle ne trouva rien, absolument rien.

Sa pensée se porta ensuite sur Ulrich de Bordes, et elle sourit en pensant au tour qu'elle lui avait joué.

Cependant, comme ledit marquis lui avait paru très épris d'elle, elle se demandait comment il se faisait qu'elle ne l'avait pas revu.

La femme a beau n'être elle-même nullement éprise, son amour-propre souffre quand ceux-là même qu'elle n'aime pas la payent d'indifférence.

On voit qu'elle ignorait encore que le pauvre imbécile dont elle avait su si adroitement tirer, comme on dit vulgairement, les vers du nez, avait pris, grâce aux combinaisons de Tabernier, une magnifique revanche sur elle, en l'englobant dans une immense mystification dont l'objet était, nous l'avons vu, de substituer à Gemma de Mélos la courtisane Augustine.

Et son ignorance n'a rien qui doive nous surprendre, puisqu'on était dans la matinée du jour où cela devait se découvrir.

C'était la nuit précédente qu'Augustine avait été attachée au crucifix, et ensuite tuée avec Bridoux par l'homme de la rue de la Clef.

Ajoutons qu'il y avait à peine quelques heures que ce drneier avait quitté la petite maison de la rue du Bois, à Neuilly, avec Marguerite, la petite nièce de celle-ci, et la vieille Arsinoë, duchesse de Cressères.

Ah ! si la vindicative et venimeuse créature avait eu connaissance de ces faits, quelle colère folle elle eût ressentie, avec quelle ardeur sauvage elle eût cherché, dans son esprit fécond en ressources, les moyens de se venger.

Mais elle ne savait encore rien ; c'est pour cela que nous la retrouvons calme, songeuse, bien que très intriguée de ce que venait de lui apprendre la religieuse, qui avait été, nous le savons, la dupe de Tabernier.

Certes, elle se promettait bien d'éclaircir ce mystère ; et nous sommes convaincus qu'elle y arrivera, grâce à son génie infernal.

Un autre désir la tourmentait, c'était de savoir ce qu'était devenu Josué Anthelme Broussard, le fameux charmeur de serpents, et le petit Jack, son fils.

Elle avait appris qu'il était retourné plusieurs fois la demander au château de Boternay.

Elle savait qu'il faisait tout pour la retrouver, et elle en avait ressenti une irritation profonde.

Elle se repentait bien de ne les avoir pas poignardés l'un et l'autre dans le parc du château de Boternay ; elle s'en voulait maintenant de ne l'avoir pas fait par crainte que la présence de ces deux cadavres dans son parc ne causassent de l'ennui à la châtelaine.

— Je ne retrouverai pas une pareille occasion d'écraser ces vermines ! se disait-elle.

Certes, la Canaque avait un orgueil incommensurable et tout ce qui était de nature à la rapetisser même moralement, et à lui rappeler son abjection passée, lui causait des rages folles.

Elle pensait aussi à Vétoni qui était à la fois son père et son amant. Elle ignorait encore la mort de l'homme rouge, et elle se demandait avec une certaine inquiétude, pourquoi il restait maintenant un grand mois sans venir la voir. Elle en avait demandé dernièrement des nouvelles à Civette, qui

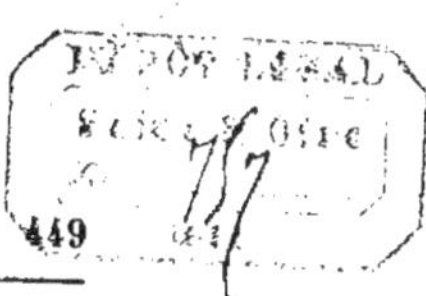

Georges chancela.

n'avait pu rien lui apprendre à ce sujet.

Ici l'on tombe dans un étonnement profond. On se demande comment la Canaque et Civette, qui devaient être instruits de tout ce qui se passait dans ce monde étrange, qu'on pourrait appeler le monde des Chevaliers du Crucifix, ignoraient des faits de cette importance.

C'est que dans ce monde étrange, où la suspicion et l'espionnage étaient passés à l'état de dogme, où tous les affiliés devaient se suspecter et s'espionner les uns les autres, où l'individu n'était rien vis-à-vis de l'individu, et tout, entièrement tout vis-à-vis du comité directeur, l'autorité suprême, le conseil des Dix [1]; nul ne révélait à d'autres qu'à ce conseil ou à son représentant ce qu'il

1. Nous allons en parler bientôt.

savait ou faisait; de sorte que la lumière allait de bas en haut, sans rayonner aux alentours.

C'est ce qui explique l'ignorance de Tabernier, un de leurs agents les plus actifs, sur la constitution de la Société, le Conseil suprême, les noms des chefs provinciaux, et tant d'autres détails très importants.

Chaque affilié savait ce qu'il apprenait par lui-même, voilà tout; et ce qu'il apprenait par lui-même se réduisait à savoir purement et simplement les faits qui se produisaient dans la sphère de ses propres actes; en dehors de là, c'étaient la nuit, les ténèbres profondes.

Je ne prétends pas dire pourtant qu'il n'y eût pas parfois quelque dérogation à cette règle rigoureuse de discrétion et de silence, vis-à-vis des confrères. Il est certain que Vétoni devait avoir raconté bien des choses à la Canaque, dans l'intimité du boudoir; je suis même persuadé que Civette, lui qui était un de ses admirateurs, et de ceux auxquels la belle et lascive baronne ne refusait rien, devait révéler à celle-ci nombre de choses, et qu'il violait pour elle la loi rigoureuse du silence à laquelle il était soumis comme les autres affiliés. Mais ce n'étaient là que des exceptions rares, très rares.

Il reste à ajouter à ces exceptions les communications qu'ils faisaient parfois à leurs adeptes, soit pour les encourager, soit pour exciter leur fanatisme; et l'on peut mettre dans ce nombre tout ce qui a été dit par les hommes rouges, dans la fameuse réunion de Mond'hoye.

Revenons à Benedita.

La belle sirène resta longtemps plongée dans ses réflexions.

Tout à coup elle sentit une main se poser sur son épaule, et une lèvre sensuelle effleurer sa joue.

Elle se retourna.

— Civette! murmura-t-elle.

Elle ajouta vivement:

— Ah! je vous attendais, monseigneur.

Le chef de la police des Chevaliers du Crucifix était rose, parfumé, souriant.

Il avait l'habitude d'entrer chez la Canaque sans se faire annoncer.

Il avait pénétré dans son boudoir sans faire le moindre bruit; l'épaisseur de la moquette qui recouvrait le parquet avait amorti le bruit de ses pas.

— A propos, belle baronne, dit-il en se jetant dans un fauteuil, nous avons donc trouvé ce saltimbanque!

— Vraiment!

— Oui.

L'œil de la Canaque lança un éclair.

— Et le petit? fit-elle.

— Le père et le petit.

— Où sont-ils?

— Le père en prison, le petit dans un couvent.

— Ah! très bien! que vous êtes gentil!

Civette prit la main de la Canaque et la baisa tendrement; il ajouta:

— Les serpents sont à la mairie, les chevaux, les chiens et la voiture à la fourrière.

— Quel est l'heureux pays qui possède le vagabond, son petit, ses serpents, ses chiens, ses chevaux et sa voiture?

— Ce pays s'appelle Meulan; c'est une petite localité des environs de Pontoise.

— A merveille!

— A propos, Blandine sort d'ici, ajouta-t-elle.

— Ah!

— Elle est furieuse.

— Il y a de quoi.

— C'est qu'elle a été vraiment jouée.

— Colossalement.

— La pauvre fille avait affaire à forte partie.

— Oh! c'est un démon! cet homme.

— Il y a dans tout cela une chose étrange.

— Quoi donc, baronne?

— Une chose qui m'est personnelle.

Civette sourit.

— Savez-vous ce que ce gibier de Satan lui a demandé?

— A propos de vous, belle baronne?

— Oui.

— Il vous connaît donc?

— Non.

— C'est un rébus, ma délicieuse Judith[1], et j'ai horreur des rébus.

— Je m'explique.

Blandine lui ayant parlé d'une jeune dame portant le nom de Benedita Tavelli[2], il a demandé si cette dame était brune.

— Ah! fit-il en souriant.

— Si elle avait les dents petites, la bouche petite; si elle était gaie, si elle chantait bien, si elle avait un grain de beauté... que sais-je?...

— Etrange! étrange! exclama-t-il avec un nouveau sourire.

— Il a même dit que j'avais été sa maîtresse!

— Cet homme est Satan en personne, charmante baronne, baume du Seigneur.

— Savez-vous ce que je serais tentée de croire?

— Quoi donc, mon doux ange?

— Je serais tentée de croire que cet homme est Piétro Tavelli, mon père. Mais ce serait folie même de le supposer, car il est mort en Allemagne il y a longtemps, m'a-t-on dit.

— On l'a dit, en effet.

— Qu'en pensez-vous, monseigneur?

— Nous saurons bientôt quel est ce per-

sonnage, car il y a tout lieu de croire qu'il sera entre nos mains ce soir même.

— Vous me ferez voir votre prisonnier?

— Je n'ai rien à vous refuser, belle baronne, ma rose mystique.

Civette, on le voit, ne parlait pas à la Canaque de l'assassinat de Vétoni, qu'il avait appris depuis quelques jours, et se gardait bien de lui dire que l'homme qui avait garrotté et bâillonné Blandine était Piétro Tavelli.

Le chef de la police des Chevaliers du Crucifix n'avait pas l'âme aussi expansive qu'on aurait pu le croire dans ses relations intimes avec la belle Canaque, en qui cependant il pouvait avoir toute confiance.

— Avez-vous des nouvelles de monseigneur Vétoni? poursuivit la Canaque.

— Aucune, ma belle tour d'ivoire.

C'était bien la vingtième fois qu'elle lui adressait cette question depuis un peu plus d'un mois que l'homme rouge était mort.

Un nuage passa sur son front; elle garda le silence.

— Savez-vous ce qu'est devenu cette espèce de fou que l'on appelle Ulrich de Bordes? lui demanda tout à coup Civette.

— Je ne l'ai pas revu, et j'ignore ce qu'il est devenu.

— Voyez-vous quelquefois sa tante, la vieille duchesse de Cressères?

— Non : elle n'appartient pas à notre monde.

— Ah!

— Et cette Gemma de Mélos, monseigneur?

— Est au couvent des Théatines, ma belle baronne, mon doux vase d'élection.

— Quelle belle proie!

— Splendide! oh! splendide!

Civette ne savait pas encore que le marquis ne leur avait livré qu'une courtisane,

1. On se rappelle que les Chevaliers du Crucifix l'appelaient Judith parce qu'elle avait tué son mari.
2. Il paraît que Civette savait qu'elle était une Tavelli.

et que Gemma de Mélos leur avait glissé entre les mains.

Depuis quelque temps, la Canaque regardait l'homme de la rue d'Ulm d'un air étrange.

— Vous me paraissez bien mystérieux aujourd'hui, monseigneur, lui dit-elle tout à coup.

— Moi!!! fit Civette, affectant la plus grande surprise.

— Oui, vous, mon doux seigneur; il me semble que je ne lis pas bien couramment dans votre pensée.

— Pour vous ma pensée, belle baronne, est limpide comme une onde cristalline, et mon âme est lumineuse comme le soleil.

Tout à coup on entendit frapper sur un timbre, et Civette sortit précipitamment.

VI

Le charmeur de serpents.

Nous avons appris, par la conversation que le chef de la police des Chevaliers du Crucifix a eue avec la Canaque, que Josué-Anthelme Broussard, ce saltimbanque que nous avons déjà rencontré deux fois, la première dans les environs du château de Boternay, la seconde en Suisse, était prisonnier à Meulan.

Nous savons en outre que c'étaient les Chevaliers du Crucifix qui, à l'instigation de cette Canaque, son ancienne maîtresse, l'avaient fait incarcérer.

Depuis vingt-huit heures Josué-Anthelme Broussard était en prison.

Qu'étaient devenus ses serpents, Follette et Gastramor, ses deux haridelles, sa voiture, son petit Jack et ses deux molosses, César et Napoléon?

Il ne le savait pas lui-même.

Une nuit, on était venu à l'auberge où il se trouvait, on était monté dans la chambre où il dormait, on l'avait réveillé, en lui disant de s'habiller.

Il avait fait des observations, on lui avait dit de se taire; il avait poussé des exclamations, on l'avait bâillonné; il avait fait résistance et à peu près assommé deux de ses nocturnes visiteurs, on l'avait garrotté;

puis on l'avait transporté comme un ballot, comme un paquet, comme une caisse, comme un colis quelconque dans le logis où nous le retrouvons.

Le pauvre diable avait eu assez de mésaventures dans sa vie pour qu'il ne fût pas affecté outre mesure de celle-là; cependant il était triste, soucieux et sombre.

— Depuis que j'ai aperçu cette gueuse de Benedita dans sa voiture et que je suis allé la réclamer à ce château de Boternay, tout va de mal en pis dans mon existence, se disait-il.

Les aubergistes sont de moins en moins corrects : il faut que je les paye d'avance, et intégralement, quand autrefois ils se contentaient d'un pourboire; il n'y a plus dans leurs greniers une seule botte de foin, et mes chevaux sont obligés de se contenter d'une mauvaise et maigre pitance; il y a de vieilles tiges de bottes dans ce que je mange et du pétrole dans mon cognac; la soupe que l'on donne à César et à Napoléon est si peu réconfortante que les malheureux sont toujours affamés et que j'ai toutes les peines du monde à les empêcher de manger les jambes de mes vaillants et dignes bucéphales Follette et Gastramor.

Les gendarmes, les gardes champêtres, les maires, les adjoints, les curés, les gamins me harcèlent, me persécutent, me pourchassent...

Enfin, me voilà en prison : ça devait finir ainsi !

Il leva les yeux : un rayon grisâtre presque livide glissait sur la voûte noire et humide de son cachot.

— Le jour doit être levé, poursuivit-il ; je sens ça aux tiraillements de mon estomac.

Hier soir j'ai mangé pour trois sous de pain, Jack pour deux sous, Napoléon et César pour un sou de bouillon, Follette et Gastramor pour dix centimes et demi de fourrage, et mes serpents pour quatre centimes et demi de lait : tout cela payé comptant.

— Ah ! Benedita ! tu roules ; toi, dans des carrosses ; tu vas dans les châteaux, tu as des robes de soie et des chapeaux à plumes ; tu es belle, belle, toujours belle ; tu as de nombreux adorateurs ; ta vie est une fête perpétuelle. Ah ! tu te moques bien de ton ancien amant, Anthelme Broussard, et de ton fils, le petit Jack !

Mais si tu les méprises, si tu les renies, si tu n'as plus pour eux que du dégoût ; si tu n'as d'entrailles que pour ta *gueule*, si tu n'as de sourires que pour l'orgie ; et de caresses que pour ceux qui t'entraînent dans leurs fêtes, pourquoi donc ne laissais-tu tranquilles ces *misérables vagabonds !*

Ah ! tu craignais de les rencontrer sur ton chemin ! ils te gênaient comme un remords ; ils faisaient ombre dans le ciel bleu de tes rêves de courtisane ! tu voyais leur silhouette grimacer sur les lambris dorés de ton alcôve, et cette vue glaçait le baiser sur tes lèvres et jetait un reflet livide sur ton sourire ? infâme !... Ah ! tu avais peur d'entendre inopinément la voix de ton petit, entre deux baisers, et l'instinct de la maternité te crier au fond du cœur : C'est ton enfant !

Ah ! tu as faim, tu as soif de luxure, tu t'y vautres et tu t'en abreuves, et tu veux t'y vautrer et t'en abreuver toujours ! c'est pour cela que tu veux oublier, non ! anéantir le passé ! c'est pour cela que tu veux que ton fils meure, que le père de ton fils meure ! chienne !...

Car c'est toi qui nous poursuis, c'est toi qui accumules sur nos têtes tous les maux. Ta main, ta main cruelle, je la sens, je la vois dans tous les malheurs qui nous arrivent.

C'est toi qui à Villetaneuse, me faisais siffler par le public, et mettais dans la bouche des gamins ce cri infâme : Ses serpents sont des serpents de carton !

C'est toi qui as ameuté contre nous les gendarmes, les gardes champêtres, les maires, les adjoints, les curés, les vicaires, les capucins, les nonnes, les bedeaux, les aubergistes !...

Car tout ce monde clabaude contre nous, tout ce monde nous fait des vilenies, tout ce monde a juré notre perte ! j'en suis sûr !

Mais qui es-tu donc pour avoir tant de puissance ? qui es-tu donc pour que tout ce monde t'obéisse, depuis le maire ceint de son écharpe et le gendarme porteur du sabre de la loi, jusqu'à cette clique mystérieuse qu'on appelle la prêtraille ?...

Ah ! il faut qu'ils soient des gens huppés tes amants : Ah ! Josué-Anthelme Broussard, le célèbre charmeur de serpents, n'eût pas eu le bras si long même dans toute la splendeur de sa gloire !

Eh bien ! sois contente, triple gueuse, te voilà arrivée à tes fins. Le père est en prison, demain par la bouche d'un juge qui t'aura vendu sa conscience, il sera condamné aux travaux forcés à perpétuité !

Le fils, ce pauvre petit Jack, cet innocent,

tu l'auras fait conduire quelque part, dans quelque couvent, dans quelque coin, et tu te seras donné le plaisir de l'étouffer de tes propres mains !...

Il se tut ; ses traits se contractèrent affreusement, ses yeux s'injectèrent de sang, un cri rauque s'échappa de sa gorge ; il fit des efforts inouïs pour briser les liens qui l'enchaînaient.

Il était hideux, sa bouche écumait, ses yeux sortaient de leurs orbites...

Il se mit à pousser des hurlements.

Cependant un homme se présentait à la porte de la prison.

Il demandait à voir le saltimbanque Broussard.

C'était un homme de haute taille ; à figure grave et sévère et d'un aspect imposant.

Le gardien le regarda, et une vive surprise se peignit sur son visage.

— Vous demandez à voir, lui dit-il, ce mauvais garnement que l'on a amené ici hier?

— Je demande à voir le saltimbanque Josué-Anthelme Broussard.

— C'est un homme dangereux.

L'inconnu haussa les épaules.

— Que m'importe ! fit-il.

— C'est un misérable qui a blessé les agents qui sont allés l'arrêter.

L'inconnu haussa de nouveau les épaules.

— Il en aura bien pour cinq ans de travaux forcés.

L'inconnu se croisa les bras, et jeta sur son interlocuteur un regard de colère.

— Il est garrotté.

— Eh bien? Après?

— Il faut n'approcher de lui qu'avec la plus grande prudence.

— Est-ce cela que je vous demande?

— Les rapports s'accordent à le représenter comme un scélérat de la pire espèce.

Tout à coup les traits du visage de l'inconnu qui étaient contractés par la colère se détendirent, et un sourire ironique s'y dessina.

— Ah ! je comprends ! dit-il, je comprends !...

En même temps il tira de dessous son manteau un portefeuille bourré de billets de banque, l'ouvrit, en prit un qu'il tendit au cerbère.

Ce morceau de papier produisit sur celui-ci un effet merveilleux.

— Ah ! monseigneur, fit-il, vous désirez voir mon prisonnier ? c'est bien ! c'est bien ! je vais avoir l'honneur de vous conduire près de lui ; c'est contraire au règlement, mais c'est égal, je suis très disposé à passer par dessus le règlement pour vous faire plaisir ; mais où avais-je donc la tête pour vous faire attendre ainsi !

Tout en prononçant ces paroles avec une grande volubilité, et force courbettes, il s'était emparé de ses clefs, et était sorti de sa loge.

L'inconnu le suivit.

— Vous le voyez, monseigneur, poursuivit le gardien tout en marchant, dans ces prisons de petites villes, nous faisons bien des choses que l'on ne ferait pas dans certaines prisons : ainsi je puis laisser un porte-clefs garder ma loge et conduire moi-même un visiteur au cachot où se trouve mon prisonnier : ici nous sommes à peu près maîtres, et puis nous avons si peu de pensionnaires! deux ou trois, quelquefois pas un seul : ce sont généralement des vagabonds, des gens qui n'ont fait que quelques peccadilles et qu'on relâche au bout de peu de temps ; je puis bien dire que mon métier est une vraie sinécure ; ma foi, je joue aux cartes avec mon porte-clefs, toute la journée.

Entre nous, monseigneur, ce pauvre saltimbanque ne doit pas être un mauvais homme. Je vous ai dit de prime abord que c'était un mauvais garnement, parce que c'était la consigne, et puis c'était la première fois que j'avais l'honneur de recevoir votre visite, mais maintenant que vous m'inspirez toute confiance, je vous dis, oui je puis vous dire que ce pauvre malheureux, n'est pas un mauvais homme; et que c'est un mauvais homme *parce qu'il le faut.*

— Ceci est un mystère, monseigneur, poursuivit-il à voix basse : sachez donc qu'il a contre lui des ennemis puissants ; des hommes qui ont juré, paraît-il, sa perte.

— Entre nous, qu'a-t-il fait?

— On est allé l'arrêter à l'auberge, sous prétexte qu'il n'avait pas de moyens sérieux d'existence ; il paraît qu'il est charmeur de serpents. C'est un drôle de métier si c'en est un; mais enfin, il gagne sa vie avec ça, c'est son affaire et ça ne regarde personne : n'est-ce pas, monseigneur?

L'inconnu resta muet.

— Eh bien ! poursuivit le loquace gardien, on est allé, comme j'ai eu l'honneur de vous dire, l'arrêter à l'auberge, et cela la nuit : dame ! ce n'était pas gai d'être réveillé comme cela, et puis il paraît qu'on a été envers lui d'une brutalité !... bref ! le bonhomme s'est mis en colère, c'est ce qu'on voulait; il a tapé sur les agents, ferme, c'est ce qu'on voulait; il les a traités de canailles, c'est ce qu'on voulait : et finalement il a été apporté ici ficelé comme un paquet de carottes.

Ah ! ah ! ah ! comprenez-vous maintenant, monseigneur?

L'inconnu resta impassible.

On était arrivé à la porte du cachot.

Nous avons dit que Broussard hurlait; quand il eut assez hurlé, il se mit à songer à sa malheureuse situation; peu à peu, le désespoir envahit son âme et il s'abîma dans une sombre rêverie.

Il en fut tiré par le bruit d'une clef grin-

çant dans la serrure de la porte de son cachot.

C'étaient le gardien de la prison et l'inconnu qui arrivaient.

— Assassin! s'écria-t-il à la vue du premier.

— Tout doux! tout doux! mon agneau, fit celui-ci, voilà un monsieur qui vient vous voir ; ce monsieur est un grand personnage et sans doute il vous veut du bien.

— Je ne le connais pas, fit Broussard d'un air sombre.

— Déliez cet homme, dit l'inconnu en s'adressant au gardien.

— Ah monseigneur, fit celui-ci, que me demandez-vous là? quelle grave infraction je ferais au règlement si, dans le désir de vous faire plaisir, je déliais des liens que mes supérieurs m'ont recommandé expressément de maintenir dans toute leur intégrité et leur solidité : ces liens sont sacrés! monseigneur.

L'inconnu tira de son portefeuille un nouveau billet de mille francs et le lui tendit.

— Tenez, lui dit-il, et faites vite !

— Ah ! monseigneur, fit le gardien en prenant le billet, vos procédés me vont au cœur, je vous cède, je vous cède, mais à quelle torture vous mettez ma conscience ! à quelle torture!

Tout en se lamentant ainsi, il passa la lame de son couteau dans les cordes qui enchaînaient les membres du saltimbanque.

— Ouf ! fit celui-ci en se sentant libre.

Puis il se mit à aller et venir et à secouer bras et jambes, avec un vif sentiment de satisfaction.

— Ah! que c'est bon d'être libre! dit-il, oui mais...

Son regard se promena sur les murs de son cachot, et il soupira.

— Enfin, c'est toujours ça! ajouta-t-il.

— Maintenant laissez-nous ! fit l'inconnu au gardien.

— Impossible.

— Pourquoi ?

— Parce que c'est absolument, oh ! mais absolument contraire à la règle.

— Allons donc !

— Une pareille tolérance me ferait destituer sur le coup ; ah ! on ne plaisante pas sur ce point en haut lieu ! il faut que nous ne laissions jamais personne avec nos prisonniers, et si par faveur spéciale, quelqu'un a été amené par nous auprès d'eux, il faut que nous ne les perdions pas de vue une seule minute ni l'un ni l'autre, afin que nous puissions rendre compte, au besoin, de tout ce qu'ils ont dit, et de tout ce qu'ils ont fait.

L'inconnu fit un geste d'impatience.

Il tira de sa poche une douzaine de louis et les lui mit dans la main.

— A présent trêve de discours et partez vite, lui dit-il.

Le gardien s'inclina, et serrant dans sa main le précieux métal :

— Vous êtes irrésistible, monseigneur, fit-il, vous damneriez tous les anges du paradis.

Il s'éloigna.

On entendit son pas résonner sourdement dans le long couloir par où ils étaient venus, devenir de moins en moins distinct, et finir par cesser de l'être à cause de l'éloignement.

— Pour le coup voilà un coco qui n'est pas bête, grommela le saltimbanque, en voyant le gardien empocher les pièces d'or.

Puis il jeta sur l'inconnu un long regard scrutateur.

— Quel est ce nabab, se dit-il, ce rajah, ce boyard, ce roi, ce prince, ce Crésus, cet empereur, qui vient me trouver dans ce trou de crapaud où je suis tombé ?

Cet inconnu, dont nous avons caché jusqu'ici le nom à nos lecteurs, était une vieille connaissance ; il s'appelait Hassan.

C'était le Maure en personne.

— Monseigneur, lui dit Broussard, c'est dans un salon que je voudrais vous recevoir, et alors je pourrais vous offrir un fauteuil, car ce n'est guère que de ces sortes de sièges que vous vous servez pour vous asseoir, à moins que...

Il s'inclina profondément.

A moins que ce ne soit sur un trône, et cela ne m'étonnerait pas, car vous avez un air de grandeur et de majesté qui doit être l'apanage de ceux qui règnent sur les hommes.

Le Maure écouta tout cela sans faire un geste, ni même prononcer une parole.

— Vous êtes bien M. Broussard ? lui dit-il d'une voix grave.

— Oui, monseigneur, Josué Anthelme Broussard, charmeur de serpents, de retour des grandes Indes et autres lieux.

— C'est vous que Jacques Tissier, le maître timonier du brick l'*Éole*, a vu dernièrement à Issoudun ?

— Oui, Votre Excellence.

— Vous êtes celui que le domestique de la baronne de Mélos a rencontré près du village de Steiz en Suisse, il y a deux mois environ.

— Dans un ravin ? monseigneur.

— Oui.

— Près d'un petit pont ?

— Oui.

— Un fier cavalier, filant comme l'ouragan à la recherche d'une demoiselle qui avait été enlevée la nuit précédente ?

— Oui, fit le Maure d'une voix sourde.

— Je me rappelle ça, oui, oui.

— Vous aviez vu le carrosse ?

— Oui, Votre Excellence.

— Vous aviez reconnu un des cavaliers qui l'escortaient.

— Oui, monseigneur.

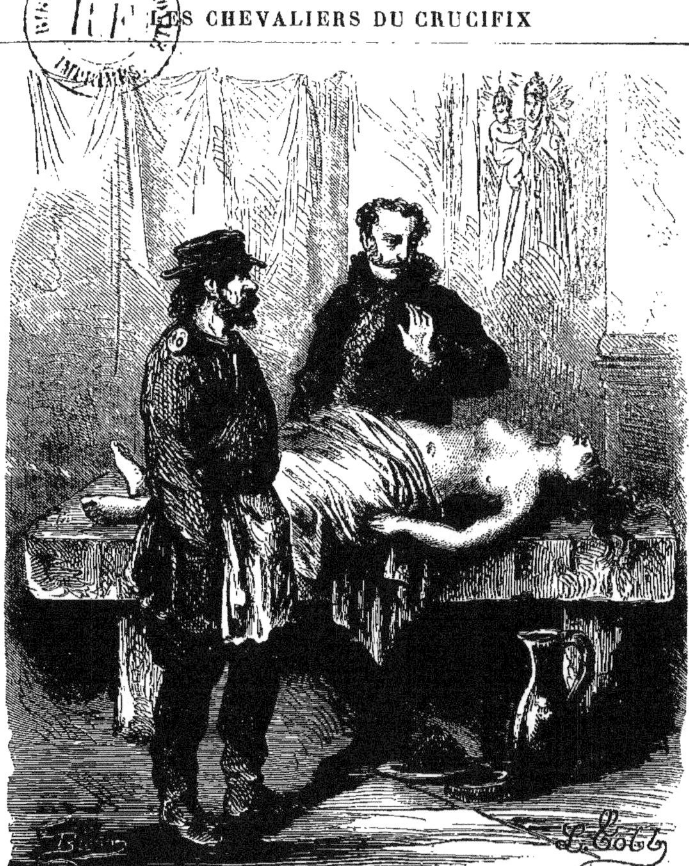

Est-elle vivante ? Est-elle morte ?

— C'est un certain Varcolli ?

— Oui, votre excellence.

— Il faut que vous trouviez cet homme.

— Mais pour trouver cet homme, il faut que je sorte d'ici.

— Vous en sortirez.

— Il me faut de l'argent, beaucoup d'argent.

— Vous en aurez.

Le saltimbanque le regarda ébahi.

— Vous êtes donc bien puissant, mon-seigneur, pour pouvoir me tirer ainsi de prison ?

— Pourquoi me demandez vous cela ?

— Parce que j'ai des ennemis puissants et terribles.

— Vous !

— Oui, moi ! monseigneur.

— Un pauvre saltimbanque ?

— Un pauvre saltimbanque ; un pauvre charmeur de serpents, qui n'a pas pu char-mer toutes les bêtes dangereuses, car il y en a qui le mordent, reptiles dangereux que l'on ne voit pas, que l'on ne sait où trouver, que l'on ne peut saisir!

Le front du Maure s'inclina, on y vit un instant comme un nuage sombre.

Il y eut un moment de silence.

Ce fut le saltimbanque qui le rompit.

— J'ai peut-être tort de vous dire tout cela? Votre Excellence.

— Pourquoi?

— Parce que ces ennemis mystérieux, tout-puissants et insaisissables, ne sont pas des ennemis ordinaires.

— Après?

— Parce qu'ils peuvent effrayer les plus braves.

Le Maure eut un haussement d'épaules colossal.

— Comment pouvez-vous avoir de pareils ennemis? demanda-t-il au saltimbanque.

— Je n'en sais rien.

— Et d'abord quels sont ces ennemis?

— Il y a là dedans un peu de tout, des gendarmes, des gardes champêtres, des maires, des juges, des curés, des marguilliers et jusqu'à des religieuses.

— Comment le savez-vous?

— Parce que tous ces gens-là semblent avoir juré ma perte.

— Alors vos ennemis, vous les connaissez, vous pouvez les saisir, les frapper?

— C'est une erreur, quand je veux en connaître un je ne puis, quand je veux en saisir un, je ne puis.

— Je ne comprends pas.

— Je vais tâcher d'être intelligible, monseigneur. L'autre jour en arrivant sur la place de ce village, j'ai vu le curé, qui passait à ce momment là, s'arrêter, me regarder, examiner ma voiture, mes chiens et mes chevaux, un quart d'heure après le garde champêtre venait, et me demandait mes nom et prénom; je n'avais pas dételé mes chevaux que les gendarmes apparais-

saient à leur tour sur la place et venaient droit à moi.

Ils me demandèrent mes papiers; je les leur donnai, puis il examinèrent les essieux des roues de ma voiture et me dirent qu'ils avaient plus que la longueur légale; je voulus répliquer, ils me dirent que si je répliquais, ils me conduiraient en prison, avec les menottes.

Ils s'en allèrent en me jetant de singuliers regards.

Je venais de dételer; au moment où je prenais mes chevaux par la bride pour les conduire à l'auberge, deux religieuses vinrent à passer; avisant quelques gamins groupés autour de ma voiture, elles les prirent par le bras en leur criant :

« Sauvez-vous! cet homme, c'est le diable! »

A l'auberge, je trouvai le maire, ceint de son écharpe; il ne me dit rien, mais je vis bien aux regards qu'il me lança à la dérobée qu'il s'occupait de moi, et aux paroles mystérieuses qu'il échangea avec l'hôtelier qu'il ne s'occupait pas précisément de lui recommander de me donner une large et réconfortante hospitalité. Le lâche le prévenait sans doute qu'il me ferait arrêter dans la nuit.

— Qu'aviez-vous fait à tous ces gens-là?

— Moi??? rien !

— Que signifient ces inimitiés ?

— Ce sont des inimitiés commandées.

— Comment cela?

— Il y a un personnage mystérieux qui dit à toute cette meute de chiens et de chiennes de me mordre, et elle me mord.

— Connaissez-vous ce personnage mystérieux !

— Oui.

— C'est celui-là qu'il faut saisir et briser.

— Oui, mais je ne sais pas où il est.

— C'est un personnage bien puissant,

si prêtres, maires, nonnes et magistrats lui obéissent.

— Il le faut bien, puisqu'à partir du jour où je l'ai rencontré, tout ce monde-là s'est mis à me harceler, à me maudire, à me persécuter, à m'empêcher de gagner ma vie.

— Vous l'avez donc vu ?

— C'était un jour de fête au château de Boternay, je la vis dans un carrosse.

— Vous la vîtes ? dites-vous.

— Ah ! j'oubliais de vous dire, monseigneur, que cet être inconnu, ce personnage mystérieux, est une femme.

— Une femme à qui à la fois les fonctionnaires de la République et les ministres de Dieu obéissent ! fit le Maure devenu pensif.

— Oui, et cette femme a été ma maîtresse.

Le lecteur comprend sans doute qu'il s'agit ici de la Canaque, autrement dit la baronne de Berny.

Le saltimbanque se mit à raconter à Hassan tout ce qu'il savait de cette femme étrange, depuis le jour où il l'avait enlevée jusqu'au jour où il l'avait rencontrée dans les environs du château de Boternay.

Il ajouta :

— J'y suis retourné bien des fois dans ce château maudit, j'ai interrogé les domestiques, pas un n'a pu ou n'a voulu me donner la moindre indication sur elle, sur la vie qu'elle mène, sur le lieu où elle réside, pas un même n'a pu ou n'a voulu me dire qu'il connaissait Benedita Tavelli.

— Elle s'appelle Benedita Tavelli ?

— Oui, monseigneur.

— C'est une Italienne ?

— Oui.

— Pensez-vous qu'elle réside en France ?

— Je l'ignore.

— Il est évident qu'elle appartient à un monde mystérieux qui exerce sur la société un pouvoir occulte et peut-être sans limites.

— Je vous le répète, monseigneur, depuis que je l'ai rencontrée, c'est-à-dire entrevue, j'ai vu tout le monde se tourner contre moi, j'ai reconnu sa main dans tous les malheurs qui me sont arrivés.

— Qu'avez-vous fait à cette femme, pour vous attirer sa haine ?

— Rien ; j'ai été son amant, voilà tout ; et j'ai eu, parait-il, le tort de chercher à la revoir et à lui parler.

Le Maure devint de plus en plus pensif.

Le saltimbanque lui montra le billet qu'il avait trouvé fixé avec une épingle, à son chapeau, dans le parc du château de Boternay.

— Il faudra retrouver cette femme, murmura-t-il.

— Oui, mais il faudrait que je sois libre.

— Vous le serez.

Il ajouta :

— On viendra dans quelques heures.

Il s'éloigna après lui avoir mis dans la main une douzaine de pièces d'or.

Une justice, se disait le Maure en s'en allant, qui est une massue entre les mains d'une poignée de scélérats, pour écraser ceux qui ne pensent pas ou n'agissent pas selon leur caprice ou leur intérêt, n'est pas une justice. Ceux qui la respectent sont des misérables nés pour la servitude ; ceux qui la soutiennent sont des coquins. Un magistrat, quand il applique les lois, ne doit suivre que l'inspiration de sa conscience, il ne fait pas arrêter un homme pour plaire à telle ou telle personne, mais pour remplir avec impartialité sa mission, qui est de faire respecter la loi.

Or voici un pauvre saltimbanque qu'on a arrêté et jeté dans un cachot, pourquoi ? avait-il violé une loi ? non, le malheureux ne songeait qu'à gagner quelques sous pour vivre : il voulait exhiber ses serpents, exploiter la curiosité publique, chose permise. Jusqu'à ce jour on n'avait vu dans cette exhibition rien qui ne fût licite; aujourd'hui, pour obéir à je ne sais quel ordre mystérieux, pour se faire l'instrument de quelque lâche vengeance, on viole en lui les droits que la société garantit à tout homme vivant honnêtement de son travail, on l'empêche de gagner sa vie, et on le prive de sa liberté. Il est évident que ceux qui ont fait cela sont des scélérats, et que celui qui se jetterait en travers de leur œuvre infâme, ferait une bonne action.

Il en était là de son monologue, quand le gardien lui apparut.

Le cupide fonctionnaire, désireux d'entrer en possession de quelqu'un des précieux billets qui garnissaient encore, pensait-il, le portefeuille de son visiteur, n'avait pas eu la patience d'attendre son retour, et avait quitté sa loge pour aller au devant de lui.

— Soyez humain envers cet homme, lui dit le Maure.

— Que veut dire monseigneur?

— Je veux dire que vous ne lui fassiez pas ce que vous ne voudriez pas que l'on vous fît à vous-même si vous étiez à sa place.

— Vous m'humiliez! monseigneur.

— Hein? fit Hassan de l'air d'un homme qui se demande s'il a bien compris.

— Je suis le représentant de l'autorité, dit le gardien en se redressant.

— Est-ce pour cela, répliqua le Maure, que les préceptes de morale vous sont inconnus, et que leur application vous humilierait?

— Monseigneur, que voulez-vous, on a son petit amour-propre, et puis, je vous le répète, on est le représentant de l'autorité.

— L'autorité qui est inhumaine est une tyrannie, une chose monstrueuse, elle se ravale au niveau de l'assassin et du voleur.

— C'est la règle, monseigneur.

Le colosse eut un haussement d'épaules.

— Aurai-je l'honneur de revoir monseigneur? fit le gardien, voyant qu'il se dirigeait vers la porte de sortie.

— Ce soir, fit-il tristement, en en franchissant le seuil.

Sorti de la prison, le Maure s'engagea dans les rues longues, étroites et tortueuses de Meulan, il était pensif et marchait lentement.

Le froid était vif, le ciel avait des teintes plombées.

Un jour livide glissait des toits des maisons poudrés de neige.

Les rues étaient presque désertes.

Quelques rares passants, bien qu'un vent piquant éperonnât leur marche, s'arrêtaient pourtant un instant, pour jeter un regard étonné sur ce colosse, à l'air majestueux et sévère, drapé dans un ample manteau de couleur sombre.

Certes, il ne s'apercevait pas de la curiosité dont il était l'objet.

Il pensait, lui, au saltimbanque.

Cet homme est aussi une victime, se disait-il. Lui aussi a des ennemis secrets, mystérieux, terribles, insaisissables.

Il arriva à l'angle d'une rue qu'on appelait la rue des Bœufs.

Il y avait là une petite auberge.

Il y entra.

Dans un coin d'une salle basse et enfumée, la seule du reste, de ce caravansérail rustique, un homme était assis à une table, et fumait, ayant un coude sur la table et la tête appuyée sur sa main.

Il fit un brusque mouvement quand il le vit apparaître.

— Mille sabords! grommela-t-il, le voilà donc! j'ai bien cru qu'il ne reviendrait pas, foi de Jacques, maître timonier du brick l'Eole!

Il paraît qu'Hassan était venu à Meulan en compagnie du brave maître timonier, et qu'il avait laissé celui-ci à l'auberge pendant qu'il était allé voir le charmeur de serpents à la prison.

Jacques était devenu plus méfiant que jamais, il voyait des ennemis partout et veillait avec un soin extrême sur lui et sur ceux qui lui étaient chers.

Or Hassan était de ceux-là.

Il ne paraissait pas qu'il y eût grand danger à aller jusqu'à la prison, et même à y pénétrer pour y visiter un prisonnier, et cependant on voit avec quelle impatience il attendait son retour.

Le Maure s'assit à côté de lui.

— Il faudra délivrer cet homme, lui dit-il à voix basse.

— On délivrera ce marsouin, fit Jacques avec cet air d'insouciance héroïque qui est le fond du caractère chevaleresque et intrépide des marins français.

— Il faut éviter d'être vu.

Jacques sourit.

— Ça veut dire qu'il faut y aller la nuit, et qu'au lieu de passer par la porte, il faut tenter un abordage à bâbord ou à tribord ?

— Oui.

— Qu'il faut une corde à nœuds et des grappins ?

— Oui.

— La muraille est-elle haute ?

— Dix mètres environ.

— Une misère, mille sabords !

— A l'est derrière la muraille il y a une cour, au fond de laquelle se trouve la geôle.

— C'est par là qu'il faut descendre ?

— Oui : le bâtiment de la prison touche presque à la muraille en cet endroit.

— Dans quel coin de cette *cassine,* se trouve le marsouin ? .

— Précisément là (car c'est par là que vous descendrez), se trouve le couloir qui mène à son cachot.

— Est-il long ?

— Il a vingt-cinq pas de long, et le cachot est tout au fond.

— La porte du cachot sera-t-elle fermée ?

— C'est probable.

Jacques se leva et sortit.

Une bonne heure après, il revint, portant un paquet assez volumineux qu'il posa sur la table.

— Quel pays ! tonnerre ! grommela-t-il ; il faut un siècle pour trouver, quoi ! une corde, des grappins, et une baguette de fer, longue comme deux sardines ; quelle pitié ! mille sabords !

Hassan était sombre et soucieux.

Jacques se versa du vin, le but, alluma sa pipe et se mit à fumer.

De temps en temps, il jetait un regard sur le Maure.

— Le pauvre homme, se disait-il, il pense à cette demoiselle et à Georges Bernard : mille tonnerres ! il est comme ça toujours : si ça ne fait pas pitié !

Le digne marin fuma un nombre considérable de pipes, et vida dans son verre et but le contenu de deux bouteilles.

Hassan, accoudé sur la table, ne sortit pas de son mutisme et de son immobilité.

La nuit vint : Jacques se leva.

Au bruit qu'il fit en se levant, le Maure tressaillit, et le regarda.

— Vous partez ? lui dit-il à voix basse ; j'ai oublié de vous dire qu'il y a des soldats qui montent la garde autour de cette prison : prenez garde d'éveiller leur attention.

— S'il n'y avait pas de coup de fusil, où serait le plaisir ! Tonnerre ! murmura Jacques.

Il prit le paquet dont nous avons parlé, et sortit de l'auberge.

Quelques minutes après son départ un nouveau personnage faisait son entrée dans la salle de l'auberge.

Il se dirigea vers la table où le Maure était assis.

Arrivé près de lui, il lui dit à voix très basse :

— Les chevaux sont prêts.

— C'est bien, fit le Maure, as-tu mis des vivres dans les valises ?

— Oui, monseigneur.

— De sorte qu'en sortant d'ici, nous pourrons trouver nos chevaux sellés et bridés, et avec eux tout ce qu'il faudra pour faire vingt lieues d'une traite, sans être obligés de s'arrêter en aucun lieu suspect ?

— Oui, monseigneur.

— C'est bien.

Celui qui venait d'échanger ces paroles avec le Maure, était Ben-Kébir.

Il s'assit à la place que le marin venait de quitter, se versa un verre de vin, et le but.

— Il me tarde de rentrer dans Paris, monseigneur, dit-il, après un moment de silence.

— Pourquoi ?

— Parce que je me figure qu'ils auront trouvé quelque chose en notre absence.

— Trouver quelque chose ! fit le Maure d'un ton amer, est-ce que nous savons trouver quelque chose ?

— Le capitaine Bernard trouvera mademoiselle et ses ravisseurs, je vous le jure : ah ! il n'y va pas de main morte, lui !

Hassan mit les deux coudes sur la table, et ses deux mains sur sa figure, et parut se plonger dans un abîme de douloureuses réflexions.

Ben-Kébir croyant qu'il l'écoutait continua :

— Ah ! oui, c'est un homme celui-là ! et son fils ! il est à peine rétabli, il peut à peine marcher, et il est de toutes les expéditions ! c'est drôle de le voir habillé en faux moine comme les autres ! et puis il ne craint rien : il sait très bien qu'un beau jour il recevra quelque coup de poignard, et qu'il tombera assassiné comme celui de nos hommes qui a été poignardé hier : mais que lui importe !

— Et on n'a pas pu trouver l'assassin ? fit le Maure d'une voix sourde.

— Non.

— Invisibles, mystérieux, insaisissables !

— Quelle sale engeance que ces Chevaliers du Crucifix ! grommela l'ex-zouave : oh ! si jamais je pouvais en voir un à portée de ma carabine !

Le colosse haussa les épaules.

— Nous y passerons tous, dit-il, nous tomberons tous sous leur couteau !

Le saltimbanque nous fera trouver un de ses ravisseurs ; et celui là nous fera trouver les autres : alors nous saurons où ils perchent ces hommes qu'on appelle Chevaliers du Crucifix ; nous les découvrirons, nous les saisirons au collet, nous leurs arracherons leurs masques, s'ils en ont, nous les verrons face à face, nous connaîtrons la couleur de leurs yeux et de leur poil !... et alors nous saurons aussi si c'est du sang qu'ils ont dans leurs veines !

Qui sait si cet homme pourra nous donner des indications assez précises ? ces Chevaliers du Crucifix étant des hommes de ténèbres, doivent être d'une très grande prudence : hélas ! leurs complices les voient-ils autrement que masqués ?

Nous le verrons bien quand nous tiendrons ce Varcolli : au reste, s'ils sont des hommes de ténèbres, nous aussi nous sommes devenus des hommes de ténèbres : ainsi l'a voulu le capitaine du brick l'*Eole* : il a dit : c'est par le mystère qu'on combat le mystère : il n'est pas bête ce vieux loup de mer.

Le Maure, retombé dans sa sombre rêverie, paraissait ne plus l'entendre.

— Aussi, poursuivit Ben-Kébir, nous avons cessé d'habiter l'hôtel de Mélos : nous sommes allés nous loger avenue de Wagram. Nous avons cinq ou six endroits différents où nous recevons les hommss qui nous servent d'agents, et où ils viennent recevoir leurs instructions, et rendre compte de leurs opérations. Vous même, monseigneur, vous ne sortez plus sans vous mettre une fausse barbe, ce qui vous rend tout à fait méconnaissable.

— Et m'avilit! gronda le colosse dont les poings se crispèrent de rage.

Ah! si je pouvais leur jeter à la tête ma fausse barbe, ajouta-t-il, et les tenir au bout de mon épée, fussent-ils mille!

— La politique est une puissance aussi, fit sentencieusement l'ex-zouave.

Le Maure le regarda.

— C'est le capitaine qui l'a dit, ajouta-t-il; et moi je crois le capitaine; je me figure que c'est un habile homme, et qu'il arrivera à ses fins.

. . . .

Laissons pour un instant le Maure et Ben-Kébir continuer leur conversation, et voyons ce qui se passait à deux ou trois cents mètres de là, au presbytère.

Le curé, un gros homme, haut en couleur, verbeux, onctueux, assis près d'un bon feu, les deux mains croisées sur son ventre, causait avec ses familiers.

De temps à autre, il aspirait avec délices les émanations venant de sa cuisine, où rôtissait une fine poularde et mijotait certain salmis de bécasse, dont la composition avait été une des importantes occupations de la soirée.

Ce ministre du Christ était doublement heureux, d'abord parce qu'un excellent dîner lui était préparé, ensuite parce que le chemin des grandeurs lui était ouvert, pensait-il.

Certes un curé est condamné à des conditions d'existence qui rappellent celles du porc à l'engrais: blasés sur les douceurs d'un idéal trop lointain, petit à petit les soins de la vie *banale* les absorbent et ces

âmes *célestes* ne sont plus guère accessibles qu'aux *vulgaires* douceurs des sens.

Mais à quelques-uns il est permis de songer aux grandeurs, et de ne pas se renfermer tout à fait dans le cercle étroit des rêves charnels.

Le curé de Meulan était un de ceux-là.

Certes, pour en arriver là, il ne suffisait pas de faire partie de la vaste association des Chevaliers du Crucifix, d'être le correspondant d'un des divers et nombreux comités qui enserrent la France et le monde de leurs inextricables et mystérieux réseaux, il fallait encore avoir eu l'occasion de rendre à la toute-puissante et occulte société quelque signalé service.

Or, il y avait à peine quarante-huit heures, la lettre suivante, émanant du comité de Paris, lui était parvenue :

« Cher frère en Jésus,

« Demain, un nommé Josué Anthelme Broussard, exerçant la profession de saltimbanque, arrivera dans votre ville.

« Il a un mauvais chariot couvert, traîné par deux mauvais chevaux; derrière le chariot deux gros chiens sont attachés.

« Sa spécialité est de charmer les serpents.

« Veillez à ce que cet homme soit arrêté et mis en prison.

« Allez voir ces messieurs du parquet, et entendez-vous avec eux, de manière à ce que ce Broussard soit mis dans quelque cachot.

« Si vous ne trouvez pas chez ces messieurs tout l'empressement désirable dans l'accomplissement de la tâche qui leur incombe, faites-nous le savoir de suite.

« Nous aviserions.

« R. P. Civette, †

« *Ad majorem Dei gloriam* [1].

1. Pour la plus grande gloire de Dieu.

« (*Post-scriptum*). Il est bien entendu que si vous réussissez, vous aurez un évêché. »

Voilà pourquoi le *digne* curé de Meulan n'était pas seulement heureux parce qu'il comptait faire un excellent dîner.

On sait ce qui s'était passé : la magistrature avait obéi aux ordres des Chevaliers du Crucifix. Le malheureux saltimbanque avait été arrêté et il se trouvait enfermé dans un cachot.

Il restait à le condamner à un nombre quelconque d'années de prison : résultat qui n'était pas douteux, vu les dispositions bien connues des juges ; et finalement le poison qui devait lui être servi par son geôlier, plus tard.

Aussi la joie du *bon* curé était grande.

Elle débordait.

Nous avons dit qu'il causait avec ses familiers.

Comme de juste, ceux-ci s'applaudissaient de l'arrestation de ce saltimbanque.

Ils ne se demandaient pas si son arrestation avait été arbitraire, si cet homme était réellement indigne de toute pitié ; dès que M. le curé avait dit que c'était un coquin, ces *bonnes* gens eussent tous opiné pour qu'il fût guillotiné.

Ils ne se croyaient pas obligés d'avoir une conscience, le curé devant en avoir une pour eux.

Il y avait là deux fonctionnaires du gouvernement de la République, un gros propriétaire et une vieille bigote.

Tous ces gens-là communiaient trois ou quatre fois par mois.

— Vous devez être content, monsieur le curé, dit l'un d'eux, cet homme, ce va-nu-pieds ne scandalisera plus personne.

— Ces sortes de gens devraient être supprimés, fit un autre.

— Que gagne la société à entretenir ces vagabonds qui ne vont même jamais à la messe ! Croiriez-vous que ce misérable appelait ses chiens César et Napoléon ? s'écria la vieille bigote.

— Horreur ! s'écria l'assistance.

Le curé fit le signe de la croix.

— Par ces temps de République, dit-il d'un ton rogue, on voit toutes les impiétés, toutes les audaces !

L'assistance applaudit.

— Ces temps de République, poursuivit la dévote (qui était, nous devons le dire, une châtelaine des environs), ces temps de République sont des temps maudits : tout est en péril : la propriété, la famille, la religion, la vie ; aussi moi j'ai envoyé tous mes capitaux en Angleterre, et je ne sors jamais sans avoir avec moi mon chasseur qui veille sur ma vie avec soin. Aussi il a toujours sa carabine chargée, une bonne carabine achetée en Angleterre.

— Il est à la porte du presbytère ? demanda un des assistants.

— Je le crois certes bien qu'il y est, et il se ferait tuer plutôt que de quitter son poste sans un ordre de moi : oh ! c'est un homme mon Jean. C'est un vrai chien pour la fidélité et le dévouement ! et puis c'est élevé dans les bons principes ; figurez-vous que c'est lui qui a bâillonné et garrotté le saltimbanque : ah ! c'est un homme mon Jean !

— Comment ! vous l'avez envoyé prêter main-forte aux agents, la nuit dernière, à l'auberge du Bras-d'Or ? fit un des assistants.

— Certainement, je savais que cet homme était un homme dangereux, les sœurs visitandines étaient venues me dire que c'était un impie, un mécréant, un ennemi acharné de Notre-Seigneur Jésus-Christ ; alors j'ai pensé que l'on ne serait jamais trop de monde pour arrêter un malfaiteur de cette espèce et je l'ai envoyé : notez qu'il n'avait

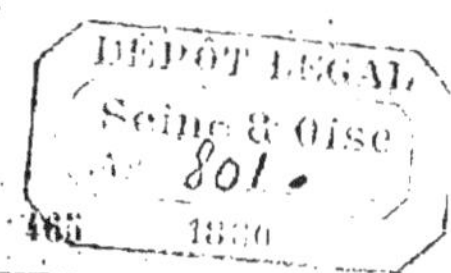

Augustine dormait profondément.

pas oublié sa carabine, et si le diabolique personnage avait opposé une trop vigoureuse résistance, il lui eût logé une balle dans la tête.

Le curé radieux souriait, se tapotant sur l'abdomen, avec ses pouces.

Cependant quatre cavaliers suivaient, au petit trot, la rue des Pernelles pour sortir de Meulan.

Cette rue mène à la grande route de Thierry à Condornant-le-Château.

La nuit était noire et des rafales de vent glacé fouettaient le visage des cavaliers.

Presque à l'extrémité de la rue, se trouvait le presbytère.

A quelques pas plus loin, on apercevait les dernières maisons de la ville ; puis c'était la grande route, la campagne.

Les quatre cavaliers étaient Hassan, Ben-Kébir, Jacques et Broussard.

Le Maure montait El-Arim, ce cheval arabe que nous connaissons.

Jacques, le saltimbanque, et l'ex-zouave, montaient des chevaux de même race, et de même qu'El-Arim, légers et agiles comme des gazelles.

— Tiens, fit tout à coup Broussard à haute voix, à la vue d'un grand bâtiment sombre surmonté d'une croix : voilà un presbytère ; ce devrait être la demeure d'un homme de paix et de charité, et c'est le repaire d'une bête dangereuse.

— Silence ! fit Ben-Kébir.

Le Maure, absorbé par toutes les douloureuses pensées qui agitaient son âme, n'écoutait pas les propos de ses compagnons.

Ils venaient à peine de dépasser le grand bâtiment, qu'un homme, une ombre se détacha d'un de ses angles, où sans doute il se trouvait en vedette, traversa la rue, puis s'engagea dans un chemin de traverse : cet homme courait à toutes jambes.

Les cavaliers continuaient à s'éloigner au petit trot.

Ils chevauchaient en silence.

Mais Broussard, qui était très bavard de son naturel, ne pouvait longtemps s'accommoder de ce silence.

— Nous avons, dit-il, d'ici à Thierry deux bonnes heures de galop ; je connais toutes les routes, moi, et toutes les villes et villages, depuis le temps que je voyage.

— Moi, dit Jacques, j'aimerais mieux naviguer sur l'Océan que sur ces routes, étroites et tortueuses, mille sabords !

— Pourquoi ?

— Parce que j'aime mieux ça ; quoi, c'est mon goût, voilà tout, mille tonnerres !

— Sur l'Océan ça ne va pas toujours comme sur des roulettes : vous avez l'orage, vous avez...

Il n'acheva pas.

Une explosion d'arme à feu retentit, et si près d'eux que la flamme du coup leur brûla la figure en même temps qu'elle les aveugla.

Les chevaux effrayés se cabrèrent.

El-Arim se leva tout droit, poussa des hennissements sauvages, et bondit en tournant sur lui-même, comme si une balle l'avait frappé à la tête.

Hassan appuya sur les brides avec tout le poids de son bras herculéen.

Tout à coup El-Erim partit comme une flèche, laissant dans les mains du colosse les brides rompues, et l'emporta dans sa course vertigineuse, couché à plat sur son dos, et ses poignets de fer rivés à son épaisse et longue crinière.

Les autres cavaliers suivirent, et l'on entendit un piétinement furieux de chevaux affolés, dans les ténèbres de la nuit.

Ce bruit s'affaiblit bientôt, et finit par s'éteindre dans l'éloignement.

VII

Les Dix.

Nous sommes à Rome, 37, rue des Arènes.

Cette rue longe le mont Aventin dans sa partie Est.

La maison qui porte le numéro 37 est un édifice très ancien, de forme si bizarre et d'une architecture si compliquée, que nous renonçons à en faire la description.

Qu'il nous suffise de savoir qu'elle est au fond d'un immense jardin, où l'on voit une série interminable de pelouses entrecoupées de groupes d'arbres de toutes sortes, et de bosquets.

Dans ce jardin pas une fleur, pas la moindre pièce d'eau, pas une statue ; de l'ombre, de l'ombre, presque des ténèbres partout, dans la belle saison, à l'époque où les arbres et arbustes ont leurs feuilles.

On dirait que le génie qui a présidé à la création de ce jardin ou plutôt de ce parc, était un génie morose, songeur, taciturne même, portant en lui le deuil de toutes les joies, et regardant comme un outrage la fleur, ce sourire de la nature, et de la lumière, cet éclat de rire.

On allait de la porte de la rue à celle de cette maison par une allée longue et tortueuse de cèdres énormes dont les branches s'étaient entrelacées à une vingtaine de pieds du sol, et avaient formé un dôme épais de verdure.

Cette maison passait pour appartenir au chevalier Ruspoli.

Il ne l'habitait pas; mais il y venait régulièrement tous les premiers lundis de chaque mois.

Chaque fois qu'il y venait, il recevait la visite de certains de ses amis.

Ces amis étaient, chose étrange! toujours les mêmes.

Chose étrange! encore, ils n'étaient jamais plus ni jamais moins de neuf.

Pendant ses absences qui étaient longues et fréquentes, comme on le voit, la maison était gardée par un concierge, sorte de moine défroqué.

Ce concierge habitait un petit pavillon, qui touchait à la porte d'entrée donnant sur la rue.

C'était le premier lundi de décembre; le lendemain de la mort de l'homme aux lunettes vertes.

Il était environ dix heures du matin.

Un carrosse s'arrêta en face de ce numéro 37 de la rue des Arènes.

Un gros monsieur en descendit, puis trois autres; et le carrosse repartit.

Le gros monsieur était le chevalier Ruspoli; les trois autres étaient trois de ces amis dont j'ai parlé, qui ne manquaient jamais de venir lui tenir compagnie dans sa maison de la rue des Arènes.

Le chevalier sonna, la porte s'ouvrit aussitôt.

— Tout est en ordre? Giacomo, dit-il au gardien qui, après avoir ouvert la porte, se tenait devant lui l'échine courbée, et sa calotte graisseuse à la main.

— Les appartements de monsignor sont prêts, fit-il en s'inclinant profondément.

Le chevalier s'engagea suivi de ses trois amis, dans la longue et tortueuse allée des cèdres.

Dix minutes après une autre voiture s'arrêta également en face de la porte, un nouveau personnage en descendit, et la voiture repartit, pendant que ledit personnage sonnait et entrait.

Cela se renouvela jusqu'à ce que le nombre fatidique de neuf fût atteint.

La salle où celui qui se faisait appeler le chevalier Ruspoli recevait ses neuf amis, était une grande pièce située sur le derrière de la maison : de là on voyait le mont Aventin couvert de tronçons de colonnes, de débris de vieilles murailles, restes d'édifices et de monuments disparus, le tout épars au milieu de constructions modernes peu splendides, ma foi, de vignes, d'arbres et d'arbustes d'assez maigre apparence, et attestant le peu de fécondité du sol, ou la paresse de ceux qui les possédaient.

Cette salle était vaste, haute de plafond, ornée de tentures de couleur sombre, et richement meublée.

Au centre de cette salle, on remarquait dix fauteuils d'une forme particulière; ils avaient à peu près la forme des chaises curules des sénateurs de l'ancienne Rome: ces sièges étaient d'ivoire massif.

Ces dix fauteuils étaient disposés autour d'une table recouverte d'un tapis noir sur lequel étaient brodés en rouge, un poignard et un crucifix.

Autre particularité : un grand crucifix était fixé à la muraille.

Toutes les fenêtres étaient grillées.

Les volets qui étaient à l'intérieur étaient clos.

Ces hommes qui venaient se réunir là, étaient, paraît-il, peu désireux de recevoir la lumière extérieure, ils lui préféraient la lumière d'une lampe: cette lampe était placée sur une suspension d'argent massif, fixée solidement au plafond.

Tout cela paraît bien étrange, et l'on prendrait volontiers ces hommes aux allures si mystérieuses, pour des conspirateurs.

C'étaient en effet des conspirateurs, mais ils ne rêvaient pas le renversement d'une monarchie ou d'une république, dans un but d'ambition étroite comme font les conspirateurs vulgaires.

Ces hommes étaient les chefs occultes du monde catholique.

Ils ne voulaient pas être rois, ils étaient plus que rois; ils ne voulaient pas être présidents de république, ils étaient plus que présidents de république; ils ne voulaient pas être pontifes, ils étaient plus que pontifes.

Les rois étaient au-dessous d'eux, les chefs de gouvernements quels qu'ils fussent, étaient au-dessous d'eux.

La société secrète dont ils étaient les chefs, était presque aussi ancienne que la papauté, bien plus ancienne que Loyola, elle devint rapidement la protectrice et la maîtresse de la première, le second fut son disciple et sa créature.

Eternellement en lutte contre tout ce qui était et est liberté, émancipation, progrès, ils avaient tour à tour combattu et renversé tout cela, ou conspiré contre tout cela, sous le fallacieux prétexte que tout cela n'était pas d'accord avec la doctrine la plus discutée, la plus épluchée, la plus commentée, la plus torturée des doctrines, l'évangile; mais en réalité pour établir la plus puissante, la plus riche, la plus colossale société secrète que l'on pût rêver.

Le lecteur a sans doute compris que ces dix hommes qui venaient s'asseoir sur ces dix sièges d'ivoire, chez cet homme qui se faisait appeler le chevalier Ruspoli, étaient les chefs suprêmes des chevaliers du Crucifix.

C'était là ce grand conseil dont a parlé l'homme rouge, lors de la distribution et de la bénédiction des poignards, dans la nécropole souterraine de Mond'hoye.

Nous en connaissons un de ces dix, c'est celui que nous avons désigné sous le nom de Corti, et que nous appelons aussi le vieillard.

Jusqu'à ce moment le lecteur a peut-être cru que les chevaliers du Crucifix n'étaient autres que les jésuites, parce que dans les assemblées de leurs adeptes, ils se sont toujours dits les enfants de Jésus, ce serait une erreur de le croire. Ce serait prendre la partie pour le tout. Qu'on le sache bien, les jésuites ne sont et n'ont jamais été que les membres de cette immense association mystérieuse que nous appelons les chevaliers du Crucifix, ils sont une phalange de cette grande armée éminemment militante, rien de plus, rien de moins. Le fameux Ignace de Loyola, lui qui eut l'idée de les grouper et de leur donner une organisation particulière, n'était, nous venons de le dire, que la créature et le mandataire de cette société secrète, et il ne fut jamais et ses successeurs ne sont que les chefs d'une troupe d'élite relevant de l'autorité suprême de ce grand conseil, appelé le conseil des Dix.

Il est étrange que personne jusqu'à ce jour n'ait porté la lumière dans ces ténèbres profondes! on a parlé de bien des associations mystérieuses ayant eu à leur tête des chefs redoutables, depuis celle des Doges de Venise jusqu'à celle du Vieux de la

Montagne, et régnant par le poison ou par le poignard : mais nul n'a parlé de ce conseil ! est-ce que les historiens n'ont pas trouvé de documents qui les aient mis sur sa trace? ou bien habitués à juger les choses humaines légèrement, à n'en voir que la surface, se sont-ils contentés de saisir dans leurs mains débiles (ce qui était bien assez sans doute pour leur myopie intellectuelle), la seule partie de ce monstre mystérieux, qui leur fût accessible parce qu'elle ne se cachait pas : le jésuitisme, et contents de tenir ce qui n'était qu'une tentacule du monstre, prenaient celle-ci pour le monstre tout entier? Les pauvres gens ! ils croyaient sans doute avoir découvert tout ce que contient cet abîme qu'on appelle le cléricalisme, dans ses mystérieuses profondeurs !

Et les prétendus hommes d'état, qui font actuellement de la politique, à la suite de ces *investigateurs fameux*, et de ces *penseurs si remarquables*, seront tout surpris, de voir, même après l'expulsion des Jésuites, (s'ils les expulsent jamais), ce qu'on appelle le cléricalisme, tout aussi puissant, tout aussi vivant, tout aussi redoutable !

Mais revenons à cette séance du terrible et mystérieux Conseil des Dix, près duquel nous ont amenés les nécessités du drame étrange qui se déroule sous nos yeux.

Ils s'étaient assis dans leurs fauteuils d'ivoire, et avait pris place autour de la table.

Notons encore une chose : ils avaient tous revêtu de longues robes de pourpre absolument semblables à celles que portaient les anciens Césars ; sur ces robes étaient brodés en noir, un poignard et un crucifix.

— Léon [1], dit celui qui se faisait appeler le chevalier Ruspoli, tient à s'émanciper : le cardinal Traffo vient de me faire savoir qu'il est parti ce matin pour Castel Gan-

dolfo : il veut aller passer quelques jours dans sa villa, ce rebelle, ce voluptueux ! Jésus ! il ne manquerait plus que ce vieux bonhomme que nous avons tiré du néant, et coiffé de la tiare, se crût l'héritier de Tibère, et n'eût plus d'autre souci que de se vautrer comme lui dans les voluptés immondes de quelque Caprée ! ah ! nous le briderons, successeur de Pierre !...

— Nous aurons de l'ennui avec ce pape, fit celui que nous connaissons sous le nom de Corti.

— Nous fermerons les yeux pendant quelque temps encore sur ses folles équipées [1], dit un autre que l'on nommait Cavalcagni.

— Certes, le bonhomme ne tient guère les engagements qu'il a pris quand il a posé sa candidature au conclave, fit un autre qui répondait au nom de Bozzano.

— C'est une âme ténébreuse, recélant le mensonge et l'hypocrisie. Ah ! il promettait de nous être soumis *perinde ac Cadaver* [2], il voulait marcher sur les traces du saint et immortel pape Pie IX ; il devait lui aussi se résigner à passer sa vie au fond de son palais du Vatican, et continuer ainsi cette légende salutaire des papes captifs et pourrissants sur la paille humide de leur cachot : légende salutaire, je le répète, car elle excitait la pitié des fidèles, et entretenait dans leurs âmes la haine que tout bon chrétien doit avoir pour tout ce qui est révolution en général, et en particulier pour cette monarchie diabolique, prétendue italienne, qui a dépouillé la papauté de ses biens temporels, et lui a enlevé ses auxiliaires naturels [3] sur cette terre sacrée où Pierre est venu jadis établir son siège apostolique.

Mais, hélas ! tout à coup ses projets de

1. Le pape actuel.

1. On sait que le pape s'est soumis depuis.
2. Comme un cadavre.
3 Il s'agit ici des divers souverains italiens dépossédés de leurs trônes dans ces derniers temps.

vie claustrale et de protestation contre des spoliations sacrilèges, se sont évanouis ; le pusillanime vieillard ne paraît même plus avoir une seule étincelle de ce feu sacré qui animait ses résolutions d'abord : en tous cas, il ne tient plus aucun compte des obligations que lui créent à la fois et ses engagements, et la dignité dont il est revêtu. Le voilà qui sort du Vatican où nous l'avions consigné *ad majorem Dei gloriam* ; le voilà qui va à Castel Gandolfo ! le voilà qui donne un libre cours à ses passions mondaines ; le voilà qui ne songe plus qu'à ses petites commodités personnelles. Frères, ce pape finira mal !

Celui qui venait de prononcer ces paroles était un homme à la parole brève, aux cheveux plats, à la figure austère, au regard plein de sombres éclairs.

Il s'appelait Spardino.

Corti prit de nouveau la parole.

— Pie IX, dit-il, aimait les femmes ; il eut même des attaches charnelles très sérieuses : je parle de la cantatrice Genevra. Antonelli lui a amené jusqu'aux derniers moments, de très appétissantes pécheresses ; certes, nous passons sur la luxure, et nous reconnaissons même qu'elle est quelquefois nécessaire. Mais Pie était docile ; Pie a signé des deux mains notre *Syllabus*, et eût signé bien autre chose, si Dieu, pour éprouver l'Eglise sans doute, ne nous l'avait enlevé. Que Léon prenne garde ! il s'engage dans une voie funeste : qu'il songe à la fin tragique de Clément XIV[1] !

Après avoir prononcé ces paroles, Corti déposa sur la table un dossier.

Avant d'aller plus loin, nous devons prévenir le lecteur que de tout ce qui s'est dit ensuite dans cette séance du Conseil suprême des Dix, nous ne reproduirons que ce qui pourrait avoir trait à des faits ou des personnages de notre drame. Si nous dépassions ces limites, nous pourrions perdre de vue trop longtemps, ce qui touche d'une manière immédiate et directe à notre récit.

Revenons au vieillard.

Nous avons dit qu'il avait posé un dossier sur la table.

Ce dossier renfermait des notes concernant les diverses contrées sur lesquelles s'exerçait sa haute surveillance.

— Vénérés collègues, dit-il, j'ai plusieurs graves communications à vous faire. Dans la circonscription dont la haute surveillance m'a été confiée, et qui comprend, vous le savez, la France, la Suisse, la Belgique, l'Allemagne, l'Autriche, la Suède et la Russie[1], plusieurs faits, qui me paraissent être de nature à frapper vivement notre attention, viennent de se produire. . . .

. . . .

En France, nous avons eu la bénédiction des poignards. La cérémonie a été très imposante : nous avions là l'élite de la nation française et les délégués de tous les peuples de l'univers.

Cette cérémonie, vous ne l'ignorez pas, vénérés collègues, a lieu tous les cent ans. C'est là que sont bénies ces armes mystérieuses, les fidèles et terribles messagères de notre justice.

Cette cérémonie auguste a été une grande consolation pour tous ces vrais chrétiens, pour ces hommes d'élite qui ne rêvent que le triomphe absolu du catholicisme : hélas ! pourquoi faut-il que dans cette réunion que j'avais tout lieu de croire entièrement composée de véritables serviteurs de Dieu, il se soit trouvé un réprouvé, un suppôt de Satan, un traître !

---

1. Le lecteur se rappelle sans doute que ce pape fut empoisonné par les Chevaliers du Crucifix.

1. Il est bien entendu que nous ne reproduirons de ces communications que celles qui auront trait aux faits ou aux personnages de ce drame.

Une sourde exclamation s'échappa des poitrines de tous les auditeurs du vieillard.

— Vétoni, poursuivit celui-ci, Vétoni notre frère bien-aimé, Vétoni ce saint, cet apôtre selon le cœur de Jésus, a été poignardé dans l'enceinte même des catacombes de Mond'hoye.

Frères, c'est un martyr !

— Oui, un martyr ! exclamèrent les neuf collègues du vieillard, d'une seule voix.

— *Fiat dei voluntas* [1] ! vénérables frères.

— *Fiat dei voluntas !* firent ceux-ci d'une voix sourde.

— Notre cher Vétoni, vous le savez, a été chargé longtemps de l'administration de la circonscription du midi de la France. Dans ces derniers temps, il y avait été remplacé par le révérend père Forwart.

Nous avions jugé à propos de le mettre à la tête de la circonscription de l'Est. Nous avions à mener à bien, une affaire très délicate et d'une très haute importance, intéressant particulièrement nos frères de l'Alsace-Lorraine et de l'empire allemand. Ses talents et son expérience l'appelaient à ce poste ; il y a rendu de très grands services ; il aurait pu en rendre de très grands encore : Dieu, dont les desseins sont quelquefois impénétrables, ne l'a pas voulu !

Ses restes mortels ont été inhumés dans un tombeau de marbre, qui a été placé près de ceux des ancêtres du marquis de la Blèverie, le propriétaire de l'ancien monastère de Mond'hoye et un de nos agents les plus dévoués.

Hélas ! une nouvelle épreuve nous était réservée ; à ce meurtre ne devait pas se borner l'œuvre infernale de l'esprit des ténèbres : en effet, un autre attentat tout aussi inouï, tout aussi monstrueux avait lieu très peu de temps après. Le père Bri-

1. Que la volonté de Dieu soit faite.

doux, le vénérable chef de la circonscription de Paris, était trouvé assassiné dans la chapelle du couvent des Théatines de Passy.

Une formidable exclamation s'échappa de la gorge des auditeurs du vieillard.

— Vénérés collègues, poursuivit celui-ci d'une voix tremblante de colère, nous avons un acte de justice à accomplir, non dans un but de vengeance, — l'esprit de vengeance n'entre pas dans l'âme des ministres d'un Dieu de paix et de charité — mais pour mettre fin à ce danger de mort qui semble menacer tous ceux que nous avons préposés à la garde de nos intérêts dans cette importante et redoutable circonscription de Paris.

— Il faut trouver les assassins ! exclamèrent d'une seule voix les neuf collègues du vieillard.

— Il faut qu'ils meurent, après avoir été préalablement soumis à la torture ordinaire et extraordinaire ! s'écria celui qui s'appelait Spardino.

— Il faut qu'ils soient attachés à la croix, et qu'on leur arrache les entrailles ! s'écria celui qui s'appelait Ruspoli.

— Il faut leur travailler les mamelles jusqu'à ce que mort s'ensuive ! exclama Cavalcagni.

— On les couvrira de plaies et on versera sur ces plaies de l'huile bouillante, jusqu'à qu'ils meurent ! cria Stromboni.

— On les garrottera, et on les livrera vivants et nus à des aigles, afin qu'ils sentent pendant de longues heures, le bec et les serres de ces oiseaux pénétrer dans leurs chairs ! fit Mozzelberg.

— Qu'ils meurent dévorés vivants par des serpents à l'endroit même où ils ont accompli leur œuvre scélérate et diabolique ! s'écria Mezzébano.

— Vénérés frères, poursuivit le vieillard, je comprends et je partage l'indignation qui agite vos âmes, il est bien entendu que le misérable...

— Le misérable ! exclama l'assistance haletante.

— J'ai dit le misérable, parce que je sais que les deux crimes ont été commis par un seul homme.

— Vous le connaissez ?...

— Oui, frères ! je le connais ; et je vous dirai tout à l'heure son nom. Mais permettez moi d'achever de donner mon avis sur le sort qui lui est réservé. Ah ! il est bien entendu que le misérable subira les plus affreuses tortures avant de donner à l'enfer son âme immonde, et d'aller brûler dans les flammes éternelles. Certes si les supplices divers qui vous sont venus spontanément à l'esprit ne sont pas proportionnés à l'énormité de l'attentat, nous trouverons bien parmi ceux qu'a inventés le divin apôtre Thomas de Torquemada, un châtiment qui réponde à la grandeur, à l'énormité du forfait.

Dans le principe, une tache ardue m'incombait, vénérés collègues, il s'agissait de découvrir cet homme.

Je me suis demandé si notre très regretté Vétoni, ce saint, ce doux agneau, avait ou avait eu jadis des ennemis. Ces recherches m'ont amené à découvrir sur sa vie des choses que nous ignorions.

A une certaine époque, en effet, quelques années avant qu'il fût prêtre, il était ce qu'on appelle un homme du monde : il passait même pour *un cavalier accompli*. Jeune, beau, galant, d'une urbanité parfaite, il plaisait à tous ceux qui l'entouraient.

Je dois ajouter qu'il était aussi bon, aussi grand seigneur, aussi chevaleresque, qu'il était brillant cavalier.

Il s'appelait alors Carlo Luigi.

Certes on recherchait sa société ; il eut de nombreux amis, ou soi-disant tels.

A Gênes il fit la connaissance d'un certain Piétro Tavelli.

Ce Piétro Tavelli était un homme très riche, mais dissipant en folles prodigalités sa fortune.

Bientôt celle-ci lui devint insuffisante, et il songea à celle qui devait lui revenir après la mort de son père.

Cette mort ne venant pas assez vite, il résolut de la hâter ; il le tua.

Ce meurtre, bien qu'il eût été accompli avec la plus grande habileté, et que tout eût été arrangé par lui, pour qu'on le mît sur le compte de quelque ladrone [1], ne devait pas rester toujours couvert de voiles impénétrables.

Carlo Luigi avait pénétré le mystère de cette tragédie domestique : lui dont l'âme était excellement honnête [2], il fut révolté de la scélératesse de celui qui osait se dire son ami : il le dénonça à la justice.

Tavelli fut arrêté, jugé, et condamné à mort.

Ceci se passait dans ma circonscription : je voulus voir dans son cachot le parricide. J'eus avec lui de longs entretiens. Tout en l'exhortant à bien mourir, je l'étudiais. Je fus frappé de l'intelligence de cet homme. Je pensai au parti qu'on pourrait en tirer, si on pouvait le ramener au bien. Il se confessa, manifesta le plus profond repentir. Je lui dis que s'il consentait à devenir notre agent, je l'arracherais à la mort : il y consentit avec joie.

Vous savez qu'il nous est facile de soustraire, quand nous le voulons, un scélérat à la justice : je le fis sortir de prison, affublé de la robe d'un vieux moine, que je lui avais envoyé pour le confesser. Une fois libre, je lui fis changer de nom : le parricide

1. Voleur.
2. On voit comment les Chevaliers du Crucifix écrivent l'histoire.

La Phryné du quartier.

Tavelli s'appela Tabernier, et je l'envoyai à Paris.

Carlo Luigi quelques années après entrait dans les ordres et devenait prêtre : vous savez le reste.

Je dois vous parler d'un petit mystère qui vous prouvera jusqu'à quel point ce saint homme avait l'âme délicate, et combien il était vraiment digne d'être chargé de la mission redoutable et sacrée que le conseil des Dix lui avait confiée. En se faisant prêtre, il voulut être un homme nou-

veau ; quitter les habits mondains pour revêtir les vêtements sacerdotaux ne lui parut pas suffisant ; pour prouver combien il voulait anéantir son passé de folles joies et de débauche, autant qu'il était en lui de le detruire, il cessa de se faire appeler Carlo Luigi, et prit le nom de Vétoni.

Il resta huit ans dans le couvent des carmes à Pise : c'est de là qu'il partit un jour, pour remplir les missions diverses que notre sainte société lui a confiées.

Nous ignorions donc que Vétoni et Carlo

Luigi fussent le même homme : nous n'avions jamais senti la nécessité de chercher à pénétrer les mystères de sa vie mondaine : que nous importait Carlo Luigi, puisque nous avions Vétoni !

Hélas ! ce fut une faute, frères : ce fut ma faute surtout.

Nous n'avions pas jugé utile de fouiller dans le passé d'un saint, je le répète, ce fut une faute. Si nous n'avions pas négligé de le faire nous aurions su que Tavelli était son ennemi mortel ; et jamais on n'eût confié à ce parricide un rôle d'espion à l'assemblée de Mond'hoye ; car il faut vous le dire, cet homme qui s'appelle actuellement Tabernier était à Mond'hoye.

Certes ce dernier n'avait pas dû revoir son ancien compagnon de jeunesse ; je crois même qu'il ignorait ce qu'il était devenu : il n'avait jamais eu, que je sache, l'occasion de le revoir : Vétoni venait bien à Paris, mais il n'allait voir que la baronne de Berny et le père Bridoux, puis il repartait aussitôt pour Strasbourg, qui était, vous le savez, le siège de son administration.

Que s'est-il passé dans l'âme de Tavelli quand il a vu son ancien compagnon de plaisir, celui qui l'avait livré à la justice ? Nous pouvons le supposer. Le misérable a dû sentir s'allumer en lui une passion terrible et fatale, la passion de la vengeance !

Ah ! nous ne l'avons pas vu frapper, mais nous devons bien penser qu'il a dû frapper !

Du jour où mes soupçons se portèrent sur lui, je le fis surveiller ; je lançai à ses trousses un grand nombre d'espions.

J'étudiais avec la plus grande attention les rapports de ces agents, et j'acquis la conviction que cet homme sortait du cercle de ses habitudes de vie normale et régulière ; que je ne sais quoi de mystérieux semblait peser sur sa vie, et y constituait un élément de désordre et d'agitation.

Il sortait plus souvent que par le passé, et il y avait dans ses allures, quand il était dehors, quelque chose de cahoté et d'étrange.

Il allait toujours, par mille détours, au point qui était le but de sa sortie.

Il se retournait fréquemment quand il était à pied ; et quand il prenait une voiture, il la faisait arrêter tout à coup et rester stationnaire.

On eût dit qu'il redoutait l'espionnage : bien plus, il lui arrivait de prendre des déguisements ; ce qui est grave surtout, c'est que plusieurs des agents chargés de le filer ont été poignardés.

A tout cela, je dus rattacher une histoire d'enlèvement.

Vous connaissez tous, frères vénérés, le baron de Mélos, ce fils mystérieux du fameux général français Kléber. Vous savez qu'il nous faisait sur tous les points du globe une redoutable concurrence, dans l'ordre commercial ; c'était un être étrange ce personnage, et le roi Louis-Philippe qui lui supposait de grandes richesses et qui aimait les gens riches, avait voulu le tirer de l'obscurité, dans laquelle il vivait, et lui avait envoyé un beau jour, pour se l'attacher et exciter son ambition, la croix de la Légion d'honneur et le titre de baron. Le roi *citoyen* échoua dans sa tentative. Le fils de Kléber refusa le tout : ce qui n'empêcha pas ses enfants qui connaissaient cette particularité, de l'appeler baron, en manière de plaisanterie.

Eh ! bien, ce prétendu baron a laissé la fortune la plus considérable qu'ait jamais possédé un particulier : sa fille Gemma, qui a hérité de la plus grande partie de ces immenses richesses, était une proie que nous convoitions. Par un hasard étrange, Tavelli fut chargé, lors du décès du baron, arrivé récemment, de préparer l'enlèvement de cette jeune fille, qui devait être conduite dans le couvent des Théatines de Passy.

Chose encore étrange! Tavelli, l'agent habile par excellence, laissa glisser entre ses mains, cette facile proie.

Un autre, un inconnu, s'en empara.

Qui donc avait enlevé Gemma de Mélos?

Nos soupçons se portèrent enfin sur le marquis de Bordes, jeune gentilhomme ruiné, qui trouvait tout naturel de refaire sa fortune, en épousant, probablement de gré ou de force, la plus riche héritière de France.

Il devait, d'après ses propres aveux, avoir renfermé Gemma chez la duchesse de Cressères.

Il y avait en effet là une jeune personne d'une merveilleuse beauté, de l'âge de Gemma de Mélos, et d'une grande ressemblance avec elle; la duchesse nous la donna pour la fille du baron, et nous la fîmes enlever et conduire au couvent des Théatines, où elle fut enfermée.

Au bout de quelque temps nous nous aperçûmes que cette fille n'était pas Gemma de Mélos et que nous avions été joués : cette fille était une courtisane, une maîtresse du marquis, à laquelle on avait fait jouer un rôle infâme : on l'avait entraînée à se faire passer pour l'héritière du baron : on lui avait promis, a-t-elle dit, beaucoup d'or, et même on lui avait donné par avance une certaine somme.

Un rugissement de colère sortit de la poitrine des neuf collègues du vieillard.

— Frères, poursuivit celui-ci, j'ai acquis la conviction que Tavelli a trempé dans ces infâmes machinations.

Nous acquîmes la certitude qu'il était allé chez la duchesse de Cressères.

Qu'allait-il y faire?

Nous acquîmes également la certitude que le monstre était allé à l'hôtel du marquis.

Qu'allait-il y faire?

Et puis cette négligence inexplicable qu'il avait mise dans l'accomplissement de son devoir quand nous l'avions chargé de s'emparer de la jeune fille, et de la faire conduire au couvent des Théatines, ne prouvait-elle pas contre lui, n'accusait-elle pas bien haut sa culpabilité?

Ne faisait-elle pas supposer qu'il avait d'autres vues, des vues personnelles, intéressées, et qu'il était bien aise de faire échouer notre plan, afin que le sien réussît?

Et puis, vénérés collègues, je voyais, dans toute cette sombre histoire de meurtre et d'enlèvement, la main de cet homme, je trouvais l'œuvre de son infernal génie.

Certes, je dois l'avouer, il m'en coûtait de voir un coupable dans un de nos agents les plus habiles, dans un homme qui nous avait rendu de très grands services, et qui avait montré, depuis le jour où il était devenu notre créature, jusqu'à cette heure fatale où il devait s'être laissé entraîner au crime, c'est-à-dire pendant plus de vingt ans, un zèle à nous servir, un dévouement à notre cause, qui ne s'étaient jamais affaiblis un seul instant; j'ai voulu, avant de le condamner, que dans mon esprit la lumière fût devenue éclatante sur sa culpabilité.

Aujourd'hui je viens dire, frères vénérés, que cet homme a trahi notre très sainte société, qu'il a mis en péril ses intérêts, c'est-à-dire ceux de l'Église catholique, apostolique et romaine; que son crime est de ceux qui entraînent la peine de mort, avec accompagnement de tortures: car il faut qu'il confesse son crime avant de mourir, et qu'il ait, avant de livrer son âme immonde à Satan, un avant-goût des supplices de l'enfer.

Frères, je dois vous avouer, en terminant, que j'ai été coupable d'indulgence envers ce misérable. Aveuglé par ses services passés et sa longue fidélité, j'ai peut-être admis trop tard dans mon esprit la pensée qu'il fût devenu criminel ; et même quand le soupçon m'est venu pressant et riche d'indices accusateurs, j'ai, par une hésitation funeste, laissé s'écouler un temps précieux.

Si je suis coupable, condamnez-moi.

Je suis aujourd'hui résolu à agir avec célérité et énergie. Je vais donner des ordres pour que cet homme soit arrêté et conduit dans les souterrains de Boternay, de Mond'hoye, de Montmartre, ou d'ailleurs.

J'attends respectueusement votre approbation ou votre blâme.

J'ai dit.

Un silence glacial accueillit ces dernières paroles du vieillard.

Spardino se leva.

— Frères, dit-il d'une voix brève, je ne puis approuver la conduite de notre collègue Corti dans cette double affaire de meurtre et d'enlèvement : nos intérêts sont restés trop longtemps en souffrance entre ses mains ; je le crois coupable tout ou moins de négligence ; je propose qu'un blâme énergique lui soit infligé : Êtes-vous de mon avis ?

— Oui, fit Ruspoli ;

— Oui, dit Cavalcagni ;

— Oui, exclama Marning ;

— Oui, s'écria Mezzebano ;

— Oui, dit Stromboni ;

— Oui, exclama Fulcino ;

— Oui, fit Mozzelberg ;

— Oui, cria Destrékoff.

Cette sentence prononcée, le vieillard se leva, s'agenouilla, et courba la tête.

Ce blâme entraîne une retraite de deux ans dans le couvent des carmes déchaussés du mont Pincio, avec assujettissement absolu à toutes les rigueurs de la règle de l'ordre. Ces rigueurs sont : le jeûne, la macération, le cilice et la flagellation.

Que notre frère prie le Seigneur de lui pardonner ses fautes !

Le conseil va s'adjoindre un membre suppléant pour le remplacer jusqu'à l'expiration de sa peine.

Après avoir prononcé ces paroles, Spardino jeta un regard sur ses collègues.

Tous se levèrent.

— Qu'il en soit fait ainsi ! s'écrièrent-ils d'une seule voix.

Le vieillard se leva, et sortit de la salle du conseil ; il se rendait au couvent des carmes du mont Pincio.

Il se conformait à la règle austère de l'obéissance passive.

Ce n'était plus un homme, mais un cadavre devant l'autorité suprême.

Perindè ac cadaver !

Le conseil statua ensuite sur les mesures à prendre, pour réparer promptement ce qu'ils avaient appelé ses fautes.

Puis la séance continua...

. . . .

VIII

M. Bordier.

Depuis quelque temps un homme au teint basané, et d'un âge mûr, était venu louer un appartement au numéro 27 du boulevard Richard-Lenoir.

Il passait pour être représentant de commerce.

Il avait avec lui un jeune homme, qu'il disait être son neveu.

L'un et l'autre avaient des allures de petits bourgeois, plus soucieux de leurs affaires que de leurs plaisirs.

Ils rentraient bien quelquefois tard, mais dame! quel est donc le Parisien qui ne soit pas un peu noctambule?

Ils occupaient au troisième étage un appartement très modeste, peu luxueusement meublé.

Nous avons oublié de dire une chose, c'est qu'ils avaient un air très sérieux, qu'ils parlaient peu, et portaient sur leurs physionomies, très sympathiques d'ailleurs, ce cachet qu'y impriment fatalement ou de grandes peines morales, des préoccupations poignantes, ou le souvenir encore récent de malheurs vaillamment supportés.

La concierge, qui, à l'exemple de toutes les concierges du reste, et au rebours du sphinx, s'appliquait à chercher le mot des énigmes, disait en parlant d'eux que c'étaient des gens qui avaient eu des malheurs en Amérique.

Il était environ huit heures du matin.

Le prétendu oncle, et le prétendu neveu, étaient déjà levés, bien qu'ils fussent rentrés fort tard, dans la nuit.

Assis en face l'un de l'autre près d'une grille bien allumée (car nous étions encore en hiver), ils causaient.

Ne laissons pas ignorer plus longtemps au lecteur quels étaient ces personnages.

Il sera surpris, nous n'en doutons pas.

Ces personnages étaient le père Bernard, le rude capitaine du brick l'*Éole*, et Georges, son fils.

Certes ce qu'ils se disaient n'était pas gai, car leurs figures exprimaient de poignantes inquiétudes et une grande irritation.

La voix du capitaine était plus rauque que d'habitude, et les jurons se succédaient dans sa bouche, rapides et pressés, comme les boulets dans la gueule des canons un jour de combat.

Chez Georges il y avait un grand abattement et il ne répondait guère à son père que par monosyllabes.

— Ainsi tu l'as vu hier?

— Oui, père.

— Il est blessé gravement? mille millions de tonnerres!

— Assez gravement.

— Mais sacré mille sabords! la France est donc devenue un immense coupe-gorge?

Georges haussa mélancoliquement les épaules.

— On ne pourra donc pas sortir de chez soi, sans recevoir un coup de couteau ou un coup de feu? tonnerres!

— Tu sais, père, qu'il était allé à Meulan; Jacques lui avait dit que le saltimbanque devait s'y trouver. Dame! il s'ennuyait cet homme de rester renfermé chez lui; rester oisif, pour lui, c'était la mort. Ah! je le comprends, moi! C'était triste, pour une nature vaillante comme la sienne, d'attendre stoïquement que la Providence vînt jeter quelque lumière dans ces ténèbres épaisses au milieu desquelles nous nous débattons! il avait accueilli avec joie ton projet de fouiller tous les couvents, et tu le sais, il voulut partager les périls et les difficultés de cette entreprise étrange.

— C'est la meilleure, Georges; mille sabords!

— Oui, mais c'était des résultats qu'il fallait à cet homme...

— Nous en aurons et bientôt, mille tempêtes!

— Il fallait, dis-je, à ce vaillant, à cet hercule, à ce colosse, à ce justicier...

— Eh bien? Cré mille tonnerres!

— Il lui fallait des ennemis à saisir, à arracher à une impunité infâme, à broyer!... Que trouvions-nous?

— Nous avons trouvé deux cadavres : n'est-ce donc rien cela ? Georges, est-ce que tu crois qu'ils ne nous apprendront rien ces cadavres ? mille tonnerres !

— Je l'espère, fit tristement le jeune marin : mais, quand nous avons fait cette découverte, il était déjà parti pour Meulan : c'était même à ce moment-là, qu'un misérable, envoyé sans doute par les Chevaliers du Crucifix, l'un d'eux peut-être, lui a tiré presqu'à bout portant, un coup de fusil.

— Ah ! les lâches ! les lâches ! a-t-on mis au moins la main sur l'assassin ? Cré mille millions de tonnerres !

— Non.

— Mille malédictions !…

— Voici comment c'est arrivé : c'est Ben-Kébir qui me l'a raconté : le pauvre garçon pleurait comme un enfant. Ils sortaient de Meulan, à la tombée de la nuit, ils étaient quatre : le Maure, Jacques, Ben-Kébir et le saltimbanque qu'ils avaient réussi à tirer de prison — car il faut te dire que ce malheureux a aussi des ennemis qui ne le ménagent guère — bref, il était en prison et ils l'en avaient tiré. Ils montaient ces admirables chevaux des écuries du baron, tu les connais ; ça file comme l'ouragan, ces bêtes-là, ça bondit comme des panthères !

Comme des gens qui ne craignent rien, qui n'ont dans la conscience que le sentiment du devoir accompli, et dont le courage d'ailleurs est d'avance à la hauteur de tous les périls, ils chevauchaient sans se presser, modérant plutôt la fougue de leurs montures ; je te l'ai dit, la nuit venait, le ciel était noir comme de l'encre, le vent soufflait en tempête.

Meulan est une ville, dont les petites maisons basses s'allongent en longues files, assez loin sur la grande route.

Ils avaient dépassé le presbytère, et ils voyaient devant eux les dernières maisons. Les ombres de la nuit tombaient si rapide-ment qu'il fallait presque se baisser pour voir la route, et que ces dernières maisons qu'ils allaient atteindre disparurent brusquement dans la brume épaisse, comme si elles avaient été enlevées par une main invisible…

— Comme tu dis ça ! mille sabords ! fit le capitaine ému par le récit dramatique de Georges.

— Jacques causait avec le saltimbanque ; il paraît que c'est très bavard un saltimbanque : et puis il fallait bien se distraire un peu, car un voyage, par une nuit aussi noire, et le vent soufflant en tempête, n'avait rien de bien gai.

— Avec ces Chevaliers du Crucifix, ces marsouins de malheur, ces misérables qui peuvent être partout, qu'on ne voit pas, qu'on ne connaît pas, et dont on ne se méfie pas, ce n'est pas trop prudent d'être muet, mille tonnerres ! gronda le capitaine.

— Oh ! ils n'ont pas causé longtemps, et encore ce qu'ils disaient n'était pas de nature à attirer l'attention de ces démons maudits ; ils parlaient, m'a dit Jacques, de voyages sur terre et sur mer : ce n'était pas médire de la *sainte* Eglise catholique, apostolique et romaine ! ils commençaient à peine leur conversation, quand tout à coup une flamme leur brûla la figure, une balle siffla, et une détonation d'arme à feu retentit.

— Ah ! si j'avais été là ! Cré mille millions de bordées de tribord et de bâbord ! hurla le capitaine de l'*Éole*, dont les poings se crispèrent dans un mouvement de rage inouï.

— Les chevaux se cabrèrent, et se mirent à bondir comme des bêtes fauves affolées.

La balle avait percé le manteau du saltimbanque, glissé sur le crâne d'El-Arim, et frappé le Maure à la tête.

. La blessure de celui-ci n'était pas mortelle, il resta même en selle. — Il avait senti, dit-il, comme un coup de fouet au front ; quant à son cheval, sa blessure l'étourdit et l'épouvanta : il rua, se cabra et s'emporta avec tant de violence que les rênes se brisèrent.

Incomparable cavalier, Hassan se maintint en selle quand même et, se cramponnant à la crinière de sa bête affolée, il se laissa emporter dans une course désordonnée et d'une effrayante vitesse.

Ses compagnons le suivirent aussitôt, afin de ne pas le perdre de vue, et pour lui porter secours au besoin.

Tout cela s'était passé, paraît-il, rapide comme la pensée.

— Ah ! quelle nuit ! quelle effroyable nuit ! me dit Jacques,

Ce, fut un tourbillon d'hommes et de chevaux dans les ténèbres profondes, sur la route et dans la plaine. Il y a, dans ce pays-là, d'immenses prairies et la route qu'ils suivaient traverse ces prairies.

Cela dura des heures.

A la fin, El-Arim s'abattit : il avait donné de la tête contre un arbre.

Le choc fut tel qu'il fut assommé, et que la moitié de sa crinière resta entre les mains de bronze de son cavalier.

El Arim était mort. Le colosse, qui était couché sur son cadavre, se souleva et se trouva debout.

On enleva le harnachement de la pauvre bête, car on ne voulait laisser derrière soi aucun indice révélateur. Le harnachement portait le chiffre du baron de Mélos. — La nuit, tu le sais, était noire ; on était perdu dans des plaines immenses.

Il fallait s'éloigner pourtant. Mais où aller ? Où trouver une maison ? Un être humain ?

Hassan voulait retourner à Meulan : il était fou de rage.

Il lui fallait le meurtrier, il le trouverait, disait-il ; il ne voulait pas laisser cette fois s'échapper l'occasion de mettre la main sur ces ennemis mystérieux et jusqu'alors insaisissables, qui le poursuivaient.

Il se flattait de trouver quelque habitant qui le renseignerait sur le misérable qui avait tiré le coup de fusil.

— Et quand je le tiendrai, ajoutait-il, je saurai bien qui il est, s'il a commis ce crime sans être conseillé par personne, ou s'il n'a été que l'instrument de gens qui se cachent ; car en lui arrachant son âme immonde, j'y trouverai bien tous les secrets qu'elle renferme !...

Ils le laissèrent vociférer et se répandre en imprécations contre ses lâches ennemis.

Quant à retourner à Meulan, c'était difficile : savait-on où se trouvait cette ville, et de quel côté il fallait se diriger pour y arriver ?

On erra donc dans la plaine : on marcha à l'aventure ; les cavaliers tenant leurs chevaux par la bride.

Tout à coup Hassan cessa de vociférer ; il parut tomber dans une sorte d'abattement. Sa marche se ralentissait, son pas devenait lourd ; il avait de la peine à suivre ses compagnons.

Ben-Kébir lui offrit le bras.

Il n'avait pas encore dit qu'il s'était senti frappé à la tête ; de sorte qu'on ne le croyait nullement blessé.

Mais son pas, de lourd qu'il était, devint traînant, il s'appuya de plus en plus sur le bras de l'ancien zouave, qui ne put bientôt plus le soutenir.

Tout à coup ce dernier poussa un cri ! le Maure, après avoir chancelé un instant, s'était brusquement affaissé : il était mort ou évanoui !

On s'empressa autour de lui.

Jacques qui avait un briquet fit du feu : on chercha des herbes sèches, on en fit un amas, et on s'efforça de le faire flamber : cela eût servi de falot dans les affreuses ténèbres où l'on était plongé.

Sous le souffle âpre du Nordé[1], les herbes s'allumèrent ; on y jeta du bois sec, bientôt la flamme pétilla et s'éleva bruyamment, jetant ses rouges reflets aux alentours.

Hassan était étendu et de tout son long : sa face était livide et couverte de sang..

— Mort !!! s'écria Ben-Kébir d'une voix poignante.

Il avait un sillon sanglant sur le front et le côté de la tête ; c'était la trace de la balle du misérable qui avait tiré sur eux.

Le saltimbanque, qui était un peu médecin, — ces vagabonds connaissent parfois bien des choses — l'examina, et reconnut qu'il n'était pas mort ; puis il lava son visage et sa blessure avec de la neige qu'il fit fondre, et la pansa.

On fit au blessé un lit d'herbes sèches et de branches ; on l'y coucha, enveloppé dans son manteau.

Cependant Ben-Kébir, qui aime cet homme comme un chien aime son maître, courait partout pour trouver une habitation. Une habitation supposait des habitants ; des habitants supposaient un hameau ou un village ; un hameau ou un village supposaient un médecin.

Et Ben-Kébir courait, allait, venait dans nuit profonde, se heurtant aux obstacles, trébuchant, tombant, maugréant, jurant, sans s'arrêter, sans se décourager.

Enfin, il se heurta à une habitation, comme il se fût heurté à un arbre, car la nuit était si noire qu'il était parfaitement impossible de distinguer un arbre d'une maison, ni même de les voir.

Cette habitation était une pauvre chaumière : il frappa rudement à la porte.

Cette porte lui fut bientôt ouverte.

1. Terme dont les marins se servent pour désigner le nord-est.

Quelques minutes après, ceux qui étaient restés près du bivouac dont je t'ai parlé, virent arriver à eux deux hommes munis de lanternes.

C'étaient Ben-Kébir et l'habitant de la chaumière.

Un brancard fut fait, et le blessé fut transporté dans la demeure du brave paysan.

Là le Maure reprit connaissance.

Sur un désir qu'il montra que l'on cherchât le cadavre de son cheval et qu'on l'enterrât, on se mit à la recherche de la pauvre bête.

Pour la retrouver, on n'avait qu'à suivre la trace de nos pas empreinte dans la neige.

El-Arim avait été frappé sur le derrière de la tête par la même balle qui avait blessé son cavalier, mais elle n'y avait pas pénétré.

On creusa une fosse dans laquelle il fut placé : ce travail ne fut fait que le lendemain.

Quelques heures après, le Maure fut placé dans une vieille chaise de poste que l'on trouva dans le pays ; cette chaise de poste prit la direction de Paris, dont on était éloigné d'une douzaine de lieues.

C'était Ben-Kébir qui conduisait la voiture.

Jacques et le saltimbanque ne partirent que quelques heures après.

Maintenant Hassan est installé dans sa maison du boulevard Malesherbes : il va mieux.

Le saltimbanque et Jacques sont arrivés ce matin.

Après avoir achevé son récit, Georges posa son coude sur la table, passa sa main sur son front brûlant ; et une amère expression de tristesse et de désespoir parut sur ses traits.

Le capitaine, très agité, se promenait à grands pas.

Il faut que nous partions.

Il y eut un long silence...

— C'est une guerre de guet-apens et d'embûches ; une guerre sans pitié, sans merci : une lutte de sauvages ; soit ! mille tonnerres ! exclama tout à coup le capitaine.

Puis il ajouta, en pensant au Maure :

— Aujourd'hui c'est lui, demain ce sera moi : qu'importe ! Ah ! que j'aimerais mieux un combat loyal, à visage découvert, poitrine contre poitrine ; comme des hommes, mille sabords !

Georges se leva vivement.

— Père, s'écria-t-il, entre son couteau et toi, l'assassin trouvera ma poitrine.

Le vieux loup de mer tressaillit.

Une émotion soudaine et poignante lui étreignait le cœur. Il ne voulait pas laisser voir à son fils qu'il pleurait.

IX

M. Bordier (Suite). — Le magasin de la rue d'Hauteville.

Ce bon M. Bordier était donc représentant de commerce, et même il avait un magasin où il mettait les marchandises de la *maison* qu'il représentait.

.Ce magasin, où nous pouvons trouver des *articles de commerce* d'une nature singulière, était situé rue d'Hauteville.

Le lecteur se rappelle sans doute que le brave capitaine du brick l'*Éole*, devenu le représentant Bordier, avait eu un beau jour une idée. Oh ! une idée étrange !

Elle était tellement étrange et son application présentait tant de difficultés, qu'elle ne pouvait être éclose que dans le cerveau d'un de ces vieux loups de mer, qui ne connaissent pas d'obstacles tellement ils sont habitués à les surmonter, qui ne connaissent pas de périls tellement ils sont habitués à les braver, qui se rient même de la mort tant elle les a souvent menacés en vain.

Il s'était dit :

— Quel est donc le coin de l'Océan où je n'aie pas navigué? Quel est donc l'abîme dont je n'aie pas sondé la profondeur, debout sur le pont de mon navire? Quel est donc le monstre marin que je n'aie harponné, depuis la baleine jusqu'au cachalot? J'ai vu des pirates, ces voleurs et ces assassins qui s'embusquent sur les grandes routes de la mer, et je les ai envoyés dans l'éternité, la corde au cou, après avoir capturé ou fait sauter leurs navires.

Et puis craignait-il la tempête? Il s'en souciait comme du souffle qui sort de la bouche d'un enfant!

Craignait-il les écueils? Ah! il s'en moquait bien de ces guet-apens monstrueux de l'onde!

Un tel homme pouvait donc avoir des idées étranges, et ne se laisser arrêter, quand il s'agissait de les appliquer, ni par le péril, ni par l'obstacle.

Or, nous le savons, il avait eu l'idée de fouiller les couvents, non-seulement ceux de Paris, mais encore ceux du monde entier.

Il ne le faisait pas, nous le savons encore,

dans le but de satisfaire une vaine curiosité ; il se moquait bien de tout ce qui se tripote de monstrueux depuis des siècles dans ces lieux mystérieux ; il n'avait nul souci de lire pour le plaisir de lire dans ce grand livre caché des infamies aristocratiques et cléricales !

Ce qu'il y cherchait, ce qu'il voulait y trouver, c'était le nom de Gemma de Mélos, la douce et poétique fiancée de Georges ; c'était le nom de ses ravisseurs ; c'étaient le lieu où se trouvait cette pauvre malheureuse victime et la retraite qui cachait ces bandits !

Pénétrons maintenant dans le magasin de la rue d'Hauteville.

Il était situé au fond d'une cour, et au troisième étage.

Il était composé de plusieurs pièces, avec cabinet et bureau.

En cela, il ne différait guère des autres magasins de gros du quartier.

Il en différait pourtant en un sens, c'est que les employés étaient des matelots, et les marchandises des objets qu'il ne vendait pas.

Ainsi, quand je dis marchandises, il ne faudrait pas prendre la chose dans l'acception rigoureuse du mot.

En s'engageant dans cette expédition occulte et mystérieuse, celui qui se faisait appeler M. Bordier se considérait comme en pays ennemi ; il pouvait, pensait-il, y entrer armé, repousser la force par la force, dût la mort s'ensuivre, faire même des prisonniers si cela devenait nécessaire et jouer au besoin le rôle de justicier.

Il se disait que là où les lois du monde civilisé n'ont pas d'empire, l'arbitraire règne dans toute sa puissance : qu'où règne l'arbitraire, il n'y a plus de questions de justice sociale à revendiquer ; que ce qu'on appelle l'égide des lois, n'est plus que lettre morte dans ces régions mystérieuses où le magistrat n'entre pas, et que le policeman ne surveille pas.

— Je vais en pays ennemi, se disait-il; je me considère comme chez des Canaques ou des Peaux-Rouges (je parle de ceux qui vivent à l'état sauvage), je vais chercher une fille que je les soupçonne de m'avoir volée, je vais y chercher le mot d'une sombre énigme, d'un guet-apens monstrueux où mon fils et mon maître timonier ont failli perdre la vie; je vais là-bas, comme un homme qui cherche, qui soupçonne; qui veut savoir la vérité, qui veut trouver. Je fais ce que la justice de mon pays n'a pas voulu faire. Elle ne doit pas s'en tenir pour offensée, ni lésée dans ses droits, car là où elle manque à sa tâche sacrée de protectrice et de vengeresse, la nature et la raison font à l'homme un devoir des plus impérieux de suppléer par lui-même à cette insuffisance; c'est-à-dire de se protéger lui et les siens, et d'exercer lui-même le droit imprescriptible de justice.

Ah! on leur a donné le temps de chercher les ravisseurs de Gemma de Mélos et les assassins de Georges et de Jacques; on s'en est rapporté à eux, on leur a dit: Faites, cherchez, trouvez!

Qu'ont-ils fait? Qu'ont-ils trouvé?

Ils ont cherché dans les cabarets borgnes, dans les hôtels garnis, dans les lieux infâmes : ils croyaient avoir affaire à des malfaiteurs vulgaires; et c'est cette croyance, dont ils n'ont pas voulu démordre, qui leur a fait perdre du temps à nous et à eux : le beau résultat!

Ah! je ne comprends pas les choses comme eux, moi, aussi j'ai fouillé la Seine, et j'y ai trouvé une moisson de cadavres; j'y ai trouvé les assassins de Georges et de Jacques; non pas tous, je ne le pense pas, car ceux qui ont conseillé le crime doivent être vivants! Oui, ceux-là sont les mêmes que ceux qui ont enlevé ou fait enlever Gemma de Mélos!

Eh bien! mon idée était-elle bonne? Cré mille millions de sabords!

Ah! la Seine avait des mystères, je les ai pénétrés; ah! la Seine avait des cadavres qu'elle cachait et je les lui ai arrachés!

Eh bien! moi, je crois que les couvents sont comme la Seine; eux aussi doivent renfermer des mystères tout aussi étranges, tout aussi monstrueux! Ces mystères je les pénétrerai! mille sabords! je verrai ce que contiennent ces abîmes qui doivent être bien autrement profonds que ceux de la Seine, car ils ne lâchent jamais un seul de leurs cadavres!

Mais reprenons notre récit au point où nous l'avons laissé.

Nous avons dit que les employés étaient des matelots.

C'étaient en effet les matelots du brick l'*Eole*.

M. Bordier était un homme prudent.

Il s'était dit :

Il me faut des hommes sûrs, des hommes sur lesquels je puisse compter.

A Paris, cette immense boîte à hommes, j'en trouverai certes neuf sur dix qui ne vaudront rien; car pour recruter le personnel qu'il me faut, je ne pourrais aller chercher que dans cette masse de gens, venant d'un peu partout, aventuriers ou repris de justice, déclassés de toutes sortes, qui n'ont jamais su où n'ont pas voulu s'assurer un gagne-pain : pour la plupart desquels le vol et la trahison sont un besoin, une nécessité, qui ne cherchent pas la fortune pour contracter avec elle un mariage légitime, mais qui s'embusquent pour la saisir au passage, et la violer!

Ces hommes-là et ce sont les plus nombreux de cette catégorie de gens auxquels je serais forcé de m'adresser (car je ne pourrais pas m'adresser aux gens placés), ces hommes là feraient certes bien l'affaire d'un bandit, qu'il s'appelât Lacenaire ou Bonaparte; mais ils ne peuvent faire celle d'un honnête homme ; ils ne peuvent être employés à une œuvre de justice; car pour être employés à une œuvre de justice, pour remplir cette mission sacrée, il faut avoir le cœur pur, l'âme haute, et la conscience rivée au devoir !

Il songea à ses marins de l'*Eole.*

Ah ! il les connaissait ceux-là !

Il n'avait pas à craindre de trouver parmi eux, un de ces gredins, dont nous venons de parler, et qui feraient plutôt l'affaire d'un chef de voleurs ou d'un chercheur d'empire, ce qui est au fond absolument la même chose : il les connaissait ses matelots !

— Ce sont des honnêtes gens, ceux-là, se disait-il : je puis compter sur eux : ce sont des âmes loyales, des cœurs intrépides; ils ont horreur de la trahison; et se feraient écharper plutôt que de manquer à l'honneur.

Ah ! je les connais bien, mes braves matelots du brick l'*Eole !*

Je les ai vus aux jours d'épreuve; j'ai lu au fond de leur cœur : j'ai vu leur âme à nu : ils sont fidèles. et dévoués jusqu'à la mort; ils sont braves comme des épées !

Le lecteur pensera comme nous, que le vieux loup de mer pouvait faire de bonne besogne avec de pareils hommes.

Sur vingt qui formaient la totalité de son équipage, il en avait pris quatorze ; les six autres avaient été laissés à la garde du navire.

Au moment où nous entrons dans le magasin, il s'en trouvait là une dizaine ; ceux qui manquaient étaient à faire des courses, à remplir diverses missions dont M. Bordier les avait chargés.

Quelques-uns écrivaient; d'autres fumaient, ou roulaient dans leur bouche d'énormes boulettes de tabac.

Ils n'étaient pas habillés en matelots : ils portaient le costume civil: le père Bordier, en homme bien avisé qu'il était, les avait fait habiller par les premiers tailleurs de Paris.

Ils causaient, toutes portes bien closes.

— Vive le capitaine ! disait l'un, il nous fait voir des choses que nous n'avions jamais vues; et pourtant nous avons navigué dans toutes les mers, et abordé à peu près à toutes les côtes; tron de l'air! quelles drôles de femmes, et quels drôles d'hommes il nous fait voir !

— Eh! Yvon, dit un autre, s'amusaient-ils, hein ?

— Ces deux marsouins que nous avons vus cette nuit ? mille sabords ! Ah ! ah ! ah !...

— Quoi donc? quoi donc? firent plusieurs voix.

— Dame ! dit Yvon, ils faisaient leur prière, quoi ! ils sont faits pour prier, il faut bien qu'ils prient ! ah ! ah ! ah ! ah ! je me suis donné tant de mal pour ne pas crever de rire, que j'en ai la colique! Ils étaient dans une de ces petites chambrettes que l'on appelle des cellules. C'étaient un capucin et une religieuse: ah ! mille sabords ! avait-il une drôle de binette, le capucin! la religieuse était petite et gentille; ils étaient à genoux, à côté l'un de l'autre au pied d'un crucifix, et récitaient l'un après l'autre un *Ave Maria.*

Quand le capucin avait fini, il prenait la religieuse par le cou, en lui disant : embrassons-nous, ma sœur, dans le Seigneur; quand la religieuse avait fini, elle disait au capucin : embrassez-moi, mon frère, dans le Seigneur.

Quand ils eurent fini de prier, ils se levèrent et le capucin dit à la religieuse : Passons à un autre exercice.

Puis il ajouta :

Déshabillez-moi, ma sœur, dévotement, saintement.

(Hilarité générale.)

— La religieuse, poursuivit Yvon, fit un signe de croix et lui enleva la corde qui lui ceignait les reins.

(Nouvelle hilarité.)

Le capucin lui prit la main :

Soyez bénie, ma sœur, lui dit-il, comme Rachel, comme Rebecca !

La religieuse se mit à genoux.

Dites : *Amen*[1] !

Amen ! fit-elle en joignant les mains.

Elle se releva.

La corde qu'elle avait dans la main, elle la posa sur une chaise.

Elle enleva ensuite au.moine, sa longue robe brune.

Soyez béni, mon père, comme Jacob, comme Joseph! lui dit-elle.

Le moine se mit à genoux.

Il joignit les mains.

Dites : *Amen !*

Amen ! murmura-t-il, en levant ses regards vers le plafond de la cellule.

Le marsouin avait la figure rouge comme un homard cuit, mille sabords !

(Hilarité.)

La religieuse était très pâle ; sa figure était blanche comme ses coiffes.

Passons à un autre exercice, ma sœur, fit le moine.

Elle se rapprocha de lui et lui dit :

Déshabillez-moi, mon père, dévotement, saintement.

Le moine lui enleva ses coiffes.

Ses cheveux tombèrent sur ses épaules.

Il les prit à deux mains, les souleva jusqu'à la hauteur de sa bouche et les baisa.

Votre chevelure, ma sœur, murmura-t-il, a un parfum céleste.

La religieuse joignit les mains, et lui dit :

Vous êtes l'ange, mon père, qui annonça à Marie les volontés de Dieu.

Et vous, ma sœur, si le Christ était à naître, vous seriez ce vase d'élection, sur lequel le Saint-Esprit dans ses ardeurs infinies, jetterait les yeux.

Vous êtes, vous, à la fois, l'ange et l'Esprit, murmura la religieuse, d'une voix tremblante.

Vous êtes, vous, la vierge pure, la rose mystique, l'amour céleste !

La religieuse se releva.

Il lui enleva sa robe...

Tout à coup je sentis une main qui se posait sur mon épaule, mille sabords !

— Ah! firent les matelots.

C'était le capitaine qui passait par là.

— Yvon, me dit-il, tu perds ton temps à regarder ce homard et cette langouste, mille sabords ! Allons, mon garçon, tu sais ce que nous cherchons ici !

J'allai ailleurs.

— Ah! quel malheur que tu n'aies pas pu voir la fin ! crièrent les matelots.

— Je suis repassé par là à peu près une heure après : moi aussi je voulais voir la fin, mais c'était trop tard ; leur petite lampe était éteinte, bernique ! plus moyen de rien voir, mille tonnerres ! et ils parlaient si bas qu'on n'entendait pas un mot de ce qu'ils se disaient !

— Tron de l'air ! s'écria celui qui était Marseillais, ça vous étonne, vous autres ? mais est-ce qu'ils ne sont pas tous comme ça ? Je parierais la Cannebière tout entière contre la ville de Paris toute seule qu'ils ne font pas autrement leur prière le soir, tous ces marsouins-là.

— Oui, quand ils ne se tuent pas ! firent quelques voix.

— Dame ! nous avons trouvé deux cadavres cette nuit, dit Yvon.

1. Ainsi soit-il!

— Ça intrigue joliment le capitaine, ces deux cadavres, tron de l'air ! fit le Marseillais.

— Dame ! il saura bientôt ce que ça veut dire.

— Ah ! c'est bien sûr, qu'il le saura.

— Ah ! c'est un rude lapin, le capitaine de notre beau brick l'*Éole* !

— Voilà un homme de tête !

— Est-ce un terrien qui aurait compris comment il fallait s'y prendre pour fouiller tous les couvents sans être vu de personne ? mille sabords !

— Ah ! ce n'était pas facile à trouver, cette manière de naviguer chez ces caïmans, qui vivent à moitié sur terre et à moitié sous terre ! mille tempêtes !

— Ah ! il n'a pourtant pas été embarrassé ! tron de l'air !

— C'est qu'il sait tout, lui, le père Bernard ! Il savait que ces caïmans ont des habitudes de taupes : comme les taupes ils ont des souterrains. Il s'est dit : Je n'ai pas besoin de passer par la porte pour aller chez eux ; je vais y aller par-dessous terre. Qu'at-il fait ? Il a acheté une maison tout près du couvent : une fois là, il n'a pas eu à creuser plus de trois brasses de profondeur dans la cave pour trouver le souterrain ; le souterrain trouvé, il n'avait plus qu'à y descendre : il était chez les hommes et les femmes noirs !...

— Ah ! quels tours pendables il fait à ces gens qu'il appelle les Chevaliers du Crucifix ! mille sabords !

— Ces caïmans de chevaliers, il paraît que ça vit un peu partout, mais que leurs principaux terriers sont les couvents ! tonnerres !

Leur conversation fut interrompue par l'arrivée du capitaine.

M. Bordier était sombre et préoccupé.

Le guet-apens dont le Maure avait failli être victime l'avait péniblement impressionné.

D'un autre côté, il pensait aux deux cadavres qu'il avait découverts dans le souterrain du couvent des théatines la nuit précédente.

Il se trouvait là en présence d'une énigme dont il était très désireux de connaître le sens.

— Qui est-ce qui a tué cet homme et cette femme ? se disait-il ; pourquoi les at-on tués ?

L'homme est un prêtre ; la femme, une femme riche. Pourquoi cette femme et ce prêtre se trouvaient-ils ensemble ?

Ils s'étaient probablement donné rendez-vous dans ce souterrain, pour mieux se cacher sans doute, et ils auront été surpris par des gens qui ne voyaient pas de bon œil leurs amours.

Mais qui diable peut être venu dans ce souterrain où ils étaient, à moins que ce ne soit des Chevaliers du Crucifix ?

Je vais donc les voir face à face, ces hommes mystérieux.

Je vais donc les entendre parler.

Car ils ne vont pas laisser là ces deux cadavres : il faudra bien qu'ils les fassent disparaître, qu'ils les enterrent.

En faisant leurs funérailles, ils parleront bien un peu, ils diront bien pourquoi ils ont fait de ce prêtre et de cette jeune dame deux cadavres !

Oh ! oui, ils parleront.

Au fait, s'ils ne disent rien, je les ferai parler, moi, mille millions de tonnerres !

Car il faut que je sache tout ! tout ! tout !

Ah ! j'ai bien cru un moment que cette femme était Gemma de Mélos, tant elle ressemblait au portrait que Hassan nous a donné : Georges lui-même l'a d'abord prise pour elle.

Ah ! ça lui a donné un rude coup, à ce

pauvre garçon ; mais il a bien vite vu qu'il se trompait !

C'est égal, il faut que je sache ce qu'ils feront de ces cadavres et que j'entende ce qu'ils diront sur leurs tombes ; et ma foi, s'ils ne disent rien, je les ferai parler, mille sabords !

Tout en se livrant à ce monologue intérieur, le père Bordier compulsait des feuilles de papier couvertes d'une écriture peu élégante : de véritables griffonnages dus à la plume peu savante de ses marins. C'étaient les rapports de ceux de ces derniers qui avaient été chargés par lui de différentes missions, la nuit précédente.

Nous devons dire qu'il n'avait emmené avec lui aux théatines que cinq hommes ; il avait envoyé les autres fouiller d'autres couvents.

Certes, il faisait autant de besogne qu'il pouvait, le père Bordier, car il n'était pas moins impatient que le Maure et que son fils de voir enfin atteint le but qu'ils poursuivaient tous.

Nous avons dit qu'il était là dans son magasin.

Magasin suppose marchandise.

Certes, ce n'était pas un magasin comme un autre, un endroit où il fût permis au premier venu de pénétrer.

Il n'y avait là ni offre, ni demande (pour nous servir du jargon économique); on n'y faisait aucun trafic.

Les objets qu'il renfermait ne se vendaient ni ne s'achetaient nulle part.

Et pourtant, si on les avait mis en vente, je suis convaincu qu'on en aurait tiré un bon prix.

L'homme est ainsi fait qu'il dépense quelquefois plus d'argent pour satisfaire sa curiosité que son ventre.

Ces choses étranges jetaient, il est vrai, une lumière très vive sur les mœurs et la philosophie cléricales.

C'étaient des preuves palpables, parlantes de la perversion absolue du sens moral chez les gens d'église.

On y voyait là, dans leur éloquence muette et terrible, les effets des doctrines des Chevaliers du Crucifix, prêchées par leurs apôtres, les jésuites.

On y voyait la preuve éclatante de ce mépris absolu de l'humanité et de la morale qu'on a tant reproché à ces hommes sinistres, qui ont laissé sur leur chemin, à travers les siècles, une longue traînée de sang et de cadavres, et qui sont encore au milieu de nos sociétés modernes tels qu'on les a vus aux heures les plus sombres de l'histoire.

Car ces gens-là ne changent pas.

Ils se vantent d'être comme Dieu, qui est immuable.

— Tout change autour de nous, disent-ils ; seuls nous ne changeons pas.

Et cela est vrai.

Ils professent encore le même mépris de l'humanité, le même dédain de la morale, le même désir sauvage de détruire tout ce qui est un obstacle à leur ambition et à la satisfaction de leurs inavouables passions.

En attendant qu'ils opèrent au grand jour, ils opèrent dans les ténèbres.

Le père Bordier s'était dit :

— Ah ! la police ne veut pas entrer dans les couvents ! Eh bien ! j'irai, moi !

Je lui ai montré comment on pouvait fouiller la Seine ; je lui ai fait voir mes scaphandres ; je lui ai jeté dans les bras des cadavres qu'elle n'aurait pas trouvés sans moi ; je lui ai fait connaître des crimes qu'elle ignorait !

Puis, de la Seine, il était allé dans les couvents.

Seulement, là, on le comprend, il n'avait pas pris la police avec lui.

Il n'avait pas dit à cette gardienne de la

morale, à ce soldat armé de l'humanité et de la loi :

— Viens avec moi !

La police n'avait pas les mêmes idées que lui.

La police ne croyait pas plus aux cadavres cachés au fond des cloîtres qu'à ceux que renfermait la Seine.

Bien plus, la police lui eût dit :

— Je te le défends !

Aussi le père Bordier avait employé la ruse.

Pour aller dans la nuit, il s'était fait la nuit ; pour fouiller l'ombre, il s'était fait ombre. Et tout ce qu'il avait trouvé dans cette expédition étrange et mystérieuse qui attestait le crime, il l'avait porté dans son magasin.

Ces objets étaient rangés par ordre et soigneusement étiquetés [1].

1. Nous ne livrerons à la publicité la nomenclature de ces objets, que le jour où la magistrature cessera d'être inamovible, et où le gouvernement n'aura plus d'attaches cléricales.

X

Buisson creux.

Nous avons vu que le père Civette avait quitté très précipitamment la Canaque ; et cela précisément au moment où celle-ci paraissait décidée à l'entraîner sur le terrain des confidences intimes, et à lui demander probablement l'explication de bien des mystères du monde politique et religieux actuel, dont la connaissance eût certainement fait le bonheur de nos lecteurs.

Ce jour-là, le chef de la police des Chevaliers du Crucifix avait résolu de frapper un grand coup : il voulait faire arrêter l'homme d'affaires de la rue de la Clef.

Certes Tabernier, qui s'était toujours montré si fidèle, si dévoué, et qui avait de si puissantes raisons pour rester toujours dévoué et fidèle, n'avait pas été, on le pense bien, un de ceux sur lequel ses soupçons se seraient portés tout d'abord. Longtemps même, malgré certains indices, il l'avait cru incapable de les trahir.

C'est un homme qui travaille beaucoup, qui a beaucoup de relations, qui se trouve lancé dans un grand nombre d'intrigues et d'affaires, se disait-il, il peut très bien se faire qu'il sorte de chez lui, qu'il aille et qu'il vienne plus souvent dans la ville ou hors de la ville, sans qu'il soit pour cela devenu un faux frère.

Ce n'est que sur l'ordre formel du père Bridoux, qui, on se le rappelle, l'avait formellement signalé à son attention, qu'il s'était décidé à le faire surveiller de près.

Certes, que le père Bridoux eût été moins confiant que lui en cet homme et cela avec raison, qu'il l'eût soupçonné avant lui et qu'il ne se fût pas trompé, qu'il eût été, en un mot, plus perspicace et plus heureux que lui dans la marche à suivre pour arriver à pénétrer le mystère du meurtre de Vétoni et de l'enlèvement de la fille du baron de Mélos, cela était incontestable, et n'avait pas été sans blesser grandement son amour-propre de policier.

Mais il faut reconnaître une chose, c'est que du jour où le fameux homme d'affaires lui fut devenu suspect, ou plutôt eut été signalé à son attention, il l'avait serré de si près, entouré d'un tel réseau d'espionnage, que le rusé et coupable compère avait dû renoncer à jouer avec lui le rôle dangereux qu'il le forçait à jouer, et qu'il avait dû,

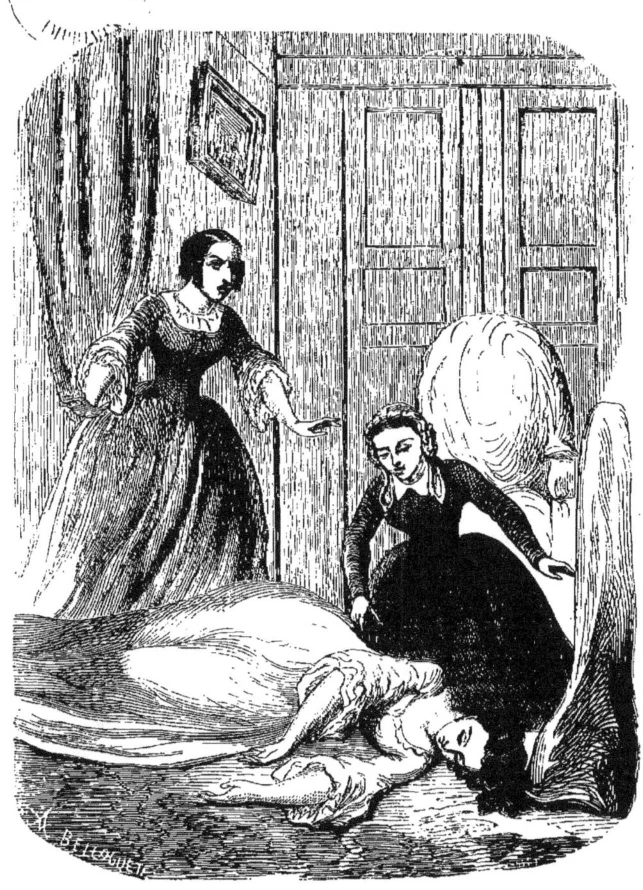

La jeune fille s'évanouit.

quelle que fût son habileté, déserter de guerre lasse, le terrain où se livrait cette lutte étrange.

Ce n'est pas cela que Civette voulait, et Tabernier, en se dérobant, lui jouait un nouveau tour, qui devait le faire repentir cruellement d'avoir usé envers un tel personnage d'une trop grande longanimité.

Mais n'anticipons pas sur les événements.

Le jour donc qu'il avait résolu de s'assurer de la personne de ce dangereux ennemi, en le faisant arrêter, il était allé chez la Canaque.

— La baronne est une Tavelli, se disait-il; c'est la fille de ce misérable, n'y aurait-il pas entr'eux quelque connivence ?

Cette femme est bien habile, bien intrigante, bien ambitieuse, et bien *canaille*.

Elle va, elle vient ; on la voit à Rome, à Venise, à Londres, à Madrid, à Berlin : je n'ai jamais songé à la faire filer.

Dame ! sœur Blandine et tant d'autres la surveillent bien ; mais cela suffit-il pour qu'on voie toujours clair dans cet immense réseau d'intrigues soit religieuses, soit politiques, dont elle sait manier si habilement tous les fils, pour la plus grande gloire de Dieu, dit-elle, et dit-on ?

Qui sait ?

Le père ne serait-il pas seul à nous trahir ?

La fille ne mettrait-elle pas le bout de son joli petit doigt dans ce joli complot ?

C'est sous l'empire de ces soupçons, qu'il s'était rendu chez elle.

Le père Bridoux avait été poignardé dans la nuit, mais il n'en savait encore rien, à ce moment-là !

Nous avons vu l'entretien qu'il a eu avec la Canaque.

Il trouva celle-ci très désireuse de connaître l'homme qui avait demandé à la sœur Blandine tant de détails sur sa personne : elle paraissait convaincue que cet inconnu avait connu sa mère, et elle se demandait si ce personnage mystérieux n'était pas Piétro Tavelli, qu'elle croyait mort.

Elle avait dit tout cela d'un air si naturel, si franc qu'il avait senti ses soupçons fortement ébranlés, sinon détruits tout à fait : est-ce qu'un policier s'avoue si vite que cela, qu'il a soupçonné à tort ?

Nous avons vu qu'il lui avait promis de mettre la main très prochainement sur cet inconnu ; puis leur entretien avait brusquement pris fin. Pourquoi ?

Voici ce qui était arrivé.

La supérieure du couvent des Théatines s'était enfin aperçue que le *révérend* père Bridoux, prolongeait vraiment bien longtemps son tête-à-tête avec la belle Augustine dans la chapelle souterraine du couvent : certes elle avait de sérieuses raisons de croire que ce tête-à-tête n'était pas sans charmes pour lui : Hildegonde de Pontarisse en savait long sur les petites habitudes galantes des chefs des Chevaliers du Crucifix en général, et du père Bridoux en particulier, mais comme ce dernier lui avait promis la veille de lui faire l'honneur de déjeuner avec elle en tête-à-tête, dans la petite salle à manger que nous connaissons, et que l'heure fixée par lui pour ce déjeuner intime, était dix heures, la sœur Euphémie voyant l'heure arrivée et le déjeuner prêt, se demanda pourquoi il ne venait pas.

Oh ! elle n'était pas jalouse, celle qui de comtesse de Pontarisse, était devenue par la grâce de Dieu et des Chevaliers du Crucifix, sœur Euphémie, supérieure du couvent des Théatines de Passy, maîtresse de Tabernier et autres dont nous n'avons pas à nous occuper ! elle cédait tout simplement à un sentiment de curiosité bien naturel : elle voulait savoir pourquoi le père Bridoux, qui était très gourmand, laissait se refroidir le petit menu très délicat, très recherché, très savoureux, qu'elle lui avait fait préparer.

Je sais bien qu'il est avec une très jolie blonde, se disait-elle en se mettant à descendre l'escalier que nous connaissons, mais je sais que sa passion pour la femme ne prime pas sa passion pour la bonne chère.

On devine le reste.

Certes, elle envoya aussitôt quelqu'un rue d'Ulm, 3, à Paris.

Ce quelqu'un, qui ne devait remettre qu'à Civette seul le pli contenant la fatale nouvelle, n'ayant pas trouvé le policier à son bureau, l'avait fait prévenir immédiatement de son arrivée.

Voilà pourquoi l'entretien du chef de la police des Chevaliers du Crucifix avec la belle baronne de Berny, avait brusquement pris fin.

Civette trouva à son bureau l'envoyé de la sœur Euphémie, auquel il se garda bien de demander des détails ; cette dernière n'ayant pas jugé à propos de dire à d'autres qu'à lui ce qui était arrivé.

Ce nouveau meurtre tombait avec le fracas d'un éclat de foudre dans l'esprit déjà si agité, si tourmenté du père Civette.

Il lut pourtant la missive de la supérieure sans laisser voir la moindre émotion.

Il jeta un regard sur celui qui l'avait apportée.

C'était une grosse figure de paysan à l'air mâtiné de moine ; cheveux courts, front bas, intelligence raréfiée : il faisait partie de la valetaille du couvent.

Il lui remit un pli cacheté à l'adresse de la supérieure et le congédia.

Quand il se trouva seul, ses traits prirent une expression de rage inouïe.

— Lui ! encore lui ! s'écria-t-il.

Oh ! cet homme, cet homme, quel démon ! ajouta-t-il.

Il y avait sur son bureau un paquet volumineux de feuilles de papier.

C'étaient les rapports de la nuit.

Ces rapports étaient classés, numérotés ; ils portaient avec le nom de l'agent, celui de la personne sur laquelle ce dernier avait exercé son espionnage.

Il n'en avait pas encore pris connaissance.

— Voyons ce que l'on sait de ses agissements de cette nuit, dit-il, en feuilletant d'une main fiévreuse le formidable dossier.

Il en tira quelques feuilles, en tête desquelles on lisait, écrit à l'encre bleue :

Tabernier.

Elles étaient couvertes d'une écriture fine et serrée, qu'il parcourut d'un regard rapide.

Tout à coup il tressaillit.

— Ah ! ah ! fit-il.

Il lut encore et ajouta :

— Sorti à telle heure ; filé jusqu'au bois de Boulogne ; perdu ses traces dans le bois ; revu quelques heures après dans les environs ; filé de nouveau jusque dans l'intérieur de Paris ; perdu de vue de nouveau.

Il haussa vivement les épaules.

— Pitoyables agents ! grinça-t-il.

Tout à coup il poussa un cri rauque.

Il venait de tomber sur le rapport qui parlait de l'agent tué impasse des Fillettes.

Son front se plissa, il devint rêveur.

— Il est donc sorti de chez lui ! dit-il, après un moment de silence. S'il est sorti de chez lui, où est-il allé ?

Pas de rapport qui me l'apprenne !

Est-il rentré ?

Pas de rapport qui me le dise !

Aurait-il quitté Paris ?

M'échapperait-il ?

Il se leva vivement, prit son chapeau, s'enveloppa d'un riche manteau de fourrures et sortit.

Il courut à la station de fiacres de la rue Soufflot, se jeta dans le premier qu'il trouva et se fit conduire rue de la Clef.

Certes le chef de la police des Chevaliers du Crucifix était exaspéré ; pourtant (tel était l'empire qu'il avait sur lui-même !) quand il souleva le marteau de la porte de la demeure de l'homme d'affaires, son visage était souriant, et l'on voyait sur son front une expression d'inaltérable sérénité.

La vieille gouvernante vint lui ouvrir, sans paraître elle même plus émue que d'ordinaire.

Il entra et alla droit au cabinet de travail que nous connaissons.

N'y voyant pas celui qu'il venait y cher-

chercher, il se retourna vers la gouvernante :

— Eh bien, fit-il, et votre maître où
est-il ?

— Mon maître est sorti, m'sieu Lapierre.

Civette qui portait tant de masques ne
devait pas se contenter d'un nom, ni même
de deux ; pour Tabernier, il s'appelait Lapierre, le bon monsieur Lapierre, l'homme
de confiance, le secrétaire intime du père
Bridoux.

— Et si j'avais cru, ajouta la gouvernante, que vous veniez pour lui parler, je
vous aurais dit tout de suite qu'il était
sorti.

— Et pour quoi pensiez-vous que je venais ?

— Pour chercher quelque dossier pour
le révérend père Bridoux, comme vous faites
d'habitude.

— Ah ! il est sorti ! fit-il en se laissant
tomber dans un fauteuil, et où est-il allé ?

— Je n'en sais rien, m'sieu Lapierre.

— Cela me contrarie bien : j'ai besoin de
lui pour une affaire très, très pressée, extrêmement pressée ! Va-t-il rentrer bientôt ?

— Je n'en sais rien.

— Il ne vous a rien dit ?

— Non.

— Mais ordinairement il vous dit où il va
quand il sort ?

— Oui, assez souvent ; seulement comme
ce matin il est parti pendant que j'étais
couchée et que je dormais, il n'a pas voulu
me réveiller pour me le dire.

— Vous ne l'avez pas vu partir ?

— Non.

— Vous ne l'avez pas entendu ?

— Non.

— De sorte que vous ne savez pas s'il est
sorti dans la nuit, ou ce matin ?

— Non.

— Vous a-t-il dit quelque chose hier ?

— Rien.

— Est-il sorti hier soir ?

— Oui.

— Il n'est peut-être pas rentré ?

— Il n'est rentré que très tard, dans la
nuit.

— Après minuit ?

— Oui.

Allons ! c'est bien lui qui a tué l'homme
de l'impasse des Fillettes cette nuit, se dit
Civette en se levant ; il est très possible
qu'il soit parti pour longtemps : ah ! le misérable, il m'échapperait donc !

— C'est bien ! dit-il à la gouvernante,
sans paraître le moins du monde ému.

Il ajouta :

— Comme je tiens à ce qu'il s'occupe
aussitôt sa rentrée, de l'affaire qui m'a-
mène, je vais envoyer quelqu'un qui l'attendra ici, et qui lui donnera en même
temps toutes les explications qu'il jugera
nécessaires.

Il sortit.

Dès qu'il eut franchi le seuil de la porte,
il s'arrêta et jeta des regards à droite et à
gauche dans la rue.

Un homme déguisé en fort de la Halle,
était stationnaire à la porte d'un boulanger,
à quelques pas de là.

Cet homme était un agent des Chevaliers du Crucifix.

Il alla droit à lui.

— Où est Brette ? lui demanda-t-il d'une
voix rapide.

Ce Brette était un marchand de vins en
gros de Bercy, requis ce jour-là pour surveiller Tabernier : il avait une très nombreuse clientèle, presque entièrement composée de gens appartenant au clergé ou de
laïques pieux ; il réalisait cent mille francs
de bénéfices nets par an.

Il était assis à la porte d'un café, et siro-
tait un verre de chartreuse.

Le fort de la Halle le lui indiqua du regard.

Civette se rendit auprès de lui de l'air d'un homme qui n'a d'autre souci que de grossir le nombre des consommateurs.

— Garçon, une chartreuse! fit-il, en s'asseyant à la même table que Brette.

Celui-ci qui l'avait reconnu ne laissa voir aucune surprise; et le regarda d'un air d'indifférence profonde.

Civette prit un journal.

Mais au lieu de lire, il parlait.

Ce qu'il disait s'adressait à Brette.

Comme ils étaient seuls en ce moment à la porte du café, ce qu'il lui dit ne fut entendu de personne.

Tout à coup il se leva, appela de nouveau le garçon, paya son verre de chartreuse, et s'éloigna à grands pas.

Quelques minutes après, Brette se rendait chez Tabernier et s'installait dans son cabinet.

Il dit à la gouvernante, qu'il était envoyé par M. Lapierre.

Nous avons dit que le chef de la police des Chevaliers du Crucifix s'était éloigné d'un pas rapide.

Il se jeta dans le premier fiacre qu'il trouva et se fit conduire avenue Montaigne chez le marquis de Bordes.

Depuis assez longtemps il se figurait qu'il existait entr'eux des relations mystérieuses.

Maintenant que l'homme au sombrero qui était allé le demander à l'hôtel de Berny le jour du fameux bal, et la vieille femme qui avait poignardé un de ses agents à quelques pas de la demeure du marquis, n'était plus pour lui qu'un seul et même individu, ses soupçons étaient devenus une certitude.

Comme on le pense bien il ne trouva pas le marquis.

Bien plus il ne put apprendre où il était.

— Monsieur le marquis est en voyage, lui dit un domestique : il est parti l'autre jour sans dire où il allait.

Civette sortit de l'hôtel, ahuri.

Il commençait à entrevoir toutes les ramifications d'un complot.

— A t-il emmené sa tante avec lui ? se demanda-t-il avec désespoir.

Le même fiacre qui l'avait amené avenue Montaigne, le conduisit à l'hôtel de Cressères.

Il y entra en se disant envoyé par le père Béraud, le directeur spirituel de la duchesse.

— Elle est partie depuis hier soir, lui dit la cameriste.

— Sera-t-elle absente longtemps?

— Je n'en sais rien.

— Pourrait-on lui écrire ?

— Oui.

— Cette lettre lui serait-elle promptement remise ?

— Je ne sais.

— Pourquoi ?

— Parce que nous ne savons pas quand elle sera de retour.

— Pensez-vous que son absence soit de longue durée ?

— Je ne pense rien, fit la cameriste, qui se rappela que la vieille Arsinoë lui avait recommandé d'être d'une discrétion absolue, en tout ce qui avait trait à ses sorties mystérieuses.

— J'enverrai Béraud avec de l'argent, des bijoux et des indulgences, car il faut que cette fille parle ; pensa-t-il.

Il sortit sans ajouter un mot.

— Ah ! Ah ! Tabernier, murmura-t-il, en remontant en voiture pour retourner rue d'Ulm, le tour est bien joué ; mais, misérable, j'aurai ma revanche !

XI

Les deux cadavres.

C'était la nuit.

Tout le monde dormait dans le couvent des Théatines de Passy, excepté Hildegonde de Pontarisse.

Elle priait.

Et certes, la prière qu'elle adressait au ciel, était fervente, et révélait en elle une âme en proie aux tourments de l'angoisse.

Au-dessous d'elle, dans la chapelle souterraine que nous connaissons, une cérémonie funèbre avait lieu.

Des Chevaliers du Crucifix, tous prêtres, faisaient au père Bridoux et à Augustine de mystérieuses funérailles.

— O mon Dieu! murmurait la malheureuse femme, se tordant aux pieds de son crucifix, dans un coin sombre de sa cellule, éloignez de moi ce calice!

Fais que celui qui a tué ce prêtre vénérable, ton auguste représentant sur la terre, et cette fille du monde devenue ta servante, c'est-à-dire une Madeleine repentie, ne soit pas celui qui tient dans ses mains ces secrets terribles que tu sais!

Ah! je vous en supplie, Seigneur, faites que cet assassin ne soit pas celui qui tient dans ses mains l'honneur et la sécurité de ma famille!

Je sais bien, Seigneur, que je ne devrais plus avoir de sentiments humains, que mon cœur devrait être mort à toute affection terrestre, qu'il devrait être exclusivement à toi, et qu'en te priant ainsi je t'insulte et je déshonore ton saint nom! mais je ne puis oublier que je suis la fille des hauts et puissants seigneurs comtes de Pontarisse, que la divulgation de ces secrets terribles tuerait mon vieux père, ruinerait et écraserait sous la honte et l'infamie mes frères et mes sœurs, et ferait que le nom que je porte, toujours honoré et respecté depuis des siècles, serait couvert d'une tache indélébile, éternelle!... Pitié!... pitié pour eux et pour moi!...

Mon père a voulu se débarrasser de cet homme qui a su surprendre ces secrets terribles; mais ce misérable est un démon, il a toutes les ruses et toutes les habiletés de l'esprit des ténèbres; cet homme a échappé au poignard, il a tué celui qui devait le frapper: tu n'as pas voulu que celui qui devait être notre sauveur triomphât de lui!

Ah! oui, cet homme est un démon, car cet homme a déclaré à mon père qu'il avait mis ses secrets en sûreté, et que le poignard d'un assassin lui enlevât-il la vie, n'en empêcherait pas la divulgation; bien plus, qu'elle ne ferait que la hâter, la rendre inévitable!

Oh! mon Dieu, je sais bien qu'en te priant ainsi je ne puis t'être agréable, et que ton épouse ne doit plus avoir de famille! je sais bien qu'en me donnant à toi j'ai jeté dans l'abîme de l'éternité père, mère, frères, sœurs, honneur, réputation, patrie!... Pitié! pitié! pitié!...

Hildegonde de Pontarisse s'exaltait; sa douleur toujours croissante la rendait folle: elle ne priait plus à voix basse, ses paroles n'étaient plus un murmure inintelligible; toutes les religieuses étaient bien endormies, pensait-elle; mais oubliait-elle que, dans un cloître, les murs souvent ont des oreilles?

Elle poursuivit:

— Quel sacrifice nouveau exiges-tu, Seigneur, de ta servante, de ton épouse indigne, pour que tu lui accordes cette faveur nouvelle?

Hélas! que puis-je faire encore? Moi, pauvre femme, ne suis-je pas anéantie autant qu'une créature peut l'être? ne suis-je plus autre chose qu'une morte qui pense et qui souffre: qu'un cadavre vivant!

Que faut-il te donner que je ne t'aie déjà donné?

J'étais jeune, riche, belle, fêtée, enviée, ardemment aimée, et j'ai tout abandonné, tout sacrifié pour me réfugier dans ce cloître!

Je me suis arrachée toute frémissante aux caresses du monde pour m'ensevelir dans ce tombeau!

Bien plus, comme cet homme menaçait de parler; comme, après l'argent qu'il avait reçu pour se taire, il n'était pas encore satisfait, je lui ai jeté le seul bien qui me restât, je lui ai donné mon honneur, je me suis livrée à lui, je suis devenue une prostituée!

Oui, cet homme venait ici, dans la cellule d'une épouse du Christ; il y venait la nuit, pour éviter le scandale; il s'introduisait, le misérable, dans le couvent par une petite porte que moi seule connaissais. Cette porte s'ouvre derrière l'autel de la Vierge: elle donne accès dans des caveaux où reposent les anciennes supérieures du couvent; de là on suit un petit souterrain qui conduit jusqu'au fond du jardin, dans le cellier, où il est recouvert par une dalle. Je lui ai indiqué ce chemin, je lui ai donné la clef de cette porte.

Suis-je assez coupable? ô mon Dieu! suis-je assez malheureuse?

Oui, cet homme est venu la nuit dernière par ce chemin; il a soulevé la dalle, il a pénétré dans le souterrain, il a ouvert la porte mystérieuse qui se trouve derrière l'autel de la Vierge; j'en suis bien sûre, j'ai vu la trace de ses pas dans la poussière, j'ai vu la trace de ses doigts sur la porte.

Il y avait plus de six mois que cet homme n'était venu, et il est facile de voir les traces nouvelles de ses pas au milieu des anciennes: le temps a, en effet, déjà jeté sur les anciennes une couche de poussière.

Mais, hélas! une personne a pénétré le secret de ces relations: sœur Trophime m'a surprise avec cet homme, sœur Trophime sait tout!

Fasse, Seigneur, que cette femme ne dise rien; mets ton sceau sur sa bouche afin qu'elle ne trahisse pas le secret qu'elle m'a promis de garder!

Pitié! Seigneur, pitié!

Une enquête va se faire: on veut savoir quel est celui qui a commis le crime; on va demander en ton nom à chaque religieuse, sur son salut éternel, de dire la vérité! Ceux qui vont faire cette enquête, ceux qui vont demander cela, ce sont tes ministres, des prêtres, des hommes revêtus de ton autorité et portant dans leurs mains sacrées le glaive terrible de ta justice! Pitié! oh! pitié!.., je suis perdue! perdue!

Puis-je dire, avouant mon infamie, que cet homme est en effet venu, qu'il a passé la nuit avec moi dans ma cellule, qu'il n'en est pas sorti? Mais non, je ne puis même pas le dire: sœur Trophime ne m'a pas quittée de la nuit, sœur Trophime a couché dans ma cellule!

Pitié! Seigneur, je n'ai même pas, hélas! la ressource de ce pieux mensonge!

Sœur Trophime sait qu'il est venu; elle l'a constaté, elle en est aussi convaincue que je le suis moi-même. Ce matin, elle m'a dit: «Il est venu; pourquoi est-il venu?»

C'est qu'elle se dit, comme je me le dis à moi-même: S'il n'est pas venu pour souiller une épouse du Christ, il est venu pour égorger son ministre !

Ah ! que je suis donc malheureuse !

Elle poussa un profond soupir, puis sa voix devint rauque et sifflante.

— Il y a bien un moyen (ô Seigneur, éloignez de moi cette pensée !), il y a bien un moyen de m'assurer du silence de sœur Trophime : les morts sont discrets ; ils ne disent rien, eux ! Ah ! les serments qu'ils ont prêté, ils les tiennent, on peut y compter !... Si je faisais d'elle une morte, si je faisais d'elle un cadavre !... j'ai un poison... on le dit subtil...

Une goutte dans ce vin de Zucco qu'elle aime tant, et ce serait fait !...

Oui, mais si les morts ne disent rien, quelquefois les cadavres parlent !... Le poison laissera des traces ; une mort si subite pourrait paraître étrange... Si on faisait une enquête pour connaître la cause de cette mort !...

Pitié ! Seigneur, tu vois les angoisses de ta servante !...

Mais je ne puis cependant pas rester à la merci de cette femme !... Elle aura peur, je la connais ; elle dira tout. Cet homme sera arrêté, livré à la justice, il comparaîtra devant un tribunal ; il sera accusé, moi témoin : car quand sœur Trophime l'accusera, je ne pourrai cependant pas nier, moi ! il faudra bien que je parle, et lui, pour se venger, dira à tout le monde ce qu'il sait sur ma famille. Si je me tais, ce sera la même chose, car sœur Trophime, qui sait cela, elle aussi, révélera tout et dira la cause de mon silence.

Ah ! je ne puis rester dans cette alternative !... Oh ! non, c'est impossible ! c'est impossible ! Moi voir livrer cet homme à la justice, moi l'accuser, moi livrer son nom, moi voir livrer son nom ? Oh ! non ! mille fois non ! plutôt la mort ! Mais tu com-

prends bien, Seigneur, que c'est impossible !...

— Eh bien ! son nom que tu ne veux pas dire, je le dirai, moi ; cet homme s'appelle Tabernier ! fit tout à coup une voix derrière elle.

Et démasquant une lanterne sourde qu'il tenait cachée sous son manteau, le chef de la police des Chevaliers du Crucifix, car c'était lui, en projeta la lumière sur la supérieure.

Celle-ci poussa un cri et tomba à la renverse.

On voit que la misérable femme n'était que l'instrument passif des Chevaliers du Crucifix, que ceux-ci ne lui avaient pas dit un mot de cette affaire mystérieuse de l'enlèvement projeté de Gemma de Mélos, et qu'elle ne savait qu'une chose, c'est qu'un misérable du nom d'Ulrich de Bordes avait enlevé cette fille que ses parents destinaient au cloître et qu'il lui avait substitué, dans un but infâme, une fille de joie nommée Augustine Frodey.

La crainte qu'elle éprouvait de voir cette affaire de meurtre aller jusqu'à un tribunal, pour être jugée en cour d'assises, attestait chez elle une bien profonde ignorance des manières d'être et de faire de ces hommes mystérieux qu'elle servait.

Aussi Civette sourit quand il la vit étendue évanouie à ses pieds...

Cependant la cérémonie des funérailles de Bridoux et d'Augustine avait lieu dans la chapelle souterraine.

Cette cérémonie, faite par des Chevaliers du Crucifix, tous prêtres d'ailleurs, ne différait en rien des cérémonies de ce genre dont nos lecteurs ont pu être témoins dans les églises catholiques.

Aussi serons-nous très sobres de détails et n'en dirons-nous que ce qui pourra servir à l'intelligence des événements qui vont suivre.

Le charmeur en prison.

Pas une seule religieuse du couvent n'y assistait, et même il n'y avait qu'Hildegonde de Pontarisse et la sœur Trophime qui eussent eu connaissance de l'assassinat d'Augustine et de Bridoux. On sait comment la première l'avait appris; quant à l'autre, elle le connaissait parce que la supérieure le connaissait : nos lecteurs n'ont-ils pas reconnu en elle une espionne attachée à ses pas et la suivant partout comme son ombre? Sœur Trophime était une espionne des Chevaliers du Crucifix.

La messe dite, les cercueils furent descendus des catafalques splendides sur lesquels ils étaient placés et on les porta au fond de la chapelle.

Là se trouvaient d'anciens tombeaux, où avait été probablement enfermée jadis la dépouille mortelle de personnages enlevés mystérieusement au monde et à l'histoire, victimes ignorées des Chevaliers du Crucifix à travers les siècles.

Deux de ces tombeaux étaient découverts, et dans leur intérieur laissé béant par l'enlèvement de leurs pierres tumulaires, on voyait, à la clarté des cierges que portaient dans leurs mains ces ensevelisseurs mystérieux, quelques ossements épars dans un peu de poussière.

Les cercueils y furent déposés.

L'officiant et les assistants y jetèrent de l'eau bénite et marmottèrent quelques prières.

Civette alors s'avança.

— Frères, dit-il, c'est avec une tristesse profonde que nous venons déposer dans ce tombeau les restes mortels de celui qui fut un de nos chefs vénérés, un auguste pontife de l'Eglise catholique, apostolique et romaine, le soldat vaillant de Jésus crucifié, le héros-martyr auquel l'esprit de Dieu avait soufflé les plus saintes ardeurs de la foi chrétienne et tous les courages de l'apostolat.

Vous savez comment il est mort, frères.

Vous savez que c'est en combattant le démon, cet éternel ennemi de Jésus-Christ, c'est en lui arrachant une âme, c'est en le chassant honteusement de son domaine, pour y faire régner l'esprit de Dieu, qu'il est tombé sous le poignard d'un assassin.

Ah! certes, le prince des ténèbres, en poussant ce misérable à commettre son crime affreux, ne rentra pas dans la possession de son bien, et il reprit tout confus le chemin de l'enfer en voyant monter dans le ciel l'apôtre rayonnant emportant sa conquête au sein de Dieu!

Frères, le démon est toujours ainsi : maladroit dans ses vengeances, aveugle dans ses haines.

C'est ce qui fait notre force, et qui assure notre triomphe dans le présent et notre domination absolue dans les siècles des siècles. Amen.

Nous sommes, nous, les grands lutteurs, frères : depuis l'avènement du Christ, nous nous sommes constamment tenus à sa droite, le flambeau de la foi d'une main et le glaive de l'autre, et nous lui avons dit : Pour toi nous combattrons, pour toi nous ferons l'homme à notre image, par toi nous vaincrons!

C'est nous qui avons écrit sur les drapeaux romains, en y imprimant en même temps le symbole de la rédemption du monde : *Hoc signo vinces*[1]!

C'est nous qui avons pris le barbare sur les ruines fumantes du vieux monde et qui lui avons dit, par la bouche de saint Remy : Courbe-toi, fier Sicambre!

C'est nous qui avons fait la monarchie française depuis ce premier barbare, devenu notre esclave par le baptême, jusqu'à celui qu'un sort vengeur a conduit à Sedan[1]!

Quel est donc le jour, quelle est donc l'heure où nous n'ayons pas veillé sur le monde, soit pour le sauver, soit pour le bénir?

N'avons-nous pas toujours été ses oracles et ses maîtres?

Oh! nous ne disons pas que les hommes nous ont toujours été dociles : nous avons eu et nous avons encore à compter avec leur faiblesse intellectuelle, leur ignorance, le sentiment trop égoïste et aveugle de leurs intérêts, leurs passions insensées!

Nombre d'entr'eux, et quelquefois des meilleurs, sont devenus des apostats, ont appelé à eux les ignorants et les bandits, et ont formé des légions commandées par

1. Tu vaincras par ce signe. Lire l'*Histoire de Constantin.*

1. On a vu qu'un des hommes rouges a dit qu'ils avaient poussé le second empire dans l'abîme, jugeant sa mission terminée.

Satan, en inscrivant sur leur ignoble drapeau cette impiété suprême, ce cri de révolte
audacieuse : Liberté !

Ces hommes veulent séparer l'Eglise de
l'humanité pour entraîner cette dernière
dans les abîmes.

Tel a toujours été le but de l'esprit des
ténèbres, qui a juré de détruire l'œuvre de
Dieu.

— Éloignez le troupeau des pasteurs,
afin qu'il soit sans défense ! leur a-t-il dit.

Révolte insensée ! tentative vaine !...

Frères, vous savez que l'apôtre, le saint,
le martyr dont nous pleurons en ce moment
la perte, est tombé sous les coups d'un
assassin : je vais vous raconter en quelques
mots ce dernier épisode de sa vie glorieuse,
qui vous est encore inconnu.

Pour que notre société soit forte, pour
qu'elle soit puissante, pour qu'elle ait la
domination, il faut qu'elle possède d'immenses richesses : Satan se sert de l'or
pour perdre les âmes; nous, nous en faisons
un saint usage, nous nous en servons
pour les maintenir dans le bien, pour les
sauver.

Depuis quelque temps, Dieu nous avait
révélé l'existence d'une héritière tellement
riche que toutes les filles de rois n'auraient
pas pu, en réunissant leurs dots, parvenir à
égaler la sienne.

Ce n'était pourtant pas la fille d'un roi,
mais d'un simple particulier, d'un homme
obscur : le baron de Mélos.

Il fut résolu que cette héritière deviendrait l'épouse du Christ.

Le révérend père Bridoux chargea un de
nos agents les plus habiles et les plus dévoués de s'emparer d'elle, aussitôt son
père mort, et de la conduire dans ce couvent.

Mais le démon veillait.

Cet éternel ennemi de la religion catholique, apostolique et romaine, avait juré

de faire échouer notre sainte entreprise.

Il y a quelque temps, le vieux baron
mourait dans son hôtel des Champs-Élysées.

Le moment était venu d'agir : Gemma de
Mélos (tel est le nom de cette héritière
restait seule au monde, sans autre protecteur qu'un homme de race étrangère, individu peu redoutable, un poète, un rêveur;
n'ayant d'autres droits sur elle que ceux de
l'amitié, et d'autres ressources dans l'esprit
pour veiller sur elle, que les ballades qu'il
composait, paraît-il pour elle et qu'il lui
chantait !

L'entreprise était facile, et nullement
périlleuse.

Chose étrange ! Tabernier (tel est le nom
de l'agent qui avait été chargé de l'enlever)
échoua.

Il y avait là un mystère : Dieu ne voulut
pas qu'il restât longtemps sans explication ;
mais il voulut en même temps éprouver
notre foi, notre dévouement à sa sainte
cause.

Il permit que Tabernier (car c'était lui
qui nous avait trahis) eût encore pendant
quelque temps la liberté de nous nuire.

Frère, cet homme avait fait un calcul
infâme.

Il avait résolu de s'emparer de l'héritage
que nous convoitions.

Il s'était entendu pour cela, avec un gentilhomme ruiné, un certain marquis de
Bordes.

Il avait jeté dans les bras de ce marquis
Gemma de Mélos, pour qu'elle devînt sa
femme, et celui-ci devait s'être sans doute
engagé à lui donner en retour, une partie
de sa dot.

Le Révérend père Bridoux mit à faire
échouer ce plan une activité dévorante.

Ces misérables se voyant vaincus em-
ployèrent la ruse : obligés de livrer Gemma de Mélos que nous leur réclamions, ils

lui substituèrent une fille de joie, une courtisane.

Hélas! par suite de la trahison de Tabernier, nous manquions d'éléments nécessaires pour rendre impossible cette substitution, et Gemma de Mélos resta en leur pouvoir, pendant que nous n'avions, nous, qu'une misérable qui avait consenti à jouer cette ignoble comédie.

Mais le génie du père Bridoux veillait.

C'est là qu'éclatent la sagesse et le zèle opiniâtre de l'apôtre à faire triompher les intérêts de Dieu.

Comme vous devez bien le penser, frères, celle qui était la fille du baron de Mélos, un libre penseur, et la petite-fille de Kléber, un révolutionnaire, ne devait pas avoir été baptisée, ne devait pas être chrétienne : l'apôtre savait cela et se dit :

— Ces hommes nous ont livré une païenne, il faut qu'elle devienne une chrétienne, une sainte, avant de devenir l'épouse du Christ.

Ah! le saint martyr ne voulait mettre sur la couche mystique de l'agneau immaculé, rien d'impur!

Elle fut baptisée et reçut l'eucharistie et la confirmation : mais le démon était encore en elle.

Alors une lueur étrange éclaira l'esprit de l'apôtre : Comme saint Paul, à Damas, ses yeux se dessillèrent : il dit à cette courtisane : tu as menti, tu n'es pas la fille du baron de Mélos !

L'accent inspiré du héros-martyr, son air imposant, son regard fulgurant, bouleversèrent la courtisane, elle avoua son forfait, et se jeta à ses pieds en demandant à grands cris son pardon.

C'est ici qu'éclata la mansuétude infinie, la charité de l'homme de Dieu.

Devant le repentir de cette femme, son courroux tomba, son visage auguste devint souriant.

— Tu as péché comme Madeleine, lui dit-il, comme Madeleine, tu auras ton pardon.

Puis transporté de joie d'avoir, comme Jésus, fait d'une courtisane une servante de Dieu, d'avoir arraché au démon l'âme d'une si grande et si dangereuse pécheresse, il voulut rester seul avec elle jusqu'au matin, ici, dans cette chapelle sainte où venait de s'accomplir le miracle ; dans le sein de la nuit profonde, loin des regards impurs des profanes.

Que se passa-t-il entre le nouveau Jésus et la nouvelle Madeleine ?

L'esprit saint seul, lui qui est tout amour, a pu compter tous les élans de tendresse de celle-ci vers Dieu, et tous les encouragements passionnés que lui a adressés l'apôtre. Mais le démon jaloux et furieux rôdait dans les ténèbres ; Dieu permit qu'il surprît plongés dans les extases infinies des béatitudes divines, celui qui venait de faire une sainte, et celle qui, après avoir renoncé entièrement aux plaisirs de la terre, n'aspirait plus qu'aux joies ineffables du ciel !

— Frères, celui dont le démon avait armé le bras, l'assassin, c'était Tabernier ! nous le cherchons pour l'arrêter.

Il doit tomber dans nos mains d'un jour à l'autre ; je viens de recevoir du Conseil suprême une dépêche télégraphique chiffrée qui m'annonce qu'à la suite d'un rapport envoyé par moi, il a été condamné à mort comme traître à la sainte Église, catholique, apostolique et romaine, c'est-à-dire à notre redoutable et toute puissante société.

Frères, un dernier mot avant de nous éloigner de cette tombe.

Le révérend père Bridoux appartenait à la société de Jésus. Il était un de ceux d'entre nous dont saint Ignace de Loyola a su faire les soldats d'avant-garde de notre grande armée, ces tirailleurs précieux si vigilants, si infatigables, toujours debout, toujours aux prises avec l'ennemi !

Les Républicains qui sont très ignorants, disent un tas de sottises sur eux et veulent les exterminer : qu'ils y prennent garde ; nous sommes derrière ! eux ne sont, il est vrai, qu'une poignée d'hommes ; nous, nous sommes légion...

Au nom du Père, du Fils, du Saint-Esprit, ainsi-soit-il !

— *Amen !* répéta l'assistance.

Je désigne par ce mot l'assistance, les Chevaliers du Crucifix ; car il y avait d'autres personnes qui assistaient, elles aussi, à cette cérémonie funèbre.

Ces autres personnes, il est vrai, étaient cachées.

Le lecteur se rappelle sans doute que M. Bordier avait dit, en parlant des deux cadavres qu'il avait découverts dans le couvent des Théatines :

— L'homme est un prêtre, la femme est une femme riche ; pourquoi cette femme et ce prêtre se trouvaient-ils ensemble?

Qui diable peut-être venu les tuer dans ce souterrain, à moins que ce ne soit des Chevaliers du Crucifix?

Je vais donc les voir face à face ces hommes mystérieux.

Je vais donc les entendre parler : car ils ne vont pas laisser là ces deux cadavres ; il faudra bien qu'ils les fassent disparaître, qu'ils les enterrent.

En les enterrant ils parleront bien un peu, ils diront bien pourquoi ils ont fait de cette femme et de ce prêtre deux cadavres.

Au fait, s'ils ne disent rien, je les ferai bien parler, moi, mille millions de tonnerres !

Voilà ce qu'il avait dit le brave père Bordier. Quant à cette idée que les auteurs de ce double assassinat devaient être les Chevaliers du Crucifix, ces bandits mystérieux capables de tous les crimes, et dont il cher-

chait avec tant d'ardeur à connaître les faits et gestes, c'était une idée à lui ; étrange si l'on veut ; mais ne savons-nous pas déjà qu'il avait souvent des idées étranges, ce bon capitaine du brick l'*Éole ?* Nous savons aussi que ces idées étranges étaient souvent, pour ne pas dire toujours, très justes, et approchant singulièrement de la vérité.

Et comme en outre c'était un homme très pratique, il avait d'abord placé des sentinelles pour garder les cadavres.

Depuis la veille dans la nuit, c'est-à-dire depuis le moment où il avait fait cette sinistre découverte, il avait mis en vedette, tout près de là, deux de ses hommes, solides matelots, armés de révolvers et de poignards.

Oh! il n'avait pas été difficile de trouver un endroit où les mettre, d'où ils pussent tout voir sans courir le risque d'être aperçus !

La chapelle pleine d'ombres opaques était éclairée dans un de ses angles par une lampe, dont la lueur vague pointait comme une étoile dans la nuit ; puis venait le souterrain, c'est-à-dire les ténèbres, rien que les ténèbres épaisses.

Ils étaient restés là, tout près de l'alcôve mystérieuse du père Bridoux, où gisaient son cadavre et celui d'Augustine, et ils s'y tinrent immobiles et muets comme les cadavres eux-mêmes, comme les statues qui se dressaient de distance en distance auprès des mausolées que renfermaient la chapelle et le souterrain.

Ils avaient pour consigne de ne pas perdre de vue les cadavres, et de faire usage de leurs armes, si on tentait de les soustraire à leur surveillance.

Certes cette garde n'était pas gaie ni sans péril, mais c'étaient de rudes hommes les braves marins du brick l'*Éole !*

Nous devons ajouter que le capitaine

avait laissé quelques hommes dans la maison que nous connaissons, et par la cave de laquelle on pénétrait dans le souterrain du couvent ; il en avait fait pour la circonstance une sorte de corps de garde ; c'était de là que partaient ceux qui étaient chargés d'aller relever les sentinelles, et des patrouilles ayant pour mission de faire des rondes pour surveiller ces lieux suspects et pour venir au besoin à leur aide, si elles étaient découvertes et attaquées.

Quand Hildegonde de Pontarisse vint voir ce que faisait le chef des Chevaliers du Crucifix avec la belle courtisane du quartier Bréda, ils se dissimulèrent derrière les colonnes colossales qui, nous l'avons dit, soutenaient la voûte de la chapelle.

Sœur Euphémie portait une lampe d'or.

Elle avait un long peignoir de laine blanche, serrée à la taille par une cordelière d'argent, dont les glands enrichis de diamants, étincelaient dans l'ombre.

Elle alla droit à la couche mystérieuse.

Certes elle était belle, celle dans les veines de laquelle coulait le sang des comtes de Pontarisse !

Dans le monde elle devait faire une de ces brunes aux grands yeux à la peau nacrée, aux formes opulentes.

La vie monastique l'avait un peu amaigrie ; ses traits mobiles et animés autrefois étaient devenus froids et rigides comme ceux d'une statue de marbre : elle avait quelque chose de la physionomie sombre et farouche d'une Pythonisse ou d'une Velléda : ses regards qui lançaient encore parfois des flammes ressemblaient aux reflets mystérieux d'un feu intérieur qui se consume lentement dans l'isolement absolu d'une vie solitaire.

Elle alla droit à l'alcôve.

Arrivée sur le seuil, elle s'arrêta ; et souleva sa lampe pour en projeter les rayons dans tous les coins de ce réduit mystérieux.

Le feu de l'âtre était éteint.

Sur les deux cadavres on avait rejeté les plis onduleux de l'ample couverture d'hermine.

Sur l'oreiller on voyait la tête du père Bridoux et celle d'Augustine.

On eût dit qu'ils dormaient.

L'œil noir d'Hildegonde lança une flamme sombre, un sourire de tristesse et de dédain crispa sa lèvre pâle.

Elle s'approcha lentement de cette couche où le ministre du Christ appliquait d'une manière si étrange, les préceptes de la religion qu'il était chargé de prêcher aux hommes.

Tout à coup elle tressaillit, ses yeux devinrent hagards, sa main gauche s'appuya sur le lit, comme si elle se fût sentie ébranlée par un violent choc intérieur.

Elle venait de remarquer que le visage du prétendu dormeur était d'une pâleur cadavérique et que du coin de sa bouche entr'ouverte coulait comme une écume sanglante.

Elle souleva la couverture d'un geste violent.

L'œuvre de Tabernier lui apparut dans toute son horreur : le père Bridoux et Augustine, complètement inanimés, gisaient dans un bain de sang.

Sa main se posa rapide sur la poitrine nue de l'un et de l'autre.

Elles étaient glacées !

— Morts, dit-elle, d'une voix sifflante, lui et elle !

Tués ! ajouta-t-elle.

Elle regarda autour d'elle, comme si elle avait cherché le meurtrier.

Puis elle se retourna vers le lit.

Son visage parut redevenir impassible.

Elle contempla longuement et longtemps

ces corps nus dont la mort avait fait des cadavres.

Elle parut songer, en même temps que son regard parcourait avec une âpre curiosité ces chairs devenues de marbre, aux tressaillements que devaient leur imprimer, avant que la mort n'eût accompli son œuvre, les excitations de la volupté et les ardeurs de l'amour.

Enfin elle s'était arrachée à ce spectacle, que toute autre qu'une épouse du Christ eût trouvé purement et simplement sinistre, et elle s'était éloignée à pas lents, la tête penchée, songeuse, cherchant sans doute dans son esprit quel pouvait être celui qui avait fait de ces deux êtres deux cadavres.

Puis Civette était venu.

Dans la soirée on avait apporté des cercueils, on les y avait ensevelis ; on avait fait ensuite les préparatifs de la cérémonie funèbre que nous venons de raconter.

Le père Bordier, afin de ne pas perdre un seul détail de cette cérémonie mystérieuse, ni une seule des paroles qui pouvaient y être prononcées, s'était couché de tout son long dans un de ces nombreux tombeaux dont nous avons signalé l'existence ; et là, aux trois quarts recouvert par les débris d'une pierre tombale, frémissant, attentif, le revolver à la main, il resta immobile et muet comme le mort dont il avait pris la place et que les siècles avaient réduit en poussière.

Une douzaine de ses matelots étaient couchés dans d'autres tombeaux, recouverts comme lui, et comme lui armés et immobiles, prêts à bondir à son premier appel.

C'est avec une joie indicible qu'il reconnut qu'il ne s'était pas trompé dans ses suppositions, et qu'il avait bien enfin trouvé ces hommes mystérieux et redoutables, ces Chevaliers du Crucifix, qui passaient pour invisibles et insaisissables, ces êtres masqués, ces enfants de la nuit et du crime qui se riaient de la justice et de la vengeance des hommes !

— Ah ! les voilà donc enfin ! se dit-il avec un profond soupir de soulagement et de plaisir.

Non seulement c'étaient bien là des Chevaliers du Crucifix, mais encore c'étaient ceux-là même qui convoitaient les immenses richesses du baron de Mélos, et qui avaient tout fait jusqu'à ce jour, pour que Gemma tombât entre leurs mains.

Mais ce ne fut pas sans un désappointement profond qu'il entendit dire à l'orateur que cette riche proie leur avait jusqu'à ce jour échappé.

— Ah ! ils ne l'ont pas, mille tonnerres ! ils la cherchent encore ! murmura-t-il.

Puis sa pensée se reporta sur Tabernier, sur cet infâme machinateur, ce fourbe, qu'il avait tenu entre ses mains, et qu'ils disaient être le ravisseur.

— Lui ! gronda-t-il, c'est donc lui !

Ah ! je ne l'aimais pas cet homme ! en m'approchant de lui il me semblait que je m'approchais d'un serpent ! Ah ! le fourbe, le failli chien, tonnerres ! je ne suis pas surpris que quand je lui parlais de Georges que j'avais perdu, mes larmes ne le touchaient pas ! est-ce que ça a du cœur ces marsouins-là, mille millions de sabords ! je lui mettrai le grappin dessus, et ce ne sera pas long !

Mais il n'était pas au bout de ses désappointements, le bon père Bordier, et quand il entendit Civette dire que cet homme leur avait échappé, et qu'ils en étaient encore à le chercher, son front se plissa et il devint rêveur.

Il devint évident pour lui que si eux qui savaient où il demeurait, qui connaissaient ses habitudes, ses amis, ses relations, eux dont la puissance d'information était immense, et qui devaient avoir à leur service un grand nombre d'auxiliaires dévoués, ne l'avaient pas encore trouvé, et l'avaient jusqu'à ce moment cherché en vain ; c'est que le rusé homme d'affaires avait trouvé le moyen de bien se cacher, et que ce ne serait pas chose facile pour lui, pauvre capitaine du brick l'*Eole*, avec les faibles moyens dont il disposait, de réussir à découvrir sa retraite.

— Le diable emporte le sort, grondat-il quand Civette eut achevé son discours, c'est à recommencer ; ces gens-là n'en savent pas plus long que moi, et, comme moi ils vont se remettre à chercher !

Sa main lâcha son revolver.

Dame ! cette arme devenait bien inutile,

s'il l'avait apportée dans le but de s'en servir pour leur arracher par l'intimidation, tous leurs secrets. Certes il n'avait pas besoin de les faire parler, ils avaient parlé, d'eux-mêmes, et largement.

Pouvait-il supposer qu'ils n'avaient pas dit la vérité ? évidemment non.

La cérémonie se termina, l'assistance se retira, les cierges furent éteints ; il ne resta plus que la petite lampe dont la clarté vague éclairait, avons-nous dit, un des angles de l'autel.

Quant tout le monde fut parti, le père Bordier et ses matelots s'éloignèrent à leur tour ; et le silence et les ténèbres régnèrent de nouveau dans ces régions souterraines.

XII

Le petit Jack.

Le lecteur se rappelle sans doute, qu'après avoir annoncé à Bénédita l'emprisonnement du saltimbanque, le chef de la police des Chevaliers du Crucifix avait ajouté : Le petit est dans un couvent.

Ce petit être s'appelait Jack.

C'était, on s'en souvient, le fils de Bénédita.

Josué Anthelme Broussard s'en croyait le père, du moins la mère n'avait jamais rien fait pour détruire en lui cette croyance, et Varcolli n'avait jamais réclamé une part de cette paternité.

Nous l'avons entrevu le jour de la réunion de la fine fleur de l'aristocratie française au château de Boternay ; il courait après un carrosse attelé de deux chevaux fringants, dans lequel le saltimbanque lui criait que se trouvait sa mère.

C'était toujours cet enfant frêle, à l'air maladif, aux grands yeux intelligents, à la physionomie douce et triste.

Je crois avoir dit qu'il avait dix ans.

Le couvent dans lequel le chef de la police des Chevaliers du Crucifix à Paris, l'avait fait renfermer, grâce à la haute influence qu'il avait sur les autorités du pays, était un couvent de femmes qui appartenaient à l'ordre des Carmélites, et était situé à trois kilomètres de Meulan.

Le pauvre garçon avait été mis là, à la disposition de la baronne de Berny.

Celle-ci s'était réservé, bien entendu, le droit de statuer sur son sort, comme elle s'était réservé celui de statuer sur le sort de son père qu'elle avait fait mettre en prison.

Il faudrait peu connaître le cœur de granit des nonnes, ces fameuses épouses du Christ, pour supposer un seul instant que

L'évasion.

le petit malheureux devait être bien chez les Carmélites.

Chez ces natures atrophiées par l'égoïsme clérical, il n'y a jamais place pour un sentiment d'humanité : en revanche, il y a une haine profonde, incommensurable pour tout ce qui de près ou de loin, menace dans le monde, le règne absolu de leur idéal politique ou religieux : l'Eglise.

Ces *douces* et *saintes* épouses du Christ savaient de l'histoire de Jacket de son père, ce que les Chevaliers du Crucifix leur avaient dit : le père était un impie, un athée, un libertin, un ennemi acharné de l'Eglise ; un monstre qu'on avait bien fait d'arrêter et de mettre dans une prison, et qu'on écraserait bien certainement un jour ou l'autre, pour la plus grande gloire de

Dieu : le petit garçon était le fils de ce grand coupable, de ce monstre ; il ne devait pas mieux valoir que son père : est-ce qu'en écrasant une bête venimeuse on doit épargner son petit ?

Avec des idées comme celles-là, et cette cruauté froide, raisonnée et savante que le cléricalisme a coulée dans les entrailles de ces épouses du Christ, on doit se faire une idée de l'accueil que le pauvre petit Jack reçut dans la demeure des *bonnes* sœurs carmélites de Meulan.

Le malheureux, arraché au grabat sur lequel il dormait de ce sommeil lourd et stupide des misérables, s'était vu ou plutôt senti enlevé et jeté dans une voiture qui l'avait emporté rapidement.

Au couvent on l'avait mis, non dans un lit, mais sur deux bottes de paille, qu'on avait jetées dans un coin de la cellule de la supérieure.

S'était-il réveillé complètement pendant ce déplacement de sa pauvre petite misérable personne ? Non.

Il s'était bien un peu agité, ses yeux s'étaient bien ouverts par trois ou quatre fois tout grands ; il avait bien prononcé quelques paroles incohérentes, comme celles qu'on prononce dans un rêve tourmenté, puis ça avait été tout.

Il avait donc continué sur les bottes de paille des Carmélites le sommeil commencé sur le grabat de l'hôtellerie.

Le matin, il fut réveillé en sursaut par une voix aigre et perçante qui l'appelait.

— Petit Satan, criait la voix, levez-vous !

Nous avons oublié de dire que Jack était tout habillé : c'était son habitude de se coucher ainsi ; dame ! les hôteliers ne mettaient jamais de draps dans son lit et encore moins de couvertures.

Il ouvrit les yeux et regarda la personne qui l'appelait.

Cette inconnue n'avait pas une figure bien avenante, et le reste de sa personne était aussi disgracieux que la figure.

C'était une grande personne sèche, osseuse, au teint de vieil ivoire, aux yeux enfoncés dans leurs orbites, au nez mince et crochu.

Disons tout de suite que c'était la supérieure du couvent elle-même, on l'appelait sœur Turude.

La vue de ce personnage si étrange et si inattendu pour le pauvre petit, produisit sur lui l'effet d'un violent coup de fouet : il se redressa vivement, et jeta sur lui un regard effaré.

— Maudissez votre père, poursuivit la supérieure, et faites au nom du Père, du Fils et du Saint-Esprit !

Jack regarda de tous côtés.

— Mon père ! où est mon père ? exclama-t-il.

— Votre père, vous ne le verrez plus !

— Ce n'est pas ici l'auberge ?

— C'est la maison de Dieu, ici, petit Satan.

— Mon père ! je veux mon père !

— Vous ne l'aurez pas !

— Je le veux ! fit Jack en sanglotant.

— Maudissez-le !

— Non !

— Reniez-le !

— Non ! je veux mon père, moi, je veux retourner à l'auberge !

La supérieure poussa un cri rauque ; sa main saisit le cordon d'une sonnette qu'elle agita violemment.

Une sœur parut.

— Allez chercher une discipline [1] et de l'eau bénite ; vite ! vite ! lui cria-t-elle.

La religieuse s'éloigna à grands pas et revint bientôt, portant un vase rempli d'eau bénite, et tenant sous le bras la discipline.

Jack s'était assis sur ses bottes de foin,

____

1. Sorte de fouet.

et ses deux petites mains frêles appuyées sur son visage, il pleurait.

— Attends, Satan, s'écria la supérieure en s'approchant de lui, tu vas bien pleurer davantage, je vais te jeter de l'eau bénite !

Ces *bonnes* Carmélites, et tout le clergé avec elle, je crois, pensent que l'eau bénite fait au diable un mal horrible.

Elle en inonda le pauvre petit malheureux.

Cette eau était glacée ; il frissonna et ses larmes s'entremêlèrent de gémissements.

— Ah ! ah ! Satan ! eh ! allez donc ! eh ! allez donc !

Chacune de ces exclamations était suivie d'une aspersion nouvelle.

Bientôt le vase qui contenait l'eau *sacrée*, fut vidé.

— Ah ! ah ! Satan, ton affaire est bonne? Hein? ah! ah! ah ! Vive Jésus! vive Marie! s'écria la supérieure.

L'autre religieuse s'agenouilla et joignant les mains, cria :

— Vive Jésus ! vive Marie!

— Ah! ah! Satan, poursuivit la supérieure, ce n'est pas tout, vous allez faire le signe de la croix! allons! levez-vous!

D'un coup de discipline, elle cingla les pauvres petites épaules de Jack.

Les sanglots du malheureux enfant redoublèrent.

Le coup de discipline fut suivi d'un autre, puis d'un autre, puis de plusieurs encore.

Ses gémissements devinrent des hurlements.

Les deux religieuses se mirent à rire.

— Allons! Satan, levez-vous! poursuivit la supérieure.

Jacques ne se levait pas.

Les coups du martinet monastique tombèrent drus comme grêle sur lui.

Le pauvre petit ne criait plus, ne pleurait plus, il se tordait sous les coups, en poussant un râle sourd.

— Satan! vous ne voulez pas vous lever? Eh bien ! nous allons vous y aider ! cria la supérieure.

Elle fit un signe à la religieuse qui était avec elle, et toutes deux s'approchèrent de Jack, se penchèrent sur lui en faisant le signe de la croix, le soulevèrent et le mirent sur son séant.

Puis elles lui prirent la main droite qu'elles portèrent à son front, de là à la poitrine et ensuite de l'une à l'autre épaule.

— C'est fait ! s'écria la supérieure ; Satan a fait le signe de la croix!

Couchez-vous maintenant, ajouta-t-elle, dans une heure je vous mènerai à la messe.

Elles le lâchèrent; et le pauvre petit, qui était plus mort que vif, retomba sur la paille.

XIII

Une mère cléricale.

Au point où nous sommes arrivés de ce récit, j'éprouve le besoin de m'arrêter un instant et de faire quelques réflexions.

Des lecteurs se demandent peut-être si les personnages qui y figurent sont bien réels, si les faits et gestes que je leur attribue ne sont pas de pure invention.

Ce serait une erreur, une erreur grave de le croire : les personnages en question sont tous réels, bien réels : et si la loi ne me faisait un devoir rigoureux de leur donner un autre nom que celui qu'ils portent, je prouverais, en déchirant le voile qui les recouvre, malgré moi, qu'ils appartiennent bel et bien à la vie réelle.

Cette œuvre est moins un roman que de 'histoire ; histoire contemporaine, avec ses mystères étranges, ses horreurs cachées, ses petitesses, ses turpitudes, son élaboration souvent fangeuse et immonde : le tout avec quelques échappées consolantes d'instincts généreux et de sentiments de justice et de liberté.

Ah ! certes, ce n'est pas sans éprouver parfois une impression profonde de tristesse et de dégoût que l'auteur de ce *réalisme* étrange, retrace ces pages sombres et mystérieuses ; et que soulevant le voile qui couvre l'élaboration des faits actuels de notre histoire, il met le lecteur à même de contempler l'âme française dans son déshabillé le plus intime !

Revenons maintenant à notre récit.

Le moment est venu où cette femme qui a nom Bénédita, va se montrer dans toute sa *beauté* morale.

Il est une chose que nous n'avons pas encore apprise au lecteur, c'est que cette sirène, devenue l'âme damnée des Chevaliers du Crucifix, n'avait pas été, ainsi que Varcolli l'avait affirmé au marquis de Bordes, la victime innocente de Broussard et de lui.

Nous savons qu'elle était avant cette aventure la maîtresse de Vétoni qui vivait maritalement avec sa mère. Ce n'était donc qu'une fille incestueuse quand elle fit la connaissance de Broussard et de Varcolli.

A cette époque, le charmeur de serpents était peintre, et nous avons vu que c'était Vétoni lui-même qui était allé le chercher à son atelier, pour lui demander de faire le portrait de sa maîtresse.

Broussard accepta : il vit la mère et la fille ; celle-ci lui plut.

Ces sentiments qu'il ne lui cacha pas, elle les partagea dès le premier jour.

L'idée de se faire enlever vint d'elle : Broussard à qui ce moyen répugnait fut le dernier à l'accepter ; Varcolli l'appuya chaudement, car le misérable avait l'espoir de piller quelque chose pour son propre compte, dans la bagarre.

Bénédita, quoique très jeune, avait déjà cet esprit d'intrigue et d'hypocrisie qui devait se développer si prodigieusement dans la suite.

Elle voulait, en paraissant céder à la violence, se réserver de pouvoir jouer au besoin le rôle de victime et revenir, une fois son caprice passé, à la maison paternelle.

Mais les événements lui furent contraires ; quelque temps après, pendant qu'elle était encore dans tout le feu de sa liaison avec Broussard, Vétoni abandonnait sa mère qui allait mourir au couvent, et lui-même disparaissait.

C'est Varcolli qui eut l'idée de prendre dans la villa tout l'argent qui s'y trouvait : idée que Bénédita approuva entièrement.

Nous entrons dans tous ces détails pour bien faire ressortir la figure de ces trois personnages : Bénédita, Varcolli et Broussard : la première était déjà une de ces créatures perdues chez lesquelles il ne reste plus, l'honneur envolé, ni attachement pour sa famille, ni la moindre crainte du scandale ; le second se montrait déjà ce qu'il devait être plus tard, un bandit ; quant à Broussard, c'était tout simplement un artiste amoureux, un de ces individus menant une vie débraillée, sans cependant dépasser les limites au delà desquelles l'on n'est plus qu'un coquin (nos mœurs, hélas ! sont ainsi faites) ! il devait devenir plus tard un déclassé, un nomade, un saltimbanque.

Une infirmité qui lui survint, l'avait empêché de continuer à exercer sa profession de peintre.

On sait que Varcolli et lui avaient toujours gardé au fond du cœur une passion violente pour Bénédita.

La haine que celle-ci portait au saltimbanque, venait de ce qu'elle était convaincue qu'il la poursuivait et cherchait à la revoir et à se jeter de nouveau dans sa vie.

Devenue ce qu'elle était, riche, considérée, baronne, elle voyait avec horreur l'éventualité où son passé se fût dressé devant elle.

Une première fois, elle avait épargné Broussard et Jack, et s'était contenté de piquer sur le chapeau du premier l'avertissment que nous connaissons.

Depuis elle avait appris qu'il était retourné au château de Boternay, et qu'il faisait de nombreuses démarches dans le but de la rejoindre.

Elle se repentait amèrement d'avoir été si *bonne* envers lui et de ne s'être pas débarrassée de lui et de sa progéniture, par un de ces bons petits coups de stylet dont son âme italienne n'avait pas perdu le secret et qui eût prolongé leur sommeil, selon son expression cruelle, bien au delà des limites ordinaires.

Nous avons vu qu'elle n'avait pas renoncé à cette idée qui lui était venue de les briser ; bien au contraire.

Bénédita était une de ces créatures implacables et froidement cruelles, que rien n'arrête dans la poursuite de leur but, et qui, le poignard ou le poison à la main, se glissent dans l'ombre et frappent à coup sûr.

On le voit, sa puissance était grande, puisqu'elle avait eu pour auxiliaires de ses haines, les magistrats, le curé, et une partie de la population de Meulan.

Heureusement pour le saltimbanque, quelques affaires urgentes la retinrent à Paris, et Hassan eut le temps d'aller le tirer de sa prison.

Quant au petit Jack, le pauvre enfant n'avait pas été délivré, par la raison bien simple qu'on ne savait pas ce qu'il était devenu, et qu'on avait été forcé d'ajourner les recherches qu'il fallait faire pour arriver à le découvrir.

Bénédita arriva à Meulan le lendemain du jour de la fuite du saltimbanque.

On ne parlait pas encore de son évasion : l'ignorait-on ?

Non.

Seulement on la tenait cachée.

De tous côtés on avait envoyé des ordres pour faire arrêter le fugitif ; et on s'attendait à le voir ramener à la prison d'un moment à l'autre.

La première visite de la Canaque avait été pour le curé.

Le *digne* ecclésiastique était assis près d'un bon feu, tout entier à la digestion d'une excellente tasse de chocolat.

Pourtant il y avait un nuage sur le front de ce serviteur du Dieu clérical : il venait d'apprendre l'évasion du saltimbanque.

Il songeait au mécontentement que cette évasion causerait dans les hautes sphères de la catholicité : et il voyait s'envoler encore une fois et peut-être pour toujours pour lui l'espoir de saisir cette mitre et cette crosse d'évêque : rêve doré si longtemps caressé par lui !

A la vue de la visiteuse, ce nuage disparut pour faire place à cette amabilité hypocrite et banale qui sert de masque à tout homme d'église bien pensant.

Une lettre de Civette qu'elle lui tendit lui apprit à qui il avait affaire.

Il s'inclina profondément ; sa figure s'empourpra.

— Votre bonne visite est un grand honneur que vous me faites à moi, pauvre curé de campagne, madame la baronne.

Celle-ci lui abandonna sa main droite après l'avoir dégantée.

Le gros bonhomme la baisa avec plus de respect et de ferveur qu'il ne baisait le crucifix.

— Eh bien ! il est donc sous clef, ce saltimbanque ? lui dit-elle en s'asseyant dans un fauteuil, qu'il avait poussé pour elle, près du feu.

— Sous clef, en effet, madame la baronne ; et Dieu en soit loué !

— Vous avez rendu un grand service à l'Eglise, monsieur le curé.

— Dieu a daigné me choisir, quoique bien indigne, pour la glorification de son saint nom.

— Je ne doute pas qu'il ne récompense son serviteur.

— Oh ! madame la baronne, l'honneur que vous me faites, en venant me visiter dans mon modeste presbytère, n'est-il donc pas une récompense ?

— On a parlé de vous en haut lieu.

— Est-il possible !

— Pour un évêché.

— A moi !...

— Oui, à vous.

— C'est sans doute pour éprouver mon zèle que le Seigneur veut qu'on me confère cette haute dignité.

La Canaque sourit.

— On parle d'une vacance prochaine, et ce sera votre tour.

— J'avais entendu dire que vous étiez une sainte, madame la baronne, aujourd'hui vous m'apparaissez sous les traits d'un ange.

La Canaque sourit de nouveau.

Il tomba à genoux devant elle et joignant les mains :

— J'adore en vous, madame la baronne, l'envoyée de Dieu, Dieu lui-même !

— Relevez-vous, monsieur, lui dit-elle, après un moment de silence, et dites-moi ce que vous comptez faire de ce hideux saltimbanque.

— Il doit mourir, madame, fit le curé en se relevant, ne le savez-vous pas ?

— Je le sais, en effet : mais comment comptez-vous vous y prendre ?

— Nous lui donnerons un breuvage.

— Ah !

— Grâce à ce breuvage sa mort sera foudroyante.

— Il ne souffrira pas un peu ?

— Le toxique ne lui en laissera guère le temps.

— Il faut pourtant que cet homme souffre : car c'est un bien grand coupable.

— Songez, madame la baronne, qu'il mourra sans confession, et que par conséquent les flammes éternelles de l'enfer lui seront réservées.

— C'est égal, il faut qu'il souffre même en ce monde ; il faut que son agonie soit effroyable !

— Soit ! madame la baronne.

— Vous lui donnerez un autre breuvage ?

— Oui, mais pour cela il faut que je consulte le docteur.

— Consultez, consultez, mon cher curé.

— A propos, poursuivit-elle, êtes-vous bien sûr de la magistrature ?

— Oui.

— Des employés de la prison ?

— Oui.

— De ce bon docteur ?

— Oui, madame la baronne.

— Quand aura lieu cet auto-da-fé [1] mystérieux ?

— Demain peut-être, madame la baronne.

Le malheureux curé pensait avec épouvante, que pour faire un auto-da-fé il fal-

---

1. Acte de foi, expression employée autrefois par les inquisiteurs, pour donner un caractère religieux au supplice de leurs victimes.

lait une victime, et que cette victime, courait les champs et n'avait pas encore été retrouvée.

— Pourquoi demain ? fit la Canaque.

— Parce qu'il faudra changer le breuvage en question ; il faudra donner au docteur le temps de trouver un autre toxique.

— Demain, soit !

Elle se leva.

— Je vais aux Carmélites, dit-elle.

XIV

Suite du précédent. — Le chemin à droite.

C'était la nuit.

Nuit d'hiver, comme on sait.

Les jours précédents il y avait eu de terribles rafales du nord ; et nous nous rappelons que lorsque le Maure et ses compagnons quittaient Meulan, le vent qui soufflait en tempête, s'engouffrait en sifflant dans leurs manteaux et leur cinglait la figure.

A la tempête avait succédé le calme.

La campagne était morne, sombre, désolée, déserte.

Il y régnait un silence de mort.

Et comme si elle eût voulu rendre la chose plus sinistre, la nature y avait jeté comme un linceul, la neige.

Il était onze heures environ.

Une femme et un petit garçon suivaient le chemin qui conduit du couvent des Carmelites à Meulan.

Le petit garçon c'était Jack.

Ils paraissaient venir du couvent, et se rendre à la ville.

La femme portait le costume de religieuse ; elle avait le visage voilé.

Le petit garçon était mal vêtu, et il grelottait sous les haillons qui lui servaient de vêtements.

De temps à autre il jetait sur la religieuse un regard ardent.

On entendait sa petite voix grêle et haletante.

Il la questionnait.

Oh ! il n'avait pas peur, le pauvre petit !

Même il n'était pas triste.

Il avait même une bonne grosse joie au cœur ; ce chant de rossignol d'une jeune âme, où rayonne l'illusion.

Cela se révélait dans les intonations de sa voix, dans l'ardeur avec laquelle il faisait aller ses petites jambes.

Quoi de surprenant à cela ? on lui avait dit qu'on le rendait à son père ; qu'on le conduisait auprès de lui !

Pour la centième fois au moins depuis qu'ils étaient sortis du couvent, il demandait à la religieuse si c'était bien loin l'endroit où se trouvait son père.

Ah ! il ne se plaignait pas des mauvais traitements que lui avaient fait endurer les femmes noires (il appelait ainsi les religieuses du couvent), il n'y pensait même plus : il allait enfin retrouver son père !

A un certain endroit le chemin se bifurquait.

— Prenons ce chemin à droite, dit la religieuse ; nous serons plutôt arrivés.

Or ce chemin ne conduisait pas à la ville.

Ce n'était donc pas à la ville que cette religieuse voilée conduisait l'enfant.

Le chemin qu'ils avaient pris conduisait à un groupe de maisons.

C'était un hameau composé de quelques fabriques et d'un moulin à eau.

Car nous devons dire qu'il y avait par là une petite rivière : la Dueille.

Une fois sur ce chemin, la religieuse devint moins avare de paroles.

Jusque-là elle n'avait répondu aux nombreuses questions de Jack, que par des monosyllabes.

Redoutait-elle moins d'être entendue dans ce sentier perdu que sur le grand chemin qu'ils venaient de quitter ; chemin qui, nous l'avons dit, menait à la ville ?

— As-tu vu chez ton père, lui demanda t-elle, un grand homme maigre, aux cheveux et à la barbe noire, et à peu près de son âge ?

— Comment *qu'il* s'appelait ?

— Giuseppe Varcolli.

— Oui, je l'ai vu ; il est venu voir mon père il y a bien longtemps.

— Qu'est-ce qu'il lui disait ?

— Il lui disait de faire comme lui, de gagner de l'argent avec son couteau.

— Qu'entendait-il par ces mots : gagner de l'argent avec son couteau ?

— Tuer les hommes pour les voler après.

— Et que disait ton père ?

— Il disait que c'était un métier qu'il ne ferait jamais.

— Ont-ils parlé de ta mère ?

— Oui.

— Qu'est-ce qu'ils en disaient ?

— Qu'ils l'aimaient bien, qu'elle était très jolie, et qu'ils feraient tout pour la retrouver.

— En disaient-ils du mal ?

— Oui.

— Qu'est-ce qu'ils disaient ?

— Que c'était une coquine.

— Pourquoi ?

— Parce qu'elle les avait quittés.

— Et toi, le croyais-tu ?

— Non, moi j'aime ma mère ; oh oui, je l'aime bien !

Il y eut un silence.

— Tu n'as pas revu cet homme ?

— Si, une fois.

— Que vous a-t-il dit ?

— Rien.

— Comment se fait-il qu'il n'a rien dit ?

— Il était à cheval ; il allait au grand galop ; il ne s'est pas arrêté.

— Où allait-il ?

— Je ne le sais pas.

— Où était-ce ?

— En Suisse.

— Etait-il seul ?

— Non, il y avait avec lui d'autres cavaliers.

— Ton père les connaissait-il, ces cavaliers ?

— Il ne me l'a pas dit.

— Ton père a-t-il su pourquoi il se trouvait avec ces cavaliers ?

— Oui, par un autre homme à cheval, mais longtemps après.

— Qu'est-ce qu'il vous a dit ?

— Il nous a demandé si nous avions vu une voiture et des hommes à cheval qui l'accompagnaient.

— Qu'est-ce que ton père a répondu ?

— Il a répondu : oui.

— Qu'a-t-il dit encore ce cavalier.

— Il a dit qu'ils emmenaient avec eux une fille dans un carrosse, et que mon père aurait beaucoup d'argent s'il l'aidait à retrouver cette fille, ou l'homme de sa connaissance qui était parmi ces cavaliers.

— A-t-il dit quelle était cette fille ?

— Non.

Il y eut un nouveau silence.

Ils cheminèrent quelque temps sans rien dire.

Il faisait un froid très vif ; la neige craquait sous leurs pieds ; les étoiles brillaient ; à l'horizon la lune se levait.

Le petit Jack hâtait le pas, car la religieuse marchait vite.

Il avait bien froid, mais il ne perdait pas courage : n'allait-il pas retrouver son père.

Ses petites jambes faisaient des prodiges.

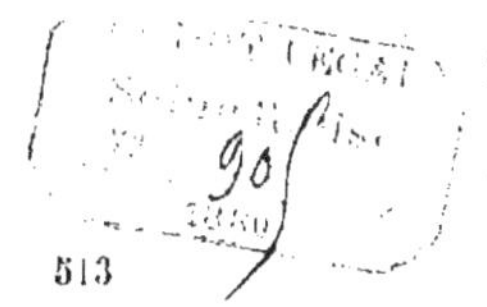

J'ai trouvé les assassins de mon fils.

Pauvre petit !

Ils arrivèrent dans un endroit où le chemin faisait un coude.

Ils avaient devant eux un monticule.

Ce monticule touchait à la berge de la rivière.

Tout à coup le terrain s'aplanit, et celle-ci leur apparut.

Le chemin longeait la berge.

Torrent l'été, rivière l'hiver, la Dueille était grosse.

Ses eaux qu'éclairaient vaguement les astres nocturnes glissaient lentement, roulant dans leurs plis, aux teintes plombées, d'énormes glaçons.

La religieuse s'arrêta.

— Connais-tu cette rivière ? dit-elle à Jack.

— Oui, j'y suis venu avec mon père, mais c'était dans l'été, un jour que nous passions dans le pays.

— Est-elle profonde ?

— Mon père le dit.

Tout à coup elle se baissa comme pour ramasser un objet qu'elle eût laissé tomber, puis se redressant tout à coup elle poussa brusquement le pauvre petit dans la rivière. Le malheureux tendit, d'instinct, ses bras pour chercher un appui en s'accrochant à elle, mais ses mains crispées ne saisirent que son voile, qui se déchira et céda à son étreinte, et le visage de la religieuse lui apparut éclairé par les pâles rayons de la lune.

Il tomba en criant :

— Elle ! elle ! ma mè... !

En même temps on entendit le bruit de sa chute dans l'eau, qui étouffa sa voix, en l'empêchant de prononcer la dernière syllabe du mot mère.

La Canaque, car c'était elle en effet, se pencha vivement sur l'abîme pour voir et pour écouter.

Sa figure était pâle mais impassible.

— Il m'a reconnue, le drôle, murmura-t-elle, pourtant il ne m'avait vue qu'une fois, à l'âge où la mémoire peut garder un souvenir !

Elle savait qu'il l'avait aperçue sur la route, dans les environs de Boternay.

Elle s'agenouilla, et marmotta une prière : c'était le prix de son infanticide qu'elle adressait à Dieu !.....

Elle fit un grand signe de croix.

N'entendant rien, ne voyant rien, elle se redressa.

— A ton tour Broussard ! ajouta-t-elle, à ton tour !

Son bras fit un geste d'affreuse menace.

Un éclair sombre jaillit de ses yeux.

Elle s'éloigna ensuite, d'un pas rapide.

§ § . . . .

. . . .

Au moment même où la Canaque approchait de la rivière et s'apprêtait à commettre son épouvantable forfait, un homme arrivait, sur le bord opposé, à quelque distance de là, haletant, fiévreux, trébuchant, la tête nue.

Cet homme fuyait...

Il n'était pas ivre : s'il trébuchait, c'est qu'il était dans un si grand trouble qu'il ne voyait pas tous les obstacles que les accidents de terrain, les haies ou les arbres, apportaient à sa marche rapide.

A sa main gauche il tenait un manteau, riche vêtement garni de fourrure ; dans sa main droite, il tenait un revolver à six coups.

Des paroles rapides et heurtées sortaient en sifflant de sa gorge.

— Ah ! les misérables ! disait-il ; ils sont pires que des sauvages, oui, des sauvages !

Ah ! il n'y a qu'en France qu'on voit ça !

Triste pays où l'on traque un homme comme une bête enragée ; où il n'y a d'hospitalité, de lois, de justice, de gendarmes, de sécurité que pour les cagots, les calotins !

L'autre jour on me jetait en prison ; on me volait tout ce que j'avais, on me séparait de mon enfant, on le tuait peut-être... (ah ! les misérables en étaient bien capables !) et tout cela pour plaire à une salope, qui est dans la bigoterie jusqu'au cou, dont ils ont fait une grande dame, dont les caprices sont devenus pour eux des lois, et qui me déteste !

Ah ! oui, j'en suis convaincu, c'est elle, oui, c'est elle qui les mène tous par le bout du nez, ces misérables, abrutis et féroces !

Ah ! je me suis sauvé de prison ? et qui donc n'en aurait pas fait autant ? Est-ce que je ne gagnais pas honnêtement et bien modestement ma vie ? est-ce qu'un pauvre homme occupé à charmer des serpents, menaçait l'existence de ces gros bonnets qui nous gouvernent ? Ah ! oui, que j'ai bien fait de me sauver ! C'était mon droit ! N'y a-t-il plus qu'un charmeur de serpents en France qui comprenne la liberté !

Ils sont tous bigots, cagots, capucins, dans ce pays ; ils ont fait, eux, les amis de cette crapule de Bénédita, de tous les hôteliers des mouchards, de tous les passants des assassins ! Oui, ils nous ont tiré dessus quand nous sommes sortis de Meulan, l'autre jour !

Assassins ! assassins !...

Et quand aujourd'hui je viens chercher mon enfant, cet enfant qu'ils m'ont volé, l'hôtelier chez lequel je suis descendu me dénonce, et je suis obligé pour leur échapper de me sauver par une fenêtre ; et maintenant me voilà fuyant sans savoir où me cacher, traqué, poursuivi, menacé de partout, au milieu de la nuit, pouvant recevoir à chaque instant un coup de fusil, comme l'autre jour ; ou mourir sur la neige !.....

Ah ! les misérables !...

Et pourtant il me faut mon enfant ! je ne puis pas vivre sans mon enfant ! il me le faut ! entendez-vous, tas de brutes féroces ? il me le faut ! je l'aurai !

Pauvre petit ! qu'en ont-ils fait ?..... (Il sanglote.)

— Oui, qu'en as-tu fait, toi, sa mère ? Ah ! il te déplaisait, il te gênait ton fils, ce fils d'un pauvre saltimbanque !

Ah ! maudite !

Ah ! louve ! tigresse !

Il tombe, son pied a buté, il se relève et reprend aussitôt sa course.

Tout à coup la rivière lui apparaît, avec ses flots livides et tachés de glaçons, roulant silencieusement dans l'ombre.

— La Dueille ! dit-il.

Il s'arrêta.

Il connaissait cette rivière : bien des fois, lors de ses pérégrinations dans ce pays, il était venu, l'été, s'asseoir avec Jack, sur ses rives.

Les ténèbres, nous l'avons dit, n'étaient pas profondes, le ciel était très étoilé ; la lune brillait.

— C'est ici la Bouchardière [1], dit-il ; là-bas les fabriques et les fours à chaux.

Il dirigea sa course de ce côté-là.

Il allait infailliblement passer à l'endroit où se tenait la Canaque.

Mais il se trouvait, on le comprend, elle sur une rive et lui sur l'autre.

Il en était à peu près à trois cents mètres, quand tout à coup un cri perçant, cri d'angoisse suprême retentit.

C'était le cri de Jack tombant dans l'abîme.

Ce cri qu'il reconnut, lui cingla le cœur, comme un violent coup de fouet.

Il se sentit étouffer sous la violence de l'impression qu'il ressentit.

Un tremblement nerveux le saisit ; ses jambes flageolèrent ; il voulut crier, il râla ; ses cheveux se dressèrent sur sa tête : ses bras battirent le vide, comme un homme frappé à mort et qui va tomber.

Il porta la main à son cœur : ses battements qui sonnaient comme des coups de marteau précipités, paralysaient en lui toute action, le réduisaient à l'impuissance.

Il voulut courir, il tomba ; il roula dans la neige : il courut à quatre pattes, ne pouvant se tenir debout.....

Enfin le sentiment du danger que devait courir son fils devint si violent qu'il lui rendit à peu près la possession de lui-même : il se retrouva debout.

Mais il ne pouvait encore articuler une

1. Nom d'une ferme isolée.

parole ; aucun cri, excepté une sorte de râle sourd, ne sortait de sa gorge.

Mais il put courir, il courut.

Tout en courant il se penchait anxieux, frissonnant, sur la rivière.

Son instinct de père ne le trompait pas, c'était là qu'il fallait chercher.

— Ils ont voulu le tuer, se disait-il, et ils l'auront jeté dans l'eau !

Il pensait à l'assassin, et sa main serrait convulsivement la crosse de son revolver, qu'il n'avait pas lâché, dans ses chutes multipliées.

Il avait encore une centaine de mètres à parcourir pour arriver à l'endroit qui avait été le théâtre du crime.

C'est à ce moment-là que la Canaque s'en éloignait.

Il ne la vit donc pas, car la distance était encore trop grande, et elle disparut presqu'aussitôt derrière le monticule que nous connaissons.

Il eût voulu crier, appeler son enfant, l'avertir qu'il allait à son secours, mais sa gorge était encore tellement contractée qu'il n'en put faire sortir le moindre cri.

Un violent désespoir le saisit.

Il se pencha encore davantage sur l'abîme, en jetant sur ses flots livides des yeux hagards.

— Ils l'auront frappé avant de le jeter à l'eau, se disait-il, car il savait nager, le pauvre petit !

Et les ondes passaient lentes, livides, avec leurs replis sombres, avec des froissements sinistres : c'étaient des glaçons qui se heurtaient.

Et si un remous se produisait qui faisait jaillir une fusée d'eau écumeuse, il croyait en voir sortir la tête de Jack, puis le reste de son corps... puis...

Mais rien ! rien ! rien !

Rien que le flot impassible, insensible, indifférent, muet ; rien que l'abîme sans entrailles !... rien que le hideux spectre de la mort planant sur le tombeau mystérieux de son enfant !

Ses yeux devenaient de plus en plus hagards ; il était ahuri ; il sentait sa raison se couvrir d'un voile et la folie monter à son cerveau pareille à une ivresse sinistre.

Tout à coup il entendit comme un vague soupir glisser sur la surface des flots.

Il jeta précipitamment son manteau sur la berge et son revolver sur le manteau, puis il fit un mouvement pour s'élancer dans l'abîme ; quand tout à coup la tête, puis le corps tout entier de Jack apparurent à deux pas de là près de la berge.

Le pauvre enfant, à bout de forces, épuisé, glacé, tendait ses petits bras pour saisir quelque objet auquel il pût se cramponner pour aborder, mais ses bras étaient sans force, ses mains raidies et glacées ne pouvaient rien saisir !

Il se précipita vers lui et l'arracha à l'abîme.

— Mon père ! murmura Jack en le reconnaissant, puis il s'évanouit !

— Mort ! mort ! hurla Broussard.

Phénomène bizarre ! la parole lui était revenue, en retrouvant son enfant !

Il le roula dans son manteau qui, nous l'avons dit, était doublé de fourrure.

Sa joie était immense ; il avait auparavant posé la main sur la poitrine de son enfant, et il avait senti le cœur battre.

Il se redressa avec son doux fardeau dans les bras.

Ah ! maintenant il était fort ! ce n'était plus cet homme faible fuyant ses ennemis, inquiet, traqué, désespéré, ahuri : le sentiment de la paternité l'avait grandi : Sa force s'était décuplée ; et pour le courage ce n'était plus un homme, mais un tigre !

Un coup de feu retentit ; une balle glissa dans ses cheveux :

— Ah ! ah ! fit-il sourdement.

Il tomba!

Il n'était cependant ni mort ni blessé ; mais il comprit qu'il ne devait pas faire autrement.

Devait-il fuir avec son fardeau ?

Mais quelle chance avait-il de pouvoir échapper à celui ou à ceux qui le *canardaient*?

Pouvait-il croire qu'ils couraient moins bien que lui, et qu'en leur servant de cible peut être pendant des heures, ils ne parviendraient pas à le blesser grièvement ou à le tuer?

Tomber, faire le mort, c'était mieux.

Dans l'impossibilité de vaincre en luttant ouvertement, il pouvait, qui sait? triompher peut-être par la ruse.

Près de l'endroit où il était tombé, presque sous lui, se trouvait un trou dans la berge.

Il n'eut qu'à rouler une fois sur lui-même pour s'y blottir.

Dans ce moment-là il ne charmait pas les serpents, mais il les imitait : il glissa par l'orifice et y disparut.

Là, couché sur le ventre, le revolver au poing, il attendit.

Sur le bord du trou, il avait laissé son fardeau.

Ce long manteau de fourrures, dans lequel Jack était enveloppé, faisait assez l'effet d'un homme gisant sur la neige.

Ajoutons que son évolution fut si rapide et si habile qu'il eût été impossible à un homme, placé à vingt pas, de s'en apercevoir; or, celui qui avait tiré, en était bien à cinquante.

Maintenant disons quel était cet homme.

Le lecteur se rappelle sans doute ce misérable qui avait tiré sur Hassan et ses compagnons, lors de leur sortie de Meulan quelques jours auparavant.

C'était lui.

Ah! la vieille châtelaine, l'amie intime du curé, pouvait se vanter d'avoir un piqueur dévoué aux intérêts de l'Eglise catholique, apostolique et romaine !

Il faisait vraiment merveille cet homme qui eût mérité de vivre du temps de la Saint-Barthélemy et de travailler en grand, pour le triomphe de la *sainte cause; il* eût rendu des points au fils sinistre de Catherine de Médicis !

Dame ! il faisait ce qu'il pouvait ce pauvre soldat du Christ, dans le cercle étroit où s'exerçait sa *louable* activité !

Dans la soirée il se trouvait à flâner par les rues de Meulan, selon son habitude : ce familier du presbytère était bien aise de voir ce qui se passait dans l'enceinte de la petite cité, et de surprendre quelque parole de républicain, quelque fait et geste peu *orthodoxe*, pour les rapporter ensuite au *bon* curé qui, nous le savons, gouvernait le pays.

En passant dans la rue des Flagellants, il avait entendu du bruit, des exclamations; plusieurs personnes allaient et venaient à grands pas : quelques-unes couraient.

Il les avait suivies.

A l'hôtel de la *Croix-d'Or*, à quelques pas de là, une vingtaine de personnes étaient rassemblées.

En ce moment-là deux gendarmes y entraient.

Il y courut.

Mais au moment où il allait y entrer à son tour, un grand cri s'éleva, un homme venait de sauter par une fenêtre du premier étage dans la rue.

Cet homme, c'était Broussard.

Une grande agitation eut lieu parmi les personnes présentes.

Broussard s'était jeté dans la foule, son manteau sur le bras gauche, et un revolver à six coups à la main droite.

Tout le monde s'enfuit.

Un seul tenta de l'arrêter et n'atteignit

que son chapeau qu'il garda, et il s'enfuit comme les autres.

Broussard l'ajusta, mais il ne tira pas.

Le saltimbanque fuyait avec la rapidité d'une bourrasque.

La foule qui s'était ralliée, le suivait à distance, en hurlant.

Il connaissait la ville ; il y avait séjourné plusieurs fois assez longtemps.

Pour dérouter ceux qui le poursuivaient, il prit des chemins de traverse, s'engagea dans des carrefours sombres, dans un dédale de petites rues, et, finalement, put sortir de la ville, après les avoir complètement dépistés.

Pourtant un homme s'était attaché à ses pas et ne l'avait pas perdu de vue un seul instant.

Cet homme, c'était l'homme du presbytère.

Il avait entendu crier que le fuyard était le saltimbanque, et cela lui avait donné une ardeur à le poursuivre, dont on peut difficilement se faire une idée.

Ah ! s'il avait eu sa carabine, cette bonne carabine qui l'avait déjà salué au passage, avec quelle joie il l'eût déchargée encore une fois sur lui, et en ayant bien soin de le viser assez bien cette fois pour ne pas le manquer !

En voyant la direction que prenait Broussard, il éprouva une joie féroce.

Le chemin qu'il suivait devait le mener infailliblement à la porte de la demeure de la châtelaine sa maîtresse.

Je pourrai donc avoir ma carabine, pensa-t-il.

Arrivé là, il courut prendre cette arme, et ressortit aussitôt sans rien dire.

Il voulait avoir seul la gloire et le plaisir de tuer le fameux saltimbanque.

A peine avait-il mis deux minutes à prendre son fusil, mais ce temps avait suffi au fuyard pour disparaître.

Il n'en parut pas très contrarié.

— Tout à l'heure, dit-il, je le chassais à vue ce vieux cerf, à présent je vais suivre sa piste, voilà tout.

La piste n'était que trop visible : le fuyard avait fatalement laissé sur la neige l'empreinte de ses pas.

Mais il ne pouvait pas courir en suivant la piste, tandis que Broussard courait, courait toujours, courait sans cesse.

La distance entr'eux alla donc grandissante, jusqu'au moment où le malheureux Broussard avait été foudroyé en quelque sorte, par le cri de détresse poussé par son enfant.

Nous savons le reste.

Quand le piqueur de la vieille châtelaine avait lâché son coup de carabine, il en était à peu près à une distance de cinquante pas, avons-nous dit.

C'était une bonne portée, et bien des fois il avait abattu un cerf ou un daim à cette distance.

Aussi crut-il, quand il le vit tomber, l'avoir tué.

Il rechargea néanmoins sa carabine.

— Qui sait, se disait-il, il peut avoir encore la force de me donner un coup de boutoir, ce vieux sanglier.

Il savait que Broussard avait un revolver.

Les gens qui appartiennent à l'église, sont de leur nature, très méfiants.

Sa carabine rechargée, il se dirigea vers l'endroit où il avait vu tomber sa victime ; mais il marchait lentement, avec prudence, le cou tendu, écoutant, l'œil rivé sur cette masse noire qu'il aperçut enfin sur la neige, et prêt à faire feu dessus, si elle sortait de l'immobilité absolue, dont tout cadavre décent ne doit jamais se départir.

Enfin il arriva jusqu'à cette masse noire, sans qu'elle bougeât.

Comme elle avait fait son trou dans la

neige, et qu'elle y était enfouie en partie, il se baissa pour la voir de plus près.

Il tendit la main pour saisir un des pans du manteau, mais il n'en eut pas le temps ; une flamme jaillit comme de dessous terre, une détonation retentit, et il tomba la tête fracassée.

Broussard lui avait lâché un coup de revolver presque à bout portant.

— En voilà un qui ne me *canardera* plus, dit le saltimbanque en sortant à demi de son trou.

Il écouta.

— Y en a-t-il d'autres? se demanda-t-il ensuite.

Au bout de quelques minutes, n'entendant rien, ne voyant rien venir, il se hasarda à en sortir tout à fait.

Il examina le cadavre de son ennemi.

Puis il le traîna jusqu'à la berge et le poussa dans la rivière.

L'abîme reçut le cadavre avec un bruit sourd.

Quelques minutes après, le saltimbanque reprenait sa course avec son enfant dans ses bras.

Nous avons dit qu'il se dirigeait du côté des fabriques et des fours à chaux.

Au premier de ceux-ci qu'il atteignit, il s'arrêta.

— Si l'homme qui le garde m'empêche de réchauffer mon enfant, je le tue, se dit-il.

Le gardien était un homme à figure énergique, à grande barbe, à l'œil vif, aux larges épaules.

— Qui êtes-vous? lui dit-il d'une voix forte, en l'apercevant.

— Je suis un malheureux qui vient de tirer son enfant de l'eau.

— Entrez! fit l'homme dont la voix s'adoucit.

Il pénétra avec son fardeau dans une sorte de chambre, petit réduit voûté, attenant au four où se faisait la cuisson des pierres à chaux.

Il régnait en cet endroit une température de trente degrés au-dessus de zéro.

Jack était encore évanoui.

Broussard le dépouilla de ses vêtements encore mouillés et le roula dans le manteau qu'il avait fait chauffer en l'approchant des parois du four.

Sous l'action de cette chaleur bienfaisante, le petit malheureux se ranima.

Ses yeux s'ouvrirent.

Il promena un regard sombre autour de lui.

Puis sa figure s'anima.

Une expression de tendresse et de joie parut sur sa figure quand il aperçut son père, puis il se mit à fondre en larmes.

Il se rappelait!...

FIN DE LA QUATRIÈME PARTIE

CINQUIÈME PARTIE

I

Civette et Fulcino.

Nous retrouvons le chef de la police des Chevaliers du Crucifix, dans son cabinet de la rue d'Ulm.

Un homme grand, brun, à la figure austère, au regard inquisiteur, était avec lui : il s'appelait Fulcino.

Cet homme lui parlait avec autorité.

Il s'exprimait avec véhémence, et l'on sentait l'irritation dans sa parole brève et tranchante.

— Je ne puis admettre, disait-il, que cet agent infidèle ait pu tromper si longtemps notre sainte société, car, vous le savez, Civette, nous sommes à peu près tout-puissants ; nos moyens d'investigation sont immenses.

— C'est vrai, monseigneur.

— Presque tous les fonctionnaires, soit civils, soit religieux, sont à nous.

— C'est vrai, monseigneur.

— Il n'est pas un salon où nous n'ayons nos espions ; pas une réunion seulement de trois personnes, qui ne renferme un de nos affidés : théâtre, cabaret, hôtellerie, cabinet de ministres, officines où se fabriquent les journaux, bouges, mansardes, presbytères, châteaux, couvents, églises, écoles, ateliers, boutiques, Chambre des Députés, Sénat ; nous sommes partout, nous voyons tout, nous savons tout !...

— C'est vrai, monseigneur.

— Les baronnes, les marquises, les comtesses, les duchesses, les princesses, nous envoient leurs petites notes : jeunes, elles nous disent ce que font et pensent leurs maris ou leurs amoureux ; vieilles, elles espionnent les jeunes et nous disent ce que celles-ci oublient de nous dire. Pour nous, l'ouvrier trahit son patron, le patron trahit l'ouvrier ; pour nous, le prêtre confesse, le juge juge, le voleur vole, l'assassin tue ; la hausse on la baisse se font à la bourse, le commerce prospère ou languit, où donc s'arrête notre puissance ? Ne pouvons-nous pas dire que nous tenons cette société française dans nos bras ? N'avons-nous pas la main sur son cœur, le regard sur sa pensée ?

— C'est vrai, monseigneur.

— Ne finissons-nous pas par avoir toujours raison de toutes ses résistances et de toutes ses révoltes ?

— Je le sais, monseigneur.

— N'entourons-nous pas de nos mille liens, cette esclave hautaine et mutine ?

— C'est vrai, monseigneur.

— Ah ! elle croit être libre ! ah ! ah ! ah ! ah !... elle croit pouvoir disposer de son sort, marcher, penser, boire, dormir, pour elle-même et par elle-même ? Eh bien ! qu'elle l'ose ! je l'en défie !...

— Vous avez raison, monseigneur.

— Nous lui avons laissé sa république comme on laisse un jouet à un enfant,

Le magasin de M. Bordier.

mais nous avons nos vues ; un jour ce jouet la blessera, et elle n'en voudra plus !

— C'est vrai, monseigneur.

— Savez-vous ce que nous ne pouvons pas empêcher ? Civette.

— Quoi donc ? monseigneur.

— C'est la pensée de fermenter dans son cerveau.

— C'est vrai, monseigneur.

— C'est l'égoïsme qui est inséparable du sentiment même de la vie.

— Hélas ! monseigneur, Dieu a voulu que les ânes braient, que les moutons bêlent, que les chats miaulent, que les grenouilles coassent !

— Nous pourrions briser demain cette pensée et cet égoïsme en détruisant l'humanité même, cette œuvre que Dieu n'a pas voulu nous livrer parfaite, c'est-à-dire entièrement conforme à nos vues, et maniable à notre gré ; mais sur qui régnerions-nous si nous brisions l'œuvre d'un créateur, hélas ! sur ce point sourd à nos prières ? Serions-nous rois, prêtres, pontifes, Dieux ?...

— C'est vrai, monseigneur, aussi nous patientons ; comme Dieu, notre sainte société peut dire : *patiens, quia æternus* [1]

Le chef de la police des Chevaliers du Crucifix sourit en prononçant ces paroles, et son regard s'illumina.

1. Patient parce qu'il est éternel.

Son interlocuteur eut un brusque haussement d'épaules. Comme si la patience eût été un fardeau qu'il eût jugé indigne de lui de porter.

Le lecteur a déjà vu cet homme.

Il n'a pas oublié sans doute, les personnages mystérieux de la rue des Arènes, à Rome, et qui forment le fameux conseil, appelé le conseil des Dix.

Il sait que Fulcino fait partie de ce conseil.

— Il est triste de penser, poursuivit-il, que nous soyons arrêtés parfois par des misères pareilles à celles qui nous occupent en ce moment, notamment cet homme d'affaires.

— Que voulez-vous, monseigneur, le père Bridoux avait une confiance absolue en cet homme : il me défendait d'employer les moyens de violence, il paralysait mon action par je ne sais quel opportunisme.

— Vous m'étonnez, Civette.

— Il craignait le scandale : les moyens violents lui répugaient, il me disait souvent: Ne poignardons que rarement !

— Ses ennemis lui ont vraiment su gré de sa modération ! s'écria Fulcino ; du reste c'est bien fait, nous en sommes débarrassés ! il ne faut chez nous ni chefs ni agents qui manquent de vigueur !

— Monseigneur Corti l'approuvait, monseigneur.

— Ramollissement, dépravation, oubli des vrais principes ! grinça Fulcino.

— C'est vrai, monseigneur.

— Les sentiments d'humanité et de convenances sociales, sont une rouille qui désorganisent les meilleures natures.

— C'est à cet esprit mondain, à cet esprit diabolique que nous devons d'avoir été si longtemps la dupe de ce Tabernier en question ; c'est lui qui a fait que nous ne l'avons pas arrêté au premier soupçon, c'est lui qui nous a aveuglés au point de lui

confier le soin d'enlever Gemma de Mélos de le croire, lorsqu'il nous a affirmé sur le Christ, que cette courtisane Augustine était bien la fille du baron de Mélos, et de nous contenter sur ce point important, du contrôle de ce père Béraud, le confesseur de la duchesse de Cressères, qui, entre nous, monseigneur, n'est qu'un imbécile.

— Certes la leçon est dure, mais méritée, maintenant il faut rattraper le temps perdu, Civette.

— J'allais vous dire, monseigneur, que j'avais aussitôt agi avec vigueur, et que sans attendre les instructions de monseigneur Corti qui ne venait pas, et privé du concours du père Bridoux, j'ai pris sur moi d'appliquer enfin ces bons vieux principes, qui peuvent seuls donner à notre très sainte société, cette puissance merveilleuse, devant laquelle tous les obstacles doivent fléchir.

— Qu'avez-vous fait ?

— Depuis huit jours à peine que le père Bridoux est tombé sous le couteau de Tabernier, je suis arrivé à savoir :

1° Que cet assassin était allé chercher rue du Bois, 6, Gemma de Mélos, qui vivait là sous la garde d'une ancienne camériste de la duchesse ;

2° Qu'il en était parti aussitôt en emmenant avec lui cette fille, la duchesse, la vieille camériste et la nièce de cette dernière ;

3° Que le marquis de Bordes son complice était à Venise, où il se cachait sous le pseudonyme de comte de Valbrun.

Voici comment je suis arrivé à faire cette dernière découverte, qui est très importante, puisqu'en tenant le marquis, je finirai bien par tenir Tabernier. Ayant entre les mains sa photographie, que le vicomte de Sterley m'avait procurée, je l'avais envoyée à nos agents, dans toutes les villes de l'Europe (je supposais que le marquis n'avait pas quitté l'Europe), le surlendemain, je recevais de Venise la lettre que voici :

« Monseigneur,

« Depuis quelque temps déjà, un monsieur, appartenant, dit-il, à la noblesse de France, et se faisant appeler comte de Valbrun, fréquente mes salons ; c'est un homme d'un extérieur assez distingué, point beau, fat à l'excès, car il a eu l'audace de me faire la cour.

« Ses traits sont tout à fait ceux de la photographie que vous m'avez envoyée.

« Que faut-il faire ?

« Votre humble servante et sœur en Jésus-Christ.

« Signé : Princesse FORNARINA.

« *Ad majorem Dei gloriam !* »

— Eh bien ! qu'avez-vous répondu ?

— J'ai répondu que je lui envoyais quelqu'un avec des instructions.

— Quel était ce quelqu'un ?

— La baronne de Berny.

— La Zogler ?

— Oui, monseigneur.

— Êtes-vous sûr de cette femme ?

— Oui, monseigneur, pourtant je la fais filer par la sœur Blandine, afin de faire les choses régulièrement ; et elles-mêmes elles seront filées à Venise, par la comtesse Cruciata et la Gratiani.

— C'est très bien.

— Ce matin j'ai reçu de la baronne, par voie télégraphique, ces deux mots :

— C'est lui !...

— La dépêche était chiffrée ?

— Assurément, notre correspondance est toujours chiffrée.

— Très bien !

— Vous voyez, monseigneur, que je n'ai pas perdu de temps ; le marquis est à nous, demain peut être Tabernier qui doit correspondre avec lui, sera à nous : en même temps tombera dans nos mains cette riche héritière qui, sans la trahison de Tabernier, l'incapacité du père Bridoux et l'oubli des vrais et bons principes, serait en notre pouvoir depuis quelque temps déjà.

— C'est bien : l'affaire me paraît en bonne voie.

— Je suis heureux d'avoir votre approbation, monseigneur.

— Surveillez-vous les gens de l'hôtel de Mélos ?

— Non, monseigneur.

— Vous avez tort.

— Je n'en vois pas la nécessité pour le moment.

— *Chi lo sa* [1] ? il y a là un amoureux, un poète passablement entreprenant et turbulent, pour un rêveur ; et un marin qui est, m'a-t-on dit, un homme d'une certaine valeur. Croyez-moi, il faut surveiller ça, Civette.

— Ce sera fait, monseigneur.

Fulcino se leva.

— Quand vous aurez entre vos mains soit Tabernier, soit Gemma de Mélos, vous me le ferez savoir de suite.

— Par la voie ordinaire, monseigneur ?

— Oui.

Ils se séparèrent.

1. Qui sait ? locution italienne.

II

Où le père Bordier ne sait pas trop l'usage qu'il doit faire de ses étranges découvertes.

Comme on le pense bien, le père Bordier et ses marins, la cérémonie des funérailles de Bridoux et d'Augustine terminée, étaient sortis du souterrain sans faire le moindre bruit, et sans laisser derrière eux aucune trace.

La trappe de la cave fut replacée avec le plus grand soin.

Avant de se séparer de ses hommes, il leur recommanda de garder le secret sur tout ce qu'ils avaient vu ou entendu. Cette recommandation suffisait auprès de tels hommes, tant ils avaient à cœur de complaire en tout, à leur capitaine.

Il retourna ensuite à son domicile du boulevard Richard Lenoir, pensif, l'air morne et abattu.

— Partie perdue ! se disait-il, beaucoup de travail pour rien !

Ah! cette *crapule* d'homme d'affaires, comme il nous a joués ! mille tonnerres !

Ah ! il fallait s'adresser à la justice ! ah ! il n'y avait pas de preuves suffisantes ! ah ! il fallait respecter la loi et les gendarmes ! disait ce marsouin de malheur, ce forban, ce failli-chien, et c'était lui qui avait fait le coup avec son compère le marquis ! mille damnations !

Ces deux cachalots se sont éclipsés ensuite en emmenant la fiancée de Georges !

Où sont-ils? Dans quel endroit sont ils allés se cacher?

Ah ! la partie est bien perdue cette fois, et mon pauvre Georges peut bien en faire son deuil de son mariage avec Gemma!

Ah! quel crève-cœur d'avoir été dupé comme ça ! mille damnations !

Que faire ? que faire ? que faire ?

Il rentra chez lui, se rejeta dans un fauteuil et s'abîma dans ses réflexions.

Là, cette sombre histoire lui apparut dans tous ses détails, depuis le jour où Georges était parti avec Jacques pour Paris.

Que n'avait-il pas fait pour trouver le mot de cette double énigme, qui au fond n'en faisait qu'une ! l'enlèvement de Gemma, et le guet-apens où Georges et le maître timonnier avaient failli périr !

Avait-il reculé devant un obstacle, quel qu'il fût?

L'idée lui était venue de fouiller les abîmes de la Seine, et il les avait fouillés, il avait arraché à ce fleuve receleur ses victimes.

La police ne trouvait pas son fils et Jacques, il les avait trouvés, lui.

Elle ne trouvait pas ces misérables qui les avaient lâchement attaqués, il lui avait jeté dans les bras leurs cadavres.

Puis, il s'était mis dans la tête que les Chevaliers du Crucifix, qui étaient soupçonnés d'avoir enlevé Gemma de Mélos, devaient être des gens d'église, et il était allé les chercher où la logique et le bon sens lui faisaient un devoir de les chercher, dans les couvents.

Pour fouiller la Seine, il avait pris des scaphandres, pour fouiller les couvents, il avait pris un masque, et usé d'un scaphandre étrange : le mystère.

Ah ! il ne s'était pas demandé à quels dangers il s'exposait lui et ses marins dans cette expédition que nul n'avait jamais tentée avant lui.

On lui disait que ces chevaliers étaient

des hommes terribles et insaisissables, cela ne l'avait pas arrêté.

Il était descendu dans les entrailles de la terre, il avait glissé léger et muet comme un spectre, dans les ombres mystérieuses de ces repaires cléricaux, où la police elle-même n'avait jamais osé pénétrer.

Alors avait commencé pour lui cette odyssée étrange, dont nous n'avons pas pu, vu l'état actuel de notre organisation politique et religieuse [1], révéler tous les secrets.

Enfin il avait vu ceux que nul mortel n'avait vus avant lui, il avait vu ces hommes *invisibles*; il avait assisté à une de leurs réunions, il aurait pu mettre la main sur ces êtres *insaisissables*; bien plus, il les avait entendus parler; ils avaient dévoilé leur pensée, il avait lu dans leur âme! Quelle joie il avait ressentie quand il s'était vu en face de ces hommes, et que du fond du tombeau où il était caché, il se trouvait n'avoir plus qu'à leur jeter le grappin dessus! pour nous servir d'une expression qui lui était familière.

Oui, il avait vu et entendu ces bandits pieux, ces hommes mystérieux, faisant partie de cette formidable société secrète, que l'on désigne sous la dénomination vague de cléricalisme. Ces chevaliers du Crucifix qui, depuis des siècles exploitent la crédulité publique, qui se sont emparés de la religion, pour opprimer et dépouiller les hommes; ces scélérats masqués qui sont partout et nulle part; qui voient tout, qui savent tout, qui tiennent tout, parce qu'ils sont mêlés à tout, qu'ils tiennent toutes les places, occupent toutes les fonctions, depuis celles de prêtre jusqu'à celle souvent, de chef d'Etat, qui s'asseoient avec vous à votre foyer, dans la personne soit de votre frère, soit de votre père, soit de votre sœur, soit de votre femme, soit même de votre mère; qui vous regardent par les yeux

1. Ceci était écrit en décembre 1879.

du prêtre qui prie, par ceux de l'évêque qui vous bénit, qui endossent la simarre du juge pour vous condamner, et l'habit du général pour trahir au besoin la patrie; que vous retrouverez même dans la capote du soldat qui couche avec vous côte à côte à la chambrée ou au bivouac, qui pénètrent jusque dans les lieux où l'on légifère, avec des mandats de députés et de sénateurs, et où ils poussent parfois l'audace et le cynisme jusqu'à s'y démasquer [1]!

Ah! oui, il avait eu cette rare bonne fortune de les voir et de les entendre!

Et cela, grâce à ses efforts persévérants, à son audace, à son génie: un autre homme que lui y eût trouvé une satisfaction d'orgueil.

Qu'avait-il gagné à tout cela, au point de vue du but qu'il se proposait d'atteindre? peu de chose peut-être.

Il savait que les Chevaliers du Crucifix avaient tout fait pour s'emparer de Gemma de Mélos, que si elle n'était pas tombée entre leurs mains, c'est que leur agent les avait trahis, il savait qu'ils étaient toujours décidés à l'enlever.

Il savait aussi que l'homme qui les avait trahis, les avait également trompés, eux, les amis de cette pauvre Gemma!

. . . .

Tout à coup il bondit; un éclair jaillit de ses yeux, son visage se colora vivement.

Si ce Tabernier était encore revenu chez lui! se dit-il, qui sait? il peut très bien se faire qu'il ignore que les Chevaliers du Crucifix aient découvert sa trahison, et ces hommes mystérieux peuvent l'avoir appris et songer en ce moment à l'exécution du projet de vengeance qu'ils ont formé contre lui! Si je les gagnais de vitesse, ces canailles, si je m'en emparais, moi, de l'homme d'affaires avant eux. Ah! Tabernier entre

1. Est-il nécessaire de dire les noms? lisez les journaux.

mes mains, c'est Gemma de Mélos reconquise, c'est mon pauvre Georges vengé : c'est le bonheur de ces deux pauvres enfants assuré !

Tout en faisant ces réflexions, il se couvrit la tête d'un feutre à larges bords, s'enveloppa dans un manteau, et sortit de chez lui précipitamment.

III.

Où l'on voit que Varcolli a enfin retrouvé celle sur le genou de laquelle il avait dessiné autrefois une étoile rose.

Un homme était enfermé avec la baronne de Berny, dans ce boudoir où nous l'avons vue avec le marquis Ulrich de Bordes, et ensuite avec Civette.

Cet homme, jeune encore, avait les yeux noirs, le teint basané, de grands cheveux.

Il avait le geste violent, la parole ardente.

Parfois ses traits se contractaient, et ses regards avaient des lueurs fauves.

Cet homme, nous le connaissons, c'était Varcolli.

De temps à autre, il cherchait à saisir les bras de la baronne, mais celle-ci le repoussait avec une froideur qui était loin d'être simulée, car elle avait horreur de cet ancien ami de Broussard, comme de Broussard lui-même.

Mais elle ne paraissait pas pourtant le repousser d'une manière absolue.

— Laisse-moi, *caro mio,* lui dit-elle, au moment où celui-ci lui exprimant toute la violence de ses sentiments, lui laissait voir clairement son intention de reprendre les droits qu'il croyait avoir sur elle; laisse-moi, Giaccomo mio, sois mon ami, sois mon frère, mais rien de plus !

— Ton frère? Ton ami? rien de plus, à moi? Allons donc! C'est insensé ce que tu dis là, Bénédita !

— C'est la vérité, Giaccomo.

— Tu dis là une chose monstrueuse, Bénédita, penses-tu en effet que je t'aie cherchée pendant dix ans, que j'aie rêvé à toi jour et nuit, que pas une heure, pas une minute, ton image ait cessé d'être présente à ma pensée, que tu aies pris une si large place dans ma vie, qu'elle serait sans objet et sans intérêt pour moi, le jour où j'aurais perdu l'espoir de te posséder de nouveau et cette fois, pour ne plus jamais te perdre; penses-tu que les liens qui m'attachent à toi soient devenus des liens que la mort seule puisse briser, penses-tu que mon amour en un mot ait résisté à tout, pour que je puisse accepter les conditions que tu me fais aujourd'hui? jamais !...

— Il le faut pourtant, Giaccomo.

— Non, non, mille fois non! plutôt te tuer de ma propre main, et me tuer ensuite sur ton cadavre !

En même temps, le bandit tira de sa ceinture un stylet, et le brandit avec rage.

Il avait l'œil hagard, la face convulsée, une légère écume parut au coin de sa lèvre livide.

Il se traîna au genoux de la Canaque, courbé, haletant, approchant d'elle à quatre pattes, poussant de sourds rugissements, on l'eût pris pour une bête fauve.

Elle resta impassible.

Soudain il se redressa, hideux, effrayant:

— Veux-tu? hurla-t-il.

— Quoi?

— Être à moi comme autrefois, à moi seul, seul, entends-tu? Veux-tu! dis!... veux-tu?

Sa voix n'avait plus rien d'humain, elle était devenue comme le sifflement du serpent qui va mordre.

— Tu n'es pas raisonnable, Giaccomo, fit la Canaque toujours impassible ; seulement elle fit un pas en arrière.

Il continua de s'avancer vers elle.

— Tu ne veux pas ? tu ne veux pas ? C'est dit ? Tu me renies ? Tu ne veux plus de moi ? hein ? hurla-t-il, en plongeant sur elle son regard plein de lueurs fauves.

Il était hideux de rage et de luxure.

Le stylet était à six pouces de la poitrine de la Canaque.

Elle fit un mouvement brusque, et sa main droite qui était restée cachée jusqu'à ce moment sous ses vêtements se dégagea, cette main tenait un revolver.

Elle l'ajusta.

La vue de cette arme dont il ne soupçonnait pas l'existence, le frappa au delà de toute expression.

Il resta comme pétrifié, bouche béante, les yeux grands ouverts.

— Je te tuerais comme un chien, Giaccomo, dit-elle, si tu tentais jamais d'obtenir quelque chose de moi par la force.

Le misérable éprouva un choc violent ; il pâlit, et jeta son stylet loin de lui, au fond du boudoir.

Puis il s'agenouilla, se coucha à plat ventre, et allongeant sa tête que la passion bestiale rendait hideuse, il baisa, puis lécha les pieds de la sirène cléricale.

— A la bonne heure ! fit-elle, te voilà devenu sage, Giaccomo.

Elle s'assit sur le divan.

— Relève-toi, poursuivit-elle, viens t'asseoir près de moi et causons.

Le bandit ne se le fit pas dire deux fois ; il se releva vivement et vint prendre place à côté d'elle.

— Écoute, *caro mio*, lui dit-elle d'une voix douce, je ne suis plus la femme folle

et libre que tu as connue autrefois, j'ai été malheureuse, et le malheur a mûri ma pensée et éclairé mon cœur ; je me suis donnée à Dieu, Giaccomo.

— A Dieu ! gronda le misérable.

— Oui à Dieu, je suis l'épouse du Christ, bien que je ne porte ni le voile ni la robe monastiques.

Varcolli lança un regard féroce au grand Christ appendu à la muraille.

— Epouse du Christ ! grinça-t-il.

— Oui, épouse du Christ, mais si ce titre m'impose des devoirs, il me laisse encore libre dans une certaine mesure.

— Que veux-tu dire ? s'écria le misérable dont la face s'illumina.

— Je m'expliquerai tout à l'heure, mais d'abord tu vas me dire comment tu es arrivé à découvrir le lieu de ma retraite.

— C'est bien simple, depuis quelques années, j'ai un cousin qui est employé à l'église de Saint-Charles-des-Prés. C'est un dévot, celui-là ! il ne me ressemble guère, il gagne beaucoup d'argent à ce métier, et ma foi, quand je n'ai plus le sou, je vais le voir. Le bonhomme a une manie, il veut me convertir, et quand il me voit à genoux, récitant dévotement une prière, son cœur s'attendrit, et il délie pour moi les cordons de sa bourse.

C'est un bien brave homme, au fond, et s'il n'avait pas la manie de vouloir convertir les autres...

— C'est un saint homme, interrompit Bénédita.

— Je le veux bien. L'autre jour, je venais de faire la monnaie de ma dernière pièce de cent sous. Ah ! les affaires ne vont pas, mais pas du tout, depuis surtout que je ne vois plus M. Morel...

— Qu'est-ce que c'est que ce M. Morel ? interrompit de nouveau Bénédita.

— Ce M. Morel ? c'est un marchand de chevaux de Corbeil.

— Tu es donc maquignon? Giaccomo.

— Maquignon? c'est à-dire non, mais ça ne m'empêchait pas de faire des affaires avec lui ; il m'a fait même gagner pas mal d'argent.

— Que faisais-tu?

— Je l'aidais dans son commerce.

— Est-il mort?

— Je n'en sais rien, mais il faudra bien que j'aille voir à Corbeil, savoir pourquoi il ne donne plus d'ouvrage aux amis, *corpo di Bacco!*

— De sorte que tu n'avais plus d'argent? Giaccomo.

— Oui, et j'étais allé faire ma prière à Saint-Charles, Salvatoni (tel est le nom de mon cousin), m'avait aperçu, et déjà il m'avait donné vingt-cinq francs : c'était peu de chose, le bonhomme trouvait-il que je tardais trop de me convertir. En tous cas, il n'était pas large, aussi je continuais à prier Dieu, et j'allais chaque matin réciter mon chapelet à l'autel de la Vierge : ah! je priais avec ferveur, je te l'assure, Bénédita!

La Canaque l'écoutait impassible.

— Cependant je n'étais pas tellement absorbé par mes prières, que j'eusse cessé de voir et de regarder ceux ou celles qui passaient autour de moi.

— Tu m'as aperçue et tu m'as reconnue?

— Oui.

— Malgré mon voile?

— Oui, malgré ton voile.

— Je ne t'ai pas vu, moi, Giaccomo.

— Oh! j'étais à genoux, j'avais mes mains sur mon visage, c'est pour cela que tu ne m'as pas vu, et si je t'ai vue, c'est parce que je regardais à travers mes doigts.

— Hypocrite!

— Que veux-tu? la dévotion n'est pas mon élément. C'est égal, je bénis mon cousin d'avoir eu l'idée de me tenir cette fois la dragée haute, et de m'avoir fait réciter tant de fois de chapelets, puisque ça m'a valu le bonheur de te retrouver!

— Tu m'as suivie?

— Oui.

— Y a-t-il longtemps que tu n'as pas vu Broussard?

— Quelques mois.

— Pourrais-tu le retrouver?

— Certainement. Il a des amis qu'il va voir tous les ans à peu près à la même époque.

— Quels sont ces amis?

— Oh! des compatriotes, qui sont venus s'établir en France et qui font différents petits commerces : tiens, Bénédita, dans quelques jours je le trouverai. C'est que je connais ses habitudes, moi, au vieux charmeur de serpents, j'ai vécu de sa vie assez longtemps!

— Eh bien! Giaccomo, j'ai quelque chose à te proposer.

— Quoi donc?

— J'ai à te proposer de tuer cet homme.

— Je veux bien. Tiens, tiens, tiens, tu n'as pas voulu me laisser faire autrefois.

— Dans ce temps-là, j'étais bien jeune; ma pensée, je te l'ai dit, n'avait pas encore de maturité.

— Et maintenant tu vois qu'il faut que cette homme meure?

— Oui.

— Pour que je reste seul, tout seul avec toi ?

— Peut-être !...

— Dis oui !

— Nous verrons.

— Dis oui, et je tue non seulement cet homme, mais encore tous ceux qui te gênent, tous ceux qui te déplaissent, tous ceux que tu voudras !

— Espère, Giaccomo.

— Dis oui, Bénédita.

C'était l'agent tué impasse des Fillettes.

— Je dirai oui, le jour où tu m'apporteras la tête du saltimbanque.

— Quant à le tuer, je le tuerai, je le jure par la Madone ; quant à t'apporter sa tête c'est autre chose ; ce n'est pas prudent de voyager avec une pareille *marchandise*.

— Ecoute, Giaccomo ; voici ce que tu feras : tu la mettras dans une caisse, après l'avoir arrosée avec un liquide que je vais te donner.

Elle se leva et alla chercher, dans une pièce voisine, un flacon d'une certaine dimension, contenant un liquide incolore. Ce liquide avait la propriété de préserver pendant un certain temps, des atteintes de la décomposition, les cadavres.

— Voilà, dit-elle, en le tendant au bandit ; tu l'arroseras avec ce qu'il y a là dedans.

Varcolli prit le flacon.

— Maintenant, poursuivit-elle, je sais bien qu'il n'est pas prudent de voyager, surtout en ces temps de République, avec une caisse comme celle-là : je vais t'indiquer un moyen bien simple de t'en débarrasser : tu iras dans le presbytère le plus voisin, ou dans le couvent le plus proche, et tu l'y déposeras.

— Les curés, les moines, et les religieuses, sont donc des gens bien discrets.

— Comme la tombe. Seulement tu remettras en même temps, la lettre que je vais te donner.

Elle ouvrit un tiroir d'un petit meuble de boule, et y prit un petit carré de papier rose : ce carré de papier rose elle le mit dans une enveloppe noire, qu'elle cacheta,

et le tendit ensuite à l'Italien, en lui disant :

— Tu donneras cela.

Sur le carré de papier rose il y avait ces mots : *Ad majorem Dei gloriam*[1] : ces mots étaient surmontés d'une croix et d'un poignard entrelacés ; et au-dessous on lisait :

Pour le conseil suprême,

Signé : Civette.

Le bandit prit la lettre.

— Comme je désirerais savoir le plus tôt possible quand tu auras réussi dans ton entreprise tu m'écriras aussitôt que tu auras fait le coup.

— Ici ?

— Non.

— Où ?

— Je vais faire un voyage ; je serai absente de Paris, pendant longtemps peut-être : tu m'adresseras ta lettre chez la princesse Fornarina, place Saint-Marc, n° 7, à Venise.

1. Pour la plus grande gloire de Dieu.

IV

Ce qui se faisait et ce qui se disait à l'hôtel du boulevard Malesherbes.

Nous savons que Hassan avait changé de domicile, et qu'il avait quitté l'ancienne demeure de feu le baron de Mélos, pour louer un hôtel boulevard Malesherbes.

C'était une idée du capitaine du brick l'*Eole*.

Il avait fait bien plus, l'infortuné poète, il ne sortait plus sans s'être, au préalable, couvert la figure d'une épaisse barbe, d'un noir d'ébène.

C'était encore une idée du père Bernard : il appelait cela, le brave marin, se servir des armes de ces hommes masqués et rusés par excellence, les Chevaliers du Crucifix ;

et combattre le mystère par le mystère, selon sa pittoresque expression.

L'idée fixe du Maure, depuis quelque temps, était de découvrir celui des ravisseurs de Gemma, que le saltimbanque connaissait, et qui, nous le savons, s'appelait Varcolli.

C'est pour cela qu'il avait pris une part si active à cette expédition mystérieuse, qui avait eu pour but de tirer Broussard de la prison de Meulan.

Pourquoi l'avait-il tiré de sa prison ? pour qu'il cherchât ce misérable.

Le lecteur sait qu'à la suite de cette affaire, il avait été assez grièvement blessé.

Mais que lui importait cette blessure, à cette heure fatale, où, fatigué de s'agiter dans le vide, aveuglé par les ténèbres profondes et insondables qui couvraient l'enlèvement de Gemma, ahuri par ses échecs, presque désespéré, il ne voyait guère à quoi il pouvait employer désormais la formidable activité dont l'avait doué la nature !

Une chose le consolait (si nous pouvons employer cette expression pour rendre ce sentiment de soulagement amer que ressentait dans le fond de son âme le colosse impuissant), c'était de penser que d'autres agissaient, plus habiles que lui, plus capables que lui d'atteindre le but.

— Le saltimbanque est délivré, se disait-il, le saltimbanque trouvera ce Varcolli. Il a de l'argent maintenant, c'est ce qui lui manquait à ce pauvre homme pour se livrer à ses recherches.

Qu'a-t-il fait ? je l'ignore : depuis trois jours qu'il est parti, je ne l'ai pas revu.

A-t-il été surpris et tué par ces misérables Chevaliers du Crucifix ?

Il devait me tenir au courant de toutes ses démarches et m'écrire tous les jours, et je n'ai pas reçu une seule lettre.

Georges Bernard est là qui va et vient dans l'hôtel comme un spectre.

Cette pauvre Gemma ne se retrouve pas !

Que je m'ennuie !

Ah ! que ma vie est un lourd fardeau !

Le capitaine fouille tous les couvents, avec ses braves matelots, qui, me dit-il, le secondent à ravir : jusqu'à présent il n'a rien trouvé ; trouvera-t-il quelque chose ?

J'ai fait ce que j'ai pu pour mettre la main sur cette vieille misérable de duchesse de Cressères, et toutes mes démarches n'ont abouti à rien : j'ai aujourd'hui la conviction qu'elle a quitté Paris, et je ne sais où elle est allée.

Il en est de même de son coquin de neveu : il a quitté également Paris, et demeure introuvable !

Sont-ils pour quelque chose dans l'enlèvement de Gemma ?...

Hassan, au moment où il se livrait à ce monologue, était couché dans un lit : sa tête était enveloppée de bandes de toile ; ces bandes de toile étaient l'appareil qu'on avait posé sur sa blessure.

Son monologue fini, ses yeux se fermèrent ; une expression de tristesse profonde et de découragement se peignit sur sa figure.

Quand il rouvrit les yeux, un homme était debout devant son lit.

Cet homme était le capitaine Bernard.

Le père Bordier était entré sans bruit dans sa chambre.

A la vue du brave marin, son regard s'illumina.

— Eh bien ? lui dit-il vivement.

— Je cherche ce Tabernier, voilà plusieurs jours déjà, et je ne peux pas le trouver.

— Il est donc parti lui aussi ?

— Sa maison est fermée.

— On ne sait pas ce qu'il est devenu ?

— Non.

— Etrange ! étrange ! murmura le Maure.

— Oui, bien étrange ! en voilà un qui nous avait promis de retrouver Gemma, et même vous lui aviez donné pas mal d'argent pour couvrir les frais de ses démarches, pour payer ses agents, que sais-je ?...

— Pensez-vous que ce soit un coquin ?

— Je ne pense rien.

On voit que le père Bordier ne voulait rien révéler à Hassan, de tout ce qu'il avait appris ; c'était sans doute pour lui éviter des explosions de colère qui ne pouvaient que lui être funestes ; et puis il avait juré de le mettre le moins possible dans la confidence de ce qu'il faisait, de ce qu'il apprenait, ou de ce qu'il projetait de faire, vu sa nature turbulente, ses imprudences, héroïques si l'on veut mais souvent maladroites, et ses effroyables emportements.

— J'agirai seul, s'était-il dit : et je ne dirai au Maure que ce que je croirai devoir lui révéler.

Il paraît que les choses mystérieuses qu'il avait apprises dans la chapelle souterraine du couvent des Théatines, n'étaient pas de celles qu'il jugeait utile de lui faire connaître.

— Vous n'avez jamais eu grande confiance en cet homme, poursuivit le Maure.

— Moi, non.

— Vous aviez des raisons ?

— Cet homme me déplaisait : et il n'a pas cessé de me déplaire. Ah ! que vous avez donc bien fait de ne pas lui donner plus d'argent !

— Pourquoi ?

— Parce qu'il n'a rien fait.

— Il fera peut-être : feu le baron de Mélos a toujours eu bonne opinion de cet homme

Bordier eut un haussement d'épaules presque imperceptible et qui échappa à son interlocuteur.

— Il eût bien dû nous dire où il allait; c'était, il me semble, son devoir.

— Ces hommes d'affaires sont, de leur nature, très mystérieux.

— Vous avez raison.

— A propos, et le saltimbanque ? ajouta le capitaine.

— Pas de nouvelles, il devait aller voir le sacristain de l'église de Saint-Charles-des-Prés, qui connaît, paraît-il, ce bandit appelé Varcolli, qui a joué, vous le savez, un rôle dans l'enlèvement de Gemma; puis il n'est pas revenu... Georges m'a dit cela : est-on allé voir ce qu'il était devenu ?

— Jacques court la ville, le cherchant partout.

— A-t-on vu ce sacristain ?

— On en ignore le nom de ce sacristain.

— Est on allé voir quand même à l'église Saint-Charles ?

— Je l'ignore.

— Il faudra y aller, on interrogera tous les sacristains, et avec quelques pièces d'or, habilement distribuées, on les fera parler autant que l'on voudra, on découvrira le cousin de ce bandit.

— Ils aiment donc beaucoup l'argent ces hommes d'Eglise ?

— Plus que les autres.

— Ils prêchent, m'a-t-on dit, la pauvreté.

— Pour détacher les autres des richesses, qu'ils convoitent pour eux-mêmes.

— Religion : mystère sublime et profond ! Religions : misère ! murmura le Maure [1].

Un bruit de pas se fit entendre, la porte s'ouvrit, Ben-Kébir parut.

— Monsieur Hassan peut-il recevoir une personne qui demande à lui parler ? dit-il.

— Quel est ce visiteur ?

— M. Josué-Anthelme Broussard, de sa profession charmeur de serpents, de retour de province.

— Faites entrer ! fit vivement le Maure.

— Ah ! ah ! fit Bordier.

Le colosse se souleva légèrement et appuya sa tête sur sa main.

Le saltimbanque entra.

Bordier courut à lui.

— Eh bien ! et ce Varcolli ? lui demanda-t-il vivement.

— Pas encore trouvé !

Le capitaine lui tourna brusquement le dos et se mit à arpenter la chambre d'un pas fiévreux.

— Introuvable ? fit le Maure d'une voix altérée.

— Je ne dis pas ça, je ne dis pas ça, messeigneurs.

1. Ceci était écrit en décembre 1879.

— Vous avez l'espoir de le trouver promptement?

— Oui.

Bordier eut un haussement d'épaules.

— Moi aussi j'ai de l'espoir, murmura-t-il d'un ton amer.

— O espoir, chose stupide ! mot bête ! ajouta-t-il.

Hassan tendit la main au saltimbanque, qui la prit et la serra avec respect.

— Pardonnez-moi, messeigneurs, dit-il en s'asseyant dans un fauteuil, je suis coupable, je vous ai désobéi.

Bordier se retourna brusquement.

— Je vous avais promis de chercher de suite ce Varcolli, et je ne vous avais pas parlé d'une chose qui me tenait au cœur non moins intimement que le désir de vous être utile.

— Quoi donc? firent à la fois Bordier et le Maure.

— Je voulais retrouver mon enfant.

— C'était une faute, une imprudence ! s'écria Bordier.

— Cœur de père ! murmura le Maure attendri.

— Eh bien? fit-il à haute voix.

— Je l'ai retrouvé !

Broussard raconta, dans tous ses détails, l'étrange odyssée que nous connaissons.

Arrivé à l'endroit où il était parvenu, après avoir tué le piqueur, il ajouta :

— L'homme que j'ai trouvé dans ce petit réduit de four-à-chaux, se trouvait heureusement n'être pas un de ces misérables et féroces buveurs d'eau bénite et de sang, dont le pays est infesté, ces bêtes à face humaine dont un honnête homme a tout à craindre, et qui ne respectent ni la justice, ni l'humanité. C'était un républicain !

— Votre enfant, où est-il? demanda le Maure.

— Il joue au salon avec le maître timonier du brick l'Éole.

Hassan sonna un domestique.

— Faites entrer l'enfant qui est au salon, lui dit-il.

Jack avait été débarbouillé, soigneusement peigné, et portait des habits neufs.

Le Maure contempla longtemps sa figure douce et triste.

— La nature fait les enfants et les roses : révélation divine de vie et de poésie : lumière ! les hommes sont niais ou féroces ; réaction d'en bas : ombre monstrueuse ! murmura-t-il.

Puis tout haut :

— Ne crains rien, mon enfant, lui dit-il de cette voix qui parfois prenait des intonations d'une douceur infinie, tu n'auras plus que des amis autour de toi.

Jack se mit à genoux et pleura.

Hassan pâlit et détourna la tête.

Broussard prit vivement l'enfant et l'emporta dans une pièce voisine.

— Il se rappelle sa mère ! le petit malheureux, fit le capitaine d'une voix sourde.

Le vieux marin sentait ses yeux se remplir de larmes.

Il y eut un assez long silence.

Le saltimbanque rentra, et reprit son récit un moment interrompu.

— Cet homme, dit-il, m'a fourni les moyens de sortir de ce pays de cannibales.

— Comment ? demanda le capitaine.

— En procurant des vêtements de paysan, à mon petit et à moi, et en nous fourrant dans une carriole [1] d'un de ses parents qui allait à la foire à quelques lieues de là, nous gagnâmes ensuite Beaugency dans la nuit, où nous restâmes toute la journée, chez un commerçant de mes compatriotes, qui nous ramena à Paris dans sa voiture.

— Il faut aussi retrouver cette femme, dit Hassan.

— Pourquoi ? fit le capitaine.

— Parce que s'il existe des Chevaliers du

1. Sorte de voiture du pays.

Crucifix, comme je le crois du reste, elle doit être un de leurs agents les plus actifs et les plus redoutables.

Le père Bordier ne répliqua rien et resta impassible.

Ah ! il s'en souciait bien, lui, des Chevaliers du Crucifix, en ce moment !

— Oh ! je la trouverai, je la trouverai, cette mère infâme, cette abominable créature ! s'écria Broussard.

— Allons au plus pressé, croyez-moi, et le plus pressé me paraît être de trouver ce Varcolli, vous perdriez un temps infini à chercher une femme si mystérieuse, et dont les moyens d'échapper à vos recherches sont sans doute nombreux, fit le père Bordier.

—Etes-vous allé à l'église Saint-Charles-des-Prés ? demanda le Maure au saltimbanque.

— Oui, une fois.

— Avez-vous trouvé ce sacristain, qu'on dit être le cousin de ce bandit ?

— Oui.

— Que vous a-t-il appris ?

— Il m'a appris que Varcolli venait à l'église presque tous les jours.

— Il vous a dit cela ? s'écrièrent à la fois Hassan et le père Bordier.

— Oui, et je compte y retourner bientôt.

— Allez-y donc tout de suite, et prenez avec vous Georges et Jacques, car il faut le mettre dans l'impossibilité de nous échapper si nous l'y trouvons.

— J'y cours ! s'écria Broussard en sortant précipitamment.

— La délivrance de Gemma dépend de la prise de ce malfaiteur ! trouvera-t-il Georges et Jacques ? dit le Maure.

— Ils sont ici, et je vais moi-même me faire conduire en voiture dans les environs de cette église : qui sait ? je pourrai peut-être leur être utile dans l'accomplissement de cette mission, mille tonnerres !

Tout en prononçant ces paroles, le père Bordier s'était dirigé vers la porte, et il sortit à son tour.

Resté seul, le Maure retomba dans cet état de prostration et de tristesse farouche qui lui était habituel.

V

Le sacristain de l'église Saint-Charles-des-Prés.

Il s'appelait Salvatoni, le cousin de Varcolli.

C'était un homme de quarante ans environ, court, large d'épaules, replet, à la figure plate et imberbe, comme celle de cet homme qui fut son compatriote, car il était Corse comme lui, et qui s'est fait appeler Napoléon I⁽ᵉʳ⁾.

Il était presque entièrement chauve, une couronne de cheveux plats faisait une sorte d'auréole autour de son crâne, luisant comme de l'ivoire poli.

Il avait la face large et plate : face de *bon* moine, confit en dévotion ; masque banal que l'Église catholique, apostolique et romaine pose sur les esprits qu'elle nourrit de sa doctrine, son âme était tout un maquis.

Il avait suivi une carrière différente de son cousin, le rusé compère ; aussi *Dieu* l'avait-il récompensé ; il avait un abdomen florissant, et son escarcelle renfermait des mystères qu'il n'eût pas révélés à un Bonaparte, certes.

C'était donc un homme avisé, riche, gros et gras, comblé en un mot de tout ce que les gens d'église appellent, dans leur langage pittoresque, les bénédictions du Seigneur.

Quand on vint lui apprendre que le saltimbanque Broussard désirait lui parler, il était occupé à arranger dans de grandes armoires vitrées les vêtements sacerdotaux dont s'étaient servis les prêtres de l'église, dans la journée.

— Encore ce fou ! murmura-t-il.

Puis se tournant vers le bedeau, qui était venu lui annoncer cette nouvelle, il ajouta :

— Dites-lui de m'attendre vers le troisième pilier, à droite, en entrant dans l'église, je serai à lui quand il aura récité ce chapelet.

En même temps, il détacha de sa ceinture un de ces objets que l'église appelle des instruments de salut, et composés de petites boules d'ivoire, de bois ou d'os, enchaînées les unes aux autres, comme les perles d'un collier de femme, dont ils ont la forme, d'ailleurs.

Chaque boule représente un *Ave Maria* [1] à réciter.

Un sourire béat illumina la face du bedeau, qui le prit et sortit.

— Ce niais, se disait le sacristain, tout en ployant chasubles et surplis, vient me distraire de mes saintes occupations ; ne ferait-il pas mieux de charmer ses serpents ? chacun son métier, que diable ! lui charme les serpents, moi je charme les âmes, ça n'a pas de rapports. Rien ne devrait rapprocher des hommes dont les métiers sont si différents : qu'il aille au diable avec ses bêtes qui ne lui rapportent rien, ou pas grand'-chose, car il me paraît gueux comme le saint homme Job.

— Il est déjà venu me voir il y a quelques jours, c'est un ami à Varcolli, c'est presque un compatriote : il m'a demandé de ses nouvelles.

1. Je vous salue Marie, prière à la Vierge.

Tout cela me distrait.

Il m'a dit : Il a fait si froid cet hiver, que j'ai perdu mon serpent jaune, Cirollito, que puis-je y faire ? Et que m'importe la perte de Cirollito ?

Il tenait ce reptile d'un bonze chinois, et cette race est aussi rare que celle du serpent ailé, que l'on ne voit plus que dans les environs de Grenoble, au hameau des Chabas.

Il est mort, c'est bien fait, Dieu ne bénit pas ce qui vient de Satan ou de ses infâmes suppôts ; un bonze est un de leurs suppôts, nos missionnaires le disent.

Je suis même surpris qu'il ne lui soit pas arrivé d'autres malheurs.

Mais tout cela m'ennuie.

Cet homme est trop mondain, et je n'ai pas grand espoir de le convertir.

Il aime mieux ses serpents que l'Agneau de Dieu.

L'insensé !

Moi j'ai toujours été attaché à la sainte Église catholique, apostolique et romaine, tout jeune je servais la messe de mon curé dans mon beau pays de Corse.

Chut !…..

Il me revient un souvenir, Satan le réveille toujours ce souvenir.

Oh ! je n'ai rien à craindre des hommes, ils n'en ont jamais rien su, ils sont si bêtes les hommes !

J'ai tué Jacopo Ciatonni ; dame ! j'en avais bien le droit puisqu'il faisait la cour à Carolina Sampio, ma maîtresse !

Oh ! le bon Dieu ne m'en a point voulu de ce que je lui ai planté mon couteau dans le cœur, car il sortait de l'église de San Sturbano, où il venait de se confesser.

Mon petit coup avait été fait très gentiment, personne ne m'avait vu ; quand je l'ai frappé, il a fait ouf ! puis ça a été tout !

Comme il y avait vendetta entre les Ciatonni et les Andréas ; et que plusieurs des deux familles étaient déjà dans les maquis, on mit cette petite affaire sur le compte de la vendetta : Carolina Sampio elle-même ne s'en est pas doutée.

Carolina était une belle fille, il y en a de non moins belles ici.

Chut ! chut ! chut !...

C'était une fille des champs, elle avait des sabots, de gros bas bleus et les mains rouges, fi donc !

Je ne pourrais décemment plus m'occuper d'elle, maintenant que je suis le ministre bien-aimé du Seigneur, son sacristain favori : sainteté oblige !...

Allons donc ! un homme qui touche le saint ciboire et le saint sacrement, s'exposer à toucher des sabots et des bas bleus !

Je croirais manquer au respect que je dois aux choses saintes et à Dieu, si j'avais une maîtresse qui portât autre chose que des dentelles, de la soie, de la fine batiste, de la broderie et des bottines de cinquante francs.

Certes je ne déshonorerai pas ma profession !

Et comme il n'y a que les femmes de la *haute* qui portent tout cela, je n'adresse mes hommages qu'à celles là.

Le public ne sait pas comme c'est facile d'avoir les bonnes grâces de ces grandes dames.

Chut !...

Pas de plaisanteries là-dessus, monsieur, le curé m'a dit que c'était des mystères aussi redoutables que ceux de la très sainte Trinité.

Aussi, quand je les embrasse, ces grandes dames, je fais toujours le signe de la croix et je me mets à genoux.

Ah ! je n'y mettais pas tant de façons avec Caroline Sampio !

Ce qui m'a toujours surpris, c'est qu'elles sont plus faciles que ces pauvres petites bergères corses.

Je vais chez elles pour leur porter de la part de leur directeur spirituel, soit un chapelet béni par le pape, soit un scapulaire fait d'un morceau de la soutane du saint Père, etc... elles me reçoivent dans leur oratoire, puis les portes sont fermées à double tour.

Ensuite je me mets à genoux devant elles ; je leur donne ces objets sacrés qu'elles prennent en frissonnant de plaisir, alors (sans doute elles me prennent pour l'envoyé de Dieu) elles me laissent les embrasser, elles sont bonnes, douces, dociles, tendres, c'est une bénédiction, et...

Chut !... si on le savait !!!...

Ah ! qu'il est doux le joug du Seigneur, et que j'ai eu le nez creux[1] de me faire sacristain !

Et puis avec l'amour, l'argent vient, l'argent pleut ! C'est un déluge d'or !

Au nom du Père, du Fils, du Saint-Esprit, ainsi soit-il !

Madame la marquise, un fils vous est né ! madame la baronne, une fille vous est née !

Au nom du Père, du Fils et du Saint-Esprit, ainsi soit-il !

Chut !...

Mystères redoutables !...

Chut !...

Je n'en ai pas mal de ces enfants-là dans les pensions ; moi, Salvatoni, qui ne suis ni comte, ni marquis, ni baron, ni duc !

Chut ! chut ! donc !...

Esprit saint, tiens à jamais ma langue enchaînée !

Oui, je suis riche, je suis gras, je suis tranquille, et j'ai des morceaux de choix à table et ailleurs !

Ce n'est pas comme mon mécréant de cousin, qui exerce une profession qui le

---

1. J'ai été bien inspiré, terme d'argot.

C'étaient les cercueils de Bridoux et d'Augustine.

conduira sans doute à la guillotine, et qui n'a jamais le sou.

Ce n'est pas comme ce saltimbanque avec ses serpents qui ne lui rapportent rien, ou pas grand chose.

Allons voir ce qu'il veut et ce qu'il fait, il doit bien avoir terminé son chapelet !

Il trouva Broussard debout, le dos appuyé au pilier, où il lui avait fait dire de l'attendre.

Il tenait à la main le chapelet, mais il n'en récitait ni un *pater*, ni un *ave maria*.

— Vous ne vous êtes pas mis à genoux ? lui demanda-t-il.

Le saltimbanque eut un mouvement d'impatience.

— Tenez, je vous rends votre chapelet, lui dit-il.

— Je vous ai laissé le temps de le réciter, fit-il en le prenant, car c'est une si bonne chose de prier Dieu !

— Avez-vous revu Varcolli ?

— Oui.

— Venez, ajouta-t-il, il n'est pas décent de causer ici.

Il l'emmena dans la sacristie.

Là, il le fit asseoir sur un escabeau, puis poussant une chaise auprès, il s'y assit.

— Varcolli se convertit, vous savez ? lui dit-il.

— Ah !

— Il est venu trois jours de suite prier à l'autel de la Vierge.

— Y reviendra-t-il ?

— Je le crois.

— L'y avez-vous vu aujourd'hui ?

— Non.

— Aurait-il quitté Paris ?

— Je ne le crois pas.

— Comment se fait-il qu'il ne soit pas venu ?

— Je n'en sais rien, mais je crois qu'il viendra.

— Pourquoi ?

— Parce qu'il doit faire une confession générale.

— A quelle heure cette confession générale ? fit Broussard en souriant.

— Vers les cinq heures, et il n'en est que trois.

— Pourquoi à cinq heures ?

— Parce que son confesseur, l'abbé Minotte n'ouvre son confessionnal qu'à cinq heures; à propos, vous devriez bien profiter de l'occasion, et faire aussi un petit bout de confession.

— Je ne suis pas préparé.

— Préparez-vous ! préparez-vous !

— J'ai la tête lourde, et la conscience embrouillée.

— Faites le signe de la croix et ça ira tout seul.

— J'en ai déjà fait bien mille.

— Faites-en deux mille.

— Mes idées resteraient confuses, et ma conscience embrouillée, j'en ai la conviction.

— Demandez la foi.

— C'est probablement ce que je vais faire.

— Mon cher, la foi opère des miracles.

— Je le sais, en attendant, je voudrais bien savoir où trouver Varcolli.

— Je vais vous donner son adresse ; à propos, il paraît qu'il a retrouvé une femme qu'il aimait beaucoup, oh ! beaucoup ! beaucoup ! avec laquelle il vécu autrefois.

Le saltimbanque tressaillit.

— Une femme, dites-vous, avec laquelle il a vécu autrefois ?

— Oui.

— Qu'il a beaucoup aimée ?

— Oui.

— Qu'il aime encore ?

— Qu'il adore : vous la connaissez peut-être, vous qui avez vécu si longtemps avec lui ? Quant à moi, je vous l'avoue, j'ai toujours peu connu ses fredaines galantes, ce sont des détails trop mondains pour moi.

— Connaissez-vous cette femme ? fit Broussard d'une voix sourde.

— Je connais son nom, voilà tout : elle s'appelle Bénédita Tavelli.

Broussard éprouva un violent choc intérieur.

Il pâlit et chancela.

— La connaissez vous ? poursuivit le sacristain, remarquant son trouble, et surpris de son silence.

Le saltimbanque qui ne pouvait encore parler, tant il était ému, répondit par un signe de tête affirmatif.

Il fit un violent effort pour maîtriser son émotion.

— Vous l'aimez peut-être aussi, vous ? dit le sacristain d'un air narquois, croyant trouver là la cause de son trouble.

— Non, dit Broussard, redevenu calme.

— Il me semblait...

— C'est une erreur.

— Vous la connaissez, cependant.

— Oui, c'est une Italienne que Varcolli a enlevée autrefois.

— Enlevée ! fit le sacristain, quel crime abominable !

— Il l'aimait beaucoup.

— Je le crois, il l'aime encore, il l'adore, je vous le répète.

— Il vous a dit qu'il avait vécu avec elle ?

— Oui, dame ! pourquoi enlève-t-on une femme, si ce n'est pour vivre avec elle ? mais vous, ne le savez-vous pas ?

— Je sais qu'il l'a enlevée, voilà tout.

— Ah ! il la dit très belle.

— Elle l'était alors.

— Savez-vous où il l'a retrouvée ?

— Où ?

— Ici, dans la chapelle de la Vierge.

— Singulier endroit pour se rencontrer.

— Elle venait faire ses dévotions. Oh ! ça doit être en définitive une belle âme !

— Possible.

— Quand on prie Dieu, voyez-vous, l'âme doit être blanche ou se blanchit.

— Je le crois.

— Il ne lui a pas parlé dans l'église. Oh ! non, mais il est sorti avec elle.

— Elle s'est souvenue de son ancien amour pour lui.

— Oui.

Le saltimbanque souffrait horriblement.

Le malheureux n'avait jamais même soupçonné cette trahison de sa maîtresse et de son ami.

— Ah ! les misérables ! se disait-il.

— Ce n'était plus seulement de Bénédita qu'il voulait se venger, mais de Varcolli.

Mais il ne se demandait pas pourquoi ce dernier avait raconté tout cela à ce sacristain bavard.

Il lui était en effet impossible de comprendre que ce bandit fût encore plus désireux que lui de le rencontrer, et qu'il avait peut-être révélé tout cela dans le but qu'on le lui racontât, afin que la colère qu'il en ressentirait, le poussât à le rejoindre le plus tôt possible.

La colère et le désir de se venger l'aveuglaient.

Ah ! s'il avait pu penser que Bénédita ne devait pas avoir abandonné l'idée de se débarrasser de lui, et que Varcolli l'ayant vue, pouvait très bien avoir reçu d'elle la mission de le tuer ou tout au moins de le dénoncer à la justice, pour le faire remettre sous les verrous !

Mais il n'y songeait même pas.

Toutefois, en admettant cette hypothèse que son ancien compagnon de misère eût fait cela dans le but de l'exciter à le rejoindre, ce dernier se savait donc bien sûr de triompher de la colère de Broussard ?

C'est ce que nous apprendrons bientôt sans doute.

Le sacristain rompit le premier le silence.

— Vous paraissez rêveur, mon pauvre Broussard, lui dit-il tout à coup.

— Je pense à quelque chose.

— Quoi donc ?

— A me convertir.

— La grâce de Dieu vous touche ?

— Peut-être bien.

— Ah ! ah !

— Je me sens tout ému : l'exemple de Varcolli qui va faire une confession générale...

— Vous touche ?

— Oui.

— Très bien !

— Ah ! il vous aime bien, il m'a recommandé de vous donner son adresse.

— Ce cher ami !

— Il demeure hôtel de Nice, boulevard Diderot.

— J'irai le voir, si je ne le trouve pas ici à l'heure où le confessionnal s'ouvrira.

— C'est bien, c'est bien ; à propos, il m'a encore dit une chose.

— Quoi donc ?

— Il m'a dit que sa maîtresse devait aller à Venise, qu'il l'y accompagnerait probablement, et que si j'avais quelque chose à lui communiquer, je lui écrive à l'adresse que voici :

En même temps il tendit à Broussard une carte sur laquelle il y avait :

Giaccomo Varcolli, chez la princesse Fornarina, 7, place Saint-Marc, à Venise.

Broussard transcrivit cela sur son calepin.

Il fit ensuite quelques pas vers la porte.

— Vous partez ? lui dit vivement le sacristain.

— Oui, j'ai quelques petites affaires en ville.

— Vous serez de retour à cinq heures ?

— Oui.

— Ah ! vous ferez bien, voyez-vous, mon bon, mon cher Broussard, pêcher n'est rien, se confesser c'est tout.

Il l'accompagna jusqu'à la porte de l'église ; là, il lui serra la main avec effusion.

— Revenez à cinq heures, lui dit-il encore une fois, l'abbé Minotte confesse si bien ! vous verrez !

Le saltimbanque s'éloigna rapidement.

Il le regarda s'éloigner.

— Pauvres gens ! pauvres gens ! l'un avec ses serpents, l'autre avec sa Bénédita, pauvre fille sans doute, quelque chiffonnière, quelque pas grand'chose, quelque grossier morceau ! Ah ! que les biens du Seigneur sont préférables ! murmura t-il en rentrant dans l'église.

VI

Le juif de Tanger.

De nos jours, l'on pourrait dire, sans trop d'exagération : il n'y a plus de distances !

L'on va de Paris à Marseille en quelques heures, et l'on franchit presque en aussi peu de temps, l'espace qui sépare la France de l'Afrique.

Des jambes on est allé à cheval, du cheval au char, du char à la patache, de la patache au wagon express.

Ainsi s'accomplit le progrès.

Un jour viendra où l'on marchera plus vite encore, où l'on fera le tour du monde en quelques jours, le problème de l'aérostation étant résolu.

Plus tard, on le fera en moins de temps encore, ce fameux tour du monde, mais alors nous ne serons plus des hommes, nous serons... mais ne soulevons pas si avant le voile qui couvre l'avenir...

Ce sera la fin du progrès, la fin de cette marche lente et incessante de l'humanité à travers les siècles, vers ce foyer immense de lumière et de vie qui l'attire :

Dieu !...

Un homme à longue barbe blanche, traversait la place du Prophète, à Tanger.

Il était vêtu d'un ample burnous noir, et avait pour coiffure un fez crasseux.

On l'eût pris pour un vieillard épuisé, cassé, et portant au moins le poids d'un siècle, tant il avait le corps courbé, tant son pas était lent et hésitant.

Arrivé au bout de la place, il s'engagea dans la rue des Giaours qu'il suivit dans toute sa longueur.

De temps en temps il se retournait, et jetait derrière lui un long regard scrutateur.

Au bout de la rue des Giaours se trouvait un carrefour, orné d'une fontaine et d'un bouquet de grands arbres.

Près de l'un de ces arbres, un indigène immobile comme une statue, tenait par la bride un magnifique cheval noir, à la longue crinière, au jarret fin et nerveux, à l'œil ardent, et dont le mors était taché d'écume.

L'homme à la barbe blanche se dirigea de son côté.

Arrivé à quelques pas de lui, il s'arrêta.

L'indigène lui amena le cheval, il se mit en selle.

Puis prenant les brides qu'il lui tendit, il fit sentir légèrement l'éperon à son coursier, qui partit comme une flèche.

Il le dirigea du côté de la mer.

En quelques minutes, il se trouva hors de la ville.

Une route spacieuse, longeait les rivages de l'Océan ; cette route conduisait à Stramos.

Il s'y engagea.

C'était un fier cavalier, ce vieillard à la barbe blanche.

On eût dit un centaure, car bien que son cheval bondît sous lui comme un grand fauve, il se tenait si ferme sur les étriers, qu'on eût cru qu'il ne faisait qu'un avec lui.

A sa gauche, les arbres, les champs, les maisons tourbillonnaient ; à sa droite, les vagues de l'Océan roulaient étincelant au soleil, comme de longues coulées d'émeraudes, sorties de l'officine de quelque magicien.

Il allait à Stramos.

Au bout d'une heure de cette course vertigineuse, il en aperçut les hautes murailles les tours gigantesques, et les terrasses de marbre, se découpant pareilles aux larges plis d'un voile blanc, sur l'azur sombre de l'horizon.

Le soleil allait se coucher.

La route était à peu près déserte : de loin en loin, on apercevait un indigène poussant devant lui un *bourricot*[1] chargé de sacs de peau de bouc pleins de dattes ou d'olives, ou quelque pauvre Mauresque, avec un ou plusieurs enfants, portant sur sa tête un panier rempli de figues et de maïs, marchant lentement, ses jambes et ses bras de bronze nus, couverts de sequins de cuivre.

Tout à coup il ralentit l'allure de son cheval.

[1] Ane.

Quel était cet homme ?

Ne tenons pas plus longtemps le lecteur en suspens : cet inconnu, ce chevalier à la longue barbe blanche, c'était l'homme d'affaires de la rue de la Clef, à Paris, c'était Tabernier.

Tout en se laissant emporter au galop rapide de sa monture, il se livrait à un monologue intérieur.

— A Paris, se disait-il, j'étais l'homme d'affaires Tabernier, faisant en secret, les affaires des Chevaliers du Crucifix ; en Italie j'étais homme du monde et je m'appelais Tavelli ; aujourd'hui je suis juif, et je me nomme Ismaïl, Meggio, Ben Schaoud et Héristopoulo.

Me voilà arrivé au point culminant de mon développement social.

J'ai une maison place du Prophète, à Tanger ; j'ai des écuries carrefour du Rhamadan ; j'ai deux autres logis où je couche alternativement, l'un rue de la Mosquée, et l'autre place Mogador.

Abdallah a soin de mes chevaux ; Mohammed de mon appartement de la place du Prophète ; Fathma et l'eunuque Hadimir veillent près de ma couche de la rue de la Mosquée ; Arbina qui, comme Fathma, du reste, est une Mauresque splendide, veille avec l'eunuque Kostar près de celle que j'ai place Mogador.

Place du Prophète, je m'appelle Ismaïl ; place Mogador, je m'appelle Meggio ; carrefour du Rhamadan, je me nomme Ben Schaoud, et rue de la Mosquée, je suis connu sous le nom d'Héristopoulo.

Un renard a plusieurs entrées et plusieurs sorties à son terrier, moi j'ai plusieurs terriers, ce qui ne m'empêche pas d'avoir plusieurs entrées et plusieurs sorties à chacun de ces terriers.

Maintenant cherchez-moi, ô Chevaliers du Crucifix, mes maîtres !

Il se redressa sur sa selle, un éclair d'orgueil et de défi brilla dans son regard.

Puis il se haussa sur ses étriers, et fouilla des yeux les alentours, jusqu'aux points les plus éloignés de l'horizon, pour savoir s'il ne verrait pas apparaître quelqu'un de ces êtres aux allures mystérieuses, dans lesquels son flair exercé lui faisait si bien découvrir un de ces espions maudits, dont ses ennemis l'avaient enveloppé à Paris, et dont il s'était, pensait-il, débarrassé.

Il ne vit personne ni autour de lui, ni à l'horizon.

Le soleil s'était couché, la nuit venait.

— C'est bien ! dit-il, puis il ajouta :

Les biens que feu le baron de Mélos a laissés à sa fille, sont vraiment prodigieux, voilà plusieurs jours que j'en fais la statistique : elle se monte, cette fortune, à trois milliards cinq cents millions, en chiffre rond.

J'ai pu faire cette statistique avec les documents que j'ai trouvés au palais de Stramos, joints à ceux que j'avais déjà.

Qui aurait pu croire qu'un homme eût amassé un nombre aussi colossal de millions !

Il y avait dans les caves du palais une vingtaine de millions en or, dont cette pauvre Gemma ne soupçonnait même pas l'existence, je les ai enlevés ; ils sont dans mes coffres de ma demeure de la place du Prophète.

Il est bien entendu que le marquis de Bordes s'il se marie avec Gemma, ne touchera jamais un sou de ces millions-là, ni personne, j'ajoute ça à mes honoraires et ça ne figurera pas en ligne de compte.

Quelle affaire splendide que ce projet de mariage !

Pauvre marquis, il a touché une centaine de mille francs, y compris ce que je lui ai envoyé à Venise et ce qu'a touché son Augustine, et moi j'ai déjà *palpé* vingt millions cinq cent mille francs ; à cela, il n'y a rien d'étonnant, moi je suis homme d'affaires, et lui n'est en définitive, que mon client. or, il est de principe que les hommes d'affaires ne sont pas nés pour enrichir leurs clients, mais les clients, pour enrichir les hommes d'affaires.

Il regarda de nouveau de tous côtés.

Sans doute il ne vit rien de suspect ni sur la route, ni dans les champs, ni sur l'Océan, car il reprit presque aussitôt son monologue.

— Je suis suspect aux Chevaliers du Crucifix, c'est incontestable, mais être suspect ce n'est pas être coupable, que diable

Oh ! je sais bien que pour eux c'est presque toujours la même chose.

Mais enfin, à examiner la chose de près de quoi peuvent-ils m'accuser ? me suis-je découvert une seule fois ?

Augustine a dénoncé de Bordes, c'e certain ; elle peut même avoir parlé de celui qui a joué chez elle le rôle d'intendant, mais j'étais déguisé quand j'ai joué ce rôle-là, et elle ignorait mon nom.

J'ai écrit à Civette une lettre, par laquelle je lui expliquais mon brusque départ de Paris, et je lui disais que je ne serais pas plus d'un mois absent.

Il me semble que ma situation est correcte, pourtant ces diables d'hommes me donnent vraiment du tintouin !

Il me semble qu'ils sont partout, qu'ils me suivent, qu'ils écoutent mes paroles, et je suis quelquefois tenté de regarder dans le porte-manteau qui est là, sur mon cheval, s'il n'y ont pas placé quelqu'un de leurs espions.

Cette affaire Gemma de Mélos est une très bonne affaire, elle m'a déjà fait gagner beaucoup d'argent, mais il faut que l'issue quoi qu'il arrive, me soit favorable, il faut que je sauve ma peau et mes pauvres petits millions ! Voyons un peu.

Je puis peut-être rentrer en grâce auprès des Chevaliers du Crucifix en leur rendant Gemma de Mélos, la possession d'une si riche proie leur ferait oublier leurs griefs, s'ils en ont.

Je puis marier Gemma avec le marquis.

Troisièmement, je puis rendre Gemma à son Georges Bernard.

Quatrièmement... mais me voilà arrivé.

En effet, il était arrivé, et son cheval touchait de la tête, la porte de la grille de bronze qui entourait le palais.

La nuit était tout à fait venue, et l'immense édifice plein d'ombre, et dans lequel on n'entendait aucun bruit, ressemblait à un tombeau.

VII

Les angoisses d'Arsinoë.

La vieille duchesse de Cressères n'avait pas trouvé de crucifix dans l'ancienne demeure des princes maures, et encore moins d'oratoire.

Il paraît que les divers possesseurs de cette demeure splendide, s'il s'en était trouvé parmi eux qui appartinssent à la religion de Jésus, n'y avaient rien laissé qui attestât la foi chrétienne.

En revanche, on y voyait une quantité considérable de statues et de peintures représentant les personnages qui passaient jadis pour peupler le royaume du bon Jupiter.

Cela ne faisait pas l'affaire de la vieille bigote ; il lui fallait un crucifix, elle en fit acheter un à Tanger ; il lui fallait un oratoire, elle en fit un d'un délicieux petit boudoir, aux lambris dorés, dout les murailles étaient couvertes de peintures adorables, représentant des sujets mythologiques les plus décolletés, et qui avait dû appartenir jadis à quelque princesse du sang royal des Abencerrages.

Elle fit placer son grand crucifix dans le fond, et des tapisseries du haut en bas des murailles, pour cacher les peintures.

Elle avait voulu chercher un directeur spirituel afin qu'elle pût à la fois se confesser et entendre la messe, mais Tabernier s'y était formellement et énergiquement opposé.

Elle avait voulu fréquenter l'église catholique de Tanger, mais le prudent homme d'affaires s'y était non moins énergiquement opposé.

La malheureuse Arsinoë en était désolée, et ses prières à Dieu s'étaient enrichies de nouvelles lamentations.

—Oh ! je suis damnée, bien damnée, certainement et irrémissiblement damnée, maintenant que je n'ai plus de directeur spirituel, c'est-à-dire de confesseur, et que je ne vais plus entendre la messe ! s'écriait-elle avec désespoir.

Au moment où nous la retrouvons, elle venait de quitter son oratoire.

Le soleil couchant dardait ses rayons sur le palais, et jetait comme un immense reflet d'incendie sur ses vitraux coloriés, ses marbres, ses bronzes, ses tours, ses coupoles dorées et ses minarets dont les sommets semblaient se confondre avec le ciel.

C'était l'heure où Tabernier chevauchait sur la route de Tanger à Stramos.

Gemma, se disait-elle, est en proie à une tristesse immense, et semble tomber dans un désespoir sans bornes... C'est toujours la même entêtée ; elle ne veut penser qu'à son Georges Bernard, elle a cru le trouver ici ; elle y est venue avec joie : mais grande a été sa déception quand elle n'a trouvé qu'une vaste solitude.

C'est le moment psychologique.

Elle se tuera ou se mariera avec le marquis mon neveu ; si elle préfère se tuer, elle me fera son héritière.

Cette chère petite, est-elle mignonne ! ses malheurs toucheraient les cœurs les plus durs.

Quelle charmante affaire pour les Cressères, c'est-à-dire pour les de Bordes, car les de Bordes représentent maintenant à eux seuls cette famille si puissante et si illustre autrefois.

Ulrich, mon ami, tu vas être riche et puissant, que tu te maries ou non, grâce à ta tante, vilain petit mauvais sujet. Tu te moquais bien de la politique de ta tante, tu t'impatientais, tu voulais une solution prompte : insensé ! si j'avais précipité la solution, j'aurais tout brisé, je me serais aliéné le cœur de cette chère enfant, qui aurait vu en moi une femme intéressée et peut-être pis que cela ; ma demande prématurément faite aurait dessillé les yeux de cette innocente ; oh ! les hommes, les hommes, qu'ils connaissent peu le cœur de l'homme, et surtout le cœur de la femme ! Si nous ne leur venions pas en aide, nous autres qu'ils appellent le sexe faible, quelles tristes affaires ils feraient, et comme ils rateraient dans tous les genres, les plus magnifiques, les plus souhaitables résultats !

La fortune de Gemma s'élève à trois milliards, cinq cents mille francs ; c'est cet cet homme d'affaires qui me l'a dit hier.

Avec cela mon neveu, le marquis Ulrich de Bordes éclipsera non-seulement la noblesse, mais les princes, mais les rois !

A propos, comment s'est-il arrangé avec ce Tabernier ? lui a-t-il promis beaucoup ? Il paraît qu'il a des prétentions ce monsieur ! il parle de prendre la moitié de cette belle fortune à titre d'honoraires ! voyez-vous ces petites gens ! ça mord à la fortune comme si c'était du monde comme il faut !

Il m'a fait voir un traité qu'il aurait passé avec mon neveu, par lequel Ulrich lui fait ces concessions ; ce pauvre enfant a été obligé d'en passer par là ; mais cet impudent homme d'affaires aurait dû comprendre qu'un marquis de Bordes peut très bien se montrer aimable envers un manant une fois par hasard sans déroger ; pourtant l'exagération de cette promesse (écrite, je le veux bien), ne constituait guère plus qu'une simple politesse faite à un homme qui a rendu un petit service, il me semble que l'honneur qu'il lui a fait de s'adresser à lui de préférence à tout autre, vaut bien des centaines de millions ; on ajoutera à cela une centaine de mille francs, et ce sera bien joli.

Ah ! ah ! ah ! de mon temps, on donnait à un manant un morceau de pain noir et cinq ou six coups de bâton dans le dos, pour un service rendu !

Voilà les vrais principes ! Oh ! mon Dieu, quand y reviendra-t-on ?

Ah ! nous autres *honnêtes gens*, nous ne devons pas nous laisser mettre le pied dessus par la canaille !

Aujourd'hui tout ce petit monde-là veut avoir de l'argent, tout ce petit monde-là veut être riche ; si on ne le matait pas, où irions-nous ? Ce serait le monde renversé !

Mon Dieu, j'élève mon cœur vers toi de nouveau, il n'est pas possible que tu n'approuves pas ta servante. Fut-il jamais rien de plus louable, de plus honnête que l'attachement aux principes sociaux et politiques, sans lesquels l'ordre ne pourrait pas exister dans le monde ? Ma conduite, Seigneur, n'est-elle pas conforme à ces principes ? je puis donc croire que tu m'approuves en toutes choses, et que ton

Jack enlevé par les Chevaliers du Crucifix.

esprit est mon esprit, et ta volonté ma volonté ?

Je dois arriver au relèvement de la grande et noble race des Cressères de Bordes ; tu es intéressé comme moi, Seigneur, à ce que ces grandes familles reprennent leur influence dans la société ; ne sont-ce pas elles qui sont les seules dépositaires et gardiennes de ces idées de morale, et de ces sentiments de religion, qui ont assuré jusqu'à ce jour, ton culte parmi les hommes et la gloire et la grandeur de ton nom ?

Oui, Seigneur, ta cause est la mienne, ma cause est la tienne.

Tu dois m'aider, tu dois armer mon bras. Quel que soit l'obstacle à surmonter

donne à ta pauvre servante, la force d'en venir à bout.

Si cet homme se met en travers de mes projets, il périra.

S'il exige l'exécution de ce traité, qui n'est pas et ne pouvait pas être sérieux, et qui est peut-être de sa part un abus de confiance, il sera brisé !

Seigneur, mon doux maître, Jéhovah le dieu des armées, tu as bien armé le bras de Judith, tu as bien donné la force à Judith pour tuer Holopherne ; tu armeras bien le bras de ta servante Arsinoë de Vertaut de Cressères, tu lui donneras bien la force, afin qu'elle accomplisse sa mission jusqu'au bout !

Si dans tes vues impénétrables, tu permets que le démon triomphe, c'est-à-dire, Seigneur, que ta servante échoue, tu la recevras dans ton sein, cette pauvre martyre!...

Maintenant le lecteur sera édifié sur la valeur morale de cette femme, à la fois aristocrate et dévote, qui avait nom Arsinoé de Cressères.

J'ai voulu, en achevant de soulever pour lui le voile qui couvrait cette vieille âme, montrer dans toute leur étendue et dans toute leur naïve horreur, les sentiments et les principes de ce vieux monde aristocratique, qui s'en va de nos jours, s'affaissant de plus en plus dans le passé en entraînant avec lui dans l'abîme les religions, ses complices.

Tout en se livrant à ses privautés intimes avec celui qu'elle appelait Dieu, Arsinoé arpentait d'un pas rapide les corridors sonores et les salons splendides de l'Alhambra marocain.

Elle allait trouver Marguerite.

La vieille camériste était en ce moment dans une petite pièce située à l'angle de la partie Est du palais, et donnant sur le parc.

C'était un endroit tout à fait isolé, où elle s'était installée avec sa nièce.

L'ancienne confidente des aventures galantes d'Arsinoé avait à cœur de prouver une fois de plus la vertu du fameux narcotique, dû aux savantes recherches et aux appétits érotiques du comte de Fourchemcerf.

Nous avons vu que les essais qu'elle avait faits de cet élixir merveilleux n'avaient pas répondu à son attente.

Elle avait bien endormi le corps, ce que tous les narcotiques produisent d'ailleurs ; mais elle n'avait pas obtenu ce résultat vraiment miraculeux qui consistait à jeter sur la pensée un voile de manière à couvrir le souvenir, et sur la volonté une passivité fatale et absolue.

Ce narcotique passait pour produire une sorte de somnambulisme : la personne marchait, voyait, parlait, agissait, jouissait de ses facultés affectives, éprouvait des sensations, mais devenait l'esclave absolue des volontés des autres : c'était en un mot pour elle la vie, moins le souvenir de ce qu'elle était avant ce mystérieux sommeil de sa pensée.

Marguerite était très surprise en même temps que très contrariée de ne pas obtenir le résultat attendu.

C'est moi, se disait-elle bien souvent, qui ai servi à ma maîtresse autrefois cette drogue ; je sais bien l'effet qu'elle produit puisque j'ai vu cet effet, de mes yeux vu.

Sur ce point il n'y avait pas de doute dans son esprit.

Elle se demandait avec étonnement pourquoi cette merveilleuse drogue était tombée au niveau d'un vulgaire narcotique.

Ce n'était pas elle, nous devons le dire qui avait préparé la potion qui avait fait sur Arsinoé autrefois l'effet que l'on sait, et assuré en même temps le succès du joli complot, on pourrait aussi dire du guet-apens amoureux du très facétieux Fourchemcerf ; c'était ce Fourchemcerf lui-même.

Mais enfin si ce n'était pas elle qui l'avait préparée, elle avait ou croyait avoir ce qui était entré dans sa préparation. Pouvait-elle croire que ledit Fourchemcerf lui avait caché une partie de la vérité sur ce point important ? Mais bah ! dans quel but ?

Ce but lui échappait.

Elle cherchait, cherchait, cherchait toujours le mot d'une énigme qui menaçait de devenir introuvable.

Elle avait fait de nombreux essais, en variant les doses, bien entendu, sur sa nièce et sur Gemma, et l'élixir n'avait produit chaque fois que l'effet prosaïque de l'opium.

O merveille, ô substance mystérieuse, ô élixir dû à l'alambic de ce chercheur, que la rage de l'amour incompris mit sur la voie d'un des plus formidables secrets de la nature, devais-tu rentrer, après la mort de ton heureux inventeur, dans le domaine des brillantes chimères qui peuplent le cerveau des amoureux forcenés et sans scrupule ; des hallucinés de l'érotomanie ?

Après avoir fait des essais à des doses différentes, elle songea à y ajouter d'autres substances.

Arsinoë la trouva profondément absorbée dans le travail de recherches obstinées auquel elle livrait son esprit.

— Madame la duchesse, dites-moi de grâce, lui demanda-t-elle tout à coup, quel goût avait le breuvage que vous a fait prendre le comte de Fourchemcerf.

— Vous oubliez, Marguerite, que Dieu me défend le souvenir de ces choses-là.

— Mais enfin, vous devez m'aider que diable !

— A quoi ?

— A trouver ce que je cherche.

— Que cherchez-vous ?

— La dose ; ne le savez-vous pas ?

— Vous m'avez parlé de la drogue de ce comte, je vous ai dit : faites ; mais je ne veux pas m'en mêler.

— Pourquoi ?

— Parce que je veux sauver mon âme.

— Est-ce que cela vous empêcherait de la sauver ?

— Oui, certainement ; car il y a dans tout ce qui vient de ce comte, une odeur du démon qui se sent d'une lieue.

— Des idées.

— Non, mademoiselle ; et je ne comprends pas que vous parliez si légèrement de choses qui touchent à mon salut éternel.

— Moi aussi j'ai une âme à sauver, et

pourtant je ne tremble pas, je connaissais si à fond mon Fourchemcerf ; je savais si bien que c'était un bon diable, si toutefois il venait de l'enfer.

— Il en venait, Marguerite ; et il n'y a pas de bon diable.

— C'était mon amant et le vôtre, voilà tout : c'est bien là tout ce qu'il avait de diabolique.

— Je vous ai dit que ce mot amant est brutal, grossier et plébéien, et je ne l'accepte pas ; quant à la chose venant de cet homme que vous appelez votre amant à vous, c'était une mauvaise farce de valet, dont le bon Dieu ne peut faire un crime à une duchesse de Cressères, à condition qu'elle l'oublie, et que ce soit comme ça a été, du reste, une surprise des sens.

— Ce qu'il pourrait tolérer, poursuivit-elle, de la part d'une camériste dont les inclinations vulgaires ressemblent surtout à des instincts, il ne l'admettrait en aucune façon d'une personne de qualité comme moi, dont l'âme comme le corps est d'essence supérieure ; c'est ce qui fait que si je m'abstiens d'y penser, moi, de crainte de perdre mon âme ; je crois que la vôtre ne court pas grand danger de perdition même à manipuler les drogues de ce Fourchemcerf ; c'est pour cela que je vous ai dit et vous répète : faites ! Mais moi je ne m'en mêle pas ; car je ne puis pas m'en mêler !

— Soit, fit Marguerite, je m'en occuperai seule.

Arsinoë lui demanda où était Gemma.

Elle lui dit qu'elle était dans le parc.

— Cette pauvre innocente ! fit-elle, et elle sortit pour aller la rejoindre.

Revenons à Tabernier.

Nous avons vu qu'il était arrivé à la porte du palais.

C'était au moment où la duchesse allait rejoindre Gemma dans le parc.

Les ombres de la nuit qui venait rapidement, jetaient leurs tons gris sur les reflets affaiblis du jour qui fuyait.

Les tours, les colonnes et les murailles gigantesques de l'antique demeure des princes maures, allongeaient leurs silhouettes dans les espaces encore éclairés par les derniers rayons du jour.

Il descendit de cheval et sonna.

Le gardien vint lui ouvrir la porte de la grille.

Il entra en tirant son cheval par la bride.

— Je vous confie mon cheval, Ahmed, lui dit-il.

Le vieux gardien prit la bride qu'il lui tendait et alla attacher le cheval à un poteau, à quelques pas de là dans la cour.

Cette cour était aussi spacieuse que la place du Carrousel à Paris.

Ces demeures somptueuses, se disait Tabernier en montant les douze marches du perron au pied duquel étaient debout depuis des siècles, des sphinx gigantesques de bronze, sont des masses de pierre et de marbres inutiles.

Que de sommes enfouies ! quel capital improductif ! que d'intérêts perdus ! Si ce palais était à moi (et ce sera bientôt, j'espère), je le découperais en morceaux comme un vaste gâteau de Savoie, et j'en vendrais les morceaux au poids de l'or, à tous ces *gourmets* de l'art, à tous ces hommes dont les cerveaux malades attribuent aux choses du passé une valeur colossale, à tous ces gens dont les les têtes ténébreuses sont peuplées d'un tas de chimères qu'y enfante l'orgueil de reconstituer et d'expliquer l'œuvre des siècles depuis longtemps disparus : vanité, niaiserie, sottise, misère !

Il contemplait avec orgueil ces plafonds en bois de cèdre dont la dorure aussi belle que le jour où elle était née, avait résisté à l'action destructive d'une masse imposante de siècles : des peintures plus vieilles que celles de Raphaël, ou de Michel Ange, de

plus de mille années, et qui étaient aussi belles ; plus belles peut-être, et mieux conservées : œuvres d'artistes de génie aujourd'hui inconnus !.....

— Il y a de l'or pour des centaines de millions dans ces dorures épaisses de plus de cinq centimètres, se disait-il, et il n'est pas un riche anglais, descendant crétinisé de quelque marchand de coton de la cité de Londres ; il n'est pas un nabab, fils de quelque chef voleur de Tartares sauvages ; il n'est pas de marchand de moutarde français enrichi, ou de fils de comtes, ducs, barons ou marquis, issus de chefs gaulois ou francs, pouilleux barbares et rapaces, qui ne couvriraient de banknotes, de billets de banque ou de roupies, ces peintures, comme si, non contents d'être maîtres de leur époque par leurs richesses, ils voulaient encore agrandir l'espace où rayonne l'orgueil de leur mince et ridicule personnalité, en mettant la main sur ces fleurons brillants de la couronne du passé.

Mais ce sont ces crétins-là qui font vivre les hommes d'affaires. et je ne m'en plains pas, moi !

Ah ! je leur vendrai cher tous les morceaux de cet Alhambra.

Un valet, sorte d'esclave nubien, aux yeux noirs comme ceux de la gazelle, aux jambes et aux bras maigres et nerveux, au corps cuivré, et drapé dans un carré d'étoffe de laine blanche, marchait devant lui, tenant dans sa main droite, levée à la hauteur du visage. une lampe antique, fixée au bout d'un bâton d'ivoire.

— Arrête-toi ! lui dit-il tout-à-coup.

Ils entraient dans une galerie de plus de trente mètres de large, dont la longueur était de plus de cinq cents pieds, et les voûtes hautes de trente mètres ; là on voyait deux rangées parallèles de statues équestres.

Ces statues équestres étaient d'or massif

Ils étaient là tous, les uns en tenue de combat, couverts de leurs armures, le regard fier, le front haut, le cimeterre à la main ; les autres drapés dans des sortes de vastes burnous, la tête couverte de turbans, le visage empreint de cet air de majesté sereine, résultant du sentiment de leur force et de leur vaillance, cette race d'hommes qui traversa l'histoire comme une race de héros, et dont la légende est arrivée jusqu'à nous, la race des chefs Abencérages !

— Ils sont en or, en or massif, murmurat-il, j'en suis sûr, j'ai scié l'autre jour, un éperon : quelle richesse ! que d'or ! que d'or !

Sa figure était épanouie, ses regards lançaient des lueurs comme s'ils étaient devenus tout à coup phosphorescens : il passait la main sur ces chevaux aux croupes arrondies, aux reins puissants, à la longue crinière fauve ; il les caressait.....

Arrivé au bout de la galerie, il renvoya son Nubien.

— Je suis à quelque pas du parc, se dit-il, et c'est là sans doute que je trouverai la fille de ce richissime particulier qu'on appelait le baron de Mélos.

Là doit s'arrêter notre description.

Le peu que nous en avons donné, était fait dans le but de montrer au lecteur, qu'il y avait là de quoi griser une âme moins cupide que celle de Tabernier, et que la vue de toutes ces richesses était bien de nature à le précipiter dans tous les crimes et dans toutes les infamies, pour arriver à s'en assurer la possesion.

Réaliser la valeur de tous les biens, qui formaient la riche succession du baron, en faire de l'or et des banknotes était une entreprise difficile, impossible peut-être, et qui eût demandé en tout cas beaucoup de temps et de démarches ; mais il y avait là dans le palais des richesses immenses qu'on pouvait enlever en peu de temps, et transporter secrètement dans n'importe quel lieu du monde ; pour cela que fallaitil ? tuer Gemma, la duchesse, Marguerite, sa petite nièce, les gardiens du palais, les domestiques ?

Etait-ce une considération à arrêter un homme comme lui, si l'idée de s'en emparer, même par ce moyen, venait à se fixer dans son cerveau ?

Certainement non.

Jusqu'au moment où il avait mis le pied dans ce palais, il avait eu il est vrai l'amour de l'or, mais c'était plutôt le désir effréné de posséder de grandes richesses ; c'était il est vrai ce désir exalté jusqu'à la passion qui l'avait poussé à tuer son père ; qui ensuite l'avait jeté dans cette aventure, pourtant si pleine de terribles dangers pour lui, par laquelle il avait conclu un pacte avec le marquis de Bordes, et s'était exposé à toutes les colères, à toutes les vengeances de ces hommes redoutables qu'on appelait les Chevaliers du Crucifix.

Maintenant la vue des richesses que renfermait ce palais des mille et une nuits, avait produit sur son cerveau un effet bien autrement étrange et terrible : ce n'était plus l'homme de sang-froid, l'homme d'affaires alignant des chiffres, faisant l'état de la fortune du baron de Mélos, l'étudiant pièce à pièce, morceau par morceau, la disséquant pour ainsi dire comme un anatomiste dissèque un cadavre, froidement, méthodiquement, même avec quelque chose de ce sentiment banal qui résulte de tout ce qui est habitude, routine ou métier (car Dieu sait s'il en avait fait des comptes dans sa vie, lui le célèbre homme d'affaires !). Pour se faire une idée de la transformation qui s'était opérée en lui, on ne peut mieux faire que le comparer à un ivrogne qui, après avoir supputé un nombre considérable de bouteilles, de fûts de vins, de liqueurs ou d'eaux-de-vie, d'en avoir établi le chiffre exact sur le papier, se trouverait tout à coup transporté, du domaine de l'imagination, de l'idéal, de l'abstraction, du chiffre, dans celui de la réalité, visible, rutilante, tangible, loin des limites du rêve, chose creuse quoique dorée, et cela avec le droit de jouir, immédiat.

Cette faculté de prendre, de jouir, faisait l'effet d'une féerie sur son esprit ; il avait comme l'éblouissement d'une lumière magique au fond du crâne ; une fée invisible soufflait sur sa raison et l'éteignait ; elle subordonnait à elle toute les forces de son âme et de son corps, poussant tout son être dans le grand courant d'une insatiable hystérie de l'or. Ce n'était plus un homme, c'était une brute humaine affolée qui pose sa lèvre fiévreuse sur la liqueur tant convoitée d'une coupe immense et pleine, c'était le satyre en rut, étendant ses longs bras de fauve sur une troupe de nymphes qu'il a surprises endormies !...

— Elles sont là, elles ! murmurait-il, en se glissant dans les allées déjà pleines d'ombres du parc.

Là l'héritière, là cette vieille duchesse qui voudrait bien avoir sa part. Il ricana.

— De quel droit ? qu'a-t-elle fait pour cela ?

Ah ! il y a son neveu ? Ce mariage ? mais cela est-il possible ? cela se fera-t-il ? dois-je le vouloir ?

Même quand cela se ferait, devrai-je lui abandonner la moitié de cette grande fortune à ce petit marquis, à ce niais, à cet être nul, auquel j'ai écrit il y a plus de quinze jours, et qui n'est même pas encore ici ? Ah ! il ne comprend pas, ce crétin, qu'on ne doit pas laisser traîner ces choses-là, et qu'on n'a pas tous les jours la chance de trouver à la portée de la main des milliards, des milliards qu'on n'a qu'à saisir !

Il ne comprend pas lui, que ces choses-là attirent les voleurs, et que ça doit se prendre tout de suite sans perdre une minute, une seconde !

Ah ! danse, grand sot, à Venise ! amuse-toi, fais la cour aux femmes ! c'est probablement quelque intrigue galante qui te retient ! Ah ! ces Français, ça papillonne, papillonne, papillonne !

Il t'en cuira, homme de carton, crétin, gommeux, que tu viennes ou que tu ne viennes pas ! si tu viens mon plan est fait, (tu m'as donné le temps de méditer, ma pensée a mûri), je te marierai s'il le faut, puis je...

Il fut interrompu par un bruit qui parut le frapper vivement.

Il écouta saisi d'une grande attention.

Ce bruit était un bruit de pas et de voix.

Il se blottit derrière un massif d'orangers.

— Ce sont elles ! murmura-t-il après un moment de silence ; elles viennent de mon côté ; voyons un peu ce qu'elles se disent !

C'étaient en effet Gemma et Arsinoë.

La nuit était calme, nuit d'Orient, splendide, embaumée.

La lune dont l'or apparaissait au haut des tours les plus élevées du palais, jetait sur le parc ses rayons, pareils à une pluie d'argent.

Gemma était vêtue de blanc, comme le jour où Georges lui était apparu.

C'était une idée de jeune fille.

Elle avait voulu quitter ses vêtements de deuil.

Etait-ce pour quelque temps ?

Etait-ce pour toujours ?

— Vous m'aviez annoncé, madame, disait-elle à Arsinoë, que Georges et Hassan étaient à Stramos, et je suis venue : une pareille nouvelle m'avait rendue folle : la joie débordait de mon cœur : Ah ! il y avait si longtemps que je souffrais ! Que j'étais heureuse quand je suis partie de

Neuilly ! je me disais : ce n'est pas un rêve, oh ! non, ce n'est pas un rêve ! pouvais-je ne pas prendre pour une réalité ce que vous m'aviez affirmé, vous si bonne, si compatissante, vous qui me portiez tant d'intérêt ? Hélas ! ce n'était encore qu'un rêve ! n'avais-je donc pas assez souffert !

— On me l'avait affirmé à moi, ma pauvre enfant, que vous trouveriez ici vos bons amis ; aussi avec quelle ferveur je remerciais Dieu de m'avoir choisie pour vous annoncer cette bonne nouvelle ; moi aussi j'étais heureuse, bien heureuse ; j'allais donc ne plus vous voir souffrir ; vous alliez donc être rendue à ceux dont vous regrettiez si vivement d'être séparée ; hélas ! pourquoi faut-il qu'il n'en ait pas été ainsi ? Ah ! le coup qui vous frappe m'atteint cruellement ! croyez le, ma mignonne.

— Merci, oh ! merci, madame ; votre amitié a bien adouci mes peines ; mais elles sont devenues si cruelles !...

En prononçant ces paroles Gemma dont la voix tremblait, et dont la pâleur devenait effrayante, chancela.

La vieille Arsinoë poussa une exclamation de douleur très habilement jouée, et la soutint, puis apercevant un banc elle l'y conduisit en poussant de sourds gémissements.

Gemma éclata en sanglots.

Elle pleura longtemps.

Arsinoë à genoux devant elle, pleurait et lui baisant les mains.

La jeune fille voulait mourir ; c'est pour cela qu'elle avait quitté ses vêtements de deuil. Croyant Georges mort, elle voulait aller à lui ; mais en allant le retrouver, elle voulut avoir les vêtements mêmes qu'elle portait le jour où elle l'avait rencontré, et où avait commencé ce rêve d'amour qu'elle voulait continuer par delà le tombeau.

Hassan lui avait dit : la mort est une ascension vers une lumière plus intense, une vie plus grande ; une union plus intime des âmes.

Elle croyait, en se livrant à la mort, aller à une vie moins mesquine et moins troublée, et réaliser cet hymen qu'elle avait tant désiré sur la terre ?

— Je me coucherai cette nuit, ajoutait-elle, dans le lit immense qu'on appelle l'océan ; il m'enveloppera du velours bleu de ses ondes, et Georges viendra y prendre l'âme de sa fiancée, qu'il trouvera sous les mêmes apparences terrestres que le jour où il fut uni à elle par l'amour !

Et pourtant elle pleurait !

Dame ! était-elle bien sûre qu'il fût mort ? avait-elle cette conviction absolue qui exclut jusqu'à l'ombre même du doute ? Non !

C'est pour cela qu'elle pleurait.

Pauvre fille, elle avait si peu de chance, qu'elle ne pouvait même pas aller l'âme sereine et tranquille dans le sein de la mort !

Arsinoë ne faisait rien pour la consoler ; bien au contraire, elle attisait en elle la fièvre du désespoir.

Depuis leur arrivée à Stramos, la vieille duchesse avait tout fait pour arracher de son cœur l'amour qu'elle avait pour Georges Bernard, elle avait tout fait pour l'amener à en faire le sacrifice.

— Dieu ne veut pas que vous soyez à cet homme, lui avait-elle dit, et il devient évident qu'il veut que vous soyez la femme d'un autre.

— Dieu ! avait murmuré Gemma en plongeant ses regards dans l'azur profond ; puis elle avait souri tristement : elle trouvait sans doute ridicule cette volonté que l'on attribuait à celui de qui émanait la vie, la lumière et l'amour !

Puis elle était restée muette, froide et

insensible, comme si elle eût été une statue de marbre.

Arsinoë en avait eu une colère bleue.

— Ah ! tu ne veux pas, petite sotte, en démordre de cet amour ridicule ; ah ! il n'est pas possible de te faire accepter un autre homme pour époux ; eh bien ! meurs donc avec lui !

Que m'importe à moi que tu meures. pourvu que je sois ton héritière !

Depuis ce moment-là, elle ne visa plus qu'à cela.

Il va sans dire qu'elle ne comptait plus sur les effets prétendus si merveilleux de l'élixir du comte Jules de Fourchemcerf ; les efforts de Marguerite, dans le but d'en trouver le mode d'emploi et la dose n'aboutissant à rien.

— Vous voulez mourir aujourd'hui, ma mignonne ? lui dit-elle, après un assez long silence, et en fondant en larmes ; ne regretterez-vous rien sur cette terre ?

— Si, je regretterai le chagrin que vous causera ma mort, à vous qui m'avez tant aimée !

Elle lui baisa les mains avec frénésie.

— Ah ! si la possession de ma fortune tout entière !

— Jamais ! jamais ! exclama Arsinoë.

— Madame, poursuivit Gemma d'une voix calme, avez-vous des enfants ?

— Pourquoi ?

— Je vous demande cela, parce que vous avez sans doute l'âme trop haute pour tenir personnellement à la fortune ; mais vous pourriez avoir autour de vous des personnes auxquelles elle pourrait faire plaisir : acceptez-la pour elles !

Arsinoë dit qu'elle avait un neveu, mais elle refusa.

— Oh ! je le veux ! poursuivit Gemma, et dès ce soir même, je vous donnerai toute ma fortune.

— O mon Dieu ! mon Dieu ! mon Dieu !

exclama Arsinoë en sanglottant de plus en plus.

Gemma se leva.

Elle était forte, elle était calme.

L'idée qu'elle allait faire un acte de justice en donnant à la duchesse tous ses biens, en récompense de l'amitié qu'elle lui avait montrée, l'arrachait pour un instant au sentiment de sa triste position.

— Nous avons ici un homme que vous dites très entendu en affaires, en qui vous avez confiance, puisque vous l'avez amené avec vous de Paris ; je veux qu'on aille le chercher.

Il habite Tanger, je le sais, poursuivit-elle, mais on doit connaître son adresse, et je vais dire à Ali, l'ancien et fidèle serviteur de mon père et le gérant du palais, de donner des ordres pour qu'on aille le chercher.

Arsinoë poussait des gémissements à fondre le cœur des plus insensibles, et faisait de vains efforts pour la retenir.

Tout à coup un homme se montra à quelques pas d'elles.

Cet homme, c'était Tabernier.

Gemma lui dit d'une voix brève et rapide ce qu'elle attendait de lui.

— J'ai du papier timbré sur moi, dit-il, et même de l'encre et une plume, et en quelques minutes l'acte par lequel vous ferez donation de tous vos biens à Mme la duchesse sera dressé.

Il tira de la poche de son burnous un immense portefeuille, puis un encrier renfermé dans une petite boîte, et enfin un porte-plume avec sa plume.

— Venez, fit Gemma à Arsinoë et à l'homme d'affaires.

Quelques minutes après, ils étaient installés dans une petite pièce du palais, faisant partie de l'appartement qu'y occupait la jeune fille.

La vieille duchesse s'était jetée dans un

Cet homme fuyait.

fauteuil, et là, ployée en deux, le corps agité par de violents spasmes de douleur admirablement simulés, elle pleurait.

Gemma, debout, calme, froide, l'œil sombre, regardait Tabernier qui, assis à une petite table, écrivait.

L'acte fut bientôt rédigé.

Il en donna lecture.

Quand il eut terminé sa lecture, il regarda la jeune fille.

— C'est bien, fit Gemma, ajoutez-y :

« Après avoir fait cette cession de mes biens à M. la duchesse de Cressères, en reconnaissance des nombreux services qu'elle m'a rendus, et pour lui laisser un gage de ma profonde affection, je crois tous mes devoirs remplis en ce monde, et je renonce à la vie, qui est devenue pour moi un fardeau au-dessus de mes forces. »

Tabernier écrivit, puis elle signa.

— Vous ne mourrez pas! vous ne mourrez pas! je ne le veux pas! hurla Arsinoë.

La jeune fille la regarda, des larmes jaillirent sur ses joues pâlies; elle prit les mains de la duchesse qu'elle baisa avec une sorte de frénésie, puis elle s'enfuit.

La vieille Arsinoë se leva et courut après elle, mais elle avait disparu dans le couloir sombre par où ils étaient venus à la petite pièce où venait d'être rédigé et signé l'acte étrange dont nous venons de parler.

Elle l'appela à grands cris, mais ses appels restèrent sans réponse.

Alors, la vieille duchesse ôta son masque de sensiblerie (si nous pouvons parler ainsi pour exprimer la comédie sentimentale qu'elle venait de jouer), un sourire illumina sa figure parcheminée, ses larmes se tarirent subitement, et elle revint trouver Tabernier.

— L'acte! donnez-moi l'acte! lui dit-elle vivement et à voix basse.

L'homme d'affaires sourit.

— Plus tard! plus tard! rien ne presse! lui dit-il.

Un rugissement sourd sortit de la poitrine d'Arsinoë.

— Donnez! je le veux! grinça-t-elle.

— Pas pour le moment; il me faut des garanties, nous verrons ça.

— Misérable!

— Appelez-moi comme vous voudrez, cela m'est bien égal.

— Voleur!

— Allons donc!

— Assassin!

— Ah bah!

— Canaille!

— Qu'est-ce que ça me fait?

Elle s'approcha de lui, s'accrocha à ses vêtements, et le secoua avec une violence inouïe; puis elle lui cracha à la face.

— Me donneras-tu cet acte, entends-tu, me donneras-tu cet acte, misérable!

Ses yeux étaient injectés, sa voix était rauque et sifflante, sa figure était convulsée et livide.

Tout à coup on entendit un bruit de pas et de voix; on eût dit plusieurs personnes venant rapidement de leur côté.

— Calmez-vous, lâchez-moi, ou vous perdrez tout; on vient, lui dit vivement Tabernier.

Elle écouta haletante.

On venait en effet.

Elle le lâcha; puis elle se jeta dans un fauteuil, en lui lançant des regards que la rage qui la secouait, rendait presque phosphorescents.

La porte s'ouvrit, et le vieux Ali, le gérant du palais, suivi d'un étranger, et précédé de deux Nubiens portant les singuliers candélabres que nous connaissons, entra vivement.

— Mademoiselle Gemma de Melos! demanda-t-il.

— Elle vient de sortir à l'instant, fit Arsinoë.

— Courez la chercher, et portez-lui cela tout de suite, dit-il vivement aux deux Nubiens; en même temps, il leur remit une lettre.

L'un d'eux prit la lettre, et ils partirent aussitôt en courant avec l'agilité des gazelles qui parcourent les déserts de leur pays.

L'étranger qui était avec Ali, s'approcha d'Arsinoë.

— J'ai à remettre, dit-il en s'inclinant, ceci à Mme la duchesse de Crossères.

En même temps il lui remit un pli cacheté qu'elle saisit vivement.

— Une lettre d'Ulrich: exclama-t-elle.

Elle la décacheta d'une main fiévreuse et jeta sur son contenu un regard rapide.

Monsieur le marquis m'annonce son arrivée!

Tout à coup elle sortit précipitamment, en pleurant et en poussant des cris lamentables.

Ali et l'étranger se regardèrent étonnés.

Tabernier hocha gravement la tête.

— La voilà qu'elle recommence sa comédie! murmura-t-il.

Quel est cet étranger? se demanda-t-il ensuite.

De son côté l'étranger avait jeté sur lui, à la dérobée, un regard acéré, comme la pointe d'une épée.

L'homme d'affaires eut une petite toux sèche.

Cela voulait dire qu'il trouvait que la situation se corsait et qu'il se mettait sur ses gardes.

La lettre qui venait d'arriver à l'adresse de la jeune fille l'intriguait non moins que la présence de l'étranger.

Mais il n'était pas homme à garder devant les événements quels qu'ils fussent ou dussent être, une attitude passive, tant qu'il avait la liberté d'agir et la faculté de se défendre.

Il eut bientôt honte de ce sentiment d'appréhension qui s'était tout à coup emparé de lui.

— Est-ce que la présence de cet étranger est pour moi une menace et un péril? se dit-il; est-ce que les Chevaliers du Crucifix sont capables de trouver dans le juif de Tanger, et dans ce pays perdu sur les bords de l'Océan, leur agent infidèle de la rue de la Clef à Paris? et puis suis-je reconnaissable sous le déguisement que je porte? y a-t-il en outre un seul individu qui me connaisse ici, à part la duchesse? mais celle-là ne parlera pas; il n'est pas de son intérêt de me livrer à ces hommes qui sont ses ennemis comme ils sont les miens.

— Ali! dit-il au gérant, mademoiselle Gemma, baronne de Mélos, aurait-elle reçu des nouvelles de Paris?

— Cette lettre en vient, fit le vieux marocain d'une voix grave.

— Quel bonheur pour cette bonne duchesse qui a tant d'amitié pour elle et qui s'intéresse si vivement à elle, si cette lettre est de monsieur Hassan!

— Elle est de lui; j'ai reconnu son écriture: Allah est grand[1]!

Tabernier eut un tressaillement; et malgré la puissance qu'il avait sur lui-même, les muscles de son visage se contractèrent.

1. Dieu est grand.

L'étranger s'était assis sur un divan; il avait l'attitude d'un homme accablé de fatigue et de sommeil.

— Y a-t-il longtemps que mademoiselle est sortie d'ici? demanda tout à coup Ali à Tabernier.

— Quelques minutes: elle était fort triste.

— Allah est dur pour elle.

— Elle avait des idées sinistres.

— Allah veille sur ceux qui souffrent.

— Elle voulait mourir; et peut-être bien qu'à cette heure...

— Que voulez-vous dire?

— Elle est morte!

Le vieux marocain eut un soubresaut; son apathie et son indolence disparurent, son œil noir lança un éclair; il sortit à pas précipités en poussant des cris inintelligibles, et on l'entendit s'éloigner rapidement.

Resté seul avec l'étranger, Tabernier le questionna.

— Vous paraissez fatigué, monsieur, lui dit-il.

— On le serait à moins, monsieur, fit celui-ci en souriant, la traversée de Venise ici est longue et je n'ai pas eu un moment de repos sur le bateau: j'ai eu le *mal de mer*.

— Le neveu de madame la duchesse se porte bien?

— Très bien.

— Quelle charmante ville que cette Venise! quel lieu de délices pour la jeunesse!

— Vous la connaissez?

— J'y suis allé quelquefois: est-ce que nous autres Marocains nous ne sommes pas des hommes comme les autres?

L'étranger lui jeta un regard.

— Je suis surpris d'une chose, poursuivit celui-ci, c'est d'entendre presque tout le monde parler français ici.

— Le baron de Mélos était Français et il

avait voulu que ses domestiques apprissent cette langue.

— Connaissez-vous Paris ?

— Peu, j'y suis allé une fois.

Ils se turent.

Une grande rumeur se fit entendre.

Tabernier ouvrit la fenêtre et écouta.

Cette rumeur venait des profondeurs du parc.

— Serait-il arrivé malheur à cette pauvre fille ? exclama-t-il avec un air d'inquiétude qui n'était, on le pense bien, que dissimulé.

Au fond il eût donné bien de l'argent pour qu'elle fût morte. Il tenait dans ses mains un acte par lequel elle donnait tous ses biens à la duchesse de Cressères ; cet acte il comptait bien en faire payer cher la cession à sa légitime propriétaire : c'était bien pour lui la moitié au moins de la riche succession du baron de Mélos.

Il restait, il est vrai deux individus gênants, c'étaient Hassan et le marquis de Bordes, mais il comptait s'en débarrasser sans trop de difficulté ; n'avait-il pas Varcolli et tant d'autres bandits à ses ordres, et ne pouvait-il pas opérer lui-même en cas de besoin ? Dame ! il jouait assez proprement du poignard, et son savoir-faire à cet égard était servi par une intelligence qui, nous le savons, n'était pas souvent à court sur les voies et moyens.

Mais si Gemma n'était pas morte, il devait changer tout son plan.

Il écouta avec une extrême émotion.

Cependant la rumeur allait grandissante : bientôt de l'endroit où il était, il aperçut un groupe de personnes, éclairé par quelques-uns de ces flambeaux dont nous avons parlé. et se dirigeant vers le palais.

Bien que le parc fût très étendu, ces personnes s'avançaient assez rapidement pour qu'on pût en assez peu de temps, les apercevoir assez distinctement.

Tout à coup il tressaillit.

— Morte ! murmura-t-il.

Le groupe se trouvait assez rapproché de lui pour qu'il pût voir qu'il se composait d'une huitaine de personnes, dont quatre portaient une sorte de brancard, sur lequel la malheureuse fille du baron de Mélos, était étendue.

Elle paraissait immobile comme un cadavre.

Il sauta de la fenêtre où il était, dans le parc et alla au devant de celle qu'il croyait morte.

En tête du cortège marchait la duchesse, gémissant et sanglotant.

— En voilà une qui en verse des larmes aujourd'hui, se dit-il ; quel rude cabotine ça fait ! cette femme me rendrait des points !...

Gemma fut portée dans sa chambre, et placée sur son lit.

Ses yeux étaient fermés, son visage livide.

Ses longs cheveux épars et ruisselants d'eau, étaient collés à ses tempes, et faisaient l'effet d'une nuée sombre sur son visage et sur sa robe blanche.

Une vieille mauresque, qui était accourue au bruit, la dépouilla de ses vêtements, pendant qu'Arsinoë cherchait à la rappeler à la vie en lui faisant respirer le contenu d'un petit flacon, qu'elle portait toujours sur elle.

Les autres personnes se tenaient à distance.

Un immense rideau de velours bleu les séparait de celle qui était étendue sur le lit et des femmes qui cherchaient à la rappeler à la vie.

Le vieux Maure Ali pleurait.

Près de lui se tenait un homme jeune encore, à l'œil noir, au corps couvert de loques rouges et bleues ruisselantes d'eau.

Il se tourna vers lui.

— Comment as-tu fait, Ismaïl ? lui demanda-t-il en arabe.

— J'étais, lui répondit celui-ci, à arranger mes filets sur le rivage ; j'avais mis mes poissons dans ma barque, et j'allais jeter mes filets dessus et remonter dedans pour retourner chez moi, quand j'ai entendu un bruit pareil à celui de quelqu'un qui tombe dans la mer ; c'était si près de moi que je vis comme une forme blanche qui s'enfonçait dans l'eau.

Cela ressemblait si fort à une femme que je me demandais si je ne rêvais pas : qui donc en effet pouvait se jeter à la mer comme ça ?

C'était bien une femme cependant : un moment, au lieu de s'enfoncer, elle revint sur l'eau et, comme c'était encore tout près de moi, je vis sa face pâle et ses longs cheveux noirs qui flottaient tout autour.

Elle se débattait !

C'était peut-être sa fin !

Par Allah ! je n'ai pas été long à la repêcher.

Qu'il plaise à Allah que ce n'ait pas été trop tard !

Un silence de mort succéda au récit du pêcheur maure.

Tout à coup on entendit la voix aigre et perçante d'Arsinoë.

— Sauvée ! s'écria-t-elle.

Gemma n'était pas morte, l'asphyxie n'avait pas été complète, elle n'avait produit que l'évanouissement, et cet évanouissement venait de cesser.

Certes Arsinoë ne voyait pas avec plaisir revenir à la vie celle qui venait de lui donner tous ses biens. Après s'être ainsi dépouillée pour elle, Gemma ne pouvait être qu'un embarras.

Pour couvrir son jeu, elle avait repris sa grande comédie de gémissements et de larmes à la vue d'Ali, elle avait dû même courir à sa recherche, maintenant elle en avait assez ; elle était à bout de forces.

— Seigneur, pourquoi ne l'avez-vous donc pas prise ? dit-elle mentalement à Dieu, quand elle la vit revenir à la vie.

Pour en finir, elle affecta de s'évanouir à son tour.

On la porta dans une pièce voisine.

Ah ! si elle avait pensé qu'elle ne fût pas morte, elle ne lui eût pas fait respirer des sels !...

VIII

Suite du précédent. — L'étranger.

Tous les assistants s'approchèrent du lit de Gemma, dès qu'ils surent qu'elle revenait à la vie.

Nous avons dit qu'elle avait été déshabillée et couchée.

Pâle, d'une pâleur marmoréenne, elle regardait tout ce monde de l'air d'une personne qui fait un mauvais rêve ; le souvenir de ce qu'elle venait de faire lui était revenu presque en même temps que le sentiment de l'existence.

Elle referma les yeux.

Une expression de tristesse inouïe se peignit sur ses traits.

— Hélas ! pourquoi faut-il que l'on m'ait sauvée ! murmura-t-elle.

Ali se mit à genoux et lui tendit la missive d'Hassan.

Cette lettre n'était pas adressée à Gemma, mais à lui.

Le vieux gérant, auquel elle avait raconté toute sa malheureuse histoire, et qui savait qu'elle ne désirait rien tant que de retrouver ceux qu'elle avait perdus, avait pensé à la lui donner telle qu'il l'avait reçue.

La vue de l'écriture du Maure fit sur la pauvre fille l'effet d'un coup de foudre.

Elle se tordit en proie à une effroyable crise nerveuse, puis elle pleura.

Tout à coup elle se redressa, la face convulsée, le regard fixe.

— De quand est la lettre? demanda-t-elle d'une voix rauque.

Ali la prit, l'ouvrit, et lut :

« Paris, le 30 janvier 1879. »

Il lut ensuite tout le contenu de la lettre.

Gemma poussa un cri, et sa tête retomba doucement sur l'oreiller.

Puis elle tendit sa petite main blanche au vieux et fidèle serviteur de son père.

Celui-ci la prit et la porta à ses lèvres avec toutes les marques du plus profond respect...

Tabernier, après avoir assisté à cette scène, sortit dans le parc.

Il était de très mauvaise humeur.

— Cette fille était morte, se disait-il, elle ressuscite; Hassan qu'on croyait mort et qui aurait bien dû continuer à faire le mort écrit: le marquis que je n'attendais plus, va arriver, tout cela change joliment la situation de tout à l'heure et la complique diablement !

Tout à l'heure Gemma se jetait à l'eau; je faisais tuer à Venise le marquis de Bordes, afin que la vieille duchesse, se trouvant sans appui, ne pût rien refuser et me laissât tailler dans la succession du baron de Mélos, ma part du lion; je faisais à loisir assassiner à Paris Hassan et Georges Bernard s'il le fallait : cela était clair, tout simple, cela allait tout seul !

— Que le diable emporte ce marquis, cet Hassan, et ce pêcheur qui sauve cette Gemma qui ne demandait qu'à mourir, et qui n'avait rien de mieux à faire !

Enfin, il faut que je refasse encore une fois mon plan : Dieu ! qu'il faut de philosophie à un homme d'affaires !

À propos, pourquoi ce messager? Pourquoi envoyer un messager pour annoncer son retour? Mais cela est tout à fait en dehors des usages! ne pouvait il pas envoyer sa lettre par la poste? pourquoi la faire porter par un messager?

Il se retourna, et écouta; il avait cru entendre un bruit derrière lui.

— Il me semble toujours, grommela-t-il, que j'ai à mes trousses ces espions maudits, et au moindre bruit que j'entends...

Tout à coup un homme apparut.

— Lui ! gronda-t-il.

C'était en effet l'étranger.

Il était de fort mauvaise humeur; il répondit pourtant à son salut avec affabilité.

— Je suis bien aise de vous rencontrer, lui dit-il, pour vous demander des nouvelles de M. le marquis de Bordes : était-il indisposé qu'il n'ait pas pu venir lui-même et qu'il ait été obligé de faire annoncer son arrivée?

— Monsieur le marquis, fit l'étranger en souriant, aime beaucoup Venise; il nage là-bas dans les plaisirs, et c'est sans doute quelque aventure galante qui lui aura fait différer son départ.

— Certes on s'amuse beaucoup à Venise; les femmes y sont fort belles; les familles patriciennes sont nombreuses, elles donnent chaque jour des fêtes, où elles se font une joie d'inviter les étrangers de distinction, les Français surtout : quelles sont celles de ces familles patriciennes qu'il fréquente de préférence?

— Je l'ignore : je suis, moi, un obscur marchand de la grande cité où régnèrent les Doges; j'ai prêté quelque argent à monsieur le marquis, mais je ne connais pas les personnes qu'il fréquente. Il a appris que je venais à Tanger pour mes affaires, et il m'a prié d'apporter ici une lettre pour sa tante, Mme la duchesse de Cressères; je me suis acquitté de cette mission, comme vous l'avez vu, et je vais retourner à Tanger : je serais déjà parti si la beauté de ce parc ne m'avait inspiré le désir de le parcourir. Je viens d'en faire le tour, je n'ai jamais rien vu de plus splendide. Ah! il n'y a que les rois pour créer de pareilles merveilles ! j'ai entendu dire que vous aviez votre domicile à Tanger, et si vous y retournez ce soir, nous ferons, si vous le voulez bien, route ensemble.

— Pourquoi pas? Je suis même très heureux de ne pas être obligé de faire la route seul, elle est si déserte à cette heure qu'on s'y ennuie à mourir.

Après avoir prononcé ces paroles, Tabernier se mit à songer.

L'étranger garda le silence.

Ils se dirigeaient vers la partie est du palais, dont ils étaient peu éloignés, et où se trouvait la porte principale.

C'est par là qu'il entrait, lui, dans l'ancienne demeure des rois Maures et qu'il en sortait.

— Cet homme, se disait-il, pourrait bien être un espion ; il m'est suspect, bien que ce qu'il m'ait dit pour expliquer sa présence ici soit tout à fait acceptable : il admire les rois, tous les Chevaliers du Crucifix ont cette admiration gravée dans le cœur ; il a demandé, dit-il, si je demeurais à Tanger; c'est une curiosité que je ne m'explique pas suffisamment; je n'ai pas l'air de lui être indifférent, ce qui ne s'explique pas davantage ; il m'a menti tout à l'heure en disant qu'il venait de faire le tour du parc, attendu qu'il ne m'a pas quitté depuis son arrivée ici, et si je l'ai perdu de vue cinq minutes, c'est bien tout; or, pour faire le tour du parc, il faut bien trois grandes heures, vu sa grandeur : curiosité, acharnement à me suivre, mensonge, tout cela donne à réflé-

chir; et puis j'ai remarqué que ce qu'il dit a l'air d'une leçon apprise, et qu'il n'aime pas qu'on le regarde en face... or la position où je me trouve me commande la plus grande prudence.

— Avez-vous un cheval? lui demanda-t-il après un moment de silence.

L'étranger hésita.

— Non, dit-il enfin.

— Seriez-vous donc venu à Stramos à pied ?

— Oui, fit-il après une nouvelle et visible hésitation.

Il mentait, car il était venu en bateau, pourquoi voulait-il que son interlocuteur l'ignorât? nous le saurons bientôt.

Ces hésitations avaient piqué au vif la curiosité de Tabernier et aiguillonné ses soupçons.

— Si vous avez suivi cette route, vous devez avoir aperçu à sa bifurcation avec celle qui mène à un petit village qu'on nomme Assroun, une ruine, où l'on remarque les restes de plusieurs colonnes, au milieu desquelles s'élève une petite pyramide?

— Oui, fit-il après une nouvelle hésitation.

Cet homme mentait évidemment. Cette bifurcation, les restes de colonnes et la pyramide n'existaient que dans l'imagination féconde de Tabernier.

Celui-ci n'en laissa rien paraître, et continua le plus tranquillement du monde:

— Là s'embusquent ordinairement des maraudeurs, une saga, comme on l'appelle dans le pays.

— Une saga ?

— Saga signifie brume, nuage, brouillard, dans le langage imagé de ces Orientaux; cela peint très bien les marches silencieuses de ces bandits, et le mystère dont ils couvrent leurs actes.

— Sont-ils beaucoup à craindre ?

— Dame ! ils sont parfois lâches comme des hyènes, mais encore faut-il montrer un certain courage ; il faut les charger résolument, mais un cheval est nécessaire, car ils ne tiennent jamais tête à des cavaliers.

— Où trouverai-je un cheval ?

— Ali vous en donnera un, il n'en manque pas dans les écuries du palais ; ce sont des arabes pur sang, de ces chevaux agiles comme le vent, soufflant le feu par les naseaux, qu'on ne peut guère comparer qu'au simoun quand ils s'animent, et qui passeraient sur le ventre de vingt sagas.

— Je vais prendre un cheval, se disait l'étranger, que m'importent les maraudeurs ? je n'irai certes pas jusqu'à l'endroit où ils s'embusquent.

De son côté Tabernier se disait :

— Cet homme ment, c'est un abominable fourbe ; est-ce un espion des Chevaliers du Crucifix ?

Ils avaient atteint l'endroit du palais, vers lequel ils se dirigeaient.

En quelques minutes ils furent auprès d'Ali.

Le vieux gérant donna des ordres, et un cheval noir, richement harnaché, fut amené dans la cour.

C'était une magnifique bête de quatre ans, à l'œil phosphorescent comme celui d'un fauve, et dont la longue et épaisse crinière flottait, touchant presque le sol.

— Avec ce cheval là, fit Ali, vous aurez bien vite franchi la distance qui sépare Tanger de Stramos. Il reste à savoir, ajouta-t-il en s'adressant à Tabernier, si le vôtre pourrait le suivre, dans le cas où vous voudriez les lancer à fond de train.

— El Staïs[1] pourra le suivre, fit Tabernier en riant.

El Staïs était le nom de son cheval.

Il demanda des nouvelles de Gemma.

— Elle va bien, elle est avec la vieille

dame, on devait la sauver, c'était écrit : elle était triste, la voilà heureuse ; qu'Allah la protège !

On avait amené le cheval de Tabernier.

Il se mit en selle, l'étranger en fit autant ; puis comme la porte de la grille venait de s'ouvrir toute grande, en un clin d'œil ils furent hors du palais.

La nuit était calme, de grosses nuées venant de l'Océan, cachaient de temps à autre le disque de la lune.

— Cet homme est un traître, se disait Tabernier, et ma foi si je me trompe, tant pis pour lui !

Et tout en galopant, il mettait la main sur ce fameux stylet que nous connaissons, et dont il ne se séparait jamais.

Dans les environs du palais, la route était encaissée, et serpentait en zig-zag au milieu de groupes nombreux de figuiers et d'oliviers.

Ils chevauchaient de front, leurs montures se touchaient.

Ils allaient atteindre un endroit où la route faisait un coude en se rapprochant du rivage de la mer.

Ils avaient bien parcouru une distance de plusieurs kilomètres.

Depuis quelque temps ils étaient silencieux.

— Cet homme m'est suspect, tant pis pour lui, il mourra ! se disait Tabernier ; en affaires j'aime les situations nettes ; il faut que je sache à quoi m'en tenir sur lui, et ça ne me coûtera que la peine de prendre mon stylet dans ma ceinture et d'allonger le bras.

L'autre se disait :

— Pacopo et ses hommes sont là à deux pas avec leur barque, ils attendent cet homme que je suis chargé de leur amener, tout va bien, il ne paraît pas se douter le moins du monde du sort qui lui est préparé.

_____
1. L'éclair.

Un homme était enfermé avec la baronne.

Cependant, Tabernier tout en se disant ce que nous venons de révéler au lecteur, avait passé les rênes de sa main droite dans sa main gauche et saisi dans sa ceinture le manche de son stylet ; puis, se penchant brusquement vers son compagnon de route, il lui en plongea la lame tout entière dans le côté, entre la troisième et la quatrième côte.

L'étranger poussa un grand cri et tomba de cheval.

Tabernier se jeta aussitôt au bas du sien pour achever sa victime ; mais déjà la mort avait accompli son œuvre.

Il écarta vivement ses vêtements et sur sa poitrine mise à nu, il vit un scapulaire.

— Hein ! avais-je raison de me méfier ? se dit-il.

La mer, nous l'avons dit, était à quelques pas, il songea à y jeter son cadavre.

Mais il lui fallait un lien, soit pour l'attacher sur la croupe de son cheval, soit pour le traîner jusque-là.

Il se décida pour ce dernier parti.

De la longue ceinture qu'il portait roulée autour de son corps comme un vrai musulman, il fit une corde dont il fixa une extrémité à une des jambes de sa victime, et l'autre au pommeau de sa selle; puis, saisissant la bride du cheval dont il venait de tuer le cavalier, il se remit en marche.

Il n'avait pas fait vingt pas qu'un sifflement se fit entendre; quelque chose comme un long reptile décrivait un cercle autour de lui, et il tombait de cheval à son tour, garrotté, enchaîné, se débattant à côté du cadavre de sa victime.

Ce reptile était un lasso.

En même temps plusieurs hommes, restés cachés jusque-là, se précipitèrent sur lui.

En un clin d'œil, ils lui lièrent bras et jambes.

Puis ils coururent au cadavre de l'espion.

Ils se penchèrent vivement sur lui.

— Mort ! s'écrièrent-ils.

Celui qui avait pris Tabernier au lasso, était Pacopo: ceux qui l'entouraient étaient ceux qui, quelques minutes auparavant, attendaient avec lui, près d'une barque, celui que devait leur amener l'homme au scapulaire.

Le guet-apens était bien monté; seulement ce dernier avait compté sans le stylet de l'homme d'affaires.

Maintenant est-il besoin de dire, pour expliquer leur présence en cet endroit de la route, qu'ils avaient entendu le cri poussé par leur camarade lorsqu'il avait été frappé, et qu'ils étaient accourus aussitôt à pas de loup et en rampant derrière les arbres ?

Tabernier était vaincu; les Chevaliers du Crucifix l'emportaient donc sur lui !

Il ne poussa pas une plainte, ne fit pas un mouvement, et quand on le jeta dans la barque, il ferma les yeux comme un homme qui éprouve le besoin de dormir.

Celui qui fût venu en cet endroit du rivage, une minute plus tard, eût pu voir une embarcation poussée rapidement vers la haute mer, par l'effort vigoureux de nombreux rameurs, et disparaître bientôt dans les plis ténébreux de l'Océan.

IX

Civette à Fulcino.

Nous savons que le chef de la police des Chevaliers du Crucifix à Paris avait reçu de l'homme rouge Fulcino l'ordre de lui faire savoir, dès qu'ils auraient eu lieu, l'arrestation de Tabernier et l'enlèvement de Gemma de Mélos.

Le lendemain du jour où s'étaient accomplis les événements relatés dans le chapitre précédent, l'homme de la rue d'Ulm lui écrivait la lettre suivante :

« Monseigneur,

« Je viens de recevoir par voie télégraphique une dépêche chiffrée de la plus haute importance, dont je m'empresse de vous communiquer le sens.

« Tabernier a été arrêté sur la côte de Stramos, et conduit dans une barque jusqu'à la station la plus voisine de notre service de steamers du littoral marocain.

« Il arrivera à Venise aujourd'hui, là il

sera conduit dans le vieux couvent des Bénédictins, où il sera renfermé.

« L'arrestation de cet abominable traître avait à peine eu lieu que l'enlèvement de Gemma de Mélos et de la duchesse de Cressères était opéré dans le parc même du palais de Stramos.

« Elles ont été garrottées, bâillonnées et transportées, par le moyen d'une barque, à la station dont je viens d'avoir l'honneur de vous parler.

« La duchesse de Cressères s'est laissé enlever sans grande résistance ; quant à la fille du baron de Mélos, elle a résisté et a fait les plus grands efforts pour s'arracher des mains de ses ravisseurs.

« Elle a réussi même à tirer de son corsage, où il était caché, un petit poignard, dont elle a frappé un de nos hommes par trois fois, en lui faisant de très sérieuses blessures.

« Enfin on a réussi à maîtriser cette forcenée et à la désarmer, et cette bête fauve, qui a nom Gemma de Mélos, et dans les veines de laquelle coule le sang infâme du révolutionnaire Kléber, est enfin en notre pouvoir.

« Ce double enlèvement a été exécuté avec beaucoup d'habileté : il a eu lieu au moment où elles se promenaient au fond du parc, à une assez grande distance du kiosque de Stelnadara, et à deux kilomètres au moins du palais.

« Je les ai fait diriger également sur Venise, et elles doivent être en ce moment renfermées dans le couvent des bénédictins.

« Je profite de l'occasion pour vous annoncer, Monseigneur, que, conformément au désir que vous en avez exprimé, j'ai pris mes mesures pour faire surveiller avec le plus grand soin les gens de l'hôtel de Mélos.

« J'ai été vivement surpris d'apprendre que le Maure et toute sa séquelle ne s'y trouvaient pas, et qu'il n'y avait là qu'un vieux gardien qui jure ses grands dieux qu'il ne sait pas ce qu'ils sont devenus.

« J'ai su depuis que le Maure avait eu un domicile avenue d'Eylau, mais qu'il y était resté très peu de temps ; là se perdent ses traces, ou du moins il ne me parvient plus que des indices assez vagues : je le fais rechercher très activement.

« Les allures de ce monde-là me paraissent devenues bien étranges : je vous tiendrai au courant du résultat de mes recherches, très heureux de pouvoir vous en donner sous peu de complets et satisfaisants, puisque tout ce qui se rattache à l'affaire Gemma de Mélos, de près ou de loin, attire en ce moment votre attention.

« Gloire à Dieu ! monseigneur, nous avons déjà fait un grand pas, et nous pouvons dire que la victoire est à nous, c'est-à-dire, bien entendu, à notre chère Église catholique, apostolique et romaine !

« Toutes les résistances des impies seront brisées, et les millions du baron de Mélos iront dans les coffres de notre sainte société.

« *Ad majorem Dei gloriam.*

« Veuillez agréer, monseigneur, etc.

« *Signé* : Civette. »

X

Où le père Bordier se décide à aller chercher à Venise ce qu'il n'a pas pu trouver à Paris.

Le lecteur se rappelle que le charmeur de serpents était allé voir le sacristain de l'église Saint-Charles, pour lui demander s'il avait vu Varcolli, et s'il pouvait lui donner son adresse.

Nous avons vu que ledit sacristain n'avait fait aucune difficulté de lui dire tout ce qu'il savait, et lui avait même indiqué un hôtel, où son cousin devait se trouver.

Mais il en était parti depuis la veille ; pourtant, chose singulière ! le bandit avait, en partant, laissé pour lui une lettre, dont le lecteur ne sera pas sans doute fâché de connaître le contenu ; nous le lui donnons ci-dessous, sans y ajouter et sans en retrancher un mot :

« Mon cher Broussard,

« J'ai rencontré Benedita Tavelli ta femme : il ne te déplaira pas, j'en suis sûr, de savoir qu'elle est toujours aussi jeune et aussi belle que le jour où il te plut de l'enlever à ce vieux *coccigru*, qui était à la fois (le gueux !) son père et son amant ; il y a encore une chose qui ne te fera pas moins de plaisir, c'est qu'elle est très riche. Mon cher, elle nage dans l'or, le velours, les dentelles et la soie ; elle a valets de pied, cuisiniers, groom, dame de compagnie, caméristes, palefreniers, cochers, chevaux, carrosses, et un hôtel magnifique : c'est à donner le vertige !

« Je n'ai pas vu d'homme chez elle, et je crois qu'il n'y en a pas.

« Elle m'a reçu comme un ami, bien entendu, et il ne faut pas que tu te mettes dans la tête d'être jaloux.

« Elle te recevra toi comme son amant ; elle t'a quitté par caprice, elle te reprendra par caprice ; les femmes capricieuses sont comme ça : c'est à toi de la garder une fois que tu auras remis la main dessus.

« Je ne demande pour le service que je te rends en te la faisant retrouver, que quelques sacs d'écus de temps en temps ; et comme ça te fait riche du coup et que je sais que tu n'es pas *chien*, je regarde ça comme une chose convenue, et sur laquelle je puis compter, aussi j'y compte.

« Je vais aller dans tous les endroits où tu vas d'habitude ; si je n'ai pas la chance de t'y trouver, j'y laisserai un mot comme j'en laisse un ici.

« Si le malheur veut que nous ne nous rencontrions pas en France, dans les quelques jours qui vont suivre, c'est-à-dire d'ici la fin du mois, nous nous rencontrerons certainement à Venise, où je vais aller pour affaire urgente et où je séjournerai pendant assez longtemps.

« Je dis que nous nous rencontrerons certainement, car je suis convaincu que tu es aussi désireux de me trouver que je le suis moi-même de te trouver ; nous y avons l'un et l'autre un intérêt très sérieux : moi de me faire de l'argent, dont j'ai un grand besoin ; toi de rentrer en possession de ta Benedita.

« Tu me trouveras à Venise, 7, place Saint-Marc, chez la princesse Fornarina.

« *Signé* : GIACCOMO VARCOLLI. »

Broussard était revenu boulevard Malesherbes, chez le Maure, avec cette lettre.

Hassan, nous l'avons dit, ne pouvait pas encore se lever à cause de sa blessure.

Près de son lit étaient réunis Georges, Jacques et le capitaine.

Il leur raconta ce que lui avait dit le sacristain, et leur lut ensuite la lettre de Varcolli.

— Il faut vous méfier de cet homme, fit le père Bordier ; dès qu'il a vu Benedita, il est jugé : cette femme, en effet, n'a pas dû renoncer au dessein qu'elle a formé de se débarrasser de vous ; sans doute elle a pensé à se servir de ce brigand pour arriver à ses fins : méfiez-vous de cet homme, je vous le répète, il est l'instrument de votre Benedita.

— Certes oui, je m'en méfie, dit le saltimbanque, dont la figure pâle et les traits contractés indiquaient assez la colère sourde qui l'agitait ; je sais à n'en pouvoir douter que lui et Benedita sont deux abominables créatures ; qu'ils ne peuvent avoir en effet que juré ma perte, aussi je vais les chercher l'un et l'autre ; j'ai hâte de les rejoindre !

— Si votre but doit être de les écraser, le nôtre est de les faire parler, car l'un des deux a joué un rôle actif, vous le savez, dans l'enlèvement de Mlle Gemma de Mélos, et l'autre appartient à un monde mystérieux que nous devons surveiller, afin qu'il ne nous empêche pas de remplir le devoir sacré que nous avons à remplir.

— Ce sont ces misérables Chevaliers du Crucifix, s'écria le Maure, qui tiennent Gemma prisonnière, et cette Benedita, qui doit être un des agents les plus importants de cette société de malfaiteurs, doit le savoir. Ah ! pourquoi faut-il que je sois retenu ici encore quelques jours par cette maudite blessure, maintenant que le moment est venu d'agir, avec l'espoir de vaincre !

Un gémissement sourd, pareil à un rugissement intérieur, sortit de la poitrine du colosse.

— Je ne vois pas trop que nous puissions faire autre chose que d'aller à Venise, fit le père Bordier.

— Avez-vous donc perdu l'espoir de trouver quelque chose à Paris ?

— Oui, car j'ai fouillé Paris partout où j'avais espoir de trouver quelque chose, et...

— Eh bien !

— Je n'ai rien trouvé, mille tonnerres !

On voit que le père Bordier persistait dans son système de ne rien révéler au Maure de ce qu'il était parvenu à savoir.

— Cherchez ce Varcolli, emparez-vous de lui, cet homme doit savoir bien des choses, il parlera !

— Il faudra bien qu'il parle, mille sabords ! Et cette femme aussi, il faudra bien qu'elle nous tombe entre les mains et qu'elle parle !

Au fond le père Bordier était désolé, presque découragé. Tant qu'il avait cru que les Chevaliers du Crucifix étaient les auteurs de l'enlèvement de Gemma et du guet-apens infâme qui avait mis en péril la vie de Georges et de Jacques, il avait travaillé avec un courage opiniâtre et persévérant, à soulever le voile sous lequel il supposait qu'ils se cachaient ; mais le jour où il avait acquis la certitude que ce n'étaient pas eux, il éprouva un désappointement profond ; comme la fortune l'avait mal servi, il douta d'elle ; il se crut condamné à échouer toujours.

Et puis où était ce marquis ? où était ce Tabernier ? où étaient-ils allés se cacher ? Sans doute ces habiles coquins sauraient déjouer longtemps les recherches les plus actives et les mieux combinées ! Et puis on fouille bien une ville, mais la France, mais l'Europe, mais le monde ! Hélas ! il voyait ouverte devant lui une série nombreuse d'années d'efforts où toute son énergie devait se briser peut-être, et toutes les ressources de son esprit s'épuiser sans atteindre le but qu'il poursuivait !

Mais il ne pouvait cependant pas renoncer à son entreprise sans lâcheté ; il pouvait encore moins se croiser les bras et attendre que le hasard vînt lui révéler la retraite du marquis et de Tabernier. C'est pour cela qu'il allait à Venise.

— Partons ! père, dit Georges en lui posant la main sur l'épaule.

— Oui, partons ! fit Jacques, le plus tôt sera le meilleur. Ah ! tonnerres ! que vienne enfin l'heure où nous puissions mettre le grappin sur ces marsouins-là !

— Partons ! mes enfants, s'écria le père Bordier en sortant tout à coup de la rêverie douloureuse dans laquelle il était plongé, partons, et de suite si vous le voulez.

— Oui ! oui ! firent Jacques, Georges et le saltimbanque.

— A partir de ce moment, dit-il à ce dernier, vous cesserez de vous appeler Broussard : vous changerez de nom, de profession et même de visage.

Broussard le regarda tout étonné.

— Vous vous appellerez Durand, vous serez rentier, vous changerez votre figure, de manière à devenir tout à fait méconnaissable ; faites usage pour cela de faux cheveux, d'une fausse barbe, ou de quelque artifice que ce soit : c'est à votre choix ; mais il faut que vous deveniez méconnaissable.

— Ah !

— Oui, c'est de règle chez nous : nous sommes les enfants du mystère ; c'est par lui que nous combattons, c'est par lui seul que nous pouvons vaincre, et que nous vaincrons, je l'espère, mille millions de sabords !

— Soit ! fit Broussard ; et je changerai même jusqu'au son de ma voix.

XI

Tabernier et Fulcino.

Nous savons que l'homme d'affaires de la rue de la Clef avait été transporté, par les soins de Civette, dans le couvent des bénédictins, à Venise.

Là il avait été enfermé dans une cellule, dont on avait fait un cachot pour la circonstance.

C'est-à-dire qu'on avait enlevé le lit, les chaises et la table qui le meublaient, pour y substituer deux bottes de paille qui devaient servir de lit et de chaises au prisonnier. En outre la porte avait été munie à l'extérieur d'un énorme verrou ; bien plus, ladite porte était en chêne et d'une solidité telle qu'il eût fallu un bélier ou du canon pour l'enfoncer.

La cellule n'avait pas de fenêtre ; en outre elle était voûtée, et les murs et la voûte étaient d'une épaisseur de plusieurs mètres.

Pour rendre encore plus impossible toute tentative d'évasion de la part du prisonnier, on lui avait mis une énorme ceinture de fer à laquelle adhérait une chaîne de sept à huit pieds de long, dont l'extrémité était rivée à un gros anneau de fer, fixé à la muraille.

Assis sur sa paille, Tabernier était sombre et rêveur ; il y avait vraiment de quoi.

Considérait-il sa position comme désespérée ? C'est probable. Certes, c'était le moment ou jamais de mettre en réquisition toutes les ressources de son esprit.

Il n'avait pas encore prononcé une parole depuis qu'il avait été enlevé au lasso, comme une bête fauve, sur la route de Stramos, et transporté, garrotté, bâillonné, roulé dans une toile d'emballage, au fond de ce vieux cloître, aussi inaccessible aux regards des hommes que s'il eût été jeté dans un des fameux cercles de l'enfer de Dante.

Le jour ne pénétrait jamais dans cette cellule transformée, avons-nous dit, en cachot; une lampe de forme antique, une de ces lampes en usage probablement lors de la fondation du couvent, au moyen âge, était accrochée à la muraille et y projetait une lueur blafarde.

Le misérable savait bien le sort qui l'attendait : il ne devait pas ignorer que ses ennemis allaient le faire mourir au milieu des plus épouvantables tortures; il savait ce que les Chevaliers du Crucifix avaient commis d'atrocités à travers les siècles; il ne pouvait certes pas prendre pour des agneaux les auteurs de ces horribles et immenses tueries qui portent dans l'histoire les noms d'inquisition, de dragonnades, de Saint-Barthélemy. Il savait, à n'en pas douter, ce qu'il devait attendre de ces hommes qui regardent comme un saint Torquemada, ce monstre à face humaine, qui a dépassé en cruauté les Néron et les Tibère, ces grands fauves enchaînés au pilori de l'histoire de l'ancienne Rome; il n'ignorait pas que le plus humain d'entre eux n'hésiterait pas à faire, au besoin, ce que fit ce Torquemada : il connaissait assez l'histoire de France pour savoir que le plus doux d'entre eux avait conseillé le meurtre en masse, l'écrasement systématique[1] des femmes et des enfants; il savait que les Chevaliers du Crucifix d'aujourd'hui et ceux de jadis n'étaient que les anneaux d'une même chaîne jetée sur l'humanité; que ceux qui existent actuellement considèrent ceux qui les ont précédés comme des saints et des héros, et qu'ils disent, en parlant de l'Église catholique, apostolique et romaine, qui n'est que la raison sociale de leur abominable commerce, ces paroles

monstrueuses, par la bouche de leurs évêques et de leurs papes, paroles qui sont en même temps un avertissement et une menace : « Tout a changé autour d'elle, seule elle n'a pas changé! » Il savait tout cela, le misérable, et cependant il n'avait pas tenté de se briser la tête contre les murailles, et le morceau de pain qu'on lui apportait chaque jour pour sa nourriture, il le mangeait; et il trempait ses lèvres, quand il avait soif, dans l'eau que lui apportait la même main qui lui apportait le pain.

Il voulait donc vivre encore : la perspective des maux qui le menaçaient ne brisait pas ce courage de désespéré qui le faisait se raccrocher à la vie.

Ce n'était pas le courage qui raisonne et qui fait le héros; ce n'était pas le courage de l'halluciné, qui fait le martyr; c'était tout simplement l'horreur irraisonnée, la crainte bestiale de la mort.

Il se cramponnait, haletant, éperdu, fou, au bord de cet abîme immense au fond duquel il ne voyait que ténèbres épaisses, et au-dessus duquel était écrite, en lettres sinistres, la cessation d'être de son individu.

Et puis il était homme d'affaires.

Un homme d'affaires devait-il donc mourir comme cela, sans chicaner avec la mort?

Lui qui avait tant de fois trompé les hommes, ne pourrait-il donc pas la tromper aussi, elle?

Après la chute de ses projets, l'écroulement de toutes ses espérances, la triste et sotte aventure que sa cupidité l'avait fait décorer du nom pompeux d'affaire, et qui l'avait amené là, avait-il cessé de croire en lui, en son habileté, en son expérience, en sa fourberie, en son génie, en son étoile?

Insensiblement il se mit, malgré la terreur qu'il éprouvait, à réfléchir et même à raisonner.

1. Tout le monde sait que Fénelon a conseillé les dragonnades.

— En somme, que veulent ces Chevaliers du Crucifix? se dit-il; quel but poursuivent-ils? Ils veulent les millions de l'héritière de Mélos? Les tenir dans leur caisse, c'est leur but? Eh bien! on ne les leur dispute plus, ils les auront, ils les encaisseront : que leur importe le reste?

Se venger de moi, ce serait une puérilité : je suis trop petit, moi, pour eux qui sont si grands! que leur importe que je vive ou que je meure? Demandez donc à l'éléphant s'il se soucie de l'insecte qui rampe à côté de son pied de colosse? moi je suis la mouche qui passe à travers les grilles du lion.

Et puis ces millions, ils ne les ont pas encore; qui sait? je puis peut-être les aider à s'en emparer!...

Oh! mes millions, s'écria-t-il tout à coup avec douleur, mes pauvres petits millions à moi, que vont-ils devenir? Heureusement que tout le monde ignore ma cachette!... Liberté! Liberté! Oh! Liberté!...

Un rugissement sortit de sa poitrine.

Une voix brève, sèche, métallique y répondit.

Un homme qui était entré sans qu'il s'en aperçût, grâce au peu de bruit qu'il avait fait, et aux ténèbres, était debout devant lui.

— Vous avez des millions, dit-il en ricanant.

Cet homme était masqué et portait une robe de moine.

C'était Fulcino, le membre du fameux Conseil suprême, celui-là même que nous avons vu, il n'y a pas longtemps, en conversation avec Civette.

Comme Tabernier n'avait pas répondu à sa question, il ajouta :

— Vos millions nous les aurons.

— Je n'en ai pas; je n'en ai pas : cette prison me donne le délire : au fait, que m'importent les millions à présent, puisque je ne puis même plus compter sur la vie?

Fulcino sourit.

— Vous avez emporté pas mal d'argent de Paris, quand vous en êtes parti; vous avez ajouté depuis à cette somme vingt millions au moins que feu le baron de Mélos avait laissés à Stramos; ces richesses sont cachées, voulez-vous que je vous dise où?

Tabernier le regarda d'un air hébété.

— Ces trésors nous les ferons enlever; que dis-je? ils doivent l'être en ce moment, car nous avons donné des ordres pour qu'on les enlevât. Vous subirez en outre la question ordinaire et extraordinaire.

Le misérable resta immobile et sans voix comme s'il eût été pétrifié.

— Je vais donner des ordres pour que vous soyez mis en croix, dans la chapelle ardente, en attendant l'heure de votre supplice : un prêtre dira une messe à votre intention, afin que Dieu soutienne vos forces de manière que vous puissiez subir intégralement tous les tourments que vous réserve votre supplice, car il faut que la religion catholique, apostolique et romaine soit largement glorifiée dans le châtiment d'un si grand coupable!

Tout à coup l'homme d'affaires fit un soubresaut; sa figure blème et exsangue s'empourpra, son œil lança un éclair.

Puis il s'assit sur sa paille, et tel était l'empire qu'il prenait sur lui-même, au besoin, qu'il dit à l'homme rouge d'une voix calme :

— Causons!

Celui-ci le regarda tout étonné.

— Que voulez-vous dire?

— Je croyais que les hommes chargés de parler au nom de votre redoutable et puissante société ne parlaient jamais sans avoir bien pesé la valeur de leurs paroles.

— Hein?

Il a des amis qu'il va voir tous les ans.

— Eh bien! ce que vous venez de dire est insensé.

— Qu'osez-vous dire? misérable! s'écria Fulcino d'une voix vibrante de colère : ah! pour cette insolence, je vous verserai de mes propres mains du plomb fondu dans les entrailles!

— Oh! vous laisserez mes entrailles tranquilles, et voici pourquoi : c'est l'intérêt qui inspire tous vos actes...

— C'est l'intérêt de l'Église catholique, apostolique et romaine; entendez-vous? misérable! interrompit violemment Fulcino.

— L'Église et vous, vous et l'Église, je sais bien que c'est la même chose : est-ce que les prêtres, les évêques et le pape lui-même ne le proclament pas tous les jours?

— Assez! à la question! stupide raisonneur!

— Je dis qu'il est de l'intérêt de l'Église, c'est-à-dire du vôtre...

— De Dieu! misérable.

— De Dieu, soit! que vous me ménagiez.

— Allons donc! ah! ah! ah!...

— Bien plus, que vous me demandiez mon concours pour arriver à vos fins.

Fulcino lui tourna brusquement le dos et se dirigea vers la porte.

— Gemma de Mélos ne possède plus un sou de tous les milliards que lui avait laissés son père : c'est moi qui ai rédigé l'acte par lequel elle en a fait l'abandon à...

— A qui? fit Fulcino qui, arrivé sur le seuil de la cellule, se retourna tout à coup.

— Je vous dirai le nom plus tard, quand je ne serai plus ici, quand je serai en liberté, quand j'aurai des garanties pour ma sécurité personnelle.

— Vous voudriez nous prendre à un piège bien grossier, misérable, fit l'homme rouge en rentrant à pas lents dans la cellule.

— Soit! mettons que j'aie menti. Cependant, croyez-vous que je n'aie pas pris des précautions, quand je me suis vu menacé par vous?

— Quelles précautions?

— J'ai remis un écrit entre les mains d'un ami, que vous ne connaissez pas, que vous ne découvrirez jamais : dans cet écrit je lui recommande, s'il restait seulement huit jours sans avoir de mes nouvelles, d'aller porter à Hassan, le frère adoptif de Gemma, l'acte de donation dont je vous ai parlé.

— Ah! ah!

— De lui dire qu'elle est entre les mains d'une société secrète dont...

— Hein?

— Dont les bureaux de police sont dirigés rue d'Ulm, n° 3, à Paris, par...

— Hein?

— Dont le Conseil suprême siège à Rome, rue des Arènes, n° ...

— Misérable! assez!...

— J'ai en même temps remis à cet ami, que vous ne connaissez pas, que vous ne découvrirez pas, tous les dossiers des infamies que j'ai commises pour vous pendant que j'étais votre agent...

— Blasphémateur! ne vous rappelez-vous pas qu'en travaillant pour nous c'était pour Dieu que vous travailliez, et qu'en qualifiant d'infamies les affaires venant de nous, vous englobez Dieu lui-même dans cette abominable qualification!

— Cet homme voudra délivrer sa sœur adoptive, qu'il adore, je le sais, et dont il cherche les ravisseurs avec acharnement.

— Que nous importe!

— Hé! hé! monsieur le moine, savez-vous comment vous appelle le peuple qui commence à se réveiller et à secouer le joug de ses vieilles croyances?

— Que voulez-vous dire encore?

— On vous appelle les Chevaliers du Crucifix?

— Misérable! grinça Fulcino...

— Ah! ah! maintenant la presse a quelque liberté et elle parlera!

— De quoi?

— De tout cela, de l'enlèvement de Gemma, de ma disparition, de tous mes dossiers; tout cela sera livré au grand jour de la publicité; tout cela sera porté devant le tribunal de l'opinion publique; et puis Hassan déposera contre vous une plainte devant les tribunaux... Dieu! quel immense scandale!

— Dieu a dit, misérable : malheur à celui par qui arrive le scandale! artisan de scandale, je vous travaillerai moi-même les entrailles!

— Oh! on aura les noms des personnages de votre société qui ont joué un rôle dans les infamies que vous m'avez fait commettre et dont j'ai livré les dossiers, on aura leur adresse, car j'y ai joint ces noms et ces adresses, et on verra là un tissu d'horreurs et d'infamie à faire rougir même des gens d'Église!

Fulcino, dont la colère était tombée tout à coup, par suite d'un effort violent de sa volonté, jeta sur son prisonnier un regard où se lisait une implacable résolution.

— Vous subirez la torture ordinaire et extraordinaire, lui dit-il; vous souffrirez toutes les tortures de l'enfer avant de mourir. Dieu a dit : il a péché dans son corps et dans son âme : vous souffrirez dans votre corps et dans votre âme.

Tabernier poussa un ricanement; mais malgré toute son habileté, on sentait que ce ricanement détonnait, qu'il était nerveux.

— Un serviteur de Dieu, poursuivit l'homme rouge, ne doit jamais se livrer à la colère : aussi la colère que je vous ai montrée était feinte; je devais vous faire parler, je devais chercher à lire dans votre âme scélérate : notre colère à nous ne nous fait jamais rien révéler de nos pensées, car c'est une colère feinte : mais la vôtre était bien réelle et sincère. C'est ce que je voulais ! Maintenant j'ai lu dans votre âme.

Tabernier chancela sous le coup, puis tombant la face sur sa paille, il se mit à rire bruyamment; mais son rire était aussi faux que son ricanement.

Quand il releva la tête, l'homme rouge avait disparu.

XII

La vision.

La nuit était venue.

Depuis que le délégué du conseil des Dix avait quitté la cellule, de longues heures s'étaient écoulées.

Souvent, dans un cachot, le jour ressemble si bien à la nuit qu'on ne s'aperçoit guère quand il vient, ou quand il s'en va.

Le cachot où était enfermé l'homme d'affaires était de ceux-là.

Nous avons dit qu'une petite lampe l'éclairait nuit et jour ; cette petite lampe, accrochée à la voûte massive et noire, projetait une lueur qui faisait sur les ombres qui remplissaient la cellule, à peu près l'effet d'une étoile lointaine.

La porte de ce cachot humide et ténébreux restait toujours entrebâillée.

Il donnait sur un corridor très large et d'une longueur infinie, ressemblant assez à un viaduc souterrain. De loin en loin on y voyait, fixées aux murailles, de petites lampes en tout pareilles à celle dont nous venons de parler.

Il y avait longtemps que le moine, qui était chargé de la nourriture du prisonnier, lui avait apporté son repas du soir.

Le vaste monastère était plein de bruits vagues et mystérieux.

On eût dit un monde de noctambules, effleurant d'un pas furtif ses dalles antiques et chuchotant des paroles que nul autre que lui ne devait entendre !

. . . .

A la suite de la visite du délégué du Conseil suprême, Tabernier était tombé dans un abattement profond.

Un moment il avait cru que son ennemi se laisserait toucher par la crainte du scandale; c'est pour cela qu'il avait imaginé la petite fable qu'il lui avait faite. Il avait payé d'audace; il avait fait des efforts inouïs sur lui-même, pour se donner une pose, un maintien pour imposer à son bourreau. Maintenant il reconnaissait que la terreur qu'il ressentait malgré lui avait fait grimacer sa figure, détonner sa voix, et donné à son geste je ne sais quoi de nerveux et d'embarrassé : bref, il croyait avoir complètement raté son effet, lui l'habile comédien pourtant !

— J'ai tout au plus effleuré l'âme de cet homme, se disait-il avec la rage du désespoir ; ça n'a pas pénétré, j'en suis sûr : et cependant c'était ma dernière arme, mon dernier moyen de sortir d'ici ; maintenant il ne me reste rien, plus rien !

Ces gens-là sont trop puissants : autrefois ils auraient peut-être craint le scandale, de nos jours ils s'en moquent bien ! Ne sont-ils pas les seuls souverains maîtres ? N'ont-ils pas dans leurs mains les prêtres, les évêques, le pape, les fonctionnaires civils et militaires, les juges, l'armée, l'aristocratie par son orgueil, la bourgeoisie par ses affaires, et le peuple par sa bêtise ? Ah ! ils craignent bien le scandale !... Mais ces gens-là sont nécessaires à l'évolution régulière et normale de la vie sociale ! Si les Chevaliers du Crucifix n'existaient pas il faudrait les inventer ! Il n'y a que le peuple, c'est-à-dire l'ouvrier, qui pourrait se passer d'eux, et encore ! Mais le peuple, est-ce quelque chose ? C'est la masse confuse, c'est l'atome réfractaire à l'atome, c'est la carte biseautée avec laquelle on joue, c'est le dé pipé dont se servent les ambitieux et les habiles ! Le peuple, ce n'est qu'un mot, c'est une pure et simple expression politique !

Insensé que je suis ! ah ! j'ai cru leur porter un coup terrible en les menaçant de scandale ; ils s'en moquent bien, ces hommes ! En quoi le scandale enrayerait-il l'action de leur pouvoir occulte et sans bornes sur le troupeau humain ? Quel est celui de ceux qui ont entre les mains une parcelle du pouvoir, de fortune ou d'influence, qui cesserait de pactiser secrètement avec eux, parce qu'on aurait soulevé un coin du voile qui cache leurs turpitudes ou leurs crimes ? Ah ! mon pauvre Tabernier, que tu es donc naïf pour un homme d'affaires ! Croirait-on, en te voyant des illusions de ce calibre, que tu as été pendant si longtemps l'agent le plus actif des Chevaliers du Crucifix, les coquins les plus éhontés et les plus habiles qu'il y ait sous le ciel ?

Le misérable poussa un cri de rage ; la mort lui apparaissait de nouveau, la mort avec toutes les tortures dont la cruauté de ses ennemis ne manquerait pas de l'entourer.

Il s'étendit sur sa paille et ferma les yeux.

Le désespoir, harpie sinistre, s'abattit sur son chevet.

Les heures s'écoulèrent pour lui dans les affres terribles de ces appréhensions atroces qui précèdent la fin de ces misérables, qu'aucun sentiment noble ne soutient, et qui, après s'être *châtrés* de l'idéal, n'ont plus rien qui les grandisse, les élève et les fortifie quand l'heure suprême vient à sonner.

Socrate était grand et fort devant la ciguë, Jésus devant la croix, d'Assas devant l'ennemi ; de nos jours un adepte de l'école dite naturaliste serait lâche et abject comme Tabernier !

De temps à autre le misérable se retournait sur sa couche : il fermait les yeux avec obstination ; il invoquait le sommeil. Ah ! s'il avait pu dormir !...

L'immense couvent, nous l'avons dit, était plein de bruits mystérieux.

On eût dit comme des chuchotements, des pas furtifs, des frôlements étranges dans les ténèbres.

Tout à coup une vive lumière inonda sa cellule ; il sentit comme l'approche d'êtres humains ; il ouvrit brusquement les yeux.

Deux femmes étaient debout devant lui.

Ces femmes étaient jeunes et belles.

Elles portaient des vêtements de fête que recouvraient en partie des manteaux blancs doublés de fourrures.

Dans leurs opulentes chevelures, on voyait des fleurs et des diamants.

Elles tenaient des lampes levées au-dessus de leurs têtes.

Ces lampes, nous l'avons dit, projetaient une vive lumière.

Ces jeunes femmes avaient le visage souriant.

Ses yeux s'ouvrirent démesurément : il lui sembla que l'une des deux ne lui était pas inconnue.

— Elle ! fit-il tout à coup, haletant.

Les deux femmes se regardèrent.

— Il me reconnaît, dit l'une en ricanant.

— C'est là cet homme, dit l'autre, qui t'a demandé si j'étais belle ?

— Oui.

— Si j'avais la main petite ?

— Oui.

— Si j'avais les cheveux noirs ?

— Oui.

— Si j'avais un grain de beauté ?

— Oui.

— Si mes lèvres pâlissaient quelquefois ?

— Oui.

— Si je parlais de ma mère ?

— Oui.

— Si j'étais italienne ?

— Oui.

— Ah ! ah ! ah ! ah ! ah ! ah !...

— Pietro Tavelli, Tabernier, poursuivit-elle, je suis celle sur laquelle tu as demandé tout cela : regarde si j'ai la main petite, les cheveux noirs, les lèvres pâles, et si j'ai un grain de beauté sur la tempe : regarde, regarde bien ! reconnais-tu *ta fille ?*

— Elle ! elle ! elles !

— Tu me reconnais ? Jésus ! il y avait pourtant longtemps que tu avais quitté ta Benedita, quand je suis venue au monde.

— Elle ! elle ! elles !

— Il a cru que j'étais sa fille ! Jésus ! Marie ! quel vieux serin pour un homme d'affaires !

— Elle ! elle ! elles !

— Tu es trop impie pour qu'on fasse de toi un saint Joseph, vieux toqué !

— Elle ! elle ! elles !

— Jésus ! Marie ! Quelle drôle de tête il fait ! Il paraît que ce que je lui dis l'amuse beaucoup ! Dis donc, père chéri, je puis t'affirmer que ma bonne petite mère aimait beaucoup, beaucoup, beaucoup notre charmant Carlo Luigi ; oh ! elle en raffolait de Carlo Luigi ! Il était....

— Non ! non ! Jamais ! jamais ! hurla-t-il.

— Ne te démène pas tant, ne te mets pas si fort en colère, car ça t'enlaidit encore davantage, et ma foi tu ne plairas plus aux dames.

— Elle ! elles !

La Canaque se retourna vers sa compagne.

— Dites donc, Blandine, c'est bien là l'homme qui vous a conduite dans un hôtel de la rue Saint-Martin ?

— Oui ! ah ! ah ! ah ! mais il n'a plus sa fausse barbe.

— Jésus ! Marie ! que vous avez eu de mérite de supporter un animal aussi repoussant !

— Je l'ai fait, *ad majorem Dei gloriam !*

— Maintenant, Blandine, laissons-le sur son lit de plume, le voluptueux ! A propos, nous chercherons, hein ?

— Oui.

— Il faut le faire souffrir beaucoup, beaucoup, et longtemps !

— Je prierai la très sainte mère de Dieu qu'elle m'inspire.

— Savez-vous ? j'ai pensé à une chose !

— A quoi donc ?

— Je sais que c'est la mule du bienheureux Pie IX qui m'a inspirée, car j'ai eu cette idée presque aussitôt après l'avoir baisée.

— Pie IX est un saint, madame.

— L'idée m'est venue de faire manger votre amoureux par des serpents.

— Des serpents? Jésus! Marie! que ce sera drôle! Mais où en trouverons-nous, des serpents?

— Vous comprenez bien, Blandine, que Dieu ne pouvait pas laisser sa servante dans l'embarras : après lui avoir inspiré l'idée de se servir de serpents, il devait lui en faire trouver [1].

— Jésus! Marie! mais c'est un miracle! mais Dieu vous choisit pour faire des miracles! vous êtes une sainte! vous êtes une sainte! et laissez-moi me mettre à genoux devant vous pour vous adorer!

— Faites, Blandine, *ad majorem Dei gloriam!*

1. C'étaient les serpents de Broussard.

— J'en ai trouvé et une quantité.

— Vous êtes le vase d'élection du Seigneur.

— Il y en a de blancs, de jaunes, de noirs, de gris, de gros, de petits, et méchants que c'est une bénédiction !

— Vous êtes l'espoir de ceux qui souffrent, la consolatrice des affligés.

— Ils sifflent, Blandine, si vous saviez, ils sifflent à faire notre bonheur, et ils doivent mordre! oh! ils doivent mordre!

— Vous êtes la lumière et la force de l'Église catholique, apostolique et romaine.

— Relève-toi, Blandine, et sortons !

Arrivées sur le seuil, elles se retournèrent.

Elles lui envoyèrent des baisers, puis elles s'éloignèrent en étouffant le bruit de leurs pas et en chuchotant.

— Canailles ! hurla Tabernier, canailles !

Puis il roula sur sa paille, où il resta longtemps comme une masse inerte.

XIII

Venise la nuit. — Comment Sterley croit enfin gagner son ambassade.

— Mon cher Sterley, tu as été charmant ce soir, sans toi je perdais mille louis, et la veine m'étant enfin venue, il se fait que je me trouve en avoir gagné deux mille.

— J'ai été heureux de te rendre ce petit service, Ulrich.

— Dame ! ce n'est guère dans tes habitudes, conviens-en, de risquer huit cents louis comme ça, afin de tirer un ami d'embarras.

— Mes principes, tu le vois, ne sont pas absolus, et puis j'étais heureux de te trouver : tu étais parti de Paris d'une façon si étrange, et il avait couru des bruits si fâcheux !

— Quels bruits ?

— On disait que désespéré de te voir arrivé presque à ta dernière pièce de cent sous, tu étais brusquement parti, avec l'idée bien arrêtée de te suicider.

— Les Parisiens sont des bavards, comme tu vois.

— Voilà déjà une raison; puis, quand je t'ai vu dépouillé par ce vieux prince Belgizzo, mon patriotisme s'est ému.

— Tiens, vicomte, je dois te dire encore une chose, je ne croyais pas que tu avais cette chose-là dans tes bagages.

— Tu as trop mauvaise opinion de moi, Ulrich ; je suis patriote, sans ostentation.

— De sorte que tu t'es dit : écrasons ce Vénitien !

— Précisément ; et d'abord j'ai fait chan-ger les cartes.

— Tu ne m'as pas dit pourquoi.

— Parce qu'elles étaient biseautées.

— Comment diable t'en étais-tu aperçu ?

— C'est mon secret.

— Ce n'est pas trop bête cela, pour un diplomate.

— Toujours railleur !

— Que veux-tu ? C'est mon habitude ; et puis en France on a, tu le sais, une mau-vaise opinion de la diplomatie et je la par-tage un peu, comme tu vois.

— Préjugé stupide, mon cher, aussi j'es-père bien te prouver encore que tout diplo-mate que je suis et sur le point même de mettre enfin la main sur une ambassade, je ne suis pas plus bête qu'un autre.

— Moi je te proclame homme d'esprit, et de plus patriote ; sans toi, en effet, je n'au-rais pas deux mille louis ; mais comment diable se fait-il que tu m'aies rencontré ?

— C'est bien simple : j'allais à Rome, chargé d'une mission auprès du gouverne-ment du roi Humbert.

— Mais il me semble que ce n'était guère ton chemin ; il est vrai que les diplomates passent pour avoir horreur de la ligne droite.

— Toujours railleur, ce cher Ulrich ! mais laisse-moi donc achever : j'avais à voir à Venise un personnage important, la prin-cesse Fornarina.

— Ah !

— J'avais besoin de son concours pour réussir dans ma mission.

— Très bien ! C'est pour cela que tu as fait un détour par l'Adriatique ?

— La princesse est charmante, elle don-nait une fête ce soir ; elle a voulu que je fusse son hôte, et comme tu étais le sien : comprends-tu ?

— C'est clair comme le traité de Berlin, mon cher.

— Tu es gai ce soir, Ulrich ; il paraît que tu es au mieux avec la princesse.

— Elle ne saurait rien me refuser. Ah ! ces Italiennes ! ces Italiennes !

— Débauché ! va ! tu es un vrai Don Juan !

— On fait ce qu'on peut, et quand on est dans un lieu de délices... A propos, as-tu remarqué une jeune dame voilée qui causait avec la princesse ?

— Oui, et ce n'est même pas trop l'usage de venir au bal voilée.

— Sais-tu ce que j'ai entendu dire ?

— Quoi donc ?

— J'ai entendu dire que c'était une grande dame française qui joue un rôle immense dans la politique : cela est bien ton affaire.

— Je n'en crois rien : ce doit être quel-que coquette qui joue ce rôle de femme voilée pour frapper l'imagination et se payer le plaisir, rare de nos jours, de voir nombre de gens se traîner à sa suite, affolés d'amour, se battre en duel de ja-lousie, ou se suicider de désespoir.

— Tout ce que m'a dit la princesse, c'est qu'elle était adorablement belle.

— Tu le vois, c'est une coquette rusée et féroce.

— Cependant le son de sa voix...

— Tu l'as entendue parler ?

— Oui ; sa démarche, sa taille, sa tour-nure, sa main...

— Tu as vu sa main ?

— Oui ; certain diamant que j'y ai re-marqué : tout me porte à croire que je la connais.

— Serait-elle de Paris ?

— Oui.

— Du grand monde ?

— Oui.

— De quel monde ?

— Du monde aristocratique parbleu !

— Lequel ?

— Du faubourg Saint-Germain.

— Ah !

— Elle serait... mais il faut que je m'en assure...

— Son nom ?

— Je te le dirai demain.

Le vicomte se mit à rire.

Pourquoi n'achevait-il pas sa confidence ? Est-ce qu'il se rappelait tout à coup que Tabernier lui avait recommandé de n'avoir pas en son ami Sterley une confiance absolue ? Si c'étaient là toute sa prudence et toute sa sagesse, il faut convenir qu'il n'y avait pas grande prudence ni grande sagesse dans l'âme affolée de jouissance de ce viveur forcené.

Ils étaient en gondole ; la nuit était sereine, l'air calme, le ciel étoilé ; les échos des lagunes pleins de rires et de chants joyeux ; non loin de là, dans les palais, on entendait des bruits de fête.

— Ainsi, tu as envie de la voir ? fit le vicomte après un moment de silence.

— Oui.

— Tu l'aimes donc ?

— Je te l'avoue.

— Cet aveu doit te coûter, à toi surtout.

— Pourquoi ?

— N'es-tu pas ce qu'on appelle un homme blasé ?

— Possible.

— Qu'est-ce que vaut une femme pour un homme fort ? un billet de cent francs ?

— Tu railles, je crois, vicomte.

— C'est mon droit.

— Je te l'accorde.

— Te souviens-tu du jour où nous nous sommes rencontrés au bois de Boulogne ?

— Oui.

— Tu étais là, à cheval, planté comme une statue équestre, non loin de l'avenue de la table de marbre ; tu attendais une charmante jeune femme.

— Oui, eh bien ?

— Avoue que tu étais un insensé à ce moment-là !

— Non.

— La jeune femme était jolie, et je crois que tu me disais qu'elle était riche ?

— Elle l'était en effet, et elle l'est encore, je pense...

— Tu voulais te marier avec elle ? je crois.

— Oui.

— Tu avais une singulière manière de t'y prendre, et je suppose que tu as abandonné cette idée folle de forcer une fille à prendre pour époux un homme qui ne lui plaît guère.

— Que t'ai-je dit encore ?

— A ce moment-là ?

— Oui.

— Je ne sais trop ce que tu as bien pu me dire encore.

— Ne t'ai-je pas dit que j'aurai ma revanche ?

— Eh bien ?

— Eh bien ! je l'aurai.

— Comment ! tu y penses encore ?

— Mais certainement.

— Et tu aurais ta revanche ?

— Complète.

— Je te demanderai comme je te le demandais alors, je crois : à quand le mariage ?

— A bientôt.

— Et j'en serai ?

— Comment donc !

— Alors c'est parfait : j'espère que tu as de la suite dans les idées, toi !

— Je suis appelé auprès de la belle, et je serais même déjà parti sans cette princesse Fornarina... tu comprends !

— Le fat !

— Sans *blague*, elle me retient sous mille prétextes.

— Auras-tu le courage d'Enée ? fit le vicomte en riant.

Il sortit précipitamment de chez lui.

— Il le faut, mon cher; je ne peux pas vivre toujours avec quelques centaines de louis pour tout *potage*; et quand elle devrait être ma Didon...

— Pauvre femme !

— Raille ! raille ! qui vivra verra, morbleu !

— C'est pour cela que je veux vivre, moi!

En prononçant ces paroles, le vicomte jeta à son interlocuteur un singulier regard; mais celui-ci, tout à ses rêves de bonheur, ne s'en aperçut pas.

En ce moment la gondole qui les portait rasait une longue file de palais de marbre, brillamment illuminés pour la plupart : il en sortait des bruits vagues d'orchestres et des rumeurs gaies et confuses.

Des centaines de gondoles les croisèrent, ornées de lanternes aux mille couleurs; plusieurs avaient des feux de Bengale à la proue. Ces feux teignaient de pourpre et d'émeraude les édifices, les barques, leurs passagers et les eaux clapotantes des lagunes. Cet endroit présentait un aspect féerique.

Tout à coup de Bordes tressaillit.

— Elle ! fit-il en se levant brusquement.

— Qui ?

— La dame voilée.

— Ah ! bah ! tu te trompes.

— Regarde : vois-tu dans cette gondole à gauche, à une quinzaine de pas de nous, cette femme assise sous ce dais de pourpre orné de franges d'or ? Cette femme drapée dans un ample manteau blanc, rayé de larges bandes bleues ?

— Oui : suivons-la.

— Je le veux bien.

— Elle paraît avoir le visage tourné de notre côté.

— Ne disais-tu pas que tu la connaissais ?

Le marquis était devenu rêveur ; il ne répondit pas.

— Elle ! elle ! toujours elle ! murmura-t-il.

Sterley avait donné ses ordres aux rameurs : la gondole changea brusquement d'allure ; sa vitesse parut se décupler, mais, chose étrange, celle qui portait l'inconnue, comme si elle eût craint son approche, se mit aussitôt à glisser sur les flots avec une vitesse non moins grande.

— J'aime ça, moi, la chasse à la femme, fit le vicomte.

— Oh ! je la rejoindrai ! gronda de Bordes. Je la verrai à visage découvert, je le jure.

— Pour la mettre dans ta collection ? insensé !

Le vicomte lança au marquis un regard étrange.

Ce regard l'eût fait réfléchir, tant il accusait de haine comprimée, de rage sourde, et de joie hideuse et féroce.

Mais il était tout entier au désir de rejoindre cette femme et de pénétrer le mystère dont elle s'entourait, il ne voyait qu'elle.

— Elle va à un rendez-vous, lui dit le vicomte après un moment de silence.

— Pourquoi supposes-tu cela ?

— Ne vois-tu pas qu'il n'y a pas d'homme avec elle ?

— C'est vrai, elle est seule.

— Est-ce l'usage qu'une femme se promène seule en gondole la nuit, à moins qu'elle n'aille à un rendez-vous ?

— C'est possible, grinça de Bordes.

Le vicomte sourit.

— Nous avons un rival.

— Qu'importe !

— Comme tu dis ça !

— Tiens, regarde ce petit outil.

Le marquis montra au vicomte un magnifique stylet à poignée de bronze, et dont la lame fine et acérée lança un éclair dans l'ombre.

— Ah ! ah ! tu penses à tout, toi.

— C'est un petit moyen, mais d'une efficacité infaillible, pour mettre à la raison un rival.

— Fichtre ! tu n'y vas pas de main morte !

— Mais tout le monde ici connaît ça.

— Et en joue ?

— Certainement : on voit bien que tu es frais arrivé de France.

— Et que toi tu es devenu Vénitien dans l'âme.

— Tu n'en auras pas besoin, mon cher, avec tes amours platoniques.

— Tu crois ?

— Certes, qu'importe à un amoureux pour de bon, comme on dit dans le vulgaire, qu'un homme perché dans les nuages...

— Tu crois ?

— Et ne sortant jamais des nuages, braque, de cette hauteur où il habite, une lorgnette sur lui et sur sa maîtresse qui se contentent prosaïquement de cette pauvre terre pour s'y donner un rendez-vous ?

— Raille ! raille !

— Oh ! tu es haut perché, amoureusement parlant, vicomte.

— Malin, va !

— Tu te fais, je crois te l'avoir dit bien des fois, une collection de brillantes chimères : nous autres nous sommes plus prosaïques, plus positifs.

— Et tu crois bien me connaître ?

— Oh ! certainement, fit le marquis en riant ; tu es une nature essentiellement contemplative : tu ne verras jamais les femmes qu'à travers le prisme de ton imagination ; pour toi elles auront des formes éthérées, impalpables ; tu leur donneras des rendez-vous dans les nuages, où elles n'iront pas, et tu croiras, dans tes chastes délires, avoir pressé autre chose sur ton cœur que des chimères, brillantes si tu veux, mais, en somme, des chimères. Oh ! cela ne t'empêchera pas de devenir ambassadeur.

— Certes, il ne manquerait plus que ça, fit ironiquement le vicomte, que je ne fusse pas même ambassadeur !

— Tu le seras ; tu as tout ce qu'il faut pour ça. Bref, maintenant tu sais à quoi sert un stylet.

Il y avait bien une heure que les deux gondoles se suivaient, l'une poursuivant l'autre.

La distance qui les séparait était toujours à peu près la même, ayant l'une et l'autre le même nombre de rameurs, et recevant à peu de chose près la même impulsion.

Du reste, le marquis ne tenait plus seulement à rejoindre la femme voilée, il voulait encore la suivre jusqu'à l'endroit où elle allait, fût-il obligé de passer par une fenêtre ou de fracturer la serrure d'une porte.

Je ne sais quelle jalousie le mordait au cœur.

Nous savons que depuis qu'il avait vu la baronne de Berny, le fameux gandin n'était plus blasé sur les femmes.

Bien plus, à tort ou à raison, il flairait cette dernière dans cette inconnue.

Nous avons vu quelle passion lui avait inspirée la sirène cléricale.

Dans son entretien avec Varcolli, il en a laissé voir assez pour que le lecteur soit édifié à cet égard.

Oui, il aimait cette femme.

Benedita était de ces créatures dont la beauté dangereuse jette dans le cœur des hommes je ne sais quel poison subtil qui les dévore.

Depuis quelque temps le marquis et son compagnon gardaient le silence.

Le vicomte était pâle et agité ; il paraissait lutter contre une émotion violente qui menaçait d'envahir tout son être.

De Bordes avait l'œil rivé sur l'inconnue, dont la gondole semblait filer avec moins de vitesse.

Tout à coup elle s'arrêta.

En face se montrait, dessinant dans les ténèbres sa silhouette de perron orné de colonnes, de balcons et de terrasses, une grande et somptueuse demeure.

La gondole aborda.

L'inconnue se leva, jeta une bourse au gondolier, puis en quelques pas elle atteignit le perron, dont elle gravit les marches.

Arrivée là, elle se retourna.

Qui attendait-elle ?

Cependant le marquis, qui avait fait, de son côté, arrêter sa gondole à l'endroit même où venait de s'arrêter la sienne pour repartir aussitôt, dit à Sterley :

— Paie le gondolier et suis-moi !

Comme si elle eût attendu ce moment pour pénétrer dans sa demeure, l'inconnue posa la main sur la porte qui s'ouvrit.

Mais comme elle allait en franchir le seuil, de Bordes arriva, haletant, fiévreux.

A la vue de cet homme elle poussa un cri, comme si elle eût éprouvé une grande frayeur et entra précipitamment.

De Bordes la suivit, puis à sa suite se glissa le vicomte, dont le cœur battait à se rompre (nous savons que Sterley était lâche), puis la porte se referma.

. . . .

Environ une heure après, une gondole s'arrêtait en face de cette même maison.

Le passager était un homme grand,

maigre, couvert d'un long manteau de couleur sombre et coiffé d'un chapeau à larges bords.

Il jeta un long regard sur le vaste et imposant édifice, qui apparaissait, de la distance où il était, comme une masse noire dans la nuit.

— C'est bien là, demanda-t-il au gondolier, l'ancien palais Visconti?

— *Si signor!* fit le gondolier d'une voix brève.

— C'est bien !

Puis il tira de l'argent de sa poche et mit dans la main rude de son nautonnier deux pièces de cent sous de France, que celui-ci empocha avec une certaine satisfaction.

Comme il ouvrait la bouche pour murmurer un remerciement, l'inconnu était déjà sur le perron du palais, dont il avait franchi les marches d'un bond.

— Chose étrange ! la porte n'était qu'entrebâillée.

— C'est drôle ! dit-il.

Il entra.

Cet homme avait un peu les allures d'un voleur.

Était-ce plutôt un jaloux?

Venise, depuis qu'elle n'est plus la porte de l'Orient pour le commerce, qu'elle n'a plus ses doges et ses Autrichiens, qui lui faisaient une large part dans la politique et les conspirations, est devenue uniquement une ville de plaisir.

Si on conspire encore, c'est contre le repos des maris et la vertu des dames.

Les intrigues amoureuses s'y croisent plus nombreuses que les étoiles que reflètent les eaux bleues de ses lagunes. Que de coups de stylet dans l'ombre ! Certes, le stylet a toujours été son *ultima ratio*[1]. Mais la voluptueuse et insouciante cité ne s'amuse pas à compter ni même à chercher ses cadavres.

1. Sa raison suprême.

Revenons à notre inconnu.

Après avoir franchi le seuil de la porte, il se trouva dans les ténèbres.

— Pas le moindre lampion pour se diriger! murmura-t-il d'un air très contrarié.

Il s'avança à tâtons, en étouffant le bruit de ses pas.

Un couloir long et large, partant de la porte d'entrée, conduisait jusque dans l'intérieur du palais.

Il le suivit.

De temps en temps il s'arrêtait pour écouter; mais aucun bruit n'arrivait jusqu'à son oreille.

— C'est un vrai tombeau ! *Corpo di Baccho !* murmura-t-il.

Il se trouvait au bout du couloir.

En face de lui, à droite et à gauche, se trouvaient des portes ; il chercha à en ouvrir une.

Enfin il y parvint.

Il se trouvait dans un salon assez vaste et splendidement meublé.

Ce salon était éclairé par un simple bougeoir posé sur un guéridon.

— Ah! ah! fit-il, un bougeoir suppose un habitant, ou plutôt une habitante !

Au fond de ce salon se trouvait une porte à deux battants.

Cette porte était fermée ; il l'ouvrit.

Elle donnait accès dans une splendide galerie de tableaux; cette galerie était éclairée par un candélabre porté par un faune colossal en bronze.

Il alla jusqu'au bout de la galerie.

Là il heurta du pied quelque chose d'assez volumineux posé en travers de la galerie.

Cet endroit était sombre.

La lumière projetée par le candélabre n'y arrivait que d'une manière vague.

Il se baissa pour voir cet objet; presque aussitôt une exclamation sourde sortit de sa gorge.

Cet objet était un cadavre !... Était-ce possible ?...

Il lui sembla qu'il reconnaissait le mort.

Il le prit et le traîna jusqu'à l'endroit de la galerie qui était éclairé par la lumière du candélabre.

Il ne s'était pas trompé ; il le connaissait en effet.

— L'homme de Corbeil, M. Morel ! murmura-t-il.

On se rappelle que le marquis de Bordes portait ce nom quand il dirigea l'expédition nocturne contre les hommes rouges, au presbytère de Thizy.

Maintenant le lecteur devine sans doute que l'individu qui venait de découvrir son cadavre, était Varcolli.

Il l'examina un instant en silence.

Il avait dans le dos et à la gorge deux blessures par lesquelles son sang paraissait avoir coulé à flots.

— Lui ici ! lui assassiné ! murmura-t-il.

Est-il bien mort ? ajouta-t-il en se penchant sur lui et en posant sa main sur sa poitrine.

Bien mort ! en effet. Ah ! ceux qui l'ont frappé ont travaillé consciencieusement.

Mais qui donc l'a tué ?

Pourquoi l'a-t-on tué ?

Corpo di Baccho ! voilà une drôle de maison, et pourtant c'est là qu'on m'a dit que demeurait Benedita !

Diable ! diable ! il paraît qu'on joue bien du couteau ici !...

Silence et prudence !...

Il tira un long stylet de sa ceinture.

Nous avons oublié de dire que les appartements, comme les couloirs du palais, étaient recouverts d'épais tapis.

Si l'on joint à cela le soin que mettait le bandit à marcher à pas de loup et à éviter de faire le moindre bruit, on ne sera pas surpris que les personnes qui s'y trouvaient (s'il s'en trouvait toutefois en ce mo-

ment) ne se fussent pas aperçues de sa présence.

La découverte de ce cadavre le frappa vivement.

Ce ne fut plus seulement à pas de loup qu'il marcha, ce fut à quatre pattes comme une bête fauve.

Il s'arrêtait fréquemment pour écouter, et il écoutait avec une attention extrême, comme s'il s'était trouvé entouré d'ennemis.

Mille suppositions se croisaient dans son esprit. La jalousie et la terreur se partageaient son âme bouleversée.

— Il n'est pas probable que ce soit des amis que je doive rencontrer ici.

Ce M. Morel, qui était mon ami, est tué.

Ceux qui l'ont tué, ne l'ont pas fait parce qu'ils étaient ses amis, c'est bien clair ; et comme M. Morel était mon ami, ils pourraient bien en même temps ne pas être les miens.

A voir les blessures, il a été frappé traîtreusement.

On l'a donc attiré ici pour lui faire *son affaire* ? Qui donc l'a attiré ? Est-ce Benedita ?...

Est-ce que M. Morel était son amant, par hasard ? dans ce cas, tant mieux ! et si on ne l'avait pas tué, je l'aurais tué moi, bien sûr, et c'est tout simplement une besogne qu'on m'a épargnée.

A-t-il été poignardé par ordre de Benedita parce qu'il se serait introduit malgré elle dans son palais ? l'accablait-il de ses obsessions ? n'a-t-elle trouvé que ce moyen de s'en défaire ?

Cette idée que ma Benedita serait devenue vertueuse me plairait assez, corpo di Bacco.

Mais pourquoi la porte du palais était-elle entrebâillée ? Ah ! c'est que probablement on l'a laissée ouverte parce qu'on avait l'intention d'enlever le cadavre d'ici et d'aller le jeter dans l'eau.

Ce raisonnement eut pour effet de chasser la terreur qui avait un moment assiégé son âme ; ses idées prirent même une couleur riante.

—Ah ! je me rappelle, se dit-il tout à coup, que ce Morel devait connaître Benedita ! je me rappelle que quand je lui parlais d'elle, dans cette auberge de campagne où nous nous sommes trouvés ensemble un jour, il avait un air qui m'a frappé.

Ah ! mon vieux, tu as donc fini par savoir que la louve avait des crocs !

Un ricanement sourd s'échappa de sa poitrine.

Mais il était arrivé à un ordre d'idées trop riantes pour qu'il s'y arrêtât longtemps.

L'âme du bandit avait quelque chose de celle d'Othello, ce personnage d'une tragédie du poète anglais Shakespeare ; sa jalousie, qui sommeillait, se mit bientôt à glapir.

—Si elle s'était débarrassée de cet homme pour se livrer à un autre, se dit-il tout à coup. Dame ! elle nous a bien quittés autrefois, Broussard et moi, pour courir après d'autres. C'est peut-être cet autre pour lequel elle a fait tuer ce Morel, qui est en ce moment avec elle, dans ses bras peut-être???...

Il poussa un rugissement sourd.

Sa main serra de nouveau avec force le manche de son stylet.

Comme il s'était relevé, il se courba de nouveau et se remit à marcher dans la posture d'une bête fauve guettant une proie.

Des spasmes de rage le secouèrent ; ses mains se crispèrent, ses dents grincèrent, il devint haletant, hideux ; une bave écumeuse s'échappa de sa bouche entr'ouverte.

Il traversa ainsi plusieurs pièces de l'immense édifice, s'arrêtant fréquemment, écoutant comme le tigre écoute, collant ardemment son oreille aux portes, quand il en rencontrait.

Tout à coup il s'arrêta, se coucha à plat ventre et devint immobile comme si la mort l'eût frappé tout à coup.

Dans la pièce voisine on parlait.

Son oreille percevait non seulement le son des voix, mais encore les paroles.

Un tressaillement indéfinissable glissa au fond de son être, comme un coup de vent mystérieux.

— Elle ! fit-il sourdement.

Avec elle, il y a un homme !

Il avait reconnu la voix de Benedita.

Quant à celle de l'homme, il ne la connaissait pas.

Cet homme, disons-le tout de suite, était Sterley.

—Ainsi, vicomte, disait Benedita, il ne respire plus cet homme ?

— Plus du tout, madame la baronne.

— Je l'avais cru mort ; il avait été si bien frappé et il était tombé, m'avait-il paru, comme une masse.

— En effet, et ces hommes savent si bien jouer du couteau !... Mais, vous riez, madame ?

— Oui, je ne peux pas m'empêcher de rire en pensant à la frayeur qui s'est emparée de vous à la vue de ces braves que j'avais chargés de tuer le marquis ; pourtant vous saviez bien que ce n'était pas à vous qu'ils en voulaient ? ils vous connaissaient : c'était vous qui vous étiez abouché avec eux.

— C'est égal, une erreur est bien vite commise, un homme ressemble si facilement à un autre dans les ténèbres !

— Et puis, quand le marquis, qu'on croyait mort, et qui n'était que mortellement blessé, s'est mis à pousser des gémissements, vous êtes-vous servi de votre stylet pour l'achever ? non ! avouez que lorsque vous l'avez vu se soulever brusquement, et faire un mouvement comme pour prendre une arme et vous frapper, vous avez manqué de cœur! dame! vous vous êtes enfui à toutes jambes!... Ah! mon cher vicomte, il n'est pas donné à tout le monde d'être brave!

— Vous l'êtez, vous, madame la baronne, et de l'endroit où j'étais, je vous ai vue lui plonger un poignard dans la gorge avec un sang-froid et un courage qui ont fait mon admiration.

— Ainsi, il ne lui reste plus un souffle de vie?

— Pas la plus petite parcelle.

— Corbetto et Stabrina trouvent le vin bon?

— Oui, madame, et ils sont à leur douzième bouteille de Syracuse.

— Il faudra leur dire de jeter le cadavre à l'eau, avant qu'ils ne soient ivres.

— Ils le sont déjà, madame.

— Quelles brutes! et encore s'ils avaient tué le marquis raide; ils n'ont vraiment pas gagné les cent louis que nous leur avons donnés!

L'œil de la Canaque lança un éclair.

Le vicomte la regarda.

— Si ces hommes vous gênent, madame la baronne, vous n'avez qu'à dire un mot.

En même temps, il tira un poignard de sa ceinture.

— Je vous remercie de votre zèle, vicomte, fit-elle avec une légère pointe d'ironie, ces hommes peuvent encore m'être utiles: plus tard, dans quelques jours peut-être; nous verrons.

— Qui jettera donc le cadavre du marquis à l'eau, si ces hommes ne peuvent pas le faire?

— Vous, vicomte.

— Avec joie. Oh! que ne ferai-je pas pour vous, c'est-à-dire pour la sainte Eglise ca-

tholique, apostolique et romaine, madame la baronne! ajouta-t-il.

— Bien vrai! fit celle-ci avec un sourire qui montra au jeune diplomate les plus magnifiques dents du monde.

— Oh! si vous en doutiez, j'en mourrais de douleur sur l'heure!

— Vous tenez donc bien à mon estime!

— Plus encore qu'à votre estime! s'écria le vicomte en tombant à genoux.

— A quoi donc? mon ami.

— A votre amour.

— Vous dites cela à moi, à moi l'épouse du Christ? vous êtes un insensé!

— Dieu doit permettre certains sentiments, madame.

— Que voulez-vous dire?

— Nous l'aimons, nous l'adorons, nous travaillons pour sa gloire, mais...

— Eh bien?

— Devons-nous méconnaître ses desseins quand, descendant des sphères éthérées où il réside, il s'incarne miraculeusement! ..

— Je ne vous comprends pas.

— Je m'explique, madame la baronne: en voyant votre beauté, vos formes suaves et ravissantes, je ne puis pas croire que vous soyez une femme ordinaire, ni même seulement l'épouse du Christ; vous êtes plus que cela.

— Que suis-je donc? fit la Canaque affectant un profond étonnement.

— Vous êtes une incarnation de la divinité, une révélation de cette beauté immortelle, faite pour nous donner un avant goût des joies et des délices du ciel! En vous aimant, j'aime Dieu!

La sirène était debout, elle s'assit sur un divan, et ses grands yeux noirs se fixèrent sur lui.

— Je vous aime! oh! je vous aime! poursuivit-il d'une voix tremblante, je vous adore, je...

Tout à coup la porte s'ouvrit avec fracas, un homme le poignard à la main parut. cet homme était Varcolli.

Le vicomte se retourna, mais il n'eut pas le temps de se relever, ni de faire un mouvement qu'il tombait frappé à mort.

Le stylet du bandit avait pénétré tout entier dans sa poitrine.

— Tiens ! voilà comment j'aime les femmes, moi, espèce d'avorton ! s'écria t-il, en poussant du pied le cadavre du vicomte.

— Giaccomo! murmura Benedita, que le meurtre de son adorateur n'avait même pas fait sourciller.

— Il paraît que je suis arrivé à temps, fit Varcolli en essuyant au tapis qui recouvrait le parquet, son arme rouge de sang jusqu'au manche.

— Que veux-tu dire, Giaccomo ?

— Je veux dire que cet homme te faisait une déclaration d'amour, corpo di Bacco !

— C'était un enfant, et tu as eu tort de le tuer.

— Ah ! j'en tuerais bien d'autres ! Rappelle-toi une chose, Benedita, c'est que si un enfant à la mamelle te faisait la cour je le tuerais !!

— Jésus ! Marie ! quel homme féroce !

— Et maintenant je vais prendre à tes pieds, ma diva, la place dont je viens d'arracher ce malotru, je t'aime, Benedita, je t'aime ! je t'adore !...

— Allons ! vas-tu faire comme ce niais que tu viens de punir de son insolence ? allons ! relève-toi, Giaccomo mio, et parlons affaires !

Le bandit poussa un rugissement.

— L'amour d'abord, les affaires après !

— Non, rappelle-toi nos conventions, Giaccomo.

— Veux-tu ? veux-tu ? dis !...

— Non.

Les yeux du bandit s'injectèrent de sang, sa face devint livide, il se tordit, des cris rauques s'échappèrent de sa gorge, il chancela, s'accrocha au divan de la main gauche et brandit son stylet.

La Canaque tira froidement un revolver de son corsage et l'ajusta.

— Sois raisonnable ou je te tue ! choisis! Giaccomo, fit-elle d'une voix brève.

Le bandit se redressa et se rejeta en arrière en poussant un gémissement d'hyène blessée.

Il fit un pas en chancelant, puis il tomba à genoux, hideux, tremblant; son poignard lui tomba des mains.

— Benedita, fit-il d'une voix sourde et entrecoupée, il me prend parfois des envies, c'est de te tuer et d'assouvir ma passion sur ton cadavre !

Elle sourit.

— Tu te ferais tuer, et tu ne jouirais de rien du tout, mon pauvre Giaccomo. Je te le répète, sois raisonnable, rappelle-toi nos conventions, quand tu m'auras apporté la tête de Broussard je serai à toi ; eh bien ! me l'apportes-tu cette tête ?

— Non, mais je l'aurai, j'en suis sûr.

— Pourquoi es-tu venu à Venise ? Giaccomo.

— Parce que je ne pouvais pas vivre loin de toi.

— Tu es fou !

— Fou de toi, oui.

Un silence se fit.

Le bandit s'était traîné jusqu'à la Canaque, et là couché à plat ventre, haletant, l'œil vitreux, le corps secoué par les spasmes du rut, il couvrait son petit pied d'âpres et frénétiques baisers.

La sirène cléricale le regardait d'un air sombre.

— Je croyais, poursuivit-elle, que tu étais plus soucieux de me plaire, Giaccomo, et tu sais bien que pour me plaire il faut servir mes intérêts.

— J'ai fait tout ce que je devais faire,

Marguerite cherchait la dose du breuvage.

Benedita mia, murmura le bandit, j'ai cherché ton ennemi partout où je croyais devoir
le trouver.

— Etait-ce assez ?

— J'ai laissé pour lui dans chaque en-
où je sais qu'il va, une lettre.

— Que lui disais-tu dans cette lettre ?

— Je lui disais que je t'avais trouvée,
Benedita mia, qu'il vînt me rejoindre à
Venise, et que je le conduirais près de toi.

— Où doit-il te trouver à Venise ?

— Chez la princesse Fornarina.

— As-tu prévenu la princesse ?

— Oui.

— C'est elle qui t'a envoyé ici ?

— Oui.

— Qu'est-ce qui prouve que ce saltimbanque maudit viendra à Venise ?

— Tout.

— Explique-toi, Giaccomo.

— Tu sais le désir ardent qu'il a de te
retrouver.

— Il peut changer d'idée; Broussard
est un artiste et est capricieux et chan-

geant, comme tous ceux de son espèce.

— Ce n'est pas un caprice, c'est une idée fixe.

— C'est là tout ce qui te fait croire qu'il s'empressera de venir ?

— Non, Benedita, j'ai encore autre chose.

— Quoi donc ?

— J'ai, j'ai une lettre.

En même temps, le bandit, qui, nous l'avons dit, était couché à ses pieds, se souleva et prit, dans la poche de son manteau, un papier qu'il lui tendit.

C'était une lettre de son cousin le sacristain, qui était arrivée presque en même temps que lui à Venise.

Le *bon* sacristain, que le lecteur se rappelle sans doute, lui parlait des visites que lui avait faites Broussard, et lui racontait dans les plus petits détails tout ce que nous savons déjà.

« Je lui ai remis ta lettre, ajoutait l'homme d'église, et il m'a dit qu'il allait te chercher partout où il croyait avoir quelque chance de te rencontrer à Paris et dans les environs, et que s'il ne t'y trouvait pas, il irait aussitôt à Venise. »

La Canaque, après avoir lu cette lettre avec une satisfaction visible, garda le silence.

— Eh bien ? fit le bandit.

— Ce n'est pas trop mal joué, Giaccomo.

— Oh ! je suis sûr qu'il viendra, et foi de Varcolli, je ne serai pas long à lui planter dans le cœur ce même poignard qui vient de me servir à expédier ce jeune daim ; puis, quand j'aurai fait de lui un cadavre, je séparerai la tête du tronc, et je viendrai la mettre à tes pieds, Benedita mia.

— Si je te demandais sa tête, Giaccomo, c'était pour avoir la certitude que cet homme-là était mort ; il suffira que tu me montres son cadavre, si tu le peux.

— Et si je ne peux pas ?

— Eh bien, tu feras comme je t'ai dit.

— Oh ! Benedita, je tuerai, sais-tu, tous ceux que tu me diras de tuer.

La Canaque sourit et lui donna sa main à baiser.

Le bandit la saisit en poussant des rugissements de joie. Il la baisa longuement, puis il se mit à la lécher avec un air de tendresse infinie.

Son regard avait des lueurs fauves ; il tremblait comme la feuille, et une sorte d'écume, bave immonde, filtrait à travers sa lèvre crispée.

— Assez ! Giaccomo, fit tout à coup la Canaque en se levant brusquement ; il faut nous débarrasser de ces cadavres.

Et comme le bandit étendait les bras pour la saisir, elle ajouta :

— Surtout, sois sage, ou sinon !

Et joignant le geste à la menace, elle braqua de nouveau sur lui son revolver.

Le bandit se releva lentement et en gémissant, puis il s'essuya la bouche avec sa manche.

— Que faut-il faire ? fit-il, d'un air de très mauvaise humeur.

— Je te l'ai dit, débarrasse-moi de ces cadavres.

— Que faut-il en faire ?

La Canaque réfléchit un instant.

— J'avais décidé de les faire jeter dans les lagunes avec une pierre au cou, dit-elle après un moment de silence ; mais je crois qu'il serait possible qu'ils revinssent sur l'eau quelque jour : ce qui serait un scandale. Or, Jésus, notre divin Sauveur, a dit : malheur à celui par qui arrive le scandale ! Tu comprends, Giaccomo, que je ne veux pas m'exposer à m'attirer la malédiction de notre Sauveur ?

Le bandit lui lança un regard étrange.

Ce regard, elle le comprit.

— Ce langage t'étonne ? Giaccomo.

— Corpo di Bacco ! je ne te croyais pas

si dévote, Benedita ; et, voyant le sans-gêne que tu mets à faire d'hommes bien portants des cadavres...

— Imbécile, ce que je fais, je le fais pour la plus grande gloire de Dieu ! Mais tu ne connais pas beaucoup la religion catholique, apostolique et romaine, Giaccomo mio, tu ferais bien d'aller te confesser et de demander à ton confesseur de t'éclairer sur ses mystères que tu parais vraiment trop ignorer.

— Je suis un païen, moi ; mais pour toi, Benedita mia, pour te plaire, je ferai ce que mon cousin n'a jamais pu obtenir de moi, une confession générale, et je tâcherai de tuer le plus souvent possible, pour la plus grande gloire de Dieu ; seulement tu me diras comment il faut m'y prendre.

— Je ferai de toi un saint, Giaccomo mio, et pour cela tu n'auras qu'à suivre mes conseils.

Le bandit se baissa pour prendre dans ses bras le cadavre du vicomte.

Il tournait le dos à la Canaque ; celle-ci en profita pour lui jeter un regard féroce.

Le vicomte, nous le savons, était mince et fluet, et son cadavre n'était pas lourd.

Le bandit n'eut pas de peine à le soulever ; puis il l'étendit sur une table.

— Il y a quelque part des caisses dans lesquelles on pourrait placer ces cadavres ; viens avec avec moi, Giaccomo, lui dit-elle.

Ils traversèrent plusieurs pièces, puis descendirent un escalier d'une vingtaine de marches et se trouvèrent dans une grande cave.

— C'est là, dit-elle, en levant son bougeoir à la hauteur de sa tête ; il y a là des caisses, bien sûr.

Il y en avait, en effet, et le bandit n'eut pas de peine à les trouver.

— Choisis-en deux, ajouta-t-elle ; il faut que chacune d'elles puisse contenir un cadavre.

Ils durent faire plusieurs voyages pour porter ces caisses dans l'endroit où se trouvait le cadavre du vicomte...

Le couvent des bénédictins était à deux pas de là.

Le lendemain, un peu avant l'aube, le supérieur de ce couvent recevait deux caisses, et celui qui lui apportait ces deux caisses lui remettait en même temps une lettre.

Le *révérend* père la lut, et un sourire béat se dessina sur sa figure :

— *Ad majorem Dei gloriam* ! murmura-t-il en levant les yeux au ciel.

Sur un des côtés des caisses, était écrit en grosses lettres :

Fragile.

Et au-dessous :

Objets d'art.

Ces caisses qui, on le pense bien, avaient été apportées en gondole, et qui avaient été confiées, on le devine, aux soins de Varcolli, renfermaient, on le devine encore, les cadavres du marquis de Bordes et du vicomte de Sterley.

Et voilà comment ce dernier, qui avait pu un moment se croire sûr d'avoir son ambassade, qui lui avait été du reste formellement promise par Fulcino et la Canaque, s'il parvenait à leur livrer son ami le marquis, avait été arrêté brusquement dans sa *brillante* carrière, par l'arrivée inopinée du bandit Varcolli.

Dans la journée, le supérieur des Bénédictins reçut encore deux autres caisses.

Elles étaient absolument semblables aux premières.

Mais dans la gondole qui les apporta, se trouvait, seule avec le gondolier, une femme.

Elle était vêtue de noir, et voilée.

Quand on déposa les colis sous le porche

de l'antique monastère, aux pieds du *révérend* père supérieur, elle souleva son voile.

Celui-ci, qui la reconnut probablement, s'inclina aussitôt jusqu'à terre.

— *Gloria Deo in excelsis*[1] ! dit l'inconnue.

— *Amen* ! fit le moine, en joignant pieusement les mains.

Cette femme, c'était la Canaque.

Les caisses renfermaient les cadavres des deux bandits dont elle s'était servie pour assassiner le marquis.

Nous savons que ces deux misérables vidaient dans quelque coin du palais, de nombreux flacons de Syracuse.

La Canaque, une fois Varcolli parti, était allé les trouver ; les misérables dormaient sous la table, ivre-morts.

1. Gloire à Dieu dans les cieux.

Elle les avait poignardés de sa main.

On voit que la fameuse sirène cléricale. la créature et l'agent principal des Chevaliers du Crucifix, aimait à faire la nuit complète autour de ses actes, et qu'elle craignait de déplaire à Dieu, en laissant derrière elle, rien qui pût devenir la cause d'un scandale.

Restait bien le fameux Giaccomo Varcolli, mais il devait avoir son tour, et cela, dès qu'il l'aurait débarrassée du saltimbanque.

Une fois sa mission terminée, il devait probablement aller, comme Sterley, de Bordes et les autres, dans une de ces belles et bonnes caisses, dont elle avait, paraît-il, une ample provision dans les caves de son palais, et servir à grossir la *précieuse* collection *d'objets d'art* du *révérend* père supérieur de l'antique couvent des Bénédictins.

XIV

Arsinoë.

Nous retrouvons la duchesse de Cressères dans son cachot. Ce cachot n'était, comme celui de Tabernier, qu'une ancienne cellule monacale.

Elle n'était pas enchaînée, on n'avait pas jugé nécessaire de lui lier les bras et les jambes, et elle était libre de se promener dans le réduit étroit et sombre où elle était enfermée.

Dès les premiers jours de sa captivité, elle avait demandé que l'on changeât le crucifix réglementaire ; qu'elle pouvait à peine voir, dans la demi-obscurité où elle était plongée, tant il était petit, elle avait exprimé le désir d'en avoir un beaucoup plus grand, ce qui lui avait été accordé aussitôt.

Elle ignorait complètement que l'homme d'affaires son *complice* fût renfermé sous le même toit qu'elle.

On ne lui avait rien dit non plus de l'endroit où avaient été conduites Gemma de Mélos, la vieille Marguerite et sa petite nièce.

Elle avait demandé à aller à la messe chaque jour, et cette faveur lui avait été accordée avec empressement.

Elle avait voulu avoir un directeur spirituel, et le directeur spirituel était venu, sous la forme d'un moine, gros, gras, pansu, onctueux, nasillant, parlant mal le français, et s'exprimant avec un effroyable accent sicilien.

Certes, si les jours de la vieille bigote étaient autrefois agités et troublés. ceux du temps présent étaient bien autrement pleins de tribulations et d'angoisses.

Il est impossible de narrer au lecteur toutes les prières ferventes qu'elle avait adressées à Dieu, tous les rosaires qu'elle avait égrenés, toutes les pénitences qu'elle s'était imposées, tous les monologues pieux dont elle avait fait résonner les échos de l'étroite enceinte de sa cellule.

Au moment où nous la retrouvons, elle venait de se confesser.

Le gros moine qui lui servait de directeur spirituel, la regardait de cet air souriant et béat, qui était en quelque sorte, stéréotypé sur sa figure.

— Est-ce que Dieu ne se laissera pas enfin toucher par mes larmes et mes prières? lui dit-elle tout à coup.

— Vos péchés sont grands, grands, bien grands! je crois que vous ne pourrez en obtenir le pardon qu'après de longues années de pénitence, je vous dis aussi que tel est l'avis du bon Dieu.

— Savais-je, moi, mon père, que cette Gemma de Mélos était destinée à être l'épouse du Christ?

— Vous le saviez, ma sœur, vous le saviez, moi je n'en doute pas, ni Dieu non plus.

— Qui donc a osé dire que la duchesse Arsinoë de Cressères avait enlevé sciemment à Notre-Seigneur Jésus-Christ une fille qui lui était destinée?

— Le père Béraud, oh! le père Béraud! un saint homme!

— Lui.

— Oui.

— Ah! cet homme vous a trompé!

— Oh! on ne trompe pas Dieu, on ne trompe pas Dieu!

Arsinoë tomba à genoux.

— Mon Dieu, s'écria-t-elle avec des sanglots dans la voix, tu sais bien, toi, que mon confesseur de Paris, s'il t'a dit cela, t'a trompé! Fais un miracle, mon Dieu, et confonds l'imposteur, le calomniateur!

— Il faut, ma sœur, racheter vos fautes, et faire pénitence.

— Je suis innocente et Dieu me vengera!

— Dieu vous punira de votre obstination, comme il vous punit en ce moment d'avoir méconnu ses intentions sacrées.

— Qu'en savez-vous?

— Dieu est avec nous, il a dit : *Je serai avec vous, jusqu'à la consommation des siècles.*

— Qui êtes-vous donc, vous qui parlez de Dieu si librement?

— Nous sommes l'Eglise catholique, apostolique et romaine.

— Vous êtes les Chevaliers du Crucifix! hurla Arsinoë, cédant tout à coup à un mouvement de rage folle.

En entendant ces paroles, le moine se voila la face, et se dirigea vers la porte de la cellule ; soudain il se retourna, et jetant sur sa pénitente un regard étincelant de colère, il s'écria :

— Damnée! damnée! damnée!...

Puis il disparut.

Arsinoë resta un instant comme pétrifiée, en entendant cette affreuse menace, puis elle se jeta aux pieds de son grand crucifix, où elle se tordit de terreur et de désespoir...

XV

Givette et Pacrazio. — La curée.

Le couvent des Bénédictins, avant d'être un couvent, avait été un palais.

Il avait été jadis la demeure d'un richis-sime chevalier de Malte, qui l'avait cédé à sa mort, aux moines de l'ordre de Saint-Benoît, sous promesse que leurs prières accompagneraient son âme dans l'autre monde : ce que les *bons* moines avaient fait probablement.

C'était et c'est encore le plus beau palais de Venise, la ville des palais ; les religieux l'ont conservé sans en retrancher une pierre, bien qu'il soit très vaste ; seulement ils l'ont entouré d'un édifice dans le genre gothique, construction lourde, aux voûtes épaisses et sombres, aux portes basses ; aux murailles de brique brunes et sans ornements, comme la robe d'un cénobite.

Il y avait un affreux esprit d'hypocrisie sous cette idée de renfermer un palais dans cette sorte d'enveloppe monastique. Nous avons dit qu'ils n'en n'avaient pas retranché une pierre ; ajoutons que tout ce qu'il renfermait de richesses, statues, tableaux, tapis, tentures, mosaïques, marbres, bronzes, etc., avait été conservé avec le plus grand soin.

Ce palais splendide, mystérieusement enfoui au milieu de ce cloître postiche, et soustrait aux regards des profanes, était devenu un lieu de plaisir pour les grands personnages du monde clérical. C'est là qu'ils venaient donner libre cours à leur mystique lubricité.

Cette demeure *sacrée*, gardée par quelques moines égrenant des rosaires, ou chantant les louanges du Seigneur, renfermait dans ses celliers les vins les plus exquis de l'Orient et de l'Occident ; on y donnait des festins, où figurait, en fait de victuailles, tout ce que le monde offrait de plus délicat et de plus recherché ; et dans des fêtes dont le public ne voyait même pas les reflets dans la nuit, tant elles étaient mystérieuses, prêtres, moines, évêques, cardinaux, princes, monsignori, papes même, ivres de vin et de luxure, passaient de longues heures dans les bras de femmes d'une beauté idéale, amenées à grand frais, en ce lieu de délices, de tous les coins du globe ; et

dont on faisait des nonnes, pour la *plus grande gloire de Dieu*, quand l'orgie *sainte* n'en voulait plus !

Nous avons déjà entendu les bruits étouffés de ces fêtes étranges des Chevaliers du Crucifix, lors de l'apparition soudaine de Benedita et de Blandine, dans le cachot de Tabernier. Nous savons que la sirène cléricale et sa compagne étaient en tenue de bal, et qu'elles avaient des fleurs et des diamants dans les cheveux.

. . . . ; .

Le lendemain du jour où nous avons vu ces chastes et splendides épouses du Christ, apparaître aux regards surpris et épouvantés de l'homme d'affaires, deux personnages se trouvaient réunis dans un des salons du palais.

Ils étaient assis à une table.

L'un écrivait, l'autre compulsait des papiers.

— Ce misérable homme d'affaires, disait ce dernier, connaît seul le chiffre exact et la statistique de cette fortune colossale et il n'y a pas moyen de les lui arracher.

— Ce traître comprend très bien que s'il nous livre ce secret important, il ne lui restera plus aucun espoir d'échapper au terrible châtiment qui l'attend, répondit le premier.

Celui-ci, disons-le tout de suite, n'était autre que Civette, notre ancienne connaissance, que le lecteur sera assez surpris de retrouver à Venise ; l'autre était le supérieur du couvent ; il s'appelait Pacrazio.

— Convenez, monseigneur, poursuivit-il, que la confiance vraiment étonnante que le père Bridoux eut en cet homme, fait que nous sommes en ce moment presque à sa merci.

— C'est déplorable, frère Antonio ; j'ai, avant de partir pour Venise (où j'étais appelé par ordre supérieur, pour m'occuper du travail que nous faisons en ce moment), fouillé la maison de ce Tabernier du haut en bas ; j'ai vu tous ses dossiers, épluché toutes ses paperasses, et je n'ai pas pu y découvrir ce fameux état de la fortune du baron de Mélos, que nous l'avions chargé de faire, et qu'il avait fait : l'avez-vous interrogé de nouveau au sujet de cet état ?

— Oui, monseigneur.

— Eh bien ?

— Il n'a fait que répéter ce qu'il nous a dit hier.

— Il en fait toujours le prix de sa rançon ?

— Oui, monseigneur.

— Il faut employer la torture, frère Antonio.

— Quand il sera étendu sur le lit de fer [1] la grâce de Dieu le touchera, il parlera.

Civette sourit.

— La grâce, Antonio, a touché de plus endormis que lui.

— Et la gloire de Dieu éclatera complète dans l'auto-da-fé qui suivra la torture : à quand, monseigneur, cet acte de justice et de réparation ?

— La question va être agitée dans le grand conseil.

— Quel sort réserve-t-on aux prisonnières ?

— La mort, probablement.

— Avec accompagnement de tortures et d'auto-da-fé ?

— Gourmand !

— J'aime, j'adore ces mystères de notre sainte religion, et je vous avoue que je ne verrais pas sans une joie bien douce ces pécheresses étendues sur le lit de fer, puis brûlées vives sur les réchauds sacrés de la grande salle des auto-da-fé !

— Vous avez quelquefois ce plaisir, et même il n'y a pas longtemps, une jeune femme a été brûlée vive ici, m'a-t-on dit.

— Oui, monseigneur.

— C'est la princesse Fornarina et monseigneur Baffo qui m'ont raconté cela hier.

Le moine leva les yeux vers le ciel et joignit les mains.

— Je remercie bien le Seigneur, de m'avoir permis de jouir de ce spectacle édifiant.

— Elle avait été la maîtresse d'Antonelli ?

— Et de notre saint père le pape Pie IX, monseigneur.

— Ah !

— Vous le savez, le saint père et son digne ministre partageaient les mêmes travaux, et le Seigneur, dans sa bonté infinie, leur réservait parfois les mêmes joies.

— Je le sais.

— Maria Stella, tel était le nom de la suppliciée, était une charmante fille que le grand cardinal avait trouvée dans ses terres de Stelvaro : elle était si belle, si douce, si timide ; elle promettait d'être si pieuse, qu'il l'admit dans sa domesticité au Vatican.

— C'était une imprudence.

— C'est possible : les grands hommes, hélas ! font quelquefois des fautes, comme les autres ; mais revenons à cette jeune personne : le saint père la vit et fut touché de sa grâce, de sa piété et de sa jeunesse : il la fit venir un jour dans son cabinet.

« — Maria Stella, lui dit-il, vous n'êtes pas riche, m'a-t-on dit, vous êtes la fille d'un pauvre paysan ?

« — Votre Sainteté est bien bonne de s'occuper de cela : mon père est pâtre, il a une cabane et une étable ; sa cabane lui sert de logement pour lui et ses quatre enfants ; dans son étable il a parfois jusqu'à soixante moutons, deux vaches et un taureau. Quand le signor Capobello [1] ne lui dérobe pas trop

____

1. Le lit de fer était hérissé de pointes de quelques millimètres de longueur et fines comme des aiguilles : on y étendait le patient, lié, garotté et dans un état de nudité complète.

1. Bandit célèbre dans le pays.

de moutons, il peut acheter assez de riz et de polenta[1] pour se nourrir lui, ma mère et mes frères. Il est vrai que monsignor Antonelli leur envoie de temps en temps quelques bajoques[2].

« — Antonelli est un saint, et vous vous serez une sainte, mon enfant.

« — Que faut-il faire pour cela, saint père ?... »

. . . .

— Bref, notre saint père le pape le lui indiqua, ajouta le *bon* moine ; et Maria Stella en fut, paraît-il, très heureuse, ou plutôt fit semblant de l'être, l'hypocrite.

Civette sourit.

— Qu'a-t elle donc fait pour mériter le lit d'angoisse, elle qui avait joui des douceurs célestes de la couche du saint père, et de celle de son divin ministre ?

— Je vais vous le dire, monseigneur. Cette créature qui était adorablement belle, avait l'âme aussi laide que son corps était charmant. Vous le savez, le cardinal était un très bel homme, ses avantages physiques lui attiraient tous les cœurs (il s'en servait pour la plus grande gloire de Dieu, ce zélé serviteur du pape et de notre sainte Eglise). De son côté Pie IX était un magnifique vieillard, jouissant de tous les avantages de la jeunesse, quoiqu'on en ait dit, et dont la conversation avait des charmes infinis ; c'était un vrai charmeur d'âmes : eh bien, croiriez-vous que la petite Maria Stella leur préférait un homme du peuple, un misérable transtévérin, et qu'elle sortait du Vatican pour aller passer une partie de la nuit avec lui dans le bouge qui lui servait de demeure, et où elle déblatérait contre le saint père et son digne ministre avec une rage qui les ont portés à croire que la misérable créature était possédée du diable.

1. Bouillie de maïs.
2. Menue monnaie de Rome.

— Il fallait l'exorciser, dit Civette.

— C'est ce qu'on fit, on la renferma dans le couvent des sœurs hospitalières de Saint-Jean. Là on fit des neuvaines, on dit des messes à son intention, puis le saint père vint l'exorciser. Mais, chose étrange ! le démon n'était pas plutôt chassé de son corps qu'il y rentrait. La malheureuse vomissait des imprécations contre le pape, le cardinal, les prêtres en général, et l'Eglise tout entière.

Le saint père dont la douceur et la charité étaient infinies, fit des efforts inouïs pour la délivrer, il ne put y arriver : la misérable alla jusqu'à lui cracher au visage, en l'accablant d'injures.

Elle resta au couvent : étroitement garottée, prisonnière.

Plus tard, après la mort du pape et de son ministre, elle fut transférée ici.

C'était encore une bien-belle fille, et elle eût fait une splendide épouse du Christ ; mais Dieu et le conseil des Dix en décidèrent autrement : Dieu, en ne permettant pas que le démon sortît pour n'y plus rentrer de ce corps charmant ; le conseil suprême, parce qu'elle était devenue un trop grand sujet de scandale pour la communauté ; (il faut vous dire que non contente d'injurier l'Eglise, ses ministres et ses saints, elle blasphémait contre Dieu). Or vous savez que Jésus a dit : Malheur à celui par qui arrive le scandale. Le conseil suprême la condamna à être brûlée vive, après avoir subi la torture ordinaire et extraordinaire.

— Le conseil suprême était sans doute convaincu qu'en torturant ce corps, il torturait le démon lui-même qui en avait fait son séjour, observa Civette.

— C'est ce que j'allais vous dire, monseigneur. Evidemment le Saint-Esprit a inspiré cette décision au conseil suprême,

— Et puis le démon étant notre ennemi personnel, notre devoir est de le chasser

Gemma avait quitté le deuil.

de partout, par le fer, par le feu, par la prière, etc.

— C'est encore ce que j'allais avoir l'honneur de vous dire, monseigneur.

— Cet auto-da-fé a dû être très agréable à Dieu.

— C'est encore ce que j'allais avoir l'honneur de vous dire, monseigneur.

— Car en définitive le démon a été vaincu et complètement chassé de ses positions.

— *Ad majorem Dei gloriam !*

— Et pour faire éclater notre puissance, qui est celle de l'Eglise catholique, apostolique et romaine.

— Oh ! c'était un bien édifiant et bien consolant spectacle ! monseigneur.

— J'aurais bien voulu voir ce beau corps de femme, couché nu sur le lit d'angoisse. Le démon devait crier par la bouche de cette fille ?

— Il hurlait.

— Parlait-elle encore de son transtévérin ?

— Elle l'appelait à son secours à grands cris.

— Maudissait-elle encore le pape ?

— Plus que jamais.

— Et le grand Antonelli ?

— Elle en disait des horreurs !

— Blasphémait-elle ?

— Un torrent de blasphèmes s'échappait de sa petite bouche, si bien faite pourtant pour prier et pour aimer notre sainte mère l'Eglise.

— Le démon a résisté longtemps?

— Dans les flammes du bûcher, il criait encore.

— Il était tenace.

— Bien tenace, monseigneur.

— Réjouissez-vous, Antonio, nous aurons plusieurs auto-da-fé prochainement.

— Je prie Dieu très ardemment de vouloir bien m'accorder cette grâce.

— Nous aurons d'abord cet homme d'affaires.

— Il paraît que cet homme c'est le démon en personne?

— Un vrai démon, Antonio; nous aurons ensuite la duchesse de Cressères, cette fausse dévote, qui a préféré ses intérêts aux nôtres et qui a volé une fille à Jésus-Christ.

— La misérable!

— Nous aurons ensuite cette vieille Marguerite, sa complice; quant à sa petite nièce, on l'épargnera peut-être.

— Eh quoi! On l'épargnerait, monseigneur?

— On verra si on peut en faire une religieuse...

— J'ai bien peur que le démon... vous savez, monseigneur, c'est dans le sang cela...

— Le grand conseil examinera, étudiera mûrement la question, et prendra ensuite une décision.

— Et l'autre fille? monseigneur.

— La belle et fière petite-fille du révolutionnaire français Kléber; la fille et l'unique héritière du libre penseur que l'on appelait le baron de Mélos?

— Oui... elle est bien belle!

— Oh! adorable! dirait un homme du monde.

L'œil du moine lança un éclair sombre.

— Elle ferait l'ornement de l'Eglise et la consolation de ses pauvres ministres, monseigneur.

— Oui, mais il faudrait qu'elle fût docile.

— C'est une grande vertu, la docilité; aussi j'adore moi les personnes dociles. Ah! que Maria Stella eût été charmante si elle avait voulu être docile, mais c'était un monstre de désobéissance. Maria Stella était bien belle, mais Gemma l'est encore davantage.

— C'est une beauté aristocratique, royale, Antonio.

— Oui, monseigneur; elle a le corps plus blanc, plus nacré, les membres plus arrondis, la main plus petite, plus potelée, la bouche plus mignonne et plus fière, le regard plus exquis... Ah! quelle charmante jeune femme! et dire que tout cela n'est rien sans la docilité, sans la soumission absolue aux lois sacrées de notre mère, la sainte Eglise catholique, apostolique et romaine.

— C'est une lionne, Antonio.

— Vous me faites frissonner, monseigneur.

— C'est une tigresse.

— Vous me faites frémir.

— Elle joue du couteau!

— Du couteau? bonne sainte Vierge! du couteau? fit le moine en joignant les mains, et en levant ses yeux vers le ciel.

— Elle a blessé grièvement deux de nos agents.

— Quelle bête sauvage! tout mon sang se fige.

— On la domptera, oh! on la domptera.

— Vous croyez? monseigneur; ah! Dieu vous entende!

— Elle est vierge; et il y a plus de ressource chez une vierge; on dompte, on subjugue plus facilement une âme pure et naïve.

— Il y a, ajouta-t-il, avec un sourire, les moyens physiques et les moyens moraux.

— Je vais faire une neuvaine pour cela. Ah ! il serait si désirable qu'elle devînt douce et docile ! Monseigneur, une vierge, pensez donc !

— Parlons maintenant de sa fortune, c'est-à-dire revenons, comme on dit, à nos moutons ; où en sommes-nous ? Antonio.

— Nous en étions à la nomenclature des maisons de banque, chez lesquelles sont en dépôt des sommes appartenant à Gemma de Mélos.

— Cette nomenclature est bien incomplète, hélas ! par suite du mauvais vouloir diabolique de ce Tabernier... Faites l'addition, Antonio.

— Elle est faite, monseigneur.

— Vous arrivez à un chiffre de ?...

— De quarante-cinq banques.

— Les sommes que ces banques ont en dépôt, c'est-à-dire à la disposition de Gemma de Mélos ou de ses mandataires, s'élèvent au chiffre de ?...

— De quatre cent soixante-cinq millions, cent quatre-vingt-cinq mille francs...

— Il n'y a pas de centimes ?

— Si, monseigneur, il y a vingt-cinq centimes.

— Mettez-les, il ne faut pas négliger les petites sommes ; ce serait vingt-cinq centimes de moins dans la caisse de notre Société, c'est-à-dire de l'Eglise.

— C'est fait, monseigneur.

— Ainsi nous avons à toucher, pour le compte de Gemma de Mélos, la somme de quatre cent soixante-cinq millions cent quatre-vingt-cinq mille francs vingt-cinq centimes ?

— Oui, monseigneur.

— C'est toujours ça ! fit mélancoliquement le chef de la police parisienne des Chevaliers du Crucifix, en passant lentement la main sur son front soucieux.

Ah ! Tabernier, tu me payeras ça ! ajouta-t-il après un moment de silence, ah ! quatre cent soixante-cinq millions cent quatre-vingt-cinq mille francs vingt-cinq centimes ? rien que cela ! quand nous pourrions prélever au moins un milliard, si tu voulais parler, misérable, si tu voulais nous dire ce que tu as fait de ton état ! ah ! je te travaillerai moi-même les mamelles !

Le moine sourit.

— Nous sommes riches en moyens de torture, monseigneur.

— Je le sais, Antonio.

Voyons, ajouta-t-il, vos bons sont-ils prêts ?

— Les voici.

Ces bons étaient faits de la manière suivante :

« Veuillez remettre au porteur la somme de...

« Signé : GEMMA DE MÉLOS. »

Il ne restait, pour les compléter, qu'à y mettre la somme dans l'espace laissé en blanc, ils devaient être ensuite remis à des agents, chargés d'en toucher le montant.

C'était un certain nombre de ces bons, que Pacrazio venait de tendre à Civette.

Celui-ci y ajouta la somme : ils étaient signés.

Puis il se leva en disant :

— Faites encaisser le tout !

Il prit ensuite sur la table un papier qu'il se mit à lire en souriant.

Ce papier était la donation que Gemma avait faite de ses biens à la duchesse de Cressères à Stramos, et que les Chevaliers du Crucifix avaient trouvée dans les poches de Tabernier ; il le mit dans son portefeuille.

XVI

Gemma.

On n'avait pas enfermé la fille du baron de Mélos dans une cellule.

Elle avait été enfermée dans un boudoir charmant, tendu de satin, et garni de meubles d'une grande richesse.

A sa porte, un moine, marmottant des prières, veillait.

Comme Tabernier, elle était enchaînée; seulement, sa chaîne était beaucoup plus légère, et au lieu d'être de fer, elle était en argent.

Au moment où nous la retrouvons, l'infortunée jeune fille était assise sur les coussins moelleux d'une ottomane.

Son visage avait une pâleur marmoréenne.

On y lisait je ne sais quoi de sombre et de farouche.

Son attitude, sa pâleur, l'expression étrange de sa figure, rappelaient l'attitude, la pâleur et l'expression de la figure des grandes héroïnes de l'histoire.

Jeanne d'Arc devait être ainsi, quand elle s'assit sur le bûcher sur lequel les Chevaliers du Crucifix de son temps l'avaient condamnée à périr.

Ce n'était plus la fille timide, qui se lamentait et pleurait, en proie à toutes les terreurs enfantées par une imagination affolée et peuplée de fantômes représentant des ennemis insaisissables et invisibles.

Elle avait enfin vu sortir de l'ombre ces Chevaliers du Crucifix, dont l'image vague prenait, dans son esprit troublé, les proportions d'un fléau contre lequel la lutte était impossible; et à l'apparition de ces bandits mystérieux, visibles enfin, saisissables enfin, offrant enfin une place au couteau, et à la balle

d'un revolver, le sang de la petite fille du vaillant général de la grande République avait bouilli en elle; faible contre des chimères, elle avait été forte contre des ennemis se présentant sous une apparence réelle; elle avait combattu, seule contre plusieurs, comme une héroïne, et elle n'avait cédé qu'au nombre, à la force, son poignard brisé, et après avoir couché sur le sol deux de ses infâmes agresseurs.

Mais cet échec n'avait point abattu son courage, elle était prête à recommencer cette lutte d'une femme contre des hommes. qu'elle eût une arme ou non, c'est pour cela qu'on l'avait enchaînée.

Ah ! cet amour de la lutte, cette virilité soudaine qui s'étaient révélés en elle, n'avaient point affaibli cette tendresse profonde qu'elle éprouvait pour Georges Bernard, et cette amitié toute fraternelle qu'elle gardait, au fond de son cœur, pour Hassan.

Hélas ! la femme en elle avait ses heures; la pauvre femme, la faible femme, primait souvent la guerrière dans ses heures isolées de captivité et d'impuissance ! mais ces faiblesses, elle les cachait, elle eût rougi que l'on vît ses larmes, elle ne montrait à ses ennemis qu'un visage d'airain, qu'un regard brûlé par le feu d'une haine implacable.

Et puis il faut tout dire : ce qui soutenait beaucoup son courage, c'était cette pensée que ses amis vivaient, qu'ils luttaient et combattaient, eux aussi : la lettre d'Hassan ne lui avait laissé aucun doute à cet égard.

Elle avait voulu mourir, les croyant perdus pour elle, vaincus, morts : sa pensée, fatiguée de les chercher en ce monde, sans les trouver, l'avait poussée à les chercher au delà de la tombe, et le désespoir était venu.

La sympathie, l'amour, on le sait, créent des liens invisibles entre les âmes. Ces liens qu'elle avait crus un instant à tout jamais brisés pour elle sur cette terre, il lui semblait qu'ils étaient plus forts que jamais : elle se disait :

— Nos pensées et nos cœurs sont unis : ils combattent, eux ; moi aussi je combats !

Civette, en quittant Pacrazio, s'était dirigé du côté de sa cellule.

Quand il arriva près du moine, qui, nous l'avons dit, marmottait des prières à la porte, celui-ci se leva.

— *Gloria Deo*[1] ! murmura-t-il.

— Amen ! fit-il.

Il entra chez Gemma, le visage souriant, la bouche en cœur.

Le regard de la prisonnière lança un éclair.

— Que me voulez-vous encore ? s'écria-t-elle, est-ce de l'argent que vous venez me demander ? n'ai-je donc pas bien fait les choses ? ne vous ai-je pas donné toutes les signatures que vous m'avez demandées ?

— Vous êtes un ange, mademoiselle, et par votre désintéressement et votre soumission vous avez mérité les grâces les plus précieuses de notre mère la sainte Église catholique, apostolique et romaine.

— Je ne vous demande pas de grâces, moi ; ce qu'il me faut c'est la liberté !

— La liberté, vous l'aurez, ma belle enfant, je vous le jure : mais auparavant Dieu veut que vous soyez baptisée.

— Pourquoi ?

— Pour que vous deveniez chrétienne.

— Êtes-vous chrétien, vous ?

— Pourquoi me demandez-vous cela ? ma charmante enfant.

— Parce que si vous l'êtes, je dois

1. Gloire à Dieu !

éprouver une répugnance invincible à la devenir.

— Vous êtes prévenue contre nous qui sommes vos amis, vos tendres amis, fit Civette d'une voix larmoyante et tombant à ses genoux.

— Ah ! vous vous dites mes amis et vous vous introduisez chez moi comme des voleurs pour m'enlever et me jeter dans une prison !

— C'est pour sauver votre âme ! fit Civette en gémissant.

— De quel droit vous occuperiez-vous de mon âme ?

— Dieu nous a chargés de soumettre toutes les âmes à son empire. Ah ! si nous ne remplissions pas ce devoir sacré, nous nous exposerions à sa colère, et sa colère est terrible.

Un sanglot hypocrite déchira la gorge du policier quand il eut achevé de prononcer ces paroles !

— Vous vous arrogez une mission que vous n'avez jamais eue, misérable : quand Dieu vous a-t-il parlé ?

— Sur le Sinaï, sur le Golgotha, sur le Calvaire, après la résurrection ! fit Civette d'une voix lamentable.

— Où sont consignées toutes ces belles choses ?

— Dans les livres saints, la Bible !

— Mon frère Hassan m'a dit que tous les peuples ont leurs livres saints, leurs bibles : Hassan a étudié l'histoire des civilisations, il a pénétré les mystères de toutes les théologies ; eh bien ! ce sont des fables odieuses qui se combattent et se détruisent toutes les unes les autres ; assez de vos contes qui déshonorent Dieu autant qu'ils affligent l'humanité ! retirez-vous, misérable !

Civette se mit à pleurer à chaudes larmes.

— Jésus, ayez pitié de cette pauvre pécheresse, s'écria-t-il en sanglotant ; Sainte

Vierge Marie, faites un miracle et daignez la visiter bientôt afin de dompter son esprit rebelle et ouvrir son cœur aux joies du ciel !

— Je ne connais d'autre joie que celle de retourner auprès des miens ; vous m'avez promis la liberté, si je vous donnais ma fortune ; j'ai signé tout ce que vous avez voulu me faire signer ; maintenant comprenez-vous ce que j'attends de vous ?

— Nous vous rendrons la liberté, je vous le jure, vous l'aurez sous peu, dans quelques jours peut-être. Laissez-nous le temps de prier pour vous un peu, d'élever vers Dieu pour vous, pour votre salut, nos âmes amies, nos âmes chrétiennes ! Ah ! vous nous jugez mal, mademoiselle ; nous sommes, nous, de pauvres prêtres, qui ne possédons rien en propre ; nous avons fait vœu de pauvreté, et en faisant ce vœu nous avons donné à Dieu tout ce que nous possédions : lui demandant en retour de sauver les âmes, de leur faire connaître les trésors de sa miséricorde infinie ; si nous vous avons demandé votre fortune, c'est pour que vous soyez comme nous, libre de toute attache terrestre, c'est pour que le démon n'ait plus d'empire sur vous, c'est pour que vous goûtiez les douceurs de la vie chrétienne, c'est pour que vous soyez l'épouse du Christ !

Un sourire amer plissa la lèvre de Gemma.

— Ah ! mademoiselle, c'est nous qui sommes vos amis, vos vrais amis ; nous vous aimons avec une tendresse sans bornes, en Dieu et pour Dieu ; vous serez heureuse, vous serez une sainte ! une sainte ! une sainte !

En prononçant ces paroles, Civette s'était levé ; puis il sortit ensuite à pas lents du boudoir dont il referma la porte.

Quand le policier fut sorti, la pauvre Gemma se cacha le visage dans les mains et fondit en larmes.

Lorsqu'il eut refermé la porte, Civette dit au moine à voix basse :

— Votre prisonnière est une grande pécheresse ; mais Dieu dans sa miséricorde infinie a jeté les yeux sur elle pour en faire une grande sainte : un miracle aura lieu : le saint père le pape nous fait savoir que la mère de Dieu lui est apparue et lui a dit qu'elle viendrait visiter notre prisonnière. C'est une grande consolation pour nous autres pauvres serviteurs de Dieu !

— *Gloria Dea in excelsis !* fit le moine en levant dévotement les yeux vers le ciel.

— *Amen !* dit Civette.

En s'éloignant le fourbe se disait :

— Que cette Gemma est belle ! quelle charmante épouse du Christ elle fera ! je la trouve plus belle que la baronne de Berny ; c'est une âme fière, mais nous la dompterons ; il faut la frapper fortement, cette âme, et pour cela l'intervention du monde des esprits est nécessaire : nous ferons d'abord venir la Vierge, nous la lui montrerons sous les dehors charmants où elle apparut à Bernadette.

Si cette apparition ne suffit pas, nous ferons venir successivement les saints, les saintes, les démons, les damnés, tous les spectres !

Ah ! tu pleureras, ma belle, si la vue de la Vierge ne te ravit pas dans les sphères idéales de l'extase !

Les plus affreuses terreurs viendront t'assaillir ! tu entendras les cris des démons, les gémissements, le bruit des chaînes des damnés ; des milliers de fantômes horribles défileront devant tes yeux et viendront s'asseoir successivement près de ta couche, la nuit !...

Puis il y aura les serpents, les dragons, tous les monstres de l'abîme...

Si tu deviens folle, que m'importe ! cela n'ôtera rien à ta beauté !

Mais qui fera la Vierge! Est-ce Benedita? Est-ce Blandine? Est-ce la comtesse Cruciata? Est-ce la princesse Fornarina?...

Ah! ma belle mutine, tu céderas! d'autres, aussi fières que toi, ont cédé! On ne résiste pas, ma chère mignonne, à l'action de la grâce sanctifiante!

Qu'entendait-il par la grâce sanctifiante? Sans doute cela signifiait bien des violences et des choses qui étaient de nature à alarmer la pudeur d'une femme, car un sourire cynique se dessina sur la couche épaisse de maquillage qui lui couvrait la figure.

Il s'éloigna ensuite à grands pas...

XVII

Le Café français. — L'Arabe.

Sur la place Saint-Marc se trouvait un établissement splendide qu'on appelait le Café Français.

Je n'en ferai pas la description.

Je me bornerai à dire qu'il ressemblait en tout aux cafés que l'on voit sur les grands boulevards, à Paris.

Ce qui ajoutait encore à l'illusion, c'est que tout le personnel était parisien, depuis le chef, qui s'appelait Champion, jusqu'au dernier garçon, dont on nous permettra, sans doute, de ne pas livrer les noms à l'histoire.

C'était là que se réunissaient les riches étrangers et le high-life vénitien.

Quelques jours s'étaient écoulés depuis que s'étaient produits les faits relatés dans le chapitre précédent.

Un homme au teint basané, à la longue barbe blanche, et couvert d'un immense burnous d'une blancheur immaculée, faisait son entrée dans le café.

Ses bras et ses jambes étaient nus, et leur teinte bronzée tranchait vivement sur la blancheur de son vêtement.

Il avait cet air grave et ce regard indifférent dont ne se départissent jamais ces enfants de l'Orient, ces adorateurs d'Allah, quand ils se trouvent avec des gens qui ne sont pas de leur race.

Il traversa d'un pas lent et majestueux l'immense salle, sous les flots de lumière ruisselants des lustres, sans que son regard parût ébloui; certes n'était-il pas un buveur de lumière, lui? et cette lumière du gaz, si éclatante qu'elle fût, avait-elle l'éclat des rayons fauves du soleil de l'Atlas ou du désert?

Notre homme avisant, un siège au pied d'une colonne de jaspe, au milieu de la foule houleuse des consommateurs, alla s'y asseoir.

Il pouvait être dix heures du soir.

Le grave enfant du désert leva la main et un garçon accourut.

Il demanda en italien, avec un accent arabe très prononcé, une tasse de café à la turque.

Quelques minutes après, on lui apporta une sorte de bouillie noire, fumante, qu'il ne tarda pas à déguster lentement, à petites gorgées, avec un air de béatitude et comme si cette liqueur avait été du hachich, cette absinthe des vrais croyants, et qui donne un avant-goût des délices du paradis de leur prophète.

Un observateur attentif eût sans doute remarqué que le prétendu Arabe, si grave et si indifférent en apparence, avait jeté un regard rapide sur trois personnages très bien mis, qui se trouvaient assis à une table à quatre ou cinq pas de là.

Ce regard avait eu un jet de flammes comme l'éclair.

Parmi ces trois personnages se trouvait Varcolli.

— Le voilà donc enfin ! murmura-t-il : parbleu ! voilà bien du temps perdu à chercher cet homme ! il m'a fallu huit jours pour le découvrir, quand il m'était si facile d'aller chez cette princesse Fornarina et de lui dire :

C'est moi qui m'appelle Josué-Anthelme Broussard, celui que le signor Varcolli attend !

C'était bien facile cela, et surtout expéditif. Mais non ! c'était trop facile, et surtout trop simple pour que ça pût entrer dans une autre cervelle que dans la mienne ! il est convenu que l'ancien émule de Raphaël, devenu charmeur de serpents, n'a pas le sens commun ! Ah ! ce que c'est que les hommes ! Ils sont bien tous comme cela ! Une idée qui ne vient pas d'eux leur fait l'effet d'une botte d'orties !

C'est le capitaine du brick *l'Éole* qui est l'auteur de tout ça, il n'entrait pas dans ses vues, à ce navigateur *expérimenté*, de manœuvrer comme la raison et le simple bon sens lui faisaient une loi de manœuvrer. Il a voulu faire le malin, louvoyer, comme ils s'expriment dans leur patois de marin ; il faut, nous a-t-il dit, chercher à découvrir cet homme, sans se faire connaître de lui ; il faut arriver à pénétrer le mystère de sa vie, sans éveiller chez lui le moindre soupçon ; il faut savoir quelles sont les personnes qu'il fréquente, quelles sont ses habitudes ; est-ce que je sais ?...

N'était-ce pas plus simple, je le répète, d'aller le demander chez la princesse ?

Il serait tombé entre nos mains dès le premier jour de notre arrivée ici, et nous aurions obtenu, par intimidation, tout ce que nous désirions savoir de lui.

Avait-on peur de ne pas tirer de lui toute la vérité ? Ah ! un homme qui a le couteau sur la gorge dit bien des choses !

Il a prétendu, ce capitaine de malheur, que Varcolli pouvait mentir pour avoir la vie sauve ; que la vérification de ce qu'il nous révélerait de vrai ou de faux au sujet de cette affreuse coquine de Benedita, nous prendrait peut-être beaucoup plus de temps, et qu'en définitive il serait toujours libre de nous faire tous les contes qu'il voudrait, et *patati* et *patata*...

Il me permettra de n'être pas de son avis.

Enfin le voilà retrouvé ce *copain*, ce bon et loyal ami, ce dévoué Giaccomo, qui a tant de hâte de me rendre à ma Benedita, et qui serait si heureux de voir celle-ci se jeter dans mes bras et me demander pardon !...

Ah ! mon bon Giaccomo, ce n'est pas sans peine que je suis parvenu à te découvrir ! Certes, Venise n'est pas une bourgade, et il paraît que tu ne visites plus tes anciens amis ! Ah ! tu n'étais pas sans venir quelquefois visiter cette reine de l'Adriatique, ce nid de mystères et d'aventures, où il y a tant de patriciens avides d'héritages et de grandes dames désireuses d'ensevelir dans les eaux muettes des lagunes les amoureux ou les maris dont elles ne veulent plus ! Que de cadavres dorment, un boulet au cou, dans les profondeurs livides de ses eaux mystérieuses, qui pourraient dire avec quelle dextérité tu joues du stylet, comme tu sais bien trouver l'endroit pour frapper un homme sans qu'il pousse un cri, et le moment propice pour faire de lui un cadavre, sans avoir à redouter des regards indiscrets !

J'ai cependant appris que tu venais ici tous les soirs : un de nos vieux amis que tu ne vois plus t'a vu, lui, par hasard, et me l'a dit.

Lequel de nous deux ira rejoindre ces

Ismaïl avait sauvé Gemma.

morts qui dorment d'un sommeil que rien ne trouble plus?

Entre nous, il doit y avoir maintenant un abîme, je dois croire que tu veux ma perte, mon doux ami; cela n'est point douteux, puisqu'après avoir eu un entretien avec cette chienne enragée de Benedita, qui n'a pas dû te laisser ignorer l'espèce d'amour qu'elle me porte, tu éprouves un si violent désir de me pousser dans ses bras.

Instrument conscient ou inconscient de ce monstre à face humaine, je me méfie souverainement de toi.

Ah! nous verrons plus tard à éclaircir tout à fait ce mystère, quand Benedita sera en mon pouvoir, il faudra bien qu'elle me dise ce qu'il en est! en attendant, tu vas me servir, sans t'en douter, à la retrouver.

Broussard s'était livré à ce long soliloque, sans que son regard eût lancé un éclair, sans qu'un muscle de sa figure eût tressailli.

Varcolli (c'était bien lui en effet qui avait attiré l'attention du saltimbanque, et provoqué chez lui cette avalanche intime de réflexions que nous venons de révéler au lecteur), était assis à une table voisine, en compagnie de deux jeunes gens d'un extérieur distingué, avec lesquels il jouait aux cartes.

Le bandit gagnait, et sa bonne humeur se manifestait par des exclamations quelque peu bruyantes parfois.

Ceux dont il vidait les porte-monnaie et les portefeuilles avec un bonheur trop insolent pour qu'il exclût tout soupçon de déloyauté, étaient les deux neveux de la princesse Fornarina.

Oui, deux jeunes gens, appartenant aux premières familles de Venise, jouaient au *Café Français* avec l'homme de Tabernier et du marquis de Bordes, avec le bandit Varcolli !

L'un s'appelait le prince Caraffa, l'autre le chevalier Stelbano.

Certes Varcolli n'était pas à leurs yeux le premier venu.

Et d'abord, il ne s'appelait pas Varcolli, il s'appelait le marquis de Roisset.

C'était la baronne de Berny qui l'avait voulu ainsi.

Bien plus, elle l'avait donné pour un personnage très important, et cela avait suffi pour qu'il devînt l'objet de l'attention et des prévenances flatteuses de tout ce qui, à Venise, appartenait de près ou de loin au monde clérical.

Il est bien entendu que la Canaque, avant de produire son personnage dans ce monde-là, l'avait décrassé, habillé et éduqué en conséquence.

Ils jouèrent assez longtemps. Varcolli, en habile homme qu'il était et qui trichait affreusement, tout en laissant ses adversaires gagner quelquefois, s'était, avons-nous dit, arrangé de manière à faire une razzia à peu près complète de tout ce qu'ils pouvaient avoir d'or ou de billets de banque sur eux.

— Je suis à sec ! fit tout à coup le prince.

Puis regardant sa montre.

— Il est dix heures ! dit-il, il faut nous rappeler, Carlo, que nous devons être à dix heures et demie chez monsignor Fulcino.

Carlo, c'était le petit nom du chevalier.

— Je ne vous retiens pas, messieurs, fit Varcolli d'un air de grand seigneur, bien que j'eusse été très heureux que vous prissiez votre revanche.

— Ce sera pour demain, monsieur le marquis, firent les deux jeunes gens en riant.

Ils se levèrent.

Varcolli jeta une pièce d'or sur la table, pour payer la consommation et refusa la monnaie que lui rendait le garçon ; puis ils sortirent du café.

Ils traversèrent la place, bras dessus bras dessous ; arrivés au quai, ils se séparèrent ; le prince et le chevalier prirent place dans une gondole, qui ne tarda pas à s'éloigner rapidement.

Le bandit resta immobile à l'endroit même où il les avait quittés.

Il était pensif, presque sombre.

— Ils voulaient m'entraîner chez ce Fulcino, murmura-t-il ; j'étais même invité à passer la nuit chez ce monsignori ; il y aura, paraît-il, de très belles femmes, et on doit bien s'y amuser, mais je n'ai, pour le moment, qu'un désir : posséder Benedita.

Benedita n'y va pas, qu'irai-je y faire ?

Elle m'a dit qu'elle resterait chez elle cette nuit, je veux savoir si c'est vrai.

Ah ! quand donc tiendrai-je ce saltimbanque !

Il regarda autour de lui.

La place était à peu près déserte.

A vingt pas de lui environ, un homme vêtu d'un burnous blanc marchait gravement, lentement, comme une personne plongée dans de profondes réflexions.

— J'ai vu cet Arabe au café, se dit-il, il a au doigt un magnifique brillant, il doit être riche ; si je n'avais pas mes poches pleines d'or, je le tuerais pour m'entretenir la main et le débarrasser de ses douros ; Arabe de mon cœur, tu as de la chance que je sois riche !

De son côté, le faux Arabe se disait :

— Le voilà, il est seul, où va-t-il aller ? Prendra-t-il une gondole, ou entrera-t-il dans quelques-unes de ces somptueuses demeures de la place ?

Ah ! il paraît riche, maintenant, le vagabond, et il a de belles relations. Fichtre ! un garçon du café m'a dit que les deux jeunes gens qui étaient avec lui appartiennent aux premières familles de la ville ! C'est sans doute Benedita qui lui remplit ses poches d'or ; et c'est elle sans doute qui l'aura recommandé à ces richards. Ah ! la gueuse, ce n'est pas d'aujourd'hui qu'elle a le bras long ; mais son pouvoir s'étend donc partout, en France comme hors de France ? Etrange ! étrange !...

Tout à coup il tressaillit.

— Si elle était ici ? ajouta-t-il, pourquoi pas ?...

Ah ! capitaine de malheur, en me recommandant de ne pas parler à Varcolli, de ne pas me montrer à lui, ne pas le prendre à la gorge, s'il venait à me refuser de me dire où se cache cette infâme coquine de Benedita, tu ne comprenais donc pas que tu me soumettais à une épreuve au-dessus de mes forces ?

Varcolli ! Varcolli !...

Mais je crois que je l'appelle ? pas fort... mais c'est déjà trop ! Ah ! je ne suis pas maître de moi : je deviens fou...

Il mit un coin du pan de son burnous dans sa bouche, pour qu'il n'en sortît aucun son.

Cependant le bandit avait tressailli.

— Qui m'appelle ? fit-il en regardant de tous côtés.

Est-ce que je rêve ? ajouta-t-il, mais non je ne rêve pas, quelqu'un m'a bien appelé.

Ne voyant sur la place que l'Arabe qui avait repris sa marche lente et indécise, un moment interrompue, et qui avait l'air d'être plongé dans les extases du paradis de Mahomet, il regarda les balcons des palais qui l'entouraient, et n'y voyant personne, il se mit à rire.

— Que le diable m'étouffe, s'écria-t-il, si je ne deviens pas fou !

Avisant un gondolier, il lui fit signe, une minute après il était dans sa barque :

— Au palais Visconti ! lui dit-il tout bas.

Puis il se coucha sur la banquette de la gondole, alluma un cigare et se mit à fumer en regardant les étoiles et en pensant à Benedita.

XVIII

Le récit.

Le lendemain, dans une grande salle du rez-de-chaussée d'une maison de la rue des Doges, plusieurs hommes étaient réunis.

Ces hommes, nous les connaissons ; c'étaient le père Bordier, Jacques et le saltimbanque.

Ce dernier parlait ; et le capitaine et le maître timonier l'écoutaient avec une profonde attention.

Il racontait son odyssée de la veille ; le lecteur en connaît déjà quelque chose ; il ne sera pas fâché de la connaître dans tous ses détails.

— Vous savez que je devais visiter, dit-il,

tous ceux que je savais être les amis ou les connaissances de Varcolli de Venise. Vous n'ignorez pas non plus que pendant plusieurs jours j'ai parcouru tous les quartiers de la ville, cherchant ces personnes, et quand, après des recherches quelquefois assez longues, j'étais arrivé à les trouver, je leur demandais des nouvelles du fameux aventurier, portant tantôt un déguisement, tantôt un autre ; je leur disais que j'étais un de ses bons amis, mais sans laisser même soupçonner que je fusse Broussard.

Ah ! Varcolli n'était pas facile à trouver !

Ce n'était plus l'homme que j'avais connu ; le vagabond riche parfois grâce à son stylet ou à son habileté à tricher au jeu ; pauvre le plus souvent et empruntant à ses amis et connaissances quelques pièces d'or pour soutenir sa misérable existence ; il paraissait riche cette fois pour longtemps, et le hasard qui l'avait porté au faîte de la fortune, lui avait en même temps donné une haute situation dans le monde.

Varcolli le bandit, le misérable aventurier, fréquentait ce qu'on est convenu d'appeler (sans exprimer ce que l'on pense) le meilleur monde.

Par quel mystère ?

Il est bien entendu que son orgueil s'en était accru au point de cesser de voir tous ceux qui le connaissaient à Venise ; tous ceux qui tant de fois lui étaient venus en aide dans ses heures de détresse.

Cependant, si l'ingratitude efface le souvenir du bienfait chez l'homme parvenu, elle ne peut détruire dans l'esprit de celui qui l'a obligé la mémoire du service rendu et jusqu'aux traits de son visage.

Un d'eux le vit un jour dans une gondole de première classe avec des dames et des jeunes gens de la haute volée.

Peu de temps après, il le revit à la porte du café de France.

« Il va là, me dit-il, très souvent ; je ne sais pas en quels termes vous êtes avec lui ; quant à moi, il m'a accueilli avec une impertinence, un air de dédain qui m'ont ôté pour toujours l'envie de lui reparler. »

Hier soir, déguisé en Arabe, j'allai au café de France ; je l'y trouvai : il jouait aux cartes avec deux jeunes gens, le prince Caraffa et le chevalier Stelbano. Le drôle, je crois, les a dépouillés de tout l'argent qu'ils avaient sur eux.

Ils sortirent ensemble du café vers dix heures ; je les ai suivis.

Arrivés au bout de la place, ils se séparèrent ; le prince et le chevalier montèrent dans une gondole, et Varcolli resta là planté, ne sachant trop, je pense, où il voulait aller.

Enfin, il monta dans une gondole à son tour. J'en fis autant.

Il s'était étendu dans sa barque, et fumait.

Je m'étais arrangé de manière à le suivre de près ; mais je m'étais dissimulé dans la mienne de telle façon qu'il lui eût été impossible de me voir.

Que diable a-t-il dans la tête en ce moment ? me disais-je ; eh quoi ! Varcolli l'aventurier, le bandit, le coureur de femmes, fumant tranquillement, nonchalamment couché sur la banquette d'une gondole, comme un bourgeois de Venise !

Pendant que les feux des illuminations ruisselaient sur les édifices et les gondoles, que l'on entendait partout des bruits de fêtes, que dans la voluptueuse cité tout ce qui était riche s'amusait, Varcolli, le jouisseur effréné (quand la fortune le lui permettait), Varcolli, ses poches pleines d'or, rêvait !!!...

Sa gondole, du train où elle allait, n'aurait pas fait le tour de Venise en une nuit.

La mienne la suivait à une très faible distance. Comme lui, je m'étais couché sur la banquette, comme lui je fumais.

Mais j'avais la rage dans le cœur.

Il pense à Benedita, me disais-je.

Parbleu ! il est satisfait ; son cœur est repu, il digère ses caresses en ce moment, le sybarite ; il pense sans doute qu'il va la revoir cette nuit ; il savoure à l'avance le plaisir nouveau que cette rencontre lui promet.

L'amour qu'inspire cette carogne est de ceux qui absorbent et n'admet point de partage.

Sous mon burnous j'avais d'autres habits, un autre déguisement ; je quittai mon burnous : sous mon turban j'avais une autre coiffure ; je quittai mon turban. Grâce à mon nouveau travestissement, je n'étais plus un Arabe, mais un Turc.

Sur la tête j'avais un fez, autour du corps une ceinture bleue, et dans cette ceinture un poignard à lame recourbée.

Tout à coup j'éprouvai une émotion violente ; la gondole où était Varcolli s'arrêta brusquement, puis se dirigea vers le quai.

Je dis à voix basse à mon gondolier de cesser de ramer.

Cependant Varcolli avait mis pied à terre.

Est-ce là qu'il demeure ? me disais-je, en le regardant gravir les marches du perron d'une maison que j'entrevoyais vaguement dans l'ombre.

Tout à coup il s'arrêta.

Quelqu'un en sortait au moment où il allait y entrer.

Cette personne qui sortait exerçait sans doute sur lui un grand empire, car il fit brusquement quelques pas en arrière, et il s'inclina comme s'il lui eût fait quelque compliment ou sollicité d'elle une faveur.

Cependant il garda, chose étrange ! son chapeau sur la tête.

J'étais à quelques pas d'eux, couché, comme je vous l'ai dit, dans ma gondole.

Ils parleront bien, me disais-je.

J'écoutai.

L'inconnu fit vivement quelques pas de mon côté, Varcolli la suivait.

Tout à coup il se retourna vers lui, avec un air de mauvaise humeur et d'impatience.

— Je te dis, Giaccomo, fit-il d'une voix basse et rapide, que tu deviens insupportable ; je ne pourrai bientôt faire un seul pas sans que tu me suives.

— C'est que je t'aime, c'est que je suis fou de toi ! ma Benedita, dit le bandit sourdement et en se penchant sur l'inconnu.

Ce nom de Benedita fit sur moi un effet effroyable.

J'eus toutes les peines du monde à arrêter un cri, qui menaçait de s'échapper de ma gorge.

Je fus agité d'un tremblement convulsif, et je mordais à belles dents mon burnous, que j'avais jeté sur moi comme une couverture.

J'étais d'autant plus surpris, que l'inconnu s'étant trouvé constamment dans l'obscurité, je n'avais pas pu voir à quel sexe il appartenait.

Et même lorsqu'il avait parlé, je n'avais pas reconnu le son de la voix de mon ancienne maîtresse, parce qu'elle s'était exprimée en chuchotant, et que lorsqu'on s'exprime ainsi, toutes les voix se ressemblent.

Tout à coup un feu de Bengale qu'on alluma sur la proue d'une gondole à quelque distance de là, éclaira sa figure, et je la reconnus.

Elle était enveloppée d'un grand manteau blanc ; sa tête était couverte d'un voile, qu'elle avait relevé, sans doute pour parler à Varcolli.

Cependant ils continuaient à échanger des paroles rapides, mais toutes n'arrivèrent pas à mon oreille.

Enfin elle lui tendit sa main qu'il baisa.

— A bientôt donc ! dit-il.

— Souviens-toi de tes engagements, Giaccomo ; si j'ai voulu te voir ce soir avant de sortir, c'était pour savoir si tu avais découvert cet homme.

— Il viendra.

— Tu crois ?

— J'en suis sûr.

— Il ne se presse guère.

— Il viendra, car il ne peut pas faire autrement.

— Dieu t'entende ! Giaccomo.

Ils se séparèrent.

Benedita fit un signe à mon gondolier auquel j'avais dit quelques mots à voix basse, et qui parut tout à coup affecté d'une surdité à rendre jaloux le célèbre nocher du noir Achéron ; enfin elle fit signe à un autre qui vint aussitôt à son appel.

Elle monta dans sa barque, d'un pas rapide, et elle lui dit sans doute de ramer vigoureusement, car le véhicule bondit tout à coup et s'éloigna rapidement.

Varcolli l'avait regardé s'éloigner, puis quand il eut disparu, il resta encore quelque temps immobile à la même place.

Une rage immense agitait tout mon être, je n'eus bientôt plus qu'un désir, c'était de rejoindre ce misérable.

Quand après m'avoir tourné le dos et franchi à pas lents la faible distance qui le séparait du perron, il se mit à en gravir les marches, j'étais derrière lui, et je lui emboîtais le pas.

Il ne m'entendit pas venir tout d'abord, tant il était absorbé dans ses pensées, tant j'avais fait peu de bruit depuis le fond de la gondole dont j'avais bondi comme une panthère, jusqu'à l'endroit où il se trouvait.

Il entra dans la maison, dont il n'eut qu'à pousser la porte, car elle n'était qu'entrebâillée, mais quand il se retourna pour la fermer, il se trouva face à face avec moi.

— Qui êtes-vous ? que voulez-vous ? dit-il d'un ton brusque.

En même temps il fit un mouvement sans doute pour prendre son poignard.

— Est-ce donc ainsi que tu reçois tes amis ? Giaccomo, lui dis-je en imitant la voix d'un de nos amis communs auquel je ressemblais beaucoup.

J'ai oublié de vous apprendre que je suis très fort dans l'art de contrefaire quelqu'un, d'imiter sa voix et ses manières ; si on ne connaissait pas toutes ces choses, serait-on un saltimbanque ?

— Est-ce que tu as oublié ton bon ami Charles Verdier ?

Charles Verdier était un Marseillais, il avait depuis quatre ou cinq ans quitté Marseille, pour aller faire fortune dans les colonies espagnoles. C'était un nomade comme tant d'autres ! en France, vous appelez ça un bohème.

— Entre donc ! fit le bandit.

J'entrai et il referma aussitôt la porte.

Nous marchions dans les ténèbres.

— Pourquoi n'est-ce pas éclairé chez toi ? lui dis-je.

— Dame ! la nuit il n'y a personne que moi, les domestiques sont partis.

— Tu as des domestiques ? tu es donc riche ?

— Oh ? on me les prête !

— Fichtre !

— Une grande dame de mes amies m'en envoie dans la journée, ce sont des siens, comprends-tu ?

— Et cette maison, ce palais plutôt, autant que j'ai pu voir, est-il à toi ?

— Oui, c'est-à-dire non ; je verrai plus tard si je me fixe à Venise.

— Comment ! tu n'aurais qu'à dire un mot pour être propriétaire de ce palais ? Giaccomo.

— Oui.

— C'est merveilleux, cela ! je n'oserai plus t'appeler Varcolli tout court.

Il se mit à rire sourdement.

Le son de sa voix me fit frémir.

Je sentis qu'il songeait, et que je ne sais quel doute vague au sujet de ma personnalité commençait à poindre dans son esprit.

Je tirai à tout hasard mon poignard de ma ceinture.

— C'est ennuyeux, gronda-t il, de n'avoir pas de lumière ni d'allumettes pour en faire ; en as-tu, Verdier, des allumettes ?

— Non.

Je compris qu'il voulait voir mon visage, et se rendre compte par lui-même, de l'exactitude de mon affirmation au sujet de mon identité.

Varcolli était méfiant de sa nature.

— Miss Stop, demanda-t-il tout à coup, qu'est-elle devenue ?

J'étais pris, je ne savais pas du tout ce que c'était que miss Stop.

Inventer une histoire à ce sujet, c'était me perdre.

Me taire, c'était me perdre.

Hésiter, c'était encore me perdre.

Je n'hésitai pas un instant à prendre une décision.

Comme j'avais la main sur son épaule, je cherchai par la pensée, la place du cœur, et j'enfonçai mon poignard dans sa poitrine.

— Je sentis un liquide chaud inonder ma main ; c'était son sang ; il tomba en râlant.

— Benedita ! lui dis-je, mais cette fois sans changer le son de ma voix.

Il gronda sourdement, fit un effort violent pour se relever, la pointe de son stylet grinça contre la muraille, puis il ne bougea plus !... Etait-il mort ?...

J'errai longtemps à la recherche d'une lumière.

Enfin je trouvai une lampe posée sur une table de marbre, au fond d'une galerie de tableaux, je m'en emparai.

Varcolli était bien mort, son cadavre était couché sur le côté, sa main n'avait pas lâché son stylet.

Il me parut urgent de faire disparaître ce cadavre ; mais comment m'y prendre pour le faire disparaître ?

Enfin, je le traînai sous un vaste escalier de marbre, qui conduisait au premier étage du palais.

Quant au sang, il n'y en avait de trace nulle part, il avait disparu dans l'épaisseur des tapis qui recouvraient le sol.

Je me mis à parcourir le palais de nouveau.

Où est la chambre à coucher de Benedita ? me disais-je. Je voulais m'y cacher.

J'avais un désir ardent de savoir si elle rentrerait seule, et si avant de se coucher elle chercherait son Varcolli.

Je trouvai d'abord plusieurs chambres à coucher, mais aucune ne me parut être la sienne, elles me semblèrent même, à la poussière que je trouvai sur les meubles, qu'elles étaient veuves, depuis quelque temps, de leurs hôtes.

Enfin j'en découvris une dans laquelle se trouvaient sur la table, sur les fauteuils, sur les chaises, un peu partout, ces mille choses qui accusent la présence habituelle de la femme : pantoufles, jupons, robes, flacons d'odeurs ; je pris les pantoufles et les examinai.

Benedita aimait beaucoup les pantoufles de velours noir avec broderie d'argent : celles-là étaient de velours noir avec broderie d'argent.

Sur une chaise je vis un objet, je le saisis, c'était un mouchoir de batiste, orné de dentelles, à l'un des coins une initiale était brodée ; cette initiale était la lettre B, cette lettre était surmontée d'une couronne.

Cette couronne me fit rêver.

Etait-elle devenue duchesse, marquise, comtesse ou baronne?

Je ne me torturai pas longtemps l'esprit pour trouver le mot de cette énigme.

Je regardais le lit.

C'était un lit de forme antique, avec baldaquin, rideaux à grands ramages, et faits d'une étoffe, qu'on ne voit plus, composée d'argent, de laine et d'or.

Il était placé dans une vaste alcôve, avec armoires profondes, aux portes béantes : je m'y blottis.

J'attendrai là son retour, me dis-je, en me cachant derrière des robes, des manteaux, des vêtements de toutes sortes, accrochés aux murailles.

J'attendis longtemps.

Il y avait un horloge dans le palais, son timbre sonore envoyait jusqu'à moi ses notes lentes et graves.

J'entendis successivement sonner minuit, une heure, deux heures, trois heures, quatre heures.

Je crus qu'elle n'allait pas rentrer.

Enfin, un bruit sourd d'abord, de plus en plus distinct, retentit dans les corridors sonores du palais.

Etait-ce elle qui rentrait?

J'écoutai avec une attention profonde.

C'était bien elle, je reconnus sa voix; elle venait d'un pas rapide, mais elle n'était pas seule.

Enfin, je finis par percevoir le son de la voix de la personne qui l'accompagnait, c'était une voix de femme.

— Tiens! fit-elle en entrant, qui donc a apporté cette lampe ici?

— J'ai oublié de dire que je n'avais pas reporté dans la galerie des tableaux la lampe que j'y avais trouvée.

C'était elle qui venait d'attirer l'attention de cette misérable femme.

— Ce sera, je pense, Giaccomo qui l'aura apportée ici, ajouta-t-elle, d'un air d'indifférence.

Elles étaient venues avec un bougeoir allumé; elles l'éteignirent et le posèrent à côté de la lampe.

Elles se débarrassèrent ensuite de leurs manteaux et de leurs voiles, — car elles avaient voiles et manteaux.

Du fond du réduit sombre où je me trouvais, je les voyais.

La misérable était belle comme le jour où elle m'avait quitté, peut-être même plus belle! oui, plus belle!...

Elle avait je ne sais quoi d'achevé, qui la rendait plus dangereuse, plus séduisante encore.

Je ne l'aimais plus, et pourtant j'éprouvais un tremblement convulsif qui n'était pas, j'en ai honte, entièrement produit par la haine et de désir de la vengeance.

Ma main crispée serrait avec plus de fièvre que de force le manche de mon poignard.

Tout en se déshabillant, elles causaient et riaient.

Ce rire de Benedita Tavelli, ce rire aux notes perlées, et d'un timbre d'une suavité étrange, me grisait...

Dans mon trouble, je me dis : Souviens-toi de ton fils!...

Je vis passer dans les profondeurs sombres de mon âme les flots livides de la Dhueille!...

— Quelle belle cérémonie! Blandine, dit-elle tout à coup à sa compagne.

— Oh! charmante, madame, et surtout très édifiante!

— Elle était très bien, la néophyte.

— Très bien.

— Cette blanche tunique de lin, ces cheveux flottants sur ses épaules demi-nues, lui allaient à ravir; mais pourquoi était-elle si pâle? pourquoi ses jambes paraissaient-elles se refuser à la porter?

Là s'embusquaient des maraudeurs, une sorte. . .

— On dit que c'est l'émotion résultant
de la majesté du lieu, du caractère auguste
de la cérémonie, et puis la grâce divine
sans doute qui pénétrait très profondément
dans son âme.

— Monseigneur Civette lui-même était
très ému, et quand il l'a baptisée, quand il
a versé l'eau sacrée sur sa tête, en soulevant
de sa main gauche les flots de sa chevelure,
sa main tremblait.

— C'était l'Esprit-Saint, madame, qui
l'agitait, c'est un homme si pieux !...

— Très pieux, fit la misérable en levant
les yeux vers le ciel.

— On dit que notre saint père le pape
veut voir la nouvelle chrétienne.

— Ah !

— C'était même lui qui devait la baptiser.

— Jésus ! Marie !

— Mais au dernier moment, il a fait
dire qu'il ne pouvait pas venir ; mais il
viendra dans quelque temps, il veut la voir ;
savez-vous, Blandine, que cette jeune fille
est très riche, qu'elle a des millions et des
millions ; qu'elle est la plus riche héritière
que l'on ait jamais vue ?

— Vraiment !

— Elle donnera tout à l'église, ma chère
Blandine.

— Gloire à Dieu !...

. . . .

Il y eut un silence, puis elles s'agenouil-
lèrent et se mirent à prier.

Quand je vis la misérable les yeux levés vers le ciel, les mains jointes, prier Dieu, j'éprouvai un inénarrable sentiment d'horreur.

Quelle idée se font-elles donc de Dieu, ces créatures infâmes?

Leur prière faite, elles achevèrent de se déshabiller.

Quand elle se trouva à moitié nue, je fis des efforts violents pour ne pas la regarder, mais mes yeux restèrent ouverts, un âpre et invicible désir de la contempler me mordait au cœur.

Hélas! elle était plus belle qu'à l'époque où elle partageait ma couche; elle avait plus d'embonpoint, mais cet embonpoint ne nuisait point à l'harmonie de ses formes...

. . . .

Elles sont dans le lit: la lampe est éteinte et les ténèbres profondes ont succédé à la clarté pâle de ses rayons.

Elles causent encore, mais à voix très-basse: de temps à autre l'une des deux rit bruyamment et je saisis quelques mots, des noms propres, ceux du prince Caraffa, du cardinal Delguori, de monsignor Fulcino...

Benedita habillée, voilée, avait jeté le trouble dans mon âme; déshabillée, nue, elle m'avait donné le vertige, j'avais comme un voile sur l'esprit; mon agitation était immense, je sentais que je devenais fou. En ce moment-là j'eusse voulu la tuer, que mon bras s'y fût refusé. Bien plus, je ne sais quelle force terrible me poussait vers cette couche où se trouvait cette femme à la fois charmante et horrible...

Je m'enfuis!...

Elles dormaient sans doute; je n'entendais plus rien.

J'avais vu une boîte d'allumettes sur un petit meuble, je le cherchai et le trouvai sans avoir fait le moindre bruit. Je trouvai, avec non moins de bonheur, le bougeoir; je le pris et sortis de la chambre à coucher sans faire plus de bruit que si mes pieds eussent été les ailes d'un oiseau nocturne.

Je me souciais de faire disparaître le cadavre de Varcolli, avant de quitter ce palais maudit.

Je le retrouvai à l'endroit même où je l'avais placé.

L'horloge sonnait six heures.

Six heures, dans cette saison, c'est encore la nuit, me disais-je, et dans ce quartier aristocratique on doit se lever tard.

Je traînais le cadavre jusqu'à la porte de sortie que j'ouvrais facilement.

Au dehors les ténèbres étaient profondes: une brume intense empêchait de distinguer la forme des objets, même à deux pas.

Je pris le corps du bandit et le portai dehors.

Il ne faut pas, me disais-je, qu'il y ait du sang sur le perron ni sur les dalles qui bordent le palais à l'extérieur.

Je le posai et me baissai pour chercher le bord de l'eau, qu'il m'était impossible de découvrir avec le regard.

Cette eau est profonde, pensais-je, en y faisant glisser doucement le cadavre.

Six heures et demie sonnaient quand je me résolus à m'éloigner de ce lieu fatal.

Je m'en éloignais avec regret, avec douleur, car j'y laissais vivante celle qui avait trompé mon amour, celle qui avait jeté Jack dans les eaux glacées de la Dheuille.

Ainsi se termina le récit du saltimbanque.

Le père Bordier l'avait écouté dans le plus profond silence.

De temps en temps l'œil du brave maître timonier avait lancé un éclair rapide, puis son regard s'était fixé sur le visage impassible du père Bernard.

Tout à coup celui-ci se leva, et jetant

sur Broussard un regard sévère, il s'écria :

— Vous n'avez pas tenu vos engagements, mille tonnerres !

— Mais... balbutia celui-ci.

— Vous vous étiez engagé à chercher ces gens-là, mais vous ne deviez céder en aucun cas à vos sentiments personnels de vengeance, mille sabords ! si vous parveniez à les découvrir !

— Mais enfin j'ai réussi...

— Quel que soit le résultat, vous n'avez pas tenu vos engagements, je vous le répète ; qu'aurions-nous gagné dans votre équipée, je vous le demande, si ce bandit vous avait tué ? Il nous devenait impossible probablement de le trouver jamais... Vous seul, en effet, le connaissiez, vous seul connaissiez cette femme ! pensez-vous qu'il eût été prudent et même utile d'aller demander de leurs nouvelles à cette princesse Fornarina, qui m'a tout l'air d'être leur complice,

et qui non-seulement ne nous eût rien révélé, mais eût tourné contre nous les stylets de tous les bandits de Venise ? mille sabords !

— Ah ! il faut de la discipline, quand on veut réussir dans une entreprise comme la nôtre, sans rien laisser au hasard !

— C'est vrai ! et j'ai eu tort, capitaine.

Mais le père Bernard ne l'entendait plus ; il était sorti précipitamment en murmurant :

— Cette fille !... Elle était pâle !... Elle était belle !... La plus riche héritière connue !... baptisée !.....

Jacques tendit la main au saltimbanque.

— M'est avis, mille sabords ! que vous nous avez rendu à tous un grand service, et je suis heureux de vous serrer la main, foi de Jacques, maître timonier du brick l'*Éole*; je suis convaincu que dans le fond le capitaine pense comme moi !...

XIX

Prière suprême : chant du cygne d'une âme cléricale.

Elle était à genoux devant son grand crucifix, cette pauvre Arsinoé, duchesse de Cressères ! A côté d'elle se trouvait son confesseur, le gros moine, à face rubiconde, que nous connaissons.

— Il la couvait du regard, comme une proie.

— Mon Dieu, disait-elle, dans la profonde nuit où elle est tombée, tu ne saurais oublier ta servante.

Tu sais que toutes mes pensées, toutes mes actions ont eu pour but unique, ta gloire et le triomphe de notre sainte mère l'Eglise catholique, apostolique et romaine.

Si j'ai erré, si je me suis éloignée du sentier de la vérité, c'est que le démon a abusé de ma pauvre âme.

Si j'ai commis des fautes, Seigneur, pardonne-moi, comme je pardonne à tous mes ennemis.

Ah ! j'ai cru un instant que tu permettrais à ta pauvre servante de voir la noble famille des de Bordes reprendre dans le monde le rang qui lui appartient : cela n'était pas possible !... bien plus, cela était impie !

Le prêtre vénérable, ici présent, me l'a dit, et je le crois.

Il vient de recevoir ma confession ! grâce à son saint zèle, mes remords sont calmés, ma conscience épurée. Ah ! je puis mourir maintenant ! rien ne me retient plus en ce bas monde ! je le sens, je vais mourir !...

Je lègue tous mes biens à ce saint prêtre ici présent...

— Vous ne le pouvez pas, ma sœur, fit le moine ; je ne puis rien recevoir personnellement, la loi s'y oppose ; mais je vous indiquerai quelqu'un qui recevra pour moi.

— Soyez bénie encore une fois, ma sœur.

Au nom du Père, du Fils et du Saint-Esprit, ainsi soit-il !...

— Quand viendra le notaire ? mon père, poursuivit Arsinoé, d'une voix rapide.

— Demain, ma sœur.

— Oh ! que vous êtes bon, et que je suis fâchée de vous avoir appelé Chevalier du Crucifix ! Pardonnez-moi ! oh ! pardonnez-moi ; je ne savais pas ce que je disais, j'étais folle !

— C'était un de vos plus graves péchés, ma sœur ; péché mortel, je vous l'ai dit dans la confession, mais je vous ai donné l'absolution, et l'absolution efface tout.

Arsinoé éclata en sanglots.

— Je vous le répète, vous avez reçu l'absolution, ma sœur, et vous pouvez être tranquille.

— Mon Dieu, s'écria-t-elle, ta bonté éclate et s'étend sur moi : toutes les taches de mon âme sont effacées, ton saint ministre l'affirme ; je vais mourir, je vais retourner à toi, et tu me recevras dans ta paix éternelle !

— *Amen*, fit le moine.

La vieille duchesse se releva, prit une chaise et s'assit à côté de lui.

— Vous avez bien voulu, mon père, que je visse mon ancienne camériste, ces jours derniers ; c'était une grande grâce que vous m'accordiez, disiez-vous ; je sollicite de nouveau et pour la dernière fois, cette faveur.

— Je vous l'accorde, ma sœur.

— Vous avez bien voulu me permettre d'assister au baptême de Gemma de Mélos, je vous demande la faveur, non-seulement de la voir, mais encore de lui parler.

— Je vous l'accorde, ma sœur.

— Vous avez bien voulu me dire que cet infâme homme d'affaires, ce Tabernier, mon complice, se trouvait dans cette sainte et auguste demeure: me permettriez-vous de le voir et de lui parler ?

— Je le veux bien, ma sœur, mais dans quel but me demandez-vous toutes ces faveurs ? Je dois savoir tout ce qui se passe dans votre âme : me cacher quelque chose c'est vous exposer à brûler, après votre mort, dans les flammes de l'enfer.

— Je vais vous ouvrir ma pauvre âme, mon père, cette âme où vous avez fait régner, sans partage, l'Esprit saint : si je vous demande tout cela à vous, c'est pour leur demander à eux de vouloir bien me pardonner de les avoir scandalisés, c'est pour les exhorter à se convertir, ou, s'ils sont convertis, à persévérer dans la voie du salut.

— Vos sentiments me touchent, ma sœur, ils sont ceux d'une sainte : vous pourrez circuler dans le monastère librement ; un moine que je vais vous envoyer vous accompagnera.

Arsinoé tressaillit.

— Merci ! mon père, fit-elle d'une voix calme.

Le moine sortit aussitôt de la cellule.

— Mon Dieu, fit-elle, en se remettant à genoux, après avoir entendu le bruit de ses pas s'affaiblir et finir par s'éteindre dans l'éloignement, que veut-il que je fasse de son moine ? cet homme ; vous savez bien que je n'ai pas besoin de son moine ! pourquoi faire cet homme ? pour m'accompagner ? pourquoi faire ? oui, pourquoi faire ce surveillant ? (car ça ne peut être que pour me surveiller qu'il me donne son moine), ai-je eu la moindre envie de faire le mal ?

Tu lis, Seigneur, dans le cœur de ta servante ! toi seul connais le fond de mes pensées et combien je suis désireuse de t'être agréable. Je me suis toujours efforcée de marcher dans la voie de tes commandements. N'est-ce pas toi qui as créé la royauté pour te représenter sur la terre? N'est-ce pas toi qui lui as donné pour appui visible, comme image de ton appui invisible, une noblesse, c'est-à-dire une race d'hommes d'élite, de nature supérieure? En créant cette noblesse, qui est indispensable à l'existence de la royauté, c'est-à-dire à l'exécution même de tes volontés éternelles, n'as-tu pas voulu qu'elle fût puissante, c'est-à-dire riche, car il n'y a pas de puissance sans richesse?

Qu'ai-je voulu, moi ta servante? Qu'est-ce que je veux encore? contribuer, dans la mesure de mes pauvres forces, au maintien de ce que tu as créé dans ton infinie sagesse. En m'efforçant de rendre à la grande famille patricienne des de Bordes la puissance par la richesse, je ne faisais qu'obéir à tes volontés saintes bien clairement exprimées. Je n'avais qu'un moyen à ma disposition, c'était de la mettre en possession des biens immenses du baron de Mélos.

Ce que j'ai voulu, je le veux encore; ceux-là seuls qui s'efforcent de me détourner de cette voie sont des prévaricateurs; ceux-là seuls qui me mettent dans l'impuissance d'achever mon œuvre, en attentant à ma liberté, sont des criminels.

Au fait, que m'importe ce surveillant, ce moine? il mourra comme les autres, car il faut, Seigneur, que ta puissance éclate et que ton bras s'appesantisse sur tous ceux qui pourraient être un obstacle pour toi, c'est-à-dire pour ta pauvre servante!

Marguerite avait, Seigneur, un narcotique; elle avait, en outre (chose qu'elle hésitait à me dire, l'innocente), du poison. En partant de Paris elle a emporté beaucoup de flacons; ces flacons renferment divers toxiques très violents: elle les a dérobés à Fourchencerf, son amant. Il paraît que ce sont ces substances dont se servait autrefois la Brinvilliers[1].

Marguerite est une femme précieuse. Quand on a mis la main sur elle et sur sa petite nièce, à Stramos, elle a obtenu d'emporter avec elle bien des objets précieux. Quand on lui a demandé ce que c'était que ces flacons, elle a répondu que c'étaient des eaux de toilette.

C'est vous, ô mon Dieu, qui donniez à ma servante, à ces heures terribles du danger, cette intelligence et cette présence d'esprit: soyez-en à jamais béni!...

Et comme vous ne vouliez pas me laisser ici sans force et sans consolation, vous avez voulu que cette bonne et intelligente Marguerite devînt la servante des moines de ce couvent.

Oui, Marguerite est devenue la servante de ces hommes, soi-disant hommes de Dieu. L'un deux même est devenu son amant. (Ah! c'est qu'elle est encore très-bien! Marguerite).

Grâce à lui qui est sommelier, grâce à son emploi à elle, qui lui permet d'aller dans tous les coins du monastère, dans les cuisines comme ailleurs, elle peut verser dans les aliments et dans les boissons, tous les poisons de ce Fourchencerf.

Ah! vous mourrez tous, misérables, qui avez attenté à la liberté d'une véritable servante de Dieu, et avez voulu l'empêcher de remplir sa noble mission!

Tu mourras aussi toi, Tabernier; car tu n'as pas voulu me rendre cet acte de donation que tu possèdes, et que tu ne pourras pas me refuser quand tu ne seras qu'un cadavre, car alors je n'aurai qu'à me baisser pour le prendre.

Tu mourras aussi toi, Gemma de Mélos,

1. Empoisonneuse célèbre décapitée et brûlée en 1676, à Paris.

car tu ne pourrais plus être pour moi qu'un ennui ou un obstacle, maintenant que j'ai renoncé à faire de toi la femme de mon neveu, le marquis de Bordes!

Demain, quand viendra le notaire, je lui dirai que je suis très fatiguée et qu'il revienne dans quelques jours.

Mais il ne reviendra pas, car d'ici là tous les êtres vivant sous ces voûtes sombres, dans l'enceinte de cette demeure mystérieuse, seront morts ou partis !...

L'infâme dévote, après avoir terminé cet affreux soliloque, entremêlé de prières à Dieu, se jeta aux pieds de son grand crucifix, et se mit à égrener avec ferveur un long rosaire.

XX

En mer.

Revenons un peu en arrière.

Un navire traversait, à la tombée de la nuit, le détroit de Messine.

C'était un de ces bâtiments appelés bâtiments mixtes, parce qu'ils sont pourvus d'une double force de propulsion : la vapeur et la voile.

La mer était houleuse, mais le vent favorable ; il filait avec une vitesse très grande, poussé qu'il était à la fois par la vapeur qui agitait son hélice, et la bourrasque qui gonflait ses voiles à les rompre.

Le soleil venait de se coucher, laissant une trace livide entre les brisures des nuées sombres, roulées par la rafale.

A droite et à gauche du navire glissaient rapidement, en s'éloignant à l'horizon, pareilles à deux immenses reptiles noirs, les côtes de l'Italie et de la Sicile.

Le phare de Messine apparaissait comme un point rouge sur le fond des ténèbres, qui s'épaississaient de plus en plus.

A bord du navire, les matelots étaient silencieux comme des fantômes.

Au pied du grand mât, deux hommes étaient debout.

Ne laissons pas ignorer plus longtemps à nos lecteurs quel était ce navire et quels étaient ces hommes.

Ce navire était le brick l'*Éole*, précédemment en rade à Bordeaux.

Ces deux hommes étaient Georges Bernard et Hassan.

Où allaient-ils ? le navire avait le cap sur l'Adriatique.

Muets et sombres, ils regardaient la mer, cette immensité qui, pareille à un bandit qui médite un guet-apens, se couvrait d'un masque d'ombre.

Ils regardaient les nuées courir affolées, poussées par l'orage.

Ils le regardaient souffleter la vague, de son aile sinistre.

Ils écoutaient les flots mugir sur les brisants.

Ils songeaient.

Et le beau brick filait comme une vision, traçant sur les ondes livides un long sillon d'écume...

— Demain, à la tombée de la nuit, si rien ne vient ralentir la marche du navire, dit tout à coup Georges, nous serons à Venise.

— Cette mer est mauvaise, et le ciel bien menaçant ! fit le Maure d'une voix sourde.

Ils se turent...

— Pourvu que ce pêcheur ne nous ait pas trompés ! poursuivit le colosse après un moment de silence.

— Dans quel but ?

— Dans le but de nous éloigner de l'endroit où ils ont emmené Gemma, ces misérables !...

— Alors ce pêcheur, ce malheureux couvert de haillons, qui est venu dire à Ali qu'il avait vu les ravisseurs, n'aurait fait que remplir une mission qu'il aurait reçue de ces forbans ?

— Qui sait ?... à qui peut-on se fier ? Sont-elles donc si communes à notre époque les âmes honnêtes et loyales ?

— Eh quoi ! Ben-Saïb serait un de leurs agents ?

Hassan haussa vivement les épaules.

— Eh bien ! je ne le crois pas, moi ! du reste, je vais le chercher et vous allez l'interroger encore une fois.

Le colosse leva les yeux vers le ciel.

— Qui donc pourra jamais sonder les profondeurs ténébreuses de l'âme humaine ! murmura-t-il.

Son regard lança un éclair sombre.

La souffrance, on le voit, avait singulièrement aigri l'âme du poète.

Georges revint bientôt, amenant avec lui Ben-Saïd le pêcheur.

C'était un homme grand, maigre, couvert d'un burnous brun, en loques.

Ses bras et ses jambes étaient nus ; en guise de fez, il avait un lambeau d'étoffe à carreaux, nouée autour de la tête.

Il s'exprimait lentement, mais sa voix avait des notes profondes. Ses yeux, pendant qu'il parlait, brillaient comme s'ils eussent eu des reflets d'incendie ; on sentait qu'il y avait chez lui une âme ardente, portée au fanatisme peut-être, mais à la lâcheté et à la fourberie, non !

Il raconta, pour la vingtième fois peut-être, ce qu'il savait : il avait été témoin de l'enlèvement de Gemma à Stramos.

— C'était pendant la nuit, dit-il, je me trouvais à la pointe du cap de Stramos :

j'avais laissé ma barque et mes filets dans un enfoncement entre des rochers ; je me trouvais occupé à pêcher, à la main, des veltos[1] et des madrillas[2], au fond d'une petite grotte, dont l'ouverture était à peine visible du dehors, ce qui faisait que j'étais obligé d'y entrer en rampant et à la marée basse. Tout à coup j'entendis un bruit de rames et des gens parler, je ne comprenais pas d'abord ce qu'ils disaient, mais comme ils vinrent amarrer leur barque à un rocher tout près de moi, je pus comprendre le sens de leurs paroles.

— Sterffo et Mizetti, dit l'un d'eux, gardez la barque, nous autres nous irons faire l'affaire.

— Serez-vous longtemps, Pacopo ? demanda un de ceux qui venaient d'être désignés pour garder la barque.

— Oh ! non, fit Pacopo, le temps de fumer un *cigaretto*.

Ils s'éloignèrent.

Ceux qui gardaient la barque se mirent à fumer, et l'odeur du tabac venait jusqu'à moi. Je ne bougeai pas, croyant que c'était une saga : or, une saga est une troupe de gens armés, au moins de yatagans[3], et j'étais seul et sans armes ; et puis une saga n'épargne jamais un homme auquel il arrive d'une manière ou d'une autre de connaître ses secrets.

J'étais donc un homme perdu s'ils venaient à me découvrir, dans le cas où ils eussent été, comme je le pensais, une troupe de malfaiteurs.

J'invoquai Allah, et je restai blotti dans ma grotte, je pensai avec épouvante que je serais obligé de sortir à la marée haute ; j'avais, il est vrai, un peu de temps, la mer ne devant pas remonter jusqu'à l'ouverture

1. Veltos, en patois du pays, signifie homard.
2. Madrillas, également en patois du pays, signifie langouste.
3. Poignards.

de ma grotte, avant deux heures au moins.

Les hommes de la barque restèrent longtemps sans rien dire.

J'invoquais ardemment Allah pour qu'il me débarrassât de ces inconnus, car, sans compter la crainte qu'ils m'inspiraient, j'avais dans mes mains un velto gros comme ma cuisse, et dont je ne savais que faire, car je n'osais faire un mouvement de peur d'attirer leur attention sur moi.

Tout à coup l'un d'eux prononça le nom de Gemma de Mélos.

J'écoutai de toutes mes oreilles.

Au bout de quelques minutes, je compris aux paroles qu'ils échangèrent qu'ils étaient venus pour l'enlever.

Je frémis d'horreur.

— Allah ! dis-je en moi-même, fais que ces bandits ne réussissent pas dans leur infâme entreprise !

J'avais à peine achevé cette courte prière à Allah, qu'ils revinrent.

Hélas ! *C'était écrit ;* ils avaient réussi !

Je les entendis aller et venir ; sans doute qu'ils portaient dans le bateau leur prisonnière, mais il n'y en avait pas qu'une : en effet Pacopo, à un certain moment, dit :

— Les voilà toutes les trois !

Il ajouta :

— Frères, nous venons de faire une œuvre qui sera agréable à Dieu.

Je frémis en entendant dire qu'un pareil crime pût être agréable à Dieu : mais ces gens-là étaient des giaours [1], des roumis [2] !

Pacopo dit encore :

— Frère, veillons bien sur les prisonnières ; vous savez que nous en répondons sur nos têtes, jusqu'à Venise : là il faut que nous remettions ces colis en bon état, à ceux qui nous ont envoyés ; alors nous toucherons notre récompense.

1. Mécréants.
2. Chrétiens.

— Combien ? fit une voix.

— Je vous l'ai dit, frères ; on nous donnera cent pièces d'or, un chapelet béni par le pape Léon XIII, on y ajoutera cent mille jours d'indulgences : ainsi nous aurons de l'or en quantité, pour nous réjouir en ce monde ; un chapelet pour prier Dieu qu'il nous reçoive en son paradis dans l'autre, et des indulgences qui nous serviront dans le cas où nous aurions la malechance d'aller en purgatoire ! quant à l'enfer, il n'est pas fait pour nous, si nous restons fidèles à la Société des enfants de Jésus.

J'entendis un grondement joyeux.

C'étaient ces roumis infâmes qui exprimaient leur contentement.

A ce bruit, succéda celui de rames qu'on agite vivement.

C'étaient ces brigands qui s'éloignaient...

Quand je n'entendis plus rien, je sortis de ma grotte.

Je courus au palais.

Je frappai à la grande porte de fer, en demandant Ali à grands cris.

Ali vint : il ne savait rien !...

La saga de roumis lui avait enlevé trois personnes dont une sa maîtresse, sans qu'il s'en fût aperçu !

Dans le parc il trouva trois de ses Nubiens égorgés.

J'ai dit.

— Tu n'as pas vu la figure de ces hommes ? lui demanda le Maure.

— Non.

— Reconnaîtrais-tu leur voix ?

— Celle de Pacopo, oui.

— Pourquoi celle-là plutôt qu'une autre ?

— Parce qu'il a une voix extraordinaire cet homme, et qu'on ne peut oublier, dès qu'on l'a entendue une seule fois.

Il y avait dans les paroles du pêcheur un accent de vérité, et sur sa figure un air de franchise, à faire impression même

Sans toi je perdais mille louis.

sur les âmes les plus incrédules : le Maure, cette fois, en fut touché, il remarqua les haillons qui lui couvraient le corps.

— Qu'as-tu fait des vêtements que je t'ai donnés ?

— Je les garde ; à mon retour, je les vendrai à quelque juif ; il m'en donnera bien quelques douros[1] avec lesquels je pourrai réparer ma barque, qui menace ruine depuis longtemps.

— De l'or ! toujours de l'or ! partout l'homme souffre et son âme est enchaînée parce que l'or lui manque ! murmura le Maure.

1. Pièces de cinq francs.

— Tiens, mon ami, fit-il en tendant au pêcheur une bourse pleine : voilà pour faire réparer ta barque ; et sers-toi des vêtements que je t'ai donnés.

Et comme le pêcheur s'était jeté à genoux pour recevoir la bourse qu'il lui tendait.

— Relève-toi ! lui dit-il vivement, et avec une sorte de colère, un homme ne doit pas se mettre à genoux devant un homme.

— Voilà un pauvre diable qui se fera tuer pour vous quand il en trouvera l'occasion, fit Georges, lorsque le pêcheur fut parti.

Le Maure ne répondit pas, et resta pensif

— Ah ! que je voudrais être à Venise !
ajouta-t-il d'une voix brisée.

Le colosse tressaillit.

Il lui prit la main.

— Du courage ! mon ami, lui dit-il, de
cette voix à laquelle il savait, nous le savons,
donner parfois une douceur infinie ; il faut
que vous soyez maître de vos souffrances,
afin que vous soyez fort pour la lutte, la
grande lutte qui se prépare, et qui sera la
dernière !...

— Mais je ne demande que ça moi, la
lutte, la lutte à outrance, la lutte jusqu'à
la victoire ou à la mort ! exclama Georges.

— Calmez-vous ! mon ami : vos blessures ne sont pas encore entièrement guéries :
si votre âme est forte et vaillante, votre
corps est encore faible : vous vouliez aller
à Venise avec votre père, il vous l'avait
même promis, mais il a réfléchi : et il est
parti seul avec ses matelots : eh bien ! nous
les retrouverons là-bas dans quelques heures...

Ils cessèrent de parler.

Les grandes souffrances morales sont peu
parleuses.

Bientôt la nuit acheva de couvrir la mer
de son ombre épaisse et l'*Eole* poursuivit
sa course affolée au milieu des flots irrités
et des ténèbres profondes.

XXI

Les deux policiers.

Revenons à la cité des Lagunes.

Dans une maison de très belle apparence,
située derrière le palais Visconti, cette
demeure princière dont la princesse Fornarina avait donné la jouissance à la Canaque,
pendant tout le temps qu'elle resterait à
Venise, deux hommes se trouvaient réunis.

L'un, nous le connaissons, était Civette ;
l'autre, nous n'avons pas encore eu l'occasion de le présenter au lecteur ; il s'appelait Serponti.

Cet homme exerçait à Venise, pour le
compte de l'Eglise catholique, apostolique
et romaine, les mêmes fonctions que Civette exerçait à Paris.

Il était le chef de la police des Chevaliers
du Crucifix à Venise.

L'extérieur de ces deux personnages
offrait un contraste frappant.

Civette, on le sait, était petit et grassouillet, il ne sortait jamais sans être frisé,
pommadé et maquillé comme une courtisane ; sa voix était flûtée et son air souriant ; Serponti était grand et très maigre ;
il avait le visage allongé et osseux, et de
long cheveux plats collés aux tempes. En
revanche il avait des airs penchés, sa voix
était mielleuse et devenait parfois larmoyante ; il avait l'échine prodigieusement
souple, et je ne sais quoi d'onduleux et de
perfide ; bref, l'un tenait de Gentil-Bernard,
l'autre du reptile.

L'endroit où ils se trouvaient était le
cabinet du signor Serponti.

Ils causaient déjà depuis quelque temps.

— Mon bon frère, disait Serponti, vous
pensez que le brick l'*Eole* sera bientôt dans
notre rade ?

— Il peut y arriver d'un moment à l'autre,
cher frère, dans la journée, ce soir, cette
nuit au plus tard ; à moins qu'il ne fasse
naufrage, et ne se perde sur les rochers qui
hérissent les côtes de l'Italie et de la Sicile.
Nous avons un très gros temps depuis
quelques jours.

— Ce naufrage ferait bien notre affaire : ce

serait une très grande consolation que Dieu donnerait à ses humbles et fidèles serviteurs.

— Je joins mes vœux aux vôtres, bon frère, pour que cela soit ; ce serait en effet bien heureux, non pas que notre courage ne soit pas toujours à la hauteur de toutes les circonstances qu'elles qu'elles soient ; mais nous épargnerions le sang de nos agents, ces pauvres enfants de notre mère, la sainte Église, catholique, apostolique, et romaine.

— Dame ! la lutte sera rude ; il y a à bord dix hommes résolus, dont un en vaut à lui seul, une demi-douzaine.

— Ah ! ah !.. quel est cet homme ?

— Il se nomme Hassan : on l'appelle aussi le Maure ; c'est un colosse, un hercule.

— C'est un colosse ? tant mieux ! bon frère ; son corps offrira plus de surface aux bons petits poignards de notre sainte société (vous savez qu'ils font toujours merveille [1], ces bons petits poignards) ; combien vous faudra-t-il d'hommes ?

— Une trentaine, au moins.

— Ça fait presque trois contre un, une trentaine.

— Pas précisément, car il y en a un, je vous l'ai dit, frère, qui en vaut plusieurs à lui tout seul.

— Eh bien ! en voulez-vous trente-cinq ?

— Oui : je pense que ce sera suffisant.

— Une fois le navire pris, qu'en fera-t-on, bon frère ?

— On chauffera sa machine à outrance, puis on le lancera à toute vapeur vers la haute mer, après avoir ouvert dans ses flancs un trou à y faire passer le *Leviathan* [2].

1. Ce mot fait penser à ce général clérical qui, après avoir fait tirer sur les jeunes soldats de Garibaldi, écrivait au bandit des Tuileries : « Les chassepots ont fait merveille. »
2. Nom que les cléricaux donnent à la baleine.

— Il est bien entendu, bon frère, qu'on l'allégera auparavant de tout ce qu'il pourra contenir, comme argent et marchandises ?

— Oh ! assurément ! car il ne faut jamais négliger de mettre la main sur de l'or ou sur ce qui peut faire de l'or.

— C'est la règle de notre mère la sainte Église catholique, apostolique et romaine.

— Et c'est la bonne.

— Pensez-vous que ça ira comme sur des roulettes, c'est-à-dire sans bruit, sans scandale ?

— J'en suis persuadé, bon frère, la nuit est sombre dans cette saison : nos hommes montés dans des barques légères, très petites, grosses comme des coquilles de noix, entoureront le navire, à un moment donné. Puis, comme ils sont très agiles, ils grimperont sans bruit le long de ses flancs ; en un clin d'œil ils seront sur le pont, et alors ils joueront du couteau : il ne leur faudra pas cinq minutes pour venir à bout de gens surpris, et sans armes, je crois.

— Ils ne doivent pas en avoir.

— Ainsi, c'est entendu, tous ceux qui se trouveront sur le navire seront tués, puis la mer engloutira navire et cadavres.

— Parfait !

— Et le plus profond mystère... Vous comprenez ?

— C'est ce qu'il faut.

— A propos, à quand l'auto-da-fé ? mon bon frère.

— A demain, je crois : mais rien n'est encore décidé ; le grand conseil a fait savoir au pape qu'il désirait qu'il assistât à cette sainte et glorieuse cérémonie : on dit que Léon hésite ; vous le savez, cher frère, ce pape passe pour avoir l'âme pusillanime ; nos très vénérables chefs veulent savoir jusqu'où va cette pusillanimité : ils veulent savoir l'effet que produira sur lui la vue d'un homme torturé, et expirant dans les plus effroyables souffrances.

— Ah! tant mieux!

— Tout le conseil sera là pour voir s'il sourcillera, s'il a réellement dans le cœur, les sentiments d'humanité qu'on lui attribue.

— Quelle pensée profonde!

— Et s'il reconnaît que ce pape est humain, c'est-à-dire indigne de porter la tiare, eh bien! son règne sera fini, il aura prononcé lui-même sa condamnation!

Il finirait comme Clément XIV? on lui ferait boire un verre de vin de Chypre[1]?

Ou de Syracuse.

Gloria deo in excelsis!

—Oui, gloire à Dieu! cher frère, et c'est une grande consolation pour tous les catholiques fervents, de savoir qu'un mauvais pape ne peut pas rester longtemps sur le trône pontifical.

L'on trouverait un autre pape entièrement animé de l'esprit de Dieu; dont l'âme serait élevée au-dessus des faiblesses mondaines; dont le cœur serait de diamant, et qui mettrait son pied (chaussé de la mule sacrée) sur ces pauvres gens qui composent l'humanité, en leur criant :

La foi, ou la mort!

—Oh! que ce sera édifiant! mon bon frère.

— Vous le voyez, cher frère, sans le Conseil des Dix, que deviendrait l'Eglise catholique, apostolique et romaine! il y a longtemps qu'elle aurait cessé d'exister.

Heureusement qu'il veille, lui!....

Au nom du Père, du Fils, et du Saint Esprit !...

1. Le lecteur comprend sans doute qu'il s'agit ici de vin empoisonné.

XXII

La police de la Canaque.

En quittant son collègue Serponti, Civette était allé présenter ses hommages à la belle princesse Fornarina, à laquelle il avait proposé de jouer le rôle de la Vierge, dans l'apparition *miraculeuse*, qu'il avait annoncée à l'infortunée Gemma de Mélos; on pense bien que la princesse avait accepté avec enthousiasme : en effet, c'était une occasion pour elle de se faire une toilette extraordinaire, et de porter une couronne d'or enrichie de gros diamants qu'elle tenait de ses ancêtres.

De là, il était allé voir la Canaque, au palais Visconti.

Il trouva celle-ci sombre et irritée.

Elle lui parla de la disparition de Varcolli, et des traces de sang, qu'on avait trouvées dans un des couloirs du palais.

Elle avait la conviction qu'il avait été assassiné.

Par qui?

Elle lui demanda de l'aider à chercher le mot de cette sombre énigme.

—Pour moi, ajouta-t-elle, je suis convaincue que c'est le saltimbanque qui est l'auteur de ce crime.

Elle lui raconta ensuite que Varcolli l'avait beaucoup cherché en France, et que ne l'ayant pas trouvé, il avait laissé pour lui, dans chacun des endroits où il allait ordinairement, une lettre, dans laquelle il lui disait qu'il allait à Venise, et qu'il l'y attendrait.

Il lui expliquait en même temps que s'il avait un si vif désir de le voir, c'était pour le conduire auprès d'une femme qu'il aimaît beaucoup, qui fut autrefois sa maîtresse et qu'il avait toujours ardemment désiré de retrouver.

— Mais quel intérêt avait ce Varcolli à le conduire auprès de cette femme ? fit Civette.

La Canaque eut un léger tressaillement, mais son regard resta froid et indifférent et son visage impassible.

Je suppose, dit-elle, que la fortune de cette femme qui est, paraît-il, devenue riche, le tentait et qu'il comptait obtenir de lui quelques sacs d'écus en retour du service qu'il croyait lui rendre ; il s'imaginait sans doute que la femme serait très empressée de se remettre à vivre avec lui, en ne faisant aucune difficulté de le faire jouir en même temps de la fortune qu'elle avait.

— Mais c'est une vraie merveille, cette petite histoire ! ma délicieuse baronne.

La Canaque comprit le sens ironique de cette exclamation du policier, et jeta sur lui un regard froid.

Elle s'était souvent demandé si cet homme connaissait tous les mystères de sa vie passée.

Certes, il ne lui répugnait pas qu'il sût qu'elle, la belle baronne de Berny, eût été autrefois la pauvre femme qui s'appelait Mme Zogler ; il lui était même indifférent qu'il sût qu'elle était la fille de Tavelli le parricide ; il ne lui déplaisait pas, bien au contraire, de savoir qu'il avait appris que si elle était la fille de ce Tavelli devant la loi, elle était en réalité et devant la nature celle de l'homme qu'on appelait monseigneur Vétoni ; mais ce qui l'effrayait, ce qui l'épouvantait, ce qui la mettait hors d'elle-même, c'était cette pensée qu'il eût pénétré le mystère de ses relations intimes avec ces deux misérables, qui s'appelaient Varcolli et Broussard, et qu'elle en avait eu un fils. Elle voulait bien être une bâtarde

et la veuve d'un petit employé, mais avoir vécu maritalement avec ces deux vagabonds ? Jamais !

Cela la mettait dans une telle exaspération, qu'il n'eût pas été prudent de le lui dire, ni même d'avoir l'air de le soupçonner.

Avec le caractère que nous lui connaissons, nous pouvons affirmer hardiment que celui qui eût fait cette imprudence, l'eût payé de sa vie.

Il est probable que Civette n'ignorait pas cette particularité de sa première jeunesse, mais il paraît qu'il ne trouvait pas qu'il fût utile de le lui laisser voir, car il reprit aussitôt :

— Oh ! ma mignonne, je vous jure par les divins cœurs de Jésus et de Marie, que je crois que ce que vous venez de me dire est la pure vérité !

— Vous aviez l'air d'en douter, mon doux ami.

— J'ai plaisanté, c'est vrai : que voulez-vous, ma bien-aimée, la vérité se présente parfois dans des conditions si extraordinaires ; c'est ce qui a fait dire je ne sais plus à quel écrivain :

Le vrai peut quelquefois n'être pas vraisemblable.

Mais tout cela est l'œuvre du démon sans doute, et vous, vous êtes un ange !

Il posa ensuite sa bouche sur les lèvres de la Canaque, mais ces lèvres étaient glacées.

Une tempête de rage bouillonnait dans le cœur de cette femme.

Civette le comprit.

— J'aime à jouer avec ce fauve, se dit-il cependant.

Elle était redevenue sombre et pensive.

— Voyons, racontez-moi cela, ma bien-aimée, poursuivit-il.

Elle lui dit, d'une voix sourde, que Varcolli était un de ses compatriotes, qu'il était le cousin du sacristain de l'église Saint-Charles-des-Prés à Paris.

— C'était un homme très pieux, poursuivit-elle.

Je m'intéressais à lui, d'abord parce qu'il était très malheureux.

Ce Broussard lui avait toujours fait tout le mal possible.

Ce hideux saltimbanque avait juré sa perte.

Aussi je m'étais dit : il faut que j'en débarasse ce pauvre Varcolli.

Il était si doux ; si inoffensif ce pauvre homme, c'était un vrai mouton.

Ah ! pourquoi faut-il que ce Broussard ait réussi à s'échapper de la prison de Meulan, où vous l'aviez fait enfermer !

Oh ! il ne lui en voulait pas ce pauvre Varcolli ! aussi il n'avait pas hésité à lui apprendre qu'il avait vu cette femme dont je vous ai parlé : il savait, le doux agneau, qu'il adorait cette femme.

Dame ! il pouvait bien aussi penser que ce signalé service qu'il lui rendait le toucherait, et qu'il l'en récompenserait en lui donnant un peu d'argent, dont il avait si grand besoin.

Je vous ai dit, mon doux ami, que c'était ce Broussard qui l'avait tué : je le crois, parce que Varcolli n'avait pas d'autre ennemi que lui.

Je me suis souvent demandé pourquoi cet ignoble Broussard lui en voulait tant : je crois que c'est parce qu'il était pieux ; le démon le poussait à persécuter ce saint homme sans doute.

Il est probable qu'il aura appris que je lui avais donné asile dans ce palais. Il l'y aura suivi, et après avoir obtenu de lui l'adresse de la femme en question, il l'aura poignardé, pour se dispenser de lui donner une récompense ; et puis pour assouvir cette haine féroce qui l'avait tou-

jours porté à lui faire du mal, haine que lui avait inspirée le démon.

— Nous chercherons ce saltimbanque, ma charmante baronne, fit Civette en lui baisant la main.

— C'est inutile, monseigneur.

— Pourquoi ?

— Parce que je le trouverai, moi.

— Cette trouvaille vous ferait certainement honneur à mes yeux ; mais vous pouvez avoir besoin d'aide, et le concours de mon bon collègue Serponti vous serait en ce cas très précieux.

— Je ne dédaigne pas son concours, et je m'empresserai d'en user, si j'en ai besoin. Je ne vous ai pas dit que j'avais ma petite police à moi, mon doux seigneur.

— Votre police ?

— Oui, et qui me sert à merveille, encore.

— Dieu me comble de ses bénédictions en votre personne, ma délicieuse baronne ; à vos charmes physiques qui sont incomparables, il a voulu joindre ceux qui résultent de la communion intime avec un esprit supérieur ; et cela constitue un double trésor qui m'appartient bien, n'est-ce pas ? ma rose mystique.

La Canaque lui sourit et lui tendit ses lèvres, qui cette fois n'étaient plus glacées.

Le voluptueux petit homme l'embrassa.

— Je vous ai dit, monseigneur, poursuivit-elle, que j'avais ma police, j'ajoute que cette police m'a fait découvrir bien des choses.

— Voyons un peu ce que cette police vous a fait découvrir.

— J'ai appris que le cadavre de Varcolli avait été jeté dans les Lagunes ; je sais même à quel endroit, et je pourrai le faire repêcher si je crois que cela soit utile.

— Ah !

— J'ai appris que son assassin est sorti du palais en portant le cadavre caché dans un sac ; et que ledit assassin portait un costume turc.

— Merveilleux ! ma chère belle.

— Je tiens cela du gondolier qui l'a pris dans sa barque le jour, c'est-à-dire la nuit où il a tué Varcolli ; le lendemain le même gondolier le voyait encore, mais il était habillé cette fois à la française, et était avec plusieurs personnes qui paraissaient être de ses amis. Ce gondolier auquel j'avais fait la leçon et qui est un habile homme, a surpris quelques mots de leur conversation. Ils parlaient de Chevaliers du Crucifix, d'ennemis insaisissables, et autres choses étranges, mais ils parlaient si bas qu'elles ne sont pas arrivées à l'oreille du batelier.

Civette était devenu attentif.

— Il paraît, poursuivit-elle, qu'ils ont des réunions dans les environs du couvent des Bénédictins.

— Sait-on l'endroit au juste ? fit vivement le policier. — Non, mais on le saura ce soir même ou demain, car j'ai mis sur leur piste deux fins limiers.

— Dès que vous connaîtrez ce lieu de réunion, faites-le moi savoir de suite, ma chère mignonne, afin que nous nous concertions sur un plan de campagne.

— Je le veux bien, monseigneur, mais je vous demande de me laisser poignarder moi-même ce saltimbanque.

— Je le veux bien ; mais cette humeur belliqueuse, je ne vous l'eusse pas soupçonnée.

— Je crois que ce sera un acte agréable à Dieu : je veux avoir, comme Judith, la gloire de verser le sang d'un grand scélérat.

— Dieu soit loué de vous avoir inspiré cette pensée, ma toute belle, et je suis convaincu que vous deviendrez une des grandes gloires de l'Eglise.

XXIII

Fatum.

Les anciens appelaient *fatum* ce que nous autres modernes nous appelons une résultante.

Où ils voyaient un Dieu aveugle, *Fatum*, intervenant brusquement comme juge dans les conflits humains et les tranchant à son gré : nous, nous ne voyons que le triomphe nécessaire, inévitable de l'une des deux forces opposées soit physiques, soit morales, mises en jeu, dans telles ou telles conditions données.

Ceci posé, reprenons notre récit.

Quant le galant et cynique policier sortit du palais Visconti, il était nuit.

Il se promettait de faire beaucoup de choses cette nuit-là, le petit homme grassouillet !

Nous le retrouvons dans les longs et sombres couloirs du couvent des Bénédictins.

Il se promenait, pensif.

Ce qui le préoccupait, c'était surtout le côté financier de l'affaire Gemma de Mélos.

Il savait que Tabernier avait dressé l'état de cette immense fortune : mais qu'en avait-il fait :

Sur ce point l'homme d'affaires avait été impénétrable ; et ni les menaces ni les promesses n'avaient pu le tirer du mutisme absolu dans lequel il se renfermait.

Il avait été mis en croix dans une chapelle ardente, puis menacé de la torture, et il n'avait rien dit.

Le policier comprenait très bien que l'homme d'affaires sentait que c'était là la dernière chance qu'il eût de sortir de l'affreuse position dans laquelle il se trouvait, et qu'il voulait en tirer tout le parti qu'il lui serait possible d'en tirer.

— Je lui ai promis la liberté, se disait-il, en retour de la cession qu'il me ferait de cet état, ou des documents qu'il possède, état et documents qu'il a mis probablement quelque part sous la garde d'un ami, et il ne veut pas se contenter d'une simple promesse !

Cet homme est bien pervers.

J'hésite à lui faire appliquer la torture, parce qu'il pourrait fort bien pousser l'*endurcissement* jusqu'à lutter contre la douleur et il a une certaine force de caractère qui peut être décuplée par cette pensée qu'en définitive on a au fond intérêt à ménager sa vie ; car lui mort, il nous serait bien difficile, pour ne pas dire, impossible, de connaître au juste la fortune de notre prisonnière.

Ah ! le misérable traître !... Et Fulcino veut une solution prompte !...

Civette marchait à pas de loup, s'arrêtait au moindre bruit pour écouter.

Il était chaussé de pantoufles à épaisses semelles de feutre.

En passant devant la cellule de Tabernier, il écouta ; mais il n'en sortait aucun bruit.

Il regarda par le trou de la serrure.

Nous avons dit qu'une petite lampe éclairait la cellule.

Cette lampe, accrochée à la muraille à peu près à hauteur d'homme, ne projetait qu'une faible lumière, qui laissait l'ombre régner en maîtresse dans une bonne partie de la cellule.

Le prisonnier debout, l'épaule gauche appuyée contre la muraille, et tournant le dos à la porte, lisait, à la lueur de cette lampe, quelque chose qui paraissait plutôt être un billet qu'une lettre.

C'était, disons-le tout de suite, un billet que l'ancienne camériste d'Arsinoë lui avait fait parvenir, en le cachant dans le morceau de pain qu'on lui apportait, avons-nous dit, chaque jour pour son repas.

Il en acheva à peine la lecture.

Sa porte s'était tout à coup ouverte avec fracas et Civette s'était brusquement jeté sur lui, en lui disant :

— Que lisez-vous là ?

Mais le policier n'avait pas été si prompt, que Tabernier n'eût eu le temps de le rouler dans ses doigts et de le fourrer dans sa bouche.

— Hein ? fit-il, et il l'avait avalé.

— C'est bien ! dit Civette, qui posa vivement le pouce sur un bouton de fer, à peine visible sur la muraille.

Plusieurs moines arrivèrent aussitôt.

— Monseigneur nous appelle ? dirent-ils.

— Saisissez-moi cet homme ! fit vivement Civette.

Ils se jetèrent sur Tabernier.

— Ouvrez-lui la bouche !

L'homme d'affaires l'ouvrit de lui-même toute grande.

— Cherchez avec les doigts ! regardez dans l'intérieur ! prenez la lampe !

— Je n'ai rien dans la bouche, fit le prisonnier d'un air sombre.

Les moines étaient au nombre de quatre.

— Que trois d'entre vous restent ici, poursuivit le policier, et veillent sur tous les mouvements du prisonnier, et que l'autre aille chercher une cuvette et un vomitif des plus énergiques : tout ce qu'il crachera ou vomira, vous le recueillerez et vous le porterez dans mon cabinet....

La princesse Fornarina.

Il continua ensuite le cours un moment interrompu de son inspection.

— Que signifie ce billet? se disait-il.

Est-ce que mes prisonniers comploteraient quelque chose ?

Quelques minutes après, il arrivait à la porte de la cellule d'Arsinoë.

La duchesse était agenouillée aux pieds de son crucifix.

Il y avait dans la prière qu'elle adressait à Dieu une si joyeuse ardeur d'éjaculation spirituelle, qu'il en fut frappé.

— Elle ne se lamente plus, la vieille hypocrite, murmura-t-il. Il y a quelque chose là-dessous !

Il écouta avec la plus grande attention ; mais elle parlait à son Dieu d'une voix si basse, qu'il était impossible d'entendre une seule de ses paroles.

— Il faut que je fasse surveiller cette vieille hypocrite d'une manière particulière : depuis quelques jours elle a obtenu le droit de sortir de sa cellule ; c'est peut-être un tort qu'on a eu, grommela-t-il en s'éloignant.

Il alla ensuite trouver l'ancienne camériste de la duchesse.

Celle qui avait été autrefois la maîtresse du fameux comte de Fourchemcerf n'avait pas été, nous le savons, enfermée dans une cellule.

Elle avait obtenu même un emploi de

domestique et les bonnes grâces du sommelier.

On lui avait donné une très jolie chambre dans la partie du palais qui confinait au monastère,

Ce n'était pas la première fois que Civette allait la voir et l'entretenir en particulier.

Il savait très bien que ses prétendues eaux de toilette étaient des narcotiques.

Il n'ignorait même pas sa liaison intime avec le moine sommelier.

Bref, le policier avait eu pour elle des bontés extraordinaires et même étranges.

Tout cela venait de ce que ce petit homme grassouillet n'était pas insensible aux charmes de la belle héritière du baron de Mélos.

Nous ne sommes pas sans savoir que les chevaliers du Crucifix faisaient volontiers des épouses du Christ qui, en réalité, n'étaient autre chose que leurs maîtresses.

Ces banquistes religieux appelaient cet acte de liberté envers leur Christ une communion physique, purement matérielle.

Le chef de la police parisienne des Chevaliers du Crucifix voulait communier de cette façon, dans la personne de Gemma de Mélos, et cette nuit-là même.

Pour cela, il n'invoquait certes pas l'entremise de l'Esprit-Saint.

Il savait très bien, le rusé petit homme, que le messager divin ne lui prêterait pas ce charme irrésistible auquel avait cédé la vierge Marie.

Il ne demandait même pas à Jupiter, le dieu des *païens*, les charmes non moins irrésistibles qui firent, dit-on, le bonheur de Léda.

C'était un homme très positif, ce Civette.

Le lecteur devine maintenant pourquoi il avait recours, pour la perpétration de ses actes lubriques, à l'entremise de l'ancienne maîtresse de Fourchemcerf.

Comme il avait la conviction que Gemma ne se laisserait pas séduire par ses charmes personnels, il avait besoin d'avoir recours aux mêmes moyens que ledit comte.

Comme pour employer ces moyens il avait besoin de quelqu'un, il avait choisi l'ancienne cameriste de la duchesse; et il se rencontrait que cette personne jouissait de toute la confiance de la jeune fille; et avait en même temps des narcotiques d'un effet, disait-elle, où sa passion devait tout à fait trouver son compte.

Qu'il y avait des narcotiques qui font d'une femme une sorte de cadavre, et d'autres qui...

Bref, on voit que l'ancienne cameriste n'avait pas renoncé à cette idée que son narcotique avait la vertu que l'on sait, et elle avait réussi à convaincre sur ce point le petit homme grassouillet.

Précédons-le chez elle de quelques minutes.

Marguerite venait de rentrer chez elle.

Son emploi de servante lui laissait quelques loisirs; elle en profitait pour se retirer dans la petite chambre qu'on lui avait donnée, avons-nous dit, dans cette partie du palais qui touchait au monastère.

Elle employait ses loisirs à songer à sa triste position et à chercher le moyen d'en sortir, quel que fût ce moyen.

Si elle avait demandé à être domestique, c'était pour avoir au moins la liberté d'aller et de venir dans cette immense agglomération de voûtes, de cours, de galeries, de salons, de jardins, de serres, de parc, d'appartements, de salles, de cellules, de murailles qui faisaient, avons-nous dit, pour le grand monde clérical un lieu de réunion et de plaisir, et pour elle une prison.

Elle sentait se réveiller en elle cet esprit d'intrigues, qui avait pris une si large part dans sa vie.

— Où il y a des hommes, se disait-elle,

une femme peut toujours arriver à quelque chose.

Elle s'était regardée dans une glace et elle se trouvait encore quelques restes de ce qu'elle avait été autrefois.

Bien que les Bénédictins, qui prenaient part de temps à autre aux agapes cléricales, fussent par cela même devenus difficiles, elle sut néanmoins s'insinuer dans le cœur de l'un d'eux.

Cet homme, nous le savons, était le sommelier. Elle ne savait pas trop, de prime abord, quel parti elle pourrait tirer de lui.

Mais le vieux Berthémo, tout sommelier qu'il était, avait, comme on dit vulgairement, le *bras long*; c'était un seigneur napolitain qui, touché autrefois par la grâce de Dieu (formule consacrée), s'était fait moine; de ses anciennes relations et de sa fortune dont il avait fait don au couvent, il avait conservé assez de prestige personnel dans le monde dont il faisait partie, pour obtenir à peu près tout ce qu'il voulait.

C'est par lui qu'elle avait pu visiter Arsinoé et Gemma; c'est encore par lui qu'elle avait pu glisser dans le pain de Tabernier le billet que celui-ci avait su dérober, paraît-il, aux recherches par trop intimes de Civette.

Une idée avait germé dans le cerveau d'Arsinoé ; nous savons laquelle; car nous supposons bien qu'Arsinoé avait dû s'assurer son concours quand elle avait formé le projet d'empoisonner ses ennemis.

L'ancienne camériste était assise, le coude appuyé sur une petite table, l'air rêveur, presque sombre.

Elle pensait à ce qu'elle devait tenter pour sa délivrance cette nuit-là même.

Ce n'était pas l'énormité de son forfait qui la préoccupait et la rendait sombre, c'était la crainte de ne pas réussir.

Elle pensait à Civette.

— Cet homme veut que j'administre un narcotique à Gemma de Mélos ; d'un autre côté, la duchesse veut que je l'empoisonne, se disait-elle.

Il faut que j'obéisse à ce petit ventru ; or, quand va-t-il me donner ses ordres ?

Si j'endors d'abord cette fille, comment et quand pourrai-je ensuite l'empoisonner ?

Si je lui administre le poison à la place du narcotique ; cela se verra, car le poison donne des coliques ; le petit ventru s'en apercevra et je serai perdue !

Il faudrait que je lui fasse son affaire à lui, d'abord !

Cette duchesse est *très bête* de vouloir faire périr cette fille. Elle dit qu'elle en sera débarrassée, et qu'elle n'a plus rien à attendre d'elle : en attendant, moi ça m'embarrasse diablement !

Il paraît que le vieux [1] a quelque papier qui l'intéresse beaucoup : ce papier, elle croit qu'il l'a caché quelque part à Stramos, et il lui a promis de le lui donner, si elle lui fait recouvrer la liberté. Ça a l'air d'un vrai filou, ce vieux-là.

Qu'est-ce que c'est que ce papier?... Au fait, je m'en f...che ! Moi, je gagne cent mille francs à ce jeu-là !

Il y aura beaucoup de monde ce soir ici : Berthémo a préparé cent cinquante bouteilles de bourgogne, cent de bordeaux, cent vingt du Rhin, quatre-vingt-dix de johannisberg, etc., etc...

J'ai mis moi-même ce vin en bouteille...

Il y a, en outre, quatre-vingts bouteilles de liqueurs diverses qui doivent être servies ce soir : c'est encore moi qui les ai préparées...

Ici, tout est en fût : vins et liqueurs.

On attend des évêques, des cardinaux, des religieuses, des missionnaires, etc.; il y aura, en outre, à table avec eux vingt-cinq Circassiennes de quatorze à dix-huit ans,

1. Tabernier.

quinze Grecques de douze à quinze ans, deux Françaises, quatre Italiennes et trois Espagnoles.

Le festin promet d'être gai...

Ma foi, je n'aurais jamais cru que les gens d'église étaient si gourmands et si paillards !

Et dire que ça n'empêche pas la vieille duchesse de croire à son paradis et à son enfer !...

Elle en était là de son soliloque, quand sa porte s'ouvrit brusquement.

C'était Civette qui entrait chez elle.

A sa vue, son visage devint souriant.

— Je vous attendais, monseigneur, lui dit-elle.

— Etes-vous prête ? fit le policier en s'asseyant sur une chaise à côté d'elle.

— Vous voulez parler sans doute du philtre en question ?

— Oui, et puis avez-vous vu cette jeune fille ?

— Le philtre est prêt et la jeune fille acceptera de moi tous les breuvages qu'il me plaira de lui faire prendre.

— C'est très bien ! vous l'avez vue ?

— Je viens de chez elle.

— Eh bien ?

— Dame ! elle se désole, elle se lamente, elle pleure.

— Cela me surprend.

— C'est la vérité, monseigneur.

— Pourtant quand je vais la voir elle a des airs de Jeanne d'Arc ; elle me regarde le front haut et sans sourciller.

— Possible. C'est fier ces filles de richards ; ça fait les vaillantes devant le monde comme il faut, par vanité, par orgueil ; et puis ça ne craint pas de pleurer devant de pauvres servantes comme moi. Dame ! ces jeunesses-là ça voudrait être libres... Vous comprenez ça, monseigneur.

— Ne m'avez-vous pas dit qu'elle était vierge ?

— Oh ! pour ça, j'en suis sûre !

Le petit homme grassouillet sourit.

— Seigneur, fit-il, en levant les yeux vers le ciel, vous m'en auriez donc réservé les prémisses !...

La vieille Marguerite joignit les mains et leva comme lui les yeux vers le ciel.

— Vous dites que ce philtre (puisque c'est ainsi que vous appelez ce narcotique), ne donne pas au corps cette passivité désagréable qui ressemble si fort à celle du cadavre ?

— Elle vous parlera, au contraire, elle vous sourira même, seulement ses yeux seront fermés, voilà tout.

— C'est merveilleux !

— Mais il y a un inconvénient, il n'opère pas immédiatement.

— Ah ! diable ! combien faut-il de temps pour qu'il opère ?

— Quelquefois un quart d'heure, une heure le plus ; c'est selon les tempéraments.

On voit que l'ancienne maîtresse de Fourchemcerf avait trouvé le moyen de gagner du temps ; elle était revenue tout simplement à cette fable, qui pour elle n'en était pas une tant elle y croyait, que les narcotiques de son ancien amant avaient une vertu extraordinaire.

Civette la regardait avec admiration.

— Quand faudra-t-il le lui administrer ? monseigneur.

— Quand je vous enverrai un livre de messe.

— Il faudra que j'attende vos ordres ici ?

— Oui.

Elle regarda la pendule, elle marquait minuit.

— Le festin va avoir lieu, fit Civette comme se parlant à lui-même ; à deux heures du matin commenceront les danses, et les conversations intimes : c'est peut-être à ce moment-là que je vous enverrai le livre.

— Que je suis heureuse d'avoir pu être de quelque utilité à monseigneur ! fit l'ancienne cameriste, en prenant vivement la main du petit homme qu'elle baisa.

Tout va bien ! se disait Civette, en arpentant de nouveau les couloirs du gigantesque édifice ; c'est cette nuit que le navire l'*Eole* doit arriver en rade ; toutes nos mesures sont prises pour en opérer la capture. Du même coup nous mettrons la main sur ce Maure et sur ce Georges Bernard qui ont juré d'enlever Gemma à ses ravisseurs ; bien qu'ils ne les connaissent pas, ils peuvent devenir gênants plus tard ; comme il faut penser à l'avenir aussi bien qu'au présent nous les enverrons au fond de la mer avec leur navire ; et pour cela nous n'aurons qu'à faire à la cale de ce navire, dès que nous l'aurons capturé, un trou suffisant pour que la mer y entre rapidement, et à les y laisser eux bâillonnés, et pieds et poings liés, de sorte que tout ira au fond de l'Adriatique.

Cette entreprise sera d'autant plus facile, que ces bonshommes ne croyant à aucun péril, ne se tiendront pas sur leurs gardes.

Et puis combien sont-ils sur leur *beau brick*, dans le cas où ils tenteraient de résister ?

Il ricana.

— Gemma est bien à moi, poursuivit-il, aucune puissance au monde ne pourrait l'arracher au sort qui l'attend. Cette nuit la petite fille du *fameux* général Kléber deviendra l'*épouse du Christ.*

Il accentua ces derniers mots d'une manière significative, puis un sourire cynique éclata sur sa figure maquillée.

Laissons pour un instant le pieux personnage tout à sa joie et à ses projets de viol et de meurtre, et voyons un peu ce qu'étaient devenus le capitaine, ses marins et le saltimbanque.

Nous qui sommes comme Méphistophélès et qui avons l'oreille plus fine qu'un policier, ce policier fût-il celui des Chevaliers du Crucifix, nous entendons un bruit sourd dans les profondeurs de la terre.

On dirait des coups de pioche.

Et celui qui, entendant ce bruit que Méphistophélès seul pouvait entendre, eût dit cela, ne se fût pas trompé.

C'étaient bien en effet des coups de pioche, et ceux qui minaient ainsi le sol (précisément ce sol sur lequel reposaient les fondements du couvent des Bénédictins) étaient le capitaine Bernard, ses marins et le saltimbanque.

Nous savons que c'est en se creusant un chemin souterrain que le capitaine et ses hommes avaient l'habitude de pénétrer dans les monastères, appelés par eux, les demeures mystérieuses des Chevaliers du Crucifix.

Nous les retrouvons au moment même où le petit homme grassouillet inspectait ses prisonniers et se rendait chez cette ancienne cameriste de la duchesse de Cressères, appelée Marguerite.

Ils sont à une profondeur de six mètres sous terre.

Ils percent un mur d'une épaisseur énorme. Déjà ils y ont pratiqué un boyau de plusieurs mètres de long, dans lequel un homme peut pénétrer facilement, mais en rampant.

Des torches plantées çà et là les éclairent.

Ce boyau part d'une cave, qui elle-même fait partie d'une maison contiguë au couvent.

Oh ! le vaillant père Bordier ne savait pas que celle qu'il avait juré de trouver était si près de lui ?

Rien même ne lui faisait croire qu'elle pouvait y être.

Ce travail pénible qu'il exécutait en ce

moment lui et ses hommes, c'était presque à contre-cœur et par pur acquit de conscience qu'il l'exécutait.

Hassan lui avait dit en parlant de la canaque :

— Cette femme exerce un pouvoir occulte, il est vrai, mais énorme sur la société : prêtres, magistrats, fonctionnaires de toutes sortes, lui obéissent; elle paraît être un agent très important du monde clérical, c'est-à-dire du monde des Chevaliers du Crucifix; surveillez-la, si vous parvenez à la découvrir; allez partout où elle ira, cherchez à pénétrer les secrets de sa vie mystérieuse, et comme ce sont les Chevaliers du Crucifix qui ont dû enlever Gemma, vous arriverez peut-être, par ce que vous parviendrez à savoir sur cette femme et sur le monde qu'elle fréquente, à apprendre dans quel endroit ils ont mis leur malheureuse prisonnière.

Or, il était parvenu à découvrir, grâce à Broussard, cette femme si puissante et si mystérieuse. Et il suivait de point en point les instructions du Maure.

Il est bien entendu que si ses recherches n'aboutissaient à rien, il se réservait de s'emparer d'elle et de la faire parler.

Et pour faire parler même quelqu'un qui ne veut pas parler, l'énergique capitaine connaissait plus d'un moyen.

Ah ! oui, il le faisait à contre-cœur ce travail, et d'autant plus à contre-cœur qu'il était convaincu que ce n'étaient pas les Chevaliers du Crucifix qui avaient enlevé Gemma !

On voit que Hassan ne lui avait rien dit du dernier attentat dont la malheureuse jeune fille avait été victime.

Il n'avait même reçu de lui que le télégramme suivant :

« Suis à Stramos, à bord de l'*Eole*, avec Georges, — partons, — allons vous rejoindre à Venise.

« Signé : Hassan. »

Et puis quand arriverait l'*Eole* ?

Le savait-il ?...

Et quand même il l'eût su, cela aurait-il contribué à augmenter les chances qu'il avait de trouver Gemma ?

Cela eût-il été de nature à le dérider; à chasser de son front le nuage qui l'assombrissait ?

Certes non !

Maintenant le lecteur veut-il savoir par quel miracle il se trouvait où il était lui et ses marins ? le miracle n'est pas grand; il était dans cette maison et dans cette cave, parce qu'il en était le locataire, et l'unique locataire ; il n'aimait pas, lui, les regards indiscrets, nous le savons.

— Allons ! mes gars, disait-il à ses hommes, la pierre de ce mur est dure, c'est du roc; la besogne ne peut pas aller vite ; mais courage ! nous trouverons peut-être au delà ce que nous cherchons depuis si longtemps !

— Que notre bonne dame d'Auray[1] vous entende ! fit celui qu'on appelait Yvon, car c'est un grand crève-cœur pour nous autres de voir notre vaillant capitaine naviguer comme ça sous terre à la façon des taupes, quand il serait bien mieux en plein Océan, et sur le pont du beau brick l'*Eole*, mille millions de sabords !

Le père Bernard, visiblement ému, lui serra la main.

— Ça viendra, mon bon gars, mille tonnerres !

— Oui, que ça vienne et bientôt, mille bordées de tribord et de bâbord !

— L'eau vient ! tonnerres ! fit tout à coup une voix, et en même temps un homme

---

1. Madone en la protection de laquelle les marins bretons ont une grande confiance.

émergea en rampant de l'ouverture béante de l'excavation.

Cet homme c'était Jacques..

— De l'eau ? fit le capitaine étonné, de l'eau dans l'épaisseur d'une muraille ?

— Dame ! qu'est-ce qu'il y a d'étonnant ? Ce pays n'est-il pas un pays de marécages ? mille sabords ! grommela le maître timonnier.

Cependant le père Bernard avait pris une lanterne, s'était couché à plat ventre et était allé se rendre compte *de visu*, de l'importance du nouvel obstacle qu'ils avaient à vaincre.

Certes, si l'eau venait à envahir la tranchée qu'ils étaient en train de faire, ils allaient être probablement obligés de renoncer à la pousser plus loin !

Au bout de quelques minutes, il reparut.

— Ça filtre à travers une crevasse; il faut calfeutrer ça, Yvon, et vite, mille tonnerres !

Le marin désigné prit un paquet d'étoupes qu'il poussa devant lui en rampant et disparut dans le trou béant.

Nous avons oublié de dire que le père Bordier y avait laissé de la lumière.

Plus de dix minutes s'écoulèrent.

Pendant ces dix minutes d'attente, pas une parole ne fut prononcée.

Tous les hommes, debout, immobiles, se regardaient graves et soucieux.

Dame ! c'était dur de reculer après plusieurs jours d'efforts, et de voir perdu irrémédiablement le fruit d'un pénible et opiniâtre labeur !

Enfin, Yvon revint.

— Eh bien ? fit le père Bordier.

— Ce n'est rien, quelques bons tampons d'étoupe ont fait l'affaire : ah ! ces vieux murs c'est comme les vieux navires, il faut les radouber, mille sabords !

— C'est bien ! fit le capitaine, conti-

nuons mes gars; et nous ne devons pas tarder beaucoup de voir le bout de cette chienne de muraille ! tonnerres !

Il regarda sa montre à la lueur fumeuse d'une torche.

Elle marquait minuit.

Il hocha la tête.

— Si dans une heure nous ne sommes pas arrivés au bout, murmura-t-il, eh bien ! nous remettrons la partie à demain, mille tempêtes !

Il se dirigea ensuite vers l'escalier et se mit à en gravir les marches à pas lents.

Cette maison qu'il avait, nous l'avons dit, louée en totalité, était composée de deux étages, d'un rez-de-chaussée et d'une cave.

Les fenêtres et la porte étaient hermétiquement closes.

Au rez-de-chaussée, le saltimbanque, le poignard à la main, veillait.

— Quoi de nouveau ? lui demanda-t-il à voix basse.

— Rien !

Il alla ensuite jusqu'à la porte qu'il entre-bâilla sans bruit.

Au dehors les ténèbres étaient profondes.

Il y avait là un petit carrefour éclairé par quelques becs de gaz placés à une grande distance les uns des autres.

Dans la zone où s'étendait l'action de leur vague rayonnement, il vit passer une ombre, deux ombres ; il les compta. Ces ombres allaient et venaient.

— Voilà des gens enveloppés dans leurs manteaux, qui m'ont bien l'air d'être des amoureux ou des voleurs, grommela t-il, car ils vont et viennent toujours dans le même endroit; on dirait des marsouins qui ont avalé l'hameçon et qui sont accrochés à une ligne, mille sabords ! à moins que ce ne soit ..

Il referma la porte sans bruit.

— Y a t-il longtemps, demanda-t-il à Broussard, que vous n'avez pas vu cette femme?

— Je l'ai encore vue sur la place Saint-Marc, ce matin.

— C'est une rude femme?

— Oui ; un serpent, et de ceux qu'on ne charme pas, mais qu'on écrase.

— Sait-elle que vous êtes à Venise?

— Peut-on dire : le diable sait ou ne sait pas? fit le saltimbanque d'un air sombre.

— Avec qui était-elle sur la place Saint-Marc?

— Avec deux hommes et une femme.

— Les connaissez-vous?

— Non.

— De là où est-elle allée?

— Elle a pris une gondole : j'en ai fait autant, et je l'ai suivie jusqu'à l'extrémité de la ville, dans le quartier maltais ; le quartier le plus mal famé de la ville.

— Eh bien?

— Là elle s'est engagée dans un dédale sombre de maisons basses et j'ai perdu ses traces.

— Elle sait jouer du couteau?

— Elle doit tout connaître, le couteau, le pistolet, le fusil, le poison, que sais-je?

— Vous êtes sûr qu'elle ne sait pas que vous êtes à Venise?

— Oui, car elle n'a pas vu ma figure.

— Jamais vous ne vous êtes vu espionné depuis que vous êtes à Venise? mille sabords!

— Non.

Il omettait de dire que plusieurs fois il avait vu un individu et même deux paraître le suivre et s'attacher à ses pas.

Pourquoi cette omission?

Craignait-il, en en faisant part au père Bordier, d'augmenter la somme de ses préoccupations et de ses inquiétudes?

— Méfiez-vous de cette vermine, mille sabords! Croyez-moi, fit celui-ci en se dirigeant vers la porte de la cave.

— Pourquoi? avez-vous des raisons?

— Je n'ai pas de raisons précisément ; que voulez-vous! C'est une idée! Nous autres vieux loups de mer, nous flairons un grain, même quand il n'y a pas encore un nuage gros comme le doigt dans le ciel ; mille sabords!

L'œil de Broussard lança un éclair, ses traits se contractèrent affreusement. Il pensait qu'il l'avait eue à la portée de son stylet et que les forces lui avaient manqué pour la frapper!

Il poussa une sorte de rugissement.

Le père Bordier était redescendu dans la cave.

Il y trouva ses hommes rassemblés et causant à voix basse.

Il jeta sur eux un regard rapide.

— Qu'y a-t-il, mes gars! mille sabords!

Jacques lui annonça qu'ils croyaient être arrivés à la fin de leur travail souterrain, et qu'ils attendaient ses ordres.

— Ils n'ont pas voulu donner le dernier coup de pioche avant de vous le dire : qui sait? peut-être que de l'autre côté s'apprête-t-on à nous recevoir à coups de pistolet ou de fusil!

— Ah! ah! je vais vous dire ça, mes gars, fit gaiement le père Bordier ; c'est moi, en effet, qui dois renverser la dernière pierre, c'est moi qui dois vous montrer le chemin, et j'espère que je saurai mériter encore en cette circonstance, mille sabords! le titre de capitaine mystère que vous m'avez donné ; car j'entrerai chez ces gens-là sans faire de bruit.

Un sourire se peignit sur les traits rudes et hâlés des matelots.

— Capitaine-lion! murmura Jacques, qui tira de sa ceinture un long poignard, dont

Le bravi de la Canaque.

il examina ensuite la lame à la lueur d'une torche.

C'était ce même poignard qui lui avait déjà été si utile, cette fameuse nuit où il avait eu à lutter, seul avec Georges, contre les bandits de Tabernier, sur les bords de la Seine.

Un quart d'heure s'écoula.

Les matelots attendaient, muets comme des fantômes.

On voyait sur leurs visages énergiques, qu'éclairait le rayonnement rougeâtre des torches, le courage froid et indomptable qui fait les héros.

Enfin le père Bordier reparut.

— Habillons-nous ! fit-il d'une voix basse et rapide.

Dans un coin se trouvaient empilées des robes de moines.

Ces robes étaient en tout semblables à celles des moines de Saint-Benoît.

Chacun en prit une et s'en revêtit.

Sous les robes, dans le même coin, se trouvait un tas de longues barbes postiches : il y en avait de grises, de blanches, de noires, de rouges, de châtaines.

Chacun en prit une et se l'ajusta au visage.

Sous les barbes et toujours dans le même coin, il y avait un tas de ces objets de dévotion, dont les grains faits de racine de buis, étaient gros comme des noisettes : on appelle cela des chapelets.

Chacun en prit un.

Ainsi affublés, le capitaine les passa en revue.

— Un dernier mot, mes gars, dit-il ; il est bien entendu que le chapelet ne fera pas oublier le couteau, si quelqu'un vient se mettre en travers du chemin des bons moines du beau brick l'*Éole,* mille sabords !

Tous les regards se tournèrent vers lui ; chaque regard lança un éclair.

— Maintenant en avant !...

Chacun se courba et disparut en rampant par l'orifice béant.

Nous avons oublié de dire que tous étaient chaussés de sandales, dont les semelles étaient de feutre très épais, et que les capuchons de leurs robes étaient rabattus sur leurs visages.

Nous devons ajouter qu'ils n'avaient pas fait plus de bruit que s'ils eussent été en réalité des spectres, et que la parole de leur intrépide capitaine n'en avait guère plus fait qu'un battement d'ailes de chauve-souris.

De l'autre côté de la muraille épaisse qu'ils venaient de percer, ils ne trouvèrent pas d'ennemis. Il y régnait un silence qui ressemblait à celui d'un vaste sépulcre.

Le capitaine, qui marchait à la tête de la petite troupe, démasqua brusquement une lanterne sourde qu'il portait sous sa robe de moine.

Il l'éleva au-dessus de sa tête.

Ils se trouvaient sous des voûtes immenses et souterraines.

A droite et à gauche étaient alignés des tonneaux de toutes les formes connues.

C'étaient les caves du couvent.

Ils se mirent à y défiler sans bruit.

De temps à autre ils s'arrêtaient pour écouter avec une attention profonde.

Au bout des caves se trouvaient, se croisant dans tous les sens comme ceux d'un labyrinthe, les couloirs de l'immense édifice . . . .
. . . .

En quittant Marguerite, le chef de la police parisienne des Chevaliers du Crucifix s'était rendu dans la salle du festin.

Cette salle était très vaste, elle avait la forme d'un parallélogramme.

Près de deux cents convives avaient pris place à ce festin ; nous ne soulèverons pas le voile qui recouvrait ces agapes cléricales, qui laissaient si loin derrière elles les premières agapes présidées par Jésus le Nazaréen. Cela entraverait pour trop longtemps la marche rapide de notre drame.

Disons seulement qu'il était présidé par Fulcino, le délégué du Conseil des Dix ; que tous les hommes étaient uniformément vêtus de culottes et de vestes de velours violet ; le gilet, qui était très long, était blanc, la cravate aussi ; des bas de soie, des souliers à boucles d'or complétaient le costume.

Les femmes étaient vêtues de blanc. Le corsage de leurs robes montait jusqu'au-dessous des seins qui étaient nus ; une sorte de mantille légère et fine comme de la gaze, était accrochée à leur chevelure et tombait sur les épaules, les couvrant de leurs plis nombreux parsemés d'étoiles d'or. Dans leurs cheveux étincelait une auréole de diamants...

On entendait les notes voilées d'un orchestre invisible...

A un certain moment Civette se leva et sortit.

Avait-il assez des mets délicats, des vins délicieux qui couvraient la table, des Circassiennes aux seins nus, aux épaules et aux bras blancs comme l'albâtre, et sur lesquels ruisselaient des étoiles d'or?...

Avait-il assez de leurs sourires, de leurs baisers de velours, de leurs grands yeux noirs, où glissaient des flammes sombres?...

Nous devons avertir le lecteur que la belle baronne de Berny ne figurait pas parmi les convives.

La sœur Blandine y était pourtant.

Pourquoi cette absence?

— Fulcino veut que je retourne à mon poste demain, se disait Civette en s'éloignant à grands pas; allons! à moi la fille du baron de Mélos; à moi les prémisses de son adorable beauté! je ne veux pas quitter Venise avec cette pensée que j'aie négligé de m'emparer de cette riche proie; envoyons à cette Marguerite le livre de messe.

Arrivé à la porte de l'appartement qu'il occupait dans le palais, il se retourna.

Un moine se promenait à une vingtaine de pas de lui.

— Quel est ce moine qui m'a regardé plusieurs fois?... Son regard a quelque chose de froid et de menaçant?.. oh! je suis bien fou; Jésus! Marie! C'est quelqu'un de ces bons pères qui se livre à quelque austère méditation!...

Il entra.

Dans un grand fauteuil un moine était assis.

Ce moine était son domestique.

— Tenez, Piétro, lui dit-il en lui mettant un objet dans les mains, portez cela à la sœur Marguerite.

Cet objet était le fameux livre de messe.

Il prit le livre et partit aussitôt.

Civette l'accompagna jusqu'à la porte; là, il se mit à regarder à droite et à gauche.

— Je ne vois plus ce moine qui m'a jeté ces regards étranges, murmura-t-il.

En effet, le personnage mystérieux avait disparu.

Il rentra.

— Jésus! Marie! fit-il en riant, qu'ai-je donc à me soucier de ces bénédictins?

Il pensa au papier de Tabernier.

On se rappelle les ordres qu'il avait donnés à ce sujet.

Dans son cabinet, il vit une cuvette sur une table; à côté était assis un de ceux auxquels il avait confié le soin d'administrer au prisonnier le fameux vomitif.

Dès qu'il l'aperçut, le religieux se leva.

— Voici, monseigneur, lui dit-il en montrant la cuvette, le résultat de notre petit travail; c'est moi qui l'ai apporté, et j'ai voulu veiller par moi-même à ce que personne n'y touchât.

Le policier jeta un regard ardent dans l'intérieur du vase.

— J'ai en outre à vous faire une confidence, monseigneur, qui intéresse, je crois, toute la communauté et ses illustres hôtes, par conséquent, l'Eglise catholique, apostolique et romaine, notre bonne mère.

— Hein? fit vivement Civette.

— Le père Berthémo a une domestique.

— Je le sais.

— Il s'y est attaché et...

— Je le sais.

— Chez ce vieux, l'aiguillon de la chair...

— Je le sais! je le sais! fit le policier impatienté.

— J'arrive, monseigneur, j'arrive! Cette femme abuse de sa confiance.

— Qui vous l'a dit?

— Je l'ai découvert.

— Qu'avez-vous découvert?

— Je me trouvais ce matin à égrener mon chapelet, appuyé contre un des piliers qui soutiennent les voûtes du cellier. A quelques pas de moi, Berthémo mettait en bouteilles le vin et les liqueurs qui devaient être servies ce soir sur les tables des salles à manger du couvent et du palais. Cette femme est venue, et je l'ai vu mettre, dans chacune de ces bouteilles, quelques gouttes d'un liquide contenu dans un petit flacon. Berthémo n'y avait pas pris garde. Quand je le lui ai dit, il s'est moqué de moi ; il m'a traité de rêveur, de visionnaire et même de jaloux. Je me suis fâché et j'ai dit que sa maîtresse était une empoisonneuse.

— Empoisonneuse? fit Civette devenu tout à coup rêveur.

— Comme je parlais de venir vous raconter tout cela, à vous, monseigneur, qui avez été chargé par Son Éminence monseigneur Fulcino de la haute surveillance du palais et du couvent, il s'est subitement calmé, et a jeté toutes ces bouteilles de vin et de liqueur dans les lagunes. Mais je lui en ai dérobé une.

— Qu'en avez-vous fait?

— Elle est dans ma cellule.

— Je veux la voir de suite.

— Je vais vous la chercher, monseigneur.

— Que diable vient de me conter cet ivrogne? se dit Civette, quand il fut parti : dans quel but Marguerite mettait-elle du narcotique dans ces bouteilles? Car ce ne peut être que cela!... elle empoisonneuse? allons donc!... pourtant...

Il se laissa tomber dans un fauteuil et se mit à réfléchir profondément.

Laissons-le à l'étude de ce nouveau et grave problème.

Cependant, dès qu'elle eut reçu le livre de messe, l'ancienne camériste d'Arsinoë avait couru chez Gemma.

Il va sans dire qu'elle ignorait que Berthémo avait jeté le vin et les liqueurs empoisonnés. Elle était convaincue qu'ils avaient été servis ce soir-là aux moines et à leurs hôtes.

— Tous ces gens-là vont mourir dans quelques heures, le temps qu'il faut pour que ce poison fasse son effet, se disait-elle. Maintenant à ton tour, ma petite colombe. Du reste, je te rendrai service, car ça mettra fin à tes chagrins d'amour.

Et puis à moi, à la duchesse et ce vieux grigou, la liberté !

Ah ! que je retournerai bien vite à Neuilly !...

Gemma, en la voyant, lui tendit la main.

La pauvre fille, depuis qu'elle la voyait partager sa captivité, lui montrait plus d'amitié.

La misérable s'agenouilla devant elle et lui prit la main qu'elle baisa.

En la voyant prodiguer à la jeune fille des paroles de tendresse et verser des larmes, on l'eût prise pour la vieille Arsinoë elle-même.

Ah ! l'abominable hypocrite! ah! l'affreuse comédienne !

De grosses larmes coulaient sur les joues pâles de Gemma.

— Pardonnez-moi, madame, lui disait-elle, c'est moi qui suis cause que vous soyez en prison ; si vous ne m'aviez pas accompagnée à Stramos, vous seriez libre et heureuse à Neuilly !

— Mais je ne suis pas si malheureuse que ça, ma mignonne, et si j'ai versé des larmes sur vos souffrances, sur vos malheurs, ce n'est pas parce que je les crois éternels.

Gemma tressaillit et porta la main à son cœur.

— Vous avez quelque chose à m'apprendre?

— Peut être bien.

— Je pourrais sortir d'ici?

— Pourquoi pas?

— Vous ne me trompez pas?

— Moi, vous tromper!!!...

— Oh! je vous crois! je vous crois! je vous crois comme si vous étiez ma mère, comme si vous étiez ma sœur; mais qu'avez-vous à m'apprendre? parlez! si vous saviez comme vous me torturez, parlez! parlez! parlez!...

— Vous allez être libre, fit l'ancienne duègne à voix très basse, en se penchant sur elle.

Un tremblement nerveux s'empara de la jeune fille, elle se leva en proie à une exaltation inouïe.

— Quand? fit-elle d'une voix sifflante.

— Bientôt.

— Bientôt?

— Dans une heure.

— Dans une heure?... Ah!...

— Ceux qui doivent nous délivrer sont déjà ici, déguisés en moines [1].

Gemma écoutait haletante, la main sur le cœur, affreusement pâle.

— Ils sont nombreux et bien armés, et ils sont sûrs du succès : Courage! c'est la liberté cette fois! Hassan et Georges vont arriver à Venise ; cette nuit même vous serez dans leurs bras!...

— Ah! c'en est trop! murmura la malheureuse, trop de bon...

Elle n'acheva pas, ses yeux se fermèrent, elle s'évanouit!

— Ah! ah! fit la misérable, c'est ce que je voulais!

Elle jeta un regard rapide sur une petite table sur laquelle se trouvaient un verre, une carafe pleine d'eau et du sucre.

Elle s'en approcha : puis, tirant de la poche de sa robe un flacon, elle le déboucha d'une main fiévreuse.

Dans ce flacon se trouvait un liquide presque incolore.

Elle en versa quelques gouttes dans le verre ; puis elle le reboucha et le remit dans sa poche.

— Les imbéciles qui m'ont laissée partir de Stramos sans me fouiller et qui, ensuite, lorsqu'ils ont vu mes flacons (excepté celui-là qui était cousu dans la doublure de mon

1. Son mensonge se trouvait être la vérité.

jupon), ont cru que c'étaient des eaux de toilette! murmura-t-elle.

Elle prit ensuite la carafe, remplit le verre jusqu'au bord et y mit un morceau de sucre, puis elle agita le tout avec une petite cuiller d'argent.

L'évanouissement de Gemma ne dura pas longtemps, et quelques gouttes d'eau, qu'elle lui jeta sur le visage, la firent promptement revenir à elle.

Elle la regarda avec de grands yeux étonnés, puis la mémoire lui revint, et elle se releva brusquement.

— Brisez ma chaîne! lui dit-elle.

— Je vais le faire ; mais prenez d'abord ceci, cela vous remettra tout à fait : c'est de l'eau sucrée.

Elle lui tendit le verre.

La jeune fille fit un mouvement pour le saisir.

— Buvez tout, ça vous fera du bien!

— Buvez, vous, d'abord! fit une voix.

Quelqu'un était entré dans la chambre sans qu'elles s'en aperçussent.

Ce quelqu'un portait une longue robe de moine, et avait le capuchon rabattu sur le visage.

— Qui êtes-vous? fit l'ancienne camériste, en proie à un grand trouble.

— Buvez d'abord! fit le moine d'une voix calme et grave.

Gemma les regardait, effarée.

— De quoi vous mêlez-vous? grinça l'ex-duègne.

— Je vous demande une chose bien simple : vous avez préparé un breuvage pour cette jeune personne : n'est-il pas juste que vous y trempiez vos lèvres, ne fût-ce que pour savoir s'il est assez sucré? une mère fait cela pour son enfant ; une amie pour son amie.

— Je vais le faire, moi, ajouta-t-il, l'eau sucrée est salutaire au corps : ces sortes de breuvages sont sains.

Marguerite, fascinée, écrasée, anéantie, lui abandonna le verre : elle espéra avoir affaire à un fou.

Il l'éleva à la hauteur de sa tête, comme pour voir la couleur du breuvage qu'il contenait.

— Maintenant, montrez-moi le flacon.

— Quel flacon ? fit-elle d'une voix sifflante.

— Le flacon qui contient le liquide, dont vous avez versé quelques gouttes dans ce breuvage.

Elle recula haletante, livide, les yeux hagards.

— Je n'ai pas de flacon, murmura-t-elle, et... je... n'ai... rien... versé... dans... ce... breuvage...

— Mes soupçons deviennent une certitude, puisque vous mentez : ce breuvage est empoisonné !...

Gemma poussa un cri : l'ex-duègne, hideuse de terreur, recula jusqu'au mur de la chambre, contre lequel elle s'adossa, courbée, repliée sur elle-même.

Cependant le moine dévorait des yeux Gemma.

Pour la vingtième fois, son regard se portait d'un objet qu'il tenait dans le creux de sa main sur la jeune fille.

Cet objet était une photographie.

Une photographie de la fille du baron de Mélos.

— Elle ! elle ! qu'ils voulaient empoisonner ! murmura-t-il.

Tout à coup, une porte masquée par la tapisserie s'ouvrit et un homme parut.

Cet homme, c'était Civette.

A la vue du moine, il s'arrêta brusquement.

— Encore ce moine, murmura t-il.

Ses regards se portèrent ardents, inquisiteurs, sur les figures bouleversées de Gemma et de l'ancienne camériste.

Le moine fit un pas vers lui.

— Je vous fais juge de la chose, monseigneur, lui dit-il ; cette dame qui est là offrait à cette jeune femme un breuvage, dans ce breuvage elle a versé quelques gouttes d'un liquide contenu dans un petit flacon ; comme je n'aime pas qu'on fasse des *cachotteries*, j'ai voulu lui infliger une petite punition ; je l'ai condamnée à en boire avant elle : qu'en pensez-vous ?

— Je pense que cela ne vous regarde pas, fit le policier avec hauteur.

— Seriez-vous de connivence avec cette fabricante de breuvages, monseigneur ? dit le moine d'un air railleur.

— Que vous importe ! retirez-vous !

— Vous n'êtes pas poli.

— Yvon ! fit-il à haute voix.

La porte s'ouvrit, un nouveau moine parut.

— Viens, enlève la chaîne qui couvre le corps de cette malheureuse jeune fille, lui dit-il en lui montrant Gemma, et sers-t'en pour garrotter cet homme.

En même temps il lui montra le policier.

— Misérable ! vous oseriez attenter à ma liberté ? s'écria Civette en courant vers la porte par laquelle il était venu ; mais Yvon fit un bond de fauve et le saisit.

Ne laissons pas ignorer au lecteur quel était ce moine, qui osait porter la main sur le chef de la police parisienne de Chevaliers du Crucifix ; ce moine, c'était le capitaine Bernard.

— Vous parlez de liberté ? lui dit-il, avez-vous respecté la liberté de cette jeune fille ? misérable !

— Laissez-moi ! laissez-moi ! sacrilège ! vous portez la main sur un prêtre !

Le père Bernard tira un long poignard de dessous sa robe, et le brandissant au-dessus de sa tête :

— Soyez docile ; ne poussez pas un cri ou je vous tue !

Civette tomba à genoux, fou de terreur.

— Jésus ! Marie ! ayez pitié de moi ! monsieur.

— Avez-vous eu pitié de cette jeune fille ?... Canaille !

— Lie-le bien, Yvon, ajouta-t il.

Le matelot, qui en un clin d'œil avait débarrassé Gemma de ses liens, se mit à enchaîner le policier : besogne qu'il fit consciencieusement.

— Pitié ! pitié ! ne me tuez pas ! s'écriait Civette ; je prierai Dieu pour vous toute ma vie.

— Ton Dieu ? Il ne doit pas mieux valoir que toi, et tu peux te le *mettre quelque part*.

— Voyons, ne perdons pas de temps, ajouta le père Bernard, veux-tu être libre ?

— Ah ! si je veux être libre ??? Il me demande si je veux être libre ??? Jésus ! Marie ! je désire la liberté comme un saint désire le paradis.

— Eh bien ! bois ce verre d'eau, et je te jure sur mon honneur que tu seras libre !

Civette se remit à trembler.

— Qui êtes-vous pour que je vous croie ? fit-il d'une voix lamentable.

— Je ne suis pas un Chevalier du Crucifix ; que cela vous suffise pour que vous me croyez homme d'honneur.

Civette jeta un regard à l'ex-duègue.

— Buvez, monseigneur, vous n'avez rien à craindre, je vous le jure : c'est votre humble servante qui vous l'affirme, dit-elle.

— Je sais bien qu'elle a des narcotiques, pensa le policier, mais je ne suis pas sûr qu'elle ait du poison. La fameuse bouteille empoisonnée, d'après le dire de ce moine ivrogne, ne contenait ni narcotique ni poison. S'est-il joué de moi ? Le vieux Berthémo s'est-il joué de lui ? N'a-t-il plus sa raison ?...

Il prit le verre...

— Vous me rendrez la liberté ? dit-il de nouveau au père Bernard : il tremblait moins.

— Je vous l'ai dit une fois, ça suffit : et c'est cette jeune fille qui vous débarrassera de vos chaînes.

— J'aime mieux que ce soit vous.

— Comme vous voudrez.

Il but.

Sur un signe du père Bernard, Yvon se pencha aussitôt sur lui, et le débarrassa de ses liens.

Le policier, se sentant libre, se releva vivement.

— Merci ! fit-il en courant vers la porte.

Mais il n'avait pas fait deux pas qu'il tournait brusquement sur lui-même, poussa un grand soupir et tomba sur le parquet : là il s'agita et râla quelques minutes, puis il ne bougea plus.

Il était mort.

C'étaient de rudes poisons, ces poisons de la Brinvilliers, transmis par Fourchemcerf à la camériste de la duchesse de Cressères.

Tout à coup la porte s'ouvrit avec fracas. Un homme, un jeune homme se précipita dans la chambre.

Il n'avait pas de robe de moine celui-là.

Il portait le costume de marin.

Gemma poussa un grand cri et se précipita dans ses bras, en murmurant d'une voix haletante et étranglée :

— Georges !...

— Gemma, exclama-t-il, elle ! elle ! ô mon Dieu ! elle !...

Il posa sur son front sa lèvre affolée.

Gemma, le dévorant des yeux, écrasée à la fois par la tendresse, la surprise et le plaisir, laissa tomber sa tête charmante sur son épaule.

Par la porte entrebâillée, plusieurs têtes

de *moines* s'allongeaient, ardentes, cu- rieuses.

— Partons, fit brusquement le capitaine Bernard.

Dans le couloir, plusieurs de ses marins étaient réunis.

— Yvon, dit-il, rallie nos gars, nous par- tons : vous nous rejoindrez dans le cel- lier.

Yvon s'éloigna à grands pas et le cri du hibou retentit.

Le cri du hibou c'était le cri de rallie- ment.

Il se répéla ensuite de différents côtés, jetant dans les ténèbres qui couvraient les couloirs immenses du palais et du monas- tère, sa note étrange et sinistre.

Il va sans dire que Gemma faisait partie de la petite troupe.

Cependant, comme elle était trop légère- ment vêtue, Georges lui avait jeté sur le corps la robe du moine qui avait été placé à sa porte pour la garder.

Nous avons oublié de dire que cet homme avait été garrotté et bâillonné par le capi- taine Bernard lui-même, un instant avant de pénétrer dans la chambre de Gemma.

Après lui avoir pris sa robe, on lui avait remis ses liens, de sorte qu'il resta étendu dans le couloir, ficelé comme un colis, et vêtu d'un simple caleçon et d'un tricot.

Quant à l'ancienne caujériste d'Arsinoë, on s'était contenté de lui lier bras et jam- bes et de la bâillonner : elle pouvait voir les yeux grands ouverts, la figure verte, la langue noire pendante du policier, étendu à côté d'elle.

Arrivé dans le cellier, le capitaine fit faire halte à sa petite troupe.

Il la passa en revue.

— Il me manque bien un tiers de mes hommes, dit-il, attendons.

On entendait encore des houhoulements de différents côtés, mais ils étaient moins lointains, et ils paraissaient se rapprocher sensiblement, d'instant en instant...

Cependant une lutte affreuse s'était en- gagée et se poursuivait non loin de là.

Remontons de quelques heures en ar- rière.

On se rappelle que Bénédita avait dit à Civette qu'elle savait que le saltimbanque allait dans une maison située dans les en- virons du couvent des Bénédictins ; qu'elle l'avait fait filer par deux fins limiers, et qu'elle revendiquait pour elle la gloire de le prendre et de le poignarder.

— Elle voulait, disait-elle, tuer un grand scélérat, comme Judith.

Ce soir-là, ses limiers avaient réussi à voir entrer Broussard dans la maison qui, nous l'avons dit, avait été louée par le ca- pitaine Bernard.

Après avoir fait le pied de grue au moins une heure sur la place, pour savoir s'il y resterait, et, ne l'en voyant pas sortir, ils supposèrent que c'était là qu'il demeu- rait.

L'un d'eux partit pour en prévenir la baronne, pendant que l'autre continua sa faction.

Mais, au palais Visconti, il ne trouva qu'une vieille domestique, qui lui dit que la baronne était chez la comtesse Cruciata, qui demeurait à l'autre bout de la ville.

Il s'y rendit.

Mais la voluptueuse baronne était là en compagnie de jeunes patriciens et de cer- tain prélat, fort connu au Vatican, très amoureux d'elle, et qui étaient loin de lui déplaire : elle avait même eu des rendez- vous intimes avec chacun d'eux, dans les réduits cachés d'une serre, que lui avait indiquée la comtesse ; enfin, la libidineuse sirène cléricale s'était arrachée à cette orgie de jouissances sensuelles, et avait suivi son limier.

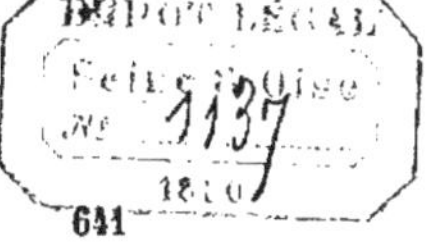

Maria Stella torturée.

Couronner l'orgie par l'assassinat, c'était faire grand [1], pensait-elle.

Et puis, en tuant un ennemi de l'Eglise, ne faisait-elle pas une chose très agréable à Dieu ? Elle pensait, avec délices, à ces flots de sang chaud qui allaient lui couler sur les mains, elle en aspirait par avance, avec une joie de bête fauve, les âcres et pénétrantes senteurs !...

Georges, en entrant précipitamment, avait simplement repoussé la porte sans la refermer. Le saltimbanque lui avait donné une poignée de mains et était descendu ensuite avec lui dans la cave.

La curiosité l'y avait retenu et puis, il faut tout dire, l'intérêt très vif qu'il portait à ses nouveaux amis.

Il croyait qu'ils courraient de très grands dangers, et de la cave il pouvait mieux entendre leurs cris de détresse ou les bruits de la lutte, et ma foi, l'excellent homme s'était dit :

— Si je viens à comprendre qu'ils ont le dessous, eh bien, je volerai à leur secours !

C'est pour cela qu'il était allé dans la cave, et c'est même cette préoccupation qui avait fait qu'il n'était pas allé voir si Georges avait bien refermé la porte.

Il écoutait donc avec une attention profonde, et de temps en temps il se baissait jusqu'au niveau du chemin souterrain pour mieux entendre.

1. Ce mot nous rappelle certaine femme qui a demeuré aux Tuileries. 1852-70.

Tout à coup un bruit singulier parvint à son oreille. On eût dit une porte qu'on ouvrait avec précaution.

Il écouta.

Pas de doute possible ! Quelqu'un marchait dans la salle d'entrée, en étouffant le bruit de ses pas.

— Quelqu'un là-haut ! fit-il en serrant avec force le manche de son poignard.

Puis il souffla dans la lanterne qui l'éclairait et l'éteignit.

— Dans les ténèbres, je serai plus sûr de pouvoir résister s'ils sont plusieurs, murmura-t-il.

Cependant, le ou les inconnus venaient de son côté.

Dame ! la porte de la cave était ouverte, ils pouvaient très bien s'en apercevoir.

— Mais alors ils ont donc de la lumière ? se dit-il.

Il avait à peine fait ces réflexions, qu'un rayon de lumière, parti d'une lanterne sourde brusquement démasquée, l'atteignit en plein visage et lui montra en même temps deux personnes debout sur la première marche de l'escalier : l'une des deux était une femme, un voile très épais lui couvrait la figure ; l'autre montrait Broussard à ladite femme.

— Un moine ! fit-il à voix très basse.

— Un moine ? allons donc ! c'est lui !

— Qu'est-ce qui le prouve ?

— Ah ! on voit bien que vous ne savez pas ce que c'est qu'un saltimbanque !

Josué-Anthelme Broussard n'avait pas entendu un traître mot de ce colloque.

— Je vais bien voir si ce n'est pas lui, poursuivit la femme.

— Au fait, ajouta-t-elle, si c'est un moine et si je le tue, il n'y aura pas de mal, car je l'aurai fait pour la plus grande gloire de Dieu.

Broussard, n'entendant rien, grinçait des dents.

— Ah ! si j'avais un fusil, murmura-t-il.

Tout à coup, il se trouva de nouveau éclairé et il vit la femme qui le visait avec un revolver.

Il s'aplatit sur le sol au moment même où le coup partait.

— Il est mort ! fit l'homme à haute voix.

— Pas sûr, dit la Canaque (car c'était elle). Je vous le répète, vous ne savez pas ce que c'est qu'un saltimbanque.

— Elle ! murmura Broussard, je m'en doutais.

Il se mit à ramper et à changer de place.

— Broussard, tu vas mourir ! fit la Canaque.

— C'est ce que nous verrons, ma bonne amie.

— Tiens !

Elle fit feu de nouveau.

— Touché ! fit-elle.

— Pas encore cette fois ! ma *vieille branche*.

Il avait fait un bond de côté et pourtant il avait senti comme un reptile lui glisser dans les cheveux : c'était la balle.

— Je te dis, Broussard, fit-elle en descendant les marches de l'escalier, que tu vas mourir ; fais ta prière, recommande ton âme à Dieu !

— Nous verrons ça une autre fois ! mon petit ange du bon Dieu.

Elle était à trois pas de lui, elle l'ajusta de nouveau.

Mais elle n'avait pas lâché le coup que Broussard lui avait jeté à la tête un vieux panier, qu'il avait saisi avec la dextérité et l'agilité d'un gorille.

Le coup partit néanmoins, mais la balle alla se loger dans la voûte de la cave.

Bien plus, la Canaque, étourdie par le coup, chancela et tomba.

Dans sa chute, la lanterne qu'elle portait heurta le sol et se brisa.

— Canaille, hurla-t-elle en se relevant vivement.

— Je crois que tu te fâches, ma vieille, fit Broussard en ricanant.

Il ajouta :

— Maintenant, allons-y du couteau ! mes bons amis ; ça me va; ma douce amie, nous allons donc pouvoir nous embrasser !

Il n'y avait plus moyen de se servir utilement du revolver dans les ténèbres profondes où ils se trouvaient plongés ; la Canaque déchargea néanmoins ce qui restait encore de balles dans son revolver ; mais aucune n'atteignit son but.

Broussard, par une manœuvre habile, s'était approché de la rampe de l'escalier.

— S'ils cherchent à sortir de la cave, se dit-il, je les larderai au passage.

Cependant, la Canaque avait jeté là son revolver qui n'était plus bon à rien, et s'était armée d'un long stylet.

Bien plus, un renfort lui arrivait.

C'était le bandit qui était resté en observation à la porte, et qui, voyant que la lutte menaçait de s'éterniser, accourait lui prêter main-forte à elle et à son compagnon.

— C'est Cerbido qui vient, fit-elle en entendant le bruit de ses pas.

Puis elle lui cria :

— Apportez de la lumière ! il faut qu'on puisse le voir pour le tuer !

On l'entendit frotter une allumette et une lueur vague parut, rayant les ténèbres au-dessus d'eux.

C'était ce Cerbido qui faisait du feu.

Tout à coup, la Canaque poussa un cri effroyable.

Broussard, guidé par le bruit de ses paroles, s'était approché d'elle à pas de loup et lui avait ouvert le ventre avec son poignard.

Mais au même instant il se sentit touché à la main, puis au bras : c'était le compagnon de la Canaque qui le lardait à coups de stylet.

Il se jeta vivement de côté et fit quelques pas en arrière.

Cependant Cerbido accourait tenant à la main une lanterne allumée.

— Ah ! ah ! fit le saltimbanque, un contre deux, et de la lumière pour bien se voir : allons-y gaiement, mes doux agneaux !

La Canaque râlait et se tordait sur le sol.

Le bandit posa sa lanterne sur la première marche de la partie supérieure de l'escalier et descendit en brandissant son stylet.

Broussard s'empara vivement d'une toile d'emballage qu'il aperçut à ses pieds, la roula autour de son bras gauche, se campa fièrement en face de ses ennemis, et attendit leur attaque.

Il était affreux.

La balle, dont il avait été atteint à la tête, avait fait couler beaucoup de sang, principalement sur son visage qui en était tout couvert : en outre, ses vêtements étaient déchirés, tout lacérés de coups de poignard ; le sang coulait de son bras et de sa main gauche, et le poignard qu'il tenait était rouge jusqu'au manche.

Les deux bandits, après avoir échangé quelques paroles à voix basse, sans doute pour se concerter, s'avancèrent contre lui à pas lents, le corps replié comme des fauves qui vont bondir, la figure contractée, l'œil plein d'éclairs.

L'un d'eux était blessé à l'épaule et à la joue.

Soudain, un bruit se fit entendre derrière Broussard.

Une tête apparut à l'orifice du passage souterrain et un homme en émergea, puis une nouvelle tête parut, ainsi de suite.

C'étaient les marins qui revenaient de leur expédition dans le couvent et qui avaient entendu, en se ralliant dans le cellier, le bruit du combat.

Une voix cria :

— Sus à ces marsouins ! mes gars. Allons-y du couteau et ferme ! mille sabords !

C'était la voix du capitaine.

Cerbido et son compagnon se replièrent.

Ils manœuvrèrent de manière à pouvoir regagner l'escalier, pour pouvoir, comme on dit, prendre la poudre d'escampette.

Mais ils n'en eurent pas le temps.

Les marins se jetèrent sur eux en bondissant comme des tigres.

En un instant ils furent entourés, criblés de coups et ils tombèrent pour ne plus se relever.

La Canaque râlait encore.

— C'est elle ! dit Broussard au capitaine qui s'en était approché avec de la lumière.

Le brave marin sourit.

— Elle ne vous mordra plus, l'affreuse vipère, vous et tant d'autres ! Car elle aurait pu faire bien du mal encore, celle-là, mille millions de tonnerres !

Comme si elle eût entendu, la Canaque tourna vers eux son œil vitreux ; il en sortit un dernier éclair de rage et de haine, puis il se referma.

Elle était morte !...

Quelques minutes après, nos héros sortaient de cette maison et en refermaient la porte.

Ils laissaient au propriétaire le soin d'ensevelir les cadavres.

Le loyer était payé à l'avance pour une année.

— Allons à bord de notre brick l'*Eole* ! dit gaiement le capitaine.

On héla des gondoliers.

Plusieurs répondirent à l'appel.

En quelques minutes, toute la petite troupe était installée dans des gondoles.

— Ramons, et ferme, vers la rade ! fit de nouveau le père Bernard en s'adressant aux bateliers.

Ceux-ci saisirent leurs avirons, et les barques glissèrent sur la surface des eaux, en s'éloignant rapidement dans la nuit, comme une troupe de mouettes effarouchées.

Tous avaient gardé leurs robes de moine, Georges lui-même en avait pris une : telle avait été la volonté expresse du capitaine.

— Soyons jusqu'au bout des hommes de mystère ! avait-il dit.

Le saltimbanque s'était lavé les mains et le visage et on avait pansé ses blessures qui étaient légères.

Georges, Gemma et le capitaine étaient dans la même gondole.

La jeune fille, la tête appuyée sur le genou du vieux marin, fixait sur Georges ses grands yeux noirs ; elle paraissait dans une sorte d'état extatique : son visage exprimait une joie immense.

Georges la contemplait avec un bonheur indicible : de grosses larmes tremblaient à sa paupière : les longues heures d'angoisse et de désespoir, peut-être, qu'avait eues à subir celle qu'il aimait, se représentaient-elles en foule à son esprit et produisaient-elles en lui un attendrissement profond dans lequel s'abîmait tout son être ?

C'est probable.

Le capitaine, impassible et fouillant la brume du regard, veillait...

On traversait le port.

A une faible distance, on voyait les feux d'un navire à l'ancre dans la rade.

— C'est l'*Eole* ! dit Georges.

Le capitaine se leva pour le héler, en portant les deux mains à sa bouche en guise de porte-voix ; mais aussitôt un coup de feu retentit.

— Qu'est-ce ? fit-il étonné, un coup de feu ? un coup de feu partant de l'*Éole* ?

Il écouta avec la plus extrême attention.

Un bruit étrange, vague, indéfinissable arriva à son oreille.

— On eût dit comme une lutte acharnée, des exclamations, des cris féroces, des râles sourds, des gémissements, des chocs violents.

— Mille millions de tonnerres! On se bat à bord! exclama-t-il haletant, la paupière dilatée, l'œil étincelant : alerte! mes gars, au couteau !

Tous se levèrent.

Gemma elle-même bondit et chercha une arme.

— Non! fit Georges vivement.

— Allons donc! laisse-moi ; tu verras que si je sais t'aimer, je sais aussi combattre et mourir s'il le faut pour nous défendre et te sauver!

Elle saisit vivement un stylet qu'un gondolier enthousiasmé lui tendit. (Tout le monde sait qu'il n'est pas un gondolier qui n'ait un stylet dans sa poche.)

Georges ne répliqua pas ; il comprenait et admirait.

— Laisse-moi passer le premier, fit-il, et il se jeta devant elle, pour marcher le premier au combat et la couvrir au besoin.

Plus de doute, on se battait à bord de l'*Éole*. C'étaient, disons-le tout de suite, les Chevaliers du Crucifix qui l'attaquaient.

On entendait maintenant distinctement le bruit du combat.

Un nouveau coup de feu retentit.

— C'est le fusil de Ben-Kébir, murmura Georges frémissant.

Depuis quelques instants, le capitaine Bernard avait recommandé à tous le silence le plus absolu.

Sur son ordre, les gondoles s'étaient approchées du brick de toute la vitesse qu'on avait pu imprimer à leur marche.

Tout autour il y avait des barques ; dans ces barques se trouvaient quelques hommes que Pacopo et sa bande avaient sans doute laissés là, pour les garder, lorsqu'ils avaient escaladé le navire.

En un clin d'œil ils furent bâillonnés et garrottés. Ils ne résistèrent même pas, tant ils furent convaincus, en voyant leurs robes de moines, qu'ils étaient des amis.

Cette petite besogne faite, le capitaine Bernard et ses hommes se mirent à grimper comme des jaguars le long des flancs de l'*Éole*.

Gemma elle-même saisit une corde à nœuds, qui avait sans doute servi aux bandits pour exécuter leur ascension, et, ardente, intrépide, le poignard entre les dents, elle monta à la suite de ses compagnons, n'ayant pas pu monter la première.

Le pont de l'*Éole* présentait une scène étrange et terrible de lutte sauvage, acharnée.

D'un côté, une troupe nombreuse d'hommes armés de longs stylets, dont les lames agitées jetaient, dans l'ombre de la nuit et à la clarté des feux du navire, des milliers d'éclairs livides ; de l'autre, Hassan et ses quelques matelots armés de haches d'abordage, leur faisant face.

Grimpé dans les cordages, Ben Kébir, armé de sa fameuse carabine, tirait de temps à autre.

Il tirait chaque fois qu'il voyait la vie d'Hassan gravement menacée.

Il avait déjà tiré deux fois.

Entre les deux troupes les morts et les mourants s'amoncelaient.

Le Maure luttait avec une vigueur et une rage inouïes.

Chaque fois que la hache du Colosse s'abattait, un ennemi tombait broyé.

Et son bras s'abattait et se relevait, pour se relever et s'abattre sans cesse.

On eût dit que le colosse éprouvait une joie immense à écraser ces bandits, qu'il prenait sans doute pour ces ennemis *invisibles et insaisissables* dont lui avait parlé le baron de Mélos, et contre lesquels il avait lutté, mais en vain, depuis si longtemps !

Tout à coup il saisit par les jambes le cadavre d'un homme qu'il venait de tuer, et, le faisant tournoyer au-dessus de sa tête, il s'en servit comme d'une massue pour écraser les autres.

Les bandits reculèrent, pâles, haletants, sentant la terreur envahir leur âme, mais sans se débander.

L'un d'eux était même parvenu à se glisser près du géant, en rampant parmi les cadavres, et, se relevant brusquement, allait lui plonger son poignard dans le côté.

Une balle de Ben Kébir l'abattit.

C'était la troisième fois que la carabine de l'ex-zouave parlait.

La lutte continua, ardente, implacable, sans merci.

C'est à ce moment-là que le père Bernard, ses matelots, Georges et Gemma arrivèrent tout à coup, pareils à des fantômes sortis des ténèbres profondes de la nuit.

— Kléber et Gemma ! s'écria le capitaine d'une voix stridente, et qui domina le bruit de la mêlée.

Kléber, Gemma, deux héroïsmes ! le colosse comprit.

— Des amis ! cria-t-il.

Les Chevaliers du Crucifix, pris en tête par Hassan et ses hommes, en queue et en flanc par le capitaine et sa troupe, ne pouvaient résister plus longtemps ; ils furent exterminés jusqu'au dernier.

Le colosse se mit à pleurer comme un enfant, en revoyant Gemma.

Il se mit à genoux et lui baisa les mains avec un air d'adoration profonde et de tendresse sans bornes.

Le lendemain, aux premières lueurs de l'aube, le beau brick l'*Éole* leva l'ancre, et cingla vers la haute mer avec toute la vitesse que pouvaient lui donner ses voiles que gonflait la brise matinale et la vapeur qui agitait son hélice.

On l'avait pavoisé en l'honneur de Gemma !

Quelques instants après, il avait disparu à l'horizon.

ÉPILOGUE

Un mois après environ, Fulcino, dans une séance du Conseil des Dix, prononça les paroles suivantes :

« Frères et vénérés collègues, l'affaire Gemma de Mélos me paraît terminée.

« Le sieur Georges Bernard a épousé la fille du baron de Mélos.

« Dans le contrat de mariage ont été introduites les clauses suivantes :

« 1° En cas de mort ou de disparition de la contractante, et *vice versa*, la gérance des biens reviendra de plein droit à la municipalité de Nantes, qui nommera un délégué à cet effet ; une somme annuelle d'un million sera affectée au service de ladite gérance ;

« 2° Si les deux époux venaient à mourir, cette gérance s'exercerait au profit des héritiers, dans les mêmes conditions.

« 3° Les biens des conjoints, à partir du jour où commencera ladite gérance, ne pourront être aliénés en tout ou en partie, sans le consentement de ladite municipalité, qui en fera l'objet d'une délibération en son Conseil ;

« 4° Si tous les héritiers venaient à mourir, la ville de Nantes deviendrait héritière ;

« 5° Lesdites clauses spéciales seront applicables aux héritiers naturels des conjoints.

« Frères et vénérés collègues, toutes ces dispositions me paraissent mettre l'immense fortune de feu le baron de Mélos, devenue celle des époux Bernard, à l'abri d'un coup de main.

« Désormais, si nous poursuivions notre œuvre, nous nous heurterions contre des difficultés très grandes, insurmontables peut-être.

« Frères et vénérés collègues, tout n'aura pas été néanmoins tristesse et déception pour nous dans cette affaire.

« Nous avons touché les sommes qui étaient en dépôt dans quarante-cinq banques ; ces sommes s'élèvent au chiffre de quatre cent soixante-cinq millions, cent quatre vingt-cinq mille francs et vingt-cinq centimes.

« C'est peu de chose, car ce n'est pas le quart des biens en question ; mais c'est quelque chose pourtant.

« C'est la manne des Hébreux dans le désert.

« Nous devons, je crois, remercier Dieu qui, même quand il sommeille, veille encore aux intérêts sacrés de l'Église catholique, apostolique et romaine. »

Les membres du Conseil des Dix approuvèrent.

La séance continua. . . . .

. . . .

. . . .

FIN DES CHEVALIERS DU CRUCIFIX

ERRATA

Page 4, 2e colonne, ligne 8, au lieu de : *tendait tendait rapidement à se confondre*; lisez : *tendait à se confondre*.

Page 6, 2e colonne, ligne 34, au lieu : *tu puisses avoir un bras sur lequel tu puisses t'appuyer*; lisez : *il faut que tu aies un bras sur lequel tu puisses t'appuyer*.

Page 8, 2e colonne, ligne 25, au lieu de : *qu'il était peu fatigué*; lisez : *qu'il était un peu fatigué*.

Page 10, 1re colonne, ligne 15, au lieu de : *le chant de la femme est le cri d'un mystère étrange, car...*; lisez : *le chant de la femme est un cri; mystère étrange! et son âme*, etc.

Page 111, 1re colonne, ligne 31, au lieu de : *grâce à vous, frères*; lisez : *grâce à nous, frères*.

Page 130, 2e colonne, ligne 32, au lieu de : *récitant dévôtement un rosaire*; lisez : *marmottant dévotement des Pater et des Ave Maria*.

Page 156, 1re colonne, ligne 31, au lieu de : *ne refermer ni un*, lisez : *ne renfermer ni un*.

Page 163, 1re colonne, ligne 38, au lieu de : *absorbé par l'étude des dossiers*, lisez : *absorbé dans l'étude des dossiers*.

Page 188, 2e colonne, ligne 21, au lieu de : *Chargez-vous de vendre*, lisez : *Chargez-nous de vendre*.

Page 201, 2e colonne, ligne 16, au lieu de : *dansera comme à Piloda*; lisez : *dansera comme à Pilodo*.

Page 229, 1re colonne, ligne 19, au lieu de : *toute l'affection qu'elle leur portait*; lisez : *toute l'affection qu'elle avait pour eux*.

Page 245, 2e colonne, ligne 41, au lieu de : *il entendit raisonner la sonnette*, lisez : *il entendit résonner la sonnette*.

Page 282, 2e colonne, ligne 35, au lieu de : *quel mérite vos acquerrez*; lisez : *quel mérite vous acquerrez*.

Page 270, 1re colonne, ligne 15, au lieu de : *orné de plume noire*; lisez : *orné d'une plume noire*.

Page 304, 2e colonne, ligne 26, au lieu de : *c'est de pontifes-noirs*; lisez : *c'est de pontifes-rois*.

Page 308, 1re colonne, ligne 10, au lieu de : *qui pourraient être aussi bien*, lisez : *qui ne pourraient être aussi bien*.

Page 331, 2e colonne, ligne 28, au lieu de : *ces prières pétries de larmes. C'est...*; lisez : *ces prières, pétries de larmes, c'est...*

Page 467, 1re colonne, ligne 6, au lieu de : *et de la lumière cet éclat de rire*; lisez : *et la lumière est éclat de rire*.

Page 412, 2e colonne, ligne 27, au lieu de : *et le jet de lumière qui avait rasé l'ombre*; lisez : *et le jet de lumière qui avait rayé l'ombre*.

Page 540, 1re colonne, ligne 20, au lieu de : *des jambes on est allé à cheval*; lisez : *des jambes on est allé au cheval*.

Page 550, 2e colonne, ligne 27, au lieu de : *la lune dont l'or apparaissait*; lisez : *la lune dont le disque apparaissait*.

TABLE DES MATIÈRES

TROISIÈME PARTIE

QUATRIÈME PARTIE

CINQUIÈME PARTIE

IMPRIMERIE D. BARDIN, A SAINT GERMAIN

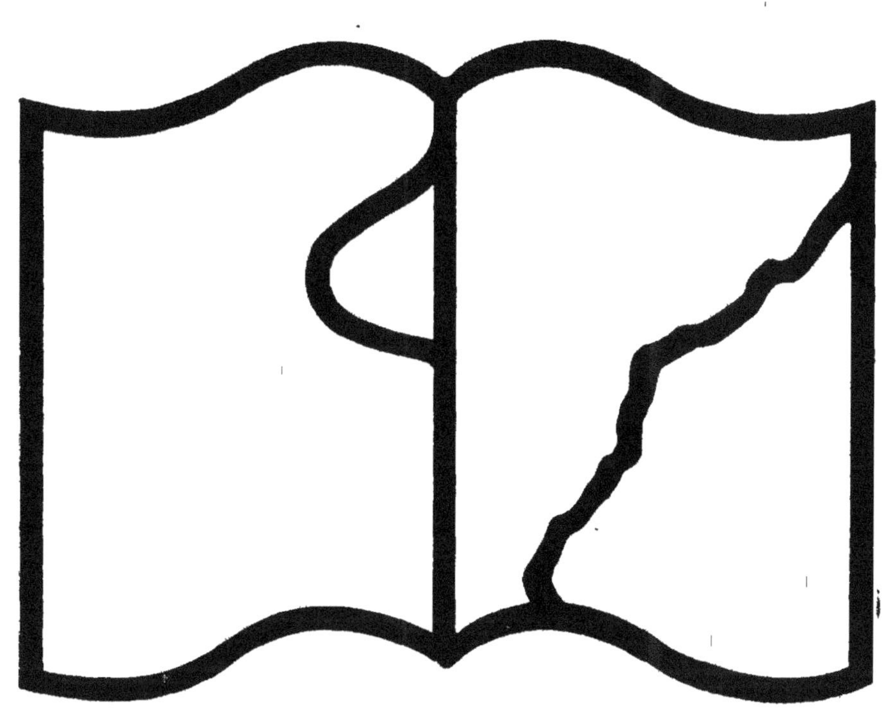

Texte détérioré — reliure défectueuse

NF Z 43-120-11